मेरी तेरी उसकी बात

साहित्य अकादेमी पुरस्कार से पुरस्कृत उपन्यास

मेरी तेरी उसकी बात

साहित्य अकादेमी पुरस्कार से पुरस्कृत उपन्यास

यशपाल

लोकभारती प्रकाशन

विप्लव कार्यालय, लखनऊ
की ओर से

लोकभारती प्रकाशन
पहली मंजिल, दरबारी बिल्डिंग, महात्मा गांधी मार्ग
प्रयागराज-211 001

शाखाएँ : 1-बी, नेताजी सुभाष मार्ग, दरियागंज
नई दिल्ली-110 002
अशोक राजपथ, साइंस कॉलेज के सामने
पटना-800 006
1, अनमोल सोराबजी संतुक लेन, धोबी तलाव,
मरीन लाइंस, मुम्बई-400 002

वेबसाइट : www.lokbhartiprakashan.com
ईमेल : info@lokbhartiprakashan.com

मूल्य : ₹ 1495

पहला संस्करण : 1974
सातवाँ संस्करण : 2025

बी.के. ऑफसेट
नवीन शाहदरा, दिल्ली-110 032
द्वारा मुद्रित

MEREI TERI USKI BAAT
Novel by Yashpal

ISBN : 978-81-8031-357-8

सूचना

हमारे समाज के यथार्थ को प्रतिबिम्बित करने के लिये इस रचना की पृष्ठभूमि हमारे निकट अतीत की कुछ घटनायें हैं परन्तु यह पुस्तक इतिहास नहीं, उपन्यास-कहानी ही है। ऐतिहासिक व्यक्तियों के अतिरिक्त इस रचना के सभी पात्र कल्पित हैं। यथार्थ का आभास प्रस्तुत कर सकने के प्रयत्न में यदि कुछ प्रसंगों में अति सादृश्य आ सका है तो किसी व्यक्ति की ओर संकेत न समझा जाये।

यशपाल

समर्पण

मैं तुम वो स्वतंत्रता के लिए जूझकर, अपने विचार में स्वतंत्र होकर भी छटपटा और सिसक रहे हैं, यही मेरी तेरी उसकी बात अपनी सहायक संगिनी प्रकाशवती के सहयोग से मेरे तेरे उसके विचार के लिए।

यशपाल

बसंत पंचमी

२८ जनवरी, १९७४

कृतज्ञता

इस पुस्तक के लिये आवश्यक जानकारी मैंने अनेक व्यक्तियों और सूत्रों की सहायता से पायी है, उन सभी के प्रति कृतज्ञ हूँ। विशेषतः श्री जगन्नाथ उपाध्याय और श्री रामप्रवेश शास्त्री ने, लिपि के कुछ अंशों के संशोधन और पुस्तक के प्रूफ देखने में भी जो उदार सहयोग-सहायता दी है, उसके लिये अति आभारी हूँ।

यशपाल

मेरी तेरी उसकी बात

◆

किसकी बलि?

मेरी तेरी उसकी बात

बात पिछली पीढ़ी की है। डाक्टर अमरनाथ सेठ की फाइनल परीक्षा थी। रतनलाल सेठ को पुत्र के परामर्श और सहायता की जरूरत पड़ गयी। पिता ने झिझकते-सकुचाते अनुरोध किया, "बेटे, जानते हैं, तुम्हारा इम्तहान है। पर जैसे भी हो थोड़ा वक्त निकाल कर हमारे साथ चलो। अब्दुल लतीफ के यहाँ मरीजा को देख लो। फिर तुम्हारे कालेज के बड़े डाक्टर को, या जो डाक्टर मुनासिब समझो, मरीजा को दिखा दिया जाये।"

अमर पिता के साथ घर के इक्के पर नखखास गया था। साईस की पुकार पर ऊपर की मंजिल की खिड़की से एक लड़की ने झाँका। ज़ीने के किवाड़ तुरन्त खुल गये।

एक युवती ज़ीने के ऊपर दरवाज़े तक बढ़ आयी, "चच्चा जान, आदाब अर्ज़ है।" युवती ने गर्दन झुकाकर, सविनय एक हाथ की अँगुली से सलाम किया। चेहरे पर आत्मीय के स्वागत का भाव। पुकार पर झाँकने वाली नौ-दस बरस की लड़की भी सलाम के लिये आ गयी। युवती अमर को देखकर पलांश ठिठकी, फिर जैसे अनुमान से पहचान कर आदाब अर्ज़ कर दिया। वह दिसम्बर की सर्दी में गहरे कत्थई रंग का अलवान ओढ़े थी। अलवान सिर पर माथे तक, घूँघट नहीं। काले कपड़े का कुर्ता, लाल छींट का तंग पायजामा। कत्थई अलवान से घिरा गोरा चेहरा, बड़ी-बड़ी आँखें, सौम्य संतुष्ट।

"खुश रहो बेटी, बड़ी उम्र हो।" आशीर्वाद देकर सेठ जी ने पूछा "लतीफ नहीं आये अभी?"

अमर अपने मित्र अहमद रज़ा के घर जब भी गया बैठक में ही बैठता था। रज़ा की अनुपस्थिति में उसकी माँ या अन्य प्रौढ़ा बैठक के दरवाज़े पर लटके पर्दे की आड़ से बात कर लेतीं। घर की लड़कियाँ-स्त्रियाँ सदा पर्दे में रहतीं। अस्पताल में इलाज के लिये आने वाली मुस्लिम स्त्रियाँ डाक्टरों को आँख-कान, नाक-जुबान-गला दिखाने की मजबूरी में भी बुरका हटाते झिझकती थीं। यहाँ वैसा संकोच न था। घर में छोटे बच्चे के अतिरिक्त कोई मर्द मौजूद न था।

लड़की ने दूसरे कमरे के दरवाज़े की ओर बढ़कर सूचना दी, "अम्मां चच्चाजान और अमर भाई साहब आये हैं।" मरीज़ा उसी कमरे में पलंग पर थी।

प्रौढ़ा रोगी की धुँधली आँखें दरवाज़े की ओर घूम गयीं। रोगी की जीर्ण बाँह आशीर्वाद के संकेत में उठ गयी। अमर को ऐसी आत्मीयता की आशा न थी। उसने आगे बढ़कर प्रौढ़ा के आशीर्वाद के लिये सिर झुका दिया। प्रौढ़ा ने उसके सिर पर हाथ रखकर ओठों-ओठों में लम्बी दुआ दी, "…कितने बरस बाद देखा।" प्रौढ़ा का बोल साँस के कष्ट के कारण अटक रहा था। अमर को युवती की नज़र अपनी ओर होने का आभास।

लड़की और छोटा लड़का भी उसे कौतूहल से देख रहे थे। अमर ने अनुमान कर लिया : लतीफ भाई का परिवार है, उसके बारे में जानते हैं।

लड़की ने अमर के लिये मरीज़ा के पलंग के समीप मोढ़ा रख दिया। अमर ने जानना चाहा : क्या तकलीफ है, कहाँ दरद, कब से? क्या दवा दी गयी? प्रश्न पर युवती अमर की ओर देखकर नज़र झुकाये उत्तर देती।

अमर ने प्रौढ़ा की नब्ज़ देखी। स्टैथसकोप से सीना, पसलियाँ जाँचे। साईस के हाथ दवा भिजवा देने का आश्वासन दिया।

सेठ जी कमरे के बाहर आँगन में मोढ़े पर बैठे थे। मरीज़ा को देख लेने के बाद छोटी लड़की अमर के हाथ चिरमची में धुलवा रही थी। उसी समय एक लड़का सिर पर चूहे की दुम जैसी पतली लम्बी चुटिया लटकाये दोने में पान-सुपारी, चूना-ज़र्दा लिये आ गया। युवती के अनुरोध पर सेठ जी ने पान लिया। अमर ने भी एक बीड़ा पान लेकर शुक्रिया कहा।

लौटने से पूर्व प्रौढ़ा ने फिर अमर के सिर पर हाथ रखकर आशीर्वाद दिया, ''बेटे कभी तो अपनी बुढ़िया खाला को देख जाया करो।'' युवती ने ज़ीने तक आकर, अदब से झुककर सेठ जी को 'खुदा हाफिज़' कहा। अमर की ओर देख मुस्कराई, ''खुदा हाफिज़ भाई। खुदा नेमतें बख्शे। तूल उम्र हो।''

पिता के साथ इक्के पर नखास की ओर जाते समय अमर को अब्दुल लतीफ और अपने परिवारों में इतनी घनिष्ठता का अनुमान न था। अब्दुल लतीफ उनके भट्ठे का काम सम्भालता था, सेठ जी का बहुत विश्वस्त था। खयाल आया : लतीफ से पहले उसके पिता भी सेठ जी के मित्र रहे होंगे। उस परिवार में कष्ट के प्रति सेठ जी की चिन्ता स्वाभाविक।

नखास से लौटते समय अमर के कान में बार-बार प्रौढ़ा के शब्द गूँज जाते··· कभी तो अपनी बुढ़िया खाला को देख जाया करो! उसे लगा, जैसे भूला स्वप्न याद आ रहा हो···बचपन में पिता की उँगली पकड़े उस मकान में आया हो। मस्तिष्क में सहसा कौंधा : क्या इसी मौसी ने मेरे जन्म पर सोने के कंगन दिये होंगे! ···लतीफ की माँ और मेरी माँ सहेलियाँ रही होंगी। अमर प्रगतिवादी था। माँ की मुसलमान सहेली! ···उसे अच्छा लगा। फिर लड़कपन की यादें···ऐसी बात पर दीपचंद से मारपीट···दीपचंद की ताई इसी मौसी के दिये कंगनों को रंडी के दिये कंगन कहती थी?

सोने के कंगनों की बात हर दीवाली पर ताज़ा हो जाती। पड़ोसी मास्टर जी के प्रभाव से अमर को लड़कपन से ही देवी-देवता, मन्दिर-पूजा में विश्वास या आस्था न रही थी। कालेज में पढ़ते समय पक्का भौतिकवादी-समाजवादी था, परन्तु पिता और बुआ का मन रखने के लिये दीवाली की संध्या लक्ष्मी-पूजा के लिये घर पर रहता। पूजा के समय गणेश-लक्ष्मी की मूर्ति के सम्मुख प्रणाम मुद्रा में हाथ जोड़ देता, चरणामृत लेता। पूजा के लिये हटड़ी और चाँदी के थाल में रखे जड़ाऊ गहनों, गिन्नियों के साथ सोने के बहुत छोटे कंगनों की जोड़ी भी रहती। लड़कपन में उतने छोटे कंगन के प्रति कौतूहल से अमर पूछ लेता, ''बुआ ये कैसे कंगन?''

बुआ मुस्कराती, ''तुम्हारे जन्म पर तुम्हारी एक मौसी ने दिये थे। तुम्हारी माँ इन्हें पूजा में रखती थी, सो हम भी रखते हैं। हम बने रहे तो तुम्हारे बेटे को पहनायेंगे।''

बुआ ने मौसी के बारे में कभी कुछ न बताया था। छोटे कंगनों की वह जोड़ी, जो अब उसके पाँव के अँगूठे पर आ सके, याद दिला देती : उसकी एक मौसी थी। मौसी से अचानक भेंट से स्मृति में अटकी कटुता सुलझ गयी।

उन दिनों मेडिकल कालेज के मेडिसिन के बड़े प्रोफेसर डाक्टर व्यास नगर और प्रदेश के मसीहा माने जाते थे। व्यास बहुत व्यस्त डाक्टर, बड़ी फीस, उनसे समय पाना कठिन। अपने विद्यार्थी के अनुरोध पर दूसरे दिन साँझ पाँच बजे का समय दिया। अमर ने साईस गुन्ने के हाथ लतीफ को सन्देश भिजवा दिया था। डाक्टर व्यास की मोटर को मार्ग दिखाने के लिये अमर अपनी मोटर साइकल पर पाईलेट की तरह आगे-आगे गया। डाक्टर व्यास ने मरीज़ा की परीक्षा कर अपने विद्यार्थी के निदान पर सन्तोष प्रकट किया। उन दिनों आजकल की अचूक जादुई एंटीबायोटिक औषधियों का आविष्कार न हो पाया था। डाक्टर ने छः दिन सुई लगाने और तीन पुड़िया रोज के लिये नुसखा लिखवा दिया।

डाक्टर व्यास के लौट जाने पर अमर अब्दुल लतीफ को मोटर साइकल पर पीछे बैठाकर गोल दरवाज़े ले गया। लतीफ जब तक दवाइयाँ खरीद कर मकान लौटा, अमर अस्पताल से सुई लगाने का सामान लेकर आ गया। उसने मरीज़ा को सुई लगाकर आश्वासन दिया : रोज़ाना सुई लगाने आयेगा और मरीज़ा की हालत भी देख जायेगा।

अमर लौटने को था कि हिन्दुत्व का चिह्न लम्बी चुटिया लटकाये तम्बोली का लड़का दोने में पान लेकर आ गया।

"अमर भाई, शौक फर्माइये।" लतीफ ने पान के दोने की ओर संकेत किया।

अमर के लिये बाज़ार से पान मँगवाने का मतलब ज़ाहिर था—हिन्दू से मुसलमान परिवार का पान स्वीकार करने की आशा नहीं।

अब्दुल लतीफ के व्यवहार का कारण था। वह जानता था, सेठ जी के यहाँ मुसलमान मेहमानों के लिये एक आलमारी में काँच के दो-तीन गिलास रहते थे। उन दिनों ब्राह्मण, खत्री, बनिया, ठाकुर परिवारों में शीशे-चीनी के बर्तनों का उपयोग बहुत कम होता था। अमर को पान का शौक न था परन्तु पान अस्वीकार करना मेज़बान का निरादर माना जाता। अमर ने गिलौरी लेकर शुक्रिया कह दिया।

अमर दूसरी साँझ सुई लगाने गया। लतीफ अभी लौटा न था। बुढ़िया को पिछली साँझ दवा से लाभ हुआ था। सुविधा से बोल पा रही थी। मरीज़ा की स्थिति में सुधार से युवती भी प्रसन्न थी। अमर ने हाल-चाल पूछकर सुई लगा दी। वह लौटने को था, तब तक तम्बोली का लड़का पान का दोना लिये हाज़िर।

"अमर भाई" युवती ने अनुरोध किया, "हम और किस खातिर के काबिल! ये ही कबूल फर्माइये।"

छुआछूत का वहमी समझा जाना अमर को असह्य, बोला, "भाभी, आप हमें भाई पुकारें और पान बाज़ार का खिलायें! खातिर करना है तो कायदे से कीजिये।"

"सदके भाईजान! ज़हे किस्मत!" युवती का चेहरा खिल गया। वह किलक कर प्रौढ़ा की ओर घूम गयी, "अम्मा, अमर भाई हमें भाभी कह रहे हैं।" हँसी छिपाने के लिये हाथ होंठों के सामने किये थी।

प्रौढ़ा के चेहरे पर मुस्कान आ गयी, "हाय तो इन्हें क्या याद! इत्ते से थे, जब आते थे।" उसने कोहनी से बाँह उठा दी, "बेटे, हम तुम्हारी खाला हैं। रतनी तुम्हारी बहिन, अब्दुल लतीफ तुम्हारे जीजा। तुम आते थे तो इसे आपा-आपा पुकारते थे। यह तुम्हें बहुत दुलरातीं, अपनी पीठ पर लिये फिरती थीं।"

तभी अब्दुल लतीफ भी आ गया। बहिन और भाभी की उलझन पर वह भी हँसा। अमर खाला के यहाँ मिठाई खाकर और जाफरानी गुलाबी चाय पीकर लौटा।

मेडिकल कालेज होस्टल के मेस में शनिवार संध्या छुट्टी की परम्परा पुरानी है। उस संध्या अमर अपने घर खाता था। बुआ भतीजे के लिये चाव से उसके शौक की चीज बनाकर तैयार रखती, सामने बैठाकर खिलाती। खाते-खाते अमर ने पूछ लिया, "बुआ, हमारे जन्म पर जिस मौसी ने कंगन दिये थे, वे क्या मुसलमान थीं?"

"किसने कहा तुमसे?" बुआ की भँवें विस्मय और आतंक से सिकुड़ गयीं, ओठ खुले रह गये।

"हमें अपने से मालूम हो गया।"

"यूँ ही बकते हैं।" बुआ स्वर दबाकर बोली, "ये लोग जो न कह दें··· !" बुआ का मतलब पड़ोसी सरीकों से था।

"कहा किसी ने नहीं।" अमर ने बताया, "उनकी तबीयत खराब हो गयी थी, चच्चा ने हमसे डाक्टर बुलाकर दिखाने को कहा। हम उनके यहाँ गये थे।"

"अच्छा अच्छा, चुप रहो।" बुआ ने स्वर दबाकर समझाया, "किसी से कहने की जरूरत नहीं।"

"इसमें न कहने की क्या बात?" अमर को अपने पिता के उदार व्यवहार के लिये गर्व।

"नहीं बेटे, अपने बड़ों की बातों में नहीं पड़ते।"

बुआ का स्वर आतंक से बोझिल हो गया था। अमर चुप रह गया। बुआ के लिये तो घर की सभी बातें रहस्य थीं। उनसे बहसने-समझाने से लाभ!

परन्तु बुआ स्वयं उस रहस्य को कितना जानती थी! अमर ने जब-तब पड़ोसी कोहलियों और टंडनों के यहाँ उड़ती-उड़ती असम्बद्ध बातें सुनी थीं। ठीक से कुछ समझा न था। रहस्य-कौतूहल की ओर उसे विशेष आग्रह भी न था, परन्तु रहस्य-कौतूहल से सब लोग उदासीन नहीं रह सकते।

डाक्टर अमर के पिता रतनलाल सेठ अपने बड़े भाई रामलाल सेठ के साथ पिछली शताब्दी के उत्तरार्द्ध में व्यवसाय के लिये लखनऊ आये थे। दोनों भाइयों की आयु में बारह बरस का अन्तर था। रतनलाल बड़े भाई के पूर्णतः अनुगत और आज्ञाकारी थे। रामलाल भरी जवानी में स्वर्ग सिधार गये थे। उनके बेटे हरलाल और किसनलाल अपने चाचा रतनलाल से क्रमशः सात और नौ बरस छोटे थे। दोनों लड़के काम-काज में सहयोग लायक हो चुके थे। रामलाल की मृत्यु के पश्चात् रतनलाल कर्ता बने। परिवार का रहन-सहन और व्यवसाय संयुक्त रहे। रतनलाल की सूझ-बूझ, हौसले और भतीजों के सहयोग से दस बरस में परिवार का व्यवसाय और सम्पत्ति चौगुने हो गये।

रतनलाल सेठ की पहली पत्नी से तीन बेटियाँ हुईं। एक बेटी अल्पावस्था में जाती रही। सेठ जी बत्तीस भी पूरे न कर पाये कि पत्नी पूरी हो गयी। उस युग में विधुर का पुनर्विवाह न होना असाधारण बात थी। सेठ जी बड़े भाई के प्रति अनुराग और कृतज्ञता में भतीजे-भतीजियों को अपनी सन्तान मानते थे। भतीजों के बेटे-बेटी, सेठ जी के पोते-पोती मौजूद। एक बेटी ससुराल जा चुकी थी, एक ब्याह योग्य। घर में जवान बेटी, पोते-पोती रहते नया ब्याह रचाना उन्हें अटपटा लगा।

सेठ जी को भरी जवानी में ग्यारह बरस वैधुर्य कठिन न लगा। फिर जल्दी में तीसरी बेटी का विवाह निबटाकर पारिवारिक व्यवसाय और सम्पत्ति का बँटवारा करा लिया और तुरन्त दूसरी पत्नी को ले आये, उसके कुछ कारण थे।

वह समय, साठ-पैंसठ बरस पूर्व, आज से बहुत भिन्न। सामाजिक आचार संबंधी धारणायें भी भिन्न थीं। सेठ जी अपने मित्र हकीम जमील अहमद के साथ, कभी अकेले भी, साँझ तफरीह के लिये चले जाते। उन्हें संगीत-संगति में रस था।

इंशा को सेठ जी ने एक-दो बार जुम्मेरात की शाम शाहमीना की दरगाह पर देखा था। ग़ज़लें अच्छी गायी थीं, नाची न थी, बैठे-बैठे भाव बताती रही थी, प्यारी अदा।

इंशा की माँ औसत हैसियत की तवायफ थी। दुर्भाग्य से, बेटी जवान होकर उसकी जगह सम्भाले, उससे पहले उसे दमे की बीमारी लग गयी। दम न रहा तो उसका बाज़ार गिरने लगा। लड़की से बहुत आशायें थीं। इंशा का रूप-रंग संदली गोरा, नैन-नक्श तीखे और गले में लोच। भाग्य ने इस मामले में भी धोखा दिया। तेरह की उम्र में जब लड़की की तालीम का वक्त था, बरसात में काही लगे ज़ीने पर फिसल गयी। टखना बुरी तरह मोच खा गया। महीनों पट्टी-पुल्टिस और मालिशों से भी पाँव ठीक न हो सका। माँ की हालत खस्ता हो जाने से गाने की तालीम भी ठीक न हो पायी। ऐसी हालत में इंशा की नथनी उतारने के लिये कोई रईस क्या मिलता। उसके चेहरे के आकर्षण से मामूली हैसियत के खाते-पीते अत्तार ने रस्म अदायगी के हक के लिये अढ़ाई सौ रुपये दिये थे। अत्तार का कारोबार बैठ गया। वह शहर छोड़ गया और कभी न लौटा।

इंशा और उसकी माँ को खान्दानी होने का गर्व था। मुजरे, नृत्य-संगीत के बाज़ार में कद्र न होने पर वेश्याओं को जिस मेहनत का भरोसा होता है, उससे उन्हें झिझक। इंशा बहुत तुनक-मिजाज। व्यवसाय या पैसे के लिये सब कुछ सह लेना उसके बस का नहीं था। कभी कुछ अखर जाता तो गाहक को फटकार देती।

सेठ जी को इंशा का गोरा सन्दली रंग, खान्दानी लड़कियों जैसे नख-शिख और उसके अनख-अन्दाज़ भा गये। उनकी पहली पत्नी को गुजरे डेढ़ बरस हुआ था। चौथे-छठे इंशा के यहाँ आने लगे। वह तानपूरे पर कोई गज़ल, ठुमरी, कजरी सुना देती। सेठ जी उस पर रीझ गये, गाने से अधिक उसके नाज़ो-अन्दाज़ और बातचीत पर। इंशा भी सेठ जी को इतना सहने लगी जितना किसी दूसरे को न सहा था। उनकी कोई बात नागवार हो जाती तो आँखें डबडबा आतीं, गर्दन लटका लेती।

एक दिन सेठ जी ने इंशा की साँस की गन्ध की शिकायत कर दी। किसी दूसरे ने ऐसी गुस्ताखी की होती तो इंशा को बर्दाश्त न होता। सेठ जी की बात से उसकी गर्दन झुक गयी। उसे कच्चे प्याज-लहसुन से परहेज हो गया। सेठ जी का मन उससे गहरा रम गया था। सेठ जी इंशा के लिये चौक से खास मिठाई और गोल दरवाज़े के मशहूर

पनवाड़ी से गिलौरियों के दोने ले जाते। मौसमी फलों के तोहफे अपने साईस के हाथ भिजवाते रहते।

सेठ जी को विश्वास हो गया था, इंशा को पैसे की हवस नहीं है। यह वेश्या का चलित्तर रहा हो या हकीकत, उसने सेठ जी का मन बाँध लिया। उस पीढ़ी के परिष्कृत रुचि लोग उत्सवों-त्योहारों से ऊब-बोरियत न अनुभव करते थे। सेठ जी रसिक प्रवृत्ति और रंगीले। उनके बड़े परिवार में छोटे-मोटे पर्व-त्योहार भी समारोह बन जाते। दशहरे, दीवाली, होली का कहना क्या; अनेक मुसलमान शुरफा से राह-रसूख की वज़ह से ईद-बकरीद, शब्बेरात का भी ध्यान रहता। मुहर्रम और निर्जला एकादशी पर राजा-बाज़ार की ओर से रकाबगंज के पुल पर केवड़ा मिले शरबत की पंचायती छबील लगती।

होली के दिन थे। सेठ जी संध्या इंशा के यहाँ गये तो चौक दरवाज़े से एक छींका बर्फी लेते गये।

इंशा ने शंका से पूछा, ''मालिक हमारा कसम! इसमें भाँग तो नहीं··· ?''

''डरो नहीं, ऐसे ही, जरा सी, बेमालूम।'' सेठ जी मुस्कराये, ''थोड़ी लो और होली सुना दो। सरूर में लुत्फ रहेगा।''

इंशा होली खूब गाती थी।

''तौबा!'' इंशा ने दोनों कानों के लौ छुए ''मालिक, यकीन मानिये, नशा हमें बर्दाश्त नहीं। अत्तार लाला ने एक रोज इसरार करके दो घूँट शराब पिला दी। हमारी तबीयत दो दिन तलक खराब। इस मुँहजली भाँग की तो हमारे दिमाग पर ऐसी दहशत है कि खयाल से पसीने छूटते हैं। अम्मा से पूछिये, तब हम लोग अकबरी दरवाज़े पर रहते थे। पड़ोस में छुन्नन का कोठा। उनका नाम आपने सुना होगा। शहर में उनकी कितनी शोहरत, रुतबा। ऐसे-वैसे लोगों की क्या ताब कि उनके ज़ीने की तरफ मुँह कर सकें। पहाड़िया दरबान रहता था, फेंटे में खुखरी लगाये।

''छुन्नन ऐसी परहेज़ी न थीं। बहुत थक जातीं या खास संगत-सोहबत में जब-तब कुछ ले लेतीं। होली के मौके पर उनके किसी आशना ने ऐसी ही भाँग मिली बर्फी खिला दी। बर्फी ज्यादा खा गयीं या भाँग तेज रही। शायद खाते-खाते चढ़ गयी और वह ठूँगती गयीं, और ज्यादा खा गयीं। नशे में बदहवास, लगीं आयँ-बायँ बकने। घर के लोगों ने टोका तो गुस्सा गयीं : कौन है हमें टोकने, उँगली दिखाने वाला! तैश में ज़ीना उतर गयीं। यों कभी बदकलामी न करतीं, लेकिन उस वक्त··· ।'' इंशा ने कानों को हाथ लगाये।

''लोगों ने लानत-मलामत की : कुछ शर्म करो! वे और बिगड़ीं। चीख-चीखकर गाली बकने लगीं कि क्या मछली वाले और कुंजड़े बकेंगे। लोग समझायें और वे भड़कती जायें : किस बात की शरम, किससे शर्म···तवायफ और शर्म! लोगों का समझाना उनके लिये जैसे आग पर किरासिन! नीचे गली में थीं। कपड़े उतार-उतार कर फेंक दिये। बिलकुल अलफ''···इंशा ने शर्म से हाथ नाक पर रख लिया पर बोलती गयीं, ''चिल्लायीं, देख लो क्या है। फलाँ-फलाँ नाक रगड़ते मर गये! चार-पाँच पड़ोसिनों ने हिम्मत की। एक ने उन पर चादर फेंक दी। चादर में उलझ-फँसकर गिर पड़ीं तो चार-पाँच जनों ने उन्हें दबा लिया। उठाकर भीतर ले गयीं। हाथ-पैर बाँध दिये। नशा उतारने के लिए अचार, नींबू, क्या-क्या नहीं खिलाया। उस हालत में बुखार आ गया। बुखार तीन दिन

बाद उतरा। होश आने पर अपनी हरकत सुनी तो किसी को मुँह दिखाने लायक नहीं। लखनऊ छोड़ गयीं। सुना कि लाहौर चली गयीं; कौन जाने किस जहन्नुम में चली गयीं! उस वाकया की दहशत हमारे दिमाग पर अब भी कायम।''

इस पर भी सेठ जी ने आग्रह किया, ''अमाँ, हमारे कहे से थोड़ी सी चख कर देखो।''

''मालिक का हुक्म सिर-आँखों पर। अपने दोस्त-मुबारक से दे दें तो ज़हर से भी इन्कार नहीं लेकिन एक शर्त है··· ।'' इंशा की शर्त थी—सेठ जी उसे भाँग खिलाना चाहें तो खुद रत्ती भर न लें और उसका नशा उतर जाने तक उसके यहाँ मौजूद रहें। एक तो सम्भालने वाला रहे। दोनों ने भाँग खा ली तो धुत्त को धुत्त क्या सम्भालेगा! ''···मालिक यह न हो कि ऊत को ऊत मिले, जूत पर जूत चले।''

होली की संध्या सेठ जी भाँग बिना कैसे रहते!

होली की साँझ गहरा जाने पर सेठ जी इंशा से होली मिलने चले। अबरक मिले खुशबूदार गुलाब की पुड़िया साथ ली। सूखा रंग साँझ भी चलता है। सेठ जी के चेहरे पर गहरे सरूर का तनाव, आँखों में लाल डोरे। इंशा के चेहरे, माथे पर गुलाल लगाया और उसकी माँग में भी गुलाल भरने लगे।

''मालिक, सोचकर!'' इंशा ने सेठ जी का हाथ रोका।

''क्यों?'' सेठ जी के स्वर में ललकार।

''माँग भर रहे हैं!'' इंशा ने कटाक्ष से चेतावनी दी।

''हाँ, भर रहे हैं!'' सेठ जी ने दम भरा और माँग भर दी।

सेठ जी ने इंशा की माँग भर दी तो वह उकड़ूँ बैठ लाज से सिमिट गयी, हाथ भर लम्बा घूँघट खींच लिया।

''यह क्या?'' सेठ जी हँसे।

''माँग भरी है तो दुल्हन को मुँह-दिखायी?'' इंशा ने घूँघट किये झोली फैला दी।

''जरूर!'' सेठ जी ने सीना फुलाकर हामी भरी। उसके लिये तैयार होकर आये न थे। आत्मसम्मान का प्रश्न। उँगलियों से दोनों अँगूठियाँ खींचकर इंशा की झोली में डाल दीं। सेठ जी का नीलम और पन्ने की अँगूठियाँ जानी-पहचानी। खूब बड़ा नौ रत्ती का नीलम, वैसा ही खूब बड़ा पन्ना। उस ज़माने में भी अँगूठियों के दाम हजार-बारह सौ।

इंशा ने झुककर सलाम किया। दोनों अँगूठियाँ उँगलियों में पहन लीं। तानपूरा लेकर होली गाने लगी। ऐसा हुमुक कर गायी कि रंग बँध गया। सेठ जी रात तीसरे पहर तक बैठे रहे।

सेठ जी चलने को हुए तो इंशा उनका हाथ अपने हाथों में लेकर अँगूठियाँ उनकी उँगलियों में पहनाने लगी।

''इसके क्या मायने?'' सेठ जी ने हाथ खींच लिया। ''तोहफा वापस किया जाता है?''

''मालिक, तोहफा वापस नहीं।'' इंशा मुस्कराई। सेठ जी का हाथ फिर पकड़ लिया, ''चीज हमारी हो गयी, हमें भी तोहफा देने का हक।''

''नहीं, यह नहीं हो सकता।'' अँगूठियाँ फिर पहनने से सेठ जी को इन्कार।

''कैसी बात कर रहे हैं मालिक, खेल तो खेल।''

"खेल कैसा? हमने माँग नहीं भरी! ये मुँह-दिखायी।" सेठ जी नशे में थे, नाराज़ होने लगे।

"मालिक, चीज़ हमारी, लेकिन रहेगी आपके हाथ में।" इंशा ने समझाया।

सेठ जी ने अनुरोध किया तो इंशा ने समझाया, "मालिक, नादानी की बातें। इतनी बड़ी अँगूठियाँ हमारी उँगलियों में ठहरेंगी?" ...उसने अपनी उँगलियाँ सीधे ऊपर उठाकर उनमें अँगूठियाँ पहनीं। उँगलियाँ अधोमुख कीं तो अँगूठियाँ ढलक कर फर्श पर। "देख लिया!...इन्हें फेंकना चाहते हैं?"

सेठ जी ने गर्दन हिला दी, "अब ये तुम्हारी हो गयीं। सुनार से ठीक करवा देंगे।"

"मालिक, क्या कह रहे हैं!" इंशा ने भँवें सिकोड़कर परेशानी प्रकट की। "जानते हैं, नीलम सबको रास नहीं आता। जिसे उल्टा पड़ जाये, उसके लिए आज़ाब हो जाये, जान पर आ बने! हमें खतरे में डालियेगा! हमारे लिये कुछ और बन जायेगा।"

सेठ जी ने अँगूठियाँ पहन लीं।

कुछ दिन बाद सेठ जी आये तो बात छेड़ी, "दोनों अँगूठियाँ करीब बारह सौ की हैं। बोलो क्या बनवा दें तुम्हारे लिये; कान, गले, हाथ के लिये जो पसन्द हो।"

सेठ जी की आँखों में देख इंशा ने दुलार से पूछा, "सच कहिये, बिना गहने हम अच्छे नहीं लगते? गहना पहन कर हसीन हो जायेंगे? कहावत है—चाँद खूबसूरत लगता है बिन गहने।"

"हमारे लिये तुम जो हो, क्या कहें; हमारे दिल से पूछो!" सेठ जी हँसे, "यह तुम्हारा कर्ज है।"

"कर्ज मानकर नागवार हो रहा है।" इंशा ने नाराजगी दिखायी, "हमने तकाजा किया?"

"तकाजे की क्या जरूरत, यह तुम्हारा हक है।"

"हक है तो हम पर छोड़िये। मौका आयेगा, माँग लेंगे, जिद्द से ले लेंगे।"

महीनों गुजर गये, इंशा ने उस बारे में जिक्र न किया। सेठ जी को मालूम था, इंशा ने अपने यहाँ दूसरे लोगों का आना रोक दिया था। उन्हें इस बात का भी खयाल। सेठ जी से हजार-बारह सौ की रकम छोड़कर इंशा ने उन्हें ही समेट लिया। इंशा बिना किसी कौल-करार के सेठ जी की हो गयी।

सेठ जी का इतना खयाल होने पर भी इंशा कभी तैश में बेबस हो जाती। उसकी जुबान चल जाती तो सेठ जी तरह दे जाते। इंशा की गर्दन लटक जाती। हर झगड़े की गाँठ दोनों को आपस में कसती जा रही थी।

ईदुल फित्र का मौका था। सेठ जी ने सुबह ही साईस के हाथ सेंवई, सूजी, मेवे, मावा, शकर, घी भिजवा दिये थे। इंशा ने खुद एक छोटे थाल में खुशबू डाल, चाँदी के बरक लगाकर बर्फी जमाई थी। माँ ने पड़ोस और रिश्ते में हिस्से भिजवा दिये। इंशा ने छोटा थाल अछूता बचाकर रख लिया था। सेठ जी के इन्तजार में खुद कुछ न चखा था।

साँझ जीने से सेठ जी का स्वर सुनाई दिया, "ईद मुबारक!"

इंशा हुलस कर आगे बढ़ी। सेठ जी ने ईदी की आधी गिन्नी उसकी हथेली में दबाकर उसे गले लगा लिया। इंशा से गहरे अनुराग और आसक्ति के बावजूद सेठ जी

धर्माचार में सावधान थे। अपने साथ चाँदी का गिलौरीदान भर कर लाते। घर पर उनके लिये कई बार हुक्का ताजा किया जाता था। इंशा और उसकी माँ को भी हुक्के का शौक था। उसके यहाँ सेठ जी के लिए अलग नेचा था। उसके आने पर लौंडा नेचा ताजा कर चिलम भर देता। कभी इंशा दुलार में खुद उनका नेचा ताजा कर चिलम भर देती। कभी एक ही चिलम दोनों नेचों पर चलती। हुक्के-नेचे में जात-बिरादरी का परहेज मुख में ली जाने वाली नली-निगाली का होता है।

ईद की उमंग या सेठ जी के अनुराग का भरोसा, इंशा ने बर्फी के छोटे थाल से एक टुकड़ी उठाकर सेठ जी के मुँह की तरफ बढ़ा दी। सेठ जी हक्के-बक्के। उनका मुँह पीछे हट गया।

झन्न···इंशा ने बर्फी का थाल फर्श पर पटक दिया और हाथ में थमी आधी गिन्नी दीवार पर दे मारी। फुँकारकर खुद को गाली दी, ''हमसे थूकने-मूतने की ही मुहब्बत! लानत ऐसी जिन्दगी पर! ले जाइये तशरीफ!'' उसने जीने की तरफ इशारा किया, ''मुँह न दिखाइयेगा; चाहे हम मर जायें।''

इंशा की माँ झन्नाहट सुनकर दौड़ी आयी। माजरा समझकर मुँह बाये खड़ी रह गयी।

सेठ जी की आँखें लाल! बाँहें फड़क उठीं! दाँत पीसकर जीना उतर गये। गली से सड़क की ओर पचास कदम गये होंगे, पाँव शिथिल हो गये। गर्दन झुक गयी। कुछ पल खड़े रहकर सोचा और लौट पड़े।

सेठ जी जीना चढ़कर ऊपर आये। बुढ़िया दीवार की टेक लिये खड़ी बेटी पर बड़बड़ा रही थी, ''अल्लाह की पनाह! तेरे दिमाग को हो क्या जाता है··· !''

इंशा घुँटने बाँहों में समेटे फर्श पर बैठ गयी थी। चेहरा तमतमाया हुआ। नज़र खिड़की से एकटक आकाश में। गालों पर आँसुओं की धारें। उसने सेठ जी के लौटने की आहट न सुनी थी।

सेठ जी ने फर्श पर बिखरी बर्फी की एक टुकड़ी उठा ली। इंशा के सामने पाँवों पर बैठ गये, ''मुआफ करो। लो, अपने हाथ से खिलाओ।''

इंशा ने उनकी ओर देखा। आँखें अंगारा।

''अब गुस्सा थूक दो। हम गलती मान रहे हैं।''

इंशा घुटनों पर सिर दबाकर फफक उठी। सेठ जी ने उसके सिर और पीठ पर हाथ फेरा। बाँहों में लेकर आँचल से उसके आँसू पोंछे। स्वयं उनकी आँखें छलछला आयीं, ''हम कह रहे हैं, अपने हाथ से निवाला दो।''

इंशा ने आँसू निगलकर हिचकी ली, ''नहीं, हमें अफसोस है। जिस बात से आपको एतराज है हमने उसके लिये इसरार किया। उसे भूल जायें।''

''फिजूल बात, अब हममें-तुममें फर्क क्या। तुमने कब हमारी कौन बात दुलखी जो हम तुम्हारी इतनी बात नहीं रख सकते।''

इंशा ने आश्वासन का साँस लेकर बाँह सेठ जी की गर्दन में डाल दी लेकिन निवाला देना मंजूर न किया।

''हम अपनी कसम देंगे!'' सेठ जी ने धमकी दी।

"हाय, कसम न दीजियेगा," इंशा आजिज़ी से बोली। "देखिये, बाद में आपकी रूह को कोफ्त होगी कि हमने आपका ईमान बिगाड़ दिया।" उसने सेठ जी की आँखों में देखा, "हमें अपने इसरार पर अफसोस है।"

"तुम्हें हमारा यकीन नहीं?" सेठ जी ने पूछा। "इतनी बार एक दूसरे का थूक-पसीना चाट गये तब बहनचोद ईमान नहीं बिगड़ा। इस निवाले से बिगड़ जायेगा! हमारा ईमान तुम, तुम्हारा ईमान हम।"

इंशा ने सेठ जी के सीने पर सिर रख दिया।

सेठ जी ने खुद दाँत से बर्फी का टुकड़ा काटकर शेष इंशा के मुँह की ओर बढ़ा दिया। इंशा ने गर्दन बढ़ाकर टुकड़ा ले लिया। बोली, "इससे हमें और ज्यादा खुशी हुई। हमारा हक मिल गया। आपका ईमान नहीं लिया और आपको पा लिया।"

"कैसे?"

"शौहर का जूठा बीवी का हक। माँग तो भरी ही थी, अब आपके हाथ से हमारा हक आज मिला। ईद के रोज़ अल्लाताला से दुआ माँगते हैं।..." इंशा ने आँखें मूँद चेहरा आकाश की ओर उठाकर अंजली बाँध ली, "हमारी आँखें इन कदमों में मुँदे।" सेठ जी की तरफ देखकर इंशा मुस्करायी, "आप अपने हाथों चाहे दफना दें। चाहे मरघट में फूँक दें। दफना देंगे तो हम कयामत के रोज खुदाबन्द को जवाब देंगे : परवरदिगार, तूने ही हमें उनके कदमों में डाला। अब तेरा जो इन्साफ। फूँक देंगे तो जहाँ इतने हिन्दू जाते हैं, वहाँ हम भी। फिर पैदा होकर आपकी बीवी बनेंगे। न हो, गोली ही बना लीजियेगा।"

इंशा की ऐसी बातें सेठ जी को गहरा बाँध लेतीं। इंशा की संगति से सेठ जी को विश्वास हो गया : औलाद और गृहस्थ की सम्भाल के लिये ब्याहता औरत चाहिये पर मुहब्बत और दिलजमई का हुनर घरेलू औरत के बस का नहीं। उनका वंश चलाने को जवान भतीजे और पोते थे। गृहस्थ की सम्भाल के लिये दो-दो बहुएँ। उन्हें दूसरे ब्याह के झंझट की क्या जरूरत थी!

इंशा ने एक दिन सेठ जी के गले में बाँह डालकर उनके कान में उपालम्भ दिया, "दिल में बैठ गये थे, उससे तसकीन न हुई जो कोख में भी आ बैठे!" और दार्शनिक मुद्रा में तर्जनी उठाकर बोली, "अब तो हम कयामत के रोज अल्लाह को भी जवाब दे लेंगे : हमने तो काफिर को दिल ही दिया था। पेट तो तुम्हारी कुदरत ने दिया।"

सेठ जी की पहली पत्नी से तीन बेटियाँ हुई थीं। इंशा से भी बेटी हुई। सेठ जी को विश्वास हो गया, शुभचिन्तकों के कहने पर भी दूसरा ब्याह न करने में भूल नहीं हुई। बेटा उनके भाग्य में है नहीं। बेटियाँ परिवार में पर्याप्त थीं। बच्ची का रंग माँ पर था। आठ-दस मास में नख-शिख स्पष्ट होने लगे। इंशा और उसकी माँ बच्ची की उँगलियाँ, नाक, भँवें सेठ जी को दिखाकर कहतीं, "बिल्कुल मालिक पर गयी है।" इंशा बच्ची को रतनी पुकारने लगी। वही उसका नाम हो गया।

देवीसिंह के नये भट्ठे में सेठ जी की आधो-आध की शिरकत थी। हफ्ते-दस दिन में अपने इक्के पर नखखास-टूड़ियागंज (विक्टोरियागंज) के रास्ते भट्ठे पर हो आते। पूस का महीना था, कहीं अच्छे अमरूद, किसी खेत में बढ़िया ईख और मूली दिखायी दे जाते तो घर के लिये ले लेते। सूरज ढले लौटते। इंशा की गली के समीप इक्का रुकवा कर दो

मिनट के लिये ऊपर जाकर फल-वल दे आते। उस साँझ सेठ जी आये तो इंशा की माँ रतनी को खिला-बहला रही थी। पखवाड़ा पहले भी सेठ जी ऐसे ही समय आये थे। उस दिन भी इंशा घर पर न थी। सेठ जी के पूछने पर माँ ने तब भी कह दिया था, "जरा पड़ोस में अपनी एक सहेली के यहाँ गयी है, आती होगी। तशरीफ रखिये।"

सेठ जी को सन्देह हुआ, दाल में कुछ काला है···आखिर वेश्या की जात! बैठ गये प्रतीक्षा में। इंशा को महीने में पच्चीस-तीस दे देते थे। ईद-बकरीद, होली-दीवाली पर कपड़े-सपड़े अलग। इंशा मुँह खोलकर कभी न माँगती। सस्ता जमाना था। सरकारी मुहर्रिर भी तब इतनी ही तनखाह पाते थे। सेठ जी मोढ़े पर बैठ गये। अम्मा ने नौकरानी से नेचा ताज़ा कर देने के लिये कहा पर सेठ जी ने मना कर दिया।

इंशा जल्दी ही आ गयी। सेठ जी के अप्रत्याशित दर्शन से पुलकित होकर मुस्करायी, "आज इस वक्त मेहरबानी कैसे?" बुरका एक तरफ फेंक कर सेठ जी के कदमों में बैठ गयी। हाथ की पोटली जाँघ के नीचे दबा ली। उत्तर न पाकर फिर मुस्करायी, "इतने चुप क्यों?"

"कहाँ गयी थी?" सेठ जी के स्वर में क्रोध।

"बाज़ार में कुछ काम था।" इंशा अब भी मुस्करा रही थी।

"अम्मा ने कहा : सहेली के यहाँ गयी हो।" सेठ जी का स्वर और कड़ा। "तुमने बाज़ार करना कब से शुरू किया? बुरका ऐसे सैर-सपाटे के लिये ही बना था!" रतनी के पेट में आने से पहले ही इंशा ने बुरका बनवा लिया था। कहती थी : हम नहीं चाहते गैर मर्द हमें देखें।

सेठ जी ने हाथ बढ़ाकर इंशा की जाँघ तले दबी पोटली खींचकर झटक दी। लट्ठे के छोटे टुकड़े में हरी-बैगनी मखमल के, टोपी सिलने के लिये कटे टुकड़े छिटक गये। टुकड़ों पर कढ़ाई के लिये फूल-पत्ती के नक्शे। पुड़ियों में जरी, गोटा, सलमा-सितारे। एक पुड़िया खुलकर चाँदी के तीन रुपये और कुछ रेज़गारी बिखर गयी।

सेठ जी सन्नाटे में। बोले तो झेंप की झल्लाहट से, "इसी शौक के लिये बाज़ार घूमती हो!"

अब इंशा के चेहरे पर मुस्कान उड़कर तमतमाहट। "हम तो जवाब देंगे। आपको पूछने का हक। पहले हुजूर फर्माएँ, गुस्सा किस शक से किया? झूठ बोलें तो हमारा मुर्दा देखें!"

सेठ जी की बोलती बन्द।

"अब आप बोलते क्यों नहीं?" इंशा ने कपाल ठोक लिया, "हाय औरत की जात···तेरा कभी एतबार नहीं।" इंशा फफक उठी।

"अरे हमीं बता देते," अम्मा बोली। "इसी ने मना कर दिया था : मालिक से कहने की जरूरत नहीं। जरी, कसीदे में इसका हाथ अच्छा है। दस-पन्द्रह दिन में चार-पाँच रुपये बना लेती है। पेट भरने को आपका दिया बहुत काफी। कहती है, अजगर की तरह पड़े-पड़े मुटियाने से क्या फायदा। बेटी को नाच-गाने की तालीम दिलानी नहीं। नथनी खुलवानी नहीं। एक दिन हाथ पीले करने को दो जोड़े कपड़े, दो-चार भांडे-बर्तन लायक गाँठ में न होगा तो उसे कैसे बिदा करेगी!"

सेठ जी पर घड़ों पानी पड़ गया। इंशा हिचक-हिचक कर रोती रही। उस समय सेठ जी उठकर चले गये, लेकिन रात मुआफी माँगने आये। "'...तुम परेशान हो रही हो। क्या समझती हो, हमें कुछ खयाल नहीं है।" उस साँझ से वह ख्याल उनके दिमाग में अधिक चेत गया।

उन दिनों म्युनिसिपैलिटी नख्खास से गोल दरवाज़े की सड़क चौड़ी करवा रही थी। पहले सड़क बहुत संकरी गलीनुमा थी। रास्ते के दोनों ओर गरीब बस्ती के छोटे-छोटे खस्ताहाल मकान थे। पाँच-छः बरस पहले सड़क किनारे की पुरानी बस्ती में एक मियाँ ने अपने अधगिरे मकान की जगह गिरवी रखकर सेठ परिवार से कर्ज लिया था। मियाँ चार बरस तक असल क्या सूद भी न दे पाये। हालत और खस्ता हो गयी। वे गिरे मकान के मलबे और सौ गज़ जगह का सौ रुपया और लेकर शहर की नयी बस्ती में नया रोज़गार जमाने चले गये। सड़क चौड़ी करने के लिये तंग सड़क पर किनारे के मकान गिरा दिये गये। मियाँ की जगह का कुछ भाग सड़क में गया तो शेष जगह सड़क पर आ गयी। सेठ जी ने पुराना मलबा नीवों में भरवा कर नीचे दो दुकानें और ऊपर रहने लायक जगह बनवा दी। उस सस्ते जमाने में भी पन्द्रह-बीस रुपया माहवार किराये की सम्पत्ति बन गयी। मकान-दुकान किराये पर देने से पहले सेठ जी ने सम्पत्ति रतनी के दहेज के लिये इंशा के नाम रजिस्ट्री करवा दी।

सेठ जी के भतीजे पारिवारिक सम्पत्ति की ऐसी बरबादी से बौखला उठे। सेठ जी शौक-तमाशबीनी में जो खर्च करते, भतीजों से छिपा न रहता। सौ-पचास की बात तक कुढ़ कर रह जाते, परन्तु यह मामूली नुकसान न था। उस सस्ते के ज़माने में भी ज़मीन-इमारत साढ़े चार-पाँच हजार के। भतीजों ने मुँह-दर-मुँह विरोध किया। बात बहुत बढ़ गयी।

सेठ जी ने बड़े भाई के पश्चात् व्यवसाय और सम्पत्ति को चौगुना बढ़ा दिया था। उनकी औरस सन्तान तो अब एक लड़की ही शेष थी। उसकी भी सगाई हो चुकी थी, छः महीने-साल की मेहमान। आधो-आध गिनने से भी उनका तीस-चालीस हजार का हिस्सा भतीजों और भतीजों की सन्तान के लिये ही था। कलेजे पर रखकर तो ले नहीं जाते। कमीनों के कलेजे चार-पाँच हजार में ही दरक गये। सेठ जी भतीजों की कृतघ्नता और कमीनेपन से खिन्न हो गये। लड़की का ब्याह-गौना तुरन्त निपटा दिया। नख्खास वाला मकान अपने हिस्से में लेकर व्यवसाय, घर और सम्पत्ति का आधो-आध में बँटवारा करा लिया। भतीजों के व्यवहार से मन इतना फट गया कि बड़े आँगन के बीचोंबीच आदमकद दीवार उठवा दी। आँगन का कुआँ भतीजों के हिस्से में था। इसलिये आँगन-बाँट दीवार में दरवाज़ा रखवाया गया। रणातुर सरीकनियों में साँझा कुआँ रणस्थल बन गया। भतीजों की ओर जल की आवश्यकता दूसरी ओर से कहार-महरी या गंगा बुआ के जल के लिये आने की प्रतीक्षा करती। इधर-उधर के डोल, गागर छू-छनक जाते या छींटे पड़ जाते। इसे कौन सह लेता!

गंगा बुआ के कान-आँख सरीकनियों के ताने-मीनों, हाव-भाव, कटाक्ष, व्यंग्य और ध्वनि के प्रति अति सूक्ष्मता से सतर्क। मौन कटाक्ष भी उनकी पकड़ से न बच पाते। तुरन्त प्रतिकार। सेठ जी नित्य की झाँय-झाँय से दुखी हो गये। घर के ऐसे कुएँ से बेहतर था गली के कुएँ से जल मँगवा लेना या अपने भाग में कुआँ खुदवा लेना। उस ज़माने में

राजाबाज़ार की परम्परानुगामी हिन्दू बस्तियों में नल का पानी अपवित्र माना जाता था। सेठ जी ने दीवार में दरवाज़े के किवाड़ों पर ताला डलवा दिया। जवाब में भतीजों की ओर से दरवाज़ा खुलने की सम्भावना न रहने देने के लिये किवाड़ों पर तख्तियाँ जड़ दी गयीं।

सेठ जी व्यवसाय, सम्पत्ति और मकान के बँटवारे और आँगन में दीवार उठ जाने के बाद अपने भाग में बेवा छोटी बहिन गंगा और पुराने नौकर हरिया के साथ रह गये। इतने बड़े परिवार—पाँच मर्द, चार औरतें, सात बच्चों के काँव-काँव और कोलाहल से पृथक होकर सेठ जी पर उदासी और निरुत्साह।···संसार में सब मतलब के हैं, कोई किसी का नहीं। यह कारोबार, घर-द्वार क्या कलेजे पर रखकर ले जायेंगे···सब व्यर्थ। उम्र अभी तिरतालीस ही हुई थी पर लगता था शरीर बिल्कुल निस्सत्व हो गया है और जीवन निष्प्रयोजन।

पड़ोसी मित्र वकील कोहली और अन्य हितुओं ने समझाया : तुम्हारी उम्र कुछ ऐसी ज्यादा नहीं हो गयी। हाँ, स्थिरता का समय आ गया है। ऐसे ही समय घर की शान्ति और सेवा-टहल की जरूरत होती है। परसों तक यह मकान तुम्हारा और भतीजों का घर था। अब तुम्हारा मकान है, घर नहीं। घर घरवाली बिना नहीं होता··· ।

ग्यारह बरस विधुर रह जाने के बाद सेठ जी को पुनः विवाह से संकोच हो रहा था। उन्हें निरन्तर उदास और हतोत्साह देखकर इंशा और उसकी माँ ने भी समझाया, "···कुनबा जैसा भी था, उसमें उलझे तो थे। अकेले ज़िन्दगी जरूर बोझ लगेगी। खाली मकान खाने को दौड़ता होगा। इंसान की ज़िन्दगी में सबसे बड़ा सहारा अपनों की फिक्र होता है।···ढल जाने पर जिस्म खिदमत चाहता है। ऐसी खिदमत वही कर सकता है जिसकी ज़िन्दगी आपसे वाबस्ता हो। सो बीवी के अलावा कौन हो सकेगा! और उस ऊपर वाले की कुदरत कौन जानता है, नयी बहू आपको बेटे का मुँह दिखाये!"

इंशा ने आँसू बहाते सिसक-सिसककर कहा, "···आपका मुर्झाते जाना हमसे नहीं देखा जाता। बीवी के लिये जो कुछ किया जाता है, आपने सब हमारे लिये किया, लेकिन हमें घरवाली नहीं बना सके, न बना सकेंगे। घरवाली क्या, हमें कनीज़ बनाकर भी घर में नहीं रख सकते। हम जानते हैं, हम इसरार करें तो आप तैयार हो जायें लेकिन हम कहेंगे नहीं। उसके लिये आपको अपना वजूद बदलना होगा। हम चाहें तो भी हिन्दू नहीं बन सकते। आप सरीहन मुसलमान बन भी जायें तो आपकी रूह को तसकीन नहीं होगी। अल्लाहताला जाने उसने मुसलमान-हिन्दू का फर्क क्यों किया! लेकिन जमातों का फर्क तो है।···आपकी उम्र ही क्या? मर्द को जरूरत हो, औकात हो तो बुढ़ापे में भी निकाह करते हैं। आपको नयी दुलहिन लाना लाज़िम। आपकी उदासी हमसे देखी नहीं जाती··· ।"

सेठ जी ने विश्वास करना चाहा, इंशा हमारे लिये सब कुछ है। उत्तेजना में यहाँ तक सोच डाला : हम किसी का दिया नहीं खाते, इंशा को घर में रख लें।···न हो इंशा के साथ किसी दूसरे मकान में चले जायें। कोई हमारा क्या बिगाड़ लेगा! कई उदाहरण याद आ गये : हिन्दू औरत मुसलमान से उलझ जाये तो औरत को मुसलमान बनना पड़े। मर्द चाहे जिस हैसियत का हो मुसलमान औरत को घर में ले आये तो हिन्दू ही उसे

मुसलमान बना दें।…सेठ रतनलाल को धर्म-विश्वास, स्वर्ग-नरक की चिन्ता नहीं हुई, परन्तु समाज-संसार में त्याज्य बन जाने का विचार सह्य न था।

सेठ जी ने दूसरी बहू लाना ज़रूरी समझ लिया तो दो ही महीने में लड़की ढूँढ़कर दुलहिन घर ले आये। इंशा बुरका पहने डोली में बैठकर दुलहिन को देखने आयी। मुँह दिखायी में सोने की जंजीर दुलहिन के गले में पहना कर अपने हाथों माँग में सिन्दूर भरा, इत्र लगाया, छुहारे-बादाम, गोले से झोली भरी।

सेठ जी ने दूसरा ब्याह शौक, उमंग या प्रणयातुरता से नहीं, फिर से घर बाँध सकने की मजबूरी में किया था। काम होना चाहिये था चुपचाप और तुरन्त। सरीकों की ओर से किसी भी व्याघात की आशंका थी। उस ज़माने में वर या वधू को देखकर पसन्द करने की कल्पना भी न की जा सकती थी। सेठ जी के लिये जल्दी में विश्वस्त सूत्र से इतनी ही सूचना पर्याप्त थी कि लड़की ठीक कुल-गोत्र की, हाथ-पाँव से दुरुस्त, स्वस्थ है। अल्हड़ बच्ची नहीं, जवान, घर सम्भालने लायक, सुघड़, समझदार। परिवार की गरीबी के कारण इस आयु तक कुआँरी। ब्याह के कपड़े-जोड़े, सालू में लिपटी दुलहिन के कद-काठ, आकृति सन्तोषजनक थे।

सेठ जी ने ब्याह के अवसर पर अपनी सधवा बहिन को ससुराल से बुला लिया था। शुभ कार्य सम्पन्न करने के लिये सुहागिन की उपस्थिति आवश्यक थी। ननद ने नयी भाभी को बहुत उत्साह से, दहलीज पर प्रचुर तैल में चुआ कर उमंग से आँगन में लिया। बहू के माथे से लटके लम्बे घूँघट में चेहरे की पहली झलक से ही ननद का कलेजा बैठ गया।

सेठ जी स्वभाव से सौन्दर्यप्रिय और रसिक प्रकृति। अवसर पर उन्होंने उत्सुकता से नयी बहू का घूँघट उठाया। बहू ने आँखें मूँद गर्दन झुका ली। चेहरे पर मधुर लाज की लालिमा नहीं, दुर्भाग्य की लज्जा की श्यामलता। भाग्य के ऐसे विद्रूप पर सेठ जी ने गहरा निश्वास ले सोचा : हाथ-पाँव से ठीक है, घर सम्भालेगी।

नये बँटे परिवारों में सरीकों की परस्पर ईर्ष्या, जलन और कलह कहावतों-उपमाओं के रूप में प्रसिद्ध हैं। हरपाल, किसनलाल, उनकी पत्नियाँ और बेटे-बहुएँ, निपूते, बारह बरस से विधुर चाचा की बँटवारे की धौंस को कुआर के बादल की कड़क समझ रहे थे। दस बरस बाद चाचा की आँखें मुँदने पर सब उनके ही बेटों-पोतों को सम्भालना था। अप्रत्याशित जवान चाची का सहसा आ जाना उनके लिये तो निर्मेघ आकाश से वज्रपात! ऐसी चाची के प्रति उनकी भावना और व्यवहार की कल्पना कठिन नहीं। हरपाल, किसनलाल की बहुओं ने अपनी बेटियों की आयु की नवागत चाची की उम्र, रूप, कुल और घर की कंगाली की तुमुल स्वर से जो आलोचना और लांछना प्रसारित की, जो ताने-मीने और विषबाण छोड़े, उन्हें निरुत्तर सह लेना केवल पत्थर के दिल-दिमाग के लिये ही सम्भव था।

सेठ जी की नयी बहू का नाम अमरो था। सेठ जी बहुओं-बेटियों की कमीनी हरकतों का क्या उत्तर देते! अमरो की ननद गंगा के लिये मिथ्या लांछनायें और अपवाद मौन सहते रहना सम्भव न था। आँगन में आदमकद दीवार के दोनों ओर से गालियों-बोलियों की बौछारें घंटों जारी रहतीं। गंगा प्रतिकार में असमर्थ होकर गालियों और कोसनों के

साथ प्रतिद्वन्द्वियों पर दैवी प्रकोप की गुहार के लिये विवश हो जाती। अमरो ननद को धैर्य से अवहेलना का परामर्श देती रहती। गालियों और तानों के विषबाणों की वर्षा में अमरो का कवच था—अनन्त व्यस्तता और आँचल से ढँके चेहरे पर मौन मुस्कान। कभी उसका मन प्रतिकार के लिये मचल उठता तो सरीकों की ओर मुस्करा देती, "बहू, अब तो थक गयी होगी, जरा सुस्ता लो··· ।"

सरीकों के पराक्रम को इतना तुच्छ मान लेने का अपमान उन्हें बेंध देता। अमरो ने सरीकों को निरस्त करके पति और ननद के हृदय जीत लिये। उन्हें अमरो के चेहरे पर सहिष्णु, उदार, स्नेह की स्निग्ध आभा दिखायी देने लगी।

सरीके की स्त्रियाँ-लड़कियाँ और कभी-कभी उनके हेलमेल में क्रूर मनोरंजन के रस के लिये स्वर मिलाने वाली पड़ोसनें अमरो के रूप—शीतला से दगे चेहरे—के उपालम्भ में शहद छत्ता, छन्नी, खाँखर, खंजड़ क्या-क्या नाम न देतीं। ननद के क्षुब्ध होने पर अमरो सरीकों को सुनाकर ननद से कह देती, "बीबी जी, तुम क्यों परेशान हो रही हो! वो तो हमारा बखान है। बेचारी जो देखती हैं, कहती हैं।" कभी हँसकर सरीकों को कह देती, "बहू छत्ता तो है ही। सुजान छत्ते से शहद पाये, अजान ढेला मार कर डांस!'"

जल्दी ही अमरो ने अपनी सहिष्णुता और मीठे बोलों से पड़ोसनों को जीत लिया। सरीकनों की ओर से आक्रमण के समय कई पड़ोसनें गंगा की ओर से बोलने लगतीं। समय आने पर सरीकों ने अमरो का डांस भी खूब सहा।

उस जमाने में अच्छे खत्री कुल-गोत्र की बेटी के बीस वर्ष तक कुमारी रह जाने का कारण परिवार की गरीबी के अतिरिक्त अमरो के भाग्य की क्रूरता भी थी। अमरो डेढ़ बरस की थी तो पास-पड़ोस के लोग बच्ची को देख पलक झपकाना भूल जाते। चम्पई उजला रंग, बड़ी कौड़ियों जैसी भूरी-भूरी आँखें। नाक, भौं, ओंठ जैसे कलम से तराश दिये हों। स्वस्थ शरीर। शीतला माता उस पर ऐसी रीझी कि बच्ची को छोड़ना ही न चाहती थी। आखिर छोड़ा तो उसका चेहरा नोच कर। शीतला माता के नखों की खरोंच से बच्ची के चेहरे पर खूब गहरे दाग रह गये, बिलकुल ऐसे कि मौ माखी ने सुनहरी मोम से छत्ता बनाया हो। शीतला बच्ची की एक आँख की ज्योति छीनकर वहाँ छोड़ गयी मक्का की खील जैसा सफेद टेंटर। कारोबार में निरन्तर असफल पिता के लिये ऐसी बेटी का विवाह कठिन कैसे न होता।

अमरो ने सुध सम्भालते ही अपने रूप की निन्दा-लांछना को अपना अनिवार्य भोग पाया था। शीतला उसके चेहरे का आकर्षण नोच ले गयी पर एवजी में अतुल साहस, धैर्य और समझ दे गयी। उसने शैशव से ही मान लिया : आँसू-पसीना, अथक सेवा सहिष्णुता का समुच्चय ही उसका भाग्य और जीवन है। ससुराल आकर तीन-चार मास में अपने शील-सहिष्णुता और अथक सेवा से अमरो न केवल पति और ननद की नज़रों में प्यारी बन गयी, उसकी सहिष्णुता और शील की मुस्कान के छींटों से सरीको के हृदय में उठते घृणा और वैमनस्य के उफान भी बैठने लगे। वर्ष पूरा होने से पहले अमरो ने सेठ जी को चाँद जैसे बेटे का मुँह दिखा दिया। वह पति और ननद के विश्वास में भाग्य-लक्ष्मी बन गयी। पति के न जाने कितने जन्म के पुण्य, तप, दान का फल लेकर वह आयी थी। कुलपुरोहित ने मेष राशि में जन्म लग्न के विचार से बेटे का नाम 'अ' से

रखना उचित बताया। नयी बहू के प्रति स्नेह, आदर और आभार में बेटे का नाम अमरनाथ रखा गया।

सेठ जी ने दूसरी पत्नी से गृहस्थ की स्थिरता, शान्ति और वारिस ही नहीं, आशा और कल्पना से अधिक पाया। इंशा अब एकमात्र अपरिहार्य सहारा न रही परन्तु उसके प्रति सेठ जी का आदर-स्नेह क्षीण न हुए। इंशा, रतनी और अम्मा को परिवार का अंग मानकर उनका खयाल फर्ज़ समझते रहे। दसवें-पन्द्रहवें खैर-खबर लेने जरूर जाते। बेटे की खुशखबरी देने गये तो इंशा उनकी बाँछों से भाँप गयी। बहू का पैर भारी होने की खबर उसे थी। तर्जनी उठाकर सेठ जी से पहले बोल पड़ी, "बेटा मुबारक!···आज ही शाम शाहमीना के मज़ार पर शीरनी-चादर चढ़ायेंगे। बहू का मुँह देखकर लौटते वक्त ही हमने मज़ार पर रुककर मन्नत कर दी थी।"

सेठ जी ने इंशा की हथेली पर बेटे की बधाई की तीन गिन्नी रखी। रतनी को बहिन बनने की खुशी में गिन्नी मिली। अम्मा को पूरे नये कपड़े। इंशा अम्मा के साथ बेटे का मुँह देखने आयी तो बहू के लिये साड़ी-चादर लायी। बच्चे के लिये गोटा टंका झगला-टोपी, हाथों के लिये सोने के कंगन। बच्चे के सिर पर से मुट्ठी भर रेज़गारी न्योछावर करके फकीरों के लिये दे गयी। बेटे के जन्मोत्सव पर सेठ जी ने बिरादरी को दावत दी, मुजरा भी करवाया। इंशा उस अवसर पर भी आयी। अब बुरके में थी। महफिल में गा न सकी थी लेकिन अपने घर ढोलक पर खूब सोहर गाये।

उत्तराधिकारी का मुख देखकर सेठ जी के मन-मस्तिष्क में फिर अर्जन पराक्रम की उमंग। अमर के जन्म के चौथे मास पहला विश्वयुद्ध छिड़ गया। जैसे दूसरे विश्वयुद्ध के समय व्यवसायियों को दोनों हाथ बटोरने का अवसर था, वैसी स्थिति पहले युद्ध के समय भी। सेठ जी पूरी शक्ति से व्यवसाय में जुट गये।

उस समय भारत पर ब्रिटेन का निरंकुश शासन था। सर्वसाधारण प्रजा अंग्रेजों के आतंक से राजभक्त थी। गोरों को देखकर जनता के मुख भय से सूख जाते, परन्तु उनके हृदय में विदेशी शासकों के प्रति विरोध की घृणा। प्रजा अपनी असहाय अवस्था में बलवान आततायी को केवल शाप ही दे सकती थी। तब ब्रिटेन की सामरिक शक्ति पृथ्वी पर महत्तम। ब्रिटिश साम्राज्य का इतना विस्तार कि सूर्य भी उसकी सीमा न लाँघ सके।

युद्ध के समय में ब्रिटेन इस देश से लाखों सिपाही, मजदूर-कुली और दूसरी सहायता बहुत बड़े परिमाण में ले रहा था। देश के राजनैतिक नेता मौका देखकर इस देश से ली जाने वाली जन-धन की सहायता के मूल्य में सरकार से देश के लोगों की बात सुनी जाने और शासन कार्य में देश के शिक्षित लोगों को स्थान दिये जाने की माँग कर रहे थे। जनता के हृदयों में अपने नेताओं के लिये बहुत आदर और श्रद्धा थी। बाल-पाल-लाल (लोकमान्य बाल गंगाधर तिलक, विपिनचन्द्र पाल, लाला लाजपतराय) के आह्वान और ललकारें जन-मानस में गूँज रहे थे। छोटी गली में वकील कोहली और सेठ जी नेताओं के भक्तों में से थे।

सरकारी नियंत्रण में छपे अखबारों के समाचार विचित्र होते थे। अंग्रेजों की सेनायें युद्ध में पीछे हटतीं तो अखबारों में उनके बहादुरी से हटकर नये मोर्चे पर डट जाने का समाचार होता। अखबारों के ऐसे समाचारों पर ही कवि अकबर ने विद्रूप किया था :

'फतह इंगलिश की होती है, कदम जर्मन का बढ़ता है।' देश की सर्वसाधारण जनता अंग्रेजों की पराजय और पराभव से प्रसन्न होती : इनकी बेईमानी और जुल्मों का बदला मिल रहा है!

यूरोप के युद्ध के मैदानों में क्या हो रहा है, सरकार कितनी परेशान है, देश के नेता क्या कह रहे हैं, अखबारों के समाचारों को सच या झूठ मानने और सम्भावनाओं के अनुमानों पर गलियों, बाज़ारों में लम्बी-लम्बी बहसें होतीं। सेठ जी अवध अखबार नियम से पढ़ने लगे। दीर्घ प्रतीक्षा से पाये बेटे का जीवन सम्पन्न और सुखमय बना सकने की महत्त्वाकांक्षा थी ही, अपने बेटे के उच्च शिक्षित, सम्मानित जननायक बन सकने की कल्पना भी उनके मन में सिर उठाती।

युद्ध के समय लगभग चार वर्ष तक भयंकर नरसंहार में लाशों को ठिकाने न लगा सकने और युद्ध के दूसरे मारक प्रभावों के परिणाम में यूरोप से एक नयी महामारी का विकराल झंझा उठकर संसार भर में फैल गया। महामारी की आँधी इस देश में भी आयी। उस बीमारी के नाम, निदान और उपचार डाक्टरों, हकीमों, वैद्यों के लिये अजाने। नयी बीमारी के साथ नया नाम आया : फलंजा ((इन्फ्लूएन्जा)। गला-नाक जकड़कर खाँसी और जबर्दस्त बुखार। बिरले ही इस बीमारी से अछूते रहे। बीमारी ने दस को छुआ तो दो-तीन को समेट भी लिया। सड़कों-बाज़ारों में दिन-रात, किसी भी समय अर्थियाँ, जनाजे दिखायी दे जाते। गली-मुहल्ले के लोग एक अर्थी मरघट या कब्रिस्तान पहुँचाकर लौटते तो दो शव और देखते। आतंक का सबसे बड़ा कारण था कि डाक्टर-वैद्य रोग से बचाव का कोई उपाय न बता सकते। बीमारी के भय से कई मुहल्ले, गलियाँ, गाँव उजड़ गये। रोग की छूत हवा में समा गयी थी। छुतही हवा के श्वास से बचने का उपाय बताया जाता : नाक के सामने निरन्तर यूकलिप्टिस के तेल की फुरेहरी, दालचीनी और बड़ी इलायची का काढ़ा।

सेठों के परिवार में फलंजा की पहल हुई किसनलाल से। फिर क्रम लग गया— किसनलाल की घरवाली, हरलाल, उसका बड़ा बेटा, बहू, बच्चे। जिसने खाट पकड़ी, पखवाड़े-तीन सप्ताह से पहले न उठ सका। इन लोगों के पाँव पर खड़े हो सकने से पहले हरपाल की बहू, दूसरा बेटा और छोटे बच्चे पड़ गये। हरलाल, उसका बड़ा बेटा और किसनलाल की बहू बच न सके। इस ओर सेठ जी ने भी खाट पकड़ी। अन्त तक अछूते रहे तो केवल अमर और गंगा बुआ।

अमरो बीमारों की आहें-कराहटें सुन बिन-बुलाये सरीकों के यहाँ गयी। घर में इतने बीमार और ऐसे कि न घूँट भर जल ले सकें, न दिशा-फरागत के लिये उठ सकें। सेवा का अथक सामर्थ्य था अमरो में। अपनी ड्योढ़ी से गली में निकलकर सरीकों की ड्योढ़ी से भीतर जाने की कठिनाई से बचने के लिये उसने सेठ जी से प्रार्थना की : आँगन-बाँट दीवार का दरवाज़ा खुलवा दिया जाये। पाँच बरस से जंग लगा ताला तोड़ा गया। किवाड़ों पर कीलों से जड़ी तख्तियाँ उखाड़ी गयीं। घर में रोग-सोग एक साथ। गंगा दिन भर देग में बीमारों के लिये साबूदाना, मूँग की दाल का पानी उबालती, दालचीनी-इलायची अजवाइन काढ़ती। अमरो सबको दवा पिलाती, सबको पथ्य देती, सबका गू-मूत समेटती। सरीकों के शोक में उनके साथ रो-रोकर उनके आँसू पोंछती। गंगा बार-बार दबे स्वर में अमरो को बीमारी की छूत से सावधान करती रहती। अमरो अनसुनी कर कलेजा

फाड़ सेवा में लगी रही। उसे विश्वास था : सबके लिये उसकी अथक सेवा ही उसके पति और बेटे का रक्षा कवच है।

जब इन्फ्लूएन्जा की महामारी छोटी गली से नौ बलि लेकर लौट रही थी, राक्षसी ने अपने आतंक की अवज्ञा करने वाली अमरो पर झपट्टा मारा। अमरो ने सेठ परिवार के सब रोगियों की ही सेवा न की थी, गली के जिस घर से हाय और कराहट सुनी सेवा-सहायता के लिये पहुँची। उसने सभी के रोग का थोड़ा-थोड़ा अंश बँटाकर शायद रोग का सबसे अधिक विष समेट लिया था। सेठ जी नगर के बड़े से बड़े अंग्रेज डाक्टरों और सिविल सर्जन को इलाज के लिये लाये। अमरो की सेवा के लिये ननद गंगा और हरलाल की बहू अपने पति और बेटे की सेवा की कृतज्ञता में उसकी खाट के समीप बनी रही। अमरो बच न सकी। सेठ जी सिर पीटकर रह गये।

मृत्यु के बाद व्यक्ति के साधारण गुण-दोष—दोष भुलाकर भी गुणों का बखान किया जाता है। सेठ जी के शोक में समवेदना और अमरो के प्रति आदर से सभी ने हृदय से कहा : ...वह देवी थी। ऐसी आत्मा लोगों के जन्मान्तर के पुण्य-तप का फल देने के लिये स्वर्ग से थोड़े समय के लिये आती है।

अमर की माता ने लगभग पाँच बरस पति की सेवा कर और उसे उत्तराधिकारी सौंपकर आँखें मूँद लीं। सेठ जी अभी पचास के न हुए थे। परिवार के बँटवारे के बाद युद्ध के समय उनकी आर्थिक स्थिति और पोढ़ी हो गयी थी। वह जमाना और था। अच्छे जाति कुल के हीन वित्त परिवार युवती, कुमारी कन्याओं के दान के धार्मिक कर्तव्य की चिन्ता से व्याकुल रहते ही थे। पैंतालीस-पचास-साठ के प्रौढ़ वर को सोलह-सत्रह की कुमारी कन्या का दान धर्मशास्त्र की दृष्टि से वर्जित नहीं। ऐसी विवशता को बिरादरी भी दण्डनीय न समझती। कन्या का दान न कर पाने की चूक और अक्षमता को बिरादरी क्षमा न कर सकती थी। इस महापाप का प्रायश्चित न था। सेठ जी के लिये फिर सम्बन्ध के प्रस्ताव आने लगे।

उस समय प्यारी पत्नी के दिवंगत हो जाने पर उसका फोटो एनलार्ज करवा कर स्मृति रूप घर में लगा लेने का रिवाज न चला था, परन्तु दूसरी पत्नी के मर जाने पर सेठ जी की कल्पना स्वीकार न कर सकी कि कोई अन्य स्त्री अमर की माता के स्थान की पूर्ति कर सकेगी। अमरो के बेटे पर विमाता की छाया की कल्पना उन्हें सह्य न थी।

माँ के सम्बन्ध में अमर की स्मृति अमूर्त धूमिल छाया मात्र थी। केवल इतनी कि माँ थी, कभी माँ की स्नेहमय गोद और रक्षक हाथों में होने की अस्पष्ट चेतना, परन्तु बचपन से ही उसके चिन्तन और व्यवहार पर, माँ की अनुपस्थिति में भी, माँ की महिमा का गहरा प्रभाव पड़ता रहा। ऐसे प्रभावों का समुच्चय ही मनुष्य का चरित्र बन जाता है। शैशव से अपनी माँ की चर्चा सुन-सुनकर अमर के विश्वास में माँ का निश्चित व्यक्तित्व बन गया था। पिता से, बुआ से, पड़ोसियों से, विरोधी सरीकों से भी उसने माँ की उदारता, दया, सेवा भाव, निष्ठा और सहिष्णुता की स्तुति और सराहना सुनी थी। उसके विश्वास में उसकी माँ आदरणीय, अनुकरणीय गुणों की समुच्चय देवी थी। ऐसी माँ की सन्तान होने का गौरव, ऐसी माँ की योग्य सन्तान होने का उत्तरदायित्व!

राजाबाज़ार के पश्चिम में छोटी गली बसने से पहले घोसियों, धोबियों और पतंगसाजों के कच्चे मकान थे। पड़ती जमीन पुराने नवाबी खानदानों के तंगहाल वारिसों की सम्पत्ति। नवाबी रक्त का दम भरने वाले महानिरक्षर लोग समय के प्रभाव से छोटी-छोटी दस्तकारियों से निर्वाह कर रहे थे। जमीन बनियों, खत्रियों और रस्तोगियों के हाथ बिक कर पक्के मकान बनते जा रहे थे। सेठों के मकान के सामने, बलदेव टंडन के मकान की बगल में तब भी पतंगसाज नन्हें का कच्चा मकान शेष था। इन्फ्लूएन्ज़ा की महामारी में नन्हें की बीवी और जवान बेटा जाते रहे। उसके छोटे बेटे फजल की ससुराल हुसैनाबाद में थी। महामारी में फजल का जवान साला जाता रहा था। उसकी बूढ़ी बेवा सास ने दामाद फजल को अपने यहाँ बुला लिया। नन्हें अकेला कैसे रहता, वह भी बेटे के साथ हुसैनाबाद चला गया। नन्हें पर सेठ जी का थोड़ा-बहुत कर्जा चलता रहता था। कुछ कर्ज सूद में, कुछ नकदी में देकर सेठ जी ने नन्हें के मकान की सत्तर गज जमीन ले ली। ऊपर-नीचे चार कोठरियाँ, रसोई, आँगन बनवा दिये ।

मकान में पहले किरायेदार आये ठाकुर साहबसिंह। आयु पैंतीस के लगभग, परिवार में पत्नी, दो लड़कियाँ। मकान उनके लिये बड़ा और महँगा था। लखनऊ सिटी स्टेशन के पार्सल आफिस में बदली पर आये थे। स्टेशन के समीप जगह चाहते थे। दो मास में ठाकुर एक शिकमी किरायेदार ले आये। ये सज्जन थे मास्टर मथुरा प्रसाद। मास्टर प्रदेश की पश्चिमी सीमा सुदूर मुजफ्फरनगर से आगामीर ड्योढ़ी के जुबली हाईस्कूल में बदली होकर आये थे।

पड़ोसी मास्टर और सेठ जी में शीघ्र ही संगति जम गयी। मास्टर की आयु लगभग बत्तीस। सेठ जी की पहली पत्नी के प्रथम सन्तान बालक होता तो मास्टर जी का समवयस्क होता। आर्यसमाजी युवा मास्टर को समाज सुधार और देशभक्ति की लगन। उनकी तीन सन्तानें थीं—छः बरस का छोटा बेटा ओमप्रकाश, चार बरस की बेटी सत्यवती और दयावती गोद में। अमर तब पाँच वर्ष का था। सेठ जी ने परम्परानुसार पुरोहित से पाटी पूजा कराकर बेटे का विद्यारम्भ करवाया था। सेठ जी ने लड़कपन में पाँधे से मामूली हिन्दी, मुड़िया, पहाड़ों की शिक्षा पायी थी। उर्दू उन्होंने स्वयं सीख लिया था। सेठ जी का विचार बेटे को अंग्रेजी पढ़ाने और ऊँची शिक्षा दिलाने का था। अभी बालक को कुसंगति से बचाने के लिये घर पर मास्टर रखकर पढ़ा रहे थे।

मास्टर जी अपने बेटे ओम और बेटी सत्या को प्रातः संध्या स्वयं पढ़ाते। सौजन्य से साथी किरायेदार ठाकुर की बेटियों और अमर को भी साथ बैठा लेते। वे समाज सुधार की भावना से गली के सभी बच्चों को पढ़ाने के लिये प्रस्तुत। मास्टर जी के व्यवहार से सेठ जी प्रसन्न थे।

मास्टर जी शिक्षा का प्रयोजन बच्चों को साक्षर बना देना ही नहीं, उनका स्वास्थ्य और चरित्र निर्माण भी समझते थे। उन्हें अमर का शरीर दुबला और चेहरा पीला लगा। सेठ जी को समझाया : स्वास्थ्य की नींव बचपन में ही पड़ती है। अमर ठीक से पनप नहीं रहा। उन दिनों के स्थानीय साधारण रिवाज से अमर सुबह जलेबी खाता था या रात की बासी पूरी। बुआ लाड़ से उसे दिन में जब-तब मिठाई देती रहती। संध्या फिर पक्की रसोई पूरी-परौंठा। भोजन के समय बच्चे को खाने में रुचि न होती।

गंगा बुआ को मास्टर जी की नोक-झोंक से चिढ़। उस पर लांछन कि उसे बच्चे के लिये उचित भोजन की समझ नहीं। गंगा मास्टर-मास्टरनी से उलझ पड़ी, "···नयी-नयी बातें···हमारे यहाँ बड़े-बूढ़ों के जमाने से ऐसा ही होता आया है।···दुनिया जहान के बच्चे जलेबी-मिठाई खाते हैं। बच्चा क्या घोड़ा है जो मिठाई न खाकर रातिब खायेगा!···बच्चे का मन होगा सो ही तो खायेगा।" बलदेव टंडन की माँ-बहू, सेठों के दूसरे आँगन से, खन्ना परिवार से, गली की सभी स्त्रियाँ मास्टरनी पर बिगड़ीं : पछाहीं लोगों की बातें! इन लोगों का क्या···न मन्दिर न देव-दर्शन! सुबह मुँह-अँधेरे से रात पड़े तक चूल्हा ही चूल्हा। दोनों जून कच्ची रसोई, न चौका न छूत-पात का विचार। जिन कपड़ों में खायें उन्हीं में सोयें··· ।

वकील कोहली ने मास्टर जी का समर्थन किया। अमर को सुबह दूध या दही दिया जाने लगा। महीने भर में अमर के चेहरे पर रौनक आ गयी। कोहलियों के यहाँ भी सुबह नाश्ते का ढंग बदल गया। शेष गली अपनी परम्परा पर रही।

मास्टर जी बच्चों को पुस्तक ज्ञान ही नहीं, सत्य ज्ञान देना चाहते थे। बच्चों को समझाते : ईश्वर या भगवान मन्दिर-मस्जिद या मूर्ति में नहीं रहते। ईश्वर सर्वव्यापक, सर्वान्तर्यामी, सर्वशक्तिमान है। कब्र-मसान-मढ़ैया, देवी-देवता, पीपल, साँप-बन्दर की पूजा मूर्खता और अन्धविश्वास है। ऊँची-नीची जात, छुआ-छूत सब भ्रम। सब मनुष्य ईश्वर की सन्तान और समान हैं। बच्चों को सच बोलने, बलवान, निर्भय बनने और ब्रह्मचर्य का उपदेश देते। बच्चे सच बोलने, निर्लोभ होने, बलवान बनने का उपदेश समझते। ब्रह्मचर्य न समझ पाते। मास्टर जी बताते : लड़के-लड़कियों को आपस में छूना नहीं चाहिये। लड़कों को कसकर लँगोट बाँधना चाहिये। बच्चों को संध्या, गायत्री मंत्र और शिक्षाप्रद दोहे-चौपाइयाँ याद कराते।

वकील कोहली को अध्यात्म और परलोक की खास चिन्ता न थी। वे समाज सुधार के समर्थक और देश की परिस्थितियों से सजग थे। वे भी मास्टर जी का आदर करते। कोहली के छोटे बेटे और अमर को मास्टर जी के निरीक्षण में रखने के लिये ओम के साथ जुबली स्कूल में भरती करा दिया गया।

जब मास्टर मथुरा प्रसाद छोटी गली में आये, देश के इतिहास में बहुत उथल-पुथल का समय था। पहले विश्वयुद्ध के समय भी देश के नेता और कांग्रेस विदेशी सरकार से प्रार्थना कर रहे थे : कठोर कानूनों को कुछ उदार बनाया जाये, कानून बनाने में देश के प्रतिनिधियों की राय सुनी जाये, सरकारी नौकरियों में देश के लोग भी स्थान पायें। युद्ध के समय मदन मोहन मालवीय, महात्मा गांधी और नरमदली राजनैतिक नेता जनता को विश्वास दिला रहे थे : सरकार को युद्ध संकट में जन-धन की अधिक से अधिक सहायता देकर हम सरकार का विश्वास और कृतज्ञता प्राप्त कर सकेंगे। सरकार से उदार नीति और सहृदय व्यवहार के अधिकारी हो सकेंगे। उस समय राष्ट्रीय कांग्रेस के अधिवेशनों में राजभक्ति के प्रदर्शन के लिये यूनियन जैक (ब्रिटिश साम्राज्य का झण्डा) फहराया जाता और ब्रिटिश सम्राट की दीर्घायु के लिये प्रार्थना की जाती थी। कांग्रेस के नेताओं ने सरकार को प्रजा से यथाशक्ति सहायता दिलवायी। युद्ध विरोध और अहिंसा के दूत महात्मा गांधी ने युद्ध में अंग्रेज सरकार की सहायतार्थ सिर कटाने के लिये इतने अधिक जवान भरती करवाये कि

सरकार ने उनकी सेवा के पुरस्कार में उन्हें राजभक्ति का सबसे बड़ा सम्मान 'क़ैसरे हिन्द' पदक प्रदान किया।

देश में एक ओर ब्रिटिश सरकार के न्याय और कृपा पर भरोसा रखने वाले नेताओं और कांग्रेस का वैधानिक और शान्तिपूर्ण उपायों से शासन नीति में उदारता और शासन कार्य में सहयोग के अवसर की माँग का आन्दोलन चल रहा था तो दूसरी ओर गुप्त क्रान्तिकारी संगठन सशस्त्र विद्रोह द्वारा विदेशी सरकार से मुक्ति के लिये प्रयत्न कर रहे थे। युद्ध के समय कांग्रेस और गांधी जी जब सरकार को देश के जन-धन की भरपूर सहायता दिला रहे थे, तब क्रान्तिकारी विदेशी शासकों को आतंकित करने और उनके मार्ग में बाधायें डालने के लिये बड़े-बड़े अंग्रेज अफसरों का वध कर रहे थे। दिल्ली में वायसराय लार्ड हार्डिंग पर बम फेंका जा चुका था। युद्ध के समय उत्तर प्रदेश और पंजाब की छावनियों में सेनाओं में विद्रोह फैलाने के यत्न किये गये। पंजाब के क्रान्तिकारी सशस्त्र विद्रोह के लिये शस्त्रों से भरा जापानी जहाज 'कोमागाटा मारू' कलकत्ता तक ले आये। ब्रिटिश सरकार वैधानिक उपायों से शासन में उदारता और सुधार की माँगों की अपेक्षा सशस्त्र विद्रोह के प्रयत्नों से अधिक परेशान थी। युद्ध समाप्त होते ही सरकार ने सशस्त्र विद्रोह के प्रयत्नों को कुचल सकने के लिये कठोर कानून बना देना आवश्यक समझा।

विदेशी सरकार ने १९१९ के आरम्भ में क्रान्ति के गुप्त प्रयत्नों को कुचलने के लिये कठोर कानून 'रौलेट एक्ट' जारी किया। इस कानून के अनुसार विरोधी या विद्रोही प्रयत्नों का दमन करने के लिये पुलिस अफसरों के अधिकार बहुत बढ़ा दिये गये। अपनी राजभक्ति से सरकार की कृतज्ञता और कृपा की आशा करने वाले कांग्रेसी और अन्य नेता निराश हो गये। सद्भावना और प्रेम से सरकार का हृदय परिवर्तन कर सकने की महात्मा गांधी की आशा ध्वस्त हो गयी। देश के राजनैतिक क्षेत्रों में हाहाकार मच गया। निराशा और असन्तोष प्रकट करने के लिये गांधी जी और अनेक नेताओं ने सरकारी सम्मान और पदवियाँ वापस कर दीं। गांधी जी और कांग्रेस ने इस काले कानून के विरोध में देशव्यापी हड़ताल और प्रदर्शन का आदेश दिया।

काले कानून के विरुद्ध देशव्यापी हड़तालें और प्रदर्शन हुए। अनेक स्थानों पर रेल की पटरियाँ उखाड़ दी गयीं, रेल स्टेशन और डाकखाने जला दिये गये। प्रायः सभी बड़े नगरों कलकत्ता, दिल्ली बम्बई में अनेक लोग विरोध प्रदर्शन में पुलिस की गोलियों के शिकार हुए थे। पंजाब में हड़तालें और प्रदर्शन अधिक उग्र हुए। लाहौर, गुजरांवाला, अमृतसर, शेखूपुरा, लायलपुर में सरकारी इमारतों को नुकसान हुआ। कहीं-कहीं अंग्रेज पीट दिये गये। अमृतसर में दो अंग्रेज मारे गये। अंग्रेज सरकार ने विरोध प्रदर्शन का भयंकर बदला लिया। गुजरांवाला नगर पर हवाई जहाजों से बम बरसाये गये, मशीनगनों से अन्धाधुन्ध गोलियों की बौछारें। अमृतसर के प्रसिद्ध जालियांवाला बाग कांड में सैकड़ों जानें गयीं। इसके बाद फौजी अदालतों से सज़ाओं का दौर चला। अमृतसर **नगर में** ही पचास से अधिक लोग फाँसी पर लटका दिये गये। कई नगरों में बाज़ारों **में** चौरस्तों पर फाँसियाँ खड़ी कर दी गयीं।

पहले विश्वयुद्ध में जर्मनी और टर्की की पराजय के साथ टर्की में खिलाफत का भी अन्त हो गया। भारत के मुसलमानों का विश्वास था : खिलाफत को अंग्रेजों ने समाप्त

किया है। हिन्दुस्तान के मुसलमानों ने खिलाफत पार्टी बनाकर टर्की में पुनः खिलाफत कायम करने का आन्दोलन आरम्भ कर दिया। कांग्रेस का लक्ष्य ब्रिटेन के दमन से मुक्ति, खिलाफत का लक्ष्य टर्की में खिलाफत की स्थापना। दोनों ब्रिटेन विरोधी। इस आधार पर कांग्रेस और खिलाफत का संयुक्त मोर्चा बना। 'भारत माता की जय' और 'खिलाफत जिन्दाबाद' के नारे साथ-साथ। विचित्र आन्दोलन—साम्प्रदायिक भावना और उत्तेजना से राजनीतिक लक्ष्यों के लिए संघर्ष। नगरों में विरोध प्रदर्शन के लिये जुलूस निकलते : 'नहीं रहेगी, नहीं रहेगी, सरकार ज़ालिम नहीं रहेगी।' सब सम्प्रदायों के लोग मिलकर नारे लगाते : वन्दे मातरम् भारत माता की जय! अल्लाहो अकबर। खिलाफत जिन्दाबाद! सत्तसिरी अकाल! हिन्दू जनता का संघर्ष भारत माता की मुक्ति के लिये, मुसलमानों का खिलाफत के लिये और सिक्खों का अपने पन्थ के लिये। गांधी जी और कांग्रेसी नेताओं को विश्वास : जनता में एकता हो गयी, जनता एक प्राण होकर एक मोर्चे पर जूझ रही है।

उस समय देश में साक्षरता दो-तीन प्रतिशत भी न थी। सर्वसाधारण जनता कुछ न जानती थी : रौलेट ऐक्ट या काला कानून क्या है···कांग्रेस और सरकार में क्या झगड़ा है? उन्हें विश्वास : गांधी जी सन्त-महात्मा दैवी पुरुष हैं। अंग्रेज सरकार विदेशी और अधर्मी है। इस देश पर जब्र से राज कर रही है। सन्त गांधी सरकार के पाप के विरुद्ध लड़ रहे हैं। अधर्मी सरकार गांधी जी को जेल में बन्द कर देती है। गांधी जब चाहते हैं, जनता को दर्शन देने के लिये जेल की दीवारों और लोहे के जंगलों के बाहर आ जाते हैं। गांधी जी के एक ही समय में दिल्ली, बम्बई और कलकत्ता में उपदेश देने की, आकाश मार्ग से यात्रा की, गांधी जी के इशारे से नीम और बबूल पर कपास पैदा हो जाने की, उनके संकेत से रोगी चंगे हो जाने की कहानियाँ प्रचलित हो गयीं। गांधी जी के आदेश पर लोग सब कुछ करने को तैयार। आम जनता के लिये गांधी जी राजनैतिक नेता नहीं, संत थे।

कांग्रेस और खिलाफत के संयुक्त संघर्ष का एकाधिपति निर्देशक और शास्ता (डिक्टेटर) गांधी जी को स्वीकार किया गया। गांधी जी ने एक वर्ष में स्वराज्य प्राप्ति की घोषणा कर दी। गांधी जी की दो शर्तें थीं : पहली शर्त—कांग्रेस के एक करोड़ मेम्बर बनाये जायें। दूसरी शर्त—स्वराज्य कोष में एक करोड़ रुपया जमा किया जाये। जनता ने दोनों शर्तें शीघ्र पूरी कर दीं। स्वराज्य प्राप्ति के लिये संघर्ष का कार्यक्रम था—सरकार से असहयोग और सत्याग्रह से कानून भंग।

गांधी जी के संचालन में कांग्रेस और खिलाफत ने आदेश दिया : सरकार से असहयोग किया जाये। अदालतों, सरकारी शिक्षा संस्थाओं का बहिष्कार किया जाये। सरकारी नौकरियाँ छोड़ दी जायें। सरकार-पुलिस-फौज की नौकरी हराम है। देश के अनेक चोटी के वकीलों पं० मोतीलाल नेहरू, चितरंजन दास, भूलाभाई देसाई, राजगोपालाचार्य, डा० किचलू, डा० आलम ने वकालतें छोड़ दीं, अनेक साधारण स्थिति के वकीलों ने भी। कुछ ऊँचे पद के सरकारी नौकरों ने और हजारों मामूली लोगों ने सरकारी नौकरियाँ छोड़ दीं। लाखों विद्यार्थी स्कूल-कालेज छोड़ सक्रिय आन्दोलन में कूद पड़े। छोटी गली के वकील कोहली दुविधा में रहे थे, जल्दी न करना चाहते थे। मास्टर मथुराप्रसाद सरकारी नौकरी से ग्लानि अनुभव कर रहे थे, परन्तु अन्य अवलम्ब न होने से विवश।

सत्याग्रह था—विदेशी माल और शराब के बहिष्कार के लिये। प्रयोजन था—विदेशी माल, खास तौर पर विदेशी कपड़े की खपत रोककर ब्रिटेन पर आर्थिक दबाव डालना, शराब की बिक्री रोककर सरकार को शराब के कर की हानि पहुँचाना। जनता में विदेशी कपड़े से घृणा फैलाने के लिये सार्वजनिक स्थानों में विदेशी कपड़े की होली जलाना। विदेशी कपड़े की बिक्री को रोकने के लिये कांग्रेस और खिलाफत के स्वयंसेवक बजाजों की दुकानों के सामने धरना देकर विनयपूर्वक दुकानदारों को विदेशी माल न बेचने और ग्राहकों को विदेशी माल न खरीदने के लिये समझाते। ग्राहकों के न मानने पर स्वयंसेवक उनका रास्ता रोकने के लिये दुकानों के सामने लेट जाते।

गांधी जी का आदेश था : सत्याग्रही स्वयंसेवक केवल विनय और सहिष्णुता से सत्याग्रह द्वारा ही दुकानदारों और ग्राहकों का हृदय परिवर्तन करके विदेशी कपड़े और शराब की बिक्री को रोकें। परन्तु कुछ ग्राहक, खास तौर पर पुलिस द्वारा सिखाकर भेजे लोग दुकानों के सामने लेटे सत्याग्रही स्वयंसेवकों को लाँघकर या उनके शरीरों पर पाँव रखकर दुकान तक पहुँच जाने का पराक्रम दिखाने को तैयार हो जाते। स्वयंसेवक सत्याग्रह की ऐसी अवज्ञा कैसे सह लेते! सत्याग्रह का प्रयोजन आवारा लोगों के पाँव तले रौंदे जाना नहीं, विदेशी माल और शराब की बिक्री को रोकना था। सत्याग्रह के ऐसे पराजय का जनता पर क्या प्रभाव पड़ता! दुकानों के सामने लेटे हुए सत्याग्रही स्वयंसेवक अपने शरीर को लाँघकर या रौंदकर जाने वालों के घुटनों-पिण्डलियों से लिपट जाते। उनके विरुद्ध बल प्रयोग न कर प्रेम से उनकी पिण्डलियों के रोयें नोच-नोचकर उन्हें बिलखते-बिलबिलाते लौटा देते। सत्याग्रह या धरना कांग्रेस के अहिंसात्मक आन्दोलन की विद्या और देन थी। कालान्तर में सत्याग्रह या धरना की इस विद्या ने ही मजदूरों के हाथ पड़कर 'घेराओ' आन्दोलन का रूप ले लिया।

सरकार ने घोषणा की : विदेशी कपड़ा और शराब बेचने वाले व्यापारियों के स्वतन्त्रता से व्यवसाय कर सकने के नागरिक अधिकार की रक्षा सरकार का कर्तव्य है। सत्याग्रह द्वारा व्यापारियों को परेशान करने वाले स्वयंसेवकों को पुलिस मार-पीटकर भगा देने का यत्न करती। सत्याग्रही न मार से भागते, न पुलिस पर हाथ उठाते; निश्चल बैठकर निर्विरोध मार सह लेते। स्वयंसेवकों के सिर फट जाते, खून बह जाता। पुलिस स्वयंसेवकों को घसीट कर दूर फेंक देती। उनके शरीर छिल जाते। स्वयंसेवक लौटकर फिर दुकानों के सामने लेट जाते। पुलिस उन्हें हथकड़ियाँ पहनाकर जेल ले जाती। जनता में विदेशी माल और शराब के व्यापारियों के प्रति घृणा और क्षोभ फैल जाता, सत्याग्रही स्वयंसेवकों के प्रति सराहना और सहानुभूति। गांधी जी द्वारा निर्देशित सरकार से निशस्त्र लड़ाई की नीति ही अहिंसात्मक संघर्ष का मार्ग थी।

सेठ जी सौन्दर्यप्रिय, रसिक व्यक्ति थे, अच्छा खाने-पहनने के शौकीन। असहयोग आन्दोलन से पहले तनजेब पर चिकन का काम किये कुर्ता-टोपी और विलायती महीन धोती पहनते थे। पाँव में कामदार हल्का नागरा जूता या वार्निशदार पम्प शू। उत्सव, महफिल के मौकों पर तनज़ेब या दूसरे कीमती कपड़े की छकलिया अचकन और चिकने लट्ठे का चूड़ीदार पायजामा। विलायती कपड़े का बायकाट होने पर विलायती कपड़े से मन फिर गया। महीन गाढ़ा या देशी मिलों का अच्छा कपड़ा उपयोग करने लगे। वकील

कोहली ने भी काले विकोना की शेरवानी के बजाय देशी कपड़े की काली शेरवानी और किश्तीनुमा टोपी बनवा ली।

मालदार लोग शान्ति और रक्षा चाहते हैं। व्यवस्था, शान्ति और जान-माल की रक्षक सरकार के पक्ष में रहते हैं। इस वर्ग के अधिकांश नागरिक सरकार विरोधी आन्दोलन से दूर रहते परन्तु विदेशी सरकार के प्रति घृणा, क्षोभ और देश की स्वतन्त्रता के लिये संघर्ष से सहानुभूति उनके मन में भी थी। ऐसे लोग सरकारी नाराज़गी की आशंका से प्रत्यक्ष में आन्दोलन से विमुख, परोक्ष में आन्दोलन को सहायता देते रहते। कांग्रेस की रसीद लेकर चन्दा या धन की सहायता देना निरापद न था। पुलिस जब-तब कांग्रेस दफ्तर पर छापा मारकर सब रजिस्टर-कागजात उठा ले जाती। कांग्रेस के लिये धन की सहायता, रसीद या अन्य प्रमाण बिना केवल विश्वस्त व्यक्ति ही एकत्र कर सकते थे। छोटी गली, खासकर सेठ के सम्पर्क में ऐसे व्यक्ति थे हरि भैया।

हरि भैया—हरिकृष्ण गर्ग—पर सेठ जी को भरोसा और स्नेह था। हरि भैया के परिवार का मकान फतेहगंज में था। पहले सत्याग्रह आन्दोलन के समय (१९२० में) उन्नीस-बीस के थे। तब से निरन्तर कांग्रेस के कार्यकर्ता। हरिकृष्ण मैट्रिक पास थे। तब उनकी बिरादरी-समाज में स्कूली शिक्षा के लिये आकर्षण न था। परिवार का कारोबार बजाजे और छोटे-मोटे लेन-देन का था। हरिकृष्ण ने विदेशी कपड़े के विरुद्ध धरने में भाग लिया तो सबसे पहले स्वयंसेवकों के साथ अपनी दुकान पर धरना देकर विदेशी कपड़ा मोहरबन्द करवा दिया। सत्याग्रह में जेल भी गये। नवयुवक ही नहीं, नेता भी उनका भरोसा और आदर करते। जेल से लौटने के बाद हरिकृष्ण गर्ग हरि भैया हो गये।

विदेशी माल मोहरबन्द किये जाने की व्याख्या भी जरूरी है। विदेशी कपड़े और शराब की दुकानों पर सत्याग्रही स्वयंसेवकों के धरना देने से व्यापारियों को नुकसान तो जरूर होता, परन्तु सर्वसाधारण भारतीय शराब को त्याज्य और शराब के व्यापार को निन्दनीय समझते थे। पैसा कमाने के लिये दूसरों को बरबाद करने वालों से क्या सहानुभूति! विदेशी कपड़े के व्यापारियों की स्थिति भिन्न थी। विदेशी कपड़े की होली भी आन्दोलन का अंग। यह होली त्याग और आत्मशुद्धि के यज्ञ की प्रतीक थी। ऐसी होली में बड़े-बड़े बजाजों से अपना हजारों-लाखों का माल जला देने की आशा व्यावहारिक बात न होती। ऐसे यज्ञ के अनुष्ठान प्रदर्शन के लिये भले घरों से घिसे-छीजे दो-चार कपड़े माँग लिये जाते। यह सच कि कुछ सच्चे और भावुक लोगों ने अपने घरों का सैकड़ों-हजारों का विलायती कपड़ा ऐसी होलियों में फूँक दिया परन्तु व्यापारियों से ऐसी आशा न की जा सकती थी। ऐसे आग्रह से कांग्रेस के प्रति भयंकर असंतोष खड़ा हो जाता। आन्दोलन जारी रख सकने के लिये व्यापारियों की सहानुभूति मुख्य सहारा थी।

बजाजे का कारोबार अधिकांश में खत्री, वैश्य, जैन और रस्तोगी वैष्णव-प्रकृति बिरादरियों के हाथों में था। उन्हें अपनी दुकानों पर सत्याग्रह के प्रसंग में मार-पीट, धर-पकड़, नारेबाजी और हुल्लड़ से घबराहट होती। वे लोग घर फूँककर देशभक्ति न कर सकते थे, परन्तु नगर भर से बैर और थुक्का-फज़ीहत भी न चाहते थे। आन्दोलनों के समय कांग्रेस के प्रतिष्ठित कार्यकर्ताओं और बजाजे के प्रतिनिधियों में व्यावहारिक समझौता हो जाता—विदेशी कपड़ा थोक फरोशों से और विलायत से न

मँगाया जाये। जो विदेशी कपड़ा बजाजों के गोदामों और दुकानों पर मौजूद है, उसे आन्दोलन की सरगर्मी के समय न बेचा जाये। साँप की बाम्बी मुँद जाये तो उस पर लाठी पीटने की जरूरत!

इतना महत्वपूर्ण निर्णय केवल बातचीत के विश्वाास पर नहीं छोड़ा जा सकता था। कांग्रेस के उत्तरदायी कार्यकर्ता और बाज़ार के प्रतिनिधि बजाजों के गोदामों पर जाते। उनके सामने विलायती माल गाँठों में बाँध दिया जाता। गाँठों पर नगर कांग्रेस कमेटी की मोहरें लगा दी जातीं। संदेह होने पर कांग्रेसी कार्यकर्ता और बाज़ार के प्रतिनिधि इन गाँठों और मोहरों का निरीक्षण कर सकते थे। मोहर टूटी होने पर कांग्रेस अपराधी से जुर्माना वसूल कर लेती। अमीनाबाद, फतेहगंज, नख्खास और चौक के बाज़ारों में सेठ जी जाने-माने व्यक्ति थे। मोहरबन्दी के काम में सेठ जी का भी सहयोग लिया जाता था। अमर लड़कपन से ही कांग्रेस के प्रति पिता की सहानुभूति और सहायता का रहस्य जानता था। वह देश के काम के प्रति लगाव और उस काम में पिता के सहयोग के लिये गर्व अनुभव करता। उसी भावना से हरि भैया का आदर करता।

वर्ष भर में स्वराज की आशा की उत्तेजना से आन्दोलन बढ़ता जा रहा था; पढ़े-लिखे लोगों से नगरों के मजदूरों में, नगरों से गाँवों में। निशस्त्र जनता और पुलिस से संघर्ष बढ़ने लगे। मजदूर और ग्रामीण जनता शत्रु को शत्रु, आन्दोलन को सरकार से लड़ाई और आज़ादी का मार्ग विदेशी सरकार को गिरा देना समझती थी। आज़ादी का युद्ध प्रेम से जीतने, शत्रु का हृदय प्रेम से परिवर्तन करने की सूक्ष्मता जनता की समझ से दूर थी। कई स्थानों पर, बम्बई, शोलापुर, चौरीचौरा में पुलिस और जनता में भयंकर संघर्ष हो गये। पुलिस ने जनता पर गोलियाँ चलायीं। जन-समूहों ने लाठी और पत्थर के जोर से पुलिस के थाने-चौकियाँ फूँककर स्थानीय राज कायम कर लिये। जनता के हिंसा मार्ग पर भटक जाने से गांधी जी को बहुत निराशा हुई। उन्होंने अपनी भूल के पाश्चात्ताप में आन्दोलन स्थगित कर दिया और कांग्रेस जन को चर्खा यज्ञ से आत्मशुद्धि का उपदेश देने लगे।

मास्टर मथुराप्रसाद जीविका के लिये सरकारी स्कूल में नौकरी करते थे परन्तु उनका विश्वास था : विदेशी शासन द्वारा शिक्षा का प्रयोजन अपने गुलाम तैयार करना है। सरकारी स्कूलों की पढ़ाई बच्चों को अपने देश के गौरव, सभ्यता के सच्चे इतिहास से बेखबर रखकर स्वार्थी, कायर और चरित्रहीन बना देती है। नरेन्द्रनाथ, ओमप्रकाश और अमरनाथ अपनी पाठ्य-पुस्तकों में 'अंग्रेजी राज के वरदान' के पाठ पढ़ते: अंग्रेजी राज से पहले इस देश में राजाओं, रजवाड़ों और नवाबों की आपसी लड़ाइयों से लूट-पाट और खून-खराबी मची रहती थी। देश में यात्रा के लिये न अच्छी सड़कें थीं, न सवारियाँ मिलती थीं। डाक-तार की सुविधा न थी। यात्रा में जान-माल के लिये चोर-डाकुओं और बटमारों का खतरा रहता था। प्रजा हर साल तरह-तरह की बीमारियों से लाखों की संख्या में मर जाती थी। प्रजा के लिये शिक्षा और औषध-चिकित्सा का कोई प्रबन्ध न था। पुराने विचार के लोग बेटियों को जन्मते ही मार डालते थे। जवान स्त्रियों के विधवा हो जाने पर उनके हाथ-पाँव बाँधकर पति के साथ जिन्दा जला दिया जाता था। अंग्रेज सरकार ने देश में सड़क बनाई, रेल-तार-डाक जारी किये। आजकल सब जगह पुलिस की चौकसी

और सुरक्षा का प्रबन्ध है। कोई बुढ़िया भी रात-बिरात हाथों में सोना उछालती जहाँ चाहे जा सकती है।

...अंग्रेज सरकार ने जगह-जगह स्कूल, अस्पताल बनाये, न्याय के लिये अदालतें बनवायीं। अब कोई बेटियों की हत्या नहीं कर सकता, विधवाओं को सती नहीं कर सकता। ब्रिटिश शासन ने इस देश को शान्ति, सुरक्षा, न्याय, शिक्षा और स्वास्थ्य दिये। अंग्रेज सरकार के न्याय से शेर-बकरी एक घाट पानी पीते हैं। भगवान ब्रिटिश सम्राट जार्ज पंचम और महारानी मेरी को स्वास्थ्य और दीर्घायु प्रदान करे।

बच्चे पाठ्य-पुस्तकों में 'अंग्रेजी राज के वरदान' पढ़ते परन्तु आस-पास देखते : सब लोग अंग्रेजों से भय और घृणा करते हैं। अंग्रेजों या गोरों को देखकर स्त्रियों और बच्चों की घिग्घी बँध जाती, जवान-बूढ़े सहम जाते। अंग्रेजों की पीठ पीछे उन्हें गाली देते : हरामी, बन्दर। अंग्रेजों को सबसे भ्रष्ट और नापाक कहते : ये गाय-सुअर सब खाते हैं। भंगी-चमार के हाथ का भी खाते हैं। नहाते नहीं, आबदस्त नहीं लेते। इनके यहाँ माँ-बेटी, बहन, बीवी-बहू के लिये कोई लिहाज-शरम नहीं होती। गोरे स्त्रियों को पकड़ लेते हैं। बच्चों का कलेजा निकाल कर खा जाते हैं।

उन दिनों स्कूलों के लड़के सुनते-देखते कि गली-बाज़ारों में विलायती कपड़े की होली जलायी जाती है। गाढ़े के कपड़े-टोपी पहनने वाले लोग जुलूसों में चलकर अंग्रेज और पुलिस को जालिम कहते हैं। ऐसे लोगों को पुलिस मारती है और जेल में बन्द कर देती है। जुलूस निकालने और जेल जाने वाले लोग बहादुर होते हैं।

मास्टर जी घर पर बच्चों को समझाते : खद्दर-गाढ़ा पहनने वाले और कांग्रेसी अपने देश में अपना राज चाहते हैं। प्राचीन युग में भारत संसार का सबसे विद्वान और धनी देश था। इस देश में निरक्षर और पापी नहीं होते थे। यहाँ दूध और घी की नदियाँ बहती थीं, सोना बरसता था। विदेशों के लोग यहाँ शिक्षा के लिये आते थे। हमारे राजा चन्द्रगुप्त ने यूनान के संसार विजयी राजा सिकन्दर को हराकर भगा दिया था। लोग अशिक्षा और अन्धविश्वास से मूर्ति पूजा करने लगे। जात-पात, आपस में छुआ-छूत मानने लगे। देश कुसंस्कारों और फूट से निर्बल हो गया। पहले मुसलमानों ने देश की फूट से लाभ उठाकर यहाँ राज किया, फिर अंग्रेजों ने। अंग्रेजों ने यहाँ के मूर्ख, चरित्रहीन, विलासी राजाओं और नवाबों को आपस में लड़ा-लड़ाकर धोखे से अपना राज कायम कर लिया। अंग्रेजों ने हमारे कारीगरों के हाथों के अँगूठे काटकर देश का कौशल समाप्त कर दिया और अपने देश का माल बेचने लगे। अंग्रेज इस देश का अन्न-धन लूटकर ले जा रहे हैं इसलिए यह देश गरीब हो गया। जो लोग स्वार्थ के लिये देश के विरुद्ध अंग्रेजों के साथ हैं, वे नीच हैं। महर्षि दयानन्द ने कहा है, विदेशी राज स्वराज से कभी अच्छा नहीं हो सकता। तिलक, महात्मा गांधी, लाजपत राय, मालवीय जी और शौकतअली-मुहम्मदअली हमारे नेता हैं। हमें विलायती चीजें और कपड़ा नहीं खरीदना चाहिये, गाढ़ा और खद्दर पहनना चाहिये। लड़के-लड़कियों को सदाचार, ब्रह्मचर्य और परिश्रम से शिक्षा पाना चाहिये। अपने देश की सेवा सबसे बड़ा धर्म है...।

मास्टर जी यह बातें ऐसी मुद्रा और स्वर में कहते कि बालकों के मन में अंग्रेज और अंग्रेजी शासन के प्रति गहरी घृणा और क्रोध जम जाता। आयु के साथ मास्टर जी के विचारों और प्रभाव के प्रति अमर का दृष्टिकोण बहुत कुछ बदल गया, परन्तु उनके सम्पर्क

के प्रभाव कायम रहे। वह आठवीं में था। जाड़े का आरम्भ। प्रातः बैठक के साथ के कमरे में स्कूल का काम कर रहा था। हाजत के लिये ड्योढ़ी की ओर गया था। लौटते हुए उसने सेठ जी की पुकार सुनी, "हरिया···हरिया!"

"क्या है चच्चा?" अमर ने बैठक में झाँका।

"कुछ नहीं बेटे।" सेठ जी ने हाथ में थमे अवध अखबार से नजर उठायी। "हरिया से कहो, अखबार मास्टर जी को दे आये।"

"क्या खबर है चच्चा?" अमर ने पूछ लिया।

अमर की आयु के लड़के प्रायः अखबार नहीं पढ़ते थे। खास खबर होती तो अमर पढ़ लेता था।

"लाओ, हम दे आयें।"

"बेटे तुम अपना काम करो, जाड़े में कहाँ जाओगे।" सेठ जी का स्वर उदास था।

"चच्चा जाड़ा कहाँ है।"

अमर मास्टर जी के लिये बहुत कुछ करने को तैयार। मास्टर जी के मकान तक दस कदम जाते-जाते अमर ने पहले पृष्ठ पर मोटे अक्षरों में शीर्षक पढ़ लिया।

"नमस्ते, मास्टर जी। काकोरी डकैती के चार मुजरिमों को फाँसी हो गयी।" अखबार मास्टर जी की ओर बढ़ाकर अमर ने फाँसी पाने वाले मुजरिमों के नाम भी पढ़ दिये, "रामप्रसाद बिस्मिल, रोशनसिंह, अशफाकउल्ला, राजेन्द्र लहड़ी।"

मास्टर जी ट्यूशन के लिये घर पर आने वाले दो विद्यार्थियों को पढ़ा रहे थे। अखबार हाथ में लेकर मौन रह गये। "इस वक्त हम और नहीं बता पायेंगे। बाकी कल।" मास्टर जी ने विद्यार्थियों की ओर देखा। विद्यार्थी पुस्तक-कापी समेट कर चले गये।

मास्टर जी की उदासी देखकर अमर ने पूछ लिया, "यह बहुत बहादुर डाकू थे···सुल्ताना डाकू से भी बहादुर?" उन दिनों सुल्ताना डाकू का बहुत नाम था। सुल्ताना का किस्सा बाजार में बिकता था।

"बेटे, डाकू नहीं, ये लोग भारत माता के सपूत थे।" मास्टर जी ने बताया, "इन लोगों ने प्रजा को नहीं लूटा, चलती गाड़ी रोककर सरकारी खजाना लूटा। स्वार्थ के लिये नहीं, देश सेवा के कार्य के लिये। यह लोग क्रान्तिकारी थे, देश की आजादी के लिये सरकार पर बम-पिस्तौल से हमला करने वाले क्रान्तिकारी। सरकार ने इन शूरवीरों पर डकैती-कत्ल का इलजाम लगाकर इन्हें फाँसी की सजा दे दी। इनके दूसरे साथियों को काला-पानी—उम्र कैद।"···अमर आँखें फैलाये उत्सुकता से सुन रहा था।

मास्टर जी का स्वर गहरा गया, "जज ने इन लोगों को फाँसी और काले पानी की सजा का हुक्म सुनाया तो इन शूरवीरों ने ललकारा : वन्दे मातरम्! भारत माता की जय! ऐसे बहुत से क्रान्तिकारी वीर हँसते-हँसते फाँसी चढ़ गये। इन शूरवीरों के नाम अमर रहेंगे, जैसे महाराणा प्रताप, शिवाजी, बन्दा बैरागी, हकीकत राय, गुरु गोविन्दसिंह के बेटों के नाम।···झण्डे दुनिया में उनके गड़ेंगे, शीश जिनके धर्म पर चढ़ेंगे।" मास्टर जी की आँखें छलछला गयीं। अमर को रोमांच। अपलक सुन रहा था।

मास्टर जी कहते गये, ''इन वीरों को हथकड़ियाँ-बेड़ियाँ पहना कर अदालत में लाया जाता था। ये ललकारते आते : सर-फरोशी की तमन्ना अब हमारे दिल में है, देखना है जोर कितना बाजुये कातिल में है।···यह लोग देश के लिये सिर देने वाले नरसिंह थे। हम तो कीड़े-मकोड़े हैं।'' मास्टर जी ने नेत्र मूँदकर शहीदों की स्मृति में प्रणाम कर दिया। अमर ने उनका अनुकरण किया।

मास्टर जी अखबार हाथ में लिये अमर के साथ सेठ जी की बैठक में आ गये। काकोरी डकैती का मुकदमा लखनऊ में हुआ था। नगर में मुकदमे की चर्चा रहती थी। मास्टर जी और सेठ जी मुकदमे के प्रसंग याद करते रहे। अमर समीप बैठा उत्सुकता से सुन रहा था।

मास्टर जी की छोटी बेटी दया आ गयी, ''माता जी बुला रही हैं। खाना तैयार हो गया।''

''बेटी, कह दो आज हमारा मन नहीं, न खायेंगे। तुम लोग खा लो।''

मास्टर जी ने सेठ जी की ओर देखा, ''हम किस लायक हैं! पेट के लिये विदेशी सरकार की गुलामी कर रहे हैं। जुबान भी नहीं हिला सकते। मन दुखी है तो शहीदों के आदर में एक जून उपवास ही कर लें। ईश्वर से प्रार्थना है, देश के नौजवान इन शहीदों की तरह वीर, साहसी, बनें।''

सेठ जी ने गहरे विश्वास से समर्थन किया, ''हाँ, हम लोग उपवास के अलावा और क्या कर सकते हैं? हम भी उपासे रहेंगे।''

तभी रसोई से बुआ की पुकार, ''अमरू, आ जाओ चौके में। चच्चा से कहो, सब तैयार है।''

''हम भी उपवास करेंगे। अमर ने सेठ जी की ओर देखा।

''नहीं बेटे, बच्चे उपवास नहीं करते।'' सेठ जी ने अमर की पीठ पर हाथ रखा, ''शाबाश जाओ, बुआ पुकार रही हैं।''

अमर ने इनकार में सिर हिला दिया।

''अच्छा, कोई बात नहीं।'' मास्टर जी ने अमर का पक्ष लिया, ''लड़के की भावना का आदर करना चाहिये।'' सेठ जी की ओर देखा, ''आधी छुट्टी में दौड़कर आयेगा, दूध पी जायेगा। देखो बेटे,'' मास्टर जी ने अमर को चेतावनी दी ''स्कूल में यह बात किसी से नहीं कहना।''

''अबेर हो रही है, अमरू जल्दी आओ।'' बुआ ने झल्लाकर पुकारा।

''हम कुछ न खायेंगे,'' अमर ने ऊँचे स्वर में उत्तर दिया, ''आज हमारा व्रत है।''

''चल जल्दी!'' बुआ ने डाँटा, ''आया बड़ा बरत वाला···बच्चों का कैसा बरत?''

अमर अब चौदह का था। उतना अल्हड़ नहीं कि सरकार विरोधी रहस्य औरतों को बता देता। ऊँचे स्वर में बोला, ''कह दिया हमारा व्रत है। बुआ तुम नहीं समझोगी यह बात।''

''देखो, देखो इस लड़के को!'' बुआ और झल्लाई।

सेठ जी ने बीच-बचाव कर बहन को समझाया, ''अभी रहने दो। दोपहर में आकर दूध पी जायेगा।''

अमर दूध पीने नहीं आया।

मास्टर जी स्कूल में आठवीं कक्षा तक पढ़ाते थे। अमर कक्षा नौ में पहुँचकर उनके निर्देशन की सीमा से आगे निकल गया। नरेन्द्र मैट्रिक पास कर कालेज के पहले वर्ष में पहुँच गया था। मास्टर जी तब भी इन लड़कों का ध्यान रखते। अमर के प्रति उनका स्नेह-वात्सल्य अधिक था। कभी ओमप्रकाश ईर्ष्या भी अनुभव करने लगता। मास्टर जी अपने पुत्र की अपेक्षा अमर से अधिक स्नेह तो क्या कर सकते थे पर ओम के व्यवहार में प्रायः अपूर्ण तृष्णा, स्वार्थ और दब्बूपन अनुभव कर खयाल आता : उनके पुत्र का स्वभाव भी अमर की तरह सन्तुष्ट, निर्भय हो सकता। एक ही संस्था में शिक्षा, एक सी ही संगति पाने वाले किशोरों में ऐसा अन्तर मास्टर जी के विचार में पूर्वजन्म के कर्म या संस्कारों का फल था या स्वयं उनका अपना ही दोष। बारह वर्षों में मास्टर जी का वेतन नियमानुसार चवालीस रुपया मासिक हो गया था। ईश्वर की कृपा से इस बीच चार सन्तानें और आ गयी थीं। मास्टर जी आवश्यकता के कारण सन्ध्या-प्रातः ट्यूशनें करते। निरन्तर थकावट, चिन्ता और कृच्छ्रता की असुविधा। मास्टर जी ईश्वरेच्छा या कर्मफल से सन्तुष्ट रहने के लिये ईश्वर को पूर्वापेक्षा अधिक याद करते। नरेन्द्र और अमर की तुलना में ओमप्रकाश अपनी गरीबी का असामर्थ्य अनुभव करता। ईश्वरेच्छा का विश्वास उसे सन्तुष्ट न कर सकता।

अमर अब कक्षा नौ में था। फिर वही जाड़े के दिन। हरिया ने उसे सुबह जगाकर रोशनी के लिये पलंग के समीप स्टूल पर लैम्प रख दिया। अमर पलंग पर लिहाफ में दुबका स्कूल का काम करने के लिये तैयार हो रहा था। गली में अखबार वाला मुँह-अँधेरे आता था। सेठ जी अवध अखबार लेते थे, कोहली आई० डी० टी० दैनिक (इण्डियन डेली टेलीग्राफ)। अखबार वाला ग्राहक खींचने के लिये ऊँची पुकार से विशेष समाचार का संकेत देता जाता। कभी-कभी गरम खबर होने पर ठाकुर साहबसिंह और रामसहाय भी अखबार ले लेते।

'शेरे पंजाब लाला लाजपतराय का इन्तकाल··· !' अखबार वाले की ऊँची आवाज।

''हरिया,'' अमर ने पुकारा, ''अखबार हमें दे दो।''

सेठ जी प्रातः मास्टर जी के साथ भ्रमण व्यायाम के लिये गोमती की ओर जाते थे।

अमर ने कुछ दिन पूर्व नगर में साइमन कमीशन के प्रति विरोध प्रदर्शन की चर्चा में शेरे पंजाब लाजपतराय को पुलिस की लाठी से चोट लगने के विषय में सुना था। लाला लाजपतराय देश के बहुत बड़े सम्मानित नेता। इतने बड़े नेता के साथ ऐसे व्यवहार से कोहली, सेठ जी, मास्टर जी सबको बहुत दुख हुआ था। साहबसिंह ने सरकार और पुलिस को बहुत गाली दी थी।

अमर ने समाचार एक साँस में पढ़ लिया। मन पर चोट अनुभव की। अखबार एक ओर रखकर स्कूल का काम करने लगा। गली में सेठ जी और मास्टर जी के सैर से लौटने की आहट पाकर अमर लिहाफ छोड़ अखबार लेकर बैठक में आ गया।

सेठ जी के साथ मास्टर जी बैठक में आ गये। लौटते हुए उन लोगों ने अखबार वालों की पुकारें सुन ली थीं।

''क्या खबर है?'' सेठ जी ने अमर की ओर देखा।

अमर ने दोनों के समीप बैठकर पूरा समाचार पढ़कर सुना दिया : शेरे पंजाब आयु के कारण निर्बलता और शिथिल स्वास्थ्य की चिन्ता न कर साइमन कमीशन के विरुद्ध प्रदर्शन का नेतृत्व करने गये थे। स्वयंसेवक लाला जी को धूप से बचाने के लिए उन पर छाता उठाये थे। लोगों का ख्याल था, अंग्रेज पुलिस अफसर ने नेता को चुनकर खास तौर से उन पर बेटन का वार किया था। लाला जी के कन्धे, सीने और पीठ पर लाठी की चोटों के निशान बन गये थे। लाला जी की चोटों की परीक्षा करने और इलाज करने वाले डाक्टरों का खयाल है, लालाजी की सेहत पर इन चोटों का गहरा असर पड़ा। शोक समाचार से सेठ जी और मास्टर जी मौन रह गये।

समाचार की सनसनी से साहबसिंह भी ब्योरा जानने की उत्सुकता में आ गया था, बोला, ''हाँ हाँ, लीडर पहचान कर मारा। यहाँ भी साइमन के खिलाफ जुलूस में सालों ने नेहरू जी, सन्त जी, सक्सेना साहब को चुन-चुनकर लाठियाँ मारीं।···अंग्रेज बद के तुख्म हैं। जान-बूझकर हमारे लीडरों की तौहीन करते हैं···इन्हें भी कोई समझेगा।'' उसने क्षोभ भरी साँस ली।

''वन्दे मातरम्!'' ड्योढ़ी से हरि भैया की पुकार सुनायी दी। अमर ड्योढ़ी की ओर बढ़ गया।

''वन्दे मातरम्! आइये हरि भैया!''

हरि भैया और साहसी देशभक्त लोग उन दिनों आपस में 'वन्दे मातरम्' अभिवादन करते थे।

हरि भैया के चेहरे पर शोक की छाया। बाँह पर बड़े-बड़े इश्तहार लिये थे। हरि भैया ने बैठक में आकर सेठ जी के प्रति आदर में उनके चरण छूकर अभिवादन किया।

''आओ आओ हरि भैया, मुद्दतों में दर्शन हुए।'' सेठ जी ने हरि भैया के स्वागत में उनके आने पर शोक के बावजूद प्रसन्नता प्रकट की। उन्हें मसनद पर अपने समीप बैठने का संकेत किया। हरि भैया विनय में मसनद पर किनारे ही बैठने लगे।

''अरे अरे, वहाँ नहीं, यहाँ आइये। सेठ जी ने हरि भैया से अपने समीप तकिये के साथ बैठने का अनुरोध किया। सेठ जी के दो बार अनुरोध पर हरि भैया तकियों के समीप हो गये। मसनद पर गावतकियों के साथ स्थान अधिक सम्मानित माना जाता था।

''बहुत कृपा की दर्शन देकर। घर में बाल-बच्चे प्रसन्न हैं?''

''काका, आपकी कृपा और भगवान की दया से सब ठीक। आपके यहाँ सब ठीक है?''

''बहुत दिन से आने-आने को कह रहे थे। आप तो जानते हैं कांग्रेस के काम का तो अन्त नहीं। आज सोचा, सुबह ही आपके दर्शन का सौभाग्य हो जाये।'' हरि भैया ने पुनः आदर भाव से हाथ जोड़ दिये।

''बहुत कृपा की। हम भी आपके यहाँ नहीं जा पाये, परन्तु आपकी व्यस्तता में कौन जाने आप कब कहाँ···। सेठ जी हँस दिये, ''इस समय कैसे कष्ट किया?''

''बस ऐसे ही दर्शन के लिये चले आये। अरसा हो गया दर्शन किये।'' हरि भैया गांधीवादी सरलता के बावजूद, आने का प्रयोजन तुरन्त कहकर लखनऊ के शील का उल्लंघन न कर सकते थे।

हरि भैया ने बाँह पर सम्भाले इश्तहार एक ओर रख दिये थे। अमर के लिये इश्तहारों के प्रति उत्सुकता का दमन कठिन।

''भैया जी, हम देख लें क्या है?'' उसने इश्तहारों की ओर संकेत किया।

''हाँ हाँ भैये, अवश्य देखो।''

अमर ने एक इश्तहार उठाकर देखा। इश्तहार के चारों ओर शोक सूचक काली गोट। इश्तहार शेरे पंजाब की मृत्यु की सूचना का था। जनता से शोक प्रदर्शन के लिये हड़ताल, संध्या शोक जुलूस और सभा में सहयोग की अपील। अमर ने इश्तहार को उघाड़ कर प्रयोजन के प्रसंग का अवसर बना दिया।

''काका, हमें अभी बहुत जगह जाना है।'' हरि भैया ने सेठ जी से करबद्ध निवेदन किया, ''आपसे तो हड़ताल में सहायता के लिये कहने की जरूरत नहीं। एक मिनट के लिये वकील साहब के यहाँ चलने का कष्ट कीजिये।''

सेठ जी और मास्टर जी हरि भैया के साथ कोहली साहब के यहाँ गये। अमर साथ था।

वकील कोहली के यहाँ भी हरि भैया ने लखनऊ के तत्कालीन शील के अनुसार दो मिनट केवल दर्शन के प्रयोजन से ही आने की बात की। कोहली अखबार देख चुके थे।

''भाई अंग्रेज सरकार के जुल्म की तो हद हो गयी!'' कोहली ने क्षोभ से स्वयं आरम्भ कर दिया।

हरि भैया को भी काम निबटाने की चिन्ता। बोले :

''वकील साहब, हमें अभी बहुत जगह जाना है। पहले आपकी सेवा में आये हैं। इस अवसर पर पूरी हड़ताल होनी चाहिए।···देश कौम की इज्जत आप ही लोगों के हाथ है। अमीनाबाद, कैसरबाग, मोलवीगंज, फतेहगंज का तिवारी जी, टण्डन जी, यूनस साहब और खलीक साहब ने जिम्मा लिया है। रकाबगंज से चौक तक काका, जयदेव बाबू और आप लोगों पर निर्भर है। जयदेव बाबू के यहाँ हम नहीं जा सके। हुक्म हो तो जायें या आप सम्भाल लेंगे··· ।''

सेठ जी और कोहली ने हरि भैया को आश्वासन दिया, ''हम जयदेव बाबू से मिल लेंगे। रकाबगंज से चौक तक हड़ताल के लिए कह-सुन लेंगे।''

''यूनिवर्सिटी में पूरी हड़ताल रहेगी। क्रिश्चियन कालेज और कालीचरण स्कूलों में भी।'' हरि भैया ने मास्टर जी की ओर देखा।

''हमारे यहाँ क्या··· ।'' मास्टर जी ने गहरी साँस ली, आँखें सजल।

''नहीं नहीं, मास्टर जी को इस झंझट में न खींचिये। सरकारी स्कूल है।'' सेठ जी बोले, ''छोटे-छोटे बच्चे हैं, इतना परिवार। सब इनकी नौकरी पर··· ।''

''लानत है इस नौकरी पर!'' मास्टर जी ने गहरी साँस ली, ''पढ़ायेंगे तो क्या, हाजरी दे आयेंगे। हम लोग तो दुःख-शोक में मन मारकर उपवास भर कर सकते हैं।''

''कचहरी में क्या उम्मीद है?'' हरि भैया ने कोहली की ओर देखा।

''क्या कह सकते हैं!'' कोहली ने गहरी साँस ली, ''सब तरह के लोग हैं। आज भद्दरी के मामले की तारीख है। वर्ना हम न जाते, खैर, वहाँ जाकर देखेंगे।''

हरि भैया के साथ सेठ जी, मास्टर जी और अमर भी लौट आया। अमर ने शोक विज्ञापन का एक कागज ले लिया।

"यह इश्तहार स्कूल नहीं ले जाना।" मास्टर जी ने चेतावनी दी।

"हमारे स्कूल में भी हड़ताल होनी चाहिये।" अमर बोला।

"तुम्हें इस झंझट में पड़ने की जरूरत नहीं।" सेठ जी ने समझाया। हरि भैया ने उनका समर्थन किया।

"यूनिवर्सिटी में हड़ताल हो रही है, क्रिश्चियन कालेज में, कालीचरण स्कूल में··· ।"

"वहाँ की बात अलग।" सेठ जी के माथे पर चिन्ता की लकीरें बन गयीं। "गवर्नमेंट स्कूल की बात दूसरी। तुम्हें नक्कू नहीं बनना। जैसा मास्टर जी कहें वैसा करो।"

"देखो बेटे," हरि भैया ने अमर के कन्धे पर हाथ रखा, "गांधी जी कहते हैं, हम सब को अपनी स्थिति में अनुशासन मानना चाहिये। सत्याग्रही जेल में हो तो उसे जेल का अनुशासन मानना चाहिये, समझे!" हरि भैया ने पंजा उठाकर गांधी जी के वचन की मोहर लगा दी। अमर कुढ़कर मौन रह गया।

सेठ जी कन्धे पर शाल डाल, हाथ में छड़ी लेकर समीप बाजार में हड़ताल के लिये बात करने चले तो अमर को फिर चेतावनी दी, "बेटे, तुम मास्टर जी के साथ स्कूल जाना।"

मास्टर जी को पुकार कर, अमर को साथ ले जाने का अनुरोध कर दिया। अमर और भी कुढ़ गया···खुद हड़ताल करवाने जा रहे और हमें मना कर रहे हैं!

मास्टर जी स्कूल के लिये चले तो ओमप्रकाश साथ था। उन्होंने अमर को भी पुकार लिया। सड़क पर आकर अमर को राजाबाज़ार की हालत देखने की उत्सुकता हुई, परन्तु मास्टर जी की अवज्ञा न कर सका। स्कूल के फाटक के समीप दीवार पर शोक सूचना का बड़ा इश्तहार चिपका था, लेकिन उसे फाड़ दिया गया था। फाटक के बाहर पन्द्रह-बीस लड़के काला झण्डा लिये नारे लगा रहे थे, 'हड़ताल है।···शेरे पंजाब जिन्दाबाद। जालिम सरकार मुर्दाबाद।' लड़के क्रिश्चियन कालेज और कालीचरण स्कूल के थे। फाटक के बाहर पुलिस के दो सिपाही मौजूद थे। स्कूल के दो चपरासी गैर लड़कों को रोककर अपने स्कूल के लड़कों को भीतर ले रहे थे। अमर ने देखा : स्कूल फाटक से चालीस-पचास कदम इधर दसवीं के विद्यार्थी अहमद रज़ा और हरसहाय खड़े थे। अमर से नजर मिलने पर उन्होंने भीतर न जाने का इशारा कर दिया।

फाटक पर नारे लगाने वाले लड़कों की भीड़ से आँखें बचाने के लिये मास्टर जी ने गर्दन झुका ली। सिर झुकाये फाटक के भीतर चले गये। ओमप्रकाश उनके पीछे-पीछे। अमर ठिठका, रज़ा और हरसहाय की ओर बढ़ गया। स्कूल टाइम की घण्टी बजी। चपरासियों ने फाटक बन्द कर लिया।

"चलो शहर में हड़ताल देखें।" रज़ा ने कहा।

"अमां, चौपटिया चलें। आज मुर्गों का दंगल है।" हरसहाय ने बताया, "हम तो उधर जा रहे हैं।" वह आगामीर की ड्योढ़ी की ओर चल दिया, रजा और अमर रकाबगंज की ओर।

बाज़ार लगभग बन्द। किसी दुकान के पल्ले खुले या अधखुले दिखायी दे जाते तो कुछ लोग हाथ जोड़कर या धमकी से दुकानदार को देश के शोक में साथ न देने के लिये लानत देने लगते। दुकान के किवाड़ मुँद जाते। बन्द उजड़े बाज़ारों में पुलिस के दो-दो लठैत सिपाही शिथिल कदमों से लठियाँ टेकते या घसीटते शान्ति रक्षा के लिये गश्त कर रहे थे। चौराहों पर चार-छः सिपाही बन्दूकें दीवार से टिकाये, आराम से खड़े हथेली पर सुरती मलते, बीड़ियाँ फूँकते दिखायी दे जाते। सिपाही सब हिन्दुस्तानी। खास-खास जगह गोरे सार्जेन्ट, पेटी में पिस्तौल लगाये, बेंत लिये। कभी पुलिस का कोई अंग्रेज अफसर नजरसानी के लिये मोटर साइकल पर गुजरता तो आराम से खड़े सिपाही चुस्ती से तन कर सैल्यूट दे देते। फिर वही शैथिल्य।

"साला अंग्रेज हिन्दुस्तानी को हिन्दुस्तानी से ही जूते लगवाता है।" रज़ा का स्वर खिन्न था।

रज़ा और अमर बन्द सूने बाज़ारों से गुजरते अमीनाबाद से कैसरबाग-लालबाग के रास्ते हजरतगंज चले गये। हड़ताल लालबाग तक थी, हजरतगंज में नहीं। उन दिनों हजरतगंज में आजकल की तरह भीड़-भड़क्का न होता था। दुकानों के सामने फुटपाथ पर दुकानें न थीं। आम हिन्दुस्तानी उधर नहीं जाते थे। संध्या समय भी कम ही लोग दिखायी देते। गंज में जितनी दुकानें हैं, तब इससे चौथाई थीं। गंज का रूप दूसरा था। विलायती कम्पनियों ह्वाइट वे, आर्मी एण्ड नेवी स्टोर, स्पैंसर की बड़ी-बड़ी दुकानें यूरोपियनों की मसरफ की चीजें बेचने वाली। ग्राहकों की संख्या कम। कुछेक छोटी दुकानें हिन्दुस्तानियों की। तब लखनऊ छावनी में कई गोरी पल्टनें रहती थीं। सैकड़ों अंग्रेज अफसर। नगर और सेक्रेटेरियेट में भी बड़े अफसर सब अंग्रेज। यूरोपियन कम्पनियों के दफ्तरों-दुकानों में यूरोपियन कार्यकर्ता। हजरतगंज में अधिकांश यूरोपियन स्त्री-पुरुष या यूरोपियन पोशाक पहने लोग दिखायी देते। उनके अतिरिक्त यूरोपियनों के देसी नौकर-चाकर, बैरे-खानसामे, साईस-ड्राइवर। लालबाग-हजरतगंज के क्षेत्र में जहाँ आज छः-सात सिनेमा हैं, तब एक सिनेमा था—प्रिन्स। टिकट खिड़की पर कभी भीड़ न होती।

हजरतगंज में सब दुकानें खुली थीं। नगर के शोक और हड़ताल का यहाँ कोई असर नहीं। रज़ा ने गाली दी, "…इन मादर… बन्दरों के लिये क्या हड़ताल!…हडताल तो तब जब इन कमबख्तों को खाने-पीने को न मिले। लोगों को इतनी समझ आ जाती तो अंग्रेज मुल्क से कभी के भाग गये होते।"

रज़ा और अमर बात करते माल रोड से छावनी की तरफ चले गये। रज़ा ने बताया, "हमारे मामू कहते हैं, अंग्रेज उस रोज़ भागेगा जब हिन्दुस्तानी मजदूरों और फौजों में बेदारी हो जायेगी। हड़ताल तब मानें जब मुल्क भर में रेल-डाक-तार बन्द हो जायें… फौजें पब्लिक से मिल जायें। हमारे मामू बरसों से इसी काम में हैं। तब से जब कांग्रेस-खिलाफत ने कहा था : सब लोग स्कूल-कालेज छोड़ दो। सरकारी नौकरी छोड़ दो। पुलिस-अदालत-फौज की नौकरी हराम है। सब लोग सरकार से अदम-तआबुन (असहयोग) कर दें। एक बरस में स्वराज हो जायेगा। बहुत लोगों ने स्कूल-कालेज, सरकारी नौकरियाँ छोड़ीं। कुछ दिनों में कांग्रेस-खिलाफत ठंडे पड़ गये। लोग माफी माँगकर फिर नौकरियों पर, स्कूल-कालेजों में चले गये। साले थूका हुआ चाट गये। हमारे मामू अलीगढ़ कालेज में थे। कालेज छोड़ खिलाफत का काम करने लगे। फिर कालेज न गये। बड़े कट्टर मुसलमान,

कसम ले ली : दारुलहर्ब (मुस्लिम विरोधी सरकार) मुल्क में नहीं रहेंगे। जिन्दगी खिलाफत के लिये कुर्बान कर देंगे। टर्की जाकर खिलाफत के लिये शहीद हो जायेंगे। खिलाफत की बाबत मालूम है तुम्हें?'' रज़ा ने पूछा।

''कांग्रेस और खिलाफत दोनों स्वराज के लिये लड़ रहे थे।'' अमर ने बताया।

''नहीं यार।'' रज़ा हँस दिया, ''बहुत से हिन्दुओं और नादान मुसलमानों का भी खयाल है, खिलाफत का मतलब अंग्रेजों की मुखालफत। दरअसल बात दूसरी। तुर्की के बादशाहों को खलीफा कहते थे। दुनिया भर के मुसलमान उन्हें अपना बादशाह मानते थे। खलीफाओं के राज में तुर्किस्तान में रिआया पर मुल्ला और अमीर-उमरा का बहुत जुल्म था, जैसे अपने मुल्क के राजा-नवाबों की हुकूमत में। अपने हरम में सौ-सौ, दो-दो सौ औरतें, सैकड़ों गुलाम रखते। निहायत बदइन्तज़ामी-बेइन्साफी। रिआया से चाहे जैसी बेगार लेते, जिसे चाहे जबर्दस्ती फौज में भरती कर लेते। बड़े जंग में तुर्की अंग्रेजों के खिलाफ जर्मनी के साथ था। जंग में जर्मनी और तुर्की हार रहे थे। तुर्किस्तान रूस के नज़दीक है। वहाँ के रौशन-खयाल लोगों का हौसला रूस के इन्कलाब से बढ़ा। प्रजा ने खलीफा के खिलाफ बगावत कर दी। अंग्रेजों ने उस बगावत में अपना फायदा देखा। अंग्रेजों ने बगावत में मदद दी। तुर्की के तरक्कीपसन्द लोगों ने कमालपाशा को लीडर बनाकर जम्हूरियत कायम कर ली। हिन्दुस्तान के मुसलमान न जानें न समझें। ये कहें : खलीफा तो पैगम्बर के वारिस, खिलाफत खत्म तो इस्लाम खत्म। खलीफा की मदद के लिये खिलाफत पार्टी बना ली। यहाँ गांधी, कांग्रेस, मुसलमान सब कहते : अंग्रेजों ने ज़ुल्म करके खलीफा से हुकूमत छीन ली है। तुर्की में फिर खिलाफत कायम होनी चाहिये।

''हिन्दुस्तान से हज़ारों मुसलमान, कोई हज के बहाने, कोई अफगानिस्तान की राह, जान हथेली पर रखकर खलीफा की मदद में लड़ने के लिये चल दिये।''...रज़ा ने गाली दी, ''खुद तो अंग्रेजों के गुलाम, तुर्की में खिलाफत कायम करेंगे! खिलाफत पार्टी यहाँ कुछ कर नहीं सकी। चन्दा जमा करके तुर्किस्तान के जंग में ज़ख्मी और परेशान लोगों की मदद के लिये वालंटियर भेजे। हमारे मामू भी उसी धकापेल में तुर्की चले गये। दिल में खयाल कि खलीफा की मदद के लिये जिहाद में लड़ेंगे। तुर्कों ने हिन्दुस्तान के मुसलमानों को फटकारा : हमारी मदद के लिये इतनी दूर आये हो, पहले अपने घर में चिराग जलाओ। पहले अपने मुल्क में अंग्रेजों से निपटो। इस्लाम मुल्लाओं और अमीरों का जुल्मो-जब्र बर्दाश्त करने में नहीं है, मसावात (समता) और इन्साफ में है। खुदा के हुक्म से न कोई मालिक है, न गुलाम। सब इन्सान बराबर हैं। कमालपाशा ने सब ज़ालिम मुल्लाओं और अमीरों को दुर्रे (कोड़े) मार-मार कर मज़दूर-किसान बना दिया। बहन...ने बहुत हलवे पराठे खा लिये, अब दुरमट लेकर जन्नत की सड़क कूटो। बेकार पड़े मज़ारों-मस्जिदों में मदरसे-अस्पताल बना दिये। औरतों को बुरके की ज़िल्लत से बरी कर दिया। कोई साला एक से ज्यादा बीवी नहीं रख सकता। यहाँ साले अंग्रेज दुनिया भर की जहालत के मुहाफिज (रक्षक)। मुल्ले-पण्डित जितना लोगों को आपस में लड़ायें, सुअर-गाय, मस्जिद-मंदिर के नाम पर फसाद खड़ा करें, सरकार उन्हें इनाम देगी। कहेंगे, यह मजहबी आजादी है। हमारे मामू कहते हैं : खुदा और दूसरे एतकाद (विश्वास) सब लाइल्मी और वहम (अज्ञान और अंधविश्वास) हैं। असली मज़हब इंसानियत है।''

रज़ा और अमर बातचीत करते छावनी में तोपखाना बाज़ार तक चले गये। छावनी में शहर से बहुत बेहतर सड़कें, सब तरफ सफाई। सड़क के दोनों तरफ बंगलों में करीने से लगे बगीचे फूलों से भरे-सजे। अंग्रेजों के बच्चे-औरतें फूलों की पंखुड़ियों से बने गुड्डे-गुड़िया जैसे दमकते-महकते। हर बंगले पर दस-बारह नौकर-नौकरानी। वहाँ भी हड़ताल का कोई चिह्न-प्रभाव नहीं। किसी को खबर या चिन्ता नहीं—देश का बहुत बड़ा नेता अंग्रेजी सरकार की पुलिस की लाठियों से मर गया, पूरा देश शोक में है। रज़ा ने सुथरी, बढ़िया-सड़कों और सजे-बजे बंगलों की ओर संकेत किया, "हम लोग गंदगी और सड़ांध के दोज़ख में रहते हैं और हमें लूटकर खाने वाले बहन के··· इस जन्नत में। गोरे सिपाहियों के बैरकें देखो, हमारे सिपाहियों से कितनी बेहतर, उन्हें कितनी बेहतर वर्दी। गोरों को हिन्दुस्तानी सिपाहियों से तिगुनी तनखाह··· !" तीसरे पहर वे लोग शहर की ओर लौट पड़े।

शोक जुलूस अमीनुद्दौला पार्क से चल चुका था। सबसे आगे ऊँचे बाँसों पर बँधा शेरे पंजाब लाला लाजपतराय का बहुत बड़ा चित्र। बहुत से काले झण्डे। उसके बाद महिलाओं का दल। अधिकांश स्त्रियाँ दूधिया सफेद खद्दर की साड़ियाँ पहने। कांग्रेस के जुलूसों के आगे चलने वाली महिलाओं की टोली बहुत आकर्षक और प्रभावशाली थी। यह महिलायें नगर के गली-मुहल्लों से बाहर न निकल सकने वाली स्त्रियों जैसी मैली-मसली धोतियों में सिमटी, घूँघट में गर्दनें झुकाये, भीरु, असहाय, मर्दों की नजरों से सिकुड़ती, परन्तु चोरी से उन्हें देखने के लिये आतुर न होतीं। इन स्त्रियों की गर्दनें निर्भय उठी हुईं। चेहरों पर सम्मान के अधिकार का विश्वास, अपने सुदर्शन व्यक्तित्व और वस्त्र-भूषा का गर्व। कुछ के चेहरे पर चश्मे भले लगते। कुछ आँचल से सिर ढँके रखना भी जरूरी न समझतीं। मिसेज़ चैटर्जी के घने घुँघराले केश और मिसेज़ वाजपेयी के गोरे माथे पर लाल बिन्दी बहुत प्यारी लगती। मिसेज़ बक्षी के स्वस्थ गोरे गुलाबी चेहरे पर बहुत रोब-दाब। इन महिलाओं की तुलना में अमर को अपनी गली की स्त्रियाँ गन्दी गिजगिजी लगतीं। जुलूस के अगल-बगल पुलिस की कुछ टुकड़ियाँ चुपचाप चल रही थीं।

जुलूस पहुँचने से पहले ही चौक मण्डी का मैदान श्रोताओं से भर गया था। तब आज-कल की तरह लाउडस्पीकर न थे कि मंच से दो-ढाई सौ गज़ दूर तक लोग व्याख्यान, कविता सुविधा से सुन सकते। पहले आने वाले लोग वक्ताओं के मंच के समीप बैठना चाहते। शेष भीड़ बैठे हुए श्रोताओं को घेरकर खड़ी हो जाती। सभा की व्यवस्था करने वाले लोग हाथ जोड़-जोड़ कर खड़े लोगों से अनुरोध करते, "साहेबान, सज्जनों, आप कृपा करके बैठ जाइये ताकि आपके पीछे बैठने वाले लोगों को भी देखने-सुनने का मौका रहे।" गोल बाँधे भीड़ कुछ पीछे हट जाती। कुछ और लोग बैठ जाते। इस प्रकार भीड़ को बैठाने का क्रम चलता रहता।

शान्ति-रक्षा की सावधानी के लिये पुलिस चौक मण्डी मैदान के चारों ओर पहले से तैनात थी। शाहमीना रोड और गोल दरवाज़े से नख्खास की सड़क पर लठैत पुलिस की कुछ टुकड़ियाँ खड़ी थीं। खुली जगह में कुछ घुड़सवार पुलिस। दो कोनों पर कुछ बन्दूकची सिपाही। कई हिन्दुस्तानी सब-इन्स्पेक्टर, कुछ गोरे सार्जेन्ट चुस्त वर्दी में कन्धे से तमंचे लटकाये। एक जगह तीन अंग्रेज पुलिस अफसर हाथों में बेटन लिये इधर-उधर नज़र दौड़ा रहे थे। अमर, रज़ा की नज़रें बार-बार उनकी ओर चली जातीं।

वक्ताओं ने शेरे पंजाब की देश सेवा का वर्णन किया। श्रीवास्तव जी ने साइमन कमीशन के सम्बन्ध में याद दिलाया, "···यह कमीशन ब्रिटिश सरकार का धोखा है। कमीशन हिन्दुस्तान की हालत और समस्या पर गौर करने के लिये नियत किया गया और उसमें एक भी हिन्दुस्तानी नहीं। ···पूरे देश ने इस कमीशन का विरोध किया···आपके नगर में पंडित नेहरू, गोविन्दवल्लभ पन्त, सक्सेना साहब ने इस कमीशन के विरोध में लाठियाँ बर्दाश्त कीं। शेरे पंजाब भी अपनी आयु और खराब सेहत की परवाह न कर अन्यायी कमीशन के विरोध के मोर्चे पर सबसे आगे रहे। हम जानते हैं, पुलिस ने खास हुक्म से चुन-चुनकर हमारे नेताओं पर वार किये हैं। लेकिन इससे न हमारे नेता डरे, न जनता को डराया जा सका। शेरे पंजाब ने सरकार की लाठियाँ पीठ पर नहीं, सीना तानकर सहीं।"···मैदान तालियों की गड़गड़ाहट से गूँज उठा।

"हमारा बुजुर्ग शेर नेता हमारी जनता को आज़ादी की अहिंसात्मक जंग का रास्ता बता गया है। शेरे पंजाब जानते थे, उन्हें चुनकर वार किये गये थे। इसलिये शेरे पंजाब ने उसी शाम, लाठियों की चोट से तकलीफ के बावजूद, आम जलसे में सरकार को चैलेन्ज दे दिया था। शेरे पंजाब का आखिरी एलान था : ब्रिटिश सरकार याद रखे, उसकी पुलिस ने मुझ पर लाठियों के जो वार किये हैं, उनसे इस देश में ब्रिटिश सल्तनत की ताबूत में आखिरी कीलें गाड़ी गयी हैं।" ···फिर तालियाँ। "शेरे पंजाब ने अंग्रेज सरकार को समझा देने के लिये अपनी बात अंग्रेजी में दोहरा दी थी।"

श्रीवास्तव जी सड़क पर खड़े अंग्रेज अफसरों की ओर घूम गये, "शेरे पंजाब ने सरकार को कहा था : **I declare that the blows struck at me will be the last nails in the coffin of the British rule in India."**

भीड़ के बहुत से लोगों, अमर, रज़ा की नज़रें पुलिस और अफसरों की ओर घूम गयीं। हिन्दुस्तानी सिपाहियों और अफसरों के चेहरे भाव-शून्य, अविचलित। अंग्रेज अफसरों के चेहरों पर मुस्कराहट आ गयी।

अमर को वह मुस्कुराहट बहुत अपमानजनक लगी। "हरामी मुस्करा रहे हैं!" उसने रज़ा की ओर देखा।

"साले समझते हैं, थोथी धमकी है!" रज़ा के स्वर में क्रोध था।

श्रीवास्तव जी उत्तेजना में बोलते गये, "सज्जनों, शेरे पंजाब के इस चैलेन्ज का मतलब बहुत साफ है। उन्होंने अपने सीने पर पुलिस की लाठियाँ बर्दाश्त करके हमारी आज़ादी की जंग का आखिरी दौर शुरू कर दिया है। अब हमारी जनता ज़ालिमों की लाठियाँ ही नहीं, बन्दूकों की गोलियाँ, फाँसी और सभी ज़ुल्मों को बर्दाश्त करके उस वक्त तक आगे बढ़ती जायेगी जब तक हम इस देश से अपनी गुलामी और विदेशी हुकूमत का जनाज़ा नहीं निकाल देते।" मैदान फिर तालियों से गूँज उठा। "वन्दे मातरम् भारत माता की जय। अल्ला हो अकबर! शेरे पंजाब ज़िन्दाबाद!"

श्रीवास्तव जी का चेहरा आवेश से तमतमा गया, स्वर और ऊँचा, "शेरे पंजाब की शहादत की याद में हम सब हिन्दुस्तानी यह प्रतिज्ञा करते हैं कि अपने शहीदों के नक्शे-कदम पर चलते हुए आज़ादी की कीमत अपने सिरों से चुकायेंगे।" पूरा मैदान फिर तालियों से गूँज उठा। श्रीवास्तव जी ने बाँह उठाकर एलान किया, "सर-फरोशी की

तमन्ना अब हमारे दिल में है, देखना है ज़ोर कितना बाज़ुए कातिल में है।'' भीड़ ने फिर तालियों से वक्ता का समर्थन किया। अमर का शरीर आवेश से कंटकित।

चौक से लौटते समय अमर ने रज़ा से कहा, ''हम लोगों को भी कुछ करना चाहिये। हरि भैया से कहकर कांग्रेस में शामिल हो जायें।''

''कांग्रेस में क्या करेंगे? साइमन के खिलाफ जुलूस निकला था तब से क्या हुआ? कांग्रेस वाले कहेंगे तकली से सूत कातो, खद्दर पहनो। पक्के दीनदार हिन्दू-मुसलमान बनो, नमाज-रोज़े के पाबन्द रहो। इत्तहाद करो। उससे अंग्रेज चला जायेगा?''

लाला लाजपतराय की शहादत पर शोक हड़ताल और सभा के पूरे मास बाद। जाड़ा अच्छा पड़ने लगा था, लखनऊ की बोल-चाल में दो लिहाफ का जाड़ा। तब सम्पन्न लोगों के यहाँ लखनवी कायदे से महीन कपड़े के लिहाफों में पाव भर रुई भरी जाती थी। ज्यों-ज्यों जाड़ा बढ़ता, लिहाफों की तादाद दो-तीन, चार-पाँच बढ़ती जाती। जाड़ों की सुबह, अमर नींद टूटने पर लिहाफ में दुबका पढ़ रहा था।

''अवध अखबार···आई० डी० टी०!'' गली से अखबार वाले की आवाज, ''पुलिस कप्तान के कत्ल का राज ···शेरे पंजाब पर हमले का बदला! पुलिस कप्तान को गोली इन्कलाबियों ने मारी···इन्कलाबियों का एलान पढ़िये।''

अमर झटके से उठ बैठा, ''हरिया, हमें अखबार दो!''

अमर को याद आया : पिछले रोज़ लाहौर में अंग्रेज पुलिस कप्तान पुलिस के दफ्तर में गोली से मार दिया गया था। उस समाचार पर उसने विशेष ध्यान न दिया था, परन्तु लाला लाजपतराय पर हमले के बदले की बात से वह फड़क उठा।

पहले दिन समाचार था : लाहौर के टिब्बा फरीद पुलिस दफ्तर से रवाना होते वक्त पुलिस कप्तान साण्डर्स को हमलावरों ने पिस्तौल से गोली मारकर कत्ल कर दिया। हमलावर दो से ज्यादा थे। सार्जेण्ट फर्न और हवलदार चन्दनसिंह ने बहादुरी से हमलावरों को पकड़ने के लिये उनका पीछा किया। सार्जेण्ट फर्न ठोकर खाकर गिर पड़ा। चन्दनसिंह हमलावरों की गोली का शिकार हो गया। लाहौर पुलिस कप्तान साण्डर्स पर हमले के राज़ की तहकीकात और हमलावरों की गिरफ्तारी के लिये बहुत सरगर्मी से कोशिश कर रही है।

पुलिस कप्तान साण्डर्स के वध का रहस्य और इस काण्ड के लिये उत्तरदायी लोगों का भेद घटना की रात लाहौर में जगह-जगह चिपकाये गये नोटिस से मिला। मूल नोटिस अंग्रेजी में था। अवध अखबार ने नोटिस का अनुवाद दिया था।

अमर ने समाचार और नोटिस दो बार पढ़े। सेठ जी और मास्टर जी प्रातः भ्रमण से लौटे न थे। अमर का मन समाचार सबको सुनाने के लिये उमग रहा था। खयाल आया : उन लोगों के लौटने से पहले ठाकुर साहबसिंह को सुना आये। अखबार लेकर गली में निकला। सेठ जी और मास्टर जी लौटते दिखायी दे गये। अमर अखबार दिखाकर बोला, ''क्रान्तिकारियों ने शेरे पंजाब की हत्या का बदला ले लिया।''

सेठ जी ने आतंक से ओठों पर उँगली रखकर चुप का संकेत किया, ''ऐसी बात गली में चिल्ला कर नहीं कहते।'' अखबार मास्टर जी ने ले लिया। वे भी सेठ जी की बैठक में आ गये। सेठ जी ने अमर से ताकीद की, ''बेटे, सोच-समझकर बोलना चाहिये। लोगों को सुनाने से क्या फायदा! उस रामसहाय का क्या एतबार!''

मास्टर जी के पश्चिम मकान में रामसहाय फोटोग्राफर था। रामसहाय का आगामीर की ड्योढ़ी की पुलिस चौकी में आना-जाना था। पुलिस को किसी दुर्घटना या दूसरे अवसर पर फोटो खिंचवाने की जरूरत होती तो उसे ही बुलाते। रामसहाय को कांग्रेस से शिकायत थी : लौंडों को भड़का कर दंगा कराते हैं। सब रोजगार चौपट कर दिया। लोगों को सन्देह था, रामसहाय पुलिस को खुफिया रिपोर्ट देता है।

अमर ने समाचार पढ़कर सुनाया। सेठ जी और मास्टर जी के चेहरों पर संतोष और उल्लास चमक आया।

"पूरी बात नोटिस* में है।" अमर ने कहा।

"हाँ बेटे, नोटिस पढ़ो।" अमर नोटिस पढ़ने लगा :

"जे० पी० साण्डर्स की मृत्यु से लाला लाजपतराय की हत्या का बदला ले लिया गया। यह सोचकर बहुत दुख होता है कि जे० पी० साण्डर्स जैसे मामूली पुलिस अफसर के कमीने हाथों देश की बत्तीस करोड़ जनता द्वारा सम्मानित एक नेता पर हमला करके उनके प्राण ले लिये गये। राष्ट्र का यह अपमान हिन्दुस्तानी नवयुवकों और मर्दों को चुनौती था।"

"हाँ भाई, चुनौती तो था।" मास्टर जी ने दबे स्वर में स्वीकारा। उनका उल्लास फूटा पड़ रहा था, "हमें तो कल ही सन्देह हुआ था पर हमने कहा नहीं। बंगाल में क्रान्तिकारी पहले भी ऐसा बदला ले चुके हैं। हाँ बेटे, आगे पढ़ो।"

"आज संसार ने देख लिया कि हिन्दुस्तान की जनता निष्प्राण नहीं हो गयी। उनका खून जम नहीं गया। वे अपने राष्ट्र के सम्मान के लिये प्राणों की बाजी लगा सकते हैं। लेकिन देश के जिन नवयुवकों ने यह प्रमाण दिया है, हमारे देश के नेता उनकी निन्दा और अपमान करते हैं।"

"क्रान्तिकारियों की निन्दा और अपमान कौन करता है?" अमर ने मास्टर जी की ओर देखा।

"पहले नोटिस पढ़ लो।" मास्टर जी बोले।

"अत्याचारी सरकार सावधान!"

"इस देश की दलित और पीड़ित जनता की भावनाओं को ठेस मत लगाओ। अपनी शैतानी हरकतें बन्द करो! हमें हथियार न रखने देने के तुम्हारे सब कानूनों और चौकसी के बावजूद इस देश की जनता के हाथों में पिस्तौल और रिवाल्वर आते ही रहेंगे। यह हथियार सशस्त्र क्रान्ति के लिये पर्याप्त न हों परन्तु राष्ट्रीय अपमान का बदला लेते रहने के लिये काफी रहेंगे। हमारे अपने लोग हमारी निन्दा और अपमान न करें। विदेशी सरकार हमारा चाहे जितना दमन कर ले, हम अपने राष्ट्रीय सम्मान की रक्षा करने और विदेशी अत्याचारियों को सबक सिखाने के लिये सदा तत्पर रहेंगे। हम सब विरोध और दमन के बावजूद क्रान्ति की पुकार को बुलन्द रखेंगे और फाँसी के तख्ते से भी पुकारेंगे—इन्कलाब जिन्दाबाद!

---

* लाला लाजपतराय की हत्या का बदला लेने के लिये क्रान्तिकारियों द्वारा साण्डर्स के वध की रात लाहौर में चिपकाये गये ऐतिहासिक नोटिस का अनुवाद।

"हमें एक आदमी की हत्या करने के लिये खेद है परन्तु यह आदमी उस निर्दयी, नीच और अन्यायपूर्ण व्यवस्था का अंग था जिसे समाप्त कर देना आवश्यक है। इस आदमी का वध हिन्दुस्तान में ब्रिटिश शासन के कारिन्दे के रूप में किया गया है। यह सरकार संसार की सबसे अत्याचारी सरकार है। मनुष्य का रक्त बहाने के लिये हमें खेद है परन्तु क्रान्ति की वेदी पर रक्त बहाना अनिवार्य हो जाता है। हमारा लक्ष्य ऐसी क्रान्ति है जो मनुष्य के शोषण का अन्त कर देगी। इन्कलाब जिन्दाबाद!"

ह० बलराज

सेनापति, पंजाब हिन्दुस्तानी समाजवादी प्रजातन्त्र सेना

"मामूली लियाकत के आदमी का लिखा नहीं है।" मास्टर जी की आँखों में सराहना, "कैसी साफ, सही बात कही है···वाह-वाह! यह तो अनुवाद है। अंग्रेजी में बात और साफ होगी।"

"लीडरों पर लाठी यहाँ भी चली।" सेठ जी स्वर दबाकर बोले, "भई, बंगाली और पंजाबी में बहुत अक्ल और हौसला होता है। बेचारे कांग्रेस वाले शराब और विलायती कपड़े की दुकानों पर धरना दें तो पुलिस उन्हें पीट-पीट कर जेल भेज दे। कोई पूछे, भले आदमी, हिन्दुस्तानी अपने भाई से कहता है—तुम शराब मत पियो, विलायती कपड़ा मत पहनो! यह भाई-भाई के बीच की बात। अंग्रेज और पुलिस इसमें क्यों पड़े! सत्याग्रहियों पर लाठी चलाने का ऐसा जवाब मिलता तो देखते कितने माई के लाल पुलिस वाले उन्हें मारने-पकड़ने आते। ये ही लोग ठीक करेंगे इन बदमाशों को।"

अमर ने फिर पूछ लिया, "नेता क्रान्तिकारियों की निन्दा और अपमान क्यों करते हैं?"

मास्टर जी झिझक से बोले, "महात्मा गांधी हिंसा की निन्दा करते हैं। उनका मार्ग दूसरा है। वैसे यह नीति भी है। जानते हैं, हजारों आदमी तो ऐसा साहस कर नहीं सकेंगे। जो जितना कर सके।"

"लड़के पढ़ने के लिये आये होंगे।" मास्टर जी उठकर अपने मकान में चले गये। सेठ जी एक गिलास गरम दूध लेकर बही-खाता देखने लगे। अमर नरेन्द्र के यहाँ चला गया, वह नोटिस अंग्रेजी में पढ़ना चाहता था।

कोहली साहब और महेन्द्र किसी मुवक्किल से उलझे हुए थे। अखबार पढ़ चुके थे। अखबार नरेन्द्र के पास था। अमर नरेन्द्र के कमरे में चला गया। अमर को नोटिस में अंग्रेजी के तीन शब्द समझ में न आये। नरेन्द्र कैनिंग कालेज में फर्स्ट इयर में था। उसने अमर को पूरा नोटिस अच्छी तरह समझा दिया और पूछा, "तुम रेवोल्यूशनरी बनोगे?"

"तुम बताओ, तुम बनोगे?" अमर ने पूछा।

नरेन्द्र हँसा, "लल्लू, यह काम बड़े जोखिम का है। इसमें कांग्रेसियों की तरह छः महीने की जेल नहीं, फाँसी होती है। खून का बदला खून है। हम हेल्प कर सकते हैं।"

"हम तैयार हैं," अमर ने कह दिया, "पार्टी का पता बताओ।"

"हमें खुद नहीं मालूम। पता मालूम होना आसान भी नहीं। वर्ना पुलिस को पहले मालूम हो जाये।"

अमर चुप रहा।

''अमर स्कूल चलते हो?'' ओमप्रकाश ने गली से पुकारा।

अमर के साथ सेठ जी भी गली में आ गये, वे गोदाम की ओर जा रहे थे। कोहली अदालत के लिये चल रहे थे।

''कहो रतन भाई, अखबार पढ़ा। कैसा जवाब दिया!'' कोहली ने स्वर दबाकर पूछा।

''हाँ भैया, पढ़ा।'' सेठ जी धीमे से बोले, ''बहुत माकूल जवाब दिया।''

स्कूल में लड़के भी प्रसन्न थे। कोई-कोई हाथ की मुट्ठी से तर्जनी बढ़ाकर, छिगुनी हिलाकर मुँह से 'ट्ठा' शब्द कर हँस देते। सब समझ रहे थे, तमंचा चलाने का संकेत है।

आधी छुट्टी में अमर ने एकान्त में रज़ा से बात की, ''इन्कलाबियों का नोटिस पढ़ा?'' वह अखबार से नोटिस काटकर ले आया था। रज़ा ने नोटिस देख लिया था। अमर ने याद दिलाया, ''उस दिन जलसे में श्रीवास्तव जी ने शेरे पंजाब का एलान बताया था···मुझे जो लाठियाँ मारी गयीं ब्रिटिश सल्तनत के ताबूत में कीलें बनेंगी। तब साले गोरे हँस रहे थे, अब हँसें!''

''रियाया के पास हथियार होते, लोगों में एका होता तो कोई न हँसता। वैसे मौके पर गदर हो गया होता।'' रज़ा ने समर्थन किया।

अमर ने पूछा, ''गांधी जी और दूसरे लीडर इन्कलाबियों के खिलाफ क्यों हैं? उनकी निन्दा क्यों करते हैं? रज़ा एक जमात आगे था, अमर उसे समझदार मानता था।

''डरते हैं···अंग्रेजों से और क्या!'' रज़ा ने घृणा प्रकट की, ''हमारे मामू कहते हैं : कांग्रेसी अंग्रेजों से आज़ादी का सवाल करते ही नहीं, अपनी वफादारी और खिदमत का इनाम माँगते हैं। ये इन्कलाबियों का साथ दें तो अंग्रेज इन्हें भी बागी करार दे दें। इन्कलाब तो जंग और जान की बाज़ी का रास्ता है, सौदेबाज़ी का नहीं। नोटिस में साफ कहा है।''

मास्टर जी और रज़ा के जवाब से अमर का समाधान न हुआ। दो-चार दिन बाद हरि भैया से भेंट हो गयी। उनसे जिज्ञासा की। हरि भैया केवल कांग्रेस की नीति के कारण नहीं, विश्वास से गांधीवादी थे। उन्होंने अमर को अहिंसा का व्यावहारिक और सैद्धान्तिक पक्ष समझाया : गांधी जी क्रान्तिकारियों की निन्दा और अपमान नहीं करते, उन्हें वीर और आत्म-बलिदान करने वाला मानते हैं, परन्तु राह-भटके समझते हैं। यह सही है कि क्रान्तिकारी अपने उद्देश्य के लिये प्राणों की बाज़ी लगा देते हैं। उनकी वीरता में सन्देह नहीं। परन्तु इस निशस्त्र देश में कितने लोगों के पास बन्दूक-पिस्तौलें हैं! कितने लोग क्रान्तिकारियों की तरह साहस से जान की बाज़ी लगा सकेंगे। अहिंसा की शक्ति से लाखों-करोड़ों जनता संघर्ष में भाग ले सकेगी। शस्त्र हाथ में लेकर शत्रु का सामना करना वीरता है, परन्तु निशस्त्र रहकर भी निर्भय शस्त्रों का मुकाबला कर सकना उससे बड़ी वीरता है। महात्मा गांधी कहते हैं : शस्त्र और शारीरिक बल से हम शत्रु को दबा सकते हैं जीत नहीं सकते। कल वह शक्ति इकट्ठी करके फिर हमसे लड़ेगा। न हमें शान्ति मिलेगी न उसे। हम शत्रु को मारने के बजाय बैर का कारण दूर कर दें तो शत्रु शत्रु नहीं रहेगा। यही असली जीत है। दोनों की जीत, शत्रु की भी हमारी भी।''

"शत्रुता का कारण हम कैसे दूर कर सकते हैं?" अमर ने पूछा, "अंग्रेजों ने हमारा देश हमसे छीना है, हम अपना देश चाहते हैं। हम गिड़गिड़ाकर माँगते रहेंगे तो वे दे देंगे?"

"जरूर दे देंगे।" हरि भैया ने विश्वास से कहा, "यदि हममें उनका हृदय परिवर्तन करने का आत्मबल होगा!"

"कैसे दे देंगे?" अमर ने शंका की, "दे देना होता तो इतनी दूर आकर यहाँ जमते ही क्यों। उनके यहाँ कुछ पैदा नहीं होता। सब यहाँ से ले जाते हैं।"

"ठीक है," हरि भैया ने समझाया, "परन्तु यदि हम उनका हृदय परिवर्तन कर लेंगे तो वे स्वार्थी नहीं रहेंगे। गांधी जी कहते हैं, सब लोग जान की बाज़ी लगाने का साहस नहीं कर सकते। इसलिये हमें अहिंसा के मार्ग पर चलना है।"

अमर ने फिर शंका की, "सब लोग महात्मा भी तो नहीं बन सकते। आप तो अंग्रेजों को भी महात्मा बनाना चाहते हैं।"

हरि भैया ने मुस्कराकर अमर की पीठ ठोकी, "भैये ठीक कहते हो। गांधी जी यही कहते हैं। तुम गांधी जी की पुस्तकें पढ़ो, सोचोगे तो समझोगे गांधी जी ठीक कहते हैं।"

अमर दुविधा में रहा।

मार्च में परीक्षा आरम्भ हो गयी। रज़ा मैट्रिक की परीक्षा दे रहा था, अमर कक्षा नौ की। आठ अप्रैल को अमर दोपहर बाद का पर्चा करके स्कूल से निकला। अपने सहपाठी से प्रश्नों के उत्तर मिलाता सिटी स्टेशन के सामने दही-बड़े वाले की दुकान की ओर जा रहा था।

'ताजी खबर! ...इन्कलाबियों ने दिल्ली असेम्बली में बम फेंका। इन्कलाबियों का एलान!'* आई० डी० टी० का विशेषांक निकला था। अमर पर्चा खरीद कर सड़क पर खड़ा पढ़ने लगा। समाचार से सहपाठी को भी किलक, "शाब्बास! साले गोरों की...में डंडा कर दिया।"

बम फेंकने का वर्णन संक्षिप्त परन्तु क्रान्तिकारियों ने बम फेंककर जो घोषणा पत्र बाँटा था वह विस्तृत था। अमर पूरा पर्चा दोनों ओर से पढ़ गया। कई शब्द या बातें समझ न सका। जितना समझा, उसी से शरीर रोमांचित था। इस घोषणा में भी साइमन कमीशन का विरोध था। लाला लाजपतराय की हत्या के बदले की बात थी। इस घोषणा में हिन्दुस्तान समाजवादी प्रजातन्त्र सेना के सेनापति बलराज के हस्ताक्षर थे। लाहौर में साण्डर्स वध के समय जो नोटिस लगाया गया था, उस पर भी इसी सेनापति के हस्ताक्षर थे। अमर समझ गया, हिन्दुस्तान समाजवादी प्रजातन्त्र सेना देश की स्वतन्त्रता के लिये इन्कलाब करने वाली बहुत बड़ी पार्टी है। वह घर न लौटा। बारूदखाना की ओर चल दिया।

रज़ा का मकान पुराने ढंग का था। तंग ड्योढ़ी में दरवाजे के सामने छोटी पतली दीवार का ओटा। मकान में शिकमी किरायेदार परिवार भी था। ड्योढ़ी के दोनों ओर कोठरियाँ। दोनों परिवारों के मर्द दिन में बाहर रहते। रज़ा के पिता हकीम रसूल अहमद

* ८ अप्रैल, १९२९, दिल्ली असेम्बली में बम-विस्फोट की घटना ऐतिहासिक तथ्य है।

शेख का मतब गोलागंज बाज़ार में था। किरायेदार खलीफा (दर्जी) नसीर बेग की दुकान नज़ीराबाद बाज़ार में। दिन में परिवारों की बेगमात और बहू-बेटियाँ कोठरियों में भी उठती-बैठतीं, इसलिये ड्योढ़ी के किवाड़ बन्द रहते और टाट का पर्दा पड़ा रहता। अमर रज़ा के यहाँ जाता तो बाहर से ही पुकारता।

रज़ा गली में आकर अमर को ड्योढ़ी के साथ की कोठरी में लिवा ले जाता। उससे पहले औरतें पर्दे में हो जातीं।

रज़ा के मकान की ड्योढ़ी के सामने गली में एक व्यक्ति कमीज-पायजामा पहने मोढ़े पर बैठा था। समीप दूसरा मोढ़ा। अमर ने उस व्यक्ति को रज़ा का या किरायेदारों का मेहमान अनुमान कर आदाब अर्ज़ कह रज़ा के लिये पूछा।

"तशरीफ रखिये," व्यक्ति ने अमर को दूसरे मोढ़े की तरफ इशारा किया, "रज़ा दो-चार मिनट में आते हैं। आपकी तारीफ?"

"खाकसार को अमरनाथ कहते हैं। रज़ा साहब का दोस्त हूँ। हम दोनों जुबली स्कूल के तालिबेइल्म हैं।" अमर ने लखनौवा अन्दाज में उत्तर दिया।

अमर के जवाब देते-देते रज़ा आ गया। रज़ा ने मेहमान के हाथ में बीड़ी का बण्डल और माचिस देकर अमर को बताया, "हमारे मामू जान हैं।" अमर की ओर इशारा किया, "इनका तआरुफ तो हो गया। आपके बारे में इनसे पहले भी जिक्र हो चुका है।" संकेत कि आदमी भरोसे का है।

रज़ा के मामू के बारे में अमर ने बहुत कुछ सुना था। उन्हें सामने देख उत्सुकता उमड़ आयी···यह आदमी संसार में कितनी दूर तक देख-सुन आया है। आज अच्छे अवसर से आया।

रज़ा एक और मोढ़ा लाकर समीप बैठ गया, "आज कौन पर्चा था? कैसा रहा?"

"आपकी दुआ से अच्छा हो गया, आई० डी० टी० का पर्चा निकला है। आप लोगों ने देखा?" अमर ने पर्चा मामू की तरफ बढ़ा दिया। नज़र मामू के चेहरे पर।

पर्चे के शीर्षक से मामू की आँखें विस्मय से फैल गयीं। रज़ा भी पर्चा पढ़ सकने के लिए मामू की तरफ झुक गया। मामू पर्चा पढ़ने में सुलगायी बीड़ी भूल गये।

"हम पूरा नहीं समझ पाये हैं। हमें भी बताइये।" अमर उत्सुकता वश में न कर पा रहा था।

मामू के चेहरे पर उत्साह की झलक, "बहुत बड़ा काम किया जवानों ने, बहुत बड़ा काम! बहुत सही बात कही है। यह लोग इन्कलाब का रास्ता पहचानते हैं। इन्कलाबी ताकत मज़दूर ही हैं। सरमायादारी के हामी कांग्रेसी इस हकीकत को नज़रन्दाज किये हैं। इस मौके पर मुल्क के मज़दूर आर्गेनाइज होते, सब रेलों, तार-डाक कारखानों में हड़ताल हो जाती, हिन्दुस्तानी फौजों में बेदारी होती तो मुल्क में इन्कलाब हो सकता था ··· ।"

असेम्बली में बम फेंककर खुद को गिरफ्तार करवा देने वाले क्रान्तिकारियों के नाम थे—भगतसिंह और बटुकेश्वर दत्त। सरकार देश में राजनीतिक आन्दोलनों और मज़दूर आन्दोलनों का दमन कर सकने के लिये दो नये कानून 'सार्वजनिक सुरक्षा कानून' और 'उद्योग विवाद कानून' बनाना चाहती थी। असेम्बली में सभी भारतीय मेम्बरों ने उन कानूनों का विरोध किया। कानून पास न हो सके। उस दिन असेम्बली में वायसराय के

विशेषाधिकार से इन कानूनों के जारी किये जाने की घोषणा की गयी थी। क्रान्तिकारियों ने सरकार के इस अत्याचार के विरोध में असेम्बली में बम फेंका था। क्रान्तिकारियों ने घोषणा में बम फेंकने का कारण बताया था : 'बहरे लोगों को सुनाने के लिये बहुत ऊँचे शब्दों की आवश्यकता होती है। ब्रिटिश सरकार हमारी गुलामी की जंजीरों को मजबूत करने के लिये नये दमनकारी कानून—सार्वजनिक सुरक्षा कानून और उद्योग विवाद कानून जारी कर रही है। यह जालिम कानून असेम्बली में विरोधी बहुमत के कारण पास न हो सके परन्तु वायसराय आज अपने विशेषाधिकार से इन कानूनों को लागू कर रहा है। देश के नेता अंग्रेजों से झूठी आशाओं के चश्मे उतार कर देखें, उनके वैधानिक और शान्तिपूर्ण आन्दोलन कितने व्यर्थ हैं। दमन और गुलामी से मुक्ति का केवल एक रास्ता है—जन-संघर्ष!'

मामू ने अमर और रज़ा को समझाया, "सार्वजनिक सुरक्षा कानून का मतलब है विदेशी शासन करने के लिये पुलिस को विशेष अधिकार। साले सार्वजनिक दमन को सार्वजनिक सुरक्षा कहते हैं। औद्योगिक विवाद कानून का मतलब है—पूँजीपतियों और पूँजीवाद के विरुद्ध मज़दूर संगठनों और मज़दूर आन्दोलनों को पैदा होते ही कुचल सकना। अंग्रेज सरकार ने समझ लिया है, उन्हें खतरा कांग्रेस के अहिंसात्मक और शांतिपूर्ण सत्याग्रह के कानूनी आन्दोलनों के ड्रामे से नहीं है, संगठित मज़दूरों की ताकत और अवाम के आन्दोलन से है। हिन्दुस्तान का सरमायादार पूँजीपति वर्ग अंग्रेजों के पूँजीवाद और साम्राज्यवाद को खत्म नहीं करना चाहता, उसमें अपने लिये भी खासा हिस्सा चाहता है। उसे खत्म करेंगे मज़दूर, गरीब नौकरीपेशा, बेज़मीन किसान क्योंकि पूँजीवाद और साम्राज्यवाद में उनकी ज़िन्दगी नामुमकिन होती जा रही है। उनके हिस्से में है सिर्फ गुलामी, भूख और ज़िल्लत।"

मामू ने ध्यान दिलाया, "क्रान्तिकारियों ने बम फेंककर नारे लगाये—इन्कलाब जिन्दाबाद! दुनिया भर के मज़दूर एक हो! साम्राज्यवाद का नाश हो! उन्होंने ज़ाहिर कर दिया कि इन्कलाबी ताकत सिर्फ मज़दूर हैं। दुनिया भर के मज़दूरों की लड़ाई दुनिया भर के साम्राज्यवाद से है। ये ही कम्यूनिज्म हैं। दुनिया के प्रोलिटेरियट की एकता और दुनिया पर प्रोलिटेरियट की हुकूमत कम्यूनिज्म है। ये ही दुनिया में दलितों की राहत का रास्ता है···।"

मामू दोनों लड़कों को बहुत देर तक रूस में समाजवादी क्रान्ति के बारे में, उसके संसारव्यापी लक्ष्यों के बारे में समझाते रहे। अमर घर लौटा तो बहुत उत्साहित था, जैसे कर्तव्य का मार्ग पहचान गया हो।

उस संध्या वकील कोहली के यहाँ भी असेम्बली में बम विस्फोट के समय क्रान्तिकारियों द्वारा फेंके पर्चे के सम्बन्ध में बहुत देर चर्चा होती रही। उनका विचार : सार्वजनिक सुरक्षा कानून दूसरी बार रौलट एक्ट ही है। औद्योगिक विवाद कानून उससे अधिक दमनकारी। रौलट एक्ट के विरुद्ध कांग्रेस के दस बरस के आन्दोलन का क्या लाभ हुआ? यह आन्दोलन तो कोल्हू का चक्कर।···वैधानिक उपायों से विधान से लड़ना खुद कंट्राडिक्शन···।

बड़े लाट की कौन्सिल में बम! कल्पनातीत घटना से पूरे शहर में सनसनी फैल गयी थी। छोटे बच्चे पटाखे छोड़कर या 'ट्ठा ट्ठा' चिल्लाकर बम फेंकने का नाटक करने

लगे। बिना कुछ समझे ललकारते रहते : 'इन्कलाब जिन्दाबाद! भगतसिंह-दत्त ज़िन्दाबाद!' बुजुर्ग उन्हें टोकते रहते : 'खबरदार! खबरदार! चुप रहो! पुलिस वाले सुन लेंगे।' कुछ दिन बाद भगतसिंह-दत्त के चित्र अखबारों में छपे। बहुत से नौजवान भगतसिंह के चित्र की नकल में हैट पहनना चाहते।

असेम्बली में बम विस्फोट की घटना को सप्ताह बीता था। नरेन्द्र अमर के यहाँ आया। नरेन्द्र ने उसे यंग इण्डिया साप्ताहिक पत्र में असेम्बली बम विस्फोट के सम्बन्ध में गांधी जी का वक्तव्य दिखाया। गांधी जी ने बम फेंकने वाले जवानों की दमनकारी कानूनों के विरोध की भावना से सहानुभूति प्रकट की थी परन्तु उनके कार्य के लिये खेद और असन्तोष प्रकट किया : ···"हिंसा का मार्ग आत्मोत्थान और वीरता से स्वतन्त्रता का मार्ग नहीं है। हिंसा द्वारा शत्रु की हिंसा के विरोध से हिंसा समाप्त नहीं हो सकती। यह शान्ति का मार्ग नहीं है। आग से आग नहीं बुझ सकती। हिंसा पर विजय का मार्ग अहिंसा व्रत से स्वयं कष्ट सहकर शत्रु का हृदय परिवर्तन करना है।"

नरेन्द्र ने गांधी जी के वक्तव्य के प्रति क्षोभ प्रकट किया, "देश के अपमान और अत्याचार के विरोध में साहस से आत्म-बलिदान करने वालों के कार्य को हिंसा कहना बहुत अन्याय है।" नरेन्द्र ने क्रान्तिकारियों की घोषणा आई० डी० टी० से काटकर रख ली थी। घोषणा अमर के सामने पढ़कर कहा, "क्रांतिकारियों ने ठीक कहा है : कांग्रेस का आन्दोलन विफल रहा है। हजारों आदमियों ने सत्याग्रह में लाठियाँ झेलीं, जेल गये। सरकार का हृदय परिवर्तन न हुआ। क्या लाभ हुआ दस वर्ष तक आन्दोलन से? कौन्सिल के मेम्बर नेताओं की कमाई यही रही कि उन्होंने दमनकारी कानून कौन्सिल में पास नहीं होने दिये। वायसराय ने स्पेशल आर्डर से उन्हें जारी कर दिया। हो गयी इनकी टाँय-टाँय फिस्स! जनता को मालूम भी न हुआ था कि कौन्सिल में कानूनों का विरोध हुआ था। अब तो दुनिया जान गयी सरकार क्या जुल्म कर रही है। गांधी जी कम से कम चुप ही रहे। क्रान्तिकारी इनकी पार्टी के मेम्बर नहीं। गांधी जी को उनके काम से मतलब! यह सिर्फ अंग्रेजों की खुशामद। अंग्रेजों को दिखाना चाहते हैं—हम तुम्हारे जूते खाकर भी तुम्हारे सामने हाथ जोड़ते हैं। हम पर रहम करो··· ।" नरेन्द्र की आलोचना से अमर पूर्णतः सहमत और क्रान्तिकारियों की निन्दा से बहुत क्षुब्ध था।

अमर तीन-चार दिन बाद रज़ा, नरेन्द्र को साथ ले हरि भैया से बात करने के लिये कांग्रेस दफ्तर गया। हरि भैया प्रतिदिन दो घण्टे तकली या चर्खा कातते थे। तकली कातते-कातते अमर और रज़ा की बात सुनी। अमर और रज़ा ने गांधी जी के वक्तव्य के प्रति अपना क्षोभ व्यक्त कर असन्तोष प्रकट किया। हरि भैया ने उनका विरोध शान्ति से सुना। विस्तार से अहिंसा की शक्ति की व्याख्या की। लड़के शंकायें करते रहे। हरि भैया तकली का नियमित कार्य पूरा कर बोले, "चलो, तुम्हें शास्त्री जी से मिलायें। तुम लोगों को उनकी बात जँचेगी। शास्त्री कांग्रेसी हैं, समाजवादी भी। कई विषयों में हमारा उनका मतभेद है परन्तु वे विद्वान सत्पुरुष हैं।"

नाथ शास्त्री ने बहुत धैर्य से गांधी जी और कांग्रेस के विरुद्ध नरेन्द्र-रज़ा-अमर का क्षोभ सुना। शास्त्री एँ-एँ करते, रुकते, जरा बनारसी लटके से बोलते थे, "गांधी जी हिंसा या बल प्रयोग की निन्दा जरूर करेंगे। अहिंसा गांधी जी के लिये नीति नहीं, धर्म विश्वास है, परन्तु जनता क्रान्तिकारियों का आदर करती है···कांग्रेस में सब तरह के लोग हैं

न!···हिन्दुस्तानी जमींदार और पूँजीपति भी अपने ऊपर अंग्रेजों की हुकूमत क्यों चाहेंगे? वे लोग राज अपने हाथ में लेने के लिये आजादी की लड़ाई में मदद क्यों नहीं करेंगे? पहला सवाल विदेशी गुलामी से मुक्ति का। फिर जनता बहुमत से जैसा राज चाहेगी, वैसे होगा। कांग्रेस का कार्यक्रम तो उसके मेम्बरों या प्रतिनिधियों के बहुमत से तय होता है। कांग्रेस के लाखों मेम्बर क्या पूँजीपति हैं? जनता में जागृति होगी तो लोग क्रान्तिकारी और समाजवादी कार्यक्रम का ही साथ देंगे। कांग्रेस स्वयं क्रान्तिकारी संगठन बन जायेगा। हमें हिंसा-अहिंसा की परवाह नहीं परन्तु हथियार हैं कहाँ? भगतसिंह-दत्त ने अपनी कुर्बानी से दमन के विरोध की घोषणा की। लोगों ने छिप-छिपकर उनकी तारीफ भी की लेकिन किसी शहर में लोगों को साहस हुआ कि उनकी सराहना में जलसा करके जवानों को उस रास्ते पर चलने को कहते? लाला लाजपतराय की शहादत पर सब शहरों में जुलूस-सभायें हुईं। देखना है, हम जनता को साथ लेकर कैसे, कहाँ तक चल सकते हैं। जानते हो, रूस में भी पहले क्रान्तिकारी लोग जार पर बम फेंकने की कोशिशों में फाँसियों पर चढ़ते रहे। उससे क्रान्ति न हो सकी। लेनिन ने उन्हें समझाया : जब तक जनता को साथ लेकर नहीं चलते, कुर्बानियाँ फिजूल होंगी। रूस में जब मजदूर लोग और सेनायें क्रान्ति में साथ देने को तैयार हो गये तभी न क्रांति हो सकी। जो देश के लिये कुर्बान होने को तैयार हैं वो एक-दो अंग्रेजों को मारकर फाँसी पर चढ़ जायें···उससे कहीं बेहतर कि अपनी तरह सोचने वाले हजार-दो हजार आदमी तैयार करें।

"···हम गांधी जी के कार्यक्रम को फाइनल नहीं मानते, लेकिन देखो, गांधी जी आन्दोलन चलाते हैं तो देश भर में चालीस-पचास हजार आदमी पुलिस की मार झेलने जेल जाने को तैयार हो जाता है। यह गांधी जी और कांग्रेस की सेना है। हम क्रांति और समाजवाद चाहते हैं; बोलो हमारी सेना कहाँ है? बिना सेना लड़ाई हो कैसे सकेगी? पहले अपने विचारों के प्रचार से अपनी सेना तैयार करना जरूरी है। हम कांग्रेस के आधे जगे लोगों को पूरा जगाकर अपनी सेना बना सकते हैं··· ।"

परीक्षा के बाद अमर और रज़ा को फ़ुर्सत थी। वे शास्त्री के यहाँ प्रायः जाने लगे। शास्त्री उन्हें नौजवान भारत सभा की छोटी-छोटी पुस्तकें देते—'हिन्दुस्तानी नौजवानों से दो बातें', 'क्रान्ति का मार्ग', 'आजादी की रूपरेखा', 'साम्यवाद का बिगुल', 'मजदूरों का शोषण', 'असहयोग आन्दोलन की असफलता।' पुस्तकें कुछ हिन्दी-उर्दू में, कुछ अंग्रेजी में। शास्त्री ने चेतावनी दी : पुस्तकें केवल विश्वासपात्र लोगों को पढ़ने के लिये देनी चाहिये। ऐसी और पुस्तकें मँगवा सकने के लिये कुछ पैसा भी जमा करना जरूरी। अमर इन पुस्तकों को बहुत ध्यान से पढ़ता। अपरिचित शब्द डिक्शनरी में देख लेता, जरूरत होती तो नरेन्द्र से पूछ लेता। पुस्तकें नरेन्द्र को भी देता।

छोटी गली में अमर के लगभग समवयस्क कई लड़के-लड़कियाँ थे। उनके लिये पाठ्य-पुस्तकें पढ़ पाना ही कठिन, दूसरी पुस्तकें क्या पढ़ते! कुछ को कहानी-उपन्यास में चाव था, परन्तु राजनीतिक पुस्तकों में नहीं। सेठ जी के यहाँ अपनी पन्द्रह-बीस पुस्तकें थीं—रामायण, भागवत, प्रेमसागर, चन्द्रकान्ता सन्तति के सब भाग, राधेश्याम कथा-वाचक की संगति रामायण। कुछ पुस्तकें मास्टर जी की राय से आर्यसमाज के वार्षिक उत्सव में खरीद लेते। मास्टर जी के यहाँ भी लगभग इतना ही संग्रह—वैदिक धर्म की पुस्तकें, सत्यार्थ प्रकाश, ऋग्वेद, भाष्य भूमिका और महापुरुषों की जीवनियाँ आदि। सबसे

अधिक पुस्तकें थीं कोहलियों के यहाँ। कुछ धार्मिक पुस्तकें परन्तु ढेरों उपन्यास—भूतनाथ, मनोरंजन पुस्तक माला, जासूसी उपन्यास मालायें, लन्दन रहस्य, पेरिस रहस्य।

गली-मुहल्ले की स्त्रियों-लड़कियों में तब पढ़ने-लिखने का चलन न था। पुरानी धारणा से स्त्रियों-लड़कियों को पढ़ना-लिखना सिखाना न केवल अनावश्यक बल्कि उनके चरित्र के लिये आशंकाजनक माना जाता था। कोहली पढ़-लिखकर वकील बने तो उनके विचार बदल गये। बेटियाँ ससुराल जाकर अपने कुशल-क्षेम का समाचार देने लायक तो हों। उन्होंने अपनी बेटियों-भतीजियों को पढ़ना-लिखना सिखाने की व्यवस्था घर पर की थी। इस प्रयत्न में बेटियों की माँ भाबो ने भी पढ़ना-लिखना सीख लिया था। इस शिक्षा का स्तर पढ़ने-लिखने, योग-ऋण, गुणा-भाग तक था। कोहलियों के आँगन की कन्या पाठशाला उनकी बेटियों के ससुराल चले जाने पर समाप्त हो गयी थी। मास्टर जी स्त्री शिक्षा के समर्थक थे। उनके सामने सत्या और छोटी बेटी को पढ़ाने की समस्या। मुहल्ले के पूर्व में अमीनाबाद-गणेशगंज और पश्चिम में चौक के कश्मीरी मुहल्ले के समीप कोई कन्या पाठशाला न थी। मास्टर जी के उत्साह और वकील साहब की सहायता से कोहली के आँगन में फिर कन्या पाठशाला आरम्भ हो गयी थी। अस्तु, गली में पढ़-लिख सकने वाली स्त्रियाँ-लड़कियाँ—नरेन्द्र की माँ, महेन्द्र की बहू, सत्या, दया और बलदेव टंडन की बेटी मनोरमा।

चरित्र और ब्रह्मचर्य के विचार से मास्टर जी किशोरों और विद्यार्थियों का उपन्यास पढ़ना उचित न समझते थे। मास्टर जी किशोरों और विद्यार्थियों के लिये चाट-खटाई-मिर्च खाना, सिर के केश आगे-पीछे बड़े-छोटे कटाकर सँवारना, ताश-कौड़ी-खेलना, नौटंकी-मुजरा देखना, गजल-रसिया गाना सुनना कुछ भी उचित न समझते थे। मुहल्ले और नगर में दूसरे लड़के-लड़कियाँ जो कुछ स्वाभाविक तौर पर निस्संकोच करते, मास्टर जी के बच्चों और शिष्यों के लिये अनुचित, चरित्र और ब्रह्मचर्य विरुद्ध। ओमप्रकाश और सत्या कहाँ तक मन मारते! जो कुछ पड़ोसी लड़के-लड़कियाँ करते, वे भी करते परन्तु पिता की नजर बचाकर। माँ देखकर अनदेखा कर जाती।

ओमप्रकाश और सत्या को उपन्यासों का शौक था। घर में उपन्यास न थे। उपन्यास घर पर पढ़ने से भी मास्टर जी की नाराजगी की आशंका। गली के लड़कों में नरेन्द्र सबसे ऊँची कक्षा में था। उस वर्ष वह इण्टर के दूसरे वर्ष में, ओम ग्यारहवीं में, अमर दसवीं में था। नरेन्द्र के मकान में उठने-बैठने की पर्याप्त जगह थी। उसकी माँ भाबो स्वभाव से उदार। ओम कुछ पूछने नरेन्द्र के यहाँ चला जाता और वहाँ बैठकर उपन्यास पढ़ता रहता। कभी कहानी छोड़ न पाता तो घर ले आता और पाठ्य-पुस्तक की जिल्द में रखकर पढ़ लेता। सत्या, कोहलियों के आँगन की शिक्षा बारह की उम्र तक पूर्ण कर घर बैठ गयी थी। मैट्रिक कन्या पाठशाला बहुत दूर अमीनाबाद में। लड़की अकेली इतनी दूर कैसे जाती! पड़ोस के दस-पाँच लड़कियाँ जाने वाली होतीं तो ठेले-वेले का प्रबन्ध हो सकता परन्तु दूसरा कोई परिवार इसके लिये तैयार न था। मास्टर जी निरुपाय थे।

उस बरस सत्या पन्द्रह पूरे कर चुकी थी। उसका विवाह निश्चित हो चुका था, बीच में चार मास का समय। अपने दहेज की तैयारी में माँ को सहायता दे रही थी। धोतियों, सलूकों पर बेलें, बिस्तर की चादरों और तकियों के गिलाफों पर ॐ, नमस्ते, स्वागतम्, वेलकम और फूल-पत्ती का कसीदा करती रहती। क्रोशिये का काम भी सीखती। मास्टरनी

इस कला में दक्ष न थी। कुछ पूछना होता तो कभी गली में दूसरी स्त्रियों से पूछ लेती। कसीदे का काम सबसे अच्छा जानती थी कोहली की बहू, महेन्द्र की बौहटी (पत्नी) प्रेमा। सत्या दोपहर में कसीदा-सिलाई या धोने के लिए कुछ कपड़े लेकर कोहलियों के यहाँ सुविधा से नल पर धो सकने के लिये चली जाती। गली के अधिकांश मकानों में कहार पानी भरते थे। तब तक छोटी गली में बिजली और नल कोहलियों और सेठ जी के यहाँ ही लग पाये थे।

कमेटी ने कैनिंग स्ट्रीट से सीधी गली में, छोटी गली के सामने बिजली की बत्ती और फिर पानी का नल भी लगा दिये थे। अमर को याद रहा : उसके और नरेन्द्र के घर बिजली और नल लगे तो गली में कितनी आलोचना हुई थी। छोटी गली में सभी परिवार द्विज, उच्चवर्ण हिन्दू। उस जमाने में अधिकांश हिन्दू डाक्टरी दवा से इस कारण परहेज करते थे कि डाक्टरी दवाखानों (कैमिस्ट शाप) में दवा नल के पानी से तैयार की जाती है। हिन्दुओं की इस आशंका के समाधान के लिये अमीनाबाद, कैसरबाग में कैमिस्टों की दुकानों के दरवाज़ों पर और भीतर कूप जल भरे, लाल अंगोछों से ढँके पीतल के बड़े-बड़े गगरे और कंडाल सजे रहते थे।

सामान्यतः हिन्दू मात्र नल के पानी की छूत मानते थे। तब गली-मुहल्लों में हिन्दुओं के यहाँ कन्धे पर लाल अँगोछा रखे कहार ताम्बे, लोहे, पीतल की गागरों से और मुसलमान परिवारों में कमर पर हरा-नीला अँगोछा बाँधे भिश्ती चमड़े की मशकों से पानी पहुँचाते थे। रेलवे स्टेशनों पर हिन्दू पानी और मुस्लिम पानी अलग-अलग होता। उसी तरह खाने-पीने की दूसरी चीजों की भी हिन्दू-मुसलमान दुकानें पृथक-पृथक। अंग्रेज सरकार जनता की साम्प्रदायिक भावना के प्रति विशेष कृपालु थी।

नल विरोध में अगुआ थे सेठ जी के सरीक। टंडनों, खन्नों और अग्रवालों के घर सरीकों के समर्थक। उन लोगों को आपत्ति थी : नल में चमड़ा लगी टोंटी से पानी पिया तो मशक का पानी पिया…मशक का पानी पिया तो मुसलमान का पानी पिया। ऐसा भ्रष्टाचार छोटी जात के लोग भी नहीं कर सकते। आज नल का पानी पिया तो कल सब अलाय-बलाय खायें-पियेंगे। ऐसे लोगों से हुक्का-पानी कौन रखेगा!

गली में वकील कोहली और उनका बेटा महेन्द्र सबसे विद्वान थे, उसके बाद मास्टर जी का नम्बर। कोहली ने धमका दिया। टोंटी में चमड़ा नहीं लगता, रबर लगता है। रबर पेड़ का दूध। रबर की क्या छूत।…नल तो बहता पानी, नदी। नदी को क्या छूत! नदी में कुछ भी गिर-पड़ जाये नदी सदा पवित्र।…नदी में डुबकी लगाने वाला पवित्र हो जाये।…जल तो देवता, वरुण देवता। देवता कैसे अपवित्र हो सकता है? गली से निकल कर देखो, सर मिश्रा, सर वाजपेयी, दुबे जी की हवेलियों-बंगलों में नल लगे हैं या नहीं!

सरकारी स्कूल में नल था। लड़कों को छर्र-छर्र जोर से गिरता पानी अच्छा लगता था। कोहली का परामर्श सेठ जी मान गये। कोहली और सेठ जी के यहाँ नल लग गये परन्तु उनके घर में कहार कुएँ से भी जल लाते रहे। गंगा बुआ को नल के जल से बहुत झिझक। आरम्भ में सेठ जी नल के नीचे नहा लेते परन्तु पीते कूप जल ही।

कोहली और सेठ जी के यहाँ नल लगे थे अप्रैल के अन्त में। सेठ जी और अमर धोती या अँगोछा कमर पर बाँधे नल के नीचे नहाते तो बहुत देर तक जल की धार के नीचे बैठे रहते। सेठ जी ऊँचे बोलकर सुनाते जाते, "…भई नहाना तो नल से। कोई एक

गागर से नहायेगा, कोई दो से नहा लेगा। यहाँ ससुरी सौ गागर बदन पर बहा लो। सिर पर जल की धार ऐसे जोर से पड़ती है कि तालू दरक जाये। धन्न हो बिस्वनाथ बाबा जटा पर गंगा मैया की धार सहते हैं। उनकी कृपा से हम भी गोमती मैया का आशीर्वाद पा लेते हैं।''

सेठ जी नल के नीचे नहाते-नहाते 'जै बिस्वनाथ बाबा! जै गंगे-जमना गोदावरी' बोलते जाते। तब नल बहुत कम थे, इसलिये पानी का दबाव बहुत जबर। छः मास बरस भर तक सेठ जी नल के नीचे नहा लेते और फिर 'जै गंगे' पुकार कर कूप जल का छींटा शरीर पर लेकर शुद्ध हो जाते।

सेठ जी का टोना गंगा बुआ को भी समझ में आ गया। वे भी सब देवी-देवता स्मरण करतीं, 'जै गंगे मैया' पुकारतीं, धोती पहने नल के नीचे बैठ जातीं। नहाकर धोती बदलने से पहले 'जै गंगे' पुकार कर कूप जल का छींटा शरीर पर ले लेतीं। मास्टर जी, ठकुराइन, रामसहाय शर्मा की घरवाली दोपहर मर्दों के चले जाने पर कोहलियों या सेठ जी के आँगन में खुले पानी में नहाना-धोना कर लेतीं।

मई-जून में छोटी गली का ईंट का फर्श बहुत तप जाता। गली से धूप निकल जाती तो सेठ जी का नौकर हरिया कहार अपनी ड्योढ़ी से बीस हाथ इधर, बीस हाथ उधर तक दस-पन्द्रह गागर नल से भर-भर कर गहरा छिड़काव कर देता। छिड़काव करते-करते ललकार से 'गंगा मैया की जै, गोमती मैया की जै, बजरंग बली की जै' पुकारता जाता। कोहली के यहाँ से नत्थू कहार भी अपनी ड्योढ़ी के सामने तरावट कर देता। उनकी ड्योढ़ी छोटी गली का अंत थी। ठंडक के लिये औरतें अपनी ड्योढ़ियों में आ बैठतीं। नतीजा यह कि दो बरस बाद रामसहाय शर्मा फोटोग्राफर ने अपने यहाँ नल लगवाया तो देखा-देखी अग्रवालों ने भी हिम्मत कर ली। गली से नल की रोक उठ गयी परन्तु खत्रानियाँ रसोई के लिये कुएँ का जल मँगवाती रहीं। नल के पानी में रंग-गंध तो होती नहीं। कुएँ से एक गागर आ जाने से पर्दा बना रहता।

मास्टर जी गली में आये तो ओम छः का, सत्या चार और अमर पाँच बरस के थे। दीपचंद और नरेन्द्र लगभग सात के। नरेन्द्र की सरीक भानजी और मनोरमा, दया बहुत छोटी। ठाकुर साहबसिंह की बेटियाँ नौ और चार बरस की। जयदेव खन्ना का बेटा देव भी चार बरस का। गली के बच्चे अपनी-अपनी आयु के खेल—रेल-रेल, घरौंदे, आँख-मिचौनी, लट्टू, टीलो खेलते रहते। आपस में छीन-झपट, मार-पीट, कुट्टी-आड़ी चलती रहती। कोई बच्चे कुर्ता-चड्ढी, कोई केवल चड्ढी, कोई केवल झगला पहने रहते। उस उम्र में लड़कों-लड़कियों में खास भेद लड़कों के सिर पर शिखा और लड़कियों की गुँथी हुई चुटिया के अतिरिक्त कपड़ों में भी नहीं रहता। बच्चों में लिंग भेद की चेतना नहीं होती। अमर-सत्या ऐसे ही बहुत दिन साथ खेले और लड़े थे। बुआ गंगा प्रायः पकवान-वकवान बनाती रहती। सेठ जी सन्ध्या चौक के बड़े शिवाले जाते तो मिठाई ले आते। सब बच्चों को बुलाकर पकवान या प्रसाद दिया जाता। गली के दूसरे घरों में भी ऐसा ही होता। अमर को सत्या से धक्का लग जाता या छू जाती तो उसे मुँह चिढ़ा देता, कभी मार बैठता। अमर को सत्या की काजल पुती मिचमिची आँखें, रेंट लटकी नाक, खुश्क साँवला चेहरा, कसकर बँधी बकरी की दुम जैसी उठी चुटिया अच्छे न लगते थे।

तब एक मामूली घटना हो गयी। बड़ों को याद न रही हो। बच्चों के मस्तिष्क पर अवचेतना में कुछ प्रभाव छोड़ गयी हो तो दूसरी बात। महेन्द्र तब मैट्रिक में था। वह कहीं से एक विलायती पिल्ली ले आया। घर में कुत्ता रखने का विचार माँ को अच्छा न लगा। आँगन के दूसरी ओर सम्बन्धियों ने भी ऐसी गन्दगी पर आपत्ति की परन्तु महेन्द्र और बच्चों ने जिद्द पकड़ ली। पिल्ली को रहने दिया गया। मास में कुतिया का कत्थई सुनहरा, मुलायम लम्बा लहरदार रोयाँ, झबरी पूँछ, धरती को छूते कान बहुत सुन्दर लगने लगे। कुतिया समझदार और चौकस थी। कुतिया का नाम सुन्दरी पड़ गया।

गली में जब-तब मामूली देसी लेंडी कुत्ते आते रहते थे। मौसम में सावधानी आवश्यक हो गयी। वकील साहब और भाबो नहीं चाहते थे कि कुतिया मामूली गन्दे कुत्तों से बच्चे दे। कुतिया को लगातार ड्योढ़ी में बाँधकर रखा जाता। घर का कहार नत्थू गली में आवारा कुत्तों को देखता तो उन्हें खेद देता। बच्चों के लिये भी गली में आये कुत्तों को रोड़े मारकर भगा देना मनोरंजन था। एक दिन सुबह ही न जाने कैसे सब सावधानी-चौकसी के बावजूद एक कुत्ता ड्योढ़ी तक आ पहुँचा। सुन्दरी कुत्ते को देखकर जोर से भौंकी। नरेन्द्र ने ऊपर से देखा। धड़धड़ाता सीढ़ी उतर आया। कुत्ते को मार-मारकर गली से बाहर कैनिंग स्ट्रीट तक पहुँचा कर लौटा। गली के बच्चे भी उसके साथ गये।

"ताई, कुत्ता फिल आ गया···नलेन्दल भैया, कुत्ता आ गया!" कुछ ही देर बाद हरदेव ने चिल्लाकर सूचना दी। नरेन्द्र फिर लकड़ी लेकर सीढ़ियाँ धड़धड़ाता उतरा। इस बार सुन्दरी ने भौंककर शोर न किया था। बात आगे बढ़ चुकी थी। नरेन्द्र कुत्ते को दोनों हाथों से लाठी मारने को था।

"ना ना भैये! ऐसे में नहीं मारते, रहने दो।" हरदेव की दादी ने मना किया। वह अपनी ऊपर की खिड़की से देख रही थीं। नरेन्द्र की माँ आँगन से आ गयी। उसने भी कुत्ते को मारने से बरज़ा, "ना बेटे, मत मारो। अब रहने दो। तुम जाओ।"

दूसरे सब बच्चे इकट्ठे हो गये थे। कुत्ते-कुतिया का व्यवहार कौतुक से देख रहे थे।

"भाग जाओ! अपने-अपने घर में खेलो, जाओ!" भाबो ने बच्चों को समझाया। वह भीतर चली गयी। दूसरी स्त्रियाँ अपने दरवाज़ों से देखकर हँस रही थीं और बच्चों से भाग जाने के लिये कह रही थीं। बच्चे हैरान···हमें भाग जाने को कहकर खुद देख-हँस रही हैं।

"ये बच्चे देंगे!" बच्चों की टोली में धन्नो बोली। वह बच्चों में सबसे बड़ी, नौ बरस की। बच्चों का कौतूहल जागा।

धन्नो भरोसे से बोली, "ऐसा ही होता है।" बच्चे उत्सुकता से धन्नो के साथ उसके आँगन में चले गये। धन्नो ने प्रत्यक्ष उदाहरण के खेल से समझाया। जैसे प्रायः गुड़िया का ब्याह रचाती थी। उदाहरण के लिये पात्र चुने गये अमर और सत्या।

उस शिक्षा प्रसंग पर मास्टरनी की नजर पड़ गयी। "···क्या गन्दी बातें कर रहे हो···भागो यहाँ से!" उसने बच्चों को डाँट-फटकार कर भगा दिया। अनुमान किया : छोटे बच्चों को सिखा-बता रही थी। लड़की की ऐसी कुप्रवृत्ति के लिए उसने धन्नो की माँ को उलाहना दिया। दोनों में झाँय-झाँय हो गयी। तभी मास्टर जी बाहर से लौटे। उन्होंने कलह का कारण पूछा।

छोटी लड़की दया तब चार की हो गयी थी। पटर-पटर बोल पड़ी। नित्य सच बोलने का उपदेश सुनती थी। वह भी खेल की दर्शक थी। "पिता जी धन्नो ने··· ।" माँ के बरजते-रोकते भी उसने सत्य भाषण के श्रेय के लिये जो देखा था, पूरा बता दिया।

मास्टर जी को बहुत क्रोध आ गया। सत्या को चाँटे लग गये। अमर को बुलाकर कान पकड़वा कर पश्चात्ताप करवाया, "यह बहुत बुरी हरकत है, अब्रह्मचर्य।" अमर और सत्या से कभी वैसा न करने की प्रतिज्ञा करवाई।

गली के बच्चे सुध सम्भालने लगे तो उनके कपड़ों में भेद हो गया। कपड़ों में भेद के साथ लड़का-लड़की होने की चेतना। मास्टर जी इसी आयु से लड़के-लड़कियों को ब्रह्मचर्य के विचार से अलग-अलग रहने, स्पर्श और सामीप्य से बचने और सब लड़कियों को बहिन और सब लड़कों को भाई समझने का उपदेश देते। अमर को अब सत्या उतनी घिनौनी न लगती। केश कसकर चुटिया में बँधे रहते थे। नाक और आँखें धुलीं-पुछीं। कमर में गाँठ से बँधी धोती कन्धे पर अटकी रहती। घिनौनी नहीं लगती थी परन्तु उससे अमर को कुछ मतलब भी न था।

कक्षा नौ पास करते-करते गली के दूसरे लड़कों की तरह अमर का सिर पिता के कन्धों से उठ गया। लड़कियों के कद अपनी माताओं के बराबर। शरीर भर जाने की लाज के बोझ से उछल-कूद समाप्त, चाल मन्थर हो गयी। बाल बहुत सम्भाल कर बाँधती। पीठ पर चोटी कमर को छूती। धोती से सिर ढँककर कन्धे आँचल में लपेटे रहतीं। ओढ़-ढँक लेने पर भी सीने और कूल्हों पर आ गये उभार छिप न पाते। सत्या की आँखें फैलकर बड़ी हो गयीं, नाक भी बुरी न लगती। गाल भर कर साँवले चेहरे पर चिकनाई और लुनाई की प्यारी छवि आ गयी।

गंगा बुआ सत्या को अब भी बुला लेती। केवल पकवान या प्रसाद की चुटकी देने के लिये नहीं, बड़ियाँ तोड़ने, पापड़ बेलने, किसी अचार की तैयारी में मसाले बीनने या दूसरी सहायता के लिए। बुआ की अपनी नजर गड़बड़ा जाने से ऐसी सहायता की जरूरत रहती। मास्टर जी के यहाँ अमर का आना-जाना रहता। कोहलियों के यहाँ भी सत्या अक्सर मिल जाती। कभी ताश की बैठक में या किसी दूसरे प्रसंग में।

अमर अब पहले की तरह सत्या को सत्तो या चिढ़ाने के लिए सत्तू न पुकारता। सत्या या सत्या बहिन बुलाता। सत्या उसे अमरू या अमर नहीं, अमर भाई कहती। एक-दूसरे को मुँह चिढ़ा देने, हाथापाई, धौल-धप्प की बात दूर। आपस में झगड़े के बजाय लिहाज। समीप से गुजरते तो स्पर्श बचाने के लिये या शील से जगह देकर। अमर को स्पर्श से अनुचित सिहरन की कल्पना। बातचीत, ताश के खेल में या दूसरे अवसर पर सामीप्य, बतरस या वाक-कलह का विनोद सन्तोष देता। आठ-नौ बरस पूर्व बिना जाने-समझे, बिना इच्छा या अनुभूति के हुई घटना अमर भूल न गया था। वह याद बहुत धुँधली···घटना की अपेक्षा अधभूले स्वप्न की स्मृति जैसी। अमर उस याद से सकुचा जाता···सत्या को याद होगा···न हो तो अच्छा!

परीक्षा के बाद अमर को जुलाई के पहले सप्ताह तक फुर्सत। वह नाथ शास्त्री से पुस्तकें ले आता। गली में केवल नरेन्द्र वैसी पुस्तकें पढ़कर बातचीत कर सकता था। पढ़ने को तो भाबो (नरेन्द्र की माँ), पुष्पा भाभी भी ठाली बैठी कभी-कभार उन्हें पढ़

लेती। कहने से सत्या भी पढ़ लेती। भाबो भाभी को उन पुस्तकों में रस न आता। बहुत कुछ समझ न पातीं, जो समझ पातीं, उनके विचार में व्यर्थ लड़ाई-झगड़े की बात। सत्या पढ़ती तो नरेन्द्र या अमर को समझाना पड़ता : सर्वहारा, साम्राज्यवाद, वर्ग-संघर्ष क्या होता है? जाने कितना समझती पर जिज्ञासा से आँखें फैलाये सुनती तो भली लगती।

मई का आरम्भ। स्कूलों में गरमी की छुट्टियाँ। नाथ शास्त्री से अमर एक पुस्तक लाया था—'क्वेस्ट आफ गॉड।' दोपहर बैठक में पंखे के नीचे मसनद पर लेटा पुस्तक पढ़ रहा था। पुस्तक में उठायी गयी शंकाओं से मस्तिष्क बहुत उत्तेजित।

गली के मर्द सब दुकानों पर या दफ्तरों में। दोपहर में स्त्रियाँ बच्चों को भयंकर धूप और लू में बाहर न निकलने देने के लिए घरों के दरवाज़े बन्द कर लेतीं। स्वयं दिवानिद्रा लेतीं या घर का छोटा-मोटा काम देखतीं।

अमर पुस्तक नरेन्द्र को दिखाने की उत्सुकता दमन न कर सका, उठ गया। उसने कोहलियों की ड्योढ़ी का किवाड़ ठेला। उनका नौकर नत्थू कहार ड्योढ़ी की ठण्डक में चटाई पर पौढ़ा था। नत्थू ने निन्दीयाई पलकें झपका कर पहचाना। पलकें फिर मूँद लीं। गली के लड़के-लड़कियों का एक-दूसरे के यहाँ आना-जाना चलता ही था।

अमर ने ड्योढ़ी की बगल बैठक में झाँका। बैठक ठण्डी रहती थी। नरेन्द्र दोपहर में प्रायः वहाँ बैठता। बैठक के किवाड़ खुले पर नरेन्द्र न था। दूसरी ओर कमरे में नरेन्द्र की माँ और भाभी पुष्पा बिजली के पंखे के नीचे पसरी हुई थीं। अमर का अनुमान नरेन्द्र ऊपर अपने कमरे में है।

आहट से दूसरों की नींद खराब न करने के लिये अमर पंजों के बल ज़ीना चढ़ गया। कमरे के किवाड़ उढ़के हुए थे।

"सो रहे हो?" अमर ने धीमी पुकार से किवाड़ ठेले। प्रत्यक्ष के आघात से गिरते-गिरते पीछे हटा, जैसे किवाड़ों ने बिजली के धक्के से पीछे फेंक दिया।

आवाज से चौंककर सत्या और नरेन्द्र अलग हो गये। सत्या फर्श पर उकड़ूँ बैठ गयी, सिर लज्जा से घुटनों में गड़ा लिया। नरेन्द्र पाँव फर्श पर रखे तख्त पर बैठा रहा। चेहरा चोरी करते पकड़े जाने से फक। अमर ने एक ही पलक में देख लिया था : सत्या नरेन्द्र के आलिंगन में, दोनों के मुख साथ।

अमर ग्लानि और लज्जा से गर्दन झुकाये उलटे पाँव ज़ीना उतर गया। अपनी बैठक में लौटकर जूते उतारे बिना, घुटने मोड़े पाँव मसनद से नीचे किये बैठ गया। कल्पनातीत देखने के आघात से मूढ़। मस्तिष्क क्रोध से खौल कर पसीना-पसीना।

अमर पाँव पर स्पर्श से चौंका। सत्या ने उकड़ूँ बैठकर पाँव पकड़ लिये, चेहरा घुटनों में छिपाये रही। अमर ने सत्या के हाथ अपने पाँव से हटा दिये। सत्या के गालों पर आँसुओं की मोटी-मोटी धारें। सत्या हाथ जोड़े आँसुओं का घूँट निगल कर साँस से बोली, "भैया, क्षमा कर दो। किसी से मत कहना···मैं क्या करती। तुम जो चाहो कर लो··· ।" बल-बल आँसू।

अमर ने गर्दन झुकाये मौन। सत्या ने अमर के पाँव फिर पकड़ लिये।

अमर ने पाँव खींच लिये, "जाओ, नहीं कहेंगे।"

सत्या तुरन्त उठकर आँसू पोंछती दबे पाँव ड्योढ़ी में चली गयी। पल भर में आँगन से सत्या की आवाज, "बुआ जी, हम जरा नल से सिर पर पानी डाल लें। गरमी से सिर

फट रहा है।'' स्वर बिल्कुल सामान्य स्वस्थ। बुआ आँगन के बरामदे में महरी की मदद से गेहूँ पछोर रही थी।

''गोमती मैया बह रही है, मन चाहे नहा लो। यहाँ क्या जल थुड़ जायेगा! इतनी गरमी में तुम माँ-धी दोपहर में यहाँ ही आ जाया करो।''

सत्या ने खूब छींटे मार-मार कर मुँह धोया। सिर पर पानी डाला। धोती के आँचल से मुँह पोंछती बरामदे में चली गयी, ''बुआ जी, तुम क्यों आँखें फोड़ रही हो। लाओ हम पछोर दें।'' सत्या का बोल ऐसा कि कुछ असाधारण न हुआ हो।

नरेन्द्र के यहाँ से लौटकर अमर का ध्यान पुस्तक में क्या लगता। मन में ग्लानि और क्रोध उबल रहा था⋯कितने पतित और व्यभिचारी⋯अपना दहेज बना रही है! पन्द्रह दिन में ब्याह के लिये गाँव जायेगी। कैसा अनाचार! अभी कैसे बल-बल आँसू बहा रही थी, हिचकी के मारे बोल बन्द। पल भर में 'बुआ सिर पर पानी डाल लें, सिर फट रहा है'⋯कितनी मक्कार फरेबी! '⋯तुम जो चाहो कर लो' ⋯क्या मतलब? मुझे भी वैसा समझती है! इस लांछन की कल्पना से और अधिक क्रोध।

अमर जानता था, सब लोग सच्चरित्र नहीं होते। गली में सब लड़के-लड़कियाँ भले न थे। बहुत बार कुचेष्टाएँ देखी थीं। फिर भी नरेन्द्र और सत्या को अपना साथी समझता था।

अमर को अप्रैल की घटना याद आ गयी। नरेन्द्र ने अपनी भाभी की छोटी बहिन बसंती से छेड़खानी की थी। सोचा : ऐसे आदमी देश और क्रान्ति के लिये क्या कर सकेंगे? साहस से यंत्रणा और मृत्यु का सामना कैसे कर सकेंगे!⋯ऐसे लोगों से सम्पर्क व्यर्थ। इस क्षोभ में पुस्तक क्या पढ़ता! लेटकर आँखें मूँद लीं।

अमर की झपकी टूटी, सूर्यास्त से कुछ पूर्व। उठकर मुँह-हाथ धोये। ख्याल आया : रज़ा या सहपाठी रघुनाथ के यहाँ हो आये। चलने को था, नरेन्द्र आ गया। ''क्या कर रहे हो?'' स्वर में झेंप।

''कुछ नहीं।'' अमर ने नज़र बचा ली। चाहता था, कह दे : मुझे तुमसे कोई मतलब नहीं, गेट आउट।

''चलो विक्टोरिया पार्क की ओर घूम आयें। गोल दरवाज़े पर चाँदीराम के यहाँ ठंडाई लेंगे।'' नरेन्द्र का अनुरोध।

अमर समझा, बात करना चाहता है। दुत्कार न सका। उस पर नरेन्द्र का ऐसा दबदबा था। अनमने साथ हो लिया।

''मुझे बहुत खेद है,'' नरेन्द्र ने संकोच से कहा। घुमा-फिरा कर कही बात का अभिप्राय⋯बात उतनी ही थी जो तुमने देखी। उसके लिये खेद और पश्चात्ताप। चुप रहने से बात समाप्त हो जायेगी, कुछ बिगड़ेगा नहीं। कहने से मेरी बदनामी परन्तु लड़की कहीं की न रहेगी। किसी का कुछ भला न होगा⋯गलती मुझसे जरूर हुई, परन्तु गलती मेरी ही न थी। मज़ाक-मज़ाक में हो गया। उसने इतना उकसा दिया⋯।

अमर ने खिन्नता में कुछ न पूछा। सोचता जरूर रहा। घटना यों थी :

कोहलियों का परिवार बँट चुका था परन्तु सरीकों में विरोध-वैमनस्य नहीं। खूब बड़ा साँझा आँगन, पारिवारिक कार्यों, पर्व-त्योहार, सुख-दुख में दोनों परिवारों में सहयोग सहायता।

नरेन्द्र के चचेरे भाई हेमराज की सबसे छोटी कुमारी साली बसंती जब तब चौक से हफ्ते-पखवाड़े के लिये बहिन के यहाँ आ जाती। सत्या की समवयस्क, बहुत चिलबिल्ली। दोनों परिवारों में उम्र से नरेन्द्र ही उसके जोड़ का। दोनों में कुछ ज्यादा ही दिल्लगी। ताश-तिपत्ती खेलते समय फड़ से नरेन्द्र के पैसे झपट लेती। दोनों में छीन-झपट हो जाती। समीप से आते-जाते नरेन्द्र को मुँह चिढ़ा दे, कभी सिर पर हल्की टीप देकर भाग जाये। कभी मुलायम तिनके से नरेन्द्र या किसी दूसरे को पीछे से कान में गुदगुदा दे। कभी इससे अधिक भी। नरेन्द्र ऐसे अवसर के लिये उत्सुक, नहले पर दहला देता। बसंती की बहिन, बहिन की जेठानी और अन्य बड़ी-बूढ़ियाँ कई बार टोक चुकी थीं, परन्तु बसंती पर कोई असर नहीं।

उस बार बसंती कुछ ज्यादा शरारत पर। नरेन्द्र की माँ से कैंची या कुछ माँगने आयी। नरेन्द्र आँगन की ओर बरामदे में मोढ़े पर बैठा कुछ पढ़ रहा था। बसंती आहट दबाये उसके पीछे गयी। हाथ में पकड़ी किनारी की छोर से उसकी गर्दन के पीछे गुदगुदा दिया। इससे पहले कि भाग जाये, नरेन्द्र का बायां हाथ घप्प से उसके सीने पर।

बसंती की बहन की जेठानी ने ऊपर छज्जे से देख लिया था। गरज उठी, ''ये क्या छिनरा मचा रखा है।···क्या भड़की लगी है लौंडिया को इसी उमर में।'' क्रोध मे बड़बड़ाती गयी।

''क्या है, क्या है?'' दूसरी औरतें निकल आयीं। जेठानी ने जो देखा था, साफ-साफ कह दिया। नरेन्द्र और उसकी माँ को भी फटकारा, ''···बहन-बेटियों से छेड़खानी ये सरीफजादों के ढंग!'' स्त्रियों में देर तक झाँय-झाँय। बात इतनी बढ़ी कि बसंती की बहिन ने उसे अगले दिन चौक लौटा दिया।

घटना के समय सत्या कोहलियों के यहाँ थी। देख कुछ न सकी थी। भीतर पुष्पा भाभी से कसीदे के टाँके सीख रही थी। पुष्पा ने कह दिया था, ''कम दोनों में से कोई भी नहीं!''सत्या को बहुत कौतूहल···क्या शरारत की होगी? नरेन्द्र से उसकी बचपन से बोल-चाल। अब नरेन्द्र की आँखों की चंचलता वह भी देखती थी। थोड़ी-बहुत हँसी चुहल किसे नहीं अच्छी लगती!

हफ्ते तक अवसर बन गया। अकेले में सत्या ने नरेन्द्र से पूछ लिया, ''बसंती को क्या किया था?'' नरेन्द्र ने उसकी आँखों में घूर कर देखा। सत्या के शरीर में सिहरन, उस नज़र की याद मन को गुदगुदा देती। नरेन्द्र भी सत्या की आँखों में आँखें गड़ाने लगा। दोनों अवसर की चाह में।

चार-पाँच दिन बाद फिर मौका। सत्या ने मुस्कान से आँखें मटका पूछ लिया, ''बताया नहीं, बसंती को क्या कहा?''

दोनों बिल्कुल समीप थे। प्रश्न से उत्तेजित नरेन्द्र का हाथ लपका और सत्या का उभरा हुआ आँचल मसक कर कहा, ''ये।''

सत्या तड़प से सिकुड़कर दो कदम पीछे छिटक गयी। चेहरा तमतमा गया, आँखें गुलाबी। भाग गयी। अन्य लोगों के सामने उसकी बोल-चाल, व्यवहार सामान्य। दूसरों से परोक्ष नज़रें मिलते ही सत्या की आँखें-चेहरा गुलाबी, धीमे से फुसफुसा देती, ''बड़े वैसे···!'' कदम बार-बार कोहलियों के यहाँ जाने के लिये व्याकुल।

पाँच-सात दिन बाद। दोपहर में सत्या कसीदे के लिये कपड़े पर पुष्पा भाभी से नमूना बनवा रही थी। पेंसिल घिस गयी थी। कपड़े पर निशान न आ रहा था। भाभी ने नरेन्द्र से दूसरी पेंसिल लाने के लिये कहा। सत्या पल भर झिझकी पर ऊपर चली गयी। नरेन्द्र पेंसिल यों ही कैसे दे देता, पेंसिल के लिये चुहल के दाम। सत्या को आधा मिनट ही लगा होगा। ज़ीने से ऐसे धड़धड़ाती आयी कि पुष्पा को डाँटना पड़ा।

उस अभागी दोपहर नरेन्द्र को पुस्तक दिखाने के लिये अमर के जाने से कुछ ही मिनट पूर्व सत्या वहाँ भाभी के पास गयी थी। बैठक का दरवाज़ा खुला था, वहाँ नरेन्द्र। आँखें चार होने पर नरेन्द्र ने उसे संकेत से बुलाया। सत्या मुस्कान से पलक झपकाकर दूसरी ओर के कमरे में चली गयी। वहाँ भाभी-भाबो दोनों खटोलियों पर दिवा-निद्रा में बेसुध। सत्या एक मिनट बैठी। फिर बैठक में झाँका।

''एक जरूरी बात है। जरा ऊपर आकर सुन लो।'' नरेन्द्र सत्या से कह खुद ज़ीना चढ़ गया।

सत्या फिर भाभी के कमरे में जा बैठी पर रह न सकी, सोचा : बस दूर से बात सुनकर आ जायेगी। नरेन्द्र तख्त पर बैठा था। सत्या आशंका में बात दूर से सुनना चाहती थी। दो कदम के अन्तर पर ठिठक गयी, परन्तु नरेन्द्र ने हाथ बढ़ाकर उसे खींच लिया। उसे समीप बैठाकर बाँहों में जकड़कर मुँह छुआया था कि किवाड़ ठेलने की आहट।

''सो रहे हो?'' अमर ने दरवाजा ठेलते ही देखा कि सत्या नरेन्द्र की बाँहों में।

नरेन्द्र से सम्पर्क न रखने का विचार अमर निबाह न सका। कुछ ऐसे प्रसंग थे जिनके सम्बन्ध में उससे बात न कर पाता तो रज़ा, रघुनाथ या नाथ शास्त्री के यहाँ जाता। उस वर्ष दिसम्बर में समाचार आया कि वायसराय लार्ड इरविन की स्पेशल ट्रेन कोल्हापुर से दिल्ली लौट रही थी। पौ फटने से पहले का अँधेरा। नयी दिल्ली स्टेशन से चार-पाँच मील इधर स्पेशल के नीचे भयंकर विस्फोट। ट्रेन को बहुत नुकसान, दो कम्पार्टमेंट उड़ गये। वायसराय पीछे के कम्पार्टमेंट में था, बाल-बाल बच गया। पुलिस सिर-तोड़ खोज के बावजूद न किसी को गिरफ्तार कर सकी, न योजना का रहस्य जान सकी। देश भर में उत्साह की लहर।

स्पेशल ट्रेन के नीचे बम विस्फोट हुआ २३ दिसम्बर सुबह। २४ दिसम्बर लाहौर में कांग्रेस अधिवेशन का आरम्भ। गांधी जी ने पहला प्रस्ताव रखा दुर्घटना से बच जाने के लिये वायसराय को बधाई का और विस्फोट के लिये जिम्मेवार लोगों की निन्दा का। सार्वजनिक अधिवेशन में गांधी जी के प्रभाव-प्रतिष्ठा के बावजूद बहुत लोगों ने प्रस्ताव का विरोध किया। बहुत यत्न से बहुत कम बहुमत से प्रस्ताव पास हो सका। इस समाचार का प्रभाव लखनऊ में कैसे न पड़ता! अगले सप्ताह 'यंग इंडिया' में गांधी जी का लेख 'कल्ट आफ द बम'। इसमें क्रान्तिकारियों के व्यवहार की निर्मम आलोचना। नरेन्द्र, अमर, रज़ा और साथियों का गांधी जी और कांग्रेस पर बहुत क्रोध। नरेन्द्र बात तर्कपूर्ण प्रभावशाली ढंग से कह सकता था।

जनवरी का पहला सप्ताह। नरेन्द्र संध्या यूनिवर्सिटी से कुछ विलम्ब से लौटा। अमर को ड्योढ़ी पर पुकार लिया, ''आओ कुछ दिखायें।'' अमर कौतूहल में साथ हो लिया। नरेन्द्र ने ऊपर जाकर अमर को अंग्रेजी में छपा एक बड़ा कागज दिखाया, 'फिलासफी

आफ द बम'। बताया : क्रान्तिकारियों ने गांधी जी के लेख 'कल्ट आफ द बम' का उत्तर दिया है। नरेन्द्र ने समझा-समझा कर बहुत स्पष्टता से पढ़कर सुनाया, ठीक से समझाने के लिये। नरेन्द्र यूनिवर्सिटी में भी कागज को दो बार पढ़ चुका था। उसका स्वर उत्साह से गद्‌गद···गांधी को मुँहतोड़ जवाब। इनके तर्क और युक्तियाँ गांधी की युक्तियों और तर्कों से प्रबल, जमने वाले। अमर की प्रसन्नता का अंत नहीं।

गली में आहट से दोनों ने झाँक कर देखा : बाबू (वकील कोहली) लौट रहे थे। कांग्रेस में क्रान्तिकारियों की निन्दा के लिये गांधी जी के प्रस्ताव और 'कल्ट आफ द बम' लेख से बाबू भी बहुत खिन्न हुए थे। उन्होंने कहा था, ''कांग्रेस को क्रान्तिकारियों की भावना से सहानुभूति परन्तु उस भावना से किये काम से विरोध! इस कलाबाजी की क्या जरूरत! उनका आपका रास्ता अलग-अलग। आपको उनकी निन्दा से क्या मतलब!···सराहना उचित नहीं समझते, चुप रह जाओ।''

''पर्चा बाबू को दिखायें?'' नरेन्द्र ने कहा।

''जरूर-जरूर'' अमर को भी उत्साह।

दोनों एक साँस में ज़ीने से नीचे बैठक में।

कोहली पर्चे का शीर्षक देखकर ही गम्भीर। कुर्सी पर बैठकर ध्यान से पढ़ने लगे। नरेन्द्र का बड़ा भाई महेन्द्र भी साथ था। कुर्सी के समीप खड़ा वह भी पढ़ने लगा।

''यह कहाँ पाया?'' बाबू के स्वर में आतंक।

''यूनिवर्सिटी में कई जगह चिपके हुए थे, जगह-जगह पड़े थे।''

''इसमें जो कुछ कहा गया, तर्कसंगत-प्रभावशाली लग सकता है, ठीक मालूम हो सकता है परन्तु ऐसा पर्चा रखना संगीन जुर्म। जिसके पास ऐसा पर्चा बरामद हो, उसे उम्र कैद हो सकती है। पुलिस कितना परेशान करेगी, वह अलग। पढ़ लिया था तो साथ नहीं लाना चाहिये था।''

महेन्द्र ने भी पिता का अनुमोदन किया। उस समय वह पिता के जूनियर के रूप में प्रैक्टिस कर रहा था।

बाबू पर्चा हाथ में लिये आँगन में चले गये। जेब से माचिस लेकर पर्चा अपने हाथों जला दिया। राख एक पेड़ की जड़ में डाल दी। नत्थू से मिट्टी गुड़वा कर उस पर जल डलवा दिया। बैठक में लौटकर नरेन्द्र और अमर को समझाया, ''तुम दोनों विद्यार्थी हो, उम्र से नाबालिग। क्रान्तिकारियों की बातें तुम्हें तर्कपूर्ण और साहसपूर्ण लगती हैं, लेकिन गांधी जी और कांग्रेस नेता भी कायर, नादान या सरकारी पिट्‌ठू नहीं हैं। तुम पढ़ो, सोचो, तुलनात्मक अध्ययन करो लेकिन तुम्हें ऐसी कोई हरकत नहीं करनी चाहिये जिससे तुम और तुम्हारे अभिभावक संकट में फँस जायें।''

''आप ठीक कह रहे हैं।'' नरेन्द्र ने अनिच्छा से स्वीकारा।

''तुम्हारा क्या विचार?'' बाबू ने अमर की ओर देखा।

''आप सही कह रहे हैं।''

''तुम दोनों समझदार नौजवान हो। हमें विश्वास, तुम सदा सच बोलते हो। ईमानदारी से वचन दो कि अपनी शिक्षा समाप्त कर लेने तक हमारे परामर्श का पालन करोगे।''

दोनों को स्वीकार करना पड़ा।

बाबू के दफ्तर से निकलकर नरेन्द्र ने अमर से कहा, "चलो जरा घूम आयें।" कैनिंग स्ट्रीट पर पहुँच कर नरेन्द्र का क्षोभ फूट पड़ा, "…पिता हैं तो इनका हुक्म देश के प्रति कर्तव्य से भी बड़ा हो गया। भगतसिंह के साहस की बहुत प्रशंसा; अपने बेटों से वैसी बात की कल्पना से ही हौल उठने लगा है। झूठा वचन लेकर संतुष्ट हैं तो रहें।"

दोनों ने निश्चय कर लिया : आइन्दा ऐसी बातें बड़े-बूढ़ों को बताने की जरूरत नहीं। बुड्ढों से क्या आशा… !

हरि भैया की आयु गृहस्थ की परन्तु छः-सात बरस से वानप्रस्थी थे। वन अर्थात् कांग्रेस आश्रम (दफ्तर) में रहते थे। कारण, पुलिस उनकी टोह में थी। अन्य महत्वपूर्ण कांग्रेस कार्यकर्ताओं और संगठन के अधिकारियों पर भी कड़ी नजर रखी जाती—वे कहाँ कब किससे मिलते हैं, कौन उनसे मिलता है, कौन लोग कांग्रेस को धन की या दूसरी गुप्त सहायता देते हैं। पुलिस के कुछ गुप्तचर—जिन्हें पहचानने में कठिनाई न होती—उनके मकान के इधर-उधर गली में मंडराते रहते। उनके परिवार की दुकान पर भी नजर रखी जाती। पुलिस की ऐसी चौकसी हरि भैया के भाइयों के लिये परेशानी बन जाती। दुकान के सामने पुलिस की लगातार उपस्थिति व्यवसाय में बाधक होती। पुलिस को देख ग्राहक बिदक जाते।

हरि भैया इस स्थिति से बहुत कुण्ठा अनुभव करते। देश सेवा का व्रत छोड़ न सकते थे। अपने भाइयों की नाराजगी से भी दुख-ग्लानि। विवाह जमाने के रिवाज से कम उम्र, विद्यार्थी अवस्था में हो गया था। कांग्रेस का काम आरम्भ करने पर गांधी जी के उपदेश से संयम निबाहने के लिये गौना टालते रहे परन्तु उनके ससुराल वाले कब तक टालने देते। लड़की जवान हो गयी थी। गौना लाना पड़ा। जवानी का उफान, जवानी उमड़ती बहू। नित्य का संग। बहू तप व्रत के लिये ससुराल न आयी थी।

हरि भैया गांधी जी के उपदेशानुसार पत्नी को बहिन मानना चाहते थे, परन्तु बहू की गोद हरी हो गयी। पहले बेटा और ढाई बरस बाद एक बेटी। परिवार के व्यवसाय में सहयोग देने के लिये हरि भैया को देश के काम से फुर्सत न थी। मन में संकोच कि वे, उनकी पत्नी और दो संतानें भाइयों पर बोझ हैं। समस्या का उपाय सूझा, कांग्रेस के वैतनिक सेवक बन जाएँ। कांग्रेस आश्रम (दफ्तर) में रहें। परिवार पर उनका बोझ ही न कम रहेगा, असंयम की आशंका से भी मुक्ति। घर से दूर रहने से घर-दुकान पर पुलिस की चौकसी का संकट भी टलेगा।

देश-कार्य के लिये अपना पूरा समय देने वाले वैतनिक कांग्रेस कार्यकर्ता आई० एन० एस० (इंडियन नेशनल सर्विस) कहलाते थे, जैसे अंग्रेज सरकार के अफसर आई० सी० एस० (इंडियन सिविल सर्विस) और पी० सी० एस० (प्राविंशियल सिविल सर्विस)। दोनों में बहुत अन्तर। अंग्रेज सरकार की नौकरी का प्रयोजन वैयक्तिक स्वार्थ से आर्थिक लाभ था। कांग्रेस की सेवा देश का कार्य कर सकने की निस्वार्थ कर्तव्य-भावना। जिस योग्यता और कार्य के लिये सरकारी अफसर दो सौ-पाँच सौ-हजार रुपया पाते, वैतनिक कांग्रेस कार्यकर्ता पच्चीस-पचास या सौ रुपया। ऐसे व्यक्ति भी थे जो सफल वकालत या अच्छी तनखाह की नौकरी छोड़कर कांग्रेस का काम कर रहे थे। सब लोग सम्पन्न परिवारों के न

थे, न उनकी आय के अन्य स्रोत। ऐसे लोग कांग्रेस से वेतन स्वीकार करने में संकोच अनुभव न करें इसलिये कुछ सम्पन्न और सम्मानित कांग्रेस नेता भी वेतन ले रहे थे। पं० जवाहरलाल नेहरू कांग्रेस के मुख्य मंत्री के पद पर एक सौ रुपया मासिक वेतन पाते थे। नेहरू अपना वेतन कांग्रेस को दान कर देते परन्तु थे वैतनिक कार्यकर्ता। प्रदेश कांग्रेस के प्रधान सक्सेना साहब अच्छी चलती वकालत छोड़कर कांग्रेस का कार्य कर रहे थे। वे साठ रुपया मासिक पाते थे। कुछ अन्य कार्यकर्ता पचास, चालीस, तीस, पच्चीस, बीस—उनके कार्य और आवश्यकतानुसार। हरि भैया ने केवल बीस लेना स्वीकार किया। सस्ता जमाना था। चार-छः आने में दोनों समय का भोजन हो जाता। खादी के कुर्ता-धोती स्वयं धो लेते, बसेरा कांग्रेस आश्रम में। कभी दो-ढाई मास में पत्नी-बच्चों का हालचाल पूछ आते। किसी पर्वकाज में दो दिन घर में रह जाते तो उतने समय का वेतन न लेते।

कांग्रेस के प्रति जनता की सराहना-सहानुभूति आन्दोलन और संघर्ष की गति के अनुकूल चलती थी। जब आन्दोलन और संघर्ष उग्र रहते, सहायता उदारता से मिलती। आन्दोलन शिथिल हो जाने पर सहायकों का उत्साह भी मन्द हो जाता। कांग्रेस कार्यकर्ताओं की संघर्ष की प्रवृत्ति और शक्ति सरकार से संघर्ष में व्यय न होने पर परस्पर स्पर्धा और उतरा-चढ़ी में फूटने लगती। तब कांग्रेस कार्यकर्ताओं में स्पर्धा विधानसभा-लोकसभा के चुनाव टिकट या अन्य पदों के लिये नहीं, जोखिम सह कर जन सम्मान और गौरव के स्थान के लिये होती थी।

सन् १९२८ से कांग्रेस उग्र और उग्रतर नीति के प्रस्ताव पास किये जा रही थी। गांधी जी सरकार को सूचना दिये बिना असावधानी में उस पर चोट करना सत्य-अहिंसा की नीति के विरुद्ध समझते थे। प्रस्ताव पास होने के बाद सरकार को सावधान करने के लिये गांधी जी और वायसराय में पत्र-व्यवहार होता। पत्र-व्यवहार से उत्पन्न स्थिति में नया प्रस्ताव पास किया जाता और फिर वायसराय से पत्र-व्यवहार, १९३० जन्वरी में कांग्रेस ने सरकार की अपमानजनक उपेक्षा से खिन्न होकर पूर्ण स्वतन्त्रता के लक्ष्य का प्रस्ताव पास कर दिया। गांधी जी ने सूचनार्थ वायसराय को पत्र लिख दिया : फरवरी से कांग्रेस आमरण संघर्ष आरम्भ करने के लिये बाध्य हो गयी है, दोष आपकी सरकार का है।

गांधी जी ने जनता को भी सूचना दे दी, 'हमारे सविनय अहिंसात्मक सत्याग्रह संघर्ष का यह अंतिम धावा है। संघर्ष नमक कानून की सविनय अवज्ञा अर्थात् लाइसेंस बिना लिये और बिना कर दिये नमक बनाने के सत्याग्रह से आरम्भ होगा, परन्तु इस संघर्ष का अंत गुलामी से पूर्ण स्वतंत्रता का लक्ष्य प्राप्त करने पर ही होगा। इस सत्याग्रह संघर्ष में भाग लेने वाले सभी प्रकार की यातना और अत्याचार सहने और प्राणों तथा सर्वस्व बलिदान के लिये प्रस्तुत होकर आगे बढ़ें। सत्याग्रह का आरम्भ मैं करूँगा। मेरे गिरफ्तार हो जाने या मर जाने पर जनता संघर्ष को स्वयं चलायेगी··· ।'

तत्कालीन वायसराय लार्ड इरविन बहुत दूरदर्शी थे। वायसराय ने आपत्ति की : कांग्रेस स्थिति को गलत पेश कर रही है। गांधी जी ने इस आरोप का उत्तर देना आवश्यक समझा और आन्दोलन मार्च तक स्थगित हो गया। फिर गांधी जी और वायसराय में पत्र-व्यवहार। सरकार ने गांधी जी और कांग्रेस के शान्तिपूर्ण समझौते के सभी सुझाव ठुकरा दिये।

जनता और सरकार पर प्रकट करने के लिये कि संघर्ष आमरण है, गांधी जी ने अपना साबरमती आश्रम सरकार को भेंट कर दिया। सरकार ने गांधी जी की भेंट स्वीकार न की। गांधी जी ने सरकार की अस्वीकृति की चिन्ता न कर आश्रम त्याग दिया। नमक सत्याग्रह दो सौ मील पैदल चलकर 'दांडी' में आरम्भ करने का निश्चय किया गया था। सत्याग्रही सैनिक सब शंका और तर्क छोड़कर गांधी जी के आदेश से अहिंसा समर में सर्वस्व बलिदान के लिये तत्पर हो गये।

हरि भैया तीसरे पहर कांग्रेस दफ्तर लौटे। ज़ीना चढ़ते ऊपर भयंकर कलह कोलाहल से चौंके। वे ऊपर पहुँचे तो बात माँ-बहन की गालियों तक पहुँच चुकी थी। एक ओर शर्मा दूसरी ओर कांग्रेस दफ्तर के एकाउन्टेंट जगतपति। हरि भैया चकित। शर्मा और जगतपति में साधारणतः अच्छी छनती थी। ऐसा विकट झगड़ा कैसे?

श्रीधर शर्मा चालीस रुपया मासिक पर कांग्रेस का वैतनिक कार्यकर्ता था। शर्मा घर में अनिवार्य आवश्यकता से पचास रुपये पेशगी माँग रहा था। उसने हरि भैया को देखकर दुहाई दी, "किसी को नशे-पानी और रंडीबाजी के लिये जब चाहे जितना मिल जाये; हमें ऐसी मुसीबत में पचास उधार नहीं मिल सकते। हमें तिजोरी खोलकर दिखा रहे हैं। दाई से पेट छिपायेंगे! परसों चाँदीराम-पुत्तूलाल के यहाँ से बारह सौ आया, वह कहाँ गया?"

जगतपति पूरी शक्ति से विरोध कर रहा था, परन्तु शर्मा की आवाज अच्छे लाउडस्पीकर के बराबर, "···हमारी मार्फत तो बात हुई।" शर्मा ने ललकारा, "हरि भैया हमारे साथ चलें, दो और भले आदमी चलें। चाँदीराम-पुत्तूलाल के यहाँ गाँठ पर मोहर आपके सामने लगी थी। गाँठ पर मोहर जरूर है। बीस-बाईस हजार के माल की गाँठ दो मन थी, अब तौल में पच्चीस सेर निकल आये तो हम किसी के पेशाब से मूँछ मुँड़वा दें। मोहर तो इनकी तिजोरी में रहती है। रिश्वत लेकर चाहे जिसका माल निकलवा दें और फिर मोहर लगा दें। ये फैसला पब्लिक के सामने होगा···।"

जगतपति लाचार होकर बोला, "इन्होंने पुत्तूलाल से बात करवाने का त्रिवेदी जी से पचास रुपया तय किया था। पचास ले चुके, अभी और माँगते हैं। अपने बेटे के सिर पर हाथ रखकर कसम उठा लें—नहीं लिया पचास रुपया! हमें त्रिवेदी जी और श्रीवास्तव साहब का जो हुक्म हुआ, किया। उन लोगों के सामने बात हो जाये। नशा-पानी-रंडीबाजी करते होंगे ये खुद। हमने तो कल दो माह के लटके बिल चुकाये हैं, सब कार्यकर्ताओं का वेतन दिया है। हरि भैया खुद जानते हैं। हमें किसी का डर नहीं है।" जगतपति ने चाबी हरि भैया के सामने फेंक दी, "जो चाहे हिसाब सम्भाले। हमें जिस-तिस से गाली-फजीहत मंजूर नहीं है।"

हरि भैया ने कुछ कार्यकर्ताओं के अनाचार और हिसाब में धाँधली की अफवाहें सुनी थीं पर जिम्मेवार आदमियों की ऐसी हरकतों का आभास न था। वे उस समय दुख से मौन रह गये। स्वयं इधर-उधर जाँच की। उन्हें प्रमाण मिल गये कि पिछले चार मास में मोहरबंद गाँठों से विलायती माल निकालने का अवसर देकर साढ़े तीन हजार रुपया लिया जा चुका था। दफ्तर में लगातार जरूरी खर्च के लिये दिक्कत रही। दो हजार के लगभग रकम गुप्त दान में दिखायी गयी थी, शेष का कुछ पता न था। कार्यकर्ताओं को वेतन बजाजों से ली रिश्वतों से दिया गया था, जानकर हरि भैया को बहुत ग्लानि हुई। खुद भी

रिश्वत में आया रुपया ले रहे थे। वे सत्य-अहिंसा और सत्याग्रह के नाम पर ऐसा अनाचार सहने के लिये तैयार न थे।

हरि भैया ने नगर के प्रमुख कांग्रेस नेताओं के यहाँ जाकर अनुरोध किया : बजाजों से रिश्वत लेकर विलायती माल मोहर मुक्त करवाने के मामले की जाँच प्रादेशिक कार्यालय द्वारा करवायी जाये। बजाजों से इस प्रकार ली गयी सम्पूर्ण राशि दान खाते में दर्ज की जाये। दफ्तर से ऐसा रुपया जिन लोगों ने लिया है, वे लौटा दें। वह रकम प्रादेशिक कोष में जमा की जाये। दोषी व्यक्ति कांग्रेस की सदस्यता से वंचित किये जायें।

श्रीवास्तव जी ने ऐसे झगड़े के लिये बहुत खेद प्रकट किया परन्तु प्रादेशिक दफ्तर द्वारा तहकीकात असंगत और कांग्रेस संगठन के लिये घातक बतायी, "···इस समय हम लोग सत्याग्रह संग्राम की तैयारी करें या इन झगड़ों में पड़ें? तुम तहकीकात की बात उठाओगे, सरकार के पिट्ठू अखबार इन अफवाहों को बढ़ा-चढ़ाकर कांग्रेस के मुख पर कालिख पोतने को दौड़ पड़ेंगे। हमें तुम्हें जनता को मुँह दिखाना मुश्किल हो जायेगा। कौन जानता है, किस क्षण गांधी जी गिरफ्तार कर लिये जायें और हमें सत्याग्रह के मैदान में कूदना पड़े··· ।"

त्रिवेदी जी ने समझाया, "तुमने इधर-उधर से जो सुन लिया, सब सच है इसका क्या प्रमाण? सम्भव है एक-दो आदमियों ने गलती की हो। उसके लिये पूरी कांग्रेस को कलंक लगा दोगे! व्यावहारिक बात करो। कार्यकर्ताओं ने वेतन में जो पाया उसके लिये वे कैसे उत्तरदायी हैं। जो रकम कार्यकर्ताओं के सफर, भंडारे, दफ्तर के किराये में दी गयी उसे कौन भरेगा? खर्च तो कांग्रेस के राजनैतिक काम पर किया गया।···हमें इसके-उसके निजी आचार की जाँच कराने से क्या मतलब···कोई खटाई-मिर्च खाता है या गुड़-दही, कितने लोटे पानी से स्नान करता है, पान में तम्बाकू लेता है या नहीं, इससे हमें क्या प्रयोजन। हमारे लिए महत्व इस बात का है कि स्वराज्य के लिये संघर्ष में किसी कार्यकर्ता का काम कैसा है। आन्दोलन और देश के कार्य के लिये वह उपयोगी है या हानिकारक। सत्य-अहिंसा की नीति सरकार से राजनीतिक संघर्ष में कांग्रेस का शस्त्र है। तुम सत्य-अहिंसा से कांग्रेस पर ही चोट करना चाहते हो। गांधी जी की बात छोड़ो। गांधी जी संत हैं। सत्य-अहिंसा गांधी जी के लिये स्वयं धार्मिक और नैतिक लक्ष्य है। हम राजनीतिक कार्यकर्ता हैं। हमारे लिए सत्य-अहिंसा राजनीतिक कार्यक्रम और समर नीति है। दो-चार दिन में हम आमरण संघर्ष में कूद रहे हैं, ऐसे समय कांग्रेस की टाँग खींचना तुम सत्य-अहिंसा बताते हो!"

हरि भैया को सहानुभूति और सहायता का आश्वासन मिला केवल गुप्ता जी से। गुप्ता जी संगठन में चल रही धाँधली से खिन्न थे परन्तु इस समय वह बात उठाना गुप्ता जी को भी नामंजूर, न वे हरि भैया के तरीके से सहमत। उन्होंने समझाया, "कांग्रेस का सिरदर्द दूर करने का उपाय कांग्रेस का सिर काट देना नहीं है। तुम मामले में प्रमाण जुटाओ। पदाधिकारियों के चुनाव के समय यह सवाल उठाकर ऐसे बेईमान लोगों को निकाल फेंका जाय।"

हरि भैया ने सहयोगी कार्यकर्ताओं को बुलाकर कहा, "हम गांधी जी के शिष्य हैं। सत्य-अहिंसा हमारी शक्ति है। हम सत्य-अहिंसा की शक्ति खो देंगे तो सत्याग्रह कैसे कर सकेंगे! गांधी जी का उपदेश है : पाप छिपाने से बढ़ता और प्रबल होता है। कांग्रेस को

बेईमानी का दीमक लग गया है। सबसे पहले उसका उपाय होना चाहिये। आत्मिक बल और नैतिक साहस खोकर असत्य के पाँव पर खड़ी कांग्रेस हिंसा और अन्याय के विरुद्ध सत्य का आग्रह कैसे कर सकेगी।''

हरि भैया ने जाँच द्वारा न्याय की माँग और अनाचार के विरोध के लिये कांग्रेस दफ्तर में अनशन आरम्भ कर दिया। घोषणा कर दी : यदि बहत्तर घण्टे तक प्रादेशिक कांग्रेस के प्रधान उन्हें प्रादेशिक दफ्तर द्वारा जाँच का आश्वासन न देंगे तो वे अपने निवेदन की सूचना तार द्वारा दांडी में गांधी जी को भेजकर गांधी जी का उत्तर पाने तक अनशन करते रहेंगे।

हरि भैया कांग्रेस दफ्तर में झण्डेवाला पार्क की ओर बरामदे में चटाई बिछाकर अनशन के लिये बैठ गये। समीप पानी की सुराही-गिलास और 'गांधी विचार दोहन', 'गांधी वचनामृत', 'सत्य-अहिंसा के प्रयोग' आदि पुस्तकें रख लीं। अनशन के समय बोलने के श्रम से बचने के लिये अपना वक्तव्य लिखकर समीप रख लिया। कोई समझाने के लिये आता तो मौन रहते। अपना वक्तव्य दिखा देते।

हरि भैया प्रदेश कांग्रेस के डिक्टेटर सक्सेना साहब के यहाँ धाँधली के सम्बन्ध में जाँच और अनाचार के प्रतिशोध के लिये निवेदन और अनशन के विचार की सूचना दे आये थे। दफ्तर के चारों ओर ज़ीने में सतर्क स्वयंसेवक तैनात कर दिये गये। सक्सेना साहब का आदेश था : किसी भी अपरिचित व्यक्ति या पत्र-संवाददाता को ऊपर न जाने दिया जाये। संध्या सक्सेना साहब स्वयं दफ्तर में आये। उन्होंने संक्षिप्त स्पष्ट बात की, ''देखो भाई, तुम्हारी शिकायत से हमें चिन्ता है और तुम्हारी भावना से पूरी सहानुभूति है। कांग्रेस से अनाचार दूर करने के लिये जो उचित आवश्यक और सम्भव होगा, किया जायेगा परन्तु परिस्थिति और परिणाम पर विचार करके। तुम कांग्रेस के जिम्मेदार सदस्य और कार्यकर्ता हो। तुम्हें कांग्रेस संगठन का अनुशासन मानना चाहिये। कांग्रेस सदस्यों ने संगठन के अनुशासन और निर्देशन के लिये जिन्हें चुना है, तुम्हें उन पर भरोसा करना चाहिये, उनका आदेश मानना चाहिये। अनुशासन भंग करना अपराध है। कांग्रेस के सभी कार्यकर्ता संगठन को अपने विचार और निर्णय के अनुसार चलाना चाहेंगे तो अनुशासन कैसे रहेगा। कांग्रेस के प्रधान और मंत्री का परामर्श और आदेश न सुनकर अनशन करना अनुचित अहम्मन्यता और अनुशासन की अवज्ञा है।''

हरि बाबू को बोलना पड़ा, ''हम अनशन किसी अभिमान से नहीं कर रहे हैं। हम तो कांग्रेस में अनाचार देखकर दुखी हैं। कांग्रेस सदस्य और कार्यकर्ता होने के नाते स्वयं को भी उसके लिये दोषी मानते हैं। हम गांधी जी के उपदेश और आचरण के अनुसार स्वयं अपने अन्तःकरण की शुद्धि और नैतिक बल के लिये और अपने सहयोगियों के अन्तःकरण की शुद्धि और नैतिक बल के लिये अनशन कर रहे हैं। हम अभिमान से किसी पर जोर-जब्र के प्रयोजन से अनशन नहीं कर रहे।''

''अभिमान नहीं तो और क्या है!'' सक्सेना साहब ने डाँटा। ''तुम समझते हो, गांधी जी के अनशन से देश भर में तहलका मच जाता है, गवर्नमेंट तक उनकी उपेक्षा नहीं कर सकती; तुम्हारे अनशन से भी हम सब तुम्हारा हुक्म मानने के लिये मजबूर हो जायेंगे। सब लोगों का अनशन गांधी जी के अनशन की तरह प्रभावशाली नहीं हो सकता। पहले गांधी जी बन जाओ, फिर अपने अनशन के प्रभाव की आशा करना।

गांधी जी पहले महात्मा बने, जननायक बने तब अपने अनशन के प्रभाव की आशा की, उससे पहले नहीं। तुम्हें भी वही करना चाहिये। पहले अनुशासन निबाहने का तप पूर्ण करो फिर अपने अनशन के प्रभाव की आशा करो।''

हरि भैया मौन रहे।

सक्सेना साहब बोले, ''तुम अनशन करो या न करो, हम दूसरे प्रयोज्न से आये हैं। आज तीन तारीख हो गयी। तार आया है : गांधी जी दांडी पहुँच गये। वे कल प्रातः सत्याग्रह करेंगे। गांधी जी के गिरफ्तार होने का समाचार मिलते ही देश भर में नमक सत्याग्रह आरम्भ किया जाने का आदेश है। गांधी जी की गिरफ्तारी का समाचार संध्या आ जाये, कल आ जाये, परसों या नरसों आये। लखनऊ में सत्याग्रह आरम्भ करने के सम्मान के लिये बहुत लोग आतुर हैं। हम यह सम्मान पहले दिन तीन व्यक्तियों को देना चाहते हैं—मिसेज़ चैटर्जी, स्वामी रामानन्द और हरिकृष्ण गर्ग को। तुम यह आदेश मानोगे या नहीं?''

हरि भैया की गर्दन उठ गयी, ''हम कभी सत्याग्रह और आदेश पालन से पीछे नहीं हटे।''

''तो फिर यह अनशन समाप्त करो और सत्याग्रह के लिये तैयार हो जाओ।''

''हमने जो प्रण किया है उसे नहीं छोड़ेंगे। सत्याग्रह का अवसर आयेगा तो पीछे नहीं रहेंगे।''

सक्सेना साहब और विवाद व्यर्थ समझ उठ गये।

५ मई प्रातः दस बजे हरि भैया को सक्सेना साहब का संदेश मिला : गांधी जी रात को एक बजकर पाँच मिनट पर गिरफ्तार हो गये। आप संध्या चार बजे चौक में काली जी के मन्दिर के सामने नमक सत्याग्रह करेंगे। हरि भैया को अन्न ग्रहण किये पचास घंटे हो गये थे। सहयोगियों ने अनुरोध किया : सत्याग्रह से पूर्व दूध या हल्का आहार ले लें। उन्होंने स्वीकार न किया। सत्याग्रह के लिये तैयार हो गये। बता दिया, हवालात या जेल में उनके लिये कौन-कौन पुस्तकें भेज दी जायें।

तीसरे पहर हरि भैया को सवारी पर सत्याग्रह के लिये चौक के समीप काली मन्दिर में पहुँचाया गया। फोटोग्राफर का प्रबन्ध था। मिसेज़ बक्षी ने उनके माथे पर विजय तिलक लगाया। गले में फूलों के हार पहनाये गये, जैसे बलि के बकरे को मन्दिर की ओर ले जाते समय फूल-माला पहनायी जाती है।

सत्याग्रह आन्दोलन में कोई बात गुप्त रखना अनैतिक समझा जाता था। पुलिस काली मन्दिर के समीप नमक सत्याग्रह के लिये नियत स्थान पर मौजूद थी। कुछ कल्लर मिट्टी पहले बटोर कर तैयार थी। उसमें कुछ नमक भी डाल लिया गया था। हरि भैया ने दो तोला नमक बनाने का अनुष्ठान पूरा किया और जय-जयकार के बीच गिरफ्तार हो गये। इसी प्रकार गूँगे नवाब पार्क में स्वामी रामानन्द और गोमती तट पर मिसेज़ चैटर्जी ने मालायें पहन स्वयं गिरफ्तारी का वरण किया।

हरि भैया संध्या तक जेल हवालात पहुँच गये। जेल पहुँचकर वे धर्म संकट में थे। उनका अनशन पुलिस और सरकार के विरुद्ध न था। जेल में अनशन जारी रखकर

पुलिस और सरकार की मार्फत कांग्रेस संगठन में अनैतिकता की शिकायत गांधी जी तक पहुँचाने का यत्न करना कांग्रेस को धक्का पहुँचाना होता। गांधी जी भी इसे उचित न समझते। गांधी जी का उपदेश था : जेल में जेल का अनुशासन माना जाये। हरि भैया को अनशन स्थगित कर देना पड़ा। नमक कानून भंग करने के अपराध के लिये उन्हें छः मास कारावास का दण्ड मिला।

हरि भैया को आत्मशुद्धि के लिये अपना अनशन निष्फल स्थगित कर देना पड़ा, इसके लिये वे जेल में बहुत कुण्ठा अनुभव कर रहे थे। कांग्रेस संगठन और देश सेवा के अति व्यस्त जीवन में हरि भैया को चुप बैठे सोचते रहने का अवसर न था। जेल में सोचना ही सोचना था। हरि भैया लक्ष्य पूरा किये बिना अनशन तोड़ देने की विवशता में आत्मशुद्धि के प्रयोजन से आत्मालोचना में लगे रहते। उनका विवेक उन्हें निरन्तर कोंचता रहता···अजाने में और विवशता में वे रिश्वत-पाप के पैसे से निर्वाह करते रहे, इसीलिये उनकी प्रेरणा में वह बल न हो सका जैसे सच्चे सत्याग्रही की प्रेरणा में होना चाहिये। देश सेवा का कर्तव्य निबाहने की उमंग में, स्वावलम्बन का कर्तव्य भूल गये। स्वावलम्बन का कर्तव्य भूलकर अन्य कर्तव्यों के प्रति भी अन्धे हो गये।

हरि भैया को कल्पना में अपनी पत्नी और बेटे-बेटी के अनाथों जैसे मुरझाये चेहरे और दया के लिए गुहारती कातर आँखें दिखायी देती रहतीं। स्वयं परिवार के लिये कुछ न करने के कारण उनकी पत्नी और बच्चे पराश्रित और उपेक्षित उनके भाइयों भावजों की कृपा पर पल रहे थे।

हरि भैया के पिता दस वर्ष पूर्व स्वर्गवासी हो गये थे। हरिकृष्ण और उनकी दो बहिनें दूसरी पत्नी की संतान थे। तीन वर्ष पूर्व उनकी माता का भी देहान्त हो गया तो हरि भैया के पत्नी-बच्चों की अवस्था अधिक करुण हो गयी। वे देश सेवा का व्रत छोड़ न सकते थे। इसीलिए घर की स्थिति देखकर भी अनदेखी कर देने के लिये विवश। अब आत्मालोचना और पश्चात्ताप की भावना में पत्नी और बच्चों की कातर पुकार उन्हें आत्म-ग्लानि में डुबो रही थी।

हरि भैया को जेल में छः मास न रहना पड़ा। ब्रिटिश पार्लियामेन्ट ने भारत में शासन सुधार की समस्या पर विचार के लिये एक गोल मेज कांफ्रेंस का निश्चय किया। इस कांफ्रेंस में भारत के सबसे बड़े राजनीतिक दल, कांग्रेस का सहयोग पाने के लिये नमक सत्याग्रह में दण्डित लोगों की सजाएँ क्षमा कर दी गयीं। हरि भैया जेल से साढ़े तीन मास बाद लौट आये।

जेल से मुक्ति पाकर हरि भैया पूर्ववत कांग्रेस दफ्तर नहीं, अपने घर गये। जेल में किये निश्चय के अनुसार भाइयों के सम्मुख अपने राजनीतिक कार्य के कारण परिवार की हुई असुविधा के लिये खेद प्रकट किया और अपनी जीविका की उपेक्षा करने और पत्नी-बच्चों को भाइयों पर बोझ बनाने के लिये पश्चात्ताप। देश और कांग्रेस का काम छोड़ देना उन्हें मंजूर न था। परिवार के व्यवसाय, मशीनी कपड़े और लेन-देन के रोज़गार में वे सिद्धान्त के कारण सहयोग न दे सकते थे। स्वयं पर सरकारी कोपदृष्टि से भाइयों को परेशान न करना चाहते थे। उनका परिवार से पृथक रहकर अपनी जीविका का उपाय करना स्वयं उनके और भाइयों के भी हित में था। हरि भैया न परिवार के व्यवसाय में भाग चाहते थे, न पारिवारिक मकान में हिस्सा। भाइयों ने अपनी न्याय बुद्धि और पाँच

पंचों की राय से पारिवारिक व्यवसाय और सम्पत्ति से जितना भाग देना स्वीकार किया, हरि भैया ने संतोष कर लिया।

हरि भैया ने वज़ीरगंज मुहल्ले में तीन रुपया मासिक पर जगह ले ली। कांग्रेस दफ्तर में अपना नया पता दे दिया—उनके योग्य जो सेवा हो, जब उनकी आवश्यकता हो, उन्हें सूचना दे दी जाये। सप्ताह भर में हरि भैया दोनों कंधों पर खद्दर की दो-दो, तीन-तीन धोतियाँ डाले, बगल में खद्दर का थान सम्भाले और हाथ में गज़ लिये गली-बाज़ारों में शुद्ध खद्दर की फेरी लगाने लगे। नगर में कम गली-मुहल्ले थे जहाँ हरि भैया का आदर-परिचय न हो। शुद्ध खद्दर और सही दाम के बारे में हरि भैया से विश्वस्त कौन हो सकता था। दोपहर से पूर्व और बाद दो दिशा में फेरियाँ करते। जितना कपड़ा लेकर चलते, लौटते समय हाथ में गज़ ही रहता।

कांग्रेस दफ्तर में हरि भैया के अनशन की घटना और घटना के कारण की चर्चा कांग्रेस की प्रतिष्ठा के विचार से यथासम्भव दबा दी गयी थी, लेकिन कोई भी बात बिलकुल नहीं दब सकती। बात छोटी गली में भी पहुँच गयी थी। मास्टर जी, कोहली, सेठ जी, नरेन्द्र, अमर पहले भी उनका आदर करते थे, अब और अधिक करने लगे। हरि भैया कांग्रेस के वैतनिक कार्यकर्ता न रहे तो कांग्रेस क्षेत्र में उनका आदर-प्रभाव पूर्वापेक्षा बढ़ गया। सभी निर्णयों में उनकी राय की चिन्ता होती। सक्सेना साहब, श्रीवास्तव जी, गुप्ता जी भी उन्हें हरिकृष्ण नहीं, हरि भाई या भैया सम्बोधन करने लगे।

अमर ने वज़ीरगंज में हरि भैया का घर देखा था। जब-तब उनके यहाँ हो आता। अमर से सेठ जी ने सुना हरि भैया की पत्नी का स्वास्थ्य ठीक नहीं रहता। सस्ती जगह तंग और अस्वास्थ्यकर थी। रसोई बनाते समय कोठरियों में धुआँ भर जाता। बच्चे और माँ खाँसते रहते। हरि भैया ने जल्दी में सस्ती जगह ले ली थी परन्तु संतुष्ट न थे। सेठ जी उनकी अवस्था से चिन्तित।

ज़मीन और मकानों का व्यापार सेठ जी का अपना क्षेत्र था। पिछले छः बरस में कैनिंग रोड पर सीधी गली से पश्चिम लगभग दो सौ कदम तक पक्के मकान बन गये थे। उसके आगे तब भी धोबियों, घोसियों की झोंपड़ियाँ या कच्ची बस्ती थी। झोपड़ियों और कच्चे मकानों के बीच कच्चा रास्ता या कच्ची गली थी। इस कच्ची गली में सड़क से दो-ढाई सौ कदम पर धोबियों के तीन घर थे। दो साल पहले भारी वर्षा में धोबियों के घर गिर गये। पिछले सालों में समीप और मकान बन जाने से परती जगह में कपड़े सुखा सकने की सुविधा न रही थी। धोबी वहाँ पर फिर से मकान न बनाकर कुतुबपुरवा की ओर खुली जगह में चले गये। इस जगह पर सेठ जी की नज़र थी। वे मालिक जमीन को भी जानते थे।

सरकार और कांग्रेस के प्रतिनिधि गांधी जी में राउन्ड टेबुल कांफ्रेंस के विषय में बातचीत चल रही थी। नौ-दस मास से आन्दोलन स्थगित था। हरि भैया खद्दर की फेरी से संतुष्ट थे। एक दिन सेठ जी ने कच्ची गली की जगह उन्हें दिखायी, ''चार सौ गज़ का टुकड़ा है। समय आने पर इसका दाम काफी बढ़ जायेगा। हमारे पास तुम्हारा तीन हज़ार है।'' हरि भैया ने भाइयों से पृथक होकर इतनी रकम सेठ जी के यहाँ आड़े समय के लिये रख दी थी। सेठ जी का सुझाव था : अपने भट्ठे से ईंटें गिरवा कर दो-तीन कोठरियाँ बनवा दी जायें।...''खुली जगह में सुविधा रहेगी। संकोच मत करो। तीन रुपया किराया

देते हो, इतने में जमीन के दाम का ब्याज हो जायेगा। चाहे जब तक रहो। समझ में आये, धीरे-धीरे जगह का दाम चुका देना। नहीं तो जगह हमारी।''

हरि भैया की अनुमति से दो मास में पक्की ईंट और गारे की चुनाई और चूने की टीप से दो कोठरियों का मकान बन गया। आँगन कच्ची दीवार से घेर लिया गया। सेठ जी ने पानी का नल लगवा दिया। हरि बाबू ने मकान का नाम रखा 'सेवाश्रम'। सेवाश्रम छोटी गली के समीप था और उठने-बैठने के लिये खुला आँगन। अमर का वहाँ आना-बैठना बढ़ गया। हरि भैया की पत्नी को अमर भाभी कहता और वे उसे लाला पुकारतीं। अमर प्रायः संध्या आता। भाभी रसोई में होती तो अमर छोटा मोढ़ा रसोई से दरवाज़े के समीप रखकर बतियाने के लिये बैठ जाता। भाभी आँगन में खाट पर बैठी हो तो खाट की पाटी में बैठ जाता। हरि भैया की पत्नी को पति की कोई सराहना-आलोचना करनी हो या सेठ जी से हरि भैया पर कुछ दबाव डलवाना हो तो अमर ही था।

एक संध्या अमर आकर भाभी के पास बैठा ही था कि उसकी नज़र रसोई की ओर चली गयी।

रसोई के सामने चटाई पर खद्दर की सफेद धोती पहने, बड़ी उम्र की दुबली सी लड़की थाली में आलू काट रही थी। अमर की आवाज़ से चौंककर लड़की ने हाथ की छुरी थाली में रखकर माथे से आँचल खींचकर घूँघट कर लिया। घूमकर पीठ अमर की ओर कर ली। अमर ने एक ही नज़र में देख लिया : लड़की के रूखे केश छोटी जुड़िया में बँधे। चेहरा दुर्बल, रूखा, पीला-साँवला। उदास आँखें चेहरा दुबला होने से बड़ी-बड़ी लग रही थीं। दीन कातर भाव। न हाथों में चूड़ियाँ, न नाक-कान में ज़ेवर।

अमर ने अनुमान किया : हरि भैया की बहिन, जिसे रायबरेली से लिवा लाने के लिये कह रहे थे।

भाभी दबे स्वर में बताने लगी, ''हमारी छोटी ननद है। रायबरेली से आयी है। गौरी नाम है। अभागिन गौने में गयी तो पन्द्रह बरस की थी। बरस भर में लड़की हो गयी। बेचारी डेढ़ बरस में विधवा। हे भगवान, ननदोई की मौत भी कैसी! कहते हैं, ननदोई कुछ आवारा-सवारा आदमी था। मेले-तमाशे का बहुत चाव, काम-धाम से मतलब नहीं। बहुत भीड़ में रेल पर चढ़ा था तो गाड़ी में घुस नहीं सका। गाड़ी का डण्डा पकड़े लटका-लटका जा रहा था। डाकगाड़ी से हाथ छूट गया। गिरा तो सिर फट गया; कैसे बचता! बेचारी के भाग। इसकी सास कहे···डायन है, आयी तो महीने भर में ससुर को खा गयी। डायन के पेट से डायन हुई। वह छः महीने में बाप को खा गयी। सच तो यह है कि इसके जेठ की तीन बेटियाँ पहले से कलेजे पर धरी हैं। बेटियाँ तो तुम जानो हम लोगों में घर-बार बिकवा देती हैं। ससुराल में बेचारी की बहुत दुर्गत। घर भर की झाड़ू-बुहारे, कुएँ से पानी खींचे, उपले थापे, आँगन लीपे, चौका बर्तन, छाँटना-कूटना सब ये करे। ऊपर से गाली-गुफ्तार···डायन है, ससुर को खा गयी, मर्द को खा गयी। पेट भरने को जो रूखा-सूखा बच रहे। तन ढाँपने को सास, जेठानी की उतरन। बेचारी कई संदेश भिजवा चुकी थी। हमारे जेठ कान में तेल डाले बैठे रहे पर इनकी तो माँ जाई बहिन है। जेठ हमारी पहली सास से हैं। हमारी सास से ये और दो बेटियाँ। ये बेचारी छोटी। ये तो कब से चाहते थे, बुला लें। इनके हाथ में तो था नहीं। लाला, किस्मत तो कोई बदल नहीं सकता। यहाँ बेचारी रूखी-सूखी खाकर चैन से भगवान का नाम तो लेगी···।

आठ-दस दिन बाद अमर फिर आया। भाभी और गौरी रसोईं के सामने चटाई पर बैठी थीं। अमर को देखकर गौरी ने संस्कारवश शील के विचार से सिमट कर माथे पर घूँघट खींच लिया। उठकर भीतर जाने लगी।

भाभी ने टोक दिया, "लाला तो तुम्हारे भाई हैं। तुम्हारे भैया भाई मानते हैं तो तुम्हारे भी। सच यह कि भाइयों से ज्यादा। अपने खून के रिश्ते के भाइयों को हम लोगों की क्या परवाह। इनके काका हमें बेटे-बहू मानते हैं। उन्हीं का सबसे बड़ा सहारा। 'इनका' तो एक कदम घर में एक जेल में। जाने कब पुकार आ जाये और यह कह दें : वन्दे मातरम्! जा रहे हैं कृशन मन्दिर। हमारे ये ही अपने हैं। रिश्ते के भाइयों को क्या चिन्ता।"

गौरी को पहली बार देखने से अमर को लगा था जैसे पंख टूट जाने से उड़ने में असमर्थ, भय से काँपती गोरैया चारों ओर से झपटते कौओं के भय से छिपने की जगह चाहती हो। लड़की के चेहरे और व्यवहार में मूर्तिमान दैन्य, कातरता, निराशा। अमर का मन करुणा से उमड़ आया। गौरी के विषय में भाभी से जो सुना, उसकी भावना का समर्थन हुआ—अंध-संस्कारों और रूढ़ि से विवश, सामाजिक अत्याचार की शिकार, निरीह असहाय।

गौरी के प्रति अमर के मन में सहानुभूति और सहायता की कर्तव्य-बुद्धि जागने का कारण था। उस साल अमर इण्टर के दूसरे वर्ष में था और नरेन्द्र बी० ए० के दूसरे वर्ष में। गरमी की लम्बी छुट्टी में पाठ्य-क्रम के अतिरिक्त पुस्तकें पढ़ने और चर्चा के लिये पर्याप्त समय। नरेन्द्र यूनिवर्सिटी पुस्तकालय से एक पुस्तक 'परिवार, निजी सम्पत्ति और राज्य का उद्भव' ले आया था। पुस्तक दोनों ने पढ़ी। दोनों में विचार-विमर्श हुआ··· विचारों की स्वतंत्रता या मानसिक स्वतंत्रता राजनीतिक, आर्थिक, सामाजिक स्वतंत्रता का मूल है। मानव समाज की किसी श्रेणी, अंग या वर्ग का शोषण कर सकने के लिये उसे पराधीन या दास बनाये रखना आवश्यक होता है। मनुष्यों को पराधीन और दास बनाये रखने के लिये सैनिक, राजनीतिक और आर्थिक साधनों की अपेक्षा विश्वासों का बंधन या मानसिक गुलामी अधिक उपयोगी और कारगर होती है। दासों और नौकरों के लिये दासता को उनका भाग्य, कर्तव्य और गुण मानना धर्म बताया जाता है। इसी तरह पुरुष निजी स्वार्थ और सेवा के प्रयोजन से स्त्रियों को पशुओं की तरह अपनी सम्पत्ति बनाये रखने के लिये स्त्रियों को उपदेश देते आये हैं कि ईश्वर ने नारी को पुरुष की सम्पत्ति बनाया है। स्त्री का सबसे बड़ा धर्म पति को संतुष्ट रखना और पति की आज्ञा का पालन है। स्त्री चतुर या योग्य होने पर भी अपनी बुद्धि और शक्ति का उपयोग अपनी दासता का बंधन तोड़ने के लिये न कर सके। गौरी की अवस्था और उसके शिक्षा पाने के यत्न के लिये अमर के मन में गहरी सहानुभूति उमड़ आयी। उसके लिये दूसरी-तीसरी कक्षा की पुस्तकें लाकर दे दीं। अमर को स्वयं इण्टर की परीक्षा की चिन्ता। सेवाश्रम आठवें-दसवें ही जा पाता। जाता तो भाभी से गौरी की शिक्षा की प्रगति के विषय में पूछ लेता।

दिसम्बर अन्तिम सप्ताह अमर सेवाश्रम गया। गौरी हरीकेन (लालटेन) समीप रखे पुस्तक से कापी पर लिख रही थी। अमर ने देखा पाँचवीं कक्षा की पुस्तक।

भाभी ने बताया : ब्याह हुआ तो चौथी किताब तक पढ़ चुकी थी। फिर से कोशिश की तो पढ़ा याद आने लगा। याददाश्त अच्छी है। जल्दी पढ़ लेगी··· । तब तक हरि भैया आ गये। उन्होंने बताया : गौरी को ससुराल से बुला लेने का प्रयोजन है कि कुछ पढ़-लिखकर अपने पाँव खड़ी हो सके। अभी उम्र ही क्या है बेचारी की। सामने पहाड़ सी जिन्दगी। कौन जानता है, भगवान की इच्छा क्या है, कब कैसा समय आता है। वर्ना इसका भविष्य क्या है? पढ़-लिखकर कुछ अपने लिये करने लायक हो सकेगी।

३ जनवरी, १९३२। रात दस बजे रहे थे। अमर परीक्षा की तैयारी के लिये पढ़ रहा था। दरवाज़े में आहट सुनकर उसने घूमकर देखा : हरि भैया।

"आइये आइये।" अमर उठकर उनकी ओर बढ़ गया। विस्मित था, हरि भैया 'वन्दे मातरम्' की ललकार के बिना, गुप-चुप कैसे भीतर आ गये। दबे स्वर से बोल रहे थे।

"काका कहाँ हैं?" हरि भैया फुसफुसाये।

"जीम कर बाहर गये थे। शायद अमीनाबाद गये हों, या चौक। बैठिये आते ही होंगे।"

"नहीं अमर, हम बैठ न पायेंगे।" हरि भैया ने शाल के नीचे कुर्ती की भीतरी जेब से कागजों का पुलिन्दा निकाला। बहुत दबे स्वर में बोले, "ये रख लो। तैंतीस सौ हैं। दो बिल्टियाँ हैं, आदमपुर और टांडा के माल की। बैंक से बत्तीस सौ दस में छूटेंगी। उम्मीद है, हम आज रात गिरफ्तार हो जायेंगे। माल छुड़वा कर कहीं रखवा दें। क्या मालूम कितनी सज़ा—तीन मास या तीन साल। माल के बीजक साथ हैं। बीस सैकड़ा पर माल आया है। भाड़ा निकालकर : सत्रह समझो। माल कोई भी व्यापारी ले लेगा। गांधी भण्डार के प्रभास भाई ले लेंगे। कोई चिन्ता नहीं। साल-डेढ़ साल के लिये भी बन्द हो गये तो तुम्हारी भाभी-भतीजे भूखों नहीं मरेंगे।" अमर का कलेजा मुँह को आ रहा था।

हरि भैया को याद आ गया, "हाँ परसों से मास्टर जी ने गौरी बहिन के लिये ट्यूटर लगवा दिया है। तुम इस महीने के पाँच दिलाकर रोक देना। हम नहीं हैं तो खर्च बढ़ाना ठीक नहीं। वैसे तुम देखते ही रहोगे। लौटेंगे तो देखा जायेगा। भगवान की इच्छा।"

अंग्रेजी शासन में कुछ ऐसे भी हिन्दुस्तानी अफसर थे जो जीविका के लिये सरकारी नौकरी कर रहे थे, परन्तु उन्हें देश और कांग्रेस से सहानुभूति थी। पुलिस और सी० आई० डी० में भी ऐसे लोग थे। कांग्रेस के नेताओं के यहाँ तलाशी, ज़ब्ती या गिरफ्तारी के हुक्म की सूचना कुछ समय पूर्व पहुँच जाती है। हरि भैया के सौजन्य के कारण अनेक लोगों को उनसे सहानुभूति। सी० आई० डी० इंस्पेक्टर सिराजुद्दीन ने हरि भैया को सूचना भिजवा दी थी : उनके नाम वारंट मिल गया है। आज रात तैयार रहें। कांग्रेसी नेताओं और सत्याग्रह-मार्गियों को ऐसी सूचना मिल जाने से उनके गिरफ्तारी से बचने के लिये भाग जाने की आशंका न थी। हाँ, गिरफ्तारी से पूर्व आवश्यक प्रबन्ध का अवसर मिल जाता था। समाचार मिलने पर कि पुलिस उन्हें गिरफ्तार करना चाहती है, कांग्रेसी स्वयं कोतवाली पहुँच जाने में अपना नैतिक कर्तव्य और प्रतिष्ठा मानते थे।

सूचना से हरि भैया को कुछ विस्मय न हुआ। लन्दन में राउण्ड टेबल कांफ्रेंस सर्वथा असफल रही थी। भारत सरकार को गांधी जी के लौटते ही विकट और व्यापक आन्दोलन की आशंका। अब वायसराय लार्ड विलिंग्डन थे, पुचकारने-बहलाने के बजाय

कठोर नीति पर भरोसा करने वाले। गांधी जी ३१ दिसम्बर को प्रातः बम्बई पहुँचे। उन्होंने सरकार को चेतावनी दे दी : सरकार के समझौता भंग करने तथा अन्यायपूर्ण दमन के विरोध में कांग्रेस को आन्दोलन आरम्भ कर देना पड़ेगा। सरकार उन्हें गिरफ्तार कर सकती है। उनकी अनुपस्थिति में जो कुछ होगा, उसके लिए सरकार उत्तरदायी होगी। अखबारों में समाचार आ चुके थे।

हरि भैया के जाने के आधे घण्टे बाद सेठ जी लौटे। अमर ने पिता को सब स्थिति बताकर रुपया और बैंक के कागज सौंप दिये। सेठ जी ने गहरा साँस लिया, "इनका तो एक पाँव हमेशा जेल में। तीन बच्चे हैं, बच्चों की माँ है, बेवा बहिन, भांजी सब भगवान भरोसे। इन्हें फिक्र देश की··· संन्यासी है।"

सेठ जी ने हरिया को पुकारा, "···जाड़ा बहुत है, कम्बल ओढ़ लो। तुरन्त नब्बन घोसी के यहाँ जाओ।" नब्बन यानी गुलाम नबी घोसी का घर ठीक सेवाश्रम के सामने था। सेठ जी के यहाँ दूध नब्बन के यहाँ से आता था। नब्बन को सेठ जी का सहारा। सेठ जी ने समझाया, "नब्बन से कहना, रात चौकस रहे। सामने मकान पर नज़र रखे। पुलिस उन्हें ले जाये तो ख्याल रखे, बच्चे परेशान न हों। तुम भी सुबह जाकर पूछ आना।"

हरि भैया के लौट जाने के बाद अमर का ध्यान पढ़ाई में न जम सका। बार-बार ध्यान आ जाता : आदमी एक बार तो खतरा झेल ले, मर जाये या जी जाये। यह पूरी जिन्दगी का खतरा!···देश के प्रति कर्तव्य इनके लिये अपने पत्नी-बच्चों से भी बड़ा है···कितनी दृढ़ता है। आत्मबलिदान के लिये तैयार। इनकी जिन्दगी ही कुर्बानी··· ।

हरिया तड़के ही नब्बन के यहाँ जाकर समाचार ले आया। पुलिस सुबह पाँच बजे हरि भैया को गिरफ्तार कर ले गयी थी। सरकार ने निश्चय किया था : बम्बई में गांधी जी तथा अन्य कांग्रेस नेताओं को ४ जनवरी को प्रातः गिरफ्तार कर लिया जाये। देश के अन्य प्रदेशों में उससे पूर्व ही कांग्रेस कार्यकर्ताओं की गिरफ्तारी के लिये आदेश दे दिये गये थे।

सुबह सेठ जी मास्टर जी के साथ गोमती भ्रमण के लिये नहीं गये। चौक में अपनी दुकान पर गये। जौहर सेठ जी का पुराना कारिन्दा था, उम्र अट्ठावन-साठ की। उसका बेटा सुक्खू भी दुकान पर लग गया था। जौहर मकानों की किराया-वसूली और उगाही करता था। सेठ जी ने जौहर को हुक्म दिया : रात सेवाश्रम में सोये। सुबह-साँझ बहू जी से पूछकर सौदा-सुलफ ला दे। कोई बात हो तो उन्हें खबर कर दे।

सुबह खूब जाड़ा था और पढ़ाई का काम भी परन्तु अमर कालेज जाने से पहले पाँच मिनट के लिये सेवाश्रम गया। भाभी और गौरी गुमसुम थीं—आँखें गुलाबी, पलकें सूजी हुईं। "भाभी, भैया बहुत बड़ा कर्तव्य निभा रहे हैं। मैं रोज साँझ को आऊँगा··· ।" अमर का गला भर आया।

भाभी ने ही सांत्वना दी, "लाला कोई नयी बात है। चौथी बार जेल गये हैं। जैसे सहते आये हैं, अब भी सहेंगे।···ये जो ठीक समझते हैं, करते हैं। हम उनके पीछे हैं।···काका और तुम हमारे लिये बेगाने नहीं।"

अमर चार-पाँच दिन संध्या सेवाश्रम जाता रहा। भाभी ने स्वयं कहा, "लाला, तुम्हारा इम्तहान है। तुम पढ़ाई में हर्जा नहीं करो। जौहर दादा हैं। जरूरत होगी, हम उनसे कहलवा देंगे।"

अप्रैल के दूसरे सप्ताह अमर की परीक्षा समाप्त हो गयी। अँधेरा होने से पहले ही सेवाश्रम चला गया। अमर की आवाज सुन भूषण की छोटी बहिन शांता ने किवाड़ों की साँकल खोली। आँगन में खटिया पर भूषण और गौरी बैठे थे, गौरी के हाथ में कापी और कलम थी।

''ये क्या भूषण मास्टर बन गया?'' अमर ने पूछा।

उत्तर दिया भूषण ने, ''चाचा जी, बड़ा कठिन सवाल है, व्यापार गणित का। हमसे नहीं हो रहा।''

अमर बोला, ''वाह भई वाह, गुरू गुड़ ही रहा, चेला शक्कर हो गया।''

''हाँ, बुआ तो छठी की किताब और हिसाब पढ़ती हैं, अंग्रेजी भी। हम चौथी में हैं।'' भूषण ने बुआ से सीखने की सफाई दे दी।

''तब तो बुआ साल-दो साल में हमें भी पढ़ायेंगी।'' अमर सराहना में बोला। गौरी ने हँसी छिपा लेने के लिये गर्दन झुका ली।

परीक्षा में अमर का प्रैक्टिकल और पेपर भी खूब अच्छे हुए थे। पास हो जाने का विश्वास था। अब ढाई-तीन मास की लम्बी छुट्टी। उसके बाद मेडिकल कालेज में प्रवेश, जीवन में एक नये अध्याय की उमंग। रज़ा पिछले वर्ष मेडिकल में दाखिल हो गया था। नरेन्द्र ने बी० ए० की परीक्षा दी थी। उसे अर्थशास्त्र में रुचि थी। प्रो० मुकर्जी की उस पर कृपादृष्टि। उसका निश्चय अर्थशास्त्र में एम० ए० करने का था। यूनिवर्सिटी में विद्यार्थियों ने प्रो० मुकर्जी के निर्देशन में अर्थशास्त्र के विभिन्न पक्षों, मार्क्सवाद आदि के विवेचन के लिये एक अध्ययन गोष्ठी आरम्भ की थी। नरेन्द्र ने अमर को आश्वासन दिया था : छुट्टियों के बाद गोष्ठी में उसे और रज़ा को ले जायेगा। अमर छुट्टियों की समाप्ति पर नये जीवन के स्वप्न देख रहा था।

सेठ जी कुछ और ही चाहते थे। उनका पहला विवाह सोलह वर्ष की उम्र में हुआ था। अठारह तक गौना आ गया था। उस युग में अठारह की आयु यौवन का उत्कर्ष समझा जाता था। अमर जवान हो रहा था। कद दो बरस पहले ही पिता के बराबर, अब उनसे उँगली भर सिर निकाल रहा था। गले का कौआ फूट चुका था। रेख फूट आई थी बरस भर पहले ही। लड़कियों वालों के संदेशे तो जाने कब से आ रहे थे। लड़का मास्टर जी के उपदेशों के प्रभाव से मानने को तैयार न था। सेठ जी के ब्याह के समय उनकी अनुमति किसी ने न ली थी। तब यह ख्याल ही न होता था कि कोई लड़का सगाई-ब्याह पर आपत्ति करेगा। अमर सगाई के नाम पर भिन्ना जाता, मास्टर जी और कोहली भी जल्दी न करने की राय दे देते···लड़के को पढ़ लेने दीजिये, उसके लिये लड़कियों का काल न होगा। अमर अठारह का हो गया था। सेठ जी के विचार में तो विवाह की ठीक उम्र यही थी। आखिर मर्द कब जवान होता है।

मास्टर जी कहे जा रहे थे, ''अभी उसकी पाँच बरस की पढ़ाई शेष है। शास्त्र अनुसार विवाह योग्य आयु चौबीस होती है।'' कोहली की भी राय थी : जल्दी क्या है? जमाना बदल रहा है। उन्होंने महेन्द्र का ब्याह इक्कीस की आयु में किया था। कोहली का विचार नरेन्द्र का ब्याह एम० ए० के बाद करने का था।

सेठ जी सोचते : नये नज़रिये से इन लोगों का कहना ठीक है। उन लोगों के घर भरे-पूरे हैं। हमारे यहाँ इतने बड़े आँगन में ऐसा सूना कि कौआ भी नहीं बैठता। हमारा दिन बाहर कट जाता है। गंगा बेचारी, उसका भी क्या ठिकाना। लड़का कहता है, डाक्टरी पढ़ेगा तो कालेज में रहेगा। बहू आ जाती तो आँगन बस जाता। आँगन में उसके चलने-बोलने की आहट रहती। बेटे के विवाह की जितनी चाह सेठ जी को थी, उससे ड्योढ़ी गंगा को।

अमर पन्द्रह-सोलह का था तो अपनी सगाई-विवाह की बात का विरोध मास्टर जी से पाये आदर्श रूप में करता था। सगाई-विवाह के विषय में उसकी अपनी कोई राय न थी। अब उसका विरोध वास्तविक था। विवाह या विवाहित जीवन कैसे होना चाहिये, इसकी कल्पना कुछ पढ़ने और कुछ साथियों से बात-बहस में बन चुकी थी। पत्नी की कल्पना वह विचारों और कर्मक्षेत्र की अभिन्न संगिनी और सहयोगिनी के रूप में करता, उसकी कल्पनानुसार ऐसी संगिनी का शिक्षित, सुन्दर-सुघड़, उदार विचार, साहसी, कर्मठ होना आवश्यक था। विवाह के लिये पहली शर्त प्रगतिशील आदर्शों के अनुसार, युवक-युवती में प्रेम आकर्षण, एक-दूसरे को संगी-साथी के रूप में अत्यावश्यक अपरिहार्य समझना। विवाह के लिये लड़की के चुनाव को वह बीजगणित का प्रश्न मानने के लिये तैयार न था : लड़की+अच्छी जाति-गोत्र+अच्छा स्वास्थ्य+अच्छा रूप-रंग+अच्छा दहेज = अच्छा ब्याह।

सेठ जी और गंगा के विचार से बनारस और इलाहाबाद से आये दोनों रिश्ते बहुत अच्छे थे। क्या करते, लड़का जिद्द बाँधे था और सब उसकी सी ही कह रहे थे। जमाने का फेर··· लौंडों की बात ठीक मानी जाये, बूढ़े नासमझ हो गये।

मार्च में खबर आ गयी थी कि कोहली साहब की बेटी जयरानी बेटी-बेटे के साथ मई में खरबूजे और आम के शौक के लिये लखनऊ आयेंगी। जयरानी कोहली साहब की पहली संतान, बहुत लाड़ली। दिल्ली के प्रभावशाली चोपड़ा परिवार की बहू। उसका पति देवराज चोपड़ा रेलवे में असिस्टेंट डिवीजनल इंजीनियर। योग्यता और अवसर से जल्दी तरक्की पा गया था। उस जमाने में छः-सात सौ का मतलब, आजकल के छः-सात हजार। रहने के लिये रेलवे का खूब बड़ा बँगला, दो चपरासी, चार खलासी। सफर के लिये पूरे परिवार के लिये फर्स्ट क्लास का पास। स्थिति-संगति का तकाज़ा और तबीयत से आधुनिक रहन-सहन पसन्द। जयरानी ससुराल की परिस्थितियों के अनुकूल ढल गयी थी। उसका मायके आना छोटी गली में विशेष घटना होती।

विवाह के बाद जयरानी पहली बार सन् १९१८ के अन्त में आयी थी सोग के लिये। इनफ्लुएंज़ा की महामारी में महेन्द्र से छोटा भाई जाता रहा था पर उसके आने पर दोनों कोहली परिवारों और गली में कई विवाद उठ गये। उसने दिल्ली में महीन धोती के नीचे पायजामें के ढंग का घुटनों तक लम्बा दराज़ पहनना शुरू कर दिया था। गली की विस्मयाहत स्त्रियों-लड़कियों ने हाथ ओठों पर रख लिये, "दैया रे हिन्दू खत्री-बनियों के घर में जनाना पायजामा पहरें··· !"

भाबो ने समझाया, "बेटी, जैसा देश वैसा भेस··· लोगों की बातें सुनने से क्या फायदा!"

जयरानी लाड़ली थी और मुँहजोर भी। बोल पड़ी, "बकते हैं तो बका करें। हमसे निरी धोती में नंगे नहीं रहा जाता। जिन्हें टाँगे दिखानी हैं धोती की ओट क्यों करें, यों ही कुलाचें भरें!"

आखिर भाबो को बेटी का समर्थन करना पड़ा, "धोती के नीचे दराज से बदन न दीखे तो बेशर्मी क्या! नयी बात है तो हुआ करे। पर्देदारी बुरी चीज़ नहीं।"

"अनी मेमों के फैशन करें और कहें पर्देदारी!" खन्नों की डोकर ने विरोध किया, "ऐसी पर्देवाली होतीं तो यों मुँह-मत्था उघाड़े गली बाज़ार डोलतीं! सील पर्दा तो आँखों का, मुँह-मत्थे का। मुँह उघाड़े जिस-तिस से आँखें मिलाती फिरें तो पर्दा कैसा?"

"दादी, तुम यूँ ही कहो," जयरानी बोल पड़ी, "मन्दिर जाओ तो आँखें-मुँह-मत्था ढाँक लीजो, बाकी को हवा लगने दो।"

कम उम्रवालियों ने किलक कर आँचल मुँह पर रख लिये।

"चुप्प! बक-बक मत करो," भाबो ने जयरानी को डाँटा, "चाची, तुम ठीक कह रही हो। पर्दा तो आँख का, सील का है पर बदन उघड़ा रहे तो भी कराहत लगती है, नहीं क्या?"

"तू गली की धी है, तुझे क्या कहें!" खन्नों की डोकर ने जयरानी को उत्तर दिया, "हमें क्या हवा लगायेगी बेटी, तुझे नई हवा लगी है जो हवा से बातें करे। अब तेरी उमर सम्भर कर बोलने की है, जवान धी-पूत वाली हुई।"

आखिर हाईकोर्ट बोला। टंडन दादी गली के विवाद में बोलतीं तो वकील साहब कह देते : हाईकोर्ट का फैसला आ गया। टंडन दादी की ऊँची आवाज, "नी बेबात की झाँय-झाँय। सब ज़माने की बातें। जो मान लो, सोई पर्दा। अब तो धोती पर चादर कर ली, पर्दा हो गया। तू ही बता महेन्द्र की माँ, तुम ब्याह के आई तो गली-मुहल्ले में किस घर की बहू लहँगा-चादर के बिना गली में निकलती थी!"

"सच कहा बड़ी चाची!" जयरानी की माँ ने दादी को पटाने के लिये स्वीकारा, "बड़ी चाची, तब तो लहँगे भारी चादर की बात क्या, कहीं रिश्ते-संग-सियापे में जाना हो तो पर्देदार डोली में जाते थे या इक्के पर चादर का पर्दा किया जाता। और बड़ी चाची, लहँगा भी पहले दस गज़ का, फिर आठ का, फिर पछाहीं पाँच गज़ी लहँगा आ गया। बड़ी चाची, अब ये मरी ऐसी महीन धोती चली है कि धोती के साथ कुछ रहे तभी ठीक।"

दादी ने अस्वीकृति में हाथ हिला दिया, "कौन कहे ऐसी महीन धोती पहरो! और फिर क्या पहले धोती के नीचे कमर पर दो गज़ कपड़े का अचला नहीं लगा लेती थीं। ऐसी पजमियाँ का तो अपने लोगों में चलन कभी नहीं सुना।"

जयरानी जब भी मायके आती, किसी न किसी छोटी-मोटी परम्परा के उल्लंघन पर विवाद हो जाता। अमर को साबुन, चीनी मिट्टी और काँच के बर्तनों के सम्बन्ध में हुए विवाद याद थे।

उस बार बहन जयरानी के आने के समय की खास बात अमर की स्मृति में रही मीरा, जयरानी की बेटी। मीरा उससे पूर्व भी माँ के साथ आ चुकी थी। तब की अमर को विशेष याद न थी। इस बार मीरा सत्या की छोटी बहन दया के बराबर थी परन्तु

कितनी भिन्न। खूब गोरी, चंचल, बहुत प्यारी विलायती गुड़िया जैसी। पटर-पटर अंग्रेजी बोलती। मीरा का बोलना देख-सुनकर अमर को विस्मय। अमर आठवीं की परीक्षा दे चुका था। स्कूल में तीन बरस से अंग्रेजी पढ़ रहा था परन्तु मीरा की बात पूरी न समझ पाता; उसकी तरह तेजी से अंग्रेजी बोलने, अंग्रेजी में लड़ लेने की बात दूर।

१९३२ में जयरानी, मीरा और दोनों बेटों जयन्त और देवेन्द्र के साथ आयी। इस बार भी उसने एक परम्परा तोड़ी। इससे पूर्व मायके आती थी तो घर से बाहर चौक या अमीनाबाद की ओर सम्बन्ध या मेल-जोल में जाते समय धोती पर चादर ओढ़कर सिर पर माथे तक आँचल कर लेती थी। इस बार नरेन्द्र उसे स्टेशन से ताँगे पर लेकर आया तो कौतूहल में गली की स्त्रियाँ-लड़कियाँ खिड़कियों-दरवाज़ों पर आ गयी थीं। विस्मय से औरतों के ओंठ साँस में अवरोध से खुले रह गये। पड़ोसिनों की नज़रें मिलीं तो वितृष्णा की हँसी से ओंठ घृणा से सिकुड़ गये। जयरानी साड़ी पर चादर न ओढ़े थी। साड़ी बम्बइया ढंग से उल्टे हाथ से दोहरा फेर देकर आधे सिर पर अटकी हुई। कहने को तो पल्ले से बदन ढका पर ऐसा ढकना कि और उभर आये। किसनलाल के बड़े बेटे की बहू, खन्ना की बहू की ओर देख मुस्करायी, "हमें तो लगा मुजरा-उजरा होगा… ।"

जयरानी का बिना चादर ओढ़े साड़ी का ढंग अमर को अच्छा लगा। कांग्रेस के जुलूसों में आगे चलने वाली अभिजात-प्रतिष्ठित महिलाओं जैसा।

लड़की मीरा कुँआरी थी पर उस समय के विचार से पूरी जवान। कसे हुए सलूके में भरा उठता बदन। कमर से घुटनों तक कुकुरमुत्ते जैसी घघरिया। उठते-बैठते स्कर्ट से सफेद जाँघियाँ झलक जाता। पीठ पर कमर को छूती दो लम्बी चोटियाँ। उस समय कोहलियों के यहाँ उतनी कुर्सियाँ न थीं। दरी-चटाई या तख्त पर बैठने का ही चलन था। उठते-बैठते स्कर्ट से जवान दोहती की जाँघें दिखना भाबो को अच्छा न लगता। उसने मीरा को टोका, "मुन्नी, पहरावा रहन-सहन के ढंग से होता है। यहाँ स्कर्ट का चलन नहीं है धोती बाँधा कर।" मीरा को साड़ी बाँधने का बड़ा शौक। माँ के पेटीकोट और साड़ी पहरने लगी। कंधे से आँचल का फेंटा पतली कमर पर पेटी की तरह कस लेती। ऊपर-नीचे के भराव और पुष्ट जान पड़ते। अपने शरीर के सौष्ठव के गर्व में अकड़-अकड़ कर चलती।

अमर नरेन्द्र की बहिन जयरानी से मिलने आया तो मीरा को देख चकित…कितनी बड़ी हो गयी थी, उसके कंधे तक। गोरा चेहरा, गालों पर लाली की झलक, भूरी कौड़ियों सी किरणें फेंकती उजली आँखें। नरेन्द्र ने पुराना परिचय याद दिलाया। विनय की अदा में कंधे मटका कर किलक से बोली, "हाऊ डू यू डू! नाईस टू सी यू।"

"थैंक यू, आइ एम आल राइट।" अमर क्रिश्चियन कालेज से इंटर पास कर अंग्रेजी बोलना सीख गया था, "हाऊ आर यू?"

"फाइन, थैंक यू!" मीरा की गर्दन की लचक, भँवों और पलकों की थिरकन ने साथ दिया। अमर को गली में या इधर-उधर लड़कियाँ दिखायी देती रहती थीं। मीरा जैसी लड़की नहीं। गली-मुहल्ले की लड़कियों में मीरा ऐसी लगी, जैसे गिजाई, गुबरैले, सूँड़ी और दूसरे पतंगों के बीच रंगीन तितली आ जाये। मीरा यात्रा की बातें बताने लगी। अमर उसकी इंगलिश में बोल-चाल, भाव-भंगिमा से मुखर शैली को सराहना से सुनता-देखता रहा। संध्या वह फिर नरेन्द्र से मिलने चला गया। मीरा अपने स्कूल के स्पोर्ट्स के

विषय में बता रही थी। उसे बैडमिंटन में और रेस में इनाम मिला था। दोनों कप नानके में दिखाने के लिये साथ लायी थी।

गली के रिश्ते और वकील कोहली से अंतरंग मैत्री के नाते जयरानी सेठ जी की भी बेटी। उसे गोद में और कंधे पर बैठाकर खिलाया था। 'जयी' पुकारते थे। सुन लिया था : बेटी और दोहती-दोहते खरबूज़े और आमों के शौक के लिये आये हैं। सेठ जी को फल-सब्जी का शौक और परख भी। उस दिन सुबह चौक मंडी से झल्ली भर खरबूज़े और लखनौआ ककड़ियाँ ले आये। ससुराल से आयी बेटी और बच्चों के लिये भिजवा दिये। कुछ मास्टर जी के यहाँ। सेवाश्रम का भी ध्यान रहता था।

अमर जयरानी बहिन से पूछने चला गया : खरबूज़े कैसे लगे, फिर मीरा से बातचीत। खरबूज़े खाकर हाथ धोते-धोते मीरा को याद आ गया—कैरम बोर्ड साथ लायी थी। कैरम शुरू हो गया। मीरा, नरेन्द्र, जयन्त और अमर दोपहर तक गोटें खटखटाते रहे। संध्या चार बजे अमर फिर कोहलियों के यहाँ। ताश जम गई थी। मीरा, भाभी पुष्पा, नरेन्द्र और जयरानी। जयरानी ने अमर को पुकार लिया, "भैये, मेरे पत्ते तुम ले लो। किसी से दो बातें तो करूँ। इन लोगों को तो बस हर समय यही भूत सवार है।"

नरेन्द्र ने बहिन जयरानी, मीरा, जयन्त, देवेन्द्र और पुष्पा भाभी को सैर के लिये हजरतगंज ले जाने का आश्वासन दिया था। अमर से भी अनुरोध किया, "आओ, चलो घूम आयें। कपड़े बदल लो।"

छोटी गली और पड़ोस में महेन्द्र, नरेन्द्र और अमर ही पैंट पहनते थे। पैंट महेन्द्र ने शुरू की थी। सन् १९२८ में दिल्ली गया था। जीजा ने सूट सिला दिया था, बी० ए० पास कर लेने के इनाम में। वकालत पढ़ने लगा तो कालेज जाते समय पहन लेता। अब कचहरी काले कोट और सफेद पैंट में जाता, सर्दियों में सूट में। नरेन्द्र ने इण्टर में पढ़ते समय ही पैंट सिला ली। पिछले जाड़ों में नरेन्द्र ने ऊनी सूट सिलाया तो सेठ जी से सिफारिश की, "काका जी, अमर को भी सिला दीजिये। डाक्टर बनेगा। इसे कपड़े पहनना तो आना चाहिये।"

सेठ जी ने तुरन्त अनुमति दे दी, "ठीक है बेटे, अमरू को साथ ले जाओ। पसंद का कपड़ा लेकर सिलवा लो। देसी मिल का हो तो अच्छा है।" सेठ जी और कोहली विलायती कपड़ा न खरीदने का प्रण लिये हुए थे। अमर को पहले झिझक मालूम हुई, फिर पैंट में चुस्ती अनुभव की। मार्च में परीक्षा से पहले उसने सफेद सूती पैंट भी सिला ली। तब गली में और आस-पास के लोग पैंट को कुछ अचम्भे से देखते थे। उनके विचार से पैंट उपहासास्पद और असुविधा की पोशाक थी, आदमी घुटने मोड़कर या आलथी-पालथी से न बैठ सके कैसे···कसे-कसे फिरते हैं। गरमी नहीं लगती होगी!

नरेन्द्र ने कहा था : कपड़े बदल लो। मतलब था—साफ कमीज़ पैंट। कभी दोनों हज़रतगंज जाते तो पैंट पहन कर जाते थे। पिछले बरस से अमर की रेख फूट आयी थी। चेहरे पर रोयें की कलौंस आ जाती। नरेन्द्र की देखा-देखी सेफ्टीरेज़र ले आया था। उसने सुना था : चेहरे पर उस्तरा ज्यादा लगने से दाढ़ी जल्दी बढ़ती है, इसलिये कभी डेढ़-दो सप्ताह बाद कलौंस साफ कर लेता। ख्याल आ गया : उन लोगों की संगति में हज़रतगंज जाना है। आईना देखकर चेहरे पर उस्तरा फेर लिया। मूँछों की रेख सीधी कर ली, सिर पर कंघी। उस संध्या जयरानी, पुष्पा भाभी, मीरा, नरेन्द्र, अमर, जयन्त हज़रतगंज घूम

आये। नरेन्द्र के विचार में दिल्ली के लोगों के घूमने लायक बाज़ार लखनऊ में हज़रतगंज ही था।

छोटी गली क्या, इस ओर पूरे पुराने शहर में परम्परा समर्थक लोगों की राय हज़रतगंज के बारे में अच्छी न थी। ज़रूरी काम बिना उधर न जाते। भले घर की बहू-बेटियों के वहाँ जाने का सवाल ही न था। नौजवानों का भी हज़रतगंज घूमना वांछनीय न समझा जाता। लोग जानते थे, हज़रतगंज में मेमें और क्रिस्टान छोकरियाँ उघाड़े मुँह-सिर, नंगी बाँहें-ताँगे घूमती-फिरती हैं। देसी मेम साहब लोग भी खुले सिर-मुँह और ऊँची एड़ी के जूते पहने आती-जाती हैं। मर्द और जनाना सड़क पर बाँह में बाँह डाले, औरतों को बगल में लिये घूमते हैं। बायस्कोप में नंगी मेम पुतलियाँ नाचती हैं और हवाघर (क्लब) में मर्द-औरत शराब पीकर एक साथ नाचते हैं। देसी लोग वहाँ उघाड़े मुँह औरतों को देखने और तमाशबीनी के लिये जाते हैं परन्तु कोहलियों को कुछ कहने का लाभ न था।···बेटी दिल्ली में क्या ब्याह दी, आधे क्रिस्टान हो गये थे। पछाहीं लोग आचार-विचार का ख्याल नहीं करते।

जयरानी सेठ जी को काका—ताऊ पुकारती-मानती थी। उसे अमर की माँ अमरो की भी याद थी। उसके ब्याह के समय अमर चार बरस का था। अमर को गोद खिला चुकी थी। अब अमर देखने में खूब अच्छा निकल आया। अच्छा स्वस्थ डील, खुला गन्दमी रंग, बोलचाल अच्छी। बेटे जैसा छोटा भाई। वत्सलता से बोलती। मीरा को भी अमर अच्छा लगा। अमर को इण्टर के परिणाम की प्रतीक्षा में अवकाश। नरेन्द्र से पुस्तकों और विचार-विनिमय की बात उन दिनों न हो पाती। विनोद की कमी न थी। दिन भर कोई खेल···कैरम, ताश, स्नेक एण्ड लैडर, ड्राफ्ट या बैंक। मीरा अवकाश में मनोरंजन के लिये कितने ही खेल साथ लायी थी। बचपन से कान्वेंट में पढ़ी। हरदम मुँह से अंग्रेजी निकालती। आँगन के दोनों परिवारों में नानियाँ-भाभियाँ अंग्रेजी क्या जानें, इसलिये ज्यादा बोलचाल महेन्द्र मामा, नरेन्द्र, अमर और जयन्त से। महेन्द्र उनकी संगति के लिये बहुत बड़ा। नरेन्द्र भी पाँच बरस बड़ा। लेखराम का लड़का हरिश्चन्द्र मीरा का समवयस्क और अमर सबसे समीपी थे। मीरा को अमर पसंद। कैरम, ताश व अन्य खेलों में कुछ दिल्लगी, हुज्जत-मजाक, छीन-झपट न हुई तो रस क्या! ऐसे अवसर पर अमर न होता तो नरेन्द्र या माँ से अनुरोध करती, "प्लीज कॉल अमर भैया।"

सप्ताह दस दिन में मीरा सबसे निस्संकोच हो गयी। कभी खेल-खिलवाड़ हुज्जत में छोटी-मोटी हाथापाई तक पहुँच जाती। मीरा धक्का दे देती या कुछ और शरारत। अमर बदला लेने को होता तो जोर से चिल्ला देती, "बीऽजीऽऽ! या भाऽबो जी, ऽ देखो अमर भैया··· ।" मीरा से हारकर अमर का मन रस विभोर हो जाता।

माँ और नानी टोकती रहतीं, "···नी मीरा बहुत हुड़दंग अच्छा नहीं होता। ये भले घर की लड़कियों के तरीके नहीं हैं। लड़के-लड़कियाँ हाथापाई नहीं करते···खबरदार! नहीं मानेगी तो दूँगी लप्पड़··· ।" मीरा अनसुना कर जाती। दूसरी ओर बड़ी नानी को ऐसे छिछोरेपन पर गुस्सा आ जाता। हेमराज की बहू कहती, "पढ़ाने-लिखाने का यही फायदा है तो बाबा हमारी बेटियाँ अनपढ़ भलीं। बेचारी बसंती के नाम से इतना हुल्लड़ हो गया। अब क्या नहीं हो रहा! बेशर्मी की एक हद होती है।" हेमराज की बहू की बात एक तरह से ठीक थी। बसंती जैसा कुछ चुहल-मज़ाक, छेड़छाड़ करती थी, मीरा उससे कम न

करती। अन्तर इतना ही था—बसंती करती चुपके से, लोगों की नज़र बचाकर। मीरा वही सब करती खुले आम, निस्संकोच निधड़क। खूब अट्टहास और किलकारियाँ। अमर अकसर उनके यहाँ बना रहता, शेष समय उधर जाने का ध्यान।

बहिन जयरानी और मीरा के आने के बाद मई में अमर एक बार भी सेवाश्रम न जा सका। सेवाश्रम को भूल गया ऐसी बात नहीं। ध्यान तो आया पर जयरानी बहिन और मीरा के यहाँ जाने से फुर्सत मिलती तो जा पाता। मन में आश्वासन था : जौहर तो वहीं रहते हैं। चच्चा को सब खबर मिलती रहती है। गौरी को पढ़ाने के लिये मास्टर लगा है। कल सही।

१९३२ के मई-जून अमर के लिये बहुत शुभ रहे। इतना खेल-दिल्लगी और जून के दूसरे सप्ताह इण्टर का रिजल्ट निकला तो सैकंड डिवीजन में खूब अच्छे नम्बरों से पास। सेठ जी बेटे की सफलता से गद्‌गद। नगर में उस समय दो भट्ठे वालों ने ट्रक ले लिये थे। सेठ जी को चिन्ता···अब्दुल लतीफ भैंसा ठेलों पर ईंट सप्लाई करेगा तो उन लोगों के मुकाबले कैसे टिक पायेगा! तब शहर में फ्रेंच मोटरकार कम्पनी का बहुत रोज़गार था। सेठ जी ट्रक के बारे में पूछताछ के लिये हज़रतगंज गये थे। अवसर की बात, फ्रेंच मोटरकार कम्पनी में लाटरी पड़ रही थी। इनाम में एक आस्टिन गाड़ी थी, और एक बी० एस० ए० की मोटर-साइकल। सेठ जी ने अपने और अमर के नाम से टिकट खरीद लिये। भाग्य का खेल, अमर का टिकट दूसरे इनाम का निकल आया—बी० एस० ए० मोटर-साइकल।

सन्‌ '३० तक नरेन्द्र यूनिवर्सिटी पैदल जाता था। उस ज़माने में विद्यार्थियों या कर्मचारियों का सुबह-शाम स्कूल-कालेज, दफ्तर या कारखाने तक डेढ़-दो मील पैदल जाना-लौटना व्यर्थ टाँगें तोड़ना, जूते घिसाना या समय का अपव्यय न समझा जाता था। तब सवारी दूर जाने के लिये या विशेष कारण से ही ली जाती थी। नये जमाने में बसें दस पैसे में लोगों को तीन मिनट में मील भर ले जाने लगीं तो पैदल चलना समय और शक्ति का अपव्यय जान पड़ने लगा। नरेन्द्र को बाइसिकल का शौक चढ़ा। कोहली साहब और नरेन्द्र की माँ में बेटे-बेटियों की इच्छाओं का दमन कर सकने लायक दृढ़ता न थी। नरेन्द्र के लिये बाइसिकल खरीद दी गयी। तब नरेन्द्र की चमचमाती साइकल ट्रिल्ल-ट्रिल्ल घंटी बजाती गली में गुजरती तो लोगों की आँखें फटी रह जातीं। साइकल पर लौटते समय सीधी गली से छोटी गली में से मुड़कर घर तक सौ कदम अन्तर। नरेन्द्र साइकल के पैडल रोक लेता। साइकल पहले भरे जोर से किर्र-किर्र करती फिसलती ड्योढ़ी तक पहुँच जाती। स्त्रियाँ खिड़की-दरवाज़ों से चमत्कार देखती रह जातीं··· ।

"चच्चा, हम भी साइकल लेंगे।"

"न बेटे!" सेठ जी के स्वर में आतंक। "जरूरत हो, तुम्हारे लिये इक्का है। साइकल बहुत खतरनाक चीज। नरेन्द्र ने ले ली, हमारा तो दिल धड़कता रहता है देखकर। सवारी क्या, साली चर्खी है। सड़क-रास्ते पर जरूरत पड़ जाये तो चर्खी से उतरे बिना रुक न सके। रुको तो दायें गिरो या बायें। अपने पैरों के जोर से कदम-कदम न चले चर्खी को धकेलते गये। सवारी क्या, नटों का खेल है। किसी दूसरी सवारी से टक्कर-धक्का हो जाये रास्ते पर पिच्च, जैसे मेढकी पर बैल-घोड़े का खुर-सुम पड़ जाये। ···बेटे, तुम्हें ऐसा शौक हो तो दो-चार बरस ठहरो, डाक्टरी की पढ़ाई पूरी करके तुम चाहे

मोटर-गाड़ी ले लेना। अब तो बहुत मोटरें आ रही हैं। बीस-बाईस सौ की बात। दो-चार बरस में और सस्ती हो जायेंगी। एक जमाना था, जंग से पहले पूरे लखनऊ में दो मोटरें—एक लाट साहब की और एक डाक्टर होदेदार की। अब तो शहर-छावनी में डेढ़ सौ से कम न होंगी। आठ-दस वकीलों के पास हैं, डाक्टरों के पास हैं। अपने राजा बाज़ार में भी दो मोटरें आ गयीं। चौक में इत्र की कोठी वालों के यहाँ, खुनखुन जी के यहाँ तो तीन साल से है।''

अमर ने मन मार लिया। पिता से साइकल के लिये जिद्द न की परन्तु साइकल चलाना सीखने का लोभ संवरण न कर सका। नरेन्द्र से साइकल चलाना सीख लिया था, अच्छी तरह। नरेन्द्र यूनिवर्सिटी से पाँच बजे लौट आता। अमर शौक के लिए साइकल माँगकर बाहर की सड़कों पर दौड़ लगा आता। रविवार के दिन खास तौर पर। लौटते समय गर्व से एक हाथ से साइकल के हैंडल को सहारा दिये रहता या दोनों हाथ सीधे छोड़े रहता। सेठ जी यह नटों के करतब देखते तो कलेजा धक-धक करने लगता, ''बेटे सम्भल कर!···इस चर्खी का कोई भरोसा नहीं!''

परन्तु जब भाग्य ने खुद सेठ जी के लाटरी के शौक ने साइकल के बजाय मोटर-साइकल अमर की झोली में डाल दी तो वह उसे कैसे छोड़ देता! अपना इनाम लेने पिता के साथ फ्रेंच मोटरकार कम्पनी गया तो वहीं मैकेनिक से साइकल के मोटर कंट्रोल समझ लिये। उसके साथ खुली सड़कों पर दो घंटे तक अभ्यास करता रहा। पाँव से साइकल चला सकने वाले के लिये खुद चलने वाली मोटर-साइकल चलाना क्या कठिन, केवल उसकी चाबियों का परिचय चाहिये—चालू करने की चाबी, चाल बढ़ाने-घटाने की चाबी, इंजन रोकने की और ब्रेक। गली में लौटा तो मोटर-साइकल पर। मोटर-साइकल की भारी धड़-धड़ से गली गूँज उठी। गली की स्त्रियों के लिये चमत्कार! जैसे लोहे का दैत्य नकेल से विवश होकर छटपटा रहा हो।

''छोटे मालिक मोटर गाड़ी का बचवा लै आयेन।'' गुन्ने साईस का सराहना-पूर्ण उद्गार फूट पड़ा।

सरीकों और दूसरे दो-एक लोगों के सिर मोटर-साइकल की भयंकर भड़-भड़ से फटने लगे। उन लोगों ने ऊँची आवाज में आपत्ति की : भले लोगों के बाल-बच्चों के रहने की जगह में यह सब नहीं चलेगा··· ।

मोटर-साइकल को गली में रख सकने के प्रश्न पर झगड़ा न बढ़ा। मोटर-साइकल, पाँव-साइकल नहीं होती कि कभी सवार साइकल पर, कभी साइकल सवार पर। मकान की ड्योढ़ी की कुर्सी ऊँची हो या रिहाईश दूसरी मंजिल पर हो तो साइकल को बीच के डंडे से कंधे पर उठाकर ड्योढ़ी लंघा लें या ज़ीने पर चढ़ा लें। साढ़े तीन घोड़े ताकत की ढाई-तीन मन वजन की मोटर-साइकल को घर के तबेले और साईस की चौकसी में रखा गया।

अगले दिन नरेन्द्र ने भी मोटर-साइकल चलाना सीख लिया। एक और मनोरंजन बन गया। सुबह या शाम मोटर-साइकल पर शहर और छावनी की सैर। मीरा को कौन रोक सकता था। गनीमत कि उसने मोटर-साइकल चलाना सीखने की जिद्द नहीं पकड़ी। साइकल वह चला लेती थी। दिल्ली कान्वेंट में उसकी क्लास की दो लड़कियाँ साइकल पर आती थीं। कान्वेंट के भीतर साइकल दौड़ा-दौड़ाकर सहेलियों ने भी

सीख ली। कभी अमर मीरा को पीछे बैठाये सैर करा रहा है, कभी नरेन्द्र। कभी तीनों एक साथ मोटर-साइकल पर। ऐसे अविचार से विस्मित गली वाले भुनभुना कर मौन रह जाते।

मेडिकल कालेज में प्रवेश के लिये टेस्ट छः जुलाई से था। अमर को दो घंटे के लिये कैसरबाग, ट्यूटर वर्मा की क्लास में जाना ही पड़ता। घर पर भी कुछ पढ़ना-दोहराना डायग्राम बनाना जरूरी था। दिन में कोहलियों के यहाँ से बुलावा आने पर अमर रुक न पाता। रात देर तक पढ़ लेना मंजूर। मीरा से खेल-खिलवाड़, बतरस और संगीत का आकर्षण अदम्य था। मीरा की संगति के दिन ही कितने रह गये थे। दो जुलाई को बहिन जयरानी, मीरा, जयन्त, राजू दिल्ली लौट रहे थे। उनके जाने की तैयारी शुरू हो गयी थी। चिकन की साड़ियाँ और जो कुछ उन्हें ले जाना था, समेटा-बाँधा जा रहा था। मीरा चली जायेगी, यह विचार अमर को अच्छा न लगता।

अमर ताश की बैठक से उठ गया। ट्यूशन के लिये कैसरबाग जाना थाँ। गली में निकलते ही टण्डन दादी का प्रचंड स्वर सुनायी दिया,··· यह क्या परलय की बातें। सेठों और अरोड़ों में क्या मेल? ब्याह-शादी तो जात-बिरादरी में भला। न जाने कैसा जमाना आ रहा है। न जात का ख्याल न गोत्र का।

सब जानते थे—जात-गोत्र के नियमों और परम्परा की प्रामाणिकता के प्रश्नों पर टण्डन दादी बिरादरी की स्वयंभू हाईकोर्ट थीं। जिज्ञासा, सम्मति, परामर्श के लिये कोई प्रार्थना करे न करे, दादी गलत बात देख-सुनकर टोके बिना न रह सकतीं।

अमर को विस्मय हुआ, दूसरी ओर से उत्तर दे रही थीं गंगा बुआ और दीपचंद की तायी। सरीकों में मतैक्य के अवसर कम आते थे। बीच-बीच में मास्टरनी और साहबसिंह की घरवाली के स्वर भी सुनाई दे जाते। अमर जल्दी में था। विवाद समझ पाने की चिन्ता न कर कैमिस्ट्री, फिजिक्स की पुस्तकें लेकर कैसरबाग चला गया। इतना समझ गया : विवाद सेठों और चोपड़ों में विवाह सम्बन्ध के औचित्य पर था। चोपड़ा तो मीरा है···क्या बात उठी होगी?

लौटकर नाश्ता खाते समय बुआ से पूछ, लिया, "साँझ टंडन दादी से क्या झगड़ा हो रहा था?"

"कुछ नहीं भैये।" बुआ झिझक से बोली, "ये लुगाइयाँ जाने कहाँ से कैसे बात उड़ा दें। मास्टरनी बोली : ठकुराइन कहती है, राधाकिसन की जोड़ी है, देखकर आँखें सिराती हैं। दिल्ली वालों के जाने से पहले बात पक्की हो जाये। हमने कहा, हम लोग खत्री वे लोग अरोड़े, ठाकुर-कायस्थ यह सब क्या समझें पर इस जमाने की बात हम नहीं कह सकते। हमसे तो किसी ने कुछ कहा नहीं, भैया जानें। और बेटे, वे लोग अंग्रेजी रंग-ढंग वाले। वैसी लड़की घर-चौका क्या सम्भालेगी। हमने कहा, रिश्ता तो लड़की वालों की तरफ से आता है··· ।"

"इन लोगों को इतनी फिक्र क्यों है!" अमर ने बेपरवाही दिखायी। इससे पूर्व ऐसे प्रसंग पर अमर बहुत झुँझलाता था। मीरा के सम्बन्ध में बात से झुँझलाहट नहीं कुछ गुदगुदी सी अनुभव की। सोचा : अभी पाँच साल तो डाक्टरी की पढ़ाई···जिन्दगी में बहुत कुछ और भी है।···बात चलेगी तो देखा जायेगा।

गंगा बुआ नहीं चाहती थी कि गली में उनके घर के रिश्ते के बारे में झंझट हो, चुप रहीं। परन्तु टंडन दादी ने दूसरे दिन फिर बात उठा दी।

जयरानी को वह चर्चा अप्रिय। चाहती थी, बात दब जाये। उसे बोलना पड़ा तो बात दो शब्दों में निबटा दी, "···लोगों के आँखें नहीं हैं कि दिमाग फिर गये हैं। सेठ जी हमारे ताऊ। हमने नरेन्द्र और अमर में कभी फरक माना है···बचपन के मुँहबोले भाई-बहिन। मीरा के लिये बरस भर पहले दिल्ली में बात पक्की हो चुकी···"

अमर को लगा, कौर उसके मुँह की तरफ बढ़ाकर पीछे खींच लिया गया। स्वयं उसने कोई इच्छा या आशा न की थी, फिर भी निराशा जैसा धक्का, कुछ अपमान सा। मन खिन्न हो गया। ऐसी बात उठाने की क्या जरूरत थी।

जयरानी के प्रति आदर और पड़ोस के सौजन्य से अमर उन लोगों को गाड़ी चढ़ाने नरेन्द्र के साथ स्टेशन गया। मीरा उन्मुक्त उच्छ्वास से बोल रही थी, "···दिल नहीं चाहता दिल्ली लौटने को। अभी सप्ताह भर और एन्जाय कर सकते थे··· ।" नरेन्द्र-अमर को छुट्टी में दिल्ली आने का निमंत्रण और पत्राचार के लिये आग्रह।

मीरा के चले जाने से अमर को खाली-खाली सा लगा। कुछ परिताप भी—छुट्टियों में अध्ययन के लिये जितना कार्यक्रम बनाया था, कुछ भी न हुआ। नाथ शास्त्री के यहाँ से दो पुस्तकें लाया था। मीरा के आने से पहले एक पढ़ ली थी। उसके आने के बाद दूसरी को छू न सका। ···मूर्खता में कितना समय बर्बाद हो गया···ऐसी बातों से लाभ? कुछ करना है तो मन-वचन-कर्म के संयम बिना कुछ सम्भव नहीं।

मेडिकल कालेज की प्रवेश परीक्षा के बाद साँझ अमर सेवाश्रम गया। हरि भैया के समाचार के बारे में उत्सुकता थी। सब बच्चों ने वन्दे मातरम् कह अमर चाचा का स्वागत किया।

भाभी ने परीक्षा परिणाम के विषय में पूछा। अमर के इतने दिन दिखाई न देने पर उपालम्भ।

"भाभी, कुछ मेहमान आ गये थे।" अमर ने क्षमा माँगी।

भाभी ने कहा, "काका तो सब खैर-खबर लेते रहे। जौहर दादा यहीं रहते हैं। लाला, तुम आ जाते हो तो घर के आदमी को देख लेने की तसल्ली हो जाती है।"

"बहुत दिन में आये भैया!" गौरी पहली बार अमर से बोली। अमर को लगा, गौरी कुछ बदल गयी थी। चेहरे पर दस मास पूर्व जैसा रूखा-पीलापन न था, अब भी पतली परन्तु दुर्बलता से सूखी नहीं। बाँहें गोल हो गयी थीं। साँवला चेहरा पूरा भरा न होने पर भी स्वस्थ-स्निग्ध। सीधी पैनी माँग। खद्दर की सफेद धोती, परन्तु सुघड़ पहराव। चेहरा त्रस्त-कातर नहीं, सन्तुष्ट शान्त।

भाभी ने बताया, "जेल से लिखा है, कोई तकलीफ नहीं है। दिन भर पढ़ते हैं। गौरी को लिखा है, पढ़-लिखकर अपनी जिन्दगी बनानी है। भूषण के चाचा खयाल रखते होंगे।"

"पढ़ाई ठीक चल रही है?" अमर ने पूछा।

"आधी-आधी रात तक लालटेन लिये बैठी रहती है।" भाभी ने बताया, "मास्टर का पढ़ाया याद करती है। फिर इनकी किताबों में से कोई किताब उठाकर पढ़ने लगती है।"

तीनों बच्चे अमर को घेरकर बोले जा रहे थे, "चाचा जी! चाचा जी! चाचा जी!"

"अब्बी, मामा जी कहो!" गौरी ने बेटी को समझाया।

"चाचा जी-मामा जी एक ही बात है," भाभी बोली, "बच्चों के लिये क्या फरक!"

"फर्क कैसे नहीं?" अमर ने गौरी की ओर देखा, "जीजी की बिटिया को भी अपनी बना लोगी!"

"इनकी पहले है।" गौरी बोली।

"अब्बी-अब्बी। इसका पूरा नाम क्या है?" अमर ने पूछा।

"भैया ने भी पूछा था। नाम बेचारी का रखा किसने?" गौरी ने बताया, "यहाँ बच्चे अब्बी-अब्बी कहने लगे तो वही सब पुकारने लगे। भैया इसका नाम अभया रख गये।"

"अभया!"

"अभया से अच्छा आभा नहीं?"

"है तो···क्यों भाभी?" गौरी ने पूछा।

"तुम्हारा नाम आभा।" अमर ने बच्ची का चेहरा दोनों हाथों में लेकर उसे बताया। बच्ची हँस दी।

गौरी को बहुत अच्छा लगा।

सेवाश्रम से लौटते समय अमर की कल्पना में मीरा आ गयी—सुन्दर वर्ण-आकृति, मँजी बोलचाल, हँसी-किल्लोल, उल्लास से खिला चेहरा। सुबह की कोमल धूप में इस फूल से उस फूल पर उड़ती-मँडराती थिरकती तितली की तरह चंचल। वह चित्र उलटने पर दूसरी ओर साँवले चिकने पत्थर की मूर्ति, दुर्भाग्य की स्वीकृति में झुकी गर्दन, सहिष्णुता से स्थिर आँखें, सौम्य मुद्रा गौरी। अमर ने कल्पना में फिर पन्ना पलट कर मीरा का चित्र देखा। कौतुक, विनोद और उल्लास उसका जीवन···उसे क्या अभाव! कठिनाई, दुख-दर्द से अपरिचित और निश्शंक। उसे जरूरत है खिलवाड़ के लिये साथियों की। चित्र का पन्ना उलटने पर गौरी का चित्र—सब अन्याय यातना सहकर, बिना शिकायत फिर धैर्य से परिश्रम के लिये प्रस्तुत। इसका जीवन है, दूसरों की सेवा-सहायता लायक बन सकना। इसके लिये कुछ भी कर सकूँ तो सार्थक। हरि भैया देश के लिये जेल में पड़े हैं। ···इन लोगों की खबर न ली। गौरी को जो भी सहायता सम्भव हो··· ।

मध्य जुलाई से अमर मेडिकल कालेज जाने लगा। सुबह नौ बजे जाता, संध्या पाँच तक लौटता। पहले-दूसरे वर्षों में विद्यार्थियों का होस्टल में रहना अनिवार्य नहीं। सेठ जी का आग्रह था, जब तक घर पर रहकर पढ़ाई हो सके बेटा होस्टल में क्यों जाये। राजाबाज़ार से मेडिकल कालेज कितनी दूर। अमर के पास मोटर-साइकल। सप्ताह में एक बार साँझ सेवाश्रम जरूर हो आता।

अगस्त का अंतिम सप्ताह था। अमर प्रातः जल्दी कालेज चला गया। उस दिन डाक्टर बोस खुद डिसेक्शन का डिमांसट्रेशन देने वाले थे। संध्या पाँच बजे लौटा तो बुआ

ने कटोरी में मठरी और दूध का गिलास देकर बताया, ''सुबह तुम गये तभी गौरी-भूषन आये थे।''

''किसलिये?''

''अपने भाइयों के यहाँ राखी बाँधने रकाबगंज जा रही थी। पहले यहाँ आयी।''

अमर नाश्ता खाकर सेवाश्रम की ओर चल पड़ा।

''लाला, तुम्हें अब फुर्सत मिली?'' भाभी ने उलाहना दिया, ''बीबी बेचारी सुबह से निर्जल-निराहार बैठी है।''

''क्यों क्या हुआ?'' अमर ने विस्मय से गौरी की ओर देखा।

''नहीं भाभी, कुछ नहीं···'' गौरी के बरजते-बरजते भाभी कह गयी। ''उसकी बिटिया के मामा बने हो तो वह राखी नहीं बाँधेगी? सुबह-सुबह तुम्हारे यहाँ गयी थी, तुम कालेज चले गये। नहीं जानते, राखी जूठे मुँह नहीं बाँधी जाती।''

''भाभी कोई बात नहीं।'' गौरी ने बात समाप्त करनी चाही। भीतर जाकर थाली में अक्षत्-रोली और राखी ले आयी।

अमर ने झेंप से कहा, ''पहली बार राखी बँधवा रहा हूँ। बहिन थी ही नहीं।''

''अब तो है!'' भाभी ने याद दिलाया।

अमर की माँ जायी बहिन न थी। सरीके में चचेरी बहनें थीं तो उम्र में उससे बहुत बड़ी, सब ससुरालों में। राखी बाँधने वाली बहिन न थी। जानता था, बहिन राखी बाँधती है तो भाई बहन को धन्यवाद, आशीर्वाद या दक्षिणा स्वरूप कुछ भेंट देता है। सेवाश्रम आते समय यह ध्यान न था। जेब में हाथ डाला, केवल कुछ आने पैसे।

''अभी आया।'' वह दरवाज़े की ओर लपका।

''नहीं-नहीं, कोई बात नहीं···'' भाभी और गौरी एक साथ बोलीं। वे भाँप गयी थीं।

अमर गली में निकल गया। तेज कदमों से घर की ओर जाते मन गद्‌गद था···गौरी जीजी मुझे इतना मानती है।

अमर ने लौटकर गौरी के सामने पाँच का नोट रख दिया। गौरी इनकार में गर्दन हिलाकर पीछे हट गयी, ''नहीं, ये कोई बात है। सगुन चार आने, आठ आने का होता है···ये क्या बात हुई।'' उसने भाभी की ओर देखकर दुहाई दी।

''बीवी ठीक कह रही हैं। लाला ये बहुत है।'' गौरी की ओर देखा, ''चलो तुम्हारे भैया का मन है तो एक रुपया ले लो।''

''बस हो गया।'' अमर ने भी गर्दन हिला दी।

गौरी ने नोट नहीं छुआ। विरोध में घुटने पर ठोड़ी टिकाये मौन बैठी रही।

''अच्छा, बीबी तुम ही मान जाओ। भाई की भेंट का निरादर नहीं करते।'' भाभी ने समझाया, ''अब जल तो पियो, सुबह से मुँह जूठा नहीं किया।''

गौरी ने विवशता में हाथ बढ़ाकर नोट उठाया। मौन, गर्दन झुकाकर नोट माथे से छुआ लिया। कोठरी में चली गयी।

अमर ने कल्पना में देखा, कोठरी में जाकर गौरी आँचल से आँखें पोंछ रही है। गौरी ने नोट मजबूरी में लिया था। उसे विवश करने के लिये अमर ने संकोच अनुभव किया। पैसे के प्रति गौरी की बेपरवाही से मन सराहना, सहानुभूति, आदर और स्नेह से

उमग आया। निश्चय कर लिया—भविष्य में रक्षाबंधन और भाई दूज का दिन न भूलेगा।

गांधी जी और कांग्रेस के प्रमुख नेता और कार्यकर्ता सत्रह मास से जेल में थे। अनुशासित और व्यवस्थित अहिंसात्मक सत्याग्रह की सम्भावना न थी। सरकारी दमन से क्षुब्ध जनता विरोध प्रकट किये बिना भी न रह सकती थी। कहीं रेल, तार, डाक व्यवस्था को हानि पहुँचा दी जाती, कहीं कुछ और हो जाता। गांधी जी को जेल में यह सब समाचार मिल रहे थे। वे जनता में हिंसा की ओर प्रवृत्ति से चिंतित। गांधी जी ने गम्भीर मनन और ईश्वर प्रेरणा से अपनी और कांग्रेस कार्यकर्ताओं की आत्मा की शुद्धि और हरिजन कार्य को प्रोत्साहन देने के लिये ४ मई, १९३३ से इक्कीस दिन के अनशन व्रत का निश्चय कर लिया और अपने निश्चय की सूचना पत्र द्वारा सरकार को दे दी।

सरकार ने गांधी जी के अनशन व्रत की सूचना का पत्र और इस सम्बन्ध में अपना आदेश अखबारों में प्रकाशित करवा दिये : मिस्टर गांधी का प्रस्तावित अनशन सरकार की नीति और व्यवहार के विरोध में नहीं है। इस अनशन से सरकार का कोई सम्पर्क नहीं है। मिस्टर गांधी को अनशन की अवस्था में जेल में रखने का उत्तरदायित्व सरकार नहीं लेना चाहती। इसलिये मिस्टर गांधी जेल से मुक्त कर दिये गये।

गांधी जी ने जेल से मुक्त होकर तुरन्त कांग्रेस कार्यकारिणी समिति तथा कांग्रेसजनों से अनुरोध किया : मेरी जेल से रिहाई मुझे सत्य का अन्वेषण करने के लिये प्रेरित कर रही है। अन्य कांग्रेसी सहयोगियों से भी मेरा अनुरोध है कि वे सत्य के अन्वेषण का प्रयत्न करें। अपनी सम्पूर्ण शक्ति केवल हरिजन आन्दोलन में लगा दें। दुख है कि इस समय कांग्रेस आन्दोलन जहाँ-तहाँ गुप्त रूप से चल रहा है और उसमें हिंसा का उपयोग हो रहा है। गुप्त और हिंसात्मक कार्य कायरता है। मेरी प्रार्थना है, छः सप्ताह के लिये सम्पूर्ण आन्दोलन स्थगित कर दिया जाये। मैं कांग्रेस और सरकार में समझौते का प्रयत्न करना चाहता हूँ। गांधी जी ने सरकार से भी अनुरोध किया कि कांग्रेस आन्दोलन में भाग लेने वाले सभी लोगों को रिहा कर दिया जाये।

सरकार ने छः सप्ताह के लिये आन्दोलन स्थगित करने की शर्त पर कांग्रेसी कार्यकर्ताओं को रिहा करने से इनकार कर दिया। सरकार चाहती थी, कांग्रेस अपना आन्दोलन पूर्णतः समाप्त करके पराजय स्वीकार करे। गांधी जी का अनशन विश्वव्यापी चिन्ता के वातावरण में सकुशल पूर्ण हो गया। अनशन की समाप्ति पर गांधी जी ने कांग्रेसजनों से अनुरोध किया कि आन्दोलन को पुनः छः सप्ताह के लिये स्थगित रखकर स्थिति पर शान्ति से विचार और सत्य के अन्वेषण के लिये मनन करें।

आन्दोलन पुनः छः सप्ताह के लिये स्थगित हो जाने पर भी सरकार ने कांग्रेसी कार्यकर्ताओं को जेल से मुक्त करना स्वीकार न किया। सरकार का निश्चय था : गांधी जी और कांग्रेस अपना आन्दोलन पूर्णतः समाप्त कर पराजय स्वीकार करें तभी समझौते की बात हो सकेगी।

कांग्रेस के उग्रपंथी, खासकर समाजवादी और पूर्ण क्रान्ति के समर्थक लोग भी बहुत असंतुष्ट और क्षुब्ध हो रहे थे। उनका तकाजा था : आन्दोलन स्वराज्य के लिये 'आमरण संघर्ष के अंतिम मोर्चे' की प्रतिज्ञा से आरम्भ किया गया था। आन्दोलन के लक्ष्य प्राप्त किये बिना स्थगित नहीं होना चाहिये।

नेता जी सुभाषचन्द्र बोस और बिट्ठल भाई पटेल उस समय चिकित्सा के लिये देश से दूर वियेना में थे। इन दोनों नेताओं ने गांधी जी के निर्णय और आदेश के विरुद्ध संयुक्त वक्तव्य दिया : गांधी जी का यह कदम पराजय की स्वीकृति है। हमारा स्पष्ट मत है कि गांधी जी का राजनीतिक नेतृत्व असफल रहा है। अब कांग्रेस की नीति और कार्यक्रम में परिवर्तन आवश्यक हो गया है। यदि कांग्रेस समय पर ऐसा नहीं करती तो देश में दूसरा राजनीतिक दल बनाना आवश्यक हो जायेगा।

एक ओर विदेशी सरकार का कठोर दमन का निश्चय और व्यवहार, दूसरी ओर कांग्रेस का उग्रपंथी असंतुष्ट जनमत। गांधी जी इस परिस्थिति में अविचलित धैर्य से सत्य-अहिंसा के मार्ग की खोज में थे। उनके विचार में वह समय सत्याग्रह संघर्ष को वेग देने के लिये अनुकूल न था। कांग्रेसजनों का बड़ा भाग दमन के विरोध अपने लक्ष्य के लिये संघर्ष में न्योछावर हो जाने के आवेग से आतुर था। जनता आवेग और उत्तेजना में संघर्ष में सत्याग्रह के अहिंसात्मक मार्ग से हिंसा के मार्ग की ओर फिसलती जा रही थी। तीसरी ओर कांग्रेस के समर्थ और प्रभावशाली अधिकांश लोग इतने वर्ष तक त्याग और कठिन संघर्ष के कार्यक्रम के परिणामों से संतुष्ट न थे। वे चुनाव संघर्ष द्वारा कौंसिलों-असेम्बलियों में जा वैधानिक मार्ग से राजनैतिक अधिकार और शक्ति पाने के लिये प्रयत्न करना चाहते थे। इस विकट स्थिति में गांधी जी मध्य मार्ग की खोज में थे।

अन्ततः अगस्त के तीसरे सप्ताह में गांधी जी ने घोषणा की : सरकार से शान्तिपूर्वक विचार-विनिमय द्वारा समझौते के सब यत्न विफल हो गये हैं। देश दमन के सम्मुख आत्म-समर्पण नहीं कर सकता। आन्दोलन का आमरण संघर्ष पुनः आरम्भ होगा, परन्तु आन्दोलन को हिंसा के घातक रोग से सुरक्षित रखने के लिये आन्दोलन सामूहिक सत्याग्रह के रूप में नहीं, केवल वैयक्तिक, सत्याग्रह के रूप में होगा। इस आन्दोलन में वे ही व्यक्ति भाग ले सकेंगे जिन्हें गांधी जी या कांग्रेस द्वारा नियुक्त डिक्टेटर सत्याग्रह में भाग लेने की अनुमति देंगे।

हरि भैया आन्दोलन स्थगित होने पर मई में जेल से रिहा कर दिये गये थे। हरि भैया और उनकी तरह गांधी मार्ग के अनुगामी तुरन्त वैयक्तिक सत्याग्रह के लिये प्रस्तुत हो गये। सत्याग्रह की अनुमति मिलते ही उन्होंने फिर अपना खद्दर का भण्डार विश्वस्त मित्रों के यहाँ धरोहर रख दिया और स्वयं कोतवाली जाकर सत्याग्रही के रूप में आत्म-समर्पण कर दिया। वे परिवार के साथ तीन मास रह पाये थे।

इस बार हरि भैया कांग्रेस आन्दोलन के डिक्टेटर से अनुमति माँगकर जेल गये थे। उनके इस व्यवहार पर उनकी पत्नी बिलख-बिलख कर रोयीं। अमर सांत्वना देने गया। भाभी को यों रोते देख उसका हृदय उमड़ आया। भाभी विह्वल क्षोभ में कह रही थीं, "इन्हें ऐसा ही जोग रमाना था तो घर-गृहस्थी क्यों की थी।···घर में चार बच्चे, हम दो जनीं। हमें किस पर छोड़ जाते हैं।···देश सेवा का पुन्न बटोरेंगे हमें सताकर, तड़पाकर। लोग घर में दिया जलाकर मढ़ी-मढ़ैया पर दिया रखते हैं। ये अपने बाल-बच्चों को सताकर पुन्न कमायेंगे··· ।"

रज़ा, उसके मामू, नाथ शास्त्री, नरेन्द्र सभी के विचार में वैयक्तिक सत्याग्रह सिर्फ जनता को बहलाने की राजनीति थी। स्वयं अमर की सहानुभूति उग्र कार्यक्रम के पक्ष में। उसके विचार से हरि भैया का यह सत्याग्रह देश की राजनीतिक शक्ति का अपव्यय था,

परन्तु हरि भैया की अपने विश्वास और आस्था के प्रति ईमानदारी की सराहना किये बिना भी न रह सका। भाभी, गौरी और बच्चों से सहानुभूति में सोचता रहा : यदि जन-सेवा, खासकर क्रान्ति का मार्ग अपनाना है तो घर-गृहस्थी, प्रेम, विवाह के बंधनों से बचे रहना उचित है। अपने निर्णय से कष्ट-यातना सहना एक बात, दूसरों को मुसीबत में डालने का हमें क्या अधिकार! प्रेम और आकर्षण के फन्दे व्यक्ति को कमजोर बना देते हैं। लड़कियों के प्रेम-पाश में फँसे तो गये··· ।

रज़ा और अमर में सभी तरह की चर्चा और परामर्श हो जाता था। अप्रैल के अन्त में अमर ने अपनी खिन्नता रज़ा के सामने प्रकट कर दी, ''वालिद जाने क्यों हमारे सगाई-ब्याह के लिये इतने परेशान हैं। हम इतनी बार कह चुके एम० बी० बी० एस० पूरा हो जाने दीजिये।···कहीं से पैगाम आ जाता है या वालिद खुद ढूँढ़ लाते हैं। फिर वही झाँय-झाँय।''

''बच सको तो इस फंदे में मत फँसना।'' रज़ा ने चेतावनी दी, ''हम देख रहे हैं, इस फंदे के अन्दर-बाहर फंदे। फंदा सिर्फ जिस्मानी नहीं, दिमाग को भी जकड़ लेता है। हमारे वालिद और भाई तो बरस भर से पीछे पड़े हैं। उन्हें तो दहेज का लालच परेशान कर रहा है। हम मामू पर बात टाल देते हैं। मामू वालिद को समझा लेते हैं। हमारे नफीस भाई को देख लो, छब्बीस की उम्र। अभी से चार पिल्ले। हरदम बुजुर्गों सी बातें। रिलीजन और ट्रेडीशन की पाबन्दी के लेकचर··· ।''

शुरू अक्टूबर में रज़ा मिला तो बताया, ''यार हमारी सगाई हो गयी।'' आवाज़ गमगीन जैसे सोग की खबर दे रहा हो, ''मजबूर हो गये। अब तक मामू की मदद थी। मामू ही बोले—सब कुछ सिचुएशन से होता है। इस सिचुएशन में रिश्ता मंजूर कर लो।''

रज़ा ने सिचुएशन बतायी, ''जानते हो, हमारे घर की हालत कमजोर है। वालिद का मतब जैसा कुछ चल रहा था, अब और सुस्त। गरीब लोग सस्ती के खयाल से देसी दवा लेते थे। कमबख्त होमियोपैथी आ गई, देशी दवा से सस्ती। पैसे वालों के लिये तो ऐलोपैथी। हकीम-वैद्य के यहाँ लोग आते हैं, कुश्तों के लिये। सो हमारे वालिद उतने शातिर नहीं। नफीस भाई बाल्दा में छब्बीस माहवार पा रहे हैं। खुदा के करम या कहर से चार बच्चे, जिनमें तीन लड़कियाँ। चार बहनों की शादी में अब्बा इतना कर्ज कर बैठे हैं कि उसका सूद ही मारे डाल रहा है। हमने दो साल घर पर रहकर कालेज अटेंड कर लिया, वजीफे की मदद से वर्ना फीस तक न भर पाते। अब होस्टल में रहना लाजिम, तो खर्च का सवाल!

''वालिद ने साफ कह दिया : डाक्टरी पढ़ना है तो रिश्ता कबूल करो। इस तालीम का खर्च हमारे बस का नहीं। तुम्हारे ससुर यह खर्च देने को तैयार हैं। यह रिश्ता तुम्हारे-हमारे लिये खुदा की इमदाद है। रिश्ता मंजूर नहीं तो ढूँढ़ लो बीस रुपये की नौकरी।''

रज़ा की विवशता पर क्रोध-घृणा दिखाना अन्याय होता। अमर ने सहानुभूति अनुभव की।

रज़ा ने बताया, ''हमारे अब्बा और नफीस भाई कहते हैं, हम बुलन्द मुकद्दर हैं। रज्जाक (पालनहार) ने हमारी डाक्टरी तालीम के लिये यह रिश्ता हमारी तकदीर में लिखा है।'' रज़ा अपना अवसाद छिपाने के लिये मुस्कराया, ''खुदा की कुदरत में बड़े-बड़े करिश्मे हैं। हमारा खयाल है, खुदा ने मियाँ शमसुद्दीन की परेशानी में इमदाद के लिये हमें

मुफलिस बनाया और हमारे दिल में डाक्टरी तालीम का अरमान पैदा कर दिया, मियाँ शमसुद्दीन का जरखरीद दामाद बना देने के लिये।''

अमर के समाधान के लिये रज़ा ने बताया, ''मियाँ शमसुद्दीन का खालों का कारोबार है। कारोबार खूब फैला हुआ। यहाँ, आगरा, गोरखपुर, कानपुर में भी दुकानें। उनकी छोटी बेटी से हमारी सगाई हुई है। दहेज में मेडिकल कालेज का फाइनल तक का खर्च और एक पुख्ता मकान का वायदा। हमारी माँ-भाभी कहती हैं, लड़की सूरत-सीरत से बहुत अच्छी है। इतने दहेज की उम्मीद है तो लड़की की सूरत-सीरत में क्या कमी! सौदा हमारी जान का।

''किस्सा यह कि लड़की हमारे ससुर की दूसरी बीवी से है। असलियत खुदा जाने, अफवाह है कि दूसरी बीवी छोटी जात यानी गूजर की बेटी है। अच्छे खानदान रिश्ता कबूलने में लड़की-लड़के के माँ-बाप की सात पीढ़ी के शज्रे माँगते हैं। हमारे यहाँ चूहे भूखे मरते हैं तो क्या, हैं हम शेखजादे। ···हमने बिक कर डाक्टरी तालीम का इंतजाम कर लिया। सैकड़ों हमसे हसद करने वाले। गरीबों की मजबूरी गरीबों में बिकने के मौके के लिये हसद। मियाँ शमसुद्दीन हमें दामाद बनाने के लिये खरीद रहे हैं। यह भी हमारी खुशकिस्मत वर्ना हमारी कीमत है क्या, बीस रुपया माहवार!''

मई, १९३४ में गांधी जी ने कांग्रेस के कार्यक्रम में परिवर्तन की अनुमति दे दी। कांग्रेस का सम्पन्न और प्रभावशाली वर्ग असहयोग और सत्याग्रह आन्दोलन से थक चुका था। वे लोग देश में उत्पन्न राजनीतिक जागृति के बल पर कौंसिलों और असेम्बलियों में जाकर वैधानिक संघर्ष से शासन में अधिकार और शक्ति के लिये यत्न करना चाहते थे। कांग्रेस ने पटना अधिवेशन में सरकार से असहयोग और सत्याग्रह का कार्यक्रम स्थगित कर सरकार से लड़ने के लिये चुनावों के मैदान में उतरने, सहयोग से लड़ने का कार्यक्रम स्वीकार कर लिया।

जनशक्ति में विश्वास रखने वाले कांग्रेस के उग्र लोगों, विशेषतः समाजवादी और साम्यवादी लोगों को कांग्रेस कार्यक्रम में परिवर्तन से तीव्र असंतोष। इन लोगों ने पटना में ही एक कान्फ्रेंस आचार्य नरेन्द्रदेव की अध्यक्षता में आयोजित कर 'कांग्रेस समाजवादी पार्टी' का संगठन कर लिया। इस पार्टी का विचार था : 'विदेशी साम्राज्यवादी शासन व्यवस्था की रक्षा के लिये बनाये गये विधान को स्वीकार करके या उस विधान की सीमा के अन्तर्गत प्रयत्न से साम्राज्यवादी शासन को तोड़ता सम्भव नहीं। पूँजीवादी और साम्राज्यवादी शासन की नीति और कानून बनाने वाली कौंसिलें देश की शोषित साधनहीन सर्वसाधारण जनता की प्रतिनिधि नहीं हैं। यह कौंसिलें गरीब किसान-मज़दूर जनता का शोषण करने वाले जमींदारों, पूँजीपतियों और इनके सहायक समृद्ध पेशेवर वर्गों की प्रतिनिधि हैं। साधनहीन गरीब जनता को इन कौंसिलों के प्रतिनिधि चुनने का अधिकार नहीं है। इन कौंसिलों को सर्वसाधारण जनता का प्रतिनिधि या जनता के हित का रक्षक कहना निर्दय प्रपंच है। उस समय यह बात अक्षरशः सत्य थी। विधान सभाओं के लिये वोट का अधिकार केवल उच्च शिक्षित लोगों और सम्पत्ति के स्वामी, टैक्स देने वाले लोगों को ही था। आजकल की तरह बालिग मताधिकार नहीं।

कांग्रेस समाजवादी पार्टी शोषित साधनहीन बहुजन—किसान, मज़दूर और गरीब नौकरी पेशा—लोगों के आत्मनिर्णय के अधिकार और मुक्ति के लिए संघर्ष करने वाली

पार्टी है। हमारी पार्टी को शोषक वर्गों की प्रतिनिधि कौंसिलों के चुनावों से कोई प्रयोजन नहीं। हमारी पार्टी अखिल भारतीय कांग्रेस के अन्तर्गत कांग्रेस का अंश है। यह पार्टी कांग्रेस को जनशक्ति से पुनः देश में पूर्ण स्वराज्य और जनतंत्र के लक्ष्य के लिये संघर्ष के मार्ग पर लाने का यत्न करेगी।

भारत के सभी प्रमुख नगरों में, लखनऊ में भी, कांग्रेस समाजवादी पार्टी की शाखायें बन गयीं। देश के शिक्षित सजग नौजवानों को देश की सम्पूर्ण जनता के लिये समान अवसर-अधिकारों और शोषण से मुक्त व्यवस्था के लक्ष्य के लिये समाजवादी पार्टी को सहयोग देने का उत्साह। मेडिकल कालेज में कुछ विद्यार्थी और पैथालोजी के जूनियर प्रोफेसर देवेन्द्र शर्मा और फार्माकालोजी के प्रोफेसर जायसवाल को समाजवादी आन्दोलन से गहरी सहानुभूति थी। समाजवाद के अध्ययन और चर्चा के लिये गोष्ठियाँ होने लगीं। अमर, नवीन तिवारी, गुरुप्रसाद सिन्हा उनमें भाग लेने लगे। कांग्रेस समाजवादी पार्टी की सदस्यता के लिये कांग्रेस का साधारण मेम्बर होना आवश्यक था। कांग्रेस-समाजवादियों को चर्खे और खद्दर में उतना विश्वास न था परन्तु वे कांग्रेस के अनुशासन के कारण चर्खे-खद्दर को आवश्यक समझते थे। खद्दर विदेशी शासन के विरोध और देशभक्ति की भावना का प्रतीक था। ब्रिटिश शासनकाल में खद्दर के उपयोग से किसी सुविधा की आशा न की जा सकती थी। खद्दर का प्रयोग सरकारी अप्रसन्नता का ही कारण हो सकता था। मेडिकल कालेज के विद्यार्थी और प्रोफेसर प्रायः कोट-पतलून पहनते। उनमें कांग्रेस के सदस्य खद्दर के कोट-पतलून।

मार्च, १९३६ में अखिल भारतीय राष्ट्रीय कांग्रेस का वार्षिक अधिवेशन लखनऊ में हुआ। उस समय जनता में बहुत उत्साह था। कारण गत पन्द्रह वर्ष में लगातार राजनैतिक आन्दोलनों, साइमन कमीशन के सुझावों और लन्दन में गोलमेज़ कान्फ्रेंस के बाद ब्रिटिश पार्लियामेंट ने भारत को प्रान्त और केन्द्र में आंशिक स्वायत्त शासन देना स्वीकार कर लिया था। यह कांग्रेस की विजय थी। नगर का पश्चिम-दक्षिण भाग, जहाँ अब मोतीनगर, आर्यनगर, रघुवीरनगर बस गये हैं, उस समय वहाँ खेत-झाड़ियाँ थीं या ऊबड़-खाबड़ परती धरती। उस भाग को साफ-समतल करके अधिवेशन के लिये विस्तृत पंडाल, अतिथियों के निवास के लिये कैम्प और ग्रामोद्योग तथा खद्दर प्रदर्शनी की व्यवस्था की गयी थी। फूस की झोंपड़ियों, छोलदारियों, कनातों का छोटा सुन्दर सुथरा नगर। इस नगर का नाम कांग्रेस के प्रमुख नेता स्वर्गीय पंडित मोतीलाल नेहरू की स्मृति में रखा गया—मोतीनगर। बाद में उस स्थान का वही नाम बना रहा।

अधिवेशन में समाजवादी विचारधारा और आन्दोलन को सशक्त बना सकने में सहयोग देने के लिये देश के सभी भागों—बम्बई से नरीमैन, यूसुफ मेहरअली, मसानी, कमलादेवी चट्टोपाध्याय; बंगाल से सोमेन ठाकुर, माया घोष; दिल्ली से भालसिंह, सरोज गुप्ता; पंजाब से सोहनसिंह जोश, कामरेड रामचन्द्र कपूर और मुंशी अहमददीन; बिहार से जयप्रकाश बाबू और बेनीपुरी के दल आये थे। पूर्णिमा बनर्जी और एम० पी० सिन्हा कुछ मास पूर्व ही आयोजन में सहायता के लिये आ गये थे। पंडित जवाहरलाल नेहरू कांग्रेस समाजवादी दल में सम्मिलित नहीं हुए, परन्तु समाजवाद से उनकी सहानुभूति सर्वविदित थी।

अमर को जब अवसर मिलता, देश के विभिन्न भागों से आये नेताओं के विचार जानने और उनके दर्शन के लिये मोतीनगर पहुँच जाता। मोटर-साइकल की सुविधा थी। समाजवादी विचारधारा और आन्दोलन से सहानुभूति के अतिरिक्त भी इस अस्थायी जादुई नगर में आकर्षण था। अमर लखनऊ से बाहर केवल कानपुर, इलाहाबाद और बनारस तक गया था। इस राजनैतिक नगर में पूरे भारत का प्रतिनिधित्व। देश के विभिन्न भागों के स्त्री-पुरुष विभिन्न पोशाकों में। मोतीनगर को कलात्मक दृष्टि से भारतीय रंग-रूप दिया गया था परन्तु यहाँ की भाषा अंग्रेजी थी।

हरि भैया नगर कांग्रेस की ओर से मोतीनगर में प्रदर्शनी और नेताओं के जलपान के लिये प्रबंधक थे। कॉलेज के होस्टल में रहने और संध्या दूसरी व्यस्तताओं के कारण उन दिनों अमर सेवाश्रम कम जा पाता था। गौरी असाधारण अध्यवसाय से गत वर्ष महिला कालेज से कक्षा नौ की परीक्षा में पास हो गयी थी। उसे उस वर्ष मैट्रिक की परीक्षा देनी थी। परीक्षा में केवल दो सप्ताह शेष। हरि भैया ने आग्रह किया : विशिष्ट मेहमानों के जलपान का प्रबंध निबाहने के लिये तीन दिन कैम्प में स्वयंसेविका बनकर काम करे। यह भी शिक्षा है। कोठरी-आँगन में बन्द रहने से काम न चलेगा।···गौरी कैसे इनकार करती!

सार्वजनिक अधिवेशन का समय संध्या सात बजे था। विभिन्न नगरों से आये साथियों से परिचय के अवसर के लिये अमर पाँच बजे ही मोतीनगर पहुँच गया। कांग्रेस समाजवादी दल के दफ्तर की झोंपड़ी के सामने कई लोग—मेहरअली, मसानी, सरदेसाई, दुर्गा सितोले, पूर्णिमा बनर्जी और सिन्हा खड़े बातचीत कर रहे थे। उनके समीप एक आधुनिका नवयुवती—गर्दन तक छँटे फूले-फूले केश, खद्दर की बहुत महीन नीली छींट की साड़ी।

अमर को देखकर सिन्हा उसकी ओर बढ़ आया, ''कामरेड, बहुत व्यस्त हो?''

''खास नहीं, देखने-सुनने चला आया।''

सिन्हा ने घड़ी पर नज़र डाली, ''अभी सेशन में दो घंटे हैं। हम लोग पार्टी कार्यकारिणी की बैठक कर रहे हैं। तब तक तुम मौली को नगर में घुमा लाओ।···मौली प्लीज!'' सिन्हा ने जवान लड़की को सम्बोधन किया। वह उनकी ओर आ गयी।

मौली के समीप आने पर अमर को भीनी सुगन्ध भली लगी। युवती के चेहरे और बिना आस्तीन बाँहों पर प्रसाधन की ताज़गी। कंधे से लटका बड़ा पर्स। सहज निस्संकोच। ऐसी युवतियाँ उन दिनों लखनऊ में बहुत कम। सिन्हा ने दोनों का परिचय कराया, ''मौली बौंजा, फैलो ट्रेवलर। बम्बई से आई है।'' अमर की ओर संकेत, ''कामरेड डाक्टर अमरनाथ सेठ। अमर तुम्हें शहर घुमा लायेगा। बम्बई की तरह टैक्सी न मिल सकेगी। घोड़ागाड़ी पर परेशानी ज़रूर होगी।'' सिन्हा ने मुस्कान से विवशता प्रकट की।

उस समय लखनऊ और आस-पास के नगरों में टैक्सी का रिवाज़ बहुत कम था। जितनी टैक्सियाँ थीं, कांग्रेस अधिवेशन की प्रबंधक कमेटी ने प्रबंध कार्य और सम्मानित अतिथियों के लिये सुरक्षित करवा ली थीं।

''नॉट एटॉल!···मुझे घोड़ागाड़ी बहुत पसन्द!'' मौली किलक से मुस्करायी। अमर की ओर देखा, ''डाक्टर, मेरे कारण आपका समय बर्बाद होगा!''

''न, न, मुझे फुर्सत है, प्रसन्नता होगी!'' अमर विनय से बोला।

नवयुवतियों की संगति अमर के लिये बहुत साधारण सी बात न थी। अस्पताल में नित्य अनेक स्त्रियों को नहीं, उनके-अवयव और शरीर देखता, उनकी परीक्षा करता था। मेडिकल कॉलेज के विद्यार्थी और डाक्टर स्त्री-पुरुषों को वैसे ही देखते हैं जैसे मोटर मरम्मत कारखाने में कारीगर मरम्मत के लिये आयी गाड़ियों को जाँचते हैं। सिन्हा ने फैलो ट्रेवलर (सहधर्मी, लक्ष्य के सहयात्री) के रूप में परिचय कराया था। वह ज़माना और था। आज के दिन सभी समाजवादी हैं। उस ज़माने में स्वयं को समाजवादी बताना जोखिम सिर लेना होता। समाजवादी विचारों से सहयोग, जोखिम में सहयोग, विश्वास और आत्मीयता का सबसे गहरा रिश्ता। परिचय से ही दोनों में आत्मीयता-विश्वास का सम्बन्ध।

अमर ने एक अच्छा टाँगा किराये पर ले लिया। टाँगे को चारबाग होते हुए हज़रतगंज चलने का आदेश।

"डाक्टर, प्रैक्टिस शुरू कर दी या नौकरी?" अमर के साथ टाँगे पर बैठते ही मौली ने पूछ लिया।

"अभी न प्रैक्टिस न सर्विस। चौथे वर्ष में हूँ। परीक्षा के बाद अनुभव के लिये वर्ष भर कॉलेज अस्पताल में काम करना होगा।"

"मेरा अनुमान ठीक।" मौली मुस्कराई, "मैंने भी इस वर्ष एम० ए० की परीक्षा दी है। पी-एच० डी० का विचार है पर कामरेड सितोले कहती है पार्टी के साप्ताहिक में सहयोग दूँ। चाहती मैं भी हूँ, लेकिन पढ़ाई एक बार छूटी तो छूटी।"

"साप्ताहिक बम्बई से?" अमर ने बात जारी रखी।

"हाँ, बम्बई से। हम बम्बई निवासी हैं। पिता का मोटर रिपेयर गैराज और टैक्सी का कारोबार है। कामरेड्स कांग्रेस के लिये आ रहे थे। सितोले के साथ आ गयी। देश का उत्तरी भाग देखने की भी इच्छा थी। हमारे यहाँ से बहुत भिन्न परन्तु पिक्चरैक्स। यहाँ रिवाज कितने भिन्न। स्त्रियाँ मुँह ढके, आँखों पर कपड़ा डाले चल-फिर लेती हैं, सब काम कर लेती हैं।" मौली हँसते-हँसते कई बातें कह गयी।

बम्बई की तुलना में मौली को लखनऊ बहुत छोटा, संक्षिप्त परन्तु सुथरा लगा। हज़रतगंज से प्रभावित न हुई। लखनऊ के पार्क पसन्द आये। अमर ने उसे रेज़ीडेंसी दिखाई। फिर लखनऊ के अतीत का वैभव बड़ा इमामबाड़ा दिखाने ले गया। भूलभुलैया देखने के लिये दूसरी मंजिल पर गये। बहुत पुराने ज़ीने में सीढ़ियाँ टूटी और घिसी हुईं। पाँव फिसल-खिसक रहे थे। मौली ने अमर की बाँह का सहारा ले लिया। अमर का शरीर सनसना गया परन्तु मौली उसकी बाँह में ऐसे सहज बाँह डाले रही जैसे ज़ीने पर लगी टेक का सहारा लिये हो। अमर को अपने अनभ्यास से झेंप।

गाइड उन्हें भूलभुलैया में तीन-चार मोड़ भीतर ले जाकर अदृश्य हो गया।

"गाइड के बिना यहाँ से निकल सकना बहुत कठिन।" अमर ने बताया।

"कोशिश करें!" मौली अमर की बाँह पकड़ कई मोड़ बढ़ गयी। लगा—दिशा ज्ञान खोकर दीवारों के गहरे व्यूह में डूबते जा रहे हैं।

मौली के चेहरे पर घबराहट आ गयी।

गाइड ने प्रकट होकर सलाम कर दिया।

"ऐसी इमारत बनाने का क्या प्रयोजन रहा होगा, इसमें क्या सौन्दर्य?" मौली ने सान्त्वना से साँस लेकर पूछा।

"कहा जाता है, नवाब लोग यहाँ जवान लड़कियों-स्त्रियों से आँखमिचौनी खेलते थे।" अमर ने संकोच से बताया, "स्त्रियाँ उनकी इच्छा बिना इस व्यूह से बाहर न निकल सकतीं।"

"यह भी क्या विकृत रुचि!" मौली के चेहरे पर विरक्ति। "आधे शहर की लागत की यह इमारत ऐसे शौक के लिये बनायी गयी? हमारे राजाओं-नवाबों की सामन्ती अय्याशी के ऐसे ही शौक थे जिनके परिणाम में देश दो सौ बरस से गुलामी भोग रहा है।"

लौटते समय मौली की नज़र इमामबाड़े की भीतरी ड्योढ़ी में दुकान की ओर गयी—लखनऊ की ऐतिहासिक इमारतों के चित्र, हाथीदाँत और पीतल के छोटे-मोटे उपहार, खिलौने, चिकन कसीदे के मेज़पोश, रूमाल, साड़ियाँ, कुर्ते।

मौली के कदम उस ओर बढ़ गये।

चिकन कसीदे का काम देखकर मौली मोहित। दाम सुनकर अमर ने परामर्श दिया : यह दाम विदेशी यात्रियों के लिये हैं। बाज़ार में बेहतर चुनाव का अवसर और उचित दाम पर माल मिल सकेगा। अमर स्वयं खद्दर पहनता था परन्तु चाचा और पड़ोसी टंडन चिकन के व्यापारी थे। बड़े सेठ जी को कोहली परिवार के लिये ऐसा सामान खरीदते भी देखता ही था। बड़े इमामबाड़े से बौंज़ा को अमर ने तस्वीर पहल और छोटा इमामबाड़ा दिखाकर अमीनाबाद के रास्ते कांग्रेस कैम्प पहुँचा दिया। रात नींद आने से पूर्व अमर के मस्तिष्क में मौली और उसकी बातचीत बार-बार कौंध रही थी···मौली का निस्संकोच, सहज, स्वच्छन्द खिलाड़ी जैसा ढंग परन्तु उसकी बातें··· ।

पी-एच० डी० की महत्त्वाकांक्षा है परन्तु वह वैयक्तिक महत्त्वाकांक्षा। इतने बड़े-बड़े ज्ञानी-प्रोफेसर समाज के लिये क्या कर रहे हैं? केवल पेचीदा बातें और बड़ी-बड़ी तनखाहें···समाज के प्रति भी व्यक्ति का कुछ कर्तव्य। विराट जनसमूह के संकट से निरपेक्ष, अपनी ही चिन्ता···स्वार्थ बुद्धि। दूसरे कामरेड्स को जनकल्याण के लिये तिल-तिल निछावर होते देखकर अपनी वैयक्तिक महत्त्वाकांक्षाओं के लिये ग्लानि अनुभव हो जाती है। मौली, दुर्गा सितोले की निस्वार्थ कर्मठता की सराहना से अघा न रही थी।···मौली स्वयं वैयक्तिक कैरियर की परवाह न कर अपनी पार्टी के साप्ताहिक में काम करने के लिये तैयार।

सहसा सिन्हा की बात याद आयी : कम्युनिस्टों को गर्ल कामरेड्स का सहयोग बहुत बड़ी सहायता। इसलिये यूनिवर्सिटी में कम्युनिस्टों का इतना प्रभाव। मौली कम्युनिस्टों के प्रभाव में है परन्तु उसका उत्साह, निष्ठा···सही रास्ता पहचान कर सही मार्ग क्यों न अपनायेगी··· ।

अमर ने पिछली संध्या दुर्गा सितोले और मौली के अनुरोध पर उन्हें दोपहर में चिकन कसीदे की दुकानों पर ले चलने का आश्वासन दे दिया था। दोपहर बाद अमर डाक्टर नरसिंहम की क्लास छोड़कर मोतीनगर कांग्रेस कैम्प चल गया। क्लास में जाना चाहिये था परन्तु सुदूर बम्बई से आये सहधर्मियों की सहायता भी कर्तव्य!···मौली और सितोले के पास अमर निश्चित समय पर पहुँचा था। सितोले ने अमर से पूर्व परिचित की

तरह बल्कि बड़ी बहिन की तरह व्यवहार किया। टाँगे पर बैठते-बैठते ही तीनों में बातचीत। कांग्रेस पर पूँजीपतियों के नियंत्रण के लिये क्षोभ, कांग्रेस के बहुमत को सचेत करने की ज़रूरत। समाजवादी क्रान्ति के लिये विश्वस्त हरावल केवल सचेत मज़दूर वर्ग। समाजवादी लक्ष्य से संगठन के लिये उचित क्षेत्र बड़े औद्योगिक नगर··· । एक दुकान से दूसरी दुकान की ओर जाते समय बातचीत, विचार-विनिमय।

''जनगण की मुक्ति के संघर्ष के लिये जनगण का विश्वास पाने का जैसा अवसर डाक्टर को, उतना दूसरे व्यक्तियों के लिये बहुत कठिन। डाक्टर के बराबर जनता का आत्मीय और विश्वस्त कौन हो सकता है!'' मौली ने अमर की आँखों में देखा।

''हो सकना चाहिये,'' अमर ने स्वीकारा, ''परन्तु अधिकांश लोग जनसेवा के लिये नहीं जन के कष्ट से लाभ उठाने के लिये डाक्टर बनते हैं।''

''ठीक कह रहे हो कामरेड,'' सितोले ने सराहना से कहा, ''यह पूँजीवादी व्यवस्था का प्रभाव है। इस व्यवस्था में पूरा समाज अभाव की आशंका से त्रस्त। इसी त्रास से परस्पर अविश्वास, आशंका, क्रूरता। इस व्यवस्था के अभिशाप से समाज को मुक्त करने का यत्न तुम्हारे जैसे साथियों का कर्तव्य।···तुम परीक्षा पास कर बम्बई आ जाओ। तुम्हारे लिये अनुकूल कार्यक्षेत्र वहाँ है।''

सूर्य ढलने से कुछ पूर्व वे लोग चौक से चिकन की साड़ियाँ लेकर शाहमीना के सामने से लौट रहे थे। उनके समीप से सजे-बजे दो गहरेबाज़ इक्के तेज़ दौड़ से घुँघरू बजाते निकल गये। कद्दावर स्वस्थ घोड़े, इक्कों से लटकते बड़े-बड़े घुँघरुओं की तुमुल टनटन। बौंज़ा की आँखें विस्मय से फैल गयीं।

''ओह कितने सुन्दर चैरियट (रथ)! ऐसे रथ किराये पर मिल सकते हैं?''

''जरूर! पसन्द हैं?''

''बहुत पसन्द।'' मौली किलक उठी, ''एक बार ज़रूर सवारी करूँगी। बहुत बरस पहले दमन गयी थी। अंकल के यहाँ छोटी घोड़ागाड़ी थी। ऐसी नहीं, टैंडन। हम लोग उसे खूब दौड़ाते थे।''

''यहाँ इसे इक्का कहते हैं। खुद अपने यहाँ है। कल संध्या आ सकता है।''

''प्लीज, अगर असुविधा न हो। प्रतीक्षा करूँगी।'' मौली की आँखों और स्वर में अनुरोध।

मोतीनगर से लौटते समय अमर ने गुन्ने साईस को आदेश दे दिया : बम्बई से मेहमान आये हैं। इक्का चौथे पहर तैयार रहे। गद्दी-तकिये के गिलाफ बदल कर घुँघरू, फुन्दना, पटका सब दुरुस्त टिचन। खुद भी साफ कपड़े पहनना। कल तुम्हारे घोड़े की चाल देखेंगे छावनी की सड़क पर। सेठ जी का इक्का-घोड़ा बढ़िया थे।

कुछ बरस पहले तक सेठ जी का इक्का बहुत सजीला-चुस्त रहता था। घुँघरू टनटनाता, गहरेबाज़ इक्का, सुडौल टाप-टाप सड़क पर निकल जाता तो लोगों की आँखें उठ जातीं। इधर सभी बातें में लोगों की पसन्द और राय बदलती जा रही थी। चौक की ओर अब भी पुराने रिवाज़ थे परन्तु हज़रतगंज छावनी की तरफ घुँघरू बजाता, सजा-बजा इक्का सड़क पर निकलता तो लोगों की नज़रें उठतीं ज़रूर परन्तु सराहना के बजाय कुछ विस्मय और विद्रूप से। घोड़ा सेठ जी के यहाँ अब भी अच्छी रास का—जवान, स्वस्थ,

सुडौल था। घुँघरू खुलवा दिये थे। भट्ठे पर या दिहात में जाते न थे। सेठ जी को सवारी की ज़रूरत सप्ताह में एक-दो बार से अधिक न होती। अमर के पास मोटर-साइकल। इक्के के लिये रोज़ाना काम घोड़े के लिये चौपटिया से घास लाना ताकि खड़े-खड़े घोड़े की टाँगें न जुड़ जायें। सेठ जी को महीने-पखवाड़े शहर से बाहर काकोरी, मलीहाबाद, बंथरा, बछरावाँ या मोहनलालगंज जाने का अवसर होता तो घोड़े का बदन खुल पाता। वर्ना दाना-रातिब खाकर हिनहिनाने और तबेले की धरती फोड़ने के सिवा क्या करता।

छोटे मालिक का हुक्म पाकर गुन्ने ने घुँघरू अमचूर के घोल में डाल दिये। सुबह इक्के को धोया। पहियों, रास-साज पर तेल-पानी का हाथ लगाकर चमकाया। गद्दी-तकिये के गिलाफ बदल दिये। अमर संध्या पाँच के लगभग पहुँचा। इक्का बिल्कुल तैयार टिचन। अमर मोटर-साइकल तबेले में छोड़कर इक्के पर कांग्रेस नगर की ओर चल दिया। गुन्ने ने पुराना कुर्ता उतार गुलाबी छींट का कलीदार कुर्ता पहन लिया था। सिर पर धुली हुई दुपलिया टोपी। घुटनों तक कसी धोती।

कांग्रेस नगर में कांग्रेस सोशलिस्ट पार्टी के दफ्तर में नौजवानों की भीड़ और कोलाहल था। मुंशी अहमददीन और सरदेसाई मज़ाक कर रहे थे : कांग्रेस कैम्प में सिगरेट और नानवेजीटेरियन भोजन पर रोक क्यों? यह क्या साबरमती आश्रम है।…मौली दुर्गा सितोले के समीप बैठी थी। बाहर जाने के लिए तैयार। अमर को देख दुर्गा के कंधे पर हाथ रख उठ खड़ी हुई। अमर को बताया : दुर्गा बेन बहुत व्यस्त है चल न सकेगी।

अमर इक्का मोतीनगर कैम्प के बाहर सड़क पर रोक आया था। मौती ऊँची सवारी को देखकर हैरान। इक्के का पाँवदान भी बहुत ऊँचा।

उसने साड़ी का आँचल पेटी की तरह कमर पर कसा। पर्स इक्के पर रखकर एक हाथ से इक्के की छतरी का डण्डा पकड़ा, दूसरे हाथ से अमर के कंधे का सहारा लिया। पाँवदान पर पाँव टिका कर उचकी और इक्के पर चढ़ गयी। इक्के के बीचोंबीच घुटने मोड़कर इक्के की पीठ के साथ तकिये के सहारे बैठ गयी। अमर उसके दाहिने, घुटने मोड़कर बैठ गया।

गुन्ने इक्के को स्टेशन की ओर से छावनी की सड़क पर ले गया। बाज़ार से झंकार से शोर न करने के लिये गुन्ने ने घुँघरू समेट कर बाँध लिये थे। उसने खुली सड़क पर इक्का रोककर घुँघरू ढील दिये। घुँघरुओं की ललकार से घोड़े की चाल बढ़ने लगी। इक्के की गति बढ़ती जा रही थी, उसी अनुपात में सामने से हवा का फर्राटा। अमर और मौली दोनों पीछे गद्दी से पीठ सटाये, बीच में बालिश्त भर का अन्तर। मौली के गर्दन तक छँटे केश हवा के वेग से उड़-उड़कर अमर के कान और गर्दन गुदगुदा रहे थे।

गुन्ने ने अपना करतब दिखाने का अवसर पाकर रास के इशारे से घोड़े को और तेज़ किया। सड़क अच्छी समतल परन्तु चाल की तेज़ी से इक्का हिचकोले लेने लगा। अमर ने बाँह बढ़ाकर छतरी का डण्डा पकड़ लिया। मौली को चाल की तेज़ी और हिचकोलों से उछल कर गिर जाने का आतंक। दोनों हाथों से नीचे की गद्दी को पकड़ लिया।

मौली का आतंक भाँपकर अमर मुस्कराया, "और तेज?"

आतंक की सिरहन के बावजूद मौली ने कौतुक के लिये गर्दन से अनुमति दी, "हाँ।"

गुन्ने से संकेत पाकर घोड़ा सरपट। ज़ोर के हिचकोलों और हवा के जबर झोंकों से मौली की उँगलियों की पकड़ से गद्दी छूट गयी। उसने सिहर कर दोनों हाथों से अमर की बाँह पकड़ ली, आँखों में सहायता की याचना।

अमर का शरीर कंटकित होकर झनझना गया।

अमर की झेंप भाँप मौली के हाथ अमर की बाँह से हट गये, ''आई एम सॉरी।''

अमर ने अपनी झिझक से कुंठित होकर तुरन्त बाँह सहायता के लिये उसकी पीठ पर रख दी, ''घबराओ नहीं कामरेड।''

मौली ने आश्वासन पाकर अमर की बाँह का सहारा ले लिया, ''ओह डियर, कितना तेज़ घोड़ा!''

दस-पन्द्रह मिनट दौड़ के बाद घोड़े की गति धीमी हो गयी। इक्का रायबरेली रोड पर दूर चला गया था। अमर के आदेश से गुन्ने ने घोड़ा लखनऊ की ओर फेर लिया।

मौली कई पल क्षितिज पर तिरोहित सूर्य की ओर टकटकी लगाये मौन रहकर बोली, ''इस संध्या की स्मृति अमिट रहेगी। यू आर सो नाइस। हम लोग कल दोपहर जा रहे हैं। कुछ दिन और ठहर सकते···।''

''जरूर ठहरो'' अमर का अनुरोध। ''क्या कठिनाई?''

''प्रोग्राम तो बन चुका।'' मौली ने विवशता प्रकट की, ''तुम बम्बई जरूर आना। वहाँ मेरे अतिथि होंगे।''

''हम लोगों को जून-जुलाई में केवल पन्द्रह दिन का अवकाश मिलता है।''

''पन्द्रह दिन के लिये ही आओ। फिर देखेंगे।''

अमर मोतीनगर पहुँच कर मौली को कैम्प तक पहुँचाने गया। साथी पंडाल में थे। अमर और मौली कैम्प के सामने कुछ देर टहलते बात करते रहे···पिछले दोपहर की बातें—मज़दूर श्रेणी ही क्रान्ति की हरावल। हमें अपनी शक्ति औद्योगिक नगरों में केन्द्रित करना आवश्यक। फिर अनुरोध : फाइनल परीक्षा के बाद बम्बई आ जाओ। बम्बई की मज़दूर बस्तियों में डाक्टर चमत्कार कार्य कर सकता है···।

मौली अमर के साथ सड़क तक आयी। विदाई के नमस्कार में आत्मीयता से हाथ मिलाया।

अमर कांग्रेस नगर के फाटक से निकल इक्के की ओर बढ़ रहा था। मौली की संगति की स्फूर्ति और भविष्य में उससे सम्पर्क की आशा से कदमों में चुस्ती, गर्दन तनी हुई।

''सेठ!···अमर!''

अमर ने आवाज पहचानी। घूमकर देखा, रज़ा ठहरने के संकेत में बाँह उठाये तेज़ कदमों से आ रहा था, ''सुन नहीं रहे यार, तीन बार पुकारा। किस रंग में हो? हमें भी ले चलो।''

''हम इक्के पर आये हैं।''

''क्यों? मोटर-बाइक खराब है?''

''नहीं, शौकिया! बाइक घर पर है। रास्ते में ले लेंगे।''

''इक्का अपने शौक के लिये या यंग लेडी के शौक के लिये?'' रज़ा ने कटाक्ष किया।

''तुम कहाँ थे, कब आये?'' अमर ने टाला।

''हम छः बजे आ गये थे। तुम्हें सब जगह खोजा। पार्टी आफिस में भी न मिले। यंग लेडी के साथ लौट रहे थे तो तुम पर नज़र पड़ी। यार, छिपे रुस्तम हो! इसे कहाँ से पटा लिया? मिस साहबा कहाँ से आयी हैं?''

''मौली बौंजा, बम्बई से; शायद गोआनी। कम्युनिस्ट फैलो ट्रेवलर। सिन्हा साहब ने कहा—इसे नगर दिखा लाओ। इक्के की सवारी चाहती थी इसलिये इक्के पर आ गये।''

''तो उसे क्या दिखाया था?'' रज़ा ने अमर की पीठ पर धौल दिया, ''उसने तुम्हें क्या दिखाया?''

''ऊटपटाँग मत बको! शी इज़ सीरियस टाइप कामरेड।''

रज़ा की भौंवें उठ गयीं, ''अरे, इतना जान गये? तुम्हें कुछ शिक्षा-दीक्षा दी उसने?''

''डोंट टॉक नॉनसेन्स।'' अमर ने खीझ दिखायी।

''दोस्त, तुम्हारी तो आवाज़ में फरक। दो शाम की बातचीत में उतना घुट-घुटकर हाथ मिलाना। यार, हमसे पर्दा!''

''पर्दे की क्या बात और क्या ज़रूरत?'' अमर फिर झल्लाया, ''उसने इस साल एम० ए० किया है। अपने पार्टी वीकली में काम करेगी। सीरियस और सिंसीयर वर्कर है।''

''हूँ! इतना असर! ज़रा नब्ज़ देखें!''

अमर ने उसका हाथ झटक दिया, ''तुम्हें हर वक्त मज़ाक।''

अमर ने राजाबाज़ार से मोटर-बाइक ले ली। रज़ा को पीछे बैठाकर उसके होस्टल के फाटक पर पहुँचा दिया। दोनों के होस्टल पृथक थे। रज़ा ने विदाई के समय फिर चुटकी ली—''ब्रह्मचारी को नया तजुर्बा मुबारिक।''

''फिजूल बकवास!'' अमर ने मुँह फेर लिया।

रज़ा के सामने झिझक के लिये अमर को संकोच। उसे रज़ा और नरेन्द्र से पर्दा न था, खासकर रज़ा से। रज़ा उससे अपनी नितांत निजी बातें, कठिनाइयाँ, उलझनें कुछ न छिपाता था। पत्नी गेती के रूप-रंग और उससे प्रथम संगति की बातें और बाद में झगड़े भी बता दिये थे। रज़ा से कुछ छिपाने का इरादा अमर को न था परन्तु मौली के सम्बन्ध में ओछा मज़ाक नापसंद।

उस रात मौली का चेहरा बार-बार अमर की कल्पना में साकार और उसकी बातें कानों में। अमर ने स्वयं को सावधान किया है। किसी लड़की-युवती की इतनी चिन्ता भटकाव है। चार बरस पूर्व मीरा की बात याद आयी···वह रास्ता फिसलने का। मन ने तर्क किया : यह मामला लड़की-युवती का नहीं, लक्ष्य के मार्ग पर सहयोग का है।

दूसरे दिन दोपहर अमर नगर के दूसरे साथियों के साथ बम्बई लौटने वाले साथियों को विदा देने स्टेशन पर गया। मौली ने विदाई में बहुत आत्मीयता से हाथ मिलाकर बम्बई आने का अपना निमंत्रण दोहराया। पहुँचते ही पत्र लिखने का वचन, उत्तर का अनुरोध।

मौली के प्रति अमर की चिन्ता साधारण सम्बन्ध से न थी। उसकी कल्पना में चिन्ता थी, कर्तव्य पथ पर सहधर्मी से सहयोग की इच्छा। खयाल आता : मौली कम्युनिस्ट प्रभाव में है, परन्तु उसे समझाया जा सकेगा…ऐसे प्रयोजन से बम्बई जाना भी सार्थक। गरमी के अवकाश में बम्बई यात्रा की कल्पना।

अमर अधिवेशन समाप्त होने पर चार दिन बाद संध्या सेवाश्रम जा सका। साँझ का अंधेरा उतर आया था। गौरी आँगन में चटाई पर बैठी परीक्षा की तैयारी में व्यस्त।

"आओ लाला," रसोई से भाभी की आवाज।

उस साल मार्च आरम्भ से जाड़ा समाप्त। आधे मार्च में ही सूर्यास्त के बाद खुले आकाश के नीचे सुहावना लग रहा था।

गौरी उठ गयी। मोढ़ा लाकर रसोई के दरवाज़े के सामने रख दिया।

अमर मोढ़े पर बैठा तो गौरी ने समीप बैठ उत्सुकता से पूछ लिया, "भैया, वह बम्बई से थी?"

"कौन?"

"वह जो पहले दिन तुम्हारे साथ गयी तो नीली बुंदकी की साड़ी पहिने थी। बाल गर्दन तक।"

"हाँ, बम्बई से। क्यों?"

"उन्हें पहले से जानते थे?"

"कैम्प में सिन्हा साहब ने परिचय कराया था। क्यों क्या बात है?"

"कुछ नहीं। सोचा, शायद पहले से जानते हो। वह हम लोगों की बोली न जानती थी, अंग्रेजी ही बोलती थी। बहुत पढ़ी-लिखी होगी? बोल-चाल मीठी और निधड़क!"

"कैसे मालूम, क्या तुमसे कुछ बातचीत हुई?"

गौरी के प्रश्न से स्पष्ट था कि अमर को मौली के साथ कई बार जाते-आते देखा है।

विशिष्ट अतिथियों के लिये चाय-पानी का प्रबन्ध सोशलिस्ट पार्टी के दफ्तर के सामने ही था। गौरी की ड्यूटी वहीं थी।

गौरी ने अपनी बात सम्भाली, "शनिवार सुबह हम चाय का पानी उबलवा रहे थे। एक थीं न गोरी-गोरी, अच्छा भरा-भरा बदन, पूर्णिमा बनर्जी। दोनों साथ आयीं। वे बोलीं, हमें चाय दिला दो। वहाँ चाय का प्रबंध केवल नेताओं के लिये था। उन्हें तुम्हारे साथ देखा था, इसलिये हमने चाय दिलवा दी।"

गौरी ने रज़ा की तरह ऊटपटाँग बात न की। अमर को अच्छा लगा। गौरी को मौली की बोल-चाल मीठी लगी। बताया, "एम० ए० पास है। अंग्रेजी के अखबार में काम करेगी।"

"उसे देखने से ही लगा, बहुत लायक पढ़ी-लिखी होगी।" गौरी के स्वर में सराहना।

कांग्रेस पंडाल में मौली को अमर के साथ आते-जाते देखकर गौरी को विस्मय और हैरानी हुई थी। जवान लड़की भैया के साथ कैसे निधड़क चली गयी! गौरी का अमर से चार बरस का परिचय, मुँह बोले भाई-बहन लेकिन ऐसे साथ घूमने की कल्पना नहीं की जा सकती। फिर सोचा : बम्बई का अपना तरीका। दुर्गा, बनर्जी, कमला जी सभी मर्दों

से बोल-चाल रही थीं। मन में कुछ खुदक भी—भैया उससे इतनी बातें कर रहे थे, हमारी तरफ झाँका भी नहीं…।

सोमवार प्रातः से गौरी की हाईस्कूल परीक्षा आरम्भ। पहला परचा गणित का। गौरी की सफलता के लिये शुभकामना कहने अमर सेवाश्रम पहुँचा तो भाभी का चेहरा और स्वर भारी जान पड़े।

भाभी ने बताया : कल गौरी की परीक्षा है। तुम्हारे भैया प्रदर्शनी से चार साड़ियाँ लाये थे तो कह दिया था—तुम दोनों के लिये हैं। सब धोतियाँ छीज गयी हैं। इन्हें जिद है कि नयी साड़ी नहीं पहिनेगी। तुम्हीं बताओ, घिसी साड़ी पहनकर जायेगी तो लोग हमारी बदनामी नहीं करेंगे कि बहिन के लिये इनके पास कपड़ा नहीं है! इन्हें साड़ी पर किनारी से एतराज है। लाला, कोई लाल-हरी किनारी हो तो एक बात। सफेद खद्दर की साड़ी, पर भूरी लाल डोरी, इसमें क्या हर्ज।

साड़ी पर किनारी होने से गौरी के एतराज का कारण अमर समझता था। विधवाओं के रंगीन या किनारेदार साड़ी से परहेज का पुराना रिवाज अमर के विचार में निरर्थक रूढ़ि। गौरी के व्यवहार में वैधव्य की चेतना सदा उग्र रहती थी—आराम, सौन्दर्य, मनोरंजन उसके लिये वर्जित। अधिक से अधिक कष्ट सहना—सप्रयोजन या निष्प्रयोजन—विधवा का धर्म। अमर का मन विरोध करता—विधवा हो जाना अपराध नहीं। विधवा को दण्ड क्यों? …बरस-डेढ़ बरस पति की संगति के अपराध का दण्ड शेष जीवन कष्ट में बिताना! सिद्धान्ततः अमर विधवा को पुनः विवाह का अवसर देने का समर्थक।

गौरी बोल पड़ी, "हमारी पहले की धोती अच्छी भली है। हम कितनी साड़ियाँ पहन लें। हमें किनारी वाली साड़ी अच्छी नहीं लगती तो क्या मजबूरी है?"

"अच्छी नहीं लगती!" अमर ने डाँटा, "जीजी, गलत बात क्यों कहती हो। अच्छी लगती है इसी खयाल से तुम पहनना नहीं चाहती। हर अच्छी लगने वाली चीज से तुम्हें परहेज। हर समय विधवा होने का ढिंढोरा।"

"लाला, ठीक कहते हो।" भाभी ने अमर का समर्थन किया, "हम कहती हैं, तुम क्या निराली हो। जा-बेजा का खयाल हमें भी है। जो हो गया सो हो गया। हमारी बिरादरी में इनकी उम्र की और इनसे बड़ी भी सभी कुछ पहन लेती हैं, बस नाक में कील, बिछिया और काँच की चूड़ी नहीं पहरी जाती पर बीबी की जिद्द। यह नहीं सोचतीं, तुम्हारे भैया और हम बेजा बात के लिये कहेंगे।"

अमर की नजर गौरी की ओर थी। गौरी ने आँखों पर साड़ी का पल्ला दबा लिया था। अमर की ऐसी बातों से गौरी की आँखें डबडबा आती थीं। अमर की भावना के आदर से उसकी बात न टालती थी। बात तो बड़े भाई की भी न टालती थी। बड़े भाई क्या उसकी चिन्ता कम करते थे! पिता स्थान थे। अमर की चिन्ता से खास संतोष होता। तीन वर्षों में गौरी के प्रति सद्भाव और आत्मीयता के ऐसे कई अवसर आ चुके थे। ग्यारह मास पूर्व अच्छा-खासा काण्ड हो गया था।

गौरी वैधव्य के नियमों के बारे में अति करती थी। हिन्दुओं में निर्जला एकादशी का व्रत बरस में एक बार होता है। अनेक स्त्री-पुरुष, खासकर विधवा हर एकादशी व्रत रखती है, परन्तु निर्जल व्रत नहीं। साधारण एकादशी पर जल और फलाहार ले लिया

जाता है। गौरी सदा एकादशी के दिन निर्जल व्रत रखती थी। भैया ने समझाया : निष्प्रयोजन कष्ट झेलने से कोई लाभ नहीं, परन्तु गौरी अनसुना कर प्रति एकादशी निर्जल व्रत करती रही।

पिछले साल मई के महीने में आभा का गला कई दिनों से खराब था। भाभी और गौरी घरेलू उपचार कर रही थीं। गला ठीक न हुआ। अमर ने देखा : टांसल बहुत बढ़े हुए थे।

अमर ने बच्ची के प्रति बेपरवाही के लिये झुँझलाहट से कहा, "कल सुबह आभा को कालिज ले आयें। सर्जन मिश्रा को दिखा दिया जाये।"

दूसरे दिन सुबह हरि भैया, गौरी और आभा को लेकर मेडिकल कालेज पहुँच गये। उस समय सर्जन मिश्रा क्लास में चले गये थे। अमर ने हरि भैया को घर लौट जाने और आभा का गला जल्दी दिखाकर दवाई दिलाने का आश्वासन दिया।

उस साल असाधारण गरमी। लू और गरमी से बचने के लिये अमर हस्पताल के बरामदे में गौरी के लिये कुर्सी रखवा कर क्लास में चला गया। डाक्टर मिश्रा की व्यस्तता के कारण आभा का गला बारह बजे से पहले न दिखाया जा सका। अमर ने आभा के गले में दवाई लगाकर खाने की दवाई दिला दी। घर लौटने से पहले लू से बचाव के लिये चपरासी से लोटा भर जल और इक्का ला देने को कह गौरी को समझाया : चलने से पहले थोड़ा जल पी लेना और आभा को भी जरूर पिला देना।

उसी दिन रात साढ़े आठ बजे अमर आभा के गले में दवाई लगाने के लिए पहुँचा तो देखा : गौरी आँगन के बीच खाट पर लेटी थी। हरि भैया और भाभी चिंतित।

हरि भैया ने बताया : गौरी को हस्पताल से लौटते समय लू लग गयी थी। लक्षण देख तुरन्त ही उपचार में जुट गये। गौरी के पेट पर गीली मिट्टी का पलस्तर रखा। माथे पर पानी की पट्टियाँ। भाभी ने कच्चा आम भून गुड़ डालकर पना तैयार कर गौरी को पिलाया। हाथ-पाँव गीले तौलिये से पोंछते रहने से बुखार कम हुआ।

भाभी ने बताया : लू लगने का भान हुआ तो पाँव तले की धरती निकल गयी। तीन दिन पहले आगामीर की ड्योढ़ी के पहलवान चिरागी को लू लग गई। सूरज डूबने से पहले ही खत्म! क्या भैंसे का सा डील था! इनका दो मुट्ठी का तो बदन नहीं।

गौरी को लू लगने से अमर को बहुत दुख और खेद; जैसे लू लगने का उत्तरदायित्व उसी पर हो। अमर ने बताया : आज लू बहुत भयंकर थी। लू के अंदेशे से गौरी और आभा को हस्पताल से रवाना करते समय एक लोटा जल मँगा दिया था। खयाल था, जल पी लेंगी तो लू का अंदेशा कम रहेगा।

"लाला तुमने तो मँगा दिया पर पिया किसने? जल पिया होता तब न!" भाभी ने क्षोभ प्रकट किया, "कल मरी एकादशी जो थी।"

"हमने इनके लौटने पर तुरन्त पना बनाकर दिया। उस हालत में भी बरत तोड़ने से इन्कारी। तुम्हारे भैया ने धमकाया, क्या मूर्खता कर रही हो, तब कहीं दवाई ली।"

"अच्छा भाभी रहने दो।" अमर से नजर मिली तो गौरी की आँखें झुक गयीं।

परन्तु अमर की नजर में अपनी अवस्था के प्रति वेदना समझ ली। अपने प्रति अमर की चिन्ता से मन उमड़ आया। उसके क्षोभ-क्रोध से कितनी सांत्वना संतोष।

अगले दिन अमर गौरी का हाल पूछने सेवाश्रम गया तो डाक्टर के अधिकार से मोढ़ा खींच गौरी की खाट के समीप बैठ गया। भाभी को सुनाकर अमर ने गौरी से खिन्न स्वर में पूछा, ''कालेज में आपसे कह दिया था कि चलने से पहले जल पी लें। आपने क्यों नहीं बताया कि व्रत के कारण जल नहीं पियेंगी। भाभी बताती हैं, हरि भैया ने निर्जल व्रत न करने के लिये कई बार समझाया। न आप भैया की बात मानें न हमारी।''

गौरी के आँसू बह आये थे। गर्दन झुकाये मौन।

अमर गम्भीर बना रहा। स्वर वैसे ही दृढ़।

''भाभी, तुम इनसे पूछ लो—हमारी बात न मानती हो तो आइन्दा कुछ न कहेंगे।''

''मानेगी क्यों नहीं! क्या यह नहीं जानती कि तुम इनके-हमारे भले के लिये कहते हो।''

''नहीं, यह खुद कहें।''

''हम सब मानेंगे।'' रुँधे गले से गौरी ने कहा।

अमर का स्वर नरम हो गया, ''देखो जीजी, पूजा-पाठ, नेम-व्रत किसलिये किया जाता है? भगवान ऐसी तपस्या का फल परलोक में क्या देंगे यह तो नहीं मालूम, इस लोक में तुम्हें निरर्थक कष्ट सहने का दण्ड जरूर दिया।''

गौरी अमर की युक्ति और तर्क का क्या उत्तर देती? उसकी तपस्या प्रत्यक्ष फल दे रही थी। उसने हार मान ली—हम सब मानेंगे।

अमर वैसा धर्म-विश्वासी न था परन्तु उसके विश्वास में निष्ठा और दृढ़ता का बहुत महत्त्व। हानि-लाभ, कष्ट की चिन्ता न कर निष्ठा पर दृढ़ रह सकना उसकी दृष्टि में विश्वास योग्य व्यक्ति की कसौटी।

अमर शनि संध्या खा-पीकर नरेन्द्र के यहाँ गया था। नरेन्द्र से बातचीत में तलखी आ गयी। नरेन्द्र और रज़ा कम्युनिस्ट समर्थक हो गये थे। अधिवेशन के बाद कांग्रेस-समाजवादियों और कम्युनिस्टों में संयुक्त मोर्चा बनने के बजाय मतभेद बढ़ गया। अमर सोच रहा था : सिद्धान्त और कार्यक्रम की दृष्टि से हरि भैया से भी उसका मतभेद है परन्तु झगड़े की नौबत नहीं आती। नरेन्द्र और रज़ा से झगड़ा हुए बिना नहीं रहता। विलम्ब हो गया था फिर भी सोचा : सेवाश्रम होता जाये।

अमर के साँकल खटखटाने पर किवाड़ हरि भैया ने खोले। अमर को खाट पर बैठने का संकेत किया।

खाट की ओर बढ़ते हुए अमर ने रसोई में झाँका, ''कहो जीजी, कल कौन पेपर था, कैसा रहा? अभी कितने पर्चे बाकी?''

''परसों लास्ट पेपर है हिन्दी का।'' गौरी प्रसन्न।

हरि भैया खाट के समीप मोढ़े पर बैठ गये थे। अमर ने अपने लिये दूसरा मोढ़ा ले लिया था। भाभी का चेहरा देख कुछ आशंका। सोचा : शायद आपस में कुछ मतभेद है। ऐसे समय आना ठीक नहीं हुआ।

चेहरे पर गम्भीरता के बावजूद भाभी बोली, ''लाला, आज यहाँ खाकर जाना। तुम्हें बीबी की बनायी पूरी पसन्द है।''

"घर से खाकर आ रहा हूँ, अगले शनि सही। जीजी को छुट्टी रहेगी।"

"अच्छा हुआ भैया तुम आ गये। तुमसे बात करना चाहते थे। गोविन्द जी को जानते हो?" हरि भैया का स्वर रहस्य-वार्ता के लिये धीमा हो गया। भाभी नजर बचाये रही।

"जी हाँ, उस पिछले बृहस्पत यहाँ भी आये थे। कहिये, क्या बात है?"

अमर ने गोविन्द जी को मोतीनगर कांग्रेस कैम्प में भी देखा था। कैम्प के खास प्रबन्धकों में थे। उससे पूर्व उन्हें श्री गांधी आश्रम खादी भंडार में देखा था। सदा स्वच्छ शुभ्र खद्दर में। स्वस्थ, गम्भीर बोल-चाल, मुद्रा अभिजात्य सौम्य। अमर का अनुमान श्री गांधी ग्रामोद्योग में जिम्मेवार कार्यकर्ता हैं।

हरि भैया ने बताया : गोविन्द जी ग्रामोद्योग योजना में अवैतनिक सहयोग दे रहे हैं। पसरेरी के राव साहब के छोटे भाई हैं, इलाहाबाद यूनिवर्सिटी से एम० ए०। गोविन्द जी का ग्रामोद्योग विकास का कार्यक्रम विचित्र समन्वय था। ग्रामों में दस्तकारी और हस्त-उद्योगों को प्रश्रय देते और कृषि में आधुनिक यंत्रों का उपयोग। डेढ़-दो सौ एकड़ का फार्म चला रहे थे, उसमें ट्रैक्टर थे और सिंचाई के लिये डीजल इंजन लगे नलकूप। विवाह उनका विद्यार्थी अवस्था में हो गया था। पत्नी के आने के दो बरस बाद बालक हुआ था, परन्तु बहुत क्षीणकाय। पत्नी क्षय रोग से पीड़ित। बालक बरस भर का होकर जाता रहा। बालक के शोक में पत्नी भी। आठ बरस से विधुर हैं। आयु लगभग चौंतीस-पैंतीस। इतनी उम्र के लगते नहीं।

"खुद बताया, चौंतीस के हैं। बोमर ठाकुर, सिंसीयर गांधीवादी। जात-पात का भ्रम नहीं है।" हरि भैया का स्वर और धीमा, "गौरी के लिये कह रहे थे।"

अमर धक्क से रह गया। सम्भलने के लिये पूछा, "क्या?"

"गौरी को स्वीकार हो तो यह सम्बन्ध तय हो जाय।"

अमर मौन।

"लाला, ऐसी बात ये खुद ही कहें।" भाभी ने गहरी साँस छोड़ी, "ये हमसे कह रहे हैं, बीबी को समझाओ। लाला, हम पाप-पुण्य नहीं जानतीं पर ऐसी बात के लिये हम नहीं कह सकतीं। हम रोकेंगी भी नहीं। बीबी का जो मन हो। बीबी ये ही समझ लें कि हम उन्हें बोझ मान रही हैं। सोच लो, हमारी भी दो बेटियाँ।"

हरि भैया ने पत्नी को मौन का संकेत किया, "इस समय प्रश्न गौरी का है, बेटियों का नहीं। इस समय उसके प्रति हमारा क्या कर्तव्य? समय आयेगा तो बेटियों के लिये सोचेंगे।" अमर की ओर देखा, "गौरी चौबीस की है। हमें सन्देह कि मानेगी पर अवसर है तो उसे मालूम हो जाना चाहिये। हमारे समाज में विधवा के लिये ऐसा अवसर कहाँ।" स्वर में वेदना, "ब्याह तो सामान्य प्राकृतिक आवश्यकता। हमारे समाज में लड़की स्वयं कुछ नहीं बोल सकती।"

"बीबी का मन हो तो बेशक करें। हम चाहती हैं, सुखी रहें पर हम ऐसी बात न कहेंगे।" भाभी का स्वर कुछ हल्का हो गया, "हमें गोविन्द जी आदमी भले लगते हैं।"

हरि भैया ने फिर हाथ से पत्नी को सुनने का संकेत किया, "गोविन्द जी कहते हैं, गौरी को स्वीकार हो तो कार्य चाहे आर्य समाज में वैदिक रीति से हो जाये चाहे सिविल

मैरेज से। वे अपना फार्म और इलाहाबाद की कोठी, सत्तर-अस्सी हजार की सम्पत्ति गौरी के नाम रजिस्ट्री करा देंगे। हम महीने भर से सोच रहे हैं, गौरी की परीक्षा समाप्त हो तो प्रस्ताव उसे बता दिया जाये। परीक्षा से पहले गौरी का मन विक्षिप्त नहीं होना चाहिये।'' अमर की ओर देखा, ''काका के संस्कार-विचार जानते हो, उनसे यह चर्चा व्यर्थ। कोहली साहब की राय है, यह काम हो जाये तो बहुत अच्छा। देखो भैये, गौरी की अभी उम्र ही क्या है, पहाड़ सी जिन्दगी सामने है।''

''जीजी मान जाये सही, विचार तो बहुत उचित है।''

''परसों उसकी परीक्षा निबट जाये तो बात की जाये। गोविन्द जी इस विषय में निर्णय के लिये मंगल या बुध सुबह इलाहाबाद से आयेंगे।''

हरि भैया गम्भीर हो गये, ''भैये, हमने बार-बार सोचा है, स्वाभाविक जीवन का अवसर सबको होना चाहिये। कोई त्याग करे तो स्वेच्छा से। गोविन्द जी के जैसे विचार और साधन हैं, चाहेगी तो जनसेवा के अवसर की कमी न रहेगी। अभी तक जो उसके सामने आया, सहती रही है। उसे स्वयं निर्णय-चुनाव का अवसर मिलना चाहिये।''

''आपका विचार बहुत उचित है। आप उन्हें समझाइये।'' अमर ने समर्थन किया। मन की दुविधा के कारण कहा, ''अब चलूँ, जरूरी काम है।''

होस्टल लौटकर अमर का मन पढ़ने या किसी साथी से बात करने को न हुआ। सोचा: गौरी के पुनर्विवाह का प्रस्ताव सुनकर मुझे धक्का क्यों लगा? विधवा बहिन के विवाह से लोकापवाद का संस्कार! उस अभागी के लिये वैधव्य के अभिशाप से उबर सकने के अवसर से मुझे संतोष नहीं! मेरी तो मुँहबोली बहिन; हरि भैया की सगी बहिन। वे बहिन को संकट से उबारने के लिये लोकापवाद सहने के त्याग के लिए प्रस्तुत। मेरी अपेक्षा तो हरि भैया उदार और प्रगतिशील।

सोमवार अमर को बहुत उत्सुकता। हरि भैया के प्रस्ताव का गौरी ने क्या उत्तर दिया होगा? मन को समझाने का यत्न—भैया का प्रस्ताव गौरी के हित में, उचित और तर्कसंगत। नारी का दमन करने वाली पुरानी रूढ़ियों को तोड़ना कर्तव्य।

दोपहर बाद सिन्हा साहब का सन्देश मिला: संध्या पार्टी सेल की आवश्यक बैठक है। संध्या अमर सेवाश्रम न जा सका था। मंगलवार संध्या सूर्यास्त से कुछ पूर्व सेवाश्रम पहुँचा।

आँगन के किवाड़ खुले थे। दया और आभा अपने दो समवयस्क बच्चों के साथ खेल रही थीं। आँगन से धूप जा चुकी थी, परन्तु खूब उजाला था। भाभी आँगन में एक ओर खाट पर बैठी सूत अटेर रही थी।

''क्यों भाभी, चुप कैसे? जीजी कहाँ, क्या कर रही हैं?''

''भीतर हैं, उस कोठरी में।''

''इतनी गरमी कोठरी में! जीजी से वह बात हुई?''

''लाला, हमने तुम्हारे सामने इनसे कह दिया था, ऐसी बात हम नहीं कहेंगे। इन्होंने हमें बार-बार कहा: तुम हमारी तरफ से कह दो कि तुम्हारे भैया और अमर का ऐसा विचार है, सब लोग तुम्हें सुखी देखना चाहते हैं। फिर हम समझ लेंगे।'' भाभी की आँखें नम हो गयीं।

''लाला, उसने तो सिर पीट लिया। बोली: सब लोग मुझे ऐसी समझते हैं··· मुझे इसीलिये रायबरेली से लाये थे।···मैं सबको दुख दे रही हूँ तो मुझे अफीम ला दो, नहीं मैं रायबरेली चली जाऊँगी।···मेरा घर रायबरेली में है।''

''तुम्हारे भैया ने कल साँझ, आज सुबह भी बहुत समझाया: बेटी तुम्हें कोई मजबूर नहीं कर रहा। यह भी नहीं कहा कि ऐसा कर लो। केवल तुम्हें बताया कि गोविन्द जी बहुत सज्जन पुरुष हैं। उनकी ऐसी इच्छा है। हमारे ···विचार में इसमें कोई दोष-बुराई नहीं। तुम पर कोई दबाव या मजबूरी नहीं। तुम अपने भजन-भाव से संतुष्ट तो तुम्हारी इच्छा। यह घर तुम्हारा है। कहीं जाने-वाले का ख्याल गलत। बस रोये जा रही है—मुझ करमफुटी के कारण सब दुखी। मुझे रायबरेली में क्यों नहीं मरने दिया। मुझे इस बात के लिये लाये थे! न रात खाया, न आज सुबह। दोपहर में इन्होंने डाँटा तुम फिजूल बावेला कर रही हो। तुम नहीं चाहती तो बात आयी-गयी। हमने इतना जरूर कहा कि इसमें दोष-पाप नहीं है, तुम्हें सुखी देखना चाहते हैं। इतनी बात सुन सकने का भी धीरज नहीं तो क्या फायदा तुम्हारे पढ़ने-लिखने का!···तुम नहीं खाओगी तो हम लोग भी नहीं खायेंगे। तब जाकर दो कौर खाया।''

भाभी ने और बताया, ''इनके सामने तो सूँक मार बैठ गयी। ये बाहर गये तो हमसे बहुत लड़ी: तुम नहीं कह रही थी, अमर भैया ने भी कहा ये काम हो जाये तो बहुत अच्छा। अमर भैया मुझे ऐसी मानते हैं? अमर भैया आयें तो कह देना, मैं उनके लिये मर गयी।''

यह सब सुन अमर के रोयें खड़े हो गये।

भाभी बोली, ''लाला तुम्हीं समझाओ, खामुखा राई का पहाड़ बनाये जा रही है।''

''भाभी उन्हें बाहर बुला लो।'' अमर ने अनुरोध किया।

''लाला, तुम्हीं पुकारो। इन्होंने भी हमें ही आगे करके बात कहलवायी। सबसे ज्यादा हमीं पर गुस्सा। जैसे हमीं ने बात चलायी हो! तुम खुद बात करो।''

''जीजी बाहर आइये।''

कोई उत्तर नहीं। अमर के दूसरी बार पुकारने पर भी न उत्तर मिला न गौरी बाहर निकली।

''लाला, वहीं चले जाओ।'' भाभी ने सलाह दी, ''रायबरेली जाने की रट लगाये है। समझाना, ये जिद्द नहीं चलेगी। सुनो, जरा कर्रे बोलना। तुम लोग जोर से कह देते हो तो मान जाती है।''

अमर कोठरी में चला गया। गौरी चटाई पर उकड़ूँ बैठी थी। अमर के दो बार पुकारने से उठने की तैयारी में। गौरी को रुलाई आ गयी। सिमिट कर सिर घुटनों पर रख दोनों बाँहों में दबा लिया।

''जीजी, तुम खामुखा नाराज।'' अमर घुटने तोड़कर चटाई के एक कोने पर बैठ गया, ''नाराजगी की बात क्या? हमने कहा था, यह काम हो जाये तो अच्छा। हमारा और भैया का मतलब कि इसमें दोष या अनुचित कुछ नहीं है। गोविन्द जी का विचार तुम्हें मालूम हो जाये। यह तो नहीं कहा कि तुम ऐसा जरूर करो। निर्णय तुम्हारी इच्छा से। सिवाय हिन्दुओं की कुछ बिरादरियों के बाकी दुनिया में ऐसा होता ही है। हम तुम्हें

मुँहबोली बहिन नहीं सगी बहिन मानते हैं। हरि भैया और हम अपनी बहिन को बुरा रास्ता बतलायेंगे!

"जीजी, तुम हम सबको पापी समझती हो; तुम ही पुण्यात्मा हो! तुम्हारे सुख की इच्छा से एक बात कही। कोई दबाव नहीं डाला। ये नाराजगी किस बात की?"

गौरी का फफकना सहसा बन्द। सन्नाटा मार गयी। सिर घुटनों पर दबा रहा।

"इस वक्त जरूरी काम है। जीजी नमस्ते। फिर आयेंगे।"

अमर सेवाश्रम से निकल कर समीप छोटी गली में न अपने घर गया न नरेन्द्र के यहाँ। वापस होस्टल लौट-गया। मन में गौरी से कड़ा बोलने की मजबूरी के लिये खेद। रज़ा, नवीन या किसी दूसरे साथी की संगति के लिये भी अनिच्छा। बार-बार गौरी का ध्यान⋯बाधा न होने बल्कि अवसर दिये जाने और उत्साहित किये जाने पर भी पुनर्विवाह से अनिच्छा। सुख-विलास की ललक न होना, स्वेच्छा से संयम, निग्रह और दृढ़ निश्चय ही चरित्र बल।

हाईस्कूल की परीक्षा के बाद गौरी को लम्बा अवकाश। हरि भैया, बहिन को समय के सदुपयोग और शान्ति के लिये गांधी साहित्य पढ़ने और सूत कातने की प्रेरणा देते रहते। अमर उसे नाथ शास्त्री से लेकर छोटी-मोटी पुस्तकें देता रहता। उन पुस्तकों में गौरी की रुचि उत्पन्न करने, उसे समझाने के लिये पूर्वापेक्षा सेवाश्रम अधिक जाता।

हरि भैया का विचार था: गौरी मैट्रिक के बाद नार्मल पास करके आत्म-निर्भर हो सके परन्तु जुलाई में अमर की राय से गौरी का फिर महिला कालेज, ग्यारहवीं कक्षा में दाखिला करा दिया गया।

गौरी अमर की दी हुई पुस्तकें पढ़ लेती, परन्तु उन पुस्तकों के विचारों के प्रति उसे कोई उत्साह न हुआ। गौरी को समाजवादी सहधर्मी बनाने का अमर का उत्साह क्षीण हो गया। मेडिकल कालेज में चौथे वर्ष विशेष परिश्रम की जरूरत। अमर व्यस्त हो गया।

दो

सन् १९३८ अप्रैल का पहला सप्ताह। धूप में तेजी आ गयी थी। कंधारी बाग गली में दोपहर में सन्नाटा हो जाता। रेलवे वर्कशाप और कारखानों में काम करने वाले तथा अध्यापक सुबह छः-साढ़े छः बजे निकल जाते। बाबू साढ़े नौ तक। गली के लड़के-लड़कियाँ प्रातः ही स्कूल चले जाते। गली की कई स्त्रियाँ भी नौकरी-चाकरी करती थीं। कंधारी बाग गली में अधिकांश ईसाई बस्ती थी।

मिसेज़ पंडित दोपहर की रसोई का काम रोज़ी पर छोड़कर आँगन की ओर बरामदे में बैठी बेटी की साड़ी पर लेस टाँक रही थीं। जनवरी के पहले सप्ताह ही सब तय हो चुका था। निर्मलचन्द्र पंत कुछ दिनों के लिये कलकत्ता आया था। उसे मध्य अप्रैल तक लौटना था। सत्ताईस अप्रैल, बृहस्पतिवार प्रातः सगाई निश्चित थी। रविवार को चर्च में विवाह का पहला 'बैन' (विवाह की घोषणा) पब्लिश होगा। सात मई को दूसरा और चौदह मई को तीसरा बैन। जून के पहले सप्ताह में सुबह विवाह, संध्या पार्टी। उसके अगले दिन वर-वधू नैनीताल के लिये रवाना।···हे परमेश्वर, तेरी कृपा से काम ऐसे निभ जाय कि सब लोग संतुष्ट रहें। मिसेज़ पंडित ने दुआ माँगी और सोचने लगीः तैयारी के लिये इतना कम समय···दामाद और समधी की पोज़ीशन!··· जाने उन्होंने क्या-क्या अरमान और उम्मीदें बाँध रक्खी हैं।··· हमारे सीमित साधन! मिसेज़ पंडित सिलाई-कसीदे का कुछ काम इधर-उधर से करवा रही थीं। स्वयं किये बिना भी सर न सकता था। कभी सिलाई वाली को घर पर भी लगा लेतीं।

साड़ी पर लेस टाँकते-टाँकते दो बार खयाल आयाः उषा नहीं आयी। कह गयी थी, साढ़े दस तक लौटकर अमीनाबाद साथ चलेगी। एक्ज़ाम आज खत्म। घर रहेगी तो काम में हाथ बटायेगी···फिर खयाल आयाः उषा नहीं आयी। हाथ रुक गया। टाइम देखने के लिये बरामदे से बैठक में आ गयी।

टाइमपीस में साढ़े बारह। उग्र चिन्ता···हाय, क्या हो गया होगा! कहा था, साढ़े दस तक पहुँच जायेगी। सुनी कई भयंकर घटनायें कल्पना में जागने लगीं। धैर्य के लिये परमेश्वर को याद किया···ए हमारे बाप, तू जो आसमान पर है, तेरा नाम पाक माना जाये··· ।

बावर्चीखाने की ओर झाँका, "बेबे, साढ़े बारह हो गये उषा नहीं आयी। जल्दी लौटने को कह गयी थी। पद्मा-सद्दू आते होंगे। चपाती उतार रखो। बच्चे ठहर नहीं पाते।"

नौकरानी रोज़ी परिवार में सबसे बुज़ुर्ग। उसे बेबे सम्बोधन किया जाता। रोज़ी ने पहली बात का उत्तर दिया, "दाल तेः नालदा हो गया। फुलके भी बना लैनी आँ (दाल-

तरकारी हो गये, चपाती भी सेंक लेती हूँ)।'' रोज़ी चौदह बरस से लखनऊ में थी। घर में बोलते समय पंजाब के दोआब की बोली फूट पड़ती।

मिसेज़ पंडित के मन में चिन्ता उमड़ आयी। बरामदे से बैठक में चली गयीं। गली में खुलती खिड़की पर चिक टँगी थी। खिड़की के पल्ले का सहारा लेकर गली में झाँकने लगीं। सूरज ठीक सिर पर। गली में चिलचिलाती धूप। मिसेज़ पंडित कल्पना में बेटी को बाज़ार की भीड़ में, सूनी सड़क पर साइकल चलाते देख रही थी···अभी तक नहीं लौटी। परमेश्वर ही रक्षक···ए खुदा, तेरी ही रहमत का आसरा है।

मिसेज़ पंडित पति से कई बार कह चुकी थी: जवान लड़की का इतनी दूर अकेली जाना ठीक नहीं। साइकल मरी का क्या; गिरने-पड़ने, चोट का खतरा। लड़की छोटी थी तो एक बात थी, अब तो पूरी जवान, जिस्म भर गया। मरी का नाक नक्शा भी नज़र में गड़ने वाला। लोगों की जवान बेटियाँ कहीं ऐसे अकेली आती जाती हैं!

एक्ज़ाम आज खत्म। अब अकेली नहीं आने दूँगी। रोज़ी से सुनी किम की बकवास याद आने से कलेजे को कुछ होने लगता। दुनिया में वैसे गुनाहगार भी हैं। शहर में कई वारदातें हो चुकी हैं। बस महीना भर और। बेटी अपने घर जाये। परमेश्वर की कृपा से सुखी रहे··· ।

गली में पद्मा और सदानन्द आते दिखायी दिये। पद्मा पीठ पर लटके बस्ते का हैण्डल सामने से कंधे पर पकड़े थी। सदानन्द बस्ता बगल में दबाये था। दोनों के चेहरे धूप से तमतमाये। दोनों ने गली से दरवाज़े की कुर्सी की सीढ़ी पर कूदकर एक साथ किवाड़ पीटा, ''मम्मी··· !''

मिसेज़ पंडित का हाथ साँकल पर पहुँच चुका था। किवाड़ खुल गये।

''मम्मी, आज हमारी सब किताबें रिवाइज़ हो गयीं। पद्मा ने समाचार दिया और आँखें गोल करके विशेष सूचना दी, ''मंडे से एक्ज़ाम की तैयारी की एक वीक की छुट्टी। दो आना एक्ज़ाम फीस। सारे एक्ज़ाम के पेपर होंगे।'' उस बरस उसे छठी क्लास की परीक्षा देनी थी।

''मम्मी, हमारी भी छुट्टी है। हमारा भी एक्ज़ाम है।'' सदानन्द अपना महत्त्व कम नहीं समझता था। उसे पक्की पहली की परीक्षा देनी थी।

मिसेज़ पंडित ने दोनों बच्चों के सिर पर हाथ फेरा।

''शाबाश बेटी, गुसलखाने में चली जा। मुँह पर पानी का छींटा ले। भाई का मुँह भी धो दे। खाना तैयार है। बेटी, तेरी जीजी अभी तक नहीं आयी।''

मिसेज़ पंडित ने रोज़ी को पुकारा। पद्मा-सद्दू को खाना देने के लिये कह दिया। नज़र फिर गली में। चिन्ता व्याकुलता बनती जा रही थी।

कुछ मिनट में अमितानन्द भी आ गया। वह इंटर पहले वर्ष में था। पुस्तकें बैठक की मेज़ पर पटक, समीप बेंत के सोफा पर पसर कर साथ लायी पत्रिका के पन्ने पलटने लगा।

''मीतू बेटे, धूप से आया है। मुँह-हाथ धो ले।''

''आई एम आल राइट।''

''खाना दे दें कि डैडी के लिये ठहरोगे?''

''डैडी को आने दो।''

''मीतू बेटे, अच्छी अभी तक नहीं लौटी।''

अमित ने नज़र पत्रिका से उठाये बिना ही कह दिया, ''आज से उनका एक्ज़ाम खतम। कश्मीरन सहेली के यहाँ रुक कर गप्प कर रही होगी।''

''बेटे, उसने तो जल्दी लौटने को कहा था।···कभी-कभार कुछ देर रुक गयी। इतनी देर कभी नहीं की। एक बज गया।''

''क्यों···जब सहेली रात गाड़ी में छोड़ने आयी थी।''

''उस दिन तो कहकर गयी थी। सुनो तुम जल्दी खा लो। डैडी आ जायें तो तुम साइकल पर पार्क रोड जाकर उसकी सहेली के यहाँ देख आना। बेटे, मुझे बहुत फिक्र हो रही है।''

मकान के बगल की गली में खुलने वाले आँगन के दरवाज़े के किवाड़ खटके। पद्मा-सद्दू ने बरामदे में मेज पर खाना खाते-खाते एक साथ पुकारा, ''मम्मी, जीजी!'' आवाज़ धीमी हो गयी, ''नहीं, डैडी!''

मिस्टर पंडित और उषा अपनी साइकलें आँगन के दरवाज़े से भीतर लाते थे।

''डैडी, जीजी अभी तक नहीं आयी।'' पद्मा ने पिता को सूचना दी। माँ बरामदे में आ गयी। उसने भी वही बात चिन्ता से कही।

पंडित ने साइकल धूप से बचाने के लिये बरामदे में दीवार से टिका दी। धूप में आने से गरमी के कारण कोट के बटन खोल दिये, ''सवा बजे तक नहीं आयी?···क्या वजह हो गयी?''

''क्या जाने!'' चिन्ता के स्वर में माँ ने बताया, ''उसका एक्ज़ाम दस तक था। जल्दी आने के लिये कह गयी थी। मैं कहती हूँ, मीतू ज़रा जल्दी से साइकल पर पार्क रोड जाकर उसकी सहेली के यहाँ देख आये। जाने क्यों, मुझे बहुत ऐसा-वैसा लग रहा है।''

''सहेली के यहाँ जाने की बात थी?''

''नहीं, बल्कि जल्दी आने को कह गयी थी। खाने से पहले गुलाबी साड़ी के लिये किनारी खरीदने अमीनाबाद जाना था।''

''तो फिर पता कालेज से लेना चाहिये। शायद कालेज में रुकना पड़ गया हो। जाकर देख आयें। खाना लौटकर लेंगे।'' पंडित ने एक गिलास जल लिया और साइकल लेकर गली में निकल गये।

पंडित को गये आधा घण्टा गुज़रा था। अमित खा चुका तो माँ ने अनुनय की, ''बेटे, पार्क रोड दूर नहीं। तेरे डैडी आते हैं, तब तक तू वहाँ पूछ आ। तुझे जगह मालूम हैं।'' माँ की चिन्ता के विचार से अमितानन्द देखने चला गया।

माँ की नज़र लगातार खिड़की से गली में थी। व्याकुलता और बढ़ी तो देखने के लिये गली के मुहाने तक चली गयी। कैंट रोड पर कैसरबाग की ओर नज़र किये धूप में कई पल खड़ी रही। लौटकर पद्मा से पूछा, ''पद्दी, जीजी कैण्ट रोड से आती जाती है कि दूसरी तरफ की सड़क से?''

''मम्मी, कभी कैण्ट रोड से कभी विसेशरनाथ रोड से।'' पद्मा ने तर्जनी उठाकर विस्तार से समझाया, ''हम बतायें, जब अकेली होती है तो कैण्ट रोड से। जब साथ-साथ

लौटती हैं तो बड़े डाकखाने तक साथ आती हैं। सहेली के पास भी साइकल है न। सहेली पार्क रोड पर चली जाती है और जीजी विसेशरनाथ रोड से घर आती हैं।'' पद्मा समझदार थी, बात विस्तार से समझा कर करती थी।

रोज़ी के लिये घर के लोग अपना परिवार। उनके साथ ही पंजाब से लखनऊ आयी थी। रोज़ी के पिता को मास्टर धर्मानन्द पंडित के पिता देवदत्त पंडित प्रभु ईसू की शरण में लाये थे। बीस-बाईस की आयु में विधवा हो गयी। रोज़ी उन्हीं के यहाँ आ गयी थी। उम्र में पंडित से तीन-चार बरस बड़ी। उसका एकलौता जवान बेटा बम्बई भाग गया, जहाज पर नौकरी कर ली। जाने कहाँ चला गया! वह परमेश्वर से बेटे के लिये दुआ करती पंडित परिवार का ही अंग बन गयी।

रोज़ी पंडित परिवार में आयी तो पंडित, मिसेज़ पंडित और बच्चे उसे बेबे (बड़ी बहिन) पुकारने लगे। उषा और सब बच्चे उसी के हाथों में जन्मे-पले थे। उन्हें अपने ही बच्चे मानकर स्नेह-चिन्ता करती थी। कंधारी बाग गली के लोगों के लिये रोज़ी अच्छा-खासा मजाक, बुढ़िया को 'बेबी' पुकारते। गली के लोग रोज़ी की आयु और सिधाई का आदर करते थे। कोई उसे बेबी आंटी भी पुकार लेते। वह सबको आशीर्वाद देती रहती: भला हो, जीते रहो।

उषा के लौटने में विलम्ब से रोज़ी भी चिन्तित। पद्मा को साथ लेकर गली के विसेशरनाथ रोड वाले मुहाने की ओर देखने गयी। उन्हें बेवक्त गली में घूमते देखकर पीटर की बहू मेरी और बुढ़िया जेन ने पूछ लिया, ''बेबी आंटी, क्या देख रही हो?''

''कुछ नहीं बहू, ऐसे ही।'' रोज़ी ने टाल दिया। पद्मा ने चिन्ता का कारण बता दिया, ''जीजी को कालेज से दस बजे आना था। अभी तक नहीं लौटी। मम्मी फिक्र कर रही हैं।''

अमित तेज़ चाल से गया था। आधे घण्टे से पहले लौट आया। उषा पार्क रोड पर सरगा साहब की कोठी पर नहीं थी। मिसेज़ पंडित का कलेजा धड़कने लगा।

पंडित आई० टी० कालेज से तीन बजे तक न लौटे। मिसेज़ पंडित बेचैनी में पानी से निकली मछली की तरह छटपटा रही थी। कभी बैठक के दरवाज़े की चिक से, कभी साथ के कमरे की खिड़की से गली में झाँकती। डेढ़ घंटे से निरन्तर पाँवों पर। पाँवों में खून उतर आया था। घुटने काँपने लगे। बैठ पाना भी मुश्किल। कल्पना में लगातार जवान बेटी का आतंकित, त्रस्त चेहरा—साइकल पर सड़कों-बाजारों से गुजरता। उसकी ओर घूरतीं बदमाश ज़ालिमों की खूनी आँखें, उसकी ओर झपटते क्रूर पंजे···खुदा रहम कर··· । इन्हें इतनी देर क्यों हो रही है!···उषा ने कई बार कहा था: घर से कालेज तक साइकल पर पन्द्रह मिनट में पहुँच जाती है।···ये कहाँ अटक गये।

रोज़ी और पद्मा गली में चक्कर लगा रही थीं। कुछ पल कैंट रोड के मुहाने पर डाक्टर चौहान के मकान के समीप खड़ी होकर सड़क पर दूर तक नजर दौड़ातीं। फिर व्याकुलता से विसेशरनाथ रोड की ओर देखने चली जातीं।

रोज़ी-पद्मा को बेचैनी से गली में बार-बार आते-जाते देखकर गली की स्त्रियों में कौतूहल और चिन्ता फैल गयी। मेरी ने सहानुभूति में चिन्ता का कारण पड़ोसियों को बता दिया।

जेन गली में तीन बरस से थी। बाईस बरस पहले विधवा हो गयी थी। तब से लालबाग गर्ल्स स्कूल में मूँगफली, चबैना, खट्टी-मीठी गोली, कापी-पेंसिल, स्याही बेचकर निर्वाह करती थी। लड़कियों के आचरण और गली-बिरादरी की इज्जत-बेइज्जती के प्रति सतर्क। समाचार से चिन्तित हो गयी। चिन्ता से कोठरी में गरमी लगने लगी। हाथ की पंखी से शरीर पर हवा लेती गली में निकल आयी। घूम-घूम कर पंडित की जवान लौंडिया के घर न लौटने की परेशानी पड़ोसियों को बताने लगी।

"···एक दिन होना ही था।···बखत से शादी करके बसा दिये होते, अब तक दू ठो गोद में होते···बीस से कम की तो है नहीं। बाप-महतारी लौंडिया क मेम बनाये क चाहें। देसी लोग तो फिर देसी लोग। ईसाई हो जायें कि काला लोग रहें। कितनौ पढ़ाय लेउ इंगरेज तो बन नाहीं जैहैं। ···घर माँ गाने-बजाने की महफिल करें, लौंडिया बेनथ-पगही सैकल पर सहर-बहर घुमिहै तो अस होइबै करी··· ।" जेन चालीस बरस से नगर में थी। तभी से शिक्षित सभ्य ईसाई संगति में शहर की बोली बोलने का यत्न कर रही थी परन्तु पाँच-छः वाक्य के बाद मुँह से अवधी फिसलने लगती।

पंडित साइकल तेज़ी से चलाते हुए आई० टी० कालेज पहुँचे तो दो बज चुके थे। कालेज और कालेज का दफ्तर बन्द। पंडित पूछताछ के लिये कालेज होस्टल में गये। उषा की तीन सहपाठिनें मिलीं। उन्होंने बताया : उषा का पर्चा बहुत अच्छा हुआ था। परीक्षा के बाद उसे कालेज के बरामदे में अर्थशास्त्र की अध्यापक मिस स्टोन से बात करते देखा था।

पंडित ने मिस स्टोन से मिल लेना उचित समझा। मिस स्टोन यंग वीमेन्स क्रिश्चियन एसोसियेशन के होस्टल में रहती थी। पंडित आई० टी० कालेज से चीना बाज़ार फाटक गये। मिस स्टोन काफी प्रतीक्षा कराकर बाहर आयी। उससे कुछ अधिक समाचार न मिल सका। केवल बता सकी कि उषा पर्चे से बहुत संतुष्ट थी।

पंडित कंधारी बाग गली में लौटे तो साढ़े तीन हो चुके थे। धूप से चेहरा तमतमा गया था। शरीर पसीना-पसीना। रास्ते भर मनाते आ रहे थे, घर पहुँचकर बेटी को सही-सलामत देखें।

पंडित ने साइकल बैठक के दरवाजे के सामने रोकी। किवाड़ खुले थे। साइकल रुकते ही दरवाज़े की चिक उठी। उनके बोल सकने से पूर्व मिसेज़ पंडित का आर्त स्वर, "कालेज में भी नहीं··· ?"

पंडित के मुँह से शब्द न निकल सका। गर्दन इनकार में हिला दी।

मिसेज़ पंडित फूट पड़ीं, "हाय मेरी बेटी··· !"

पंडित गली में खड़े सोच रहे थे : क्या करना उचित होगा? डाक्टर चौहान से राय लेकर उनके टेलीफोन से पुलिस को रिपोर्ट की जाये··· ।

"यहाँ कोई पंडित साहब हैं?" पंडित ने घूमकर देखा। खाकी वर्दी पहने व्यक्ति उन्हें पूछ रहा था।

"हम हैं पंडित, कहो क्या काम है?"

"अरे साहब, **हम** आपका कालेज में भी हेरा। पूछत-पूछत इहाँ लौ आएन। आपके तईं चिट्ठी।"

पंडित ने लिफाफा लेकर तुरन्त क़ागज़ निकाला। मेडिकल कालेज के छपे कागज़ पर हाथ से लिखी पंक्तियाँ—मिस उषा पंडित सड़क पर चोट लगने के कारण निदान और उपचार के लिये चार अप्रैल ग्यारह बजे हस्पताल में दाखिल की गयी है। कृते सुपरिन्टेंडेंट।

पंडित का मस्तिष्क चकरा गया। कागज पर लिखा फिर पढ़ा। दस्तखत कर पत्र ले लिया।

चपरासी ने समाचार देने के लिये सलाम किया, पंडित ने दाँत पीसकर जेब में हाथ डाला। जो था, बिना देखे दे दिया।

बेटी सड़क पर चोट खाकर हस्पताल में थी। समाचार निश्चय दारुण था। मिसेज़ पंडित पति के साथ हस्पताल चल देने को आतुर। पंडित को पत्नी के लिये सवारी ढूँढ़ने में विलम्ब स्वीकार न था। पत्नी को धैर्य रखने के लिये कहकर स्वयं तुरन्त हस्पताल चले गये।

उषा पंडित साइकल पर थी··· संक्षेप में स्पष्ट स्थिति इस प्रकार : पूरी एक पीढ़ी—तीस वर्ष से अधिक पूर्व की घटना। तब से नगर की रूपरेखा, पोशाकें, रहन-सहन, किसी सीमा तक विचार और व्यवहार भी बदल गये हैं।

उषा हाईस्कूल तक कंधारी बाग गली के समीप लालबाग स्कूल में पढ़ी थी। पिता की आशानुकूल पहले डिवीजन में पास। पंडित उसे अच्छी संस्था में शिक्षा दिलाना चाहते थे। तब लखनऊ में प्रतिवर्ष लड़कियाँ हजारों की तादाद में हाईस्कूल पास न करती थीं। नगर में इतने महिला विद्यालय, शिक्षा केन्द्र, शिक्षा निकेतन या कालेज न थे। कुल मिलाकर लड़कियों के लिये दो कालेज, एक अमीनाबाद में और दूसरा चाँदबाग में। कालेजों में सहशिक्षा की बात उस समय सोची भी न गयी थी। पंडित और उनकी ईसाई बिरादरी के मत से लड़कियों के लिये अच्छी शिक्षा चाँदबाग के आई० टी० (ईसाबेला थाबर्न) कालेज में थी। कंधारी बाग गली और चाँदबाग के बीच लगभग तीन मील का अन्तर।

घर और कालेज के बीच दो-अढ़ाई मील का अन्तर आजकल कुछ बात नहीं परन्तु तब लखनऊ में चारबाग से चाँदबाग तक हर दस मिनट में सिटी बस सुलभ न थी। तब नगर में बस चली ही न थी। बसों की भीड़ और सड़क-बाज़ार में उच्छृंखल लोगों से छेड़-छाड़ की आशंका में, आजकल भी कुछ अति सावधान परिवार जवान बेटियों को बस में अकेली भेजना उचित नहीं समझते। तब नगर में सर्वसाधारण की सवारी इक्का थी। लखनऊ नगर की पुरानी बस्तियों में इक्का अब भी दिखाई दे जाता है। भद्र वर्ग ताँगे का उपयोग करते थे। साइकल—तब आज की तरह दूध, अंडे, गोश्त-मछली, साग-तरकारी तथा रद्दी कागज खरीदने वाले, धोबी, कलीगर साइकलों पर चक्कर लगाते दिखाई न देते थे। साइकल रिक्शा का चलन अभी उत्तर प्रदेश में न हुआ था। साइकल खाते-पीते मध्य वित्त की सवारी समझी जाती थी जैसे आजकल स्कूटर या मोटर-साइकल।

उषा पंडित साइकल पर थी··· तब जवान लड़की का साइकल पर सवारी करना, खासतौर पर साड़ी पहने, चौंकाने वाली बात ही नहीं, कुछ लोगों की नजर में शोखी या चुनौती भी हो सकती थी। उन दिनों आजकल की तरह सड़कों-बाज़ारों में अपने-अपने

स्कूल की वर्दी या सुन्दर भड़कीले स्कर्ट, मिनी स्कर्ट, चुस्त चूड़ीदार पायजामे, बेल बाटम या साड़ी पहने पाँच-छः, दस-बारह लड़कियों की टोलियाँ हँसती-बतियाती स्कूल जाती दिखायी देना आम बात न थी। उस समय इतनी लड़कियाँ स्कूल, कालेज या यूनिवर्सिटी जाती ही न थीं।

विशिष्ट वर्ग की लड़कियों के लिये तब भी कान्वेंट या अंग्रेजी स्कूल थे। इन स्कूलों की अपनी मोटर बसें थीं; बहुत व्ययसाध्य, साधारण वर्ग के लिये असाध्य। नगर में साधारण वर्ग की लड़कियों के स्कूल जाने का तरीका था—पड़ोसी गली-मुहल्लों की चार-छः लड़कियों को एक साथ किसी प्रौढ़ा बुलावी के संरक्षण में पाठशाला भेजना। स्कूलों की ओर से लड़कियों को ले जाने-लौटाने का प्रबन्ध बैल जुते, पर्दे लगे ठेले से होता था। चौकसी के लिये ठेले में स्कूल की महरी मौजूद रहती। कुछ ठेलों को बैलों के स्थान पर विश्वस्त कहार धकेलते थे और यह कहार ठेला धकेलने के अलावा अवांछित लोगों से चौकसी भी रखते थे। तब भी दुर्घटनायें हो जातीं। कभी ठेलों में प्रणय पत्रों के पुर्जे पकड़े जाते, कभी राह चलते छैले, बाँके लड़कियों की चोटी या आँचल खींच लेते। सम्पूर्ण सुरक्षा और सावधानी के बावजूद जवान लड़कियों के स्कूल से घर न लौटने की घटना से नगर में सनसनी के अवसर बन जाते। ऐसी स्थिति में उषा पंडित घर से तीन मील साइकल पर कालेज जाती थी। साइकल पर आई० टी० कालेज जाने वाली दूसरी लड़की थी चित्रा सरगा।

बेटी को साइकल पर कालेज जाने की अनुमति देते समय पंडित सशंक और सावधान थे। हाईस्कूल की परीक्षा पास करने तक उषा पन्द्रह पूरे कर चुकी थी। अपनी बिरादरी की लड़कियों की तरह फ्राक या स्कर्ट पहनती थी। कालेज के पहले वर्ष की परीक्षा तक पंडित स्वयं बेटी को अपनी साइकल के पीछे बैठाकर पहुँचाते रहे। लौटते समय आई० टी० जाकर ले आते। दूसरे वर्ष उषा ने खूब कद निकाल लिया। साड़ी पहनना चाहती और साइकल लेने की जिद्द। पंडित ने बेटी को साइकल तो ले दी, परन्तु दो मास साथ जाकर कालेज पहुँचाते और लाते रहे। पिता की प्रतीक्षा उषा को खल जाती। कह देती ''डैडी, अब हम बेबी नहीं हैं। जब यूनिवर्सिटी में पढ़ेंगे तब क्या होगा?''

उषा और सहपाठिन चित्रा में खूब बनती थी। आठवीं श्रेणी से साथ, जात-बिरादरी के भेद के बावजूद गहरा सहलापा, दाँतकाटी रोटी या चोली-दामन का साथ। आपस में पारिवारिक गोपनीय बातें, भविष्य की कल्पनायें, खुले मज़ाक और चुहल। चित्रा का परिवार उच्च मध्यवित्त, सम्भ्रान्त। कुछ मामलों में उदार विचार और कुछ मामलों में घोर रूढ़िवादी। पिता गवर्नमेंट एडवोकेट। वे लोग पार्क रोड पर रहते थे। चित्रा घर की गाड़ी पर कालेज जाती थी। उषा की देखादेखी चित्रा ने भी साइकल ले ली। दोनों अनुमान से चलतीं कि बंदरिया पुल से इधर या पुल पर मेल हो जाता। कालेज तक साथ-साथ बतियाती-हँसती चली जातीं। लौटना सदा साथ न होता। साथ-साथ लौटतीं तो हजरतगंज की तरफ से बड़े डाकखाने तक साथ रहता।

यूनिवर्सिटी के दिलफेंक जवानों को लड़कियों के कालेज जाने-लौटने के समय याद थे। झलक पाने की आशा में प्रायः यूनिवर्सिटी फाटकों के समीप फुटपाथ पर मौजूद रहते। कुछ मनचले साइकलों पर पुल से आई० टी० के चौराहे तक पीछा कर लेते।

बोली-ठोली, आशिकाना अन्दाज में शेरो-शायरी। लड़कियों में इन लोगों के लिये कई नाम—मजनू, फुटपाथ हीरो, कलगीवाला, नवाब और मुंशी। लड़कियाँ हँसी की गुदगुदी दबाये, नज़रें सामने किये पैडल मारती निकल जातीं। कालेज के फाटक के भीतर जाकर लड़कों से नये सुने फिकरों, शेरों पर टीका-टिप्पणी करतीं।

शेरवानी, टोपी, गरारेदार पायजामा पहने एक नौजवान लड़कियों को देखकर तरन्नुम से कोई गज़ल या शेर शुरू कर देता। अक्सर हसरत मोहानी का शेर:

"हविसे दीद मिटी है न मिटेगी हसरत,
देखने के लिये चाहे उन्हें जितना देखा करें।"

या जिगर, ज़फर की कोई गज़ल।

लड़कियों ने उसका नाम रखा था—नवाब।

"हाय, कमबख्त का गला कितना अच्छा··· !" नवाब कभी कोई चुभती चीज़ कह देता तो चित्रा की साइकल धीमी होने लगती। चित्रा को काफी शेर याद थे। सरगा साहब के यहाँ साहित्यिक वातावरण था। अक्सर अदबी-महफिल जमती रहती। चित्रा कोई फड़कता शेर या गज़ल सुनती तो उषा को जरूर सुनाती।

पुराने ढंग की गोल काली टोपी, पतली लम्बी मूँछें, खुले कालर का कोट और पायजामा पहने लड़के को मुंशी कहती थीं। मुंशी सिनेमाई गाने हूबहू तर्ज में उतार देने में लासानी। वह अकसर फाटक पर दिखता। लड़कियों को दूर से ही देख गाना शुरू कर देता।

चित्रा की साइकल ठुमकने लगती। नज़र सामने किये उषा से कहती, "तुझे कह रहा है। जवाब दे।"

"मरी सीधी चल!" उषा भी सामने नज़र किये झुँझलाती, "खुद मरेगी और मुझे मरवायेगी।"

आई० टी० कालेज में अधिकांश छात्रायें बोर्डर होती थीं। घर से कालेज आने वाली प्रायः सम्पन्न और उदार विचार परिवारों की लड़कियाँ। यूनिवर्सिटी के विद्यार्थियों या दूसरे लोगों की उच्छृंखलता और अभद्रता की आशंका से इन लड़कियों के परिवार उन्हें प्रायः सवारियों पर कालेज भेजते। यह लड़कियाँ रास्ते में कुत्तों से आतंकित बिल्लियों की तरह चुप, आहट बचाये सतर्क, सहमी रहतीं। कालेज के फाटक पर चार-पाँच मिल जातीं तो शेर हो जातीं।

आई० टी० कालेज में पर्दे का अनुशासन न था। लड़कियों को खेल-कूद, गाना-बजाना, नृत्य-अभिनय में भाग लेने के लिये प्रोत्साहित किया जाता। शिष्ट विनोद-मनोरंजन पर आपत्ति न थी। मास के अन्तिम शनिवार संध्या शिक्षित ईसाई भद्र परिवार के युवकों को कालेज में आने की अनुमति रहती। अध्यापिकाओं के निरीक्षण में सम्मिलित गाने-बजाने और डांस के लिये अवसर दिया जाता, परन्तु उच्छृंखलता और अभद्रता के लिए कड़ा दण्ड।

उस दिन प्रातः उषा पंडित का बी० ए० की परीक्षा का अंतिम पर्चा अर्थशास्त्र का था। पर्चा करके बहुत संतुष्ट, मन में उमंग। पर्चे के बाद अर्थशास्त्र की टीचर मिस स्टोन से बातें। उस प्रातः चित्रा की परीक्षा न थी। उषा अकेली घर के लिये चल दी।

यूनिवर्सिटी के नौजवान भी शायद वैसे ही, परीक्षा समाप्त कर निश्चिन्त हो जाने की पुलक में। यूनिवर्सिटी के बीच के फाटक पर कुछ लड़के दिखायी दिये। तीन साइकलें। उषा ने नजर सामने किये साइकल तेज़ कर ली। पीछे से सुनायी दिया :

वाह! ये शेखी।

रेस कर रही है।

बढ़ जा पट्ठे। शाबाश!

उषा ने पीछा करती साइकलों के पहियों की सरसराहट सुनकर साइकल और तेज़ की। पुल की चढ़ाई पर उसने पैडलों पर जोर दिया। पीछे साइकलें नज़दीक आने का आभास। उसने पूरा दम लगा दिया। पुल के अन्त तक पहुँचते-पहुँचते दायें हाथ पीछे आती साइकल की झलक मिलने लगी। उषा ने उतराई पर भी पैडल न धीमे किये। पीछे से ललकार : रह गया, रह गया···जीत गयी, जीत गयी।

रेस में हारने वाले नौजवान ने खीझकर उषा की साइकल के पीछे ज़ोर से ठोकर मार दी। उषा सम्भल न सकी। अगला पहिया मुड़कर सड़क के बायें किनारे कंकड़ों पर फिसल गया। वह गिर पड़ी, साइकल उसके ऊपर। सिर लोहे के खम्भे से बहुत जोर से टकरा गया।

उषा ने आँखें खोलीं तो समीप खड़ा बूढ़ा लड़की को गिराकर भाग जाने वालों को धिक्कार रहा था। उषा अपनी हालत से परेशान। धरती पर हाथ टेक कर उठने का यत्न किया। ऊपर साइकल का बोझ, टाँग ने साथ न दिया। पीड़ा और लज्जा से हताश दायें-बायें देख रही थी, क्या करे!

हजरतगंज से छतर मंजिल जाती एक मोटर पुल की ओर घूमकर उसके समीप रुकी। कार से उतर कर एक प्रौढ़ सज्जन उषा की ओर बढ़ा। काली शेरवानी, चूड़ीदार सफेद पायजामा, सफेद गांधी टोपी, गले में वकीलों की टाई। उसके पीछे कार का ड्राइवर। घटना के गवाह बूढ़े ने लड़कों को गाली और धिक्कार देकर वकील को बताया : गरीब निर्दोष लड़की को गिरा दिया···भाग गये।

वकील के आदेश से ड्राइवर ने शरीर पर से साइकल उठाकर एक ओर खड़ी की। उषा के सिर पर चोट लगने से खून कान को भिगोता हुआ कंधे पर टपक रहा था।

"बेटी, उठो!" वकील ने स्वयं उषा को बाँह से पकड़कर उठने के लिये सहायता दी। वह उठ न सकी। वकील और ड्राइवर ने उषा को दोनों बाँहों से पकड़कर पीठ पीछे सहारा देकर गाड़ी की पिछली सीट पर लिटा दिया।

वकील के प्रश्न पर उषा ने पिता का नाम-धाम बता दिया। वकील ने समझाया, "बेटी, ऐसी हालत में तुरन्त हस्पताल पहुँचना लाज़िम। हस्पताल यहाँ से करीब। तुम्हारे पिता को और घर पर भी खबर करा देंगे।" ड्राइवर ने उषा की साइकल गाड़ी के पीछे रख ली।

वकील साहब की गाड़ी मेडिकल कालेज में इमरजेंसी ड्यूटी रूम के सामने आकर रुकी। कमरे के दरवाज़े में दो जवान डाक्टर बात कर रहे थे। डाक्टरों का ध्यान गाड़ी की ओर गया। वकील को पहचान कर एक विनय से हाथ जोड़े बढ़ आया, "प्रणाम, आपने कैसे कष्ट किया?"

उन दिनों लखनऊ नगर में बिरला ही होगा जो प्रसिद्ध वकील और हिन्दू समाज के नेता तिवारी जी को न पहचानता हो। किसी भी द्वन्द्व में तिवारी जी की व्यवस्था मान्य होती। उनके हुक्म से आनन-फानन में बाज़ार बन्द हो जाते और उनके संकेत पर हज़ारों लाठियाँ उठ जातीं।

तिवारी जी का ध्यान जवान डाक्टर के कपड़ों की ओर गया—खद्दर! वे स्वयं खद्दर पहनते थे। आत्मीयता से जवान के कंधे पर हाथ रखते पूछा, "बरखुरदार, यहाँ कब से हो?"

डाक्टर ने तिवारी जी की दुविधा समझ आत्म-परिचय दिया, "आपका सेवक अमरनाथ। आपकी कृपा से मैं पास हो गया हूँ। रतनलाल सेठ मेरे पिता हैं।"

"रतनलाल सेठ, राजाबाज़ार वाले! अपने ही बेटे हो।" तिवारी जी ने जवान डाक्टर की पीठ थपथपायी।

"मेरे लायक हुक्म।" अमरनाथ सेठ ने अनुरोध किया।

"हाँ बेटे, बहुत मौके से मिल गये।" तिवारी जी ने गाड़ी में लेटी लड़की की ओर संकेत कर स्थिति बतायी, "बिटिया को चोट आ गयी है। इसे सम्भालो। देखो इसे तकलीफ न हो, घबराये नहीं, अच्छे घर की बेटी है। चोट गहरी मालूम देती है। जरूरत हो तो इलाज के लिए दाखिला करवा दो। हमें तुरन्त पहुँचना है। पता पूछकर इसके पिता को घर पर भी खबर भिजवा दो। हम साँझ तक तुमसे फोन पर खबर ले लेंगे। बेटे, तुम पर भरोसा कर रहे हैं, खयाल रखना।"

ड्राइवर ने उषा की साइकल उतार दी।

डाक्टर अमरनाथ सेठ ने तिवारी जी का आदेश और जिम्मेदारी स्वीकार कर तुरन्त नर्स को पुकारा। उषा को स्ट्रेचर पर उठवा कर ड्यूटी रूम में ले गया। तिवारी जी उषा को सांत्वना देकर चले गये।

डाक्टर सेठ ने उषा को तुरन्त दो इंजेक्शन दिये, एक सड़क पर लगी चोट के कुप्रभाव के प्रति सावधानी के लिये, दूसरा चोटों की पीड़ा के शमन के लिये। सिर और कोहनी पर चोटें मामूली थीं। दवा लगाकर पट्टियाँ बाँध दीं। बायीं टाँग में जाँघ की हड्डी टूट जाने का संदेह हुआ। सहयोगी डाक्टर को बुलाकर टाँग को तखतियों के बीच पट्टियों में सीधा बाँध दिया।

उषा ने पिता का परिचय दिया, "धर्मानन्द पंडित, इंगलिश टीचर, क्रिश्चियन कॉलेज। मकान कंधारीबाग गली।"

"मैं पंडित साहब का विद्यार्थी रहा हूँ, उनका मुझ पर बहुत आभार।" सेठ ने आश्वासन दिया, "कोई संकोच न करें।"

अस्थि-चिकित्सा विशेषज्ञ डाक्टर द्वारा टाँग की परीक्षा और हड्डी उचित ढंग से सटाकर बाँधी जाने के लिये उषा को हस्पताल में ही रहना था। उषा यूनिवर्सिटी स्टूडेंट। यूनिवर्सिटी स्टूडेंट्स के लिये हस्पताल में विशेष व्यवस्था परन्तु लड़की का दूसरे विद्यार्थियों के साथ रहना उचित न होता। अमर ने जनाना सर्जिकल वार्ड के इंचार्ज से कहकर वार्ड के साइड रूम पर अस्थायी स्टूडेंट वार्ड का टिकट लगवा दिया।

हस्पताल के दफ्तर में जाकर अध्यापक धर्मानन्द पंडित के नाम क्रिश्चियन कालेज के पते पर और कंधारीबाग गली में घर के पते पर खबर भिजवाने की व्यवस्था कर दी।

उस समय लखनऊ मेडिकल कालेज और हस्पताल आज की तुलना में दशमांश। नेत्र चिकित्सा, दाँत चिकित्सा, शिशु चिकित्सा, औषध उपचार, शल्य उपचार, अस्थि चिकित्सा, छुतहा वार्ड के लिये अलग-अलग इमारत और वार्ड न थे। हस्पताल दो ही इमारतों में था, गुम्मददा इमारत जो शाहमीना रोड के समानान्तर है। तब आज की तरह सैकड़ों नर्सें न थीं। तीस-चालीस नर्सें, यूरोपियन या एंग्लो-इंडियन। तब किसी मरीज को खोज लेना कठिन न होता।

पंडित ने नर्स से सहायता का अनुरोध किया, "मेरी बेटी आज दोपहर से पहले सड़क पर चोट खाकर आयी है।"

"स्टूडेंट हैं?"

"यस।"

नर्स ने समीप ही जालीदार किवाड़ खोल दिया। वार्ड से जुड़ा छोटा कमरा। एक पलंग पर उषा, दूसरा पलंग खाली।

उषा नींद में थी। सिर पर ठोड़ी के नीचे से पट्टी। बायीं बाँह पर कोहनी तक पट्टी। शरीर चादर से ढका। समीप हस्पताली डोली पर काँच के गिलास में दूध, बिस्कुट का छोटा पैकेट, एक संतरा। पंडित को सांत्वना; बेटी की उपेक्षा नहीं की गयी। पलंग के समीप स्टूल पर बैठ गये।

वात्सल्य से बेटी का माथा छुआ, अधिक गरम न था।

उषा ने पलकें झपकायीं। पिता को पहचाना।

"अब कैसी तबीयत है बेटी! चोट कैसे लग गयी?"

"डैडी, हम लौट रहे थे···" उषा झिझकी, "पुल से उतराई पर साइकल फिसल गयी···। एक वकील अपनी मोटर में यहाँ ले आये। इमरजेंसी में डाक्टर सेठ हैं। आपका स्टूडेंट था। उसने बहुत ख्याल किया। ये सब उसी ने भिजवाया।" मेज़ की ओर संकेत किया, "बायीं टाँग में दर्द है। घुटना हिलता नहीं। मम्मी से कहना, फिक्र न करें। साइकल डाक्टर ने रखवा ली है। अमित ले जायेगा।"

पंडित बेटी के पास बैठ सान्त्वना देते रहे। उषा की पलकें नींद की दवा के प्रभाव से भारी हो रही थीं। "अच्छा बेटी, क्या खाओगी?···भूख लगी होगी।" पंडित ने स्नेह से पूछा।

"डैडी, भूख नहीं है। अभी।"

"अच्छा तुम सो जाओ। हम कुछ देर में आयेंगे।"

पंडित को सेठ नाम का विद्यार्थी याद न आया। बीस-बाईस वर्ष से पढ़ा रहे थे। लखनऊ में भी चौदह वर्ष हो चुके थे। साक्षात्कार होने से प्रायः पहचान लेते, नाम भी याद आ जाते। इमरजेन्सी रूम की ओर जाते अनुमान कर रहे थे···हमारे कालेज में बहुत बरस पहले विद्यार्थी रहा होगा।

पंडित को दरवाज़े से झाँकते देख डाक्टर सेठ कुर्सी से उठकर बाहर आ गया, "गुड ईवनिंग सर।"

"गुड ईवनिंग। थैंक्यू माई डियर।" पंडित का स्वर स्नेह और कृतज्ञता से गद्गद, "गॉड ब्लेस यू।" नाम याद आ गया।

पंडित के कृतज्ञता प्रकाशन से सेठ ने संकोच अनुभव किया, "मास्टर साहब, यह तो मेरी ड्यूटी। आप मेरे टीचर, टीचर पिता-समान। धन्यवाद के पात्र तिवारी जी, गणेशगंज वाले वकील साहब। वे बहिन को उस अवस्था में उठवा कर लाये। मुझ पर प्रबन्ध के लिये भरोसा किया। निश्चिन्त रहिये, मिस पंडित का पूरा खयाल रक्खा जायेगा।"

पंडित का स्वर चिन्ता से द्रवित, "उषा को कोई ऐसी-वैसी चोट तो नहीं आयी है?"

"चोट तो है पर खास चिन्ता की बात नहीं।" सेठ डाक्टरों की सावधान शैली में बोला, "सिर और बाँह पर मामूली खरोंच। दो-तीन दिन पट्टी की जरूरत होगी। घुटने से ऊपर काफी सूजन है। कल सर्जन एक्सरे से देखकर ठीक कह सकेंगे। हो सकता है, भीतर मांस फट गया हो या फीमर फ्रेक्चर (जाँघ की हड्डी टूट गयी) हो। उसका इलाज कठिन न होगा। ऐब रह जाने की आशंका नहीं है।"

"खाने के लिये क्या ले आयें?"

"जो चाहें भिजवा सकते हैं। आपको हस्पताल में बने भोजन से परहेज न हो तो क्यों इतनी दूर से भेजने का कष्ट करेंगे। यूनिवर्सिटी स्टूडेंट है। आर० एम० ओ० से यूरोपियन डाइट लिखवा दी है। यूरोपियन खाना बेहतर रहता है। यूरोपियनों के लिये सब कुछ अच्छा होना ही चाहिये, हस्पताल में भी।" हँस दिया, "जरूरत के लिये मौजूद हूँ।" सेठ आदर में साइकल स्टैण्ड तक पंडित के साथ गया। "मास्टर साहब, चुनाव से पहले आपके मुहल्ले में कुछ लोग कांग्रेस से बहुत आशंकित थे। उन्हें अब शिकायत है?" सेठ ने पूछा।

"अनजान लोग," पंडित ने संकोच से कहा, "सिरफिरे या मूर्ख कहाँ नहीं होते! शिकायत उन्हें क्या हो सकती है। बदल भी क्या गया! वही सिस्टम-कानून, वही अफसर। मंत्री बदल गये···जनता से दूर।"

मेडिकल कालेज के फाटक से निकलते ही पंडित को सेठ की बात से वह घटना याद आ गयी।

चौदह महीने पूर्व, १९३७ जनवरी की बात। देश में विधान सभाओं के चुनाव उससे पूर्व भी होते थे, परन्तु तब उन चुनावों से सर्वसाधारण का कुछ सम्पर्क न होता था। उस समय चुनाव में मतदान का अधिकार केवल टैक्स-मालगुज़ारी देने वालों, जमीन-जायदाद के मालिकों और उच्च शिक्षित, हजारों में एक-दो को होता था। भारतीय ब्रिटिश सरकार जनता की आत्मनिर्णय या स्वशासन की माँग को वर्षों के भयंकर दमन से भी कुचल न सकी। १९३५ में जनता को आत्म-निर्णय या स्वशासन का आभास देने के लिये विधान सभाओं के मेम्बरों की संख्या बढ़ा दी गयी। विधान सभाओं में मेम्बरों के चुनाव के लिये मत देने का अधिकार भी पूर्वापेक्षा अधिक लोगों को दिया गया। अब पन्द्रह रुपया लगान देने वाले या दुकान-मकान का पन्द्रह रुपया किराये देने-लेने वाले और मैट्रिक पास स्त्री-पुरुष भी मतदान के अधिकारी हो गये। तब भी प्रति सैकड़ा दो-तीन व्यक्तियों को ही मताधिकार मिला। अलबत्ता मतदाताओं की संख्या पूर्वापेक्षा कई गुना बढ़ गयी। इसीलिये १९३७ के चुनावों के समय पहली बार जनता में सरगरमी आयी। उसी परिमाण में चुनाव की तैयारियाँ और हलचल भी बढ़ गयी।

लखनऊ नगर में सरकारपरस्त दल की ओर से बहुत प्रभावशाली और सम्पन्न बैरिस्टर मिश्रा साहब चुनाव के मैदान में थे। कांग्रेस की ओर से सामान्य आर्थिक स्थिति के, परन्तु स्वतंत्रता आन्दोलन में कई बार जेल जा चुके और जाने-माने जनसेवी गुप्ता जी। ब्रिटिश सरकार और सरकारपरस्त लोगों का दावा था: कांग्रेस देश के बहुमत की प्रतिनिधि नहीं, कुछ उग्र लोगों का संगठन है। देश की सर्वसाधारण जनता को ब्रिटिश सरकार पर भरोसा और विश्वास है। इस विवाद का निर्णय चुनाव के परिणाम पर निर्भर था। चुनाव में दोनों पक्ष अपनी पूरी शक्ति लगा रहे थे। कांग्रेस की ओर से मुहल्ले-मुहल्ले सभा द्वारा देशभक्ति की भावना जगाकर और विदेशी गुलामी के विरुद्ध वोट देकर विदेशी सरकार को परास्त करने के लिये ललकारा जाता। सूर्योदय से पूर्व गली-गली में प्रभातफेरी से देश के मान्य नेताओं के संदेश याद दिलाये जाते।

कड़े जाड़ों की सुबह का घना कोहरा। पौ फटते-फटते कांग्रेस स्वयंसेवकों की प्रभातफेरी की टोली कैंट रोड से कंधारीबाग गली में आयी। टोली के आगे एक स्वयंसेवक हाथ में चरखा चिह्न का तिरंगा झण्डा उठाये था। गली से गुजरते-गुजरते टोली ने देशभक्ति के दो पद गाये :

उठो सोने वालो सबेरा हुआ है,
वतन के फकीरों का फेरा हुआ है।
झण्डा ऊँचा रहे हमारा
विजयी विश्व तिरंगा प्यारा।

भारत माता की जय! महात्मा गांधी की जय! भगतसिंह की जय! इन्कलाब जिन्दाबाद! विदेशी गुलामी का नाश हो।

''बुजुर्गों, भाइयो, माताओ, बहनो देश की आजादी के लिये जान देने वाले शहीदों को याद रखो। कांग्रेस देश की आजादी की सेना है। गरीबों की रोजी-रोटी के लिये चुनाव के अखाड़े में अपना वोट कांग्रेस के उम्मीदवार जनसेवक गुप्ता जी को देकर विदेशी सरकार को धूल चटा दीजिये। इन्कलाब जिन्दाबाद!''

आधी गली लाँघकर टोली ने फिर गीत आरम्भ किया। गीत गाती टोली विसेशरनाथ रोड की ओर बढ़ने लगी।

''शटप! बांचो!⋯यू सनोबिच गेट आउट!⋯माचो यू ब्लडी स्वाइन!'' ऊँची आवाज में धमकियाँ और पुकारें।

''रॉबिन⋯हो रॉबिन!⋯पीटर⋯कमान! ⋯गली में काला गुण्डा चोर लोग! मारो काला लोग को!''

दूसरी आवाजें: चोर! चोर! कौन है! पकड़ो! फटाक-फटाक किवाड़ खुलने की आहटें। लकड़ियों की खटाखट।

टोली के बीच ईंट का एक रोड़ा आ पड़ा। स्वयंसेवक सहम गये। फिर एक चैले का टुकड़ा। स्वयंसेवकों में भगदड़। एक ने पुकारा, ''साथियो, ठहरो-ठहरो⋯भागो नहीं।'' अपनी ओर दौड़ते कदमों की आहट पाकर वह भी भाग खड़ा हुआ।

गली में तीन-चार आदमी निकल आये। दरवाज़े-खिड़कियों से औरतें झाँकने लगीं।

"डैम काला फकिन गुण्डा लोग स्ट्रीट में हल्ला करेगा! टुम ब्लडी बांचो चुप डेकेगा!" किम ग्रोव क्रोध में बड़बड़ा रहा था, "गुण्डा थीफ इडर चोरी करेगा, टुमारा औरट का फक करेगा, टुम चुप डेकेगा! अम गुण्डा लोग का माचो ईंटा मार-मार हटाया।"

"अरे साब, हम तोर बोल सुना, हम दौड़ा एकदम।" रेल वर्कशाप का खरादी रॉबिन किम के पास आकर बोला, "साब, तुम हुक्म बोलो! हम साला ई सब बहन-चोदन का मुँह फोड़ देई।"

बिजलीघर वाले पीटर ने हाथ में लिया चैला दिखाया, "साहब, इधर किसी गुण्डा को आने का आर्डर ना है। जो आयगा हम माचो की टाँग तोड़ देगा।"

जेन ने किवाड़ न खोले। अपनी कोठरी की खिड़की के जँगले के पीछे से आतंक प्रकट किया, "हाय कैसा जुलुम! काला लोग का भीड़ क्रिश्चियन की गली में बदमासी को आयेगी। इधर बर्तन-भाँडा, कपड़ा चोरी करेगा, लड़की-औरत-लेडी लोग का बेइज़्ज़ती करेगा। किम साब, तुम अफसर लोग को बोलो, इहाँ गली में दू-चार ठो सिपाही होना चाही।"

दो-चार लोगों का समर्थन पाकर किम का क्षोभ और उत्तेजना बढ़े। उसने और ऊँचे ललकारा, "ए सब गांडी का ब्लडी गुण्डा बागी लोग। ए फकिन इंडियन मैजिस्ट्रेट एस० पी० साला गांडू कुच नई! बडमास लोग का कण्ट्रोल करने नई सकटा। हम आर्मी मैन, हमको कमाण्ड डैगा!···हम सब माचो गुण्डा का ह्विपिंग करेगा। साला को एकडम फकिन मशीनगन···फट-फट-फट! दैटज़ ऑल!"

किम का क्षोभ बढ़ता गया। वही बात बार-बार कुछ बढ़ाकर और अधिक गालियाँ, फूहड़ रेलवाई बोली और एंग्लो-इंडियन अंग्रेजी में। दूसरे लोग सरदी के कारण अपनी कोठरियों में हो गये। सुनने वालों के अभाव में किम अपने पराक्रम का समाचार विसेशरनाथ रोड की ओर देने के लिये बढ़ गया। प्राइमरी की अध्यापिका मिसेज़ बान, टेलर मास्टर फॉस्टर ने सराहना से उसका समर्थन किया, "क्रिश्चियन लोग का कालोनी में बागी लोग आने का काम नहीं।"

कुछ ईसाई इस देश में अंग्रेजी सरकार को ईसाई सल्तनत समझते थे। उनके विचार में अंग्रेजी सरकार के प्रति वफादारी ईसाइयों का धार्मिक कर्तव्य। गली के उस भाग में टेलर मास्टर फॉस्टर की राय प्रमाण मानी जाती थी। फॉस्टर और मिसेज़ बान कहते थे: जो लोग ईसा की शरण में आकर भी अपने नामों के साथ हिन्दू-मुस्लिम जात-पाँत के नाम—दुबे, सिंह, चौहान, पंडित, चटर्जी, खान, शेख लगाये हुए हैं, वे हृदय से ईसाई नहीं। सब ईसाई समान हैं, सब ईसू की भेड़ें। ईसाइयों में चौबे, ठाकुर, खान, शेख, पंडित का क्या भेद?···मिसेज़ बान और मास्टर फॉस्टर को ऐसे लोगों की राजभक्ति में भी सन्देह···ये लोग रंगे सियार। ईसाई सल्तनत की कृपा से लाभ उठाने के लिये ईसाई बने हुए काला दिल हिन्दू-मुसलमान लोग।···अंग्रेजी राज के खिलाफ कांग्रेस के साथ।

किम ग्रोव मास्टर फॉस्टर और मिसेज़ बान से सहमत था। फॉस्टर और मिसेज़ बान अपनी बात दबे स्वर में कहते थे। किम ऐसे ट्रेटर्स को निधड़क गाली देता था, "···आल ब्लडी ब्लैकी काला लोग, सनोबिच बागी है। आई रिपोर्ट टु पुलिस···ऑल साला टू जेल फार लाइफ!"

किम को गली के पूर्वी भाग में अपने पौरुष के बखान से सन्तोष न हुआ। अपने फटे कम्बल में ठिठुरने की अपेक्षा गली में बकते-बड़बड़ाते फिरने में उत्तेजना की गरमी। वह कैंट रोड की ओर चल दिया। गली के इस भाग में केवल मिस्टर सिंह से उसकी 'हलो'। किम पुकार लेता, ''हलो मिस्टर सींग।''

सिंह मुस्करा देता, ''हलो कैप्टन किम ग्रोव।'' कभी ''कैप्टन गोट।''

किम दाँत दिखा देता, ''हा, हा, यू ब्लडी जौली फेलो!''

सिंह के मकान के सामने खमीरा तम्बाकू सुलगने की सोंधी गंध और सुबह के सन्नाटे में हुक्के की गुड़गुड़ाहट। सिंह सूर्योदय से कुछ पूर्व उठ जाते। एक मग गर्म चाय लेकर हुक्का सुलगा लेते। सिंह के जगे होने के अनुमान से किम ने पुकारा, ''हलो सींग, गुड मार्निंग।''

''गुड मार्निंग कैप्टन ग्रोव, ह्वाट न्यूज़?'' सिंह ने बन्द किवाड़ों के भीतर से किम को उत्तर दिया।

किम ने गुण्डा-बागी लोग को मार-मार कर भगा देने के अपने पराक्रम का बखान ऊँचे स्वर में दोहराया।

''ओ कैप्टन, यू आर ब्रेव! रियल यूरोपियन ब्लड।'' सिंह ने सराहना की।

किम ने कनखियों से दूसरी तरफ—पंडित के मकान की ओर देखा, ''आई नो द ब्लडी बास्टर्डस काल्ड गुण्डा हियर। आई रिपोर्ट टु पुलिस।''

किम पंडित परिवार से नाराज़ था। उसके कई कारण: पंडित किम की अश्लील भाषा और भाव-भंगी के कारण उसे मुँह न लगाते। किम को कहीं भी कोई लड़की-स्त्री दिखायी दे जाती, उसे तोल-अन्दाज़ की नज़र से देख उसके उपभोग के बारे में नाम दिये बिना न रहता। उषा उससे ऐसी हकारत से बचकर निकलती, जैसे रास्ते में कीचड़ में लिथड़ा सुअर खड़ा हो। किम को पंडित परिवार से सैद्धान्तिक शिकायत भी थी। पंडित के यहाँ कई 'हिन्दू-मुसलमान काला लोग' आते और देसी ढंग का गाना-बजाना होता।

किम ग्रोव के रूप-रंग से यूरोपियन तिहाई-चौथाई दोगला होने का अन्दाज़ हो सकता था। उसके यूरोपियन होने में संदेह प्रकट करने से वह बौखला उठता, ''आई एम ब्लडी रियल फकिन ब्रिटिश ब्लड! इन जेल, गवर्नमेन्ट पुट मी इन ब्लडी यूरोपियन बैरक।''

किम के परिचय के लिये जेल में उसके यूरोपियन बैरक में प्रवास, कैप्टन उपाधि, उपनाम गोट और कंधारीबाग गली से उसके सम्बन्ध का संक्षिप्त उल्लेख सहायक होगा। किम ग्रोव का पिता हार्डी ग्रोव रेलवे वर्कशाप में चार्जमैन था। पहले महायुद्ध से पूर्व रिटायर हो गया।

उस समय एंग्लो-इंडियन और ईसाई लोग अंग्रेजी सरकार के समीपी और कृपापात्र थे। हाकिम अकसर अंग्रेज होते। हाकिम का हुक्म ही कानून। गदर के बाद कंधारीबाग और लालबाग में बहुत बड़ी ज़मीन मिशन को स्कूल और गिरजे के लिये दे दी गयी थी। दलित वर्ग के अनेक लोग ईसू की शरण ले लेने पर असहिष्णु लोगों से पृथक वहाँ आ बसे थे। उत्तर-पूर्व की ओर आठ सौ वर्गगज़ ज़मीन का टुकड़ा यूरेशियन हार्डी ग्रोव ने ब्रिटिश मैथाडिस्ट चर्च के पादरी साहब की कृपा से मकान बनाने के लिये पचास रुपये में खरीद लिया था।

हार्डी ग्रोव ने कच्ची ईंट की दीवारों पर खपरैल की छत डालकर बँगला बना लिया। कुछ मुर्गियाँ पाल लीं। समीप बस्ती के लोग हार्डी साहब को मानते थे। हार्डी सरकार की जात का था और उसकी सिफारिश से कई पड़ोसियों को रेलवे वर्कशाप में काम मिल जाता। किम ग्रोव को भी वर्कशाप में काम मिल गया था। पहले युद्ध के अंत में हार्डी ग्रोव की मृत्यु हो गयी। पत्नी उससे पूर्व स्वर्गवासी।

किम को अठारह-उन्नीस की उम्र से ही आवारगी और नशे का शौक। पिता की मृत्यु के बाद बिलकुल बेलिहाज़, बेलगाम, बेपरवाह। आँधी-पानी में मकान की छत के खपरैल बिखरते गंये। बौछारों से कच्ची दीवारें धुलती गयीं। किम ग्रोव मकान मरम्मत की चिन्ता क्या करता! नशे-पानी का खर्च ही पूरा न हो पाता। किम को परवाह भी न थी, बस, रात लेट रहने के लिये जगह चाहिये थी। अधिक बरसात या सर्दी में उसकी रात हौली, ताड़ीखाने में या चवन्नी-अठन्नी में रात भर वाली जगहों में बीत जाती। गली के पीटर, रॉबिन, गौस उसके लड़कपन के साथी और अब नशे-पानी और जवानी के शौक में सहायक और साझी। तीनों-चारों नशे के लिये बैठ जाते तो होड़ में उठने लायक न रहते।

सन् '३० की बात। उस साँझ वर्कशाप में पगार बँटी। किम, रॉबिन और गौस आलमबाग की एक हौली में बैठ गये। महुए के कई-कई चुक्कड़ और कलेजी-पकौड़ी के कई पत्ते लेते-लेते रति प्रसंग शुरू। किम को तत्काल पौरुष का उद्वेग। आलमबाग में ऐसी कोठरियों से परिचित थे। उन दिनों उस भाग में सड़कों-गलियों में रात में रोशनी का प्रबन्ध न था। साँझ का घना अँधेरा और मस्तिष्क में महुए का धुंध। गली-रास्ता भटक गये। किम अति आवेग में विलम्ब से बौखला उठा। पैंट के रहे-सहे बटन टूटे जा रहे थे। तभी किस्मत की मारी एक बकरी रस्सी तुड़ाकर घूमती दिखायी दे गयी। नशे के प्रयोग में किम समदर्शी; ठर्रा-भाँग-गाँजा-मादक कुछ भी अग्राह्य नहीं। नशे की परमावस्था में रति कर्म में आत्मवत् सर्वभूतेषु—दो पाये-चौपाये तक के भेदभाव से मुक्त। किम ने लपक कर बकरी की पूँछ पकड़ ली। किम की ललकार से रॉबिन और गौस ने बकरी को कानों से रोक लिया। किम को अँधेरे में भटकने की जरूरत न-रही।

किस्मत से आलमबाग पुलिस चौकी का दारोगा दो सिपाहियों के साथ उधर आ निकला। दारोगा ने कुकर्मियों को अमानुषिक जघन्यता के लिये गाली देकर डाँटा। सिपाहियों ने उन्हें दो-चार ठोकर-थप्पड़ से दुत्कार कर भगा देना चाहा। किम का यूरोपियन रक्त, तिस पर गहरा नशा। काले आदमी से गाली और थप्पड़ कैसे सह लेता! किम ने डबल अंग्रेजी-हिन्दुस्तानी गाली देकर ललकारा, "यू ब्लडी फकिन काला सनोबिच, अम माचो गोट का फक करता। अपना मदर-वाइफ को लाओ, हम उसको··· ।"

दारोगा को उस समय उस स्थान में किसी अंग्रेज अफसर की नज़र दी आशंका न थी। किम और उसके दोनों साथी सिपाहियों और दारोगा के बूटों की ठोकरों और डण्डों की मार से धरती पर गिर पड़े। गिरते-पड़ते चौकी पहुँचे। मार ऐसी कि किम का नशा हिरन। उसने घिघियाकर क्षमा भिक्षा के लिये काले आदमी के जूते चूम लिये, "पार्डन सर, क्राइस्ट सेक, गॉड सेक पार्डन। खुडा का वास्टे माफी··· ।" रॉबिन और गौस अपनी जेब में बची पगार सिपाहियों के पाँव पर रखकर आधी रात में छूट गये। दारोगा ने किम को नहीं छोड़ा। अंग्रेज सरकार के बनाये ताजीरात हिन्द दफा ३७७ में उसका

चालान कर दिया। अदालत से किम को पशु से बलात्कार के अपराध में दो वर्ष कड़ी जेल की सजा।

रेलवे वर्कशाप के रजिस्टर में किम ग्रोव की नेशनेलिटी एंग्लो-इंडियन दर्ज थी। कंधारीबाग गली के समीप ब्रिटिश मैथोडिस्ट गिरजे के पादरी की सिफारिश ने सहायता की। एंग्लो-इंडियन कैदी का साधारण हिन्दुस्तानी कैदियों के बीच रखा जाना ब्रिटिश रक्त के अंश—जितना भी रहा हो—के सम्मान के प्रतिकूल। किम ग्रोव को जेल काटने के लिये नैनी सेन्ट्रल जेल की यूरोपियन एण्ड एंग्लो-इंडियन बैरक में भेज दिया गया। किम ने जेल तो काटी परन्तु उसे यूरोपियन होने की सनद मिल गयी।

जेल में किम का यूरोपियन रक्त का दावा और अहंकार बढ़ गया। उस समय नैनी जेल में नमक सत्याग्रह के राजनीतिक कैदी बड़ी संख्या में थे। राजनीतिक अपराधी, सी क्लास के हिन्दुस्तानी कैदी जेल की वर्दी के रूप में पाते—दुसूती का आधी आस्तीन का कमर तक कुर्ता, घुटनों तक जाँघिया। नंगे पाँव। नाश्ते के लिये अधघुना अधभुना चना। दोपहर-संध्या खाने के लिये गेहूँ, चना, बाजरा, मिट्टी मिली टुकड़े-टुकड़े बिखरती चपातियाँ और दाल का काला पानी या उबली हुई चौलाई-गोभी के पत्तों की तरकारी। जेबकटी, जालसाज़ी, चोरी और कम उम्र के बालक-बालिकाओं और पशुओं से बलात्कार के अपराधी यूरोपियन-एंग्लो-इंडियन कैदियों को वर्दी के रूप में मोटे कपड़े के कमीज़-जाँघिया के अलावा कोट-पतलून और फौजी बूट दिये जाते। खाने के लिये डबलरोटी, मक्खन, दूध, गोश्त, आलू, मसूर की दाल और सब्जी। यह दूसरी बात कि किम ग्रोव और उसके साथी यूरोपियन बैरक में मक्खन-रोटी, दूध-गोश्त पाकर भी यह चीजें खा न सकते। किम और उसके विशिष्ट यूरोपियन-एंग्लो-इंडियन साथी नशे-पानी के बिना रह न सकते। जेल का अपना बाज़ार होता। यूरोपियन कैदी अपना मक्खन-दूध, डबलरोटी, गोश्त दूसरे कैदियों को देकर बदले में दो-दो बण्डल बीड़ी और जेल की सी क्लास खुराक लेकर निर्वाह करते। ब्रिटिश शासन-व्यवस्था के न्याय से वे सभ्य और विशिष्ट थे, अहिंसात्मक राजनीतिक आन्दोलन करने वाले हिन्दुस्तानी असभ्य बागी गुण्डे।

किम ग्रोव कैप्टन और आर्मी मैन भी था। पहले महायुद्ध के समय किम की आयु बीस वर्ष हो गयी। सरकार ने संकटकालीन स्थितियों की तैयारी के लिये देश में सभी यूरोपियन, एंग्लो-इंडियन और विशेष राजभक्त परिवारों के युवकों को होमगार्ड्स और टेरीटोरियल सेना के रूप में सैनिक शिक्षा देने की व्यवस्था की थी। उस समय किम ने भी तीन मास सप्ताह में दो बार मिलिटरी ड्रिल की थी।

किम ग्रोव जेल से लौटा तो उसके पिता का बनाया कच्ची ईंट और खपरैल का मकान गिर चुका था। जेल से लौटने पर उसकी रेलवे वर्कशाप की नौकरी जाती रही। कंधारीबाग गली से उसका सम्बन्ध कौन तोड़ सकता था! यहाँ उसकी सम्पत्ति थी, ज़मीन और गिरे मकान का मलबा। उसकी खाली ज़मीन पर एक घोसी ने झोपड़ी डालकर चार भैंसें बाँध ली थीं। घोसी ने गरीबपरवर साहब के सामने हाथ जोड़कर उसकी धरती का किराया चार रुपया मासिक देना स्वीकार कर लिया। एंडी और उसके बेटे रॉबिन को रेलवे वर्कशाप में हार्डी ग्रोव ने नौकरी दिलायी थी। एंडी दस बरस पहले जन्नत नसीब हो चुका था। रॉबिन अब भी किम का एहसान मानता। उसके मकान में तीन कोठरियाँ थीं। एक में किम के लिये चटाई डाल दी।

कंधारीबाग लेन में कांग्रेस की प्रभातफेरी पर हमले का समाचार कांग्रेस की चुनाव प्रचार कमेटी के दफ्तर में अतिरंजित रूप में पहुँचा। नगर के किसी भी भाग में प्रभातफेरी पर हमला और स्वयंसेवकों का मार खाकर या भय से भाग जाना दोनों स्थितियाँ चिन्ताजनक थीं। घटना का कुप्रभाव अन्य गली-मुहल्लों पर भी सम्भव। कांग्रेस की प्रतिष्ठा का प्रश्न। चुनाव प्रचार कमेटी को कैसरबाग के डाक्टर दास और मेडिकल कालेज के डाक्टर जायसवाल भी सहयोग दे रहे थे। डाक्टर दास और डाक्टर मदनसिंह चौहान सहपाठी थे। डाक्टर चौहान का पैथोलॉजी का क्लिनिक और रिहाईश कैंट रोड पर कंधारीबाग गली के शुरू में थे। डाक्टर दास अपने मरीजों को मूत्र-रक्त की परीक्षा के लिये डाक्टर चौहान के यहाँ भेजते। डाक्टर चौहान से डाक्टर दास दो दिन पूर्व बात कर चुके थे: तुम्हारे और तुम्हारे पड़ोस के वोट गुप्ता को मिलने चाहिये।···हमारा-तुम्हारा दुख-दर्द गुप्ता जैसा आदमी ही जानेगा। उसका न घर-बार, न कारोबार। उसकी जिन्दगी लोकसेवा के लिये। बैरिस्टर मिश्रा को तो गवर्नर के दरबार की कुर्सी से मतलब। अंग्रेज की ठकुरसुहाती करेगा। अभी रायबहादुर है, सर बन जायेगा।

डाक्टर दास ने कांग्रेस चुनाव प्रचार कमेटी के मंत्री, राजाबाज़ार के हरिकृष्ण भाई को आश्वासन दिया: डाक्टर चौहान उसी गली में हैं। साँझ उसके यहाँ चले चलेंगे···। हरि भैया इतने से संतुष्ट न हुए। उन्होंने कांग्रेस के सहायक कुछ युवकों को भी अवसर के लिये तैयार कर लिया।

कंधारीबाग गली में प्रभातफेरी से झमेला शनिवार प्रातः हुआ था। शनिवार संध्या मिस्टर पंडित संगीत का रस लेते थे। किसी संगीतप्रेमी मित्र के यहाँ चले जाते या उनके यहाँ ही बैठक जमती। मिस्टर सिंह और उनके बेटे वीरेन्द्रसिंह को भी संगीत में रुचि। पंडित के प्रोत्साहन से वीरेन्द्रसिंह संध्या म्यूजिक कालेज जाने लगा था। तबले पर अच्छी संगत देता। उनके यहाँ तबले की जोड़ी थी, पंडित के यहाँ तानपूरा और हारमोनियम। पंडित किसी उस्ताद को भी बुला लेते। डाक्टर चौहान भी कभी कुछ समय बैठते। गली के कुछ लोगों को पंडित के यहाँ हिन्दुस्तानी गाना-बजाना नापसन्द। प्राइमरी की मुख्याध्यापिका मिस जून, टेलर मास्टर फॉस्टर, मिसेज़ बान और किम ग्रोव हिन्दुस्तानी गाने-बजाने को अनक्रिश्चियन, वल्गर म्यूज़िक कहते थे।

संध्या बैठक से मेज़-कुर्सी और बेंत का सोफा निकालकर दरी, गद्दे और सफेद चादरें बिछा दी गयीं। घसियारी मण्डी के उस्ताद मुन्ने खाँ आये थे। बैठक जमने से पहले उस्ताद की खिदमत में चाय, पान, ज़र्दा और बीड़ी हाज़िर किये गये।

पंडित बड़ी बेटी और बेटे को भी संगीत के लिये प्रेरणा दे उत्साहित करते रहते थे। उषा का गला अच्छा था। ताल-सुर की भी कुछ समझ परन्तु साधना के लिये लगन नहीं। सुनने के लिये बैठ जाती। वीरेन्द्र तबले और तानपूरे को सुर में बैठा रहा था कि दरवाज़े की चिक उठा। चौहान के नौकर ने झाँककर कहा, "डाक्टर साहब आ रहे हैं।"

शीघ्र ही चौहान आ गये। उनके साथ डाक्टर दास और पंडित के लिये एक अपरिचित सज्जन सफेद गांधी टोपी और शाल ओढ़े और एक जवान। डाक्टर दास ऊनी खद्दर के बन्द गले के कोट-पतलून में थे, वैसे ही जवान भी।

"मुआफी चाहते हैं प्रोफेसर साहब, हम लोग बहुत बेवक्त आ गये।" डाक्टर दास ने पंडित से क्षमा चाही।

"आइये तशरीफ लाइये। बेवक्त क्या है?" पंडित के साथ दूसरे लोग भी अभ्यागतों के स्वागत में खड़े हो रहे थे। "नीचे बैठने में परेशानी होगी···अमित कुर्सियाँ··· ।"

पंडित कह रहे थे कि डाक्टर दास धप्प से नीचे बिछी चादर पर बैठकर जोर से हँसे, "साहब, संगीत का रंग कहीं कुर्सियों पर जमता है!" दास ने चौहान को भी हाथ से खींचकर बैठा दिया।

डाक्टर चौहान ने परिचय कराया, "प्रोफेसर पंडित, बेटी उषा, उस्ताद मुन्ने खाँ, मिस्टर सिंह, वीरेन्द्र··· । डाक्टर दास को तो आप सब लोग जानते ही हैं। यह हरिकृष्ण भाई, नगर कांग्रेस चुनाव कमेटी के सेक्रेटरी। यह हैं डाक्टर सेठ।"

जवान डाक्टर सेठ ने पंडित की ओर झुककर सलाम का संकेत किया, "आपका पुराना स्टूडेंट!"

पंडित मुस्करा दिये। स्नेह से स्पर्श कर कंधा थपथपाया। मौसम के विचार से पंडित अतिथियों को चाय पेश करना चाहते थे। डाक्टर दास और अन्य अतिथियों ने भी दोनों हाथ उठाकर इन्कार किया, "नहीं नहीं, हम लोग दस मिनट से ज्यादा आपका समय नहीं लेंगे।"

डाक्टर दास बोले, "हाँ, कहो भाई चौहान, सुबह गली में क्या झगड़ा हो गया?"

चौहान ने सिंह और पंडित की ओर देखा, "हमें तो कुछ पता नहीं चला। हरिकृष्ण भाई और डाक्टर साहब ने शिकायत सुनी है कि सुबह इस गली में कांग्रेस वालंटियरों से कुछ झगड़ा हो गया।"

"झगड़ा क्या," हरि भैया बोले, "वालंटियर लोग प्रभातफेरी कर रहे थे। बीस-पच्चीस आदमी लकड़ी-लाठी लेकर उन पर टूट पड़े।"

"बीस-पच्चीस!···ऐसे कौन लठेत हैं गली में!" सिंह ने विस्मय प्रकट किया।

"कुछ नहीं साहब," वीरेन्द्र बोला, "वह गोरवा किम गाली बका-झका था। उसने दो-चार ठीकरे-वीकरे फेंके होंगे। वालंटियर भाग गये। हैरन के दरवाज़े के सामने ही तो सब हुआ। उसी ने हमें बताया। किम चिल्लाया, चोर-चोर। दो-तीन आदमी निकल आये, बस! गोरवा खामुखा शेखी हाँकता फिरता है। हमारे दरवाज़े पर भी बक-झक गया।"

"वह ताड़ी-गाँजे का मारा अपाहिज, "सिंह बोले, "वह क्या लाठी चलायेगा?"

"खैर, होगा। प्रभातफेरी से गली के लोगों को एतराज क्या है?" हरि भैया ने पूछा, "प्रभातफेरी सब गली-मुहल्लों में होती है। कांग्रेस स्वयंसेवक इतना ही तो कहते हैं—आप लोग अपना वोट गरीब-गुरबा का दर्द समझने वालों को दीजिये। कोई धमकी, गाली-गलौज करते नहीं।"

"एतराज किसी को कुछ नहीं है। यहाँ वोट ही कितने लोगों का है।" सिंह ने चौहान की ओर देखा, "इस सिरे पर चार-पाँच आप हम लोग गली में दूसरी तरफ मास्टरनी मिस जून और दो क्लर्क, बस। बाकी लोगों का वोट ही नहीं। वे क्या जानें वोट किस चिड़िया का नाम।"

"ये ससुर डोम-चमार-पासी कल तक झींगू-महँगू थे, सब जॉन-हॉब-कॉक बन गये तो समझते हैं अंग्रेज की सल्तनत इन्हीं के बूते खड़ी है।" पिता के समर्थन में वीरेन्द्र बोला, "उस मदकची किम की तिड़ी में आ गये।"

''आप फिक्र न कीजिये, हम लोग समझा देंगे।'' सिंह ने आश्वासन दिया।

''तो ठीक है हरि भाई।'' घड़ी पर नज़र डाल डाक्टर दास बोले, ''अब इन लोगों का रंग जमने दीजिये। इबादत और सोहबत में मुखिल होना गुनाह।'' वे जोर से हँस दिये, ''अपनी किस्मत में यह सब कहाँ!''

''आप लोग ज़िम्मा ले रहे हैं तो ठीक ही है।'' हरि भाई दोनों हाथ जोड़ बोले, ''कांग्रेस को अपने लिये कुछ माँगना-लेना नहीं। भाई साहब, कांग्रेस तो पब्लिक-जनता की आवाज, आपकी आवाज। कल सुबह प्रभातफेरी के लिये यह लोग आयेंगे।'' उन्होंने सेठ के कंधे पर हाथ रखा, ''लाठी बरसे, पत्थर बरसे, यह लोग तो भागेंगे नहीं। बाकी आप जानिये।''

बैठक में अपरिचित मेहमानों के आ जाने से उषा उठ जाना चाहती थी परन्तु सिंह और वीरेन्द्र भीतर कमरे के दरवाज़े के सामने हो गये थे। रास्ता रुक गया था। वह सरक कर पिता के पीछे दीवार के साथ सिमिट गयी। बात-चीत सुनती इधर-उधर देख रही थी। नौजवान का कद-काठ, चेहरा आकर्षक। आने वालों में वही एक जवान। उषा की नज़र कई बार उसकी ओर घूम गयी। जवान उषा को देखकर भी नज़रें बचाये। उषा जानती थी, हिन्दू-मुसलमान पुरुष स्त्रियों-लड़कियों का पर्दे में रहना उचित समझकर उनकी ओर न देखना शिष्टाचार मानते हैं। उसके अपने परिवार, बिरादरी की धारणा और आई० टी० की संस्कृति के विचार से ऐसा संकोच फूहड़पन।

हरि भैया ने सेठ के कंधे पर हाथ रखकर जब कहा: लाठी बरसे, पत्थर बरसे, यह लोग तो भागेंगे नहीं, उषा की नज़र जवान की ओर उठी···हाय, ये मार खायेगा···!

उस्ताद मुन्ने खाँ के लिये अमित पान-ज़र्दा, बीड़ी ले आया था। साथ के कमरे में उपन्यास लेकर आराम कुर्सी पर कम्बल ओढ़ बैठा हुआ था। उसे संगीत की महफिल के प्रति आकर्षण न था। पिता की पुकार सुनकर दरवाज़े पर गया। बातचीत सुनने के लिये खड़ा रहा।

डाक्टर दास, हरि भाई और जवान को सड़क तक पहुँचाकर डाक्टर चौहान बैठक में लौट आये। मिस्टर सिंह की राय से तय हुआ: गली के उस भाग से मास्टर याकूब और चौधरी लूथर को समझा दिया जाये।

चौहान के अनुरोध से पंडित ने अमित को बुलाकर कहा, ''अमित प्लीज़, जरा मास्टर याकूब और चौधरी लूथर के दरवाजे तक चले जाओ। मिस्टर सिंह, डाक्टर साहब का और हमारा सलाम कहना। उन्हें तकलीफ न हो तो दो मिनट के लिये यहाँ डाक्टर साहब की बात सुन जायें।''

वीरेन्द्र की ओर देखकर पंडित का चेहरा गम्भीर हो गया। क्षोभ से बोले, ''एक्सक्यूज़ मी मिस्टर वीरेन्द्र! ससुर डोम-चमार-पासी, कल तक के झींगू-महँगू साहब बन गये—इसके क्या मायने? ···इज़ इट क्रिश्चियन एटीट्यूड?''

''नो नो, सर्टेनली नॉट! इट इज़ रांग, क्रुएल एण्ड अनक्रिश्चियन।'' चौहान ने पंडित का समर्थन किया।

''यस इट इज़ रांग।'' सिंह को भी कहना पड़ा।

''आई एम सॉरी, मास्टर साहब।'' वीरेन्द्र ने क्षमा माँगी, ''मुँह से निकल गया। आई अपोलोजाइज़।''

''मुँह से निकल गया, क्योंकि संस्कार गहरे बैठे हुए हैं।'' पंडित फिर बोले।

''सर, आई एम सॉरी। आई डोंट मीन इट। मुँह से निकल गया।'' वीरेन्द्र ने फिर क्षमा चाही।

''यू आर सॉरी, आई नो।'' पंडित क्षोभ वश में न कर पा रहे थे, ''दे आर नॉट रांग··· ।'' उस्ताद की उपस्थिति का खयाल कर उर्दू में बोले, ''उन लोगों का खयाल क्या गलत? अंग्रेजी राज के इन्साफ और रक्षा के बिना उन लोगों को इन्सानों की ज़िन्दगी नसीब न हो सकती। उनका खौफ बेमानी नहीं कि हिन्दुस्तानियों के राज में उनकी ज़िन्दगी कुत्ते-बिल्ली से बदतर हो जायेगी। इस खौफ से वे लोग हिन्दुस्तानियों के भाई बनने के बजाय अंग्रेजों के कुत्ते बनना बेहतर समझें तो उनका क्या कसूर? जो मुल्क और सोसाइटी मुझे नापाक और घिनौना समझे, मेरे लिये जहन्नुम से बदतर। मेरा उससे बड़ा दुश्मन कौन! मैं ऐसे लोगों को बर्दाश्त नहीं कर सकता। ये लोग तो बहुत बर्दाश्त कर रहे हैं।''

''अकसर बेखबरी में सुनी बातें जबान से निकल जाती हैं।'' सिंह ने बेटे की ओर से खेद प्रकट किया।

''सिंह साहब, आप सही कह रहे हैं। अकेले वीरेन्द्र से शिकायत नहीं है।'' पंडित बोले, ''यह उसकी पर्सनल राय नहीं। इस मुल्क की ज़हनियत है, इस मुल्क का सोशल सिस्टम है। वह सौ बार दूसरों से सुनता है, एक बार उसके मुँह से निकल गया। इन्सान से उसका इन्सानी हक छीन लेने से बड़ा गुनाह क्या हो सकता है। पूरा मुल्क इस गुनाह की सज़ा भुगत रहा है और अभी भुगतेगा। बदकिस्मती यह कि हिन्दुस्तानी कोई भी मज़हब अख्तियार कर ले, ऊँच-नीच और जात-पाँत का वहम नहीं टूटता।''

''परोफेसर साहब ने बजा फर्माया।'' उस्ताद मुन्ने खाँ बीड़ी का टुर्रा प्लेट में दबाते हुए बोले, ''रसूलेअल्ला वलेसलम का हुक्म है—परवरदिगार ने सब बनी नौ इन्साफ बराबर पैदा किये हैं। ऊँच-नीच जात का खयाल गुनाह है।''

''उस्ताद, कहने को तो हिन्दुओं की किताबें कहती हैं,'' पंडित बोले, ''आत्मवत् सर्वभूतेषु यानी कायनात में जो कुछ जिन्दा है, इन्सान से लेकर कीड़े-पतंगे तक सबकी रूह एक सा। सबके दर्द को अपना दर्द समझो, लेकिन अमल हम सबका क्या है?''

अमित रेलवे वर्कशाप के खरादिये लूथर और शू मेकर मास्टर याकूब को बुला लाया। पंडित और चौहान ने उन्हें महफिल में बैठा लिया।

''क्यों भाई मास्टर, तुम्हारे पड़ोसियों ने सुबह क्या बावेला कर दिया?'' डाक्टर चौहान ने दोनों की ओर देखा, ''शिकायत आयी है कि सुबह कांग्रेस वाले आये तो गली में लोगों ने गालियाँ बकीं। उन पर ईंट-पत्थर फेंके। ये सब क्या मामला है? शहर से झगड़ा लेकर हम लोग कहाँ रहेंगे!''

''डाक्टर साहब, कुछ शोर जरूर सुना था।'' याकूब ने कहा, ''हम तो हुजूर इस जाड़े में बाहर नहीं निकले। वह गोरा किम चोर-चोर चिल्लाकर गाली-वाली दे रहा था। ऐसी मार-पीट तो कुछ नहीं सुनी हुजूर!''

''आपके पड़ोसी उस जेल काटे गुण्डे गोरवा की तिड़ी में आ गये।'' चौहान ने समझाया, ''वे लोग चुनाव के सिलसिले में आये थे। चुनाव सरकार के हुक्म से हो रहा

है। चुनाव के काम में रुकावट डालना कानूनन जुर्म है। सरकार ने जिन्हें वोट का हक दिया है, चाहे जिसे वोट दें। आपके पास-पड़ोस में किसी का वोट तो है नहीं। वोट नहीं है और चुनाव के मामले में दंगा-बावेला करेंगे तो पुलिस आयेगी और धर लिये जायेंगे। फिर जमानत-वमानत के लिये हमारे पास कोई न आये। हम अभी से कहे देते हैं।''

''अरे भाई, ये बड़े-बड़े आदमियों की लड़ाई है, आपके पड़ोसी क्यों परेशान हो रहे हैं।'' सिंह ने पूछा, ''ये लोग जानते भी हैं चुनाव में किसका किससे मुकाबला, काहे का चुनाव? किसकी तरफदारी में परेशान हो रहे हैं?''

''खाक जानते हैं। हम तो कुछ नहीं जानते साहब, हम लोगों को झगड़े से मतलब!'' लूथर बोला, ''बेमतलब सिरदर्द।''

''जानते कुछ नहीं, लेकिन झगड़े में फँस गये तो छः महीने की ठुक जायेगी।'' चौहान ने चेतावनी दी।

''हुजूर, हम लोगों को क्या लेना-देना ऐसे झगड़ों से।'' याकूब ने क्षमा माँगी, ''वह किम बहुत पाजी आदमी है। चिल्लाया: चोर, चोर··· गली में गुण्डा लोग आ गया। दूसरे लोगों ने सच समझ लिया कि गली में गैर लोगों का क्या काम। सो दो-चार उसके साथ गाली देने लगे। आप फिक्र न करें, हम सबको समझा देंगे। फिर हुजूर, जिसकी आयी है, उसे कौन बचा सकता है।''

याकूब और लूथर के साथ डाक्टर चौहान भी चले गये।

''परोफेसर साहब, अब कुछ हो जाये।'' उस्ताद मुन्ने खाँ ने कोने में दीवार से टिका तानपूरा उठाकर कंधे से सटा लिया। पंडित ने दीवार के साथ रखा हारमोनियम खींचा और वीरेन्द्र ने तबले की जोड़ी सम्भाल ली।

''एक ठुमरी हो जाये।'' उस्ताद ने शुरू किया, ''मुख मोड़-मोड़···।'' तानपूरा झनझनाने लगा। हारमोनियम साथ देने लगा। वीरेन्द्र के हाथ तबले पर चौकस। तबला और हारमोनियम ठीक संगत न दे रहे थे। उस्ताद ने वीरेन्द्र की ओर देखा ''···जरा चुस्ती से प्यारे!''

उस्ताद ने दो बार टोका। ठीक से न बना तो तानपूरा एक ओर रख दिया, ''परोफेसर साहब, आज जम नहीं रहा। माहौल उखड़ गया···गाना तो तबीयत की चीज़ है।''

''उस्ताद सही फरमा रहे हैं।'' पंडित ने क्षमा माँग हारमोनियम दीवार की ओर सरका कर उषा की ओर देखा। उस्ताद, सिंह साहब और वीरेन्द्र के लिये चाय का आदेश दिया। उषा चाय लेने भीतर चली गयी। सिंह और वीरेन्द्र इजाज़त लेकर उठ गये।

उस्ताद ने चाय पीकर पान दायें-बायें गालों में दबाकर सुलगा ली। महफिल न जम पाने के लिए अफसोस ज़ाहिर कर उठ गये। अभी सात ही बजे थे, साँझ लगते ही गहरा झुटपुटा। पंडित उस्ताद को सड़क तक पहुँचाने चले गये।

पंडित उस्ताद को सड़क तक पहुँचाकर लौटे तो अमित और उषा बैठक के फर्श से दरियाँ-गद्दे उठाकर यथास्थान रख रहे थे।

''हम कुछ मदद करें?'' पंडित ने पूछा।

"डैडी, डोंट बॉदर।" उषा ने कह दिया, "हम दो मिनट में किये देते हैं।"

"हम कुछ दूर घूम आयें।" पंडित ऊनी कपड़े पहिन चले गये।

पंडित जनवरी की कड़ी सर्दी में घूमने जा रहे थे। उषा समझ गयी: वीरेन्द्र की बात से डैडी बहुत क्षुब्ध हो गये थे। दलित वर्ग के प्रति समाज की घृणा के प्रसंग पर पंडित बहुत क्षुब्ध हो जाते थे। उषा और अमित कारण जानते थे। पंडित ने वह कहानी अपने पिता से कई बार सुनी थी। बेटी-बेटे को तीन बार सुना चुके थे। उषा-अमित के लिये वह प्रकरण ही परिवार का इतिहास था। उषा को याद आने लगा।

धर्मानन्द पंडित के पूर्वजों का स्थान हिमाचल में मंडी के समीप छोटा गाँव कतेरा था। तब हिमाचल राज्य वर्तमान रूप में न था। जिला काँगड़ा पंजाब में था। उस जिले में मंडी, सुकेत, गुलेर, विलासपुर आदि छोटी-छोटी रियासतें थीं।

देश-काल के विचार से धर्मानन्द पंडित के पूर्वजों की स्थिति बुरी न थी। मंडी शहर से आठ मील कतेरा गाँव में परिवार की तीस-चालीस बीघे जमीन थी। मंडी शहर में एक छोटी दुकान। ब्राह्मण थे, परन्तु निर्वाह के लिए पुरोहिताई या पूजा पाठ की वृत्ति नहीं। पिता और छोटा चाचा अपने खेत-खलिहान और घर के जानवर सम्भालते। मँझला चाचा मंडी शहर में दुकान पर रहता। मंडी शहर में मिशन ने उसी जमाने में स्कूल चलाया था।

धर्मानन्द पंडित के पिता देवदत्त पंडित ने अक्षर ज्ञान छः-सात की आयु में अपने पिता से पाया था, धरती पर उँगली से लिख-लिखकर। दुकान सम्भालने वाला चाचा भतीजे को आठ-नौ की उम्र में सहायता और दुकान का काम सिखाने के लिये साथ ले गया। देवदत्त स्कूल में दाखिल हो गया। सत्रह की उम्र में मिडिल पास कर लिया। स्कूल के अध्यापकों ने देवदत्त को होनहार और पात्र समझा। हेडमास्टर की कृपा से उसे ऊना के मिशन हाईस्कूल में पढ़ने के लिये दो रुपये मासिक वज़ीफे और स्कूल फीस माफी का आश्वासन मिल गया।

देवदत्त पंडित के पिता और चाचा होनहार लड़के के लिये उन्नति के अवसर से उत्साहित हुए। उस जमाने में, अस्सी-नब्बे वर्ष पूर्व मैट्रिक तक अंग्रेजी पढ़े व्यक्ति के लिये अवसर पाकर डिप्टी कलेक्टर हो जाना सम्भव था। चिन्ता यही थी, लड़का घर से चालीस मील दूर परदेश में रहकर म्लेच्छ ईसाइयों के स्कूल में पढ़ेगा। उसके खाने-पीने रहने की व्यवस्था कैसे, क्या होगी। एक सहारा भी था—पड़ोसी गाँव का एक ब्राह्मण ऊना में हलवाई की दुकान कर रहा था। देवदत्त को पहली बार ऊना पहुँचाने पिता साथ गये। पड़ोसी गाँव के ब्राह्मण के यहाँ बेटे के रहने का प्रबन्ध कर दिया। उन दिनों गरीब लोग तीन-चार रुपये में महीने भर दाल-रोटी या दाल-भात निभा सकते थे।

देवदत्त पंडित की कल्पना और चिन्तन में स्कूल के पाठ्यक्रम के अतिरिक्त अन्य विचारों की ओर भी झुकाव था। मिशन स्कूल में पढ़ाई से पूर्व नित्य प्रार्थना का नियम था। देवदत्त का जनेऊ आठ-नौ की आयु में हो गया था। उसे गायत्री और संध्या-पूजा के कुछ मंत्र भी याद करवा दिये गये थे। उन मंत्रों का पाठ नित्य करने के बावजूद देवदत्त न मंत्रों का शुद्ध उच्चारण जान सका था, न अर्थ। उन मंत्रों का पाठ उसे धार्मिक कर्तव्य बताया गया था, उनके पाठ से पुण्य का विश्वास। मंडी मिडिल स्कूल में उसे ईसाई धर्म

की प्रार्थना उर्दू में याद करायी गयी। देवदत्त स्कूल में नित्य उस प्रार्थना का पाठ करते समय उन शब्दों का अर्थ और भाव जानता-समझता था। प्रार्थना के समय मन में परमेश्वर को सम्बोधन करने की कल्पना बन जाती। ऊना हाईस्कूल में उसे अंग्रेजी भाषा में प्रार्थना सिखायी गयी। प्रार्थना का अर्थ भी समझाया गया। प्रार्थना के शब्द बोलते समय चेतना और विश्वास रहता, वह सृष्टि की रचना करने वाले सर्वशक्तिमान दयालु ईश्वर की स्तुति और रक्षा-कृपा की याचना कर रहा है। उस दयालु ईश्वर की कृपा और रक्षा का भरोसा अनुभव होता।

बाइबल की क्लास में ईसा के जीवन, प्राणी मात्र के प्रति ईसा की अनुकम्पा, मनुष्य मात्र के पाप के प्रायश्चित के लिए ईसा के आत्म-बलिदान की कथा की व्याख्या और ईसा के उपदेश बताये जाते। ईसा के तप-त्यागमय जीवन की हिन्दू अवतारों और देवताओं के उच्छृंखल विलासी और छली व्यवहार से तुलना की जाती।...ऐसे अवतारों और देवताओं में विश्वास से मनुष्य सदाचारी और परोपकारी कैसे बन सकता है? कैसे स्वर्ग और मुक्ति प्राप्त कर सकता है? इसके अतिरिक्त दलित जातियों पर हिन्दू वर्णाश्रम धर्म के अत्याचारों का वर्णन: हिन्दू समाज में स्त्रियों, खासकर विधवाओं की दुरवस्था, छुआछूत, बाल-विवाह, श्राद्ध द्वारा अशरीर आत्माओं की पार्थिव तृप्ति के अंधविश्वास, मन्दिरों में बलि-प्रथा, नदियों में स्नान से स्वर्ग-प्राप्ति के उपहासास्पद विश्वासों की मीमांसा। उस समय ईसाई शिक्षा संस्थायें अशिक्षित भारतीयों का केवल इहलोक नहीं परलोक सुधारने के लिये भी यत्नवान रहती थीं। सभी सम्प्रदाय अपने स्कूलों में अपने धर्म-विश्वासों की शिक्षा देते थे।

देवदत्त पड़ोस के नाते चाचा हलवाई के यहाँ पाँच मास रहा। फिर मिशन स्कूल के बोर्डिंग में चला गया। स्कूलों के अध्यापक और पादरी जिज्ञासु और अध्ययनशील विद्यार्थियों के प्रति सहृदय, कृपालु और उदार थे। शिक्षा के प्रभाव में छुआछूत का संकोच देवदत्त के मन से जाता रहा। दरिद्रों, दलितों के प्रति अध्यापकों और फादर ग्राहम के सहानुभूतिपूर्ण व्यवहार उनके धर्मोपदेशों और बाइबल के अध्ययन से नवयुवक का हृदय ईश्वर पुत्र ईसू के प्रति श्रद्धा और भक्ति से प्लावित हो जाता। इच्छा होती ईसू के चरणों का आश्रय पाने के लिये बप्तिस्मा लेकर ईसाई धर्म की शरण प्राप्त कर ले। फादर ग्राहम आशीर्वाद से आश्वासन देते, "ईश्वरपुत्र ईसू के चरणों में दृढ़ आस्था रखो। ईश्वरपुत्र और पवित्र आत्मा में अडिग विश्वास ही मुक्ति का मार्ग है। पुत्र, कुछ समय ठहरो। अपने विश्वास और विचार परिपक्व होने दो।"

अठारह वर्ष की आयु से पूर्व नाबालिग व्यक्ति के धर्म-परिवर्तन पर कानूनी आपत्ति हो सकती थी। फादर देवदत्त की आयु उन्नीस वर्ष हो जाने की प्रतीक्षा में थे।

देवदत्त दसवीं कक्षा में गरमी के अवकाश में महीने भर के लिये गाँव गया था। गाँव जाने पर चीतू से उसकी संगति होती। दोनों की आयु लगभग बराबर। चीतू जात का डूमणा (डोम) था। डूमणे पंडितों के कमीन (बेगार, कठिन परिश्रम के और अप्रिय काम करने वाले) थे।

डूमणों की झोपड़ियाँ ब्राह्मणों-राजपूतों के घरों से ढाई-तीन सौ कदम नीचे ढलवान पर थीं। गाँव में बावड़ी एक ही थी। बावड़ी अच्छी बड़ी थी, प्रचुर जल, किनारे से छलक कर ढलवान पर पतली धार बहती रहती। केवल जेठ की कड़ी गरमी नें जल किनारे से

कुछ नीचा हो जाता। बावड़ी से बहता पानी बीस-तीस हाथ नीचे एक छोटे गढ़े में भरता रहता। डूमणे उस गढ़े से पानी लेते थे। कभी-कभार बैल, भैंस या कुत्ते बावड़ी में मुँह डालकर पानी पी लेते। डूमणे बावड़ी में हाथ या बर्तन न डाल सकते थे। कड़ी गर्मी में भी गाँव के ब्राह्मण-राजपूत पुरुष-स्त्री गागर-घड़ा लेकर पानी के लिये या जानवरों को पानी पिलाने के लिए बावड़ी पर जाते तो उनके नहाने घड़ा धोने से पानी नीचे गढ़े में भर जाता। दयालु ब्राह्मण-राजपूत यों भी दो घड़े पानी बाहर उड़ेल देते कि डूमणों की बावड़ी में जल हो जाये। गरमी में ऐसा भी हो जाता कि डूमणे-डूमणी पानी के लिये जाते; गढ़ा सूखा देख प्रतीक्षा में बैठे रहते—मालिक लोग आयें, बावड़ी से पानी उनके गढ़े में बहे तो पानी मिले।

चीतू बारह-चौदह की उम्र से बंसी बजाने लगा था। डफली बजाकर गाता भी था। देवदत्त मंडी से छुट्टी में घर आता तो चीतू की बंसी पर मोहित हो जाता। देवदत्त ने मंडी बाज़ार से बंसी ले ली थी। चीड़ के जंगल में घंटों चीतू से बजाना सीखता रहता। देवदत्त भी बंसी बजा लेता, परन्तु चीतू का मुकाबला न था। देवदत्त चीतू के हुनर का कायल था। दोनों में लड़कपन से परिचय और मैत्री।

देवदत्त को छुट्टी में ऊना से गाँव आये छः-सात दिन हुए थे। फिर चीतू के साथ चीड़ के जंगल में बैठकर बंसी बजाने की उमंग, ललक। चीतू ने दो बार घड़ी-घड़ी भर उसके साथ बाँसुरी बजायी, फिर क्षमा माँग ली, "मालिक, बलेर के मेले में चार दिन रह गये। बाँस चिरे धरे हैं। मेले के लिये डलिया, छीकें बना रहा हूँ। मेला निबट जाये, फिर बजेगी बांसुरी।...मालिक, मेले चलोगे न?"

देवदत्त ने हामी भर ली। अब वह पंजाब में ऊना-होशियारपुर के बाज़ार और मेले देख चुका था। परन्तु पहाड़ के मेलों की बात वहाँ कहाँ!...कैसा ढोल बजता है, अखाड़े में जोड़ छूटते हैं। भारी-भारी लहँगे पहने, नाक में नथ पहने और सिर पर चौक बाँधे अलबेलियों के झुण्ड। झिंझोटियों की तानें, बाँसुरियाँ, अलगोज़े। मसखरी-टिचकरी।

पहर दिन चढ़े देवदत्त और चीतू मेले के लिये चल दिये। बलेर की देवी का मन्दिर कतेर से छः-सात मील व्यास नदी के किनारे है। चीतू बाँस की टोकरियाँ, डोलचियाँ, सूप-छींके एक बाँस के दोनों छोर पर बाँधकर कंधे पर लिये था। कुछ टोकरियाँ-सूप सिर पर रखे था। राह में चढ़ाई-उतराई अधिक न थी, लेकिन बेढंगे बोझ के कारण बंसी बजाते चलना कठिन। गाँव से आधे मील पर छोटी पहाड़ी लाँघकर पगडंडी कच्ची सड़क से मिल गयी।

"चीतू बाँस का बोझ मुझे दे। तू बंसी पर कुछ सुना।" देवदत्त ने अनुरोध किया।

"अरे मालिक, कैसी बात कहते हो?" चीतू डर गया।

देवदत्त ने बोझ बँधा बाँस उससे जबरन लेकर अपने कंधे पर रख लिया। चीतू ने बंसी पर एक झिंझोटी छेड़ दी।

मेले में आनगाँवों से दो और डूमणे भी बाँस का सामान लाये थे। चीतू का सब माल बहुत सुधरा था। चौथा पहर लगते-लगते सब बिक गया। देवदत्त घूम-घूमकर मेला देख रहा था। चीतू ने देवदत्त को खोजकर हाथ जोड़े, "मालिक, उधर साह की दुकान पर

बर्तन हैं। बहुत दिन से दाल-भात पीतल की थाली में खाने का चाव है। मैं जाऊँगा तो साह कमीन देखकर दुत्कार दे या अजान समझ ठग ले। तुम देखभाल कर थाली खरीद दो।'' उसने अपनी पूँजी देवदत्त को सौंप दी।

देवदत्त ने बहुत सावधानी से थाली परखी। ठनकाकर, तुलवाकर भाव-तौल किया। चौदह आने की थाली खरीद ली। लौटते समय चीतू का मन बाग-बाग। रास्ते भर पुलक से बंसी बजाता आया।

देवदत्त लौटा तो पिता आँगन में मचिया पर बैठ नारियल गुड़गुड़ा रहे थे। पूछ लिया, ''मेला कैसा भरा था? तुम तो शहरों के मेले देखते हो। गँवई मेला कैसा लगा?''

''अच्छा था।'' देवदत्त मचिया के पैताने बैठ बताने लगा, ''चीतू ने बड़े शौक से पीतल की थाली खरीदी है। बहुत खुश है। चेहरा कह रहा था, थाली में दाल-भात खाने का चाव है।''

पिता के माथे पर गहरी त्योरियाँ पड़ गयीं, ''डूमणे पीतल के बर्तनों में खायेंगे।'' कई गालियाँ मुँह से निकल गयीं। क्रोध में खूब रसा हुआ नारियल भूल गये। देवदत्त के चाचा को पुकारा, ''सुना तुमने, डूमणा मेले से पीतल की थाली ले आया है। थाली में भात खायेगा।''

चाचा को विस्मय हुआ, फिर क्रोध। पड़ोसी ब्राह्मण गुलाबे को पुकारा। तीनों बात करते कर्मसिंह राजपूत के आँगन की ओर चले गये।

देवदत्त अपने आँगन में बैठा सुन रहा था। चालीस कदम दूर कर्मसिंह के आँगन से डूमणों के स्पर्धा और अनाचार के प्रति क्रोध भरी गालियाँ सुनायी दे रही थीं: इनकी माँ···इनकी बहन···डूमणे पीतल-काँसे के बर्तन में खायेंगे। पलंग पर बैठेंगे, ईंट-पत्थर की हवेली में रहेंगे···घोड़े-पालकी पर बारात ले जायेंगे।···ब्राह्मण राजपूत की बावड़ी में हाथ डालेंगे।···अब मरे जानवर कौन कढ़ेरेगा? ये-वो कौन करेगा?

देवदत्त बहुत पछता रहा था, चीतू को थाली क्यों खरीद दी···खरीद दी थी तो बक क्यों दिया।

देवदत्त का मन विक्षिप्त हो गया। दिन में बारह-चौदह मील चलने की थकावट के बावजूद मन की व्याकुलता में मचिया से उठकर आँगन में चहल-कदमी करने लगा। आहट से अनुमान हुआ—उसके पिता-चाचा, कर्मसिंह और दूसरे दो-चार मर्द लाठियाँ लिये डूमणों की झोपड़ियों की ओर जा रहे थे। कलेजा काँप गया।

आकाश में पूनम का चाँद, चटक चाँदनी। दिन में आँगन से नीचे ढलवान पर डूमणों की झोपड़ियाँ साफ दिखायी देती थीं। मुँह पर दोने की भोंपी बनाकर पूरे ज़ोर से पुकारने पर आवाज़ भी चली जाती। देवदत्त का दिल धड़क रहा था। डूमणों की झोपड़ियों की ओर देखने के यत्न में आँखें फाड़े था, झोंपड़ियाँ धुँधली-धुँधली दिखाई दे रही थीं। मन छटपटा रहा था···क्या करूँ? मैं भी लाठी लेकर जाऊँ? ये कौन हैं किसी गरीब पर जुल्म करने वाले। अपने पैसे से जो चाहे खरीदे, अपने घर में जो चाहे करे।···घोर अत्याचार···अपने पिता और चाचा पर लाठी उठाऊँ?···ऐसे ही, बिना लाठी के समझाना ठीक, चाहे मेरा सिर तोड़ दें।···कलेजा धक-धक कर रहा था। देवदत्त बेचैनी से आँगन में चक्कर लगाने लगा।

देवदत्त रह न सका। डूमणों की झोपड़ियों की ओर लम्बे कदमों चल पड़ा। पचास कदम गया था, बहुत क्रोध में गालियों की ललकारें सुनाई दीं। लाठियों की खटाखट··· पीतल की थाली टूटने की वातावरण चीरती ऊँची झन्नाहट। डूमणे स्त्री-पुरुषों का आर्त चीत्कार।

देवदत्त दौड़ने लगा। झोपड़ियों से लपटें उठने लगीं। फूस जलने की चिरांध। झोपड़ियों पर धुआँ, ऊँची लपटें। देवदत्त के घुटने काँपकर पत्थर हो गये। अब जाने का क्या लाभ था? चीतू को क्या मुँह दिखाता? लौट पड़ा। कल्पना में चीतू और दूसरे डूमणे स्त्री-पुरुष-बच्चे प्राण रक्षा की प्रार्थना में हाथ जोड़े, आँसू बहाते···।

फूस की झोपड़ियों की लपटें कुछ ही देर में बैठ गयीं। देवदत्त के पिता, चाचा, कर्मसिंह और दूसरे चारों आदमी राजपूतों के आँगन में लौट आये। वे लोग अब भी डूमणों की परम्परा के विरुद्ध अधार्मिक स्पर्धा के क्षोभ में उन्हें गालियाँ दे रहे थे, परन्तु संतुष्ट थे: गाँव की धरती पर पाप बढ़ने का अंकुर कुचल दिया गया। गाँव का धर्म और इज्जत बच गयी।

देवदत्त के पिता और चाचा लौटकर खाने के लिये चौके में गये। पूछा: लड़के ने खा लिया? देवदत्त को खाने के लिये बुलाया गया।

''आप लोगों ने बहुत जुल्म किया।'' देवदत्त कहे बिना न रह सका।

पिता क्रोध से बौखला गये। अपने पर जब्र कर हाथ रोक लिया। लड़का डील में बराबर का था। रेख फूट आयी थी। पंजाब के बड़े मदरसे में पढ़ रहा था, लेकिन ज़बान नहीं रोक सके—हरामजादा, उल्लू का पट्ठा और अन्य गालियाँ, जो लड़के को लगने से पहले स्वयं उन्हें, लड़के की माँ और खानदान को लगती थीं, ''···बदजात, बाप के सामने बोलता है। निकल जा इसी दम घर से। भंगी-ईसाई-करिस्टानों की पढ़ाई और संगत का असर। ऐसी-तैसी अंग्रेजी की पढ़ाई की···बेधर्म हो गया।''

पिता और चाचा खा नहीं सके। देवदत्त चौके में नहीं गया। लड़के की माँ ने नहीं खाया। जेठानी से सहानुभूति में देवदत्त की चाची भी भूखी रही। सुबह देवदत्त टीले की ओर दिशा गया। दो घड़ी गयी, दोपहर गयी, साँझ आयी और रात गयी। देवदत्त न लौटा।

देवदत्त की माँ और चाची रोती रहीं। पिता बेधर्मी, कुलच्छनी लड़के पर क्रोध प्रकट करते रहे, ''भाड़ में जाये। ब्राह्मण की औलाद होकर ऐसी बात।···हमारे नाते मर गया···बहुत लोगों के बेटे मर जाते हैं। हमारे पिछले कर्म ऐसे ही थे।''

तीसरे दिन चाचा ऊना गये। देवदत्त स्कूल में मिला। चाचा ने उसकी माँ और पिता की अवस्था बतायी। माँ अन्न-पानी बिना पड़ी थी। पिता भी अनशन से बुखार में पड़े थे। देवदत्त ने लौटकर मन की व्यथा फादर ग्राहम के सम्मुख कह दी थी। फादर ने शान्ति और समझ से काम लेने का परामर्श दिया था।

देवदत्त माँ को सांत्वना देने के लिये चाचा के साथ लौट गया, परन्तु घर में टिक न सका। सप्ताह भर बाद परीक्षा की तैयारी की बात कहकर ऊना लौट गया। देवदत्त ने आयु उन्नीस हो जाने पर महीना भर भी प्रतीक्षा न की। बप्तिस्मा लेकर विधिवत ईश्वर के पुत्र ईसू की शरण प्राप्त कर ली।···पृथ्वी से हिन्दू धर्म की क्रूरता और कुसंस्कारों को मिटाने के लिये जीवन अर्पण करने की दृढ़ प्रतिज्ञा।

रेवरेंड फादर निक्सन ग्राहम ने देवदत्त पंडित को बप्तिस्मे के अनुष्ठान से ईसाई धर्म की दीक्षा दे दी, परन्तु उसे डेविड ग्राहम या डाल्टन ग्राहम का नया नाम न देकर देवदत्त पंडित ही रहने दिया। देवदत्त के मन में—उसकी धारणा के अनुसार—रूढ़िग्रस्त कुरीतियों, संस्कारों और क्रूर अंधविश्वास के प्रतीक हिन्दू धर्म से इतनी गहरी विरक्ति हो गयी थी कि वह अपने नाम में उस धर्म की स्मृति न रहने देना चाहता। ऊना की उस साढ़े तीन सौ परिवारों की क्रिश्चियन बस्ती में पुराने हिन्दुस्तानी नाम के व्यक्ति बिरले ही थे।

फादर ने मुस्कराकर देवदत्त को समझाया: तुम्हारा नाम सुनने-बोलने में अच्छा, उसका अर्थ अच्छा, ईश्वर की देन। विश्वास परिवर्तन से तुम्हारा व्यक्तित्व और तुम्हारा अतीत नहीं बदल गया। केवल तुम्हारा मन और आत्मा अज्ञान के अंधकार से मुक्त हो गये। तुम्हारी सन्तान तुम्हारे पूर्वजों की ही वंशज होगी, परन्तु परमेश्वर पुत्र ईसा के सन्मार्ग की अनुगामी। सभी भाषाएँ उसी परमेश्वर की सृष्टि हैं। सभी भाषाओं के माध्यम से सद्भावना की अभिव्यक्ति और परमेश्वर और उसके पुत्र के आदेशों की अभिव्यक्ति सम्भव है। उन्हें किसी भी भाषा में स्मरण करो, वे सुनते हैं।

देवदत्त ने फादर का निर्णय स्वीकार कर लिया। अपना नाम यथावत रहने दिये जाने की संगति वह कुछ समय उपरान्त समझा। इस देश में ईसाई धर्म की ओर अधिक आकर्षण अपेक्षाकृत आर्थिक और सामाजिक व्यवस्थाओं से दलित वर्गों में रहा है। दलित वर्गों में स्त्री-पुरुषों के नाम प्रायः निरर्थक ध्वनियाँ—हेरू, फित्था, मग्गी, मुन्नी, नत्थू होते रहे हैं। नामों से ही क्षुद्रता तथा दीन स्थिति का संकेत। ऐसे लोगों को ईसाई धर्म की दीक्षा देने पर पादरी उन लोगों को तिरस्कृत स्थिति की हीन भावना से मुक्त करने के लिये, उनका दीन अतीत मिटा देने के लिये उन्हें शासक जाति जैसे नये नाम—मार्क, हंट, वाल्टर, नेलसन आदि दे देते थे। उन्हें ईसाई धर्म की दीक्षा देने वाले धर्मपिता का नाम उनका गोत्र बन जाता, उदाहरणतः मार्क ग्राहम, नेल्सन ग्राहम। यदि नाम क्षुद्रता सूचक या निरर्थक न होता तो पुराने नाम के साथ दीक्षक का नाम ज़ड़ जाता। यथा निर्मल सिंह ग्राहम।

पादरी लोग द्विज वर्ग से ईसाई धर्म की शरण आने वालों के नामों में प्रायः परिवर्तन न करते थे। ऊना की उस बस्ती में देवदत्त पंडित के अतिरिक्त तीन और व्यक्तियों के ऐसे नाम थे—नरसिंह राठौर, मोहन चन्द्र शुक्ल और शेख ज़हूर बक्श। ईसाई धर्म के विस्तार से स्पर्धा करने वाले हिन्दू-मुसलमान प्रायः व्यंग्य करते: इस देश में केवल दीन-दलित वर्ग ही पेट की आग बुझाने के लिये तथा अन्य प्रलोभनों से ईसा की भेड़ों में सम्मिलित हो रहे हैं। अच्छी जात के खाते-पीते लोगों पर ईसा का उपदेश असर नहीं करता। नरसिंह राठौर, मोहन चन्द्र शुक्ल, शेख ज़हूर बक्श और देवदत्त पंडित ऐसी आलोचना के जीवित-जागृत उत्तर थे।

एन्ट्रेंस की परीक्षा पास करके देवदत्त को फादर ग्राहम की कृपा से ऊना के मिशन में काम मिल गया। वह बहुत श्रद्धा और उत्साह से ईसाई धर्म ग्रन्थों का अध्ययन करने लगा। बरस भर गाँव न गया। उसकी खैर-खबर के लिये चाचा को फिर ऊना जाना पड़ा।

भतीजे ने बीस रुपया मासिक पर मिशन में नौकरी कर ली, सुनकर चाचा को निराशा हुई। परिवार को आशा थी: लड़का घर से दूर रहकर अंग्रेजी पढ़ रहा है, बड़ी नौकरी पायेगा। एकदम डिप्टी साहब नहीं बन जायेगा तो मुंसिफ, तहसीलदार, कोई अच्छा अफसर तो बनेगा ही। पचास-साठ-सौ रुपया माहवार तक पायेगा। बीस रुपया तो मंडी में दुकान से भी बन सकता था। उस जमाने में बीस से आरम्भ भी बहुत कम न था।

भतीजे की तलाश में चाचा के ऊना आने का दूसरा कारण भी था। देवदत्त ने मिडिल की परीक्षा दी थी, तब सत्रह का हो गया था। तभी उसका विवाह हो गया। दुलहिन बारह-तेरह की थी। दुलहिन का डोला लाने की रस्म पूरी करके लड़की को दूसरे दिन मायके लौटा दिया गया था। ऐसा ही रिवाज़ था। विवाह के ढाई-तीन बरस बाद बेटी जवान हो जाती तो उसका मुकलावा (गौना) होता। अर्थात् बेटी को ससुराल में गृहस्थ आरम्भ करने के लिये बाप के घर से बिदा किया जाता। देवदत्त की दुलहिन सोलह लाँघ गयी तो उसके पिता और परिवार को उसे ससुराल के लिये बिदा करने की चिन्ता। देवदत्त का परिवार भी चाहता था बहू घर आये।

देवदत्त को दो बार संदेश भेजे गये। उसने टाल दिया; पहले नौकरी से छुट्टी मिलने की कठिनाई, फिर पाँच-छः महीने बाद आने का वायदा। दुलहिन के परिवार को सन्देह हुआ: लड़का शहर में रहता है। बीस बरस का पूरा जवान। शहरों में सौ प्रलोभन। रोकने-टोकने वाला कोई नहीं। कहीं बहक गया। हमारी बेटी का क्या होगा। वह क्या करेगी, कहाँ जायेगी! विलम्ब ठीक नहीं।

देवदत्त दुविधा में था: उसका निश्चय था, अपना जीवन ईश्वर पुत्र ईसू का धर्म-संदेश पृथ्वी पर फैलाने के निमित्त अर्पण करेगा। सन्तों और भगवान ईसू की तरह नारी संगति के पाप से मुक्त रहने की इच्छा। मन में यह भी सोच: मुझसे विवाहिता मेरी पत्नी बना दी गयी लड़की का क्या होगा? हिन्दू कुसंस्कारों के कारण ब्राह्मण की अछूती लड़की का भी दूसरा विवाह हो नहीं सकेगा। उस लड़की क़ा क्या होगा? वह मेरे कारण विधवा का जीवन बितायेगी। हिन्दू विधवाओं की दुरवस्था जानता था। लड़की के दुर्भाग्य की कल्पना से दिल दहल जाता।...उस बेचारी का कसूर? लड़की को उसकी पत्नी बना दिया गया था। विवाह क्यों किया? परन्तु उससे पूछा किसने था; न उससे न लड़की से। उस लड़की या पत्नी के प्रति इस दया के अतिरिक्त देवदत्त को क्या आकर्षण होता! परिचय ही न था।

देवदत्त का अपनी पत्नी से केवल इतना परिचय था: परिवार उसे सुखपाल (पालकी) पर बैठाकर बारात के साथ लड़की के घर ले गया था। ढोल, नगाड़े, तासे, नरसिंहे, तुरही बज रहे थे। वह लड़की बहुत से लाल कपड़ों में लिपटी गठरी जैसी थी। लड़की का चेहरा, हाथ, पाँव ढके-लिपटे थे। देवदत्त के कंधे पर दुपट्टे के छोर से लड़की के कपड़े का छोर बाँध दिया गया था। कुछ आग जलायी गयी। लड़की के मामा या भाई ने लड़की को बाँहों में उठा लिया। दोनों को आग के सात फेरे लगवा दिये। यह विवाह था। खूब भोज हुआ। वह फिर पालकी पर बैठा। बारात के साथ ढोल, नगाड़े, तुरही, तासे, नरसिंहे बजाते बारात अपने गाँव लौटी। उसकी पालकी के पीछे दूसरी पालकी में एक औरत दुलहिन को लेकर बैठी थी। देवदत्त ने पीछे आती पालकी से

बहुत देर तक लड़की का रोना सुना था। उसे अच्छा न लग रहा था। सब खुश थे, लड़की रो रही थी।

देवदत्त के परिवार के आँगन में ढोल-तुरही बज रहे थे। बहुत शोर था। औरतें चहक-चहककर गा रही थीं। देवदत्त की उससे चार बरस बड़ी बहिन शादी के अवसर पर ससुराल से अपने बेटे के साथ आयी थी। बहिन ने चुपके से पूछा, ''अपनी दुलहिन को देखेगा?'' देवदत्त झेंप गया।

बहिन मौका देखकर देवदत्त को भीतर की कोठरी में ले गयी। बहुत से कपड़ों में लिपटी दुलहिन सिर घुटनों पर रखे, घुटने बाँहों में समेटे बैठी थी। बहिन ने दुलहिन के चेहरे से घूँघट हटाकर, तर्जनी से दुलहिन की ठोड़ी उचका कर चेहरा उठा दिया। बारह-तेरह बरस की लड़की। माथे पर, कानों में, गले में चाँदी के जेवर, नाक में सोने की बड़ी सी नथ। आँखें मुँदी हुईं। रो-रोकर सूजी गुलाबी पलकें। आँसुओं से भीगे गाल। गीली नाक।

''सुन्दर है न?'' बहन ने हुलसकर पूछा।

देवदत्त झेंप गया। उसे लड़की पर बहुत दया आ गयी।

''बेबे,'' देवदत्त ने दया से भीगे स्वर में बहिन से अनुरोध किया, ''यह अपनी माँ के लिये रो रही है। इसे माँ के पास लौटा दो।''

''हट पागल!'' बहिन लाड़ से हँसी, ''ऐसे तो सभी रोती हैं। हम नहीं रोये थे। तुमसे हिल जायेगी। फिर मायके से बुलावा आयेगा तो न जाने के लिये चार बहाने बतायेगी।''

रात दुलहिन को देवदत्त की माँ ने पुचकारकर अपने पास सुलाया। दुलहिन को बेटी-बेटी कहकर गोद में लेकर सांत्वना देती रही। दोपहर में वह फिर पालकी पर बैठा। उसके पीछे दूसरी पालकी पर दुलहिन और नाउन बैठी। देवदत्त दुलहिन को उसके पिता के घर छोड़ आया तो लड़की का दुख दूर हो जाने की शान्ति अनुभव की। यही परिचय था देवदत्त का अपनी पत्नी से। उसका खयाल आने पर कल्पना में रो-रोकर निढाल लड़की की सूजी-गुलाबी पलकें, आँसुओं से भीगे गाल-नाक दिखायी दे जाते···उस बेचारी का क्या होगा?

देवदत्त का चाचा उसे गाँव लिवा ले जाने के लिये आया था। उसकी दुलहिन का मुकलावा लाने में और विलम्ब उचित न था।

देवदत्त कठिन दुविधा में। फादर ग्राहम से परामर्श लेता था। फादर बहुत वर्ष से उसी इलाके में काम कर रहे थे। स्थानीय भाषा, रीति-रिवाजों, धर्म-विश्वासों से परिचित थे। शादी-विवाह, धर्म-परिवर्तन सम्बन्धी कानूनों का भी ज्ञान। फादर ने परामर्श दिया था: वह अबोध निर्दोष लड़की अपने पिता के घर रहे या तुम्हारे पिता के घर, वह निरपराध अंतिम साँस तक हिन्दू समाज की रीति से वैधव्य का अपमान और यातना पायेगी। जाने-अनजाने में तुम्हारा उससे विवाह हो गया तो तुम पर भी कुछ उत्तरदायित्व है। उसे ले आओ।

''मेरा निश्चय है, जीवन धर्म प्रचारार्थ अर्पण करूँगा।'' देवदत्त ने अपनी दुविधा बतायी।

"पुत्र, गृहस्थ भी धर्म-प्रचारक हो सकता है। हमारे प्रोटस्टेंट धर्म सम्प्रदाय में पादरी गृहस्थ भी हो सकता है। तुम जानते हो, हम भी गृहस्थ हैं। तुम्हारी अबोध निर्दोष पत्नी अकारण क्यों यातना भोगे। वह भी ईश्वर के पुत्र की शरण में आकर स्वर्ग की अधिकारी बने, सहज स्वाभाविक जीवन का अवसर पाये।"

फादर ने परामर्श दिया: यह उचित है कि तुम परिवार को अपने धर्म-विश्वास परिवर्तन की सूचना दे दो।

देवदत्त के पिता ने सुना कि बेटा शिखा-सूत्र त्याग कर किरस्टान बन गया, कुजात और मलेच्छ का छुआ खाता है...मर्मान्तक आघात से हतचेतन रह गये। माँ ने सिर पीट लिया। चाचा इस महाविपद में अपराधी का संकोच भी अनुभव कर रहा था। स्वयं समधियों के यहाँ गया। आँसू पोंछते-पोंछते बता दिया, "हम तो कहीं के न रहे। लड़का किरस्टान हो गया। हमारे घर से तो गया। बहू हमारी है। हम उसे बेटी मानेंगे, सिर आँखों पर रखेंगे। लड़का कहता है—मुकलावा ले आयेगा तो बहू को अपने साथ पंजाब ले जायेगा। आप लोग जैसा कहें।"

दुलहिन की माँ ने सिर फोड़ लिया। घर में विलाप मच गया, जैसे दामाद की मृत्यु का समाचार आया हो। समधियों ने क्रोध में कहा: उनके साथ धोखा-दगा हुआ। लड़का जरूर पहले विधर्मी हो चुका था। चार-छः मास दोनों परिवारों में झगड़ा चलता रहा। लड़की सियानी सत्रह बरस की हो चुकी थी। उसका विचार जानने का यत्न किया गया। बहू ने तत्कालीन हिन्दू लड़की की तरह कहा: मेरा क्या है। यहाँ जो बाप-माँ कहते हैं, करूँगी। वहाँ जो ससुर-सास कहेंगे, करूँगी। माँ-बाप ने जिसके पल्ले बाँध दिया, जो कहेगा-करेगा, करूँगी। कहो कुएँ में कूद पड़ूँ, कहो नदी में कूद जाऊँ।

लड़की लाज की मारी पिता-माता के सामने अपने दुख के लिये प्रकट में रो भी न सकती। गुम-सुम गर्दन लटकाये सदा मौन। पति जिन्दा, परन्तु वह विधवा। भीतर-भीतर आँसू पीती रहती। उस ज़माने में ऐसा ही शील और आचार था। कम आयु की लड़की, बाल-बच्चा होने से पूर्व विधवा हो जाती तो उसका बुक्का फाड़कर रोना-चिल्लाना निर्लज्जता समझा जाता, उसके मायके और ससुराल के लिये निन्दास्पद। वह अबोध, हक्की-बक्की बनी कलेजा दाँतों से काटे मौन रहती। परिवार, सम्बन्ध और पड़ोस की स्त्रियाँ बालविधवा को घेरकर, उसके दारुण दुख के लिये गला फाड़-फाड़कर रोतीं, छाती पीटतीं, सिर के बाल नोचतीं: हाय बेचारी बच्ची क्या जाने! कैसा करम फट गया बेचारी का। दारुण शोक को दारुणतम बनाने, करुण को अतिकरुण बना देने की कला। दर्द का हद से गुजरना है दवा हो जाना। व्यक्ति को दुख-शोक के अतिरेक से स्तब्ध-जड़ कर देना, दुख की अनुभूति के लिये असमर्थ।

लड़की के पिता-माता के लिये आँखों के सामने बेटी का आजन्म शोक असह्य था। बड़े-बूढ़ों ने तय किया: बेटी का धर्म दामाद के साथ गया। बेटी कर क्या सकती है? पति के साथ नहीं जाती तो भी पाप। स्त्री का तो एक ही धर्म—पति। विधाता ने यही उसके भाग्य में लिख दिया। समधियों के यहाँ संदेश भेज दिया। बेटी देकर लौटायी नहीं जाती। तुम्हारी बहू है। बेटी डोली पर ससुराल गयी, या अर्थी पर ससुराल गयी, हमारे यहाँ से गयी।

देवदत्त अपनी पत्नी को लिवाने के लिये ससुराल गया। लड़की के परिवार ने रीति के अनुसार न बाजा बजवाया न अवसर पर चार सम्बन्धियों को बुलाया। उस समय काँगड़ा जिले के परम्परानुगत द्विज लोगों के आँगन में भी मुसलमान, ईसाई या अछूत का प्रवेश निषिद्ध था। दामाद आँगन के किनारे खड़ा रहा। बेटी को उसके हवाले कर दिया गया। लड़की का परिवार आँसू बहा रहा था। बेटी की ससुराल के लिये विदाई के आँसू या श्मशान जाती बेटी के लिये आँसू! पाप की भावना···अपनी बछिया कसाई के हाथ सौंपने की विवशता का सूल। बेटी सिसक-सिसक कर रोती सिर झुकाये पति के पीछे चली गयी। जिस देश-काल में जवान स्त्रियाँ विश्वास के बल से या मूढ़ता में शृंगार करके पति के शव के साथ चिता पर बैठने, ज्वालाओं में भस्म हो जाने के लिये पति की अर्थी के पीछे-पीछे चली जाती थीं, उस समाज की स्त्रियाँ ये सभी कुछ सहने के लिये तैयार हो सकती हैं।

देवदत्त पंडित की सत्रह वर्ष की पत्नी अनिवार्य नियति से विवश, पति के संकेत से सब कुछ सहने-करने के लिये प्रस्तुत होकर ऊना आयी थी। कुछ समय वह मौन हतचेतन सी रही। उसे चारों ओर निर्लज्जता और अनाचार दिखायी पड़ता। ऊना के उस ईसाई निवेश में सभी बच्ची, जवान, बूढ़ी स्त्रियाँ मुँह उघाड़े मर्दों के सामते आतीं-जातीं। आमना-सामना होने पर हर किसी से सलाम-दुआ कर कुशल-क्षेम पूछतीं, हँस-बोल लेतीं। देवदत्त की बहू विस्मय और लज्जा से गड़ जाती। पति के समझाने से शनै-शनैः उसका घूँघट कम हुआ। देवदत्त उसे गिरजा ले जाता। पड़ोसियों से मिलाया। अक्षर अभ्यास कराया। अब देवदत्त की पत्नी को लोगों के व्यवहार में निर्लज्ज उच्छृंखलता के बजाय सौहार्द और आदर जान पड़ने लगा। बप्तिस्मा लेकर उसे संतोष अनुभव हुआ। चैपल के अन्य उपासकों के साथ धर्मगीत गाने लगी।

देवदत्त पंडित लगन, उत्साह और शक्ति से ईश्वरपुत्र ईसू के धर्म-सन्देश का प्रचार करते रहे। उनका क्षेत्र तत्कालीन पंजाब में होशियारपुर, गुरदासपुर और काँगड़ा के जिले थे। उनकी धर्मनिष्ठा और कर्तव्यपरायणता से दलित वर्ग के कई सौ परिवारों ने, कुछ द्विजों ने भी भगवान ईसू की शरण स्वीकार की। जो मनुष्य. मानव शरीर पाकर भी वर्णाश्रम के संस्कारों से मानुषी अधिकारों से वंचित थे, पुनः मनुष्य बन सके। उस क्षेत्र के ईसाई समाज में उनका बहुत आदर था। ईश्वरपुत्र ईसू की अपार करुणा से देवदत्त ने दो पुत्रों और दो पुत्रियों का आशीर्वाद पाया। देवदत्त की इच्छा थी, उनके दोनों पुत्र ईसू के धर्म-संदेश के प्रसार से मानव समाज के उत्थान का कार्य करें। बड़ा बेटा सत्यानन्द पंडित एंट्रेंस पास करके मिशन की कृपा से ईसाई धर्म-सिद्धान्त की विशेष शिक्षा के लिये जबलपुर चला गया। दूसरे पुत्र धर्मानन्द पंडित के लिये भी पिता ने वही मार्ग उचित समझा।

सत्यानन्द पंडित ने जबलपुर सेमिनरी से ईसाई धर्म दर्शन, धर्मोपदेश और ईसाई पुरोहिती की शिक्षा प्राप्त की। वे कई वर्ष उत्साह और लगन से धर्मोपदेशक का काम करते रहे। बाद में सत्यानन्द पंडित पंजाब बाइबल सोसाइटी के मंत्री नियुक्त हो गये। सन् १९३६ में आल इंडिया क्रिश्चियन कांग्रेस का वार्षिक सम्मेलन लखनऊ में हुआ था। सत्यानन्द पंडित उस अवसर पर लखनऊ पधारे थे। सम्मेलन में सत्यानन्द पंडित की विद्वत्ता और धर्म-प्रचार कार्य का उल्लेख विशेष रूप से हुआ था।

धर्मानन्द पंडित ने एंट्रेंस के बाद जबलपुर सेमिनरी से ईसाई धर्म के स्नातक की परीक्षा पास की। अन्य धर्मविश्वासों, विशेषतः हिन्दू सम्प्रदायों की अनेक शाखाओं के सिद्धान्तों, व्यवहारों और विश्वासों की असंगतियाँ और अंतर्विरोध समझने के लिये संस्कृत का भी अध्ययन किया। धर्मानन्द पंडित की प्रकृति प्रचार कार्य के अनुकूल न थी। वे मिशन स्कूल में अध्यापक का कार्य करने लगे। अपने अध्यवसाय से अंग्रेजी साहित्य में प्राइवेट एम० ए० पास कर लिया।

पराधीन देश में सामयिक राजनीति, शासन नीति और व्यवस्था के प्रति असंतोष और आलोचना के अतिरिक्त क्या हो सकती है! अंग्रेज सरकार जनता और शिक्षा संस्थाओं में राजनीतिक चर्चा पसन्द नहीं करती थी। इसलिये आई० टी० गर्ल्स कालेज में भी राजनीति चर्चा उत्साहित न की जाती। धारणा थी : शिक्षा संस्थाओं और विद्यार्थियों को सामयिक राजनीति से दूर रहना चाहिये। सद्नागरिकों और ईसाइयों का धर्म और कर्तव्य राजभक्ति है। अंग्रेज ईसाई हैं। भारतीय ईसाई अंग्रेजों के सहधर्मी हैं। कांग्रेस बागी लोग हैं। कांग्रेस ईसाइयों के विरुद्ध है।

उषा का राजनीतिक आन्दोलनों से सम्पर्क न था, परन्तु उससे बिलकुल बेखबर भी न थी। पंडित अखबार नित्य पढ़ते थे। घर में अखबार आता था। नज़र पड़ जाय तो उषा और अमित भी मुखपृष्ठ या सनसनीखेज समाचार पढ़ लेते। किसी समाचार से कौतूहल-जिज्ञासा होती तो डैडी से समझना चाहते। पंडित बच्चों की जिज्ञासा दमन या उपेक्षा नहीं करते थे।

उषा और अमित की जिज्ञासा के उत्तर में पंडित ने बताया था : शासन में सुधार की माँग करना राजद्रोह या बगावत नहीं होता। सभी देशों में लोग समय-समय पर अपने शासन में सुधार या परिवर्तन की माँग या यत्न करते रहते हैं। ब्रिटेन में शासन नीति प्रजा के प्रतिनिधियों की पार्लमेंट निश्चित करती है। हिन्दुस्तान में भी कौंसिलें हैं, परन्तु कौंसिलों के लिये प्रतिनिधि चुनने का हक बहुत कम लोगों को, हजार में एक-दो को ही है। गली में देखो; डाक्टर चौहान, सड़क पर ऐडवोकेट चैटर्जी, एडवोकेट खान, मिस्टर सिंह, मिस ज़ून और हमारे ही वोट हैं, यानी सर्वसाधारण गरीब लोगों को वोट का हक नहीं। हम ग्रेजुएट हैं इसलिये हमें हक है वर्ना न होता।

कांग्रेस की माँग है, जिस प्रकार ब्रिटेन में सरकार बनती और शासन होता है, उसी प्रकार हिन्दुस्तान में भी सरकार बने और शासन हो। यह ब्रिटेन से विद्रोह नहीं है, ब्रिटेन के अनुकरण की इच्छा है। अनुकरण विद्रोह नहीं, भक्ति है। कानून और सरकार जनता के प्रतिनिधियों की राय से चलें, इसमें हिन्दू-मुसलमान-ईसाई का क्या सवाल! कुछ हिन्दू-मुसलमान सरकार के तरीके से संतुष्ट हैं, बहुत लोग कांग्रेस की माँग के समर्थक हैं। कांग्रेस को शुरू करने वाला मिस्टर ह्यूम खुद अंग्रेज था और ईसाई। ऐसे ही मिस्टर ब्रैडले। फादर एण्ड्रूज हैं, मिस्टर स्टोक्स हैं, मिर्ज़ापुर के वकील विलियम्स हैं, विक्टर जोशी हैं। सर महराजसिंह सरकार के समर्थक और होम मेम्बर हैं। उनकी बहिन राजकुमारी अमृतकौर मिस्टर गांधी और कांग्रेस के साथ हैं। वह भी ईसाई हैं। ऐसे ही मिस स्लेड्स हैं। यह सवाल धर्म-सम्प्रदाय का नहीं, देश और लोगों की भलाई के बारे में राय का है…।

"परन्तु डैडी," उषा ने शंका की, "कांग्रेस वाले कानून तोड़ते हैं। कानून के विरुद्ध जंगल काटते हैं, नमक बनाते हैं, कपड़े और लिकर (शराब) की दुकानों के आगे लेटकर रास्ता रोकते हैं, इसीलिये उन्हें जेल भेजा जाता है।"

"तुम ठीक कहती हो। कांग्रेस वाले कानून के खिलाफ नमक बनाते हैं, जंगल काटते हैं।" पंडित ने स्वीकार किया, "लेकिन छिपकर चोरी से नहीं। वे लोग अपने ख्याल में दूसरे लोगों की भलाई के लिये कानूनों को बदलना चाहते हैं। इसे अपने कानशियेंस (अंतरात्मा) की आवाज कहते हैं। उनका काम कानून के खिलाफ अपराध होता है, लेकिन अनैतिक अपराध नहीं कहा जा सकता। तुमने पढ़ा है, पैगन रोमन लोग ईसू का धर्म स्वीकार करने वालों को सज़ा देने के लिये ज़िन्दा जला देते थे। ईसा को भी उस समय का कानून भंग करने के लिये सूली पर चढ़ा दिया गया था। कानून मनुष्यों की समझ के अनुसार बदल जाते हैं। तब कानून को बदलवाने के लिये बलिदान हो जाने वाले लोग संत और शहीद मान लिये जाते हैं।"

हरि भाई ने चलते-चलते जवान के कंधे पर हाथ रखकर कहा था, "सुबह ये लोग प्रभातफेरी के लिये आयेंगे। लाठी बरसे, पत्थर बरसे, ये लोग भागेंगे नहीं!"

हाय गली में ऐसा होगा···सोचकर उषा के शरीर में झुनझुनी आ गयी। पिछली सुबह उतरती नींद में गली में कुछ सुनायी तो दिया था, परन्तु उठकर देख लेने की उत्सुकता न हुई।

उषा और पद्मा ऊपर के कमरे में सोती थीं। उस सुबह गली से···जय! महात्मा गांधी की जय! इन्कलाब ज़िन्दाबाद! की पुकारें सुन उषा लिहाफ से निकल खिड़की से झाँकने लगी। गहरे धुंध में स्पष्ट न दिखायी दिया। सुनायी दिया: उठो सोने वालो सबेरा हुआ है, वतन के फकीरों का फेरा हुआ है··· । टोली के लोग गाते चले जा रहे थे। आगे चलता आदमी हाथ में झण्डा उठाये था। सब कुछ धुँधला-धुँधला सोचा: क्या रात वाला जवान है?

सुना: माताओ, भाइयो, बहनो! अपने देश की आज़ादी के लिये, अपने प्यारे शहीदों की याद में अपना कीमती वोट कांग्रेस के उम्मीदवार गुप्ता जी को दीजिये··· ।

उषा विद्यार्थी थी। डाक्टर अमरनाथ सेठ के अनुरोध से वार्ड इंचार्ज ने उषा की सहायता के लिये एक व्यक्ति को समीप रह सकने की अनुमति दे दी। पंडित घर लौटकर मिसेज़ पंडित को हस्पताल ले गये। उषा को गहरी चोट लगने का समाचार पाकर रोज़ी भी लड़की को देख आने के लिये तड़प उठी थी। वह भी मिसेज़ पंडित के साथ चलने के लिये व्याकुल।

उषा नींद की दवाई के प्रभाव से पलंग पर मौन निश्चल। चेहरा पीला। शरीर चादर से ढका, दायीं टाँग पर पट्टियाँ। बेटी की अवस्था देख माँ का कलेजा मुँह को आ रहा था। नींद की बेसुधी में उषा के मुँह से अस्पष्ट कराहट निकल जाती। माँ का रोम-रोम सिहर उठता।

संध्या डाक्टर सेठ नर्स के साथ फिर आया। उषा नींद में थी। सेठ ने मिसेज़ पंडित को आश्वासन दिया, "इन्हें नींद में कोई कष्ट महसूस न होगा। आप निश्चिन्त आराम कर सकती हैं। नर्स देखती रहेगी। आपके खाने के लिये क्या भिजवा दिया जाये?"

कुछ ही मिनट पूर्व अमित माँ के लिये खाना दे गया था। मिसेज़ पंडित ने डाक्टर को धन्यवाद दिया, "बेटा खाना दे गया है।" पर कुछ भी खाने को मन न था।

डाक्टर सेठ ने पुनः आश्वासन दिया, "आप संकोच न करें। मैं पंडित साहब का पुराना स्टूडेंट हूँ। कोई भी जरूरत हो, वार्ड बॉय या दाई से मुझे संदेश भिजवा सकती हैं।" अपने क्वार्टर का नम्बर बता दिया है।

माँ का मन अतल चिन्ताओं में डूबा जा रहा था। बेटी के कष्ट की कल्पना से व्याकुलता, उसके अंग-भंग की दारुण आशंका। बेटी की सगाई में केवल अढ़ाई सप्ताह और विवाह में दो मास···तब तक उठने-बैठने, चलने-फिरने लायक हो सकेगी? ईश्वर और उसके पुत्र की दया का ही सहारा···कुदरत और जलाल हमेशा तेरा ही है। उसकी कृपा से चमत्कार भी सम्भव··· । इतने कम समय में बेटी का इलाज और उसकी सेवा-शुश्रूषा करेगी या विवाह की तैयारी का काम! सभी कुछ करने को शेष था। इतने मेहमान आने वाले···इसी इतवार मकान में सफेदी के लिये मिस्त्री आने वाला था। उषा तसल्ली देती रही: मम्मी, चिन्ता मत करो। एक्ज़ाम हो जाये, फटाफट सब करवा दूँगी। हे परमेश्वर··· ।

पंडित पत्नी के लिये बेटी के समीप फर्श पर या खाली पलंग पर लेट सकने के लिये दरी, तकिया, चादर लेते आये थे। माँ का मन लेटने को न हुआ। रात भर बेटी के पलंग के समीप स्टूल पर बैठी, कभी ज़मीन पर घुटने मोड़ परमेश्वर और उसके पुत्र ईसू से बेटी पर कृपा के लिये प्रार्थना और दुआ करती रही।

पंडित सुबह कालेज जाने से पूर्व बेटी को देखने के लिये आये तो रोज़ी साथ आयी। वे पत्नी और बेटी के लिये थर्मस में गरम चाय लेते आये थे। रोज़ी ने उषा का माथा-हाथ चूम-चूम, उसकी बलायें ले-लेकर उसका कष्ट अपने पर लेने के लिये परमेश्वर से प्रार्थना की। पंडित का सुझाव था, रात भर जागी पत्नी घर लौटकर विश्राम करे। साँझ तक रोज़ी उषा के समीप रह जायेगी, लेकिन माँ बेटी की चोट का पूरा ब्योरा जाने बिना घर जाने को तैयार न थी। पंडित रोज़ी को फिर कंधारीबाग लेन के लिये इक्के पर बैठा स्वयं कालेज चले गये।

नौ बजे दूसरी नर्स उषा को दाइयों की सहायता से स्ट्रेचर ट्राली पर, टाँग में चोट की एक्सरे परीक्षा के लिये ले गयी। मिसेज़ पंडित बेटी के लौटने की प्रतीक्षा में उसके पलंग के समीप बैठी परमेश्वर और उसके कृपालु पुत्र से दुआ माँगती रहीं: बेटी के शरीर का कष्ट मेरे शरीर पर देकर उसे स्वास्थ्य दान दो···ए हमारे बाप, तेरी मर्जी जैसे आसमान पर पूरी होती है, जमीन पर भी पूरी हो। कुदरत और जलाल हमेशा तेरा ही है। आमीन···बेटी की शादी समय पर हो जाय।

उषा को एक्सरे परीक्षा के लिये गये काफी समय हो चुका था। ज्यों-ज्यों समय बीत रहा था, माँ की चिन्ता उग्रतर हो रही थी···हे परमेश्वर तेरे ही रहम का सहारा है···बेटी की रक्षा कर।

उषा स्ट्रेचर ट्राली पर वार्ड में लौटी तो औषध के प्रभाव से मूर्च्छित थी। वार्ड इंचार्ज और डाक्टर सेठ स्ट्रेचर के साथ आये। उषा की चोट खायी टाँग जाँघ से टखने तक तख्तियों और पट्टियों में सीधी कसी हुई थी। डाक्टर, नर्स और दाई ने उषा को पलंग पर चित लिटा दिया। तख्तियों और पट्टियों में कसी टाँग के नीचे गद्दियाँ और तकिये रखकर

टाँग को पलंग के पैताने के जँगले के बराबर उठाया गया। पलंग के जँगले पर एक चर्खी कसी गयी। डोर में बँधा छोटा-सा वजन उषा के टखने के ऊपर टाँग की हड्डी में फँसायी गयी सलाख में बाँधकर चर्खी पर से लटका दिया गया, जैसे कुएँ की जगत पर लगी चर्खी से पानी भरे डोल या बाल्टी खींचे जाते हैं। सब व्यवस्था करके उषा को मूर्च्छा भंग न होने के लिये सुई लगा दी गयी।

मूर्च्छित बेटी को और उसके टखने में बिंधी लोहे की सलाख देख आतंक से माँ का रोम-रोम सिहर कर पसीना आ रहा था। बहुत यत्न से आँसू रोक सकी। एक बज चुका था। पंडित फिर आ गये।

डाक्टर सेठ ने पंडित और मिसेज़ पंडित को सांत्वना दी, "पेशेंट मूर्च्छा में कोई पीड़ा अनुभव नहीं कर रही है। हड्डी में सूराख करके लटकाये वजन से भी कोई पीड़ा न होगी। एक्सरे से सन्देह है कि जाँघ की हड्डी टूटकर कागज भर ऊपर चढ़ गया है। हड्डी को जोड़ देने के लिये यों ही प्लास्टर कर देने से यह टाँग कुछ छोटी पड़कर लँगड़ापन रह जाने की आशंका थी। सर्जन ने यह व्यवस्था हड्डी को उसके उचित स्थान पर लाने के लिये की है। सप्ताह भर बाद फिर एक्सरे में देख लिया जायेगा। संतोष होने पर सलाख निकाल कर प्लास्टर कर दिया जायेगा। यह सब पेशेंट के हित में है। सप्ताह-दस दिन अधिक लग सकते हैं परन्तु ऐब रह जाने की आशंका न रहेगी।"

"डाक्टर साहब, टाँग कब तक ठीक हो जायेगी?"

"प्लास्टर कम से कम छः सप्ताह रहना चाहिये।" डाक्टर ने उत्तर दिया।

हृदय पर भारी चिन्ता की चोट, गहरे साँस के लिये माँ के ओंठ खुल गये। मन ही मन गुहराया: हे ईश्वर के पुत्र, बेटी की और हमारी रक्षा कर···।

डाक्टरों के चले जाने पर मिसेज़ पंडित के लिये अपनी विह्वलता दबाये रखना सम्भव न रहा। दोनों हाथों से मुख पर आँचल दबाकर वार्ड के बाहर बरामदे में निकल फफक-फफक कर रोती रही। पंडित पीछे-पीछे आये। कुछ कड़ाई से बोले, "धैर्य रखो, जरा मौके-मुहाल का ख्याल करो। रोने से क्या होगा!"

"ऐसी हालत में सत्ताईस तारीख को क्या होगा?" मिसेज़ पंडित सुबक कर बोली।

"जो ईश्वर को मंजूर होगा। बेटी की और हमारी हालत में जो सम्भव होगा। जिस पर हमारा बस नहीं, उसके लिये क्या कर सकते हैं।"

"आगरा, लाहौर, अम्बाला सब जगह लिख चुके हैं।"

"अभी समय है।" पंडित ने कहा, "दो-तीन दिन में सोच-विचार कर उन्हें सूचना दे देंगे।"

अमित माँ के लिये खाना ले आया। पंडित अमित के साथ वापस घर चले गये।

साँझ पाँच बजे डाक्टर चौहान दम्पति और सिंह परिवार सहानुभूति में उषा को देखने के लिये हस्पताल आये। मिस जून और मिस्टर हैरन भी आये। उषा के घर लौटने में विलम्ब का समाचार अमित से पाकर चित्रा को चिन्ता हुई थी। उसने स्वयं आदमी भेजकर फिर पुछवाया था। सहेली हस्पताल में है, सुनकर चिन्ता में भागी आयी।

संध्या उषा सचेत थी। मूर्च्छित उपरान्त चेहरे पर थकान और पीलापन। समवेदना में आने वालों के सलाम और सहानुभूति का उत्तर संकेतों से दे रही थी। चित्रा ने पलंग की

पाटी पर बैठकर उसका हाथ अपने हाथों में ले लिया तो आँखों में जरा चमक आ गयी, ओठ मुस्कान में हिल गये।

डाक्टर चौहान की बेटी चन्द्रा मेडिकल कालेज में पढ़ रही थी। उषा से तीन बरस बड़ी। दोनों बचपन में साथ खेली सहेलियाँ। चौहान ने चन्द्रा को बुलवा कर उषा और मिसेज़ पंडित की सब सुविधा जरूरत का खयाल रखने के लिये ताकीद कर दी। समवेदना और सहानुभूति में आने वालों की निगाहें मिलतीं तो प्रश्न··· सत्ताईस अप्रैल को लड़की की सगाई और जून में शादी कैसे हो सकेगी? उषा के सामने किसी ने जबान न खोली।

रात उषा के पास रहने के लिये रोज़ी अमित के साथ छः बजे पहुँच गयी थी। मिसेज़ पंडित विश्राम और नहा-धो सकने के अवसर के लिये पति के साथ घर लौट गयी। दुर्घटना से उत्पन्न परिस्थिति पर विचार भी करना था।

कंधारीबाग गली लौटकर पंडित के आँगन में चौहान दम्पति, सिंह दम्पति और पंडित दम्पति में विचार-विमर्श हुआ। किसी भी निश्चय-निर्णय के लिये दोनों पक्षों की सुविधा का विचार आवश्यक था। सबसे पहले पंत परिवार को सूचना देना जरूरी था। सूचना देने में सावधानी आवश्यक थी। मामला नाजुक था। कुछ छिपाना उचित न था। उन्हें कल्पना से अधिक अनुमान कर लेने और आतंकित हो जाने का अवसर देना भी गलत था। सम्बन्ध का निश्चय मिसेज़ चौहान के माध्यम से हुआ था। स्थिति को बिगड़ने न देने या गलतफहमी से बचाने का बहुत कुछ उत्तरदायित्व उसी पर आता था। पड़ोसी के संकट में सहायता का कर्तव्य तो था ही।

निश्चय हुआ: साढ़े आठ के लगभग चौहान दम्पति और पंडित क्ले स्क्वायर जाकर पंत और मिसेज़ पंत से बात करें। चोट की वास्तविक स्थिति के सम्बन्ध में चौहान डाक्टर के नाते अधिकार से कह सकते थे। चौहान दम्पति और पंडित, चौहान की छोटी मौरिस कार में क्ले स्क्वायर गये। पंत दम्पति घर पर न थे। उनके अर्दली और खानसामा ने बताया: साहब और मेम साहब बेटी के साथ बनारसीबाग किसी साहब के यहाँ मिलने गये थे। मालूम न था, कब लौटेंगे।

कंधारीबाग गली लौटते हुए डाक्टर चौहान ने राय दी, "आज शुक्रवार है। कल का दिन चुप रहा जाये, रविवार संध्या चर्च में भेंट होगी ही। समाचार पाकर वे लोग अगले दिन लड़की को देखने जायेंगे। तब तक उषा की तबीयत काफी सम्भल जायेगी।" पंडित डाक्टर से सहमत थे।

गली के दूसरे दो-चार पड़ोसी भी सहानुभूति में उषा को देखने और उसकी सेहत के लिये दुआ करने हस्पताल गये। लड़की को भयंकर चोट, जाँघ की हड्डी टूटकर टेढ़ी हो जाने, हड्डी में छेद करके कील ठोके जाने की अफवाह गली में फैल गयी। जेन, मेरी और किम ने उसकी व्याख्या की—लड़की की कमर टूट गयी। समाचार गली में नहीं, नरही और लालबाग की ईसाई बस्तियों तक पहुँच गया··· पूरी जवान, इतनी पढ़ी-लिखी, खूबसूरत लड़की चलने लायक हो पायेगी? चल सकी तो भी उम्र भर के लिए अपाहिज: जो भी सुनता, दुख और सहानुभूति प्रकट करता।

शनिवार दोपहर बाद मिसेज़ पंडित बेटी की देखभाल के लिये हस्पताल आ गयी। रविवार प्रातः उषा उठी तो चेहरा स्वस्थ लग रहा था। माँ पिछली संध्या बेटी के बदलने

के लिये कपड़े लेती आयी थी। सुबह गीले तौलिये से चेहरा-शरीर पोंछकर कपड़े बदलवा दिये। पंडित पत्नी के लिये नाश्ता लेकर आये तो उषा ने मुस्कराकर स्वागत किया। पंडित ने बेटी की मुस्कान देखकर परमेश्वर को धन्यवाद दिया।

''डैडी, पढ़ने के लिये कुछ भिजवा दीजिये।''

पंडित ने बेटी को पुस्तकें भेज देने का आश्वासन दिया।

रविवार वार्ड में डाक्टरों का चक्कर लगाना जरूरी नहीं होता, परन्तु डाक्टर सेठ साढ़े आठ के करीब आ गया। उषा ने डाक्टर सेठ के अभिवादन का उत्तर मुस्कान से दिया।

''आज बेहतर दिखायी दे रही हैं।'' सेठ ने पूछा, ''नींद ठीक आयी?''

उषा ने धन्यवाद दे हामी भरी।

मिसेज़ पंडित ने उषा के लिये हस्पताल से आया नाश्ता उसे लेटे-लेटे खिला दिया। अब टोटीदार प्याले से चाय पिला रही थी।

''टोटीदार प्याले की क्या जरूरत?'' सेठ ने मिसेज़ पंडित की ओर देखा, ''बस, इनकी टाँग न हिले। पीठ के पीछे सहारा देकर कंधे उठा दीजिये। खाने-पीने में सुविधा रहेगी।'' फिर उषा की ओर देखा, ''कोई और कष्ट?''

''जी नहीं, थैंक्यू। टाँग में केवल जकड़न और बोझ लगता है।''

''ठीक कहती हो। जकड़न और बोझ तो होगा, वही इलाज है, अब दर्द नहीं होगा। बस लेटे रहने का कष्ट। मेरे लायक सेवा बताइये।'' सेठ ने मिसेज़ पंडित की ओर देखा।

मिसेज़ पंडित ने धन्यवाद दिया, ''डाक्टर साहब, आपने बहुत सहायता की। आपके हृदय में ईश्वर का वास है।''

''माता जी, सहायता की कोई बात नहीं। यह तो डाक्टर का काम है और आपको बता चुका हूँ, मैं मास्टर साहब का पुराना स्टूडेंट हूँ। मास्टर साहब मुझे पहचानते हैं। आपके मकान पर भी जा चुका हूँ। आपका मकान कंधारीबाग गली में है न!''

''परमेश्वर आपका भला करे डाक्टर साहब!'' मिसेज़ पंडित ने विस्मय प्रकट किया, ''हमें याद नहीं आ रहा।''

''आपसे भेंट नहीं हुई।'' सेठ ने कहा, ''मास्टर साहब को याद है। मिस पंडित को देखा था। साल भर से अधिक हो गया। डाक्टर चौहान, डाक्टर दास और हरिकृष्ण भैया जी के साथ गया था।'' सेठ हँस दिया।

उषा को कुछ धुँधली सी याद आयी।

''आपके यहाँ उस दिन संगीत का कार्यक्रम था।'' सेठ से चलते-चलते फिर कहा, ''कोई भी जरूरत हो, आप मुझे निस्संकोच याद कर सकती हैं। मेरे क्वार्टर का नम्बर छः है।''

''एक्सक्यूज मी डाक्टर साहब,'' उषा जरा झिझकी परन्तु कह दिया, ''हो सके तो पढ़ने के लिये कुछ दे सकेंगे?''

''अखबार भिजवा दूँ?''

''अखबार या कोई पुस्तक। मैंने डैडी से भी कहा है पर वे दोपहर या शाम तक भिजवा सकेंगे।''

"जरूर प्रयत्न करूँगा।"

डाक्टर पंडित का विद्यार्थी है, भला है, मिसेज़ पंडित का भी हौसला बढ़ा। पूछ लिया, "डाक्टर साहब, इसकी टाँग किसी तरह जल्दी ठीक नहीं हो सकती?"

"माता जी, जल्दी का ही उपाय किया जा रहा है।"

"आप तो कहते हैं, हफ्ते भर बाद छः हफ्ते के लिये प्लास्टर लगेगा। प्लास्टर लगा रहेगा तो लड़की चल-फिर सकेगी?"

उषा ने झुँझलाहट से माँ की ओर देखा।

परेशान माँ के अज्ञान पर सेठ हँसा नहीं, "प्लास्टर में चलना-फिरना तो कठिन होगा; कुर्सी पर बैठ सकेंगी। बगल में बैसाखी लेकर दस-बीस कदम चल भी सकेंगी। क्या इम्तहान-विम्तिहान की फिक्र है?"

"नहीं, डाक्टर साहब।" माँ ने गहरा साँस लिया, "इम्तहान तो ईश्वर की कृपा से पूरा हो गया। बेचारी उसी दिन आखिरी पर्चा करके आ रही थी।"

"तो फिर क्या चिन्ता?"

"डाक्टर साहब, इसकी तो शुरू जून में शादी है। लड़का पी० सी० एस० है, उसे शादी के बाद ट्रेनिंग के लिये जाना है।"

उषा को माँ की व्याकुलता से झेंप अनुभव हो रही थी। माँ को रोकती भी कैसे!

"जून शुरू तक तो…मुश्किल है।" सेठ ने माँ की चिन्ता से सहानुभूति प्रकट की। दोनों हाथ कमर के पीछे पकड़े, कदम सुविधा से फैलाकर आराम से हो गया। "तारीख बदलवा लीजिये। आप लोगों के यहाँ तो हिन्दुओं की तरह लगन-साइत का झंझट होता नहीं। तीन-चार मास बाद चलने-फिरने लगे तो ठाठ से शादी कीजिये। हमें भी खबर दीजियेगा, भूलियेगा नहीं।" सेठ ने हँसकर उषा की ओर देखा। उषा की पलकें झुक गयीं।

"जरूर डाक्टर साहब," माँ ने हामी भरी, "आपको कैसे भूल सकते हैं!"

डाक्टर सेठ के जाने के कुछ देर बाद एक नौकर लड़का दैनिक अखबार दे गया। दस बजे तक अमित रोज़ी को लेकर आ गया। उषा के लिये एक उपन्यास भी लाया था। उषा ने तुरन्त अखबार छोड़ पुस्तक उठा ली—'वदरिंग हाइट्स।'

"हाय बुद्धू, क्या ले आया, मेरा पढ़ा हुआ है।"

जीजी, तुमने दुनिया भर के नावेल चाट लिये तो डैडी क्या करें। कल दूसरा ले आऊँगा।" अमित ने कहा।

रोज़ी उषा के पास रह गयी। माँ बेटे के साथ लौट गयी। उषा अखबार के रविवार-पत्रिका अंश में से रोचक भाग पढ़ती रही। दोपहर खाने के बाद उसे झपकी आ गयी। रोज़ी समीप के खाली पलंग पर लेट गयी थी। उषा के उठने पर उसने बताया, "एक मुंडा (लड़का) आया था। डाक्टर ने तेरे वास्ते किताब दी है।"

अच्छी भारी पुस्तक। उषा ने कौतूहल से पुस्तक देखी। पुस्तक अंग्रेजी में। 'माई स्टोरी'—जवाहरलाल नेहरू। आरम्भ में पंडित जवाहरलाल नेहरू का और बीच में उनके पारिवारिक चित्र। पंडित जवाहरलाल के नाम से कौन-पढ़ा लिखा व्यक्ति अपरिचित था। उषा जानती थी, बहुत बड़े नेता हैं। याद आ गया: कुछ मास पूर्व, पिछले दिसम्बर में

पंडित नेहरू को देखा था। यूनिवर्सिटी में कन्वोकेशन एड्रेस देने आये थे। नेहरू के आदर में कैसरबाग से यूनिवर्सिटी तक सड़क के दोनों ओर भारी भीड़ थी, नारे लग रहे थे: जवाहरलाल नेहरू जिन्दाबाद! पंडित नेहरू जिन्दाबाद। भीड़ को सम्हालने के लिये काफी पुलिस। कालेज की लड़कियाँ भी नेहरू को देखने के लिये उत्सुक थीं। दूर से देखा था: नेहरू लोगों को दर्शन देने के लिये चलती मोटर में खड़े, भीड़ का उत्तर दे रहे थे। हैण्डसम, नसवारी शेरवानी, सफेद गांधी टोपी, चूड़ीदार पायजामा, सीने पर लाल गुलाब की कली। देखे हुए व्यक्ति की कहानी पढ़ने के लिये कौतूहल उमग उठा। तुरन्त पढ़ने लगी।

खाने के पहले अखबार का पत्रिका अंश पढ़ते समय और खाते समय भी उषा के मन में दूसरी बातें आ-जा रही थीं। मार्च के अन्त में निर्मल का पत्र आया था। उषा ने संक्षिप्त उत्तर दे दिया था···७ अप्रैल को अंतिम पेपर है। उस दिन फिर लिखूँगी। अंतिम पेपर के बाद वह घर के बजाय हस्पताल पहुँच गयी। लिख सकने की स्थिति में न थी। निर्मल ने सोलह-सत्रह तक ईस्टर संडे से पूर्व लखनऊ पहुँचने के लिये लिखा था। ···आते ही क्या समाचार मिलेगा। निर्मल के दुख की कल्पना से दिल भर आया।

मम्मी-डैडी की बातों से अनुमान था कि दुर्घटना का समाचार अभी पंत परिवार को नहीं दिया जा सका था। मिसेज़ पंत चर्च मिस न करती थीं। संध्या चर्च में उनसे भेंट होगी। बेचारी सुनकर कितनी व्याकुल होंगी। वे लोग जरूर आयेंगे! सिर पर पट्टी, बाँह पर पट्टी, टाँग बँधी हुई कैसी लगूँगी! हाय, कितना बुरा लगेगा···कांट हेल्प। चर्च से लौटकर अमित बेबे के लिये खाना लेकर आयेगा तो पता चलेगा, निर्मल की मम्मी ने क्या कहा? निर्मल को घर पहुँचते ही सैड न्यूज···खैर तब तक प्लास्टर के बाद घर पहुँच जाऊँगी। मुझे पलंग पर जख्मी पड़ी देखकर उसे कैसा लगेगा। उषा इस उधेड़बुन में कुछ देर उलझी रही। फिर 'मेरी कहानी' आरम्भ की तो उसमें गहरी डूब गयी।

पढ़ते-पढ़ते सहसा अंधकार। उषा की आँखों को दो हाथों ने दबा लिया था।

"कौन?" उषा के मुँह से निकला। खुली पुस्तक सीने पर रखकर आँखों पर दबे हाथ पहचानने के लिये बायाँ हाथ उठाकर आँखें बन्द करने वाले का सिर-चेहरा टटोले, "चित्तू!"

चित्रा आयी तो उषा पुस्तक में गहरी डूबी थी। बिना एड़ी की सैंडल की आहट न पा सकी। उषा को पुस्तक में रमी देख चित्रा को अच्छा लगा। रोज़ी उसे पहचानती थी। चित्रा ने ओठों पर उँगली रखकर चुप का संकेत कर दिया था। रोज़ी मुस्कराकर सहेलियों का खेल देखती रही। आहट बचाकर उषा के सिराहने के पीछे चली गयी। चौंकाने के लिये उसकी आँखों पर हाथ रख दिये। उषा को पहचानते में असुविधा न हुई। चित्रा ऐसी हरकत पहले भी कर चुकी थी। उषा उसके हाथों, उँगलियों के स्पर्श से परिचित थी।

"कैसी डूबी हुई थी पढ़ने में!" चित्रा पलंग पर उषा से सटकर बैठ गयी, "किताब के बहाने अपने चितचोर के सपने देख रही होगी।"

"हाय चित्रा, बहुत ही इंटरेस्टिंग।" उषा ने बताया। पुस्तक का शीर्षक दिखाया। भीतर के दो-तीन चित्र दिखाये।

''ही इज ए ग्रेट मैन।' चित्रा ने माना, ''हमने दो बार नजदीक से देखा है। बक्शी साहब रिश्ते में हमारे फूफा होते हैं। उन्हीं के यहाँ ठहरते हैं ये लोग।''

शुक्र संध्या चित्रा आयी थी तो उषा बात करने लायक स्थिति में न थी। अन्य बहुत से लोग थे। अब दोनों अकेली थीं। रोज़ी का होना न होना बराबर। दोनों में घुट-घुटकर बातें होने लगीं।

''मरी, साइकल से गिर कैसे पड़ी? क्या चितचोर के सपनों में खो गयी थी!''

उषा ने संक्षेप में दुर्घटना का ब्यौरा दिया।

''पागल, तुझे उन लफंगों से रेस करने की क्या जरूरत थी!'' चित्रा ने चिन्ता प्रकट की, ''ऐसी हालत में तेरी सगाई और जून में शादी कैसे होगी?''

''परमेश्वर जाने···मेरे या किसी के बस में क्या है!'' उषा का स्वर उदास हो गया।

''पागल, मन छोटा करने की क्या बात है!'' चित्रा ने झुककर उषा के गालों पर प्यार किया, ''लोग कहते हैं, पाने से चाहने के दिन ज्यादा मीठे होते हैं। वह तेरा, तू उसकी हो चुकी। दो-चार महीने में क्या फरक हो जायेगा। मैं तो कहती हूँ, एक तरह अच्छा हुआ।'' चित्रा उषा के मुँह की ओर झुक गयी, ''जून के शुरू में शादी हो जाती। पंत ट्रेनिंग पर चला जाता। तू बिरहन बनकर बैठ जाती। आहें भरती रहती। दिसम्बर में ट्रेनिंग से लौटेगा तब शादी ज्यादा अच्छी।'' चित्रा ने आँख मारी, ''लोग कहते हैं जाड़ों की शादी ज्यादा अच्छी होती है।''

उषा को हँसी आ गयी, ''मर बेशरम! तेरी कल्पना में बस एक बात।''

उषा का मन बहलाने के लिये चित्रा कहती गयी, ''सोलह-सत्रह को पंत लौट रहा है। खबर पाते ही दौड़ा आयेगा। सुबह-शाम आकर तेरे सामने बैठेगा। आँखों-आँखों में बातें हुआ करेंगी। बड़ी खुशकिस्मत है। हमारी भी तो सगाई हुई है। हमारा हाल देख, न खत लिख सकते हैं, न बात कर सकते हैं।''

उषा और चित्रा में बतरस के लिये प्रसंगों का अंत न था। छः बजे हस्पताल की घंटी बज गयी। मरीजों से भेंट के लिये आये लोगों को लौट जाने का संकेत। चित्रा कुछ मिनट बाद उठी। फिर आने का आश्वासन दे गयी।

पुस्तक बहुत रोचक थी, परन्तु चित्रा उससे भी मार्मिक स्मृतियाँ उकेर गयी थी। उसके चले जाने के बाद उषा बहुत देर तक पुरानी यादों में तैरती-उतराती रही।

पंडित परिवार रविवार संध्या नियम से गिरजा जाता था। उषा का गला अच्छा था, स्वयं लय पकड़ लेती थी। बचपन से ही कॉयर (प्रार्थना संगीत मंडली) में भाग लेने लगी। कैंट रोड और कंधारीबाग गली के अधिकांश परिवार अमेरिकन मैथोडिस्ट चर्च के मेम्बर थे। पंत परिवार का भी इसी गिरजे से पुराना सम्बन्ध था। पंत साहब व्यस्तता से कभी गिरजा न भी जाते। मिसेज़ पंत अधिक निष्ठावान थीं। मिसेज़ पंत पहले उषा को स्नेह वात्सल्य की दृष्टि से देखती थी। गत नवम्बर के आरम्भ में पंडित परिवार से सम्बन्ध की बात हो जाने के बाद उषा दिखायी दे जाती तो उसे बाँह में ले, ठोड़ी छू, सिर चूमकर आशीर्वाद देतीं। अपनी ऊँची स्थिति की चिन्ता न कर पंडित और मिसेज़ पंडित से भी कुशल-मंगल पूछ लेतीं।

सात के लगभग उषा के लिये हस्पताल का खाना आ गया। रोज़ी ने उषा को सहारा देकर पीठ पीछे तकिये लगा दिये। सामने तौलिया फैलाकर खाने की ट्रे रख दी। उषा ने अपने हाथ से खा लिया। फिर पुस्तक आरम्भ न की। अनुमान था: अमित आठ तक रोज़ी के लिये खाना लेकर आयेगा। उससे पंत परिवार से भेंट का समाचार मिलेगा। उसके बाद पढ़ेगी। सवा आठ तक अमित आ गया। पूर्व निश्चय अनुसार पंत परिवार से बात करने के विचार से पंडित दम्पति और चौहान दम्पति साथ-साथ गये थे।

गिरजे के आँगन में चौहान दम्पति और पंडित दम्पति को देख मिसेज़ पंत उनकी ओर बढ़ आयी थीं। दोनों ओर से गुड ईवनिंग। मिसेज़ पंत ने उषा को न देख विस्मय प्रकट किया।

मिसेज़ पंडित का गला भर आया। पड़ोसिन के प्रति सहानुभूति में उत्तर मिसेज़ चौहान ने दिया: साइकल फिसल जाने से लड़की को चोट आ जाने की दुर्घटना। परमेश्वर की कृपा से कोई घातक चोट नहीं आयी। चेहरे-मोहरे पर कोई खरोंच भी नहीं। हाँ गिरने से जाँघ की हड्डी में कुछ ज़रब आ गयी थी··· । डाक्टर चौहान ने बात सम्भाली। डाक्टरी भाषा में बताया : फीमर का सिम्पल फ्रैक्चर। नथिंग सीरियस। ठीक होने में अधिक समय न लगना चाहिये। डाक्टर सिन्हा बहुत लायक सर्जन हैं। जाँघ की हड्डी गलत जुड़कर टाँग में लँगड़ापन रह जाने की आशंका दूर करने का उपाय भी कर दिया। टखने की हड्डी में सूराख कर सलाख डालकर उसे वज़न से बाँध ठीक जगह खींच दिया गया है। आपरेशन बहुत नीट हुआ है। समय तो कुछ लगेगा परन्तु टाँग में ऐब रह जाने की कोई आशंका नहीं··· ।

समाचार से मिसेज़ पंत का चेहरा फक। आँखें चिन्ता और समवेदना से अपलक। पर्स से हैंकी निकालकर आँखों के कोने पोंछे। दीर्घ निश्वास लिया, "परमेश्वर की दया असीम है। इलाज से जरूर जल्दी ठीक हो जायेगी। बस, बेपरवाही न हो। हम उसकी सेहत के लिये प्रभु जीज़स से दुआ करेंगे। लौटकर साहब को खबर देंगे। हम लोग कल आयेंगे। हमारे लायक काम हो तो जरूर बताना, संकोच न करना।"

मिसेज़ पंडित ने भी रूमाल से आँखें पोंछकर धन्यवाद दिया, "परमेश्वर की कृपा का ही भरोसा है। हम तो उसके साधन हैं। माँ-बाप बस चलते बच्चों के लिये क्या नहीं करेंगे। सहायता के लिये आपसे नहीं कहेंगे तो किससे कहेंगे। लड़की तो आपकी हो चुकी। हमारे यहाँ तो आपकी अमानत है।" मिसेज़ पंडित फिर आँखें पोंछने के लिये रुकीं तो मिसेज़ चौहान ने जोड़ा, "यह लोग ठीक कह रहे हैं, ऐसी हालत में विवाह जून में कैसे हो सकेगा। दोनों तरफ की सुविधा सोचकर कोई दूसरी तारीख ठीक कर ली जाय··· ।

"हाँ हाँ," मिसेज़ पंत ने स्वीकार किया, "ऐसे कामों में उतावली ठीक नहीं। पहले इलाज। उतावली काम शैतान का। अब बैठा जाय, प्रार्थना आरम्भ हो रही है।" वे चर्च के दरवाज़े की ओर घूम गयीं।

चर्च से लौटते समय मिसेज़ पंत ने पंडित और चौहान परिवार को गुड-नाइट कहते समय फिर सान्त्वना देकर ताकीद की, "बेटी का इलाज पूरी सावधानी से होना चाहिये। उसे हमारा प्यार देना और दुआ कहना। हम साहब के साथ आयेंगे। हमारे लायक काम बताने में जरा भी संकोच न हो।"

अमित ने सारी बात उषा को अंग्रेजी में बतायी। बेबे को हिन्दुस्तानी में बताया—सुनकर मिसेज़ पंत को रोना आ गया। कल आयेंगी।

चर्च में भेंट का प्रसंग अमित से सुनकर उषा सोचती रही, निर्मल की मम्मी कितनी डिसेन्ट और अफेक्शनेट हैं। स्मृतियाँ साकार होने लगीं। उनका तारतम्य यों था:

बरस भर पहले तक पंडित और पंत परिवारों में एक चर्च के मेम्बर होने के नाते परिचय था, विशेष सामीप्य नहीं। दोनों की स्थिति में बहुत अन्तर। पूर्णचन्द्र पंत साहब सेक्रेटेरियेट में शनैः शनैः उन्नति करके अब अर्थ विभाग में अण्डर सेक्रेटरी। उस ज़माने में हिन्दुस्तानी के लिये बड़ी बात। पंडित क्रिश्चियन इंटर कालेज में टीचर या लेक्चरार थे। कुछ लोग उन्हें सम्मान से प्रोफेसर भी पुकार लेते। समाज में पंडित की विद्वत्ता का आदर था। पादरी के अनुरोध पर साल में एक-दो बार चर्च में उनका भाषण भी हो जाता। आखिर थे तो मास्टर, वेतन केवल एक सौ पचहत्तर। उस ज़माने में वह भी कम न था, परन्तु पंत साहब से क्या मुकाबला। उषा कॉयर में भाग लेती तो मिसेज़ पंत उसके स्वर की सराहना करती थीं। इसी नाते उषा पर उनका स्नेह और कृपा।

१९३७ का सितम्बर मास। उस रविवार संध्या भी उषा और नोरा कॉयर में थीं। कैंट रोड के चर्च के कांग्रिगेशन (प्रार्थना समाज) में काफी लोग आते थे। फिर भी नौजवान लड़के-लड़कियाँ देखने लायक लड़के-लड़कियों को देख ही लेते। नोरा ने उषा के कान में फुसफुसाया, "पंत तुझे देख रहा है।"

"कौन पंत?"

"एन० सी० पंत···अपनी मम्मी मिसेज़ पंत के बायें।"

"उषा की नज़र उस जवान की ओर स्वयं भी गयी थी। नमकीन गंदमी चेहरा, स्वस्थ स्पोर्ट्समैन टाइप, हैण्डसम! दो बार उड़ती-उड़ती नज़रें मिल गयी थीं। नोरा की बात सुनकर वह शरमा गयी। फिर उधर न देख सकी। लगता था, पहले कहीं देखा है पर याद न आ रहा था, कब-कहाँ।

पूर्णचन्द्र पंत का बेटा निर्मलचन्द्र पंत पाँच बरस पूर्व लखनऊ में काल्विन कालेज से इंटर करने के बाद इलाहाबाद यूनिवर्सिटी में चला गया था। लखनऊ आता-जाता रहता था।

प्रार्थना समाप्त होने के बाद उषा डैडी मम्मी के साथ हो गयी थी। लोग चलने से पूर्व परस्पर गुड-नाइट कर रहे थे। मिसेज़ पंत बेटे के साथ पंडित परिवार की ओर आ गयी। उषा के गाने की प्रशंसा कर पंडित दम्पति को बधाई दी। परिचय कराया—हमारा बेटा निर्मलचन्द्र। पिछले साल इलाहाबाद से एम० ए० किया था। ईश्वर की कृपा और आप सब मित्रों की सद्भावना से पी० सी० एस० में आ गया। शुरू में तो डिप्टी कलक्टरी ही है परन्तु ईश्वर की कृपा से कलेक्टर प्रोमोट हो सकता है।

मिसेज़ पंत और मिसेज़ चौहान में चर्चा हुई। फिर मिसेज़ चौहान और मिसेज़ पंडित में सूचनाओं का आदान-प्रदान, विचार-विमर्श। मिसेज़ पंडित और पति में विचार। बातचीत उषा से परोक्ष और फुसफुसाहट में हुई। ऐसी बातों से घर की हवा में गुदगुदी भर जाती है। उषा को भनक और संकेत मिल रहे थे। डैडी की बात साफ: लड़की की परीक्षा हो जाये···लड़की-लड़का दोनों समझदार हैं। पहले उनकी राय जाननी चाहिये।

उषा का विचार तो एम० ए० करने का है। वह क्या कहती है?…साल डेढ़ साल का समय उन्हें देना चाहिये। एक-दूसरे को समझ-पहचान लें।

चन्द्रा चौहान प्रायः शनिवार संध्या होस्टल से घर आ जाती थी। चन्द्रा की छोटी बहिन रीटा दसवीं में थी। रीटा ने दो दिन पूर्व सुन लिया था, पंत फैमिली निर्मलचन्द्र के लिये उषा को चाहते हैं। इतनी बड़ी बात मन में कैसे समेटे रहती। बहिन के आते ही किलक कर खबर उड़ेल दी।

चन्द्रा ने नाभि से गहरा साँस खींचा। निर्मल पंत के बारे में कभी सोचा न था। उषा से प्रतिद्वन्द्विता का प्रश्न न था, परन्तु वह बाईस पूरे कर चुकी थी, उम्र के लिहाज से हक पहले उसका था। उस जमाने में—शायद अब भी—लड़की चाहे जितना पढ़-लिख ले, अपने जीवन की परिणति और सफलता विवाह में ही समझती थी। पास-पड़ोस, परिचय में कुमारी जवान लड़की को अपने से कम आयु लड़की की सगाई-ब्याह का समाचार सुनकर लगता है, उसे धोखे या धक्के से क्यू में पीछे हटा दिया गया। अपने व्यक्तित्व की उपेक्षा या अवहेलना की कचोट। चन्द्रा ने मन को समझाया…अपना-अपना चांस। प्रसन्नता प्रकट करना जरूरी था।

चन्द्रा तुरन्त पंडितों के यहाँ दौड़ी गयी। उषा को बाँहों में भर लिया, "कान्ग्रेचुलेशन्स!"

"क्यों?…क्या हुआ?"

"वाह!" चन्द्रा को विस्मय हुआ, "बड़ी भोली है। एन० सी० से तेरी मैरेज की बात!"

"कौन एन० सी०?" उषा अधिक जान सकने के लिये अनजान बनी।

"अरी निर्मलचन्द्र पंत! पूर्णचन्द्र पंत अंडर सेक्रेटरी का लड़का। सुना है, डिप्टी कलेक्टरी में आ गया, कलेक्टर बनेगा। कलेक्टर की वाइफ बनकर हमें न भूल जाना।"

छोड़ो इन ठलुआ अफवाहों को। पहले अपना बताओ।" उषा ने मन का पुलक छिपा बेपरवाही दिखायी।

अगले रविवार एन० सी० पंत फिर चर्च में दिखायी दिया। उषा को उसकी दृष्टि से रोमांच हो जाता परन्तु नज़रें बचाये सामान्य बनी रही। पंत दम्पति पंडित और मिसेज़ पंडित से कुशल-मंगल पूछ रहे थे। निर्मल ने उसे सम्बोधन किया, "गुड ईवनिंग मिस पंडित, आप बहुत अच्छा गाती हैं। आई० टी० में म्यूज़िक क्लास भी होती है?…बी० ए० फाइनल कर रही हैं। इंगलिश लिटरेचर में विशेष रुचि है, दैट्स फाइन।"

प्रार्थना के बाद पंत दम्पति और मिसेज़ चौहान फिर पंडित-मिसेज़ पंडित की ओर आ गये। पंत ने बात की, "इस बुधवार को गंगा स्नान की छुट्टी होगी। आपका पूर्व निश्चित कार्यक्रम न हो तो साँझ पाँच बजे सिकन्दरबाग में साथ चाय पी जाये। लड़के-लड़कियाँ सब लोग आयें। मिसेज़ चौहान आप भी, रीटा को भी जरूर लाइयेगा।"

सिकन्दरबाग में पिकनिक का निमंत्रण पंत ने दिया था परन्तु मिसेज़ पंडित ने भी कुछ पेस्ट्री नमकीन मँगवा लिये। उषा की कंघी-चोटी और कपड़ों की चुस्ती-दुरुस्ती की ओर विशेष ध्यान। उषा को अनुमान था, पिकनिक में निर्मल भी होगा। स्वयं सुरुचि से तैयार हुई।

पंत परिवार ने बाग में एक घने वृक्ष के नीचे चाय का जमाव किया था। चाय के लिये स्टोव, केतली, प्लेट-प्याले सब सामान था। मदद के लिये साहब का अर्दली सिब्तेहसन। मिसेज़ पंत परोसने लगीं तो माँ के संकेत से उषा बढ़ आयी, ''आंटी, मे आई हेल्प यू, मुझे बताइये।''

मिस्टर पंत और पंडित में बातचीत चल रही थी: साढ़े तीन मास पूर्व कांग्रेस मंत्रिमण्डल ने शासन का उत्तरदायित्व संभाल लिया था। पंत हँस रहे थे''' मिनिस्टर तो बन गये परन्तु अभी इन लोगों को शासन की समझ या अनुभव क्या? काम पहले भी सब सेक्रेटरी करते थे, अब भी वही। हाँ, अब टाइम ज्यादा लगता है। सिफारिशें बहुत आने लगी हैं। जिसे देखो दफ्तर में धँसा चला आ रहा है।

चाय पीते-पीते निर्मल ने उषा की ओर देखा, ''मिस पंडित, बताइये हमारे ऊपर इस वृक्ष का नाम क्या है?''

''अशोक।'' उषा ने बताया, ''यूनिवर्सिटी रोड पर यही पेड़ हैं। वे सीधे ऊँचे हैं। यह फैलाव में छाँटा गया है। पत्ते एक जैसे हैं।''

''अच्छा, वह बायें हाथ क्यारी में, खूब चौड़े गहरे हरे पत्ते, लाल-पीले बड़े-बड़े फूल हैं?''

''कैना। हमारे कालेज में बहुत हैं।''

निर्मल ने दूर दिखायी देते फूलों का नाम पूछा। उषा नहीं बता सकी।

''वे एक्ज़ोरा हैं। इसके गुच्छों की गठन बहुत सुन्दर होती है। नज़दीक से देखिये। देखें, आप कितने फूलों-झाड़ियों के नाम बता सकती हैं?''

अमित, पद्मा, पंत साहब की छोटी बेटी पप्पुल और रीटा भी इधर-उधर घूमने लगे थे। निर्मल और उषा एक्ज़ोरा की क्यारियों की ओर बढ़ गये। निर्मल फूलों और झाड़ियों के नाम पूछता-बताता जा रहा था। दोनों सौ-सवा सौ कदम एक ओर चले गये।

''मिस पंडित, अनुमति हो तो बात करना चाहता हूँ।''

''हूँ'' उषा ने स्वीकारा। समझ गयी, इसीलिये इधर आये हैं। लज्जा और उत्कंठा की धक-धक।

''मिस पंडित, शायद आप जानती हैं, हम दोनों के सम्बन्ध के लिये चर्चा चल रही है।''

''हाँ'' के संकेत में उषा की गर्दन झुक गयी। साड़ी का छोर उँगलियों में दबा लिया।

''इस विषय में अन्तिम निर्णय हम लोगों को ही करना चाहिये।''

उषा का गला लाज से रुँधने लगा। उषा ने संकेत से अनुमति प्रकट की।

''मिस पंडित, ऐसे निर्णय जीवन भर के लिये होते हैं इसलिये बात निस्संकोच, पूर्ण स्पष्टता और सावधानी से होनी चाहिये। मेरी ओर से स्थिति स्पष्ट है। जितना आपको जानने का अवसर मिला है, मैं इस सम्बन्ध को अपना सौभाग्य समझूँगा। इफ यू परमिट मी टू बी फ्रैंक, आई हैव लाइक्ड यू वेरी मच। आई बेग यू, प्लीज बी फ्रैंक। यू थिंक, यू कैन लाइक मी?''

उषा का सम्पूर्ण शरीर कंटकित। गले में लाज का अवरोध। गर्दन झुक गयी। पल भर सम्भल कर उत्तर दिया, ''आई थिंक सो।'' पसीना आ गया। गर्दन झुकाये

रहना फूहड़पन, अभद्रता लगी। कनखी से निर्मल की ओर देखा तो लाज से मुस्करा दिया।

मिसेज़ चौहान की मार्फत पंत दम्पति का संदेश आया: लड़का-लड़की राज़ी हैं। अँगूठी बदलौवल से सगाई पक्की हो जाये। शादी की तारीख जनवरी-फरवरी में तय कर ली जाये। समय कम है। बात पक्की हो जाये तो तैयारी शुरू की जाये। मिसेज़ पंडित के लिये मानो झोली में चाँद आ पड़ा। उसकी राय थी···बात चली है तो काम हो ही जाना चाहिये। समधी के संतोष के लिये सब कुछ करना पड़ेगा।

पंडित को इतनी जल्दी नापसंद। बेटी की परीक्षा समाप्त हो जाने से पहले उसका ध्यान दूसरी बातों में न बँटने देना चाहते थे। उषा भी परीक्षा के बाद ही चाहती थी। आई० टी० का अपना वातावरण है। वहाँ विवाहित अध्यापिकायें तक पसन्द नहीं की जातीं। वह उँगली में सगाई की घोषणा अँगूठी पहनकर जाती तो उसका तमाशा बन जाता।

मिसेज़ चौहान ने पंत परिवार की ओर से विवाह के लिये जल्दी की मजबूरियाँ समझायीं। निर्मल को जुलाई में छः मास ट्रेनिंग के लिये जाना था। पंत दम्पति चाहते थे, विवाह उससे पहले हो जाये। लड़का-बहू कुछ दिन साथ रह लें। इसके अतिरिक्त मिसेज़ चौहान ने स्पष्टवादिता से काम लिया।

पी० सी० पंत अट्ठावन पूरे कर रहे थे। तीन वर्ष पूर्व रिटायर होने का समय आया तो तीन वर्ष का एक्सटेंशन मिल गया था। एक्सटेंशन अगस्त तक समाप्त। अब और एक्सटेंशन की क्या आशा हो सकती थी। फाइनेन्स के अंडर सेक्रेटरी थे। पी० डब्ल्यू० डी० और दूसरे डिपार्टमेंट्स में भी लिहाज था। रिटायर हो जाने के बाद किसे खुशामद।

"अफसर की इज़्ज़त-कदर कुर्सी से।" मिसेज़ चौहान ने कहा, "रिटायर्ड अफसर और बूढ़े बैल को लोग सूखी घास नहीं डालते। जो लोग आज हरदम चुल्लू सामने किये हैं, बाजार-सड़क पर देखकर मुँह फेर लेंगे। विवाह के मामले में खर्च कम नहीं होता। दो लड़कियों के विवाह में काफी पिट गये हैं। सर्विस में रहते जो बात इशारे या मामूली अनुरोध में हो सकती है, रिटायर हो जाने के बाद उसके लिये सौ-दो सौ लगेंगे।"

यह बात नहीं कि पी० सी० पंत को सितम्बर '३७ से पहले बेटे का विवाह रिटायर हो जाने से पूर्व सम्पन्न कर लेने का ध्यान न आया हो। निर्मल के लिये वह दो बरस पूर्व चीफ एकाउण्ट्स आफिस, इलाहाबाद के सुपरिन्टेंडेन्ट मिस्टर जोशी की बेटी से तय कर चुके थे। निर्मल इलाहाबाद में था। दूसरे-तीसरे सप्ताह मिस्टर जोशी साहब के यहाँ आता-जाता रहता। सब बातचीत हो चुकी थी। पंत तभी चाहते थे, अँगूठी बदलौवल की रस्म करके सगाई पक्की हो जाये। विचार था, मार्च-अप्रैल में विवाह हो जाये। सगाई की बात मिस्टर जोशी ने टाल दी थी। वे चाहते थे, निर्मल ढंग से नौकरी पर लग जाये तभी सगाई पक्की की जाये।

मिसेज़ पंत ने मिसेज़ चौहान को बताया था, "हमें तो परमेश्वर ने बचा लिया।"···अंग्रेजी अमलदारी में सेक्रेटेरियेट गर्मियों में तीन मास के लिये नैनीताल जाता था। पंत परिवार नैनीताल में था। इलाहाबाद से जोशी परिवार भी नैनीताल आया हुआ था। मिसेज़ पंत ने मेल-जोल में सुना कि जोशी साहब की बेटी की तबीयत खराब थी।

मिसेज़ पंत मिज़ाजपुर्सी के लिये गयीं। लड़की को खाँसी का भयंकर दौरा आया था। पास-पड़ोस से पता लगा, लड़की को पुराना दमा है।

"बहिन, दमा तो लाइलाज होता है।" मिसेज़ पंत ने मिसेज़ चौहान को बताया, "हमने परमेश्वर को धन्यवाद दिया कि वक्त से पता लग गया। जोशी मिसेज़ जोशी यह बात छिपाये थे।"

पंत दम्पति ने परमेश्वर को धन्यवाद दिया···अच्छा हुआ जोशी साहब बात टालते रहे। देखकर मक्खी कौन निगल सकता है। पंत और मिसेज़ पंत के सामने विकट समस्या थी। इतनी जल्दी में अच्छे खानदान की सुलक्षणा लड़की ढूँढ़ लेना आसान न था। लड़की क्रिश्चियन होनी ही चाहिये, विशेषकर ब्राह्मण क्रिश्चियन! दोनों तरफ से खानदान ठीक हों। बहुत से क्रिश्चियन लोग लड़की सुन्दर या समझदार जँच गयी जो लड़की के माँ-बाप की, जात-वात की चिन्ता नहीं करते।

परमेश्वर की दया से मिसेज़ पंत को लखनऊ में ही बचपन से देखी-भाली स्वस्थ, चुस्त, सुन्दर, समझदार लड़की का ध्यान आ गया: प्रोफेसर डी० एन० पंडित की बेटी उषा। पंत ने पत्नी के विचार का समर्थन किया।

पंडित दम्पति से बात चलाने के लिये सबसे उपयुक्त माध्यम मिसेज़ चौहान थी। स्थिति नाज़ुक थी। मिसेज़ चौहान की अपनी बेटी की बात अभी कहीं तय न हो पायी थी। चन्द्रा का चेहरा जरा बड़ा और रंग काफी ढका हुआ था। उम्र में उषा से बड़ी, बदन भी भारी। मिसेज़ पंत ने निर्मल के पी० सी० एस० में आ जाने और जोशियों की दगाबाज़ी से प्रसंग आरम्भ किया तो पेशबन्दी के तौर पर कह दिया, "बहिन, जात-पात के बहस में तो हम लोग नहीं पड़ते पर हमारे यहाँ अब तक सब रिश्ते ब्राह्मणों में ही हुए हैं। रिश्तेदारों की राय का भी खयाल करना पड़ता है। मिस्टर पंत कहते हैं कि लड़की-लड़के की उम्र में चार साल का फर्क होना चाहिए। लड़कियाँ लड़कों से जल्दी मैच्योर हो जाती हैं। निर्मल तेईस का हो गया। (एक बरस घटाकर बताया)। मिस्टर पंत कहते हैं लड़की बीस के नीचे हो। इतना भी फरक न हो तो लड़की हस्बैंड की रिस्पेक्ट नहीं कर सकती।···जानती हो, हमें दान-दहेज की तो फिक्र है नहीं। लड़की चुस्त, देखने में ठीक, कल्चर्ड हो। खानदान ठीक हो।···मिस्टर पंत चाहते हैं, रिटायर होने से पहले लखनऊ में ही काम हो जाये। जानती हैं, हमारे तो सैकड़ों मिलने वाले। देहात-पहाड़ में जाकर शादी करेंगे तो बड़े लोगों की खातिर लायक सुविधा कहाँ से जुटायेंगे। लोगों को अलग परेशानी होगी। फरवरी-मार्च में काम निबट जाये···न हो लेटेस्ट मई जून में।"

पंडित उषा का विवाह इतनी जल्दी न निबटा देना चाहते थे। मिसेज़ पंत ने मई में ही कार्य सम्पन्न कर देने की आवश्यकता के लिये जो परिस्थितियाँ बतायीं, उनसे पंडित को खास सहानुभूति न थी परन्तु मिसेज़ पंडित इस सौभाग्य को किसी प्रकार हाथ से फिसल जाने न देना चाहती थी। बेटी के लिये इतना अच्छा वर पा सकने के लिये वह सभी कुछ करने को तैयार। आठ-दस मास पूर्व उषा विवाह के प्रसंग पर कह देती थी: लाइफ में मैरेज ही सब कुछ नहीं है। हम तो बी० ए० के बाद यूनिवर्सिटी में एम० ए० करेंगे। सगाई के लिये अँगूठी बदलौवल की रस्म पर उषा ने जरूर आपत्ति की: परीक्षा से पहले हम कुछ नहीं करेंगे। हम वैसी अँगूठी पहनकर कालेज नहीं जा सकते हैं।

जून में शादी के प्रस्ताव पर वह मौन रही। सियानी बेटी मौन से अनुमति प्रकट कर रही थी तो पंडित क्या करते।

मिसेज़ पंत ने बातचीत में उषा की जन्मतिथि-समय पूछ लिया था। चुपचाप अपने विश्वास के ज्योतिषी से लड़के-लड़की के जन्म नक्षत्रों के योग विचार कर और मिस्टर पंत की सुविधा देखकर विवाह के लिये जून का दिन निश्चय कर लिया था। यह बात तो आयी-गयी, लेकिन मिसेज़ पंत ने मिस्टर जोशी की बेटी करुणा और निर्मल के ग्रहों-नक्षत्रों के संबंध की अनुकूलता के सम्बन्ध में भी उसी ज्योतिषी से राय ले ली थी। पंत ग्रहों-नक्षत्रों में अपने पुरखों के विचार केवल वहम नहीं मानते थे। उनका कहना था: नक्षत्र हैं तो उनका प्रभाव भी हो सकता है। अंधेरा, रोशनी, ऋतुएँ सब नक्षत्रों के प्रभाव से होती हैं। नक्षत्रों का विचार रखने से लाभ न हो, हानि की तो आशंका है नहीं। जून में विवाह की औपचारिक घोषणा तो गिरजा में बैन (शादी की सूचना) लगाने पर ही की जाती। दोनों परिवारों में बात पक्की समझ ली गयी थी। उसी हिसाब से तैयारी भी हो रही थी।

बड़े दिन से पूर्व संध्या पंत साहब के यहाँ दावत थी। पंडित परिवार भी निमंत्रित था। उषा ने क्रिसमस कैरोल गाये। निर्मल को उषा की खातिर-सुविधा का विशेष ध्यान था। मिसेज़ पंत उषा पर निछावर हो रही थीं। सभी मेहमान भावी सम्बन्ध के बारे में जान गये।

उषा स्मृतियों में खोई सुन्न थी। रोज़ी को सन्देह हुआ, लड़की को नींद आ गयी। उसने उषा के चेहरे पर झुककर देखा। उषा मुस्करा दी। कुछ मिनटों में महीनों की बातें…सोचा, उन स्मृतियों में तो सारी रात बीत सकती है। 'मेरी कहानी' पुस्तक शुरू कर दी। ऐसी मग्न हुई कि समय का खयाल न रहा।

नर्स ने वार्ड में झाँका, "हैलो, अभी तक पढ़ रही हो। अब सोना चाहिये। साढ़े दस बज रहे हैं।"

"थोड़ा और पढ़ लूँ।" उषा ने अनुरोध किया, "अभी सो जाऊँगी।"

"माई गॉड," नर्स ने दूसरी बार टोका, सवा बारह बज गये थे। "नो-नो, यू मस्ट स्लीप।" नर्स ने बत्ती बुझा दी। उषा को पुस्तक रख देनी पड़ी।

प्रातः आठ बजे के लगभग डाक्टर सेठ आया। उषा को पुस्तक में रमे देखकर खुश हुआ, "बहुत तेज पढ़ती हैं!" सेठ ने बताया, इस सोमवार से उसकी ड्यूटी वार्ड नम्बर दो और स्टूडेंट वार्ड में हो गयी है।

सोमवार मिसेज़ पंडित दोपहर बाद तीन बजे ही पद्मा के साथ हस्पताल के लिये तैयार। पति से कहा, "आप वक्त से आ जाइयेगा। हम चल रहे हैं। कल चर्च में सब लोगों ने सुना है। कुछ लोग लड़की को देखने आ सकते हैं। हम चलकर उसके कपड़े ठीक कर दें।"

मिसेज़ पंडित को संतोष हुआ, लड़की के सिर की पट्टी सुबह खुल गयी। रोज़ी ने चिलमची पकड़वा कर बेटी का मुँह धोया। कंघी करके दो चोटियाँ बाँधीं। ब्लाउज बदलवाया। बिस्तर पर साफ चादर बिछवा दी।

पद्मा बहिन के कान पर झुक गयी, "जीजी, तुम्हारी मदर-इन-ला आयेगी। कल चर्च में उन्हें पता लग गया है। खूब सज जाओ।"

''चुप रह।'' उषा ने डाँटा, ''बड़ी पुरखिन बनती है।''

मिसेज़ पंडित की सावधानी व्यर्थ न थी। चर्च में समाचार पाकर फादर चैटर्जी और पाँच व्यक्ति समवेदना में धैर्य बँधाने और सहानुभूति प्रकट करने आये थे।

पंडित ने उषा के सिरहाने रखी पुस्तक कौतूहल से उठाकर देखी, ''पंडित नेहरू की आत्मकथा पढ़ रही हो! डाक्टर सेठ ने दी होगी। कैसी है पुस्तक?''

''डैडी, बहुत ही रोचक।'' उषा ने उत्साह से बताया, ''डैडी, नेहरू ने पूरी शिक्षा इंगलैण्ड में पायी है। पूरा यूरोप देखा है। कांग्रेस के कई लीडर यूरोप में पढ़े हैं।''

अंग्रेजी शासन के ज़माने में बिरले ही लोगों को विदेश जाने का अवसर मिलता था। किसी नगर, मुहल्ले या गली का कोई आदमी इंगलैण्ड या यूरोप हो आता तो वह परिवार विदेश घूमे परिवार के नाम से प्रसिद्ध हो जाता। हिन्दुओं में तो कोई समुद्र यात्रा करके लौटता तो उसे बिरादरी में पुनः सम्मिलित होने के लिये गंगा स्नान या अन्य पूजा-पाठ, ब्राह्मण भोज द्वारा शुद्धि या प्रायश्चित करना पड़ता। विदेश में शिक्षा पाये लोगों की बहुत मान्यता थी।

''तुम्हें नहीं मालूम?'' पंडित हँस दिये, ''खुद मिस्टर गांधी ने बहुत वर्ष इंगलैण्ड में रहकर शिक्षा पायी है। मिस्टर गांधी और नेहरू दोनों बैरिस्टर हैं। यह लोग यूरोप के विचारों और संस्कृति से अनजान नहीं हैं। गांधी-नेहरू इस देश के करोड़ों लोगों के लिये वैसे ही हैं जैसे अमेरिकनों के लिये लिंकन, वाशिंगटन, रूस के लिये लेनिन, स्टैलिन, जर्मनी में हिटलर। गोविन्दवल्लभ पंत बरस भर पहले जुलूस निकाल कर जेल जाते थे, अब चीफ मिनिस्टर हैं।''

''देखें डैडी।'' अमित ने पिता के हाथ से पुस्तक ले ली। दूसरे पलंग पर बैठ पुस्तक में डूब गया। छः बज गये परन्तु पंत परिवार से कोई न आया। हस्पताल की घंटी बज गयी। पंडित लौटना चाहते थे।

मिसेज़ पंडित बोलीं, ''जरा और देख लें। बिजी लोग हैं, उन्हें सौ काम रहते हैं।''

सवा छः पर पंडित उठ गये। पंत परिवार के न आने से मिसेज़ पंडित उदास हो गयीं। उस साँझ भी रोज़ी उषा के साथ रही।

डैडी-मम्मी के जाने के बाद उषा फिर पुस्तक पढ़ने लगी। मन पुस्तक में रमा रहने पर भी बार-बार ख्याल आ जाता···मम्मी खामुखा उदास हो गयीं, उन्हें तो कोई बात यों ही लग जाती है।···जानती हैं, वे लोग बहुत बिज़ी रहते हैं। आज नहीं आ सके, कल आ जायेंगे।···निर्मल की मम्मी बहुत डीसेण्ट और अफेक्शनेट हैं। कोई मजबूरी हो गयी होगी।

मंगलवार उषा ने सुबह ही पुस्तक आरम्भ कर दी थी। लखनऊ में साइमन कमीशन के आने पर कांग्रेस द्वारा बहिष्कार और विरोध प्रदर्शन का प्रसंग: कांग्रेस और नागरिकों के जुलूस काले झण्डे लिये 'साइमन गो बैक! साइमन कमीशन का बायकॉट!' नारे लगाते सड़क पर बढ़ रहे हैं। जुलूस का रास्ता रोकने के लिये लठैत पुलिस और घुड़सवार पुलिस की लाइनें सड़क को रोककर खड़ी हैं। जुलूस के आगे पंडित नेहरू और पंडित गोविन्दवल्लभ पंत कांग्रेसजन के बीच में चल रहे हैं। जुलूस और नेता, लठैत सिपाहियों और उनके पीछे खड़े घुड़सवार सिपाहियों को देखकर भी आगे बढ़ते हैं··· । दृश्य पुस्तक के पन्ने पर प्रत्यक्ष हो रहा था।

जुलूस पुलिस की दीवार तक पहुँच गया। आगे रास्ता नहीं। जुलूस की हरवल खड़े होकर अधिक ऊँचे स्वर में नारे लगा रही है। पीछे से अपार भीड़ का धक्का है। कांग्रेस स्वयंसेवक और नेता आगे आ गये। पुलिस की दीवार पर जुलूस के धक्के।

पुलिस अफसरों ने भीड़ को तितर-बितर हो जाने का हुक्म दिया। भीड़ अधिक उत्तेजित, अधिक नारे। अफसरों के हुक्म से पुलिस स्वयंसेवकों पर टूट पड़ी। खटाखट लाठियाँ बरसने लगीं। लाठियों की चोट से लोगों की टोपियाँ गिर गयीं, कुछ लोग लड़खड़ा कर गिर पड़े। कांग्रेसी मार से पीछे नहीं हटे। नेहरू और गोविन्दवल्लभ पंत ने भीड़ को धैर्य का आदेश दिया। वे कांग्रेसजन के साथ मार खाते रहे परन्तु पीछे नहीं हटे। अधिक मार पड़ने पर सड़क पर बैठ गये।

पुलिस अफसर ने अपनी असफलता से खीझकर घुड़सवार पुलिस को जुलूस पर आक्रमण का हुक्म दिया। घुड़सवारों के घोड़े सड़क पर बैठे हुए कांग्रेसजन और नेताओं पर दौड़ पड़े। भीड़ के लोगों के हाथ अपने सिर बचाने के लिये ऊपर उठ गये, परन्तु वे भागे नहीं···भीड़ की पीड़ा के अनुमान से उषा का गला उमड़कर आँसू गालों पर बह आये।

उषा उस समय अकेली थी। बेबे निष्क्रियता और मौन से ऊबकर वार्ड की दाइयों से बतियाने बरामदे में चली गयी थी। उषा पुस्तक दोनों हाथों से सम्भाले थी। उग्र आकुलता—आगे क्या हुआ···? उषा ने पैरा समाप्त किया: पुलिस हार मानकर प्रदर्शनकारियों को छोड़कर चली गयी।

उषा ने पुस्तक एक ओर रखकर चादर से आँसू पोंछ लिये।

"हाय री क्या हुआ, रो क्यों रही है?"

"कुछ नहीं बेबे,···ये किताब ही ऐसी है। मैं ठीक हूँ, फिक्र न कर।"

"ऐसी किताब का क्या पढ़ना! छोड़ दे इसे।" बेबे ने चिन्ता से समझाया।

उषा उत्सुकता में फिर पढ़ने लगी: साइमन कमीशन के विरोध में दूसरे दिन स्टेशन पर प्रदर्शन। पिछली संध्या जुलूस, विरोध प्रदर्शन की तैयारी भर थी, अब वास्तविक विरोध। पिछली साँझ की अपेक्षा भारी जुलूस और कहीं अधिक लठैत, बन्दूकची और घुड़सवार पुलिस। अफसरों के हुक्म से जुलूस पर पहले दिन की अपेक्षा पुलिस का अधिक खूँखार आक्रमण। लाठी आक्रमण निष्फल रहा तो घुड़सवार भीड़ पर टूट पड़े। अंग्रेज घुड़सवार अफसरों ने नेहरू और गोविन्दवल्लभ पंत को लक्ष्य कर घोड़े बढ़ाये। नेता और कांग्रेसजन अडिग। घोड़े अगले सुमों के लिये जगह न देखकर पिछले सुमों पर तुले रह गये। नेहरू सिर पर लाठी की चोट से अचेत होकर गिर पड़े। कांग्रेसजन उनके चारों ओर घेरा डालकर वार अपने सिरों पर लेने लगे···उषा के आँसू पूर्वापेक्षा अधिक वेग से। पुस्तक एक ओर रखना आवश्यक हो गया।

बेबे परेशान, "हाय धिये, क्यों पढ़ती है ऐसी किताब। छोड़ दे!" उसने पुस्तक उठाकर दूसरे पलंग पर रख दी, "ऐसा भी क्या पढ़ना!" उषा के पलंग के समीप डोली पर रखी पुस्तक अपने माथे से छुआकर उषा की ओर बढ़ाई, "पढ़ना है तो अंजील पढ़। सवाब होगा। रुलाने वाली किताब का क्या पढ़ना!"

उषा ने आँसू पोंछकर अनुनय किया ही था कि कमरे का दरवाज़ा खुला।

"गुड मार्निंग! कैसी तबीयत है?"

"गुड मार्निंग डाक्टर! धन्यवाद, बहुत आराम से हूँ।"

"वाह डाक्टर साबजी!" बेबे बोल पड़ी, स्वर में क्षोभ, "क्या किताब दी अच्छी को, वो रो-रोकर बेहाल।"

उषा ने माथे पर तेवर और ओंठों पर तर्जनी से बेबे को संकेत किया—चुप्प!

"क्यों, क्या हुआ?" सेठ समीप आ गया, माथे पर चिन्ता का भाव।

"आई एम सॉरी डाक्टर," उषा को झुँझलाहट और संकोच भी, "बेचारी बहुत सिम्पल है। इसकी बात का बुरा न मानिये। नेहरू की आत्मकथा में कुछ प्रसंग बहुत ही द्रावक। इतनी अच्छी पुस्तक के लिये धन्यवाद!"

"ओह, यह बात! कौन प्रसंग पढ़ रही थी?"

उषा का उत्तर सुन सेठ ने अनुमान के भाव से गर्दन हिलाई, "तुमने कहा था, रुचि केवल साहित्य में।"

"ये साहित्य भी, इतिहास भी। और भी बहुत कुछ है।"

"बुढ़िया ने तुम्हारी विह्वलता देख पुस्तक छीन ली?"

"बहुत सीधी है, वत्सल।"

"माँ जी, ये किताब पढ़ने से इन्हें कोई तकलीफ नहीं होगी, पढ़ने दीजिये।" सेठ ने बेबे से सिफारिश की।

रोज़ी विवश हो गयी। पुस्तक लाकर फिर उषा को दे दी। सेठ की ओर देखा, "डाक्टर साब, इसे कहो, अंजील पढ़े! उससे बरकत होगी।"

"इंजील?" सेठ मुस्कराया, "हाँ-हाँ, इंजील भी पढ़े। ये भी पढ़ने दो।" सेठ चला गया।

"बेबे, तू सबके सामने लड़ने लगती है!" उषा ने रोज़ी को डाँटा, "आँसू आ गये थे, यह कहने की बात थी?"

"मैं क्या लड़ी!"···रोज़ी ने विरोध किया पर कमरे का दरवाज़ा खुलने की आहट से चुप हो गयी।

"हैलो, उषी!" चन्द्रा आ गयी, "बेबी से क्या झगड़ा हो रहा है?"

"आ, बेटी आ!" रोज़ी ने बात बदली और उषा से रूठकर बरामदे में चली गयी।

चन्द्रा बारह-एक के बीच दो मिनट के लिये उषा को देख जाती थी। "लेटे-लेटे नावेल पढ़ने की मस्ती काट रही हो!" चन्द्रा ने समीप पड़ी पुस्तक की ओर संकेत किया, "कोई ज़रूरत हो तो बताओ!" चन्द्रा पूछकर चली गयी।

उषा ने फिर पुस्तक उठा ली। ख्याल आया, बेबे भी क्या···पढ़ते-पढ़ते आँसू बह जाने की बात ही कह दी। डाक्टर बहुत कंसीडरेट, समझदार, सीरियस, पॉलिटिक्स में इन्टरेस्टेड है। वैसे स्मार्ट है···डाक्टर दास के साथ आया तो चुप-बुत्त बना रहा। विश भी न किया। परिचय नहीं था, क्या मुँह लगाता। अपनी-अपनी सोसाइटी का ऐटीकेट। माई निर्मल···ही इज़ हैंडसम, ···चार्मिंग: पलकें मुँद गयीं। कल्पना में पीठ पर निर्मल की बाँह···। मधुर अँगड़ाई···।

उषा पुस्तक पढ़ने लग गयी। प्रसंग की अंतिम पंक्तियाँ फिर पढ़ीं: बहुत से हिन्दुस्तानी सिपाही और अफसर ड्यूटी या कर्तव्य का दिखावा करने के लिये ढीले-ढीले हाथों से लाठियाँ इधर-उधर पटक रहे थे, परन्तु अंग्रेज अफसर अपने क्रोध और द्वेष की भड़ास निकालने का अवसर पाकर भीड़ पर पूरे जोर से चोटें कर रहे थे।…आखिर तो इंडियन थे, उषा को खयाल आया…लेकिन इंडियन्स को मारने वालों के साथ!…निर्मल डिप्टी कलेक्टर बन रहा है, वह भी ऐसा ही करेगा?

अब तो गोविन्दवल्लभ पंत मिनिस्टर हैं।…याद आ गया, पंत जी कालेज भी आये थे। स्वागत के लिये कितनी तैयारी। सब स्टूडेन्ट, प्रिंसिपल और टीचर फाटक से बिल्डिंग तक सड़क के दोनों ओर खड़ी हुई थीं। पंत जी बहुत लेट आये थे परन्तु सब लोग प्रतीक्षा में खड़े।…उन्हीं पंत जी ने लाठियों की मार खायी…इंडियन्स के लिये मार खायी! एक यह पंत है! अंडर सेक्रेटरी होने का इतना घमंड है। डैडी ठीक ही कहते हैं, तनखाह चाहे जितनी हो है तो क्लर्क ही… ।

उषा दोपहर के खाने के बाद भी पढ़ती रही। मम्मी चार बजे से कुछ पहले ही आ गयीं। बेटी का मुँह धोया, कंघी-चोटी की। बिस्तर की चादरें और उषा के कपड़े बदलवाये। ख्याल था, पंत परिवार पिछली संध्या व्यस्तता में न आ सका, आज तो आयेंगे ही। कागज़ में लिपटा छोटा सा पैकेट खोलकर उषा को दिखाया, "तरबूज़ी रंग की शिफॉन की साड़ी के लिये ये किनारी ठीक रहेगी? तुमने महीन नाखूनी सिल्वर जरी के लिये ही कहा था। लौटावी करके लायी हूँ। देख ले, सगाई की साड़ी उनके यहाँ से ऐसी ही आयेगी। उसके लिये भी तुमने ऐसी किनारी बतायी थी… ।"

"मुझे ऐसी ही पसन्द है।" उषा संतुष्ट थी।

माँ यथाशक्ति तैयारी में शिथिलता न कर रही थी। मिसेज़ चौहान की राय थी लड़के के ट्रेनिंग पर जाने से पहले सगाई ज़रूर हो जाये। चाहे लड़की को कुर्सी पर बैठाकर काम हो! शादी चार-छः मास टल भी जाये तो हर्ज नहीं।

सवा चार तक पंडित भी आ गये। मिसेज़ पंडित की नज़र बार-बार घड़ी की ओर। अमित 'मेरी कहानी' लेकर पढ़ने के लिये दूसरे पलंग पर बैठ गया। पद्मा रोज़ी के साथ आस-पास जगह देखने चली गयी। माता-पिता और बेटी में देर तक क्या बात होती। उषा डैडी को 'मेरी कहानी' में पढ़े प्रकरण बताने लगी।

डाक्टर अमरनाथ सेठ के अतिरिक्त मेडिकल कालेज में कुछ और भी डाक्टर पंडित के विद्यार्थी रह चुके थे। समाचार पाकर सेठ से एक वर्ष सीनियर रज़ा अहमद और एक वर्ष जूनियर प्रफुल्ल बैनर्जी शनिवार संध्या पंडित को सलाम करने आये, योग्य सेवा पूछ गये थे। उस दिन धीरेन्द्र वर्मा आया। धीरेन्द्र वर्मा फाइनल का स्टूडेंट था। उसने भी पंडित, मिसेज़ पंडित और उषा से समवेदना प्रकट करके सेवा के लिये पूछा।

माँ ने गहरी साँस ली, "लोग तो परिचय भर के नाते से ऐसे अवसर पर आकर पूछ रहे हैं। हमारे समधियों को फुर्सत नहीं!" पंडित ने पत्नी को मौन का संकेत किया।

साढ़े पाँच बज़ गये। पंत लोग न आये। माँ का चेहरा उतर गया। पंत परिवार से किसी का न आना उषा को भी खल रहा था, परन्तु उससे अधिक खल रही थी माँ की उदासी। भेंट का समय समाप्त होने की घंटी बजी तो माँ ने निराशा से गहरा श्वास लिया,

"हे ईश्वर, तू कसूर मुआफ कर ताकि हम भी अपने कसूरवारों को मुआफ कर सकें।" पल भर को पलक मूँद लिये।

पंडित लौटने के लिये उठे। मिसेज़ पंडित रोज़ी से बोलीं, "बेबे, तुम यहाँ थक गयी हो और घर जाना चाहती हो तो चली जाओ। आज रात मैं ठहर जाऊँगी।"

"नहीं मम्मी, तुम क्यों समय बर्बाद करोगी।" उषा बोल पड़ी। माँ का उदास चेहरा उसे बहुत चुभ रहा था। रोज़ी की ओर देख मुस्करायी, "आज बेबे से मैं पुरानी कहानियाँ सुनूँगी।" उषा और बेबे में अचार, मिर्च, चटनी के अलावा अन्य रहस्य भी मम्मी से परोक्ष चलते रहते थे। बेबे उषा और दूसरे बच्चों को बचपन से कुछ बातों में डैडी-मम्मी की डाँट और नाराजगी से बचाती रहती थी।

"मैं यहाँ धान कूट रही हूँ! क्यों थक गयी? मेरा खाना ले आयी हो, अब क्या करूँगी जाकर।" रोज़ी ने उषा की बात रखी।

डैडी-मम्मी के चले जाने के बाद उषा का मन पढ़ने को न हुआ। मिसेज़ पंत का न आना उसे भी जरूर खटक रहा था···इतनी उपेक्षा, बेपरवाही! सामने इतना लाड़-प्यार और अब देखने आने तक की फुर्सत नहीं। मन को समझाया, कोई अनिवार्य कारण हो गया होगा। मम्मी तो इतनी उदास हो जाती हैं···शायद कल आयें। कल न आयें तो अमित को भेजकर पता लिया जाये किसी कठिनाई में तो नहीं हैं। बारह तो बीत गयी, निर्मल सोलह को आ रहा है। उसके आने पर भी नहीं आयेंगे? उसकी मम्मी के व्यवहार के बारे में उसे लिखूँ? वह पत्र पहुँचने से पहले चल देगा। अपनी मम्मी-डैडी के व्यवहार के बारे में क्या कहेगा?···जब यहाँ नहीं आ सके तो निर्मल को क्या सूचना दी होगी। आकर सुनेगा तो उसे कैसा लगेगा?···पत्र में लिखा था, सोलह को लखनऊ पहुँचूँगा। एक दिन रुकना पड़ गया तो सत्रह को। उषा को पत्र याद आने लगा···तुम्हारी परीक्षा सात अप्रैल को समाप्त हो जायेगी। शब्द थे: यू विल बी फ्री टु गो आउट ए बिट। इन शब्दों के अभिप्राय की कल्पना से उषा का पूरा शरीर कंटकित। जरा घूम-फिर आने की याद···।

क्रिसमस के तीसरे दिन निर्मल दोपहर बाद कंधारीबाग गली में आया था। मिसेज़ पंडित से बोला, "मम्मी हम दोनों जरा घूम फिर आयें।" मिसेज़ पंडित को ऐसी एंग्लो-इंडियन उच्छृंखलता नापसन्द परन्तु पी० सी० एस० दामाद को कैसे इनकार करती!

निर्मल घर की कार लाया था। उषा को दिलकुशा बाग ले गया। एक अन्य परिवार पिकनिक के लिये आया हुआ था। निर्मल बैठने के लिये एकान्त स्थान की खोज में उषा के साथ घूमता बात करता रहा: सुना है तुम्हारा एम० ए० करने का भी विचार है···गुड आइडिया। जून से छः मास मुझे ट्रेनिंग में रहना है। उसके बाद देखेंगे नियुक्ति कहाँ होती है। शुरू-शुरू में लखनऊ, इलाहाबाद या आगरा तो मुश्किल है··· खैर देखा जायेगा।

निर्मल झाड़ी से घिरी एक सूनी बेंच देखकर उषा के साथ बैठ गया। प्रसंग बदल गया था···मम्मी तुम्हें दिखाने के लिये चर्च ले गयीं। मेरा विचार अभी दो-तीन साल विवाह टाल देने का था परन्तु तुम्हारी छवि पहली नजर में ही मन में गहरी उतर गयी। समझ लिया पार्टनर आफ माई डेस्टिनी!···निर्मल मुस्कराया: इसी को लोग लव एट फर्स्ट साइट कहते होंगे···।

अपनी कमनीयता की सराहना का उन्माद। उषा की चेतना गर्व और सम्मोहन के बगूले में उड़ी जा रही थी। उषा का हाथ अपने हाथ में लिये निर्मल उसके नाखून सहला रहा था।

निर्मल की बाँह ने उषा को पीठ पीछे से पास ले लिया। उषा आनन्दोद्वेग में अवश। अजाने या बेबसी में निर्मल के कंधे का सहारा ले लिया। निर्मल का स्वर गहरा गया, ''हम एक-दूसरे के हो जाने की प्रतिज्ञा कर चुके।''

उषा की आँखें मुँदी थीं। उसने गर्दन के संकेत से अनुमति दी।

''हम पति-पत्नी का सम्बन्ध स्वीकार कर चुके''' हम अपनी प्रतिज्ञा पर एक किस से मोहर क्यों न लगा दें''' ।''

आवेश से उषा का श्वास तीव्र। निर्मल की बाँह ने उसे अपनी ओर समेटा।

''इधर देखो।''

उषा की पलकें न खुलीं, मुख उसकी ओर उठ गया। ओठों पर निर्मल के ओठों के स्पर्श से नस-नस में तीव्र रोमांच, सिहरन की बिजली, बेसुधी।

बेंच से गाड़ी तक लौटते समय उषा की बाँह निर्मल की बाँह में थी। उषा के पाँव धरती पर न थे; जैसे उमंगों की लहरें उसे लिये जा रही हों।

जवान बेटी का उन्मेष माँ की नजर में छिप न सका। दिलकुशा में निर्मल की संगति का खुमार दूसरे दिन भी उषा की आँखों में बना था। माँ को टोकना पड़ा, ''अच्छी, तेरी आँखें सुर्ख क्यों हैं''' रात भर पढ़ती रही?''

''नहीं तो मम्मी।''

माँ ने परमेश्वर को स्मरण किया''' किसी की नजर न लग जाये।

उषा की आँखों का गुलाबीपन तीसरे दिन दूर हो गया, परन्तु नये अनुभव के गर्व और उल्लास का उफान हृदय में समेटे रखना कठिन। कालेज खुलने पर दो दिन मन मारे रही। चित्रा लाहौर से अपने मंगेतर के सम्बन्ध में पाये समाचार या उसके लखनऊ आने का पूरा ब्योरा उषा को बता देती थी। चित्रा को मंगेतर के समीप बैठकर बतियाने या पत्र-व्यवहार का अवसर न था। केवल उसके सम्बन्ध में बात कर लेने का संतोष। तीसरा पीरियड दोनों का खाली था। उषा ने लजा-लजाकर सब कुछ बता दिया।

उषा का रहस्य सुनकर चित्रा ने विस्मय से पूछा, ''पति-पत्नी का सम्बन्ध बस चूमने तक''' !''

उषा को विवाह से पूर्व अपने लिये ऐसा संकेत लांछन या गाली लगी। क्रोध आ गया, ''हम लोग ऐसे गिरे हुए नहीं हैं। वह तुम लोगों में ही चलता होगा। तुम लोग तो छू जाने में भी सेक्स देखते हो। तुम्हारी कल्पना में सेक्स के अलावा अन्य कुछ नहीं। तुम लोगों में तो पूजा भी सेक्स सिम्बल से। हमारे यहाँ चूमना आदर और पवित्र प्रेम का प्रतीक है। हम लोग बाइबल को चूमते हैं। खेद है, मुझे तुम ऐसा समझती हो।''

चित्रा को कालेज में देख अब उषा मुँह फेर लेती।

उषा का खाली पीरियड था। लाइब्रेरी में बैठी नोट ले रही थी। पीठ पीछे से दो हाथों ने उसकी आँखें दबा लीं।

"छोड़ दो न?" उषा ने कहा, "...जानती हूँ, शैरन है।" आँखों पर से हाथ हटा देने का यत्न किया। हाथों की जकड़ और बढ़ गयी। उषा झल्लाई, "छोड़ो न...क्या बेवकूफी!"

पीठ पीछे से उषा की आँखें मूँदे हाथों ने उषा की गर्दन पीछे झुकाकर उसका चेहरा उठा लिया। गहरा चुम्बन।

"मेरे आदर और पवित्र प्रेम का प्रतीक!" उषा ने स्वर पहचाना। चित्रा से लिपट गयी।

दरवाजा खुलने की आहट से उषा का ध्यान बँटा। उसके लिये खाना आ गया था। घंटे भर स्मृतियों में खोई रही थी; पाँच-छः मास का जीवन फिर जी लिया हो। रोज़ी ने उसके सामने तौलिया बिछाकर उसे खाना खिलाया। खाने के बाद उषा फिर पुस्तक में रम गयी। अगले दिन बुधवार भी उषा दिन भर पुस्तक में मग्न रही। डाक्टर सेठ ने वार्ड में झाँका। पुस्तक में व्यस्त देख बिना पुकारे चला गया। पुस्तक रोचक थी, परन्तु बीच-बीच में राजनीतिक प्रसंग उषा के लिये नयी अजानी बातें थीं। ऐसे प्रसंग पढ़ते समय पंत परिवार का व्यवहार और निर्मल की याद मन में खुदबुदा जाती। उसी के परिणाम में वह संध्या अपने क्षोभ वश में न रख सकी।

पंत परिवार के व्यवहार से खिन्न सभी थे। पंडित को चिन्ता न हो सो बात न थी, परन्तु हरदम उसी बात से क्या लाभ। लेकिन मिसेज़ पंडित के लिये कुछ और सोच सकना असम्भव। संध्या साढ़े चार के लगभग मम्मी रोज़ी के लिये खाना लेकर आ गयीं। पंडित रास्ते में काम के कारण विलम्ब से आये। माँ की उसासें सुनकर उषा के लिये पुस्तक में ध्यान लगा सकना कठिन। माँ की प्रकृति का कुछ अंश बेटी ने भी पाया था। उषा आवेश-उन्मेष के दमन का यत्न करती जरूर थी, परन्तु भड़क उठती तो संयम भूल जाती। पंत दम्पति के व्यवहार से खिन्न थी ही, माँ की उदासी और साँस-साँस में परमेश्वर को गुहार जख्म पर नमक बन रही थी।

"मम्मी, मुझे मर गयी समझ लिया जो मेरा सोग मना रही हो!...हमें न किसी के आने-जाने की परवाह न जरूरत। मैं किसी के रहम की मोहताज नहीं...प्लीज, मेरे सामने बैठकर मत बिसूरो। जिससे मतलब है, निबाहनी है वह आयेगा, देखा जायेगा, निपट लूँगी।"

पंडित साढ़े पाँच तक आये। हाल-चाल पूछा। दोनों छः बजे लौट गये। उषा अप्रिय प्रसंगों से ध्यान बचाने के लिये फिर पुस्तक में डूब गयी। रात बहुत देर तक पढ़ती रही। नौ बजे पुस्तक समाप्त। पुस्तक के अन्त में पत्नी की बीमारी के समय बेडन वीलर (स्विट्ज़रलैंड) में पुस्तक के उपसंहार रूप में लिखी पंक्तियाँ मन में चुभ गयीं।

पंक्तियों को दूसरी बार पढ़ा: इस समय भारत ब्रिटिश शासन से क्या आशा कर सकता है। इस सम्पूर्ण शासन व्यवस्था, शासन का उत्तरदायित्व सम्भाले बड़े अफसरों, इंडियन सिविल सर्विस के लोगों से किसी भी भलाई की आशा व्यर्थ है। इन लोगों का लक्ष्य जनहित नहीं, संकीर्ण वैयक्तिक स्वार्थ मात्र है। इस शासन व्यवस्था का खर्च नित्य बढ़ता जा रहा है परन्तु इस व्यवस्था को चलाने वाले सरकारी अफसरों की विशेषता केवल नैतिक और बौद्धिक पतन ही है। पूरी शासन प्रणाली और शासक वर्ग में अनैतिकता और बेईमानी का बोलबाला है। ऊँचे पदों पर बैठे लोग सबसे गिरे हुए हैं।

ऊँची सरकारी नौकरी के लिये चुनाव और योग्यता की कसौटी कमीनी, खुशामदी, संकीर्ण, स्वार्थी मनोवृत्ति बन गयी है। इन अफसरों के विचारों और कल्पना में उदात्त भावना, सच्चाई, मानवी न्याय और जनहित के लिये कोई स्थान नहीं··· ।

उषा को पंक्तियाँ अच्छी न लगीं। पुस्तक एक ओर रख दी। बहुत देर तक मन में कई बातें आती रहीं, कभी मधुर स्मृतियाँ, कभी पंत परिवार की रुखाई की खटक···हो सकता है निर्मल के डैडी ऐसी ही प्रकृति के हों पर निर्मल ऐसा नहीं हो सकता। नेहरू जैसा व्यक्ति गलत क्यों कहेगा! नेहरू ने यह १९३५ में लिखा था···अब तो सरकार या व्यवस्था बदल गयी। कितना लम्बा और कठिन संघर्ष था!···उषा कुछ मिनट सोचती रही। फिर पुस्तक उठाकर उसके पन्ने पलटने लगी। कई पृष्ठों पर हाशिये पर चिह्न थे, कहीं प्रश्न-चिह्न, कहीं सही का चिह्न, कहीं काँटा। चिह्नित पैरे राजनीतिक, खासकर समाजवादी कार्यक्रम के बारे में थे। शेष रोचक प्रसंगों की तुलना में उषा को यह प्रसंग कम समझ में आये थे।

नर्स नौ बजे ही उषा को आपरेशन थियेटर ले गयी। एक्सरे से टाँग की हालत देखी गयी। सर्जन सिन्हा बहुत संतुष्ट थे। टाँग पर से तख्तियाँ हटाकर प्लास्टर लगा दिया गया। सर्जन ने आश्वासन दिया: हड्डी का जोड़ बहुत ठीक बैठ गया है। प्लास्टर से यदि दो दिन कोई परेशानी न हुई तो घर जा सकेगी।

उषा के आपरेशन थियेटर जाने पर बेबे ईश्वर से प्रार्थना करती रही। उषा स्ट्रेचर पर लौटी तो मुस्करा रही थी। बेबे ने हाथ जोड़ माथा झुकाकर होंठों ही होंठों में ईश्वर और ईश्वर के बेटे को कृपा के लिये धन्यवाद दिया। उषा के सिर पर प्यार का हाथ फेरा।

आपरेशन थियेटर से लौटकर उषा बोझ मुक्ति से प्रसन्न थी। सेठ का नौकर दैनिक अखबार दे गया था। अखबार पर नजर डालने लगी।

"गुड मार्निंग!"

"गुड मार्निंग! डाक्टर!" उषा ने अखबार एक ओर रख दिया।

सेठ ने प्लास्टर लग जाने और टाँग से बोझ हट जाने के लिये सन्तोष प्रकट कर पूछा, "पुस्तक रोचक थी?"

"बहुत रोचक परन्तु मेरे लिये बहुत सी बातें अनजानी थीं। कितना बड़ा संघर्ष था। अब तो कांग्रेस की माँग पूरी हो गयी।"

सेठ हाथों में थमा स्टैथिस्कोप झुलाते हुए कदम फैलाकर आराम से खड़ा हो गया, "कांग्रेस की माँग पूरी हो गयी?" उसने विस्मय से प्रश्न किया, "कांग्रेस के कुछ नेता या लोग ऐसा समझते हैं, सब लोग नहीं। खास फर्क भी क्या आया? पहले अंग्रेज सरकार द्वारा नियत नवाब छतारी, वाजपेयी, महाराज सिंह, सी० वाई० चिन्तामणि मिनिस्टर थे, अब कांग्रेस के नेताओं की पसंद के लोग मिनिस्टर हो गये।"

"कांग्रेस के लोग मिनिस्टर हैं," उषा झिझकी, "तो व्यवस्था कांग्रेस के हाथ में है।"

"नहीं, ऐसी बात नहीं है।" सेठ ने सिर हिलाया, "अंतिम निर्णय तो गवर्नर के हाथ में। गवर्नर के ऊपर दिल्ली में वायसराय। गवर्नर और वायसराय पर जनमत का अंकुश नहीं। कायदे कानून वही हैं। सिर्फ कुर्सियों पर आदमी बदल गये। आठ महीने में क्या बदल गया? इस परिवर्तन से नेहरू भी संतुष्ट नहीं हैं।"

''नेहरू संतुष्ट नहीं?'' उषा को विस्मय।

''नेहरू संतुष्ट नहीं हैं, यह तो पुस्तक से जाहिर है। नेहरू कहते हैं, आम जनता की समस्यायें समाजवादी व्यवस्था के बिना हल नहीं हो सकतीं।''

''कांग्रेस समाजवादी व्यवस्था नहीं लागू कर सकती?''

''नहीं! कांग्रेस मंत्रियों को इतना अधिकार-अवसर नहीं है। कांग्रेस की प्रवृत्ति भी उस ओर नहीं है। नेहरू ने स्वयं लिखा है, कांग्रेस की विचारधारा पूँजीपति वर्ग से प्रभावित है। उसका स्वप्न विदेशी पूँजीपतियों की जगह देशी पूँजीपतियों का प्रभुत्व है। कांग्रेस के अधिकांश लोग समाजवादी विचारधारा से परिचित ही नहीं। उनकी रुझान समाजवाद की ओर कैसे हो सकती है!''

उषा मौन रह गयी।

''जयप्रकाश का नाम जानती हैं? उनकी एक छोटी सी पुस्तक है, पढ़ेंगी?''

''ज़रूर!'' उषा ने स्वीकार किया, ''नेहरू की पुस्तक डैडी और अमित भी पढ़ना चाहते हैं।''

''बहुत अच्छा, अभी रखिये।''

दोपहर बाद उषा झपकी से उठी तो बेबे ने बताया, डाक्टर का नौकर दो छोटी-छोटी पुस्तकें दे गया था। 'समाजवाद ही क्यों?'—जयप्रकाश नारायण और एमाइल बर्न की पुस्तक।

संध्या पिता और माँ आये। उषा की दोनों टाँगें समतल और बँधा वजन हट गया देख संतुष्ट।

''डैडी, आप नेहरू की आत्मकथा ले जा सकते हैं। डाक्टर सेठ से कह दिया है।''

पंडित का ध्यान छोटी पुस्तकों की ओर गया, ''सोशलिज्म स्टडी कर रही हो?''

''डैडी, देख रही हूँ। मैं तो कुछ भी नहीं जानती।''

''जानना तो अच्छा है। जानने का मतलब है, किसी भी विचार या समस्या के दोनों पक्षों का परिचय।''

मिसेज़ पंडित बेबे से बोली, ''हस्पताल में बेआरामी से बहुत थक गयी हो। कल गुडफ्राइडे है। प्रार्थना के लिये गिरजा न गयी तो दुखी होगी। कपड़े दोनों के ले आयी हूँ। चाहो तो घर चली जाओ। यहाँ मैं रह जाऊँगी।''

नियमित रूप से गिरजा न जाने वाले ईसाई भी गुडफ्राइडे की तीनों प्रार्थनाओं में गिरजा जाना आवश्यक मानते हैं परन्तु उषा की अवस्था ऐसी थी कि सहायता के लिये किसी का समीप रहना अनिवार्य।

माँ बात कर रही थी तो अमित आ गया। बोल पड़ा, ''जीजी की मदद के लिये मैं ठहर जाऊँगा।''

पिता ने उसकी ओर मौन नजर उठायी। माँ ने उसकी नादानी पर मीठी झिड़की दी, ''तुमसे कुछ नहीं कहा। यह तुम्हारा काम नहीं।''

''मेरे लिये कपड़े ले आयी हो।'' बेबे बोली, ''रब्ब और रब्ब का पुत्तर देख रहे हैं, मैं बीमार बच्ची की हालत से मजबूर। बीमारों की मदद उसका हुकम। उसका हुकम ही

मेरा कलीसिया। वह मेरे गुनाह बख्शेगा। मैं यहाँ ही दुआ कर लूँगी। अमित की ओर देखकर ताकीद की, "काका, तू गिरजा जरूर जाना, सुना!"

गिरजा जाने के प्रति अमित की उदासीनता उषा जानती थी। पिछली यादें उकरने लगीं। डेढ़-दो बरस से उषा का भी कुछ वैसा ही भाव था। वही परिवर्तन अमित में आ रहा था। उस परिवर्तन के लिये कुछ उत्तरदायित्व स्वयं पिता का था। पिता बेटी-बेटे को वैज्ञानिक विकास और आविष्कारों की कहानियाँ पढ़ने के लिये उत्साहित करते रहते थे। विकासवाद पर आरम्भिक पुस्तकें बच्चों को स्वयं लायब्रेरी से लाकर दी थीं। परिणाम में बच्चों को शंकायें: यदि इस सृष्टि, पृथ्वी का निर्माण लाखों बरस में शनैः शनैः हुआ है, सूर्य और सैकड़ों तारे पृथ्वी से लाखों बरस पूर्व मौजूद थे, मनुष्य ने अनेक जीवों की अवस्थाओं से गुजर कर अपना वर्तमान रूप पाया है तो ईश्वर के आदेश से प्रकाश हो जाने, ईश्वर द्वारा संसार के निर्माण और ईश्वर द्वारा मनुष्य को अपना प्रतिरूप बनाने की बातें कैसे सही हैं?

बेटी-बेटे की ऐसी शंकाओं से माँ बहुत क्षुब्ध हो जाती, "ऐसा क्या पढ़ाना कि बच्चे दहरियों जैसी बातें करें!"

पंडित धैर्य से बच्चों से बात करते और समझाते: धर्म-विश्वास का आधार अज्ञान नहीं, ज्ञान होना चाहिये। ज्ञान मनुष्य को ईश्वर की सबसे बड़ी देन। ईश्वर ने मनुष्य को ज्ञान देकर ही उसे अपना प्रतिरूप बनाया है या अपनी शक्ति का अंश दिया है। ईश्वर असीम है, इसलिये निराकार शक्ति। ईश्वर भौतिक पदार्थ नहीं। उसे भौतिक ज्ञान के साधनों से नहीं खोजा जा सकता। ईश्वर की अनुभूति का साधन अन्तर-चिन्तन और अन्तर-ज्ञान··· । पिता की बातों से उषा को ईश्वर के अस्तित्व की चिन्ता के बजाय ईश्वर-पुत्र के प्रतीक से प्रकट ईश्वरीय गुणों से ही सन्तोष था।

बेबे वार्ड की आया से बतियाने के लिये बरामदे में निकल गयी। एमाइल बर्न की पुस्तक उठाते उषा को खयाल आया: कल निर्मल के पेरेंट्स और डैडी-मम्मो की चर्च में भेंट होगी। कुछ तो पता लगेगा। परसों निर्मल आ जायेगा। यहाँ शाम तक तो जरूर··· ।

गुडफ्राइडे। उषा की आँख खुली तो बेबे नहा-धोकर धुले-साफ कपड़े पहन चुकी थी। नित्य उषा की नींद टूटते ही बेबे उसे मुँह-हाथ धुलवा गरम चाय का मग थमा देती थी। बेबे को नींद टूटते ही चाय की तलब। बेबे ने चाय देने के बजाय कहा, "बच्ची, पहली इबादत कर ले। तू बीमार है, तेरे लिये चाय बना दूँगी।"

गुडफ्राइडे के दिन बेबे को संध्या की प्रार्थना तक निर्जल निराहार रहना था। बेबे की भावना का विचार कर उषा ने कहा, "ऐसी क्या बीमार हूँ, मैं तीन बजे तक कुछ नहीं लूँगी।"

बेबे ने उषा का शरीर गीले तौलिये से पोंछकर साफ कपड़े पहना दिये। पीठ पीछे तकियों का सहारा देकर प्रार्थना के लिये बैठा दिया। तकिये के समीप बाइबल रख दी। स्वयं दूसरे पलंग के समीप तहाया हुआ कम्बल बिछाकर, घुटने टेक, हाथ बाँधकर, माथा नवाकर प्रार्थना में लीन हो गयी।

उषा ने भी भक्ति मुद्रा में हाथ जोड़कर पलकें मूँद लीं। कल्पना में बचपन से पिता और पादरी के वर्णनों से बना ईश्वर-पुत्र का रूप—ईसा मनुष्य-मात्र के पाप-मोचन के लिये यंत्रणा सहने के लिये प्रस्तुत है। आततायियों ने उसके हाथ पीठ बाँध दिये हैं, उसके

सिर पर शूलों का ताज कस दिया है, आततायियों ने संटियाँ मार-मारकर शूलों को उसके सिर में गड़ा रहे हैं, उसके शरीर पर चोटें कर रहे हैं, उसे गालियाँ दे रहे हैं, उसके मुख और शरीर पर थूक रहे हैं। ईसा मौन, उन्हीं आततायियों के कल्याण के लिये सब अपमान और यातना सह रहा है। निरीह ईसा धैर्य, शान्ति, निर्भय, क्षमा, सहिष्णुता का प्रतीक।

कुछ पल में दूसरी कल्पना···एंटी-कम्यूनियन सर्विस के अन्त में डैडी-मम्मी और निर्मल के पेरेंट्स से भेंट··· । कुछ मिनट में उषा की पलकें खुल गयीं। बेबे घुटने टेके, हाथ जोड़े, सिर नवाये। होंठ मौन प्रार्थना में हिल रहे थे। उषा कुछ पल छत की ओर टकटकी लगाये रही। फिर बर्न की पुस्तक खोल ली। बेबे ने आधे घंटे तक प्रार्थना की।

बेबे ने वार्ड में पूछकर एगोनी सर्विस (ईसा के सूली पर लटकाये जाने के समय यातना में सहानुभूति संवेदना की प्रार्थना) का समय बारह बजे बता दिया। बेबे और उषा ने भी पलकें मूँद, सिर नवाकर ईश्वर-पुत्र के यातना आकुल, सिर पर शूलों का ताज गड़ाये, सूली पर लटके हृदय और दूसरे अंगों से रक्त बहते शरीर के बिम्ब को अपनी श्रद्धा अर्पण की। कुछ पल शोक और श्रद्धा से सिर नवाये जमात की कल्पना।

उषा ने पलकें खोलीं तो बेबे प्रार्थना में लीन।

उषा ने सिराहने रखी बाइबल उठा ली। पवित्र पुस्तक से सूली पर प्राणान्तक यातना में छटपटाते ईसा के मुख से निकले सात 'शब्द' का पाठ किया, "हे पिता, इन्हें क्षमा कर क्योंकि ये जानते नहीं क्या कर रहे हैं। एली एली लामा शबक्तनी (हे मेरे ईश्वर, तूने मुझे क्यों भुला दिया) ···मैं अपनी आत्मा तेरे हाथों सौंपता हूँ। बाइबल को माथे से छुआ कर सिरहाने रख दिया। अपलक छत की ओर देखती रही। कुछ मिनट बाद उषा ने पुस्तक फिर आरम्भ कर दी। पुस्तक के कुछ ही पृष्ठ शेष थे। बर्न के विचारों के विषय में सोचने लगी: मनुष्य द्वारा मनुष्य के शोषण से मुक्त सबके लिये समान अवसर वाले समाज से अभिप्राय पृथ्वी पर ईश्वर की इच्छा का पूरा होना।···समाजवाद को धर्म विरोधी क्यों कहा जाता है।

उषा की नजर बेबे की ओर गयी। बेबे घुटने तोड़े कम्बल पर बैठ गयी थी परन्तु प्रार्थना में लीन। बहुत देर बाद आमीन में माथा झुकाकर उठी तो फर्श पर हाथ टेकने पड़े। घुटने सीधे न हो रहे थे।

तीन बज चुके थे। बारह से पहले हस्पताल से खाने की ट्रे आ गयी थी। बेबे सूप और सब्जी गरम कर लायी। उषा से अनुरोध किया, "बल्लो, तू थोड़ा ले ले। बीमारी में देर तक फाका करना ठीक नहीं।"

उषा ने सूप पीकर कुछ चम्मच सब्जी ले ली। बेबे से कहना व्यर्थ था; जानती थी, संध्या प्रार्थना से पूर्व कुछ नहीं ले सकती। सोच रही थी, पैशन सर्विस के बाद बेबे के लिये खाना लेकर मीतू साढ़े नौ तक आयेगा। अमित साढ़े पाँच से कुछ पहले आ गया।

"काका, तुझे शाम गिरजा नहीं जाना!" बेबे के स्वर में असंतोष।

"अभी बहुत टाइम।" अमित ने कहा, "मम्मी ने तुम्हारा खाना भेजा है। शाम को सर्विस के बाद बहुत देर हो जायेगी।"

"ऐसो क्या देर! अंधेरे से पहले मुझे क्या जरूरत! बेबे ने कटोरदान खिड़की में रख दिया।

अमित ने स्टूल बहिन के पलंग के समीप खींच लिया। बहिन की आँखों में जिज्ञासा की सहानुभूति में बोला, ''नीरा सुबह कॉयर में थी। उसने बताया, मिस्टर और मिसेज़ पंत सर्विस आरम्भ होने से कुछ पल पहले आये। सबसे पीछे बैठे। सर्विस समाप्ति पर चुपचाप बाहर। एगोनी सर्विस में भी उसी तरह आये और चले गये।''

उषा सुनकर मौन रही।

संध्या सात बजे बेबे ने फिर उषा की पीठ पीछे तकियों का सहारा देकर प्रार्थना के लिये बैठा दिया। स्वयं प्रार्थना के लिये बैठ गयी। उषा का मन उदास। कल्पना में ईसू का विक्षत, रक्त से भीगा, उपेक्षा और तिरस्कार से दफनाया गया शरीर···बेबे की ओर नजर गयी, उसकी प्रार्थना में मुँदी पलकों की कोरें भीगी थीं।

शनिवार सुबह सब सामान्य। उषा के मन से पिछले दिन की उदासी का बोझ सर्वथा मिट न गया था। अखबार पर नजर डाली, फिर 'ह्वाई सोशलिज्म ओनली' शुरू कर दी। नौ बजे नर्स पट्टी करने आयी। एंग्लो-इंडियन नर्स हिन्दुस्तानी बोल न पाती थी। नर्स ने मुस्कराकर बताया: घाव भर आया, बस दो दिन और पट्टी की जरूरत।

बारह के लगभग चन्द्रा झाँक गयी। उसके कुछ मिनट बाद डाक्टर सेठ आया। हाल-चाल पूछकर आश्वासन दिया, ''सोमवार आपके घर लौटने की पूरी आशा।···पुस्तकें कैसी लगीं?''

उषा ने दूसरी पुस्तक भी लगभग पढ़ ली थी, बोली, ''मेरे लिये नयी बातें हैं। समझने का यत्न कर रही हूँ। कोई और पुस्तक—कहानी, इतिहास दे दें तो जरा मन लग सके।''

दोपहर झपकी के बाद नींद टूटी तो बेबे को पुकार कर उषा ने पूछा, ''क्या बजा है?''

बेबे ने बताया, दो बजे गये।

आज सुबह से उषा का ध्यान निर्मल की ओर था। सुना था, कलकत्ता से मेल दो-ढाई बजे पहुँचती है। आज निर्मल के पहुँचने का निश्चय···यहाँ पाँच नहीं तो छः तक जरूर आ सकता है। सेठ ने डैनब्रीन की पुस्तक 'माई फाइट फॉर आयरिश फ्रीडम' भेज दी थी।

पुस्तक का प्राक्कथन पढ़कर उषा को पुस्तक में विस्मयपूर्ण जिज्ञासा···आयरलैण्ड, ग्रेट ब्रिटेन का भाग। आम हिन्दुस्तानियों की नजर में अंग्रेज-आयरिश एक ही बात। आयरिश लोग भी ईसाई, परन्तु उन्हें अंग्रेजों का शासन नामंजूर। पुस्तक में रम गयी परन्तु निर्मल की याद बार-बार कौंध जाती।

''बेबे, क्या बज गया!'' उषा ने दोपहर बाद तीसरी बार प्रश्न किया था। अपने पलंग से समय के अन्दाज के लिये बाहर धूप न देख सकती थी।

बेबे वार्ड से समय पूछ आयी। पाँच बज गये थे। उषा ने मन-ही-मन में कहा: निर्मल डैडी-मम्मी के बाद आये तो अच्छा।

किवाड़ खुलने की आहट से उषा की गर्दन घूम गयी। डैडी थे, उनके पीछे मम्मी। कुछ परेशान लगीं।

"मम्मी, कल के उपवास से तबीयत खराब हुई न!" उषा ने कहा।

"नहीं मुन्नी, रात नींद नहीं आयी। दो बार गोली भी ली।" मम्मी की उदासी और उनींदेपन के कारण उषा जानती थी। डैडी ने नयी पुस्तक के पन्ने पलटकर कहा, "उषी, तुम्हें पालिटिक्स में एकदम गहरा इन्टरेस्ट!" पुस्तक पर सेठ का नाम देखकर हँसे, "सेठ तुम्हें चेला बना रहा है।"

"नहीं डैडी, पालिटिक्स तो क्या, पुस्तक रोचक है। समझना चाहती हूँ।"

मम्मी कटोरदान के साथ अपने कपड़े भी लायी थी। मम्मी की साड़ी का बार्डर दिखायी दे रहा था। उषा को अनुमान हो गया, मम्मी ईस्टर संडे की प्रार्थना के लिये अपने कपड़े लेकर आयी है ताकि बेबे को घर लौटा सके।

"बेबे, रात मैं रह जाऊँगी। तुम घर चली जाओ। सुबह जलाल की दुआ के लिये गिरजा जा सकोगी।"

उषा ने कातर दृष्टि से बेबे की ओर देख लिया था। नहीं चाहती थी कि निर्मल मम्मी के सामने आये। उसका अपना मन उदास तिस पर मम्मी की उदासी।

बच्चे बेबे की गोद में पले थे, बच्चों के सैन भाँपती थी। उसने गर्दन हिला दी, "न न, तू घर जा। तूने मंजी पकड़ ली तो सबकी मुसीबत हो जायेगी। हम दोनों ने जैसे कल इबादत-दुआ कर ली, सुबह भी कर लेंगे। मुझे और कपड़ों की जरूरत नहीं। कल पहने कपड़े रात उतार कर रख दिये थे, अच्छे भले साफ हैं। खाना तू ले ही आयी है।"

मुलाकात का समय समाप्त होने की घंटी पर डैडी-मम्मी उठ गये। उषा ने पुस्तक उठा ली तो बेबे बरामदे के सामने चहलकदमी के लिये निकल गयी। उषा की नजर पुस्तक के पृष्ठों पर परन्तु ध्यान में निर्मल। उषा को बेबे से समय पूछते झेंप। अनुमान सात बज रहे होंगे···क्या निर्मल आया ही नहीं? ···ऐसा क्या कारण हो गया! ओ···मीतू की बात से लग रहा था, उसके पेरेन्ट्स बहुत चुप-चुप थे! वे लोग शायद किसी कारण चिन्तित हों! हमें बताना न चाहते हों। हम लोग उनकी चुप से चिन्तित···हे ईश्वर क्या होने वाला है, तेरा क्या विधान! फिर ख्याल···शायद मेल लेट हो।

ईस्टर संडे। बेबे ने उषा के सिर-माथे पर प्यार करके उसके कंधे हिलाकर उसे जगाया। उषा को रात नींद विलम्ब से आयी थी। कमरे में अभी अंधेरा था। किवाड़ों की जाली से बरामदे में बिजली की रोशनी दिखलायी दे रही थी।

"बल्लो, अँधेरा फटने लगा।" बेबे ने उषा को पुकारा, "उठ जा मेरी बच्ची रानी, ज़लाल की दुआ का वक्त हो रहा है।" पलंग के समीप स्टूल पर दाँत मंजन, साबुन, पानी, तौलिया रखे हुए थे। बेबे स्वयं आध घंटे पहले बाहर खुले में जाकर पूर्व की ओर सफेदी के आभास के लिये दो बार नज़र डाल आयी थी। स्वयं नहाकर साफ कपड़े पहन लिये थे।

शुक्र की सुबह की तरह उषा को तैयार कर प्रार्थना के लिये बैठा दिया। स्वयं भी प्रार्थना में लीन। उषा ने भी हाथ जोड़कर एकाग्रता के लिये पलकें मूँद लीं···कल्पना में कब्र से उठकर ईसा का जाज्वल्यमान शरीर आकाश में स्वर्ग की ओर जाता हुआ। उषा ने मौन ईश्वर को गुहारा: जैसे स्वर्ग में तेरी इच्छा पूर्ण होती है, वैसे ही तेरी कृपा से पृथ्वी पर भी सबके हृदय में सत्य, दया, न्याय का आवास हो। तेरी ज्योति से सब भ्रम-आशंका का अँधेरा दूर हो। मेरे निर्मल, मेरे परिवार, निर्मल के परिवार पर तेरे करुणा-

हस्त की छाया हो। आज मेरा निर्मल आये। निर्मल की रक्षा करो, उसके राह की बाधा दूर करो। उषा की पलकें तीन-चार मिनट में खुल गयीं। सिर नवाये बेबे के ओंठ प्रार्थना में हिलते रहे। फिर गर्दन झुकाकर आमीन कहा। फर्श पर दोनों हाथ टिकाकर उठी। उस दिन भी प्रार्थना से पूर्व चाय न ली थी। बेबे वार्ड की अँगीठी पर चाय बनाने चली गयी। तन्मय प्रार्थना के बाद उषा उदास।

आठ बजे से ईस्टर संडे की दूसरी प्रार्थना। बेबे प्रार्थना से उठी तो उषा डैनब्रीन की पुस्तक में लीन थी।

"मुन्नी, आज तो तुझे इंजील पढ़ना चाहिये?" बेबे टोके बिना न रह सकी। बेबे निरक्षर थी, परन्तु इंजील के पन्ने और जिल्द पहचानती थी।

"बेबे, इसमें भी इंजील की ही बातें हैं।"

ख्याल आया : दस बजे चर्च में प्रार्थना हो चुकी होगी। इस प्रार्थना के अन्त में कुशल-मंगल, शुभकामना की बातों का अवसर होता है। हमारे पेरेन्ट्स और निर्मल के पेरेन्ट्स में जरूर बात हुई होगी। निर्मल कल बहुत विलम्ब से पहुँचा हो···अब क्या स्थिति है? आज संडे, भेंट-मुलाकात के लिये लोग दिन में भी आ जाते हैं। निर्मल को तो यों भी कौन टोकेगा!···उषा के लिये क्षण-क्षण पहाड़ हो रहे थे और ज्यों-ज्यों क्षण बीत रहे थे, निर्मल के न पहुँचने से दुविधा-चिन्ता पहाड़ों से बड़ी होती जा रही थी।

पण्डित जल्दी, चार के लगभग अकेले आ गये।

"सान्ती का क्या हाल है, तबीयत कैसी?" बेबे ने चिन्ता से पूछ लिया।

"ठीक है।" पण्डित बेबे की नज़र बचाये थे, "कल रात भी नींद नहीं आयी। डाक्टर चौहान ने पुड़िया दी। सिरदर्द को तो फायदा रहा, सो नहीं सकी। शायद खून का दबाव बढ़ गया। सुबह वक्त न था। लौटते में स्वामी जी से दवा लेते जायेंगे। उनकी दवा मुआफिक बैठती है।"

पण्डित उठते-उठते बोले, "बेटी, कल तो घर लौट रही हो। तुम्हें कितने बजे लेने आयें?"

"डाक्टर सेठ कह रहे थे, सर्जन सिन्हा पर निर्भर है। राउण्ड पर आयें या अपने यहाँ बुलवा लें। एक तो बज ही जायेगा।"

पण्डित ने बेबे की सलाम का संकेत कर कहा, "हमें जल्दी है। खाना अमित दे जायेगा!"

अमित सूर्यास्त के समय आया। सदा हँसते रहते लड़के को गुमसुम देखकर बेबे को आशंका, "काका, माँ का क्या हाल है?"

अमित ने कटोरदान बेबे को देकर स्टूल बहिन के पलंग के समीप खींच लिया, "मम्मी ठीक है। थोड़ा सिरदर्द है। डैडी ने कहा, धूप में मत जाओ। कल जीजी लौट ही रही है।"

भाई की गम्भीरता देख उषा ने अंग्रेजी में पूछा, "मम्मी को क्या हुआ?"

"मम्मी तो एकदम परेशान हो जाती हैं, तिस पर चौहान आंटी भड़काने वाली!" अमित ने अंग्रेजी में जवाब दिया। बच्चे या दूसरे लोग बेबे के सामने अंग्रेजी बोलने लगते तो वह चिढ़कर स्वयं दूर हट जाती। बेबे बरामदे में चली गयी. अमित ने बताया : आंटी

तो फ्राइडे को ही मिस्टर-मिसेज़ पंत के ढंग से चिढ़ गयी थी। हम लोग पैशन सर्विस से लौट रहे थे तो बोली, तीनों सर्विस में लास्ट मिनट पर आना और तुरन्त नज़र बचाकर भाग जाना; जैसे पहले साहबियत के मिज़ाज का गुरूर था। ये लोग मुँह चुरा रहे हैं।

डैडी ने कहा, शोक का अवसर है। मन भारी हो तो बोला नहीं जाता।

आंटी ने कहा, सोग तो पूरी उम्मत को, इनका कोई निराला सोग है! सोग में दूसरी बात न सही, अपने बच्चों की तकलीफ-बीमारी की बात तो पूछी-कही जाती है। मम्मी पहले ही भरी बैठी थीं, घर आते ही रोने लगीं।

कल फिर वही बात। सनराइज़ सर्विस के बाद वे लोग चर्च में चाय के लिये भी न ठहरे। रीता कॉयर से उठकर बाहर आयी तो उसने बताया, परसों की तरह लास्ट मिनट पर आये थे। निर्मल भी था। सबसे पहले बाहर निकल गये।

निर्मल भी था—सुनकर उषा के दिल पर गहरी चोट।

अमित कहता गया: आज दूसरी सर्विस में आंटी बहुत तैयार होकर गयी थीं; कांग्रीगेशन के बाद मिस्टर-मिसेज़ पंत को जरूर पकड़ेगी। फिर वही हुआ। वे लोग लास्ट मिनट पर आये, सबके पीछे बैठे। सर्विस के अन्त में सबसे पहले निकलने वालों के साथ बाहर। चौहान आंटी सिंह आंटी को साथ लेकर खुद पीछे ही बैठी थीं। लेकिन जब तक ये दोनों पोर्टिको में पहुँचीं, वे लोग गेट के बाहर। फोर्डम ने बताया, मिस्टर-मिसेज़ पंत और पप्पुल थी, निर्मल न था।

आंटी को बहुत गुस्सा। लौटते समय डैडी से बोलीं, परसों की बात हम मानते हैं, सोग का दिन था। आज सुबह सब लोग चाय के लिये ठहरे, बातचीत हुई। अब सर्विस के बाद भी लोग बातचीत कर रहे थे। उन लोगों को क्या हम आप दिखायी नहीं दिये! इधर छः-सात महीने कैसे लपक कर आते थे! ज़ाहिर कि नज़रें चुरा रहे हैं। आपको उन लोगों से बात करनी चाहिये, मामला क्या है? हम तो जरूर पूछेंगे। मिसेज़ चौहान पंत दम्पति के व्यवहार से बहुत क्षुब्ध। रिश्ते के लिये उन्होंने बिचौअल की थी।

हाँ, बात क्यों नहीं करेंगे। डैडी ने कहा, हम उनके पीछे क्यों दौड़ें? हमें चिन्ता है; उतनी ही उन्हें भी होनी चाहिये। उतावलेपन से क्या लाभ!

उषा अतल निराशा में गिरी जा रही थी। निर्मल कल साँझ जब भी आया हो, परन्तु आज दिन भर उसे समय न मिला! ओ गॉड, यह सब क्या…।

संध्या उषा को भोजन से अरुचि। बेबे के दुखी होने की आशंका में जैसे-तैसे कुछ निगला। लड़की की भूख गायब देखकर बेबे परेशान। बेबे बहुत सीधी थी, परन्तु भाँप लिया था कि बात उससे छिपायी जा रही है। इतनी नासमझ न थी। पंत-पंतनी के न आने पर उसने भी विस्मय प्रकट किया था। सभी के चेहरों पर चिन्ता देख रही थी। बात आखिर और क्या हो सकती थी?

रात उषा बहुत बेचैन, पंखे के बावजूद गरमी की शिकायत। नर्स दस के बाद दरवाज़े से झाँक लेती थी। नर्स के दरवाज़ा खोलते ही बेबे ने पुकार लिया—"मिस साब, लड़की बहुत परेशान है।"

नर्स ने आकर उषा का माथा छुआ, नब्ज देखी, हाल-चाल पूछा।

उषा ने बताया, सिर में हलका दर्द है, नींद नहीं आ रही है।

"एक गोली भेजती हूँ, नींद आ जायेगी।" नर्स ने सान्त्वना दी। बेबे को साथ आने का संकेत किया।

डाक्टर सेठ सोमवार नौ से पहले आया। उषा का उतरा चेहरा और आँख गहरी देखकर नब्ज पर हाथ रक्खा। चार्ट पर नज़र डाली। टैम्प्रेचर नार्मल से नीचे, नब्ज कमजोर थी।

पूछ लिया, "क्यों कैसी तबीयत है··· रात नींद बहुत देर से आयी?"

उषा ने मुस्कराने का यत्न किया।

हस्पताल से ऊब गयीं! या कुछ चिन्ता है?" सेठ मुस्कराया। उषा की टाँगें समतल रखकर जाँचता रहा, "आज छुट्टी मिल जाने की पूरी आशा। घर जाकर सब ठीक हो जायेगा।"

"खयाल तो है।" उषा ने मुस्कराकर धन्यवाद दिया।

सर्जन सिन्हा जूनियर डाक्टरों और विद्यार्थियों से घिरा हुआ एक बजे के बाद वार्ड में आया। सर्जन के सामने जूनियर डाक्टर ने वही सब देखा जो सुबह सेठ ने देखा था। सर्जन ने घर जाने की अनुमति दे दी।

उषा के डिस्चार्ज कार्ड लाने में सेठ को पौन घंटे का समय लग गया। पण्डित एक बजे आ गये थे। चिन्ता में थे, लड़की की एक टाँग जाँघ से टखने तक प्लास्टर में जकड़ी, घुटना मुड़ना असम्भव। उसके लिये किसी भी सवारी पर बैठ सकना कठिन। लड़की को कंधारीबाग गली तक कैसे ले जायें?

सेठ ने कार्ड पण्डित के हाथ में देकर कहा, "मिस पण्डित के लिये एम्बुलेंस बुक करवा दी है। गाड़ी कुछ मिनट में आ रही है।"

गाड़ी आयी आध घंटे बाद। उषा को स्ट्रेचर पर उठाकर एम्बुलेंस के पीछे लम्बी सीट पर रख दिया गया। उसके सामने समानान्तर सीट पर बेबे बैठी। पण्डित सामने ड्राइवर के साथ।

डाक्टर सेठ के व्यवहार से पण्डित बहुत अनुगृहीत थे। पत्नी की ओर से भी धन्यवाद दिया, "तुम्हारे सौजन्य और सहायता के सहारे हमने इस कठिनाई को कुछ भी महसूस न किया। जब समय मिले सुविधा हो तो आकर उषा को देख जाना। उषा और हम सबको बहुत प्रसन्नता होगी।"

"मास्टर साहब, मुझे शर्मिंदा न कीजिये। मैं कुछ न कर सका। मेरे लायक सेवा हो तो निस्संकोच याद कीजिये। ज़रूर हाज़िर होऊँगा। विवाह की तारीख़ बताइयेगा। निमंत्रण की ज़रूरत नहीं। घर का आदमी हूँ। कामकाज के लिये आऊँगा।"

पण्डित का हृदय उमग आया, "तुम्हारी बहिन है। मदद के लिये तुन नहीं आओगे तो कौन काम करेगा?"

सेठ हाथ में दो पुस्तकें लिये था। पण्डित एम्बुलेंस में बैठ गये तो पुस्तकें उनकी ओर बढ़ा दीं, "उषा समाजवाद के सम्बन्ध में पढ़ना चाहती है। खाली समय में आप भी देखियेगा। अमित लौटा जायेगा या खुद ले लूँगा।"

"हम लोगों को सोशलिज्म और पालिटिक्स पढ़ा रहे हो!" पण्डित हँसे, "अपने स्टूडेंट्स की प्रोग्रेस देखने तुम्हें आना पड़ेगा।"

"हम सब आपके स्टूडेन्ट हैं।"

एम्बुलेंस का दरवाज़ा बन्द करते समय सेठ ने उषा को नमस्ते कहा। उषा ने भी नमस्कार कर आने का अनुरोध किया।

मिसेज़ पण्डित ने बेटी के सोमवार दोपहर तक हस्पताल से लौट आने की सम्भावना पड़ोसियों को बता दी थी। बेटी की सुविधा के विचार से बैठक के साथ के कमरे का फर्श धोकर पलंग डाल दिया था। बेटी के सकुशल घर लौटने की आशा के उत्साह में उदासी दब गयी थी। पूरा विश्वास, बेटी के भली-चंगी घर पहुँच जाने पर गलतफहमियाँ खुद दूर हो जायेंगी। अनुमान था, पण्डित बेटी को डेढ़-दो बजे तक घर ले आयेंगे।

मिसेज़ खान और मिसेज़ सिंह में होड़ रहती थी, ईस्टर मेले में सौदे की बिक्री से चर्च को कौन अधिक दान देता है। गली के तीन-चार अन्य परिवार भी सौदा बनाकर मेले में ले जाते थे। मिसेज़ खान ने बाल्टी भर आइसक्रीम तैयार की थी। गार्ड मैथ्यू, सिंह के यहाँ शनिवार को एक बड़े हिरन की टाँग दे गया था। मिसेज़ सिंह ने बड़ी ट्रे भरकर कबाब और चटनी तैयार किये थे। मास्टर याकूब प्रतिवर्ष मेले में बच्चों के बहुत उम्दा दो जोड़े जूते बनाकर ले जाता, मिसेज़ हैरन कढ़ाई के टेबुल कवर और टी-कोज़ी। बच्चों को भी सौदा बेचने का चाव होता है। किसी भी चीज़ के छोटे-छोटे पैकेट या पुड़ियाँ ले जाते। बच्चों का मन रखने के लिये उनका सब सौदा बिक जाता।

चर्च को दिये दान का ढिंढोरा नहीं पीटा जाता, वह गुप्त रहना चाहिये। जब होड़ का मामला हो तो लोगों को पता लगना भी ज़रूरी। अपने सौदे की बिक्री की रकम बता देने में क्या हर्ज! चर्च को खर्चा काटकर केवल मुनाफा नहीं दिया जाता, बिक्री की पूरी वसूली दी जाती है।

पद्मा के लिये मिसेज़ पण्डित ने तली हुई मूँगफली की पुड़ियाँ बना दी थीं, सदानन्द के लिये लेमनड्राप की। मिसेज़ पण्डित हस्पताल से लौटी बेटी को अकेली छोड़कर मेले में कैसे जाती। मिसेज़ सिंह ने कह दिया था, पद्मा और सदानन्द को अपने साथ ले जायेंगी। मिसेज़ पण्डित का ख्याल था, बेबे लौट आये, उसे बच्चों के साथ मेले भेज देगी। बेचारी इतने दिनों से बँधी बैठी है।

सवा तीन बजे तक भी पंडित बेटी को लेकर न लौटे तो मिसेज़ पण्डित व्याकुल होने लगी। हे ईश्वर, हमें और आजमाइश में न डाल, रक्षा कर··· गली बड़ी मोटर के इंजन की आवाज़ से गूँज उठी : लोगों ने दरवाज़ों-खिड़कियों से झाँका, सफेद एम्बुलेंस देखकर विस्मित। मिसेज़ पण्डित भी दरवाज़े में आ गयीं। गाड़ी उन्हीं के मकान के सामने रुकी। अमित माँ की सहायता के लिये घर पर था। पण्डित एम्बुलेंस से उतर आये। माँ का हृदय उमग उठा। तुरन्त ईश्वर को धन्यवाद दिया।

उषा के लौट आने की सूचना मोटर की गरज से गली में स्वयं फैल गयी थी। फिर भी माँ ने पद्मा को पुकारा, "मुन्नी, डाक्टर अंकल, खान साहब, सिंह अंकल और पड़ोसियों को बता दे, बहिन हस्पताल से आ गयी।"

गली की स्त्रियाँ तुरन्त एक-एक, दो-दो करके आने लगीं। सभी ने शुभ दिन पर बेटी के हस्पताल से घर लौटने के लिये माँ को बधाई दी। परमेश्वर और उसके पुत्र की अनुकम्पा के लिये धन्यवाद दिया और उषा की सेहत के लिये दुआ की। स्त्रियाँ बीस

मिनट-आधे घंटे बैठकर सहानुभूति में उषा की चोट के सम्बन्ध में चिन्तापूर्ण जिज्ञासा करतीं।

मिसेज़ पण्डित उनकी सहानुभूति की कृतज्ञता में अथक उत्साह और पूरे ब्योरे से बतातीं, "जब सुना जाँघ की हड्डी टूट गयी, हमारी आँखों के सामने अँधेरा। हमने तो कहा, हे ईसू, बेटी तुम्हारे चरणों में, तुम्हीं रक्षक हो। ईश्वर की कृपा से जो पहला डाक्टर मिला, पंडित साहब का स्टूडेन्ट। चार-पाँच डाक्टर और इनके स्टूडेन्ट हैं। बड़े डाक्टर भी इनका नाम जानते थे। डाक्टरों ने एक्सरे की रोशनी से जिस्म के भीतर हड्डी देखकर, ठीक जोड़ मिलाया कि कसर न रह जाये। इसलिये टखने की हड्डी में बर्मे से छेदकर सूत मिलाया···।" बर्मे से टखने की हड्डी में छेद किये जाने की पीड़ा के अनुमान से सुननेवालियों की आँखें फैलकर रोमांच। "इनके लिहाज़ में दिन-रात में दो-दो डाक्टर आकर देखते रहते। देखभाल, खिदमत के लिये दिन-रात में अलग-अलग गोरी नर्सें। हमें तो घर का खाना भी नहीं ले जाने दिया। दूध, अंडे, टोस्ट, पौरिज का ब्रेकफास्ट। दोपहर-शाम भी सूप, चाय-कटलेट, मीट स्टू, फल सब कुछ। डाक्टरों ने एक्सरे से देख लिया—हड्डी ठीक जुड़ गयी। लड़की को महीना-पाँच हफ्ते आराम से लेटने को कहा है कि मजबूती आ जाये···।" गली की गरीब स्त्रियाँ आँखें और ओठ फैलाये विस्मय से सुनतीं—बड़े लोगों की बातें! खुदा के रहम से इत्ती पढ़ी-लिखी, सुघड़, खूबसूरत, जवान, भली लड़की की जिन्दगी बच गयी···। वे खुदा के रहम की दुआ करके चली गयीं।

मिसेज़ सिंह मोटर एम्बुलेंस आते ही देखने चली आयी थीं। मिसेज़ चौहान घर पर न थीं। उनकी प्रतीक्षा थी। मिसेज़ चौहान को सूर्योदय से पूर्व नरही से ज़रूरी संदेश आया था। उनकी बड़ी बहन की बहू को दर्द उठ रही थी। उनके पहुँचते ही बच्चा हो गया। साँझ तीन-चार तक लौटने की आशा थी।

मिसेज़ सिंह को अपना सामान मेले में ले जाने की जल्दी थी। मिसेज़ पण्डित ने आग्रह से बेबे को भी उनके साथ किया।

मिसेज़ पण्डित ने पति से कहा—"आप भी ईस्टर मिलन में हो आइये, अमित को भी ले जाइये। लोगों से मिलकर विश करना ही चाहिये। अच्छी के लौट आने का समाचार भी लोगों को मिल जायेगा।" अभिप्राय पंत परिवार से था।

पण्डित सवा छः बजे तक लौट आये। कुछ देर बाद अमित भी। मिसेज़ पण्डित उत्सुकता दमन न कर सकीं, "मेले में वे लोग दिखायी नहीं दिये?"

पण्डित ने इन्कार में सिर हिलाया। अमित ने बताया, "मिस्टर-मिसेज़ को तो नहीं देखा। पुप्पल ने अपनी आया के साथ आइसक्रीम की स्टाल लगायी है।"

बेटी के घर पहुँच जाने और उसके बाद ईस्टर मेले में सब लोगों से भेंट की सम्भावना से मिसेज़ पण्डित के मन में भ्रम का अँधेरा दूर कर सकने वाली दीपशिखा उकसने लगी थी, वह फिर दब गयी। इस विषय में पति से कुछ कहना व्यर्थ था। आशा थी केवल मिसेज़ चौहान से। वह नरही से अब तक न लौटीं। ईश्वर करे वहाँ (नरही में) सब कुशल हो।

उषा की झपकी टूटी। नज़र दरवाज़े से आँगन में गयी। साँस का प्यारा झुटपुटा, "मीतू, खुली हवा में लेटने को मन चाह रहा है। चौदह दिन से कमरे में कैद थी। एक प्याला चाय मम्मी के हाथ की।"

मिसेज़ पण्डित चाय बनाकर ले आयीं। प्यालों में चाय डालने को ही थीं, बैठक के दरवाज़े पर दस्तक। उसके साथ ही पुकार—"पद्मा बेटी!"

"चौहान आंटी।" अमित कुर्सी से उछलकर बैठक की ओर लपक गया।

अमित ने किवाड़ खोलते-खोलते उल्लास से ऊँचे स्वर में सूचना दी, "आंटी, जीजी हास्पिटल से आ गयीं।"

"मिसेज़ चौहान, यहाँ ही आ जाइये। मुबारक! पोते के लिये बहुत-बहुत बधाई। जच्चा-बच्चा ठीक हैं न!"

"थैंक यू, उषी की मम्मी। सब ठीक हो गया ईश्वर की कृपा से। बच्चा तन्दुरुस्त है, सात पौंड का। जच्चा भी ठीक है।"

"चाय पीजिये। अभी बनाई है, बिलकुल ताज़ी।" मिसेज़ पण्डित ने अनुरोध किया।

"थैंक यू, उषी की मम्मी।" मिसेज़ चौहान फट पड़ीं, "देखो, हम तो उसी दिन ताड़ गये। हमने कहा था ये लोग मुँह चुरा रहे हैं। आपने कह दिया, सोग का दिन है, मन भारी हो तो बोला नहीं जाता। हम तो लोगों की नीयत भाँपते हैं। नरही से लौटते में हम चर्च होकर आये कि लोगों से मिलजुल कर विश कर लें। रीटा को साथ लेते चलें। हम फाटक पर ताँगे को पैसे दे रहे थे, तभी पंत की कार आकर रुकी। निर्मल ड्राइव कर रहा था। हमने पूछा, बेटे कब आये? उसने जवाब दिया, परसों आ गया था। फादर से बोला, आप लोग लौटने के लिये ताँगा ले लें। हम छावनी जा रहे हैं, देर हो जायेगी।"

उषा की गर्दन झुक गयी, साँस रोके सुन रही थी। मिसेज़ पण्डित का हाथ प्याले में चाय डालते-डालते काँप गया।

मिसेज़ चौहान आवेश गें, "इससे पहले कि हम शिकायत करते वह बोलीं, मिसेज़ चौहान, लोगों ने जाने क्या-क्या अफवाहें उड़ा रखी हैं कि कमर की हड्डी टूट गयी है। हमें विश्वास तो नहीं लेकिन ईश्वर की इच्छा कौन जान सकता है। बहिन, हमें तो ईश्वर ने बचा लिया। निर्मल से इंगेजमेंट हो जाती तो हम कहीं के न रहते। तुम जानो, लड़का पी० सी० एस०। अफसरों की वाइफ लोग क्लब-पार्टी में साथ जाती हैं। कभी गवर्नर के यहाँ भी जाना हो जाता है। वाइफ अपाहिज-लुंजी हो तो आदमी की क्या पोजीशन··· हमारे लड़के को तो डांस-वांस का भी शौक। वह तो सुनकर धक्क रह गया। बोला, आप लोगों की इच्छा। हमें तो जल्दी थी नहीं। इलाज़ से ठीक हो जायेगी तो भला वर्ना जो किस्मत। बताओ, बहिन, जान-बूझकर लड़के के गले में उम्र भर की मुसीबत कैसे डाल दें! हड्डी जुड़ तो जाती है पर मरम्मती चीज़ में असली बात थोड़े ही आ सकती है। जाड़े, हवा, पानी में दर्द उठे बिना नहीं रहती। हमें तो कई आफर थे। हमने कहा, बेचारों की चाहे जो हैसियत पर भले लोग बाहमन हैं। लड़की वेल एजुकेटेड, नाक-नक्शे, अंग-ढंग से अच्छी। पर ईश्वर को मंजूर नहीं तो··· ।"

उषा ने मुख दीवार की ओर कर लिया। मिसेज़ पण्डित ने साड़ी का आँचल आँखों पर दबा लिया।

"खैर, छोड़िये, परमेश्वर ने उन्हें बचा लिया, हम भी बच गये।" पण्डित ने बात समाप्त करने का प्रयत्न किया।

"हम थूकते हैं ऐसे कमीनों पर! यह इज़्ज़तदार बनते हैं! इससे पहले इलाहाबाद वाले जोशी की बेटी से बात ठहराकर झुठला चुके। अरे, जो अपनी बात का नहीं अपने बाप का नहीं। इन लोगों ने भले इज़्ज़तदार लोगों के साथ जैसा धोखा किया, परमेश्वर का कहर गिरेगा इन पर। दोज़ख की लाइन्तहा आग में जलेंगे···।"

"जाने दीजिये मिसेज़ चौहान।" पण्डित ने मिसेज़ चौहान के लिये चाय बना दी, "उस बात को आया-गया समझिये। उस जिक्र की ज़रूरत नहीं।"

मिसेज़ चौहान प्याला मुँह तक ले जाते-जाते बोलीं, "ज़लील बेगैरत ये ईसाई हैं!"

मिसेज़ चौहान के चले जाने पर घर में सन्नाटा छा गया। उषा चुप दीवार की ओर मुँह किये सुन्न लेटी थी। बेटी की ओर देखने से मिसेज़ पण्डित का कलेजा मुँह को आता। वे खुलकर रोने के लिए ऊपर कमरे में चली गयीं।

आठ बजे पद्मा ने समीप आकर पूछा, "जीजी, मम्मी पूछ रही हैं, खाना ले आयें।"

उषा ने इन्कार कर दिया। बेबे ने कुछ खा लेने का अनुरोध किया। उषा चुप रही। माँ भी कुछ न खा सकीं। सद्दू, पद्मा और अमित उपासे न रह जायें, इस खयाल से पण्डित ने उनके साथ बैठकर कुछ खा लिया।

उषा को नींद न आयी। पूर्णतः सचेत भी न थी। मस्तिष्क पर चोट से विक्षेप, अर्धचेतन मूढ़ता की अवस्था···क्या हो गया! उस पर छल, निराशा, अपमान का पहाड़ टूट पड़ा। छली जाने, फिसल जाने के लिये आत्म-धिक्कार और ग्लानि!···इस सम्बन्ध को सौभाग्य समझूँगा···अपने विश्वास में पति-पत्नी बन गये···हम अपनी प्रतिज्ञा को व्यवहार से पूर्ण क्यों न कर दें···धोखा! कमीने के फरेब में आ गयी।

उषा की नींद टूटी तो आँगन की दीवार पर धूप की किरणें आ रही थीं। मस्तिष्क अपेक्षाकृत साफ था। शरीर क्लान्त और शिथिल, सिर में हल्का दर्द, प्यास। बरामदे से बेबे लपक आयी। उषा का माथा चूमा।

"मैं चाय पियूँगी।"

बेटी को चाय पिलाकर माँ और बेबे ने उसका शरीर भीगे तौलिये से पोंछ दिया। कंघी-चोटी कर कपड़े बदलवा दिये। अब उषा के मस्तिष्क में मूढ़ता नहीं, छल और प्रवंचना के लिये, छली जाने के लिये घृणा थी। उषा अखबार पर नज़र डालने लगी। बात करने को मन न था। सेठ की दी पुस्तक के पन्ने पलटे। पुस्तक उतनी रोचक न थी। मम्मी को पुकार कर नेहरू की 'मेरी कहानी' फिर माँग ली। पुस्तक पढ़ते बार-बार अपने प्रति छल का ध्यान आ जाता। उस खयाल को झटककर फिर पुस्तक पढ़ने लगती। पुस्तक दूसरी बार शुक्रवार नाश्ते के बाद समाप्त हो गयी। पुस्तक के अन्त में सरकार और सरकारी नौकरों के सम्बन्ध में बेडनवीलर में लिखी नेहरू की राय को दो बार पढ़ा···बिलकुल ठीक लिखा है। जो कमीने लोग निजी स्वार्थ के लिये देश के लाखों लोगों के साथ विश्वासघात कर सकते हैं उनके लिये सच्चाई, प्रेम और वफादारी का क्या सवाल! उनसे नीचता और विश्वासघात के सिवा और क्या आशा हो सकती है?···धोखे में आ जाने के लिये क्षोभ और लज्जा।

शुक्रवार दोपहर बाद चित्रा आ गयी। उषा ने सहेली का स्वागत मुस्कान से किया। साथ पलंग पर बैठा लिया।

"क्या बात है, कुछ थकी, मुर्झायी-सी लग रही हो।"

"तुझे यों ही लग रहा है। झपकी आ गयी थी। अभी उठी हूँ।"

"पंत आया था?" चित्रा ने उषा की ओर झुककर मुस्कान से पूछा।

"छोड़ो उस बात को।" उषा की पलकें झुक गयीं।

"क्यों, क्या बात है?" चित्रा की भौंवें उठ गयीं।

उषा कुछ पल मौन, निष्पलक दीवार की ओर देखती रही। चेहरा गम्भीर।

चित्रा ने और समीप हो उसके केशों में उँगलियाँ फँसाकर पूछा, "क्यों, क्या हुआ?"

उषा का गला रुँध रहा था। कुछ पल सम्भल कर धीरे-धीरे मिसेज़ चौहान से सुनी बात संक्षेप में बता दी।

चित्रा उदास हो गयी। कुछ पल फर्श की ओर नज़र लगाये मौन रही, "कमीने बेईमान ने बहुत धोखा दिया।"

"बहुत अच्छा हुआ।"···उषा की आँखें क्रोध से गुलाबी, "अगर शादी के बाद ऐसी दुर्घटना हो जाती!···थैंक गॉड, घटना महीने भर पहले हो गयी।···मैं उनके लिये फटी जूती की तरह बेकार हो जाती। माना चर्च में सेरेमनी नहीं हुई पर उसका विश्वास और प्रतिज्ञा कहाँ गये!···लोग बाइबिल हाथ में लेकर खायी कसम नहीं तोड़ देते!···बड़ा सरकारी अफसर बनने का घमंड है, इन लोगों की असलियत बतायें!"···उषा ने नेहरू की पुस्तक खोलकर सरकारी अफसरों के सम्बन्ध में नेहरू की राय दिखा दी।···"जिसे अपने देश और लाखों लोगों के लिये दुख-दर्द नहीं, उसके लिये किसी के भी जीवन का क्या···! बच गयी, धोखे में अंधे कुएँ में कूदने जा रही थी। ऐसे कमीने बेवफा आदमी के साथ जिन्दगी कैसे निभती!"

"उषी, प्रेम-वरेम कुछ नहीं!" चित्रा ने गहरी साँस ली, "सच मान, लड़कियों के लिये शादी तो दिल्ली के लड्डू हैं। जिसे न मिले पछताये, जो खाये सो पछताये। मर्दों के आराम, संतोष का इंतजाम। अपने परिवार-बिरादरी में नित्य देख रहे हैं। प्रेम-निष्ठा मर्दों की रीझ और औरतों का धर्म। मर्दों को जो ज़रूरत हो, जैसा मन चाहे, सब ज़ायज। तुझे बता चुकी हूँ। हमारी बड़ी माँ···उनके बाल-बच्चा नहीं हुआ था तो फादर ने दूसरी शादी कर ली। है तो हमारी सौतेली माँ लेकिन हमीं जानते हैं जैसे उन्होंने निबाहा है। खयाल आ जाता है, अगर हमारी जिन्दगी में ऐसा हुआ···!

चित्रा चार बजे आ गयी थी, सात तक रही। दोनों में फुसफुस होती रही। माँ ने सहेलियों की बातचीत में विघ्न नहीं डाला। पाँच बजे चाय बनाकर दे दी। चित्रा के सामने विश्वासघात की पीड़ा और अपमान के घुटन की भड़ास निकाल सकने से उषा का मन-मस्तिष्क कुछ हल्के हो गये। चेहरे पर प्रसन्नता और हँसी तो नहीं लौट आये पर बोलचाल, व्यवहार बहुत कुछ सामान्य।

पंडित डाक्टरी परामर्श के अनुसार बेटी के लिये बैसाखियाँ ले आये थे। उषा ने लँगड़ेपन के अभिशाप से यथाशीघ्र मुक्ति के लिये बैसाखियाँ ले आँगन में सुबह-शाम चलने का अभ्यास शुरू कर दिया। लेटे-लेटे भी प्लास्टर में बँधे पाँव की उँगलियों को हिलाने का व्यायाम करती रही। कल्पना थी, टाँग खूब जल्दी ठीक हो जाये। वह रविवार

संध्या चर्च जाये। पंत परिवार को न पहचाने, न विश करे। उनके सामने से हाई हील के सैंडल खट-खट करती निकल जाये··· ।

उषा को भरोसा था, प्लास्टर तीस मई को कट जायेगा। यूनिवर्सिटी मध्य जुलाई में खुलती है। एम० ए० ज्वाइन करने का पूरा निश्चय। तब तक सुविधा से चलने लायक हो जाये। जयप्रकाश नारायण और एमाइल बर्न की पुस्तकें दो-दो बार पढ़ चुकी थी। अब लास्की की पुस्तक को भी ऐसे ध्यान से पढ़ रही थी, जैसे परीक्षा के लिये पाठ्य-पुस्तक पढ़ रही हो। पंत प्रसंग की स्मृति बिलकुल मिटा देना चाहती थी। विच्छेद के लिये खेद नहीं, ग्लानि।···उस कमीने को 'किस' क्यों करने दिया। ओठों पर गन्दगी छू जाने की घिनौनी याद।

तब मिशन का केन्द्र अमीनाबाद में था।

रविवार नाश्ता करके पंडित अमीनाबाद में रामकृष्ण सेवा मिशन चले गये थे। मिशन के होमियोपैथिक डाक्टर स्वामी आत्मानन्द की दवा मिसेज़ पंडित को रास आती थी। कभी पण्डित स्वामी आत्मानन्द का प्रवचन भी सुनते। अद्वैत दर्शन पर स्वामी जी का अध्ययन अच्छा था। उस दिन पंडित दवा लेकर जल्दी ही लौट आये।

उषा अखबार पर नज़र डालकर लास्की की पुस्तक पढ़ रही थी। पण्डित उषा के पलंग के समीप कुर्सी पर बैठ अखबार देखने लगे। खयाल था, बेटी का ध्यान जितना अधिक इधर-उधर बँटा रहे, भला उससे जिस-तिस प्रसंग पर बात छेड़ देते। कानपुर में कपड़ा मिलों के फाटकों पर हड़ताली मजदूरों के धरने और मजदूरों पर पुलिस द्वारा लाठीचार्ज का समाचार था। समाजवाद के सम्बन्ध में दो-तीन पुस्तकें पढ़कर उषा और अमित मज़दूरों के शोषण का विरोध करने लगे। उनकी सहानुभूति मजदूर आन्दोलनों के प्रति। पण्डित उषा से बात कर रहे थे, "मज़दूरों की माँग से सहानुभूति सभी को, लेकिन उनके आक्रामक ढंग को कैसे उचित कहा जा सकता है··· ?"

पण्डित बात पूरी न कर सके। गली में मोटर-साइकल की धड़-धड़। सोचा, स्वामी जी आये होंगे पर आवाज़ उनकी गाड़ी की न लगी। स्वामी जी कभी-कभी अपने मरीजों को देखने के लिये उनके घर पर भी चले जाते। मिशन की ओर से चिकित्सा निःशुल्क करते थे। पण्डित स्वामी की अगुवानी के लिये बैठक की ओर चले गये।

"हलो डाक्टर सेठ, आओ!" उषा ने बैठक से डैडी की आवाज़ सुनी। मन पुलक उठा। सुना, "बहुत अच्छा हुआ तुम आ गये। उषा बहुत खुश होगी!" पंडित सेठ को उषा के कमरे में ले गये।

उषा केवल पेटीकोट-ब्लाउज में थी। ऊपर ली हुई चादर अस्त-व्यस्त। तुरन्त चादर गले तक खींचकर सब ओर से ढक लिया। चेहरा खिल गया।

सेठ जी के नमस्ते के उत्तर में उषा ने भी दोनों हाथों से नमस्कार किया। आँखों में चमक आ गयी, "आपकी पुस्तकें पढ़ डालीं। और लाये हैं?"

"ज़रूर लाया हूँ।" सेठ मुस्कराया।

पंडित ने बरामदे की ओर बढ़कर पुकारा, "शान्ति जी, डाक्टर सेठ आये हैं। आ जाइये।" पंडित बरामदे से एक और कुर्सी उठा लाये।

"मास्टर साहब, कुर्सी मैं खद ले सकता था।"

''बैठो-बैठो।'' पंडित ने सेठ को बाँह से पकड़ बैठा दिया।

''गुड मार्निंग डाक्टर साहब!'' मिसेज़ पंडित ने स्नेह से गद्गद हो स्वागत किया, ''हम तो आपका एहसान··· ।''

सेठ विनय में खड़ा हो गया। आपत्ति के संकेत में हाथ उठाया, ''मम्मी, मुझे डाक्टर साहब न कहिये। मास्टर साहब मुझे अमर पुकारते रहे हैं। आपके लिये भी अमर हूँ। एहसान-वहसान की बात फिज़ूल है। अमित भी एहसान करते हैं आप पर?''

''जीते रहो, बड़ी उम्र हो।''

''आप क्या पसन्द करेंगे?'' मम्मी ने पूछा। मन में दुविधा भी: हिन्दू है, हमारे यहाँ खा-पी सकेगा। हिन्दू कई तरह के। स्वामी आत्मानन्द उनके यहाँ निस्संकोच माँगकर जल पी लेते, चाय-शरबत से भी परहेज नहीं।

''इस गरमी में ठंडा जल।'' सेठ हँसा।

मम्मी भीतर चली गयीं। पद्मा को भेजकर अमित को सिंह के यहाँ से बुलवाया। तुरन्त साइकल पर मिठाई और बरफ लाने के लिये भेज दिया।

''प्लास्टर के कारण कोई परेशानी तो नहीं?'' सेठ ने उषा से पूछा।

''नहीं, बस बोझ लगता है।''

''जरा आपके पाँव देखूँ?''

उषा ने पाँव पर से चादर हटा ली। सेठ ने दोनों पाँवों को बराबर रखकर देखा। पंजों की उँगलियाँ हिलायीं। ''गुड···वैरी गुड। बैसाखियों के सहारे चलने का यत्न शुरू किया···ठीक। लेकिन अभी बँधी हुई टाँग पर बोझ बिलकुल न डालें।''

पंडित ने अखबार के जिस प्रसंग पर बात की थी, उषा ने वही दूसरी तरह सेठ से पूछ लिया, ''कांग्रेस के शासन में भी मज़दूरों पर लाठीचार्ज हो रहे हैं, यह क्या उचित है?''

''पूँजीवादी सरकार से और क्या आशा।'' सेठ ने उत्तर दिया।

''मज़दूरों की भीड़ मिलों के रास्ते रोककर काम में बाधा डाले, अव्यवस्था करे तो क्या होगा? सरकार कोई भी हो, व्यवस्था की रक्षा तो आवश्यक है।'' पण्डित बोले।

''मास्टर साहब, मज़दूर तो न्याय के लिये अपील कर रहे हैं। अपील की सुनवाई न होने पर सत्याग्रह कर रहे हैं।'' सेठ ने कहा।

''न्याय के लिये या छँटनी के विरुद्ध?'' पंडित ने पूछा, ''मिल को उचित ढंग से चलाने के लिये कितने मज़दूरों की आवश्यकता है, यह तो मालिक ही निश्चय करेगा।''

''मिल केवल मालिक वर्ग के निर्णय से चलनी चाहिये, मज़दूर वर्ग के निर्णय से नहीं, यह कैपिटलिस्ट दृष्टिकोण है।''

''भिन्न वर्गों का भिन्न न्याय होगा!'' पंडित ने विस्मय प्रकट किया।

''मास्टर साहब, न्याय सबके लिये एक होना चाहिये। न्याय का विचार सद्भावना मात्र है।'' सेठ ने आपत्ति की, ''न्याय और औचित्य की मान्यताएँ सदा सशक्त वर्ग या शासक वर्ग के दृष्टिकोण से निश्चित होती रही हैं।

''मनुष्य का विवेक और न्याय-बुद्धि कुछ नहीं?''

"इतिहास के अनुसार तो मनुष्य का विवेक और न्याय-बुद्धि उसके संस्कार मात्र रहे हैं। एक युग में सभी समाज दास प्रथा का अनुमोदन करते थे। आज सभ्य संसार में कोई भी समाज दास प्रथा का समर्थन नहीं कर सकेगा।"

उषा अपलक सेठ की बात सुन रही थी।

अमित ने छोटी मेज उषा के पलंग से सटाकर रख दी। मम्मी ने मेज़ पर एक ट्रे में मिठाई नमकीन। पंडित ने बहस टालने के लिये कहा, "चखकर देखो, अमित क्या लाया है।"

"चाय लेंगे या नीबू का शरबत?" मिसेज़ पंडित ने पूछा।

"जो आप लोग लेंगे, मैं भी लूँगा।"

"तुमने मेडिकल कालेज में लेक्चरारशिप ले ली है या हस्पताल में काम कर रहे हो?" पंडित ने पूछा।

"एम० बी० एस० के बाद वर्ष भर कालेज हस्पताल में काम करना आवश्यक है। मेरा वर्ष जनवरी में पूरा हो जायेगा।"

"फिर प्रैक्टिस का विचार?"

"प्रैक्टिस क्या करूँगा। किसी भी सरकारी हस्पताल में नौकरी मिल जायेगी। पिताजी को यह पसन्द नहीं। वे अकेले हैं। उन्हें सूना-सूना लगता है। चाहते हैं, घर पर रहूँ। पिता कहते हैं हजारों खर्च करके डाक्टरी पढ़ी, अब डेढ़ सौ रुपल्ली की नौकरी करोगे। इतनी रकम परचून की दुकान में लगाते तो इससे ज्यादा कमाई हो सकती··· ।"

"ठीक कहते हैं।" पंडित मुस्कराये, "पर प्रैक्टिस जम जाये तो डाक्टर के लिये पाँच सौ-हजार माहवार भी खास मुश्किल नहीं।"

"मास्टर साहब, नये आदमी का जमना आसान नहीं। शहर में बीसियों डाक्टर हाथ पर हाथ धरे बैठे हैं। मेरे लिये और मुश्किल। उनसे फीस कैसे माँगूँगा। आप भी जानते हैं, आम लोग बीमार ही इसलिये होते हैं कि भरपेट या ठीक खाना नहीं पाते। वे डाक्टर को क्या देंगे?" सेठ की बात उषा का मन छू गयी।

"ठीक कहते हो।" पंडित ने स्वीकारा, "लेकिन डाक्टर को भी निर्वाह करना है। ···शादी हो गयी?"

"नहीं मास्टर साहब।"

"क्यों! कहते हो पिता अकेले हैं। वे जरूर चाहते होंगे··· ।"

"जी, उन्हें तो बहुत जल्दी लेकिन मैं नहीं चाहता।"

"तुम्हारी आयु तो विवाह योग्य ठीक है। चौबीस-पच्चीस के तो हो चुके।"

"जी, पर ऐसी जल्दी और जरूरत भी क्या है।" सेठ हँस दिया।

"जरूरत! नार्मल लाइफ भी एक जरूरत है। साधारणतः अकेला व्यक्ति जीवन में पूर्णता नहीं अनुभव करता।"

"ठीक है मास्टर साहब," सेठ ने सोचकर कहा, "लेकिन जीवन की पूर्णता या सार्थकता के लिये विवाह के अलावा दूसरे उद्देश्य या लक्ष्य भी हो सकते हैं।"

"हो सकते हैं। तुम साधु-संन्यासी तो बनोगे नहीं।" पण्डित हँसे, "तुम्हारा मतलब है, समाज या जनसेवा।"

"अपनी ही सेवा... ।" सेठ भी हँसा, "अपना संतोष अपनी ही सेवा है। आदमी को कुछ तो करना चाहिये। पेट भर लेना कोई बहुत बड़ा लक्ष्य नहीं है।"

उषा सेठ की बातें बहुत ध्यान से सुन रही थी। सेठ चलने लगा तो पढ़ी पुस्तक लौटाकर पूछ लिया, "अब कब पुस्तकें लायेंगे?"

"आज दो लाया हूँ।"

"इन्हें चार दिन में नहीं छः दिन में पढ़ लूँगी। मुझे और कुछ करने को है नहीं।"

"नावल हो तो जीजी रोज़ एक पूरा कर सकती है।" अमित बोल पड़ा।

उषा ने भाई को चुप रहने के इशारे से घूरकर देखा।

"रविवार को छुट्टी रहती है, अगले रविवार कोशिश करूँगा।"

"डाक्टर साहब, पुस्तकें मैंने भी पढ़ी हैं। कुछ पूछना चाहता हूँ। आपके यहाँ आऊँगा। मेरा एक्ज़ाम समाप्त। बिलकुल फ्री हूँ।"

सेठ को गुडबाई करने के लिये मिसेज़ पंडित भी आ गयी थीं। परोक्ष में भी आशीर्वाद दिया, "भला लड़का है। ईश्वर सबका भला करे।"

"ही इज़ ए नोबल सोल। प्रभु उसका कल्याण करें।" पंडित ने समर्थन किया।

मम्मी और डैडी के मुँह से उषा के मन की ही बात निकली। उसे अच्छा लगा।

सुबह डाक्टर सेठ के आने, सेठ और डैडी की बातचीत से उषा का मन बहुत बहल कर हल्का हो गया था। दोपहर के खाने के बाद लम्बी झपकी ली। रविवार था। तीन बजे मिस्टर-मिसेज़ सिंह आ गये। सिंह को ब्रिज का शौक था, मिसेज़ सिंह को ब्रिज की धत्त। पंडित भी बिज्र में रुचि लेते थे। उषा देख-देखकर सीख गयी थी। छुट्टी के दिन कभी सिंह के यहाँ, कभी पंडित के यहाँ ब्रिज जमता। सवा पाँच तक ब्रिज चला। मिसेज़ पंडित ने चाय तैयार कर दी। साढ़े पाँच बजे सिंह दम्पति उठ गये। दोनों परिवारों को चर्च जाने के लिये तैयार होना था।

गिरजा जाने से पहले पंडित ने उषा के लिये आँगन में आराम कुर्सी रखवा कर स्टूल पर टेबल फैन लगवा दिया। अमित बहिन के समीप एक कुर्सी डाल स्वयं भी पुस्तक लेकर बैठ गया। सुबह सेठ नयी पुस्तक दे गया था—'आइडियल आफ इक्वेलिटी, लिबर्टी एण्ड फ्रेटर्निटी।' उषा बैसाखियों के सहारे आँगन में आराम कुर्सी पर आ गयी। पुस्तक आरम्भ कर दी।

दूसरे पृष्ठ पर आधे तक पहुँचते-पहुँचते नज़र पुस्तक पर रही, याद आ गया: जीवन की पूर्णता या सार्थकता के लिये विवाह के अलावा दूसरे उद्देश्य या लक्ष्य भी हो सकते हैं!...सोचा, विवाह को जीवन का लक्ष्य तो मैंने भी समझा था...याद आया, सातवीं-आठवीं में पढ़ती थी। उन दिनों लालबाग स्कूल में मिस क्रुप लड़कियों को बहुत अच्छी लगती थी। मिस क्रुप एम० ए० थी। लड़कियाँ मिस क्रुप का बहुत आदर करती थीं। उसका व्यवहार स्नेहमय, हँसमुख, प्यारी सूरत। ड्रेस सिम्पल परन्तु सुघड़। उषा की कल्पना थी, मिस क्रुप जैसी बनेगी।

सड़क पर कभी-कभी एक छोटी टैंडन में सेंट एंथोनी गर्ल्स स्कूल की ओर जाती दो नन (भक्तिनें) दिखायी दे जातीं। सिर से टखनों तक काली पोशाक। केवल माथे पर बर्फानी सफेद पट्टी। चेहरा भक्ति, सेवा, त्याग मूर्तिमान। पंडित परिवार और कंधारीबाग

गली की बस्ती, लालबाग गर्ल्स स्कूल—सब प्रोटेस्टेंट ईसाई थे। उषा जानती थी, भक्तिनें रोमन कैथोलिक सम्प्रदाय में होती हैं। प्रोटेस्टेंट सम्प्रदाय में भक्तिन बनने की प्रथा नहीं है। कुछ प्रोटेस्टेंट भक्तिन प्रथा का मज़ाक भी उड़ाते। भक्तिनों के बारे में अश्लील बातें। उषा जानती थी, भक्तिनें स्वयं को ईसू की दुलहिन मानती हैं। सिर मुँड़ाकर भक्ति साधना और मानव सेवा के लिये आजीवन कौमार्य व्रत निबाहती हैं। सुख, भोग, विलास से दूर। उनके त्याग की कल्पना से उषा के मन में भक्तिनों के प्रति श्रद्धा उमड़ आती···यदि हम लोग रोमन कैथोलिक होते, मैं जरूर भक्तिन बनती। बाद में सिर मुँड़ाकर क्राइस्ट की दुल्हन बनने की कल्पना उसे मूर्खता जान पड़ने लगी। विद्वान स्वावलम्बी युवती बनने की महत्त्वाकांक्षा।

आई० टी० कालेज संस्था के इतिहास के परिचय रूप छोटी सी पुस्तिका पढ़ी थी। मिस इज़ाबेला थॉबर्न ने भारत में नारी शिक्षा के लिये किस धैर्य, दृढ़ता से तप, त्याग और परिश्रम किया था। लालबाग गर्ल्स हाईस्कूल और भारतवर्ष भर में प्रसिद्ध आई० टी० गर्ल्स कालेज—सब मिस थॉबर्न की बुद्धि, धैर्य, लगन और श्रम का परिणाम। उषा को मिस थॉबर्न की तरह शिक्षा का काम करने की महत्त्वाकांक्षा।

और याद आया कालेज में पहले वर्ष से ही 'टेल्स फ्राम शेक्सपियर' पढ़ने और कहानी-उपन्यास का चस्का लगने के बाद कल्पना में लव-रोमांच के स्वप्न बनने लगे। तब सोचती थी, लव तो जरूर करेगी···लव की रोमांचक कल्पनायें। लव करने की महत्त्वाकांक्षा के स्वप्न ज़रूर, परन्तु हाउस-वाइफ के नहीं।

ऐसे प्रसंग में चित्रा ने रहस्य वार्ता में 'होम एण्ड फैमिली' क्लास की टीचर मिसेज़ ग्रीन की बात याद दिलायी थी, "···शारीरिक प्रवृत्ति की पूर्ति के लिये पति-पत्नी का सम्बन्ध आवश्यक होता है, परन्तु क्या उस प्रवृत्ति के लिये पूरी ज़िन्दगी बर्बाद कर दी जाये!"···मिसेज़ सिंह, मिसेज़ चौहान, मिसेज़ पंडित क्या हैं—चिकन-कपड़े, बच्चों का गू-मूत, मकान सफाई,हस्बैंड की घुड़कियाँ, कभी थप्पड़-लात-घूँसे भी! इससे तो मिस स्टोन, मिस पिल्ले, मिस जस्टिना, मिस खुर्शेद, मिस जून अच्छी। वह खुद व्यक्ति है।···व्यक्तियों में कितना फर्क होता है। ऐसे भी हैं जो जीवन की सार्थकता समाज या लोक-सेवा समझते हैं और ऐसे कमीने भी जो लाखों के दुख-सुख से निरपेक्ष··· ।

"जीजी, अँधेरे में कौन देख सकता है?" अमित हँस रहा था। उषा को मालूम न हुआ, अमित समीप की कुर्सी से उठकर कब चला गया और कब अंधेरा हो गया। पुस्तक अब भी उसके सामने खुली थी।

"हट्ट बेवकूफ!" उषा झेंप गयी, "मैं कुछ सोचने लगी थी।"

"टेबल लैम्प ला दूँ?"

"अब नहीं।" उषा ने बाँहें उठाकर अँगड़ाई ली।

अगले रविवार उषा के कान नौ बजे से ही मोटर साइकल की आहट की प्रतीक्षा में। सेठ की दी हुई दोनों पुस्तकें समाप्त कर चुकी थी। सेठ बारह तक भी न आया। अमित चित्रा के यहाँ से एक बड़ा उपन्यास ले आया था। उषा ने उपन्यास शुरू कर दिया तो उसमें गहरी रम गयी। किसी समय भी छोड़ना मुश्किल। अब वह उपन्यास में सामाजिक न्याय-अन्याय की समस्याएँ देख रही थी। चार दिन-रात में पुस्तक समाप्त कर दी।

अगला रविवार मई का दूसरा रविवार। लू का वेग और ताप खूब बढ़ गया। पंडित ने उषा के कष्ट के विचार से कमरे की खिड़की पर खस की टट्टी लगवा दी। अमित और पद्मा आते-जाते टट्टी पर पानी छिड़क देते। कमरा ठण्डा और सुहावनी महक।

उस साल लू जबर्दस्त थी तो खरबूजे भी प्रचुर और खूब मीठे हुए। पंडित सुबह ही कैसरबाग जाकर झल्ली भर खरबूजे ले आये थे। मिसेज़ पंडित ने टब में बरफ और पानी भरवाकर खरबूज़े डलवा दिये थे। उषा के पलंग के सामने कुर्सियाँ लगाकर खरबूजा पार्टी जमी। मम्मी एक-एक खरबूज़ा काटकर बाँटती जा रही थी। पंडित और बच्चे बताते थे: कौन खरबूज़ा कितना मीठा। उषा भी खा रही थी परन्तु मौन।

"उषी, तुम्हें कोई खरबूज़ा अच्छा नहीं लगा?" पंडित ने टोक दिया, "तुमने कोई राय नहीं दी।"

उषा चौंकी, "डैडी बहुत अच्छे हैं। सभी अच्छे हैं।"

पंडित सोच रहे थे: लड़की के मन से कलख गयी नहीं, लेकिन उषा के कान दूसरी टोह में।

साँझ साढ़े छः बजे मिसेज़ पंडित ने बच्चों को चर्च के लिये तैयार कर दिया, स्वयं तैयार हो रही थी। लू रुकी न थी। तीन-चौथाई आँगन में छाँव हो गयी थी।

"उषा, अभी कमरे में ही रहो।" पंडित ने राय दी।

"डैडी, फिक्र न कीजिये। मैं यहीं हूँ। आँगन में पानी छिड़ककर जीजी को आँगन में पहुँचा दूँगा।" अमित ने चर्च न जाने के लिये कारण बता दिया। डैडी, मम्मी, बेबे, पद्मा, सदानन्द चर्च चले गये। उषा पलंग पर और अमित समीप आराम-कुर्सी पर। दोनों जासूसी नावलों की दुनिया में विचरण कर रहे थे।

गली में मोटर साइकल की धड़धड़ से उषा के हृदय की धड़कन में तीव्रता। अमित कुर्सी से उछलकर बैठक में। साँकल गिरने की आहट और अमित की उल्लसित पुकार, "आइये डाक्टर साहब!"

अमित सेठ को भीतर ले आया। धूप की चौंध से साफ देख सकने में कुछ पल लगे। सेठ ने उषा के अभिवादन का उत्तर देकर हाल-चाल पूछा।

"सब लोग चर्च गये। मैं जीजी की सेवा के लिये हूँ।" अमित ने कहा।

"तुम बहुत अच्छे भाई हो।" सेठ ने सराहना की।

उषा अप्रत्याशित प्रसन्नता से गद्‌गद। सेठ की ओर मान भरी आँखें तरेरीं, "आपको बड़ी फिक्र है मेरे हाल की!" ऐसे बोल गयी जैसे चित्रा या अमित से रूठ रही हो।

सेठ के चेहरे पर विस्मय। सोचकर बोला, "आपकी शिकायत सही है।"

"सॉरी, गुस्ताखी के लिये क्षमा चाहती हूँ।" नज़र झुक गयी।

"नहीं नहीं, गुस्ताखी नहीं है।" सेठ सहानुभूति से बोले, "गलती मेरी है। वायदा करके आ नहीं सका। ऐसे ही कई कारण बन गये।" उषा की मान-मुद्रा और आत्मीयता भरा उलाहना भला लगा।

"जीजी, एक मिनट में आया।" अमित मेहमान की खातिर के लिये जा रहा था।

"डाक्टर साहब, आपने कुछ समझने-पढ़ने का रास्ता बताया! पढ़ना-समझना चाहती हूँ। आप ही सहायता कर सकते हैं। इतने दिन पढ़ने के लिये कुछ न था। देखिये,

जासूसी नावेल पढ़ रही हूँ। मजबूरी में समय बर्बाद, इसलिये ऐसी गुस्ताखी हो गयी। खेद है।'' उषा ने संकोच से अपने व्यवहार की सफाई दी।

''तुम्हारी बात ठीक है। वायदा करके न आ सकने के लिये मुझे खेद है।''

''आप तो मुझे लज्जित कर रहे हैं।''

''सच मानो, ठीक कह रहा हूँ।'' सेठ ने उसकी आँखों में देखा, ''मुझे आने का खयाल ज़रूर था, परन्तु पिछले रविवार मई दिवस की मीटिंग में जाना ज़रूरी था। आज सुबह गली के एक बुजुर्ग के बुखार के कारण न आ सका, बल्कि कल शाम से ही उनके यहाँ रुक जाना पड़ा। खयाल था, तुम्हें पुस्तकों की प्रतीक्षा होगी। केवल एक पुस्तक लाया हूँ।''

सेठ से आश्वासन पाकर उषा की आँखों में कृतज्ञता।

''तुम समाजवाद को समझने में रुचि ले रही हो, इसमें स्वयं मेरा संतोष।''

बातचीत शुरू हो गयी: मई दिवस क्या...स्टडी सर्किल में क्या होता है?

पंडित दम्पति पौने आठ के लगभग गिरजा से लौटे। बैठक के किवाड़ खुले थे।

भीतर बहस का ऊँचा स्वर। चर्चा में अमित भी उत्सुकता से भाग ले रहा था।

''बहुत गरम बहस हो रही है।'' पंडित ने सेठ के आगमन पर प्रसन्नता प्रकट की।

सेठ, पंडित और मम्मी के अभिवादन में खड़ा हो गया।

''डाक्टर साहब को कुछ पानी-वानी भी पिलाया कि बस बकबक!'' मम्मी ने लाड़ से उषा की ओर देखा।

''बहुत बढ़िया शर्बत।'' सेठ ने खाली गिलासों की ओर संकेत किया।

मई-जून में सूर्यास्त उत्तरोत्तर विलम्ब से होता है। साढ़े सात तक भी कुछ उजाला। सेठ संध्या रविवार का कार्यक्रम ऐसा बनाता कि संध्या कंधारीबाग गली जा सके। कोई नयी पुस्तक लेकर आता। उषा और अमित उसकी बातें अपलक बहुत ध्यान से सुनते। सेठ के आने पर उषा को पलंग पर पड़े रहना अच्छा न लगता। वह इतवार साढ़े छः के बाद, ढंग से साड़ी पहनकर प्लास्टर में बँधी टाँग को फैलाये आराम कुर्सी पर बैठ जाती।

बातचीत के लिये प्रसंग अधिकांश सेठ की लायी पुस्तकों का विषय ही होता। हँसी-मजाक भी। सेठ प्रायः पंडित दम्पति के चर्च से लौटने की प्रतीक्षा करता। पंडित दम्पति सेठ के आने से प्रसन्न। छलियों से सतायी बेटी का मन बहलता था। बेटी टाँग में चोट के कारण कहीं जा सकने में असमर्थ थी।

कैसे सम्भव कि घर में जवान लड़की हो, कोई मर्द वहाँ आये-जाये, खासतौर पर माँ-बाप के पीछे और बातें न उठें! बल्कि कहा जाने लगा: इधर माँ-बाप गिरजा गये, उधर यार की फटफटिया आयी। लौंडिया एक नम्बर की शातिर, अंग्रेजी कालेज की घुटी। भाई को बाजार चलता कर देती है। बेबे, मिसेज़ सिंह, मिसेज़ चौहान की मार्फत बात मिसेज़ पंडित के कान में पड़ी। कलेजे पर छुरियाँ चल गयीं। पंडित के डर से प्रतिवाद करने गली में तो न गयी पर ऐसे आक्षेप की उपेक्षा कैसे कर सकती थी। डाक्टर के आने पर लड़की के चेहरे का उल्लास छिपा न था। सोचा: कोई कितना ही भला हो, आखिर

जवान लड़का। बात बढ़ जाने से पहले सावधानी भली। लोगों की ज़बान नहीं पकड़ सकते। अपनी इज़्ज़त अपने हाथ··· ।

मई के अंत में उषा की टाँग से प्लास्टर कट गया। उसे जल्दी से जल्दी चल सकने की चिन्ता। सेठ जून के तीसरे रविवार आया तो उषा की आरामकुर्सी के समीप एक छड़ी दीवार के साथ टिकी थी।

"वेरी गुड!" सेठ बोला, "छड़ी से चलना शुरू कर दिया। जरा चलकर दिखाइये।"

"आपके सामने लँगड़ाकर दिखायें!"

"हमसे···डाक्टर से क्या संकोच। डाक्टर को सही हालत मालूम होनी चाहिये।"

"आप तो लाज़वाब कर देते हैं।" उषा ने मान किया, "हँसियेगा नहीं!"

"बोलूँगा भी नहीं।" सेठ बुद्ध प्रतिमा की तरह गम्भीर।

उषा छड़ी के सहारे दरवाज़े तक छः कदम गयी और लौटकर कुर्सी पर बैठ गयी।

"अनुमति हो तो संतोष प्रकट कर सकता हूँ?" सेठ ने गम्भीरता से पूछा।

"नॉट अलाउड।" अमित ने तर्जनी उठा दी। वह उस मैत्री-विनोद में समान भाग मानता था।

डैडी-मम्मी चर्च से लौटे तो तीनों की बहस गली में सुनाई दे रही थी। मकान के सामने मोटर-साइकल। मम्मी का माथा भन्ना गया पर क्रोध वश में रखा। डाक्टर के अभिवादन के उत्तर में दो शब्दों में कुशल पूछ भीतर चली गयीं। बेटी पर बहुत गुस्सा। डाक्टर के जाने के बाद फूट पड़ीं, "जानती हो, गली के लोग क्या बक रहे हैं! इशारे भी कर चुके। इसे तो समझ ही नहीं। किताब पढ़ने और बहस की बहुत अक्ल··· ।"

उषा को भी गुस्सा माँ से कम न आता था, लेकिन बात को घोंट गयी। झगड़े में नुकसान ही था।

दो दिन से आसमान पर खूब गहर चढ़ी हुई थी। दमघोट उमस। मानसून के तेवर। सोमवार की रात बरस गया। जैसी कड़ी गरमी पड़ी थी, वैसा ही जोर का आँधी-पानी। छतों पर सोये लोगों की खाटें उलट गयीं, खाली पड़ी खाटें उड़कर दो-तीन आँगन दूर जा पड़ीं। कितने ही बड़े-बड़े पेड़ गिर गये। मूसलाधार वर्षा। एक ही बारिश से सब तरफ सील। सुबह भी खूब घने बादल। मिसेज़ पण्डित को पुराने रिवाज़ के अनुसार पहली बारिश के दिन बच्चों के लिये मीठे पुए बनाने का चाव। अमित को पुकारा, सोडा लाने के लिये दुअन्नी बेटे के सामने मेज़ पर रख दी। उषा भीतर टेबल फैन के सामने बैठी पढ़ रही थी। अमित बरामदे में बैठा एक छोटी-सी पुस्तक में ध्यान गड़ाये मग्न। आखिर मम्मी झल्ला उठीं, "नास हो इन नावलों का, जब देखो नावल। कोई ढंग की किताब हो तब भी कोई कहे··· ।"

अमित तुरन्त दुअन्नी उठा बाजार भाग गया।

अमित हाथ की किताब मेज पर खुली उलट गया था। माँ बरामदे से गुजरीं तो किताब पर नजर पड़ गयी। उषा-अमित मम्मी को पढ़ी-लिखी न समझते थे। उन्हें बाइबिल के सिवा दूसरी पुस्तक पढ़ते न देखा था। बाइबिल अंग्रेजी में ही पढ़ती थीं। मम्मी को पढ़ने-लिखने का समय कहाँ था? चिट्ठियाँ जरूर पढ़ती-लिखती थीं। मैट्रिक पास। उषा के जन्म से पहले दो बरस मिडिल स्कूल में टीचरी भी की थी। पुस्तक का नाम था—'ह्वाई आई एम नॉट ए क्रिश्चियन।'

मम्मी के क्रोध की लपट तालू फोड़ गयी। चीख उठीं, "यह किताब डाक्टर दे गया है? वह दहरिया यहाँ जहर फैलाने आता है...साँप कहीं का! कोई जरूरत नहीं ऐसे गुनहगार के यहाँ आने की।" पति को पुकारा, "देख लो, इन नौनिहालों की करतूत। बड़े फिलासफर बनते हैं। वह शैतान हमारे बच्चों को बहकाने के लिये आता है। क्या होगा इनका!...दोखज़ की आग में जलेंगे।" मम्मी क्रोध से भूल गयी थीं, पंडित घंटे भर पहले कहीं गये थे।

माँ ने किताब उषा के सामने पटक दी, "ये डाक्टर दे गया है?"

"डाक्टर तो यह किताब दे गया।" उषा ने समीप पड़ी पुस्तक दिखायी—"हिस्ट्री आफ इंडियन नेशनल कांग्रेस।"

"ये किताब कहाँ से आयी?"

"अमित लाया होगा।"

ऐसी स्थिति में अक्षरशः सत्य बहुत कठिन होता है। तथ्य था: डाक्टर कांग्रेस का इतिहास दे गया था। कांग्रेस का इतिहास उषा धीरे-धीरे पढ़ रही थी। जून के दूसरे रविवार डाक्टर छोटी-सी पुस्तक दे गया था—"हैज रिलीजन मेड यूसफुल कंट्रीब्यूशन टू सिविलाइजेशन?'

उषा पढ़ रही थी, अमित सुन रहा था तो पण्डित कमरे में आ गये, "क्या पढ़ रहे हो?" बहिन-भाई को डैडी से नाराजगी की आशंका न थी। पण्डित भिन्न विचार की पुस्तकें पढ़ने से रोकते न थे। लड़की-लड़के की शंकाओं का दमन नहीं समाधान का यत्न करते थे।

उषा ने पुस्तक पिता को दिखा दी। पुस्तक का शीर्षक देखकर पिता ने कहा, "पढ़ लो। हमें अपना विचार बताना।" वे पुस्तक से परिचित थे।

"पढ़ चुके। दूसरी बार पढ़ रहे हैं।" उषा ने बताया और बोली "डैडी, लेखक ने प्रमाण दिये हैं कि मजहब का आधार अज्ञान का भय और अंध-विश्वास मात्र है। मजहब ज्ञान के लिये प्रयत्न को अपराध और अंध-भक्ति को सद्‌गुण बताता है।"

अमित बोल उठा "धर्मगुरु और धर्मरक्षक स्वामी वर्ग के प्रतिनिधि बनकर सदा शोषण और अत्याचार करते रहे हैं। मजहब सदा सबल के सामने झुकने और दीन के दमन का समर्थन करता रहा है, मजहब ने सदा विकास और परिवर्तन का विरोध किया है। नारी और दासों के प्रति सभी मजहब क्रूर रहे हैं। आज भी मजहब पुरानी मान्यताओं और मालिक वर्ग का समर्थक है और समाजवादी विचारधारा का विरोधी।"

"तुम लोग केवल एक पक्ष क्यों देख रहे हो!" पण्डित उषा के पलंग की पाटी पर बैठ गये, "मजहब को अंध-विश्वास क्यों कहा जाये। वह मानव का विवेक है। पुस्तक में आठ सौ-हजार वर्ष पूर्व की स्थितियों के उदाहरण हैं, उनकी आलोचना आधुनिक विचारों की दृष्टि से कैसे संगत है? उस समय यदि समाज में धर्म की दृष्टि से उचित-अनुचित के विवेक का विचार न होता तो क्या समाज इन उदाहरणों की अपेक्षा भयानक स्थिति में न होता। ईसू को स्वामी श्रेणी का समर्थक कैसे कहा जा सकता? नहीं जानते, ईसा के दो हजार वर्ष बाद तक दीन और दास वर्ग को स्वामी वर्ग के अन्यायी अत्याचारों का सामना करने की शक्ति ईसाईयत ने ही दी थी। ईसाईयत नारी को भोग की वस्तु नहीं, आदर का पात्र मानती है।" पण्डित बेटी-बेटे को बहुत देर तक समझाते रहे।

संध्या बहन-भाई में फिर अकेले में बात हुई। दोनों का विचार: डैडी उदार विचार के हैं, परन्तु धर्म-विश्वास की सीमा के भीतर।

सेठ जून के तीसरे रविवार आया तो अमित ने शंका की, "इस पुस्तक में आलोचना केवल ईसाई मजहब की है। जो बातें ईसाई धर्म विश्वास में हैं, वही बातें दूसरे मजहबों में भी हैं।"

सेठ ने स्वीकारा, "तुम्हारी बात ठीक है। यह पुस्तक ईसाई समाज को सम्बोधन करके लिखी गयी। वास्तव में सब मजहब एक से हैं। सब मजहब ईश्वर के सम्बन्ध में कल्पनाओं और ईश्वर के काल्पनिक आदेशों के नाम पर सर्वसाधारण को अंध-विश्वास में जकड़ते हैं। मजहब को स्वीकार करने का मतलब है—स्वयं सोचने या निर्णय के अधिकार-अवसर का त्याग। मजहब के पास मनुष्य की सब शंकाओं का एक उत्तर है—परमेश्वर सर्वशक्तिमान-सर्वज्ञ है, उसके आदेश के विषय में शंका पाप है।"

पुस्तक से उषा भी उत्तेजित थी। खासकर नारी के प्रति मजहब के अन्याय से। सभी समाज नारी को पाप का मूल, हेय और अविश्वासी समझते हैं। मजहबी लोगों का ख्याल है परमेश्वर ने नारी को पुरुष की खिदमत और जरूरत के लिये तो बनाया है, लेकिन पुरुष को उसका विश्वास नहीं करना चाहिये।

सेठ ने झिझक से बात पूरी की: "बात कुछ अभद्र लगेगी पर है सही। मेरा मित्र रज़ा कहता है—मजहबी लोग औरत को लैट्रिन समझते हैं। सेहत और आराम के लिये मकान में जरूरी। उसे एहतियात से साफ रखना जरूरी लेकिन चीज गन्दी है। नारी को पूर्णतः पुरुष के समान राजनैतिक, आर्थिक और सामाजिक समान अधिकार और अवसर का सिद्धान्त समाजवाद ने ही स्वीकार किया है। समाजवाद नारी को पुरुष के समान समाज का अंग मानता है।"

सेठ पण्डित दम्पति के लौटने से पहले चला गया था।

अमित सप्ताह भर कैसे मन मारे रहता। छुट्टियाँ थीं। सोमवार खूब सुबह माँ से बोला, "मम्मी एक किताब लानी है, अभी आया।" साइकल लेकर उड़ गया। सात तक सेठ से पुस्तक लेकर लौट आया—'ह्वाई आई एम नाट ए क्रिश्चियन।'

अमित ने पुस्तक बहिन को दिखायी। दोनों साथ-साथ पढ़ने बैठ गये। बहिन पढ़ रही थी, भाई सुन रहा था। बीस पृष्ठ का पैम्फलेट। समझने के लिये बहुत आहिस्ता-आहिस्ता पढ़ने पर भी तीसरे पहर तक पुस्तक समाप्त हो गयी, कुछ अंश दो-दो बार पढ़े। ईश्वर के अस्तित्व के प्रमाण में मूल कारण की युक्ति और उस सम्बन्ध में लेखक की शंका को तीन बार पढ़ा: बिना तर्क या प्रमाण के ईश्वर को संसार का स्रष्टा 'मूल कारण' मानकर युक्ति दी जाती है कि यदि ईश्वर नहीं है तो संसार को किसने बनाया?

ईश्वर को किसने बनाया? इस प्रश्न का उत्तर होता है ईश्वर स्वयम्भू, अनादि और अनन्त है।

लेखक की शंका थी: यदि ईश्वर स्वयम्भू, अनादि, अनन्त हो सकता है तो संसार स्वयम्भू, अनादि और अनन्त क्यों नहीं हो सकता?

बहिन और भाई विस्मित···इतना साधारण सन्देह या सरल तर्क उन्हें या दूसरे लोगों को क्यों नहीं सूझा; शायद इसलिये कि ऐसा सन्देह या तर्क करना पाप मान लिया गया है।

अमित का मन मिथ्या विश्वास का धोखा मिट जाने के उल्लास से उमग रहा था। संध्या पुस्तक डैडी को दिखाकर ईश्वर के अस्तित्व के प्रमाण में 'मूल कारण' की युक्ति के थोथेपन की बात की।

डैडी पुस्तक से परिचित थे। बेटी-बेटे को धैर्य से समझाया : ईश्वर का अस्तित्व भौतिक प्रश्न नहीं इसलिये ईश्वर के अस्तित्व के प्रमाण के सम्बन्ध में भौतिक विज्ञान की पद्धति से तर्कसंगत नहीं हो सकता। ईश्वर विश्वास आध्यात्मिक प्रश्न है। अध्यात्म चिन्तन, ज्ञान आश्रित कल्पना, युक्ति और विश्वास का समन्वय है। मनुष्य का अस्तित्व केवल भौतिक या शारीरिक नहीं। उसकी भावना और विचारों का भी अस्तित्व है। जैसे मनुष्य की शारीरिक जरूरतें हैं, उसी प्रकार मनुष्य की आध्यात्मिक, भावनात्मक और वैचारिक जरूरतें भी हैं। धर्म-विश्वास हमारी उन आवश्यकताओं को पूरा करता है। लेखक ने अधिकांश में आलोचना की है, कैथोलिक पोपडम की। हमारा प्रोटेस्टेंट चर्च कैथोलिक पोपडम की रूढ़ि और संकीर्णता से मुक्त, विवेक की उदार प्रगतिशील विचारधारा है।

बहिन-भाई में उस प्रसंग पर फिर चर्चा हुई। अमित के प्रश्न पर उषा ने कहा, "डैडी की बात सदाशय है, परन्तु रसेल की शंका का उत्तर नहीं है।"

दूसरे दिन सुबह माँ ने अमित से बेकिंग पाउडर ला देने के लिये कहा तो लड़का वही पुस्तक तीसरी बार पढ़ रहा था।

बेटे के लौटते ही माँ भड़क उठी, "वह किताब कहाँ से आयी; डाक्टर लाया न?"

"यह पुस्तक कल मैं लाया।" अमित भी तेजी से बोला, "कल डैडी को दिखायी। डैडी से बात भी हुई। डैडी से पूछिये! आप खामुखा नाराज हो जाती हैं।"

"आने दो डैडी को!" माँ फुंकार कर रसोई में चली गयी।

पंडित जल्दी ही आ गये। माँ ने उन्हें पुकार लिया, "लड़की-लड़के को क्या पढ़ा रहे हैं? अपना मजहब नहीं मानेंगे तो क्या बनेगा इन लोगों का! ये गाड फियरिंग क्रिश्चियन फैमिली है या दहरियों का टब्बर! कैसे-कैसे लोग यहाँ आने लगे हैं!"

"यह बात हम पर छोड़ो।" पंडित ने पत्नी को चुप करा दिया, "विचारों के दमन से श्रद्धा नहीं विरोध जागता है। जो समझना चाहते हैं उनका शंका समाधान होना चाहिये।"

मिसेज़ पंडित को ऐसी उदारता असह्य। पूरा विश्वास कि बच्चों के पथभ्रष्ट होने का कारण डाक्टर का प्रभाव। उससे अधिक क्रोध डाक्टर के प्रति रविवार संध्या आ धमकने पर। लड़की जानती है, गली में क्या-क्या बकवास हो रही है। अभी एक चोट की टपकन मिटी नहीं, दूसरी की तैयारी। कह देने पर भी नहीं समझना चाहती। इसके जरा से इशारे पर झगड़ा मिट जाता। यहाँ लच्छन दूसरे। पत्नी की इस चिन्ता से पंडित भी सहमत।

रविवार छब्बीस जून संध्या बदली के कारण डाक्टर सेठ जल्दी आ गया। उसकी मोटर साइकल रुकते ही बैठक की चिक उठ गयी, "गुड ईवनिंग डाक्टर!" अमित जैसे प्रतीक्षा में चिक के पीछे खड़ा था।

बहिन-भाई डैडी से बातचीत के आधार पर प्रश्न सोचे बैठे थे। भाई के अनुरोध से उषा बोली, "पुस्तक हम दोनों को बहुत अच्छी लगी परन्तु ईश्वर के अभौतिक अस्तित्व के लिये भौतिक ज्ञान के प्रमाणों की माँग कैसे संगत?"

"अस्तित्व केवल भौतिक हो सकता है।"

"विचार और कल्पना ठोस भौतिक वस्तु नहीं है," उषा ने टोकाँ, "परन्तु हम विचार और कल्पना को अनुभव करते हैं। हमारा अनुभव उनके अस्तित्व का प्रमाण। ऐसे ही विश्वासी ईश्वर को अनुभव कर सकते हैं।"

सेठ मुस्कराया, "तुम्हारी बात का स्पष्ट अर्थ होगा कि विश्वासी ईश्वर को अषने विचारों और कल्पना ही में मानते हैं इसीलिये विभिन्न धर्मों में ईश्वर के रूप और आदेशों की भिन्न-भिन्न कल्पनायें हैं।"

"जैसे भूतों पर विश्वास।" अमित ने उत्साह से टोका।

"बिलकुल सही।" सेठ ने सराहना की।

सेठ ने रसेल की पुस्तक के उदाहरणों से बताया, "ईश्वर के सम्बन्ध में मनुष्य की सभी कल्पनायें ऐसी शक्ति की होती हैं जो प्रसन्न होने पर मनुष्य को आपत्ति, भय से बचाकर उसकी आवश्यकता और इच्छायें पूरी कर सकती हैं और अप्रसन्न होने पर भयंकर दण्ड दे सकती हैं। मनुष्य उस शक्ति की कल्पना भी मनुष्य के आकार में ही करता है। ईश्वर के रूप, सत्तावान मुखिया या राजा जैसे होते हैं।"

उषा ने शंका की, "ईश्वर की परिभाषा तो सर्वज्ञ, सर्वशक्तिमान, सर्वव्यापक, निराकार असीम शक्ति है।"

"ईश्वर की अनेक परस्पर विरोधी परिभाषायें हैं।" सेठ ने कहा, "यदि ईश्वर सभी प्रकार से असीम है तो सीमित सामर्थ्य मनुष्य उसे ठीक से जान-समझकर उसकी सही परिभाषा कैसे बना सकता है?"

"यह पोलेमिक्स है!" उषा ने आपत्ति की और अमित की ओर देखा, "रोशनी कर दे। अँधेरा नहीं मालूम हो रहा?"

अमित ने लैम्प का स्विच दबाकर पूछ लिया, "पोलेमिक्स से क्या मतलब?"

"शब्दजाल।"

"वह शब्दजाल कैसे?" अमित ने विरोध किया, "यह तो साधारण बुद्धि की बात। मनुष्य सीमित मस्तिष्क में असीम ईश्वर की सही परिभाषा कैसे बना सकता है?"

तीनों बहस में इतने उत्तेजित कि आहट से बेखबर।

गिरजा में मिसेज़ पंडित का मन बहुत व्याकुल था। कांग्रिगेशन (प्रार्थना) समाप्त होते ही पंडित परिवार लौट पड़ा। गली में कदम रखते ही अपनी बैठक के दरवाज़े से गली में रोशनी पड़ती दिखायी दी। दरवाज़े से कुछ कदम उधर ऊँची आवाजों में बहस का शोर। मिसेज़ पंडित का माथा खौल गया।

"हैलो डाक्टर सेठ, गुड ईवनिंग।"

सेठ पंडित के आदर में खड़ा हो गया। "गुड ईवनिंग सर।" सेठ ने आगे बढ़ हाथ मिलाया।

''गुड ईवनिंग मम्मी।''

मिसेज़ पंडित का चेहरा जैसे घना बादल, बरसने को तैयार। सेठ के अभिवादन के उत्तर में रूखा-सा थैंक्यू कह, नजर झुकाये भीतर चली गयी।

सेठ स्तम्भित। उषा चकित और खिन्न।

पंडित जेब से रूमाल निकालकर चेहरे का पसीना पोंछते हुए सोफा पर बैठ गये। पत्नी का व्यवहार अनदेखा कर गरमी और उमस की शिकायत करने लगे। अमित ने टेबल फैन पिता की ओर घुमा दिया।

''अब आज्ञा दीजिये।'' सेठ उठ खड़ा हुआ, ''आपको विश कर लेने के लिये प्रतीक्षा कर रहा था।''

उषा ने कनखी से सेठ की ओर देखा, चेहरा गम्भीर हो गया था। मम्मी की अभद्रता पर खीझ आयी—यह क्या तरीका! मम्मी की नाराजगी का कारण मस्तिष्क में कौंधा तो और क्रोध। ''पद्दो, प्लीज, मम्मी को कहो डाक्टर सेठ जा रहे हैं, एक मिनट के लिये आ जायें।'' चाहती थी, डाक्टर निरादर अनुभव करके न जायें।

सेठ उषा की ओर देखकर ठिठक गया।

''मम्मी गुसलखाने में चली गयीं।'' पद्दो ने बताया।

डाक्टर गुडनाइट कहकर चला गया।

उषा का इतना क्रोध कि मुख से बोल न फूट सका। आँगन में बड़ी खाट पर जा लेटी, बिलकुल गुमसुम।

''उषा, खाना रख दिया।'' आधे घंटे बाद मम्मी ने पुकारा।

''भूख नहीं है।'' प्रोटेस्ट प्रकट कर दिया, परन्तु आशंका···न जाने क्या-क्या मतलब निकाले जायेंगे। उषा दाँत पीसकर उठ गयी। तीन के बजाय एक ही चपाती खाकर चटनी चाटती रही।

मम्मी-डैडी, उषा और अमित का प्रोटेस्ट समझ रहे थे। सोचा, आप ही ठीक हो जायेंगे।

उषा को रात बहुत देर तक नींद न आयी। मन अन्याय की आँच में सुलगता रहा। बेवकूफ उटपटाँग बकते हैं···गली में लोग बकते हैं, यह हमारा कुसूर है!···डाक्टर न हमारी बिरादरी का न हमारे मजहब का।

दूसरे दिन भी उषा का क्रोध कम न हुआ। झगड़ा बचाने के लिये सामान्य व्यवहार का यत्न कर रही थी। बोलने को मन न था। मन में डैडी-मम्मी पर क्रोध। जो कहना था, मुझे कहते···डाक्टर का अपमान क्यों किया! विवश क्रोध आँसुओं के रूप में बह जाना चाहता था।

चौथे दिन उषा को दूसरी चिन्ता। जून की उनतीस तारीख। संध्या बी० ए० का रिजल्ट प्रतीक्षित था। परिणाम प्रकाशन से पूर्व किस परीक्षा देने वाले को धुक-धुक नहीं होती। अपने खयाल में पर्चे सन्तोषजनक किये थे। पास हो जाने का पूरा भरोसा। चिन्ता थी डिवीजन की। डैडी ने चेतावनी दी थी: एम० ए० ज्वाइन करना है तो डिवीजन का ख्याल रक्खो।

बी० ए० के परिणाम के लिये अखबार संध्या विशेषांक भी प्रकाशित कर देते थे। यूनिवर्सिटी में परिणाम चार बजे प्रकाशित हो जाने की सूचना थी। अमित रिजल्ट की खबर के लिये तीन से पहले यूनिवर्सिटी चला गया।

आँगन के उड़के किवाड़ों पर धक्का लगते ही किवाड़ खुल गये।

अमित ने उषा की ओर देखा। चेहरा गम्भीर।

उषा की साँस रुक गयी।

"वेरी सॉरी", "अमित ने साइकल भीतर धकेलते हुए कहा, "पुअर जीजी सिर्फ तीन मार्क्स से रह गयी··· ।"

उषा का शरीर पसीना-पसीना।

"क्या है अमित?" पंडित उत्सुकता में बैठक से आ गये, "कितने मार्क्स?"

"डैडी, ग्राण्ड पार्टी!" अमित चिल्लाया, "सिर्फ तीन नम्बर से फर्स्ट डिवीजन रह गया।···पार्टी-पार्टी!"

पद्मा और सदानन्द भी कूद-कूदकर ताली बजाने लगे।

"बेवकूफ कहीं का!" उषा ने सांत्वना का साँस लेकर अमित की ओर घूरकर देखा।

पण्डित की आँखों में चमक। उषा का सिर चूम आशीर्वाद दिया।

"यहाँ आ!" उषा ने अमित को छड़ी दिखाई, "इसे जरूर मारूँगी। ऐसा धोखा देता है। मेरा तो कलेजा··· ।"

अमित ने लपककर उषा की बाँह जकड़ कर खाट पर चित्त कर दिया। घुटने नीचे फर्श पर टिकाकर अपना सिर उसके सिर से टकराने लगा।

"मम्मी!" उषा रक्षा के लिये चिल्लायी। ऐसी गद्‌गद पुकार कितने दिन बाद उसके गले से निकली थी।

बेबे रसोई से निकल आयी, "हाय की होया। मैंनू बता।"

अमित ने दौड़कर बेबे को कौली में कस लिया, "बेबे, जीजी बड़े जोर से पास हो गयी। मिठाई खिलाओ।"

"सब उसी ईसर ते उसदे बेटे ईसू दा रैम है।" बेबे आह्लाद से बोली, "भला होवे, भला होवे। खूब मिठाइयाँ खाओ। जम-जम खाओ।"

मिसेज़ पंडित दो मिनट के लिये मिसेज़ सिंह के यहाँ गयी थी। उसने बैठक के भीतर आते-आते अमित की बात सुन ली थी। हर्ष के आँसू छलक आये। तुरन्त हाथ बाँध ईश्वर को याद किया: हे ईश्वर, सब कुदरत और जलाल तेरा है। रविवार की साँझ में मन में घुटा क्रोध निचुड़कर दो आँसुओं में बह गया। उषा को बाँहों में ले बार-बार सिर और गाल चूमे, "मेरी सुलक्खणी धी··· ।" बेबे की पंजाबी की छूत उसे तुरन्त लग जाती थी।

मिसेज़ पण्डित ने संकल्प किया था: बेटी के स्वास्थ्य लाभ पर ईश्वर और ईश्वर-पुत्र ईसू की कृपा के लिये धन्यवाद रूप पति की मासिक आय का पंचमांश रोगियों और पीड़ितों की सहायता के लिये दान देगी। जिस दिन बेटी छड़ी लेकर चलने लगी, उसने रुपये चर्च के चैरिटी बाक्स में डाल दिये थे।

"सब लोग खाना खा लो। कुवेल्ला हो रहा है।" बेबे ने पुकारा।

मिसेज़ पण्डित ने अनुरोध किया, ''बेबे, इक मिंट, बच्चे मुँह तो मीठा कर लें।'' सलूके की जेब से एक रुपया मीतू को हीवेट रोड वाले बंगाली के यहाँ से रसगुल्ले लाने को दे दिया।

''हम भी चाकलेट लेंगे!'' पद्मा एड़ी पर घूम गयी।

''हम भी चाकलेट!'' सदानन्द दौड़ा। मम्मी ने चवन्नी उसके हाथ पर भी रख दी।

सब खाने के लिये बैठे तो मम्मी की इच्छा से सब लोगों ने दुआए रब्बानी (प्रार्थना) डैडी के साथ ऊँचे स्वर में बोली। आरम्भ में ऐसा कायदा था। उषा अमित बड़े हो गये तो कह देते: दिखाने की क्या जरूरत है। प्रार्थना हम मन में कर लेते हैं। खाते-खाते निश्चय हो गया: पार्टी तीन-चार जुलाई को होगी।

अमित जीजी के पास होने की खुशी में पार्टी के लिये बहुत उत्साहित था। माँ से पूछा, ''पार्टी में किन लोगों को इनवाइट करेंगे?''

''ये ही तीन-चार घर गली के। दूसरे दस-बारह परिचित।'' कुछ नाम पण्डित ने याद दिलाये। उषा उत्सुक प्रतीक्षा में थी लेकिन डाक्टर सेठ का नाम किसी को याद न आया। फिर निमंत्रण के लिये नाम गिने जाने लगे।

''डाक्टर चौहान और सिंह अंकल की पार्टी तो ह्विस्की-रम की बिना होती नहीं।'' उषा ने ध्यान बटाने के लिये कहा।

''सिंह आंटी भी रम पीती है।'' पद्मा बोल पड़ी।

''चुप्प! ···तुझे क्या मालूम!'' मम्मी ने डाँटा।

''हमें रीटा जीजी ने बताया—विमटो में मिला लेती है।''

''तुम्हें मतलब···बहुत चौधराइन बनती हो!'' मम्मी ने फिर डाँटा।

''जीजी के फ्रेंड्स को नहीं बुलायेंगे!'' अमित ने याद दिलाया।

''चित्रा जीजी, नोरा जीजी, लायन्स··· ।'' पद्मा गिनाने लगी।

''जरूर बुलायेंगे।'' मम्मी ने स्वीकारा। खाने के अंत तक चौबीस नाम हो गये। सेठ का नाम अंत तक नहीं। उषा की प्रसन्नता बुझने लगी। फिर गिना जाने लगा: पार्टी के लिये क्या-क्या होना चाहिये। किस चीज का आर्डर देना होगा, क्या-क्या घर में बनेगा। अमित कागज-पेंसिल लेकर लिखने लगा···निमंत्रण के लिये नाम। पार्टी के लिये सामान।

उस रात आकाश साफ था। हवा स्तब्ध। बरसात की चिपचिप गरमी। दो टेबल पंखों के आगे करीने से खाटें पड़ जातीं। उषा पंखे के फर्राटे में चित्त लेटी तारों की ओर नजर। मन में अन्याय के लिये विरोध घुट रहा था···पार्टी मेरे नाम पर। मेरी इच्छा का कोई मूल्य नहीं।

अगले दिन सुबह पार्टी के सम्बन्ध में शेष बातें भी तय हो गयीं···किस आमंत्रित को कौन संदेश देगा, कितनी कुर्सियाँ-मेजें, गिलास प्लेटें दरकार। गली में किनके यहाँ से ली जायेंगी।

उषा ने अमित को संकेत से समीप बुलाया। अमित बहिन की कुर्सी की बाँह पर हाथ रखकर झुक गया। उषा ने उसके कान में पूछा, ''डाक्टर सेठ को नहीं बुलाओगे?''

''कल मैंने कहा था, जीजी के फ्रेंड्स को नहीं बुलायेंगे। तुम बोली ही नहीं।''

उषा भाई की नादानी पर क्या कहती, "डाक्टर तेरे फ्रेंड नहीं हैं! तुमने क्यों नहीं कहा?"

"मम्मी नहीं चाहतीं डाक्टर आये। उस किताब की वजह से डाक्टर से नाराज हैं। गली में बकबक से भी परेशान हैं। बेबे भी कह रही थी—मुंडे-कुड़ियाँ दा बहुत साथ बैठना ठीक नहीं हुन्दा।"

उषा को मालूम था फिर भी पूछ लिया, "गली में क्या बकबक?"

"इसकी-उसकी यारी, इश्क-फिश्क और क्या! चौहान आंटी तो भड़भड़िया हैं। सिंह आंटी बहुत फरेबी; एक फूँक से बुझाये, दूसरी फूँक से सुलगाये और वह हैग जेन…एक नम्बर स्कैंडल-मांगर!"

अमित ने बताया, "डैडी, डाक्टर सेठ का नाम तो रह गया।"

"न बेटा, यह कम्पनी डाक्टर सेठ को सूट न करेगी।" पण्डित बैठक से बोले, "बाकी लोग उसके लिये अपरिचित। वह खद्दरपोश, वैष्णव। ह्विस्की-रम कबाब से उसे परेशानी होगी। क्या फायदा।"

अमित निरुत्तर चला गया। जो सम्भव था, उषा ने यत्न कर लिया। आशा पहले भी नहीं थी।

रविवार सुबह से पार्टी की तैयारी के लिये व्यस्तता। पद्मा-सद्दू उत्सव के उत्साह, उल्लास से पुलकित। उषा मौन।

माँ ने बेटी के कोप से अनजान बनने के लिये पूछ लिया, "उषी, तुम भी तो कुछ बोलो। तुम्हें कुछ खास पसन्द हो। तुम्हारी पार्टी में तुम्हारी राय सबसे पहले। कोई और चीज मँगवानी हो।"

"मेरी काहे की पार्टी!" उषा ने उत्तर दिया। फिर सम्भली, "पार्टी की बात क्या! जो लोग चोट से मर नहीं जाते, ठीक हो ही जाते हैं। परीक्षा में पास होना कौन नयी बात…चौदहवीं बार पास हुई हूँ।"

सायंकाल परिवार चर्च के लिये तैयार होने लगा। मम्मी ने फिर उषा को पुकारा, "बेटी, डाक्टर चौहान को कहला दें, तुम्हें गाड़ी में लेते जायें?"

"मम्मी, मेरे बस का नहीं है।" उषा ने दीवार की ओर मुँह कर उत्तर दिया।

"बेटी, महीने का पहला इतवार होली कम्यूनियन है। तुझे ईश्वर की दो-दो कृपाओं के लिये धन्यवाद देना है। चली चल।" मम्मी ने खुशामद की।

"ओ यस," अमित ने बरामदे से भीतर झाँका, "एक टाँग तोड़ने की कृपा, फिर टाँग जोड़ने की कृपा!"

"खबरदार बकवास किया। दहरिया कहीं का!" मम्मी ने थप्पड़ दिखाया।

अमित थप्पड़ की पहुँच से बहुत दूर था फिर भी आतंक दिखाने के लिये पीछे हट गया।

"ईश्वर क्या यहाँ नहीं है!" उषा नजर बचाये रुखाई से बोली, "मेरी हालत भी देख रहा है। तुम वहाँ धन्यवाद देना, मैं यहाँ धन्यवाद दे लूँगी। मुझे लँगड़ाकर तमाशा बनना मंजूर नहीं।"

बेटी की रूखी बातों से माँ का मन टूट गया। होली कम्यूनियन का दिन, क्रोध से बची रहना चाहती थी। चर्च से लौटकर मिसेज़ पण्डित ने बहुत सान्त्वना अनुभव की। सेठ न आया था।

सोमवार पार्टी छः बजे थी। चित्रा पाँच बजे ही आ गयी। उषा को देखते ही बोली, "अरे तुम तैयार नहीं होगी। जोगन बनी बैठी हो। अभी तक बिसूर रही हो उस उल्लू के गम में! तुम्हारे लिये लड़कों की कमी?"

"भाड़ में जाय उल्लू।" उषा ने नाक सिकोड़ी। "हो जाती हूँ तैयार।"

चित्रा ने उषा को मना-धनाकर तैयार कर दिया था। तरबूजी शिफों की साड़ी में रोशनी फेंकती उषा ऐसी लग रही थी जैसे पूरे कद की गुड़िया।

पार्टी का आरम्भ फादर चैटर्जी ने प्रार्थना, ईश्वर की अपार अनुकम्पा के लिये धन्यवाद और उषा को आशीर्वाद से किया। चित्रा और नोरा की चुटकियों से वातावरण हल्का हो गया। उषा को हँसी वश में न कर पाते देख मिसेज़ पण्डित मन ही मन ईश्वर को बार-बार कृतज्ञता से धन्यवाद दे रही थीं।

डाक्टर सेठ उससे अगले रविवार भी न आया तो अमित उसके यहाँ चला गया। लौटकर बहन को बताया: डाक्टर उससे पूर्ववत् हँसा-बोला था। अप्रिय प्रसंग का उल्लेख नहीं। सेठ की उदारता और सहिष्णुता से उषा का मन आदर से प्लावित। कुछ पल कल्पना में डाक्टर का हँसता चेहरा सामने बना रहा।

ग्रीष्मावकाश के बाद यूनिवर्सिटी जुलाई के तीसरे सप्ताह के आरम्भ में खुली। पण्डित दूसरे दिन उषा को ताँगे पर यूनिवर्सिटी ले गये। नये-पुराने विद्यार्थियों की भीड़। दो-अढ़ाई सौ लड़के और दस-बारह लड़कियाँ। लड़कियाँ सहमी-सहमी सी, भीड़ से बचकर अभिभावकों के साथ खड़ी। तमाशाइयों की नजरें खास तौर से लड़कियों की ओर। पण्डित उषा को एक ओर खड़ी कर फार्म देने के लिये दफ्तर में गये।

उषा ने सुना: पटाखा है यार। दूसरी आवाज: अमां लँगड़ी है। तीसरी आवाज: पीली साड़ी वाली तो बिलकुल चिर्मिखी।…उषा सुन चुकी थी, कुछ दिन पुराने स्टूडेंट नवागन्तुक लड़के-लड़कियों का रैगिंग करते हैं। नजर घुमाये सोचा, सब जगह यही चलता है, बकने दो। सड़क पर, गली में लोग कहाँ आवाजें नहीं कसते।

एम० ए० में प्रवेश के लिये पाठ्य विषय के विभागाध्यक्ष की अनुमति चाहिये। उषा को अंग्रेजी साहित्य विभाग के अध्यक्ष डाक्टर सामन्त से साक्षात्कार के लिये अगले मंगलवार की तारीख मिली। उस दिन भी पण्डित उषा के साथ गये। पण्डित आर्ट्स विभाग की ड्योढ़ी में झिझक रहे थे कि किधर जायें। उसी समय ड्योढ़ी में एक कार रुकी। कार से उतरी लड़की उषा से लम्बी, छरहरी, गर्दन तक छँटे बाल।

"एक्सक्यूज मी प्लीज…।" उषा ने विभागाध्यक्ष का स्थान पूछा।

उषा का प्रयोजन सुनकर लड़की ने उसे साथ आने का संकेत किया। उषा को चलने में कष्ट देख सहायता के लिये बाँह देकर बताया, "मेरा नाम रत्ना सामन्त।"

"मैं उषा पण्डित।"

"बी० ए० कहाँ से किया?"

"आई० टी० से।"

रत्ना ने उषा को पल भर दरवाजे पर रुकने का संकेत किया और भीतर चली गयी। दो पल में लौटी। उषा को भीतर की ओर संकेत करके मुस्करायी—"कभी सहायता की जरूरत हो तो निस्संकोच कहना। यहाँ की पुरानी विद्यार्थी हूँ।"

उषा को प्रवेश की अनुमति सुविधा से मिल गयी। रत्ना सामन्त अंग्रेजी विभाग के प्रोफेसर डाक्टर जी० पी० सामन्त की बेटी थी।

अगस्त के पहले सप्ताह से क्लासेस शुरू हो गयीं परन्तु एक-डेढ़ बजे के बाद कैम्पस में हो-हल्ला, उत्तेजना, नारे, भाग-दौड़। जहाँ-तहाँ दीवारों पर, सड़कों पर भी लाल-काले, नीले, सफेद बड़े-बड़े अक्षरों में…को वोट दो।…को वोट दो! नारे लगते: इन्कलाब जिन्दाबाद! महात्मा गांधी की जय! भगतसिंह जिन्दाबाद! पूँजीवाद-साम्राज्यवाद का नाश हो! पूँजीपतियों के दलालों से सावधान। विदेशी एजेन्टों से सावधान। सत्र के आरम्भ में यूनिवर्सिटी यूनियन के पदाधिकारियों का चुनाव था। पदों के लिये स्टूडेन्ट कांग्रेस और स्टूडेंट फेडरेशन के उम्मीदवारों में संघर्ष छोटे-छोटे मजमों में लेक्चरबाजी चलती। अपने पक्ष का समर्थन और वोट के लिये अपील।

मुख्य पक्ष दो थे। स्टूडेंट कांग्रेस में कांग्रेस और कांग्रेस समाजवादी पार्टी के समर्थक थे। उनके नारे थे: महात्मा गांधी की जय! कांग्रेस जिन्दाबाद, भगतसिंह जिन्दाबाद, इन्कलाब जिन्दाबाद! स्टूडेंट फेडरेशन में कम्युनिस्ट या उससे सहानुभूति रखने वाले थे। कम्युनिस्ट पार्टी उस समय गैरकानूनी थी। उत्तर प्रदेश में बरस भर पूर्व कांग्रेस मंत्रिमंडल कायम हो जाने से, विशेषतः रफी अहमद किदवई, तत्कालीन पुलिस मंत्री की उदारता से कम्युनिस्टों को अपेक्षाकृत आजादी मिल रही थी। स्टूडेंट फेडरेशन के समर्थकों के नारे थे: पूँजीवाद-साम्राज्यवाद मुर्दाबाद! दुनिया के मजदूरों, एक हो! इन्कलाब जिन्दाबाद! उस समय यूनिवर्सिटी में जनसंघ की आवाज स्पष्ट न थी। मुस्लिम लीग का प्रभाव था, वह भी कम।

रत्ना सामन्त दो वर्ष पूर्व एम० ए० कर चुकी थी। पी-एच० डी० के लिए शोध कर रही थी। सजग, निश्शंक, अभिजात मुद्रा, तौल-तौल कर बोलने का ढंग। बातचीत-बहस में लड़कों की तरह सिगरेट सुलगा लेती। अंग्रेजी में बोल-चाल, कान्वेंट का उच्चारण।

रत्ना की सहानुभूति फेडरेशन से। चुनाव संघर्ष में भाग ले रही थी। कुछ और भी लड़कियाँ फेडरेशन के साथ थीं। नसीमा हबीबुल्ला, वहीदा उस्मान, सुरमा सरकार, ललिता तिवारी और माधुरी शर्मा। वे सब विद्यार्थी थीं। वहीदा और सुरमा बी० ए० फाइनल में, माधुरी और हबीबुल्ला बी० ए० प्रीवियस में। लड़कियाँ फेडरेशन के हर मोर्चे पर आगे। सदा सक्रिय विद्यार्थियों से घिरीं। बाँहें उठा-उठाकर नारे लगातीं और हथेली पर दूसरे हाथ की मुट्ठी मारकर बहस करतीं। क्रान्ति के मोर्चे पर बलिदान हो जाने की होड़। रत्ना का सहयोग निर्देशक और परामर्शदाता के रूप में। बिना चीखे-चिल्लाये भी उसकी गिनती फेडरेशन के अगुवाओं में। ललिता इक्नामिक्स एम० ए० फाइनल में थी। उसका सहयोग मौन वैचारिक सहानुभूति से। स्टूडेंट कांग्रेस के साथ केवल दो लड़कियाँ कपिला दुबे और सरोज सिन्हा।

उषा समझ गयी, रत्ना उसे फेडरेशन की ओर खींच रही थी। गत चार मास से उसका झुकाव समाजवादी विचारधारा की ओर हो चुका था। रत्ना उसे फेडरेशन की गोष्ठियों में ले गयी तो उसने संतोष पाया। जमाल हैदर और चेतन खूब तन्मय भंगिमा और प्रवाह से बोलते। सेठ सोच-सोचकर सीधी भाषा बोलता था, लालित्य नहीं। जमाल हैदर का अध्ययन भी गहरा। कामरेड चेतन उतना प्रांजल न बोलता। बात उसकी संक्षिप्त परन्तु पैनी होती। उषा को फेडरेशन या कम्युनिस्ट झुकाव के विद्यार्थियों की संगति बेहतर लगी। जमाल, चेतन, हरीश, रत्ना, ललिता और दूसरे साथी समझ गये—उषा समाजवाद और वर्ग-संघर्ष के दृष्टिकोण से अपरिचित न थी। उस संगति में अनाड़ी न समझी जाने से उषा को आत्मविश्वास और संतोष। ऐसे प्रसंग में सेठ की याद जरूर आती···रविवार संध्या चर्चा होती थी। सेठ जून के अन्त से नहीं आया। स्मृति में मम्मी के अन्याय का शूल उभर आता।

उषा के साथ एम० ए० इंगलिश फर्स्ट इयर में दूसरी लड़की थी मिस कपूर। दो सप्ताह में ही उषा की सहेली बन गयी। कपूर के नख-शिख कुछ ऐसे-वैसे—नाक छोटी, नथुने बड़े, मुँह का बाक फैला हुआ, मोटे ओंठ, कद दबा हुआ पर रंग गोरा। माँ-बाप ने बेचारी का लाड़ में नाम राजदुलारी रख दिया था। यह नाम उसकी मुसीबत बन गया। यूनिवर्सिटी में उसने नाम आर० डी० कपूर लिखाया था। खोजी स्टूडेंट हर लड़की का पूरा नाम-पता खोज लेते थे।

कपूर बातूनी थी। यूनिवर्सिटी के सब स्कैण्डल्स की जानकार···फेडरेशन में कौन सुरमा के दीवाने हैं, कौन वहीदा के। कपिला दुबे किसके साथ घूमती है···ललिता तिवारी कोहली पर फंदा डालने की घात में है, इकनामिक्स में उसके नम्बर कोहली के हाथ में। डिपार्टमेंट का हेड मुकर्जी कोहली के जेब में। कोहली रत्ना के पीछे। फिलासफी वाला डाक्टर गोपाल भी रत्ना के लिये दीवाना। "रत्ना आजकल कोहली को लिफ्ट दे रही है," कटाक्ष से मुस्करायी, "आई मीन कार में।"

ज्यों-ज्यों चुनाव की तारीख समीप आ रही थी, हंगामा बढ़ता जा रहा था। स्टूडेंट फेडरेशन और स्टूडेंट कांग्रेस के कार्यकर्ता चुनाव के माध्यम से अपने दलों की जड़ें गहरी जमाने के प्रयत्न में थे।

तीसरे सप्ताह फेडरेशन ने कैम्पस में जगह-जगह छोटी-छोटी गोष्ठियाँ शुरू कर दीं। रत्ना ने इस काम में उषा को भी समेट लिया। उषा ने दो बार समाजवादी पक्ष की प्रगतिशीलता पर बात की। रत्ना ने उषा की सराहना की, "यू स्पीक वेल। तुमने काफी पढ़ा है। कल चार बजे यूनियन हाल में डाक्टर कोहली सोशलिज्म और नेशनलिज्म पर बोलेगा, जरूर सुनना। उपयोगी वार्ता होगी।"

उस दिन शनिवार था। डाक्टर कोहली के अध्ययन और सूक्ष्म बुद्धि की ख्याति थी। उषा ने कोहली को दो बार देखा था, बोलते न सुना था। सोशलिज्म और नेशनलिज्म पर वार्ता जरूर सुनना चाहती थी, लेकिन डर रही थी वर्षा से। उषा को दो बजे से फुर्सत। सोच रही थी, बारिश से पहले घर पहुँच जाये। चार बजे डाक्टर कोहली के टाक का भी ख्याल था। दुविधा में बरामदे में खड़ी थी। दाहिनी ओर के बरामदे से जमाल और रत्ना आपस में बात करते उसकी ओर आ गये। रत्ना ने उषा को बाँह में ले लिया, "चार बजे, याद है न!"

"इच्छा तो बहुत है पर बारिश का डर है। बरसने लगा तो मुसीबत हो जायेगी।"

"बारिश का क्या भरोसा!" रत्ना मुस्करायी, "तुम बाहर कदम रखो और शुरू हो जाये और रात तक न बरसे।···बहुत इम्पोर्टेन्ट सबजेक्ट है। अढ़ाई बज गया। आओ, हमारे साथ एक प्याला काफी ले लो।"

रत्ना ने उषा को साथ ले लिया। उषा इतनी आत्मीयता की उपेक्षा कैसे करती! उषा को काफी में रुचि न थी। तब लखनऊ में काफी का चलन न था। यूरोपियन होटलों के कैफे में ही काफी मिलती थी। हाँ, उसी साल 'काफी सेस कमेटी' ने काफी के प्रचार के लिये हजरतगंज में इंडिया काफी हाउस शुरू किया था, बहुत ठाट-बाट से। खूब बड़ा हाल। बढ़िया फर्नीचर। बढ़िया काजू, तरह-तरह के सैंडविच। वर्दीधारी बैरे। काफी पीना आधुनिकता और फैशन का अनुषंग माना जाने लगा।

उषा इससे पूर्व दो-तीन बार स्टडी सर्किल में बैठी थी। अकसर आठ-दस लोग होतें थे, इस समय अनुमानतः पचास। ठीक चार बजे जमाल, रत्ना और कोहली आये। उषा और ललिता वक्ता के ऐन सामने समीप थीं। दुबे भी उनके साथ आ गयी। कोहली को इतने समीप से पहली बार देखा। बहुत हल्के रंग का सूट, गहरे बादामी रंग की टाई। छरहरा लम्बा जवान। क्लीन शेव। सिर के बाल घने, घुँघराले। चेहरा गेहुँआ। मर्दाना आकर्षण।

कोहली कुर्सी पर बैठकर सहज भाव से बोला। व्याख्यान नहीं, क्लास में समझाने का ढंग। कभी मेज पर कोहनियाँ टिकाकर पंजे बाँध लेता, कभी कुर्सी की पीठ पर सीधा हो जाता। कभी भौंवें उठ जातीं, कभी मुस्कान। प्रसंग गम्भीर था, परन्तु उसका ढंग सहज। अभिप्राय था: समाजवाद की दिशा मानवी बिरादरी और राष्ट्रीयता की संकीर्णता से मुक्ति की है। राष्ट्रीय भावना की नींव दूसरे राष्ट्रों से आतंक और स्पर्धा पर है। समाजवाद या सोशलिज्म को राष्ट्रीयता या नेशनलिज्म के शिकंजे में कसने का प्रयोजन, समाजवाद की अधिक उत्पादक और सक्षम प्रणाली को साम्राज्यवादी विस्तार का साधन बनाना है। प्रमाण में जर्मनी में नाजीवाद का उदय और उसकी आक्रामक विस्तार प्रवृत्ति।

कोहली का विश्लेषण उषा को तथ्य तथा तर्क-संगत तो लगा, परन्तु राष्ट्रीय भावना की ऐसी व्याख्या से विस्मय भी।

कोहली ने कहा, "मेरी बात यदि अस्पष्ट रह गयी हो तो आप लोग प्रश्न पूछ सकते हैं।"

स्टूडेंट कांग्रेस के अविनाश ने शंका की, "राष्ट्रीय भावना का सदा आक्रामक होना आवश्यक नहीं है। विदेशी शोषण से संघर्ष के लिये राष्ट्रीय भावना को संकीर्ण स्पर्धा कैसे कहा जा सकता है?" श्रीवास्तव ने स्पष्ट कहा, "आपकी बात का अभिप्राय भारत की परिस्थितियों में होगा कि हम विदेशी शासन से मुक्ति के लिये समाजवादी विश्व-क्रान्ति की प्रतीक्षा करें। आपका अभिप्राय कम्युनिस्ट नजरिये से कांग्रेस समाजवादी नीति को नाजीवाद बताना है।" उषा को श्रीवास्तव की आपत्ति संगत लगी। सोचा: डाक्टर सेठ होता तो शायद बात अधिक स्पष्ट हो सकती।

कोहली मुस्कराये, "कांग्रेस समाजवादी दल और जर्मनी के शासक नाजी दल को एक साथ नहीं तोला जा सकता क्योंकि दोनों की स्थितियाँ भिन्न हैं। तथ्य है—पूँजीपति

वर्ग अपने देश की राष्ट्रीय भावना का प्रयोग अपने लाभ के क्षेत्रों के विस्तार में करता है। नाजीवाद उसी का उदाहरण है। किसी भी देश को समाजवादी विश्व-क्रान्ति की प्रतीक्षा की जरूरत नहीं है। प्रत्येक देश के शोषित वर्ग की मुक्ति का प्रयत्न समाजवादी विश्व-क्रान्ति में सहायक होगा।''

जमाल ने कपिला दुबे, ललिता तिवारी और उषा को उत्साहित किया, ''आप कुछ पूछिये!'' उषा श्रीवास्तव की शंका को और विस्तार से उठाना चाहती थी, परन्तु प्रश्न ठीक से सोच न पायी थी। इतने अधिक लोगों के बीच बोलने में झिझक। आई० टी० में अकसर डिबेट में भाग लेती थी। वहाँ सब लड़कियाँ थीं। फिर यह नयी जगह।

गोष्ठी के बाद रत्ना ने उषा को अपने साथ ले लिया। ड्योढ़ी में आये तो हल्की वर्षा। ऐसी कि सौ कदम चलने में भीग जायें।

''तुम्हें बहुत परेशानी होगी!'' रत्ना ने उषा की ओर देखा, ''तुम्हें हजरतगंज तक पहुँचा दें?''

''गंज से मेरा मकान दूर नहीं है।''

''हमारे साथ आओ। जमाल को हबीबुल्ला होस्टल पहुँचा दें, फिर हजरतगंज चलेंगे।''

रत्ना स्टियर पर बैठी। उषा को सामने सीट पर पास बैठाया। जमाल और कोहली पीछे की सीट पर। कार पहले हबीबुल्ला होस्टल गयी। जमाल को वहाँ उतार कर हजरतगंज की ओर।

हजरतगंज में वर्षा अधिक थी। कॉफी हाउस के सामने गाड़ी रोककर रत्ना ने पूछा, ''तुम्हारा मकान है किस तरफ?''

''आप फिक्र न करें, यहाँ ताँगा मिल जायेगा।''

''बताओ तो।''

उषा ने बताया—बर्लिंगटन के पीछे कैंट रोड पर दो-ढाई सौ कदम।

''हम कॉफी बर्लिंगटन में ही ले लेंगे।''

''बेहतर।'' कोहली ने अनुमोदन किया।

रत्ना ने कार आगे बढ़ा दी। बर्लिंगटन होटल की ड्योढ़ी में कार रोककर रत्ना ने कहा, ''यहाँ तक आयी हो तो एक प्याला गरम कॉफी लेकर जाओ। डाक्टर कोहली से तुम्हारा परिचय भी हो जाये।''

रत्ना और कोहली के साथ उषा होटल के रेस्तराँ में चली गयी। उषा का परिचय कराया, ''डाक्टर एन० एन० कोहली, इक्नामिक्स डिपार्टमेंट। तुमने इनका टाक सुन लिया, वह बेहतर परिचय है।'' कोहली को बताया, ''उषा पंडित एम० ए० प्रीवियस इंगलिश लिटरेचर। इसने समाजवाद के विषय में काफी पढ़ा है। बहुत कुछ समझती है।''

''वेरी गुड।'' कोहली के स्वर में सराहना, ''साहित्य और सामयिक समस्याओं में व्यापक रुचि है?''

''समझना जरूर चाहती हूँ पर पढ़ा बहुत कम है।''

''आप क्या लेंगी?'' कोहली ने उषा से पूछा।

"इस समय जरूरत नहीं, इच्छा भी नहीं है।"

"मुझे तो भूख है। लंच नहीं ले पायी।" रत्ना ने सिगरेट सुलगाते हुए कहा।

"काफी और तीन प्लेट सैंडविच।" कोहली ने आर्डर दिया।

"बी० ए० कहाँ से किया?" कोहली उषा की ओर घूम गया।

"आई० टी० से।"

"आपके परिवार में दूसरे लोगों को भी ऐसी समस्याओं और समाजवाद में रुचि है?"

"मेरे पिता डी० एन० पण्डित क्रिश्चियन कालेज में टीचर हैं।"

"धर्मानन्द पण्डित!" कोहली की आँखें फैल गयीं। "मैं पण्डित साहब का स्टूडेंट था। लखनऊ के आधे पढ़े-लिखे लोग पण्डित साहब के विद्यार्थी।" कोहली ने जिज्ञासा की, "उन्हें समाजवाद में रुचि है?"

"इस बारे में मुझे डाक्टर सेठ ने बताया।"

"डाक्टर सेठ!" कोहली की भौंवें उठ गयीं। पल भर सोचा, "सेठ ब्रह्मचारी?"

उषा ने कौतूहल से कोहली की ओर देखा।

"तुम्हारा मतलब अमर, डाक्टर अमरनाथ सेठ? ...खद्दरधारी, कांग्रेस सोशलिस्ट!"

उषा ने मौन स्वीकारा।

"वह ब्रह्मचारी तुमसे कहाँ भिड़ गया?"

"कौन है वह?" रत्ना ने पूछा।

"विचित्र आदमी है। मैटीरियलिस्ट इन फेथ, आइडियलिस्ट इन प्रैक्टिस! सिगरेट, पान, चाय, सिनेमा कोई शौक नहीं। जीवन स्वास्थ्य के लिये। मनोरंजन, समय का अपव्यय। सनक का पक्का। आनेस्ट टु द लिमिट आफ स्टुपिडिटी। हम दोनों गली के पड़ोसी, लड़कपन के साथी। हमारे पिता भी मित्र। सेठ पण्डित साहब के यहाँ आता है?"

"कई बार आये। परिचय हस्पताल में हुआ। मेरा फीमर फ्रेक्चर को गया था।"

"ठीक-ठीक समझ गया।" कोहली ने गर्दन हिलायी।

सैंडविच आये तो उषा ने भी खा लिये। मन मारकर काफी तीन-चौथाई प्याला सुड़क लिया।

वे लोग रेस्तराँ से निकले तब भी बरस रहा था। बर्लिंगटन के चौराहे पर पहुँचकर रत्ना ने रास्ता समझ लिया, "ये कैंट रोड...कैसरबाग से यूनिवर्सिटी।"

"प्लीज, मैं इस गली में उतरूँगी।"

"बैठी रहो, भीगो क्यों, मकान बता देना। हम भी मास्टर साहब को सलाम कर लेंगे।" कोहली बोला।

बैठक के किवाड़ खुले थे। सामने मोटर रुकने की आहट से पण्डित ने झाँककर देखा। उषा कार से निकल रही थी।

गाड़ी की पिछली सीट से उतर कर सूट पहने लम्बा छरहरा व्यक्ति बैठक में आ गया, "गुड आफ्टरनून सर, आपका पुराना स्टूडेंट नरेन्द्रनाथ कोहली।"

पण्डित ने बहुत ध्यान से देखा, "ओह नरेन्द्रनाथ!" कोहली के कंधे पर हाथ रखकर हँस दिये, "यू वेयर ए ब्रिलियेंट स्टूडेंट···ए बिट नाटी।"

"कहाँ हो आजकल? क्या कर रहे हो?"

"मास्टर साहब, आपके नक्शे-कदम पर मास्टर बन गया। यूनिवर्सिटी में इकनामिक्स पढ़ाता हूँ।"

"यू मीन लेक्चरार! वेरी गुड!" पण्डित ने गद्‌गद होकर कोहली की पीठ थपथपायी, "गुरु गुड़ रहे, चेला शक्कर हो गये। शाबाश!"

"मास्टर साहब, इस समय चलूँगा। आज मिस उषा पण्डित से परिचय हुआ। शी इज इंटेलिजेंट एण्ड स्टूडियस।"

"थैंक्यू! अब तुम्हारी स्टूडेंट हो गयी।"

पंडित से पुराने स्टूडेंट मिलते थे तो उषा को पिता के प्रति उनके आदर भाव से संतोष होता था।

उषा ने बताया, "डैडी, मिस रत्ना सामन्त मुझे अपनी गाड़ी में लायी हैं।"

पंडित अभिप्राय समझकर तुरन्त गली में उतर गये। बेटी की सहायता के लिये रत्ना को बहुत धन्यवाद दिया। बेटी को अच्छी संगति में देखकर पिता को संतोष।

उषा रात ग्यारह तक पढ़ती रहती थी। नींद न आ रही थी। काफी की आदत न थी, शायद उसका असर। वर्षा रुक गयी थी। भीगी-भीगी शीतल सुहावनी हवा स्मृतियों और कल्पनाओं को उकसाने वाली।

अमित तीन बार सेठ से पुस्तकें ले आया था। सेठ ने कभी इनकार न किया। अमित लौटकर सेठ से भेंट की चर्चा बहिन से करता था। उषा सोचती, हमारे लिये कभी नहीं पूछा··· । भुला दिया ···कैसे हो सकता है। कल आठवाँ रविवार। सेठ से भेंट न हो सकने की विवशता धीरे-धीरे सह ली थी। उस संध्या कोहली की बातों ने यादें उकेरकर उस इच्छा को व्याकुलता बना दिया।···कोहली सराहना नहीं, विद्रूप कर रहा था—लगन का पक्का, आनेस्ट टु द लिमिट आफ स्टुपिडिटी···ब्रह्मचारी!

उषा को डैडी और स्वामी आत्मानन्द की बातचीत याद आ गयी। डैडी ने पूछा था: रामकृष्ण सेवा मिशन के कार्यकर्ताओं का साधु होना क्यों जरूरी। स्वामी ने कहा था: साधु से क्या मतलब? गेरुआ कपड़े हमारे कार्यकर्ताओं की यूनिफार्म है। यूनिफार्म व्यक्ति को अपनी स्थिति और उत्तरदायित्व से सचेत रखती है। हमारे साधु त्याग नहीं करते, समाज सेवा करते हैं। ब्रह्मचर्य का मतलब भी गृहस्थ से दूर या सेलीबेसी मात्र नहीं। मन-वचन-कर्म के निग्रह या सेल्फ-रिस्ट्रेंट से अपने सामर्थ्य या एनर्जी को अपने उद्देश्य या लक्ष्य के लिये अर्पण करना है।

डाक्टर सेठ में कितना सेल्फ-रिस्ट्रेंट! डैडी ने खुद कहा था: ही इज ए नोबल सोल। ऐसे आदमी की इन्सल्ट! इन लोगों ने ऐसा क्या देखा? मेरे लिये शक। इन लोगों की नजर में आदर भी लव। हाँ, मैं उसका बहुत आदर करती हूँ। आई बिलीव इन हिम, आई हैव ग्रेट रिगार्ड फार हिम।

मेरी मजबूरी है डैडी-मम्मी की आश्रित होना। एम० ए० के दो वर्ष, फिर आत्मनिर्भर। किसी स्कूल-कालेज में नौकरी, लखनऊ में या कहीं बाहर। ···आत्मनिर्भर और स्वतन्त्र!

उषा को अब चर्च चलने के लिये न कहा जाता। बार-बार कहना अच्छा न लगता। बच्ची तो थी नहीं। मम्मी ने हार मान ली : जब तक हमारे बस था, चर्च साथ ले जाते थे। अब बराबर की है, क्या कहें। अमित सत्रह का हो रहा था। उसे ऐसी ढील देना माँ को नामंजूर। लड़के का आचरण माता-पिता की जिम्मेवारी। पंडित पत्नी से सहमत। लड़के को समझाया : तुम जो चाहो पढ़ो। हमारा बताया भी पढ़ो। जानने समझने का यत्न करते रहो। जिज्ञासा बुरी प्रवृत्ति नहीं है, परन्तु अभी तुम्हारी आयु अपना मार्ग स्वयं निश्चय करने योग्य नहीं। चर्च में कोई गलत बात नहीं कही जाती। मान लो तुम्हारे चर्च जाने से हमें सन्तोष होता है।

मिसेज़ पंडित ने आँसू पोंछ लिये—बेटी-बेटा दोनों लामजहब। इनकी आकबत (परलोक) का क्या होगा? …हे ईश्वर, हमारे कुसूर मुआफ कर।

रविवार संध्या भी घना बादल था। पछवा के झोंकों में हल्की-हल्की फुहारें। पंडित परिवार के लोग छाते लगाकर गिरजा चले गये। उषा बैठक में पुस्तक लेकर बैठ गयी थी। पुस्तक खोलने से पूर्व ख्याल आ गया—चौबीस घंटे पूर्व कल इस समय डाक्टर कोहली डाक्टर सेठ के विषय में क्या कह रहा था—कोहली की सब बातें एक-एक कर याद आयीं। उन बातों के विश्लेषण, उनका अभिप्राय… । ख्याल आया पुस्तक तो खोली नहीं। घने बादल के कारण बैठक में झुटपुटा हो गया था। बिजली जलाने के लिये उठी कि गली में आहट सुन हाथ दरवाजे पर लटकी चिक पर पहुँच गया… ।

तीन

शुक्रवार संध्या 'संघर्ष' कार्यालय में कांग्रेस समाजवादी कार्यकर्ताओं की गोष्ठी या स्टडी सर्कल होता था। आचार्य नरेन्द्रदेव, डाक्टर लोहिया के आने की आशा हो तो पच्चीस-तीस लोग आ जाते। साधारणतः सात-आठ। सैद्धान्तिक बातचीत होती, कभी संगठनात्मक समस्याओं पर विचार। डाक्टर अमरनाथ सेठ प्रायः पहुँचता था। उस शुक्रवार पहली मई को अन्तर्राष्ट्रीय मजदूर दिवस कार्यक्रम की समस्या थी। कम्युनिस्ट मजदूरों का विश्वास पाने के लिये मई दिवस का उपयोग जोर-शोर से करते थे। मजदूर बस्तियों में जगह-जगह सभाएँ करते, नगर में जुलूस निकालते, मजदूरों की एकमात्र प्रतिनिधि और हितैषी पार्टी होने का दावा। परिणाम में रेलवे के दोनों वर्कशाप, कपड़ा मिल, पेपर मिल के मजदूर उनके प्रभाव में थे।

साथी मुकर्जी ने दो वर्ष यत्न से तालकटोरा कपड़ा मिल मजदूर यूनियन के कुछ लोगों को प्रभावित कर यूनियन पर कब्जा कर लिया था। कपड़ा मिल बहुत बरस पूर्व बन्द हो गयी। उस समय जैसे-तैसे घिसट रही थी। रेलवे कैरेज शाप में भी मुकर्जी का प्रभाव बढ़ रहा था। समाजवादी पार्टी के जरा भी शैथिल्य से कम्युनिस्ट कपड़ा मिल मजदूर यूनियन पर फिर कब्जा कर लेते। मई दिवस पर मिल मजदूरों की सभा होना जरूरी था। मुकर्जी उस सुबह रेलवे कैरेज शाप में सभा कर रहा था। कपड़ा मिल के अधिकांश लोग सआदतगंज में रहते थे। नाथ शास्त्री वहाँ जाने को तैयार था।

"भाई सेठ, पहली मई इतवार है। तुम्हें फुर्सत होगी।" सिन्हा ने सेठ से अनुरोध किया, "मजदूर वर्ग के सम्पर्क में भी आना चाहिये। मोटर-साइकल पर कुछ मिनट की बात। नाथ शास्त्री और तुम दोनों मोटर-साइकल पर चले जाओ। वहाँ तुम्हारा परिचय हो जाये।" सेठ ने स्वीकार कर लिया।

लौटते समय सेठ को ख्याल आया : पिछले रविवार कंधारीबाग गली गया था। पंडित परिवार की उन्मुक्त आत्मीयता बहुत भली लगी थी। आत्मीयता का व्यवहार वह कोहली परिवार और हरि भैया के सेवाश्रम में भी पाता था। सभी लोगों व परिवारों का अपना-अपना ढंग होता है। पंडित के यहाँ की शिष्ट आत्मीयता अपने ढंग की।···उषा की समाजवाद के प्रति जिज्ञासा। ऐसी शिक्षित सजग, समझदार समर्थ लड़की से सहयोग की संभावना। उषा में समाजवाद के लिये सक्रिय सहानुभूति और लगन जगा सकने का उत्साह। विदेश और देश की कई क्रान्तिकारी महिलाओं के नाम याद आये···अपने ही नगर में कामरेड डाक्टर रशीदजहाँ। डाक्टर रशीदा अकेली पचास कामरेडों के बराबर। रशीदा से मतभेद के बावजूद लक्ष्य के लिये उसकी लगन, सहृदयता और प्रभाव को कौन नहीं मानता था। लेकिन ···उषा का तो विवाह होने जा रहा है, किसी पी० सी० एस०

से। मिसेज़ पंडित ने व्याकुलता में सेठ को सब बता दिया था। बहुत परेशान थी, कैसे निबहेगा! उषा को चोट न लगी होती तो मई में ही विवाह की तारीख थी।

सेठ उस बात को महत्त्व न देना चाहता था। उषा उसे बहुत अच्छी लगी थी। उषा अपने समय कालेज की उर्वशी रही हो ऐसी बात नहीं। ऐसी सुन्दर तो थी रोशनआरा हरवानी, बैरिस्टर बदीउज्जमां हरवानी की बेटी। नाक-नक्श कद और अनुपात ऐसा कि एक बार देखकर न भूले। तिस पर रंग पककर टपकी इंगुरी खुरमानी जैसा। उषा का रंग चिट्टा गोरा-गुलाबी नहीं, उजला गन्दुमी। शरीर की गठन नपी-तुली। किनारे छूती जवानी। प्यारे नख-शिख के अतिरिक्त माथे पर चैतन्य का उजाला।

सेठ हस्पताल के क्वार्टर में रहता था। रसोई और दूसरे काम-काज के लिये घर के पुराने नौकर हरिया का लड़का परसू साथ था। सेठ का होस्टल के समय का अभ्यास कायम था। शनिवार संध्या सेवाश्रम का चक्कर लगाता, घर जाकर पिता का हाल-चाल देख पूछ कर बुआ के संतोष के लिये उसका बनाया खाता। पिछले चार वर्ष से हरि भैया को कृष्ण-मन्दिर की यात्रा न करनी पड़ी थी। लखनऊ में कांग्रेस के अधिवेशन के बाद उनका खद्दर का रोजगार अच्छा जम गया था। शुद्ध खद्दर भंडार के लिये झंडेवाले पार्क में दो दर की दुकान किराये पर ले ली थी। कांग्रेस मिनिस्ट्री बन गयी तो नगर में उनका प्रभाव पूर्वापेक्षा चौगुना। लोग सिफारिश के लिये घेरे रहते।

सेठ को अपनी गली सूनी और उदास लगने लगी थी। मास्टर जी सहसा बहुत ढल गये थे। उम्र अभी पचास भी नहीं, परन्तु चेहरे पर बुढ़ापा, बोलचाल और व्यवहार में थकान और निराशा। सामर्थ्य से अधिक श्रम और चिन्ताओं का बोझ। सत्या और दया का विवाह करने में प्राविडेंट फंड से बहुत उधार ले चुके थे। तीसरी बेटी विद्या भी पन्द्रह पूरे कर चुकी थी। सबसे अधिक उन्हें तोड़ दिया था ओमप्रकाश की बेकारी और निरुत्साह ने।

ओमप्रकाश ने सन् तैंतीस में बी० ए० पास किया था, थर्ड डिवीजन में। कालेज की पढ़ाई के अतिरिक्त मास्टर जी की ट्यूशनों में हाथ बँटाता था। आशा थी, लड़का बी० ए० पास कर नौकरी पर लग जायेगा तो पिता का बोझ हल्का होगा। ओमप्रकाश ने नौकरी के लिये कितनी दरखास्तें दीं, सिफारिशों के लिये गिड़गिड़ाया परन्तु कहीं वेकेंसी नहीं। प्रौढ़ों को याद होगा, १९२९ से १९३९ तक देश में भयंकर बेरोजगारी और मंदी थी। तब न देश की जनसंख्या इतनी अधिक थी, न शिक्षितों की संख्या। तिस पर भी शिक्षितों में भयंकर बेकारी। महँगाई तब इतनी न थी पर बेरोज़गारी और मंदी के कारण सस्ते में भी लोग परेशान परन्तु कोई न कहता : रोज़ी-रोटी दो या गद्दी छोड़ दो। उस समय सरकार का उत्तरदायित्व था, इन्साफ और लोगों के जान-माल की रक्षा। रोज़ी-रोटी देना खुदा का काम। जिससे जो बने, कमाये-खाये।

ओमप्रकाश जहाँ से भी आशा देखता, यत्न करता। उसे कलख थी : वह बड़े आदमी का बेटा-भतीजा होता, उसे तुरन्त आराम की अच्छी नौकरी मिल जाती। निरन्तर बेकारी की आत्म-ग्लानि और शूल। अपनी गली में देखता, नरेन्द्र उससे एक वर्ष पहले बी० ए० पास करके एम० ए० के लिये यूनिवर्सिटी में था। उसे नौकरी की चिन्ता न थी। बढ़िया साफ कपड़े, संतुष्ट हँसमुख चेहरा। खर्र से साइकल पर निकल जाता। अमरनाथ डाक्टर बन रहा था। मोटर-साइकल पर आता-जाता। वे सम्पन्न परिवारों के थे इसलिये

होनहार, सराहनीय, सबके लाड़ले। शिक्षा उसकी भी उनके बराबर परन्तु गरीब मास्टर का बेटा तरसता, गिड़गिड़ाता फिर रहा था। नरेन्द्र और अमर को उससे मिलकर सहानुभूति पर कुछ कर न सकते, कतरा जाते। उनका कतरा जाना ओमप्रकाश को अहंकार जान पड़ता। उससे और अपमान, क्षोभ।

मास्टर जी को भरोसा था, रायसाहब शंकर प्रसाद पर। रायसाहब भी माथुर कायस्थ और आर्यसमाजी। कायस्थ भाई की सहायता धर्म समझते थे। शंकर प्रसाद सेक्रेटेरियेट में आफिस सुपरिन्टेंडेन्ट थे। मास्टर जी ओमप्रकाश के साथ दो बार स्वयं उनके यहाँ गये। मास्टर जी के गाढ़े के कपड़े देखकर हिन्दुओं की मूर्खता के प्रति रायसाहब का क्षोभ फूट पड़ा, "स्वदेशी को हम भी अच्छा समझते हैं। देश प्रेम हमारे मन में भी है, परन्तु सरकार को चिढ़ाने से क्या फायदा?"

मास्टर जी ने हाथ जोड़ दिये, "रायसाहब, हम असमर्थ लोग क्या देश प्रेम करेंगे। हमारे लिये सस्ता-मजबूत कपड़ा ही देश प्रेम। देश प्रेम लायक होते तो नौकरी के लिये झोली पसारे फिरते?"

रायसाहब ने खिन्नता प्रकट की, "सालो-साल स्कूल-कालेजों से सैकड़ों-हजारों नौजवान पास करके आ रहे हैं। मुल्क में इतनी बेकारी। हिन्दू कांग्रेस में शामिल होकर सरकार से लड़ेंगे, स्वराज माँगेंगे। सरकार हिन्दुओं को नौकरी क्यों देगी? इधर साल भर में इक्कीस वेकेंसी निकली, पन्द्रह मुसलमानों को दे दी गयी। सरकार उन्हें वफादार समझती है, हिन्दुओं को बागी। ठीक ही समझती है। हिन्दू कहीं सरकार पर बम चलायेंगे, कहीं अफसरों को गोली मारेंगे, कहीं नमक बनाकर लाठी खायेंगे। निरे नमक से पेट भरता हो तो वही बनाओ···खानसाहब गुलाम नबी अंसारी हमसे तीन महीने जूनियर था। सेक्रेटरी रॉकबेरी का पी० ए० बना और खुशामद करके डिप्टी असिस्टेंट सेक्रेटरी लग गया। कौम का तो साला जुलाहा। खुशामद का वैसा हुनर हिन्दू के पास कहाँ! हिन्दू तो ऊँच-नीच जाति के गुरूर में मर जायेगा। वह रॉकबेरी के कान भरता है, हिन्दू सब बागी हैं।···हम जब नौकरी पर लगे, सेक्रेटेरियेट में मुसलमान आटे में नमक बराबर थे, अब मुसलमान ही मुसलमान आ रहे हैं। खैर हमारे बस में जो होगा करेंगे। एक बात से चौकस रहियेगा। अपाइंटमेन्ट से पहले तहकीकात होगी। उम्मीदवार और उसके खानदान का सियासत से किसी तरह का ताल्लुक न होना चाहिये।"

ओमप्रकाश की सहायता के लिये रायसाहब ने उसे अपने तीनों बच्चों की ट्यूशन दे दी थी। उसे रायसाहब से ट्यूशन लेने में संकोच था, परन्तु गरीब की सहायता के लिये दस रुपया मासिक दे देते।

ओमप्रकाश पाँच मास ट्यूशन पढ़ा चुका था। एक दिन रायसाहब ने कहा, आफिस में एक बंडल ब्वाय (फाइल इधर-उधर देने वाले) की वेकेंसी हुई है। तुम दफ्तर में आ जाना। तनखाह बीस रुपया मासिक है। देखो, संकोच मत करो। बैठोगे कुर्सी-मेज पर ही। काम तुमसे बंडल ब्वाय का नहीं करायेंगे। एक बार सरकारी नौकरी पर लग जाओ, लियन बन जायेगा।

ओमप्रकाश का अहंकार टूट चुका था। बी० ए० पास करके बंडल ब्वाय की नौकरी। खून के घूँट भरकर रह गया। परिचितों से टेम्परेरी क्लर्की मिल जाने की बात कहता। रायसाहब ने वचन पूरा किया। ओमप्रकाश नौ मास पश्चात् पच्चीस मासिक पर

जूनियर ग्रेड क्लर्क हो गया। रायसाहब की मदद से साल के अन्त तक एक सीढ़ी और चढ़ गया, तीस मासिक मिलने लगा।

ओमप्रकाश की सगाई मास्टर जी अढ़ाई वर्ष पूर्व स्वीकार कर चुके थे। लड़की सोलह पूरे कर चुकी थी। समधी हापुड़ मंडी के रसली ब्रादर्स के दफ्तर में क्लर्क थे। तनखाह के अतिरिक्त कुछ निजी सौदा-सट्टा भी करते रहते। आर्थिक स्थिति अच्छी। दामाद सरकारी नौकरी पर लग गया जानकर अधिक विलम्ब नामंजूर। मास्टरनी को आशा, बहू अच्छा दान-दहेज लायेगी। विद्या के ब्याह में सहायता मिलेगी। ओमप्रकाश की शादी हो गयी।

ससुराल की स्थिति देखकर ओमप्रकाश की बहू का दिल बैठ गया। माँ-बाप ने किस नरक में पटक दिया। जल्दी ही सास को जवाब में उसका बोल पड़ोसियों को सुनाई देने लगा। छोटी ननद के दहेज में उसके जेवर और सामान देने का प्रस्ताव सुनकर बहू चीख उठी, ''फूट गये मेरे करम!···खुद तो क्या बनवा कर देंगे, बाप का दिया भी खसोटे ले रहे हैं।''

सास ने बहू के कमीनेपन का विरोध किया—''लड़के को पाल-पोसकर बी० ए० तक पढ़ाने-लिखाने में हमारा भी कुछ खर्च हुआ है। उसके ब्याह में भी हमने कम खर्च नहीं किया।''

बहू ने जवाब दिया, ''पाल-पोसा, पढ़ाया-लिखाया होगा अपने लड़के को। मेरे माँ-बाप ने जो चीजें मुझे दी हैं, वे भी आते ही नोचने-खसोटने को तैयार···!'' बहू ने अपना दुर्भाग्य रोकर पूरी गली को सुना दिया।

मास्टर जी ने बहुत सहा था परन्तु ऐसा अपमान और मानसिक अशान्ति न सही थी। अन्ततः माँ-बहू के कलह से परेशान होकर ओमप्रकाश ने गोलागंज में साढ़े तीन रुपये पर दूसरी जगह ले ली। मास्टरनी बहुत रोयी···हमारे पिछले जन्म के करम। मास्टर जी ने प्रभु को याद किया।

ओमप्रकाश बहू के साथ गली से चला गया। धन्नो, पार्वती, सत्या, दया पहले जा चुकी थीं। विद्या को भी जाना ही था। नरेन्द्र भी चला गया तो अमर का बोलचाल का साथी गली में कोई न रहा। ओम के जाने से मास्टर जी और नरेन्द्र के चले जाने से कोहली उदास हो गये थे। उसका असर सेठ जी पर भी।

नरेन्द्र के व्यवहार से सेठ जी विशेष चिन्तित। अमर न मानता पर सेठ जी जानते थे। अमर पर लड़कपन से नरेन्द्र का प्रभाव रहा था। लत्ती-लट्टू के खेल और कनकैया उड़ाने से लेकर सभी बातों में दो बरस बड़े-छोटे भाइयों की तरह झगड़ा-मारपीट भी हो जाता फिर भी साथ बना रहता। बैलों की जोड़ी की तरह।

बच्चों और किशारों की नयी पीढ़ी से गली अब भी गूँजती रहती। वही सब खेल और हरकतें जो नरेन्द्र, धन्नो, ओम, अमर, सत्या, जयदेव, दया करते थे। अमर को उनसे क्या लेना था। बस गंगा बुआ पहले जैसी थी। टंडन दादी कुछ और कुबड़ी हो गयी थी। बुआ भतीजे की बहू का मुँह देखने के दिन गिन रही थी। उलाहना देती रहती, ''अमर भैये, बहू का मुँह देखना हमारी परालब्ध में नहीं बदा। बहू लाओगे पर हमें मसान पहुँचाकर··· ।''

"बुआ, तुम बहू का मुँह देखे बिना जा नहीं सकती," अमर कहता, "इसीलिये बहू को अटकाये हैं। तुम सौ बरस की हो जाओ तो हम हथनी जैसी खूब जबर-जवान बहू लायेंगे, तुम्हारे हाथ-गोड़ दबाने के लिये।"

"हाय हाय, अम्मू बेटे, हमें सौ बरस तक कढ़ेरोगे राम-राम··· ! बेटे, हमने ऐसे कौन पाप किये हैं?"

"तुमने पाप नहीं किये। हम अपने पुन्न के जोर से तुम्हें डेढ़ सौ बरस तक रखेंगे। अब संजीवनी बूटी की सूई बन गयी। तुमने जरा आँय-बाँय की कि झट सूई ठोंक देंगे!" बुआ-भतीजे में हँसी नोक-झोंक चलती रहती। अमर शनिवार साँझ घर जरूर आता।

अमर अपनी गली में आया तो पिता कोहली के यहाँ से आ रहे थे। सेठ जी ने बेटे को बैठक में पंखे के नीचे बैठाकर कुशल-मंगल पूछा। अमर ने पिता को चिन्तित देखकर पूछ लिया, "चच्चा, क्या बात है?"

"चलो जरा वकील भाई को देख लो। उन्हें कल रात से तेज बुखार है। डाक्टर अग्रवाल दो बार आ चुके हैं। तुम भी देख लो।"

अमर उठ गया।

कोहली ड्योढ़ी के दाहिने हाथ खस की टट्टी लगे कमरे में थे। पुष्पा भाभी माथे पर छोटा घूँघट खींचे ससुर के माथे पर बरफ-पानी की पट्टी रख रही थीं।

"आओ आओ अमर बेटे, तुम्हें भी परेशान किया।" अमर के पैरीपैना के उत्तर में बाबू बोले, "सब समझ रहे हैं, कबीरा जात पुकारिया चढ़ि चन्दन की डार। हम ऐसी जल्दी जाने वाले नहीं। पोढ़ी काठी है। और कोई चल दे तो क्या टाँग पकड़कर धर लोगो? डैथ इज द ओनली सर्टेनटी!" अमर को विस्मय न हुआ। कोहली बुखार में अकसर बर्राने लगते थे।

महेन्द्र पलंग के समीप कुर्सी पर बैठा था। उसने कुर्सी से उठकर के जगह दे दी। अमर कोहली की नब्ज देखने लगा। कोहली बोलते गये, "अच्छा हुआ तुम आ गये। तुम समझदार हो बेटे, नरेन्द्र को तार-वार देकर परेशान करने की जरूरत नहीं। तीन ही रोज पहले शौक से पहाड़ गया है। हमें जाना होगा तो वह रोक लेगा! क्या फायदा··· ।" पल भर सोचा, "सुनो बेटे, नरेन्द्र से कहना अपना मन मारकर, अपनी समझ के खिलाफ कुछ न करे। बंस-अंस की बात फिजूल। ओल्ड आर्डर चेंजेस यील्डिंग प्लेस टु न्यू। तुम लोग मानते हो, आल बिलीफ एण्ड नालेज इज एक्शन आफ ब्रेन। कानशसनेस इज सोल। मनुष्य की चेतना ही आत्मा···फ्रीडम फ्राम फीलिंग··· चेतना का अंत!" आँखें मुँद गयीं। कुछ अर्थहीन शब्द···तन्द्रा में मौन।

भाबो कमरे में आयी, "बहू, पट्टी मैं रखती हूँ, तुम आराम कर लो।"

बहू के उठने और भावो के बैठने से पलंग कुछ हिल गया। कोहली की पलकें खुल गयीं, "ओह, बहू तुम हो!" आसीस में बाँह उठा दी, "बहू सुनो!" पुष्पा ने सिर ससुर की ओर झुका दिया, "बहू, तुम हमारी तीसरी बेटी, डाटर इन ला एण्ड डाटर···ट्वाइस डाटर। ब्लेस यू ट्वाइस! जो तुम्हें सताये घोर पापी।"

बहू आँचल आँखों पर दबाकर सिर झुकाये चली गयी। भाबो ने ओंठ दाँत से काटकर गर्दन झुका ली।

कोहली बर्राते गये, "…परलोक में दो चुल्लू जल के लिये तरसने का वहम। पितरों के श्राद्ध के नाम पर ब्राह्मणों को डैथ ड्यूटी दो। ब्राह्मण का पेट परलोक माल भेजने की एजेंसी। कभी स्वर्ग पहुँचे माल की रसीद आयी? इतते सभी गये माल लदाय-लदाय, उतते कोई न आइया जासों पूछों जाय। ब्राह्मण एजेंट सिर्फ हिन्दू का माल स्वर्ग पहुँचाता है। बाकी दुनिया की आत्मा परलोक में भूखी-प्यासी रहती है। सब जाल-बट्टा…हा हा हा!…ठगनी झमकावे नैना… ।" फिर तन्द्रा का मौन। अमर ने कोहली की कलाई धीमे से पलंग पर रख दी।

अमर आहट बचाकर उठा। एक ओर हो महेन्द्र से बात की। अमर ने नुस्खा ध्यान से देखकर टैम्प्रेचर लिया। बुखार फिर दो हो गया था। अमर ने राय दी, "दवा ठीक है। पाँव पर भी पानी की पट्टी रखिये।" कोहली नींद में खर्राटा लेने लगे।

पुष्पा भाभी को कोहली के विशेष आशीर्वाद, भाबो के आँसू, श्राद्ध के मिथ्या-विश्वास पर कोहली के प्रवचन से अमर के मन में खुदबुद हो रही थी। अमर आँगन की ओर गया।

"कहो भाभी, बहुत थक गयीं?"

भाभी कमर सीधी करने के लिये आँगन में खाट पर लेट गयी थी। हाथ की पंखी से शरीर पर हवा ले रही थी।

"आओ अमर भैये!" भाभी उठकर खाट के सिरहाने हो गयी। पाँव धरती पर। भाभी ने पैताने खाली जगह की ओर अमर को बैठने का संकेत किया।

"इतना घबरा क्यों गयीं।" अमर ने बैठकर पूछा, "बाबू तो बुखार में बर्राते ही हैं।" मामूली मौसमी बुखार है।"

"हम क्या घबरायें!" भाभी ने लम्बी साँस ली। हाथ की पंखी से स्वयं और अमर को हवा देती बोली, "इन लोगों की समझ। कोई बुखार की बर्राहट का मतलब निकाले, जवाब दे तो क्या कहा जाये।"

पुष्पा अमर को नरेन्द्र की तरह ही मानती थी। दोनों देवरों से सहज निस्संकोच व्यवहार। भाभी ने बताया, "बाबू सुबह भी बुखार में बर्रा रहे थे : हम बहुत संतुष्ट-सुखी जायेंगे। हमें कोई गम नहीं। शरीर छूट गया तो आत्मा की भूख-प्यास कैसी और क्या हविस! तुम जानते हो, बाबू ऐसी बात बिना बुखार के भी कहते हैं। भाबो ने ज्यादा समझ लिया। तसल्ली देने लगीं : दिल छोटा न करो। तुम ठीक हो जाओ, हम पोता, गोद ले लेंगे। बाबू भड़क उठे : तुम हमें झूठा समझती हो! हम अन्त समय भी झूठ बोलेंगे! तुम्हारे दिल में वही खटक बनी है।…जाने क्या-क्या कह गये। फिर वही बर्रा रहे थे।" पुष्पा फुंकार में कह गयी, "जब देखो हम पर दोष डालती हैं… ।"

पुष्पा भाभी की फुंकार का कारण अमर जानता था। महेन्द्र का विवाह कोहली साहब ने जमाने के विचार से अच्छी उम्र में किया था। गौना-विवाह साथ। विवाह के तीन बरस बाद भी बहू की गोद हरी न हुई। पुष्पा को बच्चे अच्छे लगते हों ऐसी बात न थी। लेखराज के छोटे बच्चे-बच्ची को खूब खिलाती-दुलारती थी। बच्चों के गू-मूत से हिचक नहीं। उन दिनों बाजार में बड़े-बड़े विलायती बबुए आते थे। अब जिन्हें प्लास्टिक के खिलौने कहते हैं, तब मसाले या सिलोलाइड के कहलाते थे। जयरानी सन् '२९ में

आयी थी तो दिल्ली से खूब बड़े-बड़े दो बबुए ले आयी थी, कमरे में कार्निस की सजावट के लिये।

पुष्पा सिलाई-कसीदा अच्छा जानती थी। दोनों बबुओं के लिये लड़के-लड़कियों जैसे बहुत सुन्दर बचकाने कपड़े, कई-कई जोड़े बना डाले। अदल-बदल कर पहनाती रहती। साल-डेढ़ साल ऐसे चलता रहा।

एक दिन लेखराज की बहू ने सहानुभूति में कह दिया, ''बेचारी को सूनी गोद का गम है। ऐसे ही शौक पूरा करे।'' पुष्पा झेंप गयी। बबुए आलमारी में बन्द कर दिये।

लेखराज की बहू ने कह दिया था, देखती सभी थीं। बहू की सूनी गोद से भाबो स्वयं बहुत चिन्तित, बहू से गहरी सहानुभूति। अपनी माँ-सास से सुने, पहाड़ियों के बताये टोने-टोटके पूजा-व्रत-अनुष्ठान बहू से कराने लगी।

पुष्पा पूर्णिमा का व्रत रखकर सत्यनारायण की कथा सुनती। प्रदोष-तेरस को व्रत रखकर शिव पूजा के लिए मन्दिर जाती। सन्तान बेटा हो, इस प्रयोजन से बृहस्पतिवार व्रत रखकर केले की पूजा करती और साँझ आलूना बेसन खाती। चन्द्रिका माता घर में थी। प्रत्येक व्रत के पारायण के समय माता का दर्शन करती। यह सब अनुष्ठान वकील साहब के परोक्ष होते।

सन् १९३२ में जयरानी आयी तो बेटी और बहू में मन्त्रणा हुई। जयरानी दिल्ली, लाहौर में नयी बातें सुन-सीख गयी थी बोली, ''भाबो, व्रत-पूजा, टोना-टोटका तुम जो चाहो कराती रहो। भाभी को एक बार डाक्टरनी को जरूर दिखा दो।''

तब क्वीन मेरी हस्पताल, जो अब कस्तूरबा हस्पताल बन गया, नया-नया खुला था। भाभी को जयरानी हस्पताल की बड़ी डाक्टरनी के बँगले पर ले गयी। सोलह रुपया फीस देकर दिखाया।

मेम डाक्टरनी ने बहुत अच्छी तरह देखा-भाला। राय दी : बहू की सेहत सब तरह से ठीक है। बच्चा हो जाना चाहिये।

जयरानी ने डबल तसल्ली के लिये मिशन किन्नर्ड जनाना हस्पताल की बड़ी मेम डाक्टरनी के यहाँ भी पुष्पा को दिखा लिया। किन्नर्ड की डाक्टरनी की राय में भी पुष्पा पूर्ण स्वस्थ सन्तानोत्पत्ति के लिये समर्थ। इस डाक्टरनी ने पूछा, ''इसका मर्द तो ठीक है? उसे डाक्टर को दिखाया है?''

पुष्पा अंग्रेजी न जानती थी, अंग्रेजी जयरानी ने भी न पढ़ी थी। अब संगत में मतलब भाँप लेती थी। उसने डाक्टरनी का प्रश्न भाभी से अपनी भाषा में पूछा, ''डाक्टरनी पूछती है, महेन्द्र तो ठीक है?''

''भले चंगे हैं।'' पुष्पा ने झेंप से उत्तर दिया।

''भले चंगे हैं!'' जयरानी ने कुरेदा, ''वैसे तो कमजोर नहीं।''

पुष्पा की गर्दन झुक गयी, ''सहजोर-कमजोर कौन जाने। हमारे जानते ठीक है।''

जयरानी ने समझाया, ''इलाज कराना है तो डाक्टरनी से क्या शर्म। डाक्टरनी पूछती हैं—तुम्हारी तसल्ली होती है?''

पुष्पा ने झिझक से हामी भरी लेकिन जयरानी के मन में शंका बनी रही।

जयरानी ने भाबो को बताया। भाबो से कोहली ने सुना। डाक्टरनी से सलाह लेने के लिये उनका भी समर्थन था। स्थिति कुछ स्पष्ट हो रही थी। अब समस्या का समाधान महेन्द्र के लिये डाक्टर की राय पर निर्भर था।

दूसरे महायुद्ध से पूर्व लखनऊ में एक जर्मन डाक्टर बॉरेल हाज़ का बहुत नाम था। डाक्टर स्त्री-पुरुषों की यौन दुर्बलताओं, क्लैव्य, बंध्यापन, नपुंसकता के उपचार का विशेषज्ञ था। कोहली ने डाक्टर से परामर्श लिया।

डाक्टर ने कहा, ''केस की परीक्षा और दूसरे टेस्ट किये बिना कुछ नहीं कहा जा सकता। निर्बलता अनेक प्रकार की। नारी को संगति संतोष हो जाने पर भी पुरुष में हार्मोन्स की न्यूनता से गर्भ सम्भव न हो। ऐसी न्यूनता का इलाज सम्भव भी है। परीक्षा और टेस्ट के बिना कुछ नहीं कहा जा सकता।''

जैसे पुष्पा की डाक्टरी परीक्षा की बात जयरानी, भाबो की मार्फत कोहली तक पहुँची थी, उसी प्रकार जर्मन डाक्टर से परामर्श का सुझाव भाबो, जयरानी, पुष्पा की मार्फत महेन्द्र तक पहुँचने का रास्ता हो सकता था। बहू तो सास के हुक्म से ननद के साथ चुपचाप डाक्टरनी के यहाँ चली गयी थी। महेन्द्र को कोई पकड़कर डाक्टर के यहाँ कैसे ले जाता! उसके आत्म-सम्मान का प्रश्न। उससे पूछता कौन? उत्सुकता घर में सबको। पखवाड़ा बीत गया। जयरानी ने पुष्पा से बात की, ''हमने तुम्हें जर्मन डाक्टर की बात कही थी?''

पुष्पा ने गर्दन लटकाये पति का उत्तर ननद को बता दिया, ''····हमने तुम्हें डाक्टरनी के यहाँ जाने को नहीं कहा। तुम जानती हो, हम भले-चंगे। किस बात के लिये जायें डाक्टर के यहाँ। बाल-बच्चा हो जाता ठीक था, नहीं हुआ ईश्वर की इच्छा। बाबू-भाबो को पोते की साध है। बरस दो बरस में नरेन्द्र की बहू आ जायेगी। उनकी साध पूरी हो जायेगी। तुम्हें किस बात की कलपन!''

''हमें क्या कलपन!'' पुष्पा ने कह दिया, ''तुम्हें फिक्र नहीं तो हमें क्या फिक्र। हाँ, अपने लोगों से कहो, जो हमें बाँझ-बाँझ कह रही हैं। हम खुद डाक्टरनी के यहाँ नहीं गयी। भाबो, बीबी जी से पूछो, हमें क्यों ले गयीं?''

''उसकी इच्छा।'' जयरानी ने बेबसी प्रकट कर दी।

पुष्पा ननद से छोटी थी। महेन्द्र भी छोटा भाई, परन्तु जयरानी उससे आत्मीयता में बराबरी का व्यवहार और सब तरह की बात कर लेती।

''बीबी जी, एक बात पूछें?'' पुष्पा बोली।

''क्यों नहीं, जो चाहो पूछो।''

पुष्पा झेंप गयी, ''नहीं रहने दीजिये, आप नाराज हो जायेंगी।''

''हम तुमसे कभी नाराज हुई? मन में आयी बात पूछोगी क्यों नहीं। हमें भी धुक-धुक लगी रहेगी।''

''आप बुरा मान जायेंगी।'' पुष्पा ने फिर टाला। ननद से आश्वासन पाकर सकुचाते-सकुचाते कह डाला, ''बीबी जी, भाबो जी ने कहा और आप हमें कान पकड़कर डाक्टरनी के यहाँ ले गयीं। अब इन्हें कोई कुछ क्यों नहीं कहता?''

जयरानी दो पल मौन रहकर बोली, ''पुष्पा, तुम्हारा सवाल ठीक लेकिन हम सच कह दें तो बुरा मान जायेगी।''

"हम सच का बुरा क्यों मानेंगी बीबी जी!" पुष्पा की गर्दन तन गयी, "न बताओ तो हमारे सर की क़सम बीबी जी! हमारी जो गलती है, खोट है, हमारे मुँह पर कहिये।"

"ले सुन! डाक्टरनी के यहाँ यों ले गयी थी", जयरानी के स्वर में क्रोध, "डाक्टरनी कह देती, तुममें खोट है, तुम इस लायक नहीं तो भाबो दुनिया-जहान सिर पर उठा लेती—महेन्द्र का दूसरा ब्याह करो, दूसरी बहू लाओ। डाक्टर महेन्द्र में खोट बता दे तो तुम क्या कर लोगी?"

पुष्पा की आँखों से बल-बल आँसू। मुँह आँचल में छिपा लिया। जयरानी ने पुष्पा को बाँहों में खींच लिया। स्वयं उसके गालों पर आँसुओं की धारा।

"देख पुष्पी, हम तो यह सब देखकर खुद फुँकी जा रही हैं। तुमने हमारी जबान खुलवायी। भाबो तो पोते-पोती की हविस से पागल। हमें डर था, हमारे जाने के बाद भाबो कोई दूसरा तूमार न खड़ा कर दे।"

जयरानी ने सहानुभूति प्रकट की। पुष्पा का मुँह खुला था तो और बोल गयी, "बीबी जी, भाबो को जो अरमान हैं, पूरे कर लें। हमारी तो सर जायेगी लेकिन अब व्रत-पूजा करने को हमसे कोई न कहे!"

अमर और भाभी आगे-पीछे कमरे में आये। बाबू के हल्के खर्राटे और समश्वास से गहरी नींद का अनुमान। अमर ने पल भर बाबू की ओर देखकर बहुत धीमे से उनका शरीर छुआ। ताप में न्यूनता लगी।

भाभी के संकेत से महेन्द्र कुर्सी से उठ गया। भाभी पानी की पट्टी रखने के लिये कुर्सी पर बैठ गयी। अमर ने महेन्द्र के कान में फुसफुसाया, "अब बुखार उतर रहा है। अब ठण्डी पट्टी सिर्फ सिर पर रखिये। बुखार बढ़ने लगे तो पाँव पर भी रखियेगा।"

भाबो उठकर अमर के समीप आ गयी, "बेटे, रात यहीं रह जाओ। डाक्टर बुलाने की जरूरत हो जाये तो बहुत बेकली लगती है।"

"चिन्ता न कीजिये। नीचे आँगन में ही लेटूँगा।" अमर ने आश्वासन दे दिया, "नत्थू जब चाहे पुकार ले।"

अमर भाभी की बात दुलख न सकता था।

हरिया ने आँगन में गहरा छिड़काव कर दिया। अमर के लिये पलंग बिछाकर टेबल फैन लगा दिया था। इस सुविधा में भी अमर को नींद न आ रही थी। वह बाबू, भाबो, महेन्द्र और पुष्पा को सगे-सम्बन्धियों से ज्यादा मानता था। विवाह के लिये असहमत होकर नरेन्द्र घर से अलग रहने लगा तो उनकी अशान्ति और बढ़ गयी थी। नरेन्द्र की विवाह से अनिच्छा से भी अमर सहमत।

नरेन्द्र कहता : विवाह जीवन की पूर्णता के लिये आजीवन प्रेम का संबंध नहीं मजबूरी है। युवक-युवती की भेंट में प्राकृतिक उद्वेग से सन्तान का बोझ आ पड़ना···शेष जीवन उस बोझ को निबाहने की मजबूरी। हमारी बिरादरी समाज में पत्नी प्रेम नहीं विवशता में स्वामी-भक्ति निबाहती है। वह प्रमाण में सम्बन्धियों, पड़ोसियों और परिचितों के अनेक उदाहरण बता देता। ऐसे बन्धन से आजीवन कलपन सहेड़ लेने से लाभ?

कोहली परिवार के प्रसंग से अमर को रज़ा की बात याद आ गयी। रज़ा को एम० एस० करने की धुन। पछता रहा था; निकाह क्यों कर बैठा। एम० एस० की तैयारी करे या बीवी को सन्तुष्ट? अमर और नरेन्द्र जानते थे, रज़ा ने इतनी जल्दी शादी शौक से नहीं, डाक्टरी तालीम का खर्च पा सकने के लिये, अनिच्छा और मजबूरी में मंजूर की थी, लेकिन निकाह के बाद बीवी से पहली संगति में ही बात कुछ और।

निकाह के समय रज़ा की दुल्हन पर नयी फूटी जवानी। लचीला, लुनाई से दमकता बदन। सुडौल कसे, चिकने कोमल, उभार। चेहरा नमकीन खुलता साँवला। कटहल के कोये जैसी बड़ी-बड़ी आँखों में चंचल काली पुतलियाँ। तीखा नाक-नक्शा। रोम-रोम में चटकती चुम्बक बिजली।

गेती की माँ तराई के कसाब की बेटी थी। मियाँ शमसुद्दीन की उस पर नजर पड़ी तो रीझ गया। कसाब को रकम देकर उसकी बेटी से निकाह कर लिया। मियाँ ने नयी बीवी को दो साल हलद्वानी में मकान लेकर रखा। फिर लखनऊ ले आये। गेती ने माँ की काठी और नाक-नक्शा पाये, उस पर शहर के नाज-अन्दाज की पान।

शमसुद्दीन ने दहेज में मकान का वायदा किया था। निकाह के बाद दुल्हन रस्मी तौर पर रज़ा के घर गयी। वहाँ जगह की बहुत किल्लत। तीसरे दिन रज़ा दुल्हन को लेकर वजीरगंज की गली में गेती की माँ के मकान में चला गया। वह दुल्हन के चुम्बक से बेसब्र, चाहे कि दूसरे लोगों को भगा दे। वही हाल गेती का, आँखों और हाव-भाव में निरन्तर उन्माद। गेती मौका बना ले। ऐसे मामले में औरत की सूझ तेज। गेती 'हाय अल्लाह' कराह कर उसके आवेग को और लहकाये···इन्सान हो या जिन्न। हड्डी-हड्डी चूर कर दी।···कामकेलि के बीसियों पैंतरे।

निकाह के समय छुट्टी के तीन सप्ताह शेष थे। छुट्टियों की समाप्ति पर रज़ा को होस्टल लौटने की मजबूरी। छः दिन व्याकुल प्रतीक्षा, रात ससुराल में बिता सके। छः दिन कभी ही कट पाते। कभी दोपहर बाद कभी दोपहर से पहले ही किसी से साइकल माँगकर जरूरी काम कह वजीरगंज हो आता।

कोई ज्वार सदा चढ़ाव पर नहीं रह सकता। पाँच मास अति, फिर भाटे का आरम्भ। दिसम्बर में परीक्षा सिर पर। रज़ा भविष्य की चिन्ता से परीक्षा की उपेक्षा न कर सकता था। दिन में वजीरगंज जाने की बात क्या; शनिवार रात भी वह चौक दरवाज़े पर नानबाई के यहाँ पेट भरकर पढ़ने के लिये रात होस्टल में ही रह जाता। वह सब पुस्तकें खरीद न पाया था। सहपाठियों के साथ पढ़ता या उनसे पुस्तक माँगकर रात में पढ़ता।

निराशा से गेती का मुँह फूल जाता···यहाँ नहीं आया तो कहीं और गया! मेडिकल कालेज की मर्दमार मिसिया नर्सों की शहर में ख्याति थी, दिन-दोपहर में मर्दों की कमर में बाँह डालकर खींच ले जायें। जवान शौहर के सातवीं रात भी घर न आने की और क्या वजह समझती। डाक्टरी की जानमार पढ़ाई की उसे क्या कल्पना? मर्दों के बारे में ऐसा ही देखा-सुना था···इसीलिये उन्हें चार औरत जायज! अब्बा बहुत दीनदार, उनकी पहली बीवी मर चुकी थी। दो निकाही बीवियाँ, उसके अलावा अफवाहें। सौतेली माँ से बड़ा भाई सुबहानअल्ला! गेती की माँ आशंका में बेटी को सौतेले भाई के सामने न होने देती थी।

गेती, उसकी माँ और पड़ोसिनों में बातचीत के लिए वही मजमून—इस-उस घर-खानदान के राज, मर्दों-औरतों के ऐसे-वैसे ताल्लुकात, पीरों-फकीरों की करामात के किस्से, रसोई-सालन, शादी-गमी के जिक्र! सवा साल बीतते गेती के पहला लड़का।

रज़ा फाइनल परीक्षा में सर्जरी में फर्स्ट आया था। प्रिंसिपल सर्जन मॉर्गन और फार्माकालोजी के प्रोफेसर हामिद और पैथोलोजी के प्रोफेसर जायसवाल उस पर मेहरबान। उसे परीक्षा बाद कालिज हस्पताल में बरस भर के लिये एवजी पर जगह।

एम० बी० बी० एस० हो जाने के बाद रज़ा को वजीरगंज की गली में दरवाज़े पर टाट का पर्दा लटके मकान से ग्लानि होती। दहलीज में कदम रखते ही रसोई, सालन, ईंधन के धुएँ की गंध से मिली पसीने और दूसरी गलीज बू। घर में सिर्फ बच्चों की तबीयत या दूसरी किल्लतों का जिक्र। पड़ोसियों की बदतमीजियाँ और गेती की सौतेली माँ के कमीने व्यवहार और गेती के अब्बा की बेइंसाफी की शिकायतें : उस घर के लिये क्या-क्या जाता है, इस घर की किसी को फिक्र नहीं। शरअ में सब बीबियों का हक बराबर बताया है···। रज़ा बच्चों को गोद लेता तो मैले गिलगिले गंधाते जान पड़ते। उसे बच्चों की हालत पर तरस आता और अपने असामर्थ्य से ग्लानि। खुद गेती की पोशाक, उसका तौर-तरीका और उबा देने वाली बातें।

रज़ा अपनी जिन्दगी का ढंग बदलना चाहता था। पहली जरूरत थी, बीवी को वजीरगंज की गली के मकान से निकालकर खुली दुनिया में लाना। रज़ा को कालेज हस्पताल में दो कमरे का क्वार्टर मिल गया था। रज़ा ने गेती को समझाने के लिये उसके सामने पर्दे से मुक्त संसार के लुभावने चित्र पेश किये। बताया, "मर्द-औरत की सोहबत के कई पहलू हैं। हम साथ-साथ दुनिया को देखें, तुम्हें दुनिया के मामलात के बारे में बतायें। बहुत बड़ी और ऊँची हैसियत के रईस, खानदानी मुसलमान, हाईकोर्ट के चीफ जज ज़हीर साहब, जिन्ना साहब, लियाकतअली, आसफअली की बेग़मात बिना बुरके जलसों-मजलिसों में आती-जाती हैं। क्या वे लोग शरअ नहीं जानते?···हम यह मकान किराये पर दे दें। अम्मीजान यहाँ ही रहना चाहें तो उनकी मर्जी। हम-तुम कालिज के क्वार्टर में रहें···।"

गेती ने पति की सलाह माँ को बतायी। माँ ने दामाद को फटकार दिया, "हमारी बेटी हरगिज बेपर्दा नहीं हो सकती। हम जान दे देंगे लेकिन बेगैरती बर्दाश्त नहीं करेंगे। हमने तो गेती के अब्बा से पहले कह दिया था, देखभाल कर रिश्ता करें। ओछे लोगों से हमारी नहीं निबहेगी। जिस हाथ से लुकमा पायें उसी को नोचें! अभी से हमें धकिया देने के मनसूबे। खुद को मालिक समझकर किस गुमान में हैं!"

रज़ा ने शुरू से ही महसूस किया, गेती का व्यवहार आम बीबियों की तरह आश्रित या अधीन का न था। वह राय दे सकता था, निर्णय उसकी सास और बीवी का होता। उसकी हैसियत मेहमान या आश्रित की। शमसुद्दीन ने दामाद को दहेज में डाक्टरी तालीम के लिये तीन साल का खर्च दो हजार रुपये और पुख्ता मकान तकरीबन पाँच हजार रुपये कीमत का वायदा किया था। व्यवसायी ससुर ने दहेज देने में भी व्यवसायी सूझ से काम लिया। उदार दहेज के एवज में बेटी के नाम पन्द्रह हजार का मेहर लिखवा लिया था।

गेती की माँ बेटी सहित जिस मकान में थीं, वह गेती की शादी से पहले ही गेती की माँ, बेटी और बेटी की भावी औलाद के नाम रजिस्ट्री था। यह सावधानी गेती के सौतेले भाइयों से आशंका में थी।

रज़ा के ब्याह के बाद उसके पिता और बड़े भाई का तकाजा था, उनके बेटे को दहेज में मिले मकान की रजिस्ट्री उसके नाम हो जाये। शमसुद्दीन की राय में यह फिजूल खर्च और झंझट। उसने समझाया, मकान जिस शक्स की बीवी और औलाद के नाम है, हकीकत में उसी की मिल्कीयत। रज़ा को इस बारे में झगड़ा करने से ग्लानि। उसे पछतावा : डाक्टरी तालीम के लोभ में जिन्दगी बेच बैठा। नरेन्द्र और अमर को नसीहत करता : चाहे जैसा गलत काम या गुनाह हो जाये, मुआविजा देकर निजात मिल सकती है, लेकिन गलत शादी और उसके नतीजे से निजात नामुमकिन। दो बच्चे न हो गये होते, हम मेहर का कर्ज जिन्दगी भर किश्तें देकर चुका देते, लेकिन नादानी की करतूत इन बच्चों से हमारी रूह कैसे सुर्खरू हो सकती है।

रज़ा से सहानुभूति में नरेन्द्र उसी पर खीझ उठा : अक्ल तो तुम्हें आयी, लेकिन ससुर की बेटी का खाविन्द की जरूरत के लिये बिक जाने के बाद। खुद को ज़िन्दा दफनाकर रूह को सुर्खरू करने की फिक्र!

नरेन्द्र के लिये सम्बन्ध के सन्देश आते ही रहते थे। भाबो बेटे के ब्याह के लिये व्यग्रता में दो बार लड़कियाँ पसन्द कर लड़की वालों को आशा दिला चुकी थी। इस बार भी बेटे की विवाह से अनिच्छा और बाबू की बेटे को समझाने की अनिच्छा से भाबो बौखलाहट में बेटे और बेटे के बाप से लड़ बैठी, ''ब्याह के नाम पर जती बन जहान में अपना और घर का मुँह काला करवायेगा।''

बाबू ने पत्नी की असंतुलित स्थिति का विचार कर, उसका विस्फोट अनसुना कर दिया। नरेन्द्र उतना सहिष्णु न था, उसने बक दिया, ''बहुत अरमान है बहू लाने का। मास्टरनी बहू लाकर तर गयी, तुम भी वैसे ही तर जाओगी। मेरी वज़ह से घर का मुँह काला होता है तो मैं ही घर से मुँह काला कर लूँगा।''

नरेन्द्र के ब्याह के मामले में पुष्पा की सहानुभूति सास से। वह देवर को हँसी उपालम्भ से अपनी संगति के लिये देवरानी ले आने के लिये समझाती रहती।

पुष्पा के शील और सौहार्द के कारण नरेन्द्र भाभी को बहुत मानता था, उसके सन्तोष प्रसन्नता के लिये बहुत कुछ करने को तैयार परन्तु उस समय खीझ में बौखला गया, ''तुम ब्याह करके बहुत सन्तोष पा रही हो। वैसा ही दूसरों के लिये चाहती हो। दूसरों की कलपन से तुम्हें क्या सन्तोष होगा?''

नरेन्द्र को छोटा भाई मानकर पुष्पा उसे बहुत तरह दे जाती थी, परन्तु पति से असन्तोष के कटाक्ष पर वह बिफर उठी, ''तुमने मेरा कौन असन्तोष या कलपना देखा! ...कान छुआ जो तुमसे कभी कुछ कहूँ।''

भाबो से नरेन्द्र की बकझक के दस-बारह दिन नरेन्द्र ने घर में ज़िक्र किया : पी-एच० डी० के लिये थीसिस अगस्त तक पूरा कर देना ज़रूरी है। उसने तीन मास के लिये यूनिवर्सिटी के समीप नया हैदराबाद में एक सहयोगी के साथ रहने का प्रबन्ध कर लिया है। लायब्रेरी के समीप रहेगा और एकान्त भी। थीसिस अगस्त में पेश हो गया और

अगले मार्च में उसे पी-एच० डी० मिल जाने की घोषणा भी हो गयी, परन्तु नरेन्द्र घर न लौटा। घर से सम्बन्ध बनाये रखने के नाते आठवें-दसवें घर हो जाता।

नरेन्द्र के चले जाने से घर में उदासी छा गयी। कोहली के घर के निरुत्साह की छाया सेठ जी पर भी। अमर न मानता था, परन्तु सेठ जी जानते थे, अमर पर बचपन से नरेन्द्र का प्रभाव था। उन्हें आशंका, अमर भी नरेन्द्र के रास्ते जायेगा। चिन्ता दबा लेती···क्या भाग्य में निरबंसिया होना बदा है। मन बहुत व्याकुल हो जाता तो इंशा के यहाँ चले जाते। इंशा से बात करते रतनी के बेटे-बेटियों को दुलरा देते। दो-एक बार इंशा के कान में फुसफुसा दिया, "अगर रतनी की जगह लड़का होता?"

इंशा ने नज़र बचाकर कह दिया, "अल्लाह ने जो बेहतर समझा।"

अमर दुविधा में। विचारों से वह नरेन्द्र से सहमत परन्तु बाबू, भाबो, पुष्पा भाभी से सगे सम्बन्धियों जैसे मोह की सहानुभूति। नरेन्द्र को समझाने का यत्न करता, "तुम पर विवाह के लिये ज़ोर डालना अन्याय परन्तु बाबू, भाबो, भाभी के सन्तोष के लिये सहिष्णुता से घर में ही रहना, उनसे असहयोग के बजाय उन्हें समझाना उचित।"

नरेन्द्र को मात्र भावुकता के लिये क्लेश देते और पाते रहना नामंजूर।

अमर की नींद सूर्योदय के बाद विलम्ब से टूटी। हरिया ने बताया, कुछ देर पहले नत्थू सन्देश दे गया था, ज़रा बाबू को देख लें।

महेन्द्र ने बताया : रात बाबू को नींद ठीक आयी। बुखार सौ डिग्री तक रहा। इस समय एक डिग्री बढ़ गया है।

अमर ने आश्वासन दिया : चिन्ता न करें, बुखार शनैः शनैः ठीक हो जायेगा। दवाई जारी रखें। अब पानी-पट्टी की जरूरत नहीं।

भाबो ने फिर अनुरोध कर दिया, "बेटे आज इतवार है। यहाँ ही रह जाओ। तुम्हारे रहने से हमें तसल्ली रहेगी।"

अमर संध्या पाँच बजे मेडिकल कालेज के क्वार्टर में लौटा तो फिर वही चिन्ता···उषा पंडित पुस्तकों के लिये प्रतीक्षा में होगी। उसे निरुत्साह करना ठीक नहीं। धूप कुछ और ढल जाये तो पुस्तकें पहुँचा दें। यह भी खयाल, ऐसे समय वहाँ जाने से उन्हें असुविधा न हो। उन लोगों के यहाँ का तरीका मालूम न था। अन्ततः निश्चय कर लिया, गली से अमित को पुकारकर पुस्तकें दे देगा। इससे उन्हें क्या परेशानी हो सकती है। पुस्तकें देकर हीवेट रोड पर नाथ शास्त्री के यहाँ चला जायेगा।

रविवार संध्या कंधारीबाग गली से लौटकर अमर उषा के बारे में सोचता रहता : ऐसी युवती पार्टी के लिये कितनी सहायक हो सकती है। पार्टी की क्षमता उसके कार्यकर्ताओं की योग्यता और लगन पर निर्भर। उषा का विचार यूनिवर्सिटी ज्वाइन करने का। वह स्वयं उषा और हमारी पार्टी के लिये हितकर।

उषा के प्रति अमर की भावना के लिये बहिन शब्द उपयुक्त न था। इस देश समाज में बहिन शब्द का अर्थ कुछ नहीं और बहुत गहरा भी। हमारे यहाँ लगभग समवयस्क सभी परिचित, अपरिचित स्त्रियाँ बहिन पुकारी जाती हैं। गांधीजी के अनुसार वेश्याएँ भी पतित बहिनें। बहिन शब्द के दूसरे अर्थ का प्रतीक राखी, संरक्षक का पूर्ण दायित्व। अमर

की कल्पना में ऐसी बहिन थी गौरी—निरीह, दीन, रक्षणीया। उषा के लिये अमर की कल्पना योग्य, समर्थ सहयोगी, सहधर्मी कामरेड की थी।

मई दूसरे सप्ताह के रविवार संध्या अमर के लिये उषा के यहाँ जाना आवश्यक काम बन गया। उषा के यहाँ घंटा-डेढ़ घंटा बैठकर लक्ष्य का महत्त्व समझाने, उसके लिये प्रयत्न में परस्पर विश्वास और सहयोग की एक और मंजिल चढ़ जाने का संतोष लेकर लौटता।

जून का दूसरा रविवार था। रज़ा को जुलाई से फिर कालिज में अस्थायी लेक्चरार की जगह की आशा हो गयी थी। इसके लिये वह प्रोफेसर हामिद और जायसवाल का आभारी। कुछ हामिद साहब की मुसाहिबी में, कुछ अपनी ज्ञानवृद्धि के लिये, लेबोरेटरी में तीन-चार घंटे परीक्षणों में सहायता देता। एक महत्त्वपूर्ण परीक्षण चल रहा था, इसलिये रविवार को भी लेबोरेटरी आया था। लौटते समय सेठ के क्वार्टर में चला गया। रज़ा ने सेठ को भी चाय पीना सिखा दिया था। चाय के सही स्वाद के लिये चीनी की चायदानी और प्याले भी ला दिये थे। अकसर संध्या चाय वहाँ ही लेता।

रज़ा ने प्याले में चाय डालते-डालते अमर से अनुरोध किया, "अमा, आज सिनेमा चलो। बहुत ऊब मालूम हो रही है।"

"पहले शो में नहीं जा सकता। एक किताब देने के लिये कंधारीबाग गली जाना है।"

रज़ा की भौवें उठ गयीं, "जब देखो कंधारीबाग गली!...मिस पंडित से लग गयी?"

"जब देखो तब क्या, मौका होने पर सिर्फ इतवार शाम जाता हूँ। उसकी समझ-बूझ अच्छी है। समाजवाद में बहुत इंटरेस्ट ले रही है। शी कैन बी ग्रेट हैल्प टु द कॉज।"

"अमाँ कॉज-वॉज़ का चूतियापा छोड़ो। अपनी दिलचस्पी की बात करो। वह पी० सी० एस० की मंगेतर, तुम्हारे कॉज़ को हेल्प करेगी?"

"इन्सान विश्वास और आस्था के लिये क्या नहीं कर सकता! कॉज़ के लिये लोगों ने क्या कुर्बान नहीं किया; बशर्ते विश्वास और आस्था हो। जानते हो, ऐसे इंडियन आई० सी० एस० भी हैं जो कांग्रेस को मदद दे रहे हैं। कांग्रेस क्या, कम्युनिस्टों तक के मददगार। शत्रु के किले में अपना विश्वस्त सूत्र होना कितनी बड़ी बात!"

"विश्वास आस्था नहीं ठेंगा!" रज़ा ने आत्मीयता से डाँटा, "उसे सोशलिज्म की जॉन ऑफ आर्क बनाने के सपनों से अपना दिल बहलाओ।" मुस्कराया, "जानते हैं तेरे दिल की हकीकत लेकिन दिल के बहलाने को अमरू ये खयाल अच्छा है।"

सेठ ने प्रतिवाद किया, "मुझे बेहूदा मज़ाक अच्छा नहीं लगता।" विरोध में मौन।

छब्बीस जून, रविवार संध्या पंडित के यहाँ से सेठ को उदात्त कर्तव्यभावना के किले की ऊपर की मंज़िल से नीचे धकेल दिया गया।

पंडित के यहाँ से लौटकर सेठ अपने क्वार्टर के कमरे में तेज़ सीलिंग फैन के नीचे कुर्सी पर गिर सा गया। उसके रोम-रोम से मिसेज़ पंडित से पाये अपमान और तिरस्कार की चिनगारियाँ चिटक रही थीं।...मैं बिन बुलाये नहीं गया!

उषा को समाजवादी विचारों और लक्ष्य के प्रति दीक्षित करने के प्रयत्न में कर्तव्य के साथ सेठ का निजी संतोष भी ज़रूर था। बातचीत में समझने के लिये तन्मय उषा से उसकी नज़रें मिली रहतीं। उषा की उजली आँखों के झरोखों से उसके मन-मस्तिष्क में अपने प्रति विश्वास, भरोसा और गहरी आत्मीयता देखने का संतोष।

सेठ स्वयं को झुठलाता न था। रज़ा या नरेन्द्र उषा के बारे में ज़िरह करते तो इन्कार भी न करता : वह सिद्धान्त से यथार्थवादी, शिक्षा से डाक्टर। डाक्टर शरीर के प्राकृतिक गुण-धर्म, प्रवृत्ति और प्रक्रिया कैसे नकार सकता है। औचित्य के प्रति उसकी सतर्कता कभी शिथिल न हुई। वह अपने विवेक और संयम में दृढ़ रहा।

सेठ भौतिकवादी और मार्क्सवादी था परन्तु उसे निष्ठा और साधना के प्रति भी आस्था। गांधीजी की पुस्तक 'सत्य अहिंसा के प्रयोग' उसने बहुत एकाग्रता से पढ़ी थी। प्राकृतिक प्रवृत्तियाँ, वेग-आवेग शरीर के गुण-धर्म हैं।

शायद अपने शरीर के किसी अंग का आपरेशन कर लेना उसके लिये उतना कठिन न होता जितना मिसेज़ पंडित से निरादर पाकर फिर वहाँ जाना।

अमित उस घटना के दस दिन बाद सेठ के यहाँ आया। सेठ ने बिना शिकायत स्वाभाविक ढंग से बात की। अमित ने कोई अन्य चर्चा न कर समाचार दिया : जीजी बी० ए० पास हो गयी। तीन नम्बर से फर्स्ट डिवीजन से रह गयी। अब बिना छड़ी के चलती है। यूनिवर्सिटी ज्वाइन करने का पूरा निश्चय है।

"गुड, वेरी गुड!" सेठ प्रसन्न था। अमित ने कंधारीबाग गली आने की न शिकायत की, न आने का अनुरोध।

रविवार संध्या सेठ को कंधारीबाग गली जाने की याद कचोटती जाती, वहाँ न जा सकने की वेदना का शूल। कल्पनाओं से संतोष पाना या बिसूरते रहना सेठ की प्रकृति न थी। उसने रविवार की साँझ के लिये कार्यक्रम बना लिये। नया हैदराबाद में नरेन्द्र के यहाँ, कभी रज़ा के साथ अमीनाबाद में तिवारी जी के यहाँ या सेवाश्रम।

डी० पी० एस० सिन्हा ने कहा था : रविवार शाम फुर्सत हो तो आ जाना, आचार्य जी के यहाँ चलेंगे। सेठ आचार्य नरेन्द्रदेव का बहुत आदर करता था। गम्भीर विषयों पर भी आचार्य जी की सरल-सुबोध बातचीत से बहुत संतोष पाता। आकाश में घटाटोप बादल परन्तु, बारिश नहीं, जब-तब सुहावनी पछवा के झोंकों से हल्की सी फुहारें आकर निकल जातीं। भीगकर सराबोर हो जाने की आशंका नहीं। सेठ पौने छः बजे चल दिया।

"संघर्ष' कार्यालय के ऊपर सिन्हा के कमरे का जीना चढ़ते-चढ़ते बहस की आवाजें। सिन्हा के साथ स्टूडेंट कांग्रेस के जयराम सिंह, एन० डी० अवस्थी, नरेश अस्थाना, अविनाश शर्मा और एक जवान। सिन्हा के चेहरे पर परेशानी सेठ को देखते ही बोला, "सेठ, तुम्हें उस लड़की उषा पर बहुत भरोसा था, पार्टी के लिये बहुत हेल्पफुल कैडर होगी। पूछो इन लोगों से। यूनियन के इलेक्शन में वह फेडरेशन में शामिल, उनकी एक्टिव हेल्पर, उनका प्रोपेगेण्डा कर रही है···क्यों कामरेड अवस्थी!"

"सही है," अवस्थी ने स्वीकार किया, "कम्युनिस्ट बहुत शातिर। देखा लड़की ब्राइट है, रत्ना ने उसे आते ही पटा लिया। अस्थाना से पूछिये, वह उनकी तरफ से स्टडी

सर्किल में बोलती है। कम्युनिस्ट की चाल है, जब मीटिंग स्टडी सर्कल करेंगे दो-चार लड़कियाँ जरूर रहेंगी! पाँच आदमी आते हों तो लड़कियों की वजह से दस आयें। दो-चार ने उनकी बातें सुनीं तो सिम्पेथाइजर बन गये…।

''आप लोग ये देखते हैं!'' सिन्हा क्षोभ से बोला ''देखकर भी कुछ नहीं सीख सकते। यह है काम करने के तरीके! आपको कौन रोकता है। आपमें इनिशियेटिव ही नहीं। उषा को समाजवाद की ओर खींचा सेठ ने, वह यूनिवर्सिटी में पहुँचकर फेडरेशन के चंगुल में चली गयी। दोष किसका? हमारी इनएफीशेंसी। वज़ह साफ। बताओ सेठ, उषा के यूनिवर्सिटी जाने के बाद तुम उससे कभी मिले? कभी पूछा, क्या पढ़ रही हो, तुम्हारी क्या प्राब्लम्स हैं?''

सेठ ने इनकार में गर्दन हिलायी।

''बस, तुमने समझ लिया, महीने-डेढ़ महीने में उसे इंडिपेंडेंट थिंकर बना दिया। हर एक वर्कर को सदा विचार, संगति और निर्देश की ज़रूरत रहती है। कम्युनिस्ट ऐसी उपेक्षा नहीं करते। तलवार गढ़ी तुमने, सौंप दी कम्युनिस्टों को। अवस्थी कहता है, वह बहुत इंटेलीजेंस और उत्साही है। ऐसी लड़की कितनी सहायक हो सकती है और विरोधी पक्ष में बहुत घातक। मेरे भाई, उसकी उपेक्षा मत करो। मिलते-जुलते रहो।''

''इस बार हमारे चांसिज़ कमजोर हैं।'' अस्थाना ने कहा, ''कान्सटीट्यूशनली इस बार यूनियन में मुस्लिम स्टूडेंट प्रेसीडेंट की बारी है। हमारे उम्मीदवार जैदी का मुस्लिम स्टूडेंट्स पर प्रभाव नहीं! उसे सिर्फ मुस्लिम वोट मिल सकेंगे। फेडरेशन के उम्मीदवार जमाल ने गहरा दाँव खेला है। उसने ऐलान कर दिया : आई एम नॉट ए मुस्लिम कैण्डीडेट, आई एम ए स्टूडेंट कैण्डीडेट। हिन्दू बहुत सिम्पल। सब हिन्दू वोट समेट लेगा, कुछ मुस्लिम वोट भी ले मरेगा।''

''उन्हें दाँव चलने दो।'' जयराम ने आश्वासन दिया, ''हमने लीगी शमसुल से नारा लगवा दिया : नो मुस्लिम वोट फॉर काफिर।''

''बहुत गलत बात!'' सेठ ने आपत्ति की, ''यह तो साम्प्रदायिकता की आग भड़काना है।''

सिन्हा ने सुनने का संकेत किया परन्तु अस्थाना ने टोक दिया, ''ये ही बात कल उषा पंडित ने मीटिंग में कही। चेतन और सरकार नारे लगा रहे थे : डोण्ट वोट फॉर हिन्दू एण्ड मुस्लिम। वोट फॉर स्टूडेंट।

''हमने कहा, यह धोखा है। पहले कम्युनल कानून बदलवाओ। जब कानून हिन्दू और मुसलमान मानता है, उन्हें अलग वोट देता है तो इस बात को नज़रअन्दाज़ कैसे किया जाये!

''उषा पंडित खड़ी हो गई : विदेशी सरकार कम्यूनलिज्म भड़काना चाहती है तो हम उसे क्यों मानें? हिन्दू, मुस्लिम, क्रिश्चियन स्टूडेंट्स की कोई अलग समस्या नहीं है। साम्राज्यवाद हमें साम्प्रदायिक राजनीति का जहर पिला रहा है।''

''चुनाव में कम्युनिस्टों को हराने के लिये अपने लक्ष्यों का विरोध करना आत्मघाती राजनीति होगी।'' सेठ ने चेतावनी दी।

''फिरकापरस्ती है, यह हम भी जानते हैं,'' सिन्हा ने खीझ से स्वीकारा, ''लेकिन यूनियन कम्युनिस्टों के हाथ में दे देना भी आत्महत्या। हम साम्प्रदायिकता का प्रचार नहीं

करते, लेकिन लीग की फिरकापरस्ती कम्युनिस्टों के धोखे का पर्दाफाश करे तो उसका फायदा उठाना भी नीति है।''

सेठ विस्मय से देखता रह गया।

जयराम सिंह का स्वर रहस्य से नीचा हो गया, ''कल और परसों दो दिन बीच में बाकी। परसों सुबह से सब एजीटेशन समाप्त, दोपहर बाद वोटिंग। सुना है, फेडरेशन ने जमाल के स्टेटमेंट के पोस्टर छपवाये हैं—आई एम नॉट मुस्लिम कैण्डीडेट! पोस्टर हमारे हाथ आ जाये, फिर देखिये तमाशा।'' जयराम सिंह मुस्कराया, ''उसके बाद आपको कुछ करने की जरूरत नहीं।''

''क्या तमाशा? कोई चमत्कार कर दोगे?'' सिन्हा ने पूछा।

''चमत्कार ही समझ लीजिये।'' सिंह मुस्कराता रहा।

''कुछ बताओ तो।''

''अभी न पूछिए। कम्युनिस्टों ने सूँघ लिया तो कोई मार्ग निकाल लें। परसों शाम खुद मालूम हो जायेगा।''

''हमें चमत्कारों का भरोसा नहीं,'' सिन्हा ने सिर हिलाया, ''प्लीज सेठ, तुम उस लड़की को आज ही समझाओ। इस समय प्रत्येक व्यक्ति की सहायता, एक-एक वोट मूल्यवान। इलेक्शन में कम्युनिस्टों की जीत से हमारी प्रेस्टीज को बहुत धक्का लगेगा।''

जयराम सिंह और दूसरे साथी उठ गये तो सिन्हा ने अनुरोध किया, ''कामरेड सेठ, आचार्यजी सुबह फैजाबाद चले गये। तुम सबसे पहले उस लड़की को समझाओ, वह भयंकर भूल कर रही है।''

सेठ तत्पर सैनिक की तरह तुरन्त चल दिया। ज़ीना उतरते-उतरते दृढ़ निश्चय से सोचा—अपनी इच्छा से या किसी भावुकता से नहीं जा रहा हूँ। पार्टी की हानि की उपेक्षा नहीं की जा सकती।

हीवेट रोड पर 'संघर्ष' कार्यालय से हुसेनगंज और कैंट रोड की खुली चौड़ी सड़क से कंधारीबाग गली तक रास्ता ही कितना; मोटर-साइकल पर तीन मिनट का भी नहीं। सेठ सोच सकने से पहले ही गली में घूम गया। साइकल को स्टैंड पर खड़ा कर रहा था, बैठक के दरवाज़े पर पड़ी चिक उठ गयी। चिक के पीछे उषा, चेहरा आँखें उल्लास से दीप्त!

''प्लीज़!'' उषा मार्ग देने के लिये एक ओर गयी।

''सुना है, तुम यूनिवर्सिटी यूनियन के चुनाव में भाग ले रही हो। उसी संबंध में कुछ कहना है। अधिक समय न लूँगा। उस दिन मिसेज़ पंडित का व्यवहार बहुत अप्रत्याशित और विचित्र था।'' सेठ उत्तेजना वश में रखने और संक्षेप के विचार से रुक-रुककर बोल रहा था : ''मेरे व्यवहार या इरादे में ऐसी क्या बात दिखायी दी? वैसी गलतफहमी का कोई कारण न था। विस्मय है, तुमने अपने माता-पिता की गलतफहमी दूर करने की चिन्ता न की या अपने भविष्य के सम्बन्ध में दूरदर्शिता के विचार से मौन रहना उचित समझा!''

सेठ के शब्द सबल धनुष से छूटे पैने बाणों की तरह उषा के हृदय पर गड़ते जा रहे थे। उषा दाँत पीसे सुन रही थी।

"मुझे तुम्हारी सरलता, समझ और साहस पर भरोसा था। यदि वैसी स्थिति आ गयी थी, मुझे स्पष्ट-साफ कह देना चाहिये था। लेकिन ऐसे सन्देह का आधार क्या था? जानता था, तुम पी० सी० एस० आफिसर की मंगेतर हो। समाजवाद के प्रति तुम्हारी जिज्ञासा और उत्साह देखा। उस लक्ष्य से सहानुभूति के कारण तुम्हें सहायता देने का यत्न किया···।"

सेठ एक साँस में सब कह गया। प्रतिशोध के संतोष से मस्तिष्क को कुछ राहत, "मेरे आने का प्रयोजन स्टूडेंट्स यूनियन के चुनावों के सम्बन्ध में है। सुनकर विस्मय हुआ, तुम फेडरेशन को सहयोग और सहायता दे रही हो। कम्युनिस्टों की नीति और व्यवहार के बारे में हम लोग कई बार बात कर चुके हैं।

"समाजवाद का लक्ष्य ठीक है, परन्तु समाजवाद के नाम पर इस देश की राष्ट्रीय मुक्ति को गौण मानकर अन्तर्राष्ट्रीय समाजवादी क्रान्ति के स्वप्न दिखाना देश की जनता को पथभ्रष्ट करना है। यह देश परवश और निर्बल रहकर अन्तर्राष्ट्रीय समाजवादी क्रान्ति में सहायता दे सकेगा या स्वतंत्र और सबल होकर। कम्युनिस्ट तो सोवियत को अपनी समाजवादी मातृभूमि कहते हैं। सर्वहारा की कोई भूमि या मातृभूमि नहीं। जमाल हैदरी कम्युनिस्ट उम्मीदवार का यह कहना कि वह मुस्लिम कैंडीडेट नहीं है, वह मुसलमान के नाम पर वोट नहीं चाहता, स्टूडेंट्स को उदार नारों से बहकाना है। यूनिवर्सिटी के रिकार्ड में वह मुस्लिम है तो मुसलमान कैसे नहीं। अभिप्राय, हिन्दू स्टूडेंट्स से अपील है कि वह कम्यूनल नहीं। मुसलमान स्टूडेंट्स जानते हैं, वह मुस्लिम है। प्रकट में यह साम्प्रदायिकता का विरोध है। वास्तव में साम्प्रदायिकता के विरोध की आड़ में यूनियन पर कब्जा करने का प्रयत्न। साम्प्रदायिकता के विरुद्ध संघर्ष करना है तो स्पष्ट तरीके से कीजिये। आशा है, तुम देश के लिये हानिकारक शक्ति को बढ़ाने में सहयोग देने के पूर्व खूब सोच-समझ लोगी। मुझे यही कहना था।"

सेठ ने उषा की ओर नज़र उठायी परन्तु नज़र न मिला सका। उषा का चेहरा क्षोभ से श्यामल। आँखों में खून उतरा हुआ।

सेठ उठ गया, "कड़ी बात के लिये खेद है।···गुडनाइट!" नज़र झुकाये चिक उठाकर गली में उतर गया।

उषा अवश, निश्चल। हृदय चिल्ला रहा था : यह सब गलत! मेरी नहीं सुनोगे! सेठ गली में उतर गया तो उस ठेस से आँसुओं का बाँध टूट गया। आँसू टप-टप नहीं, सोतों की तरह फूट पड़े। दोनों हाथों में आँचल समेटकर चेहरे पर दबा लिया।

गिरजा से लौटते समय मिसेज़ चौहान पंडित दम्पति से सड़क के फुटपाथ की दुरवस्था की शिकायत करती आ रही थी। उसके आठ-दस कदम पीछे पद्मा-सहानन्द-रीटा बेबे के साथ थे। अपनी गली से पच्चीस-तीस कदम पर थे—आहिस्ता चलती मोटर साइकल की धक-धक। मोटर-साइकल गली से निकलकर विपरीत दिशा, हुसैनगंज की ओर घूम गयी। सवार सफेद कमीज़-पतलून पहने जवान। गली के ठीक सामने, सड़क के दूसरी ओर बिजली के खम्भे से गली में दूर तक रोशनी। मिसेज़ चौहान की भौंवें ध्यान से देखने के लिये सिकुड़ी, "एँ···ये वही डाक्टर लौंडा नहीं?"

मिसेज़ पंडित मौन परन्तु दिल में क्रोध का भभूका। क्या बीच में भी आता रहा? दाँत पीस लिये। मिसेज़ चौहान गली के नुक्कड़ पर 'गुडनाइट' कहकर अपने दरवाज़े में हो गयी। पंडित की बैठक की चिक से रोशनी छन रही थी। किवाड़ खुले थे।

पंडित ने बिना पुकारे चिक उठाकर बैठक में कदम रखा। उषा सोफा पर दोनों हाथों से चेहरे पर आँचल दबाये थी। आहट न सुन सकी।

"उषा, क्या हुआ, क्या बात है?" पिता ने पुकारा।

उषा हड़बड़ा कर उठी। उठते-उठते आँखें-चेहरा पोंछ रही थी। पिता के पीछे-पीछे माँ बैठक में आ गयी। उषा का आँसुओं से भीगा आँचल देखकर क्रोध की ज्वाला। "ये आने वाले को रो रही है?"

उषा ने आँचल चेहरे से हटाया। आँखें माँ की आँखों से अधिक लाल, "रो रही हूँ अपनी जान को।" बोल उठी जैसे डैडी को देखा नहीं, "तुमने क्यों उसकी इंसल्ट की···इतने एहसानों का यह बदला! क्या जवाब देती उसको?"

अमित का चिक से झाँकता विस्मित चेहरा। उषा का स्वर और तेज़, "क्या देखा तुमने? क्या किया, क्या कहा उसने? अमित तो साथ रहा, पूछो उससे!"

"देखने को क्या रह गया।" माँ का स्वर क्रोध से ऊँचा।

"साइलेंस प्लीज़!" पण्डित का स्वर हुक्म का था। पत्नी को क्रोध से भीतर के दरवाज़े की ओर घुमा दिया, "प्लीज़ गो इन।"

"बताइये, क्या देखा?" उषा ने चुनौती दी।

"साइलेंस उषा!" पंडित उषा की ओर घूम गये। स्वर उसी प्रकार कड़ा।

"प्लीज़ डैडी," उषा के आँसू बल-बल, "आई मस्ट नो···मुझ पर तोहमत क्यों लगायी?"

"साइलेंस प्लीज़!" पंडित का स्वर दृढ़, "जो कहना है, मुझे कहो। अभी बरामदे में जाओ या ऊपर अपने कमरे में।"

माँ भीतर के कमरे में पलंग पर, आँचल में मुँह छिपाकर सुबकने लगी। उषा बरामदे में खाने की मेज़ पर दोनों हाथों से आँचल में चेहरा छिपाये फफकती रही। पद्मा की पलकें भीग गयीं। सदानन्द चकित।

"अमित प्लीज़," पंडित ने पुकारा, "तुम पद्मा-सदानन्द को गंज तक घुमा लाओ।" लड़के की ज़ेब में एक रुपया डाल दिया, "तुम लोग विमटो या आइसक्रीम ले लेना।"

मिसेज़ पंडित दुख या आँसुओं का आवेग वश न कर पाती तो गुसलखाने में चली जातीं। शरीर और दिमाग की भभक शान्त करने के लिये बहुत देर तक शरीर पर पानी उड़ेलती रहती। दिमाग ठंडा करने के लिये सिर धो लेती। माँ के बाद लड़की गुसलखाने में। उषा ने माँ की कई दूसरी आदतों के साथ क्रोध और आवेश दमन करने का यह तरीका भी सीखा था।

उषा नहाकर निकली तो बच्चे घूमकर लौट आये थे।

रोज़ी ने पुकारा, "अब खाना खा लो, आ जाओ सब!"

पंडित, अमित, पद्मा, सद्दू आ गये। रोज़ी ने पद्मा को पुकारा, "जा भैण नू बुला। सद्दू, तू माँ नू बुला।"

"जीजी नहीं खायेगी, भूख नहीं है।" पद्मा ने बहिन का उत्तर सुना दिया।

"मम्मी का जी अच्छा नहीं, मम्मी नहीं खायेगी।" सदानन्द ने माँ की ओर से बताया।

"भूख कैसे नहीं है?" रोज़ी बड़बड़ाने लगी, "पहले क्यों नहीं कहा। इतना सब मैं अपने पेट पर बाँध लूँ। बरसात के दिन, सब रोटी-तरकारी खराब जायेगी। मुफ्त आता है! रुपये का सोलह सेर गेहूँ, उस पर ये बर्बादी। पहले होश नहीं था अब रोना-पीटना मचा रहे हैं।"

"बेबे, कोई बात नहीं। हम सुबह बासी खा लेंगे।"

"तुम क्यों खाओगे बासी! मैं मर गयी हूँ!" बेबे और झुँझलायी।

पंडित ने गर्दन झुकाकर आँखें मूँदे ग्रेस (प्रार्थना) बोली। बच्चों का साथ देने के लिये ज़बर्दस्ती कुछ कौर खा लिये।

खाकर अमित बरामदे में खाटें लगाने लगा। पंडित भीतर पत्नी को दबे स्वर में समझा रहे थे, "···खाना नहीं तो दूध मँगवा लो। एक गोली एस्प्रीन ले लो।"

पंडित ने अपने ज़ब्र से पत्नी को गुस्सा नहीं निकालने दिया था। पत्नी ने बदला लिया, "···उस लाड़ली को खिलाओ पहले। और सिर चढ़ाओ। दिमाग-जिगर में गरमी बढ़कर बुखार-उखार हो जायेगा। मुसीबत तो मेरी होगी। सिर सड़ी का दिमाग फिर गया है। बेहया नाक कटायेगी और मुँह पर बोलेगी।···बेटी को आलिम बना रहे हैं। हम माँ के सामने ऐसे ज़बान चलाते, पापा ने ओखली में कूट दिया होता। कहती है, क्या देखा! सब शरम-लिहाज़ घोलकर पी गयी। हमने समझा था, वह पीछे पड़ा है। यहाँ चोर से गठरी उतावली, आँसुओं के जोहड़ बन गये। क्या पता पीछे आता ही रहा हो। ऐ रब्ब, हमारे गुनाह बख्श···।"

पद्मा और सदानन्द पंखे के सामने खर्राटो खाटों पर ही सो गये थे। पंडित ने अमित से अनुरोध किया, "बेटे, पद्मा को ऊपर पहुँचा दो। बहिन से पूछो, थोड़ा बहुत खा ले। खाने को मन नहीं तो थोड़ा दूध ले ले : पूछ लेना, सिरदर्द तो नहीं।"

"अमित नींद के नशे में लड़खड़ाती पद्मा को बाँह से पकड़े ऊपर ले गया। आहट सुनकर उषा ने पलकों के कोने से देखा। अमित उसके पलंग की पाटी पर बैठ गया। बहुत धीमे बोला, "जीजी, डाक्टर सेठ आया था। क्या बात हुई?"

उषा ने सरककर भाई के लिये जगह कर दी। अमित की तरह रहस्य के स्वर में बोली, "यूनियन के इलेक्शन के बारे में आया था। उस साँझ मम्मी के व्यवहार से दुखी था। तुमने भी देखा था, मम्मी का व्यवहार अपमानजनक नहीं था?"

"निश्चय अपमानजनक था।" अमित ने स्वीकारा।

"मम्मी का दिमाग जाने क्यों फिर गया है।"

"ये ही गली की औरतों की बकवास। इन लोगों की कल्पना में केवल एक बात। मर्द औरत में बस गलत बात की कल्पना!"

“तुम तो जानते हो, हम लोग क्या बात करते थे। कह रहा था, अगर मम्मी-डैडी को किसी कारण सन्देह हुआ था तो उन्हें तुमसे-मुझसे पूछना चाहिये था। मम्मी-डैडी क्या मुझ पर भी एतबार नहीं करते!”

“निश्चय उन्हें पूछना चाहिये था। एक बार मैंने मम्मी से कहा था, आप डाक्टर से खामुखा नाराज़ हो गयीं। डाँट दिया—चुप रहो। ये बात तुम नहीं समझते। भोले लोगों को ठगने के लिये शैतान हमेशा साधु रूप में आता है। मम्मी नाराज़ हैं। डैडी ऐसे नहीं हैं।”

“अब तो बात साफ करनी होगी।” उषा ने गहरी साँस ली। हम डैडी से ज़रूर बात करेंगे। चुप रहना ठीक नहीं।”

“यू आर राइट। जीजी, अब चलकर कुछ खा लो। कहो तो यहाँ ला दें? डैडी ने कहा है, खाना न हो तो दूध ला दें।”

“हमारा मन नहीं है।”

“तुम कुछ नहीं लोगी तो मम्मी भी नहीं लेंगी। बीमार हो जायेंगी।”

“हम नहीं जानते,” उषा झुँझलायी, “पहले दूसरों को ऊटपटाँग तोहमत लगायेंगी, फिर कहेंगी हम नहीं खाते। हम तो चाहते हैं, मर जायें। ज़हर खा लें।” उषा की पलकें फिर भीग गयीं।

“ओफ, जीजी क्या औरताना बातें।” अमित ने कहा, “दूध ले आयें, सिरदर्द हो तो गोली भी ले आयें।”

“नहीं, हम नहीं निगल पायेंगे।” उषा ने गर्दन हिलायी, “तुम मम्मी से कह दो, हमने दूध ले लिया। तुम उन्हें पिला दो।”

“हम झूठ नहीं बोलेंगे। तुम दूध पी लो।”

“जब तक इंसल्ट का फैसला नहीं होगा, हम कुछ नहीं लेंगे। हमें मत कहो।”

“जीजी, ये कोई तरीका नहीं।”

“मीतू, इस समय हमसे बोला नहीं जा रहा। हमें रहने दो।”

अमित ने दो मिनट ठहरकर पूछा, “जीजी, डाक्टर कोई किताब लाया?”

उषा कुढ़ गयी,…यहाँ ज़ान पर बनी है, इस गधे को किताब की पड़ी है।…इनकार से सिर हिला दिया।

बेबे, पंडित-मिसेज़ पंडित से भी कुछ पहले उठकर अँगीठी सुलगा देती। तब शहर में रसोई के लिए, कोयला जलाने का रिवाज़ न चला था। न इतने कोल डिपो थे। सॉफ्ट कोक सेस कमेटी कोयले के सस्ते ईंधन होने का प्रचार कर रही थी। कमेटी के आदमी घर-घर जाकर कोयला जलाने की अँगीठी बनाना सिखाते, स्वयं बना देते। कोयले का भाव ढाई-तीन आने मन। पंडित ने कोयले के उपयोग का सुझाव दिया तो मिसेज़ पंडित और बेबे ने अफवाहों के कारण आपत्ति की : कोयले की आँच पर खाना बेस्वाद हो जाता है, ताकत सब जल जाती है। फिर मान गयी।

पंडित नींद खुलते ही ठंडे बासी जल का गिलास गटक लेते। घर में उठते ही चाय की तलब केवल बेबे को। बेबे ने अँगीठी में लौ निकलते ही पानी की केटली चढ़ा दी थी। मिसेज़ पंडित की आँख खुली तो समीप जाकर पूछा, “पानी तैयार है। रात कुछ खाया नहीं। एक प्याला चाय बना दूँ?”

मिसेज़ पंडित को चाय माफिक आती थी। रोज़ी ने चाय का मग सामने किया तो बोली, "बेबे, वो सिरसड़ी भी तो रात भूखी मर गयी थी। पहले उसे दे आ।"

"क्या मालूम नींद खुली कि नहीं?"

"उठ गयी होगी। कौन जाने मरी रात सो भी पायी कि नहीं। एक ज़हर-फुकी है।"

"तू क्या कम है!" बेबे ने लाड़ का गुस्सा दिखाया, "अभी उसके लिये ले जाती हूँ।"

बेबे तेज़ गरम चाय का मग लेकर ऊपर आयी तो उषा की पलकें मुँदी थीं। माथे पर रोज़ी के हाथ के स्पर्श से आँखें खुल गयीं। "बल्लो, तेरे लिये चाय लायी। देख कितनी गरम।"

आँख खुलते ही उषा को रात की स्थिति याद आ गयी। शरीर में निर्बलता ने चाय की उपेक्षा न की। दोनों हथेलियों की टेक से शरीर को पीछे खिसकाकर पलंग के सिरहाने अधबैठी हो गयी। चाय ले ली। अवसाद और निर्बलता से मौन।

बेबे पाँव नीचे लटकाकर पलंग पर बैठ गयी थी, "एक ही रात में चेहरा पीपल के सूखे पत्ते की तरह पीला।" बेबे ने हाथ उषा के उठे हुए घुटने पर रख दिया। लाड़ का स्वर, पंजाबी में बोली, "बल्लो, तू इतनी सियाणी। बाप के बराबर पढ़ गयी। कल साँझ तेरी मत्त क्यों मारी गयी?"

"मेरी मत्त मारी गयी!" उषा के क्षीण स्वर में विस्मय और विरोध।

"मम्मी घर में भले लोगों की बेइज्जती करके मेरी नाक कटाये, मत्त मेरी मारी गयी!"

"अब तू इतनी नादान हो गयी," बेबे का स्वर लाड़ का परन्तु बात बसूले की तरह छीलती, "नहीं जानती गली में लोगों ने क्या-क्या बका? माँ एक बार अपने पर कलंक अनसुना कर दे, बेटी पर बात नहीं सह सकती। रब्ब करे तू जल्दी माँ बने तो तुझे माँ के···।

"बेबे तेरे पाँव छुए, बस कर!" उषा ने बेबे के घुटने पर हाथ रख दिया, "मुझे शादी की जरूरत नहीं···"

"जरूरत नहीं···" बेबे चुप नहीं हुई, "जरूरत नहीं तो उसके सामने बैठ के रोयी क्यों? घड़ा भर आँसू बहा दिये!"

"बेबे, तेरी कसम है मुझे," उषा ने बेबे के कंधे पर हाथ रख दिया, "उसके सामने मेरा एक आँसू गिरा हो! तुम लोगों ने मुझे इतनी बेहया मान लिया! उसने तो कहा : उसका कोई बुरा बर्ताव किसी ने देखा तो उसके मुँह पर कहे। मम्मी-डैडी के बुलाने से आता था। कोई भलाई करने आये और मेरे माँ-बाप उसकी बेइज्जती करें तो मुझे शर्म नहीं आयेगी?"

"धीये, मैं भी तो देखती रही।" बेबे ने कहा, "तेरे माँ-बाप पागल नहीं हैं। बुलाया था तो हुआ एक बार, दो बार आ गये। ये कौन भलमनसाहत कि रोज़-रोज़ टब्बर गिरजा जाये और वह आ बैठे।"

"हाय बेबे, तुम ऐसी तोमतें लगाती हो!" उषा की बर्दाश्त समाप्त, "मुझे तुम्हारी कसम, तुम कहो तो बाइबिल उठाकर कह दूँ। बस कल शाम अमित नहीं था। मुझे भी

उम्मीद नहीं थी कि वह आयेगा वर्ना किस दिन अकेले में बात की। अमित हमेशा साथ रहा। उससे क्यों नहीं पूछती, हम लोग क्या बातें करते थे।''

बेबे ने सिर हिला दिया, ''धीये, छोड़ उन झगड़ों को। तेरे-उसके बात करने से क्या होता है। सब 'उसकी' कुदरत और 'उसका' जलाल है। वो जब चाहेगा, आयेगा और सबको बराबर कर देगा।'' उषा के गालों पर प्यार किया, ''तू घबरा नहीं तेरे माँ-बाप फिक्र में हैं। सब जगह चिट्ठी लिखी हैं।''

''बेबे, मुझे कोई घबराहट नहीं।'' उषा हार मान गयी, ''मुझे शादी की जरूरत नहीं है। मुझे अपनी पढ़ाई करनी है। तुम समझा दो उन लोगों को। मैं डैडी से खुद कह लूँगी।''

उषा ज़ीना उतरते-उतरते ठिठक गयी। बेबे कह रही थी : लड़का उसके दिमाग में चढ़ गया है। उसे बिलकुल नहीं जाने देना। तू लाहौर जेठानी को लिख। उन लोगों के लम्बे हाथ। अकल करो···बीस की हो गयी।

उषा ने दम रोके सुन लिया। अनुमान, बेबे माँ के प्रश्नों का उत्तर दे रही थी। बेबे पर भी गुस्सा···हाय बुढ़िया कितनी फरेबी!

पिछली साँझ से बेचैनी के कारण उषा का सिर भारी-भारी, बदन में टूटन। सेठ की बातों से भी दुविधा···चुनाव में किस पक्ष का साथ देना ठीक है। कम से कम गलत पक्ष की सहायता देना गलत।···यूनिवर्सिटी जाने को मन न हुआ।

एक के करीब पद्मा, सद्दू, अमित सब आ गये। उषा को खाने के लिये पुकारा गया। नीचे आ गयी। चाहती भी थी, डैडी से बात हो जाये।

''यूनिवर्सिटी नहीं गयी?''

''डैडी, परसों यूनियन का इलेक्शन है। आज और कल क्लास नहीं होगी।'' उषा ने बताया, ''चुनाव में स्टूडेंट कांग्रेस और स्टूडेंट फेडरेशन में विकट संघर्ष है। रत्ना—जो शनिवार मुझे छोड़ गयी—उसकी वज़ह से फेडरेशन का साथ दे रही थी। कल डाक्टर सेठ बताने आया था, फेडरेशन वास्तव में कम्युनिस्ट संगठन है। इस मामले में सोच-समझकर भाग लेना चाहिये। मैं इस झगड़े में पड़ना नहीं चाहती।''

''ठीक है,'' पंडित ने अनुमोदन किया, ''तुम्हें अपनी पढ़ाई की ओर ध्यान देना चाहिये। पालिटिक्स समझना ठीक है लेकिन स्टूडेंट्स का उसमें उलझ जाना ठीक नहीं।''

खाने के बाद उषा आठ-दस मिनट बैठक में डैडी के समीप रही। सेठ के आने का जिक्र इसीलिये किया था कि प्रसंग शुरू हो जाये और वह सफाई दे सके। पंडित सुबह के अखबार पर नज़र डालते रहे। उषा ने मौन तोड़ा, ''आप इस समय विश्राम करेंगे?''

''इच्छा तो है कुछ देर लेट लिया जाये।''

उषा अवसर न देखकर ऊपर चली गयी।

माँ-बेटी में मनमुटाव का मौन अगले दिन भी कायम रहा। माँ को जो कहना था, उसकी ओर देखे-पुकारे बिना कह दिया। उषा का गुस्सा उससे अधिक। उसे कुछ कहना ही न था। सब कुछ निबाह रही थी, परन्तु विरक्ति और उदासी से। डैडी सामने आये तो हँसे-बोले जरूर, पर काम की बात नहीं। ऐसे दिखा रहे थे, कुछ हुआ ही नहीं। अन्ततः उषा के लिये असह्य हो गया। विरोध के उफान को कब तक दबाये रहती। न पढ़

सकना, न कुछ सोचना सम्भव। फैसला ज़रूरी था। निश्चय कर लिया, संध्या डैडी से ज़रूर बात करेगी।

उषा सूर्यास्त से कुछ पूर्व नीचे उतरी। डैडी नहा-धोकर, कपड़े बदलकर एक पाँव कुर्सी पर टिकाये पैंट पर साइकल का क्लिप लगा रहे थे। खुद ही बोले, "हैलो उषी, अभी तक पढ़ रही थी। देखो, हवा कितनी प्यारी है।"

"डैडी कहीं जा रहे हैं?"

"हाँ, फुर्सत है। सोचा, कहीं घूम आयें डेढ़-दो घंटे।" हँस दिये, "अगर झा मिल गये, आज बियर लेंगे। इस साल कोई मौका ही नहीं बना।"

"कुछ बात करना चाहती थी।" उषा झिझक निगल गयी।

"जरूर," पंडित ने साइकल क्लिप जेब में रख लिया, "आँगन में बैठें या बैठक में?"

"एक ही बात। बैठक में बेहतर, वहाँ पंखा है।"

"डैडी, रविवार आपके चर्च से लौटने पर खामुखा गलतफहमी हो गयी।" उषा के दो दिन से उदास पीले चेहरे पर आवेश की लाली आ गयी।

डैडी ने उसे अनदेखा कर पूछा, "क्या गलतफहमी?"

"बेबे ने बताया, मम्मी और आपने समझा कि मैं डाक्टर सेठ के सामने रो रही थी। हैरान हूँ, मुझसे ऐसी मूर्खता या फूहड़पन की शंका।" उषा ने कंठ का अवरोध निगला, "डैडी, मैंने कल ज़िक्र किया था—डाक्टर सेठ इतने दिन बाद इलेक्शन के सम्बन्ध में सोच-समझकर भाग लेने के लिये चेतावनी देने आये थे···।" डैडी सहानुभूति से सुनने के संकेत से हुंकारा भर रहे थे। उषा कहती गयी, "मम्मी को यदि कोई आपत्ति थी, आगन्तुक का अपमान करने के बज़ाय मुझसे और अमित से अपना समाधान कर लेतीं। मुझे तो मम्मी की नाराज़गी का कारण मालूम न था। क्या जवाब देती। इसमें मेरा भी अपमान हुआ। उत्तर देने में असमर्थ। बोल ही न सकी। डाक्टर उठकर चला गया तो अपनी बेबसी और अपमान की खिन्नता के आँसू आ गये। तब मैं अकेली थी···।" उषा ने संतोष अनुभव किया, बात ठीक ढंग से कह दी। डैडी का मन साफ हो जाना चाहिये।

"बेटी, सामने बैठकर रोने की कल्पना किसी ने नहीं की। बेबे बेचारी के कहने का ढंग है। तुम समझदार हो। बेबे की बात से क्या नाराज़गी? डाक्टर सेठ के पिछली बार आने पर तुम्हारी माँ आवेश में उससे ठीक से नहीं बोल पायी। उसके लिये मुझे खेद है। तब मौका न था, लेकिन अवसर हो तो तुम्हारी माँ की ओर से मैं डाक्टर से क्षमा माँग लेने को तैयार हूँ।"

"डैडी, डाक्टर सेठ ने ऐसा बिल्कुल नहीं कहा न कोई ऐसा संकेत किया। आपसे ऐसी बात कह सकते हैं?" उषा डाक्टर की तरफदारी में कह गयी।

"जानता हूँ, सेठ बहुत सज्जन-सौम्य युवक है। मैं अपने घर या परिवार की भूल स्वीकार कर रहा हूँ। सेठ के अभद्र व्यवहार की शिकायत किसी को नहीं। तुम्हारी माँ की तो चिन्ता गली में उठे अपवाद की है। माँ उसकी उपेक्षा कैसे करे? अपवाद उठने क्यों दिया जाये।"

"डैडी, आप तो जाहिल-वहमी लोगों की आलोचना की परवाह नहीं करते थे।" उषा तड़प उठी।

"बेटी, गली में सभी लोग जाहिल और वहमी नहीं हैं।" डैडी धैर्य से बोले, "यदि उसका यहाँ आना किसी दृष्टि से उपयोगी या हितकर होता तो एक बात थी। विपरीत इसके वह तुम्हारे लिये अहितकर और अनेक उलझनों का कारण हो गया।'

"डैडी, उलझन क्या? कोई उलझन नहीं। सेठ के आने से मुझे सामयिक समस्याओं और राजनीति को समझने में बहुत सहायता मिली है।" उषा ने डैडी का स्पष्ट विरोध देखकर भी मोर्चा नहीं छोड़ा।

"बेटी, तुम्हें उलझन का कारण नहीं दीखता क्योंकि तुमने माँ की बात पर ध्यान नहीं दिया, उनकी बात अनसुनी कर दी। लेकिन हम लोग देख रहे थे। हमें तो आशा थी, और कुछ नहीं तो तुम माँ की बात का ही ख्याल करोगी। तुम चाहती तो सरलता से उसके अधिक न आने का उपाय कर देती।"

बेटी का चेहरा उतर गया देखकर पंडित ने स्वर ज़रा नरम किया, "यह कोई गलत बात नहीं है कि समस्याओं पर बातचीत के लिये सेठ की संगति तुम्हें सन्तोष देती है परन्तु न वह व्यावहारिक है, न तुम्हारे लिये हितकर। तुम्हारी माँ की विह्वलता और व्याकुलता का कारण यही चिन्ता थी।"

उषा ने पूर्व सोची भूमिका से बात आरम्भ की थी, परन्तु उसकी सोची हुई सफाई और तर्कों का अवसर ही न आया। डैडी ने बिना आवेश के सब दोष उसी पर डाल दिया। शिष्ट परन्तु स्पष्ट शब्दों में उस पर सेठ से उलझ जाने का आरोप। शब्द ऐसे कि आपत्ति और विरोध की गुंजाइश नहीं। मन की शिकायत मन में ही घुटी रह गयी।

बृहस्पतिवार उषा ग्यारह बजे यूनिवर्सिटी पहुँची। आर्ट ब्लाक की ओर से विद्यार्थियों का जुलूस साइन्स ब्लाक की ओर बढ़ रहा था। सामने दो विद्यार्थी दो बाँसों के बीच तना लाल कपड़े का बैनर उठाये। लाल बैनर पर बड़े-बड़े सफेद अक्षरों में 'स्टूडेंट फेडरेशन'। अनुमान हो गया, फेडरेशन जीत गयी। जुलूस के आगे वहीदा, जैन, खन्ना, सरकार, मिश्रा बाँहे उठा-उठाकर नारे लगातीं :

इन्कलाब ज़िन्दाबाद! साम्राज्यवाद का नाश हो! डाउन-डाउन विद कम्युनलिज्म! वर्कर्स आफ द वर्ल्ड यूनाइट! स्टूडेंट फेडरेशन ज़िन्दाबाद! उनके पीछे दूसरे कामरेडों के बीच जमाल फूलों के हार बाँह पर लिये, छोटा लाल झण्डा उठाये। उनके पीछे नारों में सहयोग देते सैकड़ों स्टूडेंट। भीड़ के पीछे चेतन और रत्ना, हबीबा, ललिता आपस में बात करते।

रत्ना ने उषा को साथ चलने का इशारा किया। उषा ने अपने पाँव की ओर संकेत कर दिया, खड़ी रही। जुलूस आगे बढ़ गया। उषा गर्ल्स कामन रूम की ओर जा रही थी।

"हलो उषा जी!" उषा ने बायें देखा, अविनाश शर्मा उसकी ओर आ रहा था। "गुड मार्निंग।" उषा ठिठक गयी।

अविनाश को सिन्हा के यहाँ, सेठ के प्रभाव से उषा की कांग्रेस सोशलिस्टों के प्रति सहानुभूति का अनुमान हो गया था। पिछले तीन दिन उषा को फेडरेशन के पक्ष में सहायता देते न देखकर स्थिति समझ गया।

''कम्युनिस्टों का दाँव चल गया, भारी बहुमत से जीत गये।'' अविनाश के स्वर में निरुत्साह।

''हूँ?'' उषा के स्वर में जिज्ञासा।

''उस धूर्त जयराम ने और बेड़ा गर्क किया!'' अविनाश के स्वर में क्षोभ, ''बड़ा करिश्मा दिखाने की ताल ठोंक रहा था। दिखा दिया करिश्मा!''

''हूँ?'' उषा को और जिज्ञासा।

''उसके खयाल से बड़ा मास्टर दाँव!'' अविनाश बोला, ''पहले लीग वालों से नारे लगवाये : नो मुस्लिम वोट फॉर काफिर। फिर वाइस-चांसलर के यहाँ लीग के लोगों से वैधानिक आपत्ति उठवा दी। अपने खयाल में बहुत बड़ा कानूनी दाँव मारा—यह टर्न यूनियन में मुस्लिम प्रेसीडेंट की है। मुसलमान होने से इनकार करने वाले को उम्मीदवारी का हक नहीं। जमाल का नाम रद्द किया जाना चाहिये।''

''हूँ!'' उषा की आँखें उत्सुकता से बड़ी।

''कम्युनिस्ट चोर को मोर। ज़माल नॉन कम्युनल बना सीना ठोंकता रहा। चेतन, तिवारी और उन्हें पट्टी पढ़ाने वाला डाक्टर कोहली वाइस-चांसलर के पास जा पहुँचे : जमाल जन्म से मुस्लिम। उसके सब सर्टीफिकेट और डिग्री डाकुमेण्ट पर मुसलमान दर्ज, उसके मुसलमान होने का कानूनी सबूत। वह कम्युनलिज्म का विरोध करने के लिये मुस्लिम होने का फायदा नहीं उठाना चाहता। वह अयोग्यता नहीं मानी जा सकती।

''वाइस-चांसलर ने लीग का आवदेन नामंजूर कर दिया। सब हिन्दू स्टूडेंट्स की हमदर्दी जमाल के साथ। हमारे दो-चार सौ वोट थे, वो भी गये। इस धूर्त ने बंटाधार कर दिया। कम्युनिस्टों का पैंतरा देखो, शहादत ले ली और फतह भी।''

उषा चुप रही।

चुनाव के बाद यूनिवर्सिटी में राजनैतिक बवंडर बैठ गया। स्टूडेंट्स कांग्रेस में अविनाश, श्रीवास्तव और कपिला के सिवा दूसरे लोग सो गये। फेडरेशन वाले भी कुछ दिन के लिये शिथिल। अलबत्ता उनके स्टडी सर्कल चालू रहे। हरीश तिवारी, चेतन और रत्ना ने उषा को दो बार साथ लेना चाहा। उसे निरुत्साह देखकर उपेक्षा कर गये।

सितम्बर के दूसरे सप्ताह चित्रा का विवाह था। उषा सप्ताह भर पहले उसके यहाँ आ-जा रही थी। विवाह से पहले दिन दोपहर से संध्या तक चित्रा के यहाँ रही। विवाह के लग्न आधी रात में थे। विदाई का मुहूर्त सुबह सूर्योदय से पूर्व। उषा डैडी से अनुमति लेकर पूरी रात वहाँ रही। चित्रा लाहौर जा रही थी। ब्याह-गौना साथ-साथ। नवम्बर के अन्त तक लौटने की आशा थी। चित्रा और उषा दोनों को विदाई का दुख। समारोह में मग्न रहने से उषा का मन बहल गया। प्रकट में उसका व्यवहार सामान्य हो गया, परन्तु पूर्वापेक्षा गम्भीर। अमित से झगड़े में चीखना, माँ-बेबे से लाड़ में किलकारियाँ कुछ नहीं।

उषा ने निश्चय कर लिया : माता-पिता और उसके विचारों में अन्तर के कारण साथ निर्वाह कठिन। सितम्बर पहले सप्ताह में बीस पूरे कर लिये थे। अपने लिये स्वयं जिम्मेदार। अपना मार्ग स्वयं बनाना ज़रूरी। रत्ना अपने निर्णय से चलती है। उसके डैडी वास्तव में उदार विचार के हैं। मैं अपना हित-अहित नहीं जानती क्योंकि इनकी आश्रित हूँ। वूमेन्स एटर्नल स्लेवरी!···आना-जाना भी समस्या।

चित्रा के यहाँ पैदल गयी थी। कोठी के पिछवाड़े बगीचे में साथ-साथ घूमते समय चित्रा ने कहा था : अब तुम्हारी चाल में फरक नहीं लगता। पाँच-सात दिन पहले कपूर ने भी कहा था। उषा ने डाक्टर चौहान से राय ली। डाक्टर ने उसका चलना गौर से देखकर अनुमति दे दी।

समाजवाद और कम्युनिज्म के प्रति अमित की जिज्ञासा और उत्साह बढ़ता जा रहा था। सेठ ने उसका परिचय नाथ शास्त्री से भी करा दिया था। रज़ा की मार्फत उसका परिचय अन्य कम्युनिस्टों—एस० एन० तिवारी, चेतन आदि से भी हो गया। उसे साहसी और तीक्ष्ण बुद्धि समझकर कामरेड उसका उत्साह बढ़ाते रहते। सदा कोई न कोई पुस्तक, पैम्फलेट, पत्रिका उसके हाथ में। गैरकानूनी पैम्फलेट भी। पंडित लड़के की इस प्रवृत्ति से घबराते। समझाते, "बेटे, तुम जो भी जानना-समझना चाहते हो, जानो-समझो पर याद रखो तुम्हारा कर्तव्य अपने कोर्स की पढ़ाई है। बोर्ड की परीक्षा है। डिवीज़न बहुत महत्त्वपूर्ण होगा।"

अमित विश्वास दिलाता, "डैडी, कोर्स की उपेक्षा मैं कभी नहीं करता। आप टेस्ट में देख लीजियेगा।" पंडित फिज़िक्स-केमिस्ट्री के अध्यापकों से जब-तब पूछ लेते थे। उत्तर से संतोष मिलता। बेटे पर नाराज़ होने के बजाय उसके सामर्थ्य और योग्यता के लिये गर्व अनुभव होता।

अक्टूबर का मध्य था। अमित ने छोटी-सी पुस्तक 'रोल आफ सोशल डेमोक्रैट्स' उषा को पढ़ने को दी। पुस्तक एस० एन० तिवारी से लाया था। पुस्तक का अभिप्राय था, सोशलिस्ट डेमोक्रैटिक रेवोल्यूशन भ्रामक नारा है। शताब्दी के आरम्भ से उदाहरण दिये थे : सोशलिस्ट डेमोक्रैट्स ने सदा समाजवादी क्रान्ति को पथभ्रष्ट करने का यत्न किया। उनका लक्ष्य पूँजीवादी व्यवस्था को क्रान्ति द्वारा आमूल उखाड़ना नहीं, बल्कि पूँजीवाद की रक्षा के लिये उस व्यवस्था में उत्पन्न अन्तर्विरोधों को सुलझाकर पूँजीवाद की रक्षा करना है। समाजवादी क्रान्ति केवल सर्वहारा मज़दूर-किसानों और सैनिकों के प्रयत्न से डिक्टेटरशिप आफ द प्रोलीटेरियेट (मज़दूर वर्ग के अधिनायकत्व) द्वारा हो सकती है।

अमित ने उषा से बहस की : कांग्रेस-समाजवादियों को भारतीय पूँजीपतियों द्वारा नियंत्रित कांग्रेस के माध्यम से क्रान्ति की आशा, सोशल डेमोक्रैट्स के समाजवादी क्रान्ति के स्वप्नों का भारतीय संस्करण है। बताया : उसने तिवारी जी और डाक्टर रज़ा से इस विषय में बात की है। उनका दृष्टिकोण सेठ से अधिक स्पष्ट है। उषा ने कांग्रेस समाजवादी कार्यक्रम का समर्थन किया, परन्तु अनेक शंकायें स्वीकार करनी पड़ीं।

"इस विषय में डाक्टर सेठ क्या कहते हैं, उनकी भी बात सुननी चाहिये।" उषा ने कहा।

अमित सेठ से बात कर चुका था। उसका समाधान न हुआ था। बोला : "यहाँ तो आयेंगे नहीं। कैसे बात करोगी? मेडिकल कालेज जाना तुम्हारे लिये बहुत कठिन···वहाँ

चलोगी?'' वह समाजवादी क्रान्ति के लिये गुप्त प्रयत्नों में सहयोग देने का उत्साह अनुभव करने लगा था। क्रान्ति से सम्बद्ध प्रश्न को समझने के लिये बहिन को सहायता देने को उत्सुक। उषा से परिवार की नाराज़गी में उसकी सहानुभूति बहिन के प्रति।

''देखा जायेगा।'' उषा चुप रह गयी।

पंडित मास में एक बार स्वयं अपनी साइकल साफ करके तेल-ग्रीज़ देकर चुस्त कर लेते थे। अमित चाव से डैडी को सहयोग देता था। उषा के अनुरोध पर बहिन की साइकल खूब साफ करके तेल ग्रीज़ से टिचन कर दी, ताकि खूब हल्की चल सके। उषा ने छः मास बाद साइकल पर चढ़ने का इरादा किया तो मन में धड़कन···सम्भाल पायेगी! यों उसे साइकल का खूब अभ्यास था। हाथ छोड़कर भी चला लेती, छोटे-छोटे चक्कर में चलाना, अंग्रेजी के आठ का अंक बनाना वगैरह। पहले आँगन में आज़मा लेना चाहा।

''मीतू, तुम नज़दीक रहो। डगमगाऊँ तो सम्भाल लेना।'' मीतू समीप था। उषा साइकल के पैडल पर पाँव रख गद्दी पर बैठ गयी। उसे लगा, साइकल चलाना उसने कभी छोड़ा ही न था। डैडी की बात याद आयी : साइकल चलाना और तैरना एक बार आ जाय तो शरीर के लिये स्वाभाविक क्रिया बन जाती है। साइकल पर यूनिवर्सिटी जाते मन-मन मुस्करा रही थी : मेरे लँगड़ाने पर चुटकी लेने, लँगड़ी पंडिताइन पुकारने वाले मूर्ख अब क्या कहेंगे···मन में पुलक। साइकल पर नहीं हवा पर सवार।

अक्टूबर का तीसरा शनिवार था। उषा साढ़े दस बजे यूनिवर्सिटी के लिये चल रही थी। मिसेज़ सिंह आ गयीं, ''उषी डियर, कितने दिन हो गये ब्रिज नहीं जमा। चार तक ज़रूर लौट आना। आज हमारे यहाँ रहा।'' मुस्करायी, ''तेरे मन की चीज। खिलाऊँगी—हिरन के सींख कबाब!''

''हाय आंटी, हिरन कहाँ से आया?'' उषा ने उत्सुकता दिखायी, ''कहो, हम और जल्दी आ जायें। आज हम सवा बजे फ्री।''

उषा तीन बजे तक लौट आयी। शनिवार क्रिश्चियन कालेज भी आधा दिन लगता था। पंडित आ चुके थे।

उषा यूनिवर्सिटी से लौटकर कुछ देर ऊपर कमरे में लेटी तो झपकी आ गयी। मम्मी की पुकार से नींद खुली। पड़ोसियों के यहाँ जाने से पहले मुँह धो लिया। साड़ी बदलने की ज़रूरत न समझी। माँ ने टोका, ''जरा कंघी तो कर ले। ये बुरी आदत; जो साड़ी पहन के बाहर गये, वही पहन के लेट गये। कितने बल पड़ गये!''

''सामने आंटी के यहाँ जाने के लिये साड़ी बदलूँ?''

''साफ-सुथरा रहने में क्या हर्ज है! अपनी पोज़ीशन का ख्याल रखा करो, यूनिवर्सिटी में पढ़ती हो।''

बक्से पर रखी थी—चंदेरी की बहुत हल्की गुलाबी ज़मीन की साड़ी, दूर-दूर लाल बूटियाँ। बढ़िया किनारा। जबलपुर से मौसी ने माँ के लिये भेजी थी। रोज़-रोज़ पहनने की चीज़ नहीं। उषा का क्या; मन आ जाये तो रोज़ कालेज़ में पहनकर उड़ा दे।

''मम्मी, ये साड़ी सिंह आंटी के यहाँ जाने के लिये!''

''इसमें क्या खास। पहले पहन तो चुकी हो। हाथ में यही आ गयी। तुम पर फबती है, पहन लो। सिल्क पहनने का तो अभी मौसम नहीं।''

मम्मी की बातों से उषा ने पूछ लिया, ''मम्मी, वहाँ कौन-कौन आ रहे हैं?''

"हम क्या जानें! चौहान-मिसेज़ चौहान होंगे ही, यूसुफ तो अभी कचहरी से न आये होंगे। सिंह के मेहमान आये हुए हैं बरेली से।"

उषा ने साड़ी के अनुरूप कंघी भी सावधानी से की। मम्मी की ओर ध्यान गया। मम्मी ब्रिज खेलती नहीं थीं। ऐसे अवसर पर सिंह के यहाँ जाती भी न थीं। वे भी तैयार हुई थीं। काफी अच्छी साड़ी पहनी।

सिंह के बैठक में पहुँचकर उषा को आयोजन के प्रयोजन का आभास हो गया। सिंह ने मेहमानों का परिचय कराया। मिस्टर सिंह के बड़े साले का छोटा बेटा के० एस० टोबी और उसकी भाभी बरेली से गोरखपुर जा रहे थे। सिंह मिसेज़ सिंह के अनुरोध पर दो दिन लखनऊ में ठहर गये थे। के० एस० टोबी रेलवे में असिस्टेंट डिवीजनल इंजीनियर था। टोबी का बड़ा भाई गोरखपुर में गुड्स आफिस में असिस्टेंट सुपरिंटेंडेंट था। सिंह ने परिचय ब्योरे से दिया : टोबी ने ईछापुर से डिप्लोमा लिया था। तीन साल पहले सर्विस शुरू की थी। पच्चीस-छब्बीस की उम्र। पौने दो सौ पा रहा था। शीघ्र उन्नति की आशा। योग्य जवान और प्रभावशाली सम्बन्ध-सम्पर्क।

ब्रिज के पहले राउण्ड में मिसेज़ सिंह, उषा, पंडित और टोबी बैठे। पार्टनर्स के लिये कट किया तो मिसेज़ सिंह और टोबी, पंडित और उषा। काल मिसेज़ सिंह की रही। सिंह पत्नी के समीप बैठे टोबी का शेष परिचय देते रहे : इसे लड़कपन से स्पोर्ट्स का शौक। निशाना अचूक। भागते हिरन के सिर में बुलेट बैठा दे। डी० टी० एस० साहब शिकार पर जायें तो टोबी को छुट्टी दिलाकर जरूर साथ ले जाते हैं। पिछली बार तो साहब को चीते ने धर लिया होता, टोबी के औसान और निशाना। चीता जम्प कर चुका था, इसने उसके सिर में गोली दाग दी। चीता साहब के पैरों पर गिरा पर हिल न सका।

टोबी का व्यक्तित्व स्वयं मुखर। अच्छा कद, भरा बदन, खुलता साँवला चेहरा। घने काले बाल बहुत करीने से छँटे। बीच में पैनी माँग। खूब पुष्ट कंधे। चौड़ा सीना। पेट को सीने से आगे न बढ़ने देने के यत्न में धंसी हुई पेटी। कमीज की आस्तीनें कोहनी पर सिमटी हुईं। कसरती, खूब पुष्ट बाँहें।

हाथ मिसेज़ सिंह खेल रही थीं। टोबी डमी था। वह सिंह को दूसरी बार चीता मारने का एडवेंचर सुनाने लगा, "मचान पर से शिकार का क्या मज़ा···।"

सिंह को अचानक याद आ गया, "टोबी के दो शौक—एक हंटिंग, दूसरा रीडिंग। माई गॉड, बरेली स्टेशन पर व्हीलर के स्टाल का न कोई मैगज़ीन छोड़े न किताब। रेलवे क्लब का लाइब्रेरियन है।"

रबर खत्म होते साढ़े पाँच से अधिक हो गये। सिंह ने पद्मा को पुकारा, "बेटी, चौहान अंकिल-आंटी को कहो, हम लोग चाय के लिये इंतजार कर रहे हैं।"

ब्रिज और चाय पार्टी का प्रयोजन भाँपकर उषा का मन हो रहा था, उठकर चली जाये। रबर खत्म हो गया था। चाय पर आयी थी, चाय पिये बिना जाने की बात कैसे करती।

"हल्लो" की हुंकार से चौहान दम्पति ने प्रवेश किया। उनके साथ रीटा। टोबी का परिचय चौहान दम्पति के लिये दोहराया गया।

उषा दो सैंडविच और दो कबाब खाकर तृप्त हो गयी। सिंह आंटी ने उसे ज़बरन एक और कबाब खिलाया। उषा चाय के बाद एकदम कैसे चली जाती। दूसरा रबर शुरू

हो गया। उषा ने तुरन्त कह दिया, "इस बार हम देखेंगे, हमें पत्ते न दीजिये।" चौहान चाय लेकर चले गये। उनके पेशेंट्स का टाइम था। मिसेज़ चौहान को ब्रिज से वास्ता नहीं। बैठकर क्या करतीं। आयोजन का परिणाम उन्हें बताया ही जाना था।

अब खेल जम रहा था। उषा ने मिसेज़ सिंह के कान की ओर झुककर ज़रूरी काम से घर लौटने की अनुमति चाही। मिसेज़ सिंह ने असंतोष से पण्डित की ओर देखा, "ये देखो! उषी, अभी तुम खेली ही क्या··· हमने तो आठ तक का प्रोग्राम बनाया है। खाना भी सबका यहाँ।"

"आंटी, बहुत मज़बूरी है।" उषा को ऊँचे बोलना पड़ा, "कल मुझे डाक्टर अस्थाना को उनके पिछले नौ लेक्चर्स का ब्रीफ देना है। ढाई महीने के नोट्स देखने होंगे। हमारे मार्क्स उन्हीं के हाथ में हैं।"

पण्डित बेटी का भाव समझकर बोले, "ऐसी मज़बूरी है तो क्या कहें।"

उषा चलने लगी तो टोबी खड़ा हो गया, "ग्रेट प्लेज़र टु मीट यू। होप टु सी अगेन ऑन रिटर्न जर्नी। बाई-बाई, सो लांग।"

"बाई-बाई।" उषा गर्दन के संकेत से विनय प्रकट कर दौड़ गयी।

मंगलवार उषा यूनिवर्सिटी से चार बजे लौट रही थी। मिसेज़ सिंह की नज़र पड़ गयी। पुकार लिया, "उषा, सुनो तो!"

उषा साइकल सिंह के मकान की दीवार से टिकाकर भीतर चली गयी। मिसेज़ सिंह ने एकाध बात इधर-उधर की करके पूछा, उस दिन जल्दी चली गयी।···ह्वाट डू यू थिंक अबाउट टोबी?"

उषा जानती थी, यह प्रश्न आयेगा। "आंटी, तुम्हारा मतलब वो···शिकारी इंजीनियर! उषा ने दोनों हाथों की मुट्ठियाँ कंधों के बराबर उठाकर कसरती बदन का संकेत किया, "नाइस फैलो···एण्टरटेनिंग।"

उषा का टोबी को केवल कसरती, शिकारी और हँसोड़ समझना मिसेज़ सिंह को उत्साहवर्धक न लगा। फिर भी बोली, "सुनो, तुम्हारी मम्मी-डैडी को तो बहुत जँचा। शुक्र की शाम गोरखपुर से लौट रहा है। शनीचर रहेगा। तुम्हारी राय हो तो बात चलायें। वह तुम्हारी बहुत तारीफ कर रहा था।"

"आंटी मेरी क्या तारीफ! वह अपने ढंग का भला आदमी···। मम्मी की बात आप छोड़िये। मेरा पक्का इरादा है···।" जानती थी, बात मम्मी डैडी तक पहुँचेगी, उसका फायदा उठाने के लिये बोली, "एम० ए० फाइनल के बाद जॉब, तब दूसरी बात, बल्कि आंटी चाहती हूँ, अभी से कहीं जॉब मिल जाये, एम० ए० तो प्राइवेट भी हो सकता है।"

"तुम नौकरी करोगी?" मिसेज़ सिंह उम्र में मिसेज़ पंडित से कुछ ही कम लेकिन जिन्दादिल, जवान-लड़के-लड़कियों से बराबरी से बात और माजक कर लेती।

"आंटी, सोलह बरस हो जायेंगे पढ़ते-पढ़ते एम० ए० फाइनल तक।" उषा ने जैसे मन खोल दिया, "माँ-बाप का इतना खून-पसीना इसीलिये बहाया है कि किसी भागवान के घर जाकर जद्दन और बेबे का काम सम्भालूँ? आंटी, सच बात यह कि वाइफ चाहे लाट गवर्नर की हो, रहेगी मोहताज़। आज़ादी और इज्जत अपने पाँव खड़े इन्सान की···।" खूब साफ और ज़ोर लगाकर कहा ताकि बात डैडी-मम्मी तक ज़रूर पहुँच जाये।

चाय पार्टी में टोबी से भेंट की प्रतिक्रिया मिसेज़ पण्डित और पण्डित को मिसेज़ सिंह से मालूम हो गयी। पण्डित को उषा के स्वभाव से इस विषय में अनुमान था। मम्मी इतनी ज़ल्दी आशा न छोड़ देना चाहती थी। उषा की नौकरी करने की उत्सुकता के सम्बन्ध में भी उन्हें पता लग गया। पागल है—मिसेज़ पण्डित ने कह दिया। पंडित सोचते रहे। स्पष्ट था, नौकरी की इच्छा का कारण, खासकर एम० ए० से पूर्व ही, लड़की के मन में सेठ प्रसंग से सम्बद्ध क्रोध। उषा का व्यवहार साधारणतः सामान्य हो गया था, परन्तु कभी किसी बात से मन का खोयापन, उदासी, गुस्सा भड़ककर झलक जाते थे। आशा थी, शनैः शनैः ठीक हो जायेगी।

पंडित अवसर की प्रतीक्षा में थे। उनकी नज़र में एक बहुत योग्य क्रिश्चियन जवान था, नौ बरस पूर्व उनका विद्यार्थी। एम० एस-सी० करके मैट्रियोलाजिकल सर्वे आफ इण्डिया, देहरादून में काम कर रहा था। बहुत सौम्य, अध्ययनशील। कभी-कभी उससे पत्राचार भी हो जाता। क्रिसमस के अवकाश में उसके लखनऊ आने की संभावना थी। मिसेज़ पण्डित ने वर की चिन्ता में फिर एक-एक पत्र आगरा, लाहौर, जबलपुर लिख दिया।

अक्टूबर के अंतिम दिन। सुहावना मौसम। स्कूल दस बजे के हो जाते तो पंडित परिवार में शाम को चाय का महत्त्व बढ़ जाता। स्कूल-कालेज से लौटकर बच्चों और पंडित को भी साढ़े चार बजे भूख मालूम होती। खाने के लिये कोई हल्की चीज, कभी तले हुए आलू, कभी घी में आटा भूनकर चीनी मिला दी जाती या हलवा। कभी दाल सेव या बाजारू समोसे। अकसर दो-दो स्लाइस डबलरोटी-मक्खन।

अमित ने कालेज से लौटते ही उषा से मिसकोट की। दोनों चुप रहे शनिवार था। पंडित चाय पीकर कचेहरी रोड पर झा के यहाँ संगीत की बैठक के लिये चले गये। छः बजे अमित ने बताया, "मम्मी, हीवेट रोड पर आचार्य नरेन्द्रदेव का लेक्चर है। हम और जीजी सुनने जा रहे हैं।" दोनों पैदल निकल गये।

व्याख्यान 'संघर्ष' कार्यालय में था। पत्रों में ब्रिटेन, फ्रांस और नाज़ी जर्मनी में म्यूनिख संधि के समाचार से देश के राजनीतिक क्षेत्र में बहुत सनसनी थी। व्याख्यान का विषय था : साम्राज्यवाद और पूँजीवाद का आक्रामक रूप—फासिज़्म। उषा को आचार्य जी को देखने-सुनने की उत्सुकता थी। अमित की बात से कुछ और भी आशा। अमित-उषा पहुँचे तो सब लोग आ चुके थे। अच्छा बड़ा कमरा। सब लोग फर्शी दरी पर बैठे थे। तीस-पैंतीस श्रोता। सामने दीवार के साथ बिछी गद्दी पर आचार्य जी घुटने तोड़े बैठे थे। उषा पहचानती न थी। अमित जानता था, आचार्य जी के एक ओर डी० पी० एस० सिन्हा, दूसरी ओर प्रसिद्ध रईस कामरेड महमूद ज़फर। उनके सामने श्रोताओं में सबसे आगे डाक्टर रशीदजहाँ और एक अन्य महिला।

उषा ने सभा में संकोच अनुभव किया। उससे पहले केवल तीन लड़कियाँ या महिलायें थीं। कपिला दुबे को उषा ने पहचान लिया। चेतन, अविनाश और अवस्थी को भी पहचाना। महिलाओं को सुविधा के लिये वक्ता के समीप सामने स्थान दिया गया था। आचार्य जी ने वार्ता शुरू करने से पहले पूछा, "आपकी क्या राय है, बातचीत अंग्रेजी में हो या हिन्दुस्तानी में?"

"अंग्रेजी में बेहतर…।" सिन्हा और महमूद की राय थी।

"हिन्दी में···हिन्दी में!" कई आवाजें उठ गयीं।

"हिन्दी में इस मज़मून को समझना आम लोगों के लिये मुश्किल होगा।" महमूद मुस्कराये।

"आम लोग हिन्दी ही चाहते हैं," आचार्य जी ने मुस्कराकर श्रोताओं की ओर संकेत किया, "कोशिश करूँगा, मुश्किल महसूस न हो।"

उषा के लिये ऐसी बात हिन्दी में सुनने का पहला अवसर। आई० टी० और यूनिवर्सिटी में हिन्दी में व्याख्यान की कल्पना न थी। उषा को विस्मय। आचार्य जी सहज सरलता से बोल रहे थे। उसे भी समझने में दुविधा न हुई। आचार्य जी का अभिप्राय था : ब्रिटेन और फ्रांस की साम्राज्यशाही शक्तियाँ इस संधि से नाज़ियों को सोवियत के विरुद्ध अभियान के लिये शक्ति संचय का अवसर और प्रोत्साहन दे रही हैं, परन्तु यह भी सम्भव है कि पूँजीवाद और साम्राज्यवाद के अन्तर्विरोधों से यह संधि पुरानी साम्राज्यशाही और नये उठते साम्राज्यकामी नाज़ियों में युद्ध की भूमिका बन गये। नाज़ी जर्मनी में सभी समाजवादी और मजदूर संगठनों की समाप्ति संसार भर के समाजवादियों के लिये एक चेतावनी है···।

उषा को डाक्टर सेठ सामने दाहिने बैठा दिखायी दिया। सिहरन। उत्सुकता, नज़रें मिल जायें। आँखों-आँखों में नमस्ते। संतोष···नाराज नहीं है।

भाषण के पश्चात कुछ प्रश्नोत्तर। लोग खड़े हो गये। अमित किसी से बात में उलझ गया था। सेठ उषा की ओर आ गया, "टॉक कैसा लगा?"

"बहुत अच्छा।"

"मेरा खयाल है, इस प्रकार की सामाजिक चर्चा सुनना लाभदायक होगा।"

"जरूर।···आपसे कुछ कहना था।"

"कहो।" और समीप।

"उसमें समय लगेगा।"

"मैं आ सकता हूँ।"

"नो नो," उषा ने कहा, "स्वयं कोशिश करूँगी।"

अमित आ गया। "डाक्टर साहब, मैं जीजी को ले आया।"

"तुम बहुत भले भाई।" सेठ सराहना से मुस्कराया।

स्वयं कोशिश करूँगी—उषा ने कह दिया था, परन्तु मेडिकल कालेज चले जाना सरल न था। तीसरे सप्ताह अमित कालेज से लौटकर ऊपर उषा-पद्मा के कमरे में चला गया। वह डाक्टर सेठ के यहाँ होकर आया था, बोला—"पूछ रहे थे, तुमने मिलने के लिये कहा था, क्या बात थी। मैंने बता दिया—"रोल आफ सोशल डेमोक्रेट्स' वाले पैम्फलेट के सम्बन्ध में बात करना चाहती है। शुक्रवार को 'संघर्ष' आफिस में आते हैं। बात करना चाहो तो चली चलो। आज स्टडी सर्किल भी है।"

उषा के मन में सेठ से भेंट की व्याकुलता बढ़ गयी—डाक्टर प्रतीक्षा में है। खुद ही कहा और जा न सकी। 'संघर्ष' आफिस में कैसे बात हो सकेगी। टाल दिया, "मीतू इस समय नहीं।"

जुलाई, १९३८ के आरम्भ में डाक्टर रज़ा अहमद को प्रिंसिपल, डाक्टर हामिद और डाक्टर जायसवाल की कृपा से लेक्चररशिप मिल गयी। एम० एस० के लिये उसका साइनोप्सिस भी मंजूर हो गया। अढ़ाई सौ मासिक की नौकरी और अस्पताल में क्वार्टर पाकर पाँव मज़बूत हो गये। चेहरे और स्वर से निराशा का दैन्य जाता रहा। उसने गेती और सास से दृढ़ता से बात की, "हमें नौकरी की वजह से कालेज के क्वार्टर में रहना ज़रूरी है। गेती और आप हमारे साथ रह सकती हैं। जगह पर्देदार है, इस मकान से बेहतर। आप न चाहें, गेती चल सकती है। दोनों इसी मकान में रहना चाहें, तो भी हमें नौकरी की वज़ह से वहीं रहने की मजबूरी। हमसे जो बनेगा खर्च के लिये यहाँ भी देते रहेंगे!"

सास को ऐसी बेगैरती असह्य। गेती ने भी मुँह फुला लिया। रज़ा सप्ताह बाद हाल-चाल पूछने आया। बीवी और सास के मुँह फूले थे। बच्चों को प्यार कर लौट गया। तीन सप्ताह ऐसे ही चला।

रज़ा अगस्त के पहले सप्ताह वज़ीरगंज मकान पर गया। बीवी और सास की ओर से असहयोग। बच्चों को दुलराया और पचहत्तर रुपये आँगन में पड़ी खाट पर छोड़ गया। महीना भर घर न गया। सितम्बर के पहले सप्ताह गया तो गेती उसे देख फूट-फूट कर रो दी, "हाय अब्बा ने हमें किस कुएँ में डाल दिया।···तुम्हें गली-कोठों की खाक फाँकनी थी तो हमारी ज़िन्दगी क्यों बर्बाद की?" आँसू भरी लाल आँखों से घूरकर बोली, "इस तरह सताना है तो हमें ज़िबह क्यों नहीं कर देते। ये शरीफों के तरीके नहीं हैं।"

"खानदानी शरीफ बीवी का फर्ज शौहर की राय माने। तुम हमारे साथ चलो। खुद देख लो, हम क्या, कैसी खाक़ फाँकते हैं?" गेती को माँ की मंशा के खिलाफ कदम उठाना नामंजूर। रज़ा पचहत्तर रुपये उसके सामने रखकर लौट गया। महीना भर मकान न गया। सितम्बर के पहले सप्ताह रज़ा के आने पर गेती की ओर से और उग्र विरोध प्रदर्शन। पहले से ज्यादा रोना और कोसना। पति से दो मास की विदाई की तड़प का क्रोध, परन्तु माँ के विरुद्ध क्या कर सकती थी। अक्टूबर के आरम्भ में रज़ा को मियाँ शमसुद्दीन का पैगाम मिला। रज़ा मिलने गया। डाक्टरी पास करके अढ़ाई सौ मासिक तनखाह लेने पर ससुर की नजर में रज़ा बहुत ऊँचा उठ गया था। इसके अतिरिक्त शमसुद्दीन के दूसरे दामाद—बड़ी बेगम के खाविन्द फज़ल अहमद ने ससुर को रज़ा के पक्ष में समझाया। फज़ल अहमद वकालत जमाने के यत्न में था, विचारों से आधुनिक प्रगतिशील। तीन-चार बार भेंट से ही फज़ल और रज़ा में पटरी बैठ गयी। रज़ा ने विनय से विश्वास दिलाया : उसका क्वार्टर पर्देदार मकान है। साथ के क्वार्टर में बरस भर पहले तक डाक्टर अब्दुर्रहमान रहते थे। वे भी पर्दे के पाबन्द हैं। नौकरी और आइंदा तरक्की दोनों के लिये उसका क्वार्टर में रहना लाज़मी। शमसुद्दीन ने बेटी को हस्पताल के क्वार्टर में खाविन्द के साथ रहने की राय दी : माँ क्या करती।

डाक्टर रज़ा को कालेज के क्वार्टर में तीन मास अकेले रहने में कोई परेशानी न हुई। उसके क्वार्टर के सामने बायें हाथ डाक्टर सेठ का क्वार्टर। सेठ के यहाँ खाना बनाने के लिये नौकर। सेठ का क्वार्टर रज़ा के लिये अपना। तीन मास दोनों का नाश्ता-खाना साझे में था। रज़ा यदि परेशानी महसूस करता तो यही कि तीन मास सुबह-शाम का भोजन निरामिष, बिना प्याज-लहसुन। वह सेठ को 'सभ्य' बनाने की कोशिश में था।

सेठ ने प्रगतिशील साथियों की संगति में अंडा-आमलेट खाना स्वीकार कर लिया था, लेकिन भोजन में मांस की बोटी मुँह में लेना उसके बस में न था।

गेती के लिये मेडिकल कालेज का क्वार्टर नयी दुनिया। सुबह आठ से एक या सवा बजे तक बच्ची और नौकर छोकरे कमाल के सिवा अकेली। कोई पड़ोसिन-सहेली कुछ नहीं। वज़ीरगंज की गली के मकान में पैदा हुई थी। उसी मकान में जवान हो गयी।

उसने सैकड़ों मर्द भी देखे थे, लेकिन अब्बा, अपने शादीशुदा भाई जो अब कानपुर में था, हवेली में दूसरे सौतेले भाइयों, हवेली के दो-चार नौकरों के अलावा मर्दों को पर्दे-चिलमन के पीछे से या किसी ओट से देखा था। क्वार्टर में आकर अजीब स्थिति।

गेती को संक्षिप्त सामान के साथ रज़ा इतवार के चौथे पहर ताँगे पर कालेज क्वार्टर में ले आया था। गेती बुरके में थी। ताँगे के अगाड़ी-पिछाड़ी चादरें बाँधकर पर्दा कर दिया गया था। ताँगा गली से चला तो गेती माँ के बिछोह और घर छोड़ने के गम में सुबक रही थी। शुरू में मालूम हुआ, ताँगा गली से निकलकर दाहिने हाथ मुड़ा। उसके बाद कुछ मालूम न हो सका, ताँगा किन रास्तों-सड़कों पर हिचकोले-झकोले खाता मेडिकल कालेज पहुँचा। ताँगे से बुरके में उतरकर गेती ने छोटा सा बरामदा देखा। भीतर कमरे से लगा दूसरा कमरा और पक्की ईंट की चारदीवारी से घिरे मकान के आँगन से बड़े आँगन में रसोई। ईंट के फर्श का आँगन। कुछ मालूम न हो सका—अपनी गली से किस तरफ कितनी दूर पहुँच गयी थी; पास-पड़ोस में क्या है? माँ ने गेती के साढ़े तीन बरस के बेटे को अकेले के खयाल से अपने साथ रख लिया था। पौने दो साल की बेटी नादिरा साथ आयी थी। माँ ने बेटी की मदद के लिये एक गरीब पड़ोसी के सात बरस के बेटे कमाल को नौकर के तौर पर साथ कर दिया था।

सुबह रज़ा के कालेज जाने पर गेती अकेली क्या करे? किससे बोले-बतियाये? पढ़ने या सीने-पिरोने की आदत नहीं। सामने के कमरे, बैठक में आकर चिक के पीछे खड़ी हो गयी। बिलकुल चिक से लगकर कौतूहल से दायें-बायें जहाँ तक नज़र गयी, देखने की कोशिश। जानती थी, कमरे में चिक की ओट खड़े-बैठे आदमी को बाहर से नहीं देखा जा सकता। दरवाज़े के सामने चारदीवारी से घिरे साथ लगते दो क्वार्टरों के आँगन। सामने बायीं तरफ क्वार्टर के बरामदे में एक फटफटिया। उस बरामदे में भी दरवाज़े पर चिक। सुबह एक जवान रज़ा की तरह घुटनों तक सफेद डाक्टरी कोट-पतलून पहने हाथ में रबड़ की नली लगा आला झुलाते बायीं तरफ चला गया था। खुद उसके मकान के दाहिने भी सामने जैसा बरामदा। उधर देखा, वहाँ से भी एक जवान वैसा ही लम्बा सफेद कोट पहने हाथ में वैसे ही रबड़ की नली का आला लिये बायीं तरफ चला गया। अनुमान, यहाँ सब लोग, उसके खाविन्द की तरह डाक्टर हैं। सामने क्वार्टरों के आँगनों की दीवार नज़र रोके थी। चिक की ओट से बायें-दायें साठ-सत्तर कदम आगे दिखायी न दे सकता। गेती हैरान, कहाँ आ मरी। हालाँकि अपने मकान से बाहर की दुनिया इतनी भी दिखायी न देती थी लेकिन गली-पड़ोस की बाबत सब मा़लूम था। नयी जगह अजीब लग रहा था।

गेती ने देखा—दायें हाथ पड़ोस के क्वार्टर से एक जवान औरत निकली, गेती की उम्र की या बरस दो बरस बड़ी। भरा-भरा बदन। हल्की नीलगूँ हवाई मलमल की फूली-फूली साड़ी। गोरा-चिट्टा चेहरा। गोरी तो होगी पर पाउडर से झक। बड़े बनाव के बाल,

अच्छा बड़ा जूड़ा। ···बेहया का आधा सिर उघड़ा। मरी के गोरे-चिट्टे माथे पर ताजे लहू की बड़ी बूँद सी सुर्ख बिन्दी, दप-दप। पाँव में चट्टियाँ। एड़ी छूती साड़ी, बदन पर साड़ी जैसी ही हल्की नीलगूँ चुस्त कुर्ती या ब्लाउज। आधी आस्तीनें, कोहनी से ऊपर। नीचे बाँहें नंगी। कलाई पर चूड़ियाँ। हाथ में बड़ा बटुआ। गेती समझ गयी—मरी बेहया···हिन्दनी! ये लोग पर्दा नहीं करतीं। कैसी निधड़क चली जा रही है, कबूतरी की तरह सीना उभारे। उसकी उँगली पकड़े खिलौने सी खूबसूरत बच्ची।

पड़ोसिन की बच्ची गेती की नादिरा के बराबर। बच्ची खूब गोरी-गोरी, फूले-फूले गाल, गुलगुली बाँहें और टाँगें। घुँघराले गहरे कत्थई सुनहरे बालों पर लाल रिबन की गाँठ फूल की तरह। बदन पर घुटनों तक फूली-फूली फ्राक कुकुरमुत्ते की छतरी जैसी। पाँव में सफेद मोजे। छोटे-छोटे खिलौने से काले बूट। ठुमक-ठुमक चल रही थी।

मरने दो इत बेगैरत हिन्दनियों को! ···गेती ने सोचा : तवायफों की तरह सरेबाज़ार अपने हुस्न का मुजरा कर रही है। लेकिन कलेजे में शूल गड़ा—पड़ोसी है। हाय, हमारी नादिरा बाहर खेलेगी तो इसकी बेटी के मुकाबले कैसी लगेगी। तुरन्त किवाड़ों पर साँकल चढ़ा भीतर गयी। नादिरा सिर्फ झँगला पहने आँगन में चीथड़े की गुड़िया को नल के नीचे नहलाते खुद भीगकर सराबोर। माँ ने चलने से पहले बच्ची की कंघी-चोटी कर दी थी, सिर पर चिपके बाल। चार अँगुल की चोटी, पिल्ले की दुम जैसी। गेती साबुन लेकर बच्ची को आँगन में नल के नीचे नहलाने लगी। ढेरों साबुन लगाया, बच्ची को गोरी बना देने के लिये इतना रगड़कर मला कि बच्ची रो-रोकर बेहाल। बदन पोंछा, सिर साबुन से धोया था। चमेली के तेल का हाथ लगा दिया। कंघी की तो बाल फूले नहीं बैठ गये। समझ में आया तेल न लगाये तो बाल फूलेंगे। बच्ची का सिर फिर धोया। बच्ची परेशान हो गयी। पाउडर गेती के पास भी। बच्ची को खूब पाउडर लगाया। सबसे अच्छे कपड़े निकालकर पहनाये। बढ़िया कपड़े थे, गोटा-किनारी लगा केले के रेशम का गुलाबी झँगला। वैसा ही गोटा-किनारी लगा गरारा। बक्से में दबे कपड़ों में सिलवटें। कपड़े जरूर कीमती बढ़िया थे पर पड़ोसिन की बच्ची के कपड़ों की बात नहीं—वह बिलकुल विलायती गुड़िया लग रही थी। गेती का मन संतुष्ट न हुआ। चूल्हे पर रंधने के लिये दाल चढ़ा दी। आटा माँड़कर रख दिया। फिर अकेलापन काटने के लिये चिक के पीछे खड़ी थी।

डेढ़ बजे के करीब रज़ा आया। गेती ने उसे खाना देकर पड़ोसिन हिन्दनी के बेपर्दा तौर-तरीके और अकेली घूमने की आलोचना करके कहा, "ऐसे पड़ोस से हमें क्या लेना-देना, लेकिन उसकी बच्ची के कपड़े बहुत प्यारे लगे। बच्चे तो मान नहीं सकते। नादिरा उसके साथ खेलेगी तो कैसी लगेगी? इसके लिये वैसे जोड़े बनवा दो।"

"जरूर!" रज़ा ने उत्साह से कहा।

रज़ा तीन बजे लेबोरेटरी चला गया। गेती ने कुछ देर झपकी ली फिर बैठक में चिक के पीछे बैठ बाहर झाँकने लगी; करती क्या? अच्छी मुसीबत में आ गयी थी। दिन ढल चला था। रज़ा बायीं तरफ से आता नजर आया। फटफटिया वाले बरामदे में जाकर उसने पुकारा और चिक उठाकर भीतर चला गया। गेती को चिन्ता···उस घर में औरतें नहीं होंगी? उसकी नजर उधर ही रही। कुछ मिनट में रज़ा निकलकर अपने मकान की तरफ आ रहा था। नजर उसकी दाहिने हाथ बरामदे की तरफ। अपने बरामदे से आगे

बढ़ गया। लाड़ में पड़ोसी की बच्ची को पुकारने का स्वर। गेती समझी नहीं, सिर्फ 'रानी' समझ में आया। गेती ने कौतूहल में अंगुल भर चिक उठाकर दाहिने देखा। रज़ा पड़ोसिन बच्ची को गोद में लिये लाड़ से दुलराता चला आ रहा था। बच्ची के कपड़े सुबह जैसे ही थे, लेकिन रंग दूसरा। घुँघराले बाल बिखरे हुए। पाँव नंगे।

"मद्दो रानी, ये तुम्हारी चाची।" रज़ा ने गेती की ओर इशारा किया। बच्ची को गोद में लिये बैठ गया, "नादिरा को लाओ। दोनों को सहेली बना दें।"

गेती ने बच्ची को दोपहर में सुलाते वक्त कपड़े उतार दिये थे। कपड़े पहनाकर लायी। दोनों बच्चियों में बहुत फर्क लग रहा था। एक खिले फूल जैसी, दूसरी नीचे गिरकर धूल में सने फूल सी। "ऐसे कपड़े चाहती हो न?" गेती से पूछा। "बच्चों के लिये कपड़े ढंग के होने ही चाहिये। हम मिसेज़ मिश्रा से कह देंगे। बता देंगी। कहाँ से बनवाती हैं। उनके साथ सवारी पर चली जाना। चार-छः जोड़े बनवा लो।"

"ये ही सिखाने को हमें यहाँ लाये हो?" गेती के माथे पर तेवर। "हम लोगों के यहाँ पर घर का कपड़ा-लत्ता हमेशा मर्द लाते रहे। न लाकर देना हो मत लाओ। लड़की ऐसे ही रह जायेगी। हमें बर्दाश्त नहीं होगा, वजीरगंज लौट जायेंगे।

दूसरे दिन सुबह रज़ा नाश्ता कर कालेज चला गया। गेती घर के भीतर रख-सम्भाल में लगी थी। बैठक के किवाड़ों पर खट-खट सुनकर पुकारा, "कमाल, देखो कौन आया है?"

कमाल ने बताया—पड़ोस की मेम साहब आपको पूछ रही हैं। गेती को घबराहट…हाय उसके सामने कैसी लगूँगी? "वहीं कुर्सी पर बैठाओ," गेती ने कहा। कुर्ते का दामन खींचकर सल्वट सीधे किये, दुपट्टा सिर पर लेकर बैठक में आयी।

पड़ोसिन पिछले दिन की तरह बनी-ठनी। साड़ी का रंग बजाय नीलगूँ के गहरा कत्थई, ऊपर सफेद चारखाना।

"मिसेज़ डाक्टर मिश्रा ने सलाम किया, "सोचा, पड़ोसिन से मुलाकात कर लें। आपके मियाँ हमें भाभी पुकारते हैं। आप अभी कल तशरीफ लायी हैं। हम यहाँ दो बरस से हैं। हमारे लायक कोई मदद हो तो फार्माइयेगा।"

"शुक्रिया।"

मिसेज़ मिश्रा ने अखबार में लिपटा पैकेट खोल दिया। बचकाने कपड़े के दो जोड़े थे। "रज़ा भाई कह रहे थे, आप बच्ची के लिये हमारी मद्दी जैसे कपड़े बनवाना चाहती हैं। हम लालबाग जा रही हैं। वहीं दर्जी है। यहाँ फाटक पर ताँगा मिल जाता है। आप खुद चलतीं तो अपनी पसन्द का कपड़ा-रंग-डिजाइन पसन्द कर लेतीं। यों आप कहें, हम बनवा देंगे। इनमें से कौन पसन्द है आपको?"

"दोनों ही अच्छे हैं।" गेती ने कपड़ों पर नजर डाली। "आप ही इनायत फर्माइये। आपके मुकाबले हमारी पसन्द क्या। हम तो कभी बाजार गयी नहीं। हम लोगों में रिवाज नहीं।"

"कितने जोड़े बनवा दें?"

"दो जोड़े बनवा दीजिये। …एक इस मेल, एक ऐसा।"

"दो जोड़े!" मिसेज़ मिश्रा की भौंवें उठ गयीं, "दो से क्या होगा? बच्ची है। इसे साफ रखना चाहेंगी तो दिन में चार बार तो बदलेंगी।"

गेती झेंप गयी, ''चार बनवा दीजिये।'' खुद को छोटा न दिखाना चाहती थी।

''जैसी आपकी तबीयत,'' मिसेज़ मिश्रा ने मंजूर कर लिया। ''आप भी कभी हमारी तरफ तशरीफ लाइये। पड़ोसियों में मेल-जोल अच्छा रहता है।''

''जरूर हाजिर होंगे।''

गेती की तनहाई की मुश्किल का खयाल रज़ा को था। घर पर गेती की तालीम के बारे में भी मालूम। निकाह के सात मास बाद रज़ा को गेती की समझ का दायरा बढ़ाने का खयाल आया था। पढ़ने का शौक पैदा करने के लिये उलफतराय और रतनलाल के कुछ दिलचस्प अफसाने और नावेल, रिसाले नकूश, हुमायूँ, नया जमाना वगैरह गेती के लिये लाने लगा। गेती की माँ और वालिद को अला-बला फहेश किताबें औरतों को पढ़ाना पसन्द न था। उन्होंने एक-दो बार टोका। फिर शौहर की मर्जी देखकर चुप रह गये। रज़ा भी समझ गया, गेती को पढ़ने का शौक खुद ही न था। वह चाहती थी सहेलियों से बतरस। गेती को क्वार्टर में लाने के बाद उसके लिये किताबें लाया। उर्दू अखबार भी लाता। गेती का मन पढ़ने में न लगता।

रज़ा पढ़ाने या बातचीत के अलावा गेती का खयाल बदलने के लिये उसकी वाकफियत का दायरा भी बढ़ाना चाहता था। घर से बाहर निकलने का सुझाव देने का वक्त अभी न आया था।

गेती को क्वार्टर में आये दूसरा महीना हुआ था। शाम लेबोरेटरी से लौटते समय रज़ा की नजर क्वीन मेरी की तरफ से आती डाक्टर कमरुन्निसा पर पड़ गयी।

डाक्टर कमरुन्निसा रज़ा से दो बरस सीनियर थी। पैथालाजी के प्रोफेसर सैयद हामिद अली, एफ० आर० सी० पी० की बेटी। बहुत संजीदा, समझदार लेकिन पकी, बल्कि बहुत लगन की कम्युनिस्ट। गाइनाकोलोजी में एम० डी० कर रही थी। मेडिकल कालेज के कामरेड उसे आपा पुकारते थे।

''हलो-हलो'' के बाद कमर ने शिकायत की, ''सुना है, बीवी को ले आये। हमसे इंट्रोड्यूस भी नहीं कराया?''

''अभी आइये आपा।'' रज़ा तो खुद चाहता था, गेती को समझाने के लिये कमर से बेहतर मिसाल क्या हो सकती थी। रज़ा से बात करती कमरुन्निसा साथ हो गयी।

गेती चिक के पीछे से झाँक रही थी। शौहर को एक बेपर्दा अजनबी औरत के साथ हँसते-बोलते आते देख दिल जल गया। गुस्से में भीतर चली गयी। उसकी साड़ी मसली हुई थी। तुरन्त साड़ी बदली। माथे पर कंघी ठीक की। मियाँ की आवाज सुनी, ''आप तशरीफ रखिये।''

''जरा बाहर आइये। कमरुन्निसा आपा आयी हैं।''

गेती ने साड़ी का आँचल करीने से करते हुए नजदीक आकर पूछा, ''कौन?''

''बैठक में आओ, खुद देख लो।'' रज़ा कुछ झिझकती हुई गेती को ले आया। कमर के सलाम के जवाब में गेती ने आदाब अर्ज किया। औरत थी, लेकिन डाक्टरों जैसा कोट। समझ लिया, डाक्टरनी!

''कमरुन्निसा आपा हैं। हमसे बड़ी डाक्टर। आपके वालिद प्रोफेसर सैयद हामिदअली साहब हम पर मेहरबान हैं। हमें उनका बहुत सहारा।''...रज़ा मुस्कराया ''तुम्हें किसी रोज़ इनकी मदद की जरूरत पड़ सकती है।''

''ज़रूर!'' कमर हँसी, ''मुबारक मौका जल्द आये।''

''लिल्लाह!'' रज़ा झिझका, ''आपा, इतनी जल्दी नहीं। आपकी दुआ से एक जोड़ा बेटा-बेटी हैं। बहुत काफी।''

''चश्मेबद्दूर! बच्चे गिने नहीं जाते।'' कमर गेती की तरफ देख मुस्करायी, ''क्यों दुल्हन, बच्चे कहाँ छिपा रखे हैं?''··· नजर भीतर दरवाज़े की तरफ गयी, ''आहा आप हैं!'' नादिरा भीतर के दरवाज़े से झाँक रही थी। कमर ने लपककर उसे गोद ले लिया।

''तमाम धूल से भरी है।'' रज़ा ने टोका, ''आपका एप्रन मैला हो जायेगा। इन्हें सफाई का कायदा सीखने में कुछ वक्त लगेगा।'' हँसा, ''हम लोग आहिस्ता-आहिस्ता तहज़ीब सीखेंगे।''

''कुछ मैला नहीं होगा।'' कमर ने बच्ची को प्यार कर फर्श पर खड़ा कर दिया, ''बिटिया उँगलियाँ मुँह में नहीं डालते।'' कमर ने बच्ची के मुँह से उँगलियाँ हटा दीं। बच्ची माँ के घुटनों से जा लिपटी।

नादिरा को गोद में लेने से कोट मैला हो जाने का खयाल और कमर का बच्ची को मुँह में उँगली डालने से टोकना गेती को अच्छा नहीं लगा।

''बहुत गरमी मालूम हो रही है!'' कमर एप्रन कोट के बटन खोलती हुई खड़ी हो गयी, ''हम भीतर जाकर एप्रन उतार लें।''

''आपा, आपका अपना घर है।'' रज़ा ने गेती की तरफ देखा, ''जाओ शायद पानी-वानी की ज़रूरत हो : साबुन-तौलिया दे दो।''

गेती भीतर ले गयी। कमर ने एप्रन कोट उतारकर बाँह पर ले लिया। आँचल कंधों पर फैला लिया। सिर न ढँका। हल्के बादामी रंग के महीन कपड़े की साड़ी, वैसा ही आधी आस्तीन का चुस्त ब्लाउज। गेती ने देखा, पूरी भरी जवान औरत। जरा ढँका हुआ रंग। सादगी से पीछे सीधी कंघी, बिना माँग। अच्छा बड़ा जूड़ा। बदन अनब्याही सा। एप्रन उतारकर कमर बैठक में आ गयी, बोली, ''दुल्हन, रज़ा हमें आपा कहते हैं। तुम भी वही कहोगी। हम तुम्हें क्या पुकारें? रज़ा छोटे हैं, तुम और छोटी। दुल्हन ही कहें या तुम्हारा नाम पुकारें?''

''इनका नाम गेती आरा है।'' रज़ा ने बताया।

''बहुत प्यारा नाम है···धरती की तरह वसीह दिल, बुर्दवार (सहिष्णु)।''

''हम तो ऐसा ही चाहेंगे,'' रज़ा गेती की तरफ देख मुस्कराया। ''आपा, एक प्याला चाय हो जाय।''

''नहीं नहीं!'' पहले रोज़ ही दुलहन को तकलीफ नहीं देंगे। हम एक गिलास पानी ले लेंगी।

''आपा, वक्त तो चाय का है, लेकिन हम खुद इसरार न करेंगे। अभी आपके मसरफ की चाय ये बना नहीं पायेंगी। कायदे के बर्तन भी नहीं ला पाये।''

रज़ा की यह अकिंचनता गेती को अपना अपमान लगी।

''नहीं, ऐसी क्या बात।'' कमर ने बात टाली, ''दरअसल अभी डाक्टर अग्रवाल के यहाँ चाय लेकर आ रहे हैं। हमें प्यास मालूम हो रही है।''

गेती एक गिलास पानी ले आयी। कमर ने पानी पिया। पन्द्रह मिनट बैठी। रज़ा से अंग्रेजी में बात करती रही। पान लेकर उठ गयी, ''अच्छा गेती आरा, हम फिर आयेंगे। चाय भी पियेंगे। ख़ुदा हाफ़िज़।''

कमरुन्निसा को सौ कदम चौराहे तक पहुँचाकर रज़ा लौटा। गेती भरी बैठी थी, ''ये तुम्हारी कौन इतनी मिजाज वाली हैं कि बच्ची के बदन से उनका कपड़ा मैला हो जायेगा? बच्ची ने मुँह में उँगली ले ली तो दूसरों के बच्चों को टोकने वाली ये कौन?''

''उन्होंने कोई गलत बात नहीं कही। अपनेपन में नसीहत ही की।''

''आयीं बड़ी नसीहत करने वाली! खुद बेहिजाब। मुसलमानों में शरीफ खानदानों की बहू-बेटियाँ लोगों के यहाँ ऐसे धोती-साड़ी में नंगी चली जाती हैं?''

''नंगी के क्या माइने?'' रज़ा ने कड़े स्वर में पूछा।

''नंगी नहीं तो क्या? सिर-मुँह उघाड़े सड़क से आपके साथ नहीं आयी? यहाँ आकर रहा-सहा कपड़ा उतार डाला। आपके सामने बैठ गयी···कोहनियों से मूसल जैसी नंगी बाँहें। सीना दिखाने के लिये कुर्ती इतनी नीची···जैसे शौहर के साथ तखलिये में हो। हम शर्म के मारे नजर झुकाये।''

''बस, अब चुप हो जाओ?'' रज़ा का स्वर और कड़ा।

''क्यों हो जायें चुप? ···उसकी खुशामद में हमारी हतक की!'' गेती ने दो बूँद आँसू टपका दिये।

''क्या हतक हो गयी तुम्हारी?''

''हतक कैसे नहीं हुई?···आखिर ये कौन शाही महलात से आ रही हैं कि इनके लायक चाय हम नहीं बना सकते? क्या करता है इनका शौहर?''

''बताया तो इस कालेज के बहुत बड़े डाक्टर की बेटी है। खुद बड़ी डाक्टर। शादी नहीं की।''

''ए है, शादी नहीं की? ये अट्ठाईस-तीस की औरत अछूती कुँआरी हैं। इन तवायफों को रोज नया मर्द···।''

रज़ा के दाहिने हाथ का थप्पड़ गेती की बायीं गाल पर इस जोर से पड़ा कि चेहरा घूम गया और गेती फर्श पर बैठकर लुढ़क गयी। कुछ पल तो स्तब्ध। मुँह से आवाज न निकल सकी। फिर फूट-फूटकर रो पड़ी। रज़ा उसे बाँह से खींच भीतर ले गया। पलंग पर डाल दिया।

नादिरा रोने लगी। ''बच्ची को बाहर ले जाओ,'' कमाल को हुक्म दिया। भीतर कमरे के किवाड़ मूँद दिये। खुद पंखे के नीचे बैठकर सिगरेट लगा ली।''

रज़ा सिगरेट खत्म करके घर से निकल गया। पाँच का समय। चाय की इच्छा थी। शाम की चाय जब-तब सेठ के यहाँ ले लेता था। सेठ के यहाँ चला गया। उदासी बँटाने के लिये घर के झगड़े का जिक्र कर दिया। सेठ ने सहानुभूति प्रकट की, ''तुमने जिन्दगी भर की मुसीबत सहेड़ ली। नरेन्द्र की फैमिली उसे इसी मुसीबत में फँसाने के लिये बेताब। वही हाल हमारे फादर का।''

''कहीं चलकर गम गलत किया जाये।'' रज़ा ने इच्छा प्रकट की, ''नरेन्द्र या तिवारी होता तो आज बियर पीते। तुम हो खूसट। चलो, सिनेमा चलो।''

सेठ को सिनेमा का भी शौक नहीं, "आठ बजे वार्ड में राउण्ड के लिये जाना है। दूसरे शो में चल सकते हैं।"

"ऐसी-तैसी दूसरे शो की! 'प्रिंस' में अंग्रेजी पिक्चर देखेंगे छः से आठ तक। राउण्ड आठ नहीं, नौ बजे हो जायेगा। कौन सीरियस केस है?"

सेठ ने रज़ा की उदासी के खयाल से मंजूर कर लिया।

रज़ा नौ तक लौटा। गेती पलंग पर उसी तरह पड़ी थी। कदमों की आहट पाकर सिसकियाँ शुरू। बच्ची भूखी सो गयी थी। कमाल भी ऊँघ रहा था। शाम के खाने की तैयारी के कोई चिह्न नहीं।

रज़ा ने पल भर सोचकर कमाल को जगाया। कटोरदान और एक गिलास साथ ले लिया। हस्पताल के बाहर शाहमीना के मजार से गोल दरवाज़े के बीच नानबाइयों और हलवाइयों की दुकानें तब भी थीं। गोल दरवाज़े पर सब कुछ मिल सकता था। रज़ा ने गिलास में बच्ची के लिए दूध और बिस्कुट ले लिये। कटोरदान में गरमागरम रोटी-सालन भरवा लिया।

घर लौटकर बच्ची को बिस्कुट खिलाकर दूध पिला दिया। कमाल को खाना दे दिया। गेती को सुनाकर कमाल से कहा, "एक प्लेट में रोटी-सालन दूसरी प्लेट से ढँककर उनके सिरहाने कुर्सी पर रख दो। हमारे लिये बैठक में दे दो।" सिसकियों की आवाजें आती रहीं। उसने बैठक से भीतर का दरवाज़ा बन्द कर लिया।

दूसरे दिन सुबह उठकर बिना आहट किवाड़ दबाकर भीतर नजर डाली। गेती नींद में थी। बच्ची भी। सात के बाद फिर बिना आहट झाँका। गेती उठकर बच्ची का मुँह धो रही थी। उसके सिरहाने रखा खाना अछूता। नाश्ता तैयारी के कोई लच्छन नहीं।

रज़ा अपने निश्चय पर दृढ़। कपड़े बदलकर कमाल को पुकार कर बाहर सड़क की दुकानों तक चला गया। एक बड़ी डबलरोटी, मक्खन की टिकिया, गाढ़े मीठे दूध का डिब्बा और बच्ची के लिये गरम उबला दूध ले आया। बच्ची को नाश्ता दिया। बच्ची से लाड़ से बोला जैसे कुछ नहीं हुआ। कमाल को पुकारा—"ये तुम्हारे लिये, ये भीतर दे दो।" खुद नाश्ता कर कालेज चला गया।

रज़ा एक बजे क्वार्टर में लौटा। बैठक की साँकल कमाल ने खोली। "खाना बना है?" रज़ा ने धीमे से पूछ लिया। कमाल ने गर्दन के संकेत से हामी भरी। रज़ा मुँह-हाथ धोने गुसलखाने में गया। गेती बोली नहीं। बैठक में लौटकर रज़ा ने पुकारा, "कमाल, खाना बना हो तो लाओ।"

रज़ा खा चुका तो पुकारा, "कमाल तश्तरियाँ ले जाओ।" उस सायं और रात भी पति-पत्नी में मौन विरोध और असहयोग। रज़ा सुबह नाश्ते के बाद कालेज जा रहा था। कमाल पान ले आया। किवाड़ के पीछे से रो-रोकर बैठे गले की आवाज, "अपने मालिक से कह दो, हम वजीरगंज जा रहे हैं। सवारी मँगवा दें।"

रज़ा ने कमाल को उत्तर दिया, "कह दो, हमें दोपहर तक फ़ुर्सत नहीं है।" दोपहर भी असहयोग। खाना उसके लिये बैठक में आ गया। उसने निश्चय कर लिया : या तो सुधरेगी या माँ के यहाँ रहेगी। चिन्ता—बच्चों का क्या होगा··· खैर, देखा जायेगा।

पाँच बजे लौटा तो फिर बैठक की साँकल कमाल ने खोली। सेठ के यहाँ चाय पीकर अखबार ले लिया था। कमाल को पुकार कर नादिरा को बुलवा लिया। बच्ची बहुत प्यारा तुतलाती थी। तोते की तरह वही शब्द बार-बार। रज़ा अखबार पर नजर लगाये उसे जवाब दे रहा था। कुछ मिनट बाद कमाल तामचीनी के प्याले में चाय ले आया। रज़ा को इच्छा न थी, लेकिन सुलह के पैगाम का निरादर न करने के लिए अखबार देखता घूँट भरने लगा। नेपथ्य से गेती की आवाज, "कमाल, पूछो साँझ हो रही है। वजीरगंज जाने के लिए सवारी कब आयेगी?"

रज़ा ने कड़ा जवाब दिया, "कमाल, कह दो गली तक हम पहुँचा देंगे, लेकिन फिर बुलाने-लिवाने कोई नहीं जायेगा।"

नेपथ्य निरुत्तर।

रज़ा ने आधे घंटे-चालीस मिनट बाद कमाल को पुकारा, "नादिरा के कपड़े बदलवा दो। इसे बाहर मद्दो के साथ खेलने के लिए ले जाओ।" स्वयं बाहर निकल गया।

रज़ा नौ तक लौटा। इस वक्त अकसर आँगन में बैठकर खाने के पहले बीवी से दो-चार बात करता था। अब बोलचाल बन्द। मेज पर बत्ती जलाकर किताब कागज उलटने-पलटने लगा। कमाल ने आकर खाने के लिये कहा। खाट के सामने तिपाई थी। रज़ा खाट पर बैठ गया। कमाल ने तिपाई पर खाना रख दिया। गेती न सामने आयी न बोली। रज़ा खा चुका तो पान भी कमाल ने पेश किया। रज़ा फिर कुछ देर के लिये घूमने चला गया। साढ़े नौ के बाद लौटा। पिछली दो रातों की तरह अपने लिये खाट बैठक में डाल ली। पढ़ने के लिये मेज के साथ बैठ गया। ध्यान किताब में लग गया।

रज़ा को पढ़ते-पढ़ते कान के पास सिसकियों का अनुमान। कनखी से देखा, उसकी बायीं तरफ मेज पर गोश्त-तरकारी काटने की बड़ी छुरी थी। घूमकर देखा, नीचे फर्श पर बैठी गेती, दुपट्टे से लिपटे सिर, मुँह घुटनों पर दबाये सुबक रही थी।

"क्या है?"

गेती और जोर से सुबकी। रज़ा ने हाथ उसके सिर पर रखा, "बोलो, क्या बात है?"

गेती ने फफककर सिर फर्श पर दे मारा। रज़ा की दृढ़ता टूट गयी। कुर्सी से उठकर गेती को बाँह से खींचा, "यहाँ आकर बताओ।" खाट पर बैठ गया। गेती ने खाट के समीप फर्श पर बैठकर सिर रज़ा के घुटनों पर रख दिया। गेती रोती रही।

रज़ा ने पूछा, "आखिर कुछ बोलेगी?"

"हमें जिबह कर दो!"

"क्या मतलब?"

"हमें जिबह कर दो!" तीनों बार वही लफ्ज।

"हम क्या जल्लाद हैं?"

"और क्या हो?" गेती ने सिसकियों से कहा, "हमें मार तो सकते हो; ये नहीं कह सकते कि यहाँ से नहीं जा सकती। कह दिया—चली जाओ! कोई बुलाने-लिवाने नहीं जायेगा। ...कत्ल क्यों नहीं कर देते। डाक्टरों को तो बहुत जहर मालूम होते हैं, ला दो, आपके सामने खा लें।"

रज़ा और गेती में सुलह हो गयी। रज़ा को लगा, घटना का प्रभाव गेती के व्यवहार पर अच्छा पड़ा, पूर्वापेक्षा संतुष्ट-प्रसन्न। उसे रज़ा बेहतर मर्द लगने लगा था।

महीने भर बाद रज़ा ने प्रस्ताव किया : रात दस बजे के बाद कालेज-हस्पताल में सड़कें सूनी हो जाती हैं। तुम्हें खुली हवा में घुमा लाया करें, लेकिन बुरका पहनोगी तो हम साथ न चलेंगे : हमें खुद को अहमक बनाना नामंजूर··· : गेती मान गयी।

रात दस बजे सड़कें सूनी हो जातीं। गेती साड़ी बाँध कभी गरारे-कुर्ते-दुपट्टे में रज़ा के साथ पैथालोजी ब्लाक, कन्वोकेशन हाल, एडमिनिस्ट्रेशन ब्लाक वगैरह की तरफ घूम आती। गेती के मन में हस्पताल की मिसिया नर्सों को देखने का बहुत कौतूहल था। आखिर सड़क पर दिखायी दे गयी। "हाय ऐसी हसीन तो क्या है, रंग जरूर अंडे सा भभूका सफेद है। ऐसी नंगी-तरंगी पोशाक, घुटनों तक घरिया। बाँहें, गर्दन, चेहरा सब उघड़ा···इन्हें कोफ्त नहीं होती? सुना है, जवान नंगे मर्दों से भी नहीं डरतीं।"

"तुम्हारा बेटा मर्द नहीं है? ···उसे नहीं नहलाती-धुलाती हो?"

"हाय, तो बच्चा और जवान मर्द एक बात हो गये? मर्दों का कुछ ठिकाना?' ···कटाक्ष किया, "कब ताव आ जाये।"

"यों बीमारों का सारा बदन पोंछती हैं, जरूरत पर बिस्तर में पाखाना-पेशाब करवा देती हैं, लेकिन जरा आँय-बाँय हाथ चलाये तो झापड़ भी लगा दें। देखी नहीं कैसी बाँहें-हाथ हैं।"

रज़ा शौक से चाय का खूबसूरत सेट ले आया था। गेती को कायदे से चाय बनाना सिखा दिया। रज़ा सेठ के यहाँ हमेशा चाय पीता रहा था। मिश्रा के यहाँ भी मद्दो के जन्मदिन पर पी चुका था। चाहता था, लोगों को अपने यहाँ भी पिलाये। गेती चाय बनाकर बैठक में भिजवा सकती थी, लेकिन चाय के वक्त सेठ या मिश्रा के सामने मुँह उघाड़े बैठना उसके बस का न था। खयाल से ही हाथ-पाँव काँपने लगते। रज़ा के सामने मजबूरी जाहिर की, "ये हमारे बस का नहीं। हमारे चेहरे पर नकाब न हो, कोई मर्द हमारी तरफ देखे तो चेहरे पर चिनगें सी फूटने लगती हैं···।"

"जिन मर्दों को तुम चिक या किवाड़ की ओट से देखती हो उनके भी चिनगें फूटती होंगी?"

"उन्हें क्या मालूम कि किसी ने उन्हें देखा।"

"तुम्हें भी कोई चोरी-छिपे देखा करे तो क्या एतराज?"

"कैसे देख ले?" गेती ने अँगूठा दिखा दिया "हम ऐसी बेखबर नहीं रहतीं। फिर मर्दों की खाल भी सख्त। उन पर नजर का असर न होता होगा। तुम्हारे कहने से हम खुले मुँह तुम्हारे दोस्तों के सामने बैठ जायें और ये हमारी कमाल जाकर अम्मी को कह दे?"

गेती बहुत सहने लगी थी फिर भी दिसम्बर के शुरू में उसने एक साँझ रज़ा को घर लौटते वक्त चिक की आड़ से मिसेज़ मिश्रा से बहुत हँस-हँसकर बोलते देख लिया।

रज़ा अकेला था। गेती दोनों के लिये चाय ले आयी। बोली, "हमारी बात पर नाराज नहीं होना। आपसे कुछ छिपाकर रखें तो हम गुनहगार। हमें आप पर यकीन है लेकिन दूसरी औरतें आपसे हँसती-बोलती हैं तो हमारे कलेजे पर छुरी चल जाती है।"

"हम पर यकीन है तो बेफिक्र रहो।" रज़ा ने टाल दिया, "तुम सबके हिजाब के लिये जिम्मेदार नहीं हो।"

नवम्बर आधा बीत चुका था। रज़ा साढ़े चार के करीब लेबोरेटरी से लौट रहा था। सेठ के क्वार्टर के बरामदे में मोटर-साइकल के समीप खम्बे से टिकी जनाना साइकल देखकर अनुमान—अमित! अमित बहिन की साइकल पर आता था। पुकार लिया, "हेलो सेठ, अमित पंडित आये हैं?"

"कम इन!" सेठ के उत्तर के साथ ही रज़ा ने बैठक की चिक उठाकर भीतर कदम रखा। सकपका गया। सेठ के सामने कुर्सी पर जवान लड़की। लड़की की आँखें झुकीं, घुटनों पर रखी नोटबुक और किताब को दोनों हाथों से दबाये। चेहरा गुलाबी, अप्रत्याशित के आ जाने से झेंप या बातचीत में भावोद्रेक के कारण। सेठ के चेहरे और आँखों में भी वैसी ही उत्तेजना।

"आई एम सॉरी!" रज़ा संकोच से पीछे हट गया, "हमने समझा, अमित आये हैं।"

"कम इन, कम इन। ऐसी कोई बात नहीं।" सेठ बोला, "अमित की बहिन, मिस उषा पंडित।"

रज़ा ने उषा की ओर गर्दन के संकेत से अभिवादन कर दिया, "हम यों ही चले आये। कोई काम नहीं है, फिर आ जायेंगे।" तुरन्त बाहर निकल गया।

अजीब शख्स!⋯रज़ा ने सोचा : लड़की झेंप रही है, ये पोंगा कहे जा रहा है—कम इन, कम इन! अपनी सफाई देने के लिये कि उसे झिझक की कोई वजह नहीं। रज़ा ने उषा को पहचान लिया था : वार्ड में पंडित साहब से समवेदना सेवा की बात करने गया, तब देखा था। एक बार और सेठ के साथ हालचाल पूछने कंधारीबाग गली भी चला गया था।⋯ये ब्रह्मचारी तो सोशलिज्म ही पढ़ाता होगा। लगता है, लौंडिया की तबीयत आ गयी। हिम्मत देखो, यहाँ तक चली आयी! कह रहा था, लड़की की किसी पी० सी० एस० से मँगनी हो चुकी है।

रज़ा अपनी बैठक में गेती के साथ चाय पी रहा था। सेठ सामने हसन ज़हीर की तरफ जाता दिखायी दिया। ज़हीर से साइकल लेकर लौट गया। उठकर चिक की आड़ से देखा—सेठ उषा के साथ जा रहा था।⋯ पट्ठा छुपा रुस्तम है। रोमांस करता रहा हमसे छुपाकर। ⋯लौटने दो!

सेठ को लौटने में देर न लगी। साइकल ज़हीर के यहाँ देकर उसने रज़ा के बरामदे की तरफ पुकार लिया, "रज़ा भाई!" रज़ा के मन में भी खुदबुद। सेठ के साथ उसके यहाँ चला गया।

"अमर, तुम अजीब अहमक हो!" रज़ा ने डाँटा, "वह बैठी थी तो क्यों कहा, कम इन? हम अमित के ख्याल में चले गये थे।"

"तो क्या हुआ।"

"वो तो एक्साइटिड थी, झेंप गयी।"

"हाँ एक्साइटिड तो थी। बहुत परेशानी है। तुम राय दो; हो सके तो मदद करो। वह पार्टी के काम में इंट्रेस्ट लेना चाहती है।"

"वो तुम पहले भी बता चुके। तुम उसके यहाँ जाते थे। तुम्हारे लिये मोटर-साइकल पर वहाँ हो आना मामूली बात। उस गरीब को इतनी दूर साइकल पर बुलाया।"

"बुलाया नहीं मगर हमारा वहाँ जाना ठीक नहीं। वो फिर बतायेंगे। सोशलिज्म की थॉरो स्टडी करना चाहती है। कॉज के लिये काम करने का इरादा भी है। उसके पेरेन्ट्स अड़चन डाल रहे हैं।"

"तुम्हें क्या उम्मीद थी? तुमने बताया था किसी पी० सी० एस० अफसर की मंगेतर है। टाँग में चोट की वजह से शादी पोस्टपोन हो गयी। हमने कहा था, इम्पीरियलिस्ट सरकार के अफसर की बीवी को सोशलिज्म से क्या वास्ता रह सकेगा। तुम्हें उम्मीद थी, सोशलिज्म की लगन में सब हालात का मुकाबला कर लेगी। खाविन्द तो जो करेगा, यहाँ पेरेन्ट्स को ही एतराज है!"

"अब सिचुएशन बदल गयी है। वो सगाई कैंसल हो गयी। जानते हो, सरकारी अफसर किस किमाश के लोग होते हैं। उन्हें तो खेलने के लिये गुड़िया चाहिये। टाँग में फ्रेक्चर से लँगड़ी हो जाने का अंदेशा हो गया तो सगाई कैंसल कर दी। उसने यूनिवर्सिटी में एम० ए० ज्वाइन कर लिया है।"

"यह जिक्र तुमने पहले नहीं किया।"

"हमें खुद मालूम न था। सगाई कैंसल होने की बात उसने अभी बतायी।"

रज़ा ने कुछ पल सेठ की ओर देखकर पूछा, "यूनिवर्सिटी जाती है। वहाँ मार्क्सिज्म-सोशलिज्म स्टडी करने में उस पर कौन रुकावट? पेरेन्ट्स साथ तो जाते नहीं।"

"अपने हालात और मुश्किलात के बारे में वो बेहतर जानती है। कहती है, घर पर रहकर इस किस्म की स्टडी करना या ऐसे काम में हिस्सा लेना मुमकिन नहीं। इन शॉर्ट चाहती है उसे किसी स्कूल में काम मिल जाय; इंडिपेंडेंट होकर एम० ए० प्राइवेट कर ले और मन माफिक स्टडी करे, ऐसे काम में हिस्सा ले।"

रज़ा मौन एकटक सेठ की ओर देखता रहा। सेठ ने कहा, "लड़कियों के स्कूलों की बाबत हमें कुछ मालूम नहीं। तुम्हारे कोई वाकिफ कुछ मदद कर सकेंगे?"

"लड़कियों के स्कूलों की बाबत हमें ही क्या मालूम? हमारा कौन ऐसा वाकिफ? खयाल में तो कोई नहीं। अलबत्ता तुम्हारे हरि भैया, उनका कौन वाकिफ नहीं?" रज़ा ने कुर्सी पर करवट ली, "यार बात हमारी समझ में नहीं आयी। तुम उसे नौकरी तलाश कर दो तो उसके पेरेन्ट्स शादी से पहले उसे घर से जाने की या अकेली रहने की इजाज़त दे देंगे?"

"उसका तो यही इरादा है।"

"यार अमर, मामला हमारी समझ में नहीं आया।" कई पल सोचकर रज़ा ने कहा, "साइकल पर यूनिवर्सिटी जाती है। तुमसे मिलने यहाँ तक आ सकती है। इसमें पेरेन्ट्स को एतराज नहीं? ⋯ तुम हमसे पहेलियाँ बुझा रहे हो। पूरी बात क्यों नहीं बताते?"

सेठ ने मिसेज़ पंडित के व्यवहार के कारण उनके यहाँ न जाने, 'संघर्ष' कार्यालय में उषा से भेंट और उसके आने का ब्यौरा बता दिया।

"उसकी परेशानी एक ही है," रज़ा ने कहा, "तुमसे मिल सकने में दिक्कत।"

"फिज़ूल शक।" सेठ ने आपत्ति की, "वह ऐसे खयाल की नहीं है।"

बहुत सवाल-जवाब के बाद रज़ा ने पूछा, "ईमानदारी से कहो, लड़की तुम्हें पसन्द नहीं?"

"जरूर है; कामरेड के तौर पर।"

"लिल्लाह! तो प्यार दुश्मन से करोगे? खूब पढ़ी-लिखी, तुम्हारे खयाल में जहीन; हसीन तो है ही। भरोसे लायक कामरेड···तुम्हारे इश्क में बेचैन!"

"तुम जानते हो वो मेरा रास्ता नहीं। उसके अलावा सोशल अड़चनें।"

"वही तो इश्क को पैनानेवाली बात और इश्क की परख।"

"मदद कर सकते हो तो करो···बको मत!" सेठ उठ गया।

सेठ ने अपने परिचितों में हरि भैया, तिवारी जी, श्रीवास्तव साहब के यहाँ दौड़-धूप की, उषा को किसी स्कूल में जगह मिल जाये। जवान, कुँवारी लड़की को नौकरी देने की सिफारिश करने से पूर्व लोगों ने इतने सवाल पूछे कि सेठ ने उसे दुस्साध्य समझ लिया। सेठ को उपाय सूझा—उषा यूनिवर्सिटी के गर्ल्स होस्टल में रह जाये।

अमर साँझ नया हैदराबाद में नरेन्द्र के यहाँ पहुँचा। अनुरोध किया, "मालूम कर दो, कैलाश होस्टल में दाखिले के क्या नियम हैं, कितना खर्च आयेगा। वहाँ हमारा कोई परिचय नहीं।"

"तुम्हें गर्ल्स होस्टल में किसे दाखिल कराना? नरेन्द्र मुस्कराया, "बहिन तुम्हारी है नहीं, बेटी हुई नहीं। कोई छोकरी भगाने का हौसला है?"

"वो तुम्हारी लाइन। वैसा मौका आयेगा तो मदद के लिये तुमसे कहेंगे।"

"क्या करोगे पता लेकर? कैलाश होस्टल में सिर्फ यूनिवर्सिटी गर्ल्स स्टूडेन्ट को जगह मिल सकती है।"

"यूनिवर्सिटी स्टूडेन्ट है।"

"किस क्लास में?"

"एम० ए०।"

"अरे बेवकूफ, एम० ए० की स्टूडेन्ट खुद जाकर पता नहीं ले सकती? बेटे, लड़की भगाने के लिये पहले अक्ल चाहिये, हिम्मत बाद में।"

"कह दिया, भगाने का मौका आयेगा तो तुम्हारी मदद लेंगे। खैर, बात तुम्हारी ठीक है। जब बात हुई, हमें कैलाश होस्टल का खयाल न था। उसका झुकाव सोशलिज्म की ओर है। उसके परिवार को पसन्द नहीं। वह तो जॉब चाहती है। हमने सोचा, होस्टल में रह जाये। वहाँ की बाबत मालूम हो जाये तो उसे सुझाव दे सकेंगे।"

"तुम नहीं बताओगे, हम बता दें?"

"बताओ?"

"उषा पण्डित स्टूडेन्ट एम० ए० प्रीवियस इंगलिश।···कहो हाँ।"

"सही है पर इसमें कौन रहस्य। तुमने यूनिवर्सिटी पालिटिक्स में रुचि रखने वालों से सुन लिया होगा।"

"कांग्रेचुलेशन्स? लौंडिया दोस्त ज़ोर की फँसाई, ए वन! ईमान की बात, उसे देखकर तबीयत अपनी भी आ गयी थी। उसका माथा और नज़रें···लेकिन अब लक्ष्मण रेखा। हम तो जेठ होंगे।"

"क्या बकबक? तुम्हारी तबीयत तो हर लहँगे-साड़ी पर मायल।"

"गलत बात! जाने क्यों बढ़िया लड़कियों को गधे पसन्द आ जाते हैं!"

"सही कहा!" अमर ने स्वीकारा, "सुना है एक बढ़िया लड़की रत्ना सामन्त। उसे एक गधा पसन्द आ गया। अपनी गाड़ी में लिये फिरती है।"

"हाथ मिला पट्ठे!" नरेन्द्र ने हाथ बढ़ाया, "तुम्हें बात करनी आ गयी। यह चुगली उषा पण्डित ने लगायी?"

"हरगिज़ नहीं। यह अफवाह पूरे शहर में।"

"रत्ना समझदार सेफ कम्पनी है।"

"उसके पास कौन सेफ्टी लॉक है; तुम भी तो मास्टर की! खैर छोड़ो, होस्टल के बारे में कब तक पता ले लोगे?"

"उषा को वहाँ ले जाकर बात न करा दें?"

"नहीं, उसे मैं बता दूँगा।"

"साले, लड़की से दो बात भी नहीं करने देगा; इतनी ईर्ष्या? अबे, हमसे भी घूँघट करवायेगा?"

शुक्रवार को उषा को दो बजे फुर्सत हो गयी पर घर न लौट सकती थी। सेठ ने साइकल पर उतनी दूर जाने के लिये मना करके कहा था : साढ़े तीन से कुछ पहले यूनियन हाल रेस्तोराँ में आ जायेगा। जो सूचना होगी, बता देगा। उषा लाइब्रेरी में बैठी रही। साढ़े तीन से कुछ पहले रेस्तोराँ चली गयी। रेस्तोराँ में ज़ोर की झड़प। एक ओर अवस्थी, द्विवेदी और कपिला, दूसरी ओर निज़ामी, सरकार और ज़माल।···स्पेन के एंटी-फासिस्ट मोर्चे पर सोवियत सहायता देने में क्यों झिझक रहा है? मेज़ों पर पड़ते घूसों-थपकियों से चाय-कॉफी कप से साँसर में, साँसर से मेज़ों पर। छत के नीचे सिगरेट के धुएँ का हल्का बादल।

उषा दस मिनट बैठी होगी कि मोटर-साइकल की परिचित धक-धक। उठकर बाहर जाने को थी, सेठ भीतर आ गया।

"हलो सेठ!···हलो अमर?" कितनी ही आवाजें। सेठ भी बैठ गया। उषा से नज़र मिल गयी पर बहस में उलझ गया। सोशलिस्टों-कम्युनिस्टों की बहस में समय का क्या सवाल। सेठ बहस में उत्तेजित हो गया।···बीस मिनट, तीस मिनट। उषा परेशान। उसे घर लौटना ज़रूरी। चित्रा चार दिन पूर्व लाहौर से आयी थी। उसे रविवार दोपहर मेल से लौटना था। उसने कहा था : साढ़े चार-पाँच के बीच आयेगी, शापिंग के लिये साथ ले जायेगी। उषा उठकर बाहर आ गयी। पाँच मिनट प्रतीक्षा की। सेठ न निकला।

दूसरे दिन उषा मेडिकल कालेज चली गयी। सेठ का दरवाज़ा खुला था, सेठ प्रतीक्षा में। उषा पहली बार की तरह संकोच में सिमटी-आतंकित न थी। सेठ ने बता दिया, "जॉब मिलना बहुत कठिन। लोग तो इतने सवाल पूछते हैं—लड़की के परिवार, मायके ससुराल की पूरी जन्म-पत्रिका!···नौकरी की ज़रूरत क्यों?···परिवार की अनुमति है? जैसे लड़की परिवारों की सम्पत्ति मात्र, उसका अपना कोई व्यक्तित्व नहीं। सामन्तवादी-पूँजीवादी समाज की दासता की मान्यतायें।···जॉब और एम० ए० की तैयारी साथ-साथ कठिन।··· होस्टल में रह जाओ।"

"यह न हो सकेगा। डैडी पर इतना बोझ!" उषा ने इनकार किया।

"उसकी चिन्ता न करो। पता ले लिया, खर्च ज्यादा नहीं। डैडी पर बोझ डालने की जरूरत नहीं। यह हम पर छोड़ो।"

"यह कैसे हो सकता है।" उषा को संकोच।

"आपस में इतना परायापन ठीक नहीं।"

उषा गद्‌गद, नज़र न उठा सकी। "डैडी कैसे मानेंगे?"

"यह तुम्हारे सोचने की बात, परन्तु मज़बूरी के सामने झुकते ही जायें तो मज़बूरी बिलकुल कुचल देगी।"

"देख लेंगे। जब तक निबहता है।" उषा और कृतज्ञ।

सेठ उषा को पहुँचाने के लिये साथ साइकल पर गया। उषा लौटी तो मन पुलकित, भरोसा पा जाने का संतोष। सेठ ने उसे पार्क रोड पहुँचा दिया। माँ से कह गयी थी : चित्रा के यहाँ जायेगी, शायद देर हो जाये।

तीन-चार दिन से जाड़े के बादल घुट रहे थे। रात अच्छा बरस गया। रविवार सुबह उजली धूप परन्तु खूब ठिठुरन। चित्रा को दोपहर बाद मेल से लाहौर लौटना था। साढ़े आठ उषा साइकल पर उसके यहाँ चली गयी। मम्मी से कह दिया : ग्यारह तक लौटेगी। नौ बजे पंडित संडे स्कूल के लिये चले गये। साढ़े नौ बजे मिसेज़ चौहान आयीं। मिसेज़ पंडित को बैठक में बुला लिया, "उषा कहाँ है?"

"बैठिये। पार्क रोड पर अपनी कश्मीरन सहेली के यहाँ गयी है।...क्यों?"

"पार्क रोड पर गयी है, ठीक मालूम?" मिसेज़ चौहान महाप्राण महिला, फुसफुसाकर बोलतीं तो बगल के कमरे तक आवाज़ जाती, "मिसेज़ पंडित, हमने तुम्हें उस डाक्टर लौंडे से शुरू में आगाह किया था। याद है, उस रोज़ हम लोग चर्च से लौट रहे थे तो उसकी फटफटिया गली से निकली थी।...हमेशा तुम्हारी गैरहाज़िरी में। लड़की का तो दिमाग चल गया लगता है। तुम समझो साइकल पर यूनिवर्सिटी गयी, क्या मालूम कहाँ गयी। चन्द्रा कल रात होस्टल से देर से आयी। तब हमारे यहाँ लोग बैठे थे, फिर पानी आ गया वर्ना हम तभी आते।"

"क्या बात है?" मिसेज़ पंडित की धड़कन बढ़ गयी।

"बात क्या," स्वर कुछ दबाया, "चन्द्रा ने कल साँझ उषा को मेडिकल कालेज में देखा। उस डाक्टर के साथ दोनों साइकलों पर। ऐसा पढ़ना-लिखना गया भाड़ में! बेहतर यह कि लड़की को कुछ रोज के लिये ताऊ के यहाँ लाहौर या मौसी के यहाँ जबलपुर भेज दो। बात फैल गयी तो लड़की के लिये इंतजाम मुश्किल हो जायेगा।"...मिसेज़ चौहान पड़ोस और मज़हबी बिरादरी की सहानुभूति में बहुत कुछ ऊँच-नीच समझाकर चली गयी।

अमित ने सुन लिया था। उसके विचार से जीजी सैद्धान्तिक प्रश्नों के बारे में डाक्टर सेठ से बात करने गयी तो क्या जुल्म किया। उसे चन्द्रा पर गुस्सा : पुरानी चुगलखोर...फ्लर्ट? जैसी खुद, वैसी दूसरों को समझेगी? अमित ने सोचा, माँ को ढंग से समझा देना बेहतर।

माँ का क्रोध उफान पर। लड़के को बुरी तरह डाँटा कि वह सहम गया। बेबे रविवार के दिन बिरयानी बना रही थी, पूछ लिया, "कुड़िये, बिरयानी में क्या-क्या डालूँ?"

"मेरा सिर काटकर डाल दे।"

"पड़ोसिनों से लड़े गुस्सा मुझ पर! अब मेरा यहाँ का अन्न-पानी खत्म।" बेबे गोश्त काटने का दाव लेकर अँगीठी सुलगाने के लिये ईंधन काटने लगी।

मिसेज़ पंडित क्षोभ में कमरे से बैठक में, बैठक से बरामदे में, फिर बैठक में।...कह गयी थी, ग्यारह बजे लौट आयेगी। टाइमपीस पर नज़र—ग्यारह में कुछ मिनट!

आँगन के किवाड़ों पर दस्तक की आहट सुनकर मिसेज़ पंडित आँगन में जाने के लिये मुड़ गयीं।

बेबे ने दाव और ईंधन का चैला छोड़कर साँकल खोल दी।

उषा साइकल आँगन में ठेलकर दीवार के सहारे टिका रही थी।

"कहाँ गयी थी तुम?" मम्मी ने बरामदे से पुकारा, क्रुद्ध गरज में तिरस्कार की फुंकार।

"तुम्हें नहीं मालूम कहाँ गयी थी?" उषा ने विस्मय से अपमान का विरोध किया।

"सब मालूम हो गया! कल साँझ चित्रा का नाम लेकर मुँह काला कराने नहीं गयी थी? जानती हूँ तू ऐसे नाक कटायेगी।"...फर्श पर पड़े दाव की ओर संकेत किया, "मन में आता है तेरा सिर फोड़ देती, अपना भी...।"

उषा के एड़ी से चोटी तक ज्वाला निकल गयी। लपक कर फर्श पर पड़ा दाव उठा लिया, "मैं खुद...।" दाव दोनों हाथों से अपने सिर पर उठाया।

बेबे चीखकर उसके हाथ पकड़ने के लिये झपटी। उषा के हाथ हिल गये फिर भी दाव खोपड़ी के पिछले हिस्से पर पड़ गया। उषा ने दुबारा चोट के लिये दाव फिर सिर पर उठाया।

अमित बेबे की चीख से उठ गया था। उषा के हाथ ऊपर ही पकड़ लिये, दाव छीनकर फर्श पर फेंक दिया। उषा के बाल, कंधे सब खून से तर।

अवसर की बात, उसी समय मिसेज़ सिंह के यहाँ से जद्दन कुछ पूछने-माँगने बैठक की राह आ गयी। उसने बेबे और मिसेज़ पंडित की चीखें भी सुनीं। उसकी पलकें और ओठ खुले रह गये।

अमित ने खून रोकने के लिये उषा के घाव अपने हाथ से दबा दिया था। जद्दन को भीतर आने से रोक दिया। "मम्मी, कोई कपड़े का टुकड़ा दो...बेबे, जल्दी बर्तन में ठंडा पानी...।"

तभी पंडित संडे स्कूल से लौटे।

"डैडी, आप जीजी को पकड़िये।...शायद चोट गहरी है।" अमित ने पिता के प्रश्न के उत्तर से बताया, "मम्मी से कहा-सुनी में उत्तेजित हो गयी। मैं चौहान अंकल को बुला लूँ। वे ठीक से ड्रेस करके पट्टी बाँध देंगे।" जल्दी में खून सने हाथ धोये बिना दौड़ गया।

डाक्टर चौहान घर पर न थे। अमित ने चन्द्रा को सहायता के लिये कहा। चन्द्रा डिस्पेंसरी से स्पिरिट, दवा और रुई लेकर साथ हो ली। मिसेज़ चौहान ने भी सुन लिया था, पीछे-पीछे वह भी।

"घाव मामूली है पर टाँके लग जाने चाहिये। अभी पट्टी बाँध देते हैं। हस्पताल ले चलो, सेप्टिक की आशंका न रहे।" चन्द्रा पट्टी बाँधकर बोली, "इसकी साड़ी बदलवा कर ले आइये। गाड़ी घर पर है। मैं गाड़ी निकालती हूँ।"

"मुझे कहीं नहीं जाना।" उषा पहली बार बोली।

"तुमसे कौन पूछ रहा है? जो कहा जाये करो। साड़ी बदल लो वर्ना ऐसे ही हस्पताल चलो।" पंडित का कड़ा आदेश।

जद्दन से समाचार पाकर मिसेज़ सिंह दौड़ी आयी। मिसेज़ चौहान मिसेज़ पंडित की बेवकूफी के लिये झुँझला रही थी, "···हमारा यह मतलब थोड़े ही था कि तुम गुस्से से पागल हो जाओ।"

अमित ने जद्दन को भीतर आने के लिये मना कर दिया था। वह अपमान से पाँव पटकती लौट गयी। बेबे और उषा की माँ की चीखें उसने सुनी थीं, उषा के कंधे पर बहुत खून भी देखा। इतनी बड़ी बात सिंह के घर तक, बीस कदम कैसे पेट में दबाये रहती! दायें हाथ गली में चालीस कदम पर खाट पर बैठी धूप सेंकती जेन पर उसकी नज़र गयी। तुरन्त पुकार उठी, "अरे खून होइ गवा पंडित के घर मा! भैया लौंडिया के छुरा मार दिहिस कि जाने का।···तमाम खुनो-खून।"

जेन तड़पकर उठी। पीटर की बहू मरियम को पुकार कर बताया; शकूर, याकूब के घर में खबर दो। छः-सात औरतें पंडित के मकान के सामने आ गयीं।

मिसेज़ चौहान को औरतों के कौतूहल पर गुस्सा। "क्या देखने आयी हो? तमाशा है यहाँ? जाओ अपना काम देखो! यहाँ कुछ नहीं हुआ।" वह इतने धीमे बोली कि चार और पड़ोसी सुनकर बाहर आ गये।

उषा के सिर पर चन्द्रा ने पट्टी बाँध दी। उसे एक ओर से अमित, दूसरी ओर से पिता सहारा देकर गली के सिरे पर मोटर तक ले जा रहे थे। उषा का सिर चोट की पीड़ा और स्पिरिट की चरचराहट से घूम रहा था, तिस पर गली के तमाशाइयों की भीड़। उषा संकोच से मरी जा रही थी। अगर जानती, गली में यह हाल होगा तो बाहर न निकलती।

चन्द्रा अपनी गाड़ी में पंडित और अमित के साथ उषा को लेकर हस्पताल के एमर्जेन्सी रूम में पहुँची। ड्यूटी-डाक्टर मौजूद न था। चन्द्रा महीना पहले वहाँ ड्यूटी कर चुकी थी। वार्ड बॉय को ड्यूटी-डाक्टर को जल्दी बुलाने के लिये कहकर उषा को आपरेशन-टेबल पर लिटा दिया।

वार्ड बॉय ने संकेत कर बताया : ड्यूटी का डाक्टर और नर्स पीछे के कमरे में गप्प लगा रहे हैं। चन्द्रा ने अधिकार से कहा, "जाओ, बोलो अर्जेन्ट केस है। हमारा नाम लेना।"

आठ-दस मिनट हो गये। चन्द्रा को पड़ोसी के सामने हेठी खल रही थी। वार्ड बॉय को डाँटा, "सुनते नहीं तुम! हमारा नाम लो। बोलो, ये ड्यूटी टाइम है।"

वार्ड बॉय फिर अनिच्छा से उठकर पिछवाड़े गया। दो मिनट बाद लौटा, "बोल दिया आ रहे हैं।"

पड़ोसी के सामने अकिंचन न बनने के लिये उषा की पट्टी खोल दी। कोने में स्टोव पर उबलती रुई में से टुकड़ा लेकर घाव साफ करने लगी। विलम्ब से चन्द्रा चिढ़ गयी थी। अमित की ओर देखा, ''यह जोशी बहुत लचर आदमी है। देखो, नर्स को लिये कॉफी पी रहे हैं। डाक्टर सेठ का क्वार्टर मालूम है? ···उसे बुला लाओ।''

अमित तुरन्त चला गया। लगभग दौड़ता।

चन्द्रा घाव को साफ करते हुए पंडित के सामने क्षोभ प्रकट कर रही थी, ''···देखिये, ये है ड्यूटी का तरीका। बेशर्म कहीं के! पेशेन्ट की परवाह नहीं। नर्स को लिये खिलवाड़ कर रहे हैं···।''

''क्या है?'' डाक्टर जोशी और नर्स कमरे में आ गये। डाक्टर का स्वर कड़ा था। चन्द्रा ने अनुमान कर लिया, जोशी ने उसकी बात सुन ली। जोशी से उसकी पहले भी कुछ तनातनी। पिछले साल दोनों क्लासफेलो थे। चन्द्रा बेचारी फेल हो गयी थी।

चन्द्रा मुस्करायी, ''डाक्टर जोशी, ये हमारी पड़ोसिन हैं। इसे सिर पर चोट लग गयी। अपनी गाड़ी में लेकर आयी हूँ।''

जोशी ने घाव पर रखी रुई हटाकर ज़ख्म को ध्यान से देखा, ''ये तो तेज़ औजार का घाव है! ···चोट कैसे लगी? ये तो पुलिस केस है। पहले रिपोर्ट लिखाओ।''

''चोट हमारे सामने नहीं लगी। पड़ोसी हैं। हमें सहायता के लिये बुलाया था। वहाँ पट्टी बाँधकर यहाँ ले आये। हमें नहीं मालूम।'' चन्द्रा ने किनारा कर लिया।

''तो फिर किसे मालूम है?'' जोशी ने पंडित की ओर देखा।

''डाक्टर, यह मेरी बेटी है।'' पंडित विवशता में विनय से बोले, ''चोट अकस्मात लग गयी। किसी ने मारा नहीं। मिस चन्द्रा को हमने सहायता के लिये बुलाया था।''

''यह बताइये चोट लगी कैसे?'' डाक्टर ने रुखाई से पूछा। पंडित के विनय से बोलने की परवाह न की। ''साफ पुलिस केस है···।''

''क्या बात है जोशी?''

जोशी ने मुस्कराकर आगन्तुक डाक्टर को आदाब-अर्ज किया।

''आदाब-अर्ज मास्टर साहब, मैं रज़ा हूँ, आपका शागिर्द। मिस पंडित को चोट कैसे लग गयी?'' डाक्टर रज़ा वाश-बेसिन पर हाथ धोने लगा।

''डाक्टर जोशी, मास्टर साहब को नहीं पहचानते? हमारे मेहरबान उस्ताद, इनकी जो खिदमत हो सके।''

चन्द्रा चुपचाप कमरे से खिसक गयी। जोशी ने वार्ड बॉय को पुकारा, ''आपको'' पंडित और अमित की ओर संकेत किया, ''बाहर बैठने के लिये कुर्सी दो।''

रज़ा ने घाव देखा। सलाह दी, ''एक टाँका लगा देना ठीक रहेगा।···ईथर लगा दिया है?''

नर्स उषा का टेम्परेचर ले रही थी। अमित से सुनी परिस्थिति के विचार से रज़ा उषा की ओर झुक गया, ''तुरन्त घर लौट जाना चाहती हैं?''

उषा ने पहचान लिया था, ''नो'' जवाब दिया।

''इन्हें बुखार है। मेरा खयाल है, अभी घर न जायें। यूनिवर्सिटी स्टूडेन्ट हैं। फीमेल वार्ड का साइड रूम खाली है। वहीं बेड दे दिया जाये।'' रज़ा ने जोशी को परामर्श दिया।

रज़ा पंडित की ओर बढ़ आया, ''मास्टर साहब, मिस पंडित को बुखार है। अभी वार्ड में रहने दें। घाव सीरियस नहीं है। बुखार दर्द और घबराहट से हो गया मालूम देता है। इंजेक्शन दे दिये हैं। रिएक्शन की आशंका तो नहीं, फिर भी बेहतर है चौबीस घंटे यहाँ रह जाये···। उषा को उसी कमरे में पहुँचा दिया गया, जहाँ आठ मास पूर्व ग्यारह दिन रही थी।

डाक्टर जोशी के व्यवहार से अपमान अनुभव कर चन्द्रा तुरन्त लौट गयी थी। पण्डित और अमित इक्के पर एक बजे घर पहुँचे।

गली के लोगों को संतोष इतनी मामूली बात से कैसे हो जाता! जद्दन, जेन, पीटर, मेरी ने सम्मिलित अनुमान से सब समझ लिया : बाप ने सड़क पर लौंडिया को यार के साथ साइकल पर देख लिया। जबर्दस्ती घर लौटाया। लौंडिया सामने बकने लगी। जाने भाई ने गुस्से में दाव मार दिया कि लौंडिया ने खुद सिर फोड़ लिया।

जेन ने कहा, ''उई त होबे का रहा। लौंडिया का, ज़बर-जवान लुगाई कहो, ए ओका मिस बाबा बनाय है। उ गरमाई कलोर अस पगाही तोड़ाय रही···।'' जेन ने सब बात किम ग्रोव को बता दी।

पंडित और अमित चौहान के यहाँ से अपने घर आ रहे थे। दूसरी दिशा में गली के घुमाव पर किम कुछ मर्द-औरतों के सामने अपनी, झूलती खाल नसें फूली, कोहनी के गुट्टे उभारे बाँहों की ताकत दिखाने के लिये मुट्ठियाँ कसे पौरुष की भावभंगी से ललकार रहा था, ''बछिया इन हीट, बुल माँगटा। अमारा पास लाओ···।'' जेन और मेरी आँचल ओठों में दबाये हँस रही थीं। अमित का चेहरा तमतमा गया। पंडित लड़के को बाँह से पकड़ मकान में ले गये। न सुनना ही बेहतर था। किम तुरन्त कह देता—अम अपना बाट बोलटा। लड़के, पत्नी, बेटी के अपवाद की चिन्ता न होती तो लाठी लेकर किम को ढेर कर देते।

मिसेज़ पण्डित और रोज़ी की आँखें रो-रोकर लाल। अमित ने आश्वासन दिया : घाव मामूली है। डाक्टर ने टाँका लगा दिया है। दर्द और घबराहट से कुछ बुखार आ गया है। डाक्टर कहता है, रात या कल सुबह तक ठीक हो जायेगी। कल सुबह या दोपहर ले आयेंगे।

एमर्ज़ेन्सी रूम में परेशानी के कारण अमित चन्द्रा के सुझाव से डाक्टर सेठ को बुलाने दौड़ गया था। सेठ के बरामदे में मोटर-साइकल न थी। दाहिने हाथ ज़रा आगे डाक्टर रज़ा धूप में दो बच्चियों से खेल रहा था। अमित ने उसे बहिन की चोट लग जाने की बात और एमर्जेन्सी रूम में हो रही कठिनाई बतायी। रज़ा तुरन्त अमित के साथ लम्बे कदमों से एमर्ज़ेन्सी रूम की ओर चल दिया। उषा को वार्ड में पहुँचाकर लौटा तो कान सेठ की मोटर-साइकल की आहट की प्रतीक्षा में थे।

डाक्टर अमर दो बजे लौटा। रज़ा ने उसे पुकारकर स्थिति बता दी। अमर उसी समय उषा को देखने चला गया। अब संकोच के लिये क्या अवसर था। उषा ने सब स्पष्ट बता दिया और अपना निश्चय भी।

क्वार्टर से लौटकर अमर ने रज़ा को अपने यहाँ बुला लिया। घर लौटने से उषा की अनिच्छा के कारण, परिस्थितियाँ सब कुछ बता दिया···। गर्ल्स होस्टल में प्रबन्ध होने में कुछ समय लगे या कोई अड़चन आ जाये तो उचित और सम्भव क्या होगा?

रज़ा दायें-बायें दीवारों, फर्श और छत की ओर नज़र घुमा-घुमा सोचकर बोला, "उसे घर लौट जाने के लिये समझाओ। घर में न रह सके तो बाद में छोड़ दे। अब न लौटी तो उम्र भर न लौट सकेगी। इस समय वह बहुत उत्तेजित है, उसे फिर समझाना।"

अमर मौन सोचता रहा। संध्या पाँच बजे फिर उषा से बात की। उषा ने स्पष्ट कह दिया : घर लौटना असम्भव।

अमर वार्ड से लौटकर रज़ा के यहाँ चला गया। बताया : किसी हालत में घर लौटने को तैयार नहीं। कहती है लौटने के बजाय नदी में कूद जाना बेहतर।···मैंने सहायता का आश्वासन दिया है।

"तुम क्या सहायता कर सकते हो?"

"जो भी बन पड़े।···होस्टल, पढ़ाई का खर्च।"

"ऐसी सहायता देने का तुम्हें क्या हक?"

"इन्सानी हक, कामरेड की सहायता का हक।"

रज़ा ने सिर हिला दिया, "समाज और संसार इन्सानी हकूक को नहीं मानता, सामाजिक और कानूनी हकूक को मानता है।"

"नॉनसेन्स! हम उन अन्यायों और गलत रूढ़ियों के सामने झुकते जायें? उनका विरोध हमारा कर्तव्य।"

"तुम कर्तव्य के लिये लड़ो। उस लड़ाई में लड़की की जिन्दगी क्यों कुचल जाये। हम अपनी समझ से तुम्हारे और लड़की के हित में व्यावहारिक बात कह रहे हैं।"

"कैलाश होस्टल में इन्तजाम होने तक दो-तीन दिन तुम्हारे यहाँ नहीं रह सकती?"

रज़ा ने विचार के लिये आँखें सिकोड़ ठोड़ी पर हाथ फेरा, "गेती की नेचर तुम जानते हो। तुम्हें कमरुन्निसा का किस्सा मालूम। रोज़-रोज़ की फज़ीहत क्या बतायें। कमरुन्निसा पिछले जुम्मे की साँझ एक पार्टी सर्कुलर देने हमारे यहाँ ही आ गयी। उसके कदम रखते ही हमने गेती को पुकार लिया। हम लोग बात करने लगे। बात अंग्रेजी में हो रही थी, ज़रा आहिस्ता। कमरुन्निसा की तो आदत, बात करती मुस्कराती रहती है। गेती बैठक में तो न आयी, किवाड़ की आड़ में खड़ी सुनती रही। आठ-दस मिनट हो गये। हमने उठकर झाँका, किवाड़ के पीछे थी।

"उस वक्त तो हम क्या कहते। खून का घूँट पी गये। पूछा···इनके लिये एक प्याला चाय नहीं भिजवाया?

"पानी उबलने रखा, अभी लाते हैं—बोली। चाय लेकर खुद नहीं आयी, नौकर के हाथ भेज दी। हमने आपा से मुआफी माँगी—भीतर बच्ची के कपड़े धो रही हैं। कपड़े छिंटा गये हैं। ऐसी हालत में झेंप रही हैं। कपड़े बदलने में वक्त लगेगा···। कमरुन्निसा बहुत दरियादिल, बोली—कोई बात नहीं। गिरस्थ में ऐसे ही चलता है। गेती को हमारा सलाम प्यार देना। चली गयी।

"हमें बहुत गुस्सा आ गया था। भीतर जाकर पूछा—यह क्या हरकत थी तुम्हारी! किवाड़ की आड़ से कनसुइयाँ ले रही थी। क्या शक है तुमको? हम उसे आपा पुकारते

हैं।···आँसू बहा दिये—हमने देखा, आपसे अकेले में मुस्करा रही है। दोनों अंग्रेजी में बोल रहे कि हम न समझें। हमारा दिल जल गया। हमें यह सब बर्दाश्त नहीं होता। हम क्या करें!···हमने तो कभी किसी गैर मर्द से हँसने-बोलने की तमन्ना नहीं की। आप क्यों गैर औरतों से हँसें-बोलें!···बताओ इसका क्या इलाज़!''

रज़ा ने विवशता प्रकट की, ''हम मिस पंडित को बहिन की इज़्ज़त से रखने को तैयार हैं। किसी दूसरे की परवाह नहीं, लेकिन घर में उस हरामज़ादी ने गरीब की तौहीन की तो हमारी बर्दाश्त के बाहर हो जायेगा।''

''जाने दो।'' सेठ बोला, ''हमारे पास दो कमरे हैं। हम अपने रिश्तेदार या मेहमान को रखें तो किसी को एतराज़।''

''वोह मुनासिब नहीं होगा···।'' रज़ा फिर कुछ सोचकर बोला, ''तुम्हें फ़ुर्सत है। इतवार है, वार्ड में जाना नहीं। यह मामला संगीन, ज़िम्मेदारी का है। हम दो मिनट में कपड़े बदल लें। नरेन्द्र के यहाँ चलो। दो के बजाये तीन आदमियों की समझ बेहतर।''

नरेन्द्र मकान पर था। जाड़े की शाम मित्रों के आ जाने से खुश। ''क्या लोगे?···कॉफी बनवायें?''

''जो चाहे बनवाओ।'' रज़ा ने कहा, ''इस समय बहुत गम्भीर विचार की जरूरत है। स्थिति यह है···।'' उषा के घर में कहा-सुनी से चोट खाकर हस्पताल में होने की स्थिति बता दी। अमर को चुप रहने का संकेत कर बताया गया। उषा के यहाँ अमर के प्रति रविवार जाने की बात, परिवार के एतराज़ पर उषा के स्वयं हस्पताल मिलने चले आने की बात, उसी बात पर घर में झगड़े से उषा के चोट खा जाने और किसी भी हालत में घर न लौटने का निश्चय।

नरेन्द्र गम्भीर हो गया, ''तुम उसे घर लौटने के लिये समझाओ।''

अमर ने विश्वास दिलाया, ''समझाया है। यह उसके आत्म-सम्मान का प्रश्न! फिर जैसी स्थिति में गली से आयी, असम्भव। कैलाश होस्टल में हो पाये तो सबसे बेहतर।''

''वहाँ नहीं हो सकेगा। वहाँ प्रवेश के लिये लड़कियों के संरक्षक या अभिभावक की स्वीकृति चाहिये। पंडित को यह स्वीकार होगा?''

''वह कहती है, मेरा कोई संरक्षक-अभिभावक नहीं, बालिग हूँ। सही है, बीस की हो गयी।''

''स्टूपिड! समाज की नजर में लड़की और स्त्री कभी बालिग नहीं होती। प्रवेश तुम्हारे-उसके निर्णय से नहीं, होस्टल वार्डन के निर्णय से होगा। वह कभी नहीं मानेगी। कहेगी, यह दूसरी लड़कियों के लिये बुरा उदाहरण होगा।''

''घोर अन्याय।''

''ज़ाहिल आदमी!'' नरेन्द्र ने भौंवें सिकोड़ीं, ''तुम्हें अन्याय के विरुद्ध आन्दोलन करना है या लड़की के लिये तुरन्त जगह का प्रबन्ध?''

''घर वह नहीं लौटेगी।'' अमर ने कहा, ''कहती है, चाहे नदी में कूद जाये···।''

''हम उसे बहिन की तरह जितना वक्त जरूरी हो रखने को तैयार,'' रज़ा ने बेबसी जाहिर की, ''लेकिन गेती की नेचर तुम दोनों को मालूम। अमर उसे अपने यहाँ रखने को तैयार···।''

"पागल है!" नरेन्द्र ने टोका, "कहोगे लड़की बालिग है, लेकिन उसकी बदनामी का खयाल करो। फर्ज़ करो, परिवार या उसकी बिरादरी पुलिस में रिपोर्ट कर दे। पुलिस तहकीकात तो करेगी। उसके लिये तुम दोनों को कोतवाली ले जाये। बाद में जो हो, लेकिन उससे परेशानी और बदनामी तो होगी। यही सवाल यहाँ। तुम्हें इस जिम्मेदारी से तो संतोष भी बहुत अनुभव हो सकता है, लेकिन सवाल तुम्हें यह ज़िम्मेदारी लेने का हक क्या?"

"यह बात हम इसे सुझा चुके। यह इन्सानी हक और फर्ज़ की धमकी देता है। इन्सानी हक की लड़ाई में लड़की की जिन्दगी बर्बाद करेगा...।"

"इन्सानियत कोई चीज़ ही नहीं?" अमर उत्तेजित, "हमेशा सिर झुकाते जायें।"

"इन्सानियत का फैसला अकेले हम-तुम ही नहीं कर सकते। वह फैसला बहुमत करेगा।" नरेन्द्र ने सुनने का संकेत किया, "लड़की की ज़िम्मेदारी लेने या उसकी सहायता का जो हक फौरन मिल सकता है, वह क्यों नहीं लेते।"

"देयर यू आर!" रज़ा ने साथ दिया, "यही हमने कहा।"

"कौन हक?" अमर ने पूछा "साफ कहो।"

"सब्र करो।" नरेन्द्र बोला, "तुमने पहली बार मिस पंडित के बारे में बात की थी तो मज़ाक किया था। इस समय मज़ाक नहीं है, मिस पंडित निश्चय तुम्हें बहुत पसन्द आ गयी।"

"मैंने स्वीकारा था, बतौर कामरेड।" अमर ने टोका, "उसी खयाल से उसकी सहायता की इच्छा।"

"सुन लो।" नरेन्द्र ने हाथ उठाया, "तुम्हारा कहना एक बात, हम तथ्य देख रहे हैं। परिवार की इच्छा के विरुद्ध उसका तुम्हारे यहाँ साइकल पर आना, घर के झगड़े का ब्यौरा तुम्हें बता देना, अपनी ज़िम्मेदारी तुम्हें सौंप देना, तुम पर माँ-बाप से अधिक भरोसा...। स्पष्ट लड़की को तुमसे अनुराग। अनुराग तुम्हें भी।"

"मैंने इन दोनों को एक साथ देखा है।" रज़ा बोला, "दोनों की मुद्रा और भाव उग्र आकर्षण के। पिछले मई-जून में हर इतवार हज़रत कंधारीबाग गली उड़ जाते। अब पूरी ज़िम्मेदारी लेने को बेताब। ये कामरेडी रिश्ते से बहुत ज्यादा। मियाँ, हम भी उस हालत से गुज़रे हुए।" अमर की पीठ पर थपकी दी।

"तुम दोनों महाज्ञानी!" अमर के स्वर में विरोध, "तुम मनगढ़ंत तथ्यों की बात कर रहे हो, उसके शब्द ही तुम्हें बता दें।"

नरेन्द्र ने उत्सुकता प्रकट की, "बताओ!"

"उषा का कहना है, उसके माता-पिता उस पर व्यर्थ तोहमत लगा रहे हैं कि वह मुझसे इन्वॉल्व हो गयी। वह मुझे गाइड, फ्रैंड और सहायक मानती है; इन्वॉल्वमेंट की बात झूठा आरोप। अब बात साफ?"

"लिल्लाह!" रज़ा ने हाथ माथे पर मारा।

नरेन्द्र भी झल्लाया, "तुम चाहते हो लड़की तुम्हारे पाँव पकड़ ले—मुझे स्वीकार करो, शरण दो! फ्रैंड; सहायक स्वीकार कर लेने के बाद रह क्या गया? इन्वॉल्वड नहीं है इसका मतलब उसे विश्वास है उसका आकर्षण थिथला नहीं, गम्भीर सोद्देश्य जीवन का साथ। खैर, तुमने क्या कहा?"

"वैसी कोई बात नहीं। बस इतना कहा, मेरा भरोसा करती हो तो पूरी सहायता करूँगा।"

"ओह माई गॉड!" रज़ा ने परेशानी में सिर हिलाया, "यह अपनी जिद्द की वजह से समझकर भी मानना नहीं चाहता। इसका विश्वास लड़कियों से प्यार गुनाह। कैसे मान ले इसे लड़की से प्यार है।"

"यह तुम्हारा पूर्वाग्रह है!" अमर ने विरोध किया।

"यह तो मानोगे," रज़ा ने तर्जनी उठायी, "डाक्टर अपना सही डाइग्नोसिस खुद नहीं कर सकता। तुम लव में हो या नहीं इसका निर्णय हम दोनों पर रहने दो।"

"मुझे रोग है ही नहीं, निदान क्या करोगे।" अमर ने मुस्कराकर बात काटनी चाही।

"तुम प्रेम को रोग माने बैठे हो, ये ही पूर्वाग्रह।"

"प्रेम को रोग नहीं मानता, लेकिन मेरा इरादा नहीं।"

"प्रेम या विवाह न करना भी कोई लक्ष्य या कर्तव्य हो सकता है!···नकारात्मक लक्ष्य या कर्तव्य?" नरेन्द्र झुँझलाया, "नारी आकर्षण में अंधा न हो जाये यह सही पर आकर्षण को सदा अस्वीकार करना भी अस्वाभाविक···बल्कि पाखंड। ईमानदारी से व्यावहारिक बात करो। ऐसी चेतन, शिक्षित, तुम्हारे लक्ष्य-उद्देश्य से सहमत, आकर्षक लड़की तुम्हारे कर्तव्य के मार्ग में बाधक होगी या सहायक?"

सेठ निरुत्तर।

"उसने हमारी तरफ नज़र की होती हम निहाल हो जाते।" नरेन्द्र मुस्कराया, "किस्मत बेचारी की। किस उल्लू पर रीझी! उससे तुम्हारा ज़िक्र आया तो हमने उसे तभी चेतावनी दे दी थी—किस स्टुपिड आइडियलिस्ट से भिड़ गयी। नहीं सुना उसने, क्या करें!"

"तुम्हारे जैसे लेडी किलर को धत्ता बता दिया तो जरूर समझदार।" सेठ गम्भीर हो गया, "मज़ाक छोड़ो। लड़की की ज़िन्दगी का सवाल है। उसने कह दिया है, घर नहीं लौटेगी, चाहे नदी में कूदना पड़े। क्या उपाय सम्भव है?"

नरेन्द्र भी गम्भीर हो गया, "रज़ा, मेरा खयाल है लड़की अभी बहुत उत्तेजित और क्षुब्ध है। उसने जो भी कहा हो, उसे शान्त होकर सोचने के लिये कुछ और समय दो। घर न लौटना बहुत जोखिम का कदम, पूरी जिन्दगी के लिये। उसे कल दोपहर के बजाये परसों दोपहर तक वार्ड में टिककर सोचने का अवसर दो।"

"यह तो हो जायेगा," रज़ा ने स्वीकारा, "आर० एम० ओ० मिश्रा है। उसके बाद?

"वह अगर चारों सिरे नहीं लौटती तो फिर अमर तुरन्त उसका उत्तरदायित्व लेने का अधिकार प्राप्त करे।"

"यानी?" रज़ा ने पूछा। अमर की नजरों में भी प्रश्न।

"यानी क्या; उत्तरदायित्व का अधिकार होगा उसे पत्नी बनाकर। पंडित परिवार और उनकी बिरादरी की ओर से विरोध हो सके, उससे पहले आर्यसमाज मन्दिर में विवाह हो जाये।"

"यह कैसे हो जायेगा?" अमर ने पूछा।

"आया ब्रह्मचारी रास्ते पर! आखिर सच बोला।" रज़ा मुस्कराया।

नरेन्द्र ने फिर सुनने का संकेत किया, "अब ईमानदारी से एक बार फिर उसे घर लौटने के लिये समझाओ। नहीं मानती तो उसे स्पष्ट बता दो—तुम उसका उत्तरदायित्व लेने या उसकी सहायता कर सकने का सामाजिक और कानूनी अधिकार कैसे पा सकते हो। उसका उत्तर स्पष्ट शब्दों में होना चाहिये।" ...नरेन्द्र ने तर्जनी दिखायी "वह हाँ करती है तो हम लड़ लेंगे। तुम दोनों बालिग। तुम्हें स्वेच्छा से सिविल मैरेज़ का कानूनी अधिकार।"

"क्या बात है!" रज़ा हँसा, "लड़की स्वेच्छा से होस्टल में नहीं रह सकती, शादी कर सकती है!"

"तुम इसे और भड़काओ!" नरेन्द्र ने डाँटा। अमर की ओर देखा, "उषा स्वीकार कर लेती है तो फिर उसके ठहरने का प्रबन्ध करना होगा। शादी—बेटा, तुम कितने ही कलपो—उसमें कुछ समय लगेगा। सिविल मैरेज़ के लिये महीने का नोटिस जरूरी, आर्यसमाज में तुरन्त हो सकती है।"

"जगह ऐसी चाहिये जहाँ बाइज़्ज़त हमदर्दी के सलूक का यकीन हो।" रज़ा ने चेतावनी दी।

"जरूर!" नरेन्द्र ने माना, "और ऐसी जगह जहाँ पुलिस सीधे हाथ न डाल सके। अगर हरि भैया को मामले की नैतिकता और कानूनी स्थिति पर विश्वास हो जाये तो चच्चा (अमर के पिता) और अमर के लिये गर्दन कटा देंगे। हम उन्हें पटा लेंगे।"

पंडित संध्या चर्च से लौटकर उषा के लिये खाना लेकर आये। उषा खाना खा रही थी। पंडित ने विस्मय प्रकट किया, "हम कुछ देर से पहुँचे। खाना हस्पताल से आया है?"

"डाक्टर ने भिजवा दिया," उषा ने नज़र झुकाये उत्तर दिया।

उषा खूब उजली मुरादाबादी थाली-कटोरियों में खा रही थी। पंडित ने दूसरी बार विस्मय प्रकट किया, "यह खाना डाक्टर रज़ा के यहाँ से आया?"

"डाक्टर सेठ आये थे।" उषा नज़र झुकाये रही। पिता के प्रश्न पर बता दिया : सिर की चोट में दर्द न थी। चार्ट में संध्या का टैम्प्रेचर निन्यान्नबे था।

पंडित जरूरत का कुछ सामान, बदलने के लिये कपड़े और फल-बिस्कुट लेते आये थे।

"सुबह अमित के हाथ चाय भेज देंगे।" पंडित ने कहा।

"क्या ज़रूरत है!...इतनी दूर दौड़ेगा।" उषा अब भी नजरें बचाये थी।

"हम सवा बजे तक आयेंगे। तब तक तुम्हें छुट्टी मिल जायेगी?"

उषा मौन। पण्डित पाँच-सात मिनट बैठकर चले गये।

साढ़े आठ से उषा सेठ की प्रतीक्षा में। निश्चय, चाहे जो हो घर नहीं लौटेगी। डैडी कल सवा बजे आयेंगे, उन्हें क्या जवाब देगी? ...चिन्ता से शरीर रोमांचित।

सुबह माथे पर स्पर्श से नींद खुली। नर्स ने टैम्प्रेचर और नब्ज़ देखी। टैम्प्रेचर सत्तानबे। उषा को कमजोरी जान पड़ रही थी। साढ़े सात तक अमित चाय और दो उबले अंडे लेकर आ गया। उषा के लिये ऊनी शाल भी लाया। अमित ने स्नेह से हाल-

चाल पूछा। पढ़ने के लिये पिछले दिन रविवार के 'पायनियर' का पत्रिका अंश ले आया था। उषा का मन बात करने को न हो रहा था।···सेठ आये तो पता लगे।···सवा बजे से पहले निर्णय आवश्यक। घर नहीं लौट सकती। कुछ भी सहने के लिये प्रस्तुत।

सुबह डाक्टर सेठ वार्ड में आठ बजे से पहले आ गया। ब्यौरे से हाल-चाल पूछा, नब्ज देखी। टैम्प्रेचर देखा। बताया : मानसिक उलझन के कारण थकावट और कमज़ोरी है। चिन्ता की बात नहीं।

"घर लौटने के विषय में सोचा?"

"घर नहीं लौटूँगी।" उषा की नज़रें झुकी रहीं।

"तुम्हारे साहस और निश्चय के लिये तुम्हारा आदर करता हूँ।"···अमर का स्वर गहरा गया, "जानता हूँ तुम अपनी योग्यता और सामर्थ्य से क्या कर सकती हो। स्वतन्त्रता चाहने वाले के लिये सामन्तवादी पूँजीवादी विकृतियाँ, हर कदम पर अड़चन।···यह विकृत समाज पूछता है, मुझे तुम्हें सहायता देने का, तुम्हारी चिन्ता का क्या हक? इस समाज की नज़र में इन्सानी हक कोई चीज़ नहीं।" नरेन्द्र और रज़ा से किये परामर्श के आधार पर बता दिया, "परस्पर चिन्ता, उत्तरदायित्व और सहायता का सामाजिक और कानूनी हक पा लेने का केवल एक उपाय।···हम परस्पर वैसा अधिकार पा सकते हैं या नहीं, यह तुम्हारे निर्णय पर निर्भर।"

अमर ने बात आरम्भ की तो उषा नज़रें मिलाये सुन रही थी। अमर की बात और उसका स्वर गहरे होते जा रहे थे। उषा की गर्दन झुक गयी, मौन सिर पर पट्टी के कारण माथा, कनपटियाँ, गाल ढके चेहरे का जितना अंश प्रकट, उसका पीलापन दूर होकर उस पर रक्त के आवेग की रंगत आ गयी।

"विश्वास रखो, जो वचन या आश्वासन तुम्हें दिया है, उससे पीछे नहीं हटूँगा।···तुरन्त निर्णय लेने या बताने की मज़बूरी नहीं है। शान्ति से सोच सकती हो। चाहोगी तो डाक्टर से कहकर कल भी डिस्चार्ज रोका जा सकता है। दोपहर बाद फिर आऊँगा। तुम्हारे निर्णय के अनुकूल अगले कदम उठाये जा सकेंगे।"

सेठ के जाने के बाद उषा वैसे ही निश्चल बैठी रही। कुछ देर बाद चित्त लेट कम्बल ओढ़ आँखें मूँद लीं।···कैसी स्थिति बन गयी! सेठ की सहृदयता, सद्भावना, मैत्री, भरोसे का विश्वास था परन्तु ऐसी कल्पना नहीं। सेठ के प्रति विश्वास, आदर, भरोसा उमग कर अनुराग की बाढ़। उषा बही जा रही थी उल्लास के मधुर उन्माद में विभोर।

उषा सोच रही थी। मन आँखें खोलने को न था। एक चिन्ता दूर हो गयी थी। दोपहर में डैडी के लिये उत्तर था : डाक्टर कल देखकर बतायेंगे। सेठ के वाक्य बार-बार कानों में गूँज रहे थे।

पण्डित एक बजकर दस मिनट पर आ गये, "बेटी छुट्टी मिल गयी? हम ताँगा ले आये हैं।"

"डाक्टर ने कल देखकर बताने के लिये कहा है।" पलकें झुकी रहीं।

"घबराओ नहीं! जो डाक्टर कहे, ठीक। साँझ अमित देखने आयेगा। खाने के लिये जो कहो भिजवा दें।"

उषा ने इनकार में गर्दन हिला दी। पंडित दस मिनट ठहर कर चले गये।

उषा के कान आहट में थे। सेठ दो के बाद आया। उषा पलंग पर सिमिटकर बैठ गयी। नज़र झुकी। सेठ सामने स्टूल पर बैठा।

"तबीयत ठीक है?"

"बिल्कुल ठीक है।"

"उस विषय में कुछ सोचा?...और सोचना चाहो, संध्या फिर आ सकता हूँ।"

"घर नहीं लौटूँगी।"

"दूसरी समस्या पर भी सोचा?"

झुकी गर्दन कुछ और झुक गयी। गले का अवरोध निगला पर बोल न सकी।

सेठ ने प्रश्न दोहराया, "तुम्हें स्वीकार है?"

उषा ने स्वीकृति में गर्दन झुकायी।

"मज़बूरी न समझना।"

इनकार का संकेत।

"जानता हूँ, तुम्हारे योग्य नहीं हूँ परन्तु मेरा सौभाग्य है।"

उषा की गर्दन झुकी रही।

"मेरी तरफ देखो?" सेठ का स्वर और भी गहरा।

उषा ने गर्दन उठायी। आँखें तरल और गुलाबी। चेहरा लाल। आँखें मिलाने में झिझक। उन आँखों में सीधे देखकर कितनी बार बहसी-हँसी थी, मान से बोली थी। एक क्षण में क्या हो गया! सेठ की आँखें भी गुलाबी, जैसे दोनों दूसरे के अन्तरतम तक देख रहे थे।

"इसी के अनुसार योजना बनायी जाये।"

उषा ने संकेत से स्वीकारा।

संध्या पाँच के लगभग अमित आया। समीप स्टूल पर बैठकर हाल-चाल पूछा। उषा "हूँ-हूँ" से उत्तर देती रही।

"जीजी, इतनी उदास और निराश मत हो।" अमित ने सहानुभूति से सांत्वना दी, "हमें कई तरह की परिस्थितियों का सामना करना पड़ेगा।"

उषा की पलकें भीग गयीं।

अमित और समीप झुक गया, "जीजी इतनी दुखी मत हो...।"

"नहीं मीतू, दुखी नहीं।" गहरे उच्छ्वास से भाई के गले में बाँहें डाल दीं।

चन्द्रा सोमवार सुबह होस्टल लौट गयी। नौ बजे क्लास में जाते समय उषा को देखती गयी। उषा कम्बल ओढ़े चित्त लेटी, आँखें मूँदे थी। माथे पर चन्द्रा का हाथ लगने से पलकें उघाड़ीं, मौन। चन्द्रा को देख प्रसन्न न हुई।

चन्द्रा चार्ट देख मुस्करायी, "बुखार नहीं है। दर्द नहीं है तो आज घर लौट सकती हो। नींद आ रही है...सो जाओ, फिर आऊँगी।"

मंगलवार को चन्द्रा को अनुमान, उषा घर लौट गयी। उसे देखने न गयी। ग्यारह बजे के करीब सहपाठियों के साथ दूसरी मंजिल पर डाक्टर नरूला के पीछे-पीछे वार्ड में जा रही थी। उसकी नज़र नीचे सड़क पर पड़ी : डाक्टर सेठ उषा को ताँगे पर बैठा रहा

था। तीसरा व्यक्ति पंडित या अमित नहीं, कोई अपरिचित खद्दर की सफेद गांधी टोपी, कुर्ता-धोती, ऊनी सदरी पहने, पक्की उम्र।···कहाँ जा रही है। चन्द्रा तड़प उठी।

चन्द्रा विवश। उस समय क्लास के राउण्ड से खिसक जाना बहुत कठिन। वार्ड में डाक्टर नरूला ने उससे सवाल पूछ लिया था। उत्तर से डाक्टर नाराज़, अभी एक साल और इसी क्लास में···। चन्द्रा पिछले साल फेल हो गयी थी।'' तब से डाक्टर की नजर बार-बार उसी की ओर। चन्द्रा इतनी उत्तेजित कि डाक्टर के शब्द समझ में न आ रहे थे। तिस पर आशंका, डाक्टर और सवाल न पूछ ले। नरूला नाराज़ हो जाये तो पीछे पड़ जाता था। नरूला ने छोड़ा साढ़े बारह बजे।

चन्द्रा को पड़ोस और बिरादरी के प्रति कर्तव्य का ध्यान दोपहर को खाने के लिये होस्टल जाने के बजाय हस्पताल के फाटक की ओर ले गयी। सामने इक्का दिखायी दिया, उसी पर बैठ गयी।

चन्द्रा से स्थिति जानकर डाक्टर चौहान चिन्तित : एक बज रहा है। पंडित को उम्मीद, उषा को आज डिस्चार्ज मिल जायेगा। वह कालेज से हस्पताल चला गया होगा। वह लौटे तो सोचेंगे···। मिसेज़ चौहान इतनी शिथिल न थीं। चन्द्रा के साथ तुरन्त पंडित के यहाँ गयी। मिसेज़ पंडित को समाचार दिया, ''बहन, तुम पर तो भारी मुसीबत आ गयी···।''

मिसेज़ पंडित चिन्ता में सिर पकड़कर बैठ गयीं। पति या लड़का घर पर कोई नहीं। पंडित कालेज से हस्पताल जा चुके होंगे।···हे ईश्वर तू ही रक्षक···हमारे गुनाहों को बख्श···। मानसिक आघात से सिर में दर्द। घुटने लड़खड़ा गये। खड़े रहना कठिन। बैठक के किवाड़ खोलकर सोफा पर बैठ गयी। नज़र चिक से गली में।···हस्पताल पहुँचे होंगे तो पता लग गया होगा।

डेढ़ घंटे बाद मिसेज़ चौहान पूछने आयी, पंडित लौटे कि नहीं। मिसेज़ पंडित का सिर इनकार में हिला, आँखें लाल खुश्क। सवा तीन बजे मिसेज़ चौहान मिसेज़ सिंह के साथ आयी। मिसेज़ पंडित वैसे ही सोफा पर प्रतीक्षा में निश्चल मौन। दोनों पड़ोसिनें चिन्ता से व्याकुल···ईश्वर और उसका पुत्र ही रक्षक हैं, उन्हीं का भरोसा।···इस गली पर क्या मुसीबत आ रही है। मिसेज़ पंडित को लग रहा था, मूर्च्छा घिरी आ रही है।

मंगलवार भी पंडित ने दोपहर बाद कालेज से छुट्टी ले ली थी। चौथे पीरियड की घंटी पर क्लास समाप्त करके निकले। दरवाज़े के सामने बरामदे में खड़े अपरिचित व्यक्ति ने नमस्कार में हाथ जोड़ दिये, ''वन्दे मातरम्।···मिस्टर धर्मानन्द पंडित आप ही हैं?''

पंडित ने नमस्कार स्वीकार किया, ''धर्मानन्द पंडित हूँ। फर्माइये!''

पंडित के पीछे क्लास से विद्यार्थियों का रेला चला आ रहा था।

''आपके लिये संदेश है। एक मिनट उधर आकर सुन लीजिये।'' सज्जन पंडित के साथ आये और चलते हुए बोले, ''आपने पहचाना नहीं। मेरा नाम हरिकृष्ण। अकसर लोग हरि भैया पुकारते हैं। दो बरस पहले आपके मकान पर गया था, डाक्टर चौहान के साथ।''

पंडित ठीक से पहचान नहीं पाये। "कहिये, मेरे योग्य सेवा?"

हरि भैया ने सदरी की जेब से एक लिफाफा निकालकर पंडित की ओर बढ़ा दिया, "बेटी का पत्र है।"

"आप हस्पताल से आ रहे हैं?" पंडित ने लिफ़ाफा फाड़ते हुए पूछा।

"अभी अपने मकान से आ रहा हूँ।"

पत्र अंग्रेजी में था, संक्षिप्त। पंडित ने बेटी का हस्ताक्षर पहचाना।

"प्रिय पिता जी, बहुत खेद से सूचना दे रही हूँ। कुछ मास से घर की परिस्थितियों, वातावरण और परसों की घटना के पश्चात् मेरे लिये घर में रह सकना या घर और गली में लौट सकना सम्भव नहीं रहा। यह कदम मैंने पूरी जानकारी में, केवल मात्र अपनी इच्छा से, अपनी जिम्मेदारी पर उठाया है। अनुरोध है, आप मुझे घर लौटाने का प्रयत्न बिलकुल न करें। दुख मुझे भी है, परन्तु विवश हूँ। आपको यह कष्ट देने के लिये और अपनी सभी भूलों के लिये आपसे, माँ से और बेबे से क्षमा चाहती हूँ। भाइयों और बहन को प्यार।

क्षमा प्रार्थी बेटी,

उषा"

पंडित का शरीर सनसना गया। पथरायी नज़र में प्रश्न।

"बेटी मेरे मकान पर है।" हरि भैया का स्वर सहानुभूति और सांत्वना का, "आपकी चिन्ता समझ रहा हूँ। आपको अधिक परेशानी न हो, इसलिये सूचना देने स्वयं आ गया। आप बेटी को घर लौटने के लिये समझायें। वह जब तक मेरे यहाँ रहना चाहे, जैसे मेरी दूसरी बेटियाँ, वह भी रह सकती है।"

"आपके यहाँ कैसे पहुँची?" पंडित ने पूछा, "आपसे पहले परिचय था?"

"पहले परिचय न था", हरि भैया बोले, "डाक्टर अमरनाथ सेठ हमारे कृपालु मित्र सेठ रतनलाल का बेटा है। हम उसे छोटे भाई या बेटे की तरह मानते हैं। उसने समाचार दिया, बेटी किसी भी हालत में घर लौटने के लिये तैयार नहीं है। सेठ बेटी को हस्पताल में अपने क्वार्टर में जगह देने के लिये तैयार नहीं था। वह हमने उचित न समझा। सेठ के पिता पुराने खयाल के हैं। वहाँ बेटी के साथ कैसा व्यवहार हो। परिस्थिति अधिक विकट न हो जाये, इसलिये हम हस्पताल जाकर उसे ले आये।" हरि भैया दोनों हथेलियाँ फैलाकर बात कर रहे थे, जैसे कुछ छिपा नहीं रहे, "आप चलिये, बेटी को समझाइये। हम स्वयं आये कि आपको मकान पर ले चलें।"

पंडित के मन में बेटी के व्यवहार के लिये उग्र क्षोभ। उतना ही क्रोध बेटी को हस्पताल से चले जाने में सहायता देने वाले पर परन्तु बेटी के विषय में सूचना देने वाले, उसे समझाने का अनुरोध करने वाले पर क्या क्रोध दिखाते! कहना पड़ा, "आपकी कृपा और सहानुभूति के लिये आभारी हूँ। आपके साथ चलता हूँ।" पंडित ने अपनी साइकल ले ली। कालेज़ के बाहर किराये का इक्का हरि भैया की प्रतीक्षा में था।

क्रिश्चियन कालेज़ से सिटी स्टेशन, रेलवे पुल के नीचे से आगामीर-ड्योढ़ी कैनिंग रोड पर कुछ दूर राजाबाज़ार की ओर। पंडित को इक्के के मरियल घोड़े की चाल पर खीझ आ रही थी। इक्के के पीछे-पीछे चलने के लिये विवश। मन में बेटी की मूर्खता

और उच्छृंखलता के लिये क्रोध का उबाल। इक्का कैनिंग रोड से एक कच्ची गली में उतर गया। धोबियों-घोसियों के जैसे कच्चे घर और झोपड़ियाँ। एक चारदीवारी में लगे दरवाजे के सामने इक्का रुका। हरि भैया उतर पड़े।

हरि भैया की दस्तक से किवाड़ खुले। एक स्त्री अपरिचित को देख मुँह फेरकर पीछे हट गयी। नमस्कार या स्वागत किये बिना बायें कमरों के सामने बने ओटे के पीछे हो गयी।

''बेटी, तुम्हारे पिता जी आये हैं।'' हरि भैया ने सूचना के लिये पुकारा। आँगन में चटक धूप। धूप में खाट पर बिस्तर। पुकार सुनकर खाट पर लेटी युवती उठ बैठी। पाँव खाट से नीचे धरती पर रख लिये। पंडित ने सिर पर पट्टी बँधी उषा को देखा।

हरि भैया ने कमरे के दरवाजे के समीप पड़ी, लोहे की सस्ती कुर्सी खाट के समीप रख दी। ''पंडित साहब, आप बेटी से बात कीजिये। हम उधर हैं। सेवा की आवश्यकता हो, हमें पुकार लीजियेगा।···कुछ जल-वल?'' हाथ जोड़कर पूछ लिया।

''धन्यवाद, अभी इच्छा नहीं है।''

उषा को मालूम था, हरि भैया डैडी को सूचना देने गये हैं। डैडी के आने पर हरि भैया के यहाँ स्वेच्छा से आने और घर लौटने के बारे में अपना निर्णय स्वयं बताना होगा। शेष उत्तरदायित्व सेठ और हरि भैया का। ऊखली में सिर दे चुकी थी, प्रतीक्षा में थी ···अब जो, जैसी चोट आये; जो होना है, हो जाये।

पंडित कुर्सी खाट के समीप खींचकर बैठ गये। मन का क्रोध और आवेश वश कर यथासम्भव स्वाभाविक और स्नेह के स्वर में पूछा, ''तबीयत कैसी है? सिर में दर्द या कोई और असुविधा?''

उषा ने गर्दन हिला 'न' का संकेत किया।

''बेटी, यहाँ कैसे आ गयी? तुम्हें मालूम था, हम लेने आयेंगे।''

उषा गर्दन झुकाये मौन।

पंडित गले का अवरोध निगल कर बोले, ''बेटी जो अप्रिय घट गया, उसे भूल जाओ। अपनी या दूसरों की भूल से हुई बातों को गाँठ में बाँध लेना मूर्खता। क्रोध और उत्तेजना में हुआ व्यवहार भुला देना चाहिये। जो हो गया, हो गया। अपने घर चलो। विश्वास रखो तुम्हें कोई कुछ नहीं कहेगा।''

उषा ने इन्कार में सिर हिला दिया।

पंडित दो पल सोचकर फिर बोले, ''बेटी, क्रोध में पागलपन उचित नहीं। बौखलाहट में हुई भूल का उपाय सावधानी से करना चाहिये। उत्तेजना से स्थिति अधिक बिगड़ती है। ऐसा कदम नहीं उठाना चाहिये जिसे लौटाने में झिझक हो। अभी कुछ नहीं बिगड़ा, घर चलो। यह स्थिति खिंचनी नहीं चाहिये। तुम सुशिक्षित-समझदार हो। बेटी को माँ और माँ को बेटी क्या क्षमा नहीं कर सकती। ···तुम्हारे लिये यहाँ ही सवारी ले आयें या सौ कदम सड़क पर चल सकोगी?''

उषा ने स्पष्ट इन्कार में गर्दन हिला दी।

पंडित कई पल मौन रहे। जेब से उषा का पत्र निकालकर फिर पढ़ा। बोले, ''घर की परिस्थितियाँ और वातावरण से क्षुब्ध होने में तुम्हारा व्यवहार भी कारण था। उससे

परेशानी केवल तुम्हें नहीं, सभी को हुई है। ऐसी स्थिति में माँ का बौखला जाना स्वाभाविक था। सब दोष माँ का ही नहीं था। खैर, जाने दो उस बात को भूल जाओ। हम सवारी ले आते हैं।''

उषा की गर्दन फिर स्पष्ट इन्कार में हिली।

''बेटी, तुम समझदार हो। इस समय उत्तेजना में तुम ठीक सोचने में असमर्थ हो। हमारी बात मानो।...शाबाश उठो।''

उषा की ओर से पुनः इन्कार।

पंडित का स्वर कुछ कड़ा हो गया, ''घर कब तक लौटने का विचार?''

उषा ने कोई उत्तर न दिया।

''घर न लौटने का निश्चय कर लिया?''

उषा ने संकेत से स्वीकारा।

पंडित को पराये मकान में बैठकर बेटी से बात करने में असुविधा अनुभव हो रही थी। लग रहा था, बहुत देर से बैठे हैं परन्तु हुआ था, आधा घंटा ही। उषा के मौन और जिद्द से अपमान की ग्लानि। एक बार फिर दृढ़ निश्चय से, वत्सल स्वर में समझाया, ''बेटी ऐसी अजनबी जगह में, मानसिक तनाव और उत्तेजना में ठीक निर्णय नहीं लिया जा सकता। अपने घर चलो। विश्वास रखो, जो हो गया उसकी कोई अप्रिय चर्चा न होगी। तुम शान्त चित्त से, सोच-समझकर जो निर्णय करोगी, वह तुम्हारे और घर भर के लिये भी कल्याणकारी होगा। अब उठो...।''

उषा ने इनकार में सिर हिला दिया।

पंडित ने दाँत भींच लिये, परन्तु समझाने के नरम स्वर में बोले, ''बेटी, घर लौटने में जितना अटकोगी स्थिति उतनी ही अप्रिय होती जायेगी। हम सवारी ले आते हैं।''

उषा ने फिर इन्कार में सिर हिलाया।

पंडित ने गहरा श्वास लिया, ''तुम और सोच लो, हम डेढ़-दो घंटे तक सवारी लेकर आयेंगे।'' संकेत से उषा इनकार में सिर हिला चुप रही।

पंडित उठ गये। बायें हाथ ओटे की ओर पुकारा, ''श्रीमान जी।''

हरि भैया ओटे से इस ओर आ गये।

''इस समय चल रहा हूँ। आपको असुविधा न हो तो डेढ़-दो घंटे तक फिर आ सकता हूँ?''

''पंडित जी, यह आपका मकान है। जब सुविधा हो दस बार, सौ बार स्वागत। हम भी दुकान जा रहे हैं। जब सेवा की आवश्यकता हो हमें दुकान से बुला सकते हैं...'' झंडेवाले पार्क में दुकान का पता बता दिया।

पंडित डेढ़-दो घंटे के लिये तीन मील दूर कंधारीबाग गली तक क्या जाते? अकेले जाने पर उषा को साथ न लाने के लिये क्या सफाई देते! लड़की घर नहीं लौटती तो वह स्थिति आयेगी ही, अब नहीं दो घंटे बाद। ईश्वर लड़की को सुमति दे...। आगामीर की ड्योढ़ी से सिटी स्टेशन, जगत नारायण रोड पर गये। कालेज न जाना चाहते थे। निष्प्रयोजन कहाँ जायें? गोमती की ओर चल दिये। रेजीडेंसी पर नजर पड़ी। उसी ओर मुड़ गये। उन दिनों रेजीडेंसी पर चौबीस घंटे ब्रिटिश साम्राज्य की पताका फहराती थी।

१८५७ के विद्रोह में अंग्रेजों की विजय इस स्थान पर डटे रहने से ही हुई थी। इस स्थान का सम्मान वायसराय और गवर्नर के महलों से अधिक था। यहाँ का बगीचा सदा हरा-भरा, फूलों से सजा-बजा रखा जाता।

पंडित एकान्त की इच्छा से बगीचे के निराले भाग में बरगद के पेड़ के नीचे बेंच पर बैठ गये। साइकल बेंच से टिका दी। मन में उषा के व्यवहार के लिये क्रोध और बेटी के संकट में पड़ जाने की चिन्ता। ···उद्वेग में मूर्खता कर रही है, बाद में पछतायेगी जरूर। हस्पताल से उस घर में सेठ की योजना से ही गयी है। यह महाशय विनय से निश्छल सहायता के लिये तत्परता दिखा रहे हैं। जवान परायी लड़की को अपने घर में ले क्यों गये? उसका उत्तरदायित्व नहीं समझते। जवान वयस्क लड़की, उसे थप्पड़ मारकर, बाँह से पकड़कर घर ले जा नहीं सकते। उससे उसकी और अपनी फजीहत। पुलिस को रिपोर्ट करने से नगर भर में थू-थू। लड़की बालिग है। सिवा समझाते-खुशामद के उपाय क्या? बेटी को एक दिन घर से जाना ही था, पर यह जाना हमारे लिये कितना अपमानजनक और उसके जीवन की बर्बादी।

पंडित को याद आया : उषा की नौकरी कर अपने पाँव खड़े हो, एम० ए० प्राइवेट करने की इच्छा का कारण ये ही था। इस झुकाव ने मन घर से उचाट कर दिया। ऐसे कारण और अवसर की प्रतीक्षा में थी। अब सेठ उसकी नजर में अधिक विश्वसनीय और भरोसे का और हम शत्रु। हम व्याकुल हैं कि स्वयं को बर्बाद कर रही है। उसके कल्याण के लिये हम आज भी सब कुछ करने-सहने को प्रस्तुत परन्तु उसे हम पर विश्वास नहीं। मूल कारण, पंत परिवार का छल। लड़की का मन भटक गया। उसे रास्ता दिखाना कठिन। इन्सान की जिन्दगी क्या होती है! याद आ गया···धर्मशास्त्र में ग्रेजुएट बनने के बाद जब धर्म प्रचार के कार्य के बजाय स्कूल मास्टरी कर ली थी, पिता और भाई कितने खिन्न और निराश हुए थे!···क्या नयी पीढ़ी सदा निर्मोही और अकृतज्ञ होती है या उसकी दृष्टि भिन्न! हमें सब स्वीकार, लड़की की जिन्दगी बर्बाद न हो। उसे निश्चित बर्बादी के रास्ते पर बढ़ने की जिद्द···।

पंडित चार बजे सेवाश्रम लौटे।

पिता के आने पर उषा फिर उठकर पाँव धरती पर रखकर बैठ गयी थी। उसकी खाट पर अब भी धूप थी। दिसम्बर में दोपहर बाद चार बजे धूप की प्रखरता समाप्त, उसका स्पर्श सुहावना।

"कहो बेटी, तबीयत ठीक है?" पंडित ने बैठने से पहले पूछा, "सवारी ले आयें?"

इनकार का स्पष्ट संकेत।

पंडित कुर्सी पर बैठ गये। क्षोभ वश कर फिर समझाने लगे। कोई नया तर्क या नयी बात न थी। वही बातें दूसरे शब्दों में अधिक नरम लहजे में : तुम्हारे हित के विचार से तुमसे अनुरोध नहीं प्रार्थना कर रहे हैं। ···उत्तेजना और विक्षेप से संकट में मत कूदो। घर चली चलो। दो-दिन चार दिन में स्थिर चित्त से निर्णय करो। पूरा यत्न करेंगे कि जो तुम चाहोगी वही किया जाये···। पंडित घड़ी देखकर तीस मिनट तक समझाते रहे। उषा की ओर से हर बार इनकार।

पंडित उठने से पहले अंतिम बार उषा से अनुरोध कर रहे थे। एक विद्यार्थी लड़का बाहर से आया। लड़के के चेहरे पर विस्मय का भाव, उसने गर्दन झुकाकर अभिवादन किया। कुछ पहचाना सा चेहरा। लड़का ओटे के पीछे चला गया। तुरन्त फिर आया। एक गिलास जल और कटोरी में पान का बीड़ा पंडित की ओर बढ़ा दिया। पंडित ने विद्यार्थी को पहचान लिया, ''तुम टेंथ में हो न।''

''यस सर, माई नेम इज सत्यभूषण।''

''हरिकृष्ण साहब के बेटे?''

''यस सर।''

पंडित ने आधा गिलास जल पीकर फर्श पर रख दिया। पान का अभ्यास न था परन्तु पान अस्वीकार करने से निरादर समझा जाने की आशंका। धन्यवाद कहकर पान ले लिया।

पंडित ने उषा से पूछा, ''बेटी, शान्ति से सोचना चाहो तो दो-चार घंटे में फिर आयें।''

उषा का स्पष्ट इनकार।

पंडित अपनी साइकल लेकर सेवाश्रम से निकले तो शरीर निस्सत्व। कच्ची गली में साइकल को सौ कदम धकेलते हुए कैनिंग रोड की ओर जा रहे थे। सड़क से कुछ कदम इधर गली में घूमती मोटर-साइकल रुक गयी। डाक्टर सेठ के चेहरे पर संकोच और झिझक। पंडित को संकेत से नमस्कार किया।

सेठ को पहचानकर पंडित खड़े हो गये। समीप होकर बोले, ''उषा को यहाँ लाना उचित न था।''

''क्षमा चाहता हूँ।'' सेठ ने अंग्रेजी में ही उत्तर दिया, ''अपनी इच्छा से नहीं, नितान्त मजबूरी में हरि भैया से उसे यहाँ स्थान देने का अनुरोध किया। आप उषा से स्वयं पूछ सकते हैं।''

''उसे घर लौटने के लिए नहीं समझा सकते थे?''

''बहुत समझाया। उसे हस्पताल से दोपहर ही छुट्टी मिल सकती थी। उसे समझा सकने और सोचने का अवसर देने के लिये चौबीस घंटे और रोका।''

''हमारी प्रतीक्षा करनी चाहिये थी।''

''उसे मंजूर न था। घर लौटने के बजाय नदी में कूद पड़ने की जिद्द। आप उससे और बात कर लें। मैं कुछ देर बाद आ सकता हूँ।''

पंडित पल भर सोचकर बोले, ''बहुत एहसान मानूँगा, उसे फिर भरसक यत्न से घर लौटने के लिये समझाओ।''

सेठ को स्वीकार करना पड़ा, ''जरूर कहूँगा।''

पंडित लौटते समय झंडेवाला पार्क में हरि भैया की दुकान पर गया, ''हम कल सुबह फिर बेटी को समझाने का यत्न करना चाहते हैं।''

''अवश्य आइये।''

''कल लगभग नौ बजे आयेंगे।''

"बहुत ठीक। उस समय हम घर पर रहेंगे।" हरि भैया दुकान से बाहर आ गये। पंडित से सहानुभूति में बात करते कुछ दूर साथ गये, "आपकी परेशानी हम समझते हैं। हमसे जो कुछ सहायता सम्भव हो, प्रस्तुत हैं। ठीक समझें तो बेटी की माता या दूसरा कोई आदमी जो उसे समझा सके, वह भी आ सकता है।"

पंडित को विश्वास हो गया : हरि भैया चाहते हैं, लड़की अपने घर लौट जाये। नेकनीयत से ही उषा को अपने घर ले आये, तुरन्त सूचना देने भी पहुँचे। सेठ के ढंग में भी धोखा न लगा। परन्तु चिन्ता, उषा को हो क्या गया? उस पर सेठ का प्रभाव है। यदि सेठ सच बोल रहा है, उसे फिर घर लौटने के लिये समझाये तो मान भी सकती है। गली में पड़ोसियों को क्या सफाई देंगे। कह दें—अभी उसका हस्पताल में रहना ठीक है...।

गली के समीप पहुँच रहे थे, उषा की साइकल पर अमित गली से निकलकर विपरीत दिशा में मुड़ता दिखायी दिया। लड़के को पुकार लिया। अमित रुककर पीछे घूमा। लड़के का चेहरा उड़ा हुआ।

"डैडी, आप हस्पताल से आ रहे हैं?" अमित ने पूछा।

पंडित ने लड़के को साथ चलने का संकेत किया। अमित ने बता दिया : चन्द्रा हस्पताल से आयी थी। सब लोग बहुत चिन्तित हैं। चौहान दम्पति, सिंह दम्पति सब उन्हीं के यहाँ थे। पंडित अपनी साइकल बेटे को सहेजकर बैठक में चले गये।

मिसेज़ पंडित सोफा पर बैठी थीं। चेहरा चिन्ता से बहुत भारी, आँखें लाल। उसके समीप नीचे फर्शी दरी पर बेबे, आँखें रोने से सूजी हुईं।

"घबराओ नहीं, लड़की ठीक है।" पंडित एक ही वाक्य बोल पाये।

चौहान आगे बढ़ आये, उनके पीछे मिसेज़ चौहान, सिंह दम्पति, "लड़की कहाँ है?"

पंडित ने सबको भीतर चलने का संकेत किया। सबको सुनाकर पत्नी को बताया, "लड़की विश्वस्त, जिम्मेदार, सद्परिवार में है। हम स्कूल से एक बजे वहीं गये थे, उषा के साथ थे। अभी आ रहे हैं। कांग्रेस वाले हरि भैया को आप जानते हैं?"

"हम ऐसा क्या जानते हैं।"

"मैं जानता हूँ।" पंडित ने विश्वास से कहा।

"वह यहाँ क्यों नहीं आयी?" मिसेज़ सिंह ने चिन्ता प्रकट की।

"यह लड़की की गलती," पंडित ने स्वीकारा "क्रोध, उत्तेजना की बौखलाहट। गलतफहमी में उसे डाँटा गया। वह बौखला गयी। हस्पताल जा रही थी तो पूरी गली तमाशा बनाकर खड़ी हो गयी। अब उसे लौटने में संकोच, झिझक।"

"इसमें ऐसी क्या झिझक। अब और झिझक होगी।" मिसेज़ सिंह ने शंका की, "लड़की वहाँ पहुँची कैसे? ...जरूर डाक्टर लड़के की साँठ-गाँठ।"

पंडित झिझककर बोले, "हरिकृष्ण जी को डाक्टर सेठ ने खबर दी, लड़की घर लौटने में झिझक रही है।"

"उन्हें खबर देने का क्या मतलब। वह कौन होते हैं? लड़की के रिश्तेदार हैं या हमारी सोसाइटी-बिरादरी के हैं! उसे खबर यहाँ, आपको देना चाहिये था।"

''हमें तो खबर हरिकृष्ण ने दी। लड़की को भी समझाया।'' पंडित ने बताया।

''जवान लड़की का रात पराये घर में रहना ठीक नहीं।'' मिसेज़ सिंह ने चेतावनी दी।

''हमने बहुत कोशिश की। अभी दिमाग बेकाबू। उसे शान्त होने के लिये समय देना चाहिये। हम सुबह फिर जायेंगे।''

पड़ोसियों को सन्तोष न हुआ। लड़की का बाप ही कुछ करने को तैयार न था। मुद्दई की सुस्ती में गवाहों की चुस्ती क्या करती?

पिता के जाने के बाद उषा निढाल आँखें मूँद लेट गयी, फिर किवाड़ खुलने की आहट।'' वन्दे मातरम् भाभी!''

उषा ने अमर का स्वर पहचाना। उठकर बैठ गयी। अमर उसकी ओर आ गया, ''कैसी तबीयत है, कुछ खाया?''

उषा का मन खाने को न था। भाभी ने आग्रह से दो संतरे खिला दिये थे।

''फादर आये थे, क्या बात हुई?''

उषा का उत्तर सुनकर अमर ने बताया, ''हम आ रहे थे, गली के मोड़ पर सामना हो गया। तुम्हारे बारे में बात हुई : तुम्हारे घर न लौटने से बहुत चिन्तित-खिन्न। मुझे कहा, एक बार और समझाओ। कैसे इनकार करता इसलिये ये कह रहा हूँ—खूब अच्छी तरह शान्त चित्त से सोच लो। परिवार की परेशानी और दूसरी बातें। बाद में पछतावा अनुभव न हो। अब भी लौट सकती हो।''

अमर को देखकर उषा का तनाव दूर हो गया था, लेकिन लौटने का सुझाव सुन अमर की आँखों में सीधे देखा, स्वर धीमा पर कड़ा, ''कभी एक बात कहते हैं, कभी दूसरी। लगता है मैं आपके गले आ पड़ी हूँ। मौत से नहीं डरती। अभी जा सकती हूँ।''

सेठ का चेहरा गम्भीर, ''माई डियर कामरेड, गलत मत समझो। आपस में हमारा जो वचन हो गया, अटूट। किसी कारण या मजबूरी में तुम अभी घर लौट जाओ तो भी हमारा विवाह होगा ही। पंडित साहब ने अनुरोध किया, मैंने स्वीकारा—एक बार और समझाऊँगा इसलिये कहना जरूरी था। घर लौटने का मतलब हमारा सम्बन्ध टूटना नहीं है।''

''प्लीज···घर की बात खत्म।''

''बिल्कुल खत्म।'' अमर मुस्कराया, ''गुस्सा थूक दो।''

धूप आँगन की पिछली दीवार से भी चली गयी। ''यहाँ ठंड हो रही है, भीतर आ जाओ।''

''अभी ठंड नहीं मालूम हो रही।''

''हम जरा भाभी-जीजी से हाल-चाल पूछ लें।'' सेठ हरि भैया के कमरे की ओर मुड़ गया।

सेठ के पीछे-पीछे गौरी आ गयी थी। आँगन में सेठ को सिर पर पट्टी बँधी अपरिचित नवयुवती से बात करते देखकर भाभी से पूछा, ''यह कौन है···?''

गौरी सुबह नार्मल स्कूल जाकर साढ़े चार-पाँच तक लौटती थी। भाभी ने बताया, "अमर लाला के मास्टर की बिटिया है। सिर में बहुत चोट आ गयी है। हस्पताल में थी। जाने क्यों माँ-बाप से झगड़ पड़ी, अभी घर नहीं लौटना चाहती। तुम्हारे भैया हस्पताल से ले आये। बहुत पढ़ी-लिखी बताते हैं। बाप मिलने आये थे। अंग्रेजी में बात कर रही थी। इसके बाप भूषण के मास्टर हैं।"

गौरी सेठ की ओर घूम गयी, "भैया, इन्हें जानते हो! भाभी कहती हैं, बहुत पढ़ी-लिखी हैं…।"

"जानता हूँ।" अमर ने गौरी की जिज्ञासा का समाधान किया, "यूनिवर्सिटी में एम० ए० में पढ़ती है, बहुत समझदार, सच्ची, साहसी। पढ़ाई पूरी हो जाये तब न ब्याह करे। राजनीति और समाजवाद समझती है। उसी में सहयोग देना चाहती है। परिवार के लोग लड़कियों के लिये ऐसी बात पसन्द नहीं करते। उसी बात पर घर में कहा-सुनी हो गयी। चोट अपने ही हाथ से लग गयी। अभी घर नहीं जाना चाहती। कुछ दिन रहेगी।"

"हमारे सिर आँखों पर!" गौरी बोली, "हमें तो चेहरे-मोहरे से ही खानदानी लगी। हम इनसे कुछ सीखें-समझेंगी।" गौरी को अमर पर पूरा विश्वास। सहानुभूति में उषा की सहायता के लिये उत्सुक।

पंडित अगले दिन नौ से पहले सेवाश्रम आये। उषा आँगन में खाट पर धूप में बैठी थी। कंधों पर शाल। हरि भैया घर में थे। पंडित ने बेटी को फिर स्नेह से समझदारी और दूरदर्शिता का उपदेश दिया। उसके प्रति पूर्ण ससम्मान वत्सल व्यवहार का आश्वासन देकर घर चलने का अनुरोध किया।

उषा सिर झुकाये मौन। सुनकर इनकार में गर्दन हिला दी।

पंडित उठते हुए बोले, "बेटी, हम फिर अनुरोध करेंगे, बौखलाहट छोड़ विचार करो। तुम शान्ति से सोचो। हम फिर आयेंगे।"

पंडित आँगन से साइकल लेकर निकले तो हरि भैया उनके साथ हो लिये। कुछ कदम चलकर पूछा, "पैदल चलने से आपको विलम्ब होगा?"

"अभी काफी समय है।" पंडित ने उत्तर दिया, "कहिये!"

हरि भैया ने विस्तार से बात की। अभिप्राय था : बेटी घर लौट जाये तो आगे की बात आपके हाथ। यहाँ है तो हमारी भी जिम्मेदारी। …समाज का जैसा नियम, लड़की-स्त्री के लिये उसका ठौर जरूरी। …विवाह की उम्र। विवाह उसका आप करते ही, हम नहीं चाहते कोई बात आपकी बेखबरी में हो। सबसे पहले जानने का हक आपका, जो हो आपके आशीर्वाद से हो। कुछ ठिठककर, "अमर और बेटी का विचार विवाह कर लेने का है। खयाल हो सकता है, उन लोगों ने इसी विचार से यह लीला रची है। हम ऐसा नहीं मानते। अमर को लड़कपन से जानते हैं। वह झूठ नहीं बोलता। अमर का इरादा विवाह करने का न था। उसका विचार देश सेवा में जीवन लगाने का था। बेटी से बात करके लगा, उसका भी ऐसा ही विचार है। वे लोग सहयोगी सहायक बनना चाहते हैं, तो यह हमारे विचार से बहुत अच्छी बात। पूरे जीवन का सहयोग और बेटी की सुरक्षा-सम्मान के लिये भी उचित। हमने अमर से खुद कहा—लड़की के घर न लौटने की इच्छा में सहायता दे रहे हो, उसकी जिन्दगी की जिम्मेदारी लेनी पड़ेगी। …हमें लुका-छिपी,

झूठ नापसन्द, इसलिये आपको बता देना उचित समझा···। यह भी सोचा कि दोनों का लक्ष्य-विचार एक तो सहयोगी साथी बन परस्पर सहायक बन सकते हैं। हमने खुद कहा—लड़की की घर न लौटने की इच्छा में सहायता दे रहे हो, यह मामूली जिम्मेदारी नहीं। उसकी जिन्दगी की जिम्मेदारी ले रहे हो तो उन्होंने ब्याह की बात कर ली। अगर बेटी घर जाती है तो बात आपके हाथ में। हमारे यहाँ जो हो, पहले आपका विचार जान लेना जरूरी है। हमें लुका-छिपी, झूठ पसन्द नहीं।

पंडित ने स्पष्ट कहा : हिन्दू व्यक्ति उदार सदाशय हो सकता है, परन्तु हिन्दू समाज नहीं। उस समाज में ईसाई या भिन्न बिरादरी की लड़की बहू बनकर सम्मान का स्थान नहीं पा सकती। यह हिन्दू समाज के संस्कारों के विरुद्ध।

हरि भैया ने माना : बहुत हिन्दू वैसे परन्तु सब हिन्दू वैसे नहीं। आप हमारे यहाँ का व्यवहार देखिये। हम तो अल्ला-ईश्वर एक मानने वाले, मनुष्य मात्र को एक जाति। आपको ऐसे लाखों हिन्दू मिलेंगे। अमर को हम सब आगा-पीछा सोच लेने की चेतावनी दे चुके कि तुम्हारे पिता-परिवार पुराने खयाल के। वह आपकी बेटी के प्रति कर्तव्य से करीब लाख की जायदाद को लात मार देने को तैयार। उसे जायदाद का लोभ है नहीं। डाक्टर है, अपनी मेहनत की कमाई पर निर्भर करने का निश्चय···।

अमर पर हरि भैया का विश्वास का खण्डन पंडित ने आवश्यक न समझा। बेटी के मूढ़ भावावेश के विषय में जानते थे। बेटी के भविष्य के लिये घोर चिन्ता। हरि भैया से सहायता के लिये प्रश्न किया, "सामाजिक परिस्थितियों के विचार से भिन्न सम्प्रदाय के लड़के-लड़कियों में ऐसा सम्बन्ध कैसे उचित हो सकता है?"

"पंडित जी, आप विद्वान हैं। हम अपना विचार आप पर नहीं लाद सकते। इस विषय में निर्णय का पहला अधिकार आपका। इसलिये आपसे कहा, बेटी को समझा-बुझाकर ले जायें। हम भी जरूर समझायेंगे। हमारे यहाँ रहेगी तो हम जो कुछ बेटी के लिये ठीक मानेंगे, वही इसके लिये। लड़का सदाचारी, विश्वासपात्र, भरोसे का है तो बालिग बेटी की इच्छा को स्वीकार करेंगे।"

"एक समाज के लोगों के लिये आपका विचार संगत है परन्तु भिन्न मान्यताओं और संस्कारों के समाजों में यह बात इतनी सीधी नहीं।" पंडित बोले, "यह प्रश्न केवल व्यक्तियों का नहीं क्योंकि व्यक्ति समाज से पृथक रह नहीं सकता।

"भाई साहब, आप दोनों को हित-कामना से समझाइये। व्यक्ति अपने समाज के जल की मछली होते हैं। उस जल से निकलकर उनका जीवन स्वाभाविक सुखी नहीं हो सकता।" पंडित ने अपनी आकुलता प्रकट की।

"पंडित जी आप विद्वान हैं, हम अपढ़।" हरि भैया ने हाथ जोड़ दिये, "गुस्ताखी क्षमा कीजिये। हम सोचते हैं, एक दिन आपके दादा या पिता ने अपने विवेक के बल पर साहस का कदम उठाया होगा। आज भी वैसा हो सकता है।"

"लड़की नरक में लौटना चाहती है यह विवेक नहीं···" आवेश में पंडित कह गये।

पंडित का मन मस्तिष्क बहुत व्याकुल। विद्यार्थियों को ढंग से पढ़ाना कठिन था। निरन्तर चिन्ता—जैसे भी हो लड़की को घर ले जा सकें, कम से कम सेवाश्रम या सेठ के प्रभाव और पहुँच से दूर कर लेना आवश्यक, वर्ना लड़की की जिन्दगी बर्बाद हो जायेगी।

चार बजे छुट्टी के बाद पत्नी की राय और डाक्टर चौहान से परामर्श के लिये घर लौट आये। डाक्टर चौहान सूझ-बूझ के आदमी थे। उनका परिचय और लिहाज भी व्यापक।

पंडित ने पत्नी से आध घंटे तक एकान्त में बात की। बेटी को घर लौटाने के लिये माँ को सभी कुछ मंजूर। डाक्टर चौहान ने भी पंडित की योजना का समर्थन किया। साथ चलने और यथाशक्ति सहायता का आश्वासन। बेटी को बदनामी की आँच से बचाने के लिये डाक्टर से और पत्नी से बेटी और सेठ की परस्पर विवाह की इच्छा का जिक्र न किया। पंडित रेलवे टाइम टेबल लेकर पन्ने पलटते रहे। डाक्टर चौहान को दो मरीजों की प्रतीक्षा थी। उसके बाद सात बजे साथ चलने के लिये कह दिया था।

पंडित ने छोटे सूटकेस में अपने लिये चार कमीज, एक कुर्ता-पाजामा, उषा के लिये आवश्यक कपड़े और जो कुछ पत्नी ने रखने को दिया रख लिया। दो खूब मोटे कम्बल, चादर, छोटे तकिये। कालेज के प्रिंसिपल के नाम एक आवेदन, अप्रत्याशित अत्यावश्यक कार्य के लिये शनिवार तक चार दिन के अवकाश के लिये लिखकर जेब में रख लिया। अमित को बुलाकर समझाया, ''बेटे, हम सात बजे डाक्टर चौहान के साथ जा रहे हैं। हम रात न लौटें तो डाक्टर चौहान के परामर्श से काम करना। शायद हमें उषा के साथ तीन-चार दिन के लिये बाहर जाना जरूरी हो।''

''डैडी, कहाँ जाने का विचार है।'' अमित ने चिन्ता से पूछा।

''बेटा, डाक्टर चौहान से मालूम हो जायेगा।''

''आपके साथ जाकर जीजी से बात कर सकता हूँ?''

''बेटे, तुम अभी प्रतीक्षा करो। फिर बतायेंगे।''

सात बजे अमित ने यात्रा के लिये आवश्यक सामान डाक्टर चौहान की गाड़ी में पहुँचा दिया। चौहान सवा सात तक चल पाये। पहले अमीनाबाद से झंडेवाला पार्क गये। गाड़ी 'शुद्ध खद्दर भंडार' के सामने रोकी, पंडित ने दुकान में जाकर सेवाश्रम जा सकने के लिये अनुमति माँगी।

हरि भैया बात करते बाहर आ गये, ''हमारी आवश्यकता हो तो साथ चलें। बेटी से आपका अकेले बात करना ही बेहतर।''

उस जमाने में बाज़ार-दुकानें संध्या आठ बजे बन्द हो जाने का नियम न था। यूँ कहिये, बाजार रौनक पर संध्या आठ बजे से आते। बजाजे, सर्राफे, मनियारी, हलवाई और सभी दुकानें रात साढ़े ग्यारह-बारह तक जगमगाती रहतीं। शुरफा और बड़े लोगों के बाजार का वही समय था। बाज़ार कर्मचारियों पर उस अति को रोकने के लिये दुकानों के खोलने-बढ़ाने के समय की पाबन्दी का कानून बनाये जाने पर दुकान मालिकों ने सरकार के जुल्म से बहुत असंतोष भी अनुभव किया था···सब रोजगार चौपट हो जायेगा। हरि भैया उतनी देर से नहीं, दस बजे तक दुकान बढ़ा देते। बोले, ''कोई जरूरत हो तो अपने विद्यार्थी सत्यभूषण को पुकार लीजियेगा या गीता को।''

डाक्टर चौहान ने गाड़ी कैनिंग रोड पर कच्ची गली के सिरे पर खड़ी की। सत्यभूषण को पुकारने से किवाड़ खुल गये। सत्यभूषण ने अध्यापक का स्वागत कर उन्हें आँगन से कमरे के दरवाजे तक पहुँचा दिया। कमरे में बिना शेड बिजली का बल्ब। खाट पर उषा के साथ एक और जवान स्त्री बैठी थी। उषा से बातचीत करती सलाइयों पर ऊन की

बिनाई सीख रही थी। पंडित के आने पर युवती धोती के आँचल से सिर ढाँक कमरे से बाहर चली गयी।

पंडित ने कुशल मंगल और सिर के जख्म के बारे में पूछा।

उषा ने गर्दन के संकेत से स्वीकार किया, सब ठीक था।

"बेटी, अब तो तुम्हारा मन शान्त स्थिर हो गया। हम तुम्हें लेने आये हैं!"

उषा ने इन्कार का संकेत किया।

पंडित अपना क्लेश-क्षोभ छिपाकर बोले, "तुम्हें अपने घर-गली में लौटने से संकोच अनुभव हो रहा है, लेकिन तुम्हारा अपने घर या निकट सम्बन्धियों से दूर रहना भी सामाजिक औचित्य के अनुकूल नहीं है। जब तक मन का क्षोभ-संकोच शान्त नहीं होता, तुम घर के बजाये लाहौर में अपने ताऊ के यहाँ या आगरा में अपने मामा के यहाँ या जबलपुर में मौसी के यहाँ—जहाँ मन चाहे चली चलो। वहाँ महीना-डेढ़ महीना रह सकती हो। जब चाहोगी लौट सकती हो या हम जाकर ले आयेंगे। पिछले वर्ष तुम कह रही थी, इतने समय से कहीं नहीं गये। लाहौर और जबलपुर तुम्हें पसन्द है। डाक्टर चौहान की गाड़ी सड़क पर है। गाड़ी में तुम्हारे लिये आवश्यक कपड़े, सफर के लिये कम्बल सब कुछ है। हम साथ चलेंगे। घर या गली में न जाना। चाहो हम सीधे स्टेशन जा सकते हैं। आठ बजने को हैं। पौने दस और सवा दस के बीच तीनों जगह के लिये ट्रेन मिल सकती है। कहाँ चलना चाहोगी?"

उषा ने इन्कार में गर्दन हिला दी।

"बेटी, वहाँ जाने में कोई संकोच या कुंठा का कारण नहीं। माँ से कहा-सुनी या किसी अप्रिय प्रसंग की चर्चा की जरूरत नहीं। हम तुम्हें स्वयं ले जा रहे हैं।"

उषा से इन्कार का संकेत पाकर भी पंडित ने धैर्य से समझाया, "बेटा, आवेश से हठ उचित नहीं। शान्ति से सोचो, हमें इन अपरिचित लोगों पर बोझ डालने का क्या अधिकार है? तुम सदा यहाँ ही रहोगी?"

उषा ने इन्कार का संकेत किया।

"आखिर तुम्हारा विचार क्या है?" दो बार पूछने पर भी उषा मौन।

"अब पढ़ने का विचार नहीं?"

उषा ने हाथ हिला दिया—नहीं मालूम।

"नौकरी करने का विचार है?"

उषा ने संकेत से स्वीकार किया।

"यहाँ नहीं रहोगी तो कहाँ रहोगी?"

"नहीं जानती।" हाथ से संकेत।

"तुम कुछ भी नहीं जानती और इतनी जोखिम के कदम उठा रही हो।"

उषा निश्चल मौन।

"इतनी बड़ी जोखिम किस प्रयोजन से?"

उषा निरुत्तर।

पंडित का क्षोभ अवश हो रहा था। दो मिनट तक सोचकर पूछ लिया, "तुम डाक्टर सेठ से विवाह करना चाहती हो?"

उषा निश्चल मौन।

कुछ पल बाद पंडित ने प्रश्न दोहराया, "तुम दोनों ने विवाह का निश्चय कर लिया है?"

उषा ने हामी में गर्दन झुकायी।

"तुम भावावेश में जो कदम उठाने के लिये तैयार हो गयी उसकी व्यावहारिक परिणति के विषय में भी सोचा है? जीवन केवल स्वप्न और कल्पना नहीं है। विवाह या गृहस्थ केवल दो व्यक्तियों का सम्बन्ध नहीं होता। तुम्हें रहना तो समाज में ही होगा। तुम्हारी आत्म-सम्मान की धारणा घर और गली में लौटने के मार्ग में बाधक है। हिन्दू समाज में तुम्हारा क्या स्थान होगा?" पंडित के स्वर में आर्द्रता। "...हिन्दू समाज तुमसे घृणित और अस्पृश्य की तरह व्यवहार करेगा, तब क्या होगा?"

उषा की गर्दन एक ओर हो गयी। एक दीर्घ निश्वास। मौन।

"हिन्दुओं में जो उदार और सुधारक होने का दावा करते हैं, किसी मुसलमान या क्रिश्चियन को परिवार में लेने से पूर्व उसे शुद्धि से कनवर्ट करना जरूरी समझते हैं यानी ईसाई परिवार की सन्तान अपवित्र, घृणित, अशुद्ध है। तुम्हें कनवर्ट या शुद्ध होना स्वीकार होगा? तुम हिन्दू साम्प्रदायिक विश्वास को अधिक तर्कसंगत उदार समझती हो?"

उषा ने स्पष्ट इनकार में सिर हिलाया।

"तो विवाह करके कहाँ जाओगी?"

उषा मौन, निरुत्तर।

पंडित दो मिनट गर्दन झुकाये सोचकर बोले, "बेटी, तुम इतनी सजग, समझदार होकर इस समय आवेश में आँख मूँदकर अजानी खाई में कूदने का आग्रह क्यों कर रही हो? घर या अपने सम्बन्धियों के यहाँ चलने के लिये जो शर्त चाहो बताओ।"

उषा निरुत्तर।

"कोई तो शर्त होगी?"

उषा ने सिर हिला दिया—कोई नहीं।

पंडित ने फिर भी समझाया, "बेटी, तुम मेरे परामर्श को चाहे अनुरोध समझो चाहे आज्ञा, चाहे प्रार्थना, यहाँ से चली चलो।"

उषा से इनकार ही पाकर पंडित उठते-उठते आर्द्र परन्तु संयत स्वर में बोले, "बेटी जा रहा हूँ परन्तु आशा नहीं छोड़ूँगा। जब भी तुम्हारा आवेश शान्त हो जाये सत्यभूषण या हरिकृष्ण जी से संदेश भिजवा सकती हो। परमेश्वर से प्रार्थना है, तुम्हें सुमति, शान्ति और कल्याण का मार्ग दिखाये।"

पंडित के कमरे से जाने के कुछ पल बाद गौरी ने झाँका। उषा सिर दोनों हाथों में पकड़े निश्चल बैठी थी। गौरी समीप आयी। उषा से उत्तर न पाकर लौट गयी।

कंधारीबाग गली में पंडित का जितना आदर था उससे कई गुना क्षोभ उनके विरुद्ध उमड़ पड़ा। किमग्रोव का पंडित से स्वाभाविक विरोध। किम को विश्वास था, सब लोग उसके यूरोपियन रक्त का आदर करते थे। डाक्टर चौहान और वकील यूसुफ उसके मुँह न

लगते थे। लेकिन किम के 'हलो!' का जवाब मुस्कराकर देते। किम की धारणा बन गयी थी, पंडित उसे घृणा से अनदेखा कर देता है। किम इस कल्पना से क्षुब्ध। बॉन और फास्टर परिवारों, मिस जून को पंडित परिवार से वैयक्तिक विरोध न था। पंडित के यहाँ हिन्दू-मुसलमानों का अकसर आना-बैठना, खासतौर पर देशी ढंग का गाना-बजाना उन्हें नापसन्द था। बुढ़िया जेन की न किसी से दोस्ती न दुश्मनी। उसे लड़कियों की ढिठाई और उच्छृंखलता से चिढ़ थी, चाहे चन्द्रा, लूसी, शेरी हों या उषा।

पंडित परिवार का विशेष मेल-जोल चौहान, सिंह और थोड़ा बहुत यूसुफ और मास्टर याकूब परिवारों से था। गली में आदर उनका सभी करते थे, खासकर मिस जून, याकूब, हैरन, विलियम। उनकी विद्वत्ता की प्रतिष्ठा थी। साल में एक-दो बार गिरजा में बोलते। बच्चों का संडे स्कूल भी कराते।

पंडित की बेटी के हस्पताल से गायब हो जाने पर संकट में चौहान और यूसुफ सब तरह की सहायता के लिये प्रस्तुत थे। धर्म और क्रिश्चियन बिरादरी की प्रतिष्ठा का प्रश्न। लड़की बालिग थी और खूब पढ़ी-लिखी। इस कानूनी कठिनाई से भी सब परिचित, लेकिन बहुत कुछ सम्भव था। ईसाई लड़की के साथ ऐसी उच्छृंखलता करने वाले को शिक्षा देना तो ज़रूरी था ही। पड़ोसियों और ईसाई बिरादरी को शिकायत—पंडित तो ऐसे बेफ्रिक हैं कि लड़की रिश्तेदारों के यहाँ गयी हो या ससुराल।

उषा के घर से जाने के आठ-दस दिन बाद वकील यूसुफ ने डाक्टर और मिसेज़ चौहान के सम्मुख खिन्नता प्रकट की। वकील शाम हाईकोर्ट से ताँगे पर लौट रहे थे। एक मोटर उनकी बगल से गुजरी। सामने स्टियर पर जवान के साथ उषा। पीछे दूसरा जवान। वीरेन्द्रसिंह ने भी उषा को हज़रतगंज में डाक्टर सेठ के पीछे मोटर-साइकल पर देखने का जिक्र किया। अब पंडित परिवार के प्रति सहानुभूति से बात को दबाये रखने से क्या लाभ था। सभी लोग नाराज़, अपनी ईसाई बिरादरी की जवान लड़की को माँ-बाप के देखते हिन्दू जवान भगा ले गया। माँ-बाप के कानों पर जू न रेंगी। माँ-बाप से लोग सहानुभूति दिखाते या उनके नाम पर थूकते।

मिस जून प्राइमरी स्कूल की मुख्याध्यापिका थी। सहजन की सूखी फली सी सिकुड़ी, सूखी, काली। सदा सफेद झक साड़ी में। चेहरा दुबला-काला, जैसे चूना पुते खम्भे पर कौवा बैठा हो। अपनी स्थिति के विचार से प्रायः अलग-थलग रहती, मितभाषी। केवल जरूरत की बात करती। पंडित और सिंह के बेढंगे गाने-बजाने के कुप्रभाव की आशंका से मिस जून ने टोक दिया था।

मिस जून म्यूज़िक का आदर करती थी, लेकिन तानपूरा, तबला, सारंगी के साथ गाना उनके मत से प्रॉस्टीट्यूट लोगों का म्यूज़िक, खासकर पक्के राग और मीरा-सूर के गीत उनके विश्वास में अनक्रिश्चियन (अधार्मिक), असभ्य, अश्लील। सिंह के यहाँ ग्रामोफोन था और ऐसे गीत-गानों के बहुत से रिकार्ड थे। पंडित का तानपूरा-हारमोनियम लेकर घंटों सुर अलापते रहना, उनके यहाँ हिन्दू-मुसलमानों का आना मिस जून की नज़र में आपत्तिजनक।

सिंह ने कह दिया, ''यह तो डिवोशनल सांग है। गाने सुनने वाले की अपनी भावना से भगवान के प्रति श्रद्धा के उद्‌गार।''

मिस जून अपनी पोज़ीशन के कारण साहब लोगों की बोली बोलती थी : हम तुमको बोला, हम ऐसा नहीं माँगता, पंडित, सिंह, चौहान का खयाल कि पक्के गीतों के बोल मिस जून क्या समझेगी? लेकिन मिस जून का जन्म आगरा के पड़ोसी गाँव में हुआ था। वो जन्म की बोली—व्रजभाषा के तरज़ मुहावरे से परिचित।

''नॉनसेन्स!'' मिस जून क्रोध में बौखला गयी, 'लागे तोरे नयनवा के बान साँवरिया; श्याम हमारी बहियाँ गहो ना, हमते कछु और कहो ना—यह डिवोशनल सांग है!'' आवेश में साहबी बोली का नियम भूल शुद्ध ब्रज में बोली, ''यह डिवोशनल सांग तो छिनरा क्या होगा? मोस्ट वलगर एण्ड डिबॉच!'' उसके बाद वे चुप हो गयीं।

लेकिन एम० ए० में पढ़ती जवान, ईसाई लड़की को हिन्दू जवान बहकाकर भगा ले गया तो वह चुप न रह सकी : लड़की की समझ और पढ़ाई क्या करे? सुशिक्षित क्रिश्चियन परिवार में भी लड़की को बचपन से अनक्रिश्चियन गीतों से वासना और लम्पटता के संस्कार दिये तो परिणाम और क्या होता? लोग लम्पटता और विलास को डिवोशन मानें तो क्या आशा हो सकती है? भगवान इन्हें सद्बुद्धि दे।

चौहान, सिंह, हैरन और यूसुफ परिवारों को शिकायत : लड़की के लच्छन छः महीने से देख रहे थे। लड़की को उसके मामा-मौसी के यहाँ या दूसरी जगह भेज दिया होता। लड़की को समझा न सकते थे तो लड़की से लड़के को ईसाई कनवर्ट हो जाने के लिये ज़ोर डलवाते। लड़की बेधर्म न होती और अपने धर्म का समाज बढ़ता।

पंडित क्या उत्तर देते, परन्तु इतना कह दिया, ''विवाह या किसी भी प्रलोभन से ईसाई धर्म स्वीकार करने वाला सच्चा ईसाई नहीं हो सकता। ऐसा व्यक्ति ईसाई समाज के लिये कलंक होगा।'' पूरी गली ने पंडित परिवार से असहयोग कर दिया।

पंडित का अधिकांश दिन गली से बाहर गुजर जाता, शेष समय पुस्तक पढ़ने में गुजार देते, परन्तु मिसेज़ और बेबे का बुरा हाल। घर में समवेदना प्रकट कर धैर्य बँधाने वाला कोई नहीं। आपस में भी न बोलना चाहतीं। बेटी का चला जाना, तिस पर पड़ोसियों से अपमान, लांछना।

अमितानन्द सदा हँसता चहकता रहता था। उसे भी सन्नाटा मार गया। पूरा परिवार स्तब्ध, अपने अस्तित्व से लज्जित मौन। बिना आहट अपना-अपना काम कर लेते। पंडित के लिये बच्चों की उदासी असह्य। पद्मा और सदानन्द दूसरे बच्चों की संगति के लिये तरसते रहते। पड़ोसी बच्चे अपने माँ-बाप की नाराज़गी के डर से कतरा जाते। पंडित के हृदय में शूल बिंध जाता···ये लोग मानवमात्र के अपराध अपने सिर लेने वाले दयालु ईसू के अनुयायी हैं!

उषा ने पिता के साथ आगरा, जबलपुर या लाहौर जाने से भी इनकार कर दिया था। अब पंडित को सेवाश्रम जाना सह्य न था। आखिर विवशता स्वीकार कर ली—सेठ के सम्मोहन से कुछ भी सोचने में असमर्थ है।

पंडित चाहते थे, गली से बहुत दूर गोमती पार चले जायें। इतनी दूर कि उन्हें गली के अस्तित्व का और गली को उनके अस्तित्व का भास न हो सके। गली से बहुत दूर जाने में आशंका। पद्मा और सदानन्द लालबाग स्कूल में पढ़ते थे। बच्चों को स्कूल दूर हो जाने की असुविधा।

पंडित के सहयोगी, क्रिश्चियन कालेज में फारसी के अध्यापक महबूब हसन वहदी ने सूचना दी। वहदी के पड़ोस, वालाकदर पर पथरी हाते में एक मकान दस-पन्द्रह दिन पूर्व खाली हो गया था। पंडित को वहदी की संगति पसंद थी। मिलनसार और गम्भीर साहित्यिक रुचि, आधुनिक रुझान। हाते में चार मकान कुछ बड़े थे। दो में हिन्दू परिवार, एक में स्वयं वहदी, चौथे में अब पंडित। शेष छोटे मकानों में कारीगर-दस्तकार या छोटी नौकरीपेशा हिन्दू-मुसलमान। मकान में जगह कंधारीबाग गली वाले मकान से अधिक परन्तु बनावट पर्देदार। चार कमरे और सामने दीवार से घिरा छोटा आँगन। पंडित और अमित के लिये कालेज कुछ नज़दीक हो गया। बच्चों के लिये भी स्कूल विशेष दूर नहीं। क्रिसमस की छुट्टियों में पंडित ने नये मकान की सफाई-पुताई कराकर जगह बदल ली। पंडित के गली छोड़ने पर केवल मिस्टर सिंह और मास्टर याकूब ने उदासी प्रकट की, मिसेज़ सिंह ने नहीं।

समाचार से नगर के पूरे ईसाई समाज में सनसनी फैल गयी। क्रिश्चियन स्कूल-कालेज में अधिकांश अध्यापक ईसाई। कालेज के प्रबन्धकों से भी असंतोष की आशा। पंडित को अंग्रेज प्रिंसिपल मिस्टर बार्नेट का सन्देश दफ्तर में भेंट के लिये मिला।

पंडित ने स्थिति स्पष्ट कर दी : यूनिवर्सिटी के वातावरण में नये विचारों का प्रभाव। विचार साम्य से उत्पन्न, उम्र के आवेश का आकर्षण। लड़की बालिग है। पूरे यत्न से समझाने के बाद वे विवश।

मिस्टर बार्नेट ने क्षोभ के बजाय सहानुभूति प्रकट की : यौवन के आरम्भिक उन्मेष में विद्रोही विचारों का सम्मोहन। अल्हड़ उम्र का उन्मादक आकर्षण। सभी दुर्दम। ऐसे वैचारिक विद्रोह की समस्या किस देश में नहीं? बताया, स्वयं उनका बड़ा लड़का कम्युनिस्ट है। यह विज्ञान की शिक्षा को उच्छृंखल दृष्टिकोण से देखने का परिणाम। इसका उपाय दमन नहीं विश्वासपरक तर्क की प्रेरणा ही कर सकती है।

रतनलाल सेठ बैठक में मसनद पर हुक्का गुड़गुड़ाते मास्टर जी के साथ बतिया रहे थे।

''वन्दे मातरम्!'' ड्योढ़ी से हरि भैया के आगमन की घोषणा।

''आओ, आओ भैये।'' सेठ जी ने सस्नेह स्वागत किया।

''काका पैरीपैना।'' हरि भैया सेठ जी के प्रति आदर-आत्मीयता में उन्हें खत्रियों की बोली में अभिवादन करते थे। घुटने छूकर मुस्कराये, ''शुभ समाचार।''

''जियो भैये। तुम्हारा दर्शन शुभ, तुम्हारे बोल शुभ···कहो।'' सेठ जी प्रसन्न, गद्गद।

हरि भैया ने अमर के सद्गुणों की सराहना कर कहा, ''काका जी, ब्याह अमर भैये का होना चाहिये, परन्तु समान गुण-धर्म लड़की से। तभी बेटे-बहू का जीवन सन्तुष्ट-सफल हो सकेगा और आपको-हमको संतोष। अमर तो अभी मानते न थे, परन्तु भगवान की इच्छा, अवसर बना दिया।''

सेठ की बाछें खिल गयीं, ''भैये, किनकी लड़की, कहाँ से संदेश?''

हरि भैया ने क्रिश्चियन कालेज के सम्मानित विद्वान प्रोफेसर धर्मानन्द पंडित की प्रशंसा की। ''पंडित जी की विदुषी सुलक्षणा रूपवती बेटी यूनिवर्सिटी में पन्द्रहवीं जमात में पढ़ती है···।''

''पंडित तो ब्राह्मण हुए!'' सेठ जी ने टोका। चेहरे पर मुस्कान के बजाय विस्मय।

''हमारा अमर क्या कम ब्राह्मण!'' मास्टर जी चुनौती से बोले, ''ब्राह्मण का कर्म करे सो ब्राह्मण। सेठ जी, पुराने संस्कार छोड़िये।

''क्या कह रहे हो?'' सेठ जी और विस्मित।

''सुन लीजिये!'' हरि भैया का स्वर शान्त, ''कर्म और खानदान से ब्राह्मण परन्तु धर्मानन्द पंडित ईसाई हैं।''

''क्या?'' सेठ जी का गला आवेश से अवरुद्ध, तेवर और गहरे।

''सुन लीजिये।'' हरि भैया ने हाथ सेठ जी के पाँवों पर रख दिये, ''इसमें कसूर-अपराध समझें तो हमारा। जो तय किया, आपको काका और अमर को छोटा भाई मानकर। हमारी समझ में अमर के लायक कोई लड़की तो बस यह। हम सुनी नहीं, खुद देखी-परखी कह रहे हैं। आपसे लुका-छिपी नहीं। लड़की कई दिन से हमारे घर पर है।''

क्षोभ से सेठ जी की गर्दन घूम गयी।

''सुनिये काका जी!'' हरि भैया बोले, ''अमर ब्याह करेंगे तो उसी लड़की से। साफ बात कि दोनों में कौल-करार हो गये। अमर कौल से फिरने वाले नहीं। फिर जायें तो आपके बेटे नहीं, हमारे भाई नहीं।''

सेठ जी ने क्रोध की फुंकार से मुँह फेर लिया।

''उस लड़की से अच्छी निरभिमान, सेवाव्रती बहू दूसरी मुश्किल। एम० ए० में पढ़ती है।'' अनुमोदन की आशा से मास्टर जी की ओर देखा, ''भूषण की माँ को बर्तन माँजते देखे तो कहती है, यह हमें करने दो। आँगन बुहारती गौरी के हाथ से झाड़ू ले ले—जीजी, यह हम करेंगे।''

''वाह वाह!'' सराहना में मास्टर जी की बाछें फैल गयीं, ''यह है असली सुलक्षणा आर्य कन्या के लक्षण, ऊँचे खानदान की बहू होने योग्य। ईसाई क्रिश्चियन क्या; ब्राह्मण का खून। हवन पर बैठकर गायत्री मंत्र का आचमन किया और शुद्ध हो गयी।''

''नहीं नहीं, यह कुछ नहीं।'' सेठ जी ने इनकार में हाथ मिलाया, ''भैये, हम नहीं जानते थे, हमारी कुल की नाव में तुम्हीं छेद करने का जतन करोगे।''

''काका जी,'' हरि भैया ने फिर सेठ जी के पाँव पर हाथ रख दिया, ''हम आपके। हमारा कुसूर देखें तो जूता मार सकते हैं। हम सिर बचाने के लिये हाथ उठायें तो गांधी के चेले हरिकृष्ण नहीं। पर काका जी, जूता सहकर भी कहेंगे अपनी समझ से आपके-अमर के हित और सत्य-न्याय की बात।''

''यह कौन सत्य-न्याय कि तुम किसी के कुल-बंस में कलंक लगा दो! अमर से कह दो साफ, हमारे जीते जी यह नहीं होने का। यह करना है तो पहले हमें भैंसाकुण्ड (मरघट) पहुँचा दे। ईसाइन ब्याह कर बेजात हो जायेगा तो हमारी मिट्टी को हाथ नहीं लगा सकता...।'' सेठ जी क्रोध से थुथला गये।

हरि भैया ने माथा सेठ जी के पाँव से छुआ दिया, ''काका जी, अमर निर्दोष है, सच्चा है। उसे आशीर्वाद दीजिये।''

''हमने कह दिया...।'' सेठ जी बोल न पाये, मुँह फेर लिया।

हरि भैया ने सिविल मैरेज कानून के बारे में प्रामाणिक जानकारी के लिये वकील कोहली से राय ली थी। कोहली को सब स्थिति बताकर सहायता के लिये अनुरोध भी किया। सेठ जी पर कोहली का प्रभाव जानते थे। कोहली से उदार विचार की आशा। कोहली ने परामर्श दिया था, ''पहले तुम बात करो, देखो क्या कहते हैं। हमें बता देना।''

कोहली साँझ सेठ जी के यहाँ पहुँचे तो हरिया को पुकार लिया, ''चिलम तो जमाओ महबूब के खमीरे की।''

''रतनलाल भाई, तुम फिजूल उदास।'' कोहली ने सीधे प्रसंग उठा लिया, ''हमने हरिकृष्ण और मास्टर से सब सुन लिया। हम लोग अपने बेटों-बेटियों के खयाल और पसन्द अपने जमाने से नहीं तौल सकते। हमारे तुम्हारे ब्याह हुए तो गठरी-सी बँधी बहू से गठजोड़ा हो गया था। हमारे लड़के ऐसी बात कैसे मान लेंगे।

''रतनलाल भाई, आपकी बात में बहस नहीं चलती। कहो हम दस दलील दे दें, अमर ठीक कर रहा है। हम-तुम जात-बिरादरी का मुँह देखें कि अपने लड़कों का भला और सुख-संतोष देखें। सोचो : आज से तीस बरस पहले की बातें। कौन जाने बीस बरस बाद क्या होगा?'' स्वर जरा दबा लिया, ''तुमसे जिक्र नहीं किया, डेढ़ बरस पहले हम और नरेन्द्र की माँ हफ्ते भर को दिल्ली गये थे न। हमारी मीरा है। पाँच बरस पहले, अभी पढ़ रही थी तो दिल्ली में ही एक बैरिस्टर सरीन हैं, उन्होंने मीरा को अपने बेटे के लिये माँग लिया। दोनों घरों का मिलना-जुलना था। जया ने मीरा से बात की। उसने माँ को साफ कह दिया, हम सरीनों के घर शादी नहीं करेंगे। करेंगे तो—बता दिया—दिल्ली के माथुर हैं, उनका लड़का कालेज में प्रोफेसर है।

''सरीन को देखो। बैरिस्टर हैं पर झगड़ने लगे, यह कैसे हो सकता है। इसमें हमारी हेठी है। हम दामाद देवराज की तारीफ करेंगे। उसने साफ कह दिया, आपके कहने से हमने हाँ कर ली थी। तब लड़की छोटी थी। अब लड़की कानूनन बालिग। उसका मन नहीं तो हम ज़बर्दस्ती नहीं कर सकते। हमारा फर्ज़ बेटियों-बेटों को अपना रास्ता ढूँढ़ने लायक बना देना है।···रतनलाल भाई, अब वह जमाना नहीं रहा। हाँ, अभी नौ-दस महीने पहले गोविन्द अरोड़ा का लड़का है न गोपाल, एम० ए० पास; कांग्रेस-वांग्रेस का काम भी करता है। उसने बी० ए० पास ब्राह्मण लड़की से शादी कर ली। अरोड़े और ब्राह्मण दोनों नाराज़ : हम बिरादरी से छेक देंगे, रोटी-बेटी, हुक्का-पानी बन्द कर देंगे। गणेशगंज वाले ब्राह्मण तिवारी जी खड़े हो गये : कौन है बिरादरी से छेकने वाला! सब हिन्दू एक! हम उनके यहाँ खायेंगे। जिसमें दम हो, हमें छेके बिरादरी से···।''

कोहली ने दो साँझ समझाया। सेठ जी को धर्म और बिरादरी की परम्परा का उल्लंघन किसी तरह स्वीकार न था। कोहली तीसरे दिन आये तो स्वर दबाकर बोले, ''हम तुम इस उम्र के थे तब की याद करो। तुम्हारी हम, हमारी तुम कुछ तो जानते ही हैं। घरों में बहुयें, बाल-बच्चे पर उससे क्या मन भर जाता था? तुम ब्याह कर दोगे यह एक बात पर जहाँ इन्सान का दिल लग गया, उसे भूल जायेगा? एक घरवाली, एक माशूका; वे ज़माने लद गये रतन भाई! बेहतर जहाँ दिल रम गया वही घरवाली हो।''

सेठ जी और क्षुब्ध, ''वकील भाई, बहकी-बहकी बातें मत करो। कायदा यही कि इश्क-तफरीह अपनी जगह, घर-गिरस्थी अपनी जगह। इश्क-तफरीह की खातिर कोई अपना बंस बोर देगा!''

''रतन भाई, यही तो समझ का फर्क!'' कोहली ने आग्रह किया, ''जिसे तुम तफरीह कहो, हमारे लड़के उसे पवित्र प्रेम, ईमानदारी और फर्ज़ कहने लगे।''

''अमाँ, उस बात में क्या पवित्र?'' सेठ जी भड़के, ''पवित्र तो कुल-गोत्र की ब्याही बहू जिससे अपना वारिस, नामलेवा पैदा हो।''

कोहली ने अंतिम बाण छोड़ा, ''रतन भाई, देख लो, नरेन्द्र इसी बात पर चिढ़कर घर से अलग रहने लगा। तुम अंग्रेजों के शहनशाह एडवर्ड का किस्सा भूल गये? दो ही साल पहले की तो बात। इतनी बड़ी सल्तनत कि सूरज न लाँघ सके। औरत को दिये कौल की खातिर सल्तनत पर लात मार दी। भैया, यह ज़माना दूसरा...।'' कोहली की अन्तिम बात सेठ जी को गहरी लग गयी।

हरिकृष्ण भैया के सुझाव पर छः दिन अमर घर न गया। इस बीच हरि भैया और कोहली सेठ जी से बात कर चुके थे। सेठ जी का क्षोभ कुछ पराजय, कुछ निराशा में छितरा गया था। दो दिन से सोच रहे थे : हमारा क्या; पके फल, कब टपक पड़ें। हमारे बाद क्या होगा? अमर हमारे आँख मूँदे बाद कुछ करता हमें क्या पता चलता, हम क्या कर लेते? अपनी इज़्ज़त सम्भालना उसका काम। भगवान जिसे जैसी समझ दें। हरिकृष्ण और कोहली कहते हैं, हम गलती पर, वह ठीक।...सेठ जी को सबसे अधिक परास्त कर दिया पुरानी याद ने...ऐसे मामले में आदमी की जिद्द बुरी होती है। भतीजे हीरालाल-किसनलाल कमीने थे। नखास वाला मकान इंशा के लिये रजिस्ट्री कराने पर उन्होंने बावेला किया तो हमने भी घर-कारोबार का बँटवारा करके दम लिया। उस वक्त बड़े भैया रहते, हमारे उस काम पर एतराज करते तो हम जरूर अड़ गये होते—हमारा हिस्सा बाँट दो। वह तो इंशा औरत दूसरे किस्म की है। कहीं उसने जिद्द पकड़ी होती, मुसलमान हो जाओ! कौन जानता है, क्या हो जाता...!

आजकल के लड़के अमर, नरेन्दर तो यों भी रुपये-पैसे, जगह-जायदाद से बैरागी। लड़की को लेकर चल दे। डाक्टर को दो-ढाई सौ की नौकरी जहाँ जायेगा मिल जायेगी। हमारा क्या होगा?...कँपकँपी आ गयी। फिर चिन्ता, इस आँगन, रसोई-चौके में किरस्तान लड़की! गंगा क्या करेगी और हम क्या करेंगे? हे भगवान, ऐसे हो कि लड़के के मन की हो जाये और हमारी जिन्दगी में हमारी बात भी रह जाये। जवानी में सभी करते हैं। हम उसे कब टोक रहे हैं। जो चाहे करे, बस किरस्तान से ब्याह न करे। ब्याह होता रहेगा। हम सब भुगत लेंगे।

सेठ जी हफ्ता भर बहुत व्याकुल रहे। कोहली, हरिकृष्ण, मास्टर जी, जिनसे आन्तरिकता थी, जो रहस्य जानते थे, सब उलटी बात कह रहे थे। सेठ जी को अडिग विश्वास : इन लोगों की मानें तो समाज-संसार थू-थू करेंगे। बदनामी तो फूस की आग की तरह फैलती है। उपाय अपनी सूझ-समझ से करना ज़रूरी। शनिवार साँझ बेटे की प्रतीक्षा में बैठक में हुक्का गुड़गुड़ा रहे थे।

अमर शनिवार को आया। हुक्का गुड़गुड़ाते पिता का चिन्ता से पीला-उतरा चेहरा देखकर अमर का मन दुखी।

सेठ जी ने आशीर्वाद देकर हाल-चाल पूछा। स्वर लहजे में नाराज़गी का लेश नहीं। याद दिलाया, "कालेज में काम का तुम्हारा समय समाप्त हो रहा है। प्रैक्टिस के लिये जगह-दुकान कब देखोगे? …उसमें समय लगेगा।"

अमर ने संकोच से बताया : नौकरी के लिये दरखास्त दे दी है। जहाँ भेजा जायेगा, जाना होगा।

अमर के पोलिटिकल कामरेड चाहते थे, अमर लखनऊ में रहे, लेकिन अब उषा के कारण अमर को पृथक घर बनाना ज़रूरी। शहर में सरकारी नौकरी मिल सकना बहुत-बहुत कठिन। योजना थी, उषा विवाह के बाद गर्ल्स होस्टल में रहकर एम० ए० की पढ़ाई पूरी करेगी। वह नौकरी पर चला जायेगा।

"हमने कह दिया था, नौकरी नहीं करनी। प्रैक्टिस करोगे।" सेठ जी का स्वर आर्द्र, "सोचो बेटे, हम पका फल। तुम नौकरी पर जाने कहाँ हो, हम टपक पड़े…।"

"चच्चा, ऐसा क्यों कहते हैं।" अमर संकोच से बोला, "चच्चा, हम घर पर तो रह नहीं पायेंगे। हरि भैया ने…।"

बेटे को असुविधा से बचाने के लिये सेठ जी ने टोका, "हम जानते हैं, प्रैक्टिस इस गली-मकान में नहीं हो सकेगी। तुम हस्पताल वाली सड़क पर या जहाँ तुम्हें जँचे, जगह ले लो। डाक्टरी के लिये बैठक हो और दो कमरे उठने-बैठने को। आराम-फुर्सत से रहो, काम करो।'

"चच्चा, नौसिखियों की प्रैक्टिस जमने में बरसों लग जाते हैं। बीसियों पुराने डाक्टर मक्खी मार रहे हैं। दुकान-मकान का किराया भी नहीं निकलेगा।"

"ऐसे दिल छोटा नहीं करते।" सेठ जी ने समझाया, "रोज़गारों में बीसियों मक्खी मारते हैं और सूझ और हिम्मत वाले चल निकलते हैं। दुकान-मकान के किराये की तुम्हें अभी से क्यों फिक्र। नौकरी में डेढ़-दो सौ ही तो पाओगे।" सेठ जी ने सदरी के भीतर की जेब से नोटों की गड्डी निकाल ताश की गड्डी की तरह अमर के सामने पटक दी, "उठाओ और रखो, अपनी मनमाफिक जगह का इंतजाम कर लो।"

अमर इसके लिये तैयार होकर न आया था, "चच्चा, इतना हम क्या करेंगे? जरूरत पर लेते ही रहते हैं।" मनपसन्द की गड्डी पर धप्प से अनुमान, पाँच के सौ नोट भी हो सकते हैं।

"रखो जेब में!" सेठ जी ने लाड़ से आदेश दिया, "ऐसे बैरागिया बने मत घूमा करो। डाक्टर हो। भले आदमी की जेब में सौ-पचास रहना चाहिये।"

हरि भैया से मालूम था, उषा से उसके विवाह में पिता को घोर आपत्ति है। पिता से रुपया लेकर उनकी इच्छा के विरुद्ध काम में व्यय करना अमर के विचार में अनैतिक। झिझक से बोला, "हरि भैया ने आपको बताया होगा, हम एक लड़की से अदालती ब्याह…।"

सेठ जी ने बेटे को सुनने का संकेत किया, "फिजूल के चक्कर में मत पड़ो। बेफिक्र आराम से जैसे चाहो रहो और प्रैक्टिस जमाने का खयाल करो। ब्याह-व्याह कहीं इतनी जल्दी में होते हैं। वह अपने वक्त पर होता रहेगा।"

पिता का संकेत समझ अमर का चेहरा गम्भीर, तुरन्त कह दिया, ''चच्चा, हम तो निश्चय कर चुके।''

''अच्छा-अच्छा, यह ज़ेब में तो रखो।'' सेठ जी ने बात समाप्त कर दी, ''भीतर चलो, गंगा बाट देख रही है।''

अगले शनिवार साँझ अमर का मन घर जाने को न था। न जाता तो हरिया खैर-खबर के लिये दौड़ा आता।

सेठ जी प्रतीक्षा में बैठे थे। कुशल-मंगल के बाद पूछ लिया, ''बेटे, कोई जगह जँची?''

''चच्चा, अभी तो कोई जगह नहीं दिखायी दी।'' अमर ने नज़र बचाये कह दिया, ''चलिये, कुछ खा लें। भूख मालूम हो रही है। नौ बजे एक जगह जाना है।'' अमर जल्दी भागना चाहता था।

अब्दुल लतीफ दसवें-पन्द्रहवें आकर खैरोआफियत पूछ जाता। सेठ जी स्वयं भी दूसरे-तीसरे हफ्ते रतनी और बच्चों के मोह में हालचाल पूछने खिंचे चले जाते।

नख्खास जाते समय बच्चों के लिये रामआसरे की दुकान से ताज़ी महकती मिठाई का छींका या मौसमी फल ले जाते और इंशा के लिये गिलौरीदान में पुत्तू के यहाँ से मौसम अनुकूल केवड़े-गुलाब में पगे कत्थे की, शाही किमाम लगी गिलोरियाँ भरवा ले जाते। इंशा के यहाँ सेठ जी का नेचा अब भी बरकरार था। रतनी चच्चा और अम्मी के लिये तुरन्त अपने हाथ से नेचे ताज़ा करके चिलमों में बढ़िया खमीरा सुलगा देती। सेठ जी बच्चों को मिठाई और जेब-खर्च देकर बगल के आँगन के कमरे में मसनद पर इंशा के कंधे से कंधा सटाये बैठ जाना चाहते। उसके हाथ प्यार से मचलने लगते।

इंशा सेठ जी का हाथ अपने हाथ में काबू किये प्यार से घुड़की देती, ''हाय अल्ला, कुछ तो शर्म करिये।...हम लोग नाती-पोते वाले हुए। अब उनका वक्त। हमारी तसल्ली उनकी खुशी में।'' इंशा का चेहरा दुबला जाने से आँखें और बड़ी जान पड़तीं। आँखों में सेठ जी के सामीप्य से मादक चितवन आ जाती।

सेठ जी निराशा का विश्वास लेते, ''तो हमारी ज़िन्दगी खत्म। हम चलती फिरती लाश।''

इंशा विह्वलता से उनका हाथ उठाकर चूम लेती या क्षण भर को अपना सिर उनकी बाँह से टिका देती, ''मालिक, ऐसा नहीं कहते। हम तो आपकी खुशी पर कुर्बान, हम भी तो ज़िन्दा इन्सान हैं।'' आँखें नम हो जातीं।

गरमी के मौसम में सेठ जी बेला-मोगरे के गजरे ले जाना न भूलते। आँगन में तकियेदार मोढ़े एक-दूसरे से सटाये, नेचे गुड़गुड़ाते, घंटे-डेढ़ घंटे एक-दूसरे की आँखों में देखते-मुस्कराते, प्यार के उन्माद में पुरानी यादों को ताज़ा करने के लिये दबी ज़बान में कहने लायक बातों की खुसर-पुसर। इंशा के यहाँ डेढ़-दो घंटे बैठकर सेठ जी की पखवाड़े-महीने की ऊब और थकावट दूर हो जाती। रतनी जानती थी, चच्चा हो जाते हैं तो अम्मी की तबीयत हफ्ता-दस दिन बेहतर रहती है। अम्मी को उदास देखकर खुद भी उदास। लतीफ से ज़िक्र कर देती, ''चच्चा, बहुत रोज़ से नहीं आये। आप ही उधर हो आइयेगा।'' अभिप्राय चच्चा को नख्खास की याद दिला देना होता।

लतीफ जनवरी के आरम्भ में आया तो सेठ जी के चेहरे और स्वर की दुर्बलता से चकित। पूछ लिया, "किब्ला, दुश्मनों की तबीयत तो ठीक है?"

"ठीक है बरखुरदार।" सेठ जी ने टाला। रतनी और बच्चों का हाल पूछते रहे।

लतीफ बैठक से लौट रहा था, गली में हरिया को देखकर पूछ लिया, "महतो, मालिक कुछ ढीले लगे। कुछ मांदगी-वांदगी रही है क्या!"

हरिया लतीफ से बतियाता उसे सीधी गली में तबेले की ओर ले गया।

सेठ जी, मास्टर जी, कोहली, हरिकृष्ण भैया का विचार था : किसी को कुछ कहने की ज़रूरत नहीं, जैसा समय आयेगा देख लिया जायेगा, परन्तु रहस्य और गंध छिपते नहीं। गली में कई अफवाहें चल रही थीं। कोई कहता, अस्पताल की गोरी मिसिया है; कोई कहता, देसी मेम है; कोई कहता किरस्तानी है। हरिया और गुन्ने ने जो-जो सुना था, मालिक की चिन्ता-सहानुभूति में अब्दुल लतीफ को बता दिया।

इंशा ने सुना तो बहुत चिन्तित। सेठ जी की परेशानी का कारण ठीक न मालूम होने से और व्याकुल। दामाद से कहा, "कल ही हमारा सलाम कहना, यहाँ तशरीफ लाने की ज़हमत गवारा करें...।"

इंशा, अब्दुल लतीफ और रतनी में तय हुआ : अमर भाई से बात करना बेहतर। वे दूसरे खयाल के हैं। सही बात बता देंगे या इनकार कर देंगे। अन्दाज़ हो जायेगा, आपका किब्ला से कुछ कहना मुनासिब है या नहीं।

बरस भर पूर्व पिता के साथ लतीफ के यहाँ जाने के बाद से अमर उधर कई बार हो आया था। लतीफ दोनों ईदों पर ईद मिलने आया और अमर को खाला का सन्देश दे गया। अमर भी ईद मुबारक कहने गया। इस मौके पर खाला और आपा ने उसे खाना भी खिलाया।

इंशा ने कहा, "बेटे, हमें सही बात बता दो, माज़रा क्या है?"

अमर कुछ झिझका लेकिन खाला ने जैसे पलंग पर बगल में बैठाकर, सिर चूमकर, उसे अपनी शीर्ण बाँह की कौली में लेकर बात की, अमर बह गया, "मौसी, चच्चा को अपने खयाल, हमारे दूसरे। हम और वो लड़की बिरादरी और मज़हब की दीवारों को नहीं मानते। हमारा खुदा और मज़हब—सच्चाई और इन्सानी इन्साफ और इन्सानी बराबरी।" मन में दबा क्रोध भड़क उठा, "चच्चा की मंशा कि हम उससे तफरीह बेशक करें, शादी नहीं करे। हमसे ऐसे धोखे, जुल्म और गुनाह की उम्मीद!"

अमर को बिदा देने के लिये इंशा ने उसे सीने से लगाकर सिर चूम लिया, "बेटे, अपने कौल पर कायम रहो। खुदा तुम्हारा मददगार।"

सन्देश पाकर सेठ जी नख्खास गये। विस्मय और दुख से इंशा की आँखें उबल पड़ीं। उसने रतनी और बच्चों को दूसरी तरफ रहने को कहकर साफ बात की, "गलत जिद्द में खुद को घुला रहे हैं और जायज राह पर चलते बेटे को गुनाह-जुल्म के लिये मज़बूर कर रहे हैं।"

सेठ जी को भी क्रोध आ गया, "हम अपना कुल खानदान बोर दें। ऐसी हरकत करेगा तो हम विरासत से फरागती दे देंगे। बेटे के रहते निरबंसिया, नाबूद हो जायेंगे।"

इंशा दबी नहीं, "मालिक जो चाहते हैं, हमें सब मालूम। नाबूद-निरबंसिया कैसे हो जायेंगे? आपके बेटे की औलाद किसका बंस होगी? कोई जाने न जाने, अल्लाह जानता

है कि यहाँ भी आपकी औलाद। रतनी की जगह लड़का हुआ होता तो? अब हम कह दें, रतनी पेट में थी तो ऐसे खयाल से रूह काँप जाती थी। आपने फर्ज़ निबाहा लेकिन हमारा हक या दावा क्या था? आपसे कभी कहा नहीं। इसी खयाल में हमने पहला गिरा दिया था पर रतनी की बार अम्मा ने ऐसी कड़ी निगाह रखी और हमारे मन में भी ऐसा मोह आ गया…।'' आँखें पोंछ लीं, ''अपने बेटे से भी ऐसा जुल्म करवाना चाहते हैं? सोचिये, लड़की भी कैसी, आपके बेटे की खातिर घर-बार को लात मारकर जोगन बन गयी।''

सेठ जी निरुत्तर होकर और क्रुद्ध, ''कर लेने दो कमबख्त को अपने मन की! उससे पहले हमारे लिये नदी है।''

''बस मालिक!'' इंशा ने सेठ जी का हाथ पकड़ लिया। तर्जनी उठाकर चेतावनी, ''मालिक, यह धमकी हमें न देना। जानते हैं, हम कैसे ज़िन्दगी कढ़ेर रही हैं। यहाँ नदी तक जाने की भी जरूरत नहीं, अफीम हमारे पास है। दुनिया नहीं जानती आप जानते हैं और खुदा जानता है, बेटे पर हमारा भी हक। हमारी सौत के पेट से है तो हमारा भी है। आप बेटे पर ज़ुल्म करें तो माँ कैसे चुप रहे!…और सुन लीजिये, जिसे बीवी कबूल किया है, हकीकत और खुदा की नज़र में आपकी-हमारी बहू। हम जानते हैं, हमने जिन्दगी कैसे काटी। हम पर जो गुजरी, बर्दाश्त कर ली। अपनी बहू पर ज़ुल्म नहीं होने देंगे।''

जनवरी के दूसरे शनिवार अमर संध्या घर आया। पिता को 'पैरीपैना' कर समीप बैठकर हाल-चाल पूछा। हरिया को पुकार लिया, ''बुआ से पूछो ब्यालू के लिये आयें।'' चाहता था, पिता से कुछ अप्रिय चर्चा होने से पूर्व लौट जाये।

''कोई जगह दुकान-मकान के लिये देखी?'' सेठ जी ने पूछ लिया।

अमर की नज़र झुक गयी। मसनद पर उँगली से अदृश्य आकृतियाँ बनाते हुए बोला, ''चच्चा, हरि भैया ने बताया कि वो आपको पसन्द नहीं।''

सेठ जी विवशता में झल्ला उठे, ''हरि भैया फिजूल ऊल-जलूल बकते हैं। हमारा जो कुछ है क्या तुम्हारा नहीं है?'' भीतर की ज़ेब से चाभी का गुच्छा निकाल अमर के सामने पटक दिया, ''इसे हम कब तक सम्भाले रहेंगे। हम कलेजे पर धर कर ले जायेंगे! तुम जानो तुम्हारा काम जाने। हमें अपना पुराना तरीका पसन्द है। तुम्हें नहीं पसन्द, जो करना है करो। तुम्हारा मन करें, अदालत में नहीं ससुर मसजिद-गिरजे में ब्याह करो। हम बारात-शादी में शामिल नहीं होंगे। बहू तो बहू। जहान-बिरादरी जो कहेंगे सुनेंगे। कह देंगे, हमारा जमाना निकल गया। अब हमारा वक्त भगवान को याद करने का। ये सुन लो, हम और गंगा ईसाई की बेटी के हाथ का नहीं खा सकते। हम और गंगा यहीं रहेंगे। बहू दूसरे मकान में रहेगी। अपने मकानों में कोई पसन्द हो तो खाली करा लो। नहीं अपनी पसन्द का किराये पर ले लो।''

सेठ जी का स्वर समझाने का हो गया, ''हमने कहा था डाक्टरी के लिये गोलागंज और क्लब के बीच की जगह अच्छी रहेगी। हस्पताल की सड़क है। मरीजों के आने-जाने का रास्ता। वहाँ एक बँगलियानुमा मकान महीनों से खाली है; पीली पुताई है, छत पर खपरैल। हमारे अन्दाज़ में जगह काफी है। किराया भी ज्यादा नहीं होगा। हमने पता

लिया है, मकान मालिक बुलन्दबाग में फाटक हशमत खाँ की बगल पटिया में रहता है। तुम्हें झिझक हो तो हम बात कर लें।''

सबसे बड़ी अड़चन सुलझ जाने से अमर बहुत उत्साहित। दूसरे दिन संध्या बुलन्दबाग में किशन परसाद सक्सेना, रिटायर्ड पेशकार के मकान पर पहुँचा। सक्सेना अपने मकान के सामने गली में मोढ़े पर बैठे थे। समीप दूसरे मोढ़े पर बैठे व्यक्ति को कानूनी पेंच समझाने में व्यस्त।

साँझ की सर्दी में शरीर पर गहरी कत्थई रंग उड़ी ऊनी शेरवानी। कालर से तीन इंच नीचे तक चिकनी मैल की चमक। शेरवानी कंधों पर छन चुकी थी, कोहनियों पर पैबन्द। सिर पर काली ऊनी किश्तीनुमा टोपी। टोपी की बाड़ पर आधी ऊँचाई तक चिकनाई की चमक।

सेठ की मोटर-साइकल देखकर सक्सेना स्वागत में खड़े हो गये। सेठ के आदाब अर्ज़ करने से पहले ही गर्दन झुकाकर लखनौआ अन्दाज से आदाब किया ''ज़नाब का इस्म मुबारिक? खाकसार के लायक खिदमत इर्शाद फर्माइये।''

सेठ ने अपना परिचय दिया, ''खादिम को अमरनाथ सेठ कहते हैं। मेडिकल कालेज हस्पताल में काम कर रहा हूँ।''

तेरह-चौदह बरस का एक लड़का तार ऐंठाकर बनाई टीन की कुर्सी ले आया। लड़के ने बहुत सलीके से सलाम किया।

''ज़हेकिस्मत।'' सक्सेना ने गर्दन झुकाकार आदाब का संकेत किया, ''न्याज़ के मौके से अज़हद खुशी हुई।''

''बेटे, डाक्टर साहब को पान पेश करो।'' सक्सेना ने टीन की कुर्सी लाने वाले को आदेश दिया।

''हास्पिटल रोड पर खपरैल की छत का बँगलानुमा मकान आपका ही है?'' सेठ ने पूछा।

''आपका कयास दुरुस्त है। बँगला आपका ही है।'' सक्सेना ने स्वीकारा।

सेठ ने अपना प्रयोजन बता दिया, ''वह मकान खाली है। मुझे किराये पर मकान की जरूरत है।''

''क्या फर्माया साहबज़ादे!'' सक्सेना के माथे पर शिकन, स्वर में विनय के बजाये क्षोभ, ''हमारी जायदाद किराये पर लेंगे? आप फर्मा क्या रहे हैं। ज़नाब, आप किससे बात कर रहे हैं। किस बत्तमीज़ ने आपसे कहा, हम अपना बँगला किराये पर देंगे! शुरफा का गुफ्तगू का यह तरीका है!''

सेठ सकते में। क्षमा माँगी, ''बेअदबी के लिये मुआफी चाहता हूँ। सुना था, मकान अरसे से खाली है। मकान किराये पर लगता रहा है।''

''किस जाहिल ने ऐसी गुस्ताखी की।'' सक्सेना और नाराज़।

सेठ ने फिर मुआफी माँगी, ''रिहाइश की जगह के लिये परेशानी में मुझसे ऐसी गुस्ताखी हो गयी।'' वह लौटने के लिये उठ खड़ा हुआ।

''बैठिये, बैठिये, साहबज़ादे! जरा इस्तकबाल से काम लीजिये।'' सक्सेना का स्वर बदल गया, ''ज़नाब का दौलतखाना किस शहर में?''

सेठ फिर बैठ गया। संकोच से बताया, ''रिहाइश लखनऊ की है। मकान राजाबाज़ार छोटी गली में है। वालिद रतनलाल सेठ सर्राफ हैं।''

सक्सेना ने समीप बैठे व्यक्ति की ओर देखा, ''वल्लाह! देखिये क्या जमाना आ गया! लखनऊ के रईसज़ादों के तर्ज़े गुफ्तगू का यह हाल। सब नामुराद अंग्रेजी तालीम के असर कि शुरफा भी अपनी तहज़ीब भूल गये।'' सेठ की ओर घूम गये, ''साहबज़ादे, यों फर्माइये कि आपको रिहाइश की जगह की ज़रूरत है। हमारी जगह आपको ज़रूरत में काम आ सके, यह हमारी खुशकिस्मत। साहबज़ादे, गुफ्तगू का एक सलीका होता है। हमारा बँगला है तो आपका ही है। आपकी ज़रूरत पूरी हो, यह हमारे लिये खुशी का मौका।''

सेठ ने रईसी के पाखंड पर दाँत पीस लिये, परन्तु धन्यवाद दिया, ''आपकी इनायत के लिये मशकूर हूँ, लेकिन⋯।''

''साहबज़ादे,'' सक्सेना ने टोक दिया, ''उस फिक्र की ज़रूरत नहीं। डाक्टर के मतलब के लिये उससे बेहतर जगह नहीं हो सकती।''

समीप बैठे व्यक्ति ने समर्थन किया, ''डाक्टर साहब, सक्सेना साहब को ऐसी बातों की क्या परवाह। आप समझते हैं, रस्म के तौर पर मुंशी जी के कारिन्दे को कुछ माहवारी बखशीश दे दीजियेगा।''

''अन्दाज़ हो जाना बेहतर है।'' सेठ ने कहा।

''ऐसी मामूली बात का क्या जिक्र। तीन महीने पहले तक वहाँ पी० डब्ल्यू० डी० के साहब रहते थे। हमसे रसूख था। ये ही बीसेक रुपया महीना दे जाते थे। ये देखिये कि बँगला सरे राह पर लबे सड़क। सामने जगह, पीछे पर्देदार आँगन। आला अफसरान या डाक्टर-वकीलों के लायक जगह।''

रुपया सेठ जी के जेब में था। दस-दस के दो नोटों को पुड़िया की शक्ल में मोड़कर बहुत विनय और झिझक से सक्सेना साहब की ओर बढ़ा दिया, ''किब्ला ये रख लेने की ज़हमत गवारा करें।''

''साहबज़ादे, इस परेशानी की क्या ज़रूरत।'' सक्सेना साहब ने अनिच्छा से हाथ बढ़ाकर नोटों की तरफ नज़र डाले बिना उन्हें शेरवानी की जेब में रख लिया।

अमर की पूरी योजना और कार्यक्रम बदल गये। उस सप्ताह उसे कालेज से छुट्टी हो गयी। मकान को ठीक कराने में लग गया। सिविल मैरेज की तारीख में केवल बारह दिन। जल्दी-जल्दी मकान की मरम्मत। जरूरी सामान किराये पर। उषा दस-ग्यारह के करीब सेवाश्रम से इक्के पर यूनिवर्सिटी चली जाती। ढाई-तीन तक यूनियन हाल आ जाती। सेठ उसे मोटर-साइकल पर मकान के प्रबन्ध के लिये हास्पिटल रोड पर ले जाता। दोनों उत्साह से अपना घोंसला बना रहे थे। तीन-चार घंटे दोनों वहीं रहते। एक कमरा सेठ की प्रैक्टिस के लिये। बीच में बड़ा कमरा बैठक। फर्श पर नारियल का मैटिंग। सोफा-कुर्सियाँ साबुत बेंत के बने, सस्ते परन्तु टिकाऊ। बगल के कमरे में पलंग। उषा की राय से रसोई-गुसलखाने के लिये ज़रूरी सामान अब वे कंधारीबाग गली में सैद्धान्तिक बहस करने वाले गुरु-शिष्य कामरेड नहीं, प्रणय बंधन की रात्रि की प्रतीक्षा में आकुल प्रणयी। सेठ के स्पर्श से उषा का रोम-रोम झनझनाकर अवश, सहारे की व्याकुलता से

आतुर। सेठ को भावातिरेक और उन्माद का आवेश। उसकी संयम की सतर्कता जाग उठती। सेठ के संयम के लिये सराहना से उषा को उसके प्रति और आदर।

वकील कोहली सेठ जी को इतनी बार समझाकर भी उनका विचार बदलने में असफल रहे। विवाह की तारीख में दो दिन का अन्तर रह गया तो उन्होंने सेठ जी से स्पष्ट कह दिया, ''नाराज़ नहीं होना। हमारी राय में अमर बेटा सही काम कर रहा है। हमें बहू पसन्द। हम तो शादी में ज़रूर शरीक होंगे।''

मास्टर जी समाज-सुधारक। उनका शिष्य हिन्दू समाज सुधार का इतना बड़ा काम कर रहा था। प्रसन्नता से उनकी बाछें खिली थीं। सेठ जी ने ओमप्रकाश के ब्याह में बहू को आशीर्वाद में दो तोले की मटरमाला दी थी। सत्या और विद्या के दहेज के लिये कानों के झुमके। मास्टर जी भी सामर्थ्य के अनुसार अमर की बहू के लिये आशीर्वाद स्वरूप आधे तोले सोने की अँगूठी खरीद ली। सेठ जी के कान में चुपके से बता दिया, ''वकील साहब ने बहू के लिये पाँच तोले के कंगन बनवाये हैं। नरेन्द्र ने सोने की घड़ी खरीदी है।''

''भाई, हमें कुछ बताने की ज़रूरत नहीं।'' सेठ जी ने बेटे के प्रति सब लोगों की सराहना-वात्सल्य को निश्वास से दबाकर परेशानी प्रकट की; ''हमसे यह सब नहीं देखा जायेगा। हमारे क्या-क्या अरमान थे''' कि राजाबाजार के रस्तोगी लाला भी याद रखेंगे। यह कोई शादी है कि बिरादरी-रिश्ते के तीन-चार आदमी भी इकट्ठे न हों। न बारात, न ज्योनार, न गली-बाज़ार में पत्ता भी खटका। बस, दस्तखत की शादी। जैसे तमस्सुक लिखा गया।''

भाबो और पुष्पा ने उषा के बारे में सब सुन लिया था। नरेन्द्र की इच्छा जानकर दोनों में मंत्रणा हुई। दोनों ने सेठ जी के यहाँ जाकर गंगा से बात की, ''बीबी जी, हम तो सेवाश्रम में अमर की शादी में जायेंगे। बहू देखना चाहो तो चली चलो। नरेन्द्र उसे जानते हैं। किरस्तान कुछ नहीं, ऊँचे ब्राह्मणों की बेटी है। लौटकर नहा लेंगे। अब होगी तो अपनी बहू। ब्याह के बकत कुछ न होगा तो बुच्ची-बुच्ची लगेगी, एक जोड़ी खंडुये से क्या होता है। भैया जी (सेठ जी) खफा न हों तो ब्याह के बकत माथे, गले, हाथ-पाँव में पहनाने के लिये अपने यहाँ से कुछ लेती जायें।''

गंगा बैठक के दरवाजे में जाकर गिड़गिड़ायी, ''भैया, महिन्दर की माँ और पुष्पा, मास्टरनी सब अमरू की बहू को देखने जा रही है। हम भी देख आयें?''

''हमसे क्या पूछना। हमने किसी को टोका है।''

गंगा ने और साहस किया, ''भैया, वह लोग कहती हैं, बहू ब्याह के बकत बिना ज़ेवर के बुच्ची-बुच्ची लगेगी। ब्याह के बकत पहनाने को अपने यहाँ से ले जा रही हैं। कहायगी तो अपनी बहू। कहो तो कोई छोटी-मोटी चीज़ दे आयें।''

सेठ जी ने सदरी की जेब से चाबी लेकर आलमारी खोली और तिजोरी की चाबी गंगा के सामने फेंक दी; ''सब उसका। ढंग से करता तो क्या नहीं करते।''

गंगा चाबी हाथ में लेकर फिर गिड़गिड़ायी, ''भैया, बता दो क्या ले जायें?''

सेठ जी बौखला गये, ''हम बता दें! हम ज़ेबर पहनते हैं कि पहनाते हैं! समझ में नहीं आता तो महेन्दिर की माँ और बहू से पूछ लो।''

गंगा, भाबो और पुष्पा ने तिजोरी खोली। सेठ जी की पहली पत्नी के और अमर की माँ के ढेरों गहने। पुष्पा ने चन्द्रिका, जड़ाऊ कर्णफूल, सतलड़ा हार और पाँव के लिये बिछुये, पायल-पायज़ेब चुन लिये।

उषा के विवाह के अवसर के लिये हरि भैया गहरे लाल रंग की शुद्ध रेशम की भारी साड़ी लाये थे। हरि भैया की पत्नी ने पिछली रात उषा के हाथ-पाँवों पर मेंहदी रचा दी थी। पुष्पा उसे गंगा बुआ के लाये भारी जड़ाऊ जेवर पहनाने लगी। उषा ने ऐसे भारी ज़ेवरों की कुछ झलक चित्रा की शादी में देखी थी। उन्हें अपने शरीर पर पहनने के विचार से झिझक।

पुष्पा ने सेवाश्रम आते ही उसे गले लगा लिया था। उषा ने कातरता से कहा, ''भाभी जी, हमने जेवर कभी नहीं पहने। इतने बोझ से हमारे तो हाथ-पाँव नहीं हिल पायेंगे।''

पुष्पा ने लाड़ से चुप करा दिया, ''हमारी बहू हो। हम बड़ी हैं, हमारा कहा करना होगा।'' उषा को सब कुछ पहनना पड़ा। भारी लाल साड़ी, उस पर लाल शाल, इतने जेवर; छोटे कमरे में औरतों से घिरी जनवरी की शाम को भी वह पसीना-पसीना हो रही थी।

उस समय एक और झंझट। समस्या थी, उषा को सहारा देकर मैजिस्ट्रेट के सामने कौन ले जायेगा। अमर की राय, वाजपेयी की बेटी सरला और गौरी मैजिस्ट्रेट के सामने ले जायें।

गौरी ने एकान्त में अमर के सामने हाथ जोड़ दिये, ''भैया, हमसे न कहिये।'' अभिप्राय था, विवाह के शुभ मुहूर्त में विधवा का सामने आना अशुभ होगा।

अमर का आग्रह, ''फिजूल बात न करो। तुम उसे नहीं लाओगी तो ब्याह नहीं होगा।''

विवाह के पश्चात हरि भैया ने उषा को बेटी की तरह बिदा किया। नरेन्द्र दोनों को हास्पिटल रोड के मकान में अपनी गाड़ी में ले गया। नरेन्द्र और रज़ा को यह भी खयाल कि उषा विवाह के बाद सूने घर में जाकर उदासी न अनुभव करे। नरेन्द्र ने कुछ समय पूर्व पुष्पा, गौरी, सरला, मास्टरनी को उषा के स्वागत के लिये हास्पिटल रोड पहुँचा दिया था। पुष्पा ने रीति अनुकूल ड्योढ़ी पर तेल चुआ कर बहू को स्वागत से आलिंगन में लेकर प्रवेश कराया।

पंडित और बच्चों को नये पड़ोस में रम जाने में अधिक समय न लगा। मिसेज़ पंडित नयी जगह में आकर न घर से बाहर निकलती, न किसी से बोलचाल। घर में भी कभी ही बोलती। बेटी के सिर पर चोट खा जाने के दिन से हँसना-मुस्कराना तो क्या, ऊँचे स्वर में बोली भी न थी। वही हाल बेबे का। घर में खाने-पहरने का पुराना ढर्रा चलने लगा था पर हँसी-कहकहे, बहस, चीख-चिल्लाहट गायब।

जनवरी का अंतिम रविवार। कड़ी सर्दी थी। पंडित नाश्ते से पूर्व धूप में मोढ़े पर बैठे 'पायनियर' देख रहे थे। अमित पत्र का रविवारीय अंक लेकर समीप दूसरे मोढ़े पर था। पंडित अखबार देखकर उठने को थे।

पड़ोसी वहदी साहब के छोटे बेटे नईम ने आदाब अर्ज़ किया। हाथ में दूसरा अखबार लिये था, "वालिद साहब ने आदाब अर्ज़ कहा है। आपने अखबार देख लिया हो तो इस अखबार पर नज़र डाल लें। अपना अखबार कुछ देर के लिये दे दें।" पिछले वर्ष से लखनऊ में अंग्रेजी का दूसरा दैनिक 'नेशनल हेरल्ड' भी प्रकाशित होने लगा था। पंडित 'पायनियर' ही ले रहे थे। वहदी 'नेशनल हेरल्ड' लेते। पड़ोसी आपस में बदलकर दोनों अखबार देख लेते। दोनों पत्रों के दृष्टिकोण में और समाचारों में भी कुछ अन्तर रहता।

पंडित ने 'पायनियर' देकर 'नेशनल हेरल्ड' ले लिया। मुखपृष्ठ पर नज़र डालकर पन्ना पलटा। दूसरे पृष्ठ पर निरे विज्ञापन-नोटिस। तीसरा पृष्ठ स्थानीय चर्चा का। पृष्ठ के ऊपर बीचोंबीच एक फोटो। चित्र के शीर्षक से पंडित रोमांचित और स्तब्ध। पल में सम्भल कर गले में उमड़ आया उद्वेग निगल कर चित्र ध्यान से देखा और समाचार पढ़ा।

श्रीनारायण तिवारी प्रसिद्ध कट्टर कम्युनिस्ट। सबको बेलाग खरी-खरी सुना देने वाले। उनकी एक दर की छोटी-सी दुकान नगर का पोलिटिकल न्यूज एक्सचेंज। अमीनाबाद नगर का केन्द्र और तिवारी जी की दुकान अमीनाबाद के केन्द्र में। तिवारी जी को दुकान की चिन्ता के लिये कम ही फुर्सत। घर में आटा-दाल जुटे न जुटे, पार्टी के काम की उपेक्षा न कर सकते थे। मजबूरी में दुकान पर बैठती तिवारी जी की पत्नी। उस ज़माने में सम्भ्रान्त महिला का दुकान पर बैठने का साहस अकल्पनीय परन्तु तिवारी तो हर बात में क्रान्तिकारी।

तिवारिन शरीर से भारी-भरकम। छोटी दुकान में उनके बैठ सकने के लिये दुकान के सामने का एक-तिहाई हिस्सा दरकार। खरी, बेलाग बोलचाल में तिवारी जी से सवाई। तिवारिन 'नगर अम्मा'। उनसे दस-पन्द्रह बरस बड़े लोगों की 'जीजी'।

तिवारी जी की दुकान कम्युनिस्टों और कांग्रेस सोशलिस्टों का ही अड्डा नहीं, कट्टर गांधीवादी और कांग्रेसी नेता रफी अहमद किदवाई और चन्द्रभानु गुप्त, पत्रों के सम्पादक और संवाददाता सभी तिवारी जी की दुकान के आगे रखी टीन की चार कुर्सियों पर बैठे दिखाई दे जाते। कुछ लोग गोल बाँधे खड़े रहते। कोई राजनैतिक व्यक्ति अमीनाबाद से गुजरे और तिवारी जी की दुकान पर खबर पूछे या अम्मा से नोक-झोंक किये बिना निकल जाये, यह नामुमकिन। अमीनाबाद के लखपति सर्राफों और बज़ाजों से ज्यादा दबदबा अम्मा का।

नगर के जाने-माने राजनैतिक अड्डे के साथ-साथ तिवारी जी की दुकान कम्युनिस्टों के गैर-कानूनी साहित्य और गुप्त संदेशों के वितरण का भी अड्डा।

अमित को सबसे अधिक विश्वास था, कामरेड नारायण तिवारी पर। तिवारी तपे हुए मज़दूर नेता। उद्देश्य के लिये रेलवे की अच्छी नौकरी छोड़ आये थे। डाक्टर रज़ा, कोहली और पाठक की तरह तर्क के पेचीदा व्यूह न बाँधते थे। साफ-सीधी बात : सब ज़मीन किसानों की, सब मिल-कारखाने मज़दूरों के। जो खटे वही धरती और व्यवसाय का मालिक। मार्ग सशस्त्र क्रान्ति।

अमित तिवारी जी की दुकान पर 'न्यू एज' का अंक लौटाने के लिये गया था।

"आओ कामरेड!" तिवारी ने अमित को समीप बैठा लिया। जेब से छपा कार्ड निकाल कर अमित को दिखाया। विवाह-निमंत्रण का कार्ड। "तुम कंधारी बाग गली में रहते हो?"

"अब नहीं।"

"इन्हें जानते हो?"

अमित की नज़र झुक गयी। चेहरे पर क्लेश। चुप।

"क्यों, क्या बात?" तिवारी के स्वर में सहानुभूति।

अमित मौन। तिवारी भाँप गये, "बोले, तुम्हें अपने बहिन-बहनोई के लिए गर्व होना चाहिये कि सचाई और साहस से क्रान्तिकारी कदम उठा रहे हैं। तुम्हें उन्हें मॉरल सपोर्ट देने के लिये आगे बढ़ना चाहिये। यह तुम्हारा क्रान्तिकारी और इन्सानी फर्ज़। हम जा रहे हैं। तुम हमारे साथ चलोगे?"

"हमें इन्वीटेशन नहीं है।"

"क्या ऽ?" तिवारी के माथे पर विस्मय के तेवर, "तुम आदमी हो या पाजामा! तुम्हें अपनी बहिन की शादी के लिये इन्वीटेशन चाहिये? तुम्हारी बहादुर बहिन छिपकर भाग नहीं रही। यह ब्याह डंके की चोट पर हो रहा है। हरिकृष्ण तुम्हारे यहाँ सूचना देने गये थे। उन्हें क्या मालूम तुम लोगों ने मकान बदल लिया।"

अखबार में चित्र और समाचार से पंडित बहुत विचलित हो गये। कई मिनट माथे को हथेली की टेक दिये नज़र शून्य में लगाये सोचते रहे। लड़की को लौटा सकने की चिन्ता समाप्त, एक तरह प्रसंग ही समाप्त।

पंडित अखबार लेकर भीतर के आँगन में चले गये।

"ज़रा सुनो!" पंडित ने पत्नी को पुकारा। अखबार में चित्र सामने कर दिया। पत्नी ने नज़र गड़ाकर ध्यान से देखा। पहचाना। उषा के माथे पर चन्द्रिका, गले-कानों में ज़ेवर। चित्र के ऊपर शब्द—आदर्श विवाह।

मिसेज़ पंडित ने फफक कर दोनों हाथ सिर पर मार लिये। पंडित ने पत्नी की पीठ पर हाथ रखा, "इससे क्या फायदा? जो होना था, हो गया···।" जेब से रूमाल निकालकर पत्नी के आँसू पोंछे। रूमाल कितने आँसू सोखता? पत्नी ने कुछ मिनट में गज़ भर आँचल भिगो दिया। तब भी सुबक रही थी।

"पूरी बात पढ़ लो। सब मालूम हो जायेगा।"

पंडित ने पढ़कर सुनाया : विवाह में राज्य के मंत्री रफी अहमद किदवाई साहब, बहुत बड़े नेता आचार्य नरेन्द्रदेव, सक्सेना साहब और गुप्त जी भी शामिल हुए थे। अन्य कई प्रतिष्ठित नागरिक। नेताओं ने वर-वधू के संकीर्ण साम्प्रदायिकता से मुक्त होकर, मानव सेवा की उदात्त भावना से परस्पर सहयोग के लिये विवाह की उन्मुक्त प्रशंसा की थी। चित्र में सेठ-उषा के साथ आचार्य जी और रफी साहब भी।

बेबे आँगन में थी। कमरे से मिसेज़ पंडित की सिसकी सुनी तो घबराकर पुकारा, "क्या हो गया? कौन नयी मुसीबत।"

"बेबे, दो मिनट ठहरो, फिक्र की बात नहीं। अभी बताते हैं।"

स्वर दबाकर पत्नी से बोले, "लड़की के व्यवहार से लोगों को बहुत चोट लगी, मकान तक बदल लेना पड़ा। लड़की ने बिरादरी-समाज की रीति विरुद्ध व्यवहार किया परन्तु उसे अनैतिक या अनाचार नहीं कह सकते। रफी साहब ने, आचार्य जी ने, अखबार ने उसकी बहुत प्रशंसा की है।"

"क्या प्रशंसा!⋯अपना मज़हब छोड़ दिया तो रह क्या गया!" पत्नी ने विरोध किया।

"मज़हब छोड़ दिया!" पंडित के स्वर में विस्मय, "तुमने ध्यान से नहीं सुना। मज़हब दोनों में से किसी ने नहीं छोड़ा-बदला⋯।" पत्नी को सिविल मैरेज कानून समझाया।

"यह सब कुछ नहीं।" पत्नी ने सिर हिला दिया, "हिन्दू के साथ चली गयी, शादी कर ली तो मज़हब क्या रहा। हमें तो ईश्वर बुला ले⋯। ऐ खुदा, हमारे गुनाहों को माफ कर⋯।"

"प्रार्थना ऐसे नहीं करते।" पंडित ने तर्जनी उठायी, "प्रार्थना के शब्द हैं—जिस तरह हमने अपने अपराधियों को क्षमा किया है, वैसे ही हमारे अपराधों को क्षमा कर।⋯तुम पहले बेटी को क्षमा करोगी तभी ईश्वर तुम्हें क्षमा करेगा।"

चार

पिता ने उषा को चेतावनी दी थी : तुम घृणा और तिरस्कार की खाईं में कूदकर आत्महनन कर रही हो। डाक्टर सेठ कितना ही ईमानदार, उदार हो परन्तु हिन्दू। हिन्दू सम्प्रदाय का मूल ही शेष सब समाजों-सम्प्रदायों से घृणा और अलगाव। अन्य समाजों और सम्प्रदायों से ही नहीं, हिन्दुओं की सभी बिरादरियों में परस्पर अलगाव और घृणा। हिन्दू किसी अन्य समाज के व्यक्ति को अपना नहीं सकता। उस समाज में परित्यक्त, हेय बनकर तुम्हारी क्या अवस्था होगी?

उषा ने क्रान्ति के मार्ग पर जूझ जाने के दृढ़ निश्चय से और डाक्टर सेठ के अदम्य अनुराग की उमंग में कुछ न सुना। परन्तु उसे पिता के परामर्श की अवहेलना के लिये पछताना नहीं पड़ा।

तब हास्पिटल रोड पर गोलागंज से रिफाएआम क्लब तक, खासकर पूरब की ओर बहुत बिरली बस्ती थी। बीच-बीच जगह छोड़कर छोटे-मोटे मकान। तीन-चार पुराने ढंग के खपरैल छायी बँगलिया। उनसे उत्तर ढलवान पर कच्चे मकानों-झुग्गियों की बस्ती। यहीं एक बँगलिया में डाक्टर सेठ की डिस्पेंसरी और निवास।

सेठ और उषा के यहाँ वे ही लोग आते जिन्हें विचार साम्य से उनके प्रति सराहना, सहानुभूति और लगाव था। नगर में ऐसे उदार विचार लोग सैकड़ा पीछे एक भी रहे हों तो भी हजारों। विवाह के बाद कई दिन तक सद्भावना से शुभकामना के लिये आने वालों का ताँता। मार्क्सवाद के विभिन्न पक्षधर कामरेड लोग सहानुभूति और शुभकामना प्रकट करने के लिये मिलें तो परस्पर नोक-झोंक और बहस बिना न रह सकें।

फरवरी के शुरू में ही राजनीतिक उत्तेजना का बवंडर। अवसर था, अखिल भारतीय राष्ट्रीय कांग्रेस के आगामी अधिवेशन (मार्च १९३९) के अध्यक्ष का चुनाव। उस चुनाव और अधिवेशन की उत्तेजना प्रौढ़ कांग्रेसी तीस-बत्तीस बरस बाद भी न भूल सके। अप्रत्याशित परिस्थिति थी। किसे कल्पना थी, कांग्रेस समुदाय गांधी जी के निर्देश की उपेक्षा कर देगा। गांधी जी ने नैतिक और सैद्धान्तिक कारणों से १९३४ में कांग्रेस की सदस्यता छोड़ दी थी परन्तु गांधी जी पर कांग्रेस नेतृत्व का पूरा भरोसा और श्रद्धा रही। गांधी जी को कांग्रेस कार्यकारिणी की बैठकों में आमंत्रित कर लिया जाता। कांग्रेस की नीति और कार्यक्रम का निश्चय गांधी जी के निर्देश से होता।

सुभाषचन्द्र बोस कांग्रेस की नीति से संतुष्ट न थे। बोस के विचार में ब्रिटिश राज में सीमित अधिकार स्वीकार करके, कांग्रेस का मंत्रिमण्डल बनाकर शासन चलाना समझौते की प्रतिक्रियावादी नीति थी। उग्र कांग्रेसी, कांग्रेस-समाजवादी और कम्युनिस्ट बोस से सहमत थे। बोस कुछ बरस मध्य यूरोप और जर्मनी में रहकर लौटे थे। वहाँ की स्थिति से परिचित थे। उन्हें विश्वास था : ब्रिटेन और जर्मनी में म्यूनिख संधि निभ न सकेगी, दोनों

में शीघ्र युद्ध होगा। ऐसी स्थिति में भारत को अपनी पूर्ण स्वतन्त्रता के लिये तुरन्त संघर्ष आरम्भ कर देना चाहिये। इस अवसर से चूकना बहुत बड़ी राजनीतिक मूर्खता होगी। बोस कांग्रेस के त्रिपुरी अधिवेशन में अपनी नीति का प्रस्ताव रखने पर उतारू थे। बोस जानते थे, उनका प्रस्ताव गांधी जी को स्वीकार न होगा। गांधी जी ऐसा प्रस्ताव कांग्रेस के सामने आने ही न देंगे। बोस ने कांग्रेस के सम्मुख अपनी नीति पेश कर सकने के लिये कांग्रेस के अध्यक्ष पद के लिये चुनाव लड़ने की घोषणा कर दी।

उससे पूर्व बीस-बाईस वर्ष से कांग्रेस अध्यक्ष का चुनाव औपचारिक अनुष्ठान मात्र होता था। गांधी जी जिस व्यक्ति के लिये निर्देश कर देते, उसे सर्वसम्मति से अध्यक्ष चुन लिया जाता। उस वर्ष गांधी जी ने अपने परम अनुयायी पट्टाभि सीतारमैया का नाम सुझाया था। कांग्रेस के नेताओं को गांधी जी का निर्णय स्वीकार था। बोस को परामर्श दिया गया : गांधी जी की प्रतिष्ठा और कांग्रेस की एकता के लिये गांधी जी का निर्णय मानकर अध्यक्ष-पद का चुनाव लड़ने का विचार छोड़ दें। पंडित नेहरू भी कांग्रेस की समझौतावादी नीति से असंतुष्ट थे परन्तु गांधी जी के नेतृत्व की उपेक्षा न कर सकते थे। नेहरू ने भी बोस को गांधी जी का निर्णय मान लेने की राय दी। बोस अपने निश्चय पर दृढ़ रहे।

बोस के नेतृत्व में कांग्रेस को संघर्ष के मार्ग पर लाने के लिये सब वामपंथी दलों में समझौता हो गया। गांधी जी के निर्दिष्ट व्यक्ति के मुकाबले चुनाव लड़ना मजाक न था। गांधीवादी कांग्रेसी नेता जनता की गांधीभक्ति के भरोसे निश्चिन्त रहे। वामपंथी लोग पूरे सामर्थ्य से चुनाव अभियान में जुट गये। इसके लिये योजनायें बनतीं : कांग्रेस के अधिक मेम्बर बनाकर जिलों और प्रान्तों से अधिक से अधिक बोस के समर्थक डेलीगेट चुनवाये जायें। केवल लखनऊ में प्रयास पर्याप्त न था। सेठ पार्टी की ओर से बाराबंकी जाता तो पाठक उन्नाव दौड़ता। कहीं सिन्हा जा रहा है, कहीं नाथ शास्त्री। चेतन, जमाल, रायिस्ट पंत, निगम, पी० सिंह, कुँवर आनन्द सिंह सभी पूरा सहयोग दे रहे थे। संघर्ष उत्तर प्रदेश में नहीं, पूरे देश में था। समाचार की उग्र प्रतीक्षा रहती। बम्बई, पंजाब, मद्रास, कलकत्ता में क्या हो रहा है? 'संघर्ष' कार्यालय के अतिरिक्त इस काम के लिये दूसरा अड्डा, सेठ का मकान। परामर्श के लिये कभी बनारस-इलाहाबाद से, कभी कानपुर-फैजाबाद से साथी आते। इलाहाबाद से माया घोष पहले भी लखनऊ आती रहती थी। पाठक द्वारा सेठ से परिचय हो गया था। अब तो सेठ के यहाँ ठहरतीं।

माया घोष और उषा दो बार भेंट में ही अंतरंग सहेलियाँ बन गयीं। दोनों में विचार और रुचि साम्य। माया इंगलिश लिटरेचर में एम० ए०। बंगाली क्रिश्चियन पिता और मुस्लिम माँ की बेटी। पिता एग्रीकल्चर कालेज में शोध और अध्यापन करते थे। गौर वर्ण चेहरे पर केले की नयी फूटती कोंपल जैसी आभिजात्य कोमलता, आकर्षक फबत। गदबदा दोहरा बदन। कद अच्छा होने से मोटापा न जान पड़ता। इलाहाबाद यूनिवर्सिटी में पोलिटिकल साइन्स के अध्यापक घोष से स्वयंबर। हँसमुख, हाजिरजवाब, निधड़क परन्तु अतिभावुक। इलाहाबाद यूनिवर्सिटी में रुद्रदत्त पाठक की समकालीन थीं। दोनों में पुराना विश्वास-मैत्री संबंध।

फरवरी के अन्त में चुनाव परिणाम से कांग्रेस के गांधीवादी नेता और गांधीभक्त विस्मयाहत रह गये। जैसे महान वट वृक्ष हवा के मामूली झोंके से अकस्मात् धराशायी हो

गया। वामपंथी कांग्रेसी, कांग्रेस-समाजवादियों, कम्युनिस्टों के हौसले बढ़ गये—त्रिपुरी में कांग्रेस को संघर्ष का मार्ग स्वीकार करना ही पड़ेगा। उत्साह से त्रिपुरी जाने की तैयारियाँ होने लगीं।

चुनाव परिणाम की प्रतिक्रिया में गांधी जी ने अहिंसात्मक घोषणा कर दी : कांग्रेस-अध्यक्ष के लिये चुनाव में पट्टाभि सीतारमैया की पराजय स्वयं उनकी पराजय है। इस घटना से स्पष्ट है कि कांग्रेस के बहुमत को उनके परामर्श पर भरोसा नहीं रहा। वे कांग्रेसजन का यह निर्णय स्वीकार करके भविष्य में कांग्रेस से कोई सम्पर्क न रखेंगे। भावी नीति निर्णय में कांग्रेस अध्यक्ष के मार्ग में किसी प्रकार की बाधा न डालने के लिये त्रिपुरी अधिवेशन में न जायेंगे। इस समय उनका स्थान फरीदकोट राज की पीड़ित जनता के साथ है। वे फरीदकोट की प्रजा का संकट दूर न होने तक आमरण अनशन आरम्भ कर रहे हैं। उन्हें ईश्वरीय प्रेरणा फरीदकोट रियासत में बुला रही है।

गांधी जी की घोषणा से कांग्रेस क्षेत्रों में आतंक। गांधी अनुयायी क्षुब्ध। वामपंथी नेताओं में भी परेशानी : गांधी जी के अनशन का प्रयोजन जो भी हो, जनता और नेता संघर्ष और नीति की चिन्ता करेंगे या गांधी जी की प्राण-रक्षा की? नेहरू जी का क्या रुख होगा? प्रमुख कांग्रेस-समाजवादी नेताओं आचार्य नरेन्द्रदेव, जयप्रकाश बाबू, लोहिया, मसानी दुविधा में—कांग्रेस को संघर्ष पथ पर ले जाने के लिये बोस की अध्यक्षता सहायक, जनता को साथ रखने के लिये गांधी जी का सहयोग लाजिम। उन्हें गांधी जी की देश हित की चिन्ता और उदारता से दोनों स्थितियों में समन्वय हो सकने का भरोसा।

त्रिपुरी अधिवेशन के लिये लखनऊ से बहुत लोग जा रहे थे। तीसरे दर्जे के कम्पार्टमेंट रिजर्व कर लिये गये थे। कांग्रेसी मंत्रियों के लिये फर्स्ट क्लास के डिब्बे। नरेन्द्रदेव, सक्सेना साहब, गुप्त जी सामान्य जन के साथ तीसरे दर्जे में जा रहे थे। आचार्य जी के स्वास्थ्य के विचार से एक कोने में लम्बी सीट पर गद्दा बिछाकर उनके सुविधा से बैठने और लेट सकने के लिये जगह बना दी गयी। वैसे ही सक्सेना साहब के लिये भी। रास्ते भर बहस। सोशलिस्ट और कम्युनिस्ट बहुत खिन्न थे : बोस का कार्यक्रम सामने आये बिना गांधी जी को बोस से मतभेद किस बात पर? बोस की अध्यक्षता से गांधी जी का असहयोग कैसे उचित और नैतिक?

अब गांधीवादी पहले की तरह निश्चिन्त न थे। उनकी ओर से भी कन्वेसिंग शुरू हो गयी थी। हरि भैया उसी डिब्बे में थे। समाजवादी महारथियों के मुकाबले के लिये वे अगले स्टेशन पर विश्वनाथ त्रिवेदी जी को बुला लाये।

त्रिवेदी जी का ढंग आत्मीयता और सहिष्णुता का। चेहरे पर निरन्तर मुस्कान। बोले, "उग्रपंथियों ने बोस का समर्थन उनकी नीति से सहमति के कारण किया। गांधी जी क्या इतने अजान कि बोस की नीति और कार्यक्रम का अनुमान नहीं कर सकते। गांधी जी ने असहयोग नहीं किया। बोस और उनके समर्थकों को पूरा अवसर और उनके मार्ग में अड़चन न बनने का आश्वासन दिया है···।" त्रिवेदी जी प्रथम कांग्रेस सरकार में पार्लमेन्टरी सेक्रेटरी थे, जैसे आजकल के उपमंत्री। उनकी गणना उत्तर प्रदेश के गहरी सूझ-बूझ के पुराने कांग्रेसियों में थी। वे हरि भैया के अनुरोध पर उग्रपंथियों को समझा सकने के अवसर के लिये आचार्य जी और अन्य मित्रों का हाल-चाल पूछने तीसरे दर्जे में आ गये थे। आचार्य जी के समीप बैठे।

प्रचार अभियान की भनक पाकर कई लोग सिमट आये। डाक्टर रशीदजहाँ, मिसेज़ वाजपेयी, कमला सिन्हा, उषा सब एक साथ थीं। रशीदा, उषा और कमला को भी खींच लायी। डी० पी० एस० सिन्हा, महमूद, ज़माल और पाठक त्रिवेदी जी को उत्तर देने के लिये व्याकुल। सिन्हा के संकेत से महमूद मुस्कराकर बोले, ''बोस के दृष्टिकोण से गांधी जी का मतभेद है परन्तु कांग्रेस की नीति और कार्यक्रम अध्यक्ष के डिक्टेशन से नहीं, कार्यकारिणी में विचार और बहुमत से निश्चय होते हैं। गांधी जी को सुझाव और परामर्श का पूरा अवसर है। परामर्श देने से इन्कार असहयोग ही समझा जायेगा···।'' महमूद मुस्कराते अधिक, बोलते कम थे।

''पट्टाभि की पराजय स्वयं मेरी पराजय है। मैं अधिवेशन में सम्मिलित न होऊँगा—यह कहना असंतोष और असहयोग का एलान नहीं?'' सिन्हा ने पूछा।

पाठक ने जोड़ा, ''यह एलान उनके अनुयायियों को आदेश है कि बोस और उग्रपंथियों के मार्ग में अड़चन डालने के लिये वे भी कांग्रेस से असहयोग कर दें।''

त्रिवेदी जी तर्जनी उठाकर मुस्कराये, ''अड़चन 'ना' डालने के लिये।''

''असहयोग अड़चन डालने के लिये होता है, सहायता के लिये नहीं।'' पाठक ने आग्रह किया, ''नेहरू ने तुरन्त संकेत समझा और एलान कर दिया—बोस गांधी जी के परामर्श के बिना मुझे कार्यकारिणी समिति में सम्मिलित करेगा तो मैं स्वीकार न करूँगा।''

''आप बोस और उग्रपंथियों को पूरा अवसर देने के सदाशय को असहयोग कहते हैं!'' तिवारी जी मुँह में पान घुमाते-घुमाते मुस्कराये, ''गांधी जी तो पाँच वर्ष से कांग्रेस सदस्य नहीं हैं। उनसे असहयोग या अनुशासन-भंग की क्या शिकायत?''

''गांधी जी पाँच वर्ष से कांग्रेस के सदस्य नहीं हैं, यह सिर्फ दिखावा है।'' सिन्हा ने आपत्ति की, ''पिछले पाँच वर्ष में कांग्रेस के सभी कार्यक्रम पूर्णतः गांधी जी के निर्देश से चले हैं। ब्रिटिश सरकार से बातचीत में गांधी जी कांग्रेस के सर्वाधिकारी नेता बल्कि स्वयं कांग्रेस थे।आपका मतलब है, गांधी जी कांग्रेस सदस्य नहीं थे, कांग्रेस थे।''

डाक्टर रशीदा रह न सकी, ''गांधी जी को कांग्रेस का अनुशासित मेम्बर होना मंजूर नहीं। वे अनुशासन से ऊपर डिक्टेटर ही बन सकते हैं, कांग्रेस सदस्य नहीं।''

''ठीक है,'' त्रिवेदी जी मुँह में पान घुमाकर मुस्कराये, ''आप लोग यथार्थवादी हैं। आप कांग्रेस और देश की जनता में गांधी जी के प्रभाव और स्थान जानते हैं। कांग्रेस ने स्वतन्त्रता संघर्ष में गांधी जी की उपयोगिता देखकर यह स्थान उन्हें दिया है। स्वयं आप निश्चय कीजिये, कांग्रेस को गांधी जी की जरूरत है या नहीं?''

''यह गांधी जी की धमकी है—कांग्रेस को मेरी जरूरत है तो मुझे डिक्टेटर स्वीकार करो!'' जमाल ने चुनौती की मुद्रा में बाँह उठा दी।

''हम लोग गैरों से नहीं, आपसी बातचीत कर रहे हैं; शब्दों पर क्या बहस?'' त्रिवेदी जी और अधिक उदारता से मुस्कराये। ''हमें सेनापति चुनना है। मोर्चे पर सेनापति से बहस नहीं की जाती···।'' त्रिवेदी जी की नजर प्रश्नकर्ता की ओर न थी, श्रोताओं के चेहरों पर घूम रही थी; विशेषतः नारियों की ओर। उषा की ओर संकेत कर रशीदा से पूछ लिया, ''आपसे पूर्व परिचय याद नहीं आ रहा।''

रशीदा ने संरक्षिका की तरह उषा के कंधे पर हाथ रख दिया, "कामरेड उषा। कामरेड डाक्टर अमर सेठ की दुल्हन। यूनिवर्सिटी में एम० ए० कर रही है।" उषा ने त्रिवेदी जी को नमस्कार किया।

त्रिवेदी जी प्रत्युत्तर में नमस्कार से मुस्कराये, "सुन्दर, बहुत सुन्दर। प्रसन्नता हुई।"

"सुन्दर सिर्फ सूरत नहीं, सीरत भी।" रशीदा हँस दी।

"तसदीक करता हूँ।" त्रिवेदी जी मुस्कराये। उषा की नजर झुक गयी।

रशीदा ने उषा के कान में फुसफुसाया, "अजीब शख्स है।"

उषा का ध्यान खुद भी त्रिवेदी जी की मुद्रा की ओर गया—मोटे चश्मे में झिरी-झिरी पलकें, जैसे सुई में धागा डालने के लिये नजर केन्द्रित हो। पिचके गाल, पतले ओठों के बीच निरन्तर पीक की चमक। ओठों के दोनों कोनों पर पीक की फैली बूँदें। निरन्तर हिलते जबड़े।

"आप कुछ नहीं बोले," त्रिवेदी जी ने आचार्य जी की ओर देखा।

"सब कुछ कह दिया गया।" आचार्य जी मुस्कराये, "आपने यथार्थ दृष्टि का परामर्श दिया। एक यथार्थ है, कांग्रेस का बहुमत बोस की नीति को अवसर देना चाहता। दूसरा यथार्थ, बोस या कोई भी कांग्रेसी गांधी जी के परामर्श की उपेक्षा नहीं करना चाहता। आप दोनों पहलुओं का समन्वय कराइये।"

"गांधी जी का निर्देश ही समन्वय।" त्रिवेदी मुस्कराये।

महमूद भी मुस्कराये, "निर्देश या आदेश को समन्वय कैसे कहा जा सकता है?"

इलाहाबाद में डेलीगेटों की संख्या दूनी हो गयी। माया घोष भी चल रही थीं। उषा से आलिंगन में मिलीं। पाठक और अमर से कुछ नोकझोंक। फिर बहस : गांधीपंथी नेता धूर्तता कर रहे हैं। फरीदकोट में स्थिति क्या आज ही बिगड़ी है! गांधी जी के अनशन के लिये ये ही खास मुहूर्त था?…हम तो बोस का साथ देंगे।

सन् १९३६ तक कांग्रेस के वार्षिक अधिवेशन आधुनिक सुविधापूर्ण बड़े-बड़े नगरों में किये जाते थे। १९३७ में गांधी जी की प्रेरणा से ग्रामों के देश भारत में गाँव को महत्त्व देने का निश्चय किया और कांग्रेस अधिवेशन का आयोजन किसी बड़े नगर के समीपी गाँव में करने की रीति आरम्भ हो गयी थी। लखनऊ, इलाहाबाद, बनारस से आये प्रतिनिधियों का समूह सूर्यास्त से कुछ पूर्व त्रिपुरी कैम्प में पहुँचा।

त्रिपुरी में नागरिक इमारतों-सड़कों का परिवेश और पृष्ठभूमि न थो। लम्बी-चौड़ी परती धरती पर फूस के सुरुचिपूर्ण छप्परों-छोलदारियों की अस्थायी बस्ती। फूस या सुर्ख रोड़ी बिछी सुथरी कच्ची सड़कें। उत्तर पूर्व की ओर विंध्याचल की नीची शृंखला विस्तृत प्राचीर की भाँति। धूल से बचाव के लिये गहरा छिड़काव। बिजली की पर्याप्त रोशनी। कांग्रेस नगर का सिंहद्वार,पंडाल और प्रदर्शनी आँगन के मुखद्वार प्राचीन भारतीय स्थापत्य की अनुकृति में भव्य सुन्दर। स्थान-स्थान पर शोभा के लिये तोरणद्वार और विशिष्ट कलाकारों द्वारा हल-बैल, पनघट, चक्की, कोल्हू के चित्रों या मूर्तियों से ग्राम्य जीवन की चारु सज्जा-शोभा। भारतीय ग्रामों की वास्तविकता—घूरे के ढेर, भूखे-कंकाल पशु, सूर्यास्त के समय ग्राम पर उपलों और खर-पात के ईंधन से उठे दमघोंट, आँखें चरचराते धुएँ के बादल; ढहती दीवारों और छीजे छप्परों के बीच कीचड़, मल-मूत्र से भरी गलियाँ;

सूखे अंग, पेट फूले, नंगे, कीचड़ भरी आँखें, बहती नाक बच्चे; गंधाते चीथड़ों से उमड़ते अंगों से बेपरवाह, कलह में खौंखियाते नर-नारी; सूर्यास्त के पश्चात घुप्प अँधेरा। भारतीय ग्रामों का तथ्य अदृश्य।

बहुत से डेलीगेट नेता - यात्री, मद्रास-कलकत्ता-बम्बई-अहमदाबाद-दिल्ली-लाहौर-लखनऊ-इलाहाबाद के निवासी जिन्होंने कभी बैल जुते हल न देखे थे। उन्हें गेहूँ-चने की लतायें और कुम्हड़े के पेड़ देखने का कौतूहल। आपस में सटे तिमंजिले-चौमंजिले मकानों की घुटन और सवारी टकराती भीड़ भरी सड़कों से ऊबे सम्पन्न और मध्य वित्त भारतीय नागरिक त्रिपुरी पहुँचकर सामने ग्रामीण देश की रमणीक ग्राम्य विभूति और संस्कृति पर मुग्ध हो रहे थे।

प्रतिनिधि अपने-अपने प्रान्तों के लिये निर्दिष्ट छप्परों और छोलदारियों के कैम्पों में सामान रख ही रहे थे तभी राजनैतिक विवाद की उत्तेजना। कांग्रेस के प्रमुख नेताओं का संयुक्त एलान : जिस समय गांधी जी रियासती प्रजा पर अत्याचार के विरोध में आमरण अनशन से प्राणों पर जोखिम ले-रहे हैं, कांग्रेस गांधी जी की उपेक्षा नहीं कर सकती। वे लोग नवनिर्वाचित कांग्रेस अध्यक्ष को एक शर्त पर सहयोग दे सकते हैं—कांग्रेस कार्यकारिणी के सभी सदस्यों की नियुक्ति गांधी जी के निर्देश या स्वीकृाते से की जाये। नेहरू पहले ही घोषणा कर चुके थे कि वे गांधी जी के परामर्श के बिना बोस द्वारा नियुक्त कार्यकारिणी की सदस्यता स्वीकार न करेंगे।

राजनैतिक संघर्ष की आशा से कांग्रेस अध्यक्ष पद के लिये बोस का समर्थन करने वाले विस्मयाहत। कांग्रेस विधान के अनुसार कांग्रेस की कार्यकारिणी की नियुक्ति कांग्रेस अध्यक्ष का अधिकार और जिम्मेदारी है। इससे पूर्व निर्वाचित अध्यक्ष कार्यकारिणी की नियुक्ति गांधी जी के निर्देश और परामर्श से करते आये थे। अध्यक्ष को किसी से भी परामर्श ले सकने का अधिकार-अवसर है, परन्तु अध्यक्ष पर ऐसी पाबन्दी न वैधानिक है न नैतिक रूप से उचित। यदि कार्यकारिणी के सभी सदस्य अध्यक्ष से असहमत व्यक्ति बना दिये जायें तो अध्यक्ष कांग्रेस नीति का निर्देशन कैसे कर सकेगा? यदि बोस को पूर्णतः गांधी जी के निर्देश से चलना है तो जनता ने पट्टाभि की अपेक्षा बोस को अध्यक्ष चुनकर क्या पाया?

उग्र कांग्रेसी, सोशलिस्ट, कम्युनिस्ट खासकर बंगाली बहुत क्षुब्ध। कांग्रेसजनों ने पट्टाभि को अस्वीकार कर गांधीवादी नेतृत्व को बहुमत से अस्वीकार कर दिया। गांधीपंथी नेतृत्व गांधी के जादू से जनमत को परास्त कर कुचल देना चाहता है। कांग्रेस प्रजातंत्र का समर्थन और फासिज्म की निन्दा करती है। गांधी जी का यह व्यवहार जनतांत्रिक है या तानाशाही? अध्यक्ष के अनुरोध पर परामर्श देना एक बात, अध्यक्ष को अपनी एड़ी के नीचे दबाकर रखने की शर्त फासिस्ट तानाशाही के अतिरिक्त क्या है!…अहिंसक मेमने की खाल ओढ़े फासिस्ट बाघ!

गांधीपंथियों की आवाज : भारत की गरीब जनता का सच्चा प्रतिनिधि स्वेच्छा से दीन गांधी है। भारतीय आत्मा और धर्मप्राण भावना का प्रतीक गांधी। गांधी के लिये लुटिया-अंगोछा पर्याप्त। उसने कभी नेता और अध्यक्ष बनने की माँग नहीं की। गांधी अपनी बात जबर्दस्ती नहीं सुनाता। जो उसकी सुनना नहीं चाहते, वह उनका रास्ता नहीं रोकता। कांग्रेस संगठन की महान शक्ति किसकी देन? गांधी ही कांग्रेस शक्ति है। गांधी

कुछ नहीं माँगता। यहाँ आया भी नहीं। गांधी जनता के लिये अपने प्राणों की आहुति दे रहा है। कांग्रेसी जन-भावना के निर्विवाद प्रतिनिधि का निर्देश और परामर्श चाहते हैं या महत्त्वाकांक्षा से बौखला कर गांधी का अपमान-अवज्ञा करने वाले का नेतृत्व! गांधी का नेतृत्व डिक्टेटरशिप है तो यह त्याग, निःस्वार्थ सेवा, सत्य-अहिंसा का आदर है। जनता स्वयं निश्चय करे, गांधी के त्याग और सेवा का आदर करेगी या गांधीविरोधी अंध स्वार्थ का?

उग्रपंथियों का खीझ भरा क्षोभ : जनता फैसला कर चुकी है। करोड़ों लोगों को अपने नियन्त्रण में रखने के लिये ब्लैकमेल किया जा रहा है। गांधी जिन वर्ग स्वार्थों का रक्षक है, वे ही गांधी के त्याग, सत्य, अहिंसा, सेवा रूपी हाथी के पाँव से जनता के आत्मनिर्णय को कुचल रहे हैं।

कांग्रेस समाजवादी नेताओं आचार्य नरेन्द्रदेव, लोहिया, जयप्रकाश, मसानी, अहमद दीन विकट दुविधा में। गांधीवादी प्रमुख नेता नेहरू, पटेल, राजेन्द्र बाबू, मौलाना आजाद, राजगोपालाचार्य के कार्यकारिणी समिति से असहयोग का अर्थ—कांग्रेस में फूट! दो समानान्तर कांग्रेस! ब्रिटिश साम्राज्यशाही के मुकाबले फूटी हुई कांग्रेस क्या रह जायेगी। साधारण जनता न आत्मनिर्णय का अधिकार समझती है; न आर्थिक शोषण से स्वतन्त्रता की बात। उसके लिये सब कुछ महात्मा गांधी! इतने बड़े संगठन-आन्दोलन का खर्च ...देश के साधन सम्पन्न वर्ग का विश्वास केवल गांधी और गांधीपंथी नेताओं पर। कांग्रेस न रही तो न आजादी का मोर्चा और न ही आर्थिक संघर्ष का अवसर। पहली आवश्यकता कांग्रेस की रक्षा। उपाय : दोनों पक्षों में सहिष्णुता और उदारता से व्यावहारिक समझौता।

कांग्रेस नगर में रात भर विचार-विमर्श और समझौते के लिए दौड़-भाग। कांग्रेस समाजवादी नेता नवनिर्वाचित अध्यक्ष बोस के डेरे पर पहुँचे। सुलझाव का एकमात्र मार्ग समझौता; दोनों ओर की बात रह सके। बोस वास्तविकता से अनजान न थे। गांधी पक्ष ने कूटनीति से अपनी पराजय को अपनी विजय का प्रबल शस्त्र बना लिया था। बोस उस समय स्वास्थ्य से भी विवश; वे आधो-आध या मध्यमार्गी समझौते के लिये तैयार। कांग्रेस समाजवादी नेता गांधीपंथी नेताओं के यहाँ पहुँचे। वहाँ केवल एक बात—पूर्णतः गांधी की अनुमति, निर्देश, आदेश; पूरी कार्यकारिणी समिति की नियुक्ति गांधी द्वारा। सक्सेना साहब के आदेश से हरि भैया और उनके साथी पूर्ण आस्था से अपने प्रदेश के प्रतिनिधियों के सामने हाथ जोड़कर गांधी जी की प्राण-रक्षा और कांग्रेस की रक्षा के लिये प्रार्थना कर रहे थे।

बहुत से वामपंथी और उग्र लोग चीख उठे : गांधी कांग्रेस और देश से भी बड़ा! १९३४ में गांधी का प्रस्ताव था, कांग्रेस का ध्येय भारत के लिये स्वराज्य के बजाय सत्य-अहिंसा की साधना स्वीकार किया जाये। तब तो नेताओं ने गांधी के कांग्रेस सदस्यता छोड़ देने पर भी गांधी का प्रस्ताव अस्वीकार कर दिया। गांधी ने कौंसिल प्रवेश का विरोध किया। तब भी इन नेताओं को गांधी के बिना संगठन को चलाने में घबराहट न हुई, गांधी को उठाकर ताक पर रख दिया। आज गांधी के बिना कांग्रेस का हार्ट फेल हो जायेगा! जनता से आमना-सामना होने पर गांधी इनके लिये शिखण्डी। जनता को बहलाना हो तो गांधी की जय!

दूसरे दिन प्रातः डेलीगेट अधिवेशन। मुख्य प्रश्न कांग्रेस कार्यकारिणी की नियुक्ति के सम्बन्ध में। बोस ज्वर की अवस्था में त्रिपुरी आये थे। वहाँ पहुँचकर परिस्थितियों के विकट तनाव से ज्वर बढ़ गया। अधिवेशन के अध्यक्ष की उपस्थिति जरूरी। सुबह त्रिपुरी के पठार के इलाके की तीखी धूप। डाक्टर की राय से बोस को पंडाल में स्ट्रेचर पर लाया गया। उनके चेहरे-आँखों को तीखी धूप से बचाने के लिये एक व्यक्ति छतरी लेकर साथ। बोस की भतीजी समय पर दवा-दारू देने और देखभाल के लिये हाथ में छोटा पंखा लिये हुए।

लौहपुरुष पटेल, देशबन्धु राजेन्द्र बाबू, विधानचन्द्र राय इस दृश्य से चौंके। भाँप लिया : डेलीगेटों की सहानुभूति पाने की चाल। करुणा जगाकर विपक्षी को हृदय परिवर्तन द्वारा जीतने के गांधीवादी हथियार का उपयोग गांधीपंथ के विरुद्ध!

गांधी समर्थक नेताओं द्वारा तुरन्त अहिंसात्मक प्रत्याक्रमण : बिना टिकट नाटक देखो! रास्ता छोड़ दो! बाअदब बामुलाहिजा होशियार! महाराज की पालकी आ रही है! पालकी पर राजछत्र, पंखा-चंवर लिये सुन्दर दासियाँ। रात छक कर पिया, डटकर कबाब-मच्छी-पुलाव का पथ्य; अब तबीयत खराब?

क्लिक! क्लिक! झटपट कई कोणों से फोटो।

बड़े नेताओं के पीछे-पीछे डी० पी० एस० सिन्हा और लोहिया से बात करते कलकत्ता के कांग्रेस समाजवादी मित्रा थे। मित्रा कांग्रेसी नेताओं के व्यंग्य से भड़क गये। विधानचन्द्र राय को सुनाने के लिये गरजे, "कितने जहरीले ये गांधी-पंथी! ये असलियत इनके सत्य-अहिंसा की...।"

लोहिया और सिन्हा ने मित्रा को चुप कराया। गांधीपंथी नेताओं ने व्यंग्य आक्षेप सहिष्णुता से अनसुना कर दिया।

पत्रकारों में सनसनी : बोस की वास्तविक स्थिति क्या है? कौन डाक्टर इलाज कर रहे हैं?

बोस के साथ कलकत्ते से डाक्टर न आया था। कांग्रेस के अधिवेशन में बम्बई से आये सुप्रसिद्ध डाक्टर गाडगिल बोस का इलाज कर रहे थे। गाडगिल ने पूरा ब्यौरा दिया : सुभाष बोस को ज्वर १०३ डिग्री था। फेफड़ों में गहरा जमाव। रक्तचाप बहुत बढ़ जाने से अनिद्रा।

बड़े नेताओं के अनुरोध से समाचार दबा दिया गया। फिर भी खबर फैल गयी। सिन्हा, शास्त्री, सेठ, पाठक, माया और उषा उदास। कम्युनिस्टों ने क्षोभ में दाँत पीस लिये। पाठक क्रोध वश न कर सका, "साबरमती के कन्हैया दो-दो गोपियों को बगल में लेकर चलें तो संत। दूसरों के साथ दवा देने के लिये बेटी-भतीजी चले तो बेशर्म ऐयाशी...!"

डेलीगेट अधिवेशन में मुख्य प्रस्ताव पेश किया पंडित गोविन्दबल्लभ पंत ने : कांग्रेस प्रतिनिधियों का यह अधिवेशन कांग्रेस के नवनिर्वाचित अध्यक्ष को निर्देश देता है कि कार्यकारिणी समिति के सब सदस्यों की नियुक्ति गांधी जी के निर्देश अथवा अनुमति से की जाये।...एक घंटे वक्तृता में कांग्रेस के विकास में गांधी जी के योगदान की स्तुति। कांग्रेस की शक्ति और जीवन गांधी। ...बोस की उच्छृंखलता, अनुशासनहीनता के कारण

कांग्रेस के निश्चित ध्वंस की चेतावनी। गांधी के नेतृत्व के बिना गांधीपंथी लोगों की कांग्रेस से पूर्ण असहयोग की मजबूरी···। पंडाल में सन्नाटा।

पंडित पंत के बाद आचार्य नरेन्द्रदेव का भाषण एक घंटे तक। आचार्य जी की अपील : कांग्रेस का ध्येय देश के जनसाधारण को आत्मनिर्णय के अधिकार के लिये समर्थ बनाना और उनके लिये यह अधिकार प्राप्त करना है। आत्मनिर्णय का अधिकार ही प्रजातंत्र का मूल और स्वतंत्रता है। कांग्रेस ने अपने सिद्धान्त और विधान के अनुकूल जनता को निर्णय लेने का अवसर दिया। यह जनता की स्वाभाविक आशा है कि जनता को दिये गये अधिकार के अनुसार उसका निर्णय कार्यान्वित किया जाये।···आचार्य जी ने गांधी जी में पूर्ण भरोसे, विश्वास और श्रद्धा का एलान किया। गांधी जी के अनुयायी महापुरुषों से सहिष्णुता और उदारता से नयी उठती जन-भावनाओं को सहयोग और सहायता देने की अपील की।

दोनों पक्षों की ओर से अनेक भाषण। वही बातें, अपीलें दोहरा-दोहरा कर। प्रस्ताव पर मत लेने से पूर्व प्रतिनिधियों को विचार के लिये समय दिया गया। कांग्रेस समाजवादी नेता विकट दुविधा में। बोस पक्ष की भारी बहुमत से विजय में उनका सहयोग मुख्य सहारा था।···यदि कांग्रेस सोशलिस्ट पूर्ववत मत देते—बोस पक्ष की पुनः निश्चित विजय और गांधी पक्ष का कांग्रेस से निश्चित असहयोग। कांग्रेस टूट-फूट से तहस-नहस। कांग्रेस समाजवादी नेताओं ने सुझाव दिया : बजाय इस प्रस्ताव के कांग्रेस अध्यक्ष का चुनाव पुनः करा लिया जाये। चुनाव में गांधी समर्थन का आश्वासन।

गांधी पक्ष के नेता विपक्ष में खलबलाहट भाँप कर अपने प्रस्ताव पर अडिग। वे जनता को गांधी पक्ष की अवज्ञा का पूरा दण्ड देने पर उतारू। उनका एक ही जवाब, जो निर्णय हो इसी प्रस्ताव पर।

कांग्रेस समाजवादी नेताओं की राजनीतिक समझ का तकाजा : सबसे जरूरी काम कांग्रेस को विघटन से बचाना। दूसरी ओर नैतिक संकट, गांधीपंथी नेतृत्व की नीति विरुद्ध मत देने के बाद अब उसका समर्थन कैसे करें? दारुण स्थिति में उन्होंने अपने दल को आदेश दिया—इस द्वन्द्व में प्रस्ताव पर मतदान में निष्पक्ष रहा जाये।

कम्युनिस्ट और रायिस्ट बौखला उठे—बोस को संघर्ष में भिड़ाकर उसकी टाँग घसीटना। निष्पक्षता पर लानत। अनेक कांग्रेस समाजवादी बहुत क्षुब्ध; वे स्वयं इसे बोस के साथ विश्वासघात समझ रहे थे और मोर्चा जीतकर पीठ दिखा देना। दल के विश्वस्त कार्यकर्ताओं से अन्य साथियों को समझाने का अनुरोध किया गया। यह विश्वासघात या पराजय स्वीकार करना नहीं, संघर्ष में पीछे हटकर पुनः आक्रमण के लिये पैंतरा है। हमारा प्रोग्राम कांग्रेस को समाप्त करना नहीं, कांग्रेस में अपनी शक्ति बढ़ाना है। कम्युनिस्टों को न राष्ट्रीय भावना की न राष्ट्रीय संगठन की चिन्ता। जनता ने हमारी शक्ति का कुछ परिचय पाया, शेष अगले आक्रमण में···।

वामपंथी मोर्चे को सबल बनाने के लिये रेवोल्यूशनरी सोशलिस्ट पार्टी एक मास पूर्व कांग्रेस समाजवादी दल में सम्मिलित हो गयी थी। उनके विचार में बोस विरोधी प्रस्ताव पर कांग्रेस समाजवादियों की निष्पक्षता वाम पंथ से विश्वासघात। रेवोल्यूशनरी सोशलिस्ट पार्टी कांग्रेस समाजवादियों से अलग हो गयी। कम्युनिस्टों और रायिस्टों ने भी कांग्रेस समाजवादियों से असहयोग कर दिया। संयुक्त मोर्चा बिखर गया।

कांग्रेस समाजवादियों की पृथक सभा में बोस विरोधी प्रस्ताव पर आचार्य जी और लोहिया की धैर्य और दूरदर्शिता की अपीलों के बावजूद त्यागी ने ऐसी निष्पक्षता को ढुलमुल अवसरवादी नीति कहकर इसका विरोध किया। पाठक ने चेतावनी दी : यह कांग्रेस पूँजीपतियों के प्रतिनिधि मठाधीशों के सामने आत्मघाती समर्पण है और सदा के लिये वाम पक्ष के सहयोग की समाप्ति। इलाहाबाद से माया और जायसवाल ने भी इसका विरोध किया। लोहिया और आचार्य जी की अपीलों से पार्टी में निष्पक्षता का प्रस्ताव बहुमत से स्वीकार हो जाने पर पाठक और अठारह-बीस युवक सभा से उठकर चले गये। सभा के बाद माया को पाठक दिखायी न दिया, सेठ और उषा से पूछने पर भी कुछ पता न चला।

कांग्रेस समाजवादियों को बोस विरोधी प्रस्ताव पर मत न देना था। अपना निश्चय बदल देने की शर्मिन्दगी से बचने के लिये उन्होंने मतदान के समय पंडाल में न जाना ही बेहतर समझा।

पंडाल से 'महात्मा गांधी की जय' के तुमुल घोष के बाद लाउडस्पीकर पर घोषणा की गयी। डेलीगेटों की सभा में बहुमत से स्वीकृत प्रस्ताव के अनुसार नवनिर्वाचित कांग्रेस अध्यक्ष को आदेश है कि सम्पूर्ण कांग्रेस कार्यकारिणी समिति की नियुक्ति गांधी जी के निर्देश और अनुमति से की जाय।

अध्यक्ष के चुनाव में बोस समर्थक दल दो सौ के बहुमत से जीता था। अब समाजवादियों की निष्पक्षता से बोस विरोधी प्रस्ताव अट्ठाईस वोट से पास हो गया। गांधीपंथियों में विजयोल्लास।

कानपुर के लल्लन पांडे ने ललकार कर भगवान का वचन याद दिला दिया, "यदा यदाहि धर्मस्य ग्लानिर्भवति···।"

कानपुर के त्रिवेदी और टण्डन पांडे को चुप रहने के लिये डाँट रहे थे, परन्तु काले खाँ चीख पड़ा, "तुम्हारी कांग्रेस हिन्दू जमात। गांधी हिन्दुओं का पोप है।"

पांडे काले खाँ की तरफ झपटा। काले खाँ सींखिया पहलवान लेकिन किसी से भी भिड़ जाये। बिसेसर ने समीप के छप्पर से बाँस खींच लिया। दूसरे कामरेडों ने दोनों को दबोच लिया। सबको कड़ी हिदायत : कोई कटाक्ष या कड़वी बात नहीं होनी चाहिये। हमारा डिमान्स्ट्रेशन पीसफुल होना चाहिये। पन्द्रह-सोलह कामरेड जुलूस बनाकर नारे लगाने लगे : सरमायादारी तानाशाही नहीं चलेगी!···जनता को दगा देने वाले गद्दार मुर्दाबाद!

अविनाश शर्मा वोटिंग का रंग-ढंग देखने पंडाल चला गया था। उसने लौटकर बताया : बीस-पच्चीस दूसरे कांग्रेस सोशलिस्ट भी पंडाल में पहुँच गये थे। कम्युनिस्टों, रायिस्टों, रेवोल्यूशनरी सोशलिस्टों और उग्र कांग्रेसियों ने बोस विरोधी प्रस्ताव के विरुद्ध हाथ उठाये तो रुद्रदत्त पाठक और मेरठ के नरसिंह ने भी उनका साथ दिया। उन दोनों की देखा-देखी अठारह-बीस अन्य कांग्रेस सोशलिस्ट डेलीगेटों ने भी प्रस्ताव के विरोध में हाथ उठा दिये।

सिन्हा, शास्त्री, पूर्णिमा बैनर्जी, त्यागी, गौतम समाचार से बहुत खिन्न। त्यागी को बहुत क्रोध, "दल के भीतर अपने विचार प्रकट करने का जनतांत्रिक अधिकार सबको

है। प्रस्ताव का विरोध सबसे पहले हमने किया, लेकिन पार्टी के सामूहिक निर्णय की अवज्ञा अनुशासन-भंग, पार्टी से दगा!''

अविनाश ने और भी बताया; वोटिंग के बाद कम्युनिस्टों ने अपने साथ वोट देने वाले कांग्रेस समाजवादियों को घेरकर खूब नारे लगाये : सचाई और साहस के लिये बधाई। वामपंथी मोर्चा जिन्दाबाद! नरसिंह और पाँच-छः लोग उनके साथ चले गये। पाठक चुपचाप निकल गया।

पाठक के व्यवहार को लेकर सेठ और माया में झड़प हो गयी। माया का आग्रह था, पाठक ने अपनी समझ से उचित किया। सेठ मौन रहा। पाठक के न लौटने से माया चिन्ता से व्याकुल हो रही थी, उषा को लेकर पाठक की खोज में निकल गयी। सेठ न गया।

उषा झोपड़ी में लौटी तो सेठ ने देख लिया था परन्तु अनदेखा करने के लिये नजर झोपड़ी की छत की ओर कर ली। चेहरे पर नाराजगी का भारीपन। उषा घुटने मोड़कर पति के सिरहाने बैठ गयी। झोपड़ी में दूसरी ओर एक चटाई पर बैठे तीन आदमी आपस में बात कर रहे थे। उषा ने उस ओर पीठ कर पति के माथे पर हाथ रख दिया, ''राजे; क्या बात?'' उसका स्वर भी उदास।

सेठ मौन। उषा के दूसरी बार पूछने पर भी सेठ मौन।

''राजे प्लीज़!'' उषा के गले में आँसुओं की घरघराहट और सेठ के माथे पर टप-टप दो बूँद। उषा ने आँचल आँखों पर दबा लिया था। विवाह के बाद छठा सप्ताह। पहली बार पति की नाराजगी और क्रोध।

''अच्छी, ये क्या!'' सेठ का गुस्सा पिघल गया, ''स्टॉप इट।''

दस कदम पीछे बैठे आदमियों के कारण उषा के लिये बोल सकना बहुत कठिन। ओंठ काटकर धीमे से कहा, ''प्लीज़ बाहर चलिये।''

सेठ और उषा झोपड़ी से बाहर आ गये। एकान्त में बैठकर बात करने की जगह कहाँ। उषा उससे पहले माया के साथ चलकर थकी हुई थी। सूर्य ढल रहा था। झोपड़ियों और छोलदारियों की छाया पूर्व की ओर फैल गयी थी। यू० पी० कैम्प के पीछे पाकड़ का बहुत बड़ा पेड़। पेड़ की मोटी-मोटी जड़ें धरती पर दूर तक फैली हुई। दोनों वहीं बैठ गये।

उषा गले का अवरोध निगल कर बोली, ''राजे, आप नाराज क्यों हो गये?''

''तुम्हारी माया-पाठक से सहानुभूति का मतलब? गलत काम से सहानुभूति गलत काम का समर्थन।''

''राजे, हम पाठक जी से सहानुभूति में नहीं, दीदी के अनुरोध से गये।''

''माया तो पाठक की गलती मानने को ही तैयार नहीं। उसके बिट्रेयल की भी सराहना।'' सेठ ने कहा, ''ऐसे व्यक्ति से सहानुभूति अनुशासन-भंग और बिट्रेयल को उत्साहित करना।''

''पाठक जी ने अनुशासन भंग तो जरूर किया, परन्तु दीदी की बात भी ठीक। बिट्रेयल का मतलब धोखा। पाठक जी ने विद्रोह किया, बिट्रे नहीं।''

"अच्छी, तुम जानती हो, पाठक पर मुझे कितना भरोसा। मेरे लिये उसका यह व्यवहार असह्य।"

"आप पाठक जी से बात कीजिये।"

"हरगिज नहीं! मेरे लिये पार्टी लायल्टी फर्स्ट वैयक्तिक मैत्री बाद में।"

उषा मौन रही।

अधिवेशन के लिये आते समय साथियों को उमंग थी : त्रिपुरी के समीप नर्मदा का प्रसिद्ध 'धुआँधार' झरना और पूनों की चाँदनी में चमकते नर्मदा किनारे संगमरमर की चट्टानों के शिखर देखेंगे। अब निरुत्साह में तुरन्त लौटकर जबलपुर स्टेशन से अपने-अपने नगर के लिये ट्रेन पकड़ सकने की उतावली। कुछ लोग तो बोस विरोधी प्रस्ताव पास होने की घोषणा सुनकर ही लौट पड़े थे।

सेठ और उषा अपने कैम्प की ओर लौट रहे थे। "डाक्टर दादा!" पुकार सुनकर घूमकर देखा, राम वर्मा तेज कदमों से आ रहा था। "दादा, क्या विचार? आचार्य जी की पार्टी के लिये कार का प्रबन्ध हो गया। पाठक दादा और माया जी जा रहे हैं। आप लोग चलें तो इलाहाबाद के लिये रात की गाड़ी पकड़ ली जाये।"

यू० पी० के बहुत से कांग्रेस समाजवादी रात की गाड़ी से इलाहाबाद लौट रहे थे। आचार्य जी के साथ सिन्हा, पूर्णिमा बैनर्जी और त्यागी। त्रिपुरी आते समय वामपंथी अभियान के उत्साह में सीना ताने, कंधे से कंधे भिड़ाये आरक्षित डिब्बों में एक साथ आये थे। लौटते समय मोर्चा छोड़कर भागते सिपाहियों की तरह अकेले-दुकेले या तीन-चार की टोली में भाग रहे थे। ट्रेन में जिसे जहाँ जगह मिली, बैठ गये। सेठ-उषा, माया, पाठक, राम वर्मा एक ही डिब्बे में बैठे। पाठक का चेहरा अब भी मौन से भारी, आँखों में लाल डोरे। उषा-माया में दबे-दबे स्वर में कुछ बात हुई। सेठ और पाठक दोनों मौन।

गाड़ी सुबह इलाहाबाद पहुँची। लखनऊ से आये साथी तुरन्त लखनऊ की गाड़ी पकड़ना चाहते थे। सेठ-उषा ने माया के अनुरोध से साँझ तक ठहरना स्वीकार कर लिया। पाठक को भी इलाहाबाद में कुछ काम था। दोपहर बाद आने का आश्वासन देकर स्टेशन से ही कहीं चला गया।

माया प्रतीक्षा करती रही। पाठक न पहुँचा। माया संध्या सेठ-उषा को गाड़ी पर पहुँचाने आयी तो पाठक प्लेटफार्म पर मौजूद था।

"पट्टू, हम तुम्हारी राह देखते रहे!" माया ने शिकायत की। स्वर बहुत उदास।

"मौका नहीं बन सका।"

"तुम्हारी तबीयत ठीक नहीं चल रही। आज ठहर जाओ, कल चले जाना।"

माया ने आतुर अनुरोध किया।

"इस समय तो जाना बहुत जरूरी।" पाठक ने कहा, "हो सकता है तीन-चार दिन तक लौट आऊँ और यहाँ ही रहूँ।"

तीनों एक ही डिब्बे में बैठे। ये लोग अच्छी जगह के लिये कुछ जल्दी आ गये थे। भीड़ भी अधिक न थी। ऊपर सोने की ज़गह बना ली थी। त्रिपुरी से चलने के बाद से

सेठ और पाठक में कुछ बात न हुई थी। गाड़ी प्लेटफार्म लाँघ गयी तो सेठ और उषा लेटने के लिये ऊपर जाना चाहते थे।

"एक मिनट।" पाठक ने सेठ को पुकार लिया। उषा भी ठिठक कर पति के साथ बैठ गयी।

"कुछ लोगों की शिकायत है कि मैंने पार्टी अनुशासन भंग से पार्टी को बिट्रे किया और दूसरे लोगों को उसके लिये भड़काया। तुमने भी माया से कुछ ऐसी बात कही। ऐसी स्थिति में पार्टी में मेरे लिये क्या जगह। 'नेशनल हेरल्ड' में पार्ट-टाइम काम के लिये लखनऊ बैठे रहने की क्या सार्थकता, लेकिन मैं गलतफहमी नहीं रहने देना चाहता कि मैं आवेश में ऐसा कर बैठा और अब उसके लिये लज्जित हूँ। यह गलत है कि मैंने दूसरे लोगों को पार्टी निर्णय के विरुद्ध भड़काया। मैंने मीटिंग में चेतावनी दी थी कि पार्टी के ऐसे अवसरवादी व्यवहार से साथी डिमॉरेलाइज होंगे और कुछ विद्रोह कर बैठेंगे। वह तुरन्त सामने आ गयी। मैंने अपने विचार में पार्टी के हित को अनुशासन से अधिक महत्व दिया। मैं अपने व्यवहार की सफाई पार्टी के सामने देना जरूरी समझता हूँ। किसी दूसरी पार्टी में चले जाना मेरे लिये असम्भव। भविष्य के बारे में भी मुझे सोचना है।"

पाठक के प्रति अपनी सहानुभूति की विह्वलता वश में रखने के लिये उषा डिब्बे की खिड़की से बाहर बिना कुछ देखे फीकी चाँदनी में पीछे छूटते जाते खेतों-गाँवों की ओर नजर लगाये थी।

"मुझे अपनी बात के लिये खेद है। मैं तुमसे पूर्णतः सहमत हूँ।" सेठ पाठक की बात सुनकर एक वाक्य बोला। उषा का मन पति की उदारता से गद्‌गद।

लखनऊ स्टेशन से पाठक को सेठ अनुरोध से अपने मकान पर ले गया।

उषा दस बजे यूनिवर्सिटी चली गयी थी। चार बजे लौटी। सेठ ने बताया : शास्त्री और गौतम पाठक से बात करने आये थे। उनके साथ आचार्य जी के यहाँ गया था। बहुत देर तक बात होती रही थी। आचार्य जी की राय थी, कूटनीति के विकट व्यूह में फँसकर जो कुछ भुगता, उससे भविष्य में सावधानी जरूरी। अनुशासन का बवंडर उठाने की जरूरत नहीं। अनुशासन का प्रयोजन संगठन की रक्षा होनी चाहिये, संगठन का विघटन नहीं।

दो दिन बाद पत्रों में समाचार : गांधी जी ने फरीदकोट के प्रश्न पर अपना अनशन स्थगित कर दिया। उसके साथ गांधी जी का वक्तव्य—इस प्रश्न पर मेरा अनशन का निर्णय उचित न था। मुझे खेद है, मैंने ईश्वरीय प्रेरणा को समझने में भूल की।

उसी संध्या नरेन्द्र और रज़ा हास्पिटल रोड गये थे। ऐसे अवसर पर वे अपना क्षोभ कैसे न प्रकट करते। नरेन्द्र ने कहा, "गांधी ने अपना काम बनाकर अनशन समाप्त कर दिया और भूल स्वीकार करके संत भी बन गया। तुम्हारी पार्टी का भी नैतिक कर्त्तव्य है कि गांधी गुट्ट के प्रपंच में आ जाने की अपनी भूल स्वीकार करके जनता को पथभ्रष्ट करने में सहयोग के लिये क्षमा माँगे।"

"गांधी जी अपनी भूल स्वीकार कर रहे हैं, तुम उसे प्रपंच कहना चाहते हो?" सेठ ने विरोध किया, "बिना प्रमाण किसी की नीयत पर सन्देह करना स्वयं बेईमानी।"

"गांधी ईश्वरीय प्रेरणा को समझने में कितनी बार भूल करेगा!" नरेन्द्र भी उत्तेजित, "पहली बार सन् बाईस में चौरीचौरा की घटना के अवसर पर, दूसरी बार सन् इकतीस में नमक सत्याग्रह असफल होने पर, अब तीसरी बार। कांग्रेस राजनैतिक संगठन है या गांधीपंथी सम्प्रदाय की उम्मत!"

सेठ के उत्तर दे सकने से पहले रज़ा बोल पड़ा, "ईश्वरीय प्रेरणा का दावा ही प्रपंच। क्या कारण ईश्वर ने गांधी को अपनी दूत चुन लिया। गांधी पैगम्बर है या अवतार है? जिन्ना ईश्वरीय प्रेरणा का दावा नहीं करता, यह उसकी ईमानदारी। तुम लोग समाजवादी और मार्क्सवादी होने का दावा भी करो, दूसरी तरफ गांधी को खुदा का रसूल बनाने के अंधविश्वास को बढ़ाने में सहयोग दो। यह ईमानदारी है?"

रज़ा बोल रहा था तो पाठक आ गया था। सेठ ने कहा, "गांधी जी को रसूल बनाने में हमारा कोई सहयोग नहीं परन्तु गांधी जी पर जनता की अंधश्रद्धा को, एक झटके में दूर नहीं किया जा सकता। राष्ट्रीय मुक्ति के मोर्चे पर गांधी जी के प्रभाव की उपेक्षा कैसे की जा सकती है? गांधी जी के प्रभाव ने राष्ट्रीय चेतना को व्यापक रूप और जन-बल दिया है। उस तथ्य से कौन इन्कार कर सकता है!"

"सामयिक उपयोगिता तो अनेक अंधविश्वासों की हो सकती है।" नरेन्द्र ने आपत्ति की, "इसलिये जनता को अंधविश्वास से भेड़-बकरी बनाये रखा जाये। लेकिन यह न भूलिये कि ईश्वरीय आदेशों का अंधविश्वास समाजवाद के मार्ग की सबसे बड़ी अड़चन बनेगा। इसीलिये लेनिन को कहना पड़ा—ईश्वर विश्वास जनता के लिये अफीम का नशा। वही बात ईश्वर के प्रतिनिधि पर विश्वास से। गांधी का तो उपदेश—स्वामी-सेवक सम्बन्ध ईश्वरीय न्याय, सेवक का धर्म स्वामी की सेवा।"

डिस्पेन्सरी से घंटी की आवाज। परसू सुबह-शाम बरामदे में रहता था। मरीज के आने पर घंटी बजा देता था। सेठ उठकर बाहर चला गया।

"हम मानते हैं गांधी का प्रभाव समाजवादी लक्ष्य में अड़चन बन सकता है, परन्तु राष्ट्रीय मुक्ति के संघर्ष में उसके प्रभाव का बहुत मूल्य। जब तक हम जनता का अंधविश्वास दूर नहीं कर सकते, जनता में अपने प्रति विरोध भावना जगा कर उन्हें पूर्णतः गांधी पंथ के हाथ सौंप देना भी समझदारी नहीं।" पाठक ने सेठ की ओर से उत्तर दिया।

"तुम्हारी पार्टी अंध गांधी-भक्ति दूर करना ही नहीं चाहती।" रज़ा ने आपत्ति की, 'त्रिपुरी में अवसर आया था, उसे तुम्हारे सुबुद्धि ने खो दिया।"

"कांग्रेस से अंध गांधी-भक्ति दूर करने का उपाय कांग्रेस को समाप्त कर देना है या जनता को प्रबुद्ध बनाने का यत्न। सिरदर्द हो या सिर में जुएँ पड़ जायें तो डाक्टर सिर काट देने की राय देगा?"

"जुओं के बारे में लड़कियाँ ही बेहतर राय दे सकती हैं। उस बारे में हम लोग क्या जानें।" नरेन्द्र मजाक का अवसर न चूका।

"कभी-कभी लड़कियों की खोपड़ी पर जुएँ हो सकती हैं परन्तु कुछ लोगों की खोपड़ी के भीतर।" उषा भी कह गयी।

पाठक ने उषा के समर्थन में कहकहा लगा दिया।

नरेन्द्र ने बात स्वीकार करने के लिये मुस्कराकर उषा को लखनौआ अदा से सलाम किया और फिर खीझ दिखायी, ''जाओ? जाओ! जाकर एक्जाम की तैयारी करो। स्टूडेंट्स को राजनीति में नहीं पड़ना चाहिये।''

डाक्टर बेटे की प्रैक्टिस शीघ्र जमा देने के लिये सेठ जी ने ऐसी व्यवस्था कर दी थी कि उस ओर अमर का निरुत्साह कर्त्तव्य की उपेक्षा होती। आर्थिक आत्म-निर्भरता भी स्वाभिमान का तकाजा और कर्त्तव्य।

सेठ जी हुसैनगंज में अपनी डिस्पेन्सरी से दवा बेचकर प्रैक्टिस करने वाले एक पुराने जाने हुए डाक्टर के अनुभवी कम्पाउण्डर को कुछ अधिक वेतन पर तोड़ लिया था। कम्पाउण्डर इल्मदीन मरीज पटाने और दवा बनाने में भी दक्ष। डिस्पेन्सरी के कमरे में तीन आलमारियों में रोजमर्रा काम आने वाली दवाइयाँ भरवा दीं। बँगलिया की फटकिया के साथ चारदीवारी पर बोर्ड—गरीब मरीजों को निःशुल्क परामर्श, असहाय मरीजों को मुफ्त दवा। कम्पाउण्डर डाक्टर सेठ की फीस दवा के दाम के अनुपात से कुछ आने पैसे दाम में जोड़ देता।

त्रिपुरी अधिवेशन के बाद पार्टी में शैथिल्य आ गया था। अब अधिक ध्यान स्वामी सहजानन्द के प्रभाव से किसानों की ओर दिया जा रहा था। सेठ को प्रैक्टिस की ओर ध्यान देने के लिये पर्याप्त समय। अप्रैल के अन्त तक सुबह-शाम मिलाकर बीस-पच्चीस मरीज आने लगे थे। इल्मदीन दवा का खर्च निकाल कर आठ-दस रुपये बना लेता। आरम्भ में इतना कम न था।

अमर और उषा का विवाह निश्चित हो जाने पर संध्या नरेन्द्र अकसर अमर को अपनी गाड़ी में सेवाश्रम ले जाता। उषा से परिचय था, अब वह भाई जैसे मित्र की वाग्दत्ता। अमर और उषा को हजरतगंज या छावनी की ओर घुमा लाता। प्रयोजन था उषा की उदासी में उसका दिल बहला सकना। चेतन, सुघड़, सुन्दर नवयुवती की संगति का सन्तोष भी।

अमर-उषा हास्पिटल रोड की बँगलिया में आ गये तो नरेन्द्र का उनके यहाँ जाना-बैठना और अधिक। उषा को नोंकझोंक, व्यंग्य-काकोक्ति से बहस, हँसी-मजाक के लिये उकसाता रहता। उषा को स्वयं उसमें बहुत रुचि। नरेन्द्र का व्यक्तित्व, व्यवहार, संगति आकर्षक परन्तु झिझक। पति का बड़ा भाई और यूनिवर्सिटी के नाते अध्यापक-विद्यार्थी का सम्बन्ध।

फरवरी का अन्त था। विवाह के बाद महीना पूरा हो रहा था। नरेन्द्र संध्या आया। रज़ा मौजूद था। उषा परेशानी बता रही थी, ''⋯इस तरफ बन्दर नहीं आते थे। आज अचानक आ गये। ये⋯वो⋯नुकसान कर गये।''

''उन्हें खबर अब मिली। रिश्ते-नाते में मिलने आना ही था।'' नरेन्द्र ने कहा और कनखी से उषा की ओर देखा।

उषा मुस्करायी नहीं, नजर बचाये बोली, ''खबर कैसे नहीं थी! नातेदार दूसरे तीसरे आते रहते हैं। अच्छे-भले आदमियों की तरह बैठकर बात करते थे। ऐसा ऊधम न किया था।''

नरेन्द्र को करारे जवाब से सेठ कहकहे से उछल पड़ा। रज़ा ने कटाक्ष में नरेन्द्र को एक हाथ की अँजुली से लखनौवा आदाब किया, ''मियाँ, इस मात पर सलाम करो!''

नरेन्द्र ने उषा को सलाम से मात स्वीकार की। उषा ने भी उसी अदा की मुस्कान से सलाम तस्लीम किया। उषा की झिझक टूटी तो टूटी।

अप्रैल का अन्तिम सप्ताह। उषा के दो पेपर शेष थे। संध्या भी बैठक के साथ के कमरे में पढ़ रही थी। आहट से बैठक की ओर नजर उठी। नरेन्द्र आया था, उसके साथ सेठ भी भीतर आ गया। उषा ने पुस्तक खुली छोड़ दी। थकावट की अँगड़ाई लेकर बैठक में आ गयी।

''तुम पढ़ो। अपना समय क्यों खराब करोगी। हम बाहर बरामदे में बैठ जायें।'' नरेन्द्र ने उषा की ओर देखा।

''ढाई घंटे से एक करवट बैठी थी। जरा थकावट झड़ जाये।'' उषा ने परसू को चाय बनाने के लिये पुकार लिया।

''बहुत गरमी हो गयी। आज दोपहर विजिलेंस (परीक्षा भवन में चौकसी) से लौटकर चार बजे तक सोये।'' नरेन्द्र ने सेठ की ओर देखा, ''तुम क्या करते रहे?''

''सदर बाजार गया था, काम से।''

''दोपहर में!'' नरेन्द्र को विस्मय, ''बैसाख-जेठ की दोपहर में तो गधे चरते हैं। आदमियों के लिये सोने का समय।''

''दिन में उल्लू सोते हैं।'' सेठ ने जवाब दिया।

नरेन्द्र मुस्कराया। उषा की ओर देखा। उषा ने मुस्कराकर नरेन्द्र को आदाब कर दिया।

''हूँ!'' नरेन्द्र ने चुनौती दी, ''हर मास्टर्स वायस!''

उषा हँस दी। सेठ ने एतराज किया, ''मास्टर-नौकर का क्या मतलब? ...यहाँ तुमने ऐसा क्या व्यवहार देखा।''

नरेन्द्र ने उषा की ओर देखा, ''इसे 'राजे' कहती हो या नहीं? ...कर रो इनकार इसके डर से!''

''कहते हैं! काजी जी दुबले...।'' उषा नरेन्द्र को जवाब दे रही थी, बाहर डिस्पेन्सरी में घंटी की आवाज। सेठ बाहर चला गया। बात अधूरी रह गयी।

अमर दो मिनट में लौट आया। नरेन्द्र से बोला, ''मरीज देखने जा रहा हूँ, मोटर-साइकल पर। तुम बैठो। अधिक वक्त न लगेगा।''

''हम भी चल दिये।'' नरेन्द्र उठ गया। उषा की ओर देखा, ''तुम पढ़ो।''

सेठ के लौटने में घंटे से अधिक लग गया। फटकिया का खटका खोलकर गाड़ी भीतर कर रहा था तो देखा, उषा बरामदे में कुर्सी पर मौन निश्चल। सेठ ने उसके कंधे पर हाथ रखा, ''अच्छी, चलो अन्दर पलंग पर लेटो।''

अमर उसे सहारा देकर भीतर ले चला, ''अच्छी, नरेन्द्र के बेहूदा मजाकों में सहयोग देकर उसे बढ़ावा देना ठीक नहीं। वह बहुत बढ़ता जा रहा है। हम मास्टर-नौकर हैं! तुमने हाँ कैसे कह दिया?''

"आपने हमारी बात सुनी नहीं, बाहर चले गये। हमने तो जवाब दिया था—काजी जी दुबले शहर के अन्देशे में।" उषा ने पति की ओर आँखें उठायीं, "तुम हमारे राजा या मालिक, हम तुम्हारी गोली-दासी। जेठू भाई या किसी को मतलब!"

"तुम उसे नहीं जानती।" सेठ ने समझाया, "उसके, ये उदार विचार परिहास की आड़ में लड़कियों से आंतरिकता बढ़ाने के पैंतरे हैं। लड़कियों के मामले में उसका कोई भरोसा नहीं। बहस-मजाक में रिझा-मोह लेने में बहुत चतुर। मौका बनाकर बेखबरी में कब हाथ डाल दे! उसमें बहुत गुण परन्तु यह जबर्दस्त कमजोरी।"

"हम आपके बड़े भाई मानकर आदर करते हैं। अब तक हमें वैसी कोई बात नहीं लगी। हँसोड़ हैं परन्तु कायदे से। हम जिस रोज वैसी बात या हरकत देखेंगे, टीचर-वीचर की परवाह नहीं करेंगे, झाड़कर रख देंगे।"

"तुम्हें चेतावनी दे दी।" अमर ने कहा, "हम तो उसे लड़कपन से जानते हैं···" सेठ ने अपनी चेतावनी के प्रमाण में नरेन्द्र के कई पुराने चरित्र बता दिये।

"राजे, छोड़ो उनकी बातें।" उषा ने मचल कर सिर अमर के सीने में गड़ा दिया, दोनों के बीच तीसरे की कोई जगह नहीं।

त्रिपुरी अधिवेशन के प्रस्ताव में कांग्रेस के नवनिर्वाचित अध्यक्ष सुभाषचन्द्र बोस को आदेश था : दो मास के भीतर गांधी जी के परामर्श और अनुमति से कांग्रेस कार्यकारिणी की नियुक्ति हो जानी चाहिये। गांधी जी के परामर्श और अनुमति का अर्थ उनके आदेश का अक्षरशः पालन, अन्यथा असहयोग। बोस लाचार।

मई के अन्त में फिर राष्ट्रीय कांग्रेस के डेलीगेटों का अधिवेशन कलकत्ता में बुलाया गया। वामपंथी प्रतिनिधियों ने कलकत्ता जाना निरर्थक समझा। बोस को त्रिपुरी अधिवेशन के प्रस्ताव का निर्देश पूरा न कर सकने के कारण अपदस्थ कर दिया। उनके स्थान पर परम गांधी अनुयायी राजेन्द्र बाबू अध्यक्ष नियत हो गये। यू० पी० में कांग्रेस समाजवादी मजदूर और किसान संगठनों की ओर ध्यान दे रहे थे। इस प्रयोजन से पाठक पूर्वी जिलों में काम करने चला गया था।

यूनिवर्सिटी में ग्रीष्म अवकाश। नरेन्द्र एक मित्र के साथ मसूरी चला गया था। रज़ा चौथे-छठे आ जाता। रज़ा स्वभाव से उतना बातूनी और हँसोड़ न था। नरेन्द्र और पाठक के अभाव में हँसी-मजाक और बहस में गरमा-गरमी न हो पाती। रज़ा एक दिन अमित को भी बहिन के यहाँ खींच लाया था। उसे इन्टर की परीक्षा के बाद फुर्सत थी। झिझक खुल गयी तो अकसर जीजी के यहाँ आ जाता। अब तक वह रज़ा, तिवारी जी और जमाल के प्रभाव से पक्का कम्युनिस्ट। उसे केवल श्रेणी-संघर्ष और मार्क्सवादी चर्चा में रुचि। उषा सूनेपन से बचने के लिये अमित को रोक लेती।

उषा के संतुष्ट जीवन में दो उलझनें। हरि भैया उसे हस्पताल से सेवाश्रम ले आये थे तो गौरी ने उषा को बहुत पढ़ी-लिखी, अमर भैया की परिचित राजनीतिक कार्यकर्ता, दो दिन की मेहमान समझकर आदर-स्नेह से लिया था। गौरी को सेठ एकमात्र बहिन मानता था। उसकी पढ़ाई-लिखाई स्वास्थ्य सभी बातों की चिन्ता करता। अब सेठ आता तो उसका ध्यान उषा की ओर। उसी से फुसफुस। गौरी से सिर्फ उड़ती-उड़ती बात। सप्ताह

बीतते रहस्य-भेद···हाय, ये अमर भैया से ब्याह करेगी! उषा के प्रति गौरी का भाव बदल गया।

गौरी को ईसाइन की घिनौनी आदतें और बेहयाई अखरने लगी। हरि भैया ने आँगन में नल के समीप नहाने-धोने के लिये सिर बराबर ऊँची पतली दीवार से कुछ जगह घिरवा दी थी। भाभी और गौरी वहाँ नहाती तो भी अभ्यास और संस्कारवश धोती पहने रहतीं। नहाने से धोती भी धुल जाती। धोती पहने हुए नहाने की बात उषा के लिये अचम्भा। गौरी को उसकी बिना धोती नहाने की बेशर्मी पर विस्मय और घिन···हाय राम, नंगी नहाती है! नहाकर फिर वही पहले पहने पेटीकोट धोती···नहाना क्या हुआ! लोटा-गिलास कहाँ रख दिया। हाथ धोये बिना घड़ा-गागर छू लेती है। जब देखो, हाथ धोने के लिये साबुन चाहिये। जो आये (अमर के साथ नरेन्द्र या रज़ा) सबसे हँसने-बोलने की ललक। आँचल सिर पर टिकता ही नहीं।

गौरी को क्षोभ : ये घर की भागी ईसाइन। अमर भैया इतने बड़े घर-खानदान के, इससे ब्याह करेंगे! होगी पढ़ी-लिखी। हया-हैसियत भी कोई चीज होती है। इक्कीस-बाईस की धींग। सीधे लच्छन होते तो अब तक ससुराल में न होती। फरफन्दी कहीं की, भोली बनती है। अमर भैया स्वयं सीधे, सबको सीधा समझें। इसके छल में आ गये। माँ-बाप को धत्ता बता आयी, दूसरों को क्या गिनेगी।···भैया (हरि. भैया) जाने कैसे इसे भली मानकर ले आये, भली कहे जा रहे हैं। काका (सेठ जी) कभी नहीं मानेंगे···। पर जब काका ने भी मुँह बन्द कर लिया, गौरी क्या बोलती परन्तु उसकी भावना उषा से कब तक छिपती।

अमर-उषा का ब्याह हो गया। गौरी अमर की बहिन। भाभी जैसी भी थी, गौरी को भैया के गृहस्थ और सुविधा का ध्यान रखना था। नार्मल स्कूल से लौटते समय तीसरे-चौथे सेठ के यहाँ जाकर भाभी और परसू को समझा-बता देती और अमर भैया से हालचाल पूछ लेती। सी० टी० की परीक्षा के बाद फुर्सत थी। दोपहर से पहले या धूप ढलने पर भैया के यहाँ हो आती। उषा पति के अनुकरण में उसे जीजी कहती थी पर उसे गौरी का व्यवहार रूखा लगता, जैसे उससे खिसियाई हो। गौरी अमर से बहुत आत्मीयता से बोलती। उषा ने दो बार, पहले केवल संकेत से फिर पति से स्पष्ट, जीजी के व्यवहार के बारे में कहा। सेठ ने पहली बार टाल दिया, फिर समझाया, "जीजी तुमसे क्यों नाराज होंगी। तुम्हें गलतफहमी हुई!" उषा खीझ गयी।

सेठ ने आरम्भ में ही उषा को बता दिया था : हमारे विवाह में पिता को घोर विरोध होगा। उषा के माता-पिता को भी घोर विरोध। वे सब विरोधों के बावजूद अपनी समझ और विश्वास से चले थे। उषा को ससुर से आत्मीयता और वात्सल्य की आशा न थी। आरम्भ में सेठ जी उनके यहाँ न आते। अमर घर हो आता पर ससुर की कृपा छिपी न रही। हरिया आवश्यक रसद-तेल, दूसरी चीजें, कभी साग-सब्जी, फल-वल भी दे जाता। परसू जो जरूरत समझता, छोटी गली से ले आता।

सेठ जी ने इल्मदीन कम्पाउण्डर को नौकर रखकर प्रैक्टिस का पूरा सरंजाम कर दिया तो कभी सुबह साढ़े नौ-दस के लगभग या सूर्यास्त पश्चात पूछताछ कर जाते। इक्के पर आयें या पैदल, चारदीवारी की फटकिया से परसू को ऊँची पुकार। फटकिया लाँघकर दूसरी पुकार, "मियाँ इल्मदीन!" डिस्पेन्सरी या बरामदे में खड़े चार-पाँच मिनट में स्थिति

का अनुमान कर लेते। भीतर के दरवाजे से आँखें फिराये। बहू के बारे में कोई पूछ-ताछ नहीं; है या नहीं, कहाँ-कैसी है।

उषा दुविधा अनुभव करती। ससुर के व्यवहार से उनकी भावना में परिवर्तन स्पष्ट था। उस भावना की उपेक्षा तिरस्कार। पति से राय ली, "चच्चा आते हैं तो हम आदर-नमस्कार के लिये बाहर जायें या नहीं?"

अमर ने राय दी, "तुम्हारी भावना उचित है परन्तु उनके अपने संस्कार भावनायें हैं। एक बार आजमा लो।" परन्तु उषा को ससुर की स्पष्ट उपेक्षा के कारण उत्साह न हुआ।

मई का अन्त। सुबह आठ का समय। उषा को मतली आ गयी। सेठ डिस्पेन्सरी में था। कमरे का पर्दा खींचकर उषा पलंग पर पंखे के नीचे लेट गयी थी। आहट-आवाज से गौरी के आने का अनुमान।

"परसू, क्या रसोई बना रहे हो?···अरे दौड़ो, दूध उफन जायेगा, इतना भी ख्याल नहीं। भाभी कहाँ है?···अभी तक लेटी है! ये क्या तरीका···।"

गौरी के कदमों की आहट समीप। पर्दा हटा, "भाभी, लेटी हो! ···क्या बात?"

"जरा तबीयत घिर आयी।"

"भैया से नहीं कहा?" गौरी ने उषा के माथा-बाँह छूकर देखे। ध्यान से उषा का चेहरा देखा। कान पर झुककर फुसफुस। उषा के चेहरे पर लाज।

"घबराने की बात नहीं। नींबू, इमली मँगा लिया करो। अमिया की चटनी पास रखो।" गौरी का स्वर नरम।

गौरी लौटते हुए पहले छोटी गली गयी। बुआ के समीप बैठकर दबे स्वर में बात की। बुआ के चेहरे पर चमक। गौरी को चेतावनी, "बिटिया, अभी किसी से कहना नहीं। जानती हो, कई तरह के लोग···।" संकेत आँगन पार सरीकों की ओर।

सेठ जी जीमने के लिये आये तो गंगा का स्वर उल्लास से गहराया, "गौरी आयी थी···।" सेठ जी के चेहरे पर भी संतोष।

सेठ जी बेटे-बहू का ध्यान रखते थे, अब और अधिक। पाँच सेर खूब महकता अच्छा घी उसी साँझ पहुँच गया। हरिया पहले चौथे-छठे मिठाई दे आता था, अब दूसरे तीसरे रबड़ी-बर्फी, मलाई की मिठाई। बढ़िया से बढ़िया फल। खरबूजे-आम-लीची इतने कि अमर और उषा समाप्त न कर सके। उषा ने भाँप लिया, जीजी से बुआ और चच्चा को सूचना मिल गयी। सब ससुर का प्रसाद। मन ससुर के प्रति आदर-कृतज्ञता से उमड़ आया।

उषा ने तीन दिन सोच-सोचकर निश्चय किया। सेठ जी के आगमन की पुकार सुन साड़ी बदल ली। कंघी ठीक की। सिर पर आँचल माथे तक। सहमती-सहमती बरामदे में निकली। सेठ जी की ओर दोनों हाथ जोड़कर आदर से सिर झुका दिया।

सेठ जी ने बहू के सामने आते ही झटके से मुँह फेर लिया। उषा अपमान से चुटिया कर भीतर लौट गयी।

उषा के मस्तिष्क में अपमान की ज्वाला, गले में अपमान के आँसुओं का अवरोध। पति भीतर आया तो शिकायत की, "हम इतने आदर और कृतज्ञ भाव से···।"

सेठ ने सान्त्वना दी, "तुमने अपना कर्तव्य निबाहा। उनके संस्कार। आदर मन ही रहने दो। प्रकट कर अपमानित होने की जरूरत नहीं।"

तीसरे दिन गौरी आयी तो सहानुभूति की आशा में उषा ने ससुर से अपमान पाने की घटना बता दी। "उनके सामने बहू के कायदे से चला करो।" गौरी रुखाई से बोली।

उषा क्रोध से फुँक गयी। कहना चाहती थी, बहू के नाते हमने क्या बेकायदी की? अपने क्रोध से डर···कहीं कुछ और न मुख से निकल जाये। दाँत पीसकर गुसलखाने में नहाने चली गयी। गौरी के लौट जाने का विश्वास होने पर गुसलखाने से निकली।

पति भीतर आया तो उषा चुप न रह सकी, "राजे, उस दिन आपने कह दिया हमें गलतफहमी है। जीजी जाने क्यों हमसे नाराज रहती हैं? हमने चच्चा की बात उनसे कही तो हमीं को डाँट दिया—उनके सामने बहू के कायदे से चला करो! बताइये, हमने क्या बेकायदी की। आपके सामने बोलेंगी, जैसे मुँह में बतासा घुल रहा है। पीछे हमसे बोलेंगी खौखिया कर। हमने उनका क्या छीन लिया?"

"हमें तो ऐसा नहीं लगा।" अमर के स्वर से झुँझलाहट का आभास।

"राजे, गलत समझकर नाराज मत हो। हमारा मतलब है कि तुम्हारा सब ध्यान हमने समेट लिया।"

"हम जीजी को खूब जानते हैं। ऐसी बात हरगिज नहीं हो सकती।"

इसके बाद से गौरी आती तो उषा कतरा जाती।

जुलाई का दूसरा सप्ताह। पहला पहर। उषा बैठक में पंखे के नीचे धोबी से लौटे पति के कमीज-पतलून और अपने ब्लाउज में बटन या कहीं उघड़ी सीवनें ठीक कर रही थी। आहट से फटकिया की ओर देखा। नरेन्द्र की कार से एक महिला उतरी। आधुनिक ढंग से साड़ी-जूड़ा, आँचल कंधों पर। उसके साथ दूसरी महिला साड़ी पर चादर ओढ़े, सिर ढके। कार चली गयी। पहचान लिया, चादर ओढ़े पुष्पा भाभी थी। उषा अगवानी के लिये आधे लान तक बढ़ गयी। डिस्पेन्सरी से अमर भी उठ गया। बड़ी जीजी जयरानी बिना परिचय भी आलिंगन से मिलीं।

उषा को पुष्पा स्नेहमयी लगी थी। बड़ी जीजी पहली ही भेंट में वत्सल, उदार आत्मीयता। पुष्पा मिलती थी कौली भर कर परन्तु उसके हाथ से पानी कभी न पिया था।

दुविधा में उषा ने पति की ओर झुककर कान में अंग्रेजी में पूछा। सेठ ऊँचे बोल पड़ा, "जीजी, ये पूछती हैं तुम उसके हाथ से पानी-वानी पी लोगी?"

जयरानी ने उषा को बाँहों में ले लिया, "छोटी, तुम्हारे हाथ का नहीं खायें-पियेंगे तो किसके हाथ का! आज साथ बैठकर बात करो। पहले तो हम तुम्हारा मुँह मीठा करायें···।" जयरानी साथ फल-मिठाई की टोकरी लायी थी। मिठाई में से एक टुकड़ी निकाल अपने हाथ से उषा के मुँह दे दी। "अब तुम हमें दो।"···जयरानी ने पहले ही दाँव में उषा को समेट लिया।

सेठ उठकर बाहर चला गया। तीनों में आंतरिक बातें। जयरानी बता रही थी, "छोटी, नरेन्द्र तो एक नकचढ़ा। सब में ऐब निकाल दे पर तुम्हें सराहते नहीं अघाता। हमें तो पुष्पी की चिट्ठी से अम्मू के ब्याह की खबर मिली तो बहुत गुस्सा आया अम्मू और

चच्चा पर।''...हँसकर बोली, ''हमें खबर ही न दी। हम अम्मू को गोदी में उठाये फिरते थे। बड़ा डाक्टर साहब बन गया। सुना, चच्चा भी तुम्हें बहुत सराहते हैं।''

''नहीं बीबी जी, चच्चा हमसे नाराज हैं। हमारा मुँह तक देखना नागवार!'' जयरानी की भौंवें आधे माथे पर। उषा ने बरामदे में जाकर नमस्कार करने की बात बता दी।

जयरानी कहकहे से हँस दी, ''छोटी, एक बार नहीं चार बार एम० ए० पास कर लो। हमारा रीति-शास्तर अलग से पढ़ना पड़ेगा, अरी, चच्चा खाँसते-खँखारते-पुकारते आते होंगे?''

उषा ने संकेत से स्वीकारा।

''तुम्हें चेताने के लिये, घूँघट कर लो या ओट में हो जाओ। तुम पगली चौक-चपाट चेहरा खोले चली गयी नमस्कार करने।'' पुष्पा की ओर देखा, ''तुमने नहीं समझाया इन्हें?''

पुष्पा ने सफाई दी, ''हमारे ब्याह को तो ग्यारह बरस हो गये। अब तक बाबू और चच्चा के सामने मुँह उघाड़े नहीं गये।''

जयरानी ने उषा के सिर पर आँचल रख हाथ भर का घूँघट खींच दिया, ''इतना घूँघट...समझी! इससे कम नहीं। गर्दन झुकाये निधड़क चली जाना। चच्चा के पाँव छू लेना या घूँघट का छोर धरती पर छुआ देना, बस। रोज-रोज भी जरूरी नहीं, कभी-कभार पर्व त्योहार के दिन। फिर हमें बताना।''

सप्ताह भर बाद संध्या हलकी बूँदा-बाँदी थी। नरेन्द्र मेडिकल कालेज से रज़ा को लेता आया था। बैठक में चाय और गप्प चल रही थी। तभी सामने सड़क पर इक्के की टाप रुकी। अमर कुछ मिनट पहले डिस्पेन्सरी में गया था। परसू को और फिर मियाँ इल्मदीन को पुकार कर सेठ जी छाता ताने भीतर आये। नरेन्द्र और रज़ा उनके आदर के लिये बरामदे में निकले। दो पल में नमस्कार कर लौटे तो चकित। उषा साड़ी के आँचल से सिर ढके एक ओर खड़ी थी।

उषा ने लम्बा घूँघट खींचकर आँचल सम्भाला और बरामदे में निकल गयी। रज़ा और नरेन्द्र कौतूहल में दरवाज़े से झाँकते रहे। उषा घूँघट लटकाये बरामदे में गयी और सेठ जी के पाँव के समीप उकड़ूँ बैठकर पाँव छू लिये।

''बस, बस बेटा...हो गया।'' सेठ जी ने मुँह फेरकर सौभाग्य और वंश-वृद्धि का लम्बा आशीर्वाद दिया। मुख फेर लेने पर भी स्वर वात्सल्य स्निग्ध।

उषा ने कमरे में लौटकर घूँघट और सिर से आँचल हटा लिया। चेहरे पर प्रसन्नता की दमक।

''चच्चा को रिझा लिया!...अच्छी, तुम बहुत चंट। बधाई।'' नरेन्द्र के स्वर में सराहना।

उषा अपनी सफलता से गद्‌गद।

''रज़ा भाई साहब, आपके यहाँ भी ऐसा कायदा है?''

''हरगिज़ नहीं। मुसलमानों में किसी के पाँव छूने का कायदा नहीं। बस ससुर के सामने मुँह-सिर नहीं खोलतीं। झुककर आदाब अर्ज़ कर दिया जाता है।''

''क्रिश्चियन्स में भी किसी के पाँव छूने का कायदा नहीं। घूँघट का भी नहीं···।'' उषा कह रही थी। सेठ मरीजों से फुर्सत पाकर भीतर आ गया। चच्चा चार-पाँच मिनट ही ठहरे थे।

''आज तुमने चच्चा को संतुष्ट कर दिया।'' सेठ प्रसन्न था, ''ये सब करना था तो उसी दिन किया होता। इतने दिन कुढ़ती रही।''

''हमें मालूम होता तो जैसे आज किया, तभी करते।'' उषा ने अपना अवसर समझा, ''उस दिन बीबी जी और भाभी से अपना दुख कहा। उन्होंने सहानुभूति से हमें समझाया। गौरी जीजी नहीं समझा सकती थीं! उन्होंने तो उलटे हमें डाँट दिया।''

''बेचारी गौरी बड़ी जीजी की समझ को पहुँचेगी?'' अमर ने टालना चाहा।

''इसमें ऐसी क्या कूटनीति थी!···गौरी को अपने यहाँ के रीति-रिवाज नहीं मालूम।'' नरेन्द्र ने कहा, ''जाहिर इनसे ईर्ष्या या नाराज़गी।''

''क्या बकते हो!'' सेठ ने विरोध किया, ''ईर्ष्या या नाराज़गी का कारण?''

''कारण अनेक।'' नरेन्द्र बहस के लिये तैयार, ''माँ-बहिन बेटे-भाई को बहू पर अनुरक्त देखें तो ईर्ष्या हो जाये। याद नहीं, हमें भाई की बहू बिन्दो भाभी की तायी और हीरा बहिन कैसे सताती थीं! बेचारी बहुत यत्न-सावधानी से खाना बनाये, सास-ननद उसमें ऐब निकाल दें···।''

''सोचकर बोलो।'' सेठ ने टोका, ''गौरी को तुम जानते नहीं। ऐसी कमीनी नहीं है कि दूसरों के संतोष से ईर्ष्या करे।''

''तुम्हारे बराबर नहीं जानते पर है तो वो इन्सान। ऐसा कौन इन्सान जिसे किसी से ईर्ष्या न हो। तुम कहते हो, बहुत उदार सहृदया है। उसे इनसे सहानुभूति क्यों नहीं? कारण, ईर्ष्या।''···नरेन्द्र कहता गया, ''सदा उसकी चिन्ता में भागे जाते थे, अब तुम्हें उसके लिये फुर्सत नहीं। ईर्ष्या कैसे न हो!''

उषा ने हँसी छिपाने के लिये हाथ ओठों के सामने कर लिया।

''क्या बेतुकी बातें!'' सेठ खिसियाहट से बोला।

''बेतुकी क्या; सही बात! गौरी तुम्हारी मुँहबोली बहिन।'' रज़ा को उषा से सहानुभूति, ''कुदरत की लादी हमशीरा नहीं।'' दोस्त कहते झिझक इसलिये बहिन पुकार लिया; मतलब वही।

सेठ ने खीझकर मुँह फेर लिया। पति से सहानुभूति में उषा बोली, ''अच्छा, अब जीजी की बात छोड़िये।''

''छोड़ कैसे सकते हैं!'' नरेन्द्र ने आँखें दिखायीं, ''तुमने उनके विरुद्ध ईर्ष्या की नालिश की है। उसका फैसला होना चाहिये।''

उसी समय वर्षा का जबर्दस्त लहरा। रज़ा कुर्सी पर पसर कर सिगरेट सुलगाने लगा, ''इस बारिश में कौन जाता है। भाभी, कुछ चाय-वाय हो जाये।''

''चाय-कॉफी का लालच छोड़ो।'' नरेन्द्र ने रज़ा को राय दी, ''चलने की सोचो। मियाँ-बीवी दोनों एक हो गये। टूट पड़े तो खैरियत नहीं।''

सेठ चुप रहा। उत्तर दिया उषा ने, ''मियाँ-बीवी तो सदा एक। आपने क्या नयी बात देखी?''

संध्या खाने के बाद सेठ और उषा रिफायेआम क्लब या रौशनुद्दौला की बगल से छतर मंजिल की तरफ कुछ दूर तक टहलने चले जाते थे। उस संध्या वर्षा के कारण न जा सके। सेठ बातचीत से बचने के लिये बैठक में सोफा पर पसर कर सुबह का अखबार देखने लगा।

उषा को पति की उदासी का मौन असह्य। समीप की कुर्सी पर बैठकर अमर के माथे पर हाथ रख दिया, "राजे, आप नाराज़ हो गये। हमें क्या मालूम था, वे लोग बात को इतना खींच देंगे! आपकी जीजीं हमारी जीजी नहीं! हम तो चाहते हैं, जीजी हमें अपनी समझें।"

"अच्छी, तुम सोचो। गौरी को जया जीजी की तरह समझने-बूझने का अवसर कब मिला! न वैसा संतुष्ट जीवन, न तुम्हारी तरह शिक्षा और संगति से मस्तिष्क के विकास-विस्तार का अवसर। जो व्यक्ति सदा घुटता रहा हो, कभी रूखा भी जान पड़ सकता है। लेकिन हम लोगों से उसका सम्बन्ध शुभकामना की चिन्ता, ममता के अतिरिक्त और क्या हो सकता है।...वे लोग मानना ही नहीं चाहते कि भाई-बहिन में उदात्त स्नेह का सम्बन्ध भी हो सकता है।"

"ठीक कहते हैं।" उषा को मान लेना पड़ा।

अगस्त का चौथा सप्ताह। कई दिन वर्षा के बाद आकाश खुला था। स्वच्छ नीले आकाश से आठ बजे ही तीखी चकाचौंध धूप। सेठ-उषा के नाश्ता लेते-लेते बाहर तीन-चार मरीज आ गये थे। सेठ डिस्पेन्सरी में चला गया था। उषा सबसे पहले पत्र लिखने बैठ गयी। सेठ उषा का पत्र-व्यवहार कम ही था। डेढ़-दो मास में चित्रा का पत्र आता। पत्र क्या, तीन-चार पृष्ठ की कहानी या चुहल भरी डायरी। उषा भी रस ले-लेकर वैसा ही उत्तर लिखती। माया घोष का पत्र खास कारण से ही आता था। उसने अपनी चिन्ता के समाधान के लिये एक्सप्रेस उत्तर माँगा था। उषा ने पत्र आरम्भ किया :

"माई डियर माया दीदी, आपका पत्र पाने पर अमर संध्या 'संघर्ष कार्यालय गये थे...।"

"डाक्टर सेठ, जरा आइये!" फटकिया के खटके के साथ नाथ शास्त्री की आवाज़।

उषा ने झाँक कर देखा : नाथ और दूसरा व्यक्ति एक बीमार को सहारा देकर फटकिया से भीतर ला रहे थे। सेठ उस ओर बढ़ रहा था। बीमार को बैठक में ले आये। उसे सोफा पर बैठाकर सेठ फिर डिस्पेन्सरी में चला गया।

उषा को अनुमान, कोई साथी होगा। बैठक में आ गयी। विस्मय का धक्का है! पाठक का सुडौल, कड़ियल शरीर लगभग कंकाल। स्वस्थ, क्लीन शेव, नमकीन, उजला-साँवला चेहरा कूड़े में पड़े सूखे पत्ते जैसा। कई दिन की हज़ामत, सिर पर बढ़े हुए रूखे उलझे बाल। आँखें लाल धँसी हुईं। गाल पिचके दर्द से सिकुड़ी भौंवें। सिर पर देहाती अँगौछा ऐंठकर कसा हुआ। खद्दर का कुर्ता-पाजामा बहुत मैले, पसीने की तीखी दुर्गन्ध। उषा से नजर मिलने पर पाठक ने अभिवादन का संकेत किया और सोफे पर लेटकर आँखें मूँद लीं।

"पाठक जी, क्या हुआ…क्या तकलीफ?" उषा ने उसकी ओर झुककर पूछा। सेठ डिस्पेन्सरी से थर्मामीटर ले आया। थर्मामीटर पाठक के मुँह में देकर समीप बैठकर नब्ज़ देखी। जुबान, आँखें देखीं। स्टेथिस्कोप से पसलियाँ, सीना टोह कर देखे।

नाथ ने बताया : पेचिश कई दिन से है, आठ-दस दिन से बुखार भी। साथी रामराखन सुबह की गाड़ी से लेकर आया है। पाठक इलाज़ के लिये मेडिकल कालेज हस्पताल में दाखिल होना चाहता है।

"क्यों! …यहाँ आराम से रहेंगे। देखभाल के लिये हम हैं।" पाठक की अवस्था से उषा का कलेजा मुँह को आ रहा था।

सेठ और उषा दोनों पाठक को बहुत मानते थे।

सेठ ने मेडिकल कालेज में भर्ती का विचार ठीक बताया। वहाँ सीनियर स्पेशलिस्ट डाक्टरों का परामर्श मिल सकेगा। सब जरूरी टेस्ट तुरन्त निःशुल्क हो सकेंगे।

पाठक का सिर दर्द से फट रहा था। अमर ने डिस्पेन्सरी से दो गोलियाँ लाकर उषा को दीं, "आधा गिलास जल से गोलियाँ निगलवा दो।" पंखा तेज कर दिया, ठण्डे जल में कपड़ा भिगो-भिगो कर पाठक के माथे पर रखने का परामर्श। सेठ नाथ शास्त्री के साथ फिर डिस्पेन्सरी में चला गया।

औषध और पानी-पट्टी के प्रभाव से आधे घंटे में पाठक का सिरदर्द जाता रहा। सेठ ने लू तेज़ हो जाने से पूर्व उसे हस्पताल पहुँचा देना उचित समझा। उषा ने पाठक के लिये पति के धुले हुए कुर्ता-पाजामा निकाल दिये। सेठ और नाथ शास्त्री पाठक को लेकर हस्पताल चले गये।

उषा को अनुमान, माया को पाठक के अस्वास्थ्य की सूचना मिल गयी होगी, इसीलिये व्याकुल। माया को आरम्भ किया पत्र पूरा करने लगी, "आपका पत्र पाने पर अमर संध्या 'संघर्ष' कार्यालय गये थे।"

यह पत्र आरम्भ किया था, तभी पाठक आ गया। माया ने वास्तविक स्थिति जानने के लिये उसका भरोसा किया था। उषा को आशंका, दीदी घबरा न जाये। लिखा, "पाठक के पेट में कष्ट और कुछ बुखार भी है। कुछ दिन से ऐसी ही स्थिति में थे। अमर का विचार है, समुचित उपचार मेडिकल कालेज में हो सकेगा। स्वयं पाठक भी ये ही चाहते हैं। अमर उन्हें हस्पताल ले गये हैं। आपको तुरन्त सूचना देने के लिये यह पत्र अमर के लौटने से पूर्व लिख रही हूँ। संध्या स्वयं हस्पताल में पाठक की स्थिति देखकर कल सुबह ही फिर लिखूँगी। हम दोनों पाठक को आत्मीय मानते हैं, उनका आदर करते हैं। निशंक रहें…।" उषा ने एक्सप्रेस टिकट लगाकर परसू को पत्र छोड़ने के लिये स्टेशन भेज दिया।

संध्या उषा सेठ के साथ हस्पताल गयी। साथ दो पुस्तकें लेती गयी थी। पाठक की अवस्था सुबह से बेहतर थी। बातचीत कर सकता था। उषा ने शिकायत की, "आपने माया दीदी को पत्र क्यों नहीं लिखा? हमने उन्हें सब हाल लिख दिया। वे चिन्ता से बहुत व्याकुल थीं।"

"बीमारी की बाबत क्या लिखता!" पाठक ने कहा, "ठीक हो जाने पर लिखने का विचार था।"

उषा ने रात ही पाठक की अवस्था और स्थिति में सुधार का ब्यौरा लिखकर सुबह ही माया को दूसरा पत्र पोस्ट कर दिया। संध्या पति के साथ फिर हस्पताल गयी। रज़ा ने नाई बुलवा कर पाठक के बाल छँटवा कर हज़ामत बनवा दी थी। पेट दरद में आराम था।

तीसरे दिन सुबह सेठ-उषा नहाने-धोने से निबट न पाये थे कि परसू ने पुकारा, ''इलाहाबाद वाली बीबी जी आयी हैं।''

माया के चेहरे पर यात्रा की थकान के साथ गहरी चिन्ता की छाप। उसे उषा का पत्र दोपहर में मिला था। रात की ट्रेन से चल पड़ी।

माया जल्दी ही नहा-धोकर तैयार हो गयी। सेठ से मोटर-साइकल पर हस्पताल पहुँचा देने का अनुरोध किया।

''माया जी, इस समय जाना ठीक नहीं।'' सेठ ने समझाया, ''यह वार्डों में सफाई और डाक्टरों के राउण्ड का समय है। नर्सें एतराज करेंगी। बैठने नहीं देंगी।''

''हम बैठेंगे नहीं।'' माया का कातर आग्रह, ''बस एक नजर देख लें। विश्वास मानो, दो मिनट से अधिक नहीं ठहरेंगे।'' सेठ मज़बूर हो गया। माया को मोटर-साइकल के पीछे बैठाकर ले गया। पन्द्रह-बीस मिनट में दोनों लौट आये।

माया बहुत उदास। उसकी चुप्पी दूसरों के लिये बोझ न बन जाये, इसीलिये बोलती पर अनमनी। बात करती तो बार-बार पाठक का प्रसंग, इलाहाबाद में था तो कितना स्वस्थ-हैंडसम···! उषा की दृष्टि में पाठक स्मार्ट था परन्तु ऐसा विशिष्ट नहीं। सेठ से पोर भर ऊँचा, स्वस्थ, हैंडसम परन्तु नरेन्द्र कोहली के बराबर नहीं। माया ने बताया : यूनिवर्सिटी के टेनिस के सेकेण्ड डबल में था। लखनऊ आकर ही दुबला गया था। अब तो हड्डियों का ढाँचा।

शनिवार उषा को यूनिवर्सिटी जाना जरूरी न था। दोपहर में दोनों एक ही पलंग पर पंखे के नीचे लेटीं। रुद्रदत्त पाठक का प्रसंग : इसके चच्चा की हाईकोर्ट में बहुत अच्छी प्रैक्टिस है। पट्टू के पिता की स्थिति कमजोर। चच्चा के कोई बेटा नहीं। चच्चा पालिटिक्स से दूर, सरकारपरस्त। यह पालिटिक्स में उलझने लगा तो चच्चा को नाराज़गी। तभी से इसका मन फट गया। बहुत ब्रिल्लिएंट है। इंगलिश विभागाध्यक्ष भागवत इसका बहुत फेवर करते थे। इसकी पालिटिक्स से वह भी नाराज़। इसी झगड़े में रिसर्च का स्कालरशिप खो दिया। चाचा ने समझाया, यह झगड़े छोड़कर वकालत कर लो और हमारा काम सम्भाल लो। पट्टू को दूसरी लगन। उन दिनों कम्युनिस्टों के चक्कर में था। इसने न माना। चाचा गुस्से में कह बैठे—हमने तुम्हें इसीलिये लिखाया-पढ़ाया कि आखिर में यह रंग दिखाओगे! पट्टू बहुत आत्माभिमानी। उसने निश्चय कर लिया, चाचा ने जो कुछ किया हो, मेरी कॉनशेंस और ज़िन्दगी तो नहीं खरीद ली। अपनी वकालत-सम्पत्ति अपने घर रखें। तब से चाचा के यहाँ नहीं जाता। लखनऊ आने से पहले 'लीडर' और 'भारत' में अप्रेंटिसी कर रहा था, तब भी चाचा के यहाँ नहीं, कटरे में अपने एक दोस्त के यहाँ रहता था···। माया को रात के सफर की थकावट में झपकी आ गयी।

साँझ माया के साथ उषा भी पाठक को देखने गयी। माया को देखकर पाठक के चेहरे पर रौनक। माया उसे ममता से बाँहों में ले लेने के लिये आतुर। गला भर आने से

बोल रुँधे-रुँधे, ''तबीयत खराब थी तो हमें क्यों नहीं लिखा।...इलाहाबाद आ जाते तो यह हालत क्यों होती।''

पाठक ने टाला, ''तबीयत अचानक बिगड़ गयी। यहाँ इलाज़ ज्यादा कायदे से हो सकेगा।'' माया कभी पाठक के हाथ अपने हाथों में लेकर सहलाती, कभी उसके बालों में उँगलियाँ डालकर प्यार करती। उषा को उन दोनों के बीच बैठने से संकोच परन्तु माया को ऐसा कोई खयाल नहीं।

उषा उठ गयी, ''दीदी, हम डाक्टर रज़ा के यहाँ गेती भाभी से मिल आयें।'' रज़ा के यहाँ से उषा लौटी तो भेंट का समय समाप्त होने को था।

हस्पताल से लौटते समय माया की अधीरता वश में थी। रास्ते में बात-चीत का प्रसंग भी बदल गया, ''...घोष मेज़ पर ही बैठा होगा। कहीं जाने का खयाल आया भी होगा तो मेरे बिना कैसे जाये। एक पुस्तक लिख रहा है। दिन-रात उसी में व्यस्त। मैं न उठाऊँ तो शायद मेज़ से उठे ही न। शनिवार साँझ उसे काम नहीं करने देती। कल मुझे न आना चाहिये था। तुम्हारा पत्र मिला तो रह न सकी।''

माया-उषा हस्पताल से पैदल लौटीं तो पसीना-पसीना। माया फिर नहायी। उषा से पूछा, ''तुम्हारे यहाँ लखनऊ का खस होगा, हमें बहुत अच्छा लगता है। भई, बेला के गजरे मँगवा लो तो मज़ा आ जाये।''

उषा को माया की बेतकल्लुफी प्यारी लग रही थी।

माया नहा-धोकर साड़ी बदल, इत्र लगा, जूड़े में गजरा बाँध तैयार होकर बोली, ''सुनो भई सेठ और अच्छी, हमें तो अपने घोष की बहुत याद आ रही है। शनिवार हमारा और घोष का सिनेमा का प्रोग्राम होता है। खाना जल्दी खा लें। फिर तीनों दूसरे शो में चलें; जो भी पिक्चर हो। तुम दोनों को ही घोष समझ लेंगे...।'' कहकहे से हँस पड़ी।

आधी रात सिनेमा से लौटते समय माया फिर घोष के खयाल में बेचैन, ''क्या मालूम इस समय भी मेज़ पर बैठा होगा!...मेरी याद आ रही होगी तो भन्ना रहा होगा—चली गयी यार से मिलने, हम तड़प रहे हैं!'' फिर खिलखिला उठी।

''दीदी क्या बक रही हो!'' उषा ने झेंप और झुंझलाहट से टोका।

''उषा, तुम नहीं जानती।'' माया बेझिझक होकर बोली, ''ऐसे ही कह देती है। मैं भी चिढ़ाती रहती हूँ। खैर, सोमवार साँझ को शनिवार साँझ बना लूँगी।''

दूसरे दिन दोपहर में माया पंखे के नीचे उषा के साथ लेटी तो अपने और रहस्य बँटा लिये : घोष से उसका लगाव पहले से। पाठक से सामीप्य हुआ तो गहरा अनुराग बन गया। समस्या, दोनों से प्रबल अनुराग। घोष से विवाह का निश्चय करके वचन दे चुकी थी, परन्तु पाठक से भी प्यार कम नहीं। कहना मुश्किल, किससे ज्यादा प्यार! उलझन और सुख का ऐसा उन्माद कि दिल-दिमाग में अंट न सके। बहुत तर्क किये, दो नावों में पाँव रखकर चलना कैसा सम्भव...मन का झुकाव घोष की ओर पर पट्टू को छोड़ना असम्भव!

रविवार साँझ भी उषा माया के साथ हस्पताल गयी। माया पाठक के समीप बैठकर फिर उसी तरह विह्वल। उषा को दूसरे दिन भी गेती के यहाँ चले जाना पड़ा।

माया हस्पताल से लौटकर इलाहाबाद चली जाने के लिये तैयार हुई तो उषा से वचन ले लिया : नित्य साँझ पाठक को देखने जायेगी और दूसरे दिन प्रातः ही पाठक की हालत ब्योरे से उसे लिखती रहेगी।

पाठक की चिन्ता में माया तीसरे ही दिन चौथे पहर मेल से फिर आ गयी। सेठ ने सौजन्य से पूर्ववत उसका स्वागत किया परन्तु उषा से अपनी विरक्ति प्रकट किये बिना न रह सका। स्वयं नित्य पाठक को देख आता था। उस संध्या माया-उषा हस्पताल गयीं तो उसके जाने की ज़रूरत न थी। माया के प्रति सहानुभूति से उषा सतर्क, पति की विरक्ति माया को खटकने न पाये। माया बृहस्पति दोपहर बाद आयी थी, शुक्र की रात इलाहाबाद लौट जाने के विचार से। माया को स्टेशन पहुँचा कर लौटते समय सेठ फूट पड़ा, "क्या चरित्र है! यहाँ आकर घोष के लिये व्याकुल, वहाँ जाकर पाठक के लिये पागल; जैसे दोनों से एक सा सम्बन्ध, दोनों ही पति। पति को उल्लू बना रही है।"

"पति को उल्लू बनाने का मतलब?" उषा को विस्मय और आपत्ति।

"उल्लू बनाना नहीं तो क्या! क्या दोनों पति हैं? दोनों के लिये समान व्याकुलता। पाठक से उसका लगाव और व्यवहार परिचित या कामरेड का है तो प्रेमी या पति से क्या होगा?"

"अजीब बात कह रहे हैं!" उषा ने विरोध किया, "पति के प्रति उसकी चिन्ता, व्याकुलता आपने स्वयं देखी। पाठक से गहरी मित्रता कह सकते हैं। उसकी बीमारी के कारण उसकी चिन्ता भी संगत।"

"तुम प्रत्यक्ष देखकर भी इन्कार कर रही हो।" सेठ के स्वर में खीझ। तुम्हारे विचार से हस्बैण्ड और फ्रैण्ड में कोई भेद ही नहीं? उसने स्वयं नहीं कहा था, घोष कहेगा— अपने यार के पास चली गयी। घोष भी अजीब आदमी जिसे इस पर एतराज नहीं या यह उसकी सुनती नहीं।"

"राजे, आप मज़ाक की बात को इस प्रकार ले रहे हैं।" उषा ने विरोध किया, "अगर वैसा अनुचित भाव होता, यों निधड़क कह सकती थी?"

"तुम्हें ऐसे वलगर मज़ाक पसन्द हैं? वलगर मज़ाक वलगर आदमी ही करते हैं।"

"राजे, आप शब्दों पर जा रहे हैं। भाव क्यों नहीं लेते।" उषा भी नाराज, "माया का निधड़क बोलना ही उसकी निश्छलता का प्रमाण।"

"तुम्हारे लिये होगा। हमें तो पसन्द नहीं।"

ताँगे वाले की उपस्थिति के कारण बात अंग्रेजी में हो रही थी। "मज़ाक पसन्द न होना एक बात परन्तु दूसरे की नीयत और आचरण पर लांछन दूसरी बात।" उषा ने विरोध किया।

सेठ नाराज़गी में मौन हो गया। बात घर पहुँचकर भी जारी रही। "गलत व्यवहार से तुम्हें इतनी सहानुभूति क्यों? गलत बात से सहानुभूति का अर्थ गलत बात को पसन्द करना,उसका अनुमोदन। जो चीज पसन्द उसका अनुकरण करने में क्या आपत्ति?"

उषा पति की बात से विस्मित परन्तु चुनौती से बोली, "राजे, आप क्या कह रहे हैं! हमें किस गलत आचरण से सहानुभूति? हमें केवल माया दीदी की मित्र के प्रति चिन्ता से सहानुभूति जिसे आपने स्वयं उदात्त सम्बन्ध कहा था।"

"तुमने उदात्त शब्द की अच्छी आड़ ले ली। सीधी बात मित्रता कहो। अवैध सम्बन्ध भी मित्रता ही होता है। उसके लिए भी लोग हत्या करने और जान दे देने को तैयार हो जाते हैं।"

उषा और भी विस्मित, "राजे, किसी पर बिना प्रमाण ऐसा लांछन···।" दोनों बरामदे में बैठे बात कर रहे थे। सेठ क्रोध में उठकर भीतर चला गया। टेबल लैम्प जलाकर सुबह के अखबार पर नज़र डालने लगा।

उषा के आँसू बह गये। कुछ मिनट में स्वयं को वश कर आँसू पोंछकर बैठक में गयी। पति के हाथ से अखबार छीनकर परे फेंक दिया। टेबल लैम्प गुलकर सोफा के समीप फर्श पर बैठकर पति के सीने में सिर गड़ा दिया।

सेठ पिघल गया, "अच्छी, ये क्या फिज़ूल बात!"

उषा फफक उठी, "आपने स्वयं बात की। हम बोले तो दीदी की और साथ ही हमें भी क्या-क्या कह डाला···हमें कह दीजिये, हम मुँह सी लेंगे।"

मियाँ इल्मदीन ने आधा अगस्त बीतते-बीतते सेठ जी को सूचना दे दी, दवायें खत्म हो रही हैं। पहली से कुछ ज्यादा खरीदने की राय, "अल्ला के करम से मरीज आने लगे हैं। मौसम भी दवा की ज्यादा खपत का आ रहा है।" जैसे रबी और खरीफ की फसलों की कटाई के समय किसानों को व्यस्तता, वैसे ही फागुन-चैत और बरसात का अन्त बीमारियों के उभरने और डाक्टरों-हकीमों के लिये फसल के दिन। खासकर बरसात के अन्त में मलेरिया की महामारी। अब बहुत-सी बीमारियों की बनी-बनाई दवाइयाँ आ रही हैं। पढ़े-लिखे लोग डाक्टरों को पूछे बिना ज़रूरत की दवा ले लेते हैं। तब ऐसा न था। दवायें डाक्टरों के नुसखों पर ही बनती थीं।

मलेरिया आफिस का नाम लोगों ने सुना होगा। मलेरिया कैसा-क्या होता था, जवान पीढ़ी के लिये अनुमान कठिन। गरमी में बीमार को दो लिहाफ ओढ़ा देने पर भी भयंकर जाड़े से दाँत बज जाते। तापमान १०४, १०५, १०६, कभी १०७ डिग्री तक और बीमार समाप्त। प्रति वर्ष तीन-चार लाख आदमी मलेरिया में बलि हो जाते। यू० पी०, बिहार की तराइयों में मलेरिया के प्रकोप से गाँव के गाँव उजड़ जाते। ऐसी ही कुछ दूसरी बीमारियों के वार्षिक प्रकोप से देश की आबादी सीमित रहती थी।

दूसरे महायुद्ध के समय जब पूर्वी मोर्चे पर लड़ने के लिये लाखों ब्रिटिश और अमरीकन सिपाही इस देश में आये, युद्ध जीतने के लिये मलेरिया को जीतना भी जरूरी हो गया। समस्या थी, सेनायें मलेरिया से बेकाम हो गयीं या युद्ध कार्य में लगे लाखों मज़दूर मलेरिया से पड़ गये तो युद्ध कैसे लड़ा जायेगा? उस समय मलेरिया उन्मूलन के लिये हवाई जहाज़ों से देहातों और जंगलों तक में मलेरिया मच्छर-नाशक दवाइयाँ छिड़की जाती थीं। स्वराज्य के बाद भी पन्द्रह वर्ष मलेरिया उन्मूलन अभियान ज़ारी रहा। तब जाकर देश को मलेरिया से मुक्ति मिली।

सेठ जी व्यस्तता के कारण दवाओं के लिये थोक-फरोशों के यहाँ सितम्बर के दूसरे सप्ताह में जा सके। थोक-फरोशों ने सब माल रोक लिया था। सहसा हर चीज़ के दाम सवाये, ड्योढ़े। कारण, तीन सितम्बर से यूरोप में युद्ध छिड़ गया था। व्यापारियों ने इक्कीस वर्ष पूर्व पहले महायुद्ध के अनुभव से कमाई का सुअवसर समझ लिया। उस ज़माने में यहाँ नब्बे-पंचानबे प्रतिशत दवा यूरोप से आती थी। निम्न आर्थिक वर्ग के लोग

भी युद्ध के आरम्भ से उत्साहित···अब रोज़गार बढ़ेंगे, पैसा बरसेगा, भरती होगी। हिटलर-मुसोलिनी के पराक्रम की अफवाहें चार-पाँच बरस से फैल रही थीं। लोग अंग्रेजों को गाली देते, 'अब इन मादरचोदों की गाँड में डण्डा होगा।' पहले महायुद्ध में जर्मनी ने इंग्लैण्ड की काफी दुर्गत की थी।

युद्ध सर्वथा अप्रत्याशित ढंग से आरम्भ हुआ। राजनीति की समझ के दावेदार लोगों का खयाल था, ब्रिटेन-फ्रांस ने म्यूनिख संधि से जर्मनी-इटली को पूर्व की ओर बढ़कर समाजवाद और कम्युनिज्म को समाप्त करने का अवसर दे दिया है। जर्मनी और सोवियत में युद्ध अनिवार्य। समाचार आया, जर्मनी-सोवियत में अनाक्रमण संधि। पोलैण्ड पर पश्चिम से जर्मनी का और पूर्व से सोवियत का आक्रमण। जर्मनी और सोवियत ने दो ही सप्ताह में पोलैण्ड को बाँटकर अपनी सीमायें बढ़ा लीं। ब्रिटेन और फ्रांस ने कूटनीति में पराजय से खिसिया कर जर्मनी और सोवियत द्वारा झपटे जा चुके निर्बल पोलैण्ड की सहायता के लिये और संसार में प्रजातंत्र की रक्षा के लिये जर्मनी-इटली के विरुद्ध युद्ध-घोषणा कर दी। इस समय एशिया और अफ्रीका में ब्रिटेन और फ्रांस के अधीन अनेक देश भारत की तरह प्रजातंत्रीय अधिकारों के लिये छटपटा रहे थे।

वामपंथी लोग बहुत क्षुब्ध : त्रिपुरी अधिवेशन के समय बोस का प्रस्ताव दूरदर्शिता का था। इस समय कांग्रेस को संघर्ष के लिये तैयार होना चाहिये था।

कांग्रेस नेता मौन। सबकी नज़रें-कान गांधी जी की ओर। सप्ताह भर बाद 'हरिजन' में गांधी जी का वक्तव्य आया : प्रजातंत्र की रक्षा और निर्बल पोलैण्ड की सहायता के प्रयोजन से युद्ध का संकट उठाने के लिये ब्रिटेन और फ्रांस की सराहना तथा उनसे सहानुभूति परन्तु युद्ध को अन्याय-हिंसा का साधन बताकर युद्ध की निन्दा और उससे सैद्धान्तिक विरोध। पोलैण्ड को नाज़ी बममार हवाई जहाज़ों और तोपों का सामना अहिंसात्मक असहयोग से करने का परामर्श। जनता भौंचक्क : इस वक्तव्य का व्यावहारिक अर्थ क्या होगा?

कांग्रेस समाजवादियों को कम्युनिस्टों से शिकायत : सोवियत ने निर्बल पोलैण्ड को नाज़ियों के साथ मिल-बाँटकर और फासिस्टों के साथ संधि करके प्रजातंत्र और समाजवाद से दगा किया। कम्युनिस्टों और रायिस्टों का मत : सोवियत ने कूटनीति के अखाड़े में साम्राज्यवादियों को मात देकर उचित किया। साम्राज्यवादियों और नाज़ियों के परस्पर भिड़ कर क्षय हो जाने से ही संसार में प्रजातंत्र और समाजवाद का भविष्य।

सेठ के यहाँ फिर बहस का अखाड़ा। नाथ, पाठक, सेठ, उषा कांग्रेस समाजवादी नीति के समर्थक; रज़ा रायवादी; नरेन्द्र और अमित कम्युनिस्टों की ओर से बोलने वाले। अमित इंटर के बाद बी० एस-सी० के लिये यूनिवर्सिटी में आ गया था। अब पक्का कम्युनिस्ट।

सेठ-उषा को कांग्रेसियों, कांग्रेस समाजवादियों की भाँति विश्वास : गांधी जी और कांग्रेस ऐसे अवसर पर निष्क्रिय नहीं रहेंगे। कांग्रेस बहुमत की उपेक्षा कैसे करेगी। प्रातः अखबार आते ही दोनों उस पर एक साथ झुक जाते। सितम्बर के अन्त में कांग्रेस कार्यकारिणी के प्रस्ताव प्रकाशित हुए। लम्बे मसविदे का अभिप्राय था : यह साम्राज्यवादी युद्ध है। इसका प्रयोजन पराधीन देशों पर साम्राज्यवादी नियंत्रण को दृढ़ करना है।

ब्रिटिश सरकार ने भारतीय जनता की अनुमति बिना भारत को युद्ध में घसीट लिया है।··· कांग्रेस ऐसे युद्ध से असहयोग करेगी। दूसरा प्रस्ताव : ब्रिटेन युद्ध के सम्बन्ध में अपने प्रजातांत्रिक उद्देश्यों को स्पष्ट करे। ब्रिटेन यह स्पष्ट करे कि युद्ध के पश्चात ब्रिटिश साम्राज्य में भारत की क्या स्थिति होगी?··· क्या भारत को पूर्ण आत्मनिर्णय का अधिकार दे दिया जायेगा?

जनता दुविधा में : यदि ब्रिटेन भारत को पूर्ण आत्मनिर्णय के अधिकार का आश्वासन दे दे तो कांग्रेस का व्यवहार क्या होगा?

कांग्रेस समाजवादी तुरन्त संघर्ष के लिये उतावले, परन्तु कांग्रेस अनुशासन से विवश। कम्युनिस्ट कांग्रेसी नेताओं की ढुलमुल नीति को पूँजीवाद से सहानुभूति बताकर स्वयं संघर्ष का श्रेय लेने के लिये व्याकुल। अक्टूबर के पहले सप्ताह में कम्युनिस्टों ने बम्बई में एक लाख मजदूरों की रैली करके साम्राज्यवादी युद्ध के विरोध की घोषणा कर दी। देश भर में कम्युनिस्टों की गिरफ्तारियाँ शुरू हो गयीं। अमीनाबाद में तिवारी गिरफ्तार हो गये। ज़माल, चेतन फरार। कांग्रेस समाजवादियों को शीघ्र व्यापक आन्दोलन की आशा परन्तु पत्रों में दूसरा ही समाचार। कांग्रेस ने असहयोग की घोषणा कर दी थी, परन्तु कांग्रेस के प्रतिनिधि रूप गांधी जी ने प्रस्ताव किया : ब्रिटिश केन्द्रीय विधानसभा में बहुमत (कांग्रेस) का मंत्रिमण्डल बनाकर भीतरी शासन मंत्रिमण्डल को सौंप दे तो कांग्रेस युद्ध में पूर्ण सहयोग दे सकती है। इस प्रस्ताव पर परामर्श के लिये वायसराय से भेंट का अनुरोध किया।

उस राजनीतिक अस्थिरता में मुहम्मद अली जिन्ना के नेतृत्व में मुस्लिम लीग का एलान : मुसलमान कांग्रेस के युद्ध विरोध और असहयोग के समर्थक नहीं हैं। मुसलमान केन्द्र में हिन्दू (कांग्रेसी) बहुमत के शासन का जी-जान से विरोध करेंगे।

वायसराय ने गांधी जी को उत्तर दिया : कांग्रेस का प्रस्ताव अव्यावहारिक है। देश की जनसंख्या के इतने बड़े भाग के विरोध में देश का शासन कांग्रेस को नहीं सौंपा जा सकता।

बाजार, गली-मोहल्लों में लोगों को युद्ध के अवसर से कारोबार बढ़ाने, लाभ उठाने की चिन्ता। अशान्ति और चिन्ता केवल राजनीतिक बहस में। कम्युनिस्टों के फरार और प्रकट में चुप हो जाने से यूनिवर्सिटी में सन्नाटा। कांग्रेस समर्थक और कांग्रेस समाजवादी विद्यार्थी कांग्रेस के संकेत की प्रतीक्षा में। उषा को शरीर बोझल लगने के कारण यूनिवर्सिटी जाने में संकोच होने लगा था। सोच लिया था, अक्टूबर में पूजा की छुट्टियों तक किसी तरह निभ जाये। उस साल दशहरा-दिवाली के लिये आधे अक्टूबर से नवम्बर पहले सप्ताह तक छुट्टी रही।

उस संध्या अमित कुछ विलम्ब से लौटा था। खाने के लिये पुकार पर बता दिया : जीजी के यहाँ पूरी-कचौरी और मिठाई छक कर रखा ली। आज उनकी झोली भरी गयी है। घर में मालूम था, अमित बहिन के यहाँ जाता रहता है। डैडी-मम्मी न आपत्ति करते, न कभी उषा की बाबत कोई जिज्ञासा। बेबे चुपके से अच्छी का हाल पूछ लेती थी। अमित ने बेबे को बता दिया : जीजी मोटी हो गयी है, पेट ऐसे बढ़ गया है।

"चुप! पागल, ऐसे नहीं कहते।" बेबे ने समझाया। बेबे लड़की को देख आने के लिये सप्ताह भर व्याकुल रह न सकी। मिसेज़ पंडित को सुनाकर कह दिया, "मीतू के साथ अच्छी को देखने जा रही हूँ।" मिसेज़ पंडित ने अनसुना कर दिया।

"बेबे जी पैरीपैना।" सेठ ने बेबे का अभिवादन किया।

बेबे ने आशीर्वाद दिया, "जीओ बेटे, रब्ब वड्डियाँ-वड्डियाँ उमराँ करे। ज्वानियाँ माणो।"

उषा बेबे से लिपट कर रोयी। फिर उसके सीने में सिर गड़ा दिया, "बेबे, मुझे तो बड़ा डर लग रहा है।"

"हट कमली (पागल)।" बेबे ने उसे अंक में ले लिया, "डरने की क्या बात। मुबारक हो। मैं आती-जाती रहूँगी।" बेबे तीन सप्ताह बाद फिर आयी और फिर जल्दी आने लगी।

सरकार ने कांग्रेस के सहयोग का प्रस्ताव अस्वीकार कर दिया तो कांग्रेस के सामने सम्मान-रक्षा का प्रश्न। उस समय अविभाजित हिन्दुस्तान में ग्यारह राज्य थे। नौ में कांग्रेसी मंत्रिमंडल। कांग्रेस ने सरकार पर दबाव डालने के लिये मंत्रिपदों से त्यागपत्र दे दिये। अंग्रेज गवर्नरों ने मंत्रियों के त्यागपत्र तुरन्त स्वीकार कर लिये। विधान सभायें स्थगित कर दी गयीं।

कांग्रेस के मंत्रिपद त्याग देने पर मुस्लिम लीग ने योमेनिजात (मुक्ति दिवस) का उत्सव मनाने की घोषणा कर दी। नगर में मुसलमानों के जुलूस की बहुत बड़ी तैयारी। जगह-जगह मुसलमानों की सभाओं में कांग्रेसी हिन्दू राज में मुसलमानों के दमन के प्रति क्षोभ : कांग्रेसी अमलदारी में मुसलमानों को जिस कदर हकतलफी की गयी, वो किसी तरह गवारा नहीं की जा सकती। जब तक मुसलमानों की रगों में एक बूँद भी खून बाकी है, हिन्दू कांग्रेस का राज कायम नहीं हो सकेगा। हम मुहम्मद गोरी, मुहम्मद गज़नवी और नादिरशाह के वारिस हैं। हमने इस मुल्क को शमशीर से फतह किया था। मुसलमान इस मुल्क में हिन्दुओं के गुलाम बनकर नहीं रह सकते। जब तक सल्तनतें बर्तानिया कायम है, हम उसकी वफादार रिआया हैं लेकिन मुसलमान हिन्दू हुकूमत बर्दाश्त नहीं करेंगे…।

कांग्रेसी और हिन्दू चकित। उस समय तक नगर या प्रदेश में मुस्लिम लीग का विशेष प्रभाव न था। नगर के अनेक प्रभावशाली मुस्लिम नेता और रईस—बैरिस्टर खलीकुज़्ज़माँ, राजा महमूदाबाद, मौलाना हसरत मोहानी, मदनी नदीम साहब वगैरह कांग्रेस के साथ थे। मुसलमानों में मुख्य प्रभाव था 'अहरार पार्टी' का या 'जमायत उल उमेला' का। ये दोनों दल कांग्रेस में सम्मिलित न होकर भी कांग्रेस के सहयोगी संगठनों के रूप में ब्रिटिश सरकार के विरुद्ध कांग्रेस का साथ दे रहे थे। देशभक्ति की पोशाक खद्दर पहनते थे, सत्याग्रह और असहयोग में भाग लेते थे। अब सहसा मुसलमानों का बहुमत मुस्लिम लीग के साथ। अब खलीकुज़्ज़माँ, राजा महमूदाबाद, कानपुर के मौलाना हसरत मोहानी, मौलाना मदनी सब लीग में सम्मिलित। महीने भर में मुसलमानों की बड़ी संख्या लाल तुर्की टोपी, काली शेरवानी और सफेद पाजामा की मुस्लिम लीगी पोशाक में दिखने लगी। लीग का कार्यक्रम हिन्दू कांग्रेस का विरोध।

मुस्लिम लीग का विराट जुलूस निकला—बहुत उत्तेजक जुझारू नारे। हिन्दुओं के आश्वासन के लिये नगर भर में सशस्त्र और घुड़सवार पुलिस की कड़ी चौकसी। जुलूस को निश्चित रास्तों से चलना पड़ा। पुलिस को कड़ा निर्देश, कोई झगड़ा न हो सके। द्वेषपूर्ण नारों की पूरी छूट। जुलूस के बाद सब कुछ यथावत परन्तु हिन्दू-मुसलमानों में परस्पर पूर्वापेक्षा अधिक द्वेष। मुसलमानों को भरोसा, अंग्रेज सरकार उनकी सहायक है। हिन्दुओं को भरोसा, अंग्रेज सरकार उनकी रक्षक।

बेबे दिसम्बर के दूसरे सप्ताह उषा को देखने आयी तो वहीं ठहर गयी। डाक्टर सेठ का सब प्रबन्ध चौकस था। उषा तीन दिन पूर्व क्वीन मेरी में चेकअप के लिये हो आयी थी। डाक्टर कमर का आश्वासन था, समय पर हमें ले जाना। गौरी अपना उत्तरदायित्व समझ कर स्वयं ही वहाँ ठहर गयी थी।

खूब जाड़ा। सुबह सूर्य की किरणें कोहरे को बेध न पायी थीं। गौरी ठहरती-ठिठुरती छोटी गली पहुँची, "बुआ, काका, बधाई!"

सेठ जी और गंगा समझ गये। उन दिनों लड़की के जन्म दिन पर बधाई का कोई रिवाज न था।

सेठ जी ने आकाश को हाथ जोड़ दिये, "सब उसी का!" उछाह-उल्लास से गला रुँध गया। चेहरे पर दमक। बुआ तुरन्त गौरी के साथ चल दीं।

उषा १९४० फरवरी से यूनिवर्सिटी जाने लगी। कमर पर कुछ भराव आ गया था। सीने पर उभार से अनुपात ठीक हो गया। फिर पूर्ववत चुस्त सुडौल। दो मास यूनिवर्सिटी न जा सकी थी। कान्वोकेशन और क्रिसमस मिलाकर महीना भर छुट्टियाँ ही थीं। यूनिवर्सिटी न गयी थी परन्तु पढ़ने में कठिनाई न थी। सहपाठियों में मुर्तज़ा सबसे तेज था। वह सप्ताह में एक दिन आकर क्लास में लिये नोट्स उसे दे जाता। बड़ी सहायता थी पाठक की। पाठक ने दो बरस पूर्व इलाहाबाद से इंगलिश लिटरेचर में एम० ए० किया था। इलाहाबाद यूनिवर्सिटी में इंगलिश लिटरेचर का स्तर लखनऊ से बेहतर। पाठक स्वयं साहित्य रसिक और प्रतिभावान। साहित्य-चर्चा या पढ़ाने में रस लेता। सप्ताह में दो बार भी उषा के साथ दो-दो घंटे के लिये बैठ जाता तो यूनिवर्सिटी न जा सकने की कमी पूरी करा देता।

सेठ की प्रैक्टिस जम रही थी, परन्तु अन्य वामपंथियों की तरह उसके मन में भी कलख—स्वतन्त्रता के लिये संघर्ष का अवसर निष्फल जा रहा है। उस वर्ष मार्च में कांग्रेस अधिवेशन रामगढ़ में होना था।

गांधी जी ने उस वर्ष कांग्रेस अध्यक्ष पद के लिये मौलाना आजाद का नाम सुझाया था। एम० एन० राय युद्ध की स्थिति में कांग्रेस के सामने नयी नीति का प्रस्ताव रखना चाहते थे। इसलिये राय ने अध्यक्ष पद के लिये चुनाव लड़ा। राय के चुनाव अभियान में राय को वोट देने के बजाये युद्धकाल में कांग्रेस की नीति की भूलों और राय की नीति की तर्क-संगति का प्रचार। रज़ा पक्का रायिस्ट। नरेन्द्र, पाठक, नाथ उससे बहस करते : राय बँटे हुए वामपंथ में और फूट डाल रहा है। गांधी समर्थित मौलाना के मुकाबले उसकी क्या हैसियत; क्या पिद्दी और क्या पिद्दी का शोरबा!

रज़ा राय का समर्थन करता : वामपंथ पहले फट चुका। एकता के पाखण्ड के लिये कांग्रेस के सामने सही नीति न रखना कायरता। गांधी और कांग्रेस युद्ध की स्थिति से

लाभ उठाने के लिये सरकार को सहयोग देने को तैयार हैं परन्तु अव्यावहारिक शर्तों और माँगों पर। कांग्रेस ने अपनी मूर्खता से व्यर्थ में लीग का भूत खड़ा कर दिया। लीग को चुप कराने और युद्ध में सहयोग देकर लाभ उठाने का सही तरीका है, युद्ध-विरोध का व्यर्थ बवंडर खड़ा न करके अपने दोनों शत्रुओं साम्राज्यवाद और नाज़ीवाद को अपनी शक्ति समाप्त करने देना और सैनिक शिक्षण प्राप्त करके शासन में सहयोग देकर शनैः शनैः अधिकार उत्तरदायित्व सम्भालते जाना।

राय की बातों को पाठक-नरेन्द्र शेखचिल्ली सपने कहकर हँस देते।

रज़ा का आग्रह : तुम मानो या न मानो, राय की समझ ठीक है। यह युद्ध की आरम्भिक स्थिति है। अन्ततः टक्कर जर्मनी और सोवियत में होगी। तब हमारा अवसर होगा। हमें दूरदर्शिता से उस अवसर की तैयारी करनी चाहिये। अध्यक्ष का चुनाव राय हार जायेगा, वह कांग्रेस के सामने सही नीति रखने का कर्तव्य पूरा कर रहा है···। परिणाम आशानुसार हुआ। राय को केवल दो सौ वोट, मौलाना हजार वोट से जीत गये।

बोस ने कांग्रेस छोड़कर अपना पृथक दल बना लिया था। रामगढ़ में गांधी समर्थक कांग्रेस का अधिवेशन मौलाना आजाद की अध्यक्षता में हुआ। समीप ही बोस समर्थक वामपंथी लोगों का तुरन्त संघर्ष आरम्भ की माँग के लिये अधिवेशन बोस की अध्यक्षता में। अधिवेशन के बाद फिर शैथिल्य।

कांग्रेस नेता गांधी जी के निर्देश की प्रतीक्षा में। गांधी जी ईश्वरीय निर्देश और प्रेरणा की प्रतीक्षा में। अधिकांश कांग्रेसियों का अनुमान, गांधी जी ब्रिटेन पर युद्ध-संकट गहराने की प्रतीक्षा में हैं। युद्ध अभी यूरोप में ही सीमित था। अमेरिका निष्पक्ष रहकर जर्मनी-इटली और ब्रिटेन-फ्रांस दोनों को युद्ध-सामग्री और हथियार बेचकर मुनाफा कमाने में व्यस्त था।

गांधी जी के सामने सैद्धान्तिक प्रश्न; युद्ध की गतिविधि और भविष्य समझने की भी चिन्ता। कांग्रेस की निष्क्रियता से जनता की सहानुभूति उग्र पंथ की ओर बढ़ने की आशंका भी देख रहे थे। कांग्रेसजन को बहुत देर तक बिना किसी कार्यक्रम या आशा के रहने देना उचित न था। गांधी जी ने ईश्वरीय प्रेरणा से युद्ध की हिंसा के नैतिक और सैद्धान्तिक विरोध में शीघ्र ही सत्याग्रह आरम्भ करने की घोषणा कर दी। कांग्रेस कार्यकारिणी समिति ने सत्याग्रह के कार्यक्रम तथा संचालन के लिये गांधी जी को डिक्टेटर मान लिया। सत्याग्रह का कार्यक्रम बनने में दो मास लग गये। फिर उसके लिये तैयारी आरम्भ।

उस सत्याग्रह के कार्यक्रम में सामान्य बुद्धि के लिये अगम अनेक सूक्ष्मताएँ थीं परन्तु गांधी जी के आदेशों पर तर्क नहीं किया जा सकता था। युद्ध विरोध के लिये सामूहिक सत्याग्रह के बजाय वैयक्तिक सत्याग्रह का आदेश। गांधी जी ने उस आन्दोलन के प्रथम सत्याग्रही का श्रेय संत विनोबा भावे को देना निश्चय किया। तब विनोबा भावे राजनैतिक क्षेत्र में लगभग अपरिचित थे। जनश्रुति थी : जनता पर प्रभाव के विचार से कांग्रेस अध्यक्ष मौलाना आज़ाद का सुझाव था, अजाने विनोबा की अपेक्षा किसी जाने-माने राजनीतिक नेता से सत्याग्रह आरम्भ कराया जाये। गांधी जी का आग्रह, विनोबा ने अधेड़ आयु तक भी नारी संग नहीं जाना। उससे अधिक पवित्र, नैतिक, प्रभावशाली दूसरा व्यक्ति नहीं हो सकता है।

मौलाना विस्मित। नर-नारी की संगति ईश्वरीय विधान और प्रकृति का आवश्यक कार्य। उससे अज्ञान दुर्भाग्य, मूर्खतापूर्ण दुराग्रह या सद्गुण! परन्तु गांधी जी डिक्टेटर थे। सत्याग्रह कार्यक्रम और प्रक्रिया प्रकाशित होने पर उग्रपंथियों और कांग्रेस समाजवादियों ने सिर पीट लिये।

सत्याग्रह आरम्भ करने से पूर्व गांधी जी जान लेना चाहते थे, कितने लोग इस वैयक्तिक सत्याग्रह में भाग लेंगे। देश के प्रान्त-प्रान्त, नगर-नगर में सत्याग्रह के लिये तत्पर अहिंसक सैनिकों की सूचियाँ बनायी जाने लगीं। आन्दोलन हिंसा का मार्ग न अपना ले, इस सावधानी के लिये सम्मिलित हो सकने के लिये प्रत्येक व्यक्ति को गांधी जी या गांधी जी के प्रतिनिधि की अनुमति पाना आवश्यक था। इस प्रयोजन से सत्याग्रह आवेदन-पत्र छपवा लिये गये : "···युद्ध की हिंसा के सैद्धान्तिक और नैतिक विरोध के अधिकार और सत्य-अहिंसा की मान्यता के लिये वैयक्तिक सत्याग्रह में गांधी जी द्वारा निर्दिष्ट कार्यक्रम के अनुसार भाग लेने की अनुमति चाहता हूँ। मुझे ईश्वर में पूर्ण विश्वास है।" अहिंसक सैनिकों को इस आवेदन पर हस्ताक्षर करना आवश्यक था।

व्यक्ति को सत्याग्रह की अनुमति मिल जाने पर वह जिलाधीश या पुलिस को सूचना दे देता : मैं अमुक तारीख, समय, स्थान पर सत्याग्रह द्वारा घोषणा करूँगा कि हिंसा के कार्य—युद्ध में सहयोग देना पाप है।

उग्र कांग्रेसी, कांग्रेस समाजवादी, कम्युनिस्ट चकित—यह संघर्ष राष्ट्रीय स्वतन्त्रता के लिये है?

अप्रैल का अन्तिम सप्ताह। पिछले आँगन में सुबह की हलकी धूप आ गयी थी। उषा चटाई बिछाये बेबे के साथ बच्चे को बहलाती उसकी मालिश कर रही थी। "डाक्टर भाई! ···भाभी जी!" सामने बरामदे की ओर से पुकारें। उषा आँचल सम्भाल कर उस ओर गयी। उदय, राम वर्मा और वाजिद थे।

"आओ, आओ बैठो!" उषा ने बैठक की ओर संकेत किया। आठ-दस कांग्रेस समाजवादी नवयुवक अमरनाथ सेठ के निकट परिचित और खास विश्वस्त थे। उदय और राम वर्मा दल के जंघाई-मंघाई, उनके साथ छोटी गली के मास्टर जी का छोटा बेटा वेदप्रकाश। किसी भी काम या जोखिम के लिये तैयार। अच्छी सूझ-बूझ के नौजवान यूनिवर्सिटी छोड़कर देश के काम में कूद पड़े थे। सेठ के यहाँ उनका अकसर आना-जाना। वर्मा, उदय, वाजिद प्रादेशिक कांग्रेस के दफ्तर में पच्चीस मासिक पर काम कर रहे थे।

"भाभी, डाक्टर भाई से काम है।"

उषा ने बताया, डाक्टर रात की गाड़ी से कानपुर गया। साँझ तक लौटने की आशा थी।

"डाक्टर भाई नहीं हैं तो भाभी, हरि भैया के यहाँ आप चलिये।" राम वर्मा ने अनुरोध किया, "उनसे हमारी बात करवा दीजिये। मालवीय जी जुल्म कर रहे हैं। गांधी जी क्या डिक्टेटर; मालवीय हिटलर के बाप बन गये···।" वर्मा, उदय, वाजिद ने अपनी परेशानी बतायी।

"घबराओ नहीं। ये साँझ नहीं तो रात की गाड़ी से आ जायेंगे। कल भैया जी से बात कर लेंगे।"

"कल!" उदय बोला, "मालवीय (प्रादेशिक कांग्रेस कार्यालय के मंत्री) हमें आज दोपहर में बर्खास्त कर देंगे। आप अभी चलिये, हरि भैया घर से न चल दें।"

हरि भैया आँगन की दीवार की छाया में चटाई पर बैठे चर्खा कात रहे थे। छोटे बेटे विद्याभूषण को पुकार कर दूसरी चटाई समीप डलवा दी। तीनों युवक बहुत उत्तेजित। एक साथ बोल पड़ते। उषा मौन, लड़के अपनी बात कह लें। हरि भैया के प्रति आदर से उनसे बहसती न थी। हरि भैया शान्ति के संकेत में हाथ उठाया, "एक-एक बोलिये, धैर्य से!"

वाजिद ने शुरू किया, "भैया जी, हम आपसे इंसाफ में मदद चाहते हैं। मालवीय साहब हम पर गांधी जी की इन्सट्रक्शन के खिलाफ दबाव डाल रहे हैं। गांधी जी का हुक्म है, इस जाती सत्याग्रह में सब कांग्रेस मेम्बर हिस्सा नहीं ले सकते। सिर्फ खास लोगों को, जिन्हें अहिंसा के मकसद में फेथ है, सत्याग्रह के लिये इजाजत दी जायगी। मालवीय जबरन भरती कर रहे हैं। सत्याग्रह के लिये दर्खास्त पर दस्तखत न करो तो कांग्रेस की सर्विस से डिसमिस।"

"भाई मेरे, इसमें दबाव क्या है और गांधी जी के हुक्म के खिलाफ क्या?" हरि भैया चरखा चलाते रहे, "कांग्रेस ने युद्ध-विरोध के आन्दोलन की पूरी जिम्मेदारी गांधी जी पर दी है। आप कांग्रेस मेम्बर, बल्कि कांग्रेस कार्यकर्ता। आप परमिशन कैसे नहीं चाहेंगे!"

"हम परमिशन नहीं चाहते क्योंकि...।" वाजिद उत्तेजित हो गया। उदय उसकी कोहनी पकड़ उसे चुप करा कर बोला, "भैया जी, गांधी जी ने स्पष्ट कहा है, यह आन्दोलन युद्ध का विरोध नहीं है। आन्दोलन का प्रयोजन युद्ध की तैयारी के रास्ते में अड़चन डालना भी नहीं है। गांधी जी ने साफ कह दिया है कि आन्दोलन का प्रयोजन युद्ध के संकट में फँसे ब्रिटेन की कठिनाई से लाभ उठाकर आजादी की माँग करना भी नहीं है।" उदय ने एक-एक शब्द पर जोर दिया, "आन्दोलन हिंसा के सैद्धान्तिक विरोध के नैतिक अधिकार के लिये है, युद्ध विरोध के लिये नहीं। गांधी जी ने इस आन्दोलन को सत्य-अहिंसा के प्रचार के लिये नैतिक अधिकार का आन्दोलन कहा है। कांग्रेस सत्य-अहिंसा के प्रचार के लिये नैतिक अधिकार के आन्दोलन का संगठन नहीं, स्वराज्य प्राप्ति के राजनैतिक आन्दोलन का संगठन है।"

"मूलतः लक्ष्य एक ही है।" हरि भैया ने समझाने के लिये चर्खा रोक दिया, "अहिंसा के नैतिक अधिकार की मान्यता हमें उसी ओर ले जायेगी।"

"भैया जी," वर्मा ने हाथ जोड़ दिये, "हमें गांधी जी के शब्दों पर विश्वास है। गांधी जी ने कहा है, यह आन्दोलन कांग्रेस के लक्ष्य स्वराज्य का आन्दोलन नहीं है। आपको याद है, १९३४ में भी गांधी जी ने ऐसा प्रस्ताव कांग्रेस कार्यकारिणी में रखा। कांग्रेस कार्यकारिणी समिति ने उसे अस्वीकार कर दिया था। इस दृष्टि से अब आन्दोलन कांग्रेस का नहीं, गांधीवाद का है। कांग्रेस का आन्दोलन चलाइये, युद्ध के वास्तविक विरोध का आन्दोलन, उसमें हम सबसे आगे होंगे। हमें सत्याग्रह करने की आज्ञा माँगने

के लिये मजबूर क्यों किया जाये। साफ कहिये हमारा आर्डर है स्वराज्य के बजाय सत्य-अहिंसा का लक्ष्य मानना होगा। हम सोच लेंगे, हमें क्या करना है।''

''यह नॉनवायोलेंट फासिज्म है!'' वाजिद उबल पड़ा। उषा मौन गम्भीर बनी रही। यह बातें लड़कों ने सप्ताह पूर्व सेठ, पाठक, नरेन्द्र और स्वयं उससे सुनी थीं।

हरि भैया ने सिर और दोनों हाथ हिलाये, ''मूलतः यह स्वराज्य का ही आन्दोलन है। सत्य-अहिंसा का मतलब सबकी स्वतंत्रता है। सबकी स्वतंत्रता ही सबका स्वराज्य है। सत्य-अहिंसा के बिना स्वराज्य असम्भव।''

''साहब, ये कैसी सत्य-अहिंसा और क्या आन्दोलन की सिंसेरिटी?'' वाजिद क्षोभ न रोका सका, ''गांधी जी कहते हैं, सत्य-अहिंसा के लिये सत्याग्रह इतवार और सरकारी छुट्टी के दिन सस्पेंड रहेगा। सरकारी छुट्टी के दिन सत्य-अहिंसा से भी छुट्टी?''

''इतवार खुदा ने आराम के लिये मुकर्रर किया है।'' उदय ने कहा, मुद्रा बहुत गम्भीर। हरि भैया कनखी से देख चुप रहे। उषा नजर बचाये रही।

वाजिद ने क्षोभ से कहा, ''सरकारी छुट्टी के दिन सत्याग्रह मुल्तवी। जाहिर है, अंग्रेज अफसरान के आराम और तफरीह में खलल न पड़े। गांधी जी की नजर में इतवार के दिन अफसरों के शराब पीकर नाच सकने और चिड़िया का शिकार कर सकने की अहमियत सत्य-अहिंसा से ज्यादा। अफसरों के शिकार में खलल उनके साथ हिंसा। हमसे फार्म पर जबरन दस्तखत करवाना हिंसा नहीं?''

हरि भैया गम्भीर मौन।

''भैया जी, हमें तो इसमें सीरियस आबजेक्शन है।'' उदय ने आपत्ति की, ''हम नास्तिक हैं। हमें शक्ति और साहस के लिये अल्ला-ईश्वर की जरूरत नहीं। गांधी जी की शर्त कांग्रेस संविधान के खिलाफ है। हमसे ईश्वर में पूर्ण विश्वास का झूठ बुलवा कर हमारे आत्म-सम्मान की हिंसा क्यों की जाये! भगतसिंह और उसके साथियों में आत्मबल, शक्ति और साहस था या नहीं? उन्होंने फाँसी के तख्ते से अल्ला-ईश्वर को याद नहीं किया, केवल 'साम्राज्यवाद का नाश हो, इन्कलाब जिन्दाबाद, संसार के मजदूरों एक हो' के नारे लगाये। उन्हें ईश्वर में पूर्ण विश्वास की जरूरत नहीं थी।''

हरि भैया ने स्वीकार किया, ''नहीं भैया, नास्तिक कोई नहीं है। जिसमें न्याय के लिये अन्याय के विरुद्ध खड़े होने का साहस है, आत्मबल है, वह आस्तिक ही है।''

''भैया जी, मुझे तो आज्ञा दीजिये।'' उषा उठने को हुई। [illegible] था, हरि भैया से सहायता की आशा न देखकर लड़के उन्हें खिझा रहे थे। उसे हरि भैया के सामने धृष्टता पसन्द न थी।

लौटते समय रास्ते में उषा ने लड़कों को डाँटा, ''गये थे भले आदमी से मदद लेने, वहाँ लड़ने लगे। फिजूल अपना और मेरा समय बर्बाद किया। अब भैया जी मुझसे भी बिगड़ जायेंगे कि ऐसे लोगों को ले गयी।''

''भाभी, आप किस रिएक्शनरी की चापलूसी में पड़ी हैं।'' उदय बोला, ''अब ये अन्याय से लड़ने के लिये हंगर स्ट्राइक करने वाले हरि भैया नहीं हैं। अब ये कांग्रेस का अंग हैं। देख लीजिये, लिस्टें बनाकर गांधी जी को और खुद को धोखा दे रहे हैं। देहात से भरती किये पेशेवर सत्याग्रहियों का क्या, बाहर कांग्रेस की रोटी खायेंगे, जेल जायेंगे सरकारी रोटी खायेंगे। सरकार भी हकीकत जानती है। तभी इन धमकियों से निश्चिंत।''

संध्या सेठ कानपुर से लौट हाथ-मुँह धो रहा था कि कानपुर का समाचार जानने के लिये पाठक आ गया। उषा चाय बना लायी। शिकायत की : आज सुबह ही वर्मा, वाजिद, उदय आ गये। हमें हरि भैया के यहाँ ले गये। लड़के परेशान। मालवीय जी उन्हें नौकरी से बर्खास्त करने की धमकी देकर वैयक्तिक सत्याग्रह की एप्लिकेशन पर सिगनेचर करवा रहे हैं। लड़कों ने बहुत बका-झका। भैया जी हम पर नाराज होंगे।

पाठक ने टोका, ''आप फिजूल लड़कों के कहने से गयीं। ऐसी बात के लिये राय ले लेनी चाहिये। मालवीय किसी को बर्खास्त नहीं करेंगे। वह तो केवल गांधी जी को संतुष्ट करने के लिये एप्लिकेशन इकट्ठा कर रहे हैं। मालवीय को खुद शक, यह सत्याग्रह होगा कैसे?''

युद्ध पर कांग्रेस के असहयोग का विशेष प्रभाव न पड़ रहा था। कांग्रेस का असहयोग केवल प्रतीकात्मक था। सरकार को युद्ध के लिये सिपाही, मजदूर, गल्ला, कपड़ा सब सामग्री प्रचुर मात्रा में निर्बाध मिल रहे थे। सरकारी विज्ञप्ति के अनुसार प्रतिदिन पाँच हजार व्यक्तियों की भर्ती सैनिक कामों के लिये हो रही थी। स्वयं गांधी खद्दर भंडार बाजार में न खप सकने वाले करघे पर बुने कम्बल सेना के घोड़ों-खच्चरों के लिये अच्छे दामों पर सेना को बेच रहा था। सरकार को आन्दोलन की कोई आशंका न थी। कांग्रेस और गांधी जी में ही सहमति नहीं तो आन्दोलन कैसा? प्रजातंत्र या बहुमत के नाम पर शासन के अधिकार की माँग के लिये कांग्रेस को जवाब में मुस्लिम लीग के विरोध का मोहरा।

उषा ने एम० ए० कर लिया था। टीचर या लेक्चरार के रूप में आत्मनिर्भरता उसकी पुरानी इच्छा थी। उषा, सेठ, नरेन्द्र, पाठक, रज़ा में इस विषय पर विचार हुआ। उन लोगों की राय, उषा को अवसर और सुविधा है। वह टीचरी के बजाय पी-एच० डी० के लिये रिसर्च करे। पाठक का विशेष आग्रह, यूनिवर्सिटी और स्टूडेण्ट यूनियन में दल के भरोसे का एक व्यक्ति रहना उपयोगी होगा।

डाक्टर कमरुन्निसा की राय से उषा ने पप्पू का ब्रेस्ट फीडिंग जून से घटाना शुरू कर दिया था। जुलाई तक बिल्कुल समाप्त। लड़का खूब स्वस्थ था, गोल-मटोल, पिता और माँ से खुला गोरा रंग, कत्थई सुनहरे बाल। बेबे कहती थी, नानी पर गया है। उषा का विचार यूनिवर्सिटी खुलने पर अंग्रेजी साहित्य में पी-एच० डी० शोध कार्य के लिये यत्न करेगी।

बेबे पप्पू के जन्म के समय आयी तो महीना-डेढ़ महीना रही। इतने छोटे बच्चे और अनजान लड़की को छोड़कर कैसे चली जाती परन्तु दसवें-पन्द्रहवें सांती, पद्दो और सद्दू को देखने की हुड़क उठ आती तो तीन-चार घंटे के लिये वालाकदर हो आती। मिसेज़ पंडित का मौन एक तरह से अनुमति। मिसेज़ पंडित के पूछे बिना ही अच्छी और काके का हाल-चाल बताती रहती। अकसर सेठ के स्वभाव की सराहना भी। उषा के यहाँ सभी चीजों की इफरात। जब बेबे कह देतीं, ''पप्पू का रंग तेरा जैसा चिट्टा··· सिर के बाल बिलकुल तेरे जैसे।'' मिसेज़ पंडित होंठ दबाकर आँसू रोक लेती।

जुलाई में पप्पू सात मास का हो गया था। रेंगने का यत्न करने लगा। ग्रीष्मावकाश बाद यूनिवर्सिटी खुलने से पाँच-सात दिन पहले बेबे निश्चय से अपनी गठड़ी-मुठड़ी समेट

कर तैयार हो गयी, "धिये, आज मैं जा रही हूँ।" उषा का मुँह फूल गया। बेबे ने कहा, "कुछ अकल कर! कोई बेटियों के घर सदा नहीं बैठा रहता।"

उषा ने पप्पू को उठाकर बेबे की गोद में डाल दिया, रुआँसी आवाज में लड़ पड़ी, "तो इसे भी ले जा! मैं इसके पीछे-पीछे दौड़ूँगी कि कालिज जाऊँगी?"

"क्या बात है माता जी?" सेठ डिस्पेन्सरी से भीतर आ गया। उषा के बहते आँसू देखे। बेबे के समझाने का स्वर भी सुना था। सेठ बेबे को कभी बेबे जी पुकारता था कभी माता जी।

उषा नाराजगी से मुँह फुलाये मौन। बेबे ने पंजाबी उच्चारण की हिन्दी बोल सेठ को समझाया, "काका जी, अच्छी तो सदा से जिद्दी। तुम समझदार···तुम्हीं बताओ बेटी के घर कोई कब तक बैठा रह सकता है।"

"माता जी, आप भी क्या बात करती हैं?" सेठ बेबे के समीप फर्श पर ही बैठ गया, "आप अच्छी की माँ हैं, मेरी माँ नहीं? मुझे बेटा पुकारती हैं तो क्या दिल से नहीं मानती? अच्छी की माँ वालाकदर में। मेरी माँ तो आप ही। पप्पू आपके बिना कैसे रहेगा? उसे नींद ही आपकी गोद में आती है।"

बेबे ऐसी कूटनीति का क्या उत्तर देती! उस समय जाना टल गया तो टल ही गया। हर रविवार दोपहर बाद चली जाती। संध्या परसू उसे लिवा लाता।

युद्ध चलते लगभग छः मास हो रहे थे। विदेशों में भागे हुए भारतीय क्रान्तिकारियों की आवाजें, जर्मन और इटालियन रेडियो पर सुनाई देने लगी थी। इन आवाजों के उच्चारण, भाषा, मुहावरे से उनके भारतीय होने में सन्देह की गुंजाइश न थी। प्रौढ़ लोग कुछ आवाजों को पहचान सकते थे। ये रेडियो भाषण, सभा-मंच या पत्रों-पुस्तकों में छपने वाली शैली में न होते। गली, बाजार, खेत, सड़क, फैक्ट्री में बोली-सुनी जाने वाली लोग-बाग की बोली में होते। ब्रिटिश सरकार के विरुद्ध बगावत के लिये, जनता में अंग्रेजों की प्रति घृणा और क्रोध भड़काने के लिये अंग्रेजों और सरकारी अफसरों को बन्दर, सुअर के बच्चे, कुत्ते के पिल्ले, हरामजादे कहकर माँ-बहिन की गालियाँ दी जातीं। सर्वसाधारण पर इन भाषणों का बहुत प्रभाव पड़ता। इन भाषणों में अंग्रेजों की बदकारियों, दगाबाजी और बुजदिली को बढ़ाकर याद दिलाया जाता। युद्ध में अंग्रेजों की पराजय, दुर्गति, असामर्थ्य और कायरता के अत्युक्तिपूर्ण या काल्पनिक दर्शन होते।

भारतीयों को ललकारा जाता : गुलामी की जंजीरों को तोड़ने का वक्त आ गया। चेतावनी दी जाती—अपने बुजदिल, समझौतापरस्त, अंग्रेजों के खुशामदी लीडरों के बहकावे में मत आओ। हिन्दुस्तानी सिपाही तुम्हारे भाई हैं। उनकी आँखें खोलो। उनसे ताल्लुक कायम करो। फौजें तुम्हारी तरफ से पहल की इंतजार में हैं। अंग्रेजों को खत्म किये बिना हिन्दुस्तान की आजादी नामुमकिन। अंग्रेजों की जंगी ताकत की कमर तोड़ने के लिये सब जगह हड़तालें करके जंगी सामान का बन सकना और सरकार को कच्चा माल, गल्ला मिल सकना नामुमकिन कर दो। तार, डाक, रेल को खत्म कर दो···। तब आजकल की तरह मामूली लोग भी ट्रांजिस्टर रेडियो नहीं लिये फिरते थे। लोग छिप-छिपकर ये ब्राडकास्ट सुनते और उन्हें बढ़ा-चढ़ाकर दूसरों को सुनाते। विदेशी दमन के प्रति जनता का स्वाभाविक क्रोध और घृणा भीतर-भीतर बढ़ रहे थे।

ब्रिटिश प्रधानमंत्री की नीति यूरोप में नाजियों को रोक न सकी। इस कारण ब्रिटिश जनता में बहुत क्षोभ। परिणाम में चेम्बरलेन सरकार गिर गयी और प्रधानमंत्री ब्रिटेन का लौहपुरुष चर्चिल बन गया था।

चर्चिल कट्टर साम्राज्यवादी और ब्रिटेन के अधीन देशों में दमन से शासन का समर्थक। चर्चिल के प्रधानमंत्री बन जाने से भारत में दो प्रकार की प्रतिक्रिया : सरकार की ओर से किसी प्रकार की नरमी या समझौते की आशा समाप्त और कठोर दमन नीति की सम्भावना। दूसरी कल्पना, चर्चिल की उग्रनीति के कारण ब्रिटेन युद्ध में गहरा उलझेगा और ब्रिटेन की स्थिति अधिक नाजुक होगी। संघर्ष के लिये अनुकूल अवसर की सम्भावना।

जून, १९४० में एक और अप्रत्याशित घटना। जर्मनी ने म्यूनिख संधि के विरुद्ध, पलट कर पश्चिम में फ्रांस पर आक्रमण कर दिया। फ्रांस की पूर्वी सीमा पर सुरक्षा के लिये मैज़िनो लाइन मोर्चे के अभेद्य होने की ख्याति थी। वह मोर्चा अपनी जगह खड़ा रह गया था। जर्मन सेनायें उत्तर में हॉलैण्ड से फ्रांस में घुस आयी थीं। पन्द्रह दिन में आधे फ्रांस पर जर्मन सेना का अधिकार। जर्मनी-इटली ने पश्चिम एशिया और अफ्रीका में ब्रिटेन और फ्रांस के उपनिवेशों पर भी हमले बोल दिये।

फ्रांस पश्चिमी सभ्यता, संस्कृति का केन्द्र और स्तम्भ! उदार राजनीतिक विचारधारा का गुरु। नेहरू, मौलाना आज़ाद, राजगोपालाचार्य और अन्य कांग्रेस नेता थरथरा गये। प्रजातंत्र, सभ्यता और संस्कृति के लिये विश्वव्यापी खतरा। यूरोप के उत्तरी भाग बेल्जियम, डेनमार्क, हॉलैण्ड, नार्वे पर जर्मनी मई से पूर्व अधिकार जमा चुका था। ब्रिटेन जर्मनी की दूरमार तोपों और हवाई जहाजों की जद में। गांधी जी ने फ्रांस के कुचल दिये जाने पर हार्दिक समवेदना प्रकट की। ब्रिटेन पर संकट गहरा जाने के लिये घोर चिन्ता और सहानुभूति। वे ब्रिटेन को मन-वचन-कर्म से सभी प्रकार की सहाय्ता देने के लिये आतुर हो गये, परन्तु युद्ध के हिंसात्मक प्रयत्न में सहयोग न दे सकने की मजबूरी।

गांधी जी ने मित्र राष्ट्रों से अपील की : यह विनाशकारी युद्ध मानवता का अन्त कर देगा। युद्ध तुरन्त समाप्त किया जाये। यदि मित्र राष्ट्र स्वीकार करें तो शान्ति के प्रयत्न के लिये उनकी तुच्छ सेवा प्रस्तुत है। गांधी जी के विचार में विश्व को युद्ध के विध्वंस से बचा सकने का एकमात्र मार्ग उनका सत्य-अहिंसा का सन्देश।

कांग्रेस कार्यकारिणी समिति ने नयी स्थिति पर विचार के लिये पूना में अधिवेशन किया। नाज़ीज्म और फासिज्म के अन्तर्राष्ट्रीय आतंक और संसार में प्रजातंत्र, सभ्यता और संस्कृति पर संकट की गम्भीर स्थिति की चिन्ता से ब्रिटेन को पूर्वापेक्षा नरम शर्तों पर युद्ध में जन-धन की पूरी सहायता देने के प्रस्ताव पर विचार किया गया।

समाजवादी नेता आचार्य नरेन्द्रदेव इस प्रस्ताव के विरुद्ध थे। उन्हें संसार में प्रजातंत्र-सभ्यता-संस्कृति की रक्षा की चिन्ता थी परन्तु अपने देश के लिये भी प्रजातंत्रात्मक आत्मनिर्णय का अधिकार वे आवश्यक समझते थे। आचार्य जी का आग्रह था, उस पर अधिकार और शक्ति के बिना हम स्वयं असहाय हैं; दूसरों को क्या सहायता देंगे। हम सहायता देना चाहते हैं, बलि के पशु नहीं बनना चाहते।

जवाहरलाल नेहरू के लिये नाज़ी और फासिस्ट आक्रमण का प्रतिरोध आवश्यक, प्रजातंत्र-सभ्यता-संस्कृति की रक्षा आवश्यक, देश के लिये प्रजातंत्रात्मक आत्मनिर्णय का

अधिकार भी आवश्यक। वे सब लक्ष्यों के समन्वय के लिये परेशान। पटेल, मौलाना आज़ाद, राजाजी परिस्थिति से लाभ उठाने के लिये उत्सुक। उनके आग्रह से प्रस्ताव पास हो गया।

गांधी जी इस प्रस्ताव से असहमत थे। उनका विचार था, यदि कांग्रेस इस परिस्थिति में कर्तव्य-भावना से युद्ध में सहायता देना उचित और नैतिक समझती है तो ऐसी सहायता का मूल्य माँगना अनैतिक है। सहायता बिना मूल्य और शर्त दी जानी चाहिये। पटेल का उत्तर, यदि युद्ध में सहयोग-सहायता देना उचित और नैतिक है तो उस सहायता-सहयोग का मूल्य लेना भी अनैतिक नहीं।

ब्रिटिश सरकार ने कांग्रेस के प्रस्ताव की ओर ध्यान नहीं दिया। गांधी जी और कांग्रेस कार्यकारिणी समिति में मतभेद के कारण युद्ध की हिंसा के नैतिक विरोध के अधिकार के लिये वैयक्तिक सत्याग्रह भी स्थगित रहा।

उषा पी-एच० डी० के शोध कार्य के लिये रूप-रेखा तैयार कर रही थी। सप्ताह में एक-दो बार यूनिवर्सिटी जाती, अपने गाइड से परामर्श के लिये या लाइब्रेरी में नोट लेने के लिये। जुलाई, '४० से ही सेठ के यहाँ लोगों का आना-जाना बहुत कम हो गया था। नरेन्द्र केवल शनि या रवि संध्या आता। रज़ा दसवें-पन्द्रहवें। वह अपने एम० एस० के काम में बहुत व्यस्त था। अधिकांश प्रसिद्ध कम्युनिस्ट उग्र युद्ध-विरोध के कारण जेलों में थे, शेष फरार। अमित पार्टी में संवाद-सूत्र का काम करता था, इसलिये अपनी ओर ध्यान आकर्षित न करने के लिये बहुत सावधान। सेठ के यहाँ अधिक न जाता। सिन्हा, नाथ, शास्त्री, त्यागी वगैरह सेठ के यहाँ कम ही आते।

उषा जानती थी—सेठ, पाठक और गोपाल कांग्रेस समाजवादी पार्टी से निराश हो गये थे कि ये लोग कांग्रेस के अनुशासन में रहकर उग्र नीति के लिये बार-बार पुकार से अधिक कुछ न करेंगे। इनसे बेहतर तो रेवोल्यूशनरी सोशलिस्ट पार्टी के मुट्ठी भर लोग, जिनका जेल से छूटे पुराने क्रांतिकारियों से सम्पर्क था।

सेठ के यहाँ अब कभी-कभी आगरा के रावत, श्याम माथुर, जौहर आ जाते। उषा कांग्रेस की भीतरी दलबंदी भी समझने लगी थी। यह लोग स्वर्गीय मोतीलाल नेहरू के अनुयायी थे, सिद्धान्तों के झगड़े से निरपेक्ष, समयानुकूल सामरिक नीति के समर्थक। इन्हीं लोगों ने १९३१ में सरकार पर नमक सत्याग्रह का विशेष प्रभाव पड़ता न देखकर यू० पी० के देहातों में लगानबंदी आन्दोलन से सरकार के लिये परेशानी पैदा कर दी थी और जगह-जगह रेल-तार व्यवस्था को बिगाड़ देने के भी प्रयत्न किये थे। अब इन लोगों के मुखिया थे—किदवाई साहब, आगरा के पालीवाल और मालवीय। इन्हें सत्य-अहिंसा, सत्याग्रह से कोई सैद्धान्तिक लगाव न था परन्तु प्रकट में सदा कांग्रेस के साथ।

सेठ के यहाँ के लोगों का आना बहुत कम हो गया, परन्तु सेठ का बाहर जाना बहुत बढ़ गया। पहले उसे सप्ताह में दो-तीन बार लोग मरीज देखने के लिये बुला ले जाते थे। अब प्रतिदिन एक-दो कॉल। डिस्पेन्सरी के टाइम में आकर सन्देश देकर पता बता जाते। अमर रात में खाने के बाद अकसर चला जाता, कभी सुबह मुँह-अँधेरे कहीं चला जाता। मोटर-साइकल के बजाये पैदल या इक्का ले लेता।

उषा भाँप रही थी, गुप-चुप कुछ हो रहा है परन्तु उससे कोई जिक्र नहीं। मन ही मन कुढ़ती, भाड़ में जाय पी-एच० डी०! हम क्या उम्र भर स्टूडेंट रहने और गृहस्थी चलाने

के लिये हैं। पहले हमसे सब बातें होती थीं, अब छिपाने की जरूरत!...हम किसी लायक नहीं? दो बार इस कुढ़न में पति से पूरी-पूरी साँझ का मौन।

सेठ ने पूछा जरूर, "अच्छी, क्या बात, बहुत चुप-चुप हो?"

"कुछ नहीं, ऐसे ही जी अच्छा नहीं।"

उस दिन सेठ खूब सुबह बाहर गया था। रात के खाने के बाद भी गया तो ग्यारह बजे लौटा। उषा उस समय लेटी-लेटी पढ़ रही थी। सेठ ने आते ही टोका, "अच्छी, हमने कहा था, इतना स्ट्रेन मत करो। तुम नींद पूरी नहीं लेती हो, इसी से कुछ सुस्त जान पड़ती हो।"

उषा ने पुस्तक पति के सामने पटक दी, "हम अकेले में नावल पढ़ रहे थे, इसमें क्या स्ट्रेन? मन में खुदबुद हो तो कैसे सो जायें?"

"क्यों, क्या खुदबुद?"

उषा पति की जेबों की तलाशी लेने लगी, "आज-कल सुबह, दोपहर, रात हर समय कॉल। आखिर कितनी कमाई हो रही है...?"

जेब में केवल साढ़े तीन रुपये। दोपहर पाँच का नोट उषा से ले लिया था, स्पष्ट मोटर-साइकल में पेट्रोल डलवाया होगा या इक्के का भाड़ा दिया होगा। सेठ का और कोई खर्च न था।

"तुमसे कब कहा कॉल पर जा रहा हूँ। कॉल की बात तो इल्मदीन के लिये कही जाती है।"

"हमें बताते नहीं तो क्या हम देखते भी नहीं! हमें कॉज और लक्ष्य का साथी बनाया था या केवल हाउस-वाइफ?" उषा ने उलहना दिया।

सेठ ने उसे सोफा पर साथ बैठाकर बाँह उसके कंधे पर रख दी, "तुमसे छिपाने का क्या सवाल! कुछ बताने-करने लायक होगा तो तुम साथ होगी।"

राम वर्मा, उदय, वाजिद ने सत्याग्रह के प्रार्थना-पत्र न भरे थे परन्तु मालवीय ने उन्हें दफ्तर से बर्खास्त न किया। मालवीय का अभिप्राय था, गांधी जी को सत्याग्रह के लिये तत्पर लोगों की इतनी बड़ी संख्या बता दी जाये कि गांधी जी आन्दोलन आरम्भ करने के लिये मजबूर हो जायें।

वर्मा को अब कांग्रेस दफ्तर जाने से अधिक महत्त्वपूर्ण दूसरे काम। उसे मालूम था, लखनऊ छावनी में गनेसी की सिगरेट-चाय, पान-बीड़ी की दुकान थी। उसके यहाँ सिपाही गाहक आकर गप्पबाजी के लिये बैठते थे। वर्मा अकसर संध्या छावनी चला जाता और घंटे-डेढ़ घंटे गनेसी के यहाँ बैठता। इस काम के लिये वर्मा को बीड़ी फूँक सकने की साधना भी करनी पड़ी। गनेसी से गाँव-पड़ोस का सम्बन्ध, बोली की आत्मीयता। भोजपुरी में रस ले-लेकर बातें चलतीं।

बातें मौसम-फसल से आरम्भ होतीं और लाम (युद्ध) की खबरों तक पहुँच जातीं। दुकान पर बैठने वालों में ग़ाज़ीपुर जिले का एक सूबेदार था। वर्मा ने सूबेदार से भी गाँव का सम्बन्ध बना लिया। एक साँझ वर्मा ने भोजपुरी में बात बढ़ायी, "ददुआ, अब तो तुम्हारे लिये विलायत की सैर का मौका आ गया। विलायत तो स्वर्ग है। खाने को

मनचाहा घी, मक्खन, मेवे, कलिया। वहाँ सब सिपाही महलों में रहते हैं। हाथ-हाथ भर मोटे गद्देदार पलंग। खिदमत के लिये गोरी मेमें···।'' वर्मा को मालूम था, सूबेदार पिछले युद्ध में मैसोपोटामिया की ओर गया था।

''स्वर्ग नहीं ये···।'' सूबेदार का क्रोध गालियों की सीमा पार कर गया, ''लड़ाई के मोर्चे पर मेवे-कलिया नहीं पत्थर! तीन-तीन दिन पेट पर पट्टी बाँधे अमर्जी राशन पर गुजार दिये, चबेना पहुँच गया तो बड़ी बात। बहनचोद गोरों को वहाँ भी चाय-बिस्कुट-सिगरेट और जाने क्या-क्या। वहाँ ससुर गरम रेत की आँधी में अंधे हो गये और फिर जाड़े में पानी बरसा तो सात-सात दिन-रात कीचड़ में सनी भींगी वर्दी में हड्डियाँ जम गयीं। अंग्रेज साला जहाँ सबसे ज्यादा खतरा और मुसीबत देखेगा, वहीं हिन्दुस्तानी फौज को भेजेगा···।'' कुछ और गालियाँ।

बात आरम्भ हो गयी तो बढ़ने लगी। गोरे और हिन्दुस्तानी सिपाहियों की तनखाह, वर्दी, रहने के प्रबन्ध में फर्क की बेइन्साफी। उसके आगे बात करने के लिये वर्मा दुकान से उठ गया। सूबेदार के साथ टहलते हुए बात करता रहा, ''ददुआ, तो फिर मौका आ गया। शहर में लोग जर्मनी-इटली का रेडियो सुनते हैं। अंग्रेज बहुत हार रहा है। अब कांग्रेस भी बगावत पर आ रही है। इस बार डंडे खाकर जेल जाने वाली लड़ाई नहीं, सच्ची लड़ाई। इस समय फौज साथ दे दे तो,'' वर्मा ने चुटकी बजाई, ''मुल्क में गोरी फौज है ही कितनी! जैसे सन् सत्तावन में गदर हुआ था। तब सिर्फ पल्टन ने गदर किया। इस बार पब्लिक भी पल्टन के साथ। हमें पक्की खबर, लीडरों ने फैसला कर लिया है कि लीडर पिछले लाम की तरह अंग्रेजों की बातों में चूतिया नहीं बनेंगे। सुना है, कई छावनियों में देसी पल्टनों के देसी अफसरों से बात हो गयी। यहाँ आप जैसे लोग ही कुछ करेंगे।''

''क्या लड़कों की बातें!'' सूबेदार ने इनकार में सिर हिला दिया, ''बाबू, फौज में ऐसा नहीं हो सकता। तुम नहीं जानते, अंग्रेज बहुत काइयाँ, चौकस। हर पल्टन में बीसियों भेदिया रखे हैं। कोई ऊँची साँस ले तो इन्हें पता लग जाये। सिपाही आपस में आटा-दाल में रेत-कंकरी-कीड़ा की बात करें तो अफसरों के कान तक पहुँच जाये।''

वर्मा ने समझाना चाहा, ''ददुआ, ये तो आपस में एका न होने से। समझ-बूझ और होशियारी से लोगों में बात हो तो सब हो सकता है। आखिर गदर के बखत सब सिपाहियों में कैसे एका हो गया था?''

सूबेदार ने अविश्वास में सिर हिला दिया, ''वो नवाबों-बादशाहों का ज़माना था। उनका हुक्म सिपाही मान सकता था। ये लीडर लोग तो गांडू! बहनचोद एक दिन अंग्रेज से लड़ेंगे, दूसरे दिन माफी माँग लेंगे। अंग्रेज से हाथ मिलाकर साथ कुर्सी पर बैठेंगे। सिपाही एक बार गदर का बिजन बजा देगा तो माफी नहीं माँग सकता। सिपाही के लिये माफी है ही नहीं। एकदम कोट-मासल! बाबू, दस बरस पहले क्या हुआ! हमारी रजमेंट रावलपिण्डी में थी। पेसावर में कांग्रेस की पब्लिक भड़क गयी। गोरा मेजर ने गढ़वाली पल्टन को रिआया पर गोली चलाने का हुक्म दिया। गढ़वाली हवलदार ने इनकार कर दिया—हम निहत्थी रिआया पर गोली नहीं चला सकते। गढ़वाली सिपाही तो देस-कौम का खयाल किये और तुम्हारा गांधी बोला कि सिपाही का फर्ज़ अफसर का हुक्म मानना

रहा। सिपाही साले चूतिया बन गये। कोट-मासल में हो गयी चौदह बरस की जेल। उनके जोरू-जातक भूखे मरे सो अलग।''

वर्मा ने दम भरा, ''ददुआ, वह जमाना गया। हमारे साथ चलो, कांग्रेस लीडरों से बात करवा दें।''

सूबेदार ने इन्कार में सिर हिला दिया, ''ऐसा लड़कपन ठीक नहीं। लीडरों को बात करना है तो बड़े अफसरों से करें। हम क्या चीज़। देसी बड़े अफसर आर्डर दें तो हम सीने पर गोली खाने को तैयार। बहनचोद अंग्रेज के लिये मोर्चे पर मरेंगे; अपनी पब्लिक और मुलक के लिये नहीं मर सकते? सिपाही तो गदर के लिये तैयार पर कोई भरोसे की बात हो।''

पाठक को ढूँढ़ता वर्मा सेठ के यहाँ आ गया। सूबेदार से बातचीत का सारांश बताकर कहा, ''दादा, तुम समझा सको तो जतन करो। हमें तो वह लोग लड़का समझकर हमारी क्या सुनेंगे।''

युद्ध आरम्भ होने के समय पंडित जवाहरलाल नेहरू च्यांग काई शेक के निमंत्रण पर चीन में थे। उस समय च्यांग की सेनाएँ चीन पर जापानी आक्रमण के विरुद्ध लड़ रही थीं। कांग्रेस की सहानुभूति आत्मरक्षा के लिये लड़ते चीन के साथ। चीन से सहानुभूति में भारतीय कांग्रेस ने डाक्टर अटल के नेतृत्व में डाक्टरों का एक दल चीनी जनता की सहायता के लिये भेजा था। नेहरू युद्ध आरम्भ होते ही देश लौट आये थे। वे चीन में फासिस्ट जापानियों की साम्राज्य-लिप्सा के निरंकुश नृशंस कारनामे आँखों देख आये थे। उन्होंने लौटते ही देश को नाज़ी, खासकर जापानी साम्राज्य विस्तार के खतरे से सावधान किया था। नेहरू अन्तर्राष्ट्रीय राजनीति की गहरी जानकारी के कारण बहुत दुविधा में थे। उन्हें नाज़ी और फासिस्टवाद से मौलिक विरोध। जनतंत्र और समाजवाद से गूढ़ सैद्धान्तिक सहानुभूति, प्रजातंत्रात्मक ब्रिटेन और फ्रांस की सभ्यता-संस्कृति से अनुराग। उससे अधिक चिन्ता देश की स्वतंत्रता की। नेहरू फ्रांस की हार के बाद संसार में जनतंत्र के भविष्य के बारे में और भी चिन्तित।

सरकार ने कांग्रेस के पूना प्रस्ताव की उपेक्षा कर दी। नेहरू कांग्रेस कार्यकारिणी के अन्तिम निर्णय और गांधी जी के निर्देश की प्रतीक्षा में थे और देश की जनता को गांधी जी के नेतृत्व में आन्दोलन के लिये तत्पर रहने के लिये ललकार रहे थे। इसी प्रसंग में नेहरू लखनऊ आये थे। उग्रपंथी युवकों ने नेहरू से विशेष परामर्श और निर्देश पाने के लिये लालकुआँ के प्रादेशिक दफ्तर में चुने हुए लोगों की एक विशेष गोष्ठी की थी। उषा को नेहरू के विचारों और व्यक्तित्व के प्रति विशेष आकर्षण और आदर। उसकी राजनैतिक जागृति का आरम्भ ही नेहरू की आत्मकथा से हुआ था। नेहरू को समीप से देखने-सुनने के लिये बहुत उत्सुक। उत्साह से पति के साथ गोष्ठी में गयी। मिसेज़ चैटर्जी, कपिला दुबे, लीला वाजपेयी भी आयी थीं।

नेहरू ने सन्तोष प्रकट किया, ''यह खुशी की बात है कि हमारे प्रान्त की स्त्रियाँ भी मुल्क और कौम की तरफ अपनी जिम्मेदारी, फर्ज और पब्लिक लाइफ में अपनी जगह समझने लगी हैं।'' नेहरू ने समझाया, ''आन्दोलन तो होगा और जल्दी होगा। शायद हम

लोगों के पूरी तरह तैयार होने से पहले शुरू हो जाये। हमें हर मिनट की कीमत समझनी चाहिये। इस बार मामूली आन्दोलन नहीं होगा। हर आन्दोलन हालात के मुताबिक चलता है। इन्टरनेशनल हालात को खयाल में रखकर हमें सिर्फ आन्दोलन के लिये नहीं, इन्कलाब के लिये तैयार होना चाहिये।…हालात इन्सानों को मजबूर कर देते हैं। अगर इन्सान की समझ दुरुस्त हो और वो मौके के लिये तैयार हो तो हालात से फायदा उठाया जा सकता है वर्ना हालात इन्सान को खत्म कर देते हैं। आन्दोलन एक जंग होती है और जंग के हालात आम जिन्दगी से मुख्तलिफ होते हैं…।'' श्रोता शब्दों के गूढ़ अर्थ समझने का यत्न कर रहे थे।

नेहरू ने और समझाया, ''आन्दोलन शुरू हो जाने पर सरकार हमारे लीडरों को जनता की रहनुमायी का मौका न देने के लिये शुरू में ही गिरफ्तार कर लेती है। जंग में हर वक्त लीडर या कमाण्डर की तरफ देखने की सहूलियत नहीं हो सकती। लायक सिपाही वो है जो वक्त पर खुद सही कदम उठा सके। आप सभी को वक्त के मुताबिक जनता को राह दिखाने के लिये तैयार रहना चाहिये…।''

भाषण के बाद भी पाठक और मालवीय नेहरू के साथ रहे। वे लोग कुछ क्षण अलग बातचीत का अवसर चाहते थे। नेहरू बहुत थके हुए थे। सुबह से रात के साढ़े दस तक उन्हें पल भर विश्राम न मिला था। रात की मेल से गोरखपुर जाने के लिये तैयार। उन लोगों के अनुरोध से उन्हें पृथक कमरे में बुला लिया। नेहरू सार्वजनिक सभाओं में या आम जनता में सिगरेट न पीते थे। उस समय थकावट और बेतकल्लुफी में सिगरेट लगा ली।

पाठक ने भूमिका के बिना बात आरम्भ की, ''आपने इन्कलाब के लिये तैयारी का आदेश दिया है। इन्कलाब में फौजें चुप या निष्पक्ष नहीं रह सकेंगी। फौजें या तो इन्कलाब में मदद करती हैं या इन्कलाब को दबाने का काम। हम लोग यहाँ फौज से कुछ कन्टेक्ट्स बना रहे हैं, लेकिन वे लोग बड़े लीडरों का आश्वासन चाहते हैं : हमने उन्हें वचन दे दिया है। आपसे अनुरोध है, गोरखपुर से लौटते समय…।''

''ये क्या हिमाकत कर रहे हैं आप लोग!'' नेहरू चौंके। अंग्रेजी में समझाया, ''सब क्रान्तियाँ एक ही रास्ते पर नहीं चलतीं। हमने इस क्रान्ति का नेता गांधी जी को स्वीकार किया है। वे इसका समर्थन करेंगे। आप जानते हैं, गांधी जी १९३१ में गढ़वाली सिपाहियों के व्यवहार की आलोचना कर चुके हैं। जब फ्रांस के पत्रकारों ने गांधी जी से ग़ढ़वाली सिपाहियों के अहिंसात्मक व्यवहार की आलोचना का कारण पूछा था तो गांधी जी ने स्पष्ट कहा था, वे पुलिस और सेना को विद्रोह नहीं सिखाते। कल हमें इन्हीं सिपाहियों के भरोसे शासन सम्भालना होगा। हमारी क्रान्ति इतिहास में नयी चीज है, निःशस्त्र अहिंसात्मक क्रान्ति से स्वशासन पाना।''

पाठक चुप नहीं हुआ, ''ब्रिटिश सरकार क्रान्ति को अहिंसात्मक न रहने दे तो हम क्या करेंगे? पुलिस और सेना भी देश की जनता है। उनकी उपेक्षा हम कब तक कर सकते हैं! आपने कहा है, नेताओं की गिरफ्तारी के बाद हमें स्वयं समयानुकूल कदम उठाना होगा। हमारे विचार में इस बात का उपाय करना जरूरी है कि हमारी पुलिस और सेना हमारे दुश्मन न बनकर हमारे सहायक बने। हम दूसरी क्रान्तियों के इतिहास से आँखें क्यों मूँदें?''

"गांधी जी और कांग्रेस नेता दूसरी क्रान्तियों के इतिहास से इतने बेखबर नहीं हैं।" नेहरू के स्वर में परेशानी, "क्रान्तियों की सतही समझ से काम नहीं चलेगा, वस्तुस्थिति की समझ जरूरी है। तुमने कभी ब्रिटिश इंडियन सेना के संगठन को समझने की कोशिश की है? उसे जाने बिना उस काम में हाथ डालोगे? ब्रिटिश सरकार ने सन् '५७ के गदर के अनुभव से भारतीय सेना के संगठन में इन आशंकाओं का ध्यान रखा है। विभिन्न बोलियों, बिरादरियों, इलाकों के लोगों की अलग-अलग पल्टनें हैं जो खुद को एक-दूसरे से अलग समझती हैं। अधिकांश सिपाही निरक्षर, केवल इशारे पर चलने वाली मशीनों की तरह। गोरखा, बलूची, पठान, पंजाबी कोई खुद को हिन्दुस्तानी नहीं मानता, सब अपनी अलग कौम मानते हैं। पल्टनों को सदा जन-सम्पर्क से दूर रखा जाता है। साल-दो साल में उनकी एक छावनी से दूसरी छावनी में बदली हो जाती है कि स्थानीय जनता से सम्पर्क न बन पाये।"

नेहरू का स्वर धीमा हो गया, "हमारे आन्दोलन की नींव शुरू से ही दूसरी है। हमने पूर्ण निर्देशन गांधी जी को सौंपा है। गांधी जी इसका अनुमोदन नहीं करेंगे। हम दो नावों पर पाँव रखकर चलना चाहेंगे तो दोनों नावें डूबेंगी···।"

पाठक ने फिर भी आग्रह किया, "कभी तो यह काम करना ही होगा। एक पल्टन को दूसरी पल्टन का उदाहरण सिखायेगा। सिपाही स्वयं तैयार हो रहे हैं। वे विदेशी मोर्चों पर प्राण देने के बजाय अपने देश के लिये लड़ना पसन्द करेंगे। वे केवल एक आश्वासन चाहते हैं कि यह आन्दोलन पीछे नहीं हटेगा।"

"आन्दोलन के पीछे हटने का सवाल ही नहीं, परन्तु कांग्रेस की मूल नीति के विरुद्ध चलने की योजना गलत काम है।" नेहरू ने बात समाप्त कर दी। घड़ी देखकर बोले, "इस समय तो हमें गोरखपुर की मेल पकड़नी है।"

दूसरे दिन संध्या नेहरू ने गोरखपुर की सार्वजनिक सभा में आन्दोलन के लिये बहुत उग्र ललकार का भाषण दिया। उस राजद्रोही भाषण के लिये नेहरू दूसरी सुबह गिरफ्तार कर लिये गये। अदालत में नेहरू ने अपनी सफाई में और कड़ा भाषण दे डाला, "···इस सरकार के अस्तित्व का आधार ही अनैतिकता और अन्याय है। ब्रिटिश जनता और ब्रिटिश सरकार जिन सिद्धान्तों और आदर्शों की रक्षा के लिये यह युद्ध लड़ने का दावा कर रही है, भारत में सरकार की नीति और व्यवहार उन दावों के ठीक विपरीत है। मानवीय न्याय और विवेक की दृष्टि से यह सरकार स्वयं दोषी और अपराधी है। इस सरकार को सहना, कायरता से अन्याय और मानवता के विरुद्ध अपराध में सहयोग देना है। इस सरकार से विद्रोह प्रत्येक विवेकशील व्यक्ति का नैतिक कर्तव्य है···।" अदालत ने नेहरू को राजद्रोही व्याख्यान के लिये चार बरस जेल की सजा दे दी। वे गोरखपुर जेल में बन्द। लखनऊ लौटे ही नहीं। उषा अदालत में नेहरू के वक्तव्य का उल्लेख पढ़कर सिहर उठी। दूसरे दिन पाठक के आने पर भाषण की चर्चा।

पाठक ने निरुत्साह से सिर हिला दिया, "इससे भी अधिक उत्तेजक भाषण दिये जा चुके हैं, परन्तु उनसे ब्रिटिश सरकार का आसन नहीं हिला। क्रान्ति अदालतों से शुरू नहीं होगी।"

१९४० अक्टूबर से युद्ध और हिंसा के विरोध के नैतिक अधिकार के लिये वैयक्तिक सत्याग्रह आरम्भ हो गया। सत्याग्रह के कार्यक्रम में सरकार को कठिनाई में न डालने का ध्यान रखा जा रहा था। कांग्रेसी नेता पुलिस को अपने युद्ध विरोधी भाषण देने के समय-स्थान की सूचना दे देते। पुलिस उन्हें सवारी पर हवालात पहुँचा देती, परन्तु सामान्य कांग्रेसजन आवेश में, गांधी जी के निर्देश के बावजूद पुलिस को सूचना दिये बिना उत्तेजक युद्ध विरोधी भाषण दे देते, "…इस साम्राज्यशाही युद्ध में सहयोग देशद्रोह और पाप है। इस युद्ध के लिये न एक भाई न एक पाई।" पुलिस उन्हें भी गिरफ्तार कर लेती।

किदवाई साहब, पालीवाल, मालवीय और कांग्रेस के भीतर उग्र दल को इस निष्क्रिय सत्याग्रह से सन्तोष न था। वे अवसर की प्रतीक्षा में आन्दोलन के लिये दूसरी तैयारियाँ कर रहे थे, परन्तु कांग्रेस में उनके स्थान और अनुशासन के विचार से उन्हें भी सत्याग्रह में गिरफ्तार होना पड़ा। पाठक, सेठ और कुछ दूसरे साथियों को उग्र नेताओं का आदेश था, वे वैयक्तिक सत्याग्रह में गिरफ्तार न हों, अपना काम जारी रखें। साम्राज्यशाही युद्ध में सरकार से पूर्ण असहयोग और स्वतंत्रता के लिये उग्र संघर्ष की तैयारी की ललकार के गुप्त रूप से छपे पर्चे और साइक्लोस्टाइल बुलेटिन निकलते रहते थे।

आरम्भ में लोगों को सत्याग्रह में भाग लेने का बहुत उत्साह और उत्तेजना, परन्तु सरकार की ओर से सत्याग्रह को दबाने के प्रयत्न के कोई लक्षण नहीं। अनेक अवसरों पर पुलिस सत्याग्रह करने वालों की ओर से नजरें फेरे रहती…क्या जरूरत ऐसे आन्दोलन से परेशान होने की! किसी से न छिपा था, सत्याग्रह के मुख्य निर्देशक और संचालक गांधी जी थे। सरकार गांधी जी को गिरफ्तार न कर सत्याग्रह जारी रखने का पूरा अवसर दे रही थी। लोगों को ऐसी लड़ाई में जूझने के लिये क्या उत्तेजना या उत्साह होता! सत्याग्रह करने वालों की संख्या घटती जा रही थी। सरकार की ओर से आन्दोलन के प्रति निश्चिन्तता की उदासी। १९४१ जनवरी लगते तक सत्याग्रह बिलकुल शिथिल। उषा पति और पाठक के सामने क्षोभ प्रकट करती : इतनी तैयारियों, गुप्त पर्चों से विदेशी सरकार के विरुद्ध जूझ जाने की ललकारों और हुंकारों का परिणाम यह वैयक्तिक सत्याग्रह!

१९४१ सत्ताईस जनवरी। देश भर में सनसनी। सुभाष बोस को ब्रिटिश सरकार विरोधी उग्र भाषणों के कारण तीन-चार मास पूर्व गिरफ्तार कर लिया गया था। बड़े कांग्रेसी नेता, जेल की असुविधाओं से प्रायः बीमार हो जाते। उनकी बीमारी से जनता में सरकार विरोधी भावना फैलती। सरकार यह न चाहती थी, खासकर युद्ध के समय। गिरफ्तार कर लिये जाने पर बोस भी बीमार हो गये। सरकार ने बोस के स्वास्थ्य और सुविधा की जिम्मेवारी न लेने के लिये बोस को कलकत्ता में उनके मकान को ही हवालात मानकर मकान में ही कैद कर दिया। मकान पर पुलिस का कड़ा पहरा रहता। बोस बँगले से बाहर न जा सकते। डाक्टर और दूसरे लोग बोस से पुलिस की अनुमति से जेल के नियमों के अनुसार मिल सकते थे। सत्ताईस जनवरी को अदालत में बोस की पेशी थी। उस दिन पता लगा, बोस मकान से लापता थे। कांग्रेसी संघर्ष के इतिहास में जेल से किसी नेता के भाग जाने की इच्छा या प्रयत्न अप्रत्याशित बात। इस समाचार से सर्वत्र सनसनी।

पाठक, सेठ, उषा को बोस के जेल से निकल भागने के समाचार से उत्साह—बोस हवालात या जेलों के कष्टों से बचने के लिये फरार नहीं हुआ। फरार व्यक्ति को आराम कहाँ? उसके सिर पर तो प्रति क्षण पकड़ लिये जाने की आशंका की तलवार उठी हुई! बोस जेल से संघर्ष आरम्भ करने के लिये भागा है। अब लड़ाई आरम्भ होगी··· दिखावे का आन्दोलन नहीं, असली लड़ाई।

१९३९ में कांग्रेस अध्यक्ष के पद के चुनाव में सभी वामपंथियों ने बोस का समर्थन किया था। १९४० के रामगढ़ अधिवेशन में बोस ने कांग्रेस से पृथक अपना फॉरवर्ड ब्लाक दल बना लिया तो कम्युनिस्ट और रायिस्ट उससे पृथक हो गये। कम्युनिस्ट लोग कांग्रेस पर गांधीवादी नीति की जकड़ हिलाने के लिये बोस की सहायता करने को तैयार थे। वे ब्रिटिश सरकार और युद्ध विरोध में बोस का साथ दे सकते थे, परन्तु बोस की नीति से वे असहमत। कम्युनिस्टों को बोस के भाषणों से जर्मनी और इटली से सहानुभूति की गंध आने लगी थी। नरेन्द्र के विचार में अब बोस का प्रभाव बढ़ने का परिणाम होगा—कड़ाही से बचने के लिये भट्ठी में कूद जाना।

रायिस्ट होने के नाते रज़ा बोस के और भी विरुद्ध। उसके विचार में ब्रिटेन, फ्रांस और अमरीका के युद्ध प्रयत्नों में बाधा डालना नाज़ी जर्मनी और फासिस्ट इटली की सहायता करना; जनतंत्र और समाजवाद की दृष्टि से अन्तर्राष्ट्रीय और राष्ट्रीय आत्महत्या।

रज़ा उन दिनों बहुत परेशान। उसकी परेशानी का आरम्भ १९३९ में कांग्रेस मंत्रिमण्डलों के इस्तीफे देने पर मुस्लिम लीग द्वारा 'यौमेनजात' मनाने के अवसर से आरम्भ हुआ था। सर्जरी का असिस्टेंट प्रोफेसर अब्दुल समद लीग समर्थक हो गया था। प्रोफेसर हामिद से समद कुछ कह न सकता था, परन्तु मेडिकल कालेज के शेष मुस्लिम अध्यापकों और विद्यार्थियों को उसने 'यौमेनजात' में सहयोग न देने की प्रेरणा दी थी।

रज़ा पर समद का एहसान था। उसे सर्जरी में लेक्चररशिप दिलाने में समद ने मुस्लिम के नाते उसकी सहायता की थी, परन्तु रज़ा ने उस साम्प्रदायिक प्रदर्शन में सहयोग न दिया। समद उसे बार-बार उलाहने देता रहता। नौकरी में सीनियर से झगड़ा, पानी में रहकर मगर से बैर।

सन् '४० अप्रैल में समद का आक्रोश और बढ़ गया। कारण था, सर्जरी के विभागाध्यक्ष प्रोफेसर निगम के रिटायर हो जाने का समय आ गया और समद के विभागाध्यक्ष बनने का अवसर। लेकिन यूनिवर्सिटी कोर्ट ने प्रोफेसर निगम की विशिष्ट योग्यता के विचार से उसके कार्यकाल की अवधि दो वर्ष बढ़ा दी। समद के विश्वास में निगम के लिये पक्षपात उसके साथ अन्याय। कारण, यूनिवर्सिटी कोर्ट पर कांग्रेसी हिन्दुओं का कब्जा। समद अब जुझारू लीगी। रज़ा की लीग से विरक्ति के कारण रज़ा से भी नाराज। वह नाराजी १९४१ जनवरी से और अधिक।

लीग को सहयोग न देने से रज़ा के परिवार में भी उससे असन्तोष। परिवार में उसका समर्थक और मित्र था उसका साढ़ू वकील फज़ल अहमद। १९३९ तक फज़ल अहमद मजहब के मामले में सहिष्णु विचारों से नेशनलिस्ट। स्वयं को हिन्दुस्तानी कहता था। उसने 'यौमेनजात' में भी सहयोग न दिया था, परन्तु वह भी शनैः शनैः लीगी बनता गया। परिणाम उसकी वकालत के लिये अच्छा हो रहा था। सन् '४० के अन्त तक वह इतना पक्का लीगी कि मद्रास में मुस्लिम लीग के अधिवेशन के लिये लखनऊ से डेलीगेट

चुन लिया गया और उसके लिये लीग की ओर से इतने लम्बे सफर के खर्च का भी प्रबन्ध हो गया। मद्रास में लीग ने पाकिस्तान का प्रस्ताव पास कर दिया था। लीग के मद्रास अधिवेशन के बाद यू० पी० में पाकिस्तान की माँग को लेकर लीग की गतिविधि में बहुत वेग आ गया। वकील फज़ल अहमद लीग की प्रान्तीय शाखा के प्रचार कार्य का उपमंत्री बन गया। उसकी स्थिति और प्रभाव में बहुत अन्तर। सरकारी अफसरों से मिलना-जुलना बढ़ गया।

रज़ा फज़ल अहमद से भी कटने लगा। कभी बात हो भी जाती। फज़ल अहमद की बोल-चाल, व्यवहार बहुत शिष्ट। रज़ा साम्प्रदायिक दृष्टिकोण को मुस्लिम लीग की अदूरदर्शिता और सम्प्रदायों के लिये विशेषाधिकार को जनवाद विरोधी दृष्टिकोण बताता। पाकिस्तान की माँग उसकी दृष्टि में अव्यावहारिक। फज़ल से पूछा, "पाकिस्तान बनने पर आप लखनऊ छोड़कर पाकिस्तान जाने को तैयार होंगे?"

फज़ल अहमद का व्यवहार अब भी मजहबी कट्टरता या असहिष्णुता का न था। वह लीग को साम्प्रदायिक संगठन नहीं, मुसलमानों का राजनैतिक संगठन मानता था। वह नमाज़-रोज़े की अपेक्षा मुसलमानों में राजनैतिक जागृति और संगठन को महत्त्व देता था। उसका कहना था, पाकिस्तान लीग का जुझारू नारा है। इस समय ब्रिटेन इंडिया को जनतांत्रिक शासन अधिकार सौंपता है तो उसका अर्थ हिन्दू कांग्रेस का प्रभुत्व होगा। हमें जनवाद की अपेक्षा मुस्लिम कौम का लाभ देखना है। युद्ध के बाद अंग्रेज हिन्दुस्तान को स्वशासन के अधिक अधिकार देने के लिये मजबूर होंगे। उस स्थिति में मुसलमान अल्पसंख्यक होने के नाते घाटे में क्यों रहें। मुसलमानों को लाभ बहु की संख्या में खो जाने में नहीं, अपनी पृथक स्थिति रखने में है।

रज़ा बिलकुल अकेला पड़ गया था। कोई रज़ा से नाराज, किसी से वह नाराज। सबसे बड़ी परेशानी गृहस्थ कलह। दो-ढाई महीने में गेती को झगड़ने का दौरा आ जाता। पति की मानसिक परेशानियों को अपनी उपेक्षा समझ लेती। गेती की कल्पना में इस उदासीनता का एक कारण, पति की किसी अन्य स्त्री से आसक्ति। बात इतनी बढ़ जाती कि बेबस होकर रज़ा का हाथ चल जाता। एक-दो दिन गेती का रूठना और रोते रहना, फिर बिस्तर पर समझौता। रज़ा समझ गया था, यह स्वयं गेती के बस की बात नहीं।

राजनैतिक मतभेद के बावजूद रज़ा अकेलेपन से परेशान हो हँसी-मजाक, बहस या बतरस में गम गलत करने के लिये नरेन्द्र के यहाँ चला जाता। सहानुभूति-सांत्वना की इच्छा हो तो सेठ के यहाँ। दोनों को एक-दूसरे के विवेक और नीयत पर अनन्त विश्वास। सेठ के सामने अपनी सभी परेशानियाँ उड़ेल देता, खासकर गेती के बारे में, जो शिष्टता के विचार से उषा के सामने न कह सकता था।

वैयक्तिक सत्याग्रह के आरम्भ में गिरफ्तार लोग जनवरी-फरवरी में जेलों से लौटने लगे। सक्सेना साहब, हरि भैया जैसे निष्ठावान लोगों ने फिर सत्याग्रह किया लेकिन सरकार ने उन्हें गिरफ्तार न किया। बहुत से कांग्रेसी ऐसे सत्याग्रह से ऊबने लगे। अब उन्हें बोस का कार्यक्रम प्रकट होने और उसमें सम्मिलित होकर विदेशी सरकार से लड़ सकने का अरमान। फिर स्वतंत्रता के लिये संघर्ष की ललकार के गुप्त पर्चे और साइक्लोस्टाइल बुलेटिन दिखायी देने लगे।

१९४१ मई में इल्मदीन ने डाक्टर अमर और सेठ जी से मुआफी चाही। बता दिया, खुफिया पुलिस का हवलदार उसके घर पर बार-बार आता था "...पुलिस चाहती है, हम यहाँ आने-जाने वालों पर और डाक्टर साहब की नक्लो-हरकात पर नज़र और उनकी बातचीत पर कान रखें और पुलिस को रिपोर्ट दें। इस काम के लिये मुआविज़े का लालच दिया जा रहा है। ऐसा दोगलापन और नमकहरामी हम नहीं कर सकते।"

अमित ने कुछ दिन पूर्व बहिन-बहनोई को सावधान कर दिया था, "...जान पड़ता है, सी० आई० डी० आपके बँगले पर नज़र रखती है।"

सेठ जी घबरा गये। बेटे के लच्छन जानते थे, परन्तु इतनी दूर तक आशंका न थी। वकील कोहली से राय ली। तय पाया इल्मदीन के बजाय जिसे रखेंगे, पुलिस उसे भी पटा सकती है। पुलिस के और बीस जरिये। उसका शक बढ़ाने से फायदा!

इल्मदीन काम का आदमी और वफादार। बेहतर वही रहे। सेठ-उषा राजनीतिक और गुप्त मामलों में इल्मदीन से पहले ही चौकन्ने रहते थे। डाक्टर सेठ ने उससे बात की, "हमें आप पर एतबार है। इनाम आप कबूल करें या न करें। हमें गैरकानूनी काम से वास्ता नहीं। आप जो खबर देना मुनासिब समझें, दीजिये। कांग्रेस से हमें हमदर्दी है, लेकिन किसी झगड़े में नहीं पड़ेंगे।"

सेठ जी का दिल अब वहाँ आते धड़कता परन्तु बेटे का घर, खासकर पोते का मोह। प्रताप डेढ़ साल का हो गया था। कुछ शब्द तोते की तरह बोल लेता। सेठ जी सुबह नौ-दस के लगभग आते। उषा प्रताप को नहला-धुला कर साफ-सुथरे कमीज-नेकर, मोजे-जूते पहना कर तैयार रखती। ससुर के आगमन का संकेत पाकर, स्वयं आड़ में रहकर बच्चे को बरामदे में कर देती। प्रताप दादा को देख बोलने लगता, "दा जी जै, दा जी जै, पाली-पन्ना।"

सेठ जी का मन पुलक आता। पोते को गोद में उठा लेते। पन्द्रह-बीस मिनट उससे दिल बहला लेते। यह वैसा ही नियम जैसे मन्दिर जाना। बालक रूप भगवान के दर्शन। इक्के पर होते तो प्रताप को घंटे-आध घंटे के लिये साथ ले जाते। लौटाने आते तो साथ पत्तों में बँधा मिठाई का छींका या अँगोछे में फलों की गठरी रहती।

युद्ध के कारण आशंका या बेचैनी थी तो केवल राजनीतिक लोगों में। आम जनता के लिये कठिनाइयाँ थीं और सुविधायें भी। अनाज, कपड़े, घी, चीनी और दूसरी सभी चीजों के दाम दूने-तिगुने। महँगाई फसलों की खराबी के कारण नहीं, सरकारी नीति से। सेनाओं के लिये रसद और कपड़ा मुँहमाँगे दामों खरीदा जा रहा था। मजदूरी का सरकारी रेट भी दूना। लोग महँगाई के दबाव से सेना और जंगी काम की मजदूरी के लिये लपके आ रहे थे। बाजार बहुत चढ़ जाने से सरकार ने कंट्रोल लगा दिये थे। कंट्रोल दाम पर अनाज-कपड़े की दुकानें। ऐसी दुकानों पर केवल मोटा अनाज मिलता, वह भी घुना हुआ और मोटा कपड़ा। विचित्र व्यवस्था थी, गाँव में खपने वाला कपड़ा शहरों के हिस्से आता और शहरों की जरूरत का महीन कपड़ा गाँवों के हिस्से। फिर अपनी माँग के बाजार में जाकर ब्लैक में बिकता। व्यापारियों के लिये कारोबार, बीच के अफसरों की आमदनी। लोग गेहूँ न मिलने की शिकायत के डेपूटेशन कलेक्टरों और बड़े अंग्रेज़ अफसरों के यहाँ ले जाते। जवाब मिलता, 'गेहूँ फौज के लिये। जो गोली खायेगा, गेहूँ खायेगा।'

जनता को युद्ध के कारण अनेक कष्टों में एक संतोष, पिटे हुए असमर्थ निर्बल का संतोष—जर्मनी साले अंग्रेजों को खूब जूते लगा रहा है। जर्मनी और हिटलर सामर्थ्य और दुर्धर्ष शक्ति के प्रतीक। लोगों की धारणा, हिटलर जब चाहे अंग्रेजों को मिट्टी के ढेले की तरह मुट्ठी में मींज कर हवा में उड़ा दे। इक्केवाले अपने घोड़े को तेज चलने के लिये ललकारते, 'चल बेटा बढ़ चल, हिटलर की चाल!' मुर्गों-तीतरों की लड़ाई में जीतने वाले मुर्गे-तीतर हिटलर कहलाते। गली-मुहल्ले के सबसे जोरावर कुत्ते का नाम हिटलर।

१९४१ जून में तीसरी अप्रत्याशित घटना। जर्मनी ने सोवियत से अनाक्रमण संधि के बावजूद सोवियत पर धावा कर दिया। जर्मन पैंजर सेनायें कल्पनातीत गति से सोवियत के गाँवों, नगरों, मोर्चों को रौंदती बढ़ने लगीं। रायवादियों ने बहुमत की राजनैतिक भावना और विरोध के बावजूद चेतावनी दी : सोवियत पर नाज़ी आक्रमण के बाद यह युद्ध साम्राज्यवादी युद्ध नहीं रहा। अब यह युद्ध प्रजातंत्र, अन्तर्राष्ट्रीय न्याय, सभ्यता-संस्कृति और संसार में समाजवाद और आत्मनिर्णय का अधिकार चाहने वाले निर्बल देशों के लिये आत्मरक्षा का युद्ध है। भारतीय का कर्तव्य है, जनतंत्र की रक्षा और आत्मरक्षा के इस युद्ध में ब्रिटेन को पूरा सहयोग दे।···देश के आम लोग सोवियत सीमा में जर्मन सेनाओं के अबाध गति से बढ़ते जाने के समाचारों से उत्साहित। उन्हें विश्वास, जर्मनी छः मास में पूरे सोवियत को जीत लेगा, फिर अकेले ब्रिटेन की क्या औकात!

जुलाई में समाचार : जर्मनी से हारे हुए फ्रांस के अधीन इंडोचाइना पर जापान ने कब्जा कर लिया और आशंका, जापान अब ब्रिटेन को जर्मनी से उलझे देखकर ब्रिटेन के अधीन मलाया, सिंगापुर, हांगकांग की तरफ बढ़ेगा। ब्रिटेन और स्वयं भारत के लिये इस खतरे से भारतीय जनता को उत्साह। उन्हें जनतंत्र पर विश्वव्यापी खतरे या स्वयं भारत पर आक्रमण की आशंका से चिन्ता के बजाये ब्रिटेन के धूल में मिल जाने के स्वप्न से सन्तोष।

कम्युनिस्ट इस स्थिति से दुविधा में। उन्हें सोवियत पर जर्मन आक्रमण और जर्मन सेना की चमत्कार गति से सोवियत सीमा में धँसते जाने की घबराहट, परन्तु उन्हें अपनी साम्राज्यवादी युद्ध के विरोध की नीति से पीछे हटने में संकोच या अपने पोलित ब्यूरो के निर्णय की और अन्तर्राष्ट्रीय कम्युनिस्ट संगठन के निर्देश की प्रतीक्षा। वे साम्राज्यवादी युद्ध के विरोध की नीति पर डटे रहे।

युद्ध के आरम्भ में राय के दल में सम्मिलित अनेक उग्र कांग्रेसी, कांग्रेस समाजवादी और पुराने क्रान्तिकारी गिरफ्तार कर लिये गये थे। रायवादियों के युद्ध विरोध को आत्मघाती मूर्खता कहने और युद्ध में सहायता के प्रचार की नीति के कारण सरकार उन्हें जेलों से छोड़ने लगी। रायवादियों के विरुद्ध 'गद्दार!' और मुर्दाबाद के नारे लगने लगे।

अंग्रेजों पर संकट गहराने से फिर उग्र संघर्ष के समर्थकों में उत्साह। इस उत्साह के लिये प्रेरणा का एक विशेष कारण। सुभाष भागकर यूरोप पहुँच गये थे। पहले रोम और फिर बर्लिन रेडियो पर सुभाष की आवाज। भारतीयों को स्वतंत्रता प्राप्ति का अवसर न चूकने की ललकार।

अगस्त का पहला सप्ताह। सेठ और उषा की नींद बरामदे से बैठक के दरवाज़े पर जोर की दस्तक से टूटी। विस्मय, इस समय कौन! अनुमान, शायद पाठक ने कोई सन्देश भेजा। पाठक पाँच मास से भेष बदले छिपकर काम कर रहा था। सेठ ने बैठक में जाकर किवाड़ खोले। पुलिस थी। दो अफसर, पाँच कांस्टेबल वर्दी में, दो पड़ोसी व्यक्ति साधारण नागरिक पोशाक में। तलाशी का वारंट था।

पुलिस के व्यवहार से लगा, वे किसी सूचना के आधार पर आये हैं। सबसे पहले डिस्पेन्सरी में आलमारियाँ हटाकर लकड़ी से दीवार और फर्श पर टकोर कर पोलापन भाँपने का यत्न किया। उसके बाद रसोई में जाकर कोयले का ढेर हटवा कर जगह को ध्यान से देखा। उसके बाद सरसरी तौर से सभी कमरे देख डाले। कुछ न मिला तो कुछ पैम्फलेट, दो-तीन पुस्तकें और रायिस्टों के साप्ताहिक 'बैन्गार्ड' की दो प्रतियाँ ही ले लीं।

उषा पलंग-कमरे में कपड़े बदल कर बैठक में आकर कुर्सी पर बैठ गयी थी। दोनों बाँहें सीने पर बाँधे, पुलिस को ऐसे घूर रही थी जैसे बिल्ली सामना करने के लिये तत्परता में आक्रामक कुत्ते की ओर देखती है।

तलाशी लेने के बाद अफसर ने सेठ को सम्बोधन किया, ''आपकी गिरफ्तारी का वारंट है।'' अफसर ने कागज सेठ की ओर बढ़ा दिया, ''हमारे साथ चलना होगा।'' सेठ ने वारंट पढ़ा। डी० आई० आर०-२६ में वारंट था। सेठ ने वारंट उषा को भी दिखा दिया।

''आपके साथ चलने के लिये मुझे कपड़े बदलने होंगे।'' वह रात के कपड़ों में था। अफसर और कांस्टेबल प्रतीक्षा के लिये बरामदे में चले गये।

सेठ ने पलंग-कमरे की ओर बढ़ते हुए पत्नी से बात करने के लिये उसे बुला लिया, ''घबराना नहीं।''

''घबराने से क्या मिलेगा।'' उषा ने साहस दिखाया परन्तु मुस्करा न सकी, ''···बता दीजिये क्या करना होगा।''

''सुनकर चच्चा घबरायेंगे। तुम वकील चाचा के यहाँ भी कहलवा दो तो बेहतर। हरि भैया को भी खबर भिजवा दो। बेबे को बुलवा लो।''

पप्पू अभी गहरी नींद में था। सेठ ने कपड़े बदल कर बाहर जाने से पहले बेटे के सिर पर हाथ फेरकर प्यार किया। उषा को एक बार और धैर्य का परामर्श।

पुलिस हथकड़ी और रस्सी साथ लायी थी, परन्तु हथकड़ी लगाना जरूरी न समझा। पुलिस सेठ को सड़क पर खड़ी मोटर वैन की तरफ ले गयी। उषा बैठक के दरवाजे में खड़ी, पुलिस के साथ जाते पति को अपलक देख रही थी। उस समय उजाला हो गया था।

उषा ने परसू को तुरन्त छोटी गली में वकील चाचा के यहाँ और हरि भैया को खबर दे आने के लिये कहा। परसू दौड़ता गया था। वैसे ही लौटा। सेठ जी, वकील साहब और मास्टर जी सुबह की सैर के लिये गये हुए थे। वह भाबो और गंगा बुआ को सूचना दे आया था।

परसू के लौटते ही उषा ने उसे समीप से इक्का-ताँगा लेकर बेबे को लिवा लाने के लिये वालाकदर भेज दिया। उस दिन सोमवार था। बेबे पिछले दिन चौथे पहर परिवार के

लोगों के साथ गिरज़ा जा सकने के लिये वालाकदर चली गयी थी। सुबह लौट आने का आश्वासन दिया था। उषा के लिये सबसे जरूरी साथ बेबे का। परसू को समझा दिया, वहाँ पुलिस की बात न बताना। बेबे घबरा जायेगी। कह देना, हमारी तबीयत ठीक नहीं, आकर पप्पू को सम्भाले।

उषा की तबीयत खराब होने का समाचार पाकर बेबे तुरन्त चल पड़ी। सहानुभूति में अमित भी कुछ मिनट बाद साइकल पर आ गया।

उषा प्रताप के उठने से पहले नहा-धोकर तैयार हो गयी थी। पुलिस वाले तलाशी लेते समय सोफा-कुर्सियों की गद्दियाँ टेढ़ी-मेढ़ी कर गये थे। उषा ने सब कुछ कायदे से लगाया। प्रताप उठ गया तो उसे भी नहला कर कपड़े बदल कर तैयार कर दिया और दूध दे रही थी। अमित ने उसे बताया, "जीजी, पप्पू के दादा आये हैं।"

सेठ जी सुबह की सैर से लौटे तो थके हुए थे। उनकी घबराहट का खयाल कर कोहली भी साथ हो गये थे। अमर के यहाँ आने के लिए इक्का जुतवा लिये था।

उषा ने पप्पू को अमित के साथ बरामदे में भेज दिया। अधीरता या घबराहट न प्रकट करने के लिये सिर और कंधों पर आँचल सम्भाला। मन में छिपी घबराहट में लम्बा घूँघट खींचना याद न रहा। ससुर के सामने फर्श तक झुककर चरण-स्पर्श का संकेत किया। बाबू को भी खूब झुककर प्रणाम।

पप्पू दादा की गोद में चढ़ बैठा था, पुकारे जा रहा था, "दादा जी जै! दादा जी जै! पाली-पन्ना।" सेठ जी पोते को सीने से लगाकर उसकी पीठ थपथपा रहे थे। उद्वेग में बोल पाना कठिन। बहू की ओर से आँखें फिरा कर संक्षिप्त आशीर्वाद दिया।

बाबू ने उषा को आशीर्वाद देकर समीप कुर्सी पर बैठने का संकेत किया। उषा बाबू के समीप सिर झुकाये कुर्सी पर बैठ गयी तो सेठ जी पोते को गोद में लेकर बरामदे से उठकर घास पर टहलने लगे।

उषा का चेहरा उदासी से गम्भीर, आँख गुलाबी परन्तु आँसू एक न टपकाया। बाबू ने बहू के धैर्य की सराहना की। सेठ जी की नजर में भी उषा के धैर्य से उसका रीति-विपरीत आचार सभ्य हो गया।

बाबू ने समझाया, "बेटी, इन दिनों डी० आई० आर०-२६ में बहुत गिरफ्तारियाँ हो रही हैं। इस धारा में मुकदमा नहीं चलता। जमानत पर रिहाई भी नहीं हो सकती। आशंका में गिरफ्तारी एक तरह से नजरबन्दी। धैर्य रखो, इसमें डिटेंशन की अवधि दो मास। तुम बहादुर बेटी हो। हमारे लायक जो भी होगा, करेंगे। हमारे लिये अमर, महेन्द्र नरेन्द्र के समान···।" बाबू सब तरह की सहायता का आश्वासन देकर सेठ जी के साथ चले गये।

बेबे बहुत परेशान···पुलिस अमर जैसे भले जवान को क्यों पकड़ ले गयी! ऐसे नेक जवान से पुलिस क्यों नाराज!

बेबे को उषा राजनीति क्या समझाती। कहा, "पुलिस जैसे गांधी बाबा को, दूसरे कांग्रेस वालों को पकड़ कर जेल में बन्द कर देती है, वैसे इन्हें भी ले गयी।"

बेबे ने कंधारीबाग गली में सुना था, गांधी बाबा बहुत बड़ा हिन्दू फकीर है। अंग्रेज गांधी से क्यों नाराज हैं यह बेबे न जानती थी। इतना सुना था, कांग्रेस वाले ईसाइयों से

नाराज रहते हैं। यह बात बेबे को नापसंद थी। अब बेबे को यकीन हो गया, अंग्रेज काले लोगों से बैर मानते हैं और पुलिस वाले जुल्म करते हैं। प्रत्यक्ष देख रही थी।

कुछ देर बाद हरि भैया और गौरी आ गये। हरि भैया को दूसरी बार सत्याग्रह करने पर पुलिस ने गिरफ्तार न किया था। हरि भैया ने भी सराहना से सांत्वना दी, ''अमर निर्भय और साहसी है, वैसी ही तुम। हम तुम्हें क्या समझायें। वैसे तो काका हैं परन्तु छोटी-मोटी बात के लिये उन्हें क्या तकलीफ दोगी। हम और गौरी आते-जाते रहेंगे।''

गौरी नार्मल स्कूल से ट्रेनिंग कोर्स पास करके रकाबगंज की कन्या पाठशाला में अध्यापिका बन गयी थी। उसने भी उषा को तसल्ली दी, ''अकेली तुम घबराओगी। हम रात भी यहाँ रह जायेंगी। यों तो तुमने अच्छा किया कि बेबे जी को बुलवा लिया। हम स्कूल से छुट्टी लेकर घंटे भर में आ जायेंगे।'' गौरी जाते-जाते बोली।

अमित से समाचार पाकर नरेन्द्र दस तक पहुँच गया। बैठक में सहानुभूति से उषा के समीप बैठकर धैर्य का परामर्श देता रहा। उषा उदासी में मौन। नरेन्द्र उसे हँसाने के लिये मजाक करने लगा, ''कांग्रेसी वीरांगनायें तो पति-भाई-परिचितों की गिरफ्तारी के समय उनकी आरती करके समर-यात्रा का तिलक लगाती हैं। तुम क्रान्तिकारी बनती हो और मुँह लटकाये बैठी हो!''

''कहाँ मुँह लटकाये बैठी हूँ!'' उषा ने अवसाद से गुलाबी आँखों के बावजूद मुस्करा दिया।

तभी बैठक में कदम रखा गौरी जीजी ने। गौरी लौटी तो मकान के सामने नरेन्द्र की गाड़ी खड़ी थी। फटकिया खुली। उसके आने पर कोई आहट न हुई। बिना पुकारे बैठक में आ गयी। उषा सोफे के सिरे पर थी। समीप लगती कुर्सी पर नरेन्द्र। नरेन्द्र आत्मीय भाव से सोफा की ओर झुका हुआ। उषा के चेहरे पर मुस्कान।

उषा के चेहरे पर मुस्कान देख गौरी का मन जल गया···कुछ देर पहले भैया के सामने कैसा सोग बनाये बैठी थी। हम चिन्ता में धूप में जलते दौड़े आये। ये गैर मर्द के साथ बैठी हँस रही है।

''आइये जीजी।'' उषा ने समीप बैठने के लिये संकेत किया। गौरी नरेन्द्र को जानती थी पर ऐसी आत्मीयता नहीं कि समीप-सामने बैठकर हँसे-बोले। उषा का सब लोगों के साथ बैठकर बहसना-कहकहे लगाना भी उसे भला न लगता था।

''मुन्ना कहाँ है?'' गौरी ने समीप बैठने की बात अनसुनी करने के लिये पूछा।

''सुबह से अपने पापा को ढूँढ़ रहा था। बेबे ने नहला दिया तो सो गया।''

गौरी को उन लोगों के साथ बैठना अच्छा न लगा। ''रसोई में क्या बनवा रही हो? देखें, परसू क्या कर रहा है।''

''जीजी, अभी तो कुछ नहीं। परसू इधर-उधर दौड़ में रहा। बेबे, हम और परसू ही हैं। ···क्या बखेड़ा करना। बेबे खिचड़ी उबाल लेगी। हमारा खाने को मन नहीं है।''

''क्यों?'' नरेन्द्र ने टोक दिया, ''हम खाना खाकर जायेंगे।''

उषा मुस्करा दी, ''जरूर! कहिये क्या बनवा दें?''

''कुछ भी।'' नरेन्द्र कुर्सी पर जरा और पसर गया।

"भाभी, अभी हम चल रहे हैं। हम आकर पूछते रहेंगे।" गौरी को उषा-नरेन्द्र में हँसी-ठिठोली, नरेन्द्र का वहाँ आ बैठना भला न लगा। सोचा, मर्द जेल गया है, बहूरानी मनसैनी कर रही है।

नरेन्द्र दोपहर में सेठ जी से सहानुभूति प्रकट करने लगा। उसके बाद पता लेना था, डाक्टर अमरनाथ सेठ को पुलिस ने कहाँ रखा है? उसे बदलने के लिये कपड़ों का दूसरा जोड़ा और रोजमर्रा की जरूरी चीजें साबुन, तौलिया, शेव का सामान, पढ़ने के लिये एक-दो पुस्तकें पहुँचाना जरूरी था। उषा को पति से भेंट-मुलाकात की इजाजत कैसे मिलेगी? भाई महेन्द्र को कार में साथ लेकर इधर-उधर पता किया। रज़ा को अमित का छोड़ा सन्देश डेढ़ बजे मिला। ढाई बजे कड़कती धूप में उषा के यहाँ पहुँचा। अनुरोध किया, उसके लायक जो भी काम हो जरूर खबर दें।

पुलिस ने डाक्टर अमरनाथ सेठ को जल्दी ही जिला जेल पहुँचा दिया था। उससे मुलाकात जिला मजिस्ट्रेट की अनुमति से हो सकती थी। सेठ जी में बेटे को सींखचों और जेल में देखने का हौसला न था। एक समय तीन व्यक्तियों को ही मुलाकात की अनुमति मिल सकती थी, केवल रिश्तेदारों को। नरेन्द्र ने दर्खास्त में अपना नाम रिश्ते के भाई के रूप में दिया था। अनुमति मिलने पर दूसरे दिन उषा को जेल ले गया।

भेंट के लिये डाक्टर सेठ को जेल दफ्तर में लाया गया। वह साधारण कैदी नहीं, राजनीतिक डेटेन्यू था। उससे भेंट करने वालों को और उसे भी बैठने के लिये कुर्सी दी गयी। एक ओर प्रताप को गोद में लिये उषा और नरेन्द्र, उनके सामने दो फुट के अन्तर से सेठ। उन लोगों की बातचीत सुनने, नोट करने के लिये या कोई कागज-पर्चा, हथियार इधर-उधर न हो जाय इस सावधानी के लिये बीच में जेल-अफसर, वास्तव में खुफिया पुलिस का अफसर। प्रताप पापा को देख उसकी ओर लपका।

सेठ ने अफसर की ओर देखा, "अपने बेटे को प्यार कर सकता हूँ?"

"जरूर-जरूर!" अफसर झेंप गया, "हम भी बाल-बच्चेदार आदमी। ड्यूटी पर बैठे हैं, क्या करें।"

सेठ ने उषा को आश्वासन दिया, "घबराना नहीं। हमें सब कुछ मिल रहा है। तुम कपड़े खामुखा लायी। हमारा मेजबान इतना बड़ा साम्राज्य। सब कुछ इनसे लेंगे।" दो आदमियों की उपस्थिति में उषा पति से क्या बात करती! मुस्कराकर आश्वासन दिये जा रही थी, "····हमारी चिन्ता न करना, अपनी सेहत का ध्यान रखना।" नरेन्द्र पति-पत्नी को बात का अवसर देने के लिये अफसर से डी० आई० आर० के डेटेन्यू के लिये नियमों के सम्बन्ध में पूछता रहा।

चलते समय अमर ने सावधान किया, "मेरा पत्र पाने पर ही भेंट के लिये आना। शायद मुझे दूसरे जेल में भेज दें।"

पति से भेंट कर उषा जेल फाटक से नरेन्द्र के साथ निकली तो मौन। कार में नरेन्द्र के साथ सामने की सीट पर बैठी तब भी स्तब्ध, नजर दूर सामने। प्रताप उसकी गोद से फिसल कर कभी डैशबोर्ड पर इस-उस स्विच को छेड़ता, कभी हार्न बजा देता। नरेन्द्र बार-बार टोक रहा था, "सम्भालो अपने बन्दर को!"

उषा मौन निश्चल।

गाड़ी बँगलिया के सामने रुकने पर उषा बच्चे को गोद में लेकर कार से उतरी और तेज कदमों से भीतर चली गयी। नरेन्द्र कार को बन्द करके बैठक में आया। उषा ने प्रताप को फर्श पर खड़ा कर दिया था। दोनों हाथों की अंजलियों से साड़ी का आँचल चेहरे पर दबाये थी। आँचल भीगता जा रहा था। बच्चा माँ की अवस्था से स्तब्ध।

''अच्छी, होश करो! ···बच्चा घबरा जायेगा।'' नरेन्द्र ने समीप सोफा पर बैठकर समझाया।

उषा फफक पड़ी। प्रताप चीखकर रो उठा।

''हाय की हो गया!'' बेबे घबराहट में पुकारती दौड़ी आयी।

''बेबे जी, कुछ नहीं, जेल में अमर को देखकर आयी है। दिल भर आया है। आप बच्चे को ले जाइये।''

नरेन्द्र ने सांत्वना के लिये बाँह उषा की पीठ पर रख दी। आत्मीयता से बोला, ''अच्छी, जेल में विस्मयजनक धैर्य और संयम निबाह कर अब इतनी अधीर हो रही हो।''

उषा ने अंजलियों से आँचल दबा चेहरा नरेन्द्र के घुटने पर रख दिया। खुलकर रो दी। दो मिनट बाद नरेन्द्र ने उसकी पीठ पर थपकी दी, ''अच्छी, बस···हो गया। तुम्हें विह्वल देखकर बच्चे और बेचारी बेबे का क्या हाल होगा।''

उषा ने आँसुओं से भीगा चेहरा आँचल से पोंछा। झटपट गुसलखाने में जाकर शरीर पर जल डाला। साड़ी बदल कर बैठक में आ गयी। आँखें गहरी गुलाबी। नरेन्द्र दूसरे प्रसंगों से उसका मन बहलाने का यत्न करता रहा।

उषा को सम्भली देखकर बेबे आकर अमर का हाल पूछने लगी। उषा की आँखें गुलाबी पर मुस्करा रही थी, ''बेबे फिक्र न कर। जेल में तो हैं पर खूब आराम से। काम कुछ नहीं करना पड़ेगा। अपने घर के कपड़े। खाने को डबल रोटी-मक्खन, दूध, फल-वल सब कुछ; खायें तो गोश्त-अंडे भी। मैंने समझाया है, आमलेट खा लिया करेंगे। खूब दूध पियेंगे, कसरत करेंगे।''

अगले दिन नरेन्द्र संध्या पाँच बजे के लगभग आया। उषा ने स्वागत में मुस्कराने का यत्न किया। उदासी छिपाने के लिये नजर चुरा रही थी।

''सुबह से अखबार ही पढ़ रही हो?'' नरेन्द्र सोफा पर बैठ गया।

''सुबह देख नहीं पाई।'' उषा ने नजर बचाये उत्तर दिया।

नरेन्द्र ने उसकी गर्दन पर उँगलियों से आत्मीयता की चपत लगा दी।

उषा ने मुड़कर देखा, नजर में विस्मय···ये क्या नयी बात!

नरेन्द्र बोल-चाल के मजाक में बेझिझक था, परन्तु उषा से हाथापाई या छूने-छेड़ने का मजाक नहीं। ताश-फ्लश खेलते समय पत्ते बिछा लेने पर या पैसों की छीना-झपटी में हाथ पकड़ मुट्ठी खोलकर छीन लेना दूसरी बात। उषा को ध्यान ही न था—पिछली दोपहर वह फूट-फूट कर रो रही थी तो स्वयं सिर नरेंन्द्र के घुटनों पर रख दिया था और नरेन्द्र उसकी पीठ पर थपकी से सांत्वना दे रहा था। गर्दन पर नरेन्द्र का हाथ लगाना खटक गया।

नरेन्द्र ताड़ गया, ''नाराज हो रही हो?'' नरेन्द्र ने उसकी आँखों में घूरा, ''खामुखा मुँह लटकाओगी, उदासी छिपाने के लिये नजरें बचाओगी तो पिटोगी नहीं! मैं बुजुर्ग हूँ।''

उषा कृतज्ञता से मुस्करा दी। नरेन्द्र आया तो वह पति की बात सोच रही थी। नरेन्द्र का हाथ गर्दन पर लगने से नरेन्द्र के सम्बन्ध में पति से सुनी बातें याद आ गयी थीं। उस स्मृति से नरेन्द्र का व्यवहार अच्छा न लगा। नरेन्द्र की बात से मन साफ हो गया।

जेल में पति से भेंट के दस-ग्यारह दिन बाद उषा को सुबह-सुबह तार मिला। तार पति ने भेजा था, ''बरेली सेन्ट्रल जेल तबादला हो गया। पत्र की प्रतीक्षा करो।'' डी० आई० आर० के बन्दियों को सप्ताह में एक पत्र लिखने की और मास में एक बार सम्बन्धियों से भेंट की अनुमति थी। अब भेंट के लिये बरेली जाना होगा। सितम्बर दूसरे सप्ताह में भेंट की आशा। फिर चार सप्ताह में डिटेंशन के दो मास का समय समाप्त।

उषा को जेल से पति का पत्र मिला। पत्र पर सेंसर की मोहर। पति का पत्र दूसरों की नजरों से गुजर कर! पत्र लम्बा न था, न भावुक। चच्चा और प्रताप के विषय में जिज्ञासा और अपनी दिनचर्या का ब्यौरा। अमुक-अमुक (छद्मनाम) को कुशल-मंगल कहना और उनका समाचार देना। इस पर भी सेंसर ने गुप्त संदेशों के संदेह में कई पंक्तियाँ गहरी स्याही से काली कर दी थीं।

उषा समझ गयी, उसका लिखा पत्र भी पति को सेंसर होकर मिलेगा। पत्र बहुत सावधानी से लिखा था। व्यंजना से गुप्त राजनैतिक कार्य का आभास देने का यत्न। प्रताप के खेलों और प्यारी शरारतों का वर्णन···'सभी लोग मेरी सुविधा का, मुझे उदास न होने देने का खयाल रखते हैं। खास तौर पर जेठू भाई। अनुमान न था, वे किसी की इतनी चिन्ता भी कर सकते हैं।'

बरेली उषा के साथ गौरी भी गयी। सफर में साथ के लिये हरि भैया ने सत्यभूषण को भेज दिया था। गौरी भेंट के समय आँसू न रोक सकी। उषा उद्वेग वश किये मुस्कराती रही, ''···आपके लौटने में तीन सप्ताह शेष। आने की सूचना तार से दीजियेगा।''

सेठ ने चेतावनी दी, ''होप फार द बेस्ट, बी प्रिपेयर्ड फार द वर्स्ट। कुछ भी हो सकता है।''

हरि भैया, पाठक ने पहले ही आशंका बता दी थी, परन्तु उषा पूर्ण आशा बाँधे दिन गिन रही थी। बरेली से लखनऊ आने वाली सभी ट्रेनों के समय याद हो गये थे।

उषा पति की प्रत्याशित रिहाई की तारीख के दो दिन पूर्व से घर की सम्भाल-सफाई में बहुत व्यस्त थी। सेठ को बेपरवाही और फूहड़ बिखराव से चिढ़ थी। उस दिन सुबह आठ के लगभग फटकिया से पुकार, ''तार वाला!''

उषा को आशंका। सोचना चाहा, पहुँचने की ट्रेन का टाइम बताया होगा। लपक कर तार ली। फार्म पर दस्तखत करने से पहले लिफाफा फाड़कर पढ़ लिया। आँखों के आगे अँधेरा आ जाने के कारण दस्तखत करना कठिन। डिटेंशन की अवधि डी० आई० आर० २९ के अन्तर्गत बढ़ गयी थी। मालूम हो गया था, डी० आई० आर० २९ की अवधि अनियमित; जब तक सरकार आवश्यक समझे। उषा बहुत देर तक पलकें मूँदे बैठी रही।

''मम्मी, मम्मी, देथो! देथो!'' प्रताप आकर घुटनों से लिपट गया। प्रताप को उठाकर गोद में ले लिया। आँसू बह गये।

पौने दो बरस का प्रताप क्या समझता, परन्तु माँ की दुखी मुद्रा और आँसुओं का प्रभाव अनजान बच्चों पर भी पड़ता है। प्रताप जोर से रो उठा। उषा ने उसे सीने पर दबाकर आँसू पोंछ लिये, "मेरे लाल! मम्मी नहीं लोई···कहाँ लोई!" उसे खिलाने लगी, "मेरे पप्पू के डैडी बहादुर···मेरा पप्पू बहादुर।"

बेबे रात में जमाया दूध बिलो कर मक्खन निकाल रही थी। स्वयं घर में बनाया मक्खन और लस्सी बच्चे और लड़की को खिला-पिलाकर संतोष पाती थी। प्रताप का रोना सुन मक्खन-लस्सी सने हाथों में भागी आयी।

रुलाई वश में रखने के प्रयत्न में उषा के आँसुओं की धारें और मोटी। बेबे व्याकुल। बच्चा और माँ दोनों रो रहे थे। सने हाथ लड़की के साफ कपड़ों को कैसे लगाती। हाथ कोहनियों से ऊपर उठाये समीप होकर उषा को पुचकारा। बेबे की आँखों से भी टप-टप।

उषा ने सिसक-सिसक कर बता दिया, "सरकार ने सजा बढ़ा दी।"

"हाय-हाय, इन पर रब्ब का कहर! सरकार की मत्त मारी गयी···हाथ पाँव बँधे उन्हीं के घर तो बैठा था।" बेबे को गुस्सा आ गया, "रब्ब गारत करे ऐसे जालमों को। दोजख की आग में जलेंगे···।"

उषा ने परसू के हाथ तार छोटी गली भिजवा दिया।

घंटे भर में बाबू, महेन्द्र और सेठ जी आ गये। सेठ जी के चेहरे पर कातर दुःख की श्यामलता। प्रताप दादा के हाथ से सदा ही कुछ पाता था। उनकी ओर लपक गया। सेठ जी उसे गोद में उठाकर इल्मदीन के समीप जा बैठे। सेठ जी इल्मदीन को तब भी रखे हुए थे; मरीज न उचट जायें। वही डिस्पेंसरी चला रहा था। इल्मदीन अपनी तनखाह से दूना-तिगुना कमा लेता था।

बाबू और महेन्द्र ने सान्त्वना दी : डिटेन्शन की अनियमित अवधि का अर्थ अनन्त समय नहीं है। पोलिटिकल सिचुएशन सुधर जाये, जंग खत्म हो जाये, सरकार-कांग्रेस में समझौता हो जाये या सरकार का सन्देह दूर हो जाये तो कल छूट सकता है। सरकार हर दूसरे-तीसरे मास डेटेन्यूज के मामलों पर गौर करती रहती है। लोग रिहा होते रहते हैं···। बाबू और सेठ जी लौट रहे थे तो हरि भैया और गौरी आ गये।

नरेन्द्र को सेठ के इतनी जल्दी लौट आने की आशा न थी। संध्या खबर लेने आया तब तक उषा सम्भल चुकी थी।

नरेन्द्र ने छोटी तिपाई पर पड़ा तार देख लिया था, "अच्छी, हमने तुमसे पहले ही कहा था। डी० आई० आर० २६ में जितने भी लोग गिरफ्तार किये गये, दस में से नौ के साथ यही हुआ। युद्ध की स्थिति बहुत विकट। अनुमान है, सरकार और कांग्रेस दोनों को ही स्थिति पर पुनः विचार करना पड़ेगा।"

नरेन्द्र सोवियत में नाज़ियों के बढ़ते जाने से युद्ध की स्थिति के बारे में बात करने लगा, "बहुत लोगों का खयाल है नाज़ियों ने फ्रांस पन्द्रह दिन में जीत लिया था। पूरा सोवियत समेटने में अधिक से अधिक छः मास लग जायेंगे। वह अनुमान ठीक नहीं। नाज़ी हमले को चार मास से अधिक तो हो गये। तुमने 'वार एण्ड पीस' पढ़ा है। रूस के जाड़े में नेपोलियन पर क्या बीती थी! जाड़े आ रहे हैं। नाज़ी अपनी सीमा से जितना दूर जा रहे हैं, उनकी स्थिति कमजोर हो रही है। रूस की बरफ! सप्लाई लाइन कायम रखना

मामूली बात नहीं···।'' नरेन्द्र का प्रयोजन युद्ध की स्थिति पर विचार करना नहीं, उषा का ध्यान बँटाना था। उषा उसकी बात में रुचि न ले रही थी।

नरेन्द्र ने बात बदली, ''तुमने कॉफी के लिये भी नहीं पूछा!''

''अभी बनाती हूँ।'' उषा ने मुस्कराने का यत्न किया।

''अब बनाने का क्या मतलब!···खैर छोड़ो। उठो चलो, हजरतगंज में कॉफी लेंगे।''

''अब कौन साड़ी-वाड़ी बदले! यहाँ ही ले लीजिये।''

''हजरतगंज ही चलो। हमें दो-तीन चीजें भी खरीदनी हैं।'' नरेन्द्र ने पुकार लिया, ''बेबे जी, हम अच्छी को थोड़ी देर बाहर घुमा लायें।''

''भला हो बेटा, ले जाओ! सुबह से मुर्झायी हुई है।''

जाड़े तक हजरतगंज का रंग बहुत बदल गया था। दक्षिण-पूर्व एशिया में जापानी आक्रमण के प्रतिरोध के लिये भारत की अनेक छावनियों में अमरीकन सेनायें आ गयी थीं, वैसे ही लखनऊ में भी। छावनी में उनके लिये पर्याप्त स्थान न था। विधानसभा मार्ग पर बर्लिंगटन होटल, रायल होटल और कार्लटन होटल में भी अमरीकन सिपाहियों और अफसरों के लिये स्थान जाकड़ कर लिये गये थे। हजरतगंज में अब जहाँ श्री गांधी आश्रम खादी भण्डार है, पहले लखनऊ का सुन्दर-सुथरा कॉफी हाउस था। उस कॉफी हाउस और उसके ऊपर स्थान खाली करवा कर अमरीकन सिपाहियों के विनोद के लिये बार और क्लब बना दिया गया था। कॉफी हाउस को धकेल दिया गया नरही की ओर; तब से वहीं है। संध्या हजरतगंज में खाकी वर्दी पहने सिपाही भर जाते। दोनों हाथों में जिन-ह्विस्की की बोतलें, बगल में कोई छोकरी। जाने कहाँ से सिपाहियों की संगति के लिये अनेक यूरोपियन, एंग्लो-इण्डियन और देसी छोकरियाँ टपक पड़ी थीं। वे सिपाहियों की घात में उनकी बगल में या हजरतगंज के दोनों फुटपाथ पर घूमती रहतीं।

सैनिक दफ्तरों में स्टेनो-टाइपिस्ट, रिसेप्शनिस्ट, सैनिक हस्पतालों में नर्सिंग के कामों के लिये बड़ी संख्या में नवयुवतियाँ भी भरती की गयी थीं। सैनिक दफ्तरों में नवयुवतियों की मौजूदगी से वातावरण का तनाव कम और सहज हो जाता। अफसरों के लिये संगति की सुविधा। अंग्रेजी बोल सकने वाली युवतियाँ, अध्यापिका की साठ-सत्तर की नौकरी छोड़कर सैनिक कार्य में दो-ढाई सौ पा जातीं। ग्रेजुएट लड़कियों को तीन-साढ़े तीन सौ मासिक तक। यह युवतियाँ 'वकाई' कहलाती थीं। उषा की परिचित दो युवतियाँ भी वकाई बन गयी थीं।

हजरतगंज में बहुत से नये रेस्तोराँ खुल गये थे। भारतीय या अंग्रेज जहाँ दो रुपये खर्चते, अमेरिकन दस खर्च करते। पाँच-दस का नोट देकर फिरती से बेपरवाह। उन्हें रुपये के मूल्य का ठीक अनुमान न था या जेब में प्रचुर रकम रहती। अंग्रेजों की तरह अमेरिकन देशी रेस्तोराँ से कतराते न थे। जहाँ जगह देखते घुस जाते। रेस्तोराँ में खड़े-खड़े खाते या फुटपाथ पर चलते मुँह चलाते रहते। अमेरिकन सिपाहियों के जबड़े मुख में भरी च्यूइंग गम के कारण, अकसर हिलते रहते। दुकानदार, रेस्तोराँ वाले और रेस्तोराँ के वेटर सदा अमेरिकन सिपाहियों को तर्जीह देते। अंग्रेजों को भी अनदेखा कर देते। भद्रलोक इस सबसे परेशान, लेकिन हजरतगंज के आदी लोगों के लिये शहर में वैसी दूसरी जगह न थी।

नरेन्द्र ने गाड़ी प्रिन्स सिनेमा के समीप पार्क कर दी। समीप सिल्वर-स्नो रेस्तोराँ में बैठ गये। रेस्तोराँ में बाजार की ओर दीवार काँच की। दोनों फुटपाथ और सड़क पर नजर दौड़ा रहे थे। नरेन्द्र ने फुटपाथ की ओर संकेत किया, "उस मुटल्ली को देखना, भिड़ जाये तो ट्रक को उलट दे।···पीली साड़ी वाली, कैसे कूल्हे झटक-झटक कर चल रही है। ···बायें हाथ कलूटी छिपकली को देखो। आगे-पीछे एक सी सपाट। खुद काली, वैसी ही काली फ्राक। उस अमेरिकन को फँसा रही है।"

"आपको···।"

"···देखो-देखो, मैथमैटिक्स वाला धवन अपनी पढ़िया को घुमाने लाया है··· एन्थ्रोपालोजी के विश्वेश्वरैया की बेटी दामिनी।"

"फार गाड्स सेक!···आप किसी को नहीं बख्शते। आप तो हम पर रिमार्क कसने से नहीं माने!" कह गयी, फिर संकोच।

"क्या ऽऽ!···कब?"

"जाने दीजिये···।" उषा सिटपिटाई, "अच्छा, अमर से नहीं कहियेगा···कह दीजियेगा, कोई बात नहीं। आपने नहीं कहा था, "उषा फिर झिझकी, "बड़े जोर की लौंडिया फँसाई··· समथिंग तबीयत तो हमारी भी आ गयी थी।" चेहरे पर झेंप।

"ओ।···इसमें आपत्तिजनक या अशिष्ट क्या?" नरेन्द्र ने याद कर स्वीकारा, "किसी की सराहना अशिष्टता है?"

"आप तो दुनिया भर की लड़कियों की सराहना करने वाले! ···बड़े डान जुआँ।"

"दुनिया भर की! हम तो सैकड़ों में से एक की सराहना करते हैं।"

"क्या कहने! बनाने को हमीं रह गये हैं!" उषा ने आँखें तरेरीं, "तब आप हमें जानते ही क्या थे।"

"जितना जाना था, उतनी सराहना। अब निकट परिचय से और सराहना।" नरेन्द्र का स्वर गम्भीर हो गया, "मित्रता या लाईकनिंग वही जो अति सामीप्य की कसौटी पर खरी उतर जाये···आरम्भिक परिचय में लोग बहुत शिष्ट बने रहते हैं, इसलिये अच्छे लग सकते हैं। उत्तरोत्तर सामीप्य में आपसी रगड़ से ऊपरी परतें चिटखने या छिलके झड़ने लगते हैं। आकर्षण के कारण ही ऊब के कारण बन जाते हैं। अति या निरन्तर सामीप्य से आकर्षण या मैत्री गूढ़ भी हो सकती है, परन्तु अधिकतर वह ऊब बन जाती है। किसी को पूरा जान लेना कठिन। अन्य वस्तुओं और समस्याओं की तरह हम व्यक्तियों को भी उत्तरोत्तर जानते-पहचानते हैं। अधिक जान लेने पर पहली धारणा बदल सकती है।"

"जानने के लिये समय की कोई सीमा?"

"बहुत कठिन।" नरेन्द्र ने फिर तटस्थता या बेलागी से सोचने का अनुरोध किया, "तुमने डाक्टर अमर के कितने ही रूप देखे हैं। पहले हस्पताल के वार्ड में, फिर मकान पर आकर समाजवाद की चर्चा करने वाले मित्र के रूप में, फिर तुम्हारे सहयोग या संगति की इच्छा करने वाला अमर, फिर पति अमर। भविष्य में राजनैतिक परिस्थितियों की आँच में उसका कुछ और रूप प्रकट हो सकता है।"

"उत्तरोत्तर अधिक अच्छा, भरोसे का।" उषा का स्वर प्रेम के गर्व से गद्गद।

"बधाई।" नरेन्द्र ने कहा, "परन्तु अकसर अति सामीप्य का परिणाम दूसरा होता है। रज़ा का मामला जानती हो।"

"वह रज़ा भाई की अपनी परख और पसन्द नहीं थी। वो उन पर लाद दी गयी स्थिति निबाह रहे हैं। भँवरा-वृत्ति लोगों की बात दूसरी, जो सदा नये और बेहतर रस की खोज में रहते हैं...।" उषा ने भौंवें उठाकर सावधान किया, "आप भी हमारी बात को बेलाग लीजियेगा।" याद आया, नरेन्द्र अपनी और रत्ना की ठण्डी पड़ती मित्रता की ओर संकेत न समझ ले।

"निश्चिन्त रहो, बिलकुल तटस्थता से बात कर रहा हूँ। तुमने भँवरा-वृत्ति कहकर नये और बेहतर के प्रति आकर्षण से विरक्ति प्रकट कर दी, परन्तु जीवों को नये, अधिक और बेहतर की इच्छा ही विकास से बेहतर जीवन की ओर ले जाती है।"

"जेठू भाई, सभी स्थानों पर एक ही फार्मूला नहीं लग सकता।" उषा ने आग्रह किया, "पति-पत्नी में या मैत्री में भी प्रेम का सन्तोष नये, अधिक और बेहतर की खोज नहीं दे सकता। उसके लिये स्थायित्व और उत्सर्ग का आधार चाहिये।"

"प्रेम उत्सर्ग के लिये नहीं किया जाता, जीवन में पूर्णता और सन्तोष की ललक से किया जाता है। जब प्रेम-आकर्षण अदम्य आवेग बन जायेगा, उसके उत्सर्ग की अपील की जरूरत नहीं होगी। जब आकर्षण की ललक खत्म, प्रेम खत्म। उसे निबाहने में ऊब और यातना।"

"तब तो सन्तोष कभी होगा ही नहीं।"

"जीव, सचेत जीव पूर्ण या चिरसन्तुष्ट हो ही नहीं सकता।"

उषा ने कलाई पर समय देखा, "माई गॉड! उठिये-उठिये!"

कार में लौटते समय नरेन्द्र ने फिर बात आरम्भ कर दी, "तुम्हारे विचार में नये, अधिक और बेहतर की निरन्तर चाह या उसके लिये प्रयत्न अच्छी प्रवृत्ति नहीं है। बताओ वैयक्तिक और सामाजिक जीवन में ज्ञान-विज्ञान, कला-संस्कृति और यान्त्रिक विकास से मनुष्य के जीवन में सुधार के लिये नये, अधिक या बेहतर की खोज कल्याणकारी हुई या नहीं?"

"मैंने पहले कहा, एक फार्मूला सभी जगह लागू नहीं हो सकता।" उषा ने अस्वीकारा, "मानवी या नर-नारी सम्बन्धों में इस प्रवृत्ति के परिणाम क्या होंगे? व्यक्ति और समाज का कल्याण इष्ट है या नये, अधिक और बेहतर की खोज?"

"नये, अधिक और बेहतर की इच्छा वैयक्तिक और पारिवारिक सम्बन्धों के लिये अकल्याणकारी होगी, यह विश्वास तुम्हारी वर्तमान समझ है। मानोगी, व्यक्ति-परिवार के लिये क्या अच्छा और क्या बुरा, इस बारे में बहुत मतभेद है और रहेगा...।"

उषा बँगलिया के सामने कार से उतर रही थी, नरेन्द्र ने कहा, "किसी विचार या काम के सही होने की कसौटी समाज की मान्यता या उसके तुरन्त परिणाम को नहीं माना जा सकता। सुकरता की कहानी भूल गयीं! तुम सोचना, फिर बात करेंगे।"

वकील कोहली ने सेठ जी और उषा को तसल्ली दे दी थी कि डी० आई० आर० २९ में अनियमित अवधि सरल कारावास का अर्थ अनन्त समय या बहुत लम्बी अवधि

नहीं है। आखिर आशंका की स्थिति कब तक रहेगी? युद्ध समाप्त होने से पहले भी सरकार और कांग्रेस में समझौता हो सकता है। अंग्रेज सरकार ने जनता की सहानुभूति पाने के लिये वायसराय की कौंसिल में भारतीयों की संख्या बढ़ा दी है। वे लोग कठोर दमन नीति का अनुमोदन नहीं करेंगे। सरकार और कांग्रेस में पहले कई बार समझौता हो चुका है। समझौते के समय जरूरी बात राजनैतिक कैदियों की रिहाई···। कोहली अपने मित्र सेठ जी के चेहरे पर मुर्दनी देखकर बहुत चिन्तित। अदालत में मामला या जमानत सम्भव होती तो एड़ी-चोटी का जोर लगा देते। डी० आई० आर० २९ में अदालत का रास्ता बन्द। कोहली दूसरे रास्ते की चिन्ता में।

कोहली ने वकील कैलाश नारायण सक्सेना से बात की। सक्सेना ने बारह वर्ष पूर्व वकालत आरम्भ की तो तीन बरस कोहली का जूनियर रहा था। कोहली को अब भी मानता था। सक्सेना की वकालत फौजदारी की थी, खासकर पुलिस से सम्बद्ध मामलों की। सक्सेना अदालत में पुलिस को नीचा दिखाकर अपने मुवक्किल को बरी कराने के बजाय अधिक सुरक्षित मार्ग से चलता था; पुलिस को पटाकर केस कमजोर कर देना या केस बिगाड़ कर मुवक्किल को बरी करा लेना। बहुत संगीन मामलों में भी मुवक्किल को जमानत आनन-फानन करवा लेना सक्सेना के लिये आसान। प्रतिद्वन्द्वी सक्सेना को फौजदारी का वकील न कहकर पुलिस का दलाल कहते थे। प्रदेश में कांग्रेसी मंत्रिमंडल बनने पर सक्सेना खद्दर की काली शेरवानी और सफेद किश्ती टोपी पहनने लगा था। युद्ध के समय कांग्रेस मंत्रिमंडल के इस्तीफा दे देने पर सक्सेना हवा के रुख के अनुकूल पुरानी शेरवानी और टोपी पर आ गया था। सक्सेना सदा राजभक्त! जो भी राजा हो। अब डेढ़ साल से सरकारी कृपा की आशा में वार बांड भी बिकवा रहा था।

बेटे को जेल से छुड़ा सकने के लिये सेठ जी आठ-दस हजार फूँक देने को तैयार। सरकार को ऋण देने में क्या जोखिम? माना सरकारी ऋण पर सूद की बहुत कम परन्तु ज़ोखिम तो नहीं। सेठ जी ने सक्सेना की मार्फत दस हजार रुपये के युद्ध ऋण के कागज़ खरीद लिये। सक्सेना ने बताया : डी० आई० आर० के मामलों पर प्रति दो मास में विचार होता रहता है। यू० पी० में डी० आई० आर० के मामले डी-वाई० एस० पी० तसद्दुक अहमद देखता है। वह हमारा मिलने वाला। डाक्टर अमर के मामले पर विचार के समय आपकी राजभक्ति काम आयेगी···। कोहली की राय से सेठ ने ढाई सौ के नोट सक्सेना की जेब में डाल दिये। सक्सेना ने नोट वापस करने चाहे, "सेठ जी, आपका रुपया हमारे लिये गोरक्त। हमारे लिये कोहली साहब और आप एक।"

सेठ जी ने सक्सेना का हाथ रोक दिया, "नहीं नहीं, रखिये। आप पर हमें भरोसा, लेकिन पुलिस तो बिना दस्तूर के अपनी माँ का काम न करे।"

कोहली साहब ने उषा के यहाँ जाकर भी समझा दिया, "बेटी हम अमर और तुम्हारे खयाल जानते हैं। अपने फादर इन लॉ का भी खयाल करो। उनके लिये अमर और तुम्हारे सिवा और कौन। इस उम्र में यह सदमा बर्दाश्त करना उनके लिये मुश्किल। हम अमर की रिहाई के लिये कोशिश कर रहे हैं! इस समय तुम्हारा राजनीति से दूर रहना ही ठीक।"

उषा ने सिर झुकाये बाबू की बात सुनी। उसका भी सेठ जी की तरह आदर करती थी, परन्तु मन कैसे मान लेता···स्वतंत्रता के संघर्ष से विरत होना राजे के साथ धोखा,

परन्तु यूनिवर्सिटी में उसे श्यामा निगम ने भी पाठक का ऐसा ही संदेश दिया तो उषा ने चुप रहना ही उचित समझा। पाठक अब फरार था। उसके यहाँ न आता। पाठक के सन्देश उषा को बी० एस-सी० पहले वर्ष की श्यामा निगम पहुँचाती रहती थी।

बरेली सेन्ट्रल जेल में पति से तीसरी भेंट के लिये उषा दिसम्बर चौथे सप्ताह के आरम्भ में गयी। पति से कहा, "हम चार दिन ठहर कर आये, पप्पू अपने जन्मदिन पर आपकी गोद में बैठ सके।" दो बरस का पप्पू फ्लैनल के चुस्त सफेद-नीले नेवी सूट में था। पति के लिये बहुत सी चीजें—चच्चा की ओर से चौक की मिठाई की छींका, नरेन्द्र और रज़ा ने पुस्तकें भेजी थीं, हरि भैया ने मौसम के बढ़िया अमरूद।

"पप्पू का सूट कैसा लगा? ⋯जेठू भाई का पप्पू को जन्मदिन का उपहार।" उषा का बुना स्वेटर पति को बहुत पसन्द आया, "ये ऊन आपको जेठू भाई की भेंट। डिजाइन मेरा। आपके लिये जल्दी-जल्दी बुनकर ले आयी, लौटकर उनके लिये बनाना है। वे भी यही रंग और डिज़ाइन चाहते हैं।"

प्रताप को खूब सजाकर ले गयी थी। उसके कान में याद दिलाया। बच्चे ने अटक-अटक कर कह दिया, "डैडी जल्ली-जल्ली आना।"

पास खड़े पुलिस अफसर को बच्चे की तोतली बातें सुनकर प्यार आ गया। गोद में लेकर पूछा, "बेटे कितने बड़े हो गये?"

उत्तर दिया उषा ने, "आज दो बरस का हुआ।"

उषा पति को विश्वास दिलाती रही, "⋯आपके सिवा हमें कोई कमी नहीं। चच्चा सदा से ज्यादा खयाल रख रहे हैं।" मुस्करायी, "और हिज़ मैजेस्टीज़ गवर्नमेंट को हमारी चिन्ता। आपको यहाँ बन्द रखने के एवज़ में हमें सौ रुपया मासिक गुज़ारा दिया जा रहा है।" नरेन्द्र के आने और सांत्वना देते रहने के बारे में भी बता गयी।

सेठ को संतोष, परन्तु विस्मय भी, "नरेन्द्र! वह तो कभी किसी के प्रति उत्तरदायित्व का बन्धन न मानने वाला। सहायता भी करेगा तो अपनी मौज से। बहुत भला बन गया! मेरी तरफ से धन्यवाद कहना।"

नवम्बर, १९४१ से कम्युनिस्ट पार्टी ने युद्ध को 'पीपल्स वार' (जनता का युद्ध) मानकर युद्ध प्रयत्नों के विरोध की नीति छोड़ दी थी। अब अमित को बहिन के यहाँ जाने में आशंका न थी। बाईस जनवरी की रात उषा पति से भेंट के लिये बरेली जाने की तैयारी कर रही थी। अमित उषा को स्टेशन तक छोड़ने ज़रूर जाता। उस दिन अमित संध्या ही आ गया था।

अमित के आने से कुछ ही मिनट बाद रज़ा आ गया। रज़ा कालेज से शहर आता तो लौटते समय उषा का हाल-चाल पूछ जाता था। यह जानकर कि उषा पति से मिलने जा रही है, रज़ा सामयिक स्थिति पर बात करने लगा। उसने दिसम्बर में एमरी की पार्लमेंट में घोषणा की याद दिलायी, "⋯ब्रिटिश इस समय सुलह का हाथ बढ़ा रहा है। कारण स्पष्ट है। जापान ने प्रशान्त सागर में इण्डोचाइना, सियाम, हांगकांग जहाँ भी हमला किया, आनन-फानन में पूरे द्वीप समेट लिये। वहाँ के लोगों ने जापानी आक्रमण के विरुद्ध अपनी सरकार को कोई सहयोग नहीं दिया। वहाँ के लोगों ने जापान को दुश्मन समझा ही नहीं। उनके लिये जैसी एक विदेशी साम्राज्यशाही सरकार वैसा दूसरा विदेशी आक्रामक। जापान ने अंडमान भी ले लिया, सिंगापुर की तरफ बढ़ रहा है। उसके बाद

वर्मा यानी हिन्दुस्तान (उस समय भारत और बर्मा संयुक्त थे)। ब्रिटेन स्थानीय जनता के सहयोग की ज़रूरत समझ रहा है, इसीलिये एमरी, स्टैफोर्ड क्रिप्स को कांग्रेसी नेताओं से बातचीत के लिये भेजना चाहता है।···गांधी जी ने भी अपने वैयक्तिक सत्याग्रह की व्यर्थता समझ कर इकतीस दिसम्बर से वह नाटक स्थगित कर दिया है। जापानी फासिस्ट आक्रमण को रोकने के लिये इस युद्ध में सहयोग बहुत ज़रूरी और स्थिति समझौते की बातचीत के लिये बहुत अनुकूल।''

रज़ा ने अमित की ओर देखा, ''हमारे कम्युनिस्ट कामरेड भी अजीब हैं। जब फासिस्ट विरोधी युद्ध के विरोध को गलत समझ लिया, युद्ध को जनता का युद्ध मान लिया तो फासिस्ट विरोधी आत्मरक्षा के युद्ध में सहयोग जरूरी कैसे नहीं समझते!''

अमित का उत्तर, पार्टी लाइन के अनुकूल, तैयार था, ''हम फासिस्ट विरोधी जनता के युद्ध में पूरा सहयोग देने के लिये तैयार हैं, परन्तु सहयोग आत्मनिर्णय से देंगे, साम्राज्यशाही के हाथ की लाठी बनकर नहीं···।'' और फिर लम्बी बहस। अमित सिद्धान्त के प्रश्न पर अपने गुरुओं से बराबरी से बहस को तैयार।

उषा पति से भेंट के समय रज़ा से बातचीत के आधार पर आशाजनक स्थिति की सूचना देना चाहती थी, परन्तु सी० आई० डी० को सुनाकर क्या बात करती! पहली दो मुलाकातों के समय भी वही अफसर चौकसी के लिये था। उषा ने अफसर को सुनाकर बेटे से कहा, ''अंकल को गुड मार्निंग कहो।''

अफसर पप्पू को गोद में लेकर दुलराने लगा। उषा ने मौका देखकर पति से कहा, ''डाक्टर भाई कल कह रहे थे, हालात बदल रहे हैं। पार्लमिंट में एमरी के स्टेटमेंट से भी समस्या के हल में सहायता मिलेगी। हालत देखकर गांधी जी ने दिसम्बर के अन्त में सत्याग्रह स्थगित कर दिया। कुछ लीडर रिहा भी हो गये हैं।

''एमरी का स्टेटमेंट देखा है। हम लोगों को अखबार मिलता है।'' सेठ ने स्वीकारा और फिर पुलिस को सुनाने के लिये, ''प्रश्न है सरकार स्थिति को कैसे देखती है, क्या निर्णय करती है।''

उषा लौटी तो मन आशा से उमग रहा था।

चित्रा ने दो मास पूर्व लिख दिया था, भाई हरिप्रसाद का विवाह तीन फरवरी को निश्चित है। वह उनतीस जनवरी दोपहर में लखनऊ पहुँचेगी। उषा चित्रा से मिलने के लिये व्याकुल। चित्रा के ससुर रायबहादुर बहुत राजभक्त, चित्रा का पति भी मुंसिफ। उषा ने पति की गिरफ्तारी की बात चित्रा पर विश्वास से लिख दी थी। उषा के पत्रों का उत्तर चित्रा सुविधा से दो-तीन सप्ताह में देती थी पर इस पत्र का उत्तर अविलम्ब दिया। सहेली की परेशानी में गहरी सहानुभूति और समवेदना प्रकट की, लम्बा पत्र न लिख पाने के लिये खेद और सहेली से मिलकर उसकी सुनने और अपनी कहने की इच्छा।

उषा तीन बजे चित्रा से मिलने के लिए पार्क रोड गयी। उषा को अब चित्रा के पिता सरगा साहब के यहाँ जाते झिझक। चित्रा के पिता भी सरकार-परस्त। अकसर सरकार की ओर से पैरवी करते थे। चित्रा के घर जाते कुछ झिझक उषा को पहले भी होती थी। चित्रा की माँ ने उसे एक बार डाँट दिया था। तब चित्रा और उषा मैट्रिक में

थीं। चित्रा दो दिन स्कूल न आयी थी। उषा को पता लगा, सहेली के यहाँ से बीमारी में छुट्टी के लिये आवेदन आया था। रविवार सहेली को देखने चली गयी।

उषा नौकर से पूछकर पिछवाड़े जा रही थी, चित्रा की माँ से सामना हो गया। उषा ने अभिवादन कर पूछ लिया, "दिद्दा, सुना चितू की तबीयत खराब है!"

दिद्दा के माथे पर तेवर, "···क्या, किसके दुश्मनों की तबीयत खराब है!"

उषा समझ न पायी; दिद्दा के क्रोध से घबराहट भी। चुप रही। दिद्दा ने उसके सिर पर हाथ रख दिया, "बेटा, चित्तू के दुश्मनों को बुखार आ रहा था। अब ठीक है। शाबाश, चली जाओ, चित्तू पीछे के बरामदे में है।···ए चन्दो, बिटिया को चित्तू के पास ले जाओ।"

उषा की डबडबायी हुई आँखें देखकर चित्रा को विस्मय। उषा ने दिद्दा से खाई डाँट के बारे में बताया तो चित्रा हँस दी, "अच्छी, ये कुछ नहीं, सब लखनौआ बातचीत का अंदाज। अज़ीज़ों के लिये नाकिस लफ्ज इस्तेमाल नहीं किये जाते; उनकी बीमारी का जिक्र हमेशा दुश्मनों के नाम से।"

सरगा साहब की कोठी पर मेहमानों के कारण भीड़-भड़क्का। उषा साढ़े तीन बरस बाद आयी थी। पुरानी नौकरानी ने उसे पहचान लिया। उषा को देख चित्रा लपकी आ रही थी। दिद्दा ने उषा को पहचानने के लिये भौंवें सिकोड़ कर देखा।

"उषा को नहीं पहचाना दिद्दा?"

"पहचाना क्यों नहीं···क्या नाम, उषा पण्डित; नहीं क्या?"

चित्रा सहेली से बात करने के लिये उसे भीड़ से अलग पिछवाड़े ले जा रही थी। सहेली के कंधे पर हाथ रखकर पूछा, "क्या हाल है, सच बता।···कल गंजूर साहब आये थे। फादर से कह रहे थे, कई लीडर रिहा हो गये। अब सभी लोग रिहा हो जायेंगे। हम तो भगवान से मना रहे हैं, तुम्हारे साहब आज ही आ जायें। हम उनसे मिलकर लौटें।"

कई पल मौन रहकर उषा ने पूछा, "चित्तू, तुम्हें क्या हो गया। तीन साल पहले आयी थी, तब से कैसी मुर्झा गयी हो; आधी भी नहीं रही। क्या तकलीफ है?"

"अच्छी, छोड़ मेरी बात।" चित्रा ने गहरी साँस ली, "दुखी के पास बताने के लिये दुख के सिवा क्या!···क्या करेगी दुखी होकर!"

"चित्तू, मुझे नहीं बतायेगी?"

"बता···दूँगी, अच्छी।" चित्रा ने आँसू रोकने के लिये होंठ काट लिये, "लम्बी बात है। अभी मौका नहीं। तुम्हारे यहाँ आकर बात करूँगी। अपने मकान की जगह बता दे।"

"हस्बैण्ड को भी साथ लाना।"

"वे आये ही नहीं।"

"क्यों?"

"उनका मूड।"

चित्रा के विवाह के समय उषा ने उसके पति तेज नारायण टिक्कू को देखा था। सुडौल स्वस्थ शरीर, कश्मीरी गोरा वर्ण, गालों पर कुछ गुलाबी झलक, क्लीन शेव। उषा की नज़र में कुछ जनाना कोमलता। रईस, आभिजात्य मुद्रा।

चित्रा ढाई मास ससुराल में रहकर लौटी तो सन्तुष्ट, प्रसन्न; गर्व और उमंगों से बुदबुदाती। पति के बारे में बताया था : बहुत गहरा अध्ययन, वैसी ही तीक्ष्ण बुद्धि और उतने ही गहरे रसिक-रसिया। उसे हर शौक में सहयोगी बनाने का चाव।

चित्रा का ससुराल परम्परागत आभिजात्य प्रतिष्ठा का पाबन्द। उसके ससुर रायबहादुर साहब पंजाब के चोटी के वकीलों में। उसका पति एम० ए०, एल-एल० बी० करके सिलेक्शन में मुंसिफ बन गया था। कचहरी जाता तो परिवार की परम्परागत पोशाक पगड़ी, शेरवानी और चूड़ीदार में परन्तु मेल-जोल सैर-सपाटे में सूट।

स्त्रियों के लिये पर्दा। बिना चादर और सवारी के बाहर न निकल सकती थीं। टिक्कू पिता के सन्तोष के लिये परम्परा निबाहता था, परन्तु शौक से उदार विचार। कभी प्रोग्राम बना लेता तो चित्रा घर से साड़ी पर चादर ओढ़ और छोटा घूँघट कर पति के साथ कार में निकलती। अपने गली-मुहल्ले के बाहर आकर चादर-पर्दा एक ओर रख देती।

चित्रा ने बताया था : उसका देवर देवनारायण और ननद कुसुम परिवार में विकल्प थे। परम्परा और रईसी रख-रखाव से विद्रोही, उग्र विचारों के। कुसुम सबसे छोटी। आरम्भ में कान्वेंट में पढ़ी। उस समय फतेहसिंह कालेज फॉर गर्ल्स में एम० ए० में थी। अलानिया कहती : मुझे शादी-वादी नहीं करनी···दकियानूसी कश्मीरी पण्डितों के परिवार में तो हरगिज नहीं! कुसुम और चित्रा में पट गयी थी।

चित्रा दूसरे दिन दोपहर बाद बेटी को लेकर उषा के यहाँ आ गयी। चित्रा ने पप्पू को और उषा ने माला को गोद में ले चूम-चूम कर प्यार किया। दोनों बच्चों को धूप में खेलने के लिये बेबे को सौंप दिया। सहेलियाँ बात करने के लिये भीतर सोफा पर सट कर बैठीं।

"चित्तू, सच बताओ, तुमने अपना क्या हाल कर लिया।"

चित्रा ने अटक-अटक कर उसासों और आहों से जो कहानी सुनायी, उसका सारांश था :

चित्रा के पति ने गत जुलाई के अन्त में पत्नी से कहा, वह दूसरे दिन रात की गाड़ी से चार सप्ताह के लिये मसूरी जायेगा। चित्रा संध्या पति के लिये सूटकेस में ऊनी और दूसरे कपड़े सहेज रही थी। उतारे हुए कपड़े धोबी के लिये समेटते समय शेरवानी कोट-पतलून की जेबें टटोल रही थी। उसके हाथ में एक सुथरी लिपटी पुड़िया आ गयी। पुड़िया में फर्स्ट क्लास के दो रेल टिकट देहरादून के लिये, दो बर्थ के कूपे के रिज़र्वेशन की रसीद में लिपटे हुए।

चित्रा को विस्मय। समझ न पायी तो ननद से पूछा। कुसुम के चेहरे पर सहसा तनाव। टिक्कू परिवार में सभी लोगों का स्वभाव तुष्ट तो तुष्ट, रुष्ट तो बहुत रुष्ट : भाभी, आपसे नहीं कहा तो आप क्यों परेशान!···ये मर्द औरतों को जाने क्या समझते हैं। बीबियों को पर्दे में कैद कर सखियों से गुलछर्रे उड़ाना रईसों की आम बात। ये तो चांस से टिकट और रिज़र्वेशन आपके हाथ आ गये। हिम्मत है तो साथ जाने को तैयार हो जाइये या कम से कम भैया से पूछिये, ऐसा कौन हमसफर जिसके लिये कूपे के एकान्त की जरूरत?

चित्रा के आग्रह पर कुसुम ने बता दिया : उसके अनुमान से दूसरा टिकट भैया की दोस्त सलूजा के लिये है। पुरानी दोस्ती है। सलूजा पहले टीचर थी, फिर वकाई बन

गयी।···कुसुम कुछ और कहने लगी थी, चित्रा ने पति के कदमों की आहट पहचान कर चुप रहने का संकेत किया। टिक्कू स्टेशन जाने से पहले गुडबाई कहने आया था।

टिक्कू ने मसूरी से दो पत्र लिखे। चित्रा उत्तर न दे सकी। मसूरी में वर्षा से तंग आकर टिक्कू कुछ जल्दी लौट आया। लौटने पर पत्नी का मौन और नाराजगी देखकर उसने कारण जानना चाहा।

चित्रा तेईस दिन से कुढ़ रही थी। उसने दो टिकट देखने तथा पति के दोस्त के बारे में सुनी बात साफ-साफ बता दी। गुस्से में कह गयी : अगर आपके ऐसे शौक या ताल्लुकात थे तो हमारी क्या ज़रूरत थी!

टिक्कू का चेहरा तमतमा गया : बहुत अच्छा हुआ तुम्हें मालूम हो गया। उसकी हमें कोई फिक्र नहीं है। तुम ग्रेजुएट हो, हमारे ख्याल में समझदार। तुमने धोखे और बेइन्साफी की शिकायत की। बताओ, तीन बरस में तुमने कब उपेक्षा, किसी तरह की असंतुष्टि, दुर्व्यवहार या अपमान अनुभव किया जिसे धोखा या अन्याय कहा जा सके?···हम आज भी उसका हर्ज़ाना भर देने को तैयार।

''जैसे मैं इनकी जरूरत-आराम या घर चलाने की नौकरी की पूरी तनखाह, दूसरे हक या राशन पा रही थी! उसमें किस कमी की शिकायत थी। उसके आगे न मेरा कोई मतलब, न हक।'' चित्रा की आँखें सुर्ख, ''और मैं भी अपना सर्वस्व देकर उन्हें सम्पूर्ण पा लेने, दासी बनकर स्वामिनी बन जाने के स्वप्नों में···कितना धोखा!''

दोनों सहेलियाँ फर्श की ओर नजरें झुकाये देर तक मौन।

चित्रा की गाड़ी उसे लौटाने के लिये आ गयी। चित्रा उठते-उठते बोली, ''अच्छी, कल मेरे मुँह से ठीक ही बात निकली—निभ रहा था, क्या जरूरत थी जानने की। जान कर बवंडर ही हुआ।''

सहेली के पराजय स्वीकार कर लेने के लिये उषा को और भी क्रोध परन्तु चुप रही। सहेली को उस अन्याय के विरुद्ध भड़काने से क्या लाभ था!

दूसरे दिन संध्या उषा व्याकुलता से ध्यान बटाने के लिये बैठक में पप्पू का स्वेटर रफू कर रही थी। पप्पू समीप फर्श पर काठ के रंगीन टुकड़ों से रेल-रेल खेल रहा था। बच्चे ने सहसा पुकारा, ''ताया! ताया!'' लड़का खेल छोड़कर फटकिया की ओर भागा। पप्पू नरेन्द्र की कार का भोंपू बहुत दूर से सुन लेता था। कुछ पल में डिस्पेन्सरी से कम्पाउण्डर इल्मदीन की आवाज, ''आदाब अर्ज़ है प्रोफेसर साहब···डाक्टर साहब!''

उषा ने कंधों से खिसका साड़ी का आँचल ठीक कर लिया। ''हेलो अच्छी!'' नरेन्द्र पप्पू को गोद में लिये भीतर आया, उसके पीछे रज़ा।

उषा ने दोनों को स्वागत से बैठाया। ''बैठिये, अभी आती हूँ···।'' बेबे को उबलता पानी, प्याले, दूध-चीनी भेज देने के लिये पुकारा। आलमारी से तुरन्त कॉफी का डिब्बा ले लिया।

नरेन्द्र ने बताया, ''दोपहर रेडियो पर खबर थी, बंगाल में डेटेन्यूज की रिहाई शुरू हो गयी। हमारा गवर्नर बहुत जालिम, पुराना आई० सी० एस०।''

"गवर्नर क्या कर लेगा! यू० पी० को भी एमरी और वायसराय का आदेश मानना ही होगा। मोलमीन में ब्रिटिश सेना जापानी हमला रोक नहीं सकी। जापानी बर्मा में घुस गये। ब्रिटिश समझ चुके हैं, स्थानीय जनता साथ न दे तो जापानियों को रोक सकना असम्भव।" रज़ा का स्वर चिन्तित, "हमारे कुछ उग्र कांग्रेसी और कांग्रेसी सोशलिस्ट तो खुश कि अंग्रेज हार रहा है। उन्हें फिक्र नहीं कि अंग्रेजों की दीवार गिरेगी तो दबेगा हिन्दुस्तान। अंग्रेज हारेगा तो भाग जायेगा, हिन्दुस्तानी कहाँ जायेगा?"

"नेहरू का बयान है," नरेन्द्र ने उषा को सम्बोधन किया, "तुमने अखबार देखा होगा···हमें फासिस्ट जापानी आक्रमण से आत्मरक्षा के लिये तैयार होना चाहिये। विदेशी सरकार जनता का सहयोग नहीं पा सकती, जनता को आत्मरक्षा के लिये स्वयं संगठित और तैयार होना चाहिये।"

"सैनिक सामर्थ्य के बिना युद्ध में रक्षा के लिये कैसा संगठन और तैयारी!" रज़ा के स्वर में खीझ, "फासिस्टों के सामने सत्याग्रह करेंगे? हिन्दुस्तान पर जापानी आक्रमण और कब्जे को रोकना स्वयं ब्रिटेन और अमरीका के हित में। हमारी रक्षा उनकी सैन्य शक्ति को सहायता देकर जापान को रोक सकने में ही है।"

"वो एक पहलू है। ब्रिटेन से आत्मनिर्णय का अधिकार पाये बिना ब्रिटिश के हाथ की लाठी बन जाने का अर्थ होगा, ब्रिटेन की दासता को स्वीकार किये रहना।" नरेन्द्र ने उषा की ओर देखा, "तुम इतनी गुम-सुम क्यों?···तुम्हारी लाहौर से आयी सहेली लौट गयी? उस दिन तुम दोनों ही रोयी-रोयी सी लग रही थीं। वही उदासी अब तक?"

चित्रा बैठी थी तो नरेन्द्र 'रीडर्स डाइजेस्ट' देने आया था। उषा ने बैठने के लिये कहा, परन्तु उषा और चित्रा का मूड देखकर नरेन्द्र बैठा नहीं।

"उदासी से क्या होगा···बेचारी की किस्मत!" उषा ने गहरी साँस ली, "औरत होना ही बदकिस्मती।" अमर की तरह उषा को रज़ा और नरेन्द्र पर पूरा भरोसा-विश्वास। उसने संक्षेप में चित्रा की बीती बता दी।

"भाभी, आपने भी क्या परेशानी बतायी!" रज़ा ने सहानुभूति से कहा, "ऐसी शिकायत, सही या गलत, नब्बे नहीं तो अस्सी फीसदी घरों में। चित्रा की शिकायत सही हो सकती है; हमारी बीवी को बेवजह शिकायत है।"

"हूँ।" नरेन्द्र रज़ा को घूरकर बोला, "अच्छी तुम्हारी हरकतों से नावाकिफ तो क्या गेती भी नहीं जानती! बहुत मासूम बनते हो!"

उषा ने मुस्कान रोककर टोका, "आप लोग चित्रा की परेशानी को समझते ही नहीं। वह फूहड़ नहीं है। उनकी सब सुख-शान्ति राख हो गयी। अब जिन्दगी भर का संताप।"

"भाभी, आप बात को बढ़ा रही हैं।" रज़ा ने कहा, "आपकी सहेली ग्रेजुएट होकर भी परम्परागत रईसी में पैरासाइट बनने के सुख और पर्दे की प्रतिष्ठा के सम्मान से संतुष्ट है तो उस प्रणाली की दूसरी बातें भी उसे सहनी होंगी। आपकी सहेली को पति की ऐसी स्वच्छन्दता नामंजूर तो उसे चाहिये, पर्दे से निकल कर सामाजिक जीवन में पति की सहचरी बने।"

"पर्दे की मजबूरियाँ अपनी जगह," नरेन्द्र कुछ ऊँचा बोला, "लेकिन बीवी चाहे पर्दे में रहे, चाहे पति की बाँह में हाथ डालकर बाजार या क्लब में जाये, जब तक वह निर्वाह

के लिये पति की मोहताज, वह केवल पति की जरूरत और संतोष की चीज। उसकी अपनी कोई हस्ती नहीं। उसे पति की दूसरी जरूरतों और संतोष से एतराज का हक?''

''ये आप क्या बकते जा रहे हैं।'' उषा के चेहरे पर भी क्रोध, ''पत्नी का इससे अधिक क्या अपमान!''

''अच्छी, जरा सब्र से सुनो!'' नरेन्द्र ने समझौते के स्वर में कहा, ''हमने कहा नहीं था, इस प्रकार के तनाव के अवसर दम्पति जीवन में आते रहते हैं। प्रेम को स्थायी बनाने के लिये ऐसी छोटी-मोटी बातों के लिये उदारता और सहिष्णुता जरूरी होती है।''

''आप तो अजीब बातें करते हैं।'' उषा ने विरोध किया।

''अजीब बात क्या।'' नरेन्द्र ने पूछा, 'टिक्कू की इस बात का क्या जवाब है कि तीन बरस में चित्रा ने क्या अभाव, क्या अतुष्टि अनुभव की? सलूजा के प्रति उसका आकर्षण या व्यवहार चित्रा के लिये ऐसा था जैसे हौद भर जाने पर छलक कर बाहर बह गया जल। उससे चित्रा का क्या छिन गया?''

''क्या उलटी-उलटी बातें कह रहे हैं!'' उषा ने खीझ से कहा।

''उलटी बात क्या है?'' नरेन्द्र ने पूछा, ''मसूरी में टिक्कू ने मन-बहलाव के लिये शराब पी होगी, जुआ खेला होगा, उन सब बातों से चित्रा को कोई एतराज नहीं। एतराज है, सलूजा के साथ एकान्त पर। समझती है, पति के उस संतोष पर उसका एकमात्र अधिकार। यह आशंका कि पति उसके हाथ से निकल जायेगा, टिक्कू से प्रेम नहीं, टिक्कू पर अधिकार की भावना।''

''दम्पति को एक-दूसरे पर अधिकार नहीं होता?'' उषा को आपत्ति।

''अधिकार होता है, प्रेम के नाते। और प्रेम में, प्रेमी या प्रेमिका के सन्तोष का भी महत्त्व और उसके लिये सहिष्णुता भी प्रेम में सम्मिलित।''

''उच्छृंखलता के लिये सहिष्णुता!'' उषा ने रज़ा की ओर देखा।

रज़ा सिगरेट सुलगा रहा था, रुक गया, ''भाभी, उचित और उच्छृंखल का निर्णय टेढ़ी बात। गेती की नजर में तो औरत का बुरके के बिना घर से निकलना ही बेहयाई और उच्छृंखलता। उसे मालूम हो जाये कि आप अमर को घर छोड़कर हम दोनों के साथ सिनेमा गयीं तो न जाने क्या-क्या बक दे! ···उच्छृंखलता की कसौटी हर ज़माने और समाज की मान्यता और संस्कारों से। हर वर्ग और स्तर के लोगों में उच्छृंखलता और उचित के पैमाने भिन्न हो सकते हैं।''

''बिलकुल सही! क्या नाम तुम्हारी मुटल्ली सहेली का···?'' उषा के विरोध को अनदेखा कर नरेन्द्र कहता गया, ''अच्छा, माया सही। माया और घोष के उदाहरण से उनकी परस्पर सहिष्णुता देखिये। घोष को इतना आत्मविश्वास कि पत्नी को मित्र की हालत देखने के लिये दूसरे नगर जाने की अनुमति दे सकने में आपत्ति नहीं।''

''जो विश्वासयोग्य होता है, उसी का विश्वास भी किया जाता है।'' उषा फिर लड़ने को तैयार।

रज़ा जोर से हँस दिया, ''भाभी, ये तुमने खूब कहा! माया ने विश्वास का कौन टेस्ट पास किया जो टिक्कू ने नहीं किया?''

उषा चुप रही।

"उठो भाई, टिक्कू से नाराजगी कहीं हम पर ही न उतरे!" नरेन्द्र ने रज़ा को चलने का संकेत किया।

"प्लीज़, एक-एक कप कॉफी और।" उषा ने अनुरोध किया, "हमारे लिये आजकल दिन इतने भारी हो रहे हैं कि क्या कहें। आप लोग आ गये तो जरा मन हलका गया।"

"भाभी, रात खात्मे पर आती है तो अँधेरा गहरा मालूम होता है। समझ लो, अमर आने वाला है; चार नहीं तो छः दिन में।"

"छः दिन!" उषा ने गहरा साँस लिया और हँस दी।

"हमारा बस चले तो जेल तोड़कर उसे अभी ले आयें।" नरेन्द्र बोला।

फरवरी का दूसरा सप्ताह। उषा अपने थीसिस के लिये पढ़ रही थी। संध्या पाँच बजे पुस्तक एक ओर रखकर चाय के लिये परसू को आवाज देने लगी थी कि बरामदे से पुकार, "···परसू!"

सिन्हा का स्वर पहचान कर उषा को विस्मय। सिन्हा पाँच मास से न आया था। कुछ दिन पूर्व वर्मा कह गया था, सिन्हा छूट आये। उषा को सिन्हा के आने की आशा न थी। परसू अतिथि को बैठक में ही ले आया।

सिन्हा ने कहा, "हफ्ते भर से सोच रहे थे, उषा जी के यहाँ हाल-चाल पूछना है पर कोई न कोई झंझट।" फिर अमर के विषय में पूछा, "आप कब मिलने गयी थीं?" फिर अनुमान प्रकट किया, "अब तक छूट आना चाहिये था, बस आया ही चाहता है।"

"क्या लीजियेगा···चाय या कॉफी?"

"कॉफी भई कॉफी। उषा जी, कॉफी बनाने का आपका खास हुनर है न। वो टेस्ट दूसरी जगह नहीं देखा।" सिन्हा अंग्रेजी बोलते तो शुद्ध किंग्स इंगलिश, आचरण और एक्सेण्ट का ध्यान रखकर। हिन्दी बोलते तो नाथ शास्त्री की तरह उनकी बोली में भोजपुरी की लहर आ जाती।

"यह आपकी कृपा। मुझे तो कॉफी गरम पानी में घोलकर दूध-चीनी मिला देने का ही श्रेय। हुनर तो," उषा ने कॉफी के डिब्बे की ओर संकेत किया, "कॉफी बनाने वाली नेस्ले कम्पनी को।"

सिन्हा कॉफी की चुस्कियाँ लेता स्वर नीचा कर पत्रों में क्रिप्स मिशन के प्रस्तावों पर कांग्रेस नेताओं की प्रतिक्रिया की बात करने लगा : गांधी जी ने वैयक्तिक सत्याग्रह की निष्फलता देखकर उसे स्थगित कर दिया। गांधी का रुख संघर्ष का तो अब नेता समझौते की ओर झुकने लगे। इलाहाबाद में कांग्रेस कार्यकारिणी समिति की बैठक हो रही है। उस समय जनमत से समझौते की नीति का विरोध जरूरी। अन्तर्राष्ट्रीय स्थिति के विचार से ये ही असली समय ब्रिटेन को चोट देने का···। सिन्हा ने ब्रिटेन को जोर का घूँसा मारने का संकेत किया, "सेठ के आते ही हमें खबर दीजियेगा। अब चूकना नहीं चाहिये।" स्वर कुछ और दबाया, "पाठक से बात करना जरूरी। हमारा सन्देश उसे भिजवा सकेंगी?"

सिन्हा ने दूसरा प्याला भी लिया। लगभग घंटे भर बैठा। अन्तर्राष्ट्रीय स्थिति से उत्पन्न अपने पक्ष में उपयोगी स्थिति के प्रति नेताओं की शिथिलता और समझौतावादी प्रवृत्ति की शिकायत करके, 'कुछ होना चाहिये' का उच्छ्वास प्रकट करता रहा।

सर्दी उतार पर थी। भोर की झीनी नींद में उषा के कान अखबार वाले के लिये सतर्क रहते। घास पर अखबार गिरने की आहट पाकर लिहाफ छोड़कर शाल ओढ़ अखबार के लिये लपक जाती। ओस से भीगा अखबार लाकर बिजली के प्रकाश में बिस्तर में बैठकर पढ़ने लगती। सबसे पहले जेलों से रिहा होने वाले लोगों के समाचार।

उषा ने अखबार गिरने की छपाक के बजाये फटकिया खुलने का खटका सुना। बरामदे में कदमों की आहट और बैठक के किवाड़ों पर जोर की दस्तक। कदमों और दस्तकों की भी पहचान होती है। उषा लिहाफ से उछल गयी। बिस्तर में ब्लाउज-पेटीकोट में थी। साड़ी तो क्या, सर्दी में कंधों पर शाल लेने तक धैर्य नहीं। पलंग कमरे की चिटखनी गिराकर बैठक के किवाड़ों तक पहुँचते-पहुँचते दूसरी दस्तक और ऊँची पुकार, "परसू! ···प्रताप!"

उषा नित्य सुबह बैठक के किवाड़ों की ऊपर-नीचे की चिटखनियाँ हटाकर किवाड़ खोलती थी, परन्तु हड़बड़ी में ऊपर की ही चिटखनी गिराकर किवाड़ खींचें। किवाड़ न हिले तो याद आया, नीचे की चिटखनी!

चिटखनी खींचते ही किवाड़ बाहर के दबाव से खुल गये।

अमर रात के सफर में कंधों पर लिया कम्बल एक तरफ न डाल सका, उससे पहले उषा की बाँहें उसके गले में। उल्लास के आवेग से चीख निकल गयी। पति के गले में बाँहें कसकर लिपट गयी। अवश उल्लास से फफक उठी। अमर ने उसे बाँहों में उठा लिया, "अच्छी! बस-बस-बस···।"

अमर का अभ्यास था, जोर से लम्बी दस्तक देने और ऊँचे पुकारने का। बुढ़िया बेबे की नींद पहरू कुत्ते की। उषा की बातों से आशा का आभास था। कलेजा उछल आया। लोई कंधों पर डालकर बैठक में आ गयी। विह्वलता में बेखबर लड़की को पति के गले लगी देखकर नजर फेरकर लम्बी दुआ-आशीर्वाद रब्ब को शुक्रिया कहती अपनी खाट पर लौट गयी।

अमर ने देख लिया था, "बेबे जी, पैरीपैना।"

बरेली में अमर दोपहर बाद जेल से छूटा था। रात दस बजे पैसेंजर से चल सका। जेल में मिले ऊनी कपड़ों के अतिरिक्त कम्बल था। ऊँचे वर्ग के नजरबंद की हैसियत से उसे ऊँची श्रेणी का रेल टिकट दिया गया था। रात भर जाड़े से ठिठुरता-औंघाता आया था। पौ फटते-फटते घर पहुँचा। आरामदेह पलंग, बिस्तर लिहाफ···विरहाकुल पत्नी अपनी ऊष्मा दे देने के लिये व्याकुल।

अमर छोटी गली जाने के लिये तैयार हो रहा था, चच्चा, बाबू, महेन्द्र, मास्टर जी आ गये। परसू समाचार पहुँचाये बिना कैसे रहता। सुबह-सुबह नब्बन के यहाँ दूध लेने गया तो पहले छोटी गली और सेवाश्रम में सूचना दी। सब लोग बरामदे में आती किरणों

में कुर्सियों पर बैठे थे। अमर ने चच्चा, बाबू को पैरीपैना किया। पीछे-पीछे उषा छोटा घूँघट खींचे आयी। कृतज्ञता में चच्चा, बाबू के समीप फर्श पर बैठ दोनों को चरण-स्पर्श।

"सौभाग्यवती हो, कुलवती हो, जुग-जुग जियो। बहू, तुम्हारे तप-बल से ही बेटा घर लौटा। शाबाश तुम्हारा हौसला! अकेली डेढ़ सौ मील दौड़ी जाती थी।" बाबू ने गद्गद कंठ से आशीर्वाद दिया। सेठ जी भावविभोर, गला भर आने से मौन। पोते को गोद लिये बेटे को समीप कुर्सी पर बैठाकर उसके कंधे पर आशीर्वाद का हाथ रखे थे। उनके जीवन के परम सुख का क्षण। कुछ देर में हरि भैया और गौरी आ गये। मामा को नमस्ते करने आभा भी आयी थी। गौरी का मन भैया के यहाँ से जाने को न था, परन्तु नौकरी की मजबूरी।

अमित को मोटर-साइकल चलाना सिखा देना काम आया। मशीन पड़ी-पड़ी जाम न हो जाये, इस खयाल से और कुछ अपना शौक; अमित तीसरे-चौथे मोटर-साइकल इस्तेमाल कर लेता था। अमर को गाड़ी रवाँ, चुस्त हालत में मिली। बेबे वालाकदर समाचार पहुँचाने के लिये छटपटा रही थी। प्रताप को दो-तीन बार नाना-नानी से मिला लायी थी। उषा ने बेबे के लिये इक्का मँगवा दिया। ताकीद कर दी : अमित से कह देना, कोहली साहब को बिलकुल खबर न दे। साँझ नये हैदराबाद जाने का प्रोग्राम था। दोपहर में सेठ आचार्य जी, सिन्हा, त्यागी से मिल आया।

अमर का विचार था : नरेन्द्र के पास गाड़ी है। समाचार पाकर सुविधा से आ सकता है। हम रज़ा और दूसरे लोगों के यहाँ हो आयें।

उषा का आग्रह, "नहीं, पहले जेठू भाई को सरप्राइज देंगे, फिर रज़ा भाई के यहाँ। राजे, आपके पीछे हमारा सबसे अधिक खयाल नरेन्द्र भाई ने किया। सप्ताह में दो-तीन बार भी आते। हमारे लिये क्या नहीं किया! कल आये थे, आज नहीं आयेंगे। चौंकाने का मजा आज ही। कल तक उन्हें जरूर पता लग जायेगा।"

संध्या उषा तैयार होकर बैठक में आयी तो अमर अपलक—गहरी कत्थई रेशमी साड़ी पर बर्फानी सफेद छोटा कोट, जूड़े पर फूलों का गजरा। खूब ऊँची एड़ी के जूते।

"कैसे लग रहे हैं?" उषा पति के मुआइने के लिये उसके सामने एड़ी पर घूम गयी।

"ये कब?" अमर ने सराहना से पूछा।

"कोट भैयाजी के यहाँ से कश्मीरा लेकर बनवाया। आप सरकार से सौ रुपया मासिक गुजारा दिलवा रहे थे। सोच लिया—आपका प्रेजेन्ट। खूब चीजें खरीदीं। साड़ी जेठू भाई का नये साल का प्रेजेन्ट? कैसी लगी?"

"यही रंग हमने लेने को कहा था तो कहती थी, हम पर इतना गहरा नहीं चलेगा।"

"हमें याद था। जेठू भाई ने भी ये ही पसन्द किया। वो बहुत मीन-मेख निकालने वाले। सोचा, सब कहते हैं तो यही ठीक।"

"आइन्दा नरेन्द्र से ही रिकमेंड कराया करेंगे।"

उषा ने पति को मुँह चिढ़ाया और लपक कर चूम लिया।

नरेन्द्र के मकान के कुछ कदम पहले मोटर-साइकल रोक दी। अमर पहले भीतर गया। उषा आहट बचाये पीछे-पीछे। नरेन्द्र चकित, "अरे अम्मू!" नरेन्द्र ने लपक कर

अमर को बाँहों में जकड़ कर फर्श से उठा लिया। ''हमें खबर क्यों नहीं दी? हम स्टेशन पर आते।''

नरेन्द्र को अमर से बीसों प्रश्न : कैसे रहे, क्या पढ़ डाला? युद्ध की वर्तमान स्थिति के बारे में अमर के विचारों में कोई परिवर्तन न आया था। स्वास्थ्य बेहतर।

अमर ने बताया, ''अच्छी के तो हर पत्र में तुम्हारा गुण-गान···जेठू भाई ये, जेठू भाई वो, जेठू भाई फरिश्ता। हम हैरान, तुम्हारे जैसा मौज का मालिक आदमी कैसे इतना बदल गया!''

नरेन्द्र की नजर उषा की ओर गयी, ''क्या इशारे कर रही हो?''

उषा ओठों पर तर्जनी से पति को 'चुप' का संकेत कर रही थी।

''पति-पत्नी की प्राइवेट बातें किसी को बतायी जाती हैं!'' उषा के माथे पर बनावटी त्योरी, ओठों पर मुस्कान, ''इनके मुँह पर तारीफ कर रहे हैं। मिजाज बढ़ जायेगा। इतनी खुशामद से तो आते थे।''

नौकर ने कॉफी का सामान रख दिया। उषा आगे बढ़कर बनाने लगी।

''आपके लिये चाय बनवा दें?'' कॉफी से पति की अरुचि भाँप कर उषा ने पूछा।

''न न! वहाँ हम चाय भी न पीते थे। चाय के बजाय दूध।''

''हूँ, तभी कल्ले भर गये!'' नरेन्द्र ने हुंकारे से गर्दन हिलायी। उषा को सुनाकर बोला, ''भाई, इसका दूध न छुड़ा देना।''

''तुम्हारा लुचपना कभी नहीं जा सकता।'' अमर ने डाँटा।

''तुमने जाने क्या समझ लिया!'' नरेन्द्र भोला बना, ''हम तुम्हारे स्वास्थ्य के लिये राय दे रहे हैं। जेल में खूब दूध पिया। बेटा, सरकार का खाकर दण्ड पेलो और सरकार से लड़ो।''

फिर दूसरी बातें। ''सुना, तुम राजभक्ति में सरकार के लिये प्रान्त में उद्योगों की सम्भावना पर सुझाव तैयार कर रहे थे।''

''वो लम्बी बात।'' नरेन्द्र ने कहा, ''जब सुनने का धैर्य होगा, बतायेंगे।''

''कल शाम उधर आना।'' चलते-चलते अमर-उषा ने अनुरोध किया।

अमर के लौटने पर उषा का उल्लास दूसरे दिन भी कायम। पत्नी बता रही थी, क्या-क्या नया बनवा लिया···क्या बदलवा लिया।

''यह क्या मनहूस रंग करवा लिया। परदे भी वैसे ही उदास।'' अमर ने बैठक की दीवारों और परदों की ओर संकेत किया।

''हाय बादली धुस्सा, कितना क्वाएट-सोवर कलर! नरेन्द्र भाई ने सुझाया। रज़ा भाई और अविनाश ने भी सराहा।''

''हर बात में नरेन्द्र की पसन्द-परख। हमारी-तुम्हारी पसन्द कुछ नहीं?''

''आपकी-हमारी पसन्द पहले पर अच्छा सुझाव माना ही जाता है। अमित को भी पसन्द आया।''

''होगा। हमारी राय में तो सफेद चूना सबसे अच्छा, जर्म-नाशक। ये नये फैशन!''

प्रताप को जो कुछ पहनाओ, आधे घंटे में धूल-पानी से खराब कर लेता। साँझ पाँच बज रहे थे। उषा उसे फुलवाड़ी से उठा लायी, कपड़े बदलने के लिये। बच्चा विरोध में चीख-चीख कर हाथ-पाँव मार रहा था।

''खेलने दो उसे।'' अमर ने कहा।

''राजे, एक मिनट में बदल देते हैं। नरेन्द्र भाई टोक देते हैं, क्या भंगी बना रखा है।''

''ओफ! हर बात में नरेन्द्र भाई की पसन्द!''

''हाय तो क्या गलत कहते हैं!'' उषा ने चिरौरी की, ''कहते हैं, इतना सुन्दर लड़का। उसे भंगी-सा बनाये रखती हो।''

''बदलो-बदलो। खेलने मत दो, कपड़े मैले होंगे। उठाकर शीशे की आलमारी में रख दो।''

''क्यों लख दें शीशे की आलमाली में!'' उषा ने लड़के को सीने पर दबा लिया, ''हमारा प्रताप सौ बार कपड़े मैले करेगा। मामा सौ बार कपड़े बदलेगी अपने राजे के बेटे के।''

नरेन्द्र के आते ही अमर ने कम्युनिस्टों की नीति परिवर्तन पर आलोचना शुरू कर दी। सेठ जी ने बेटे के लौटने की खुशी में पिछली साँझ ढेरों मिठाई-नमकीन, फल भिजवा दिये थे। उषा ने छोटी मेज पर सामान लगा दिया। तीन-चार मास से संध्या कॉफी ही ले रही थी। वही बनाकर नरेन्द्र और पति के सामने प्याले रख दिये।

उषा बेबे के लिये मिठाई और कॉफी लेकर रसोई की तरफ चली गयी। लौटी तो नरेन्द्र कह रहा था, ''···चखकर तो देखो।'' अमर का चेहरा गम्भीर।

उषा कॉफी से पति की अरुचि भूल गयी थी, बोली, ''हम चाय बना देते हैं। पानी खौल रहा है।''

''जानती हो, कॉफी कल भी हमने नहीं ली।···अब रहने दो।'' अमर के स्वर में नाराजगी।

''राजे, चखकर देखो। हम चाय भी बनाये देते हैं।''

उषा को उठते देख अमर ने गम्भीरता से कह दिया, ''हमें नहीं जरूरत। नहीं लेंगे।''

''चखने में क्या हर्ज!'' नरेन्द्र ने कहा, ''बेटा, ये टेस्ट सीखे जाते हैं।''

''व्यसन बढ़ाने की जरूरत?'' अमर ने पूछा।

''व्यसन!'' नरेन्द्र बोला ''व्यसन ही कल्चर-संस्कृति, बशर्ते बेकाबू न हो जाये। मियाँ, रस की दीक्षा पाये बिना नृत्य, संगीत, चित्रकला किसी में रस नहीं आ सकता; विज्ञान और अध्यात्म में भी नहीं। हे ब्रह्मचारी, उसी प्रकार चाय-कॉफी, सिगरेट-शराब के रस की भी दीक्षा-साधना जरूरी।''

''तुम्हीं को मुबारक!'' अमर ने इनकार में गर्दन हिला दी। उषा उदासी से चुप रही।

''चलो, हजरतगंज घूम आयें। देखो, गंज में क्या रंगत आ गयी।''

''इस समय कैसे जा सकते हैं?'' अमर ने इनकार किया, ''डिस्पेन्सरी का टाइम हो गया।''

"अच्छा, परसों का पक्का।" नरेन्द्र उठते हुए बोला, "हम लोगों ने चार दिन पहले विज्ञापन देखकर प्रोग्राम बना लिया था। कैपिटल में शॉ की 'मेजर बार्बरा' लग रही है। जरूर देखनी है।"

नरेन्द्र के चले जाने पर अमर भी उठा और नजर बचाये डिस्पेन्सरी में चला गया। पति की नाराजगी से उषा हतोत्साह···कल आये, आज नाराज! बेबे रसोई बनाने में व्यस्त। परसू को मटरगश्ती का शौक, प्रताप को कंधे पर बैठाकर चल देता। उषा एक पत्रिका उठाकर पन्ने पलटने लगी पर मन न लगा···बेबात नाराजगी।

अँधेरा गहरा कर रात भीगने लगी थी। मरीजों के आने की आशा न थी। अमर कम्पाउण्डर से पूछ-ताछ कर रहा था, उसके पीछे कैसे चलता रहा। कुछ न कुछ मरीज आते ही रहे थे। कुछ मरीजों की नजर में दाढ़ी-मूँछ सफाचट, जवान एम० बी० बी० एस० डाक्टर की अपेक्षा शरही मूँछों और खसखसी खिचड़ी दाढ़ी वाला बुजुर्ग कम्पाउण्डर अधिक भरोसे लायक। मरीजों को प्रभावित करने का हुनर इल्मदीन में खूब। नब्ज और जबान देखता ही था, मरीजों के आश्वासन के लिये कान में स्टेथिस्कोप लगाकर सीना-पसली भी टोह लेता। दवा की बिक्री से अपनी तनख्वाह निकाल लेने के अतिरिक्त बीस-पच्चीस सेठ जी के हाथ पर भी रख देता। उसने अमर को आश्वासन दिया : खुदा के फजल से आप आ गये, सब ठीक हो जायेगा। अमर कम्पाउण्डर के साथ बात करता सड़क पर निकल गया। मील भर का चक्कर लगाकर लौटा। जेल में व्यायाम के लिये अपने हाते में संध्या तेज चाल से पन्द्रह-बीस चक्कर लगाने का नियम बना लिया था।

उषा बैठक में कोने की कुर्सी पर लैम्प के समीप पत्रिका लिये बैठी थी। अमर ने उसे अनदेखा कर परसू को पुकारा, "खाना तैयार हो गया तो दे दो।" सोफा पर मौन बैठ गया। उषा उपेक्षा से चुटिया गयी।

परसू की पुकार का उत्तर दिया बेबे ने, "बैठ जाओ। खाना ला रहा है।" परसू ने बैठक के आधे हिस्से में लगी मेज पर खाना रख दिया।

"कब तक नहीं बोलेंगे?" उषा का उद्वेग उमड़ आया।

"चलो, खाना आ गया।" अमर ने सम्बोधन किया।

उषा ने आँसू रोकने के लिये ओंठ काट लिये। बोल न पायी। जैसे-तैसे ग्रास निगलती जा रही थी। बेबे छोटी-छोटी फूली-फूली फुलकियाँ बनाकर भेज रही थी। पंडित परिवार ने लखनऊ में अठारह बरस रहकर भी इस प्रदेश के उच्च वर्ण हिन्दुओं का संध्या पूरी-परौंठे का पक्का खाना न अपनाया था। अमर को हाजमे के विचार से पूरी के बजाय फुलके पसन्द। उषा कनखियों से देख रही थी। अमर ने भी मन भर कर न खाया। दोनों मौन।

खाने के बाद अमर ने स्वेटर पर कोट पहन लिया और ऊनी टोपी।" हम रज़ा के यहाँ हो आयें।" बाहर जाकर मोटर-साइकल चालू कर दी।

उषा स्तब्ध परन्तु अब उपेक्षा की व्यथा के बजाय क्रोध : अपमान की सीमा! ऐसा हमने क्या कर डाला···। प्रताप के रोने की आवाज। बेबे की पुकार "अच्छी धिये, लड़के को नींद आ रही है। उसे सुला दो। मैं खा रही हूँ।"

"परसू, प्रताप को यहाँ दे जाओ।" उषा पलंग-कमरे में चली गयी। प्रताप का खेल-खिलवाड़ करना हो तो मम्मी, नींद के लिये बेबे की थपकी। बच्चा रें-रें कर रहा था, उषा

उसे थपक रही थी। वास्तव में रो रहा था उसी का दिल, बेटे के गले से। लड़का चार-पाँच मिनट में सो गया। उषा लड़के को बेबे के कमरे में पलने पर सुला आयी।

अमर विलम्ब से दस के करीब लौटा। दस्तक सुनकर उषा ने बैठक के किवाड़ खोले। मन बहुत भरा हुआ। पलंग पर लौटकर सिर-चेहरे पर आँचल लपेट लिया। बुला लेना चाहती थी, गिड़गिड़ा कर, हाथ जोड़कर···न बोले तो! कितना अपमान कर रहे हैं! नरेन्द्र के सामने अपमान किया और बाद में भी। मेरा कसूर?

अमर को पलंग पर उषा की बगल में लेटे कई पल गुजर गये। उषा के लिये कई घंटे। रह न सकी, ''राजे, पूछ सकती हूँ···?'' स्वर भीगा।

''जरूर पूछ सकती हो।'' अमर स्वयं ही बुलाने को था। क्रोध छन चुका था, सहारा बन गया।

''आप किस बात से नाराज हैं। हमसे क्या गलती हुई?''

''मैं खुद पूछना चाहता हूँ, क्या वजह कि हर समय हमारी उपेक्षा?'' ठिठका, ''मत समझ, क्षुद्रता या ईर्ष्या कर रहा हूँ।''

''हाय राजे, आपको कैसी ईर्ष्या या क्षुद्रता!''

''लेकिन देख रहा हूँ तुम्हारे लिये नरेन्द्र की राय-रुचि ही सब कुछ बन गयी। जब से आया हूँ, नरेन्द्र का राग। पत्र लिखती थी तो भी उसी का जिक्र! ···पहले मुझे कह लेने दो। कल साँझ तुमने देखा, कॉफी नहीं पी सकता। तुमने आज फिर कॉफी बनायी, क्योंकि नरेन्द्र को पसन्द। जुलाई तक तो तुम्हें कॉफी के बजाय चाय पसन्द थी। ···मेरी रुचि की परवाह ही नहीं!''

''राजे, आपकी परवाह नहीं तो परवाह किसकी?'' उषा का स्वर संयत हो गया, ''कल साँझ आपने कहा जरूर था, परन्तु आधा प्याला ले लिया था। आपको चाय का भी शौक नहीं। पहले हमें कॉफी का टेस्ट नहीं था। सब लोगों के साथ हम भी पीने लगे तो अच्छी लगने लगी।''

''हमारे लिये चाय बनाने में तकलीफ होती है तो नहीं पियेंगे।''

''राजे, कैसी बातें करने लगे। हम तो बनाने के लिये दो बार उठने को हुए, हमें डाँटकर बैठा दिया। हमें बनाने क्यों नहीं दी?''

''उपेक्षा-अपमान से आदमी को गुस्सा नहीं आयेगा?''

''हाय राजे, आपका अपमान हम करेंगे! ऐसा कहने से हमें मरा देखो···।''

''अच्छा चुप!'' अमर ने उसके ओठों पर हाथ रख दिया ''ऐसा नहीं कहते।''

उषा पति से लिपटकर फफक उठी, ''आपने दूसरों के सामने डाँटकर हमारा अपमान क्यों किया? आपकी वाइफ की इंसल्ट आपकी इंसल्ट नहीं? हमारी गलती समझी तो अकेले में जो चाहे कहते, डाँट लेते। फिर इतनी देर बोले क्यों नहीं? रज़ा के यहाँ अकेले गये। मन चाह रहा था, सिर फोड़ लें।'' अमर भी विह्वल। दोनों एक-दूसरे को सम्भालने के लिये अधीर। सुलह हो गयी।

तीसरे दिन उषा दस बजे यूनिवर्सिटी के लिये तैयार हो गयी, ''कई दिन हो गये। डाक्टर दास को हाजिरी देना जरूरी वर्ना समझ लेगा, हम कुछ नहीं कर रहे। कल सरकार आया था कि आज लॉ के सहाय का टॉक करवाना है। हम यूनियन के कल्चरल

सेक्रेटरी। कम्युनिस्ट पीपुल्स वार डिक्लेयर करके छूट आये। अपने प्रोपेगेण्डा का जोर बाँध रहे हैं। सहाय हाईकोर्ट के जजमेन्ट पर बोलेंगे—'अपराध करने का इरादा प्रकट करना अपराध नहीं है।' इस बार यूनियन की प्रेसीडेन्टशिप बहुत मुश्किल के कम्युनिस्टों से ले आये हैं। अब उनके प्रभाव के लिये सतर्कता जरूरी।''

सेठ दोपहर में सिन्हा के यहाँ चला गया। एकान्त में बात के लिये। सिन्हा ने कहा : अब आन्दोलन नहीं, संघर्ष करना होगा। बहुत सावधानी से गुप्त तैयारी। गिरफ्तार नहीं होना, चाहे फरार हो जाना पड़े। नेहरू, आज़ाद को जर्मनी-जापान का आतंक खाये जा रहा है। आजाद ने कानपुर स्टेशन पर लेक्चर दे डाला—अगर बोस जापानी फौज लेकर आयेंगे तो हम दोनों हाथों में तलवार लेकर मुकाबला करेंगे। राजगोपालाचार्य तो सरकार और लीग दोनों से समझौते के लिये तैयार। उन्हें पाकिस्तान की माँग तक मंजूर। जनता बौखला उठी पिटते-पिटते बचे। उन्हें बचाने में नेहरू भी रगड़े गये। नेहरू जनता का रुख देख सहम गये। नेहरू को गांधी के विरोध का साहस नहीं। चमत्कार ये कि गांधी अब सबसे उग्र युद्ध-विरोधी···।

स्वर दबाकर अंग्रेजी में, ''···परसों हमने उषा जी के सामने कहना ठीक न समझा। अविनाश और दूसरे साथियों ने हमसे कई बार कहा, उषा जी को समझाना जरूरी। नरेन्द्र कोहली से उनकी इतनी आत्मीयता ठीक नहीं। जानते हो कम्युनिस्ट लड़कियों के बारे में कैसी-कैसी बातें उड़ती रहती हैं। लोगों का ध्यान सबसे पहले लड़कियों की ऐसी रेपूटेशन पर जाता है। दो बार किसी से हँसते-बोलते देखा और ले उड़े। और इनका रोज का मिलना। कभी कोहली के साथ कार में, कभी साथ सिनेमा, कभी गंज में साथ घूमना, रेस्तोराँ। गंज में गाड़ी पार्क करके आउट्रम रोड पर निराले में बाँह में बाँह डाले घूम रहे हैं। हम तो ऐसी बातों की परवाह नहीं करते। ···मतलब है, पार्टी कामरेड की बदनामी से पार्टी की बदनामी।''

सेठ ने झिझक से पत्नी की ओर से सफाई दी, ''उसके मूल संस्कार दूसरी बिरादरी और चलन के। नरेन्द्र से हमारे सम्बन्धियों जैसे रिश्ते, उसे जेठ कहती है। हमारे पीछे नरेन्द्र ही उसकी सब तरह की सहायता करता रहा।''

सिन्हा ने असहमति में सिर हिला दिया, ''हम पाँच बरस यूरोप में रहे। वहाँ किसी भद्र महिला के साथ चलते समय उसे बाँह का सहारा न दो तो लोग आपको वहशी समझें। हर समाज का अपना कायदा। लोगों को क्या मालूम, कोहली से उसका क्या रिश्ता है। हमारे यहाँ तो जेठ से हाथ भर का लम्बा घूँघट खींचा जाता है। हम तो कोहली को जानते नहीं पर उसके बारे में कुछ सुना जरूर है। हम लोग पोलिटिकल वर्कर हैं। पार्टी कामरेड की बदनामी से पार्टी की बदनामी···।''

सेठ घर लौटा तो बैठक में छोटी मेज पर चाय का सामान तैयार। उषा ने पुकार लिया, ''राजे, आप साँझ का प्रोग्राम भूल गये।···पाँच बज रहे हैं। झटपट चाय ले लो।''

''तुम्हें चाय अच्छी नहीं लगेगी, अपने लिये कॉफी बना लेती।''

''आपके साथ हमारे लिये सब अच्छा। नरेन्द्र भाई छः से पाँच मिनट पहले वहाँ पहुँचेंगे।''

''सिनेमा हम कैसे जा पायेंगे?'' सेठ प्याले की ओर नजर किये रहा।

''राजे, ये क्या? आपने विचार कैसे बदल दिया? नरसों आपके सामने बात हुई।'' उषा का स्वर आतुर, ''हम जा रहे हैं, आप हमारे साथ न जायें, ये कैसा लगेगा?''

''हमारी अनिच्छा जानकर भी तुम्हारा जाना जरूरी तो जाओ। हमने विचार नहीं बदला। प्रोग्राम तुमने हमसे पूछकर नहीं बनाया। हम उसी समय कह देते हम नहीं जायेंगे।''

''राजे, क्या कह रहे हैं! हमें इतना भी हक नहीं! ···ये क्या नयी बात?''

''देखो अच्छी, परसों साँझ जो बात हमने कही थी सिर्फ हमें ही वैसा नहीं लगा, सभी लोग कह रहे हैं। हम रूढ़िवादी नहीं, लेकिन औचित्य का खयाल जरूरी। हम नरेन्द्र की रेपूटेशन के बारे में तुम्हें बहुत पहले बता चुके। तुम्हें नहीं मालूम पर नरेन्द्र से तुम्हारा लगाव सभी को खटक रहा है।'' सिन्हा का नाम न लिया पर सेठ ने आवेश में सब कुछ कह दिया।

''ये संकीर्ण, कमीने लोगों की बातें हैं। वो नरेन्द्र भाई को क्या जानते हैं!'' उषा को क्रोध आ गया, ''सेक्स के अलावा सौहार्द-मैत्री की कल्पना ही नहीं। बातों को क्या-क्या रंग दे डाला! हम यूनिवर्सिटी जाते थे सप्ताह में एक दिन। नरेन्द्र यहाँ रोज कब आते थे? सबके सामने सिनेमा या गंज में कम्पनी से कौन अनाचार? बाँह में बाँह फँसाकर घूमने की खूब कही! नामालूम किस जैलेसी में झूठी अफवाहें···।''

''दूसरे सब जैलेसी में झूठ बकते हैं?''

''राजे, ह्वाट डू यू मीन?'' उषा ने घूरकर पूछा, ''क्या हो गया है आपको!''

''हमें कुछ नहीं हुआ। हमने जो देखा, जो दूसरों ने देखा-सुना, तुम्हारे प्रति कर्तव्य और अधिकार से तुम्हें सावधान करने के लिये कह दिया।''

''राजे, तुम्हारा अधिकार-कर्तव्य है पर गलतफहमी दूर करना हमारा भी फर्ज। आपको हम पर नहीं, लोगों की बात पर विश्वास?''

''तुम पर विश्वास है और आपसी हित में तुम्हें सचेत करना भी आवश्यक है।''

''राजे, ये छः मास जेल की घुटन का असर। चिड़चिड़े हो गये हैं और अकारण भ्रान्तियाँ। धैर्य रखिये, स्वयं देख लेंगे।''

''हम सब देख रहे हैं। हमें कैसी घुटन!···हमें अकारण भ्रान्ति और सब लोगों को भी भ्रान्ति। सोचना चाहिए, हमें या लोगों को भ्रान्ति क्यों? भ्रान्ति का कारण दूर होना चाहिये।''

''हम अपनी भावना नहीं जानते?''

''ये तर्क नहीं, जिद्द है। अपने बारे में किसी की राय का कोई मूल्य नहीं होता।'' सेठ उठकर बरामदे में टहलने लगा। चाय बिना पिये रह गयी। उषा सोफा पर बैठी दाँत पीसे मौन।

'प्लीज़ सुनिये!'' उषा ने उठकर दरवाजे से पुकारा।

''क्या है?'' सेठ भीतर आ गया।

उषा ने पति के कंधे का सहारा ले लिया, स्वर अनुरोध-स्निग्ध, ''कल्पना नहीं कर सकती आपने क्या सोच-समझ लिया। यह सब छः मास की मानसिक यातना के कारण। स्वयं देखकर सब उलझन दूर हो जायेगी।''

''क्या उलझन दूर हो जायेगी।''

"जो कुछ भी गलतफहमी है। ...पौने छः हो गये। अब ऐसे ही चले चलो। आप चाहें तो स्वयं नरेन्द्र भाई से बात कर लीजियेगा। अब हमारी इज्जत रख लो।"

"तुम्हें हमारी इज्जत का खयाल नहीं, हमारे डिस्पेंसरी के टाइम का भी खयाल नहीं, हमारा खयाल नहीं। ऐसी मानसिक स्थिति में हम क्या सिनेमा देखेंगे?"

"यू विल फील बेटर; चलो तो। वो हमारी खातिर इतनी दूर से आकर टिकटें लिये खड़े होंगे।"

"फिर वही बात। तुम्हें नरेन्द्र का खयाल, हमारी इच्छा-भावना का नहीं?"

"राजे, इस समय इच्छा हमें भी नहीं रही। केवल निबाहने का सवाल है। जब्र तो अपने ऊपर ही किया जा सकता है। नरेन्द्र फिर दूसरे आदमी।"

"खैर, हमने कह दिया, हम नहीं जायेंगे, नहीं जायेंगे।" सेठ फिर बरामदे में चला गया।

उषा अपनी ऐसी अवज्ञा से पल भर के लिए स्तब्ध। पति से ऐसी असंगत कठोरता कल्पनातीत थी। दृढ़ निश्चय से पुकारा, "परसू जल्दी जाओ! रिक्शा-ताँगा इक्का जो मिले, एकदम ले आओ!" गुसलखाने में चली गयी।

परसू ने सूचना दी, "रिक्शा आ गयी।"

सेठ हैरान। आशा न थी, उषा अपनी बात पर इतना अड़ जायेगी।

उषा साड़ी बदल कर कमरे से निकली। मुँह क्रोध से भारी, "आई एम सारी। वचन दिया है जाना पड़ेगा।"

सेठ को कल्पना न थी, उषा अकेले जाने को तैयार हो जायेगी। इस अपमान में उदारता दिखाने के लिये बोला, "तुम अकेली जाने को तैयार हो तो हम पहुँचा देते हैं। हम सिनेमा नहीं जायेंगे। लोगों को मालूम है, हम लौट आये हैं। तुम अकेली अन्य आदमी के साथ सिनेमा जाओ, यह लोगों को खटकेगा। हम पहुँचा देंगे तो लोग समझेंगे, हमारी अनुमति है। हम ये अपनी और तुम्हारी इज्जत के पर्दे के लिये कर रहे हैं। अब भी सोच लो।"

उषा ने फिर दो बार साथ चलने का अनुरोध किया।

"हमने जो कह दिया, वही होगा।" अमर का निश्चय। घर के भीतर होते तो आँसू बहाकर मनाने का यत्न करती। सड़क पर मजबूर।

नरेन्द्र सिनेमा की ड्योढ़ी में प्रतीक्षा में छटपटा रहा था। मोटर-साइकल पहुँची तो घंटी बज रही थी। "जल्दी करो, दूसरी घंटी है।"

"हम नहीं आयेंगे। सवा आठ तक आकर उषा को ले जायेंगे।" सेठ ने इंजन बन्द न किया। नरेन्द्र की बात सुने बिना लौट गया। नरेन्द्र विस्मित।

नरेन्द्र के साथ उषा हाल में चली गयी। फिल्म के लिये चाव मर चुका था। स्थिति की स्पष्ट कटुता नरेन्द्र से कैसे छिपी रहती। इंटरवल में नरेन्द्र ने पूछ लिया, "अमर नाराज क्यों है?"

पति की और अपनी इज्जत के विचार से उषा क्या कहती? 'नहीं कुछ नहीं, कह देना भी सम्भव न था। मन इतना व्यथित कि आँसू रोकना कठिन। नरेन्द्र का इतने दिन से उत्तरोत्तर बढ़ता गहरी आत्मीयता, भरोसे, विश्वास और आभार का व्यवहार।

"जाने क्या गलतफहमी हो गयी?" उसके मुख से निकल गया तो और कहना पड़ा, "लोगों ने क्या-क्या कान भर दिये हैं। स्वयं समझ लेंगे।"

नरेन्द्र बहुत उदास, "अच्छी, यह हस्बैंड-वाइफ का मामला। उसमें तर्क नहीं, भावना प्रधान होती है। अमर स्वभाव से कुछ सिड़ी-अड़ियल। समझदारी से काम लो। इसमें दूसरे के बोलने से अपमान मान लेगा।"

सेठ लौटा तो इल्मदीन आ गया था। दो मरीज भी थे। सेठ मरीजों को बहुत सावधानी से देखकर नुस्खे लिख रहा था।

"भैया वन्दे मातरम्! खौं-खौं···मामा जी वन्दे मातरम्।" गौरी बेटी को लेकर आयी थी। आभा को जुकाम-खाँसी।

सेठ ने आभा का गला देखकर कम्पाउण्डर से दवा दिला दी। उसने हरि भैया, भाभी और दूसरे बच्चों का हाल पूछा।

"भैया, तुम्हारी तबीयत कैसी है?" सेठ के चेहरे का भारीपन गौरी को खटका।

"बिलकुल ठीक जीजी।"

"हम भाभी से मिल लें।" गौरी भीतर गयी "पप्पू बेटे!···भाभी!"

"प्रताप को परसू ज़रा घुमाने ले गया है।" बेबे ने बताया, "दोनों कहीं गये हैं।" बेबे को मालूम न था, सेठ कब का लौट आया।

"भैया तो हैं, भाभी कहाँ?"

मरीजों के लिये नुस्खे लिखकर सेठ भीतर आ गया, "बैठो जीजी। हम अच्छी को सिनेमा पहुँचाने गये थे। नरेन्द्र के साथ प्रोग्राम था। बादल से कॉफी सर्दी हो गयी। आभा, चाय पियोगी?"

"भैया, इतनी दूर गये थे, दोनों साथ-साथ देख लेते। भैया जी को तरह तुम्हारी सिनेमा न देखने की कसम तो है नहीं।"

"हमें ऐसा शौक नहीं। यहाँ बीमारों के आने का भी समय।"

"भैया, एक बात कहें···।" गौरी कुछ झिझकी पर बात मुँह में आ गयी थी, "भैया, तुम लोग बहुत आज़ाद खयाल। हम भी अपने पुराने रीति-रिवाज नहीं मानते। भाभी तुम्हारे साथ जहाँ जायें-घूमे सबको खुशी। पर गैरों के साथ उनका घूमना-फिरना लोगों को नहीं जँचता। पुराने समय में तो मर्द परदेश होता था तो औरत का ढंग से कंघी-चोटी करना भी लोगों को खटकता था। पर अपने मर्द का कुछ तो खयाल चाहिये। भैया, हम तो कुछ नहीं कहते पर बड़ी भाभी को बहुत बुरा लगता है···।"

गौरी कहती गयी, "कातिक अस्नान के दिन भाभी हमारे साथ गोमती गयी थी। लौटने में बोली, यहाँ तक आये हैं, उषा बहू को देखती चलें। यहाँ आये तो परसू ने बताया, नरेन्द्र साहब आये थे, उन्हें मोटर में ले गये हैं। बच्चा रो रहा था। बेचारी बूढ़ी उसे कंधे पर लिये बहला रही थी। भाभी को बहुत बुरा लगा, बोली, तुम्हारे भैया जेल चले जाते हैं तो हमें घर उजड़ा-उजड़ा लगता है। ये रंगरेलियाँ मना रही है, जैसे तीजों पर मायके आयी हों।

"भैया, आज ही क्या ऐसा मुहूरत था। तुम्हें फुर्सत नहीं थी तो कल-परसों दोनों साथ-साथ चले जाते। नरेन्द्र भाई को सब लोग बहुत विद्वान बताते हैं। उन्हें नहीं खयाल

आता, उनके साथ बहू के इतना घूमने-फिरने से उँगलियाँ उठती हैं। हम तो जब आये, अकसर उन्हें यहाँ देखा। कभी वो रज़ा डाक्टर भी। चाय-पानी हो रहा है। घर भर में सिगरेट का धुआँ।''

''जीजी, उन पुराने रिवाजों को छोड़ो। अच्छी, क्या नरेन्द्र से घूँघट करेगी। नरेन्द्र अपना रिश्ता-जिम्मेदारी समझते हैं। उषा भी अपनी ज़िम्मेदारी जानती है।'' गौरी के सामने पत्नी की आलोचना उचित न समझी पर उसका मन और कटु हो गया।

नरेन्द्र-उषा हाल से निकले तो सेठ को प्रतीक्षा में देखा। नरेन्द्र उसकी ओर बढ़ आया, ''तुम नहीं थे तो अच्छा नहीं लगा। उषा तो बिलकुल सुन्न बनी रही। इससे तो न आती।···क्या हुआ?''

''कुछ नहीं।'' सेठ ने नरेन्द्र की ओर से नज़र बचाये उषा को मोटर-साइकल पर बैठने का संकेत किया। उषा मौन पीछे बैठ गयी।

घर पहुँचे तो सेठ नज़र चुराये उषा से कहा, ''हमें तो भोजन की इच्छा नहीं···तुम खा लो।''

उषा विस्मित, वह अकेली कैसे खा ले, ''अभी हमें भी भूख नहीं। आप खायेंगे तब सही। बेबे, तुम खा लो। हम लोगों के लिये अँगीठी पर ढाँक दो।'' मन बहुत खिन्न था। सेठ के समीप आ गयी, ''आपको कितनी देर प्रतीक्षा करनी पड़ी? आपको वैसे खड़े देखा तो बहुत बुरा लगा। नरेन्द्र पहुँचा देते या हम रिक्शा-ताँगे पर आ जाते। आपको ऐसे खड़ा होना पड़े, यह हम दोनों की इन्सल्ट नहीं!''

''इन्सल्ट में कसर क्या रह गयी! सवाल है, स्थिति सम्भल सकती है या नहीं।''

''क्या मतलब?···कैसी स्थिति?''

''स्थिति स्पष्ट है। हम दोनों स्वेच्छा से, नैतिक दृष्टि से कानूनन पति-पत्नी हैं। हमारा सम्बन्ध दूसरों के निर्णय या सामाजिक मज़बूरी से नहीं है। यदि अब हम एक-दूसरे से सन्तुष्ट नहीं···।

''मोमेंट!'' उषा ने टोका। पति उत्तेजना में ऊँचा बोल रहा था। उठकर बेबे के कमरे के किवाड़ उड़का दिये। बच्चे की नींद टूट न जाये।

उषा पति के समीम आ गयी, ''यस?''

''स्पष्ट है, तुम्हारे लिये नरेन्द्र का महत्त्व मेरी अपेक्षा अधिक हो गया।''

''क्या गलतफहमी हो गयी आपको?···आप और नरेन्द्र में क्या तुलना?''

''क्या माइने; मैं नरेन्द्र की तुलना में नगण्य?''

''राजे!'' उषा ने विरोध का साँस खींचा, ''आप उलटे माइने क्यों निकाल रहे हैं? आप मेरे पति; वो नातेदार या मित्र।''

''यह तो कानूनी या सामाजिक बात। तुम्हारे लिये उसकी संगति अधिक ज़रूरी, उसकी इच्छा, संतोष का अधिक ध्यान। मेरी भावना की अपेक्षा उसकी खिन्नता, निराशा की अधिक चिन्ता। तुम्हारे पत्रों से समझ गया था, तुम नरेन्द्रमय हो गयीं।''

''राजे, सम्भल कर बोलिये!'' उषा का स्वर क्रोध से भर्रा गया, ''मैं सिर्फ एहसान में शिष्टाचार निभा रही थी।''

"अपने आकर्षण-सम्मोहन को शिष्टाचार बताकर मुझको या स्वयं को बहलाने से क्या लाभ! स्पष्ट है, उसका आकर्षण तुम्हारे लिये अदम्य। उसकी संगति अधिक संतोष-जनक।"

"दिस इज़ लिमिट!" उषा ने ओंठ काटा, उठने के लिए दोनों हाथ सोफे पर रखे, आँखों में चिनगारियाँ, "आपको मुझ पर सन्देह…!" झटके से उठी।

सेठ ने उसकी बाँह पकड़ ली।

"छोड़िये-छोड़िये, आपका सन्देह दूर कर दूँ।" उषा ने बाँह झटक लेने का यत्न किया।

पति ने उसे खींचकर बाँहों में कस लिया, "पागल मत बनो।" याद आ गया माँ से अपमान की उत्तेजना में सिर पर दाव मार चुकी थी। उसे बाँहों से उठाये पलंग-कमरे में ले गया।

उषा हाँफ-हाँफ कर पति की बाँहों में छूटने का यत्न करती रही, "छोड़ दीजिये,…यह नहीं सहूँगी।"

सेठ पत्नी को बाँहों में कसे पलंग पर बैठा रहा। उषा ने थकान से विवश होकर पलकें मूँद लीं। श्वास सम हो गया। चेहरे पर बूँद टपकने से उसकी पलकें खुलीं। पति की आँखों में आँसू देख उषा तड़प उठी। बाँह पति के गले में डाल दी, "राजे, तुम्हारी आँखों में आँसू! मैं मर जाऊँ…।" आँचल से पति के आँसू पोंछे। अपनी आँखों से झरने। दोनों बाँहें उसके गले में डाल उसके सीने पर सिर रखकर फफक उठी।

उषा चौथे दिन दोपहर में यूनिवर्सिटी गयी। चार बजे लौटी तो पति बाहर गया हुआ था। पति के लौटने पर चाय के लिये सोफा पर पति से सटकर बैठी। प्यालों में चाय डालते-डालते बोली, "हम गये तो नरेन्द्र भाई थे नहीं। लौट रहे थे तो दिखलायी दिये, क्लास लेने जा रहे थे। हमने उन्हें बता दिया, वी आर आल राइट। कोई गलतफहमी नहीं है।"

पति के मौन से उषा ने उसकी ओर देखा, चेहरा गम्भीर। "राजे, चुप क्यों?"

सेठ निरुत्तर प्याले से घूँट भरता रहा। उषा के अनुनय से प्रश्न दोहराने पर भी मौन। उषा का मन बुझ गया। सेठ प्याला समाप्त कर उठा और बाहर चला गया। उषा ने झाँककर देखा, पति पैदल रिफायेआम क्लब की ओर जा रहा था।…कहाँ जा रहे हैं? पति के व्यवहार से उषा का मस्तिष्क चकरा रहा था। सेठ आधे घंटे बाद टहलकर लौट आया पर डिस्पेन्सरी में ही रहा।

उषा ने खाना रखवा कर पुकारा तो पति मेज़ पर आ गया। चुपचाप खाना शुरू।

"राजे, इतने चुप क्यों?"…हमसे गलती हुई तो बता दो।"

"खा लो, फिर बात करेंगे।"

खाने के बाद सेठ कुछ मिनट मौन बाहर चहलकदमी करता रहा। उषा की नज़र पति की ओर। पति बैठक में आकर बैठा तो समीप कुर्सी ले ली।

सेठ ने बात शुरू की, "हमारी पति-पत्नी के बीच की प्रत्येक स्थिति और व्यवहार की सूचना नरेन्द्र को देना और उस पर उसकी स्वीकृति लेना आवश्यक है?"

''कतई आवश्यक नहीं, राजे!'' उषा का स्वर खेद का, ''ये किया भी नहीं। उस दिन सिनेमा न जाने से नरेन्द्र भाई को आशंका और खिन्नता स्वाभाविक थी। हम उनकी चिन्ता दूर कर देना चाहते थे।''

''लेकिन हमारे बीच उसका क्या स्थान? पति-पत्नी की आपसी बात से उसे मतलब, उसे बताने की जरूरत?''

''हम दोनों के बीच किसी का स्थान नहीं। उनकी सद्‌भावना के लिये हम दोनों कृतज्ञ हैं, इसीलिये···।''

''फिर वही बात!'' सेठ ने टोका, ''तुम्हें उसकी खिन्नता और चिन्ता दिखायी देती है, मेरी नहीं। सीधी बात कहो, तुम माया की तरह पति और मित्र दोनों को चाहती हो। मुझे मंजूर नहीं।''

उषा ने हाथ कानों पर दबा लिये।

''तुम चाहती हो, हमारे सम्बन्ध का परदा बना रहे। तुम मनचाहे खेल खेलो, मैं उदारता के धोखे में बेवकूफ बनता रहूँ···।''

''अमर भाई!'' बरामदे में रज़ा की पुकार और साइकल टिकाने की आहट। रज़ा के फटकिया खोलकर भीतर आने की आहट पर अमर-उषा उत्तेजना में न सुन सके थे।

रज़ा बैठक में आ गया, ''मियाँ-बीबी में डिबेट हो रही है। बारूदखाना से लौट रहे थे। सोचा, दस मिनट तुम्हारे यहाँ बैठ लें।''

''आओ-आओ।'' सेठ ने कुर्सी की ओर संकेत किया।

उषा अपनी उत्तेजना छिपाने के लिये मुस्करायी, ''हमारी डिबेट खत्म, आपकी शुरू हो!''

''डिबेट-विबेट कुछ नहीं।'' सेठ ने उषा को बैठ जाने का संकेत किया, ''तुम्हारे सामने ही बात हो जाये। यह कह रही हैं, मुझे खामुखा गलतफहमी···।''

''राजे, क्या फिजूल बात!'' उषा ने टोका।

''हम लोगों में कुछ परदा नहीं है।'' सेठ ने उषा को जवाब देकर रज़ा की ओर देखा, ''तुम स्थिति पर गौर करके तटस्थ राय दो।''

''हमारी आपसी बात से उन्हें क्यों परेशान करेंगे?'' उषा ने याद दिलाना चाहा, पति-पत्नी की बात से तीसरे को क्या मतलब?

''अब स्थिति उस हद तक पहुँच गयी कि निर्णय जरूरी।''

''अमर, तुम बहुत एक्साइटेड हो।'' रज़ा बोला, ''भाभी ठीक कह रही हैं।''

सेठ ने आग्रह किया, ''नहीं, यह मामला छिपाने से नहीं सुलझेगा।'' और उत्तेजना में नरेन्द्र के प्रति उषा के अनुराग के प्रमाण में पिछले दो दिन की घटनायें, उषा के पत्रों का उल्लेख और नाम लिये बिना लोगों से अफवाहें बताने लगा।

उषा दाँत दबाये सुन रही थी। झटके से खड़ी हो गयी, ''बातों को जैसा रंग दिया गया है, मुझे सुनने की ज़रूरत नहीं। न मुझे सन्देहों, आरोपों के जवाब देने हैं।''

''तुम बैठो, सुनने को क्यों तैयार नहीं?'' सेठ ने पत्नी का हाथ पकड़ कर बैठा लिया, ''मैं गलत कहूँ तो तुम सही बता सकती हो।''

उषा उठ गयी, ''रज़ा भाई, क्षमा कीजिये। संदेह और आरोप मुझे असह्य! पति-पत्नी में क्या पंचायत?''

रज़ा ने सेठ से कहा, "भाभी की बात सही है। पंचायत की कोई जरूरत नहीं। इन्हें भीतर जाने दो।"

उषा के भीतर चले जाने पर सेठ उसके व्यवहार की शिकायत करता रहा। रज़ा कुछ देर सुनकर कुर्सी से उठा और अमर से सटकर बैठ गया। स्वर दबाकर बोला, "तुमने बात शुरू की है तो बात साफ हो जाये। हमें अन्दाज़ है, तुमसे किन लोगों ने कहा। यह लोग हमें भी बहुत बार साथ ले जाते रहे। यकीन मानो, वह बात—जिसके लिये दूसरे की मौजूदगी खटके—दोनों में नहीं।···मेरी बात को गलत मत समझना", रज़ा ने अमर की आँखों में देखा, "तुम्हें बेवफाई का अंदेशा या शक नहीं, तुम्हें एतराज सिर्फ नरेन्द्र के प्रति भाभी के अति आदर और लगाव से है। दोस्त, बुरा न मानना, तुम्हारे व्यवहार में बेवफाई की चिन्ता की अपेक्षा ईर्ष्या का क्रोध अधिक है।···नरेन्द्र के लिये उषा की सराहना, उसकी संगति की चाह से तुम्हें अपनी तौहीन महसूस होती है।"

"पर उषा का व्यवहार···" सेठ ने कहना चाहा, स्वर उत्तेजित।

रज़ा ने सेठ का घुटना दबाकर भीतर कमरे की ओर संकेत किया, "बाहर आओ।"

सड़क पर आकर रज़ा बोला, "भाभी जैसी चेतन, विनोदप्रिय स्त्री के लिये यह व्यवहार स्वाभाविक। मानोगे, नरेन्द्र का व्यक्तित्व, बोलचाल, आचरण हमारी-तुम्हारी अपेक्षा आकर्षक, खासकर स्त्रियों के लिये। भाभी के लिये नरेन्द्र मित्र, लेकिन तुम पति, वह समझती है दोस्ती की हद कहाँ तक। तुम खुद उन्हें स्त्री-पुरुषों में समान स्थिति, समान अधिकार के लिये बढ़ावा देते रहे हो। अब एकदम दूसरी दिशा। भाभी जैसी स्त्री को ज़ोर-जब्र से नहीं रखा जा सकता···" रज़ा सड़क पर टहलते हुए देर तक सेठ को समझाता रहा।

रज़ा और पति को बैठक में छोड़कर उषा पलंग-कमरे में चली गयी। बैठक में अप्रिय चर्चा की भनक से बचने के लिये कमरे के किवाड़ बन्द कर लिये। इतना क्षोभ कि तालू से आग निकल जायेगी और पति पर गुस्सा···सीना चीर कर दिखा दे, दिल में क्या है? दोनों हाथों से कनपटियाँ दबाकर, आँखें मूँदे, बिलकुल सीधी चित्त लेट गयी। कुछ मिनट में मस्तिष्क में भरा धुआँ बैठने लगा। बैठक में बातचीत की अस्पष्ट भनक। पति की आवाज़ का अनुमान···राजे को हो क्या गया! अड़ जाने की आदत पहले भी थी, परन्तु समझने-सोचने के लिये तैयार रहते थे।

बैठक से पति के कदमों की चाप। अमर पलंग-कमरे का दरवाजा ठेलकर भीतर आ गया। उषा ने पलंग पर दाहिने सरक कर जगह दे दी। चाहती थी, सांत्वना देने के लिये बात करे परन्तु झिझक। आँखें मूँदे आहट से अनुमान करती रही। पलंग हिलने से पति के समीप लेट जाने का आभास। उषा ने कनखी से देखा, वह दोनों हाथ सिर के नीचे दबाये, सीधा चित्त लेटा था। कई मिनट उसी तरह।

उषा को अनुमान, पति क्रोध-बौखलाहट की थकावट से विश्राम के लिये नींद चाहता है। दाहिने करवट लेकर पति को और स्थान दे दिया। कुछ पल बाद उसके कूल्हे पर पति का हाथ, जैसे नींद में आ पड़ा हो। पति की नींद खराब न करने के लिये उषा निश्चल।

"अच्छी।"

उषा करवट लेकर पति की ओर सरक गयी।

"अच्छी, क्षमा कर दो। मैं बिलकुल अवश हो गया हूँ।···देख रही हो, तुमसे अवज्ञा की आशंका-कल्पना से मेरी क्या हालत। इसे क्षुद्रता या कमीनापन समझ सकती हो लेकिन यह सब तुम्हें खो देने की आशंका से···।"

उषा अमर की बाँहों में निश्चल। पति के हाथ उसके घुटनों से नीचे पाँव की ओर सरके। उषा ने हाथ रोक दिये। कान पर आँसू टपकने से पति की ओर देखा, "प्लीज, आँखें पोंछिये।"

अमर के हाथ फिर उषा के घुटनों से पाँवों की ओर उतरे।

उषा ने पति का हाथ रोक दिया, "ये सब न कीजिये। ये मुझे असह्य। ···आँखें पोंछिये। सौ बार कह चुकी आपकी हूँ।" अमर के गले में बाँह डाल दी, परन्तु निश्चल मौन।

"पहले मुझे क्षमा कर दो। अच्छी, मैं अपने आप में नहीं हूँ समझ लो, स्वप्न में भूत देखकर पागल हो गया हूँ, मुझे रोगी समझ लो।"

उषा ने दोनों बाँहें पति के गले में डाल उसका सिर अपने सीने पर दबा लिया, "आँखें पोंछो। स्वप्न के भूत को मन से निकाल दो। मैं तुम्हारी हूँ, तुम मेरे हो। मन से सन्देह निकाल दो। तुम्हारे लिये सब कुछ न्योछावर कर सकती हूँ।"

अमर पत्नी की करुणा जगाने के लिये अपना क्लेश बताता रहा, "जानती हो, दस बरस से यह मोटर-साइकल चला रहा हूँ। उस पर मुझे अपने हाथ-पाँव की तरह भरोसा, जैसे मेरे शरीर का ही अंग। दो-चार बार मामूली चोटें-खरोचें भी आयीं पर घबराहट कभी महसूस नहीं की। अब लगता है, साइकल मेरे नीचे से निकल जायेगी, मुझे फेंक देगी। मेरी बाँहें इसे सम्भाल सकने में असमर्थ। लगता है, मैं सबसे निर्बल हीन अपदार्थ हो गया हूँ। तुमने देखा, जेल से आया तो स्वास्थ्य बेहतर था, वहाँ सात पौंड वजन भी बढ़ गया, लेकिन अब चलने से घुटने काँपते हैं···।"

उषा पति को बाँहों में लिये परन्तु नजर उसके चेहरे से बचाये। स्वर में कुछ विरक्ति, "ऊटपटांग बातें न करो। अच्छा नहीं लगता। जानते हो, वहम है, उसे दूर कर दो।" पति के आश्वासन के लिये उसके केश उँगलियों से सहलाने लगी।

"अच्छी, सिर चकरा रहा है। मुझे सुला दो।"

पति को नींद ला सकने के लिये उषा ने उसे करुणा से समेट लिया।

अगले दो दिन सेठ कुछ गुमसुम था। उषा को अनुमान, रज़ा के सामने अपने व्यवहार से खिन्न हैं। पति की खिन्नता न बढ़ाने के लिये सतर्क रही। दूसरे दिन संध्या चाय के लिये बैठे थे तो नरेन्द्र आ गया।

उषा ने उल्लास से स्वागत किया, "आइये।"

"बैठो।" सेठ ने भी कहा, परन्तु स्वर ठंडा। उषा संकोच छिपाने के लिये चाय बनाने में व्यस्त हो गयी। सेठ ने नज़र झुकाये बड़े-बड़े घूँटों में प्याला समाप्त कर दिया, "···तुम लोग चाय पियो। हम अभी आते हैं।" सेठ बाहर निकल गया। कुछ पल में मोटर-साइकल स्टार्ट होने की आवाज़।

उषा नरेन्द्र से नज़र न मिला सकी। दोनों कुछ देर चुप रहे। नरेन्द्र ने मौन तोड़ा, "तुमने कहा था, सब ठीक हो गया है, आकर देख लीजिये।···मुझे खेद है, मैंने खामुखाह बदमज़गी पैदा कर दी।" नरेन्द्र प्याला समाप्त करके उठ गया।

नरेन्द्र के चले जाने के बाद उषा वैसे ही बैठी रही।···क्या करूँ? दूसरों के सामने मेरा अपमान क्यों करते हैं!···कह देते हैं, सॉरी और फिर वही बात।

उषा को डिस्पेन्सरी से आती भनक से अनुमान हो गया, पति लौट आया था। आठ बजे के लगभग पति की पुकार सुनाई दी, "परसू! बेबे जी से कह दो, हम बुआ के यहाँ छोटी गली जा रहे हैं। वहाँ से खाकर आयेंगे।" उषा का उत्तर पाने से पहले ही सेठ निकल गया।

बेबे के आग्रह पर उषा ने अनिच्छा से एक चपाती खा ली। सेठ की प्रतीक्षा में बाहर सर्दी में लान पर चहलकदमी करती रही। दस बजे पति के लौटने की आहट सुनी तो अन्दर पलंग-कमरे में चली गयी।

"आप उठकर चले क्यों गये?" पति के आने पर उषा ने पूछा।

"तुम लोगों की आपसी बात में विघ्न न डालने के लिये।"

उषा ने विस्मय से पति की ओर देखा, "आपसे अलग हमारी आपसी बात क्या? कोई मिलने आये उसकी ऐसी अवज्ञा···।"

"तुम चाहती हो, तुम्हारे मित्रों से आमोद-प्रमोद के समय मैं आड़ बनकर बैठा रहूँ?" सेठ का स्वर तीखा।

"आप क्या कह रहे हैं?" उषा का स्वर भारी।

"तुम यही चाहती हो। उसे तुमने मेरी राय या अनुमति से बुलाया था?"

"बुलाया नहीं। अनुमति का अवसर या प्रश्न भी क्या था। परसों उन्होंने चिन्ता से पूछा। मैंने कह दिया, अब बिलकुल ठीक है। स्वयं देखने-मिलने चले आये। पहले भी आते ही थे।"

"तुम फिर उस बात को कुरेद रही हो।" सेठ का स्वर क्षुब्ध, "उसे भूल नहीं सकती? यह मेरे लिये असह्य।"

"आप बात सुन लीजिये।" उषा का स्वर दृढ़।

"क्या कहना है?"

"उनके प्रति हमसे अभद्रता और अन्याय हुआ है। वे कितना घुट रहे होंगे। उनका तीन साल का व्यवहार हम भूल सकते हैं? आपके पीछे उन्होंने मेरे लिये क्या नहीं किया? रज़ा भाई से पूछिये।"

"तुम उसके प्रति अभद्रता-अन्याय देखती हो, मेरी समझ और भावना नहीं?···सेठ का चेहरा तमतमा गया। उषा का भी।

"आप सुनना नहीं चाहते तो क्या करूँ?" उषा ने पति की आँखों में सीधे देखा, "मुझे अनुमति दीजिये, उनसे मिलकर इस प्रसंग के लिये अपनी और आपकी ओर से खेद प्रकट करके क्षमा माँग लूँ!"

"मेरी अनिच्छा के बावजूद?"

"मेरे खयाल से आपका उनके यहाँ जाना उचित होता, परन्तु आपको विवश नहीं कर रही हूँ। मेरा विवेक यह आवश्यक समझता है।"

"विवेक का बहाना। साफ कहो, उससे मिलने की इतनी तड़प कि मेरी अवज्ञा करके भी उससे मिलने के लिये आतुर।"

उषा ने पल भर पति की आँखों में देखा, "साफ कहती हूँ, नरेन्द्र भाई के साथ हमने बहुत अन्याय किया। उनसे जरूर क्षमा माँगना चाहती हूँ। वह बहुत सदाशय, सहायक मित्र हैं। आखिर मेरे उनसे मिलने पर आपको आपत्ति क्या?"

"तुम उस पर आसक्ति से मेरी अवज्ञा करो; मैं आपत्ति करूँ तो तुम्हें विस्मय?"

उषा की आँखें लाल, गर्दन तन गयी, "आपने क्या आसक्ति देखी?"

"मेरी अनिच्छा भावना जानकर भी उससे अकेले मिलने की उत्सुकता। यह मेरी अवज्ञा-अपमान नहीं? यही है पति-पत्नी का सम्बन्ध?"

"अकेले कैसे? मैंने आपसे साथ चलने के लिये कहा। मैं सदा आपकी मानती हूँ, परन्तु आपको मेरे विवेक, मेरी भावना का कुछ खयाल नहीं। आपने मुझे अविनाश से मिलने पर टोका, मायां से मेल-जोल पर असंतोष, अब नरेन्द्र से मिलने पर आपत्ति। मैं स्वयं को सदा कुचलती रहूँ?"

"तुमने स्वयं को कुचला या मैं सब देख-समझ कर भी तुमसे पति का व्यवहार निबाहता रहा। उसके लिये कितनी ग्लानि और पश्चात्ताप अनुभव किया!"

उषा का चेहरा घृणा, अपमान, क्षोभ से श्यामल। पलकें मूँदकर गर्दन झुका ली।

सेठ ने गिरे हुए प्रतिद्वन्द्वी को उठने का अवसर न देने के लिये और वार किया, "तुमने मुझे इतना अपदार्थ, नपुंसक समझ लिया कि मुझे अपने प्रेमी से अभिसार के लिये पर्दा बनकर साथ चलने के लिये धमका रही हो। एक बार तुम्हें उसकी संगति में छोड़ आया, तुमने मुझे 'ककोल्ड'[१] समझ लिया। जैसा चाहोगी, मुझे नचाती रहोगी...।" अमर उत्तेजना वश न कर पाने पर बैठक में चला गया। पलंग-कमरे की ओर का दरवाजा जोर से बन्द कर लिया।

उषा पलकें मूँदे पलंग पर चित्त लेट गयी थी। क्रोध और आवेश से सिर में चक्कर...फिर वही पागलपन का दौरा। ककोल्ड! अभिसार!...क्या होने को है।

बैठक से कुछ रखने-उठाने की आहट। फिर कुर्सी खींचे जाने की। अखबार खुलने और मोड़ने की आवाजें। उषा चित्त लेटी पलकें मूँदे रही। पति के कमरे में आने, कपड़े बदलने की सरसराहटें। रोशनी बुझ गयी। पति के बोझ से पलंग हिला। पति मौन लेट गया। उषा ने दायें दूसरी ओर करवट ले ली।

"अच्छी!"

उषा निश्चल, मौन। पति ने दूसरी-तीसरी बार पुकारा, "सुनो!"

"क्या है?" स्वर में खीझ।

"अच्छी, आई एम सॉरी। प्लीज, सुनो।"

"सुन रही हूँ।"

"तुम बहुत अवज्ञा कर रही हो। यह असह्य!"

"सुन रही हूँ।" उषा करवट से सीधी, चित्त हो गयी।

"इधर आओ।" पति का हाथ उसके सीने पर। उषा ने हाथ हटा दिया।

---

१. ककोल्ड—कुलटा का मूर्ख या अपदार्थ पति।

''तुम्हारे रवैये से तुम्हारी मानसिक स्थिति स्पष्ट है।'' पति का स्वर क्षुब्ध, ''मेरा स्पर्श भी असह्य ! तुम अंतिम फैसला कर लो।''

''क्या ?''

''तुम नरेन्द्र से ज़रूर मिलना चाहती हो।''

उषा के मौन पर पति ने धमकाया, ''जवाब दो!''

''हाँ।''

''यह दो नावों की सवारी असम्भव। फैसला कर लो, वो या मैं?'' स्वर धमकी का।

''फैसला तो हो चुका।''

''क्या ?''

''मैं मज़बूर, सदा के लिये कैदी···।''

पति कुछ पल मौन। फिर उषा को अपनी ओर समेटने का यत्न। उषा ने उसका हाथ हटा दिया, ''मुझे ग्लानि और पश्चात्ताप का कारण नहीं बनना।''

''अच्छी, परेशानी में मुँह से निकल गया। सिर फट रहा है। नींद नहीं आ सकेगी।'' फिर हाथ पत्नी के शरीर पर।

उषा ने पति का हाथ फिर हटा दिया, ''मैं नींद की दवा नहीं हूँ।''

''अच्छी!'' पति ने फिर हाथ बढ़ाया।

''चुपचाप लेट भी नहीं सकती!'' उषा फुंकार से उठी। समीप रेक पर से कम्बल लिया, बैठक में जाकर सोफा पर लेट गयी।

कुछ देर बाद उषा के शरीर पर फिर परिचित हाथ का स्पर्श। क्रोध से उठ बैठी, ''कहीं शान्ति नहीं पा सकती!··· सड़क पर चली जाऊँ?''

अमर दाँत पीसकर अपने पलंग पर लौट गया।

खटके से उषा की आँख खुली। पति गुसलखाने की ओर जा रहा था। उसे नींद बहुत देर से आयी थी, देर से आँख खुली। खिड़की के पर्दे पर पौ फट जाने का प्रकाश। उषा रसोई में चली गयी। अँगीठी धधक चुकी थी। बेबे मग से चाय सुड़क रही थी।

''बेबे, चाय मुझे भी दे।''

बेबे नित्य के समय पर उठी थी। रसोई में जाते हुए उषा को सोफा पर कम्बल में गुड़ी-मुड़ी देखकर चिन्तित···क्या फिर लड़ पड़े! उषा को चाय थमाकर पूछ लिया, ''तू जाड़े में यहाँ एक कम्बल में सोई, क्या बात?''

उषा ने बात बनायी, ''बेबे, थोड़ी ही देर पहले उठकर गुसलखाने गयी। पेट में कुछ गड़गड़ाहट थी। यहाँ ही लेट गयी। शायद फिर जाऊँ!''

पति-पत्नी एक-दूसरे से नज़रें बचाये। सेठ अखबार लेकर बरामदे में जा बैठा। जाड़े में कम्पाउण्डर साढ़े आठ तक आता था। गरीब मरीजों के पास घड़ी कहाँ; सूर्य की किरणें फैल गयीं तो उठकर चल दिये। एक बुढ़िया, बहू और बच्चे को लेकर जल्दी आ गयी थी। दो और मरीज़ आ गये। सेठ मरीज़ों को देखने में लग गया। उनके लिये खुद ही दवा बना दी। व्यस्त रहने का यत्न। मन में पत्नी से पाये अपमान से उबाल, प्रतिशोध के उफान। मरीजों के चले जाने पर उद्विग्नता से बेचैन, फैसला करने देने के निश्चय से भीतर आ गया।

पत्नी को उसके पढ़ने के कमरे में आने के लिये पुकारा। गम्भीर मुद्रा, निश्चय के स्वर में अंग्रेजी में बोला, "तुमने गत रात के व्यवहार से हमारा पति-पत्नी का शेष सम्बन्ध भी समाप्त कर दिया।" बहुत सोचकर तैयार किया वक्तव्य उत्तेजना में गड़बड़ा गया, "हमने किन भावनाओं से जीवन में सहयोग किया था, उसका यह अन्त। अस्तु, स्पष्ट है, अब तुम्हारा अन्यत्र अनुराग अदम्य। मैं तुम्हें असह्य। तुम्हारा क्या निर्णय है?"

"मैं कह चुकी।" उषा की नज़र खिड़की से बाहर।

"उनका कुछ अर्थ नहीं। तुम्हारा कहना-करना परस्पर विरुद्ध। निर्णय स्पष्ट होना चाहिये और ईमानदारी से। तुम्हें दोनों में से एक को चुनना होगा···किसे चुनती हो?"

उषा के मौन से पति को भरोसा, पत्नी उसकी अंतिम चोट से विवश होकर उसका निर्णय मानने को बाध्य हो जायेगी। वह अपना अनुशासन मनवाने पर दृढ़। उषा मौन।

पति ने उत्तर के लिये तकाज़ा किया।

उषा नज़र खिड़की से बाहर किये स्तब्ध। पति के तीसरे तकाज़े पर उषा का मौन टूटा, स्वर क्षीण परन्तु दृढ़, "अब फिर चुनना है तो।···इट इज़ नॉट यू।"

इट इज़ नॉट यू! सेठ के तालू पर आकाश से बर्छे की तरह गिरा, पूरे शरीर को बेध कर फर्श में धँस गया। मस्तिष्क, शरीर, निस्सत्व। पीछे हटकर बचने के लिये तिल भर जगह नहीं!

सेठ स्तब्ध। कई पल बाद बोल सका, चेहरा लाश की तरह सफेद। डूबते को तिनके के सहारे का अन्तिम प्रयत्न; "ठीक है। तुम्हारा निर्णय सुन लिया। यह निर्णय है तो ये ही होगा। इस निर्णय के बाद सहवास का कोई कारण या प्रयोजन नहीं।"

"चली जाऊँगी।" उषा की नज़र पूर्ववत् खिड़की से बाहर।

"कहाँ?"

"सोच लूँगी।"

सेठ सोचकर बोला, "ठीक है, परन्तु मेरा कुछ उत्तरदायित्व? तुम्हें कहीं जाने, रहने के लिये कितना चाहिये? यह मेरा अन्तिम दायित्व।"

"कुछ नहीं चाहिये।"

"तुम्हारी इच्छा। मेरा दायित्व समाप्त।"

उषा उठकर पलंग-कमरे में चली गयी।

डाक्टर सेठ का सिर कंधों से उड़ा जा रहा था। शरीर रेत की दीवार की तरह ढहता लग रहा था। मस्तिष्क पर बार-बार चोट···"इट इज़ नॉट यू! इट इज़ नॉट यू! नॉट यू! नॉट यू!" कुछ देर बाद दृढ़ निश्चय से उठा। सोचने के लिये डिस्पेन्सरी की ओर चला गया। दो मरीज और आ गये थे। कम्पाउण्डर भी आ गया था। अमर मरीज़ों की ओर ध्यान देने में अक्षम।

"हमारे सिर में दर्द है। आप देख लीजिये।" सेठ कम्पाउण्डर से अनुरोध कर बैठक में आ गया। चिन्ता और क्षोभ से कुछ भी सोच सकना कठिन। कमर के पीछे हाथ बाँधे बैठक में चहलकदमी करने लगा, कान पलंग-कमरे की ओर। उस ओर से बहुत धीमी आहटें। क्या कर रही है? बीस मिनट बाद कौतूहल अवश।

सेठ ने पलंग-कमरे में झाँका, उषा ड्रेसिंग टेबल के आईने के सामने कान से बुन्दा निकाल रही थी। मेज़ पर नोटों के ऊपर जेवर। उसके विवाह के समय भाबो और पुष्पा भाभी ने सेठ जी से उसके लिये बहुत-सा जेवर निकलवा दिया था। उसके बाद प्रताप के जन्म की खुशी में, प्रताप के नामकरण पर सोने की भारी अनन्त, भारी चेन, चूड़ियाँ मिलती रही थीं। पति के जेल में रहते समय सरकार से निर्वाह के लिये एक सौ मासिक मिल रहा था। उसमें से साढ़े तीन सौ शेष। सब रुपया, जेवर, चाबियाँ मेज पर। कलाइयों से सोने की चूड़ियाँ भी निकाल दीं। काँच की लाल चूड़ियाँ उतारते हाथ ठिठक गया, सुहाग का चिह्न! उन्हें रहने दिया। दाम उनका कुछ भी नहीं। केवल सुहाग का चिह्न।

पत्नी के व्यवहार से सेठ और व्याकुल, ''ये सब तुम्हारी वैयक्तिक चीजें हैं।''

उषा ने इनकार में गर्दन हिलायी और कान से बुन्दा निकालती रही।

''एक महत्त्वपूर्ण बात। तुम्हें यहाँ से कुछ मंजूर नहीं, लड़के का क्या होगा?''

बुन्दा खोलने के यत्न में उषा के मौन से सेठ को कुछ आशा, ''लड़के का क्या होगा? मुझे जानने का हक है।''

उषा ने बुन्दा कान से निकाल कर मेज़ पर रख दिया, ''उसे ले जाऊँगी।''

''मैं लड़के का पिता हूँ। तुम मुझसे सम्बन्ध नहीं रखना चाहती। लड़के से मेरा सम्बन्ध नहीं तोड़ सकती। उससे मेरा सम्बन्ध और मुझे उसके बारे में जानने का अधिकार है।''

सेठ को अपने इस दाँव की सफलता पर भरोसा। उषा दीवार की ओर नज़र लगाये मौन। पति का तकाज़ा, ''मेरे प्रश्न का उत्तर?''

''अभी नहीं ले जा रही हूँ।'' उषा पति से बचकर बैठक में गयी, बरामदा, लॉन, फटकिया लाँघकर सड़क पर। गोपालगंज की ओर पैदल चली गयी। न पर्स लिया, न सर्दी में शाल या कोई ऊनी कपड़ा। पति दाँत दबाये देखता रह गया, असहाय।

सेठ की बेचैनी और चिन्ता क्षण-क्षण उग्र···कहाँ जायेगी? माता-पिता के यहाँ नहीं जा सकती! तीन साल में एक बार भी नहीं गयी, बेबे के साथ भी नहीं। बेबे प्रताप को ले जाती थी। उषा कभी नहीं गयी। उषा का प्रण था—जब पति को बुलायेंगे, एक साथ जायेंगे। इलाहाबाद माया के यहाँ, जबलपुर या आगरा? लेकिन किराया? किसी से नहीं माँग सकती, बस नरेन्द्र से।

गोमती!···सहसा रोमांच विश्वास, ऐसी कमजोर नहीं। नरेन्द्र के साथ कैसे रह सकेगी? स्वयं लौटेगी। नहीं, बहुत दृढ़ निश्चय से गयी है। जेवर उसकी अपनी चीज़। क्यों छोड़ गयी? इस सबसे, मुझसे इतनी घृणा!

''डैडी-डैडी, डन्ना-डन्ना!'' प्रताप का सबसे रोचक खेल छड़ी-लकड़ी लेकर इधर-उधर मारना, कुछ तोड़ना-फोड़ना। पिता के घुटनों पर बैठने का आग्रह। अमर ने उसके सिर पर हाथ फेरा, अवस्था बच्चे की ओर ध्यान देने योग्य न थी। परसू को पुकारा, ''इसे धूप में ले जाओ।''

बच्चे को कौन सम्भालेगा?···बेबे यहाँ कैसे रहेगी? यह बुआ के बस का नहीं। अच्छी को हो क्या गया? रज़ा को विश्वास, मुझसे अंध अनुराग, श्रद्धा, विश्वास।···स्त्री कैसी भी हो, माँ बन जाने के बाद उसका संसार बच्चा और पति। बच्चे के लंगर को

नहीं छोड़ सकती। गुस्से में क्या कर बैठा? खुद उससे कहलवाया—इट इज़ नॉट यू! उसे विवश करके कहलवाया!···उस पर विश्वास क्यों नहीं कर सका? विश्वास तो है। ···ईर्ष्या या अपने अधिकार की अवज्ञा के अपमान की धारणा।

"अच्छी कहाँ गयी?" बेबे ने पूछा। बुढ़िया सुबह से दोनों में विरोध की चुप्पी भाँप रही थी।

"नज़दीक गयी है। अभी आ जायेगी।" सेठ को कहना पड़ा।

फिर चिन्ता, उसे क्या कह बैठा! अवज्ञा, अपमान की विचित्र धारणा। अब सम्मान कहाँ? शहर भर में बात फैलेगी।

बरामदे में जाकर कम्पाउण्डर से कहा, "हम ज़रा जा रहे हैं। आप देख लीजियेगा।" मोटर-साइकल लेकर चल पड़ा। गोपालगंज, नवाब अली रोड से छतरमंजिल की ओर। मोटर-साइकल की चाल तेज़। सावधानी से अपने बायें छतरमंजिल से गोमती के पुल की ओर···।

नरेन्द्र कोहली बैठक में खिड़की से आती धूप में आराम-कुर्सी पर पसरा हुआ कुछ पढ़ रहा था। यूनिवर्सिटी साढ़े ग्यारह के बाद जाना था। सिगरेट सुलगा रहा था, गलियारी में सैंडलों की आवाज से नज़र उठी—उषा! चेहरा कागज़ की तरह बेरंग, कंधों पर न शाल न ऊनी कपड़ा, माथे पर बिन्दी भी नहीं। मामूली सफेद धोती-साड़ी।

नरेन्द्र विस्मित। सम्भल कर कहा, "आओ! इस समय कैसे? अमर ठीक है?" सामने सोफा पर बैठने का संकेत।

उषा बैठ गयी। साँस तेज़। दो मील चलकर आयी थी। बोलने से पहले गहरी साँस से ओंठ चूसे।

"क्यों? क्या बात?" नरेन्द्र ने पूछा।

उषा ने गहरी साँस ली, "वहाँ छोड़ आयी। वहाँ रहना असम्भव।"

"क्या ऽ?" नरेन्द्र के माथे पर गहरे तेवर।

"हमारा सम्बन्ध समाप्त।" नज़र फर्श पर, "उन्होंने भी यही कहा।"

नरेन्द्र के प्रश्न पर संक्षेप में बता दिया : हम लोगों का साथ और सम्बन्ध पूर्णतः समाप्त। इलाहाबाद जाऊँगी। बीस-पच्चीस रुपये उधार चाहिये।

"क्या पागलपन! गलतफहमी को सुलझाना चाहिये या और उलझाना! अमर बहुत आनेस्ट और सिंसीयर है, लेकिन सिड़ी और जिद्दी। तुम्हें सोबर और बुद्धिमती समझता था। तुम बौखलाहट में आत्मघात पर उतारू। अभी वापस लौटो, तुम्हें पहुँचा देता हूँ। अमर को शिकायत मुझसे है। मैं घर न जाऊँगा। अभी लौटो, चलो।" नरेन्द्र उठने को हुआ।

"मैं सब कुछ कर चुकी।" उषा ने इनकार में गर्दन हिलायी, "अन्तिम फैसला। लौटने का सवाल नहीं। फिलहाल इलाहाबाद जाऊँगी।"

"प्रताप का क्या होगा?"

"उसे फिर ले जाऊँगी! किराया नहीं है, बीस-पच्चीस···।"

"बीस-पच्चीस क्या, तुम दो-ढाई सौ ले जाओ। लेकिन मित्र के प्रति उत्तरदायित्व है।"

"मैं मित्र नहीं?"

"तुम मेरी मित्र हो, लेकिन पहले अमर की पत्नी। तुम्हें पति को और घर को छोड़कर भागने में सहायता नहीं दे सकता।"

"भागने का क्या मतलब?" उषा तड़प कर खड़ी हो गयी, "मैं छिपकर चोरी से जा रही हूँ! मुझे कौन रोक सकता है? तुम्हारे मित्र की क्रीत दासी हूँ जो भाग रही हूँ? क्या चुराकर भाग रही हूँ···बहुत उदार और प्रगतिशील बनने वाले!" क्रोध में गलियारे की ओर बढ़ गयी।

"मेरा मतलब यह नहीं···।" नरेन्द्र रास्ता रोकने को बढ़ा।

उषा निरुत्तर दरवाज़े की ओर गयी।

"उषा प्लीज़! पागल मत बनो। एक मिनट ठहरो, मैं पहुँचा देता हूँ···।"

उषा अनसुनी कर गली में उतर कर लौट चली।

नरेन्द्र विवश। उषा को गली में बाँह से पकड़ कर रोक न सकता था। उषा बौखलाहट में कुछ अनर्थ कर बैठे। अभी रात के कपड़ों पर ड्रेसिंग गाउन में था। तुरन्त कपड़े बदल कर निकलने के लिये लौट पड़ा।

अमित यूनिवर्सिटी के लिये घर से साढ़े नौ बजे चल दिया था। पुल से यूनिवर्सिटी की ओर घूम रहा था, सामने सड़क पर उषा; पैदल कंधों पर न शाल न कोई ऊनी कपड़ा। उषा का चेहरा सफेद फक। भाई से नज़र मिलने पर भी भावशून्य।

अमित बहिन की ओर बढ़ गया, "जीजी, कहाँ से आ रही हो? क्या बात?" उषा न रुकी, न बोली। अमित चिन्ता से उसके साथ लौट पड़ा। फिर प्रश्न, "जीजी, क्या हुआ?" बहुत परेशान हो।"

उषा ने रुककर थकावट से गहरी साँस ली, "मीतू···।" दोनों पुल पर थे। उनके पीछे से एक कार आकर उनके बराबर रुकी, "प्लीज़ अमित, बहिन को गाड़ी में बैठा दो। तुम भी आ जाओ।" गाड़ी का दरवाज़ा खुल गया।

उषा ने गर्दन हिला दी, "मुझे गाड़ी नहीं चाहिये।"

कोहली के सुझाव से अमित ने बहिन से दुबारा अनुरोध किया। उषा को अस्वीकार। पुल पर बहुत से विद्यार्थी। वहाँ विवाद उचित न था।

"बहिन को तुरन्त सीधे मकान पर ले आओ।" कोहली ने गाड़ी बढ़ा दी। गाड़ी पुल लाँघकर दाहिने छतरमंजिल की ओर मुड़ गयी।

अमित चिन्तित, "जीजी प्लीज़, क्या बात?"

"मीतू, कुछ रुपये हैं?" उषा ने गहरी साँस से पूछा।

"डेढ़ रुपया है। क्यों, ऐसी क्या बात?"

"मुझे दस-पन्द्रह की ज़रूरत···।"

"हो जायेगा, जीजी," अमित ने सोचकर कहा, "पर बात क्या है?"

"कब तक ला सकोगे?"

"घंटे-डेढ़ घंटे तक। प्लीज़ कुछ बताओ तो!" अमित की नज़र पुल की ऊँचाई से दाहिने छतरमंजिल की ओर गयी। कोहली उन्हें हाथ के संकेत से बुला रहा था। सड़क के किनारे एक मोटर-साइकल पड़ी हुई। उसके समीप दो आदमी खड़े थे। उषा की नज़र सामने थी।

"जीजी, कोहली बुला रहे हैं। वहाँ मोटर-साइकल कैसी पड़ी है! अपनी गाड़ी लगती है। क्या दुर्घटना···।"

उषा की नज़र भाई के इशारे की दिशा में घूमी! कलेज़ा धक्क। दोनों के कदम उस ओर तेज़।

नरेन्द्र ने अपनी गाड़ी सड़क के बायें उतार कर रोक दी थी। उनकी ओर लौट रहा था, "मोटर-साइकल अमर की है। गाड़ी कुचली हुई, खून गिरा हुआ है। दुर्घटना हुई है।"

उषा के घुटने लड़खड़ा गये। नरेन्द्र ने उसे कोहनी से पकड़ लिया। अमित लम्बे कदमों से लपक कर गाड़ी देख आया, "अपनी ही गाड़ी है। सड़क पर बहुत सा खून···।"

"क्या मालूम किसका खून!" नरेन्द्र ने कहा, "तुम लोगों को मकान पर पहुँचा दूँ। फिर हस्पताल और कोतवाली से मालूम करने का यत्न करूँ।"

"साथ जाऊँगी।"उषा बहुत कातर। नरेन्द्र ने समझाया, "कई जगह जाना पड़ सकता है। पता ले लूँ, फिर तुम्हें ले जाऊँगा।"

नरेन्द्र और अमित उषा को दोनों ओर से सहारा देकर फटकिया के भीतर ले गये।

बरामदे में खड़े कम्पाउण्डर ने बताया, "डाक्टर साहब साढ़े नौ के करीब गाड़ी पर गोलागंज की तरफ गये थे।"

नरेन्द्र ने उषा को सोफा पर बैठाकर समझाया : अनुमानों और कल्पनाओं से परेशान मत हो। धैर्य रखो। सम्भव है, उसकी गाड़ी से किसी दूसरे को चोट आयी हो। अमित को उषा के पास रहने का आदेश देकर नरेन्द्र चला गया।

बेबे भी बहुत चिन्तित। अमित ने उसे भी धैर्य का परामर्श दिया।

नरेन्द्र उलटे कदम वापस। उसके साथ डाक्टर सुरेश तिवारी। तिवारी मेडिकल कालेज से आया था। उसने बताया : अमर की गाड़ी अमरीकन मिलिटरी गाड़ी से एक्सीडेन्ट में कुचल गयी। चोटें बहुत गहरी हैं। उषा को हस्पताल ले चलने का अनुरोध किया। उषा का चेहरा काठ की तरह विवर्ण, निस्पन्द। उठ खड़ी हुई। पप्पू की साथ चलने की जिद्द। माँ की साड़ी पकड़ ली। बेबे चीखते-चिल्लाते लड़के को उठाकर भीतर ले गयी।

सुरेश ने अपनी साइकल छोड़ दी। सुरेश ने बताया : घटना छतरमंजिल के समीप हुई। यूनिवर्सिटी के कुछ विद्यार्थी दौड़ आये। अमरीकन ड्राइवरों को दाहिने चलने का अभ्यास, उनकी गाड़ी का स्टियर उसी ओर। पिकअप के पीछे गाड़ी में उनका मेजर था। उसने अपनी गलती मान ली। अमर ने तुरन्त मेडिकल कालेज पहुँचाने के लिये कहा। चार विद्यार्थी अमरीकन मिलिटरी पिकअप में अमर को हस्पताल ले गये।

सुरेश तिवारी वहाँ मौजूद था। उसने तुरन्त रज़ा को खबर दी। रज़ा ने हाउस सर्जन मिश्रा और एक अन्य डाक्टर को बुला लिया। तुरन्त एक्स-रे के लिये ले गये। वह खबर देने आया।

उषा और अमित एक्स-रे रूम के बाहर बेंच पर प्रतीक्षा में बैठे थे। नरेन्द्र उनसे कुछ कदम पर खड़ा था। रज़ा और मिश्रा पूर्व निश्चित आपरेशन स्थगित कराकर अमर को तुरन्त आपरेशन थियेटर में ले जाने के प्रयत्न में दौड़-भाग रहे थे।

रज़ा तेज कदमों से एक्स-रे रूम की ओर आया, ''भाभी, धैर्य रखिये। सर्जन निगम ने इज़ाजत दे दी है। इस आपरेशन के बाद अमर को ही लेंगे। एक्स-रे प्लेट तैयार हो गयी। जो कुछ सम्भव, कोई कसर न छोड़ी जायेगी।'' नरेन्द्र से बात कर एक्स-रे रूम में चला गया।

एक्स-रे रूम से हस्पताली लाल कम्बल से ढँकी स्ट्रेचर ट्राली निकली। बेंच पर बैठी उषा की नज़रों से स्ट्रेचर ऊँचा। ट्राली के साथ रज़ा और सुरेश। रज़ा ने उषा को बैठे रहने का संकेत किया। स्वयं स्ट्रेचर के साथ चला गया। उषा ने सिर में आता चक्कर वश में करने के लिये आँखें मूँद लीं।

''भाभी!'' उषा ने पलकें खोलीं। रज़ा ने उसे साथ आने का संकेत किया। उषा के चेहरे से रज़ा को आशंका, लड़खड़ा न जाये। सहारा देने के लिये उषा की बाँह पकड़ ली। अमित को दूसरी ओर से सहारा देने का इशारा। नरेन्द्र उनके पीछे। चलते-चलते रज़ा बोला, ''भाभी, अमर आपरेशन से पहले एंटीरूम में है। आपके धैर्य से उसे सबसे बड़ी सहायता मिलेगी। एंटीरूम में केवल आपरेशन थियेटर के डाक्टर जा सकते हैं। सर्जन ने आपको दो मिनट अमर को धैर्य बँधा सकने के लिये विशेष अनुमति दी है। चोट बहुत गम्भीर। चार पसलियाँ टूटकर यकृत और फेफड़े में धँस गयी हैं। डायफ्राम पर भी चोट है। यकृत और फेफड़े से पसलियाँ निकालने के लिये आपरेशन ज़रूरी। आपरेशन की अनुमति के लिये आपके हस्ताक्षर चाहिये। सर्जन निगम से बेहतर और कौन सर्जन! इंजेक्शनों के प्रभाव से अमर का दर्द वश में है। सावधान! वह कुछ भी कहे, उसके सामने विचलित नहीं होना।''

रज़ा ने नरेन्द्र और अमित को बरामदे में प्रतीक्षा के लिये कहा। उषा को एंटीरूम में ले गया। कमरे में दवा की तीखी गंध। सिर से पाँव तक सफेद चोगे में नर्स। नर्स की नाक-मुँह पर भी सफेद कपड़ा, केवल आँखें खुलीं, जैसे सफेद भूत। उषा के सीने तक ऊँची स्ट्रेचर ट्राली पर अमर। चेहरा पीला-सफेद। गालों और ओठों पर पुँछे खून की लाली, पलकें खुलीं।

''अच्छी···।'' अमर के होंठों ने निस्वर कहा। उषा ने दाँत दबाकर उमड़ते उद्वेग को निगल लिया।

''तुम आ गयीं···।'' अमर का हँफनी से टूटता क्षीण स्वर, ''सब कुचल गया···बचना···असंभव···रज़ा को कह दिया···।'' होंठों पर खून छलक आया। नर्स ने आगे बढ़कर रूई से होंठ पोंछ दिये।

उषा ने विचलित न होने के लिये श्वास रोक आँखें मूँद लीं। रज़ा ने उसकी बाँह पर स्पर्श से बाहर चलने का संकेत किया।

''ठहरो···'' अमर ने कहा, ''सुनो···।'' उषा ने आँखें खोलकर हाथ पति के माथे पर रख दिया। ''पप्पू···चच्चा···लक्ष्य का खयाल···नरेन्द्र ··· क्षमा।'' फिर होठों पर खून। नर्स ने आगे बढ़कर खून पोंछ दिया।

रज़ा ने उषा को पीछे हटाना चाहा। उसने स्ट्रेचर का डण्डा पकड़ लिया।

''सुखी···रहना···नार्मल···लाइफ।'' स्वर और क्षीण। फिर पलकें झपक गयीं।

''थकाओ मत!'' रज़ा ने उषा के कान में कहा। उषा ने स्ट्रेचर छोड़ दिया। गर्दन झुकाकर पति के माथे पर होंठों से स्पर्श कर पीछे हट गयी। रज़ा उसे बाँह के सहारे बाहर

ले चला। उषा की पलकों से आँसुओं की धारें। रज़ा ने बरामदे में लाकर कुर्सी पर बैठा दिया। स्वयं एंटीरूम में चला गया।

नरेन्द्र बोलने में असमर्थ।

रज़ा का भर्राया हुआ स्वर, ''भाभी···अफसोस!'' उषा ने दोनों हाथों से आँचल चेहरे पर दबा लिया। अमित ने आँखें बचाकर ओठ काटे, पैंट की जेब से रूमाल निकालने के लिये हाथ बढ़ाया पर बहिन के गले में बाँह डालकर उसका सिर सीने पर दबा लिया।

रज़ा ने उषा के कंधे पर हाथ रखा, ''भाभी, घर चलो।'' उषा का शरीर दबे क्रन्दन से काँप रहा था। रज़ा ने उसके सिर पर हाथ रखा, ''भाभी, धैर्य···घर चलो।''

उषा ने आँसुओं का घूँट भरा, ''उनके साथ।''

रज़ा ने कानूनी मज़बूरी बतायी : एक्सीडेंट पुलिस केस है। शरीर पुलिस की अनुमति से ही मिलेगा। उसमें साँझ हो जाये। जल्दी की कोशिश करने पर भी कम से कम तीन-चार घंटे।

''उनके साथ।'' उषा का आग्रह।

''भाभी, यहाँ दूसरे सीरियस आपरेशन हो रहे हैं। सर्जन अधिक ठहरने की इज़ाजत नहीं देंगे।

स्थिति से मजबूर उषा स्वर दबा कर रो दी।

''एक बार और देख लूँ।''

रज़ा ने एंटीरूम में झाँक कर देखा। उषा की एक बाँह रज़ा ने और दूसरी अमित ने अपनी बाँहों में ली। ''भाभी धैर्य से, साथ के कमरे में सीरियस आपरेशन हो रहा है···।'' उधर से औजारों की खनक आ रही थी। ''आवाज नहीं!'' दोनों उषा को भीतर ले गये।

अमर का शरीर निश्चल। पलकें मुँदी हुईं। चेहरे पर निर्जीव सफेदी। उषा ने पति के सीने पर सिर रख दिया। बाँह पर रज़ा का संकेत—चलो। उषा ने पति का माथा, ओठ चूम लिये। रज़ा और अमित की बाँहों में लड़खड़ाती बाहर आ गयी।

पाँच

बार रूम के बरामदे में वकील कोहली कुर्सी पर बैठे समीप खड़े महेन्द्र को मुकदमे के बारे में समझा रहे थे। बजरी पर कार के पहियों की सरसराहट से नजर उठी। कचहरी में नरेन्द्र का आना अप्रत्याशित। बेटे का चेहरा देख और घबराहट। पिता की आँखों में प्रश्न, ''?''

नरेन्द्र भर्राये गले से अधूरे वाक्य बोल पाया।

कोहली की पलकें मुँद गयीं। कुछ पल मौन। पलकें खुलीं तो छलछला आयी आँखें रूमाल से पोंछ लीं। गहरी साँस ली, ''वाह रे कातिबे तकदीर! कैसी-कैसी तकदीरें लिखी हैं तूने।'' फिर दो पल मौन। गहरी साँस लेकर महेन्द्र की ओर देखा, ''पेशकार को दूसरी तारीख के लिये अर्जी देकर जल्दी आओ।''

कचहरी से निकल कर बाबू ने गाड़ी रुकवायी। महेन्द्र को हस्पताल जाने का परामर्श दिया, ''पुलिस से इजाजत वगैरह लेने और दूसरे प्रबन्ध में डाक्टर रज़ा को मदद की जरूरत होगी। वहाँ से छोटी गली में ले आना।''

नरेन्द्र को अमीनाबाद चलने का संकेत।

कोहली चिन्ता में थे, रतनलाल भाई को समाचार कैसे देंगे? बाबू और नरेन्द्र के चेहरे देखकर सेठ जी का हृदय दहल गया, कठिनाई से पूछ पाये, ''क्या हुआ?''

''दुकान बढ़वा दीजिये···घर चलिये।'' बाबू ने समाचार किश्तों में दिया।

सेठ जी के हाथ-पाँव ढीले, लगभग अर्द्धचेतन। नरेन्द्र और मुनीम नेतराम ने उन्हें सहारा देकर गाड़ी में बैठाया।

परसू ने गली में खबर पहुँचा दी थी। कुछ पल में समाचार फैल गया। हरि भैया परसू के साथ ही आ गये थे। सेठ जी के गले में बाँह डालकर फूट-फूटकर रो दिये। सेठ जी की आँखें खुश्क; अर्द्धचेतन, निढाल। गली की स्त्रियाँ आँगन में भर आयी थीं। कोहलियों के आँगन से दोनों परिवारों की स्त्रियाँ, टंडन-बजाज और खन्ना परिवारों की स्त्रियाँ, मास्टरनी, अग्रवालों के यहाँ से, साहबसिंह और रामसहाय के घर से भी। बुआ छाती पीट-पीटकर सिर नोच रही थी। सरीके परिवार की स्त्रियाँ पुराना बैर भुलाकर आ गयी थीं। वे शोकाचार में सबसे उग्र। हरलाल के पोते गोपीचन्द्र को दुकान पर सूचना के लिये भेज दिया था।

दारुण शोक में भी रीति-व्यौहार निबाहना आवश्यक। बाबू को उसका ध्यान। दूसरी आशंकाएँ भी। नरेन्द्र को परामर्श दिया, ''हस्पताल से शरीर यहाँ आयेगा। बिरादरी यहाँ ही जुड़ेगी। अर्थी यहाँ से उठेगी। बहू के लिये यह सब कठिन ज़रूर, परन्तु रीति-व्यौहार

के समय बहू का यहाँ होना बहुत आवश्यक। उसे ले आओ। पोते को देखकर रतन भाई को कुछ ढाढ़स होगा।''

नरेन्द्र ने गौरी की सहायता से उषा और बेबे को छोटी गली के आँगन में पहुँचाया। एकत्र स्त्रियों के लिये उषा अजानी। मास्टरनी, भाबो, पुष्पा की हृदय-विदारक चीखों से दूसरी स्त्रियों ने पहचाना तो क्रन्दन-विलाप और छाती पीटने का उपक्रम बहुत तीव्र। गंगा और सरीके की स्त्रियों के दुहत्थे सिर और छातियों पर जोर से पड़ने लगे। उषा हिन्दू विधवा के वेश में। सुबह पहनी सफेद साड़ी अब तक मसली-मैली।

गौरी की नज़र विधवा भाभी के हाथों पर गयी। शरीर पर कोई जेवर न था। कलाइयों पर केवल काँच की लाल चूड़ियाँ, वही जो न होनी चाहिए थीं। गौरी ने हाथ बढ़ाकर चूड़ियाँ कड़का कर गिरा दीं। चीख पड़ी, ''हाय भैया!'' स्वयं उसी ने भाभी को अपने हाथों काँच की चूड़ियाँ पहनायी थीं, उन्हीं हाथों तोड़ीं। यह उषा का पति के पैतृक घर में प्रथम प्रवेश-स्वागत।

समाचार पाकर किशनलाल, लक्ष्मीचन्द, दीपचन्द भी आ गये। उनके आँसू और बिलखना अति विह्वल। साढ़े चार तक मास्टर जी स्कूल से आ गये। अन्य लोगों के साथ झमनी गली से सर्राफ जगतराम कपूर भी आ गये। बिरादरी के हर्ष-विषाद के अवसर पर उनका परामर्श और निर्देश मान्य होते थे।

सेठ जी दुकान से आकर मसनद पर गावतकिये के सहारे लुढ़क गये थे। अब भी उसी स्थिति में, छलकी लाल आँखें, दीर्घ निश्वास। बाबू उनका शोक पिघला देने के प्रयत्न में बार-बार स्वयं आँखें पोंछते, पोते को उनकी गोद में दे देते। पोते को सीने से लगाकर सेठ जी की आँखें रिसने लगतीं।

पाँच बजे मंहेन्द्र, डाक्टर रज़ा और तिवारी एम्बुलेंस में डाक्टर अमरनाथ का शरीर लेकर आये। शव-परीक्षा के बाद शरीर को पुनः सी-बाँधकर जोड़ दिया गया था। रज़ा, तिवारी और मेहन्द्र ने हस्पताल के समीप चौक से सफेद कोरा कपड़ा और तख्ता मँगवा कर शरीर को कफन में लिपटवा कर तख्ते पर बँधवा दिया था। रीति अनुसार श्मशान यात्रा से पूर्व शरीर का स्नान आवश्यक था। रज़ा और तिवारी ने महेन्द्र की मार्फत बाबू और जगतराम कपूर को सावधान कर दिया : शरीर पर लपेट कर बँधा कफन न हटाया जाये। क्षत-विक्षत शरीर को देखना और सम्भाल सकना आप लोगों के बस का न होगा। कपूर की अनुमति से शरीर से कफन हटाकर स्नान कराने के बजाय उस पर गंगाजल के छींटे दे देना पर्याप्त समझा गया।

तख्ते पर सफेद कफन में लिपटे शरीर को ड्योढ़ी से आँगन में ले जाते समय उस पर सेठ जी की नजर पड़ गयी। ''आह!'' हृदय-विदारक कराहट। श्वास में रुकावट से उठ बैठे। बाबू समीप थे, उन्होंने फिर लिटाने का यत्न किया। सेठ जी श्वास में कष्ट के कारण लेट सकने में असमर्थ, चेहरे पर विकट पीड़ा की ऐंठन। रज़ा और तिवारी को बैठक में बुलाया गया। डाक्टरों की जेब में स्टेथिस्कोप मौजूद। डाक्टरों के विचार में सेठ जी को माईल्ड हार्ट अटैक।

पंडित आधी छुट्टी के बाद पहला पीरियड पढ़ाकर दसवीं कक्षा से निकले तो उनके सामने अमित आ गया। अमित का चेहरा, लालं आँखें, भीगी पलकें देख पंडित

अवाक्। अमित ने संक्षेप में समाचार दिया। पंडित ने आँखें मूँद गर्दन झुका ली, कुछ पल प्रार्थना में मौन। बेटे को प्रतीक्षा का संकेत कर छुट्टी के लिये दफ्तर की ओर चले गये।

पंडित कॉलेज से शेष समय की छुट्टी लेकर घर पहुँचे। समाचार से मिसेज़ पंडित की आँखों से झड़ी। बेटी के इस शोक संकट में उसकी उपेक्षा न कर सकते थे। अमित ने बता दिया था, डाक्टर कोहली, उषा, बच्चे और बेबे को छोटी गली ले गये हैं। शव-यात्रा यहीं से होगी। पंडित दो-तीन अवसरों पर हिन्दू लोगों के यहाँ ऐसे सोग के समय जा चुके थे। जानते थे, सोग अनुष्ठान की रीति, दोनों बिरादरियों में बहुत भिन्न। हिन्दू बिरादरी में ऐसे समय भी मर्द और स्त्रियाँ पृथक्-पृथक् इकट्ठे होते हैं। बेटी को सांत्वना देकर धैर्य बँधाने के लिये उसके समीप जा सकने का अवसर हो सकेगा? अमित पहले साइकल पर छोटी गली जाकर नरेन्द्र से बात कर आया।

अमित पिता-माता को ताँगे पर लेकर सूर्यास्त के समय छोटी गली पहुँचा। नरेन्द्र ने बाबू से पंडित का परिचय कराया। हरी भैया पूर्व परिचित थे। दामाद का शव अर्थी पर बाँधा जा रहा था। अँधेरा घिरा आ रहा था। उन दिनों अर्थी 'स्वर्ग विमान' पर श्मशान ले जाने का रिवाज चालू न हुआ। अर्थी दो-चार-छः मील कंधों पर उठाकर ही ले जायी जाती थी। सम्बन्धी, समीपी मित्र बारी-बारी से कंधा देते जाते। अँधेरे के उपाय के लिये कई बड़े-बड़े पेट्रोमैक्स मँगवा लिये गये थे। लैम्पों को सिर पर उठाकर अर्थी के साथ चलने के लिये मजदूर।

उषा आँगन में रोती-कलपती स्त्रियों से घिरी थी। नरेन्द्र ने मिसेज़ पंडित को आँगन में पहुँचा दिया। बेबे ने आगे बढ़ मिसेज़ पंडित को बाँहों में लिया। दोनों ऊँचे स्वर में रो दीं। विह्वल माँ बेटी को बाँहों में लेकर बिलखी। तीन बरस बाद, बेटी के विवाह के उपरान्त पहली भेंट बेटी के वैधव्य के अवसर पर। माँ को पहचानने में उषा को पल भर लगा।

पंडित स्त्रियों की भीड़ में कैसे जाते। ड्योढ़ी से बेटी को माँ की बाँहों में सिसकते देख रहे थे। आँसुओं से तर रूमाल और आँसू सोख सकने के लिये बेकाम।

बाबू का ध्यान लक्ष्मीचन्द और दीपचन्द की ओर गया। दोनों ने चाचा डाक्टर अमरनाथ का दाह-कर्म करने के लिये नाई बुलवा कर सिर मुँड़वा लिये थे। रीति के अनुसार उचित ही था। पड़ोसियों को सरीकों के पुराने व्यवहार भुला नहीं गये थे। सरीकों की इतनी शोक-विह्वलता पड़ोसियों के लिये अप्रत्याशित।

औषध की सूई के प्रभाव से सेठ जी की अवस्था सम्भल रही थी। अर्थी आँगन से गली में निकाली जाने लगी। विलाप और छाती पीटने के कोलाहल में ज्वार। बाबू ने अर्थी सेठ जी की नज़र से बचाने के लिये बैठक का किवाड़ उड़कवा दिये थे। गली से वैराग्य का तुमुल घोष : राम नाम सत्त है! हरि का नाम सत्त है! राम नाम बोले सत्त है!

पंडित ने पलकें मूँद, गर्दन झुकाकर मौन प्रार्थना की···तुम्हारी देन तुम्हें समर्पित। राख में राख, धूल में धूल···।

'राम नाम सत्त है' की हुंकार से सेठ जी को दूसरा हार्ट अटैक। ऐसी अवस्था में बाबू श्मशान कैसे जाते। महेन्द्र, नरेन्द्र अर्थी के साथ श्मशान गये। बाबू डाक्टरों के साथ बैठक में रहे।

अर्थी विदा हो जाने के बाद आँगन से अधिकांश स्त्रियाँ चली गयीं। पंडित ने आँगन में जाकर बेटी के सिर पर हाथ रख उसे हृदय से लगा लिया। धैर्य के परामर्श के सिवा और क्या कह सकते थे। उषा डैडी के सीने पर सिर रखे हिचकियों से बेहाल। उषा को ऐसी अवस्था में छोड़कर जाते भी माँ की छाती दरक रही थी। चाहती थी, बेटी और नाती को साथ ले जाती परन्तु मजबूरी!

माँ अर्द्धचेतना में भी बच्चे को नहीं भूल सकती। प्रताप का सुबह से रो-रोकर बेहाल होते रहना असह्य स्थिति को और विकट बना रहा था। बच्चा चारों ओर सबको रोते देख बार-बार रो देता। उसे डैडी याद आ रहे थे। साँझ तक चेहरा मुर्झा गया था। मिसेज़ पंडित स्वयं नाती को साथ ले जाने की चिन्ता में। बेबे बच्चे को दो-चार बार घंटे-दो घंटे के लिये उसकी नानी के यहाँ ले जा चुकी थी। प्रताप नानी से हिला न था। उसके साथ कैसे चला जाता। बेबे बच्चे को लेकर पंडित के साथ चली गयी। मिसेज़ पंडित रात बेटी के साथ ठहर गयीं।

अर्थी ले जाने वाले लोग श्मशान का कर्मकांड पूरा कर रात ग्यारह तक लौट पाये। सेठ जी की अवस्था वैसी ही। बाबू ने रज़ा और तिवारी के खाने के लिये यहाँ प्रबन्ध करवा दिया था। दोनों डाक्टर सेठ जी के सिरहाने बने रहे।

रात एक बजे फिर पड़ोसियों ने गंगा के रो-रोकर बैठे गले से मृत्यु-सूचक चीख सुनी। पड़ोसी बटुर आये। विलाप, रोने-पीटने का दूसरा दौर।

पंडित और अमित सुबह सूर्योदय के समय मिसेज़ पंडित और उषा के लिये प्रातः के लिये आवश्यक चीजें लेकर आये तो गली में फिर अर्थी की तैयारी देखी। सर्राफ जयराम कपूर फिर लाल अँगोछा कंधे पर रखे हरि भैया के साथ प्रबन्ध में व्यस्त। हरिभैया की आँखें और अधिक सूजी हुईं और सुर्ख। अब किशनलाल, चाचा की अग्निदान की तैयारी में अपनी ड्योढ़ी से लगे चबूतरे पर नाई से सिर मुँड़वा रहा था। आँगन में उषा रोती-बिलखती स्त्रियों से घिरी हुई थी। पंडित का अनुमान, दो-तीन घंटे से पूर्व अर्थी न उठ पायेगी। पंडित आधे घंटे तक नरेन्द्र, महेन्द्र, हरि भैया, वकील साहब के सम्मुख सम्वेदना प्रकट कर उठ गये।

पंडित ग्यारह बजे आये तो सेठ जी की अर्थी जा चुकी थी। उषा रात भर सो न सकी थी। वही हालत मिसेज़ पंडित की। उषा के चेहरे पर महीनों की बीमारी का पीलापन। मृत्यु के बाद हिन्दू परिवार अशुद्ध हो जाते हैं। उस अवस्था में खाट-पलंग या गद्दे-बिस्तर पर लेटना-सोना वर्जित। मिसेज़ पंडित को फर्शी चटाई पर नींद कैसे आती।

पंडित और मिसेज़ पंडित ने बात की : अब लड़की के लिये यहाँ क्या है? जो ईश्वर को मंजूर था। बेटी ऐसी विकट मानसिक-शारीरिक यातना में कैसे जी पायेगी। उसे अपने यहाँ ले जाने के लिये व्याकुल, परन्तु किसी को कहे-सुने बिना कैसे ले जाते। ब्याही लड़की पराया धन। इस समय बाबू भी श्मशान गये थे।

पंडित बेटे के साथ चार बजे फिर आये। बैठक का ढंग बदल गया था। फर्शी दरी, गद्देदार मसनद, गावतकिये कुछ नहीं। दीवारों के साथ और बीच में चटाइयाँ और

शीतलपाटी। कर्ता के स्थान पर मूँड़ मुड़ाये किशनलाल चटाई पर बैठे थे। उनके समीप लक्ष्मीचन्द और दीपचन्द। उनके सामने चटाइयों पर अन्य, पाँच-सात व्यक्ति। चेहरे पर शोक की स्तब्धता, सहानुभूति। आँगन में सिर झुकाये स्त्रियाँ। उन्हीं में उषा और उषा की माँ। स्त्रियाँ कुछ-कुछ देर बाद रोने लगतीं। पंडित और अमित के लिये सब अपरिचित। पंडित अन्य लोगों की तरह जूते दरवाजे के समीप छोड़कर चटाई पर बैठ गये थे।

पंडित के सामने बैठ जाने पर किशनलाल बोलने लगा, "हमें तो उनका ही सहारा था। थे तो चाचा पर हमने बाप की जगह जाना-माना। सेहत कुछ बुरी नहीं थी। उम्र भी इकहत्तर कुछ ज्यादा नहीं होती। बस लड़के का गम ले गया। लड़के को बहुत अरमानों से डाक्टरी पढ़ाई थी। लड़का हमारे घर का सूरज। हमारे लिये तो अब सब अँधेरा…। भगवान को जो मूंजर था!" किशनलाल ने कंधे से अँगोछा ले आँखों पर दबा लिया। आकाश की ओर हाथ जोड़ दिये, "शिव शम्भो! शिव शम्भो!"

किशनलाल ने बात समाप्त की ही थी। दो अन्य व्यक्ति शोक के लिये आकर बैठ गये, "…हमने तो अभी सुना, जैसे नीले अम्बर से बिजली गिरी। हे भगवान ये कैसे! बीमारी की तो कोई खबर नहीं थी।"

किशनलाल फिर आँसू पोंछ गहरे निश्वास से बोलने लगे, "हमें तो उनका ही सहारा था…।" वे ही शब्द, वही क्रम। "…शिव शम्भो! शिव शम्भो!"

बैठक से उठकर पंडित नरेन्द्र कोहली के मकान की ओर गये। नरेन्द्र घर पर ही था। नरेन्द्र को बुलवा कर पंडित ने बेटी को साथ ले जा सकने के विषय में बात की।

नरेन्द्र पंडित को बैठक में ले गया, "मास्टर साहब, मैं आपसे सहमत हूँ। उषा के संस्कार-अभ्यास के लिये यह स्थिति असह्य, लेकिन ऐसी समस्याओं के कई पहलू होते हैं। पिता ठीक राय दे सकेंगे।" नरेन्द्र ने पिता को बुला लिया।

पंडित के आने से पूर्व आशंका का कुछ आभास मिल गया। किशनलाल लड़कों के साथ श्मशान से दो बजे लौटा था। लौटते ही बहू के हाथ गंगा को संदेश भिजवाया : जो मुसीबत आन पड़ी, झेलनी ही होगी। संसार के काम तो चलेंगे ही। कागजात की आलमारी और तिजोरी की चाबी दे दें। देख लिया जाये, किससे लेना, किसका देना। इन बातों में देर-ढील ठीक नहीं होती।

गंगा की जबान बहुत तेज, बुद्धि उतनी नहीं। रात सेठ जी के पूरे हो जाने का समाचार पाकर भाबो, बहू और दूसरी स्त्रियों के साथ सेठ जी के यहाँ आ गयी थी। भाबो गंगा की समझ से वाकिफ। उन्होंने रो-रोकर छाती पीटती बेहाल गंगा को उसी समय सतर्क कर दिया था, "बहिना, बहू कुछ समझती नहीं। तुम उठकर पहले कागज-पत्तर और तिजोरी की चाबियाँ सम्भालो।" गंगा सीधी थी पर खत्रियों की बेटी बहू। वह सरीकों का पिछले तीस बरस का व्यवहार भूल न गयी थी। उस बेहाली में भी सतर्क हो गयी। बैठक के साथ के कमरे में जाकर आलमारी में एक अच्छा मोटा ताला जड़ दिया। आलमारी की और तिजोरी की चाबी अपनी कमर में खोसे थी। सरीक बहू सन्देश लेकर आयी तब भी भाबो वहीं थी।

गंगा ने सरीक बहू को जवाब दिया, "हमें क्या समझ कागद-पत्तर की। हम अभी सब कुंजी-चाबी देखकर भिजवाये देते हैं।" सरीक बहू के जाते ही गंगा ने चाबियाँ भाबो को सहेज दीं, "भाभी, कुंजियाँ तुम अपने यहाँ ले जाओ।"

पंडित का निवेदन सुनकर कोहली बोले, ''आपकी चिन्ता, भावना से हमें पूरी सहानुभूति। अपने मित्र की बहू और पोते के प्रति हमारा भी कर्तव्य है।'' कोहली ने बताया : इस समय बेटे को लेकर यहाँ से बहू के जाने का मतलब अपनी लाख-सवा लाख की विरासत पर सरीकों को कब्जा देने के लिये निमंत्रण। हम इन लोगों की नस-नस से वाकिफ। ये लोग तो श्मशान से लौटते ही चाबियाँ और कागजात हथियाने की चिन्ता में। इनसे सभी कुछ की आशंका। बहू को जायदाद-सम्पत्ति का मोह न हो, परन्तु यह उसका ही नहीं, उसके बेटे का हक है।···अबोध बालक के साथ अन्याय नहीं होना चाहिये। नाती के हक की रक्षा में सहायता आपका भी कर्तव्य।

पंडित को जमीन-जायदाद की चिन्ता और झगड़ों से कभी वास्ता न पड़ा था। स्वीकार किया : आप जैसा उचित समझें। अब आप हमारी बेटी के अभिभावक। हम इन बातों से नावाकिफ। बेटी की सहायता के लिये जो आप कहें, हमारे बूते में हो प्रस्तुत हैं।

बाबू कुछ देर विचार कर बोले, ''बहुत अच्छा हुआ, आपसे ये जिक्र हो गया। आठ-साढ़े आठ के करीब फिर जरूर कष्ट कीजियेगा। उस समय हम आपके साथ चलकर बहू से बात कर लेंगे।''

सवा आठ बजे पंडित अमित फिर आये। समाचार पाकर बाबू और भाबो उषा के यहाँ आ गये। उन दिनों लोग सम्वेदना के लिये सूर्यास्त के पश्चात् न जाते थे। बैठक में केवल किशनलाल का लड़का लक्ष्मीचन्द चटाई पर पसरा हुआ था।

बाबू ने लक्ष्मीचन्द को पंडित और अमित का परिचय दिया, ''ये बहू के पिता और भाई हैं। उसके लिये खाना लेकर आये हैं।''

लक्ष्मीचन्द उठ खड़ा हुआ, ''आप लोग बैठे हैं, तब तक हम भी दो कौर निगल आयें। बुआ के लिये भिजवाये देते हैं।''

उषा, मम्मी, बुआ दिन भर सोग-सम्वेदना के लिये आकर बैठने वाली स्त्रियों के साथ बैठी-बैठी थक गयी थीं। अब चटाइयों पर कमर सीधी कर रही थीं। मर्दों के आने से उठ बैठीं।

''बेटी, तुम्हें दो मिनट तकलीफ देंगे।'' बाबू, पंडित और अमित के साथ पाल्थी से चटाई पर ही बैठ गये। संध्या पंडित से बात का प्रसंग, उषा को समझाया, ''···माना तुम आत्मनिर्भर होने में समर्थ हो लेकिन प्रताप के हक की रक्षा भी तुम्हारा कर्तव्य है। सरीकों से सब प्रकार की आशंका। तुम बुआ को साथ लेकर आलमारी से कागजात और तिजोरी से नोटों की शक्ल में रोकड़ और सोने का भारी गहना निकाल लाओ। गहना-रोकड़ सब तुम्हारा और प्रताप का हक।'' पंडित की तरफ देखा, ''बेटी और नाती के हित में यह सब अपने साथ लेते जाइये।'' भाबो तिजोरी और आलमारी की चाबियाँ साथ लेती आयी थी।

बुआ और उषा चाबियाँ लेकर भीतर गयीं। आयीं तो झोलियाँ भरी हुई थीं। सोने के दो-सवा दो सेर जेवर, छोटा कटोरदान भर गिन्नी। आठ हजार के करीब करेंसी नोट। बुआ ने बताया, ''ढाई-तीन पसेरी चाँदी और चेहराशाही रुपया है सो कैसे उठायें?

''दो-ढाई हजार का होगा।'' बाबू ने अनुमान प्रकट किया, ''अभी रहने दीजिये, फिर देखा जायेगा। यहाँ तुम लोगों को खर्च भी चाहिये।''

इतना रुपया जेवर देख पंडित परेशान, ''इसका हिसाब लिख लिया जाये।''

''उसके लिये समय नहीं। आप स्वयं लिख लीजियेगा। आप इसे टिफिन कैरियर में भरिये। जीजी,'' गंगा की ओर देखा, ''कोई थैला-वैला निकाल दो इन्हें। ···बेहतर है हम लोग जल्दी चलें। किशनलाल और उसके लड़कों के आने के पहले ये लोग ड्योढ़ी बन्द कर लें। उन लोगों को रात बैठक में आने देना मुनासिब नहीं।''

कुछ देर बाद लक्ष्मीचन्द और दीपचन्द ने ड्योढ़ी के किवाड़ खटकाये। वे बैठक में सोने के लिये आये थे। बुआ ने बैठक की खिड़की से उत्तर दिया, ''भैये, यहाँ बैठक में बहू और हम लोग पौढ़ रही हैं। आँगन में हरिया, परसू हैं। इस बखत तुम तकलीफ न करो।''

दूसरे दिन सुबह आठ से पहले किशनलाल, लक्ष्मीचन्द-दीपचन्द नहा-धोकर बिरादरी-बाजार से आने वाले मर्दों की सम्वेदना-सहानुभूति स्वीकारने के लिये आये तो हैरान। बैठक में बिछी चटाइयों पर बीच में उषा, उसके समीप बुआ, भाबो, टंडन दादी और हेमराज की माँ बैठी थीं। मर्द केवल दो। दीवार के साथ चटाई पर हरि भैया और मास्टर जी का दूसरा बेटा। वेदप्रकाश ऊँचे स्वर में गीता पाठ कर रहे थे। बैठक में धूप-अगर के पवित्र धुएँ की महक। किशनलाल अकबका कर लड़कों के साथ पीछे हट गया। औरतों से क्या मुँह लगता!

सरीकों की ओर से पुरखिन हरलाल की विधवा दो बहुओं के साथ आयी। बैठक में मर्दों की जगह औरतों को आसन जमाये देखकर विस्मय-विरोध में भाबो और टंडन दादी को सम्बोधन किया, ''ई कौन नई रीत! जनाना का कायदा भीतर आँगन में बैठे का। मर्द लोग अइहैं तो किनसे बोलें-बतियायेंगे?'' प्रौढ़ा ने उषा को लक्ष्य किया, ''बहू, हम लोगों में जनाना मर्दों के सामने नहीं आती।''

उत्तर दिया भाबो ने, ''पन्ना की दादी, रीति जो है सो है; बहू बेचारी क्या करे? घर में मर्द तो उसका दो बरस का बेटा। भाग्य ने उस पर जैसी डाल दी, निबाहेगी। मर्द आयेंगे, उधर चले जायेंगे। किशनलाल भैया उधर बैठ जायें। यहाँ जनाना बैठ गयीं।''

पन्ना की दादी ने विरोध किया, ''महिन्दर की माँ, ऐसा अनरथ तो कभी नहीं देखा कि जनाना मर्दों से आगे बढ़िके चलें···।'' लक्ष्मीचन्द-दीपचन्द की बहुएँ भी विरोध के लिये बढ़ीं।

गीता पाठ करते वेदप्रकाश की करारी आवाज, ''पाठ के समय ये क्या हल्ला!''

टंडन दादी ने अपनी सूखी बाँह फटकार की मुद्रा में उठाकर ललकारा, ''जाओ-जाओ, बहुत न सिखाओ! जिस पै जैसा बखत आयेगा, जिस पै जैसा सरेगा कल्लेगा। तुम कहाँ की सरपंच! जाओ बैठो अपने हियाँ, तुम लोगों का सब जानते हैं···।'' भाबो ने टंडन दादी से पहले बात करके उसका समर्थन-सहायता प्राप्त कर ली थी। वर्ना वो सरीकों की ओर से बोलती।

''क्या हुआ, क्या हुआ?'' मास्टरनी गली लाँघकर आ गयी, ''हे भगवान ये बखत ऐसे लड़ाई-झगड़े का! भगवान से डरो!''

टंडन बजाज, मास्टर जी, खन्ना, साहबसिंह, अग्रवाल सभी गली में निकल आये। सभी घरों की स्त्रियाँ उत्सुकता से ड्योढ़ियों या ऊपर खिड़कियों में से झाँकने लगीं। हरि भैया ने पाठ छोड़कर उठकर पुकारा, ''शान्ति-शान्ति!''

मास्टर जी ने किशनलाल के दरवाजे पर पुकारा, "किशनलाल भाई जी, ये क्या हो रहा है! आप भाभीजी को समझाइये। अपने घर में जो जैसा निबाह पाता है, करता है।"

टंडन बजाज ने मास्टर जी का समर्थन किया। पड़ोसियों को कुछ तो सद्यः विधवा से सहानुभूति, तिस पर यह कैसे सह लेते कि किशनलाल और उसके बेटे-भतीजे सेंतमेंत में इतना बड़ा मकान-सम्पत्ति बटोर लें।

किशनलाल-लक्ष्मीचन्द-दीपचन्द अपने विरुद्ध गली के लोगों का षड्यंत्र भाँप गये। उस समय स्थिति हाथ से फिसल गयी थी। घर भर के मर्दों का सिर मुँड़ा लेना व्यर्थ गया।

दीपचन्द ने ऊँची आवाज में अपने घर की स्त्रियों को पुकारा, "ताई, चलो तुम लोग अपने यहाँ बैठो। घर में झगड़े कराने वालों को भी हम देख लेंगे।"

सरीके की औरतों को मोर्चे से हटना पड़ा। लेकिन हार का विष मौन कैसे निगल लेतीं! अन्योक्ति से गालियों पर आ गयीं। सबसे पहले वकील कोहली पर पड़ोस में काले साँप की बाम्बी का कटाक्ष और फिर दिवंगत सेठ जी के कुकर्मों का आख्यान : जैसे बाप तैसे पूत···मलेच्छनी लायके बिठा ली···जहान-बाजार के छैले रिझाने वाली सोग मनाने बैठी।

पन्ना दादी की बात बिलकुल गलत न थी। बिरादरी बाजार के मर्द सोग-सम्वेदना के कर्तव्य के लिये आने लगे। बैठक में चटाइयों पर बैठी या सुबकती औरतों को देखकर अचकचा कर पीछे हट जाते। बाबू के सुझाव से हरिया और कुछ समय वेदप्रकाश गली में खड़े थे। सम्वेदना के लिये आने वाले मर्दों को किशनलाल की ड्योढ़ी की ओर संकेत कर देते।

रतनलाल सेठ के बेटे और स्वयं उनकी मृत्यु के शोक में उनकी सर्राफे की दुकान बन्द थी। सेठ जी का मुनीम दुकान के ऊपर कोठरी में और गुमाश्ता और चौकीदार जौहर जीने के नीचे रहता था। सरीकों ने मुनीम से दुकान की चाबियाँ माँगीं। मुनीम नेतराम चाबियाँ मालकिन बहू (उषा) के सामने सौंप देने को तैयार था, उसकी आज्ञा बिना नहीं। सरीक मदद के लिये आदमी लेकर गये थे। उन्होंने दुकान के ताले पर जबरन अपना ताला डाल दिया।

तीसरे दिन उषा की ओर से अदालत में सरीकों के खिलाफ मदाखलत बेजा के लिये दावा दायर कर दिया गया।

अदालत में उषा का आवेदन—मैं उषा सेठ और मेरा पुत्र प्रताप सेठ अपने स्वर्गीय पति और मेरे पुत्र के स्वर्गीय पिता डाक्टर अमरनाथ सेठ, पुत्र स्वर्गीय रतनलाल सेठ की सम्पूर्ण चल-अचल सम्पत्ति के जायज कानूनी वारिस हैं। हमारे सरीकों (सरीकों के नाम और धाम) ने जिनका कि तत्कालीन पारिवारिक सम्पत्ति और कारोबार के बँटवारे के बाद से मेरे स्वर्गीय ससुर और स्वर्गीय पति से कोई सम्बन्ध न था, न उनकी सम्पत्ति और कारोबार पर कोई हक और सम्बन्ध था, बदनीयत से मेरे ससुर की दुकान पर अनधिकार ताला डालकर मेरी और मेरे बेटे की सम्पत्ति पर अन्यायपूर्ण कब्जा कर लिया है। सरीकों को अदालत नाजायज ताला हटवाने का आदेश देकर मेरे और बेटे के कानूनी अधिकार

की रक्षा करे…। इस शिकायत के साथ स्वर्गीय ससुर की विरासत के उत्तराधिकार पत्र के लिये भी आवेदन दे दिया गया।

उसी दिन रात बाबू ने सेठ जी के साईस गुन्ने को आदेश दे दिया, सुबह पौ फटते पर इक्का जोत कर तैयार रखें। सुबह मास्टर जी के साथ सैर के लिये जाते ही थे। उस सुबह पैदल जाने के बजाये इक्के पर बैठे। सामने चुन्नीलाल खन्ना और पुत्तीलाल रस्तोगी सैर के लिये जाते दिखायी दिये। बाबू ने दोनों को अनुरोध से पुकार लिया, "आइये, इक्के पर आ जाइये, आपकी मदद की जरूरत है।" पास-पड़ोस में बाबू का सम्मान था। मुहल्ले के दोनों पड़ोसी साथ हो गये। बाबू ने दबे स्वर में प्रयोजन बता दिया।

चुन्नीलाल खन्ना और पुत्तीलाल रस्तोगी गवाह रहे। बाबू ने भैंसाकुण्ड श्मशान के अचारज को पुकार कर अपना परिचय दिया। बाबू और मास्टर जी ने डाक्टर अमरनाथ सेठ और रतनलाल सेठ की चिताओं से अस्थियाँ चुनीं और गायत्री मंत्र पढ़कर दोनों की अस्थियों का गोमती में प्रवाह कर दिया। मास्टर जी ने नदी के किनारे बैठकर शान्ति पाठ के मंत्र पढ़े। अचारज को उदार दक्षिणा देकर नोट करवा दिया—डाक्टर अमरनाथ सेठ और उसके पिता रतनलाल सेठ की अस्थियाँ, दाह-संस्कार के चौथे दिन आर्यसमाजी रीति से नदी में विसर्जित कर दी गयीं।

बाबू, मास्टर जी, चुन्नीलाल-पुत्तीलाल भैंसाकुण्ड से लौट रहे थे। आधे रास्ते में किशनलाल और दीपचन्द उसी ओर जाते हुए दिखायी दिये। इन लोगों को देख उनके चेहरे फक।

बाबू ने बहुत उदारता से बताया : आप लोगों का आने का विचार था तो कह दिया होता, इक्के पर साथ आ जाते। हम लोगों ने फूल चुनकर प्रवाह कर दिया।…सेठ भाई तो वैदिक रीति मानते थे।

"आप लोग चलिये। हम अपना काम निबटा कर आ जायेंगे।" किशनलाल ने कह दिया।

बाबू ने लौटकर पिता-पुत्र के फूल नदी में प्रवाह कर देने की सूचना गली में सब लोगों को दे दी।

किशनलाल और दीपचन्द भैंसाकुण्ड से लौटे तो डोरी के फंदे में बँधी कोरी हांडी हाथ में लटकाये थे। उन्होंने बताया, रतनलाल भाई और अमर के फूल चुन लाये हैं। हरिद्वार जाकर गंगा जी में विसर्जन करेंगे। उसके साथ धमकी, हमारे रिश्तेदारों के फूल चुनने का क्या हक!

पंडित और अमित सूर्यास्त के समय उषा और प्रताप का हाल-चाल देख जाते थे। पिछली साँझ बाबू ने उन्हें बुलवा लिया था। मास्टर भी थे। बाबू ने पंडित से बात की : हिन्दू रूढ़ि से तेरह दिन तक अशुद्ध रहकर धरती पर सोना और दूसरी रीति निबाहना उषा के लिये कठिन होगा। वैदिक रीति से चौथे दिन हवन कराकर गृह-शुद्धि कर दी जाये। इस योजना में हरि भैया और कुछ दूसरे सहानुभूति रखने वालों का भी सहयोग था।

उषा ने चार दिन से सिर न कंघी की थी, न ब्रश। केश उलझ कर बहुत विरूप हो रहे थे। मास्टर जी ने समझाया, "बहू, तुम्हें हवन पर बैठना है। हवन पर नहा-धोकर, शुद्ध होकर बैठा जाता है। सिर धोकर बाल बाँध लो।"

उषा सिर धोकर आँगन में चटाई पर बैठी उलझे बाल कंघी से सुलझा रही थी। सरीकों के आँख-कान-नाक सब इस ओर की गतिविधि के लिये सतर्क!

आँगन के दूसरी ओर से सरीकों के विरोध उपालम्भ के ऊँचे बोल : कल राँड हुई। चार दिन सबर नहीं। कंघी-पट्टी सिंगार शुरू···।

बुआ भड़क कर सरीकनियों को राँड हो जाने का शाप देने लगी। उषा को भी क्रोध आ गया। अमित और परसू हास्पिटल रोड की बँगलिया का सामान समेट-समेट कर ला रहे थे। सुबह सिलाई की पिटारी ले आये थे। उषा ने उठकर पिटारी से कैंची ले ली। गर्दन से ऊपर बालों की एक मोटी लट पकड़ी और कच से काटकर फेंक दी; फिर दूसरी, तीसरी। चौथी लट काट रही थी मास्टरनी ने दौड़कर उषा के हाथ पकड़ लिये, "बहू, क्या कर रही हो! ···पागल हो गयी?" उषा से कैंची छीन ली, "क्या असगुन कर रही हो! बेटे की माँ केश नहीं काटती।" उषा जितने बाल काट चुकी थी, शेष रहने देने में कोई संगति न थी। मास्टरनी ने आँसू बहाते उषा के बाल गर्दन तक बराबर कर दिये।

बाबू, हरि भैया और नरेन्द्र के प्रयत्न से दिवंगत आत्माओं की शान्ति और गृह-शुद्धि के हवन में सम्वेदना से कांग्रेसी, आर्यसमाजी और यूनिवर्सिटी के इतने लोग आये कि आँगन में अट न सके। मेहमानों को ड्योढ़ी, बैठक और बरामदे में बैठना पड़ा।

वैदिक रीति और धार्मिक अनुष्ठान के नाम पर बाबू के इन कानूनी पैंतरों का प्रयोजन सरीक खूब समझते थे। अपना क्षोभ कहाँ तक घोटे रहते! आखिर बोल पड़े, "हम इस जाल-फरेब का मतलब समझते हैं। ये सब हमारे बिरादरी-खानदान की रीति नहीं है। हमारे चाचा पक्के सनातनी हिन्दू थे। हमारे जिन्दा रहते उनकी जायदाद को कोई हड़प नहीं सकता। चाचा के पोते के सरपरस्त हम हैं। हम सब देख लेंगे···।" गली के लोगों के लिये तमाशा। सेठ जी के मकान में मृत्यु उपरान्त चौथे दिन हवन से गृह-शुद्धि कर दी गयी थी। सरीकों के यहाँ परम्परानुसार रतनलाल सेठ और डाक्टर अमरनाथ का क्रिया-कर्म किया गया तेरहवें दिन।

सेठ जी का देहान्त बैठक में बिछी मसनद पर हुआ था। रीति के विचार से बैठक के फर्श पर बिछी दरी, भारी गद्दा, मसनद, चादर, गावतकिये सब अशुद्ध हो गये थे और आचार्य ब्राह्मण को दान दे दिये गये थे। उषा के सामने समस्या—उससे सम्वेदना के लिये या अन्य प्रयोजन से बात करने के लिये आने वालों को कहाँ बैठाये? नरेन्द्र और अमित ने हास्पिटल रोड की बँगलिया का फर्नीचर भी छोटी गली के मकान में पहुँचा दिया था। उषा ने बँगलिया की बैठक के सोफा, कुर्सियाँ, छोटी मेज उस मकान की बैठक में लगवा लिये।

मास्टर जी के आदेश से गुमाश्ता जौहर हवन के लिये आम का सूखा-सुथरा ईंधन लेने रानीगंज गया था। पुल के समीप अब्दुल लतीफ ने जौहर को पुकार लिया, "कहो दद्दा, किधर जा रहे?"

जौहर का उदास चेहरा देख अब्दुल लतीफ को विस्मय। लतीफ को समाचार देते जौहर की आँखें छलछला आयीं। लतीफ सकते में। जौहर के साथ ही छोटीगली आ गया, परन्तु मकान की ड्योढ़ी पर ठिठक गया। सोच रहा था, हरिया को पुकारे···क्या करे! मास्टर जी उसे पहचानते थे। उनकी ओर जाकर आँसू पोंछते-पोंछते अर्ज की : सेठ जी

हमारे लिये बड़े बाप (पिता के बड़े भाई) और अमर छोटे भाई थे। उषा बीबी उसे पहचानती हैं। मातमपुर्सी का अवसर चाहता था। हवन के लिये कई लोग आ चुके थे, बैठक भरी हुई थी। मास्टर जी ने लतीफ को हवन के लिये रोक लिया, ''यह भीड़ निपट जाये, तब बहू से बात कर लेना।''

पिछले तीन बरस से उषा खाला के यहाँ दोनों ईदों पर पति और बेटे के साथ मुबारक कहने और होली-दिवाली पर मिठाई लेकर जाती थी। खाला ने जैसे अमर के जन्म के समय बहू-बेटे के लिये कपड़े और कंगन दिये थे, वैसे ही प्रताप के जन्म पर बच्चे और उषा के लिये कपड़े लायी। उषा को खाला का बाँह में समेट कर सिर-माथा चूम-चूमकर दुआ देना, तकियेदार मोढ़े या मसनद पर बैठे हुक्का गुड़गुड़ाना और तर्जे गुफ्तगू बहुत प्यारे लगते थे। खाला से सदा किवाम-खमीरे, हिना-खस की महक आती रहती। रतनी की तरह 'अम्मीजान' पुकार कर खाला की बगल में घुस जाती। इंशा को भी उषा से बहुत दुलार। अमर-उषा को सामने बैठाकर खिलाती। ईदुज्जुहा के मौके पर रतनी दोनों के सामने बड़े थाल में मसाले महकती बिरयानी परोस देती। अमर चावल-चावल खाता, गोश्त उषा के लिये। कटोरदान भर कर अमित-बेबे के लिये हिस्से ले जाती।

अगली सुबह अब्दुल लतीफ के साथ रतनी मातमपुर्सी के लिये आयी। उषा के सिर के बाल कटे, बिना किनारी की चाक सी सफेद धोती में देखकर रतनी ने सिर पीट लिया, ''हाय मेरे चच्चा!'' उषा को कौली में लेकर चीख से ''अम्मू भाई!'' पुकार कर रो उठी।

रतनी ने बताया, ''···अम्मीजान सुनकर कुछ लमहे के लिये बेहोश। फिर रो-रोकर बेहाल। आधी रात तक जोर का बुखार और खाँसी का दौरा। सुबह अकबरी दरवाजे से डाक्टर कपूर को बुलाकर दिखाया। भाभी, दवा नहीं खा रही। कह रही हैं, हमें नहीं जरूरत दवा की। ···ऐ अल्ला, हमें ये दिन दिखाने को बचा रखा। मेरा मसीहा मेरा बेटा था।'' पिछले चार साल में इंशा ने अमर के नुस्खे के अलावा दूसरी दवा न ली थी। ''रट लगाये बैठी हैं, हमें दुल्हिन के पास ले चलो।'' डाक्टर कपूर की चेतावनी थी, बुखार टूट जाने पर छः-सात दिन पलंग से न उठें। उन्हें आधे घंटे के लिये भी अकेले छोड़ना नामुनासिब। रतनी को जल्दी लौटने की मजबूरी।

उषा के आँसू न रुक रहे थे। लतीफ से अनुरोध, ''अम्मीजान से हाथ जोड़कर कह रहे हैं कि दवा जरूर खायें। अब हमारे सिर पर उनका ही साया। हम आपके साथ उन्हें देखने खुद चलते लेकिन मजबूर हैं। जब तक डाक्टर उन्हें इजाजत न दे, आने की कोशिश न करें।''

उषा ने लतीफ को डाक्टर रज़ा के नाम पत्र दे दिया, 'डाक्टर भाई, अम्मीजान को मेरी सास समझें या माँ। उनके लिये जो भी मुमकिन हो, मेरी खातिर गवारा करें।''

इंशा को घर का जीना उतरने लायक होने में तीन सप्ताह लग गये। अब्दुल लतीफ बड़ी डोली पर इंशा और रतनी को लेकर आया। उषा की हालत से इंशा और रतनी का दिल कटा जा रहा था और इंशा की हालत देखकर उषा द्रवित। इंशा कुछ बोल ही न रही थी। उषा को सीने से लगाये रोती रही। वही हाल उषा का। रज़ा से मालूम हो गया था, बुढ़िया सदमे से बहुत झटक गयी थी···कुछ नहीं कहा जा सकता, कब क्या हो जाये!

अम्मीजान से सहानुभूति-सान्त्वना की अपेक्षा के बजाय उषा उन्हें धैर्य बँधाने के लिये आतुर।

न्याय के लिये अदालत में उषा की दुहाई की सुनवाई के लिये पहली तारीख अप्रैल के दूसरे सप्ताह में मिली।

वकील कोहली का अनुभव और विश्वास, सभी कानूनों की व्याख्या और प्रयोग पर जज की भावना और मानसिक रुझान का प्रभाव अनिवार्य। भद्र कुल की सुशिक्षित सौम्य, सद्यःविधवा, शोकग्रस्त युवती और उसके गोद के बालक के प्रति जज की सहानुभूति और करुणा से सहायता की आशा। बाबू का परामर्श था, पेशी के समय उषा बालक सहित अदालत में पेश हो।

ससुर की दुकान पर सरीकों के अन्याय से कब्जे की उषा की शिकायत और ससुर के उत्तराधिकार के लिये प्रमाण-पत्र के लिये आवेदन पर सरीकों की ओर से जवाबी दावा था : इकत्तीस वर्ष पूर्व गृह कलह की उत्तेजना में पारिवारिक सम्पत्ति और कारोबार के बँटवारे के पश्चात् शीघ्र ही स्वर्गीय रतनलाल सेठ और स्वर्गीय रामलाल सेठ के पुत्रों यानी रतनलाल सेठ के सगे भतीजों के परिवार और कारोबार फिर संयुक्त हो गये थे और रतनलाल संयुक्त परिवार के कारोबार के कर्ता थे। रतनलाल सेठ अपने स्वर्गीय पुत्र डाक्टर अमरनाथ सेठ के अधार्मिक आवारा व्यवहार से अप्रसन्न और असंतुष्ट थे। डाक्टर अमरनाथ ने अपने पिता की इच्छा के विरुद्ध अपने परिवार से भागी हुई उच्छृंखल आचरण, विधर्मी स्त्री उषा पंडित से विवाह कर लिया था। रतनलाल ने पुत्र का विवाह स्वीकार न किया। कुल-रीति विरुद्ध पुत्र के विवाह से अप्रसन्नता और विरोध के कारण उस विवाह में सम्मिलित न हुए। रतनलाल ने अपने निर्णय और आदेश की अवज्ञा से असंतुष्ट और खिन्न होकर पुत्र अमरनाथ को परिवार से बहिष्कृत करके उत्तराधिकार से वंचित कर दिया था। अमरनाथ विधर्मी स्त्री उषा से विवाह के बाद सदा परिवार से बहिष्कृत और पृथक रहा। रतनलाल ने बहिष्कृत पुत्र अमरनाथ की विधर्मी पत्नी उषा और उससे उत्पन्न पुत्र को पारिवारिक मकान में कभी प्रवेश नहीं करने दिया। रतनलाल की मृत्यु के बाद उनका अग्निदान रतनलाल के भतीजे किशनलाल सेठ ने वंशक्रमागत हिन्दू परम्परा से किया और रीति अनुसार तेरहवें दिन क्रिया-कर्म सम्पन्न किया। रतनलाल के भतीजे और पोते, भतीजे हरलाल-किशनलाल सेठ और उनकी पुत्र संतानों पर स्वर्गीय रामलाल और स्वर्गीय रतनलाल के श्राद्ध और पिंडदान के धार्मिक कर्तव्य निबाहने का उत्तरदायित्व है। इसलिये रामलाल और रतनलाल के संयुक्त परिवार की संयुक्त सम्पत्ति और कारोबार के पूर्ण उत्तराधिकारी रामलाल के पुत्र और रतनलाल के भतीजे स्वर्गीय हरलाल व किशनलाल और उनकी पुत्र संतानें हैं। डाक्टर अमरनाथ की विधवा और डाक्टर अमरनाथ का पुत्र अमरनाथ की अर्जित सम्पत्ति के अतिरिक्त पारिवारिक सम्पत्ति और कारोबार के उत्तराधिकारी नहीं हो सकते। इस आवेदन पर निर्णय तक डाक्टर अमरनाथ की विधवा या किसी भी व्यक्ति को रतनलाल सेठ की दुकान तथा पारिवारिक चल-अचल सम्पत्ति के उपयोग अथवा बिक्री न कर सकने का आदेश दिया जाये।

अदालत के सामने पर्याप्त साक्षी : दुर्घटना के बाद स्वर्गीय डाक्टर अमरनाथ सेठ का शव, उसके पिता रतनलाल सेठ की उपस्थिति में पैतृक मकान में लाया गया था।

अमरनाथ की अर्थी पैतृक मकान से उठी। अमरनाथ की पत्नी उषा अर्थी उठने के पूर्व से उसके ससुर रतनलाल सेठ की उपस्थिति में और उनके ज्ञान में पैतृक मकान में मौजूद थी। अदालत ने उत्तराधिकार के प्रश्न के निर्णय तक के लिये मध्यावधि आदेश दिया : दुकान पर दोनों विवादियों के ताले रहें। विवादास्पद सम्पत्ति के लेखा अदालत में पेश किया जाये। उषा ससुर की मृत्यु के समय मकान में थी इसलिये अन्तिम निर्णय तक वह मकान और मकान की भीतर सम्पत्ति की स्वामी मानी जाये। शेष अचल सम्पत्ति के किराये या बिक्री का विवाद के निर्णय तक उसे अधिकार नहीं।

मर्मान्तक शोक की जड़ता में भी कचहरी जाने की मजबूरी उषा के लिये असह्य यातना और अपमान। कचहरी का समय सुबह दस बजे था। दस से संध्या पाँच बजे तक जाने किस समय पुकार हो जाये। बच्चे को लेकर साढ़े नौ घर से चल दी थी। कचहरी में स्त्रियाँ केवल मजबूरी में ही जाती हैं। एक पेड़ के नीचे दो देहातिनें धरती पर कूल्हे टेके, घुटने जोड़े, लम्बे घूँघट खींचे सिर झुकाये बैठी थीं। उषा के लिये महेन्द्र ने बार रूम के बरामदे में एक कुर्सी रखवा दी। सफेद साड़ी-ब्लाउज में बिना घूँघट कुर्सी पर बैठी औरत आने-जाने वालों के लिये अजूबा। सब उसे घूर-घूर कर देखते। प्रतीक्षा में बैठी तो एक बज गया। बार रूम की ओर जाते अपने वकील की ओर कातरता से देखा। वकील ने आश्वासन दिया, कोशिश कर रहे हैं, पेशी जल्दी हो जाये। वर्ना दूसरी तारीख ले लेंगे।

माँ की बाँहों में कैद, ऊब से परेशान बच्चे को सम्भाले रखना और संकट। अपनी भूख-प्यास की तो कोई बात नहीं, परन्तु बच्चे को बार-बार प्यास, कभी पेशाब की हाजत। ढाई बजे उसकी पुकार हुई—मुसस्मात ओशा सेठ बेवा डाक्टर अमरनाथ सेठ बनाम किशनलाल सेठ हाजिर हो ऽ! पुकार के इस तरीके से उषा को अपमान की चोट।

उषा साढ़े चार बजे अदालत से लौटी। उषा और बच्चा थकान और ऊब से निढाल, चेहरे पर धूल की परत। बेबे ने उसकी पीठ पर हाथ रखकर सांत्वना दी। उषा अदालत के अपमानजनक व्यवहार से देर तक खिन्न।

रज़ा पेशी के बारे में पूछने आया था। दुर्घटना के बाद रज़ा का ढंग अधिक कोमल और आत्मीयता का हो गया था। उषा के लिये भी पिता, माँ, बेबे के साथ वही अधिक समीपी और भरोसे का। वह पति-पत्नी में गलतफहमी के रहस्य से परिचित, पति के अन्तिम शब्दों का साक्षी। अमर को उस पर इतना विश्वास कि पत्नी के न पहुँच सकने की आशंका में पत्नी के मन का अंकुश दूर करने के लिये गोपनीय अंतिम सन्देश भी उसे सहेज दिया था।

रज़ा की सहानुभूति से उषा का मन भर आया। ओंठ काटकर बोली, ''डाक्टर भाई, कचहरी की फज़ीहत असह्य। मुझे इस जायदाद की जरूरत नहीं। अपाहिज नहीं हूँ। अपना और लड़के का पेट भर सकूँगी। जहन्नुम में जायें उत्तराधिकार और जायदाद!'' अदालत का अपमान-जनक व्यवहार बताते उषा को क्रोध आ गया।

''भाभी तुम सम्पत्ति के लिये नहीं लड़ रही हो।'' रज़ा निश्चय से बोला, ''अन्याय से बेटे की रक्षा कर रही हो। सरीक तुम्हारे बेटे का हक छीनना चाहते हैं। ऐसी स्थिति में अमर न्याय के लिये लड़ता। अन्याय का विरोध न करना, अन्याय की सहायता।''

उषा को मौन देख रज़ा ने कहा, "भाभी, बेटे के अधिकार की रक्षा तुम्हारे अमर के प्रति भी कर्तव्य। याद है उसके अंतिम शब्द। उसने न कहा होता तो भी वह तुम्हारा फर्ज़ था।"

रज़ा उठने को था। उषा ने रोक लिया। रज़ा ने बैठकर सिगरेट लगा लिया, "भाभी, पश्चात्ताप के लिये कल्पना में खुद को अमर की दुर्घटना का कारण समझकर उदास क्यों हो। इस आत्मपीड़न से, कल्पना में अपराध भावना से क्या लाभ? मन किसी बात से चुटिया जाता है तो व्यक्ति आत्मकरुणा से संतोष चाहता है। आत्मकरुणा स्वयं को झुठलाना है! जानती हो, नरेन्द्र यों कितना यथार्थ और तर्क-परक व्यक्ति, परन्तु अन्तरतम में सदा से बहुत भावुक! इस काल्पनिक आत्माभियोग में वह भी कितना मुर्झा गया है।"

अपनी वेदना में डूबी उषा का ध्यान नरेन्द्र की ओर न गया था। नरेन्द्र कई दिन से न आया था। उषा ने शिकायत भी न की थी।

रज़ा कहता गया, "उसे बता दिया, अमर की गलतफहमी दूर हो गयी थी। अमर के अंतिम शब्द भी उसे बता दिये, लेकिन उसका कलख दूर नहीं होता। बार-बार वही बात—क्या दुर्भाग्य कि अमर को मुझ पर संदेह हो गया।"

"फिज़ूल वहम!" उषा ने बात टालनी चाही।

"भाभी, यों वह बहुत ज़हीन, बहुत बेलाग और तार्किक बनता है लेकिन अन्तरतम में बहुत भावुक, नाज़ुक। एक बार तुम खुद उसे समझा दो।"

"रज़ा भाई, आप जो मुनासिब समझें, कीजिये। हम चाहते हैं, सब भूल जायें, खत्म ही हो जायें। बस पप्पू की वज़ह से…।" गहरे श्वास से आँखें मूँद लीं। पलकों की कोरें भीग गयीं।

"भाभी; यह बहुत गलत।" रज़ा ने टोका, "अमर के अंतिम शब्द क्या थे, दुख न मनाते रहना…हैव नार्मल लाइफ।"

"लाइफ तो उनके साथ गयी। अब तो ज़िन्दा रहने की मजबूरी।"

रज़ा उषा को ऐसी मनःस्थिति में कैसे छोड़ जाता, "भाभी, एक प्याला कॉफी लेकर जायेंगे। प्लीज, उठो!"

अप्रैल के अन्त में अदालत ने उषा बनाम सरीकों में उत्तराधिकार के मामले में निर्णय तक मध्यावधि में स्वर्गीय रतनलाल सेठ की सम्पत्ति के प्रबन्ध के लिये रिसीवर नियुक्त कर दिया। रिसीवर ने रतनलाल सेठ के लेन-देन के सब बहीखाते अपने कब्जे में ले लिये। सम्पत्ति से किराये की आमदनी दो सौ पचहत्तर मासिक थी। अदालत ने आदेश दिया : मध्यावधिकाल में सम्पत्ति का किराया विवादी नहीं रिसीवर वसूलेगा। उषा और बालक पूर्ववत् मकान में रहेंगे। सम्पत्ति से प्राप्त किराये से निर्वाह के लिये उन्हें एक सौ मासिक मिलेगा। एक सौ प्रतिमास स्थावर सम्पत्ति की मरम्मत और मुकदमे के व्यय आदि के लिये सरकारी खजाने में जमा होगा। पचहत्तर रुपया मासिक रिसीवर को मेहनताना।

गंगा बुआ को विधवा भतीज-बहू की कठिनाई में बहू और पोते के प्रति सहानुभूति और करुणा। जब उषा घर से दूर थी, उसके सामीप्य और स्पर्श से अपवित्रता की आशंका न थी तो उसके रूप के शील और भाई के इकलौते वंशधर की माँ होने के नाते भी बुआ उसे मानने लगी थी। अस्तु, बहू जैसी भी सुघड़ थी तो किरस्टान की बेटी। अब

घर में दो-दो मलेच्छों, उषा और बेबे के प्रतिक्षण समीप होने और छू जाने से अन्तकाल में परलोक बिगड़ने की आशंका और घिन।

हिन्दू विधवा सदा धर्मभीरु। आँगन में नल लगे तेरह बरस हो गये थे। भैया की देखा-देखी गंगा नल के पानी से नहाने तो लगी, परन्तु पीने और रसोई के लिये हरिया तीन-चार गागर कुएँ से ले आता। महरी चौका-बर्तन नल के जल से करती थी और बुआ उस पर कूप जल का छींटा देकर पवित्र कर लेती। अब खुद किरस्तान घर में आ बैठी।

सरीकों ने गंगा बुआ को आदर और चिरौरी से अपनी ओर बुला लेना चाहा। रिश्ते से बुआ के लिये जैसे रतनलाल भाई, उनका बेटा और पोता वैसे ही बड़े भाई रामलाल के बेटे-पोते। किरस्तानियों की छूत में रहकर अपना परलोक क्यों बिगाड़ेगी, परन्तु गंगा सरीकों का पैंतालीस बरस का अनुभव कैसे भूल जाती। वह सीधी थी, परन्तु इतनी सीधी भी नहीं कि छोटे भाई के पोते की जायदाद हड़प लेने के लिये और उसे अपनी ओर मिलाने के लिये बड़े भाई के बेटे-पोतों की चाल न भाँप सकती।

उषा ने पुष्पा भाभी के सुझाव पर बुआ की भावना के विचार से घर में प्याज-लहसुन लाने का पूर्ण निषेध कर दिया था। बुआ की सुविधा के खयाल से परसू बेबे के लिये ऊपर छत पर कोयले की अँगेठी दहका देता। परसू या बेबे अपना खाना ऊपर बना लेते या कभी आँगन में अँगीठी रखकर।

उषा की सब चिन्ता-प्रयत्न के बावजूद गंगा बुआ को अस्पृश्यता की परेशानी। वह नल के पानी से नहाने लगती तो खयाल आ जाता···नल को किरस्तानियों ने छुआ है। चुटकी भर मिट्टी या आँगन में ईंट के फर्श पर हाथ रगड़ कर नल को माँज कर 'गंगा-गोदावरी-जमना' का नाम लेती नहा लेती। बेबे को अपने प्रति ऐसी घिन से ताव आ जाता। उषा ओठों पर तर्जनी रखकर बेबे को बरज देती, ''चुप! जाहिलों के मुँह नहीं लगता।'' बेबे बड़बड़ाती रह जाती। गंगा के विचार में बेबे अपवित्र, अछूत और बेबे की नजर में गंगा बहुत गलीज।

गंगा की साढ़े तीन-चार हजार की निजी पूँजी थी। सेठ जी महीने-महीने विधवा बहिन के नाम कुछ जमा करते रहते थे। उसकी ननद गंगावास के लिये हरिद्वार में रहती थी। भाई की मृत्यु के पचास दिन बाद गंगा, कोहली की सहायता से अपनी पूँजी का प्रबन्ध कर हरिद्वार चली गयी।

उषा के सामने प्रश्न, पी-एच० डी० का काम पूरा करे या अपने पाँव खड़े होने का यत्न करे? कोहली और पिता के परामर्श से इक्का-घोड़ा बेचकर सब प्रकार से मितव्यय का प्रयत्न कर रही थी। उस समय यूनिवर्सिटी और सब स्कूल-कालिजों में अवकाश। गली के पड़ोस से नित्य कोई परेशानी। सबसे अधिक चिन्ता बेटे पर गली के कुप्रभाव की। लड़का ढाई बरस का हो गया था। लोगों से सुनकर माँ-बहिन की गालियाँ तुतलाने लगा था। उषा खीझती—हर समय स्त्रियों की संगति में जनाना हरकतें ही सीखेगा!

ये अच्छा था कि पप्पू पद्मा-सदानन्द से हिल गया था। पद्मा को पप्पू से आंटी कहलाने का शौक, दोहते से नानी को भी लाड़-प्यार। पद्मा शनिवार साँझ उसे ले जाती, अमित रवि की साँझ या सोम की सुबह लौटा जाता।

वेदप्रकाश अमित का समवयस्क। अमर और पाठक के खास चेलों में। गली में ठीक दरवाज़े के सामने के पड़ोस के नाते और अपने पिता पर सेठ जी की कृपा की स्मृति से

उषा भाभी के लिये आदर और सहानुभूति। सुबह बाहर जाने से पहले अखबार देखने उषा की बैठक में चला जाता और भाभी की जरूरत या सुविधा के विषय में पूछ लेता।

कुछ दिन से वेद की छोटी बहिन सरला अखबार ले जाती। वही उषा की जरूरत या तबीयत के बारे में भी पूछ लेती। उषा ने सरला से पूछ लिया, ''वेद कई दिन से नहीं दिखायी दिये, क्या बात?''

सरला ने साफ कह दिया, ''आपकी सरीकनें और गली की दूसरी औरतें बातें बनाती हैं—जवान लड़का है, जब देखो वहाँ ही घुसा है। वो लोग तो अमित भाई के लिये भी ऐसा ही कहती हैं। डाक्टर साहब या जो कोई आये, बकने लगती हैं।''

उस दिन वेद बाहर जाते समय ड्योढ़ी से पुकार कर बैठक में आ गया। उषा को संकेत से बुलाकर धीमे से पूछा, ''साँझ कोई मिलने तो नहीं आ रहे? ज्योतिषी आना चाहते हैं। छः बजे के लिये कह दें?''

''जरूर!'' उषा ने अनुमति दे दी।

वेदप्रकाश, पिता मास्टर जी और भाई ओमप्रकाश से बहुत भिन्न, उसे अपनी सूझ-बूझ पर भरोसा; खूब चलती रकम। ओमप्रकाश घर से अलग रहने लगा था, परन्तु घर में जनसंख्या वृद्धि से मास्टर जी की तनखाह में गुजारा कठिन। वेद इण्टर में था, मास्टर जी को भाई की तरह ट्यूशनों में सहायता देता। उसे राजनैतिक काम का भी उत्साह। अमर ने परिचय करा दिया तो साप्ताहिक 'संघर्ष' में प्रूफ देखने और दौड़-भाग के कामों में सहायता देने लगा। पाठक के परामर्श से कम्पोजिंग सीखने का भी यत्न किया था।

वेद को पिता की ईश्वर भरोसे निरीह प्रकृति और घर में कृच्छ्रता से ऊब होती। पिता की तरह स्कूल मास्टरी या भाई की तरह क्लर्की कभी न करने का निश्चय। पढ़ाई में कमजोर न था, परन्तु बी० ए० पास करना केवल समय की बर्बादी समझकर इंटर के बाद पढ़ाई छोड़ दी। सुबह-शाम दो-तीन प्रेसों में प्रूफ देखने, उनकी उगाही करके और आर्डर ला देने का काम भी करने लगा। ऐसे काम में कमीशन से मासिक तीस-चालीस बना लेता।

संगम प्रेस के मालिक सत्यनारायण भार्गव को आदमी की परख थी। उसने वेदप्रकाश को अपने यहाँ स्थायी काम दे दिया। एक तरह से असिस्टेंट मैनेजर। भार्गव से उसकी गुट्टी बैठ गयी।

सत्यनारायण भार्गव के लिये संगम प्रेस ही एकमात्र काम न था। प्रेस उसके पिता की विरासत था। युद्ध से पहले प्रेस ऐसा-वैसा ही चल रहा था। भार्गव को उसके लिये समय भी कहाँ। प्रेस के बजाय म्युनिसिपैलिटी या पी० डब्ल्यू० डी० से छोटे-मोटे ठेके लेकर या थोक माल का सौदा करके आगे बेच देता। युद्ध आरम्भ हो जाने पर ऐसे व्यापार के लिये बहुत अवसर।

१९४० में सरकार ने युद्ध के पक्ष में जन-भावना उत्साहित करने के लिये 'जन-सम्पर्क' विभाग जारी कर दिया था। प्रयोजन था, जनता को सरकारी दृष्टिकोण से सच्ची सही खबरें देकर शत्रु रेडियो के झूठे प्रचार और बागी लोगों द्वारा निरुत्साह और निराशा फैलाने वाली खबरों का निराकरण कर जनता का मनोबल बढ़ाना।

भार्गव इस अवसर से न चूका। उसने ''लोकमत' साप्ताहिक आरम्भ कर दिया। समाचार अंग्रेजी दैनिकों से और रेडियो से ले लिये जाते। विशेष महत्त्वपूर्ण युद्ध की योजनाओं के सम्बन्ध में साइक्लोस्टाइल किये समाचार, लेख-कविता-नज़्मों, चुटकुलों; चित्रों और कार्टूनों के तैयार ब्लाक जन सम्पर्क विभाग से मिल जाते। इस योजना में उसका मुख्य कर्ता वेदप्रकाश। सरकार निःशुल्क वितरण के लिये 'लोकमत' की दो हजार प्रतियाँ खरीद लेती। उसका मूल्य प्रति तीन मास के लिये अग्रिम मिल जाता। सरकारी विज्ञापन भी मिल जाते। सबसे बड़ी बात थी न्यूज-प्रिन्ट का कोटा। युद्ध के कारण विदेश से कागज आने में कठिनाई और युद्ध प्रयत्नों के लिये कागज की माँग बहुत ज्यादा। कागज ब्लैक में बिक रहा था।

'लोकमत' ने शुरू में पाँच हजार प्रतियों का कोटा लिया था। अब पन्द्रह हजार प्रतियों का कोटा। जन-सम्पर्क विभाग पत्र की लोकप्रियता से संतुष्ट। पत्र को सभी प्रकार की सहायता देने के लिये प्रस्तुत। वास्तव में 'लोकमत' छपता था तीन हजार। दो हजार सरकार खरीद लेती। शेष प्रतियाँ अनेक वाचनालयों, स्कूलों में मुफ्त भेज दी जातीं। बड़े स्टेशनों के रेलवे बुक स्टाल पर बिक्री के लिये तीन-तीन, चार-चार प्रतियाँ मूल्य का कोई तकाजा नहीं। मतलब था, जन-सम्पर्क के इंस्पेक्टर को स्टेशन बुक स्टाल पर 'लोकमत' दिखायी देता रहे।

'लोकमत' के सम्पादक के स्थान पर भार्गव के दामाद का नाम छपता, प्रिंटर-पब्लिशर की जगह वेदप्रकाश का। काम सब वेद करता। जन-सम्पर्क और सिविल सप्लाई विभागों में उसका आना-जाना होने से अनेक अफसरों से राह-रसूख। सरकार समर्थक अखबार का मैनेजर था, कोतवाली और ड्योढ़ी आगामीर की चौकी की पुलिस उसे भरोसे का आदमी मानती थी।

वेद के सहयोग का मूल्य भार्गव समझता था। कागज का कोटा बढ़ जाने पर तनखाह पचहत्तर मासिक कर दी थी। जन-सम्पर्क, सिविल सप्लाई-कंट्रोल के लोगों की चाय-पानी, पान-सिगरेट से खातिर के लिये ढाई-तीन रुपया खर्च कर सकने की सुविधा। उस जमाने में यह बहुत। वेद से पाठक का परिचय सन् अड़तीस से। पार्टी के लिये गुप्त पर्चे छपवाने का काम वेद के जिम्मे था। कागज का उपाय भी वही कर देता। पार्टी के लोगों से मिलता तो सावधानी से।

उषा का दिन उत्सुक प्रतीक्षा में बीता। पिछले दिनों उसे बातचीत का अवसर केवल रज़ा या अमित से। दोनों का राजनैतिक दृष्टिकोण उषा के प्रतिकूल। इतने दिन बाद अपने विचारों से सहमत व्यक्ति से बात का अवसर। दिसम्बर के पहले सप्ताह श्यामा निगम ने संदेश दिया तो उसी के साथ यूनिवर्सिटी से सीधी फतेहगंज की बछियारी गली में निगम के मकान पर गयी थी। पाठक सन् इकतालीस के आरम्भ से ही फरार। भेस बदल कर रहता था।

उषा को श्यामा अपने मकान में ले गयी। उसका मकान मिश्र भवन के पिछवाड़े का भाग था। दोनों मकानों के आँगनों में एक कोठरीनुमा दर्रा। मिश्र भवन के आँगन में पाठक उसकी प्रतीक्षा में था। पोंथी-पत्रा बाँचने वाले फूहड़ देहाती पंडित जैसा भेस। सफाचट चेहरे के बजाये लम्बी, होंठ ढँके मूँछें, कई दिन की हजामत। माथे-कनपटियों, गर्दन पर चन्दन का लेप।

उन दिनों यूनिवर्सिटी के चुनाव, साल में दो बार अगस्त और दिसम्बर के टर्म्स के होते थे। नवम्बर के अन्त तक कम्युनिस्टों ने युद्ध को जनयुद्ध मानकर युद्ध विरोध की नीति बदल दी थी, इसलिये देशद्रोही माने जा रहे थे।

पाठक ने उषा को समझाया : यूनियन को फेडरेशन के प्रभाव से निकालने का बहुत अच्छा अवसर है। यह आने वाली स्थिति के लिये बहुत जरूरी। युद्ध विरोध के लिये भाषण देने की जोखिम हरगिज नहीं लेना। हमारा नारा—कम्युनिस्ट देश में फूट डालने वाले बेपेंदी के देशद्रोही विदेशी एजेंट हैं। राष्ट्र के नेताओं पर विश्वास से, राष्ट्रीय दृष्टिकोण से राष्ट्रीय एकता के लिये स्टूडेंट कांग्रेस को वोट दो।

उषा ने वकील कोहली की चेतावनी के बावजूद चुनाव में स्टूडेंट कांग्रेस को सहयोग दिया। माहौल कुछ ऐसा बँध गया कि यूनियन पर फेडरेशन का बरसों का प्रभाव टूटकर, स्टूडेंट कांग्रेस का जाफर यूनियन का प्रेसीडेंट बन गया। तब से पाठक से भेंट का अवसर न हुआ था। इस बीच उषा का तो संसार ही समाप्त! उसके अतिरिक्त देश में और अन्तर्राष्ट्रीय स्थिति में क्या कुछ हो गया था।

उषा छः बजे से पहले प्रताप के उधड़े कपड़े मरम्मत के लिये लेकर बैठक में आ गयी थी। गली में कदमों की आहट से नजर चिक से ढँकी खिड़की की ओर उठ जाती। खिड़की से कद्दावर व्यक्ति की झलक, ड्योढ़ी के किवाड़ों के कड़े की खटखटाहट। उषा ने तुरन्त उठकर किवाड़ खोल दिये। पाठक के सिर पर दबी हुई मैली टोपी, शेष वही फूहड़ देहाती भेस। कंधे पर लाल अँगोछे में बँधा पोथी-पत्रा। हाथ में, मोटा सोंटा। बिना साबुन धुलने से बदरंग कपड़े के कुर्ता-धोती। पाँव में धूल से ढँका चमरौधा।

पाठक ने समीप कुर्सी पर बैठ सम्वेदना से आरम्भ किया, "···दुर्भाग्य से भेंट का अवसर न बन सका। शोक समाचार उसे और माया को इलाहाबाद में मार्च दूसरे सप्ताह में मिला था। वह उस साँझ जरूरी काम से पटना जा रहा था। माया ने अपनी सम्वेदना कहने का अनुरोध कर दिया था।"

उषा ने बताया, "माया ने सन्देश दिया था!"···माया मार्च के तीसरे सप्ताह आयी थी। पहले हॉस्पिटल रोड पर गयी। फिर पता लेकर छोटी गली पहुँची। ठहर न सकती थी, अपनी बरस भर की बेटी आया को सौंप कर आयी थी। रात लौट गयी। पाठक अप्रैल के अन्त में लखनऊ आया तो उस दिन उषा पेशी के लिये अदालत गयी थी।

उषा ने संक्षेप में सरीकों के कुचक्र, मुकदमे और सब कुछ रिसीवर के हाथ में होने की स्थिति बता दी।

पाठक ने गहरी साँस ली, "अमर जैसा लगन और भरोसे का साथी!" ···पूछा "तुमने गांधी जी का 'क्विट इंडिया' लेख और कांग्रेस वर्किंग कमेटी इलाहाबाद बैठक की कार्रवाई पढ़ी होगी। न पढ़ी हो तो भेज दूँगा। जरूर पढ़ो। ···ऐसे ही समय 'वह' नहीं। पिछले साल पहली बार हम यूनिवर्सिटी में यूनियन पर कब्जा कर सके। उसका बहुत श्रेय तुमको। अब तुम भी मजबूर।"

उषा पल भर मौन, "मजबूरियाँ जरूर हैं, सबको हैं। अगर मैं कुछ कर सकूँ···।"

"कर तो तुम बहुत सकती हो। करके दिखा चुकी लेकिन तुम पर बच्चे की जिम्मेदारी, दूसरी जिम्मेदारियाँ।"

"यह सबसे बड़ी जिम्मेदारी!" उषा की गर्दन तन गयी, "उनकी जगह मैं हूँ। ये ही उनकी अंतिम बात थी।"

दोनों कैसे निबहेंगे! अब संघर्ष का पुराना तरीका नहीं चलेगा।''

''जैसा भी हो। मेरा निश्चय और उनकी बात।''

दोनों में नयी स्थिति के बारे में बात होने लगी।

ड्योढ़ी पर दस्तक और साथ ही पुकार, ''प्रताप! परसू!''

''कौन?'' पाठक चौंका।

''रज़ा भाई, डाक्टर रज़ा। उनसे क्या आशंका?''

''डाक्टर रज़ा अहमद?'' पाठक ने पलांश सोचा, ''आने दो।''

रज़ा ने साइकल ड्योढ़ी में टिका कर बैठक में कदम रखते हुए फिर पुकारा, ''प्रताप बहादुर! सलाम बेबे जी।'' रज़ा अपरिचित की स्थिति से कुछ ठिठका।

''हाओ डू यू डू?'' अपरिचित ने मुस्कराकर हाथ बढ़ा दिया।

''अरे!'' पहचान कर रज़ा मुस्कराया, ''क्या भेस रचा है यार! ···वारंट! अब तो लोग रिहा हो रहे हैं।''

''सिर्फ लीडर या इस जनयुद्ध में सहयोग के समर्थक कम्युनिस्ट। आगे देखो क्या होता है।''

''तुम्हारे खयाल में क्रिप्स के प्रस्ताव ठुकरा देना गलती नहीं थी?'' रज़ा ने चिन्ता से पूछा, ''शायद मौलाना और नेहरू, गांधी और कांग्रेस को समझा सकें।''

''गांधी ने तो दो टूक कह दिया—पहले तुरन्त पूर्ण स्वतंत्रता, युद्ध में सहयोग की बात बाद में। जिसके कदम लड़खड़ा रहे हैं, उसके वायदे का क्या भरोसा? ब्रिटेन के वायदे दिवालिया बैंक की हुंडी।''

''यह है गांधी की अहिंसा का तत्त्व!'' रज़ा के स्वर में विद्रूप, ''दो बरस पहले जब ब्रिटेन के कदम मजबूत लग रहे थे, गांधी की राय में युद्ध की कठिनाई में फँसे ब्रिटेन से स्वतंत्रता की माँग अन्याय था और युद्ध में सहयोग-सहायता का मूल्य माँगना अनैतिक। अब ब्रिटेन का दिवाला निकलता लग रहा है तो पहले से ज्यादा मूल्य और तुरन्त क्विट इंडिया!''

''आप कब से अहिंसा के सन्त बन गये!'' उषा मुस्करायी। इतने दिन बाद उषा के चेहरे पर मुस्कान से रज़ा को संतोष। उषा ने कहा, ''ब्रिटेन की नाज़ियों से लड़ाई है तो हमारी ब्रिटेन से लड़ाई है। हम अवसर से फायदा क्यों न उठायें?''

''फायदा इस संकट में आत्मरक्षा की चिन्ता करने में है या ब्रिटेन को 'क्विट इंडिया' कहकर आत्महत्या का मार्ग खोलने में?''

''यू डोंट वांट ब्रिटिश टु क्विट इंडिया?'' उषा को विस्मय, ''ब्रिटेन को 'भारत छोड़ो' कहना आत्महत्या है?''

''जरूर!'' रज़ा ने माना, ''पूर्व में जापान भारत की सीमा पर खड़ा है, पश्चिम में नाजी काकेशस पर पहुँचे हुए हैं। इस समय ब्रिटेन को भारत से भाग जाने के लिये कहने का मतलब है, भारत नाज़ियों और जापानियों को सौंप देने के लिये कहना। ब्रिटिश जान बचाकर भाग जायें तो जापान यहाँ वही करेगा जो उसने मंचूरिया, कोरिया, सियाम, मलाया, सिंगापुर, बर्मा में किया।''

''गांधी नहीं चाहते भारत में ब्रिटेन, नाज़ियों और जापान की लड़ाई से भारत का विध्वंस हो। ब्रिटिश तो जापानियों से लड़ाई की तैयारी के लिये पूरे बंगाल-बिहार को

फूँककर उजाड़ देने के लिये तैयार हैं। जापान के बंगाल लाँघते ही पूरे जमशेदपुर को बमों से उड़ा देने की योजना बन गयी है। इसमें संहार हमारा होगा कि ब्रिटेन का?''

''हमारा!'' रज़ा ने सीने पर हाथ रखकर स्वीकारा, ''इसलिये हम चाहते हैं कि ब्रिटिश और अमरीकन सैनिक शक्तियों की सहायता से नाज़ियों को पश्चिम में और जापान को पूर्व में भारत की सीमा से दूर रखा जाये। गांधी को ब्रिटेन की यह चिन्ता मालूम हो गयी इसलिये अब अहिंसा की रक्षा के आन्दोलन के बजाय क्विट इंडिया। गांधी की ब्रिटेन को सलाह है कि भारत की रक्षा के लिये अपना खून बहाने के बजाय रसा-बसा, हरा-भरा भारत नाज़ियों और जापान की थाली में परोस कर भाग जाये।''

''आप अंग्रेजों को जाने दीजिये। फिर भारत नाज़ियों और जापानियों को भी देख लेगा!''उषा बोली।

रज़ा की आँखें विस्मय से फैल गयीं। उसने गहरा साँस लिया, ''नाज़ियों और जापानियों को देख लेंगे। राजनैतिक आन्दोलन और सत्याग्रह से? यह बताइये कांग्रेस की या हमारे राजनैतिक आन्दोलन का प्रभाव है कितना और कहाँ? इस समय ब्रिटिश सेना में पाँच लाख से अधिक हिन्दुस्तानी। उससे अधिक हिन्दुस्तानी पेट के लिये ब्रिटेन के युद्ध प्रयत्नों में लगे हुए हैं। बैयक्तिक सत्याग्रह में कितने लोग जेल गये? आन्दोलनों की लड़ाई ब्रिटेन के विरुद्ध की जा सकती है, क्योंकि ब्रिटेन जनतंत्र का दावा करता है, ब्रिटिश जनता जनतंत्र के पक्ष में है। नाज़ियों और जापान की जनतंत्र के तकल्लुफ से वास्ता नहीं। इस समय हमारी रक्षा जर्मनी और जापान के पराजय में ही है।''

''यह दूरदर्शिता कम्युनिस्टों को कब से सूझी?'' पाठक ने पूछा। ''दोस्त, असल में युद्ध जनयुद्ध हो गया और क्रिप्स के प्रस्ताव भी संतोषजनक हो गये, क्योंकि क्रिप्स को समझौते के लिये सोवियत राजदूत मैक्सिम ने भिजवाया।''

''इस समय क्रिप्स के प्रस्ताव कांग्रेस को सन् चालीस की माँग से अधिक दिलवा रहे हैं। और युद्ध के सम्बन्ध में कम्युनिस्टों ने नीति बदली तो गांधी और कांग्रेस ने भी बदली। यह दोनों की परिस्थितियों की अपनी-अपनी समझ। राय ने शुरू में ही कह दिया था, यह युद्ध अन्ततः नाज़ियों और सोवियत में, नाज़ी साम्राज्यवाद तथा जनतंत्र और समाजवाद में युद्ध होगा।''

पाठक अड़ा रहा, ''जिन लोगों ने जीतते जापान के सहयोग से सिंगापुर में आज़ाद हिन्द सेना बनायी है, वो भी कुछ समझते हैं।''

रज़ा का चेहरा बहुत गम्भीर, ''आपको मालूम है जर्मनी ने यूरोप में कब्जा किये देशों को और जापानियों ने दक्षिण-पूर्व एशिया में समेटे देशों को कैसी आज़ादी दी है। बर्मा से जो हिन्दुस्तानी भाग कर आ रहे हैं, उनसे पूछ लीजिये।''

''तुम्हारी बात भी स्पष्ट।'' पाठक भी गम्भीर, ''तुम लोगों के लिये अपनी आज़ादी पाने के अवसर की अपेक्षा नाज़ियों और जापान के विरोध और सोवियत के निर्देशों के पालन का महत्त्व अधिक।''

''दोस्त,'' रज़ा ने हाथ पाठक के घुटने पर रख दिया, ''मेरी बात का मतलब अगर ये ही समझा तो मैं समझा सकने के नाकाबिल।'' वह जोर से हँस दिया।

उषा ने कटुता की आशंका में मुस्कान से चेतावनी दी, ''मतभेद में नाराजगी नहीं!'' और रज़ा की ओर नजर किये पुकार लिया, ''बेबे, डाक्टर भाई के लिये चाय नहीं बनायी?'' उठ गयी, ''मैं लाती हूँ।''

उषा लौटी तो रज़ा पाठक को पेट ठीक रखने के लिये दवा बता रहा था।

रज़ा के अपनी कलाई पर समय देखने से समझ गयी, रज़ा उठना चाहता है। फिर भी पूछ लिया, ''मिलिटरी में जाने के बारे में क्या फैसला किया?''

''वही बताने आया था।'' रज़ा ने कहा, ''कल दरखास्त दे दी। वो लोग जाँच-पड़ताल करके जवाब देंगे।''

प्याला समाप्त कर रज़ा उठ गया, ''प्रताप बहादुर को प्यार देना।'' पाठक की ओर हाथ बढ़ा दिया, ''खुदा हाफिज।''

पाठक को मौन देखकर उषा ने पूछ लिया, ''क्या सोचने लगे?''

पाठक का स्वर चिन्ता से दबा, ''विचारों-विश्वासों के इतने गहरे भेदों में मित्रता कैसे निभ सकती है?''

उषा ने पाठक की आँखों में सीधे देखा, ''आपको डाक्टर भाई से आशंका?''

''रज़ा से आशंका नहीं,'' पाठक ने कहा, ''लेकिन अपने-अपने विश्वासों-विचारों के लिये दृढ़ता या ईमानदारी, भाई को भाई पर गोली चलाने के लिये मजबूर कर सकती है।''

उषा भी खिड़की की ओर नजर किये मौन रह गयी।

पाठक ने सिगरेट सुलगा ली। कुछ कश लेकर बोला, ''फरवरी के अन्त में नेहरू और इंदिरा यूनिवर्सिटी में आये थे। नेहरू के लिये तो सबसे बड़ी समस्या फासिज्म का खतरा। उनका ध्यान सदा राष्ट्रीय से अन्तर्राष्ट्रीय की ओर अधिक। कम्युन्स्टि जेलों से छूट आये हैं। वे लोग नेहरू के भाषण को लेकर अपना ढोल पीट रहे हैं। जानती हो, कम्युनिस्ट यहाँ की बात वहाँ जोड़कर अपने पक्ष में दलील बना लेने में बहुत कुशल। ...जुलाई से यूनिवर्सिटी जा सकोगी?''

''मेरे जाने से कुछ हो सके तो जरूर कोशिश करूँगी।''

''यूनिवर्सिटी खुलने में अभी देर।'' पाठक ने सोचकर कहा, ''फिर आऊँगा।''

जापानी जंगी हवाई जहाज अप्रैल में सिंगापुर-अन्दमान से आकर मद्रास, त्रिचनापल्ली आदि में तीन-चार बार बम फेंक गये थे। जून शुरू में कलकत्ते के दमदम पत्तन और ईछापुर में भी जापानी बम गिर गये। बर्मा से गवर्नर और सरकारी दफ्तर फरवरी में ही शिमला भाग आये थे। अब कलकत्ता से भी अधिकांश सरकारी और बड़े-बड़े व्यवसायों के दफ्तर, दफ्तरों के कार्यकर्ता, सम्पन्न लोग, दूसरे लाखों परिवार पश्चिम के नगरों में भागे चले जा रहे थे। वे लोग किसी भी दाम पर सिर छिपाने की जगह के लिये व्याकुल। सहसा मकानों की बहुत किल्लत और किराये बहुत बढ़ गये।

सब ओर युद्ध के आतंक और सतर्कता के प्रयत्न। एंग्लो-इंडियन, क्रिश्चियन और बहुत से राजभक्त परिवारों के जवान टैरीटोरियल सेना में भर्ती होकर ट्रेनिंग लेने लगे। संकट काल में स्थिति सम्भाल सकने के लिये नगरों में सिविल डिफेंस कमेटियाँ बना दी गयीं। इन कमेटियों में कुछ सरकारी अफसर, कुछ सरकारपरस्त खिताबदार रईस और

पेंशनिया लोग थे। मुहल्लों में वार्डन नियुक्त कर दिये गये। मिलीशिया कपड़े (राख के रंग) की वर्दी पहने सिविल गार्ड दिखाई देने लगे। यह लोग पार्कों में कवायद करते भी दिखाई दे जाते।

नगर के पार्कों में, स्कूलों, हस्पतालों, दफ्तरों की खुली जगहों में बम गिरने के समय सिर छिपाने के लिये खाइयाँ खोद दी गयीं। सरकारी इमारतों के दरवाज़ों-खिड़कियों के सामने रक्षा के लिये रेत भरी बोरियों की दीवारें। उन इमारतों के दरवाज़ों-खिड़कियों के काँच पर कागजों की ऐंड़ी-बेंड़ी कतरनें चिपका दी गयीं कि धमाकों से काँच के टुकड़े उड़-उड़कर लोगों को जख्मी न कर दें। हर मुहल्ले या वार्ड में बम वर्षा या आगजनी की आशंका में प्राथमिक सहायता के दवा-दारू का प्रबन्ध। कभी-कभी इस-उस मुहल्ले में दुर्घटना से लगी आग बुझाने की शिक्षा का नाटक हो जाता।

उस समय तक इस देश को युद्ध के संकट-त्रास का कुछ अनुभव न था। वह युद्ध जनता की नजर में अपना युद्ध भी न था। सामान्य प्रजा को अंग्रेजों से घृणा और विरोध। जनता को नगर सुरक्षा के प्रयत्नों से कोई सम्पर्क-सरोकार नहीं। जनता की नजर में नागरिक सुरक्षा में सहयोग देने वाले सरकारी पिट्ठू, जी हुजूर, टोडी बच्चे, अंग्रेजों के कुत्ते थे। सरकार के व्यवहार में आतंक के चिन्ह देखकर जनता प्रसन्न होती : साले अंग्रेजों की काँछ ढीली। हिटलर के डर से यहाँ हजारों मील दूर भी इनकी फटी जा रही है।

संकट सिर पर आ गया देखकर कांग्रेस को भी नागरिक सुरक्षा की चिन्ता। कांग्रेस ने जनता को सावधान किया। इस निकम्मी सरकार पर जनता को विश्वास-भरोसा नहीं, न यह सरकार जनता का सहयोग पा सकती है। हमें संकट में आत्मरक्षा के लिये स्वयं सावधान आत्मनिर्भर होना चाहिये। यह काम कांग्रेस के स्वयंसेवक संगठन 'कौमी सेवा दल' को सौंपा गया। स्वयंसेविकाओं के संगठन की भी बात सोची जाने लगी।

हरि भैया पर कांग्रेस के सभी आयोजनों और कार्यक्रमों का उत्तरदायित्व। उन्होंने उषा से बात की : सरकार से हमारा असहयोग, परन्तु जनता के संकट की चिन्ता और उनकी रक्षा हमारा कर्तव्य। तुम कुछ लड़कियों को तैयार करो। इस काम में अपना समय लगाओ तो कांग्रेस की ओर से कुछ मासिक अलाउन्स, पचास-साठ रुपये का प्रबन्ध हो जायेगा।

उषा ने स्वीकारा : अलाउन्स देखा जायेगा। मेरे योग्य काम बताया जाये; क्या-कैसी ट्रेनिंग दी जायेगी। यदि आस-पास के मुहल्लों से कुछ परिवारों की लड़कियाँ, स्त्रियाँ तैयार हों, अनुकूल जगह हो तो प्रस्तुत हूँ···। उषा लालबाग स्कूल और आई० टी० में गर्ल गाइड्स में थी। फर्स्ट एड भी सीखा था। उसने कहा, "ऐसी ट्रेनिंग धोती-साड़ी में कैसे होगी? गली-मुहल्ले की अधिकांश स्त्रियाँ मात्र धोती में रहती हैं, उन्हें सलूके की भी आदत नहीं।"

हरि भैया ने बताया : इलाहाबाद में सरकारी निर्देश से स्वतन्त्र महिला नगर रक्षा दल बन गया है। गोपी बाबू बता रहे थे, वहाँ बहुत अच्छा हो रहा है। नेहरू जी ने तारीफ की है। उन लोगों ने चुस्त पर्देदार वर्दी बनायी है—घुटने तक कुर्ता, चुस्त चूड़ीदार पायजामा, सिर पर गांधी टोपी; सब सफेद। कंधे से जनेऊ पेटी की तरह कसा हुआ केसरी दुपट्टा। कवायद करती हैं, फर्स्ट एड का प्रदर्शन भी। उन्होंने नेहरू को सलामी दी थी।

हरि भैया तुरन्त काम आरम्भ कर देना चाहते थे। ट्रेनिंग के लिये पर्देदार जगह भी सोच ली गयी, नादानमहल रोड का चारदीवारी से घिरा जनाना पार्क।

वेदप्रकाश ने पाठक को बता दिया था। छोटी गली में उषा के मकान पर पुलिस की नजर न थी। उस मकान में आने के बाद से उषा घर से निकलती न थी, साढ़े पाँच मास में केवल तीन बार, बस अदालत जाने के लिये। जुलाई के पहले सप्ताह पाठक फिर उषा के यहाँ आया।

उषा ने हरि भैया के प्रस्ताव के बारे में पाठक से जिक्र किया। पाठक हँसा, ''काम तो अच्छा है, लेकिन ट्रेनिंग के लिये पर्दे की जरूरत, काम भी पर्दे में करेंगी। इलाहाबाद के जिस महिला नगर रक्षक दल की तारीफ गोपी बाबू और नेहरू जी ने की, उनका फैन्सी ड्रेस शो या ब्यूटी परेड हमने भी देखी है। गोपी बाबू रसिक जन, नेहरू भी विनोबा के चेले नहीं। उनकी तारीफ का मतलब अच्छा तमाशा। इलाहाबाद में हम किसे नहीं जानते। माया दो बार वहाँ गयी कि संगठन के जरिये काम की बात हो सके। वहाँ बस टु लुक स्मार्ट की बात। सिविल लाइन की दस-बारह कुँआरी या विवाहित युवतियों का शगल। उस ट्रुप की आर्गेनाइजर मिसेज़ पंचन, टॉक आफ द टाउन! अपने साधनों से बहुत बड़े हौसले। पहले यूनिवर्सिटी के प्रोफेसरों की मोटर में दिखाई देती थी, अब हाईकोर्ट के जजों तक पहुँच गयी। उसका मियाँ अपनी बीबी पर हाईकोर्ट के जजों की कृपा अपनी प्रैक्टिस के लिये उपयोगी समझता है। पंचन सरकारी कृपा और पैसे के लिये टैरिटोरियल फोर्स में कैप्टन। बीबी नगर सुरक्षा दल बनाकर जिला मैजिस्ट्रेट को परेड दिखाती है। इस बहाने डी० एम० से परिचय, लोगों पर दबदबा। नेहरू को भी सलामी देती है। माया ने बताया, उस ट्रुप की मेम्बरों को परेड के लिये जाने से पहले दो घंटे जूड़े-मेकअप के लिये दरकार।

पाठक ने राय दी : हरि भैया लड़कियों की ट्रेनिंग का प्रबन्ध कर सकें तो बहुत अच्छा। लड़कियाँ सम्पर्क के काम में सहायता दे सकेंगी। सरकारी परिवारों से भेद ला सकेंगी। तुम्हारी सहायता सुमित्रा और श्यामा भी करेंगी, परन्तु लड़कियों को ग्रुप में लेते समय उनके परिवारों का पूरा परिचय होना चाहिये। सी० आई० डी० इस समय 'कौमी सेवादल' के ट्रेनिंग कैम्प के भेद लेने की सिरतोड़ कोशिश कर रही है। पुलिस लड़कियों का प्रयोग भी कर रही है। कम्युनिस्ट परिवारों की लड़कियों से भी सावधान।

चलने से पूर्व पाठक ने पूछा, ''यूनिवर्सिटी के बारे में क्या सोचा?''

''स्टडी में तो अभी ध्यान क्या जमेगा। काम हो तो जाने को तैयार हूँ।''

''मेरे विचार में जाना हर तरह से बेहतर।'' पाठक ने कहा, ''काम तो होगा ही। बरस भर पी-एच० डी० के लिये काम किया है, वह श्रम व्यर्थ क्यों जाये! आत्म-निर्भरता के लिये सहायक होगा।''

ग्रीष्मावकाश के बाद उषा छठे दिन यूनिवर्सिटी गयी। कुछ पुराने विद्यार्थी शोक समाचार पा चुके थे। अनेक उषा का नया वेश-मुद्रा देखकर चकित। पहले वह आधुनिक युवतियों की तरह साड़ी का आँचल कंधे पर रखती थी। उसका उजला ऊँचा माथा चटक लाल बिन्दी से खिल जाता था। अब बिना किनारे की साड़ी, पूरी आस्तीन का ब्लाउज।

चेहरा उदासी से दुबला-पीला। माथे से बिन्दी गायब। बाल कंधे तक काट लेने से साड़ी का आँचल सिर पर।

उषा इधर-उधर नजर दौड़ाकर जायजा ले रही थी। कम्युनिस्ट सेशन के आरम्भ से ही सक्रिय। एक मजमे में अमित अंग्रेजी में दहाड़ रहा था। उन दिनों अंग्रेजी में भाषण देने में अक्षम विद्यार्थी नेता नहीं बन सकता था। अमित समझा रहा था, ''हम अन्तर्राष्ट्रीय प्रभावों से नहीं बच सकते। नाज़ीज्म और फासिज्म का प्रभाव हमारे जैसे निर्बल राष्ट्रों का भविष्य समाप्त कर देगा। दूसरी ओर कुछ लड़कों के घेरे में खड़ी सुरमा बैनर्जी अपनी सींखिया बाँहें हवा में फेंक-फेंककर बोल रही थी।

उषा ने भाँपा, कम्युनिस्ट दिसम्बर के चुनावों में हार की कसर नये चुनाव में पूरी करने के लिये तैयारी कर रहे हैं। फिर खयाल, गांधी जी के 'क्विट इंडिया' प्रस्ताव के बारे में पाठक की बात। उस आन्दोलन के लिये पहले से वातावरण तैयार करना जरूरी और कम्युनिस्टों को फिर न जमने देने के लिये सतर्कता, लेकिन अभी उसका बढ़कर बोलना जँचता न था। परिचित उससे सम्वेदना प्रकट कर रहे थे। वह रिसर्च स्कॉलर, उसका जगह-बेजगह बोलते फिरना ठीक न था।

रविवार सुबह से झड़ी लग गयी थी। पद्मा-सदानन्द न आ सके थे। दिन उदास-उदास था। उषा समय काटने के लिये बैठक में सोफा पर अधलेटी एक उपन्यास पढ़ रही थी। आहट से उषा की नजर ड्योढ़ी की ओर गयी। श्यामा निगम और उसका भाई। निगम ड्योढ़ी में छतरी रखकर बहिन के पीछे-पीछे आ गया। उन्हें देख उषा का मस्तिष्क अनुमानों में सतर्क। निगम और श्यामा से केवल मिलने के लिये आने की आशा न थी, खासकर इस वर्षा में।

निगम, पाठक का सन्देश लेकर आया था : वर्धा में कांग्रेस कार्यकारिणी के सदस्य 'क्विट इंडिया' पर सहमत हो गये थे। समाचार अखबार में भी। निगम प्रस्ताव की छपी हुई प्रतिलिपि लाया था।

पाठक का संदेश सुनकर उषा ने स्वीकारा, कल यूनिवर्सिटी में कम्युनिस्टों की हलचल देखकर उसने भी सोचा था, चुनाव स्थगित रखने का सुझाव बहुत ठीक है।

निगम ने फिर चेतावनी दी, ''समय से पूर्व गिरफ्तार हो जाने की उग्रता से सावधान।''

उषा सोमवार ग्यारह बजे यूनिवर्सिटी पहुँची। सेन से बताया, जेल से छूटकर आये कम्युनिस्ट क्वाड्रेंगल में जमावड़ा लगाये हैं। हमारे साथियों को बोलने नहीं दे रहे। सेन के साथ उषा क्वाड्रेंगल की ओर चली गयी।

कामरेड जाफरी बोल रहा था। वह जेल से छूटकर आया हीरो, बहुत अच्छा वक्ता; करारी साफ आवाज़, आत्मविश्वास की मुद्रा, लच्छेदार भाषा, नाटकीय अदा, भाव के अनुकूल स्वर का उतार-चढ़ाव, ''...आप इतनी जल्दी नहीं भूल सकते।'' भौंवें मुस्कान से उठ गयीं। उसने तर्जनी दिखायी, ''युद्ध आरम्भ होते ही साम्राज्यशाही से टक्कर लेने वालों में सबसे आगे कौन लोग थे?'' उसने सीना ठोंका, ''आज भी हम उसी तरह निर्भय, कर्तव्यपरायणता और ईमानदारी से परिस्थितियों के अनुसार सही मोर्चा ले रहे हैं। हम अपनी मातृभूमि पर आये खतरे के सामने कबूतर की तरह आँख बन्द करके निर्भय नहीं हो सकते।''

दो विद्यार्थियों ने शंकायें कीं। "शटअप!···बाद में!! ···डोंट डिस्टर्ब!···बाद में।" सुरमा बैनर्जी और दूसरे कम्युनिस्टों ने उन्हें चुप करा दिया।

जाफरी ने श्रोताओं की ओर हाथ फैलाकर पूछा, "हमारे नेताओं में अन्तर्राष्ट्रीय राजनीति और स्थिति को पंडित नेहरू से बेहतर कौन समझता है! आपको याद है फरवरी के आखिरी हफ्ते में," उसने यूनियन हाल की ओर संकेत किया, "उस हाल में पंडित नेहरू ने हमें सावधान किया था। नेहरू चीन जाकर अपनी आँखों जापान के पाशविक फासिज्म की हरकतें देख आये थे। नेहरू ने हमें चेतावनी दी थी। दोस्तो, आपको नेहरू के शब्द याद होंगे; मैं उनके शब्द दोहरा रहा हूँ। उनके शब्द थे—जरूरी नहीं कि हमारे दुश्मन का दुश्मन हमारा दोस्त और मददगार हो। वह इस दुश्मन से ज्यादा खूँखार और खतरनाक हो सकता है।···हमारा भविष्य अन्तर्राष्ट्रीय जगत में जनतंत्र और राष्ट्रों के आत्मनिर्णय के अधिकारों की मान्यता पर निर्भर करता है। फासिज्म का विरोध किसी दूसरे की सहायता नहीं, हमारी आत्मरक्षा का युद्ध है। फासिस्ट विरोध को निर्बल बनाना कौमी खुदकुशी और अपनी मातृभूमि के साथ दगा है···।"

उषा मजमे को चारों ओर से घेरे भीड़ से दो कदम आगे बढ़ गयी। "लीडरों के कोटेशनों का गलत प्रयोग ईमानदारी नहीं है!" उषा ने ऊँचे स्वर में टोका। उसे धमका कर चुप नहीं करा दिया जा सकता था। उसके स्वर में भी चुनौती, "हमें याद दिलाया जा रहा है, फरवरी में नेहरू ने क्या कहा था, लेकिन पन्द्रह जुलाई के क्विट इंडिया प्रस्ताव में गांधी, नेहरू और पूरी कांग्रेस वर्किंग कमेटी ने फासिज्म के विरोध के जिस एकमात्र नैतिक और सम्भव रास्ते की माँग की है, कम्युनिस्टों की कर्तव्यपरायणता और ईमानदारी उस पर क्यों पर्दा डाल रही है?"

'हियर-हियर···इन्कलाब जिन्दाबाद! क्विट इंडिया! महात्मा गांधी की जय!' भीड़ से उषा के समर्थन में नारे।

उषा बोलती गयी,···"यह निहायत अफसोस की और शर्मनाक हरकत है कि जब हमारी यूनियन का प्रेसीडेंट बिना किसी मुकदमे या उस पर आरोप प्रमाणित हुए जेल में सड़ रहा है, जनतंत्र की रक्षा का दावा करने वाले कामरेड फासिज्म के विरोध के पर्दे में यूनियन पर कब्जा कर लेने की चालें चल रहे हैं। लेकिन देशभक्त विद्यार्थी ऐसी चालें सफल नहीं होने देंगे। जब तक बिना अपराध जेलों में बन्द हमारे साथी छूटकर नहीं आ जाते, यूनियन के चुनाव नहीं होंगे!"

'शेम! शेम! डाउन विद ट्रेटर्स!" स्टूडेंट कांग्रेस के समर्थकों ने नारे लगा दिये, 'इन्कलाब ज़िन्दाबाद! महात्मा गांधी की जय! स्टूडेंट कांग्रेस ज़िन्दाबाद!' उषा के समर्थन में भीड़ से तालियों की गूँज।

जाफरी धैर्य के मुस्कान से उत्तर दे सकने के अवसर की प्रतीक्षा में। तालियों की गूँज समाप्त होते ही जाफरी ने बाँह उठाकर ललकारा, "दोस्तो···!"

अविनाश और सिन्हा ने गला फाड़ नारे बुलन्द कर दिये, 'इन्कलाब ज़िन्दाबाद! क्विट इंडिया ज़िन्दाबाद! महात्मा गांधी की जय। डाउन-डाउन विद ट्रेटर्स! गद्दार मुर्दाबाद!' नारे पर नारे।

जाफरी धैर्य से मुस्कराता रहा। अविनाश, सिन्हा और दूसरे स्टूडेंट कांग्रेसी भीड़ को जुलूस की तरह पीछे लगाकर नारे लगाते कैम्पस में चक्कर लगाने लगे, 'डाउन-डाउन विद कम्युनिस्ट फेडरेशन!⋯जब तक हमारे साथी जेल में, चुनाव नहीं होगा।'

उषा क्वाड्रेंगल की मीटिंग के बाद घर लौटने के लिये गेट की ओर जा रही थी। आवाज़ पहचान कर बायीं ओर देखा। "हमें भावुकता भरे नारों से नहीं बहकना चाहिए⋯।" अमित दूसरी ओर मुँह किये दस-बारह लड़कों से घिरा बोल रहा था। उषा ने फाटक से निकल कर राजाबाज़ार के लिये इक्का ले लिया।

क्वाड्रेंगल की मीटिंग के बाद सेन और अविनाश ने उषा से कहा था : आपने कामरेडों का सप्ताह भर में जमा प्रस्ताव एक फूँक से उड़ा दिया। उषा उत्साहित थी। साथ ही खयाल आया, अमित आकर जरूर बहसेगा—जीजी, आप समझना नहीं चाहतीं। अन्तर्राष्ट्रीय रूप से लाठी की शक्ति की मान्यता और जनतंत्र का लोप हमारे लिये आत्मनिर्णय के अवसर या जनतंत्र की सम्भावना नहीं रहने देगा। कोई भी राष्ट्र अन्तर्राष्ट्रीय प्रभावों से अछूता नहीं रह सकता।⋯कम्युनिस्ट स्वयं सब कुछ मास्को की खिड़की से देखेंगे, हमारे नजरिये को संकीर्ण कहेंगे!⋯मैं तो उसे कुछ तरह भी दे जाऊँ, वह जिद्दी कभी नहीं मान सकता। पाठक की बात याद आ गयी, विश्वासों-विचारों के भेद⋯।

उषा सीधी गली के सिरे पर इक्के से उतर कर छोटी गली में घूमी तो सामने डाक्टर रज़ा साइकल पर दिखायी दिया, "हलो, भाभी, बहुत वक्त से आ गयीं! मालूम न था, यूनिवर्सिटी जाना शुरू कर दिया।" उसके स्वर में उत्साह।

"अभी पाँच बज रहे हैं। हमें क्या अनुमान आप जल्दी आ सकते हैं।"

"सही कहा, हम जल्दी आ गये। बेअदबी मुआफ कीजिये⋯।" कहते-कहते रज़ा ने अपना कोट उतार कर कुर्सी की पीठ पर लटका दिया। कमीज़ पसीने से तर।

"किस मुहिम से लौट रहे हैं?" उषा ने रज़ा के पसीने और थकावट के प्रति सहानुभूति में पूछा।

"मुहिम पर जा रहे हैं। सब फार्मेलिटी पूरी हो गयी। समझ लीजिये, खुदा हाफिज़ कहने आये हैं, फिर आने की कोशिश ज़रूर करेंगे मगर वक्त न भी मिले। बहुत कुछ समेटना है। अट्ठाईस तारीख सुबह मेल से हैदराबाद के लिये बुकिंग।"

"सच!" उषा की भौंवें उठ गयीं, "आठवें दिन!" चेहरे का उत्साह गायब।

"वाह भाभी, आपको बता दिया था, किसी भी दिन आर्डर्स मिल जायें।"

रज़ा ने उषा की अधीरता भाँप कर कहा, "बीच में आने की कोशिश ज़रूर करूँगा। अभी तो कैंट से सफर के वारंट लेकर घर जाने से पहले आपके यहाँ आया हूँ। जाने की तारीख बता देने के लिये।"

रज़ा के सेना में जाने की इच्छा के कारण उषा को मालूम थे। अपने सेना में जाने के प्रयत्न और वहाँ मंजूरी के बारे में भी वह उषा को समाचार देता रहा था। फिर भी उषा को धक्का; जैसे विश्वास न था कि सचमुच चला जायेगा। उस समय रज़ा ही उसका सबसे अंतरंग, उसकी भावना से परिचित। पति का सबसे विश्वस्त; उसके अंतिम शब्दों का साक्षी। उषा की सबसे कठिन स्थिति में उसी ने सांत्वना के लिये पीठ पर हाथ रखा था।

उषा सम्भलने के लिये नजर बचाये कई पल मौन रह गयी और स्मृति में कितना कुछ कौंध गया।

नवम्बर दूसरे सप्ताह में रज़ा गेती के साथ मिठाई लेकर उषा के यहाँ अपनी उन्नति का शुभ समाचार देने आया था। सर्जरी के सीनियर लेक्चरार गोयल को आगरा मेडिकल कालेज में सर्जरी में रीडरशिप मिल गयी थी। रज़ा एम० एस० कर चुका था। सर्जरी का अध्यक्ष प्रोफेसर निगम, प्रोफेसर हामिद और जायसवाल उसके सहायक थे। सर्जरी के असिस्टेंट प्रोफेसर अब्दुल समद की आपत्ति के बावजूद रज़ा को अस्थायी सीनियर लेक्चरार बना दिया था।

दिसम्बर के अन्त में प्रोफेसर हामिद रिटायर हो गये। ज़नवरी में रज़ा के नये पद पर कन्फर्मेशन का प्रश्न आया। समद की आपत्ति पर कन्फर्मेशन तीन मास के लिये स्थगित रह गया। मार्च के अन्त में प्रोफेसर निगम की भी अवधि पूरी हो रही थी। रज़ा को चेतावनी मिल गयी, समद उसकी अवनति कराने का पूरा यत्न करेगा।

वेतन बढ़ने और नये पद के कन्फर्मेशन के पूरे विश्वास में रज़ा ने कमाल और नादिरा को स्कूल के किंडरगार्टन में भरती करा दिया था। अब चिन्ता, यदि उसे पुराने पद और कम वेतन पर लौटना पड़ा तो अपमान और कैरियर बर्बाद होने की कलख के साथ बच्चों की शिक्षा के भविष्य का भी प्रश्न।

सेठ के जेल से लौटने पर नरेन्द्र से पूर्व-निश्चित सिनेमा के कार्यक्रम के कारण पति-पत्नी में झंझट से तीसरी संध्या, रज़ा रात नौ बजे आया था। बहुत देर बात करता रहा—

"मुझे सरकारी नौकरी या युद्ध प्रयत्न में सहायता से सैद्धान्तिक आपत्ति नहीं। यह पाखंड भी बेकार कि फासिस्ट विरोधी युद्ध में कर्तव्य भावना से जा रहा हूँ। वैज्ञानिक क्षेत्र में कुछ कर सकने की मेरी महत्त्वाकांक्षा के लिये अवसर नहीं रहा। मार्च के अन्त में समद मुझ पर चोट करेगा। पुराने पद पर लौटने का अपमान, वेतन में कमी से बच्चों की शिक्षा के भविष्य की बर्बादी मेरे लिये असह्य होगी। मेरा निश्चय है, ऐसी स्थिति आते ही सेना में काम के लिये दरखास्त दे दूँगा। वहाँ डाक्टरों खासकर सर्जनों की बहुत माँग। यहाँ तीन सौ पर अपमान में क्यों सुबकता रहूँ। एम० एस० हूँ, मेजर का रैंक सीधे मिलेगा। स्पेशलिस्ट का अलाउंस मिलकर नौ सौ-हजार माहवार। युद्ध का जोखिम है तो एडवेंचर भी, विलायत घूमने का भी चांस।"

"आगा-पीछा सोच लो!" सेठ ने सावधान किया था, "सैनिक काम और एडवेंचर तुम्हारी प्रकृति के अनुकूल होगा? तुम्हारी कल्पना और महत्त्वाकांक्षा पैसा कमाने के बजाये सर्जरी में नये प्रयोग के लिये शोध की थी।"

"उसके लिये कालेज में क्या अवसर रह गया?" रज़ा ने कहा, "उसकी सम्भावना दूसरा रास्ता बना सकने पर ही। फौज में टैम्पोरेरी कमीशन या जंग की अवधि के लिये काम की दरखास्त दूँगा, कालेज से इस्तीफा दूँगा नहीं। इस काम के लिये अवैतनिक छुट्टी इनका बाप भी नामंजूर न कर सकेगा। सेना से मिली रकम से बच्चे कान्वेंट में पढ़ सकेंगे, गेती को खर्च की परेशानी न होगी। युद्ध के बाद इंग्लैंड जाकर एफ० आर० सी० एस० कर सकने के लिये पैसा बचा सकूँगा।"

''डाक्टर भाई, आप सब एकतरफा सोच रहे हैं।'' उषा ने टोक दिया था, ''गेती भाभी दो बच्चों को लेकर अकेली कैसे रहेंगी? उनकी अम्मीजान भी नहीं रहीं।''

रज़ा बात करते सेठ की ओर झुक गया था। उषा के सवाल से सीधे होकर उषा की ओर देखा, ''भाभी!'' ठिठक कर कोट की जेब से सिगरेट और माचिस निकाल लिये। सिगरेट सुलगा कर बोला, ''इस परिवर्तन की जरूरत का एक कारण खुद गेती। अमर जानता है, मैं गेती को अपने अनुकूल बनाने में असफल रहा, उसके अनुकूल बनना नामंजूर। आपसे क्या कहूँ, हम दोनों अनुकूल दम्पति नहीं। मुझे उसकी प्रकृति से ऊब। उसे मुझसे सन्तोष नहीं।''

उषा को घबराहट का रोमांच, पत्नी पर पति से उस तरह असंतुष्ट रहने से बड़ा और क्या लांछन! रज़ा की बात से संकेत, इस प्रसंग में सेठ को पहले बता चुका है; उसके सामने कहने से झिझक।

''पप्पू नींद में बहुत हाथ-पैर चलाता है। कपड़ा न गिरा दिया हो। बेबे वालाकदर गयी थी, लौटी नहीं।'' उषा उठकर चली गयी। साढ़े दस हो चुके थे। पलंग-कमरे में जा लेटी। पति को आने में इतनी देर लगी कि उसके आने पर उषा प्रकाश बुझाये बिना ही गहरी नींद में। रज़ा की बातें सोचते-सोचते सेठ को भी नींद आ गयी।

दूसरे दिन रज़ा की बात उषा को कई बार याद आयी, परन्तु पति की व्यस्तता में ऐसे प्रसंग पर बात करने लायक एकान्त का अवसर न बन सका। संध्या खाने के बाद दोनों रिफाए आम क्लब चहलकदमी के लिये चले तो उषा ने फटकिया से निकलते ही पूछ लिया, ''रज़ा भाई कल क्या कह रहे थे··· कि उन्हें गेती से ऊब, गेती को उनसे संतोष नहीं?''

''कल से वही सोच रही हो! इतना कौतूहल था तो रज़ा से पूछ क्यों नहीं लिया!''

सड़क पर बिजली के खम्भे आगे-पीछे दूर थे। मद्धिम प्रकाश में पति की ओर घूर कर गुस्सा दिखाने का अवसर न था। ''नॉनसेन्स!'' उषा ने विरोध का गहरा साँस लिया, पति की कमर पर चिकोटी काट ली, ''ये उनसे पूछने की बात है! आपको क्या बताया उन्होंने? इस तरह पत्नी का अपमान!''

''पत्नी या किसी के बीमारी के जिक्र से अपमान का क्या सवाल।'' सेठ नाजुक प्रसंग पर डाक्टर के बेलाग लहजे में बोला, ''रज़ा रहता है, गेती के काम व्यवहार या कामेच्छा में विकृति है, पुरुष से सामान्य काम व्यवहार के बजाय बलात्कार की चाह। काम व्यवहार में कुछ बल प्रयोग या पीड़ा से रस और तुष्टि बढ़ती है। ऐसी या अन्य विकृतियाँ अनेक नर-नारियों में होती हैं, कुछ विकृति में रक्तप्रवाह देखने और कभी हत्या की प्रवृत्ति तक। हस्पतालों में ऐसे मामले आते रहते हैं। ऐसी दैहिक या मानसिक विकृति एक प्रकार की बीमारी। अपनी असामान्य प्रकृति से बेबस, परन्तु रज़ा पत्नी के रोग का दण्ड कब तक भोगे!''

उषा मौन गर्दन झुकाये चलती, सोचती रही।

''रज़ा की परेशानी समझ ली?'' पति ने पूछ लिया।

उषा ने आस-पास देख लिया, एकान्त था। फिर भी स्वर दबाकर बोली, ''राज़े, आप बहुत सरल, रज़ा भाई एक नम्बर चंट। मैं ये नहीं कहती कि ऐसा होता नहीं होगा, परन्तु उतना ही सम्भव कि मर्द का मन एक औरत से भर जाये···।''

"तुम्हारा मतलब रज़ा बहुत चंट-चतुर, मैं बुद्धू?" सेठ ने टोका।

"राजे, ये मतलब नहीं," उषा ने अनुनय से आग्रह किया, "रज़ा भाई ने एक मेडिकल पायन्ट सुझा दिया, आप दोस्त से सहानुभूति में मान गये। मेरा भी सवाल है, उनकी शादी को छः साल से ज्यादा हुए, गेती भाभी में ऐसी विकृति इतने दिन बाद आ गयी? रज़ा की परख, समझ में दोष नहीं हो सकता?"

"तुम बहुत वकील बन गयी।" सेठ मुस्कराया। वे क्लब के सामने चौराहे पर पहुँचकर लौटने को थे। सेठ ने कहा, "रज़ा का मकान यहाँ से नजदीक। उसके यहाँ चलो। तुम स्वयं रज़ा की बदमाशी के लिये डाँट देना। हम दोस्त से सहानुभूति में कुछ न बोलेंगे।"

"हम नहीं बोलते आपसे!" उषा झमक कर मान में पति से बोली, "आपके दोस्त जानें, आप जानें, हमें क्या!"

"तुम तो बिना जाने सब कुछ जानती हो।" पति ने चिढ़ाया, "यह कैसे जान लिया कि रज़ा की शादी के छः बरस बाद शिकायत हो गयी? रज़ा ने तो शादी के छः मास बाद ही मुझे और नरेन्द्र से यह कहा था। उसने माना, छः मास वह स्वयं पहले आवेग के उन्माद में मतवाला, फिर अति से घबराने लगा। उसने बताया, गेती की बल-प्रयोग या पीड़ा के लिये अतुष्टि का परिणाम क्या होता है; उसे मास-डेढ़ मास बाद शिकायत हो जाती है, पति की अन्यत्र कहीं आसक्ति। उसकी चिन्ता नहीं। किसी न किसी कारण पति को मारने-पीटने के लिये मजबूर कर देगी। रज़ा को पहले वैसी पशुता से ग्लानि परन्तु देखा, जितनी करारी मार गेती को उतना ही गहरा संतोष। महीने-डेढ़ महीने बाद फिर भड़क। और यह रोग बढ़ता ही जा रहा है।"

उषा सोचती रही, दो दिन पूर्व पति को अनुदार और असहिष्णु समझने के लिये खेद। पति के उदार और तर्कसंगत विचारों के लिये गर्व भी : रज़ा और गेती के दुर्भाग्य के लिये दोनों के प्रति अस्पष्ट सी सहानुभूति। पति से सुनी, पुष्पा भाभी और उसके पति में असामंजस्य की आजीवन यातना की बात भी याद आयी। सोचती रही, परिवारों द्वारा आयोजित विवाहों में ही नहीं, स्वयं वरण करने वाले दम्पतियों में भी ऐसी स्थिति की सम्भावना। ऐसे असंतुलन से बचाव का उपाय भी क्या जो विवाह के बाद ही प्रकट हो सके।

उषा ने रसेल की पुस्तक 'मैरेज एण्ड मौरल्स' पढ़ी थी। नर-नारी में परस्पर सम्यक परिचय के लिये विवाह से पूर्व काम सम्बन्धों के सुझाव से बहुत ग्लानि अनुभव हुई थी। अब खयाल, उस नैतिकता में दम्पति में असामंजस्य की निरन्तर यातना की सम्भावना भी सम्मिलित। ऐसे विवाह को जारी रखने में क्या नैतिकता? रसेल के सुझाव पर अपराध भावना के बिना सदाशय से विचार नहीं किया जा सकता?

उषा ने मौन तोड़ने के लिये कहा, "आपने अपना नया मकान दिखाया नहीं। हम कभी गेती भाभी से मिल आते। वो तो खुद आयेंगी नहीं।"

"वह खुद नहीं आ सकेगी।" रज़ा ने माना, "आपसे कहा था, चलने के लिये। आपको कम्युनल लोगों से परिचय नापसन्द। आपको बताया, हमारा, साढू फजल अहमद मजहब और रस्मो-रिवाज के बारे में कम्युनल या असहिष्णु नहीं, केवल राजनैतिक दृष्टि से कम्युनल है; उसका फायदा भी उठा रहा है। यह बात मुझे बहुत नापसन्द, लेकिन उसकी मदद के सिवा गेती के लिये प्रबन्ध मुमकिन नजर न आया।"

रज़ा बता चुका था : उसके सेना में जाने के विचार से गेती, उसके पिता, सम्बन्धी, स्वयं रज़ा का परिवार सभी असहमत थे। केवल उसके हमजुल्फ ने ही उसके विचार का समर्थन किया था। सादू को मुस्लिम रूढ़िवादी ढंग स्वयं नापसन्द। अपनी लड़की को आधुनिक शिक्षा देना चाहता था, परिवार में भी नया ढंग चालू करने की इच्छा।

लखनऊ में जहाँ अब महलनुमा विधायक निवास बन गये हैं, उस समय दारुल शफा के खस्ताहाल मुहल्ले की बस्ती थी। उसी जगह फजल अहमद और रज़ा ने अपने परिवारों से दूर रहने के लिये मिलकर एक खस्ताहाल, पुराने ढंग का लेकिन अच्छा बड़ा मकान किराये पर ले लिया था। वहाँ खास सुविधा थी बच्चों के लिये लालबाग स्कूल और कान्वेंट स्कूल समीप होने की और दो बरस पूर्व कैंट रोड पर आधुनिक ढंग का मॉन्टेसरी स्कूल भी खुल गया था।

बेबे को चाय के लिये पानी चढ़ाने के लिये कहकर उषा मुस्करायी, "डाक्टर भाई, आप तो ब्रिटिश सेना के सिपाही। जानते ही हैं, हम तो आपके विरुद्ध मोर्चे में। हम युद्ध-विरोध में, क्विट इंडिया आन्दोलन में शामिल हो जायें तो आप सरकार के हुक्म से हम पर गोली चलायेंगे?"

"भाभी, आन्दोलनों की रोकथाम पुलिस का काम, सेना का नहीं। सेना दूसरे देशों से लड़ाई के लिये। हम जर्मनों-जापानियों से लड़ सकते हैं; हिन्दुस्तानियों से कैसी लड़ाई। आप क्या जापानी सेना की ओर से लड़ने के लिये बढ़ेंगी?" रज़ा हँसा।

क्या मालूम!" उषा भी हँसी।

"आप जापानियों की करतूत देखकर उनकी ओर से नहीं, उनसे ही लड़ेंगी।" रज़ा ने विश्वास से कहा।

उषा फिर मौन। रज़ा ही बोला, "अभी तो हम दो माह ट्रेनिंग में रहेंगे। फिर देखिये बेस कैम्प में भेजा जाता हूँ या फ्रंट पर। भविष्य कौन जाने, लेकिन मेरा मन कहता है, यह हमारी अन्तिम भेंट नहीं, न हमारे सम्पर्क का अंत!"

"आपने मेरे मुँह की बात कह दी।" उषा मुस्करायी।

उषा का खयाल था, अब शुरू कर दिया तो ढील देना ठीक नहीं। सोमवार भी ग्यारह बजे यूनिवर्सिटी जाने का विचार था। सवा नौ श्यामा आ गयी, हाथ में पुस्तकें-नोटबुक।

"आओ! आओ! हम तो खुद यूनिवर्सिटी जा रहे हैं, ग्यारह बजे।" उषा ने स्वागत किया, आँखों में जिज्ञासा।

"इसी अनुमान से ज्योतिषी भैया ने भेजा है।" श्यामा ने बताया, "आपके परसों के भाषण की रिपोर्ट उन्हें मिल गयी। उनकी ओर से बहुत सराहना और बधाई। भैया का विचार है, आप कुछ ज्यादा तेज बोल गयीं। अब आप कुछ दिन वर्सिटी में चुप रहें। आपके परसों के भाषण पर पुलिस की प्रतिक्रिया देख ली जाये। वेद भैया से कहियेगा, खयाल रखें, पुलिस ने आप पर नजरसानी तो शुरू नहीं कर दी।"

दो दिन बाद वेद ने सूचना दी, सी० आई० डी० का आदमी सीधी गली में पूछ-ताछ करके काली साड़ी वाली बीबी का मकान देख गया है। विश्वास दिलाया, इस गली में आपके बारे में कोई रिपोर्ट नहीं देगा। फिर भी सावधानी बेहतर।

उषा दो दिन बाद यूनिवर्सिटी गयी। कम्युनिस्टों का काम, जहाँ-तहाँ छोटे-छोटे दलों में चल रहा था। उषा चुपचाप लाइब्रेरी में चली गयी। तीन बजे लौट रही थी तो फेडरेशन वाले इन्कलाब-जिन्दाबाद से फासिस्ट विरोध और जनतंत्र के समर्थक नारे लगा रहे थे। उनके पीछे-पीछे स्टूडेंट कांग्रेस के कुछ लड़के 'गद्दार मुर्दाबाद'! महात्मा गांधी की जय! इन्कलाब जिन्दाबाद!' के नारे लगा रहे थे। उषा नजर बचाये निकल गयी।

अमित रविवार पद्मा को लेकर आया। बहस के बजाय मजाक करता रहा। उषा का ध्यान अखबार के समाचारों की ओर दिलाया···सोवियत सेनाओं ने नाजियों से खारकोब और रोस्तोव वापस ले लिये थे। दूसरे दो मोर्चों पर भी नाज़ी कई मील पीछे हटे थे। अमित ने कई कारण बताये···अब स्थिति तेजी से बदलेगी।

तीन अगस्त, सोमवार। सरला ने सन्देश दिया, आपकी सहेली ने तीन बजे यूनिवर्सिटी आने को कहा है। काली साड़ी में न जाइयेगा।

उषा गर्ल्स कॉमन रूम में गयी। श्यामा प्रतीक्षा में थी। दोनों चल दीं।

"मंकी ब्रिज के बजाय डालीगंज के रास्ते चलें। वह रास्ता बहुत लम्बा है, लेकिन उस पुल से इक्के पर अमीनाबाद जाने में साफ देख सकेंगे, कोई फालो तो नहीं कर रहा।" श्यामा ने सुझाया।

श्यामा और उषा कैम्पस के भीतर रास्ते से बाबूगंज से डालीगंज तक पैदल गयीं। वहाँ से अमीनाबाद के लिये इक्का ले लिया। अमीनाबाद से फिर पैदल।

फतेहगंज में श्यामा एक लम्बी लगभग सूनी गली से गुजरी। दो मोड़ों पर रुककर देख लिया, कोई पीछा नहीं कर रहा था। घर के दरवाज़े पर श्यामा की दस्तक के उत्तर में किवाड़ खोले श्यामा की माँ ने। जिया की नजर उषा के चेहरे पर पड़ गयी।

उषा को याद था, जिया के यहाँ और भीतर मिश्र भवन में उसका नाम इन्दू है और याद आ गया, पहली बार जिया को और भीतर सरस्वती की माँ और बुआ को भी उषा की अनबिंधी नाक देखकर बहुत विस्मय और कौतूहल हुआ था।

उषा आठ मास पूर्व श्यामा के यहाँ आयी थी तो आँचल आधे सिर पर था। तब उषा के सिर के पीछे भरा-पूरा जूड़ा था और माथे पर चटक लाल बिन्दी। अब उषा सिर के केश काट देने के कारण साड़ी के आँचल से सिर पूरा ढँके थी। माथे पर से बिन्दी गायब। उषा ने जिया का विस्मय भाँप कर अनदेखा कर दिया।

उषा जिस हिन्दू या मुसलमान परिवारों में जाती, स्त्रियों को उसकी अनबिंधी नाक से विस्मय। इंशा ने अमर के सामने आग्रह किया था, "हाय, कितनी प्यारी सूती हुई नाक है दुल्हन की! ऐसी सपाट अनबिंधी नाक लोग अच्छी नहीं मानते···रतनी को बहुत अच्छा अन्दाज है। पड़ोस में लोग उसी को बुलाते हैं। हल्दी लगा डोरी पल भर में डाल देगी। दरद नहीं होगा, नाक पकेगी भी नहीं। हम अपने हाथ से हीरे की कनी की कील पहना देंगे। बहुत खिलेगी इस पर।" इंशा ने उषा के गाल दुलरा दिये थे।

"अम्मीजान, इनकी नाक अच्छी लगती है तो उसे काटना क्यों चाहती हैं?" सेठ हँस दिया था।

"हाय, हाय! नौज*।" इंशा के माथे पर तेवर। नाराज हो गयी थीं, "ऐसी बात हमारे दुश्मनों के यहाँ! बेटे, ऐसी बदकलामी नहीं करते।"

उषा मुस्कराकर रह गयी। उसे कुछ कहना न पड़ा। इंशा या रतनी ने भी फिर वह जिक्र न उठाया।

उषा के पहली बार आने पर जिया और सरस्वती की माँ के समाधान के लिये पाठक ने बात बना दी थी : ये उत्तराखण्ड की बहुत ऊँची ब्राह्मण हैं। इन लोगों के यहाँ बेटी देवी मानी जाती है। इनके यहाँ बेटी की नाक छेदना पाप माना जाता है। दोनों प्रौढ़ायें 'राम जी जानें' सोचकर चुप। सरस्वती तब महिला कॉलेज की दसवीं कक्षा में थी। ऐसी गप्प कैसे निगल जाती! उसने खोद-खोद कर श्यामा से उषा की वास्तविकता जान ली। उसे उषा अच्छी लगी थी। पाठक सरस्वती से राजनैतिक काम के सन्देश जहाँ-तहाँ भिजवाता रहता। लड़की को इसमें एडवेंचर का रस मिलता था।

श्यामा अपने आँगन में कोने के बरौठे से उषा को मिश्र भवन में ले गयी। आँगन में पाठक की मौसी, सरस्वती की माँ दिखायी दी। उषा ने आदर से गर्दन झुकाकर पूछ लिया, "सरस्वती ऊपर है?"

"अभी स्कूल से कहाँ लौटी। ग्यारहवीं में पढ़ने लगी।" श्यामा और उषा जीने से ऊपर मंजिल के बरामदे में चली गयीं। पाठक पहले की तरह तख्त पर बैठा था। गरमी के कारण केवल बनियान धोती। सिर के केश, दाढ़ी उसी तरह परन्तु साफ-सुथरे। युवतियों को देखकर उठ गया, "सॉरी! एक मिनट!" भीतर कमरे में जाकर कुर्ता पहन आया। उषा पाठक के समीप तख्त पर बैठी। श्यामा जरा परे बैठ तख्त से एक पुस्तक लेकर पलटने लगी।

पाठक भीतर से कागज भी लेता आया था। उसने वर्सिटी में उषा के पिछले भाषण की सराहना करते-करते एक छपा हुआ कागज उसकी ओर बढ़ा दिया, "आल इंडिया कांग्रेस कमेटी के नौ अगस्त, बम्बई अधिवेशन के लिये क्विट इंडिया रेजोल्यूशन! मूल प्रस्ताव वही है, वर्धा वाला। अन्त के दो पैराग्राफ नये हैं, कार्यक्रम के बारे में। उन्हें देख लो।"

उषा ने प्रस्ताव पढ़ लिया। पाठक ने दूसरा छपा हुआ कागज उसे दिया, "यह पट्टाभि का गुप्त सर्कुलर। पट्टाभि इज़ गांधी ज़वायस!" दूसरा कागज पढ़कर उषा के चेहरे पर तत्परता का भाव। "यह है आगामी संघर्ष का रास्ता। अब गिरफ्तार हो जाने का संघर्ष नहीं है। गिरफ्तारी से बचने के लिये फरार होकर लड़ाई जारी रखनी होगी।" पाठक ने समझाया, "नेताओं के गिरफ्तार हो जाने पर सब निर्देश-निर्णय कार्यकर्ताओं, हम लोगों के हाथ में। विश्वस्त सूचना है कि सरकार पूरी तरह तैयार है। सब अफसरों और पुलिस के लोगों की छुट्टियाँ कैंसिल कर दी गयी हैं। सक्रिय कांग्रेसियों की सूचियाँ तैयार हैं, अधिकांश पर नजरसानी शुरू। वर्किंग कमेटी की मीटिंग चार की संध्या है। ए० आई० सी० सी० में प्रस्ताव नौ को जायेगा। प्रस्ताव पास होते ही एक झपाटे में सब नेता गिरफ्तार कर लिये जायेंगे। बम्बई बन्दरगाह पर जहाज तैयार है। पूरी कार्यकारिणी को

---

* नऊज़ बिल्लाह—शैतान न सुन ले।

गिरफ्तार करके दक्षिण अफ्रीका मौरिशस भेज दिया जायेगा।'' पाठक ने सीधे उषा की आँखों में देखा, ''क्यों?''

''तैयार हूँ। जब कहिये।'' उषा ने निष्पलक उत्तर दिया।

''···नौ रविवार है। कहना कठिन है, बम्बई से समाचार कब-कैसे मिलेंगे। कम्युनिस्ट ए० आई० सी० सी० में क्विट इंडिया प्रस्ताव की माँगों का समर्थन करेंगे, परन्तु देश की सीमा पर फासिस्ट आक्रमण की स्थिति में युद्ध विरोधी आन्दोलन स्थगित रखने का संशोधन पेश करेंगे। यहाँ संघर्ष का आरम्भ यूनिवर्सिटी में होगा। कूच की ललकार तुम दोगी। यूनिवर्सिटी जाओ तो नौ तक बिलकुल मौन।''

दूसरे दिन प्रातः सरला अखबार लेने आयी तो उषा ने अनुरोध किया, ''भैया से कहना मुझे मीतू से जरूरी काम है।''

अमित सात की संध्या आया। उषा ने बिस्कुट के दो खाली टीन के डिब्बे, सामान से भरे, कस-बाँधकर तैयार, उसे सहेज दिये, ''ये डैडी-मम्मी को सौंप देना, मेरी और पप्पू की धरोहर।''

अमित घाघ लड़का। युद्ध विरोधी उग्र लोगों से बहिन की सहानुभूति और सम्पर्क से परिचित था। उसे अनुमान, बहिन को तलाशी के लिये पुलिस के आने की आशंका है। उसने पूछा, ''डैडी को सौंप दूँ या···''

अभिप्राय समझकर उषा ने विश्वास दिलाया, ''कुछ नकदी, कुछ जेवर हैं।''

नौ अगस्त सुबह उषा नींद खुलते ही अखबार की प्रतीक्षा में। अखबार आते ही पढ़ने लगी। प्रस्ताव का मसविदा मालूम था। कार्यकारिणी में प्रस्ताव सर्व-सम्मति से पास होने की आशा थी ही। उषा को विस्मय, मुख्य शीर्षक में प्रस्ताव पास होने का समाचार। उसके नीचे उप शीर्षक में दूसरा समाचार—वायसराय से क्विट इंडिया प्रस्ताव पर सद्भावना से विचार की प्रार्थना के लिये गांधी का पत्र। ···कांग्रेस गांधी के पत्र पर शान्ति और सद्भावना से विचार के लिये वायसराय को तीन सप्ताह का समय देगी। वायसराय से सहानुभूतिपूर्ण उत्तर न मिलने पर आन्दोलन आरम्भ करने से पूर्व गांधी अमरीका के राष्ट्रपति रुजवेल्ट और चीन के राष्ट्रपति च्यांग काई शेक से भारतीय राष्ट्रीय कांग्रेस और ब्रिटिश सरकार में मध्यस्थता के लिये अनुरोध करेंगे।

उषा के सिर में क्षोभ से चक्कर। वह अपनी नाव आन्दोलन में ठेल देने के लिये लंगर खोले तैयार, यहाँ अभी वायसराय से अपील पर सम्भावना की आशा में तीन सप्ताह प्रतीक्षा। फिर अन्तर्राष्ट्रीय अपीलों के सिलसिले में शायद तीन मास या अधिक।

क्विट इंडिया प्रस्ताव के सम्बन्ध में वेद को भी बहुत उत्सुकता। वह शहर में पुलिस की तैयारी से भी परिचित। उस दिन समाचार की उत्सुकता में स्वयं आ गया। उषा अखबार उसकी ओर बढ़ाकर मौन रही।

वेद पूरा समाचार पढ़कर फट पड़ा, ''यह कैसी कॉमेडी! गांधी आठ मास से ब्रिटिश सरकार से न्याय, नैतिकता और सद्भावना के लिये पूर्ण निराशा प्रकट करते रहे, इसीलिये क्विट इंडिया प्रस्ताव में अंग्रेजों को भारत से निकल जाने की ललकार। उस ललकार का परिशिष्ट, सद्भावना की अपील! विकट पहेली है।''

उषा मौन। दोनों हथेलियाँ दिखा दीं, जो है तुम्हारे सामने।

वेद और क्षुब्ध, "जो नाटक कल वर्किंग कमेटी में हुआ, आज ए० आई० सी० सी० में होगा। गांधी को डिक्टेटर माना तो उनकी बात पर आपत्ति कौन करेगा? कम्युनिस्टों का संशोधन आन्दोलन स्थगित रखने के ही पक्ष में।"

उषा विवशता का संकेत कर मौन।

रविवार था। वेदप्रकाश को प्रेस न जाना था। दो दिन पूर्व सिब्तेहसन के सन्देश के उत्तर में कहला दिया था, रविवार सुबह हाजिर होगा। नवाब फर्रे का छोटा बेटा सिब्तेहसन और वेद स्कूल में सहपाठी थे। दोनों को स्पोर्ट्स का शौक। स्पोर्ट्स में वेद की गति बहुमुखी, कनकैया से क्रिकेट तक। नवाब फर्रे की हवेली के हाते में क्रिकेट के लिये अच्छी जगह थी। सिब्ते ने अपनी क्रिकेट टीम बनायी थी। वेद टीम का सबसे अच्छा गेंद फेंकने वाला। वेद गुफ्तगू के लहजे, अदब-सलीके से वाकिफ। नवाब साहिब और बड़े नवाबजादे नूरुल हसन की भी मंजूरे नजर। वेद के लिये नवाब साहब का दीवान तफरीह की जगह। उनके यहाँ रेडियो भी था। उससे अधिक दिलचस्प मुसाहिबों और खुद नवाब साहब की टिप्पणियाँ। नवाब साहब और नवाबजादे अंग्रेजों के वफादार राजभक्त, लेकिन बड़े नवाब साहब को अंग्रेजियत से गहरी नफरत। उनके खयाल में अंग्रेजी तहजीब, गुफ्तगू, पोशाक सब लाशऊर और कमीने। नवाब साहब के गर्दन तक छँटे पटेदार बालों में माँग रहती। मखमल की जरीदार ऊँची टोपी, छकलिया अचकन, चूड़ीदार पायजामा, कामदार सलीमशाही जूती। बेटे अंग्रेजी तालीम के असर से आधुनिक हेयर कट करवाते, शौकिया कोट-पतलून भी पहन लेते।

दीवान में नवाब साहब के लिये खूब बड़े तख्त पर मोटी मसनद और मखमली जरीदार गिलाफ चढ़े गावतकिये थे। मेहमान अगल-बगल जरा नीची मनसदों पर बैठते। कुछ मोढ़े और पाँच-छः किस्म-किस्म की कुर्सियाँ भी। नवाब साहब के सामने हर वक्त खमीरा महकता नेचा रहता। मेहमानों के लिये दो और नेचे घूमते रहते। खुशबूदार जर्दे और किमाम लगी गिलौरियाँ आती रहतीं। नवाब साहब घंटे-डेढ़ घंटे में नीरस हो चुका पान फेंककर ताजी गिलौरी लेते रहते।

वेद नवाब साहब के दीवान में पहुँचा तो दो-चार लोगों के साथ नूरुल मौजूद था। रेडियो पर समाचारों से पूर्व संगीत चल रहा था। दीवार पर घड़ी में आठ में दो मिनट। नवाब साहब कभी सुबह दीवान में आते, कभी न आते। अंग्रेजी न जानते थे इसलिये उनकी मौजूदगी में अंग्रेजी प्रोग्राम लगाने की बेअदबी न की जाती थी। नूरुल ने ताल्लुकदार कालेज में इन्टर तक पढ़कर छोड़ दिया था। जहीन जवान, अंग्रेजी अखबार मजे में पढ़ता था। अंग्रेजी में समाचार भी सुनता।

समाचार आरम्भ हुए। पहले समाचारों के शीर्षक। तीसरे वाक्य से ही नूरुल और वेद के चेहरे पर तनाव। कांग्रेस वर्किंग कमेटी ने क्विट इंडिया प्रस्ताव पास कर दिया था। बम्बई में मिस्टर गांधी, कांग्रेस प्रेसीडेंट मौलाना आजाद और वर्किंग कमेटी के सभी सदस्य सुबह गिरफ्तार कर लिये गये थे। अन्य स्थानों पर भी सक्रिय कांग्रेसियों की गिरफ्तारी के आदेश।

समाचारों के साथ सेक्रेटेरी ऑफ स्टेट फॉर इंडिया एमरी का वक्तव्य : कांग्रेस ने जनतंत्र पर फासिज्म के भयंकर आक्रमण की नाजुक स्थिति में, जब भारत की सीमा पर

जापानी हमला हो रहा है, क्विट इंडिया प्रस्ताव से विध्वंस की खुली बगावत की धमकी दी है। सरकार के हाथ में कांग्रेस के गुप्त आदेशों के प्रमाण मौजूद हैं जिनसे स्पष्ट है कि क्विट इंडिया आन्दोलन अहिंसात्मक क्रान्ति के नाम पर विध्वंस का अभियान है। पट्टाभि सीतारमैया और यू० पी० के कांग्रेस के जनरल सेक्रेटरी के० डी० मालवीया के निर्देशों में युद्ध की नाजुक स्थिति में यातायात और सम्पर्क के साधनों सड़कों, रेल, तार-डाक और शासन व्यवस्था के केन्द्रों के ध्वंस से फासिस्ट शत्रु की सहायता और जनतंत्र के साथ विश्वासघात के कार्यक्रमों के सुझाव हैं। ब्रिटिश सरकार मिस्टर गांधी और कांग्रेस की उनके प्रस्ताव पर सहृदयता से विचार की अपील के धोखे में कांग्रेस को विध्वंसक अभियान आरम्भ करने और उसे बढ़ा सकने का अवसर देने का आत्मघाती भोलापन नहीं दिखा सकती···।

''सरकार ने पहल कर दी।'' समाचार समाप्त होते ही नूरुल बोला, ''लड़ाई में पहले जबर्दस्त वार की बहुत अहमियत।''

''सही है नवाब साहब।'' वेद ने उठते हुए झुककर तसलीम किया। वह तुरन्त लौटकर उषा को समाचार देने के लिये व्याकुल।

''शहर में आसार से जाहिर था, सरकार तैयार है।'' नूरुल ने और कहा।

''बजा फर्माया नवाब साहब।'' वेद रुखसत होने के लिये सलाम करने को था, नवाब साहब ने दीवान में कदम रखा। वेद ने फिर झुककर सलाम किया। नवाब के आते ही चल देना गुस्ताखी होती। नवाब के बैठ जाने पर विनय में एक बार बैठना जरूरी था।

नवाब ने कृपापूर्वक वेद को सम्बोधन कर लिया, ''कहो साहबजादे, खैरियत है? मुद्दतों में न्याज न्याज हुआ।''

वेद ने झुककर फिर तसलीम से शुक्रिया कहा। हिन्दुस्तानी में खबरें शुरू हो गयीं।

''गौर से सुना जाये।'' नवाब साहब ने मौन के संकेत में हाथ उठा दिया। वेद दाँत पीसकर चुप बैठे रहने को मजबूर। उसे पूरे समाचार हिन्दुस्तानी में दुबारा सुनने पड़े।

समाचार समाप्त होते ही वेद उठने को कसमसाया। तब तक नवाब साहब नेचे से दो कश लेकर बोल पड़े, ''बहुत सही। अंग्रेज सियासतदार हैं। हुकूमत का ये ही सही तरीका है। रियाया की क्या ताब कि शहनशाह को धमकाये···।'' बोलते-बोलते नवाब ने खवास को गिलौरियों के लिये इशारा कर दिया।

नवाब पान के लिये हुक्म कर चुके थे। पान कबूल किये बिना उठ जाना बेअदबी। वेद को लग रहा था, चींटियों के भिटे पर बैठी हो, लेकिन महफिल के अदब-कायदे से मजबूर।

एक खिदमतगार बड़ा गिलौरीदान और तौलिया लेकर हाजिर हुआ, दूसरा खादिम टोंटीदार लोटा और सिलपची लेकर। नवाब गावतकिये से जरा आगे झुक गये। खादिम ने दोनों हाथों में थमी सिलपची उनके सामने कर दी। नवाब ने मुँह में भरे पान की लीजी सिलपची में थूक दी। दूसरे खादिम ने लोटे की टोंटी उनके मुँह से लगाकर पानी दिया। नवाब ने सिलपची में दो कुल्ले करके मुँह साफ किया। दूसरे खादिम ने तौलिये से नवाब के होंठ पोंछे। खादिम ने गिलौरीदान से दो गिलौरी लेकर सामने की। नवाब ने मुँह खोल दिया। खादिम ने गिलौरियाँ नवाब के मुँह में दे दीं। नवाब ने पान जमाने के लिये जबड़े चलाये। खादिम ने फर्श से उगालदान उठाकर उनके सामने किया। नवाब ने एक पीक

उगालदान में डालकर महफिल की तरफ इशारा किया। खादिम ने पहले नूरुल के सामने पेश किया, फिर दूसरे मेहमानों के सामने। मेहमानों ने इधर-उधर 'पहले आप, पहले आप' कहकर तकल्लुफ से पान कबूल किये।

वेद दाँत पीसे नवाब के लिये शुभ कामनायें कर रहा था, लेकिन पान कबूल करके खड़े होकर झुककर सलाम किया और नवाब के सामने मुँह किये दो कदम पीछे हटकर ही रुखसत हो सका।

वेद नवाब फर्रे की हवेली से साइकल तेज दौड़ाता लौटा। उषा के समीप बैठकर नेताओं की गिरफ्तारी का समाचार बताया, खासतौर पर एमरी का वक्तव्य, "…दीदी, ठन गयी!"

समाचार से उषा को दूसरी चिन्ता। नेताओं की गिरफ्तारी के समाचार से संघर्ष आरम्भ होने की बात थी। संघर्ष का आरम्भ यूनिवर्सिटी से। रविवार यूनिवर्सिटी बन्द। गिरफ्तारी के समाचार की आशा दस तारीख को थी। सरकार ने एक दिन पहले चोट कर दी। पाठक ने निर्देश की प्रतीक्षा के लिये कहा था। उसे मालूम न था, आरम्भ का क्या कार्यक्रम निश्चय किया गया है। उसने वेद की ओर देखा, "शहर में समाचार कैसे पहुँचेगा? कांग्रेसी क्या कर रहे हैं?"

"जगह-जगह लाउडस्पीकर लगे सरकारी रेडियो हैं, सरकार समाचार और गुप्त सर्कुलर भी लोगों को स्वयं बता देगी।" वेद ने कहा, "आपको समाचार देने आया था। अब देखकर आता हूँ।"

वेद चौथे पहर लौटा। पहली सूचना दी, सी० आई डी० का आदमी आपकी बाबत पूछताछ करके यह मकान देख गया है, और बताया : सक्सेना साहब और गोपी बाबू ए० आई० सी० सी० में बम्बई गये हैं। गुप्ता जी, हरि भैया, मंजूर साहब गिरफ्तार कर लिये गये। कांग्रेस दफ्तर पर पुलिस ने अपना ताल डालकर पहरा लगा दिया है। बाजार में बहुत दुकानें बन्द हैं, कुछ खुली भी हैं। लीग वाले कहते फिर रहे हैं, जिन्ना का हुक्म है कि मुसलमान न जंग की मुखालफत में कांग्रेस के साथ, न जंग की हिमायत में अंग्रेजों के साथ। मुसलमान न्यूट्रल हैं, उन्हें हड़ताल से वास्ता नहीं।

वेद यूनिवर्सिटी का भी चक्कर लगा आया था। बताया; होस्टलों में खूब गरमागरमी थी। फेडरेशन वाले जुलूस निकाल कर नारे लगा रहे थे—'महात्मा गांधी की जय! हमारे लीडर छोड़े जायें! यह जुल्म नहीं चलेगा! इन्कलाब जिन्दाबाद! फासिज्म मुर्दाबाद! फासिस्ट पिट्ठू मुर्दाबाद! संसार के मजदूरों एक हों! हिन्दू-मुसलिम एक हो! देश की आवाज है, लीडर हमारे सरताज हैं! आजादी के लिये फेडरेशन को वोट दो! एकता के लिए फेडरेशन को वोट दो!' 'क्विट इंडिया' या 'भारत छोड़ो' के नारे नहीं लगा रहे हैं। फेडरेशन के जुलूस के आगे सुरमा बैनजी, लता शर्मा, वाजिदा और हमीदा मुट्ठियाँ बाँहें फेंक-फेंककर नारे लगा रही थीं।

स्टूडेंट कांग्रेस वालों के जुलूस अलग, उनके नारे—'महात्मा गांधी की जय! अंग्रेजो, भारत छोड़ो! इन्कलाब जिन्दाबाद! भगतसिंह जिन्दाबाद! साम्राज्यवाद मुर्दाबाद! हिन्दू-मुसलिम एक हो! अंतिम संघर्ष में बढ़ो! करो या मरो! गद्दारों से सावधान! हमारे लीडर जेल में हैं। इलेक्शन नहीं होगा!' दोनों जुलूसों में भिड़न्त होते-होते बची।

गोलागंज में रिटायर्ड दारोगा हाशिम गुण्डों को लेकर मुसलमानों को भड़का रहा है। मुसलमानों को हिन्दू राज के खतरे की मुखालफत करना जरूरी है! कांग्रेसी हिन्दू, अंग्रेजों, मुसलमानों और ईसाइयों के खिलाफ अपनी हिमायत में बुतपरस्त जापानी बुद्धों को बुला रहे हैं…।

उषा पिंजरे में बन्द पंछी की तरह व्याकुल, क्या करे? वेद से अनुरोध किया, इस मकान पर पुलिस की नजर है तो वहाँ (पाठक को) सूचना हो जानी चाहिये। कोई आने-जाने वाला मुसीबत में न पड़ जाये।

''कोशिश करूँगा।'' वेद को पाठक का निश्चित ठिकाना मालूम न था। किसी विश्वस्त साथी की मार्फत सन्देश भेज सकता था।

उषा रात भर चिन्ता में। सुबह अखबार की आहट पाते ही उधर लपकी। नेताओं की गिरफ्तारी के बाद जहाज से मारीशस या दक्षिण अफ्रीका नहीं, स्पेशल ट्रेन से देश में ही किसी अज्ञात स्थान की ओर भेज दिया गया था। यू० पी० में पाँच सौ से अधिक गिरफ्तारियाँ हो चुकी थीं। बनारस, आगरा, इलाहाबाद, कानपुर में विद्यार्थियों के छुटपुट जुलूसों को लाठीचार्ज से तितर-बितर किये जाने की खबरें थीं। लखनऊ में कुछ भी नहीं। उषा दुविधा में…वर्सिटी जाये या नहीं?

दिन खिल गया था पर सूर्य की किरणें अभी मकान की छतों की मुंडेरों से न उतरी थीं। ड्योढ़ी पर दस्तक से उषा को चिन्ता, इतनी जल्दी कौन? खिड़की की चिक से गली में झाँककर देखा। कोई गृहस्थिन चादर ओढ़े, छोटा घूँघट। उषा को विस्मय। जाकर ड्योढ़ी की साँकल खोली।

उषा अचकचायी और फिर चिन्ता मुस्कान में बदल गयी, ''बड़ी पुरखिन बनी हो!''

श्यामा थी। सादी साड़ी पर दुपट्टा ओढ़े, छोटा घूँघट। हाथ से झूलती मन्दिर जाने की छोटी कंडी, कंडी में चार-छः फूल, पूजा की छोटी लुटिया। उषा ने उसे साड़ी पर दुपट्टा ओढ़े कभी न देखा था। श्यामा ने बैठक में आकर दुपट्टा एक ओर रख दिया। दोनों सिर जोड़कर साँस के स्वर में बात करने लगीं।

श्यामा पाठक का संदेश लायी थी। उँगलियों पर गिन-गिनकर एक-एक प्रसंग बताया। चाय के लिये भी न ठहरी। ''आप दस तक जरूर पहुँच जायें!''

श्यामा के लौट जाने पर उषा की व्याकुलता तत्परता में बदल गयी। तैयार होते बेबे से कहा, ''आज कचहरी में तारीख है।'' कुछ देर बाद और बताया, ''सरीकों ने बहुत झगड़े डाल दिये हैं। वकील कह रहा था, इलाहाबाद हाईकोर्ट में दरखास्त देनी होगी। उसके साथ दोपहर की गाड़ी से उधर चली जाऊँगी। रात इलाहाबाद में सहेली के यहाँ रह लूँगी। इलाहाबाद गयी तो कल सुबह आऊँगी, नहीं तो कल साँझ या परसों सुबह। तुम्हें यहाँ अकेले खलेगा। मम्मी के यहाँ चली जाना। लौटकर बुलवा लूँगी।''

उषा तैयार हो गयी। बिना किनारे की काली साड़ी-ब्लाउज। सबसे बड़ा पर्स लिया, खूब भरा था। दस-दस के चार नोट और दस छुट्टे रुपये बेबे की मुट्ठी में रख दिये!

''ये मैं कहाँ सम्भालूँगी।'' बेबे परेशान।

''ज्यादा निकाल लिये। इतने क्या करूँगी।'' उषा ने कहा, ''कहीं भी रख ले।''

उषा पर्स ठीक कर रही थी। बेबे को चिन्ता, लड़का माँ को जाते न देखे। उसे बहलाया, ''पप्पू, दौड़ो-दौड़ो, छत पर पतंग गिरी।''

उषा ने पुकार लिया, ''पप्पू बेटे आओ, मामा को बाई-बाई करो!''

बेबे चकित, लड़की क्या कर रही है। लड़के को सम्भालना मुश्किल हो जायेगा। फिर खयाल, बेचारी कल तक के लिये बच्चे को छोड़कर बाहर जा रही है।

पप्पू ने माँ के साथ जाने की जिद्द में उसकी साड़ी मुट्ठियों में कस ली। गला फाड़ कर दहाड़ा। उषा ने लड़के को बेबे की गोद में दे दिया। जोर लगाकर बच्चे की मुट्ठी खोली। जाते-जाते दाँत पीसे उसके हाथ चूम लिये।

कैसरबाग से आगे वर्सिटी की ओर जाते विद्यार्थियों की संख्या साधारण से बहुत अधिक। सुबह अखबार में समाचार था, शहर में दफा १४४ जारी कर दी गयी है। फेडरेशन और स्टूडेंट कांग्रेस दोनों ओर के कार्यकर्ता, विरोध प्रदर्शन के लिये विद्यार्थियों को बटोर-बटोर कर वर्सिटी ला रहे थे। जुलूस के लिये यूनिवर्सिटी पुल के दोनों ओर लठैत, बन्दूकची और घुड़सवार पुलिस बड़ी संख्या में। पुलिस के बड़े अंग्रेज अफसर मौजूद।

उषा ने यूनियन हाल के समीप फाटक पर सवारी छोड़ दी। तब पुलिस और खुफिया पुलिस वर्सिटी की सीमा में कदम न रख सकते थे। विद्यार्थियों या स्टाफ में भेदियों की बात दूसरी। उन दिनों पुल से यूनिवर्सिटी तक सड़क का नक्शा बिलकुल दूसरा था। उषा यूनियन हाल के सामने से जा रही थी, सुरमा बैनर्जी उसकी ओर लपक आयी, ''कामरेड हरीश और शर्मा आपकी प्रतीक्षा में हैं।''

सुरमा उसे आर्ट डिपार्टमेन्ट के स्टाफ रूम की ओर ले गयी। कामरेड हरीश और शर्मा उन्हें देखकर उधर आ गये, दूसरी ओर से अविनाश, सिंह और सिन्हा भी। हरीश ने बैठते ही बात शुरू की, ''हमें सन्देश मिला है, स्टूडेंट कांग्रेस आज का प्रोग्राम संयुक्त रूप से करने के लिये तैयार है। आपके क्या सुझाव और शर्तें हैं?''

''क्विट इंडिया रेजोल्यूशन आपको मालूम।'' उषा ने साफ कहा, ''हमारा प्रस्ताव संघर्ष के लिये पुकार। आप कहाँ तक सहयोग देंगे?''

''हमारी नीति आपको मालूम है। संयुक्त प्रोग्राम के लिये हमारा सुझाव है, हरीश ने जेब से एक कागज निकाल लिया, ''पहली बात, इस समय मुख्य नारा लीडरों की गिरफ्तारी का विरोध और उनकी रिहाई की माँग।''

''गिरफ्तारी का विरोध ठीक है।'' उषा ने कहा, ''रिहाई की माँग निष्फल रहेगी। उसका लाभ?''

''गिरफ्तारी के विरोध में रिहाई की माँग सम्मिलित। इस बात पर जन क्षोभ जगाने और जन सहयोग पाने के लिये।'' हरीश ने कहा।

उषा ने अविनाश सिन्हा की ओर देखा। ''ठीक है।'' दोनों ने स्वीकारा। उषा ने हामी भर ली। हरीश ने दूसरी बात कही, ''आज के प्रदर्शन में चुनाव का मामला न उठाया जाये। तीसरा, सभा और जुलूस में फेडरेशन और स्टूडेंट कांग्रेस के विरुद्ध नारे न लगाये जायें।'' उसने कागज उषा को दिखा दिया।

''मंजूर है।'' उषा ने स्वीकार कर लिया।

''विरोध प्रदर्शन के दो भाग हो सकते हैं।'' हरीश ने फिर कहा, ''एक रैली, दूसरा जुलूस। नगर में दफा १४४ है। आप चाहें रैली कन्ट्रोल कर लें, चाहें जुलूस लीड कर लें।''

"हम दोनों में समान भाग लेंगे।" सिन्हा बोला।

"जरूर दोनों में भाग लीजिये, परन्तु जिम्मेदारी बँट जानी चाहिये। उसमें दखल नहीं।"

"हम रैली प्रिसाइड करेंगे।" सिन्हा ने कहा।

उषा ने उसकी ओर असंतोष से देखा।

"मैं जुलूस में खुद लाठियाँ खाने, सहने को तैयार हूँ।" सिन्हा ने सीना ठोंका, "परन्तु जुलूस में दूसरों को साथ ले जाने की जिम्मेदारी नहीं ले सकता।"

"रैली तो कैम्पस के भीतर होगी।" शर्मा का स्वर कड़ा, "शहर को क्या पता लगेगा?"

हरीश ने उसकी बाँह पर हाथ रखकर चुप करा दिया।

"आप जुलूस निकालने की जिम्मेदारी लेते हैं?" उषा ने पूछा।

"हाँ लेते हैं। जो सम्भव होगा, करेंगे।"

"क्या प्लान है? योजना आपसी सुझाव से बनना बेहतर।" उषा ने पूछा।

"अपनी योजना तब बतायेंगे जब जिम्मेदारी हमें दी जायेगी। आपके सुझाव सुनेंगे, व्यावहारिक होंगे तो मानेंगे।"

"जिम्मेदारी आपकी रही।" उषा ने स्वीकारा। हरीश ने पाँच वाक्यों में अपनी योजना बता दी। हरीश जुलूस का कमाण्डर स्वीकार किया गया, रैली का प्रेसीडेन्ट सिन्हा, मुख्य वक्ता उषा।

आर्ट डिपार्टमेन्ट का क्वाड्रैंगल भीड़ से ठसाठस भरा था, बरामदों में भी विद्यार्थी। लॉन के सिरे पर वक्ता के लिये छोटा तख्त। सिन्हा, हरीश, शर्मा, अविनाश, उषा को तख्त की ओर ले गये। श्यामा और दूसरी लड़कियाँ बरामदे में थीं। तख्त पर खड़ा फेडरेशन का खरे बोल रहा था। उसी ने कहा, "साथियो, अब सभा की नियमित कार्रवाई शुरू होती है।"

सिंह ने घोषणा की, "कामरेड सिन्हा से अनुरोध है, सभापति का आसन लें।"

सिन्हा तख्त पर आकर बोला, "साथी विद्यार्थियो, इस संकट काल में हमें विदेशी दासता और साम्राज्यवाद से युद्ध में परस्पर भेदभाव भुलाकर अपने नेताओं के वफादार सैनिकों की भाँति एकप्राण होकर उठना है।···पहले कामरेड आनन्द बोलेंगे।"

कामरेड आनन्द घोर कम्युनिस्ट, बहुत पैंतरे और तर्क से बोलने वाला। उसने कहा : जनता अपने सरताज नेताओं की गिरफ्तारी की चोट से सिर झुकाकर चुप नहीं हो जायेगी। ब्रिटिश सरकार का यह तरीका फासिस्ट विरोध का सही तरीका नहीं है। क्विट इंडिया रेजोल्यूशन फासिस्ट शत्रु की सहायता के लिये तैयारी नहीं है, बल्कि फासिज्म से लड़ने के लिये अवसर की माँग है···। भीड़ से विरोधी नारे, 'नो कम्प्रोमाइज! फाइनल स्ट्रगल! डाउन विद ट्रेटर्स! कामरेड उषा! कामरेड उषा बोलें!'

सिन्हा ने खड़े होकर भीड़ को चुप कराया, "विद्यार्थी साथियो, देश के नेताओं पर सरकार द्वारा चोट के विरोध में हम सब विद्यार्थी और भारतवासी संघर्ष में एक हैं। साथियो, धैर्य से सुनिये। मैं कामरेड उषा सेठ से आने का अनुरोध करता हूँ।"

उषा तख्त पर चली गयी, काली साड़ी-ब्लाउज। चेहरे पर तमतमाहट। शोक और क्रोध का प्रतीक ज्वाला और धुयें का स्तूप, "स्टूडेंट कामरेड्स! सिटिजन्स! कन्ट्रीमेन!"

अंग्रेजी में उद्वेग से थर्राती नारी कंठ की प्रेरक ललकार, "हमारे राष्ट्र के गौरव और राष्ट्रीय भावना के प्रतीक गांधी और हमारे नेताओं ने हमारे राष्ट्रीय जीवन और अस्तित्व के अधिकार के लिये हमें मोर्चे पर पुकारा है। ब्रिटिश साम्राज्यवादी फासिज्म ने हमें कुचल सकने के अहंकार में हम पर पहले चोट करके इस संघर्ष को हमारे लिये अंतिम मोर्चा बना दिया है। ···इस संघर्ष का अंत हमारी स्वतंत्रता से होगा या हमारे अंतिम श्वासों और हमारे रक्त की अंतिम बूँदों से। गांधी का आदेश स्पष्ट है—हमें लाशों और खून के दलदल को लाँघकर आगे बढ़ना है या उसमें डूब जाना है।"

भीड़ से बहुत ऊँचे नारे—'इन्कलाब जिन्दाबाद! क्विट इंडिया! डू आर डाई!' दूसरी ओर से नारे—'हमारे नेताओं को छोड़ो! फासिज्म मुर्दाबाद! इन्कलाब जिन्दाबाद!'

उषा का स्वर और ऊँचा, "···इस संघर्ष में हमारे नेता सबसे पहले सिर पर कफन बाँधकर आगे बढ़े हैं और अपना उत्तरदायित्व हमारे कंधों पर सौंप गये हैं। हमारे सेनापति नेताओं की गिरफ्तारी के बाद प्रत्येक सैनिक अपने स्थान पर सेनापति है और उसका कर्तव्य अंतिम लक्ष्य तक पहुँचना है। साथियो, आप भी सिर पर कफन बाँधकर, कदम पीछे न हटाने के प्रण से आगे बढ़िये।" समर्थन में गगनभेदी नारे।

"चर्चिल और एमरी की सरकार हमारे आत्मनिर्णय की माँग को बगावत कहकर हमें कुचलने के अधिकार का दावा कर रही है। साथियो, हमारी ललकार है, हम बागी हैं। बगावत प्रत्येक पराधीन राष्ट्र का जन्मसिद्ध अधिकार और कर्तव्य है। साथियो, हम मंजूर करते हैं, क्विट इंडिया रेजोल्यूशन ब्रिटेन के फासिस्ट दमन से बगावत है और वह हमारी और मानवी स्वतंत्रता का क्रूसेड है।" उषा ने गुप्त कांग्रेस सर्कुलर के निर्देश भीड़ को दे दिये, "साथियो, यह संग्राम है, आन्दोलन नहीं। हमें अपनी गुलामी की पूरी मशीन, अपने दमन की व्यवस्था कचहरियों, तहसीलों, थानों, यातायात और सम्पर्क के सभी साधनों को समाप्त कर देना है। फासिज्म से लड़ने के लिये ब्रिटेन जो कुछ कर रहा है, ब्रिटिश फासिज्म से लड़ने के लिये हमें उससे अधिक करना होगा। हमारा लक्ष्य और नारा है, अंग्रेजों को भारत से निकालो! करो या मरो!" बहुत ऊँचे नारे—'महात्मा गांधी की जय! ···इन्कलाब जिन्दाबाद!'

उषा के तख्त से उतरते ही कामरेड हरीश तख्त पर पहुँच गया। कम्युनिस्ट को तख्त पर देखकर फिर नारे—'गद्दार मुर्दाबाद!' हरीश ने दोनों बाँहें झटके से आकाश की ओर उठाईं, "कामरेड स्टूडेंट्स! हमारे नेताओं की गिरफ्तारी के विरोध की आवाज यूनिवर्सिटी की चारदीवारी में सीमित नहीं रहेगी। यह पुकार नगर तक ले जाने के लिये हमारे साथ जुलूस में चलिये।" उसने तर्जनी हिलाई, "याद रखिये, शहर में दफा १४४ है, लेकिन आप कामरेड उषा के सुझाव के अनुसार सिर पर कफन बाँधकर हमारे साथ आइये। जुलूस में भाग लेने वाले सिपाही यूनियन हाल के सामने इकट्ठे हों।"

इन्कलाब जिन्दाबाद के नारे। विद्यार्थी क्वाड्रैंगल से आर्ट डिपार्टमेन्ट के कमरे लाँघ-लाँघकर यूनियन हाल की ओर भागने लगे। भीड़ का बिखराव हो गया। विद्यार्थी लड़के-लड़कियों की छोटी-सी भीड़ बरामदे-बरामदे आर्ट डिपार्टमेन्ट के स्टाफ रूम की ओर चली गयी। उसी में काली साड़ी पहने युवती। कुछ ही पल में स्टाफ रूम से तीन-चार लड़कियाँ क्वाड्रैंगल और सड़क की ओर निकल गयीं। उनमें काली साड़ी पहने युवती न थी।

आर्ट्स सेक्शन के स्टाफ रूम के साइन्स ब्लाक की ओर दरवाज़े से एक जवान लड़की निकली, पीली छींट की साड़ी में। सिर भर माथे से कुछ आगे खिंचा आँचल। आर्ट ब्लाक और साइन्स ब्लाक के बीच वर्सिटी के भीतर की सड़क पर तीन रिक्शा खड़े थे। उन दिनों रिक्शा इतनी बड़ी संख्या में न चलते थे। सवारी देखकर एक रिक्शा आगे बढ़ा। रिक्शावाले ने कंधे से अँगोछा लेकर रिक्शा की गद्दी झाड़कर पुकारा, ''आइये हुजूर!'' लड़की के बैठते ही रिक्शा चल दिया। सौ कदम आगे मोड़ पर दाहिने से साइकल पर आते जवान ने इशारा किया—आ जाओ! रिक्शा तेज हो गया। लाइब्रेरी से आगे रिक्शा प्रोफेसरों के बँगलों के सामने से निकलकर यूनिवर्सिटी कैम्पस से गोकरणनाथ रोड पर बाबूगंज की ओर बढ़ गया।

बाबूगंज की, फैजाबाद रोड की ओर, पहली गली में छोटे दो मंजिले मकान के सामने रिक्शा रुका। मकान के किवाड़ों पर दस्तक के लिये रिक्शावाले का हाथ लगते ही किवाड़ खुल गये, जैसे स्पर्श से खुलने वाले स्वचालित किवाड़ हों। रिक्शाचालक के संकेत से उषा उतर रही थी, उससे नजर मिली! ···साथी मोतीराम! रिक्शे पर बैठते समय उत्तेजना में ध्यान से न देखा था। मोतीराम भेस से सचमुच रिक्शावाला।

उषा को अपरिचित घर-परिवार के दरवाज़े पर पहुँचा कर मोतीराम तुरन्त रिक्शा दौड़ा ले गया। उषा खुले दरवाज़े की ओर झिझक से बढ़ी। आधे खुले किवाड़ों से दिखाई दी युवती गृहिणी की मुद्रा। बहुत आदर से अगवानी की, जैसे उत्सुक प्रतीक्षा में थी। किवाड़ों पर साँकल लगाकर पाहुनी को आँगन में छोटे जीने से ऊपर ले गयी। छोटा कमरा मेहमान के लिये तैयार था।

गृहिणी ने उषा को सफेद बिछावना बिछी चारपाई पर बैठाया। सिरहाने बिना ताक की आलमारी में रखी सुराही से शीशे के गिलास में जल लेकर उसकी ओर बढ़ा दिया। उषा उत्तेजना में पसीना-पसीना हो गयी थी। जल पी रही थी, नीचे ड्योढ़ी के किवाड़ों पर जोर की भड़भड़।

उषा चौंकी···क्या किसी ने पीछा किया? आहट से युवती के चेहरे पर आता-आता तनाव रुक गया, जैसे आहट पहचान कर आश्वस्त।

''अभी आयी बहिन जी।'' कहकर जीना उतर गयी।

किवाड़ खुलने पर बालक की पुकार, ''चाची, आज छुट्टी! अंग्रेजों ने गांधी बाबा को कैद कर लिया। हड़ताल की छुट्टी।''

गृहिणी का बेटा बीरसिंह हड़ताल के कारण स्कूल से लौट आया था। सात-आठ बरस का लड़का। ऊपर आते समय युवती बीरू की दो बरस की बहिन को गोद में ले आयी थी। नीचे आँगन में सोती बच्ची की नींद किवाड़ों की भड़भड़ से उचट गयी थी। युवती कोने से छोटा मोढ़ा चारपाई के समीप खींचकर बैठ गयी। चारपाई के सिरहाने से बीजना लेकर उषा को हवा करने लगी।

''न न! यह क्या कर रही हैं!'' उषा ने संकोच से उसका हाथ पकड़ लिया।

''कोई बात नहीं बहिन जी। आप धूप से आयी हैं, बहुत पसीना आ रहा है।'' उषा बीजना गृहिणी के हाथ से ले हिलाने लगी—स्वयं को, गृहिणी और उसकी बच्ची को भी हवा लगे।

गृहिणी पाहुनी की ओर झुककर दबे स्वर में बोली, ''बहिन जी, बीरू के पिता कह गये हैं, पड़ोसनें आकर पूछें-वूछें तो आप कह दें, बीरू की बुआ हैं। मेरठ से देवर के लिये रिश्ता देखने आयी है···।'' गृहिणी की नजर अपने चेहरे पर गड़ी देखकर उषा को अनबिंधी नाक के प्रति कौतूहल का अनुमान हो गया।

युवती ने बता दिया, बीरू का पिता सेक्रेटेरियेट में क्लर्क था। युवती के ढंग से समझ गयी, वह मेहमान को शरण देने के जोखिम से परिचित थी; उसके लिये गर्व का भाव।

''बहिन जी, खाने के लिये यहाँ ले आऊँ या नीचे चौके में चलेंगी?'' गृहिणी ने पूछा। उषा ने क्षमा माँग ली। घर से चलते समय बेबे ने उसे भर पेट खिला दिया था। गृहिणी उसे विश्राम का अवसर देने के लिये नीचे चली गयी।

उषा चारपाई पर लेट गयी, परन्तु मन में चिन्ता···यूनिवर्सिटी में क्या हो रहा होगा? विरोध प्रदर्शन के लिये जुलूस कैसे निकला होगा? शहर में दफा १४४ और पुल पर सशस्त्र पुलिस बहुत बड़ी संख्या में। उसे स्वयं जुलूस में जाना चाहिये था, परन्तु निर्देश···! मुद्दतों बाद बिना पंखे के मकान में थी। अगस्त की गरमी। बीजना डुलाती रही। नींद आ गयी तो बीजना रुक गया।

उषा की नींद दो घंटे बाद टूटी। पलक खुलने पर फिर खयाल···जुलूस कैसे निकला होगा? शहर में क्या हो रहा है? पप्पू और बेबे! ···पप्पू साँझ तक तो बहला रहेगा, रात में उसे याद करेगा। बेचारी बेबे···।

गृहिणी ने साढ़े पाँच बजे उषा को पति के दफ्तर से लौट आने का समाचार दिया।

सूरतसिंह ने श्रद्धा से बहुत झुककर नमस्कार किया, जैसे चरण छू लेना चाहता हो। समीप मोढ़े पर बैठकर बताया : शहर में दफा १४४ के कारण पाँच जने से अधिक इकट्ठे होने या साथ चलने की मनाही। यूनिवर्सिटी के पुल पर पुलिस की बहुत बड़ी गारद। निशातगंज और डालीगंज के पुलों पर भी पुलिस का जबर्दस्त पहरा। स्टूडेंट्स चार-चार, पाँच-पाँच की टोलियों में दस-पन्द्रह कदम के अन्तर से तीनों पुलों से गोमती पार जाकर इधर-उधर बिखरते रहे। कुछ नावों से पार हो गये। सैकड़ों डालीगंज स्टेशन से ट्रेन में बैठकर सिटी स्टेशन गये और गोमती की तरफ लौट आये। ठीक तीन बजे यूनिवर्सिटी पुल के सामने सब ओर से ढाई-तीन हजार विद्यार्थियों का हुजूम। जुलूस हजरतगंज की ओर बढ़ चला। बहुत बुलन्द नारे—'महात्मा गांधी की जय! हमारे लीडर छोड़े जायें! अंग्रेजों भारत छोड़ो! तानाशाही नहीं चलेगी! साम्राज्यवाद का नाश हो। फासिस्ट मुर्दाबाद! क्विट इंडिया! जालिम सरकार को तोड़ो! अंग्रेज सरकार मुर्दाबाद! हिन्दू-मुसलिम एक हों!'

पुलिस सब ओर से दौड़ पड़ी। पुलिस ने रास्ता रोककर जुलूस को तितर-बितर करने के लिये लाठीचार्ज किया। विद्यार्थी सड़क के दोनों तरफ पार्क में बिखर गये। दो सौ कदम आगे जाकर फिर जुलूस बन गया।

पुलिस फिर उनके पीछे दौड़ी, फिर लाठीचार्ज। तीस-चालीस स्टूडेंट्स को चोटें आयीं। उन्हें गिरफ्तार कर लिया गया। लाठी की चोट से यूनिवर्सिटी के कम्युनिस्ट लीडर हरीश तिवारी की बाँह टूट गयी। जुलूस पर चौथा लाठीचार्ज नरही वाले चौराहे पर हुआ।

सूरतसिंह ने बताया : कम्युनिस्टों ने झंडेवाला पार्क में सभा की। सभा में बहुत कम लोग थे। जिला मैजिस्ट्रेट लुइस लॉयड ने लाठीचार्ज रोक दिया। शहर में पुलिस की गश्त जारी है।

सूरतसिंह कहता गया, ''सेक्रेटेरियेट में आजकल मुसलमान अफसर और क्लर्क बहुत खुश, जैसे उनका राज हो गया। कुछ शरीफ मुसलमान शर्मिन्दा, आँखें चुराये। अंग्रेज अफसर मुसलमानों को शह दे रहे हैं, अब हिन्दू कांग्रेस का राज नहीं हो सकेगा। पहले भी दस में चार नौकरियाँ मुसलमानों को दी जाती थीं, अब आठ-नौ। बहिन जी, पेट के लिये ईमान बेचने वाले हिन्दू भी कम नहीं। हम ही क्या कर रहे हैं? सब समझते हैं पर पेट के लिये विदेशियों की गुलामी कर रहे हैं। आत्मा को चोट लगती है, परन्तु फँस चुके। पत्नी, दो बच्चे, घर पर बूढ़ी माँ। घर पर सिर्फ तीस बीघा धरती, उस पर दो भाई खेती से अपने बाल-बच्चों का पेट पाल रहे हैं। जो लोग देश के लिये जान पर जोखिम ले रहे हैं, धन्य हैं।''

कालेज में पढ़ते समय सूरतसिंह को भी देशभक्ति की उमंग थी। सन् '३४ में बी० ए० किया तो आन्दोलन दब गया था। उसका पिता पिछले महायुद्ध में मैसोपोटामिया में लड़ा था। हवलदार था। लड़ाई में लँगड़ा कर रिटायर हो गया तो पेंशन मिल गयी थी। इसलिये उसके बेटे को नौकरी मिल गयी।

सुबह उषा की आँख खुली तो छः बजने को थे। सूरतसिंह बाहर गया हुआ था। लौटा तो दूध और सौदा-सुल्फ के साथ अखबार लेता आया; चेहरे पर उत्तेजना। दूध की डोलची और सब्जी एक ओर रखकर अखबार उषा के सामने कर दिया। बोल न पाया। तर्जनी से मुखपृष्ठ के निचले भाग में एक समाचार दिखाया।

समाचार था—पुलिस युवती विद्यार्थी नेता की खोज में! पी-एच० डी० की विद्यार्थी उषा सेठ यूनिवर्सिटी में युद्ध विरोधी राजद्रोही उत्तेजक भाषण देने के बाद यूनिवर्सिटी कैम्पस से लापता। पुलिस उषा सेठ की तलाश में उसके मकान में और नगर के अन्य स्थानों पर उसके लिये खोज और छान-बीन कर रही है। उषा सेठ अभी तक लापता।

अखबार में अपना समाचार देखकर उषा को रोमांच की झुरझुरी। उत्तेजना प्रकट न करने के लिये दो पल मौन गर्दन झुकाये रही। आधा अखबार सूरतसिंह की ओर बढ़ाया तो उसने हाथ जोड़ दिये, ''धन्य हैं आप शक्ति माता!''

उषा की गर्दन संकोच से झुक गयी, दूसरे समाचार देखने लगी। विद्यार्थियों के जुलूस पर पुलिस के लाठीचार्ज का समाचार। वाइस चांसलर के आर्डर से यूनिवर्सिटी अनिश्चित-काल के लिये बन्द। एक छोटा समाचार—उपद्रवी भीड़ ने चारबाग स्टेशन के पार्सल दफ्तर में घुसकर कागज-पत्र जला कर नकदी लूट ली थी। पुलिस उपद्रवियों की खोज कर रही थी। दूसरे नगरों बनारस, इलाहाबाद से भी पुलिस और विद्यार्थियों में मुठभेड़ के समाचार। अखबार पढ़कर उषा का अनुमान, समाचारों को दबाकर महत्त्वहीन बनाने का यत्न किया गया है।

ड्योढ़ी के किवाड़ों पर दस्तक से सूरतसिंह ने किवाड़ खोले। उषा की नजर कनखी से उस ओर चली गयी। भीतर आया खाकी कमीज, सफेद पाजामा पहने जवान, किश्तीनुमा खाकी टोपी, हाथ में छोटी छड़ी; पुलिसिया ढंग। उषा के चौंकने से पहले

सूरतसिंह ने जवान को बाँहों में लेकर गले लगा लिया। उसे उषा की ओर ले गया, "मोती आये।" उषा ने पहचान लिया था।

"तुम कल बहिन जी को खुद रिक्शा चलाकर लाये।" सूरतसिंह ने पूछा। आँखों में सराहना।

"उससे सेफ और क्या होता? कल सुबह रिक्शा दिन भर चलाने के लिये किराये पर ले लिया था।"

"यार तुम सचमुच मोती! तुम्हारा जवाब नहीं। अखबार में बहिन जी की खबर आ गयी।" सूरतसिंह ने अखबार मोती को दिखाया।

"हमें मालूम।" मोती बोला, "हमें पूरी खबर। इनकी गली से भी पता मिल गया। पुलिस ने कल इन्हें अरेस्ट करने के लिये साँझ छः बजे इनके यहाँ छापा मारा। वहाँ इनकी बुढ़िया मौसी बहुत घबरायी, रोयी-धोयी। उसने दुहाई दी, लड़की तारीख पर कचेहरी गयी थी। इलाहाबाद की बड़ी कचेहरी का कागज लेने गयी है। इनका बेटा डर गया। पुलिस ने मकान के कोने-कोने की तलाशी ली। कुछ कागज-किताब उठा ले गयी।"

उषा दाँत दबाकर मौन।

मोती ने बताया, "पुलिस ने पड़ोसियों से पूछा, कहाँ आती-जाती हैं? सबने कहा, कहीं आते-जाते नहीं देखा। बस कभी तारीख पर कचेहरी जाती है या कालेज। पुलिस आपकी बुढ़िया मौसी और बच्चे को लेकर आपके माँ-बाप के मकान पर तलाशी के लिये पहुँची। वहाँ भी पूरे मकान की तलाशी। बुढ़िया-बच्चा वहाँ ही रह गये।

"पुलिस लौट गयी तो आपकी पड़ोसिन सरीक औरतें बकने लगीं—हाय रे कैसी डाइन! हमने और चलित्तर तो देखे-सुने थे पर ये नहीं जाना कि मेहरी चोरी-डकैती भी करती है। गली के कई लड़के इधर-उधर से उन्हें धमकाने लगे—गली में किसी ने किसी को गाली-वाली दी तो ठीक नहीं होगा··· किसी को कुछ हो जाय, हम नहीं जानते। सब चुप!"

मोतीराम ने सब समाचार देकर कहा, "बहिन जी, हम आपको लिवाने आये हैं। तैयार हो जाइये। हम इक्का ले आयें।"

मोतीराम ने सूरतसिंह की पत्नी को पुकारा, "भाभी, बहिन जी के लिये कोई दुपट्टा-ओढ़नी निकाल दो। बाजार गुजरेंगे तो घूँघट किये रहना ठीक होगा।" वह इक्का लाने चला गया।

गृहिणी ने पीले रंग की ओढ़नी निकाल दी। उसने उषा के ओढ़ने के यत्न से भाँपा, ओढ़नी लेने का तरीका नहीं जानती। ओढ़नी लेने का ढंग समझाने लगी, घूँघट कैसे किया जाता है। उषा ने दो बार स्वयं ओढ़नी ओढ़कर समझ लिया। अपना पर्स छोटी गठरी में बाँध लिया।

उषा इक्के पर बैठी तो माथे से डेढ़ बालिश्त का घूँघट खींचे थी। घूँघट में से इधर-उधर देख सकने की कला से अनभिज्ञ। उसके लिये घूँघट आँखों के सामने घबरा देने वाली आड़-पर्दा। मोतीराम ने इक्का एक गली के सामने रुकवाया। उषा को इक्के से उतार कर गली में चार कदम बढ़ा था। "दीदी आ गयीं!" श्यामा का परिचित स्वर। मोतीराम नमस्ते कहकर लौट गया।

''दीदी, घूँघट में चलते नहीं बन रहा।'' श्यामा हँसी, ''गली में क्या जरूरत।''

श्यामा की दस्तक पर किवाड़ खुले। उषा को देखकर जिया को इस बार भी विस्मय···ये औरत सदा नये भेस-रूप में! पहले आयी तो नये ढंग की अच्छी साड़ी में, जवानी से खिला चेहरा, फिर विधवा के उदास भेस में, अब पुराने ढंग की साड़ी पर ओढ़नी किये! छोटे आँगन में छाया थी। श्यामा ने खाट डालकर उषा को विश्राम के लिये बैठाया। गिलास में जल दिया। सोचा, माँ कौतूहल-विस्मय का बोझ हल्का करने के लिये इधर-उधर पड़ोस में कुछ चर्चा न करती फिरे। जिया को उषा का नाम पहले इन्दु बता चुकी थी। अब अपने यहाँ उसके आने की चर्चा किसी से न करने का संकेत दे दिया। माँ बेटे-बेटी के ऐसी परेशानी घर ले आने से चिन्तित पर इतने पढ़े-लिखे जवान बच्चों को क्या कहती!

श्यामा माँ से बात करके उषा को आँगन के कोने के बरौठे से मिश्र भवन के आँगन में ले गयी। उस आँगन में दायें ओर के बरामदे में सदा की तरह सरस्वती की सिर मुँड़ी जोगन बुआ। माथे, बाँहों पर चन्दन लगाये जप-पाठ में व्यस्त। बुआ मौन रहती, परन्तु देखती सब थी। उषा ने आदर के संकेत में बुआ की ओर सिर झुका दिया। श्यामा उसे जीने से ऊपर के बरामदे में ले गयी।

पाठक ने आहट सुन घूमकर देखा और कमरे से आ गया। उषा को देखकर प्रसन्नता से खिल गया, ''ग्रैंड! बहुत बहुत बधाई।''

श्यामा और उषा को बरामदे में तख्त पर बैठाकर पाठक भी घुटने तोड़कर तख्त पर बैठ गया, ''रात उस मकान में परेशानी तो नहीं हुई?''

''नहीं नहीं! बहुत ही सज्जन दम्पति। बहुत खातिर···।''

उषा बात पूरी न कर पायी थी, सरस्वती दौड़ी आयी। समीप जाकर पीठ पीछे छिपाया अखबार उषा के सामने कर तर्जनी समाचार पर रख दी—पुलिस युवती विद्यार्थी नेता की खोज में।

''देख चुके।'' उषा ने सरस्वती को बाँह में ले लिया। लड़की उसे प्यारी लगती थी। पद्मा से डेढ़-दो बरस बड़ी, छरहरी, गोरे चेहरे पर फूटती जवानी का लावण्य, चुलबुली-हँसोड़।

''तुम्हारे भाषण से शहर में बहुत सनसनी है।'' पाठक ने कहा।

''भैया जी, दीदी तो साहस, प्रेरणा की मूर्ति की तरह बोलीं। श्रोता मंत्र-मुग्ध!'' श्यामा सराहना में गद्गद।

''तुम्हारे भाषण और तुम्हें गिरफ्तार करने में पुलिस की असफलता से पब्लिक के सामने तुम्हारी इमेज बन गयी···।'' पाठक ने जुलूस निकालने में कम्युनिस्टों के चातुर्य और साहस की भी सराहना की।

''माँ जी ने कालेज में भरती होने की इजाजत दे दी?'' उषा ने सरस्वती की ओर देखा।

''हमने चाचा से बार-बार कहलवाया तो मानीं।'' सरस्वती ने अपनी चतुरता बतायी।

उषा की पीठ पर हाथ रखकर श्यामा हँसी, ''भैया जी, दीदी दुपट्टे, घूँघट में ऐसे लड़खड़ा रही थीं कि अब गिरीं अब गिरीं।''

''चादर, घूँघट बल्कि बुरका अब आपके लिये बहुत जरूरी। वर्ना आपकी अनबिंधी नाक, खुद पुकारती पहचान। चादर-घूँघट का अभ्यास आज शाम से पहले जरूरी।'' श्यामा की ओर देखा, ''यह ट्रेनिंग आज हो जाये।''

''चाचा!'' सरस्वती ने गहरे साँस से चेतावनी दी। दायीं ओर बरामदे से ईंट के फर्श पर खड़ाऊँ की आहट। सभी की नजर उस ओर। त्रिवेदी रसोई की ओर से धीमे-धीमे आ रहे थे। शरीर पर मात्र खद्दर की सफेद बनियान, कमर में धोती। सामने तीन लड़कियाँ देखकर चेहरे पर मुस्कान। मिंची-मिंची आँखें मोटे काँच के चश्मे में से मुँदी लग रही थीं।

पाठक ने सरस्वती की ओर देखा, ''तुमने तो कहा, जीम कर उधर चले गये!''

''बहुत देर पहले रसोई में गये थे। सरस्वती ने अपनी भूल के लिये खेद से कहा, ''हमें क्या मालूम, माँ जी से बतियाते रहे।''

''ये ए० आई० सी० सी० की मीटिंग के लिये बम्बई गये थे।'' पाठक ने धीमे स्वर में उषा को बताया, ''नौ की सुबह गिरफ्तारियाँ हो गयीं तो तुरन्त वहाँ से भागे। दुबकते-छिपते आज सुबह यहाँ पहुँचे हैं। अब भी गिरफ्तारी से छिपे हुए हैं।''

ऊपर की मंजिल में जाने के लिये बरामदे-बरामदे वही रास्ता। त्रिवेदी के समीप आने पर पाठक आदर में खड़ा हो गया, उसके साथ उषा और श्यामा ने उठकर नमस्कार किया।

त्रिवेदी जी ने संकेत से आशीश देकर पूछा, ''क्या मिसकौट हो रही है?'' तख्त पर बैठते हुए बोले, ''बैठो-बैठो।'' सरस्वती को बाँह से पकड़ कर बगल में बैठा लिया, हाथ उसके कंधे पर रखे रहे। उषा की ओर घूमे।

''चाचा जी, ये इन्दु जी।'' सरस्वती उषा के परिचय के लिये बोली।

त्रिवेदी जी ने पलांश सरस्वती को घूरकर पूछा, ''इन्दु जी को कब से जानती हो?'' फिर उषा से पूछा, ''कहिये इन्दु जी, आपने मुझे पहचाना?···स्वस्थ-प्रसन्न हैं?''

उषा अचकचा गयी। उसने त्रिवेदी जी की पहली नजर से भाँप लिया था, पहचान गये हैं। ''धन्यवाद, मैंने पहले ही नमस्कार किया। आपके आशीर्वाद से ठीक हूँ। सित्तो मुझे इन्दु बुलाती है।''

''हूँ।'' संकेत, सब समझते हैं फिर उषा की ओर, ''शाबाश! अद्‌भुत साहस और कौशल के लिये बधाई।'' पाठक को भी सम्बोधन किया, ''इस संघर्ष का कार्यक्रम जेलों को भरना नहीं जेलों को तोड़ना है। सरकार ने आप लोगों के लिये कुछ जल्दी ही रास्ता खोल दिया। गांधी जी के निर्देश और सुझाव आप लोगों को मिल गये। इस संघर्ष की स्ट्रेटेजी लड़ाई को लम्बा करके शत्रु को थकाने में नहीं, तुरन्त अकस्मात् चोट से शत्रु को पंगु कर सकने में है। हम बम्बई से तो जैसे-तैसे निकल आये। चार-पाँच दिन में जो कुछ कर सकें। इस आयु में फरारी हमारे बस की नहीं। यह मोर्चा आप लोगों को लेना है।'' उठने के लिये घुटनों पर हाथ रखकर कहा, ''आप लोग बात करें। कुछ विश्राम कर लें। इकतालीस घंटे के सफर ने थका दिया।'' सित्तो की पीठ पर थपकी दी, ''बेटा, हमारे लिये दो बढ़िया बीड़े अपने हाथ से लगा लाओ।'' ऊपर के जीने की ओर बढ़ गये।

सित्तो ने त्रिवेदी जी के पीछे मुँह चिढ़ा दिया, ''दिन भर पान! ऊपर हाथ पकड़ कर बैठा लेंगे। सिर, कंधे, पीठ पर सहलाते, थपकी देते रहेंगे। हमें नहीं अच्छा लगता।''

''जाओ, चाचा को जल्दी पान देकर आओ। काम है।'' पाठक ने कहा।

सित्तो त्रिवेदी जी को पान देकर लौटी तो श्यामा लौट गयी थी। सित्तो फिर उषा के समीप बैठ गयी।

पाठक ने सित्तो को साथ के कमरे में बिछी सीतलपाटी दिखायी, ''सीतलपाटी जँगले के साथ बिछाकर लेट जाओ।''

''हम यहाँ से देख रहे हैं।'' सित्तो को उषा के समीप बैठने और उन लोगों की बात सुनने का चाव।

''नहीं, तुम वहाँ लेटो।'' पाठक ने कहा, ''ऐसी बातें बच्चे नहीं सुनते।''

पाठक कमरे में जाकर एक झोला उठा लाया। कुछ देर उषा की ओर झुककर दबे स्वर में बात करता रहा। झोले में से कागज निकाल कर उषा को पढ़ने के लिये दिये। फिर दोनों में कुछ परामर्श।

''सुनो!'' पाठक ने सित्तो को पुकारा, ''इन्हें अपने कमरे में ले जाओ। इन्हें कुछ लिखना है। मौसी पूछेगी तो क्या कहोगी?''

''कहना क्या! पहले भी तो आती थीं। माँ जी कौन अखबार पढ़ती हैं। कह देंगे, श्यामा के यहाँ आयी थीं। हम इन्हें बतियाने को बुला लाये।''

पाठक तख्त पर बैठा प्रतीक्षा में बार-बार घड़ी में समय देख रहा था। उषा कमरे से बीस मिनट में बाहर आ गयी। पाठक ने कागजों पर नज़र डालकर उषा को लौटा दिये, ''मैं जा रहा हूँ। कल सुबह भेंट होगी। निगम से आते ही सब समेट देने के लिये कहियेगा।'' चलते-चलते हाथ उषा की ओर बढ़ा दिया, पहला पड़ाव सकुशल पार हो गया। रात दूसरे प्रस्थान के लिये शुभकामना।'' उषा ने निस्संकोच हाथ मिलाया।

छः बजे श्यामा के साथ देवशंकर निगम भी आया। उसने बताया : नगर भर में उषा का चर्चा था। अनेक अफवाहें, उषा ने लेक्चर में कहा—हम एक भी अंग्रेज को ज़िन्दा नहीं रहने देंगे। कचहरियाँ, दफ्तर, रेल, तार-डाक सब फना कर दिये जाएँ। यूनिवर्सिटी के चारों ओर लठैत, बन्दूकची और घुड़सवार पुलिस का घेरा। बड़े-बड़े अंग्रेज अफसर मौजूद। उषा लेक्चर देकर सभा से निकली। पुलिस ने उसे घेर लिया। उषा पुलिस के घेरे में सड़क तक आयी और लापता। पुलिस देखती रह गयी।

दूसरी अफवाह : उषा पुलिस के घेरे को तोड़कर दौड़ी, पुलिस उसके पीछे। उषा एक छलाँग में यूनिवर्सिटी की ऊँची बाड़ फाँदकर सड़क पर कूद गयी। सड़क पर अंग्रेज पुलिस अफसर की मोटर थी। उषा ने मोटर में बैठकर ड्राइवर को पिस्तौल दिखाया, चलो! पुलिस देखती रह गयी।

ड्राइवर आधी रात वापस लौटा। उसने बताया, सीतापुर के बीस मील आगे जाकर वह बेहोश हो गया। उसे होश आया तो रात का अँधेरा। मोटर जंगल के किनारे थी। उसके सामने स्टियर पर सौ रुपये का नोट। पुलिस सब तरफ सौ-सौ मील तक घेरा डाले है। उषा का कहीं पता नहीं। कोई कहता है कलकत्ता चली गयी, कोई कहता है बम्बई पहुँच गयी···। निगम हँसा, ''चौबीस घंटे में आप लीजेंड बन गयीं।''

उषा भी हँसी, ''दे हैव मेड ए बिच ऑफ मी।''

निगम का स्वर सहानुभूति का हो गया, "संगम प्रेस में वेदप्रकाश से मिलकर आया हूँ। पुलिस के छापे के बाद वकील कोहली और वेद के पिता मास्टर जी की सलाह से आपकी मौसी प्रताप को लेकर वालाकदर आपके फादर के यहाँ चली गयी। पुलिस कल वहाँ भी तलाशी लेने गयी थी। आपके फादर बल्कि भाई अमित पंडित ने निधड़क कहा—आप मनचाहे ढंग से तलाशी ले सकते हैं, लेकिन न्याय और ईमानदारी का तकाज़ा है कि आप स्वयं यहाँ कुछ रखकर यहाँ से मिली चीज़ न बता दें। उषा सेठ मेरी बहन है, परन्तु उषा के और हमारे राजनैतिक विचारों में भेद है। मेरी बहन ने विवाह के बाद साढ़े तीन बरस में यहाँ कभी कदम नहीं रखा। हमारे डैडी क्रिश्चियन कालेज के प्रोफेसर, वे राजनीति से सम्पर्क नहीं रखते। मैं स्वयं फासिस्ट विरोधी हूँ, युद्ध प्रयत्न में विरोध की नीति को देशहित के विरुद्ध समझता हूँ।"

प्रताप अपनी नानियों और मौसी के साथ बहल गया है—उषा ने सान्त्वना अनुभव की।

रात साढ़े नौ बजे लखनऊ चारबाग स्टेशन की मुख्य ड्योढ़ी में, ताँगे से एक भद्र युवक, पर्दापोश महिला और सामने ताँगे वाले की बगल से एक नौकर उतरा। टिकट पहले से खरीदे हुए थे। भद्र युवक लखनौआ वेश में—टसरी शेरवानी; चौड़ी मोहरी का सफेद पाजामा, काले वार्निशी चमाचम पम्प शू, पुराने ढंग की गोल फेल्ट क्रिस्टी टोपी, हाथ में नाजुक छड़ी। युवक के दूसरे हाथ में पेंचदार ढक्कन लगा कड़े से झूलता गंगाजली लोटा। उन दिनों छूत और पवित्रता का बहुत विचार करने वाले यात्री उस प्रकार के लोटे का प्रयोग करते थे।

युवक के पीछे महिला साड़ी पर सफेद रेशमी चादर ओढ़े, माथे से बालिश्त भर का घूँघट खींचे। उनके पीछे कुली से सामान उठाये जवान नौकर, लखनौआ देहाती की तरह लम्बे ढीले कुरते, घुटनों तक धोती में। टोपी पर लाल अँगोछा बाँधे। नौकर की एक बगल में उसकी गठरी, दूसरे हाथ में सामान से भरी कंडी। वे लोग स्टेशन पर बायें हाथ इलाहाबाद पैसेन्जर के प्लेटफार्म की ओर जा रहे थे।

निगम ने उषा को ज़नाना इंटर काम्पार्टमेंट में बैठा दिया। गंगाजली लोटा और टिकट उसे दे दिये। मोतीराम ने कुली से उठवाया सामान, वार्निशी ट्रंक, दरी में बँधा बिस्तर, कैन्वस का बैग मालकिन (उषा) के साथ ज़नाना डिब्बे में रखवा दिये। अपने हाथ की कंडी भी रख दी। अपनी गठरी लेकर साथ के थर्ड क्लास में बैठ गया। कुछ ही पल में गाड़ी छूट गयी।

पाठक के सुझाव से उषा प्लेटफार्म से आड़ की जगह में बैठी थी। स्त्रियाँ स्त्रियों से पर्दा नहीं करतीं। उषा ने घूँघट हटाने से पूर्व देख लिया, सहयात्री तीन मुस्लिम स्त्रियाँ थीं। वे गाड़ी छूटने तक चेहरों पर नकाब किये रहीं। एक प्रौढ़ा के वेश में ईसाई होने का अनुमान। तेजी पकड़ती गाड़ी की खिड़की से उषा की नज़र रेलवे लाइन के किनारे पीछे छूटते जाते लखनऊ के मकानों की ओर। इस ओर कभी न आयी थी। ये मुहल्ले और यहाँ के लोग उसके अपरिचित, परन्तु उसके नगर के मुहल्ले और लोग…। मन में बेटे, माता-पिता, भाई-बहिन और बेबे को सदा के लिये छोड़ जाने की टीस। इस संघर्ष का अन्त कब, क्या होगा…।

बिरजू, साढ़े ग्यारह बजे कड़कती धूप में इलाहाबाद रामबाग स्टेशन पर पहुँचा। पिछले दिन आधी रात तक उत्तेजना में दम तोड़ दौड़-भाग, फिर संघर्ष समिनि में आगे के कार्यक्रम की मंत्रणा। चार बजे श्याम जी का आदेश, सिकरौल स्टेशन से छः बजे की पैसेन्जर से इलाहाबाद जाने का। सुबह की पैसेन्जर में कचहरी जाने वालों की ठसाठस भीड़। बिरजू को कमर सीधी करने का भी अवसर नहीं। ऊँघ में पाँच घंटे बैठे-बैठे इलाहाबाद पहुँचा। बिरजू नींद-थकान की चिन्ता न कर विश्वस्त सम्पर्क के लिये तुरन्त कर्नेलगंज गया। उसकी दस्तक पर किवाड़ खोले साथी के प्रौढ़ पिता ने। प्रौढ़ की नजर से संदेह, आतंक और क्रोध। रूखा उत्तर; घर में नहीं है और किवाड़ खटाक से मुँद गये। भीतर से साँकल चढ़ा देने की आहट।

बिरजू समीप कटरा में गया। दूसरे साथी का दरवाज़ा खटखटाया। इस दरवाजे पर भी लगभग पहले जैसा स्वागत, परन्तु उसके प्रश्न का उत्तर मिल गया—काम से कानपुर गया है। बिरजू को अनुमान, साथी गिरफ्तारी की आशंका में फुर्र हो गये।

बिरजू ने लूकरगंज के लिये इक्के पर बैठने से पहले 'लीडर' ले लिया था। पिछले तीन दिन में इलाहाबाद में अनेक गिरफ्तारियाँ हो चुकी थीं। दस और ग्यारह अगस्त दोनों दिन सम्भ्रान्त महिलायें पुलिस के लाठीचार्ज के बावजूद जुलूस के आगे थीं। नेहरू परिवार की और दूसरी अनेक महिलायें गिरफ्तार हो गयी थीं।

बिरजू लूकरगंज में असफल होकर रानीमंडी, मुट्ठीगंज भी गया। कोई सम्पर्क सूत्र न मिल सका। सोचा, इलाहाबाद में समय बर्बाद करने के बजाय रात की गाड़ी से लखनऊ चला जाये। श्याम जी ने लखनऊ में भी सम्पर्क सूत्र बता दिया था। स्वयं भी लखनऊ और लखनऊ के कार्यकर्ताओं से खूब परिचित।

स्टेशन जाने से पहले लूकरगंज में जोशी के यहाँ सन्देश देने गया : गज्जन से भेंट हो तो कह देना, ठाकुर से बहुत जरूरी काम है। सम्पर्क के लिये लखनऊ जा रहे हैं। वहाँ कुछ न बना तो…।

"भीतर आ जाओ!" गज्जन की धीमी पुकार, "तुम्हारे आने की खबर मिल गयी। लखनऊ से यहाँ ही आ गया। चलो हमारे साथ।"

बिरजू को लेकर गज्जन रानीमंडी की ओर चला। उसे एक खपरैल छाये अपरिचित मकान में ले गया। गज्जन ने तख्त पर बैठकर एक हाथ से बीजना डुलाते पत्रिका पढ़ते प्रौढ़ व्यक्ति के समीप बैठकर धीमे स्वर में बात की। प्रौढ़ ने बिरजू की ओर नजर उठाकर भीतर दरवाजे की ओर संकेत कर दिया।

आँगन में खपरैल छाये चौड़े बरामदे के नीचे दो खाटें थीं। खाट पर एक युवक उस ओर पीठ किये सिगरेट से कश ले रहा था। युवक ने आहट से घूमकर देखा। नजरें मिलने पर दोनों ओर बाँछें खिल गयीं। इधर से बिरजू लपका, उधर से युवक। दोनों टक्कर से गले मिले।

"हम दोपहर तुम्हारे यहाँ गये।" बिरजू ने बताया, "शायद तुम्हारे बड़े भाई थे। हमें बहुत सन्देह से देखा, फिर बोले, परसों कानपुर गये हैं। पहले हम कर्नेलगंज गये थे। वहाँ बंसी भी लापता। हमें अनुमान हो गया था।"

बिरजू को समीप बैठाकर रामलहर सिंह ने बताया, "हम परसों साँझ घर लौट रहे थे। आजाद पार्क के सामने उधर से आते एक पड़ोसी ने हमें बता दिया, तीन बजे हमारे

यहाँ पुलिस गयी थी। हमारे यहाँ बहुत ठोंक-बजाकर तलाशी ली, फिर हमारे लिये पूछा। हमारे लोगों ने कह दिया, हम सुबह कानपुर गये हैं, नौकरी के बारे में बात करने के लिये। पुलिस के हाथ कुछ कागज जरूर लग गये। हम घर गये ही नहीं। पड़ोसी से कह दिया, घर पर बता दे कि हमें खबर मिल गयी। बंसी तो बहुत बचे।'' लहरी ने बताया, पुलिस उसे गिरफ्तार करने गयी। गलती से बगल की गली में उसके मकान के लिये पूछा। गली में कोई भला आदमी। उसने मकान दूसरी गलत गली में बता दिया। पुलिस को उधर जाते देखा तो अपनी बेटी को बंसी के यहाँ दौड़ाकर खबर कर दी। पुलिस भटक-भटक कर उसके मकान पर पहुँची तब तक बंसी उड़ गये थे।''

''तभी!'' बिरजू ने लहरी (रामलहर सिंह) के भेस पर नजर डालकर कहा। लहरी साधारणतः कुर्ता-पाजामा पहनता था। इस समय बगल में कत्थई कपड़े की शेरवानी, चौड़ी बाड़ की हरे मखमल की किश्ती टोपी और धूप चश्मा रखे थे। खाट के नीचे टीन का बैगनुमा बक्सा, अलीगढ़ के ताला एजेन्ट का रूप-भेस।

''आ गये।'' गज्जन ने कहा। बिरजू की नजर दरवाज़े की ओर उठी। बढ़िया बुर्राक सफेद कुर्ता महीन धोती, कंधों पर गर्द का दुपट्टा लिये व्यक्ति मुस्कराता हुआ आया। उसके चेहरे पर शौक से ठकुराना ढंग की पली-पुसी उमेठी हुई मूँछ-दाढ़ी। माथे और कान की लौ पर सफेद चन्दन। गर्दन तक छँटे चिकने काले पटों पर ऊँची बाड़ की चिकन की चुन्नट पड़ी इलाहाबादी दुपलिया टोपी। हाथ में गाँठदार मजबूत मोटी छड़ी, सम्पन्न पंडे की मुद्रा।

आगन्तुक को देखकर बिरजू के चेहरे पर पल भर अपरिचय का असमंजस। नजर मिली तो उछल कर सीने से जा लगा, ''ठाकुरदा, ये पंडागिरी कब से?''

''कब आये? वहाँ क्या हाल? तुम लोगों ने नौ को ही जुलूस निकाल दिया।'' पाठक ने खाट पर बैठकर पूछा, ''और क्या हाल-चाल?''

''दादा, वहाँ तो बज गयी। तीन आदमी खेत रहे। दो पुलिस वाले भी।''

''क्या?'' पाठक की भौंवें उठ गयीं, ''अखबार में था, नौ और दस को विद्यार्थियों के छोटे-छोटे जुलूस निकले। कोई-कोई दुकान बन्द थी। कल भीड़ ने कुछ लूट-पाट की तो पुलिस ने चेतावनी के लिये हवा में गोली चलायी। भीड़ तितर-बितर हो गयी।''

''सैन्सर्ड न्यूज! बकवास! हम तो वहीं थे।'' बिरजू ने विरोध किया।

''वो तो होगा। तुम बताओ। श्याम शर्मा ने कहा था, एक अगस्त, तिलक जयन्ती से तैयारी कर देंगे।''

''एक अगस्त से तो वर्सिटी कैम्पस में। पहले बताया गया कि बम्बई से नौ की साँझ खबर आयेगी। बिड़ला होस्टल में शर्मा जी ने नौ की सुबह रेडियो पर खबर सुन ली। उन्होंने पन्द्रह-बीस स्टूडेंट तुरन्त दौड़ा दिये। रविवार गीता भवन में वाइस चांसलर का प्रवचन रहा। राधाकृष्णन विद्वान चाहे जितने हों पर सरकार के एक नम्बर चापलूस।

''राजभक्त न होते तो 'सर' कैसे बनते!'' लहरी ने टोक दिया।

''राधाकृष्णन प्रवचन से पहले रेडियो पर नेताओं की गिरफ्तारी और एमरी का स्टेटमेंट सुनकर आये होंगे। दादा, एमरी ने मजा कर दिया, खुद लोगों को बगावत का प्रोग्राम बता दिया।

''साथियों ने दौड़-दौड़कर सब होस्टलों में एलान कर दिया, सब लोग गीता हाल चलें। असरानी तो गांधी से ज्यादा गांधीवादी। वो बोले, गांधी जी वायोलेंट बगावत का

आदेश नहीं दे सकते। सरकार वायोलेंट का प्रोग्राम बताकर, जनता को उत्तेजना दे करके दमन का अवसर बनाना चाहती है।''

''गीता हॉल में कितने लोग आ गये।'' पाठक ने पूछा।

''मामूली तौर पर तो जानो साठ-सत्तर। वाइस चांसलर आये तो हॉल ठसाठस भरा हुआ। प्रवचन होते-होते हॉल के बाहर हजार स्टूडेंट।''

''राधाकृष्णन ने क्या कहा?'' पाठक को उत्सुकता।

''दादा, हमें लगा, रेडियो पर आयी खबर से हॉल में भीड़ देखकर राधाकृष्णन दहल गये। बी० एच० यू० की तो परम्परा राष्ट्रीय संघर्ष में आगे रहने की। राधाकृष्णन ने कहा, गीता स्थितप्रज्ञ रहने का उपदेश देती है। सब सुख-दुख, आवेश, उद्वेग, उत्तेजना में प्रज्ञा स्थिर रखो, दम साधे रहो। किसी भी विचार-भावना से विचलित या उद्वेलित न हो। मतलब कि राष्ट्रीय अपमान और चोट सहकर शान्त बने रहो।

''राधाकृष्णन हॉल से निकले तो भीड़ को अनदेखा कर अपनी मोटर में वाइस चांसलर निवास भाग गये। तब डाक्टर गैरोला ने स्टूडेंट्स को ललकार कर रेडियो का समाचार बताया—सरकार ने हमारे लीडरों को गिरफ्तार करके देश को चुनौती दी है। जवानो, गांधी जी का अन्तिम आदेश है, डू आर डाई! करो या मरो!

''गैरोला ने कहा, इस क्षण हम लोग स्वतंत्रता के सिपाही हैं। हमें सैनिकों की तरह डिसिप्लिन में चलना होगा। विद्यार्थी सिपाही चार-चार की लाइनों में हो जायें।

''दादा, मेडिकल कालेज का सुकुल है न, उसे बड़े जोर की सूझी! उसने कहा, हम मोर्चे पर जा रहे हैं। हम यूनिवर्सिटी के पिता महामना मालवीय जी का आशीर्वाद लेकर कूच करेंगे।

''दादा, मालवीय जी का स्वास्थ्य बहुत गड़बड़। डाक्टरों का कड़ा निर्देश, मालवीय जी को किसी तरह जरा भी डिस्टर्ब न किया जाये। विद्यार्थी चार-चार की लाइन में मालवीय जी के बँगले की तरफ चले। मालवीय जी सुबह बँगले के सामने बायें हाथ के कमरे में रहते हैं। कमरे की बड़ी खिड़की में सींखचे लगे हैं। लोग वहीं से दर्शन कर लेते हैं। मालवीय जी भी रेडियो सुनकर बहुत विचलित। श्याम जी और सुकुल ने जाकर प्रार्थना की, विद्यार्थी बापू की गिरफ्तारी से राष्ट्रीय अपमान का विरोध करने जा रहे हैं। हम आपके आशीर्वाद के लिये खिड़की के सामने से प्रणाम करते निकल जायेंगे।

''दादा, मालवीय जी कितने माडरेट हों, परन्तु राधाकृष्णन की तरह मर्सिनरी इंटेलेक्चुअल नहीं! राष्ट्रीय अपमान नहीं सह सकते। बोले, गांधी की गिरफ्तारी राष्ट्र का अपमान। उस अन्याय के विरोध और गांधी के आदर में मेरा पूर्ण सहयोग।

''सुकुल ने विद्यार्थियों को मालवीय जी का सन्देश सुना दिया। विद्यार्थी प्रणाम में हाथ जोड़े खिड़की के सामने से निकलते गये। मालवीय जी को मसनदी तकियों के सहारे बैठा दिया गया था। वे आशीर्वाद में हाथ उठाये थे। मुँदी आँखों से धँसे गालों में आँसू की धारें। विद्यार्थियों में अंग्रेजों के खिलाफ क्रोध की बिजली तड़क उठी।

''विद्यार्थियों का जुलूस शहर को चला। आगे कांग्रेस का झण्डा। चले तो पन्द्रह-सोलह सौ लोग थे। यूनिवर्सिटी से निकले तो शहर के लोग शामिल होने लगे। कुछ लंका, अस्सी में बढ़े। सुनारपुरा, गौदलिया, चौक तक और तीन-चार हजार। सुनारपुरा के

बिन्देसरी पाठक और कुछ दूसरे लोग हड़ताल करवा रहे थे। जुलूस के नारे सुने तो दुकानों के किवाड़, तख्ते पटापट, खटाखट मुँदने-गिरने लगे।

"टाउन हाल के सामने मैदागिन* पहुँचते-पहुँचते पन्द्रह-बीस हजार की भीड़। मैदान में कांग्रेस का झण्डा गाड़कर गैरोला ने 'भारत छोड़ो' संग्राम की ललकार दी—नेताओं के रिहा होने तक शहर में मुकम्मल हड़ताल रहेगी। सीना ठोंककर कहा—हमारा प्रोग्राम वही जो एमरी ने बताया। एक भी अंग्रेज हिन्दुस्तान में नहीं रह सकेगा।

"शहर में पुलिस चौकस थी पर बोली कुछ नहीं। सुना, कलक्टर फिनले का आर्डर था, जुलूस तोड़-फोड़, लूट-पाट न करे तो पुलिस दखल न दे। दादा, फिनले की बाबत तो सुना होगा। साफ हिन्दी बोलता है। जबान का मीठा। शहर के रईसों से रब्त-जब्त। डाक्टर भगवानदास से हिन्दू दर्शन पढ़ता है। सुना कि आयरिश है। आयरलैण्ड भी ब्रिटेन से नाराज।

"दादा, मजा तो आया दूसरे दिन दस तारीख, सोमवार। सब स्कूलों-कालेजों के लड़के प्रदर्शन में शामिल। उधर से उदयप्रताप कालेज के लड़के इधर से डी० ए० वी० कालेज और हरिश्चन्द्र स्कूल के। सात-आठ हजार की भीड़ बरुना पार कचहरी पहुँच गयी। लोगों ने कहा, बीच के गुम्बद पर यूनियन जैक हटाकर कांग्रेस का झण्डा लगाया जायेगा। कचहरी की गारद ने भीड़ को कचहरी के सामने सड़क पर रोका तो आकाशफाड़ नारे—महात्मा गांधी की जय! अंग्रेजों भारत छोड़ो! इन्कलाब जिन्दाबाद!

"फिनले कचहरी में था। भीड़ के सामने आ गया। बोला, इतना शोर हंगामा क्यों? क्या हो गया?

"भीड़ ने ललकारा, कचहरी पर अंग्रेजों का नहीं भारत का झंडा लगेगा।

"फिनले ने बहकाया, आप लोग कांग्रेसी हैं। कांग्रेस की नीति वायलेंस और उत्पात की नहीं। अपना सैद्धान्तिक प्रदर्शन शहर में कीजिये। कचहरी के काम में गड़बड़ डालना ठीक नहीं। यहाँ पूरे जिले से सात-आठ सौ आदमी जरूरी काम से आया है। किसी को न्याय के लिये दरखास्त देना है, कोई लम्बे मुकदमे का फैसला सुनने आया है, किसी को खजाने में जमा करना, किसी को लेना। उन लोगों का ख्याल करना चाहिये।

"भीड़ का शोर, कचहरी पर भारत का झंडा लगेगा। कचहरी अपना काम करे। हमें सिर्फ झंडा लगाना है।

"फिनले एक चतुर! बोला, कोई आदमी कचहरी के भीतर किसी दरवाजे-कमरे में कदम नहीं रखेगा। कोई शोर नहीं होगा। झंडा बेशक लगा लो। दादा, वो कचहरी के दोनों पंखों के बीच का गुम्बद! जिस पर यूनियन जैक लगा है, साठ फुट से ऊँचा। फिनले को खयाल, जीने के बिना कोई दूसरी छत पर जायेगा कैसे? गुम्बद उससे भी ऊँचा।

"पर दादा, बनारसी किससे कम! एक आदमी ने दीवार पर हाथ टिका दिये, दूसरा उचक कर उसके कंधों पर। ईसरगंगी मुहल्ले का जायसवालों का चौदह-पन्द्रह बरस का लड़का रामप्रकाश उन लोगों के कंधों पर चढ़ गया। दादा, कपूर ने बताया कि लड़के ने

---

* वाराणसी में टाउन हाल के सामने, जहाँ अब शरणार्थी बाजार बस गया है। १९४७ से पूर्व विस्तृत मैदान था।

आगे परनाले का पाइप पकड़ लिया और बन्दर की तरह यह जा वो जा, गुम्बद पर जा पहुँचा। भीड़ के नारों से आसमान थर्रा रहा था—अंग्रेजो भारत छोड़ो! इन्कलाब जिन्दाबाद! रामप्रकाश ने यूनियन जैक पकड़कर झटका तो पुलिस ने उसकी तरफ बन्दूकें उठाईं। फिनले ने उन्हें रोक दिया। रामप्रकाश कमर में कांग्रेस का झंडा बाँधे था। उसने यूनियन जैक की जगह भारत का झंडा फहरा दिया। दादा, फिर नारों का क्या कहना!

''एक आदमी फिनले से भिड़ गया, अब कलक्टर अंग्रेज नहीं हम हैं। तुम यहाँ से निकलो। हम काम सम्भालेंगे।

''ठीक है, कलक्टर तुम ही हो। फिनले हँस दिया, लेकिन तुम्हें यह काम सीखना होगा। हमारे साथ बैठकर देखो। हम तुम्हारा ही काम कर रहे हैं। बाकी लोग जायें। यहाँ कचहरी के काम से आये लोगों का हर्ज नहीं करना चाहिये।

''भीड़ कचहरी पर आजादी का झंडा फहरा कर स्वतंत्रता की घोषणा करने के लिये नगर की ओर चली गयी।

''संघर्ष समिति ने तुरन्त निर्णय किया, नगर का शासन कांग्रेस को सौंप दिया जाये। गैरोला, श्याम शर्मा, सुकुल और कई लोग श्रीप्रकाश बाबू से शासन सूत्र संभालने की प्रार्थना करने के लिये सिगरा में उनके मकान पर पहुँचे। लोग हैरान! श्रीप्रकाश बाबू को पुलिस कुछ समय पूर्व गिरफ्तार करके ले गयी थी।

''भीड़ ने कलक्टर के बँगले पर धावा बोल दिया, ऊँचे नारे और ललकारें—हमारे नेता को रिहा करो! श्रीप्रकाश बाबू को रिहा करो!

''फिनले फिर भीड़ के सामने निकल आया। दोनों हाथ उठाकर सुनने का संकेत, आप लोग श्रीप्रकाश बाबू को परेशान न करें। वे बहुत शान्त प्रकृति व्यक्ति हैं। उन्हें शोर-शराबे और उत्तेजना से परेशानी होगी। वे जब चाहेंगे, घर लौट जायेंगे।

''जनता को तब तक मालूम हो गया, श्रीप्रकाश बाबू ने स्वयं फोन कर कलक्टर से अनुरोध किया था कि वे 'क्विट इंडिया' आन्दोलन के लिये भाषण देने जा रहे हैं। उन्हें गिरफ्तार कर लिया जाये। जनता मुँह लटकाये वापस लौट गयी।

''रात यूनिवर्सिटी में गैरोला के यहाँ संघर्ष समिति ने भावी कार्यक्रम निश्चित किया। समीप देहातों और छोटे नगरों फैजाबाद, जौनपुर, आजमगढ़, बलिया में क्रान्ति संघर्ष आरम्भ करने के लिये युवकों के दल भेज दिये गये।

''तारघर, कलक्टरेट और पुलिस के कुछ लोगों में भी राष्ट्रीय भावना। उन्होंने खबर दी कि पुलिस सुपरिण्टेण्डेण्ट मार्श, डिप्टी कलक्टर भूपनारायण सिंह वगैरा राजभक्त अफसरों ने लखनऊ में गवर्नर को कलक्टर की कमजोर नीति की शिकायत का तार देकर तुरन्त कुमुक के लिये संदेश भेज दिये थे। यह भी सुना कि सी० आई० डी० फिनले को खबर दी, वर्सिटी में विद्रोही विद्यार्थियों ने यू० टी० सी० के डेढ़-दो सौ राइफलों पर कब्जा कर लिया है। उत्तेजित विद्यार्थियों की संख्या नगर की पुलिस से कहीं अधिक। फिनले को आशंका, जनता पलड़ा भारी देखकर पुलिस भी न बागी हो जाये। वह स्थिति सम्भाले था। उसने स्वयं भी सशस्त्र पुलिस और फौजी कुमुक के लिये संदेश भेजे थे।''

''यू० टी० सी० सेन्टर की फौजी गारद ने क्या किया?'' पाठक ने टोका, ''कितनी राइफलें, गोली-गट्टा मिला?''

''गैरोला ने मना कर दिया था, फौजियों से उलझना ठीक नहीं। वहाँ का टेलीफोन काट दिया कि वो शहर से बात न कर सकें।''

''उलझने का क्या मतलब!'' पाठक के स्वर में खिन्नता, ''उनकी सहानुभूति पानी चाहिये थी। यह बात महीना भर पहले सोचने की थी। उन्हें बताना था, कचहरी पर अपना झंडा लग गया। एक-दो को ले जाकर दिखा देते। उतना हरबा-हथियार अपने हाथ होता तो कितने काम आता।''

बिरजू ने आगे बताया, ''लोगों को संदेह, दूसरे दिन कचहरी पर फिर न यूनियन जैक लग जाये। ग्यारह को नौ-दस बजे भीड़ का बहुत बड़ा रेला कचहरी की ओर गया। ग्यारह को शहर में सशस्त्र पुलिस भी अधिक संख्या में।

''बरुना के पुल के इधर नदेसर में सशस्त्र पुलिस रास्ता रोके खड़ी थी। सुपरिण्टेण्डेण्ट मार्श, कोतवाल सिद्दीकी और डिप्टी कलक्टर भूपनारायण सिंह। पुलिस ने हुक्म दिया, पब्लिक पीछे हट जाये। पुल पार करना मना है। भीड़ नारे लगाकर आगे बढ़ी। मार्श ने गोली चलवा दी। दो आदमी गिर पड़े तो भीड़ के पाँव उखड़ गये। भागती भीड़ पर लठैत पुलिस ने हमला कर दिया।

''संघर्ष कमेटी ने निश्चय किया, जनता को डिमॉरेलाइज नहीं होने देंगे। संघर्ष की ललकार के लिये शहर में जगह-जगह जुलूस निकालने का आर्डर दे दिया। हरिश्चन्द्र की तिमुहानी पर पुलिस के साथ फौजी गारद भी मौजूद। जुलूस नहीं रुका तो भूपनारायण सिंह ने गोरे फौजियों से गोली चलवा दी। जुलूस के आगे था सुनारपुरा का बिन्देसरी पाठक। उसने लोगों को बिदकते देखा तो ललकार कर आगे बढ़ा। दूसरी बार और ज्यादा फायरिंग! दो-तीन लड़के गिर गये। बिन्देसरी ने कहा, लेट जाओ, रेंग कर आगे बढ़ो। फौजियों को गिरा दो! फिर फायरिंग हुआ तो भीड़ रुक न सकी। बिन्देसरी के पाँव में गोली लगी। एक बेचारा मल्लाह मारा गया। एक लड़की भी गोली लगने से घायल हुई। यूनिवर्सिटी के विद्यार्थी चालीस जख्मियों को उठाकर यूनिवर्सिटी हस्पताल ले गये।

''हम लोगों को बहुत चिन्ता, मार खाकर जनता दब न जाये। देवेन और श्याम जी ने राय दी, सरकार पर सामने नहीं, बगल से वार करना चाहिये। पहले सरकार से देहात में लोहा लिया जाये। धानापुर से शुरू हो। वहाँ कामता बाबू का प्रभाव। वे उग्र कांग्रेसी। उन्हें खबर मिली थी कि कचहरी पर कांग्रेसी झंडा लग गया। कामता ने हुक्म दिया, यहाँ थाने पर भी कांग्रेसी झंडा लगेगा। थानेदार ने भीड़ आती देखी तो सिपाहियों को बन्दूकें देकर थाने की छत पर चढ़ा दिया था। सिपाहियों की गोली से एक आदमी गिर गया। कामता बाबू की ललकार से भीड़ ने थाने को घेरकर उसमें आग लगा दी। सिपाही छत से कूदकर भागे तो भीड़ ने दो को पकड़ कर आग में धकेल दिया। बस, देहात में आग फैल गयी। जौनपुर लाइन पर दो स्टेशन फूँक दिये। बनारस का हवाई अड्डा बाबतपुर खोदकर बेकाम कर डाला।

''यूनिवर्सिटी के फाटक पर संघर्ष कमेटी का ताला है। चौबीस घंटे पहरा। सी० आई० डी०, पुलिस कोई नजदीक नहीं फटक सकता। पुलिस आये तो ऐसा ईंटा-पत्थर बरसे कि सालों को छठी का दूध याद आ जाये।

''साँझ सर्कुलर के मुताबिक सम्पर्क और यातायात साधन समाप्त करने के लिये देहात में दल भेज दिये गये। इंजीनियरिंग कालेज से बहुत मदद मिली। औजार भी मिल गये।

अब पुलों के लिए मसाला चाहिये। श्याम जी ने हमें प्रोपेगैण्डा मैटीरियल और ग्वालियर वाला माल लेने भेजा है। ···लेकर जल्दी लौटना है।''

पाठक ने कुछ पल सोचकर आश्वासन दिया, ''हो जायेगा। उसमें चार-पाँच घंटे लग जायेंगे। तुमसे और भी जरूरी बात करना है। साढ़े आठ-पौने नौ के बीच घंटाघर से जानस्टनगंज के बीच रहना।'' पाठक लहरी के साथ चला गया।

ब्रजेश सिंह उर्फ बिरजू ने बी० ए० इलाहाबाद यूनिवर्सिटी से किया था। बिरजू विद्यार्थी अच्छा था, परन्तु अठारह की आयु तक आजमगढ़-बलिया के प्रभाव से शौक-व्यवहार में देहाती। इलाहाबाद के कालेजों और होस्टलों में पूर्वी देहाती विद्यार्थी नागरिक विद्यार्थियों के विद्रूप मनोरंजन के पात्र। इस दृष्टि से बलिया का देहाती अनाड़ी सरलता का प्रतीक। उनकी संज्ञा 'बलियाटिक'। 'टिक' संकेत पर्याप्त। कुछ पूर्वी देहाती विद्यार्थी नागरिकों के मजाक को निरीहता से लेते और फिर मजाक को भोली चुटकी से पलट कर मजाक करने वाले को मिट्टी कर देते।

बिरजू में इतनी सहिष्णुता न थी। बचपन में भैंस के दूध की धारें लेकर खेतों में उछल-कूद से निधड़क। फिर शिक्षा के लिये निपुत्र मामा के यहाँ आजमगढ़, गाजीपुर के कस्बों और बलिया में रहा। उसकी प्रवृत्ति और विचारों पर मामा का प्रभाव। लड़कपन से कसरत-अखाड़े का भी शौक। अपनी बातों पर बहुत भरोसा। विद्रूप में अपमान की ध्वनि की शंका से ही हाथ छोड़ बैठता। तीन-चार से भिड़ जाने में भी बेझिझक।

उस समय यूनिवर्सिटी में फेडरेशन का बहुत जोर था। बिरजू भी साम्यवाद के मानवी आदर्शों से प्रभावित हुआ, परन्तु कांग्रेस समाजवादियों, विशेषकर पाठक की संगति से उसे कम्युनिस्ट अन्तर्राष्ट्रीयता में अपने राष्ट्र की उपेक्षा खटकने लगी। समाजवाद के प्रति झुकाव के कारण उसकी सहानुभूति कांग्रेस समाजवादियों से हो गयी।

बिरजू एम० ए० के लिये १९३८ में लखनऊ चला गया। घर की सीमित धरती पर खेती संभालने के लिये बड़ा भाई था। बिरजू का विचार पुरातत्व में शोध से पी-एच० डी० करने का। बिरजू की अध्ययन महत्त्वाकांक्षा को मामा का प्रोत्साहन। पुरातत्व के शोध-अध्ययन में निर्देश के लिये बी० एच० यू० में डाक्टर वासुदेवशरण अग्रवाल से बेहतर कौन हो सकता था। बिरजू को पाठक का भी परामर्श, बी० एच० यू० में अध्ययन के लिये बेहतर अवसर के अतिरिक्त अपने पूर्वी जिलों में पिछड़ी राजनैतिक चेतना के लिये कुछ करने की भी चिन्ता उचित। बिरजू १९४१ से बी० एच० यू० चला गया था। वहाँ श्याम शर्मा का विशेष विश्वासपात्र सहयोगी।

श्याम शर्मा ने दस अगस्त की रात संघर्ष समिति के निर्णय के अनुसार सुबह चार बजे बिरजू को छः बजे की पैसेन्जर से इलाहाबाद जाने का आदेश दिया, प्रोपेगैण्डा मैटीरियल और डायनामाइट के लिए सम्पर्क बता दिये।

बिरजू चौकसी में साढ़े आठ से तीन मिनट पूर्व घंटाघर पहुँच गया। बायें फुटपाथ की दुकानों पर सरसरी नजर डालता टहलते कदमों से जानस्टनगंज की तरफ गया। एक पनवाड़ी से पान लिया और आगे बढ़ गया। रेल पुल के नीचे से पावर हाउस के फव्वारों के सामने से लौटकर दूसरी ओर के फुटपाथ पर घंटाघर की ओर लौट रहा था। जीरो रोड के सामने पहुँचा तो जोशी आ रहा था। नजरें मिलने पर जोशी ने आँख से बायें इशारा किया और जीरो रोड पर घूम गया। बिरजू उसके पीछे। जीरो रोड पर बायें हाथ

दूसरी गली में घुसे जोशी और बिरजू गली के एक मकान की ड्योढ़ी के जीने से दूसरी मंजिल पर चले गये। जीने के साथ के कमरे में एक जवान रेडियो पर प्रोग्राम लगा रहा था।

जवान ने जोशी को देखकर दूसरी दीवार के साथ तख्त की ओर संकेत कर दिया। तख्त पर दूसरा जवान बैठा था। पीछे दीवार पर लगे बिजली के लैम्प के प्रकाश में चेहरे के सामने हाथों से थमे अखबार पर नजर गड़ाये। युवक ने आहट से अखबार नीचे किया तो बिरजू पुलक उठा, बंसीधर दुबे! बंसीधर दुबे भी नये भेस में—कमीज, चूड़ीदार पायजामा, समीप बंद गले का रियासती फैशन का कोट और उसी ढंग से बँधा मुड़ा सा रखा था।

बंसी ने बताया, सुबह से अखबार देखने का टाइम न मिला था। बंसी ने अखबार के तीसरे पृष्ठ के अंतिम कालम में पहला समाचार बिरजू को दिखाया, ''भाई, कमाल कर दिया कामरेड ने! कल भी खबर थी, यूनिवर्सिटी में क्विट इंडिया की ललकार देकर पुलिस के घेरे से निकल गयी!''

बिरजू ने दोपहर में ही 'लीडर' में समाचार देख लिया था। लखनऊ से ग्यारह अगस्त का समाचार था—फरार विद्यार्थी युवती उषा सेठ के भ्रम में दो वैकाई युवतियों को परेशानी। लखनऊ-फैजाबाद सड़क पर बाराबंकी की ओर बहुत तेजी से जाती मोटर गाड़ी का पीछा करके लखनऊ पुलिस ने गाड़ी को रोक लिया। गाड़ी में वैकाई वर्दी पहने दोनों युवतियों ने सैनिक सेवा के और परिचय कार्ड पुलिस को दिखाये, परन्तु पुलिस को समाधान न हुआ। पुलिस दोनों युवतियों को सशस्त्र कड़े पहरे में लखनऊ लौटा लायी। सैनिक अधिकारियों द्वारा युवतियों की पहचान करके उनके विशिष्ट कार्य के लिये बाराबंकी डिपो में भेजे जाने की साक्षी देने पर ही युवतियों को रिहा किया गया। सैनिक अधिकारी आवश्यक कार्य में ऐसे हस्तक्षेप से बहुत क्षुब्ध हैं। लखनऊ के सरकारी क्षेत्रों में इस समाचार की बहुत चर्चा है।

उषा सेठ के दस अगस्त को वर्सिटी कैम्पस में भाषण देकर फरार हो जाने का समाचार बिरजू ने पिछले दिन संध्या बनारस में ही पढ़ लिया था। वहाँ भी लोग उषा सेठ की वीरता से चमत्कृत थे। बारह को उसके सम्बन्ध में दूसरा समाचार।

''हमने तो उषा सेठ को देखा है न। हम तब लखनऊ वर्सिटी में रहे। एम० ए० इंगलिश में रही।'' बिरजू उत्तेजना में भोजपुरी लहजे पर आ गया, ''भई पर्सनैलिटी रही इम्प्रेसिव!'' पूर्वी अंचल का सदाचारी युवक, किसी युवती को सुन्दर-सुदर्शन कैसे कह देता! ''अइसा जमकर स्पीच देती रही, घंटी अइसा गला कि पूछौ नहीं लेकिन ई का मालूम रहा कि झाँसी की रानी हो जायी।''

उषा के साहस की प्रशंसा कर बिरजू ने रेडियो में व्यस्त साथी की ओर संकेत किया, ''बर्लिन, रोम लगा रहे कि सिंगापुर?''

बंसी ने मौन धैर्य का संकेत कर दिया। रेडियो से टुक! टुक! टुक! से नौ बजे का संकेत। ''यह तो आल इंडिया रेडियो···सब झूठ!'' बिरजू के स्वर में उपेक्षा की ग्लानि, ''रोम-बर्लिन लगाओ तो गरम खबर आये।''

''सुन तो लो!'' बंसी ने कहा, ''झूठ तो होगा ही। कोई काम की बात भी निकल आती है।'' रेडियो बहुत धीमे बोल रहा था। बंसी और जोशी रेडियो के समीप जाकर

ध्यान से सुनने के लिये समीप फर्श पर उकड़ूँ बैठ गये। बिरजू को पिछले छत्तीस घंटे से कमर सीधी करने का अवसर न मिला था। तख्त पर चित पसर गया था। रेडियो का स्वर सुनायी दे रहा था। अंग्रेजी में समाचारों के बाद हिन्दुस्तानी में समाचार। तब हिन्दी-उर्दू के प्रसारण पृथक न होते थे। समाचार फारसी से लदी दुर्बोध हिन्दुस्तानी में सुनाये जाते थे।

समाचार समाप्त होते-होते नीचे जीने पर आहट। जोशी जँगले से नीचे झाँककर जीना उतर गया। जोशी के साथ पाठक भी गया। वह बिरजू के समीप तख्त पर बैठ गया। उसके आने पर बिरजू उठ बैठा था। उसने रेडियो के समीप बैठे युवक से पूछ लिया, "समाचारों में कोई काम की बात?"

"हाँ, वायसराय और प्रान्तीय गवर्नरों ने सरकारी अमले, खासतौर पर पुलिस को शह दी है। वर्तमान परिस्थिति में उन्हें व्यवस्था, शान्ति और सार्वजनिक यानी सरकारी सम्पत्ति की रक्षा के लिये विशेष अधिकार दे दिये गये हैं। अफसर और पुलिस स्थिति अनुसार अपने निर्णय से आवश्यक शक्ति प्रयोग कर सकेंगे। व्यवस्था रक्षा के लिये उनके काम के विरुद्ध कोई विभागीय या कानूनी तहकीकात या कार्यवाही नहीं की जायेगी। उनकी राजभक्ति और कर्तव्य-परायणता की सराहना में उचित पुरस्कार दिये जायेंगे।"

"इस एलान से सरकार का एक झूठ तो स्पष्ट हो गया," जोशी ने कहा "कि जनता को इस आन्दोलन से कोई सहानुभूति नहीं है। सर्वसाधारण जनता कांग्रेस के उपद्रव से खिन्न है। पुलिस को पुचकार कर विशेष अधिकार देने का कारण है कि आन्दोलन फैल रहा है और···।"

रेडियो पर दूसरा प्रोग्राम लगाने में व्यस्त युवक ने मौन के संकेत में हाथ उठाया, "···ये कांग्रेस रेडियो है।" पाठक के साथ बिरजू भी रेडियो के समीप आ गया। बिरजू को रोमांच! "आप यू० पी० के विद्यार्थी नेता, लखनऊ यूनिवर्सिटी की उषा सेठ का सन्देश सुनिये। उषा अंग्रेजी में बोलेंगी। मौजूदा हालत में उनसे साक्षात्कार सम्भव नहीं। यह आपका सौभाग्य है कि आप उनका सन्देश सुन रहे हैं।" युवकों के हृदय की गति बढ़ गयी। "उनके पश्चात यू० पी० कांग्रेस के जनरल सेक्रेटरी केशवदेव मालवीय 'भारत छोड़ो' संघर्ष के कार्यक्रम के लिये आदेश देंगे।"

युवती कंठ की स्पष्ट आवाज अंग्रेजी में, "देश के नर-नारी और युवकों, अपने महात्मा गांधी के आदेश से हम अंग्रेजों को भारत से निकालने के संघर्ष में 'करो या मरो' के प्रण से कूद चुके हैं। ···दासता से मुक्ति का एकमात्र ऐतिहासिक मार्ग शोषक शक्ति से बगावत है। 'अंग्रेजों भारत छोड़ो' उसी खुली बगावत की ललकार है। बगावत दासता से पीड़ित प्रत्येक समाज का जन्मसिद्ध अधिकार है।

"इस खुली बगावत का मार्ग बापू के 'सिक्स कमाण्डमेंट्स' (छः आदेशों) में स्पष्ट हैं। पहला आदेश—प्रस्ताव पास होने के क्षण से प्रत्येक भारतीय पूर्णतः स्वतंत्र नागरिक है। हमारे लिये एकमात्र कानून भारतीय जन के बहुमत का निर्णय होगा। अंग्रेजी सरकार के सब कानून दासता के बंधन और हमारे लिये अमान्य हैं।

"बापू का दूसरा आदेश—अहिंसा हमारा लक्ष्य है, परन्तु अहिंसा का अर्थ हिंसा को सह कर हिंसा को प्रोत्साहन देना नहीं है। अहिंसा के लक्ष्य के लिये विदेशी शासन के

शोषण-दमन की हिंसा के विरुद्ध इस धर्मयुद्ध में हमें सभी सम्भव साधनों का उपयोग करना है।

''बापू का तीसरा आदेश—विदेशी सरकार की शस्त्र-शक्ति का भय न कीजिये। आप सरकारी व्यवस्था और कामों में हड़तालों से असहयोग कर सरकार की शस्त्र-शक्ति को बेकाम कर सकते हैं। सरकार को किसी भी प्रकार का सहयोग देना राष्ट्रदोह है। लोगों को ऐसे अपराध से रोकना हमारा कर्तव्य है। सरकारी व्यवस्था को विशृंखल और पंगु करने के लिये जो भी आवश्यक हो, किया जाना चाहिये।

''बापू का चौथा आदेश—विदेशी शोषक साम्राज्यशाही को समाप्त करने के लिये इस व्यवस्था की सभी केन्द्र ग्रन्थियों—सरकारी दफ्तरों, कचहरियों, थानों, जेलों को अपने कब्जे में कर लेना जरूरी है। इस काम में हमें सरकार की लाठी, तलवार और तोप का भी सामना करना पड़ेगा। हमें इस काम के लिये सिर पर कफन बाँधकर पीछे न हटने के निश्चय से आगे बढ़ना है।

''बापू का पाँचवाँ आदेश है—राष्ट्रीय मुक्ति के संग्राम में किसी भी जोखिम से झिझकना अक्षम्य कायरता है। शत्रु सरकार को समाप्त करने के लिये पूरे देश में बगावत की आग लगा दो। शत्रु की सैनिक और युद्ध शक्ति को समाप्त करने के लिये उसके हाथ-पाँव यातायात और सम्पर्क के साधनों, रेल लाइनों, सड़कों, पुलों, डाक-तार-फोन को ध्वंस कर दो। इस समय शत्रु की किसी भी प्रकार की सहायता राष्ट्रद्रोह है। जो लोग स्वार्थ से शत्रु के सहायक बने रहना चाहते हैं, वे भी राष्ट्र के शत्रु हैं।

''बापू का छठा आदेश—इस धर्मयुद्ध में जूझ जाने के प्रण से सिर पर कफन बाँधकर बढ़ो। इस संघर्ष का अन्त हमारी विजय से होगा या हमारी अन्तिम साँसों और हमारे रक्त की अन्तिम बूँदों से होगा।''

युवक साँस रोके सुन रहे थे। उषा सेठ के स्वर के बाद केशवदेव मालवीय ने बापू के आदेशों की विस्तृत व्याख्या से संघर्ष के लिए प्रेरणा दी। रेडियो के समीप बैठे युवक ने बताया, ''मालवीय कल भी बोले थे। कल अंग्रेजी में बोले थे। ये अच्छा कि स्टूडेंट्स और इंटेलेक्चुअल लोगों के लिये उषा सेठ और जनता के लिये मालवीय!'' रेडियो बन्द हो जाने पर पाठक ने युवकों की ओर देखा, ''का हो, कैसा रहा?''

तीनों युवकों के चेहरों पर उत्तेजना की दमक। बंसी ने पूछा, ''क्या, लखनऊ रेडियो पर अपना कब्जा हो गया? वहीं से तो ब्राडकास्ट होता है न!''

''वो भी होगा।'' पाठक ने कहा, ''समय पर।''

''सुना नहीं कांग्रेस रेडियो!'' रेडियो सेट करने वाला युवक बोला, ''कांग्रेस रेडियो! संघर्ष का अपना रेडियो! अभी इसकी परिधि पचास मील तक, बस!''

बंसी की आँखों में और विस्मय, ''उषा सेठ और मालवीय इलाहाबाद में···भई कमाल कर दिया! सरकार की नाक के नीचे फुलझड़ी छोड़ दी न! दादा, ऐसा ब्राडकास्ट बनारस में करवा दो। उषा सेठ एक बार बी० एच० यू० में दहाड़ दे तो जोन आफ आर्क की तरह रेवोल्यूशन लीड कर ले जाये।''

''हूँ।'' पाठक ने लहरी और बिरजू को साथ चलने का संकेत किया। ड्योढ़ी में पाठक ने अपनी साइकल ले ली। जी० टी० रोड से धीरे-धीरे कीटगंज की ओर चलने के लिये कहा। स्वयं बंसी के साथ हीवेट रोड की तरफ घूम गया।

बिरजू जी० टी० रोड पर कीटगंज तक पहुँचा था, पीछे से आकर पाठक उसके साथ साइकल ठेलता चलने लगा। दस बज रहे थे। सड़क-बाज़ार लगभग सूने। पाठक स्वर दबाकर बोला, "तुमने जो सामान बताया था, स्टेशन चला गया। सुबह ठीक जगह पहुँच जायेगा। तुम्हारे लिये ज्यादा ज़रूरी काम है, बहुत समझ और ज़िम्मेदारी का।" पाठक ने बिरजू की ओर देखा।

बिरजू की गर्दन तत्परता में तन गयी, "हुकुम करो!"

"तुमने कहा, बनारस में उषा जी का प्रभाव बहुत उपयोगी हो सकता है।"

"जादू हो जायेगा दादा! दस तारीख के जुलूस में गर्ल्स होस्टल की लड़कियाँ स्नेह दमयन्ती, लीला जसरा जुलूस के आगे चलीं तो लड़कों में क्या जोश रहा! दादा, लोगों का मारल बढ़ता है न? उषा जी तो अब झाँसी की रानी बन गयीं।"

"तुम्हारे बलिया में आज दोपहर तक भी एकदम सन्नाटा। वहाँ कलक्टर निगम और तहसीलदार ने ऐसा आतंक जमाया है कि पत्ता नहीं खड़कने दे रहे। बलिया का महत्त्व समझते हो? पूरब से बलिया ही यू० पी० का रास्ता। बिहार में संघर्ष बहुत आगे बढ़ गया। छपरा तो समझो अपने हाथ में। याद है, मार्च में बर्मा से सरकार शिमला भाग गयी तो हमने क्या कहा था? हल्ला पूरब से आयेगा। बलिया में रास्ता साफ रहना चाहिए। समझते हो! यह तुम्हारी बलिया वालों की ज़िम्मेदारी।"

कीटगंज से आगे पाठक ने जी० टी० रोड के दाहिने बड़े वट वृक्ष के समीप, ऊँची कुर्सी के एक पुराने ढंग के बड़े मकान की ड्योढ़ी पर दस्तक दी। किवाड़ एक प्रौढ़ा ने खोले। सम्भ्रान्त मुद्रा। मध्य प्रदेश महाराष्ट्र जैसा वेश।

पाठक के प्रश्न पर उत्तर दिया, अभी नहीं लौटी।

बिरजू को पाठक ड्योढ़ी के साथ की बैठक में ले गया। बैठक छोटी परन्तु सुविधा का प्रबन्ध। कोने में टेबल फैन। पाठक ने दो कुर्सियाँ बैठक की खिड़की की ओर खींच लीं। बैठक में प्रकाश बुझा दिया। बिरजू को समीप बैठाकर भावी कार्यक्रम बनाता रहा। पाठक की नज़र खिड़की से सड़क पर पूर्व की ओर। "शायद आ रहे हैं!" पाठक ने कहा। पाठक ने खिड़की मूँदकर बैठक में प्रकाश कर दिया और ड्योढ़ी में चला गया। बैठक से ड्योढ़ी में भी प्रकाश जा रहा था। बिरजू की दृष्टि कौतूहल से उसी ओर।

ड्योढ़ी के किवाड़ों पर दस्तक से पाठक ने एक किवाड़ खोला। बिरजू को ड्योढ़ी से भीतर आती युवती की झलक मिली। पाठक ने युवती की ओर स्वागत में हाथ बढ़ाया। युवती के चेहरे पर मुस्कान, दोनों ने निस्संकोच आत्मीयता की सरगरमी से गूढ़ मित्रों की तरह हाथ मिलाया। बिरजू को रोमांच! आमूल सामाजिक, राजनैतिक क्रान्ति! पुराने संस्कार ध्वंस···पाठक जैसा संयमी युवक!

युवती के पीछे दूसरी युवती ने भीतर आकर ड्योढ़ी की साँकल चढ़ा दी। पाठक और युवती ने बैठक में कदम रखा। बिरजू युवती के आदर में खड़ा हो गया। युवती को पहचान कर उसे दूसरी बार रोमांच···उषा सेठ! बिरजू ने उषा को दो बरस पूर्व लखनऊ वर्सिटी में देखा था। उषा का शरीर पूर्वापेक्षा कुछ दुबला। चेहरा अधिक गम्भीर, रोबीला।

पाठक और उषा के पीछे दूसरी जवान लड़की बैठक में आ गयी। उसके दूधिया साँवले चेहरे पर उल्लास की उमंग। बोली, "भई उषा जी ने कमाल कर दिया। वेरी प्रिसाइज़! स्पष्ट, पूरी बात, प्रेरक! एक भी व्यर्थ शब्द नहीं! इतना साफ स्वर! मालवीय

और पटेल ने बहुत सराहा। कहा, नयी भारत कोकिला। पटेल ने कहा, शी मस्ट हैव आल इण्डिया टूर!''

''बिलकुल सही। हम लोगों ने भी सुना।'' पाठक ने समर्थन किया।

''छोटी अटैची दे दो।'' पाठक ने लड़की से कहा, ''ग्यारह बज रहे हैं। खाना जल्दी दिला दो!'' बिरजू की ओर संकेत किया, ''ये कामरेड भी खायेगा। रात यहाँ ही रहेगा।''

पाठक ने बिरजू को समीप की कुर्सी पर बैठने को कहा। उषा की ओर संकेत कर पूछा, ''लखनऊ वर्सिटी में देखा होगा। पहचाना?''

बिरजू ने संकेत से स्वीकारा। तब वर्सिटी में दो-ढाई हजार विद्यार्थियों में तीस-चालीस लड़कियाँ। सभी लड़कियाँ पहचानी जा सकती थीं। लड़कियों के लिये सब लड़कों को पहचानना कठिन था।

उषा ने बिरजू को ध्यान से देखा, ''अविनाश या दीक्षित के साथ देखा होगा।''

बिरजू पहचान लिये जाने के सौभाग्य से प्रसन्न।

पाठक ने उषा को बिरजू का परिचय दिया, ''ब्रजेश सिंह उर्फ कामरेड बिरजू, अगली मंज़िल में आपका ए० डी० सी०, शरीर-रक्षक और दुभाषिया। बनारस से आगे आपको दुभाषिया की सहायता आवश्यक। बनारस संदेश भेज दिया है। चौदह अगस्त सुबह का कार्यक्रम निश्चित है।'' बिरजू की ओर देखा, ''प्लीज़ रिमेम्बर! एक बार ब्रॉडकास्ट के बाद तुरन्त सामान हटा दिया जाये। सरकार के एक्सपर्ट ब्रॉडकास्ट की डाइरेक्शन आसानी से पकड़ सकते हैं। यहाँ मालवीय जी के आग्रह और उषा जी के कारण दो बार ब्रॉडकास्ट की जोखिम ली गयी। यह विकल्प था। ऐसी जोखिम दूसरी बार किसी हालत में नहीं ली जानी चाहिये।''

युवती ने लौटकर छोटा अटैचीकेस पाठक को देकर कहा, ''आ जाइये, माँ खाना परोस रही हैं।''

''चलो, हम आ रहे हैं।''

पाठक ने अटैची उषा और बिरजू के सामने खोल दिया, ''ये देखो क्या है?''

बिरजू की भौंवें उठ गयीं, विस्मय-उत्साह की मुस्कान। उषा भी मुस्करायी, ''सिनेमा और तस्वीरों में तो देखा है। पटाखे चलाने के लिए सभी लड़के खरीदते हैं।''

''यह है अंग्रेजी कानून की बरकत। ऐसी चीज़ें हम लोग सिनेमा और चित्रों में ही देख सके हैं। छोटे-मोटे शस्त्र भी देश में निन्यानबे फीसदी के लिये अजूबा हैं।'' पाठक ने कहा, ''और गांधी की अहिंसा में भी यह त्याज्य।''

पाठक ने अटैची से दो पिस्तौल निकाले—एक ३.५ बोर का छः इंच नाली का कोल्ट पिस्तौल, दूसरा बहुत छोटा लगभग साढ़े तीन-चार इंच नाली का खिलौने जैसा पिस्तौल। पाठक ने दोनों पिस्तौल खोलकर मैगज़ीन में कारतूस भरने, निकालने और कारतूस चलाने का ढंग बताया। पिस्तौल से फायर करने, पिस्तौल में गोली रहने पर उसमें सेफ्टी कैच से स्वयं चल जाने की आशंका से बचने का ढंग समझा दिया।

उषा ने छोटा कोल्ट बिना गोली चलाकर तरीका समझ लिया। पाठक ने उषा से कहा, ''इसे आसानी से सदा अपने शरीर पर रख सकती हैं। इसकी गोली बहुत छोटी है। सिर, कनपटी या हृदय में लग जाये तभी पूर्णतः घातक होगी। युवती के लिये कई तरह

की कठिनाइयाँ आ सकती हैं। ऐसी स्थिति भी सम्भव जब आत्मसम्मान की रक्षा का एकमात्र उपाय पिस्तौल कनपटी पर रखकर आत्महत्या हो सके।'' पाठक का चेहरा बहुत गम्भीर हो गया।

''थैंक्यू फार वेरी प्रैशस इन्स्ट्रूमेंट।'' उषा मुस्करायी।

उषा, पाठक, बिरजू उठ ही रहे थे, लड़की उन्हें बुलाने फिर आयी। उषा ने पाठक, बिरजू के साथ ऊनी आसन पर बैठकर सामने चौकी पर रखी थाली में शुद्ध हिन्दू पद्धति से भोजन किया। पाठक ने उषा को अनुमान बता दिया, बनारस में दूसरे ढंग की जगह या परिवार में ठहरना पड़ सकता है। लड़की ने कुछ आवश्यक वस्तुएँ उषा को अपने टीन के बक्स में रखने के लिये दे दीं।

उषा और बिरजू पौ फटने से पहले प्रस्थान के लिये तैयार थे। उषा ने रुद्राक्ष की माला पहन ली थी। लड़की ने उसके लिये सफेद चन्दन का लेप तैयार कर दिया था। माथे पर चन्दन का लेप लगाते समय उषा को सावित्री की सिर-मुंडी बुआ की याद आ गयी। पाठक की ओर देख मुस्करायी, ''आपकी शिष्या बन गयी।'' यात्रा के लिये उषा के कंधों पर सफेद रेशमी चादर थी, घूँघट कर लेने के लिये सिर पर आँचल।

बिरजू और उषा को स्टेशन के लिये रवाना करने के पूर्व पाठक संदेश की प्रतीक्षा में बार-बार व्याकुलता से घड़ी देख रहा था।

पूर्व से साइकल पर आते जवान को देखकर पाठक ने सांत्वना अनुभव की। जवान पाठक को दबे स्वर में संदेश देकर चला गया। पाठक का चेहरा अधिक गम्भीर, ''सामान नहीं निकाला जा सका। मुहल्ले में स्थिति गड़बड़ है। दूसरी गाड़ी से भेजने का जतन करेंगे।''

पाठक ने बिरजू से कहा, ''वहाँ तैयारी रखना। सामान पहुँच गया तो दो घंटे में फिट हो जायेगा।'' पाठक ने फिर चेतावनी दी, ''यह काम हो या न हो, कल के प्रोग्राम में कोई विकल्प नहीं।''

यात्रा में पाँच घंटे घूँघट की परेशानी से बचने के लिये उषा रामबाग स्टेशन से ज़नाना डिब्बे में बैठी। गाड़ी बनारस स्टेशन प्लेटफार्म पर पहुँची तो माथे पर घूँघट खींच लिया। गाड़ी रुकने पर कुछ पल में ज़नाना स्वर, ''पद्मा दीदी जी नमस्ते।''

उषा ने पुकारने वाली जवान लड़की को देखकर अभिवादन स्वीकारा। साधारण नख-शिख, खत्री लड़कियों जैसा रूप-रंग। उन्नीस-बीस का वय। धानी रंग की रेशमी साड़ी, सिर पर आँचल, कंधों पर हलका बादामी रेशमी दुपट्टा, मध्यवित्त सम्भ्रान्त परिवार का ढंग।

मरदाने डिब्बे से बिरजू आ गया। इलाहाबाद से चलते समय उसने कपड़े बदल लिये थे, धारीदार लम्बा कुर्ता, घुटनों तक धोती। कंधे पर अँगोछा, सिर पर कसीदे की बनारसी टोपी। बिरजू ने उषा का सामान ले लिया। स्टेशन पर सन्नाटा, न यात्रियों की गहमा-गहमी, न खोमचे वालों की पुकारें, जगह-जगह लठैत और बन्दूकची पुलिस।

स्टेशन के बाहर भी उजाड़, सूना। जगह-जगह सशस्त्र सिपाही। चार-छः सवारियाँ थीं, उन्हें दूसरे मुसाफिर लेकर चल दिये थे। बिरजू इधर-उधर देखकर रिक्शा ले आया।

अगुवानी के लिये आयी लड़की उषा को बता रही थी, शहर में चार दिन से हड़ताल है। स्टेशन आते समय आधा रास्ता पैदल आयी थी। पिछले चार दिन की घटनाओं का कुछ ब्यौरा जो उषा इलाहाबाद में सुन चुकी थी।

लड़की ने बता दिया : माँ जी कट्टर रूढ़िवादी, बहुत छुआछूत मानने वाली। हमारी भाभी के हाथ की बनी दाल तक से परहेज़। माँ के अतिरिक्त बड़ा भाई, भाभी। भाई और भाभी आपके बारे में जानते हैं। आपके काम के लिये ऊपर चौथी मंज़िल में प्रबन्ध है। हमारे आँगन में दो और परिवार हैं। बहुत पुराने खयाल के लोग, अशिक्षित स्त्रियाँ। हम लोग खन्ना खत्री हैं। आपके लिये कह दिया है, हमारे प्रोफेसर जुत्शी साहब की बहिन तीर्थ-यात्रा पर गया, जगन्नाथपुरी जा रही हैं। भक्तिन हैं। बाबा विश्वनाथ के दर्शन के लिये आ रही हैं। कश्मीरी हैं, यहाँ की बोली नहीं जानतीं। भाभी हिन्दी पढ़ लेती हैं। 'आज' में आपके बारे में पढ़ा है। उन्हें बता भी दिया है कि सावधान रहें, दूसरी औरतें आपको परेशान न करें। मेरा नाम पूनम है। मेडिकल थर्ड इयर में हूँ...।

बिरजू उनकी रिक्शा के पीछे साइकल पर आ रहा था। रिक्शा तंग गली के सिरे पर रुका। लड़की और उषा के पीछे-पीछे बिरजू सामान उठाये बड़े मकान की ड्योढ़ी में चला गया।

पूनम की भाभी कुछ सहमी हुई थी, परन्तु मेहमान को बहुत आदर से लिया। उषा को परेशानी से बचाने के लिये पूनम बहुत सतर्क। पड़ोसिनों को सुनाकर भाभी से कहा, "दीदी कहती हैं, गाड़ी में सब तरह के लोगों के साथ बैठना-छूना होता है। पहले नहाकर, कपड़े बदलकर पूजा करेंगी।"

उषा ने नहाकर कपड़े बदले। तब तक पूनम ने उषा के टीन के बक्स से चन्दन लेकर घिसकर तैयार कर दिया था। उषा ने फिर माथे पर चन्दन लगा लिया। पूनम उसे खाने के लिये चौके में ले गयी। पूनम ने पाहुनी के लिये तीसरी मंज़िल पर अपने कमरे में प्रबन्ध कर दिया था। छोटा सुविधाजनक कमरा। कमरे में पलंग, मेज़-कुर्सी न थे। लम्बे तख्त पर गद्दा, तकिया। दूसरी दीवार के साथ कम चौड़े तख्त पर पूनम के पढ़ने-लिखने का सामान। कमरे में टेबुल फैन। पूनम, उषा के साथ तख्त पर बैठकर बात कर रही थी। देखा, एक पड़ोसिन दायीं ओर के छज्जे से झाँक रही थी। कुछ देर बाद पूनम की ही आयु की एक स्त्री दरवाज़े से झाँककर पीछे हट गयी। पूनम खीझ गयी, "इन औरतों को कितना कौतूहल! गोबिन्द (बिरजू) पाँच बजे आने को कह गये हैं। हम किवाड़ मूँदे देते हैं। आप सफर से थकी हैं। कुछ देर झपकी ले लीजिये।"

कुछ देर में उषा की झपकी टूट गयी। दिन में सोने की आदत न थी। लेटी थी परन्तु मन में अनेक कल्पनायें! इलाहाबाद में माया की याद भी आयी। माया एक दिन पूर्व जुलूस में गिरफ्तार हो चुकी थी। निष्क्रिय लेटी उषा की कल्पना में लखनऊ, पप्पू, वेबे, मम्मी, डैडी! सोचा, समय काटने के लिये क्या पढ़े? पूनम की पुस्तकों पर नज़र डाली—ग्रे की एनाटॉमी...बेस्ट और टेलर की फिजिऑलोजी। याद आया, इलाहाबाद में गीता ने उसके बक्स में पाठक के सुझाव से भागवत की पोथी रख दी थी।

उषा ने उठकर बक्स में से पोथी निकाल ली। भागवत उसके लिये अपरिचित पुस्तक। व्यर्थ कल्पनाओं की कलपन से बचने के लिये हिन्दू पुराण कथा के प्रति कौतूहल। पोथी भारी थी। लेटे-लेटे पढ़ने में उसे सम्भाल सकना कठिन। बैठकर पढ़ने

लगी। जो पृष्ठ खुला, वहीं से। स्कूल में मैट्रिक तक हिन्दी पढ़ी थी। सुविधा से पढ़ लेती थी, परन्तु भागवत की हिन्दी पाठ्य-पुस्तकों की हिन्दी से भिन्न। पुस्तक में कृष्ण जन्म का प्रसंग : वसुदेव और देवकी की सन्तान को जन्मते ही हत्या कर देने के लिये राजा कंस ने उन्हें पत्थर की दीवारों और लोहे के जँगलों में बन्दी बना दिया था। बालक का जन्म होते ही लोहे के दरवाज़े स्वयं खुल गये। प्रहरी नींद में बेसुध···।

वसुदेव नवजात शिक्षु की प्राण-रक्षा के लिये सूप में लिये यमुना पार गोकुल ले जा रहे थे। नदी की लहरें ऊँची उठने लगीं। लहरें वसुदेव की कमर से ऊपर सीने तक पहुँचीं। वसुदेव ने शिशु की रक्षा के लिये सूप को ऊँचा उठाया। लहरें कंधों तक। वसुदेव ने सूप सिर पर रख लिया। लहरों के और ऊँचा उठने पर वसुदेव निराश। लहरें और ऊँची उठीं, पलांश के लिये वसुदेव के सिर से भी ऊँची। यमुना सूप में नवजात बालक-रूप भगवान का चरण छूकर सहसा वसुदेव के घुटनों के नीचे···।

उषा मन में मुस्करायी, क्या कल्पना है! भक्तों को प्राकृतिक शक्तियों से ऊँची शक्तियों की कल्पनाओं से कितना सहारा मिलता है। बिलकुल बाइबल की चमत्कार कथाओं की तरह। तर्क के बल के बिना विश्वास को सदा चमत्कार के सम्बल की जरूरत।

कमरे के किवाड़ों पर हलकी दस्तक से ऊषा की नज़र उस ओर। एक किवाड़ धीमे से खुला, फाँक में से पूनम ने झाँका। मेहमान को बैठी देखकर भीतर आ गयी।

"बहिन जी, इन ज़ाहिल औरतों ने परेशान कर दिया। इनके कौतूहल का अंत नहीं। हमने इन्हें चुप कराने को कह दिया था—अमरनाथ, केदारनाथ, बदरीनाथ, सब तीर्थों की यात्रा करके आ रही हैं। हर समय भगवत भजन में लीन रहती हैं। बाल-जोगन हैं। बोलती नहीं, लेकिन उन्हें ऐसी भक्तिन के दर्शन का कौतूहल।

एक हमारी सरीक भौजाई है। उसका बरस भर का लड़का है। उसे सूखा रोग है। हमने समझाया, हस्पताल ले जाओ। दवा दिला देंगे या नुस्खा लिखा देंगे। पूजा, टोना-टटका करती रहती है, दवा पर विश्वास नहीं। दो घंटे से मुसीबत किये है। रोये जा रही है लड़के को भक्तिन से फूँक दिलवा दो। आप बच्चे को आशीर्वाद देकर एक फूँक मार दीजिये।"

उषा की नज़र दरवाज़े की ओर गयी। दरवाज़े में बहुत उदास युवती, गोद में मूर्च्छित से बच्चे को लिये खड़ी थी।

पूनम ने अपने पढ़ने के तख्त से ऊनी आसन उठाकर फर्श पर बिछा दिया। उषा आसन पर पाल्थी से बैठ गयी। बच्चे को गोद में लिये युवती आकर आसन के सामने फर्श पर बैठ गयी। बच्चे को दोनों हाथों में उषा के सामने बढ़ा दिया। माँ के आँसू बह रहे थे। उषा को स्वयं आँसू रोकना कठिन। वह पलकें मूँदे, ध्यान मुद्रा में हाथ जोड़े कुछ पल मौन रही। दोनों हाथ बच्चे के शरीर पर रख दिये। कठिनाई से स्वयं को वश किये थी। बच्चे के शरीर पर फूँक दे दी।

उषा आसन से उठकर तख्त पर लेट गयी। लगभग दो बरस पहले पप्पू की बीमारी की याद से मन व्याकुल। तब पप्पू अठारह मास का था। अब उस पप्पू को छोड़कर···। उषा दाँत पीस कर उठ बैठी, क्या हो रहा है मुझे! अब मेरे लिये सारा देश पप्पू!

किवाड़ों पर बहुत धीमी दस्तक। पूनम ने आकर याद दिलाया, सवा पाँच बजे हैं। उषा को साढ़े पाँच बजे बाहर जाना था। दूसरा समाचार दिया, "गोबिन्द कहते हैं, साढ़े चार की गाड़ी से सामान नहीं आया। वहाँ हालत ठीक नहीं है।"

पूनम साढ़े पाँच बजे मेहमान को साथ लेकर चलने लगी तो पड़ोसिनों को सुनाकर माँ और भाभी से कहा, "दीदी विश्वनाथ बाबा और गंगा जी के दर्शन के लिये जा रही हैं।" पूनम अब हलकी आसमानी सूती साड़ी पहने थी, कंधों पर सुबह की तरह हलका रेशमी दुपट्टा। उषा श्वेत साड़ी, रेशमी दुपट्टे में।

उषा ने ड्योढ़ी से निकल कर छोटा घूँघट कर लिया। गली के सिरे पर रिक्शा प्रतीक्षा में था। रिक्शा के समीप साइकल थामे बिरजू। दोनों रिक्शा पर बैठ गयीं। रिक्शा गली से बाज़ार में हो गया। दुकानें बन्द, सब ओर सूनापन, जगह-जगह लठैत पुलिस, कहीं बन्दूकची सिपाही। आतंक का वातावरण। बाज़ार में आकर पूनम ने भी छोटा घूँघट कर लिया। उषा केवल सामने देख पा रही थी। बिरजू आगे चल रहा था। बिरजू को साइकल से उतरते देखकर पूनम ने रिक्शा रुकवा लिया। दोनों रिक्शा से उतर गयीं।

बिरजू फिर साइकल पर दस कदम आगे बायें हाथ गली में घूम गया। पूनम और उषा उसके पीछे पैदल। गली के पुराने मकानों की ईंटें लोनी से खुर रही थीं। दो सौ कदम चलकर खाली जगह, जैसे बाजार का पिछवाड़ा। सरपत, कटियारी और कुछ आक के पौधे। पश्चिम ओर झुक चुके सूर्य की किरणें मकानों की छतों से फिसल कर उजड़े स्थान पर फीकी सी धूप। सामने पुरानी ईंटों की खंडहर ऊँची दीवार। दीवार में पत्थर की चौखट। चौखट के बीच एक जवान दोनों हाथ कमर के पीछे किये, तत्परता की मुद्रा में दोनों पाँव फैलाकर जमाये, रास्ता रोके।

खंडहर दीवार के भीतर अच्छा बड़ा आँगन। आँगन में भी कटियारी पर ऊँची घास। सामने मकान का छत टूटा खंडहर। आँगन में चौदह-पन्द्रह जवान। अधिकांश नौजवान। मेहमानों के आने से पूर्व कुछ लड़के दीवारों की टेक लिये खड़े या आँगन में पड़े मलबे के टुकड़ों पर बैठे बतिया रहे थे। उषा और पूनम के आने पर सब सावधान हो गये, स्तब्धता।

अगवानी के लिये दरवाज़े में आया युवक बिरजू, उषा और पूनम को खंडहर की ओर आँगन के सिरे पर ले गया। जवानों को समीप सिमिट आने का संकेत। जवानों के चेहरों पर विस्मय, उग्र उत्सुकता की एकाग्रता।

नेता युवक एक कदम आगे बढ़ा। स्वर ऊँचा नहीं, ध्वनि गम्भीर और अधिकार की, "साथियो, हमारा सौभाग्य है कि देश के विद्यार्थियों की प्रमुख नेता, डाक्टर उषा सेठ पी-एच० डी० हमारे सामने हैं। आप जानते हैं हमारी वीर सेनानी ने किस तरह सशस्त्र पुलिस के घेरों को तोड़कर सरकार को नीचा दिखाया है। उषा जी अपने सम्पन्न परिवार के राजसी वैभव को त्याग कर," नेता ने बाँह उठायी, "अपने एकलौते गोद के बेटे का मोह त्याग कर भारत से विदेशी शत्रु को निकालने के संग्राम में मार्ग निर्देशन के लिये जान हथेली पर रखकर देश का दौरा कर रही हैं। वे हमारे देश के सम्पूर्ण युवकों की माता हैं। यह देश माता की पूजा करता है। हम उनके आदेश और इशारे पर अपने सिर बलिदान करने के लिये प्रस्तुत हैं। आप ध्यान से उनके निर्देश सुनें।"

उषा पूरी शक्ति से भावोन्मेष को वश कर बोली, ''देश की मुक्ति के लिये, क्विट इंडिया संग्राम में सिर पर कफन बाँधकर आगे बढ़ने वाले युवकों, मैं आपकी आदर भावना के लिये आभारी हूँ। मैं, आप और हमारे जैसे देश के लाखों जवान और प्रत्येक भारतीय नर-नारी हमारे नेता महात्मा गांधी के सैनिक हैं। हमारे नेता ने क्विट इंडिया संग्राम का कार्यक्रम अपने सिक्स कमाण्डमेंट्स में स्पष्ट कर दिया है। यह छः आदेश हमारे क्विट इंडिया धर्मयुद्ध के छः सूत्र या छः मंत्र हैं···।'' उषा अंग्रेजी में बोली, बहुत धैर्य से, धीमे और स्पष्ट। उसके जोगन वेश, रुद्राक्ष की माला, माथे पर चन्दन और स्पष्ट शुद्ध अंग्रेजी उच्चारण से युवकों पर जादू का प्रभाव।

उषा ने गांधी जी के छः आदेशों की व्याख्या करके तीन-चार वाक्य प्रेरणा के लिये कहे, ''क्विट इंडिया धर्मयुद्ध की ज्योति को देहातों में प्रत्येक नर-नारी तक पहुँचाना हम सबका कर्तव्य है···।''

उषा के बाद बिरजू ने मुट्ठी बाँध युवकों को ललकारा, ''···आपने दुर्गा की अवतार अपनी सेनानी का आदेश सुना। हमारी मातृभूमि विदेशी शासन से भ्रष्ट हो चुकी है। अपनी मातृभूमि को हमें उसी विदेशी शोषक और उसकी सहायता में देश का रक्त बेचने वालों के रक्त से पवित्र करना है। हमारी दासता का पाप दास भूमि में बहने वाली गंगा में स्नान से नहीं, धर्मयुद्ध में बहाये जाने वाले पुण्य रक्त की गंगा में स्नान से ही धुलेगा।''

नेता ने सावधान के संकेत में बाँह उठायी। नेता के हाथ में रिवाल्वर था, ''सैनिको सावधान! पहले सेनापति उषा सेठ और उनके शरीर-रक्षक आँगन से जायेंगे। दूसरा कोई व्यक्ति अपने स्थान से न हिले। आदेश उल्लंघन पर गोली मार दी जायेगी।''

नेता के आदेश से पहले एक नौजवान उठकर बाहर गया। दो पल बाद उषा और पूनम, उनके पीछे बिरजू।

उषा और पूनम खंडहर हाते से बाहर निकलीं तो सूर्य की किरणें पृथ्वी पर न रही थीं, परन्तु पश्चिम ओर आधे आकाश तक लाली। उषा उत्तेजना और साड़ी पर रेशमी चादर के कारण पसीना-पसीना। दोनों बाजार के रास्ते से लौट रही थीं। बिरजू उनसे तीस-चालीस कदम आगे साइकल ठेलता चल रहा था। उसने एक रिक्शा रोक लिया। रिक्शा पर बैठकर पूनम ने कहा, ''दीदी जी, काशी आयी हैं तो गंगा जी तो देख लीजिये। घाट पर ठण्डी हवा से कुछ चैन मिलेगा। अभी समय है।'' सुझाव उषा को अच्छा लगा।

रिक्शा बाजार-बाजार जा रही थी। उषा की कल्पना थी खुली हवा में गंगा तट पर जाने की। रिक्शा रुका तो सामने एक विशालकाय साँड़। फुंकार से पूँछ अपनी पीठ पर फटकार कर एक कदम आगे बढ़ा। उषा का जितना पसीना रिक्शा में हवा लगने से सूखा था, तत्काल उससे अधिक। साँड़ सींग झुकाकर रिक्शा को उछाल देता तो रिक्शा दस-बारह फुट आकाश में उछल कर बीस फुट दूर जा गिरता, परन्तु साँड़ रिक्शा पर दो युवतियाँ देखकर विरक्ति की फुंकार से सिर हिला कर दूसरी ओर घूम गया; आखिर हिन्दू था और बनारसी! उषा ने सांत्वना की साँस ली।

उषा और पूनम रिक्शा से उतर ईंटों के फर्श पर पचास कदम आगे बढ़ीं तो भीख माँगने वालों की भीड़ ने उन्हें धर लिया। भिखमंगों में अधिकतर सिरमुंडी, बूढ़ी, शीर्ण

शरीर स्त्रियाँ, कमर से घुटनों तक धोती लपेटे, धोती का पल्ला कंधे पर डाले। अपने सूखे-सिकुड़े लटकते स्तनों की नग्नता से निस्संकोच। कुछ बच्चे, अपाहिज।

नदी में सामने अनेक नावें। कुछ लोग तैर रहे थे। एक ओर पूरा शरीर धोती में ढके दो स्त्रियाँ जल से निकलीं। महीन कपड़े की धोतियाँ भीगकर उनके शरीर पर चिपक गयी थीं। भीगकर चिपकी धोतियों से पुष्ट कूल्हों के बीच गहराई, रीढ़, कंधे, पूरी आकृति स्पष्ट परन्तु चेहरा ढँका हुआ।

''यह कैसा पर्दा!''

''दीदी, एनाटमी (शरीर रचना) तो सभी की एक सी। अन्तर या पहचान चेहरे से; वह पर्दे में तो पर्दा।''

उषा समर्थन में मुस्करायी। उसकी नजर कौतूहल से गीले कपड़ों में निकली स्त्रियों की ओर।

स्त्रियों ने नयी सूखी साड़ियों-धोतियों के आँचल सिर पर लेकर पहले घूँघट किये और सिर-मुँह से गीली धोतियाँ खींच दीं। उसके बाद सूखी धोतियाँ खिसक कर कंधों और कमर पर आ गयीं और गीली धोतियाँ और नीचे गिर गयीं। उसके बाद सूखी नयी धोतियाँ कमर पर लिपटीं और गीली धोतियाँ बिलकुल नीचे फिसल गयीं। युवतियों ने उसी प्रकार बंडियाँ साड़ी के पर्दे में शरीर पर चढ़ा लीं।

''वंडरफुल!'' उषा ने सराहना से कहा। ''खुले आम नदी में नहाकर खुले मैदान में कपड़े भी बदल लिये और शरीर का एक इंच भाग दिखायी न दिया।''

नदी में कई नावों पर, सीढ़ियों पर भी स्त्रियाँ सिर से पाँव तक शरीर ढँके थीं, परन्तु मर्द केवल लाल लँगोट या कमर पर अँगोछे मात्र बाँधे। उषा को विस्मय, मर्दों की नग्नता से किसी को आपत्ति नहीं।

कई नावों पर और सीढ़ियों पर भी मर्द बहुत उत्साह से हुमक-हुमक कर सिलों पर कुछ पीस रहे थे।

''ये क्या पीस रहे हैं?'' उषा ने पूछा।

''भाँग।''

''यहाँ बैठकर नशा भी करते हैं?''

''बहुत लोग यहाँ भाँग पी लेते हैं। काशी में इसका बहुत रिवाज है। यह तो बम-भोले शिवजी महाराज का प्रसाद।''

पूनम ने बताया सात बज रहे हैं। दोनों उठकर वापस सीढ़ियाँ चढ़ने लगीं।

''जरा बायें देखिये।''

उषा ने बायें घूमकर देखा, दो स्थानों पर धुआँ उठ रहा था। बीच में त्रिशूल गड़े हुए। पूरे शरीर पर राख मले नंगे लोग, सिरों पर जटायें बँधी हुईं। ऐसे साधु उषा ने पहले भी देखे थे। इन टोलियों में लोग चिलमें ऊँची उठाकर कश ले रहे थे।

''साधु-संन्यासी।'' पूनम ने बताया, ''ऊपर आपने भीख माँगती स्त्रियाँ देखीं। यहाँ गली-गली जवान-बूढ़ी स्त्रियाँ भीख माँगती फिरती हैं। प्रायः ही बाल या निःसन्तान विधवाओं के अभिभावक उन्हें बनारस लाकर, उनके सिर मुंडवा कर यहाँ ही छोड़ जाते हैं। बेचारी भीख से निर्वाह पर विवश या जैसे गुजारा चले।''

उषा मौन रही। मन में सोचा, यह सब धर्म के नाम पर⋯जबरन बनायी गयी 'नन्स' !

"काशी का तो परिचय ही, राँड-साँड़, साधु-संन्यासी, इनसे बचे तो सेवे काशी।" पूनम बोली।

उषा और पूनम घाट की सीढ़ियाँ चढ़कर ऊपर पहुँची तो बिरजू पान की दुकान पर साइकल थामे खड़ा दिखाई दिया। वे रिक्शा पर बैठ गयीं। बिरजू साइकल पर तीस-चालीस कदम पीछे चल रहा था।

पूनम ने एक सँकरी गली के मुहाने पर रिक्शा रोक लिया। गली में बिरजू युवतियों से कुछ कदम आगे हो गया था। उषा ने इससे पूर्व इतने ऊँचे मकानों के बीच इतनी सँकरी गलियाँ न देखी थीं। गली में दिल मिचला देने वाली दुर्गन्ध।

दोनों युवतियाँ बिरजू के पीछे एक भव्य मकान की कुर्सी की पाँच सीढ़ियाँ चढ़ीं। ड्योढ़ी खूब चौड़ी, ड्योढ़ी के किवाड़ खुले। बीचों-बीच रास्ता रोकने के लिये बैठा जवान हथेली पर सुरती मल रहा था। बिरजू ने झुककर धीमे स्वर में कुछ कहा, जवान रास्ता देने के लिये एक ओर हट गया। गली की संकीर्णता की तुलना में मकान का आँगन खूब बड़ा, जैसे किसी स्कूल या सार्वजनिक स्थान का आँगन।

दशाश्वमेध से चलते ही बिरजू ने बता दिया था, श्याम जी जरूरी परामर्श, विशेषकर उषा से मिलने के लिये यूनिवर्सिटी से आये हैं। पुलिस-फौज यूनिवर्सिटी के भीतर जा नहीं सकी, लेकिन वर्सिटी को चारों ओर से घेरे हुए हैं। यूनिवर्सिटी अनिश्चित अवधि के लिये बन्द कर दी गयी है। विद्यार्थियों को होस्टल छोड़ जाने का आदेश, परन्तु बहुत से स्टूडेंट डटे हैं।

बिरजू धर्मशाला जैसे विस्तृत मकान में उषा और पूनम को जीने से ऊपर की मंजिल के एक कमरे में ले गया। कमरे में दो सीतलपाटियाँ बिछी थीं। एक गोरे चिट्टे, भरे-भरे गोल चेहरे के सुदर्शन जवान ने युवतियों के स्वागत में उठकर उन्हें बैठाया। युवक के समीप दूसरा बैठा व्यक्ति भी विस्मय और आदर में खड़ा हो गया था। उस आदमी का वेश परचून के दुकानदार जैसा। चेहरे पर तीन-चार दिन की हजामत, थकान और परेशानी।

"ठीक-ठाक हो।" युवक ने पूनम से परिचय की मुस्कान से पूछा। फिर सराहना की, "यू आर एडमिरेबल। ब्रेव गर्ल!"

उषा को मालूम था, श्याम जी बनारस के प्रमुख उग्र नेताओं में से हैं। पाठक ने जरूरत पर उन्हीं से राय लेने का परामर्श दिया था। उनके साक्षात्कार से प्रसन्नता।

श्याम जी ने समीप बैठे व्यक्ति का परिचय दिया, "चरण भैया बलिया से आये हैं। पहले इनकी बात सुन लें। आपको वहाँ की स्थिति का कुछ आइडिया हो जाये।"

चरण बहुत यत्न से स्वयं को रोके थे, संकेत पाते ही फूट पड़े, "शर्मा जी, हम के महीधर महाराज भेजे हैं कि आप कुछ मदद करौ। नहीं जानो, इस बखत बंचो बलिया में कांग्रेस की नाक कट गयी। ऊ जो माचो करवा कलट्टर निगम, सो बंचो इंग्रेज से बड़ा हिटलर। आठ तारीख को रातिये छापा मार के जेतने कांग्रेसी मिले गिरफ्तार। ऊ सरौ चित्तू पांडे, जगन्नाथ और राधामोहन सबकी सिट्टी-पिट्टी गायब! गिरफ्तारी से बचें तब न

दूसरे लोगों को कुछ रास्ता बतायें। सबकी भगई ढीली। बंचो आजादी अइसे भिटे में दुबकले मिली का? माचो शहर भर में···।''

''गाली मत बको!'' श्याम जी ने युवतियों का संकोच भाँपकर टोका।

''हम किस माचो के गाली दिये!'' चरण को विस्मय, ''हम त बहनचो आपका हालात बतावत रहे।''

''अच्छा, अच्छा।'' श्याम जी ने टोकना व्यर्थ समझा।

''हम बताये कि पुलिस जे का चाहे माचो एकदम बिला वारंट हवालात में बन्द। ऊ कमूनिस्ट बीरन का त जानते हैं आप! ऊ जो अपना नाम मरदाना रखे हैं। सीखिया पहलवान, सरौ अइसन बड़-बड़ झाड़ से मूँछ रखै हैं कि आधा मुँह मूँछन में। सरौ पहलवान जइसा बाँह फैलाये, सीना फुलाये चलत हैं कि बंचो हथियो सामने पड़ि जायें तो ओहू के उठाय के पटक दें। ई बात पक्की कि माचो लाठी-चारज, गिरफ्तारी होय त मरदाना सबसे आगे। सरौ के जान का मोह तो है ये नांई। सरौ के गले के कौआ में राम जाने कौन जादू कि लेच्चर चिघाड़े त कोस भर सुनाई दे।''

''कौन बीरन मर्दाना?'' श्याम जी ने बिरजू की ओर देखा।

बिरजू ने बताया, ''वीरेन्द्र सिंह। बलिया जिले में सब जानते हैं। तीन बार सत्याग्रह में जेल गया। नमक सत्याग्रह में जेल गये तो तीन महीने की सजा। जेल में कम्युनिस्टों के साथ जेल अफसर को मार-वार बैठे। सजा बढ़ गयी, ढाई बरस। कम्युनिस्टों की संगत में रहा, अब पक्का कम्युनिस्ट। सदा 'वर्कर्स आफ द वर्ल्ड' की बात। पढ़ा-वढ़ा जैसा-तैसा है, बात-बात में मार्क्स, डायलेक्टिक्स की बात झाड़ता है। सन् चालीस में सबसे पहले युद्ध बायकाट का जुलूस निकाल कर पुलिस से सिर फुड़वाया, जेल गया। पिछले दिसम्बर से पीपल्स वार, नाज़ी-फासिस्ट साम्राज्यवाद के विरोध में जन-युद्ध के लेक्चर और नारे। वहाँ नाज़ी-फासिस्ट साम्राज्यवाद कौन जाने। पर जब नेताजी बोस को फासिस्ट सहायक, देशद्रोही कहा तो लोगों ने ईंटा-पत्थर चलाकर 'गद्दार! गद्दार!' के नारे लगा दिये। पर वो कहाँ मानने वाला।''

''हाँ तो सर्मा जी!'' चरण फिर बोला, 'कलट्टर त सहर में दफा एक सौ चवालीस लगाय के लेच्चर-जुलूस सब बन्द कर दिये। बीरन मान जाय त मरदाना क्या! जाने कहाँ से दस-बारह लौंडे बटोर लाया। मरदाना लाल झंडी लिये आगे और जुलूस निकाल दिया, नाज़ी मुर्दाबाद! फासिस्ट मुर्दाबाद! जनता जर्मनी-जापान से लड़ेगी। ये सरकार निकम्मी है। जनतंतर की लड़ाई हमारी कौमी जंग! हमारे नेता छोड़े जायें। इन्कलाब जिन्दाबाद! जन-विरोधी सरकार नहीं चलेगी! इन्कलाब जिन्दाबाद!

''बचो पुलिस तो चूतिया बन गयी, ई मरदाना कब से अमनसभाई बन गया। मरदाना अपना जलूस लै के कचहरी जा घुसे, सीधे कलट्टर की कचहरी में। वहाँ कलट्टर को लेच्चर,···जनतंतर की रच्छा का युद्ध जनता लड़ेगी। जनता के सहजोग के लिये गांधी, नेहरू और दूसरे नेता छोड़े जायें।···कचहरी के अस्लाछुखाने और पुलिस लाइन की बन्दूक-राइफलें जनता को दो। जनता का जुद्ध हम लड़ेंगे···और जाने का आँय-बाँय···।

''सुना, कलट्टर ने सरौ के हाथन में लगवा दी हथकड़ी। सिपाही से खींच-खींच मूँछ उखड़वा दीं। मुँह से खून फेंक दिया। एक सिपाही ई गाल पर चपत लगा रहा, दूसरा सिपाही ऊ गाल पर। पाजामा उतरवा दिये। चूतर पर बेंत पर बेंत। मरदाना का मुँह जैसे

बानर की गाँड़। आँखिन से आँसू बह रहे पर नारे, जन-जुद्ध जिन्दाबाद! इन्कलाब जिन्दाबाद! जालिम सरकार नहीं रहेगी! तब से सहर में मरघट जइसा सन्नाटा। बस महीधर महाराज, हम और गजाधर फरार। सो महाराज, हमारा का परभाव, हमारी कौन सुने! इहाँ से गाजीपुर से मदद पहुँचे तब त कुछ बने, नई तो सर्मा जी, बलिया की तो नाक कट गयी।''

''अच्छा चरन भैये, आप ते फिर बात करी। आप तनिक बरामदा में बैठें।'' श्याम जी बोले, ''हम जरा बहिन जी से बात कर लें।''

चरण बाहर चला गया। श्याम जी उषा की ओर घूम गये, ''आपकी लखनऊ की स्पीच, ब्रॉडकास्ट और पिशाचमोचन के भाषण के बारे में सुना। हमारी बहुत इच्छा थी, यूनिवर्सिटी में आपका भाषण हो सकता, परन्तु पाठक भाई की बात सही। आपको यूनिवर्सिटी में ले जाने में बहुत जोखिम। हम लोग तो चार-दिन से किले में घिरे हैं। पाँचों फाटकों के सामने सशस्त्र पुलिस का पहरा। हम नौ फुट ऊँची दीवार फाँदकर आये हैं, दीवार पर काँच के टुकड़े। वैसे ही लौटेंगे। वास्तव में आपके लिये निश्चित प्रोग्राम ही समस्या का हल है। नगर में जैसा आतंक है देख रही हैं। एकमात्र उपाय है, सरकार की शक्ति को देहातों में समाप्त कर देना। कल सुबह का प्रबन्ध ठीक हो सके, आपके दर्शन भी हो जायें, इसीलिये हम आये हैं।''

इलाहाबाद रामबाग स्टेशन से उन दिनों ८८ डाउन पैसेन्जर छः बजे बनारस आकर साढ़े छः पर छूटती थी। चौदह अगस्त सुबह स्टेशन पर पिछले तीन-चार दिन की अपेक्षा अधिक सवारियाँ। अधिकतर जवान और नौजवान। गाड़ी काशी स्टेशन पर पहुँची तो बैसों ही तीस-चालीस और सवारियाँ। सवा घंटे में गाड़ी औड़िहार जंक्शन के प्लेटफार्म पर रुक रही थी तो सौ-सवा सौ जवान प्लेटफार्म पर कूद पड़े। ऊँचे नारे 'महात्मा गांधी की जय! इन्कलाब जिन्दाबाद!' कांग्रेसी झंडे फहराने लगे। स्टेशन के लोग दो-चार-छः पुलिस वाले विस्मित और स्तब्ध···'अंग्रेजो, भारत छोड़ दो! उषा सेठ जिन्दाबाद!'

ट्रेन रुकते ही कुछ जवान जनाना डिब्बे की ओर बढ़ आये। भीड़ में उषा को पाठक की आवाज का अनुमान। उषा गाड़ी से उतरी। सफेद साड़ी और सफेद रेशमी चादर। सिर पर साड़ी का आँचल परन्तु घूँघट नहीं। नारे लगाते जवान उषा को प्लेटफार्म पर ऊँचे बाँस पर फहराते कांग्रेस के तिरंगे के नीचे ले गये। नारों की अधिक ऊँची ललकारें, 'इन्कलाब जिन्दाबाद! अंग्रेजो, भारत छोड़ो! शहीद जिन्दाबाद! महात्मा गांधी जिन्दाबाद! नेताजी बोस जिन्दाबाद! भगतसिंह जिन्दाबाद! आजाद जिन्दाबाद! उषा सेठ जिन्दाबाद!'

एक जवान ने बाँह उठाकर भोजपुरी हिन्दी में ललकारा। पाठक का सुझाव बनारस के बाद भोजपुरी में बोला जाये। उषा का भाषण हिन्दी में लिख दिया गया था। रात उसे कई बार पढ़कर सरल कर लिया था। दूसरे लोग क्या बोलेंगे, उसके लिये पाठक सुझाव दे चुका था। जवान ने ललकारा, ''जनता, विद्यार्थियो और जवानो, देश के युवकों की प्रमुख नेता वीरांगना उषा सेठ का संदेश सुनिये।''

उषा हिन्दी में बोली। अनभ्यास के कारण, कुछ भावोन्मेष से शब्द-शब्द या वाक्यों पर रुक-रुककर बोल रही थी, ''···हमारे बेताज बादशाह और नेता देश से अंग्रेजों को निकालने के युद्ध में मोर्चे पर बढ़ चुके हैं। करो या मरो की प्रतिज्ञा से हमारे नेता इस

युद्ध में कफन बाँधकर मोर्चे पर बढ़े हैं। हमें भी उनके अनुकरण में कदम पीछे न हटाने की प्रतिज्ञा से सिर पर कफन बाँधकर आगे बढ़ना है।'' खुली बगावत के लिये महात्मा गांधी के छः आदेशों की सरल व्यावहारिक भाषा में व्याख्या, ''···हमें गुलाम रहकर जिन्दा रहना मंजूर नहीं है। इन्कलाब जिन्दाबाद! लड़खड़ाती सरकार को एक धक्का और दो!'' और अधिक ऊँचे नारे।

उषा के बाद बिरजू ने उषा के भाषण को भोजपुरी में दोहराया। फिर नारे। औड़िहार स्टेशन पर ट्रेन पन्द्रह मिनट रुकती थी, परन्तु डेढ़ घंटे तक रुकी रही। उसी समय पूर्व से औड़िहार के रास्ते जौनपुर जाने वाली ७९ अप पैसेन्जर आ गयी थी। इस गाड़ी के मुसाफिर भी नारों में शामिल।

उषा ने पाठक को देख लिया था, परन्तु वह झंडे को घेरे भीड़ में न आया था। पाठक और चरण दूसरे कामों में व्यस्त थे। गाड़ी रुकते ही पाठक ने दो जवान इंजन की ओर भेज दिये थे। उनमें से एक के हाथ में रिवाल्वर था। जवानों ने ड्राइवर और फायरमैन को इंजन से कुछ अन्तर पर रहने का आदेश दे दिया। एक जवान ने ट्रेन के अन्त में जाकर गार्ड से लाल-हरी झंडियाँ और उसकी पेटी और सीटी ले लिये। ऐसा ही जौनपुर पैसेन्जर के ड्राइवर और गार्ड के साथ। दोनों गाड़ियों के ड्राइवर और गार्ड उत्साह से भीड़ के साथ। दोनों ट्रेनों के इंजनों के सामने कांग्रेसी झण्डे लगा दिये गये। एक सफेद कपड़े पर बड़े-बड़े लाल अक्षरों में लिखा था—इन्कलाब स्पेशल। वह कपड़ा इलाहाबाद छपरा पैसेंजर के इंजन के सामने बाँध दिया गया। बनारस से आये जवानों में से जौनपुर जिले से परिचित आठ-दस जवान जौनपुर पैसेन्जर में क्रान्ति के कार्यक्रम के निर्देशन के लिये चले गये। औड़िहार से बनारस की ओर बीस-पच्चीस गज लाइन उखाड़ दी गयी। जौनपुर पैसेन्जर छूटने के बाद उस लाइन का स्टेशन से लगता भाग भी उखाड़ दिया गया।

भीड़ को स्टेशन का माल गोदाम, पार्सल गोदाम, टिकट घर लूट लेने की छूट। स्टेशन से किरासिन लेकर स्टेशन का अग्नि-समर्पण। स्टेशन के कर्मचारी मौन या तमाशाइयों में शामिल। औड़िहार क्षेत्र से परिचित चार-पाँच युवक गाँव-जवार में देहातियों की सहायता से यातायात और सम्पर्क साधन विच्छिन्न कर देने के लिये वहाँ रह गये।

इन्कलाब स्पेशल बहुत ऊँचे नारों से गाजीपुर की ओर बढ़ी। अधिकांश क्रान्तिकारी जवान एक बड़े कम्पार्टमेन्ट में बैठे। पाठक ने उषा के समीप आकर उसकी सफलता के लिये बधाई दी। गाड़ी चलने के साथ ऊँचे स्वर में मौलाना हसरत मोहानी की, शहीद रामप्रसाद बिस्मिल के नाम से प्रसिद्ध ग़ज़ल जवानों के सशक्त समवेत स्वर में शुरू हो गयी—

सरफ़रोशी की तमन्ना अब हमारे दिल में है,
देखना है ज़ोर कितना बाज़ुए क़ातिल में है।

शहादत की उमंग में गजलों और तरानों के उत्साहपूर्ण कोलाहल में उषा और बिरजू से पाठक भावी कार्यक्रम के सम्बन्ध में बात करता रहा।

सैदपुर और नन्दगंज स्टेशनों पर औड़िहार स्टेशन के कार्यक्रम की आवृत्ति। गाजीपुर स्टेशन जिले का सदर मुकाम। स्टेशन अपेक्षाकृत कुछ बड़ा। इस स्टेशन पर फिर प्लेटफार्म

पर, ऊँचे बाँस पर कांग्रेस के तिरंगे के नीचे उषा ने 'भारत छोड़ो संग्राम' में योगदान के लिये आह्वान किया। उषा के बाद भोजपुरी में बिरजू की ललकार। जवानों के ऊँचे समवेत स्वर में 'सरफ़रोशी की तमन्ना···' की गज़ल। अन्य स्टेशनों की तरह यहाँ भी कुछ युवक क्रान्ति के कार्य में मार्ग-दर्शन के लिये रह गये। इन्कलाब स्पेशल गाजीपुर से चली तो स्टेशन के पश्चिम बीस-पच्चीस गज लाइन उखाड़ दी गयी, जैसे ट्रेन कभी पश्चिम न लौटने के इरादे से पूर्व की ओर जा रही थी। इन्कलाब स्पेशल फेफना जंक्शन पहुँची तो साँझ गहरा रही थी। बनारस कैंट से फेफना तक चार घंटे की यात्रा गाड़ी साढ़े बारह घंटे में तय कर पायी। फेफना में भी औड़िहार का कार्यक्रम।

बलिया में महीधर को दोपहर में पुलिस के ही एक आदमी ने खबर दे दी थी कि पुलिस को उसका पता मिल गया है। महीधर बनारस से सहायता की प्रतीक्षा न कर तुरन्त पश्चिम चल दिये थे। सूर्यास्त से कुछ पूर्व छिपते-छिपाते आठ मील फेफना पहुँचे थे। फेफना में इन्कलाब स्पेशल की चर्चा। महीधर तुरन्त स्टेशन दौड़े गये।

महीधर ने बताया, "सुबह से पूरब से कोई गाड़ी बलिया नहीं आयी। पूरब-पश्चिम तार-फोन समाप्त। कलक्टर ने घबराहट में शहर में मार्शल लॉ लागू कर दिया। सब अफसर कमर में तमंचे बाँधे घूम रहे हैं। कलक्टर का हुक्म है, जिससे खतरे का अन्देशा हो बेशक गोली मार दी जाये। पूरब से स्टेशन जला देने की खबरें आयी हैं। बलिया स्टेशन के बाहर-भीतर सशस्त्र पुलिस तैनात है। उषा जी, तुम्हारा-हमारा ट्रेन से बलिया जाना ठीक नहीं। ट्रेन के मुसाफिरों में कौन जाने कैसा आदमी···।"

नाजुक स्थिति में बलिया में प्रवेश के लिये सावधानी आवश्यक थी। बनारस से आये क्रान्ति सैनिक लाइन के स्टेशनों पर बँटते-बँटते फेफना तक केवल दस-बारह रह गये थे। पाठक और महीधर में निश्चय हुआ, बलिया सदर में सशस्त्र पुलिस से टक्कर लेने के बजाय देहात में आन्दोलन से शहर को घेरकर काबू किया जाये।

देहात में भाषा की कठिनाई के कारण उषा का वहाँ क्या उपयोग! उसका प्रभाव बलिया नगर की शिक्षित जनता में ही हो सकता था। जोखिम ली जाये तो ढंग से। बनारस से आये साथी फेफना में उतर गये।

निश्चय हुआ, पाठक नरही और गड़वार की ओर जाय। महीधर और चरण बलिया से बचकर पूरब में सहतवार, रेवती बाँसडीह की ओर। बिरजू और गज्जन उषा को बलिया पहुँचायें।

फेफना से बलिया तक आठ मील के सफर के लिये दो घंटे बहुत काफी। प्रबन्ध कर दिया गया कि ट्रेन चार घंटे तक फेफना से न चल सके।

रुद्रदत्त पाठक ने सोच-विचार कर ब्रजेश सिंह उर्फ बिरजू को उषा का दुभाषिया साथी और शरीर-रक्षक नियत किया था। बलिया जिला, वहाँ की बोली, रहन-सहन उषा के लिये अपरिचित। बिरजू बुद्धिमान जवान, साहसी और बहुत भरोसे का। बस एक ऐब—तैश में जल्दी आ जाता था। उसके चाचा गोबिन्द सिंह बलिया हाईस्कूल में गणित के अध्यापक। पाँच बरस की उम्र से उनके ही साथ रहा था। चाचा की जिले, तहसील, कस्बे में बदली होती रही, बिरजू साथ रहा। एक तरह से निःपुत्र चाचा-चाची का बेटा।

चाचा अपनी दोनों बेटियाँ ब्याह चुके थे। अब चाची के सम्पूर्ण वात्सल्य का अधिकारी बिरजू। चाचा ने ही उसे बी० ए०, एम० ए० करने के लिये इलाहाबाद-लखनऊ भेजा था। अपनी महत्त्वाकांक्षायें बेटे जैसे भतीजे द्वारा पूरी हो सकने के स्वप्न। बिरजू के पिता घर की धरती-खेती सम्भालते थे। उनकी सहायता के लिये बिरजू से बड़े दो और भाई थे। बिरजू बलिया के पूरे गाँव-जवार और शहर के गली-मुहल्लों से परिचित। नगर में उसके अनेक विश्वस्त साथी और मित्र।

बिरजू और गज्जन को फेफना में एक साइकल मिल गयी। गज्जन एक इक्का खोज लाया। वे लोग फेफना से चले तो अँधेरा हो चुका था। गज्जन साइकल पर। बिरजू और उषा इक्के पर।

इक्केवाला बहुत बूढ़ा पर आम इक्केवालों की तरह बातूनी। भद्र लोक सवारियाँ देखकर उसने उषा के लिये अबोध भोजपुरी में बात शुरू कर दी, "देखा आपने, बदमाशों ने स्टेशन फूँक डाला, लाइन उखाड़ दी। आप लोग संकट में पड़ गये। खैर, बड़े लोगों की तो अपनी गाड़ियाँ, सवारियाँ। गरीब-गुरबा मारे गये। कहीं जाना हो तो पैदल सफर में सौ मुसीबत, राह में चोर-डाकू-बटमार।"

बिरजू ने समझाना चाहा, "कहते हैं अंग्रेज के खिलाफ बगावत है। महात्मा गांधी का राज हो रहा है।"

"आप बड़े लोग जो कहें।" इक्केवाला दार्शनिक की तरह बोला, "गानी (गांधी) बाबा तो फकीर-महातिमा। फकीर-साधू कहीं राज करते हैं! सरकार, राज तो तरवार करती है। अब जगह-जगह लाठी-तरवार चलेगी। जिसके पास तरवार, लूट-पाट करेगा। ...अंग्रेज की कौम बादशाह। अंग्रेज का इंसाफ बहुत सच्चा। अंग्रेज के डर से शेर-बकरी एक घाट पानी पीते रहे...।" बिरजू ने उस समय बहस उचित न समझी।

फेफना से साढ़े तीन मील पर खोरीपाकड़ की बस्ती लाँघकर बिरजू गज्जन से अंग्रेजी में बोला, "तुम तेजी से कटहर नाला के पुल से आगे चौमुहानी तक बढ़कर देखो; कोई रोक-टोक तो नहीं! वर्ना नाला कहीं नीचे जाकर लाँघा जाय।"

गज्जन साइकल तेज कर आगे बढ़ गया। इक्केवाले ने सवारियों की देरी से ऊब भाँप कर, उन्हें खुश करने के लिये मरियल घोड़े की पीठ पर दो संटिया लगाकर उसे तेज होने के लिये ललकारा।

बिरजू ने कमजोर घोड़े के प्रति दया से इक्केवाले को टोका, "दादा, गरीब जानवर बूते भर चल रहा है। अपने को कौन टैम से रेल पकड़ना है।" उसने दूसरी बात शुरू कर दी, "दादा, हम तो आठ महीने बाद पश्चिम से लौट रहे हैं। इधर पानी वानी कैसा बरसा? खरीफ की फसल की कैसी उम्मीद?"

इक्केवाला घोड़े को सुविधा से चलने का अवसर देकर बरसात और फसल की बात करने लगा। आठ-दस मिनट में गज्जन सड़क के किनारे रुक-रुककर साइकल चलाता दिखायी दिया। बोला, "लाइन क्लियर। कम ऑन।"

बलिया की बस्ती के आरम्भ में ही बिरजू ने इक्का एक गली में मुड़वा कर रुकवाया। इक्के से बक्स उतारा। उषा भी उतर आयी। बक्स साइकल के कैरियर पर रखकर एक गली में साथ-साथ चलते तीनों ने अगला कार्यक्रम तय कर लिया।

डाल्टनगंज से पहले गज्जन साइकल पर दाहिने हाथ मुड़ गया। बिरजू बक्स कंधे पर रखकर उषा के साथ डाल्टनगंज की ओर।

बलिया नगर की बस्ती तब बहुत संक्षिप्त थी। रात नौ बजे पूरा सन्नाटा। कभी-कभार चौक में नौटंकी जमती तो नगर में नगाड़े की आवाज रात भर गूँजती रहती। आज जैसी हालत न थी कि कोई भी सस्ता ट्रांजिस्टर खरीद कर दस-ग्यारह तक सिनेमा के गीतों से दूसरे लोगों की नींद हराम कर दे। शहर में कर्फ्यू न था, परन्तु छः दिन से ऐसा आतंक कि लोग आपस में भी बात करते तो सहमे, दबे स्वर में।

चौक के समीप डाल्टनगंज में गली पर खुलते एक मकान की ड्योढ़ी के सामने, बरामदे की चौड़ाई में आमने-सामने दो खाटें पड़ी थीं। एक खाट पर गली की ओर मुँह किये मास्टर गोबिन्द सिंह बैठे थे। उनके सामने खाट पर हुक्का गुड़गुड़ाते मास्टर शुजा अहमद।

"गोबिन्द यार, तुमने कल हमें खामुखा रोका। हमें अन्दाज हो गया था, यह गड़बड़ लम्बी चलेगी। आज पूरब-पच्छिम रेल-तार सब खत्म। सुना कि ट्रांसपोर्ट रोकने के लिये लोग जगह-जगह पुल सड़क भी···।"

गली की ओर कदमों की हलकी आहट और मित्र के चौंकने से मास्टर शुजा ने भी उधर देखा। कंधे पर बक्स उठाये एक युवक और उसके साथ सफेद चादर-साड़ी में एक युवती बरामदे में आ गये। युवक, मास्टर गोबिन्द की ओर झुका, गोड़ लागिला काका।" मास्टर शुजा को पहचान कर आदाब कहा। मास्टर शुजा ने भी युवक को आशीर्वाद दिया।

"बिरजू···!" गोबिन्द सिंह के मुँह से निकला। बेटे को पहचानने में कितनी देर लगती है, परन्तु लड़के के साथ युवती से संकोच के कारण शेष प्रश्न गोबिन्द सिंह के मुँह में रह गया। मास्टर शुजा के लिये बिरजू बेटे जैसा। बिरजू के पीछे युवती ठिठक गयी थी। माथे से ज़रा बढ़ा हुआ आँचल। भय-संकोच का भाव नहीं, शिक्षिता नागरिक युवती की मुद्रा।

बिरजू के अनुकरण में युवती ने भी दोनों प्रौढ़ों को मौन अभिवादन के संकेत में एक हाथ माथे की ओर उठा दिया। बिरजू अपने काका और मेहमान चाचा को अभिवादन कर बक्स लिये भीतर चला गया। युवती उसके पीछे।

दोनों प्रौढ़ चिन्ता और मौन जिज्ञासा से एक-दूसरे की ओर घूम गये। ···लड़का इस समय अचानक कैसे? साथ नागरिक जवान औरत! मास्टर का कलेजा विस्मय और चिन्ता से मुँह को आ रहा था। शुजा मित्र की परेशानी में हाथ में थमी गुड़गुड़ी भूल गये।

बिरजू ने दरवाज़े के भीतर से झाँका, "काका, एक मिनट भीतर आ जाइये।"

शुजा की ओर गहरी साँस से देखकर गोबिन्द भीतर चले गये। युवती चादर एक ओर रखकर आँगन में पड़ी खाट पर बैठ गयी थी। उसके सामने, समीप दूसरी खाली खाट। खाटों से दस-बारह कदम पर रसोई के दरवाज़े के समीप हरीकेन लालटेन रखी थी। बिरजू की चाची विस्मय-स्तब्ध मुद्रा में रसोई की दहलीज पर उकड़ूँ बैठी थी।

"मेरे काका।" बिरजू ने युवती को गोबिन्द सिंह का परिचय दिया।

युवती आदर में खड़ी हो गयी, ''गुड ईवनिंग सर।''

काका को और विस्मय। ''प्लीज़ सिट डाउन'' कहकर युवती के सामने दूसरी खाट पर बैठ गये। बिरजू काका के आदर में उनकी खाट पर पैताने बैठकर बात करने के लिये उनकी ओर झुक गया।

''लखनऊ यूनिवर्सिटी की विद्यार्थी नेता उषा सेठ के बारे में ज़रूर जानते होंगे···।'' बिरजू ने बिना भूमिका बात की। उसे मालूम था, काका अखबार लगभग नित्य पढ़ते थे। बलिया में समाचार देर से पहुँचते थे। दूसरे नहीं तो तीसरे-चौथे दिन खबर पहुँच ही जाती। बिरजू को काका के विचारों पर भरोसा।

मास्टर गोबिन्द सिंह की वेश-मुद्रा आधुनिकता और फैशन से बेपरवाह। अनुमान कठिन कि जिले के हाईस्कूल में गणित के अध्यापक होंगे। अच्छा सुडौल कद। ऊँची नाक के नीचे लम्बी खिचड़ी मूँछें, जबड़ों की ओर झुकी हुई। नाई नियम से सोम और बृहस्पतिवार सुबह दाढ़ी बना जाता, पन्द्रहवें दिन सिर के बाल भी आधा इंच से अधिक बढ़ जाने पर मशीन से छँटवा देते। सिर पर छोटी चोटी थी। तत्कालीन रिवाज की कुछ ऊँची बाड़ की अंडाकार टोपी पहनते थे। स्कूल जाते समय बन्द गले का कोट। घुटनों से जरा नीचे तक देसी मोटी धोती। पाँव में देसी जूता या देसी बना पम्प, परन्तु बहुमुखी अध्ययन रुचि के कारण आधुनिकतम विचारों से परिचित। तिलक, एनी बेसेंट के गीता भाष्यों से लेकर हिस्ट्री ऑफ सिवलिजेशन और मार्क्सवाद, नाज़ीज़्म फासिज़्म और ह्यूमैनिज़्म तक के बारे में अध्ययन। देश में विभिन्न दलों की और अन्तरराष्ट्रीय राजनीति के प्रति जिज्ञासा। विश्वयुद्ध के समाचार पढ़ते समय वास्तविक स्थिति के अनुमान के लिये नक्शा भी देखते थे। विश्वस्त मित्रों, खासकर मास्टर शुजा अहमद से इन प्रसंगों पर लम्बी चर्चा। राष्ट्रीय भावना और राष्ट्रीय आन्दोलनों से सहानुभूति, परन्तु प्रकट में या सक्रिय राजनीति से विरक्ति।

मास्टर गोबिन्द सिंह बलिया से पूरब बाँसडीह तहसील के बनली गाँव के थे। मास्टर शुजा अहमद बलिया से पश्चिम महेन के। दोनों बलिया के हाईस्कूल में थे। शुजा की आयु गोबिन्द से तीन बरस अधिक, परन्तु स्कूल में गोबिन्द से एक बरस आगे।

शुजा अहमद को मैट्रिक पास करके उजियार के मेडिकल स्कूल में काम मिल गया था। नित्य अपने गाँव महेन से सात मील उजियार जाते और लौटते। उजियार के जमीन्दार रघुनन्दन उपाध्याय को अपने सात बरस के बेटे को नये ढंग की शिक्षा दिलाने का शौक था। उन्होंने शुजा अहमद से अपने बेटे की ट्यूशन का अनुरोध किया। उस ज़माने में रियाया के लिये जमीन्दार का अनुरोध आज के गवर्नर के हुक्म से अधिक अटल। रघुनन्दन उपाध्याय केवल अच्छे बड़े ज़मीन्दार ही नहीं, पास के गाज़ीपुर जिले में नायब तहसीलदार भी थे।

उजियार के उपाध्याय जी के रोब और प्रभाव के पीछे ज़मीन्दारी और नौकरी के पद से कहीं बड़ी ताकत थी। उजियार का उपाध्याय परिवार शाहाबाद के तिवारी परिवार का समधी था। तिवारियों ने गदर के ज़माने में जान पर जोखिम झेलकर स्थानीय कलक्टर के प्राण बचाये थे। परिणाम में राजभक्ति की सनद प्राप्त, बहुत बड़े ज़मीन्दार। उस नाते और प्रभाव से रघुनन्दन साधारण शिक्षा पाकर ही नायब तहसीलदार बन गये और बाद में और उन्नति।

रघुनन्दन उपाध्याय जितने क्रूर जमीन्दार, पक्के राजभक्त और कर्रे अफसर थे, कृपालु होने पर उतने ही दयालु और उदार। वे शुजा के अध्यापन कार्य से प्रसन्न। उपाध्याय गाँव आये तो शुजा अहमद के विनय और सेवा के पुरस्कार में उनके नित्य सात मील आने-लौटने के कष्ट का उपाय कर दिया। उन्हें उजियार में मकान के लिये पर्याप्त जगह ही नहीं, मकान खड़ा कर सकने की तथा अन्य सुविधायें भी दीं। शुजा अहमद के महेन के पारिवारिक छोटे मकान से अच्छा बड़ा मकान उजियार में बन गया।

उपाध्याय जी अंग्रेजी राजभक्त कट्टर कर्मकाण्डी, परन्तु सुधारों और आधुनिक शिक्षा के प्रोत्साहक। उनके प्रोत्साहन से शुजा अहमद उजियार स्कूल में काम करते समय इंटर की तैयारी करने लगे।

शुजा अहमद उजियार में नौकरी के समय अवकाश में बलिया गये थे। वहाँ बाँसडीह से आये पुराने परिचित गोबिन्द सिंह से भेंट हो गयी। गोबिन्द सिंह बाँसडीह के मिडिल स्कूल में मास्टरी कर रहे थे। दोनों में विचार-परामर्श से गोबिन्द ने भी इंटर की तैयारी शुरू कर दी। दोनों ने एक साथ इंटर प्राइवेट किया और दो बरस बाद स्कूल से छुट्टी लेकर सन् १९३२-३३ में क्वीन्स कालेज में बी० ए० में सहपाठी बन गये।

उस समय शिक्षित युवक वर्ग में आधुनिकता, राजनैतिक चेतना, समाजवाद-मार्क्सवाद के पक्ष में और संकीर्ण रूढ़िवाद के विरोध में प्रबल लहर उठी थी। शुजा अहमद और गोबिन्द सिंह उन विचारों से प्रभावित हुए। दोनों भौतिकवादी, मन्दिर-मस्जिद, छुआ-छूत से निरपेक्ष हो गये। एक साथ बैठकर ही नहीं, एक पत्तल में खा लेते। शुजा ने बनारस आकर देहाती कुर्ता-धोती के बजाय नागरिक वेश अपना लिया था—बंद गले का कुछ लम्बा कोट-पाजामा, न ढीला न तंग। सिर पर काली बनात की किश्ती टोपी। बाल माथे पर ज़रा बड़े। सेफ्टीरेजर से नित्य नहीं तो दूसरे दिन जरूर शेव कर लेते। मूँछें होंठों के कोनों तक तराश लेते, वेश-मुद्रा से शिक्षित नागरिक।

शुजा अहमद और गोबिन्द सिंह ने बी० ए० पास किया तब तक रघुनन्दन उपाध्याय डिप्टी कलक्टर बन चुके थे। सरकारी हल्के में उनकी सिफारिश का प्रभाव। अपने जिले के लोगों के प्रति पक्षपात में निस्संकोच। उपाध्याय जी की सहायता से दोनों मित्र बलिया स्कूल में स्थान पा गये। शुजा अहमद अंग्रेजी और इतिहास के अध्यापक, गोबिन्द सिंह गणित के। बलिया के सहवास में विचार-साम्य और परस्पर भरोसे का सम्बन्ध बढ़ता गया। प्रति संध्या या दूसरे-तीसरे भेंट-वार्ता दोनों के लिये आवश्यक।

शुजा अहमद १९३८ में स्कूल के छः सप्ताह के ग्रीष्मावकाश में बनारस और इलाहाबाद गये 'इंडिपेंडेंट इंडिया' साप्ताहिक और रेडिकल कम्युनिस्ट (रायवादी) लोगों से परिचय हो गया। बलिया लौटे तो 'इंडिपेंडेंट इंडिया' के चार मास के अंक और रेडिकल कम्युनिस्ट दल का बहुत सा साहित्य लेते आये। १९३७ में स्वायत्त शासन सुधारों के परिणाम में यू० पी० में कांग्रेस सरकार बन गयी थी। लोग पूर्वापेक्षा निधड़क चर्चा करने लगे थे। गोबिन्द सिंह शुजा अहमद के इस विचार-परिवर्तन में भी सोत्साह सहमत। बलिया में दूसरे दस-बारह वकील, डाक्टर, अध्यापक भी इनसे सहमत हो गये। विश्वयुद्ध के समय भारत के लिये उचित नीति के सम्बन्ध में भी वे लोग रेडिकल डेमोक्रैटिक पार्टी

के समर्थक। 'इंडिपेंडेंट इंडिया' साप्ताहिक और रेडिकल कम्युनिस्ट पार्टी का साहित्य बलिया में पहुँचने लगा।

बलिया गवर्नमेन्ट हाईस्कूल के हेडमास्टर सैमुअल चैटर्जी का मास्टर शुजा अहमद के प्रति बहुत कृपाभाव था। शुजा अहमद योग्य, कर्तव्यपरायण अध्यापक। इसके अतिरिक्त उन्हें होमियोपैथी का शौक। मुफ्त औषध देने से अनुभव और ख्याति भी बढ़ गयी। सैमुअल चैटर्जी को शुजा की होमियोपैथी पर शहर के सिविल सर्जन मित्रा से अधिक भरोसा। मास्टर शुजा हेडमास्टर और अन्य अध्यापकों के अतिरिक्त नगर के बहुत से परिवारों के डाक्टर बन गये। ज़िला स्कूलों के इंस्पेक्टर हलधर साहब तक मास्टर शुजा अहमद को उपचार के लिये बुलवा लेते थे।

शुजा १९४० में पचपन के हो गये थे। चैटर्जी और हलधर दोनों के सद्भाव से उनकी सर्विस की अवधि दो वर्ष बढ़ गयी थी। १९४२ फरवरी से अवकाश प्राप्त थे, परन्तु छः मास में भी उनकी पेंशन के आर्डर न मिल पाये थे। उजियार में निष्क्रियता की ऊब और नगर में मित्रों, खासकर गोबिन्द सिंह से मिल आने के लिये जब-तब बलिया आते रहते।

शुजा अहमद की छोटी बेटी की ससुराल बलिया शहर में ही थी। उनका दामाद अब्दुल गफूर बरस भर उनका विद्यार्थी रहा था। गफूर के पिता गल्ले का कारोबार करते थे। गफूर ने अलीगढ़ से बी० ए०, एल-एल० बी० पास कर १९३७ से बलिया में वकालत आरम्भ कर दी। गफूर विद्यार्थी जीवन से १९४१ तक प्रगतिवादी और राष्ट्रीय विचार का था, शुजा अहमद का अनुयायी। अहमद को बेटी, नाती-नातिन के अतिरिक्त दामाद के प्रति भी स्नेह भाव। परम्परावादी हिन्दुस्तानी—हिन्दू हो या मुसलमान—बेटी के यहाँ जाना-आना उचित नहीं समझता; बेटी के यहाँ ठहरने का सवाल क्या। शुजा अहमद बलिया आने पर और बलिया से चलने से पूर्व भी बेटी के यहाँ कुशल-मंगल पूछने ज़रूर जाते, परन्तु ठहरते थे मित्र गोबिन्द के यहाँ। गोबिन्द उन्हें बलिया में होमियोपैथिक प्रैक्टिस आरम्भ कर देने के लिये उत्साहित करते रहते।

शुजा बलिया चार दिन के लिये आते तो गोबिन्द उन्हें हफ्ता भर रोक लेते। गोबिन्द की पत्नी भी पति का भाव समझकर शुजा को जेठ मानती। उनके आदर में माथे पर आँचल खींच लेती। आरम्भ में अपने खाने-पीने के बर्तनों में मुसलमान को जल या खायका देते अधर्म की ग्लानि अनुभव हुई थी, परन्तु 'पति देवोभव।' हिन्दू पत्नी के लिये पति की इच्छा-आदेश, सबसे बड़ा धर्म, ''···शुजा भैया थे भी तो इत्ते भले, सगों से अपने।''

शुजा अहमद दो अगस्त को रेल से सीधे बाँसडीह गये थे। उस दिन उनके सरपुत (साला-पुत्र) का खतना था। वहाँ से लौटकर आठ अगस्त संध्या बलिया आ गये। आठ तारीख इंस्पेक्टर आफ स्कूल के दफ्तर में गये। हलधर साहब बनारस गये हुए थे, सोमवार लौटने की आशा थी। शुजा अहमद नौ अगस्त दामाद-बेटी, नाती-नातिन का हाल-चाल देखने चले गये। वहीं पर उन्होंने बम्बई में कांग्रेस के क्विट इंडिया प्रस्ताव और नेताओं की गिरफ्तारी की बाबत सुना।

शुजा का दामाद गफूर वकील था, तीक्ष्ण बुद्धि, सेक्युलर खयाल और डेमोक्रैसी का समर्थक। गफूर बहुत उत्तेजित था। बोला, ''कांग्रेसी अंग्रेजों को जापानी खतरे से धमका कर हिन्दू राज कायम कर लेना चाहते हैं···।''

शुजा ने दामाद को समझाना चाहा, ''बरखुरदार, आज़ाद हिन्दुस्तान में न हिन्दू राज, न मुस्लिम सल्तनत। आपस में बुर्दबारी और डेमोक्रैसी के अलावा दूसरा रास्ता नहीं···।''

गफ़ूर का नज़रिया बदल चुका था, ''इन इंडिया डेमोक्रैसी इज़ ए हिपोक्रैसी! मुसलमान और हिन्दू चाहे एक नस्ल से हों, लेकिन मज़हबी एतकाद और इक्तसादी मसायल से दो कौमें बन चुके हैं। तवारीख गवाह है, वजूहात जो भी रहे हों, दोनों नज़दीक आने के बजाय फटते गये हैं। आज हम पाकिस्तान की माँग के लिये मज़बूर हैं और उसे लेकर रहेंगे। अक्लियत पर अक्सरियत की हुकूमत को डेमोक्रैसी नहीं कहा जा सकता। डेमोक्रैसी हो सकती है, मुसाबात से। कांग्रेस और मुसलमानों को हुकूमत में आबादी की बिना पर नहीं, कौमियत और मज़हब की बिना पर बराबर हकूक और हिस्सा होना जरूरी।''

शुजा ने गफ़ूर से बहस बेकार समझी। लीग को सरकारी इमदाद। पिछले बरस भर में गफ़ूर की हालत बहुत बदल चुकी थी। उसका बेकार बड़ा भाई भी सेना में क्लर्क की नौकरी पा गया था। वकील का पेशा ही दलाली। फीस पाये तो जिधर चाहे दलील दे दे। अब्दुल गफ़ूर की उम्र का नया अरज़ीनवीस तकदीर अहमद भी कट्टर लीगी। अपना कारोबार मिल्लत की बहबूदी के लिये कुर्बान करके चौबीसों घंटे इसी काम में लगकर लीडर बन गया था। मुसलमान अपना अस्तित्व हिन्दुओं से पृथक महसूस और ज़ाहिर करना आवश्यक समझने लगे। ऐसे लोग सरकार के कृपा-पात्र, उन्हें परमिट या दूसरी मदद पाने में आसानी।

इससे पूर्व बलिया जिले में हिन्दू-मुस्लिम तनातनी अनजानी बात थी। पूर्वी यू० पी० के देहात में पोशाक या रस्म-रिवाज़ से हिन्दू-मुसलमान की पहचान ही मुश्किल। सभी की पोशाक कुरता-धोती। बुरका केवल बड़े शहरों में आने-जाने वालों ने देखा था। परदा था सिर्फ अमीर लोगों में, मुसलमानों में और हिन्दुओं में भी। एक-दूसरे के काम-काज में दोनों ओर से दोनों तरफ निमंत्रण दिये जाते। रस्मोरिवाज में गाँव के हिन्दुओं और मुसलमानों की मौजूदगी जरूरी होती। सभी त्योहारों पर सहयोग। धर्म-विश्वास का भेद वैयक्तिक या सामाजिक विश्वास की बात थी। बलिया में मुसलमानों की संख्या भी आटे में नमक बराबर। अधिकतर मुसलमान लोग पेशों से कारीगर। यह सब परम्परा से चला आ रहा था। अब उन्हें समझाया जाता—हिन्दू-मुसलमान दो कौमें, उनका किस बात में मेल! उनका साथ क्या? इसलिये मुसलमानों के लिये अपना मुल्क जरूरी, पाकिस्तान! वहाँ सब सरकारी नौकरियाँ मुसलमानों को ही मिलेंगी। सब मुसलमानों की हैसियत अफसरान की होगी। सब कारोबार मुसलमानों के हाथ में होंगे।

नगर में बीस-पच्चीस ऊँची तुर्की टोपियाँ, काली शेरवानियाँ और अलीगढ़ी पाजामे दिखायी देने लगे। कुछ मुस्लिम जवान, खासकर संदिग्ध कारोबारों से सम्बद्ध लोग, सीना फुलाकर चलते और धौंस देते : आने दो मौका देख लेंगे सालों को। हिन्दुस्तान की हुकूमत अंग्रेज ने मुसलमान से ली है और मुसलमान को ही लौटायेगा। साले दाल पीने वाले बनिये-बक्काल हुकूमत क्या जानें! हम अपने दीनी रिवाज के मुताबिक ईदुज्जुहा पर बछिया-बछड़े की कुर्बानी क्यों नहीं दे सकते? देख लेंगे, किसकी हिम्मत है हमें रोकने की और मस्जिदों के सामने बाजा बजाने की···।

मुस्लिम विरोधी हिन्दू भी तुरन्त लीडर बन गये और हिन्दुओं के प्रतिनिधि सरकार के मंजूरे-नजर।

हिन्दू भी मुसलमानों की इस हेकड़ी से बिल्कुल बेपरवाह न थे। उन्हें कुछ तो अपने संख्या बल का अहंकार, भरोसा : ये साले झाँट के बाल बराबर! अंग्रेजों के गाँडू हमारा क्या उखाड़ लेंगे। पहले विलायती बन्दरों को निकाल लें फिर इन कटुओं को भी देख लेंगे…। उत्तेजना, ललकारें, धौंस-धुपट्टी बढ़ती जा रही थी लेकिन सिर्फ बातों में। सरकार केवल परस्पर वैमनस्य बढ़ा रही थी। दंगे की अव्यवस्था से सरकारी सम्पत्ति को हानि और युद्ध प्रयत्न में बाधा की आशंका। सरकार उसके लिये सतर्क। शुजा, गोबिन्द और उन जैसे लोग अकसर इस बारे में चर्चा करते। दोनों परेशान। लग रहा था दोनों पक्षों के कुछ लोग भिड़ जाने के लिये बहाना ढूँढ़ रहे हों। कहीं यह नयी मुसीबत न आ जाये!

हलधर बारह अगस्त को लौटे। वे बनारस में देखी स्थिति से बहुत विचलित। दफ्तर में काम के बजाय अफवाहों और खबरों पर अनुमान और चर्चा। हलधर दबे स्वर में शुजा अहमद से उसी प्रसंग पर बात करते रहे। विश्वास दिलाया, स्थिति जरा संभल जाये। आपका काम जल्दी ही करवा देंगे। तेरह को शुजा गोबिन्द सिंह की संगति के लिये टिके रहे। चौदह सुबह चलने का विचार था पर गोबिन्द ने एक दिन और ठहरा लिया।

भतीजे बिरजू ने मेहमान युवती का परिचय निधड़क बल्कि कुछ गर्व से दिया था। मास्टर गोबिन्द सिंह सुनकर सकते में आ गये। वैयक्तिक भावना या विचार जैसे रहे हों, थे सरकारी नौकर। भतीजा इतनी बड़ी बागी को घर ले आया था। भेद खुलने पर पेंशन के किनारे पहुँची नौकरी की बात क्या; उम्र भर की जेल, उसके साथ और क्या नहीं!

आँगन में धुँधले प्रकाश ने बात रख ली वर्ना मास्टर के चेहरे पर उड़ती हवाइयों से उनकी घड़घड़ाहट भतीजे और मेहमान से छिपी न रहती। मास्टर ने गले में उमड़ आया आतंक निगल कर पूछा, ''आज सुबह से शहर में कोई ट्रेन इधर-उधर गुजरने की आवाज नहीं आयी। आप लोग आये कैसे?''

बलिया शहर में रेलवे लाइन शहर के बीचों-बीच गुजरती है। ट्रेन गुजरने की घड़घड़ाहट से शहर गूँज जाता है। बहुत से लोग ट्रेनों के आने-जाने से ही समय का अनुमान रखते हैं।

''हम लोग सुबह साढ़े छः बजे बनारस से चले थे।'' बिरजू ने संक्षेप में इन्कलाब अभियान के बारे में बताया, ''फेफना पहुँचने तक सूर्यास्त। फेफना में ट्रेन रुकवा कर हम लोग सड़क के रास्ते आये हैं।''

''इन्हें हाथ-मुँह धोने के लिये जल-वल दिलवाओ। यह लोग सुबह से भूखे हैं।'' मास्टर ने रसोई की दहलीज पर बैठी पत्नी के समीप जाकर बताया, ''शहर के बड़े घराने की बहू-बेटी है। दोनों के लिये जल्दी से जो हो सके, बना दो।'' वे बरामदे की ओर लौट गये।

बिरजू की चाची चौका समेट कर उठी ही थी। भतीजे और मेहमान की थकान और भूख का खयाल करके फिर तुरन्त चूल्हा जला कर जल्दी से हलवा तैयार कर दिया। दही जमाने के लिये भैंस का दूध काढ़ कर ठण्डाने के लिये रखा था। अभी जामन न लगाया था। दोनों को एक-एक कटोरा दूध, खूब शक्कर घोलकर दे दिया। उषा के लिये उतना

ही पर्याप्त। घर में पड़ा लौकी का एक टुकड़ा छौंक कर तवे पर ही पूरी तल दी। पूरी का आकार डेढ़ बालिश्त देख लखनऊवासी के लिये अचम्भा।

बेटे जैसे भतीजे के अकस्मात् आगमन से चाची गद्‌गद, परन्तु उसके साथ जवान खानदानी नागरिक युवती को देखकर उतनी ही विस्मित और सशंक। दोनों को बैठाकर कलेवा देते समय उषा के लिये अबोध बोली में भतीजे से पूछे बिना न रह सकी, "ये तुम्हारे साथ कौन?"

बिरजू ने बताया, "लखनऊ के बहुत बड़े खानदान की बहू। बहुत बड़ी लीडर हुईं। मुलक भर में नाम। अंग्रेज त इनका नाम से काँपत हैं। इनके मुकाबले चित्तू पांडे कुछउ ना बाड़न। पुलिस इनका के खोजत बाटे! हुकुम दिहला से सब रेल-लैन देखत-देखत खतम। इनका कहला के देर बाटे, लखनऊ-बनारस के हज्जारों जवान सीने पर गोली खाने को तैयार। झाँसी की रानी का त जानेलू न। अब देखऊ, ए जिला में का होखेला।" और जबर्दस्त चेतावनी, दो-तीन दिन रहेंगी। पड़ोस में किसी से कुछ नहीं कहना। न किसी पड़ोसिन को यहाँ आने देना। पुलिस ने सुन लिया तो घर-धरती सब जब्त। उम्र भर की कैद-फाँसी। चार दिन में साली अंग्रेजों की पुलिस कहीं ढूँढ़े न मिलेगी। तब तक चुप्प।

चाची के मन में मेहमान के लिये भय मिश्रित आदर, परन्तु बेटे जैसे भतीजे, पति और घर के प्रति आशंका और आतंक से व्याकुलता।

गोबिन्द बरामदे में लौटे तो उनके मन्थर कदमों से ही उनके चित्त का अनुमान। रहस्य की बात के लिये शुजा के साथ उनकी ही खाट पर सटकर बैठ गये, परन्तु बोल न पाये।

"क्या बात?" शुजा ने मित्र की स्तब्धता तोड़ने के लिये दबे स्वर में पूछा।

गोबिन्द ने साँस के स्वर में संक्षेप में मेहमान का परिचय दे दिया।

शुजा ने सम्भले रहने के लिये दोनों बाँहें सीने पर बाँधकर गहरी साँस ली। कई पल मौन रहकर बोले, "क्या नादानी कर रहे हैं ये लोग! पिछले तीन बरस में गांधी ने कितने पैंतरे बदले? अब खुदकुशी का जुनून! मुंडचिरे फकीरों का तरीका। एक तरफ क्विट इंडिया की खुली बगावत के सिक्स कमाण्डमेंट के स्लोगन, दूसरी तरफ बहनचोद वायसराय की क्विट इंडिया की लात को हमदर्दी और नेक-नीयती से बर्दाश्त करके, उस पर गौर करने के लिये खुशामद का खत। बहनचोद वही किस्सा—खोंचते क्यों हो; लड़ेंगे। भौंकते क्यों हो; डर लगता है।…जापान ने जिन मुमालिक और बर्मा पर कब्जा किया, उन्हें आजादी देने की मिसाल इनके सामने है। लड़के ने ये क्या दुविधा पैदा कर दी। करोड़ों लोगों की जिन्दगी और मुल्क का खयाल करें कि बेटे और पनाहगुजीं लड़की का!"

गोबिन्द भी धीमे बोलने के लिये मजबूर, परन्तु शुजा के सुझाव से क्रोध की फुंकार, "मियाँ साफ कहो, मतलब क्या; हम उन्हें पुलिस को सौंप दें।" …क्षोभ से बोल न पाये। अन्धेरे में उनकी आँखें क्रोध से लाल।

"अमाँ, सुनोगे भी कि बके जाओगे!" शुजा ने बड़े भाई के रिश्ते से डाँटा, "ऐसा हमने कब कहा! हमसे ऐसी इन्सानियत से गिरी बात को तवक्को! …और उससे फायदा क्या? आखिर हो तो भूमिहार! बाह्मन बन गये तो क्या, अक्ल तो खेतिहर की।" शुजा

की गर्दन तन गयी, "अगर दो-चार, दस-पाँच इन्सानों या कुनबों की कुर्बानी से मुल्क बच सकता तो हम सबसे पहले खुद को और तुम्हें भी कुर्बान कर देते। इन दो बच्चों की गिरफ्तारी से क्या फर्क पड़ जायेगा? मादरचोद अंग्रेज ने गांधी और दूसरे लीडरों को गिरफ्तार कर लिया। उसका क्या नतीजा हुआ; ये जो औड़िहार से यहाँ तक डेढ़ सौ आदमी छोड़ आये हैं, जो कुछ कर आये हैं, बिहार में जो हो रहा है, इन बच्चों की गिरफ्तारी से रुक जायेगा। कुछ ऐसा सोचो कि साँप मर जाये और लाठी भी न टूटे!"

"ऐसी बात हो तो बताओ!" गोबिन्द शान्त हुए।

"सुनो, वह लेडी तुमसे अंग्रेजी में बोली थी। उसके अन्दाज से जाहिर कि बहुत सोफिस्टिकेटिड मिजाज की है। हम-तुम के यहाँ उसका गुजारा हो सकेगा। यहाँ दो-तीन दिन पुलिस से बचकर रहना चाहती है। इस घर में तो ड्योढ़ी से भीतर झाँकों तो आँगन और पूरा घर सामने। उसके लिये मुनासिब जगह महादेव बाबू की कोठी पर।"

गोबिन्द सिंह ने गर्दन हिला दी, "क्या कहते हो शुजा भैया, लेडी को घर रखने में जैसी जोखिम हमें, वैसी ही दूसरों को।"

"ऊँ हूँ। बात नहीं समझे।" शुजा बोले, "जानते हो, चित्तू पांडे कहाँ दुबके हैं। वायदा किया है सो नाम नहीं बतायेंगे पर हमें खबर सरकारी जिम्मेदार अफसर ने दी है। वहीं से आर्डर-सजेशन कहलवा देते हैं। पांडे को घर में ज्यादा खतरा या इस लड़की को! लड़की तो जनाना के पर्दे में रह सकती है। कानून की बात कहते हो तो जैसे एक बागी को पनाह दी, वैसे दो को। वहाँ लेडी को आराम रहेगा। पहली बात, उनके यहाँ शक ही हो जाये तो पुलिस एकदम हाथ नहीं डाल सकती। बड़े आदमी का सबको लिहाज। किसने उनसे मदद नहीं ली? बहनचोद सरकारी अफसर की तो जात दोगली। ढाई बरस कांग्रेस सरकार रही तो उनके आगे चुल्लू किये फिरते थे। दूसरे दिन उनके यहाँ मिजाज पूछने, सलाम करने चले जा रहे हैं। ये साले दुतरफा बनाये रखते हैं। और ताज्जुब नहीं, उन्हें खुद खबर कर दें, आपके यहाँ अफसर की मौजूदगी का शक है, उसे रफूचक्कर कर दो! फिर जराये का सवाल! उनके यहाँ दो-दो मोटर। शक होते ही घंटे भर में शहर से पचास-साठ मील दूर निकाल दें। ताज्जुब नहीं, पुलिस की ही गाड़ी में इंतजाम हो जाये। खुद उनकी मोटर में जनाना सवारी पर्दे से जा रही हो तो किसकी मजाल की शिनाख्त के लिये तकाजा कर सके।"

"हम खुद ऐसी बात किसी से नहीं कह सकते।" गोबिन्द सिंह ने निःश्वास लिया, "दो दिन निभ जायें या जो किस्मत में!"

"अमाँ इसे किस्मत ही···।"

भीतर से खटका सुनकर गोबिन्द चुप। दरवाज़े से दिखायी दिया बाहर जाती खाट का सिरा, फिर बिरजू कंधे पर एक चादर और तकिया लिये। बिरजू खाट डालकर बैठा ही था कि ट्रेन के बहुत धीमी चाल से शहर में आने की आहट। "अब आ पायी है ट्रेन! फेफना में इंतजाम कर दिया था कि चार घंटे से पहले चल न सके। ट्रेन के सामने बैनर लगा है—इन्कलाब स्पेशल।"

बिरजू काका की ओर झुककर बहुत धीमे बोला, "बहिन जी के लिये भीतर बरोठे में चाची के साथ खाट डाल दी है। कोई मसहरी-वसहरी हो तो उनके लिये लगा देते।"

''बेटे, जानते हो, अपनी उम्र तो मसहरी बिना कट गयी।'' बरामदे में पश्चिम धुआँ छोड़ते दो-तीन उपलों की ओर संकेत किया, ''ये धूनी ही अपनी मसहरी।''

''सो तो चाची ने भीतर प्रबन्ध कर दिया है। धुएँ की आदत नहीं है, उससे उन्हें खाँसी न आती रहे। खैर कोई बात नहीं।''

पहले गोबिन्द की खाट थी। उसके बाद शुजा की। बिरजू खाट डालते ही लेट गया।

''बहुत थके हो?''

''नहीं तो, पर इधर बहुत दौड़-भाग रही। तीन रात से ये ही हाल।'' बिरजू ने क्षमा-याचना के स्वर में सफाई दी।

''अच्छा लेट जाओ, एक बात पूछेंगे।'' शुजा बिरजू की ओर करवट लेकर साँस के स्वर में बोले, ''बेटे, तुम जान पर जोखिम लेकर यह सब कर रहे हो, लेकिन बरखुरदार, तुम्हारी कोशिशों का नतीजा क्या होगा? जापान के लिये रास्ता साफ बल्कि उन्हें दावत।''

''दावत कैसी चाचा!'' बिरजू ने भी वैसे ही स्वर में आपत्ति की, ''अंग्रेज से आजादी लेने के मतलब जापान की गुलामी करना नहीं है।''

शुजा ने सुनने का संकेत किया, ''जापान क्या अपना खून दूसरों को आजादी देने के लिये बहा रहा है? जापान ने जिन मुल्कों पर कब्जा किया—मिसाल के तौर पर बर्मा—वहाँ जापानियों ने रियाया के साथ क्या सलूक किये! उन्हें कैसी आजादी दी! वहाँ से भागकर आये लोगों की हालत देख सकते हो।''

''चाचा, वो हालात दूसरे थे।'' बिरजू सतर्क होकर बोला, ''जापान ने जब यूरोपियन कोलोनीज पर हमला किया, वहाँ की सरकारें हारकर भाग गयीं। मलाया-सिंगापुर में तो ब्रिटिश कमांडर ने खुद अपने सिपाहियों को सरेण्डर का आर्डर दिया—तुम्हें अब जापानी कमांडर का आर्डर मानना चाहिये और हुकूमत जापान को सौंप दी। वो सब कुछ जापान की जंगी लूट थी। गांधी जी उसी हालत का इलाज कर रहे हैं। जब जापानी इस मुल्क से अंग्रेज को भगायें तो अंग्रेज के बजाय यहाँ इंडियन नेशनल गवर्नमेंट मौजूद होगी। जल्द से जल्द हमारी नेशनल गवर्नमेंट कायम हो जाना जरूरी।''

शुजा कुछ मिनट चुप रहकर बोले, ''बरखुरदार, तुम यूरोपियन कोलोनीज और बर्मा की बात कर रहे हो, लेकिन मंचूरिया, कोरिया, चीन में जापानी किस इंसाफ के लिये लड़ रहे हैं? नाज़ यूरोप के जिन मुमालिक पर काबिज हो गये, सभी जगह उनकी डेमोक्रैटिक सरकारें मौजूद थीं। नाज़ियों-जापानियों का तो अकीदा है कि कमजोर ताकतवर की कुदरती खुराक है। नाज़ियों और जापानियों को हुकूमत का खुदादाद हक।''

बिरजू की ओर से उत्तर में निद्रा के समश्वास का स्वर। शुजा ने गोबिन्द की तरफ करवट ले ली, ''लगता है लड़का कई रात से सोया नहीं।''

चौथे पहर के आरम्भ का घुप्प अँधेरा। एक जवान दबे पाँव मास्टर गोबिन्द सिंह के बरामदे में आया। एक के बाद दूसरी-तीसरी खाट पर झुका। बिरजू को उठाने के लिये उसका कंधा हिलाया। नींद से चौंकने पर बिरजू का हाथ अपने तकिये के नीचे रखी पिस्तौल पर। जगाने वाले जवान ने तुरन्त झुककर बिरजू के कान में कहा, ''होश करो···हम गज्जन।''

बिरजू के संभल जाने पर गज्जन ने बताया, "जल्दी चलो। लोग प्रतीक्षा कर रहे हैं।"

"पूरा प्रिकाशन लिया है न?" बिरजू ने आँखें मलते हुए पूछा।

"परफैक्ट!"

"तुम यहाँ लेटो। हम उन्हें भीतर खबर देते हैं।"

बिरजू भीतर गया। बरोठे में चाची की खाट के समीप दूसरी खाट पर उषा बेसुध पड़ी थी। शरीर चादर से आधा उघड़ा हुआ। बिरजू को दुविधा, युवती को कैसे जगाये। उसने चाची का पाँव हिलाकर उन्हें उठाया और उषा को जगाकर तुरन्त चलने का संदेश देकर बाहर आ गया। कुछ मिनट में उषा सफेद चादर-साड़ी में, दबे पाँव बरामदे में आ गयी।

गज्जन, बिरजू, उषा आहट बचाकर बरामदे से निकले तो शुजा आहट से चौंक गये थे। शुजा ने गोबिन्द को कंधा हिलाकर जगाया और बताया, "वह लड़का गज्जन, बिन्दे बजाज का बेटा, आया था। बिरजू और यंग लेडी उसके साथ चले गये। बक्सा-वक्सा नहीं ले गये। वह लोग यहाँ रैन-बसेरे के लिये नहीं आये हैं। देखें, ये लोग क्या रंग लाते हैं!"

उषा ने जैसे इलाहाबाद 'भारती भवन' में, बनारस में संध्या खंडहर की गुप्त सभा में जवानों को क्रान्ति में योगदान के लिये ललकारा था, वैसे ही बलिया में भी रात चौथे पहर खपरैल छाये एक बड़े से कमरे में उषा ने गांधी जी के छः आदेशों से विदेशी शासन की शस्त्र-शक्ति को परास्त कर सकने के उपायों की व्याख्या की, "···जवानो, आपका जिला आन पर जान देने के लिये प्रसिद्ध है। देश के दूसरे भागों के मुकाबले में यहाँ सरकार के आतंक से स्तब्धता देखकर विस्मय होता है। आप बलिया का महत्त्व समझते हैं।

"···पूर्व और पश्चिम से क्रान्ति सेनाओं के मिलने की जगह बलिया ही है। देश पर आक्रमण भी इसी रास्ते आ सकता है। बलिया के जवान इन्कलाब स्पेशल से इन्कलाब का संदेश लेकर आये हैं। आपके जवानों ने जान पर खेलकर यह अपूर्व काम किया है। इस काम को आगे बढ़ाने की जिम्मेदारी आप पर है। बलिया जिले का जन बल, बलिया नगर में ही केन्द्रित नहीं है, लेकिन इस जिले में ब्रिटिश सरकार की ताकत बलिया सदर में ही सीमित है। जिले की दूसरी तहसीलों-थानों का प्रबन्ध कर दिया गया है। इन्कलाब स्पेशल के सैनिक बलिया के पश्चिम और उत्तर से जन सेना को लेकर आपकी सहायता के लिये आ रहे हैं। शेष जिलों से बलिया का सम्बन्ध समाप्त है। बलिया के चारों ओर छः-सात मील के घेरे में जनता को मुक्ति संग्राम के लिये लाकर यहाँ अंग्रेजों के मुट्ठी भर सशस्त्र पिट्ठुओं को निःशस्त्र कर देना आपका काम है। इस काम के लिये उचित निर्देश स्थानीय नायकों को दिये जा चुके हैं। अब आपको एक मिनट न खोकर, सब ओर से जन बल को मुक्ति संघर्ष के मोर्चे पर लाने के लिये कूच कर देना चाहिये। बलिया से गुलामी के कलंक के सब चिह्न मिट जाने चाहिये···।"

इलाहाबाद, बनारस की तरह बलिया में भी बिरजू, गज्जन और जगमोहन ने गुप्त सभा के लिये बहुत चौकसी से प्रबन्ध किया था। मास्टर गोबिन्द सुबह स्कूल के लिये चलने से पहले शुजा के साथ गुड़-सत्तू ले रहे थे। गोबिन्द ने शुजा से एक दिन और रुक

जाने का अनुरोध किया। गोबिन्द की चिन्ता भाँप ठहरने की अनुमति का संकेत कर शुजा ने कहा, ''कहो तो यंग लेडी के ठहरने के बारे में कहीं बात करें!''

रात की थकावट के कारण उषा की नींद उसी समय टूटी थी। सुबह कुछ ऐसी आवश्यकताएँ कि उनके बारे में उषा बिरजू की चाची से ही बात करना चाहती थी। उषा की नागरिक हिन्दी चाची के लिए कठिन। गोबिन्द ने उषा की कठिनाई समझकर बिरजू को उषा की सहायता का सुझाव दिया।

''हम जानते हैं, यहाँ उसकी आदत के मुताबिक सहूलियत न मिल सकेगी, लेकिन भैया, हम खुद इस बारे में किसी से कुछ नहीं कह सकेंगे।''

''अच्छा, सोचेंगे।'' शुजा अहमद ने आश्वासन दिया।

मास्टर गोबिन्द स्कूल पहुँचे तो रोज से दूसरा रंग। विद्यार्थी क्लासों में बैठने के बजाय स्कूल के सामने भीड़ बाँधे खड़े थे। नारे, 'इन्कलाब जिन्दाबाद! भारत माता की जय! अंग्रेज निकल जाओ! सड़ी-गली सरकार को एक धक्का और दो!'

स्कूल की घंटी बजी पर क्लासों में चार-चार, पाँच-पाँच विद्यार्थी ही गये। दूसरे विद्यार्थी क्लास में बैठने वालों को धमकी-गाली दे रहे थे। नौ-साढ़े नौ तक क्लास रूम बिलकुल खाली। अधिकांश अध्यापक स्कूल के बरामदों में, नगर में बदलती हवा की चर्चा कर रहे थे। हेडमास्टर का आदेश—विद्यार्थी पढ़ें न पढ़ें, अध्यापक अनुशासन के अनुसार निश्चित समय तक स्कूल में रहें।

मास्टर गोबिन्द सिंह स्कूल से लौट रहे थे तो बाजार की हालत भी बदली हुई। अधिकांश दुकानें बन्द। चौक के समीप टेलर मास्टर यूसुफ की दुकान पर दस-पन्द्रह लोगों की भीड़। कुछ लोग यूसुफ से दुकान बढ़ा देने का आग्रह कर रहे थे। समीप का चिकवा हिद्दे (हिदायतउल्ला) और दूसरे दो लोग उसे दुकान बढ़ाने से रोक रहे थे। खलीफा यूसुफ की दुकान पर छः मास से उसके बेटे तकदीर अहमद अरजीनवीस ने मुस्लिम लीग का हरे कपड़े पर सफेद आधे चाँद का झंडा भी फहरा दिया था। यूसुफ को झगड़े से परेशानी। उसके कई गाहक भड़कने लगे थे, लेकिन बेटे का आग्रह, मिल्लत और मजहब के मुकाबिले नफा-नुकसान का क्या सवाल? लीग का झंडा नहीं झुकेगा।

मास्टर गोबिन्द दुकान पर झगड़े से नजर बचाकर निकल जाना चाहते थे। सामने से साइकल पर तकदीर अहमद आ गया। झगड़े की खबर उसे मिल गयी थी। तकदीर ने मास्टर गोबिन्द को पुकार लिया, ''···मास्साब, आप गवाह हैं। दुकान धमकी से बन्द करवाई जा रही है। लोग कत्ल की धमकी दे रहे हैं।''

मास्टर धर्मसंकट में। तकदीर गफूर का सहपाठी था। मास्टर नगर में निष्पक्ष समझे जाते थे, तिस पर सरकारी नौकर, लेकिन लीग का झंडा उनकी आँखों को भी चुभता था। बोले, ''हमारी तबीयत ठीक नहीं। यह झगड़ा गलत बात।''

तकदीर ने भीड़ बढ़ती देखकर पिता को परामर्श दिया, ''दुकान बढ़ा दीजिये। बाकी हम देख लेंगे, यह जुल्म कैसे चलता है!''

मास्टर गोबिन्द सिर झुकाये चले जा रहे थे। पीछे भीड़ में गालियों की ललकारें—''सब बहन···कटुओं को देख लेंगे। जा साले बुला ला अपने कलट्टर और उसके बाप अंग्रेजों को···।''

बिरजू की चाची ने बताया, "बड़का भइया कह गये, खाने के लिये हमारा इंतजार न करना।" बिरजू और मेहमान को भात खिला दिया था।

उस दिन नगर में अखबार न आया था। उषा समय काटने के लिये मास्टर की पुस्तकों में से एक पुस्तक लेकर पढ़ रही थी।

गोबिन्द ने भात खाकर सौजन्य के नाते मेहमान से पूछा, "लखनऊ के मुकाबले बलिया तो गाँव। अपनी जरूरत निस्संकोच कह दीजियेगा। ···हमारी दोनों बेटियाँ अपनी ससुरालों में हैं। हमारे लिये जैसे बिरजू, वैसी आप। ···लगता है, आप लोगों के आने से शहर की रंगत बदल गयी।" शहर में आया परिवर्तन बताया। बात हिन्दी में आरम्भ की थी, परन्तु हिन्दी से अंग्रेजी मिली हिन्दी में होने लगी। मास्टर की जिज्ञासा पर उषा ने बता दिया, उसके पिता भी अध्यापक हैं, क्रिश्चियन कालेज में लेक्चरार। शेष परिचय भी। उषा से आध घंटे बातचीत से मास्टर के मन में उषा के प्रति आदर और सहानुभूति।

मास्टर शुजा उषा के बारे में केवल अपने और कांग्रेस के भी बहुत विश्वस्त व्यक्ति से ही कह सकते थे। साठ के हो रहे थे। जानते थे, जैसे अब लीग में फसली गाजी होने लगे थे, कांग्रेस में भी खद्दरपोश सियारों की कमी न थी। महादेव सेठ, जमनादास और बिशन बाबू से भी ऐसा प्रस्ताव किसी विश्वस्त कांग्रेसी से ही कहलवाना उचित था। साम्प्रदायिक तनातनी के समय हिन्दू-मुसलमान दोनों को एक-दूसरे की नीयत पर कब शक हो जाये, कुछ नहीं कहा जा सक़ता। शुजा चौथे पहर तक नगर की हालत में परिवर्तन से भी चकित।

शुजा सूर्यास्त के समय गली से लौट रहे थे तो पंचम दिखायी दे गया। शुजा को पंचम पर विश्वास। पंचम सम्पन्न घराने का लड़का। शुजा ने उसे कुछ दिन 'इंडिपेंडेण्ट इंडिया' पढ़ने को दिया था। पंचम को सैद्धान्तिक बहस में रस न था। बनारस के विद्यार्थी जीवन में मार्क्सवाद की ओर कुछ रुझान हो गयी थी। कांग्रेस-सोशलिस्ट, बल्कि उग्र कांग्रेसी था। शुजा को अनुमान था, पंचम गिरफ्तारी की आशंका में छिपा होगा।

"यहाँ कैसे फिर रहे हो बाबू!" शुजा ने विस्मय प्रकट किया।

पंचम की बाछें खिल आयी थीं। उत्साह से बोला, "मास्साब, सिचुएशन बदल जाई। काल्हि तक देख लेई। सुन लीहा ना, बलिया तहसील अउर नरही थाना पर कांग्रेस का झंडा लागि गइल बा।"

शुजा ने प्रसन्नता प्रकट की। दबे स्वर में अनुरोध, "सुना है, लखनऊ वाली उषा सेठ बलिया में हैं। उनको ठहरने की मुनासिब जगह नहीं मिल रही।"

"हाँ! हाँ!" पंचम सब जानने के गर्व से बोला, "इन्कलाब स्पेशल फेफना में रोक उषा जी खुद नरही गयीं। थाने पर उन्होंने झंडा फहराया। मास्साब, उनके लिये जगह की क्या कमी? उनके लिये तो सर्किट हौस में इंतजाम चाहिये जहाँ बड़े लोग ठहरते रहे। हमारा मकान तो उनके लायक नहीं। महादेव बाबू से यहाँ बात करें। आपसे किसने कहा?"

"बाबू, ये सवाल मत करो।" शुजा भौंवें उठाकर बोले, "किसी ने न बताने को कहा हो तो कैसे बता दें! हमारा एतबार है तो बात करके हमें खबर दे सकते हो।"

"अरे मास्साब, आपने क्या कहा! ···आप जहाँ कहें खबर दे दें।"

"तुम तुम्हारे यहाँ रात नौ-दस तक आकर खबर ले लेंगे।"

"जरूर आइये।"

गोबिन्द के यहाँ लौटने से पहले शुजा अपने दामाद के यहाँ गये। नौ तारीख को वहाँ गये थे तो नातिन को गले में तकलीफ, खाँसी और हरारत थी। उसी दिन डाक्टर मजूमदार होमियोपैथ के यहाँ से अपनी समझ से नातिन के लिये तीन दिन की दवा ब्रायनिया ३० दे आये थे। फिर नातिन को देखकर आश्वासन दिया था, उजियार लौटने से पहले देख जायेंगे।

गफूर सूर्यास्त के समय अदालत से लौट आया था, लेकिन बहुत चिन्तित। समीप बैठे आदमी से शहर की हालत के बारे में बात कर रहा था। उसने ससुर को सूचना दी : नरही के अलावा दूसरे दिन बैरिया, गड़वार और मनियर थानों पर भी कांग्रेस ने झण्डे लगा लिये। लोग कहते हैं, नरही का थानेदार सुन्दरसिंह जाहिरा सरकार का बहुत वफादार बना रहा, छिपे-छिपे हिन्दू कांग्रेसियों से साठ-गाँठ बनाये था। गड़वार का थानेदार मुसलमान, आस-पास सब हिन्दू गाँव। हजारों की भीड़ ने घेर लिया तो क्या करता। ...उसने स्वर दबाया, "बब्बन ने सुना है छिद्दे, कल्लन और बिन्दे के गिरोह मुसलमानों की दुकानें और मकान लूटकर जला देने की तैयारी कर रहे हैं।

गफूर बोला, "बब्बन तो अकसर उड़ाया करता है। फिर भी कांग्रेस के लीडरों को खबर कर देना मुनासिब। वे लोग अपने वकार के खयाल से फिरकावाराना झगड़ा नहीं होने देंगे।"

शुजा ने दामाद का समर्थन किया। भीतर खबर देकर बेटी और नातिन को देखने चले गये।

बिरजू की चाची को उषा के प्रति कुछ वैसा ही आदर, आतंक और आशंका भी जैसे बलि चढ़ाने वाले को देवी से, परन्तु उषा मेहमान थी। बिरजू, बिरजू के काका, शुजा भैया सब उसका आदर कर रहे थे। संध्या उसके लिये परौठे, तरकारी बनाये और दही की खूब मोटी मलाई में ढेर-सी चीनी डाल दी।

बिरजू लगभग साढ़े नौ बजे लौटा। उषा को गुप्त सन्देश दिया। शुजा और गोबिन्द बात करते रहे, परन्तु बिरजू पेट में आहार पड़ते ही बरामदे में खाट डालकर नींद में बेसुध। शुजा और गोबिन्द बरामदे में चले गये तो उषा कुछ देर ठण्डक के लिये खुले आँगन में लेटी रही। चाची ने आकाश की ओर संकेत कर सावधान किया, "ओसि परत बा, जीव खराब हो जाई।"

उषा उपलों के धुएँ की गंध से दम घोंटे बरामदे में खाट पर लेट गयी। उपलों के धुएँ की गंध की अपेक्षा मच्छर अधिक कष्टदायक।

रात साढ़े ग्यारह बजे गज्जन आया। बिरजू को पहचान कर जगाया। बिरजू ने भीतर जाकर चाची को। उषा गत रात की तरह दोनों के साथ चली गयी। एक मकान में दस-ग्यारह जवान। सब चौकसी पूर्ववत। उषा को पहले मालूम था, उस रात दो स्थानों पर गुप्त सभा में जाना होगा।

सोलह अगस्त रविवार। मास्टर गोबिन्द सिंह को स्कूल जाकर हड़ताली नारे सुनने की जरूरत न थी। शुजा गुड़-सत्तू लेकर निकल गये थे। पिछली रात पंचम के यहाँ साढ़े

दस तक प्रतीक्षा करके निष्फल लौटे थे। अब कांग्रेसी बहुत व्यस्त हो गये थे। शुजा का विचार फिर पंचम और नर्मदा प्रसाद के यहाँ जाने का था।

स्कूल में छुट्टी थी। लड़के जगह-जगह जुलूस निकाल रहे थे। रविवार के दिन मुफस्सिल के कस्बों में देहात से लोग सरकारी काम या कचहरी के लिये नहीं आते। बाजार अपेक्षाकृत सूने रहते हैं, परन्तु उस रविवार नगर में सामान्य से अधिक लोग गोल बाँधे देहातों से चले आ रहे थे।

शहर से पुलिस गायब, परन्तु रेल स्टेशन और कचहरी में पुलिस का जबर्दस्त पहरा। दस ग्यारह बजे तक शहर लठैत देहातियों से भर गया। आकाफाड़ नारे, "इन्कलाब जिन्दाबाद! महात्मा गांधी की जय! भारत माता की जय! झाँसी की रानी जिन्दाबाद! सन् सत्तावन जिन्दाबाद! इस गिरती सरकार को एक धक्का और दो!"

शहर में खबर थी, बलिया से पश्चिम और पूर्व कांग्रेस का राज हो गया…सब रेल-स्टेशन जल गये। बलिया स्टेशन का खड़े रह जाना बलिया के उग्र जवानों के विचार में उनकी मर्दानगी पर कलंक। दोपहर बाद भीड़ का बड़ा रेला स्टेशन की ओर बढ़ा। पुलिस और दूसरे अफसरों का साहस बनाये रखने के लिये कलक्टर के हुक्म से डिप्टी कलक्टर वैश वहाँ मौजूद था। उसके हुक्म से भीड़ को पीछे हटकर तितर-बितर हो जाने के लिये कहा गया। भीड़ पीछे हटने के बजाय ऊँचे नारों से आगे बढ़ी, '…इन्कलाब जिन्दाबाद! इस गिरती सरकार को एक धक्का और दो।'

वैश ने भीड़ को डराने के लिये फायर करवाये। भीड़ आगे बढ़ती गयी। उसने भीड़ पर गोली चलवा दी। भीड़ में भगदड़ मच गयी, परन्तु पन्द्रह मिनट में भीड़ का उससे बड़ा रेला आया और ऊँचे नारों से आगे बढ़ा। पुलिस इधर-उधर दुबक गयी। डिप्टी कलक्टर वैश भी लापता। भीड़ ने स्टेशन लूट लिया। उसके बाद स्टेशन की होली।

युद्ध के लिये बहुत बड़ी मात्रा में गल्ला खरीदा जा रहा था। सरकार के दो प्रयोजन। युद्ध में गल्ला खर्च से कहीं अधिक नष्ट होता है और अन्न की महँगाई से युद्ध के लिये सैनिक और युद्ध के कामों के लिये मजदूर मिल सकें। अन्न की महँगाई के कारण उपद्रव की आशंका के उपाय के लिये नगरों में राशनिंग जारी कर दिया गया था। हर जिले में गल्ले की खरीद और संचय के लिये बड़े-बड़े सरकारी गल्ला-गोदाम बन गये थे। वहाँ से किसानों को बीच के लिये बेहतर किस्म का गल्ला खरीदने की भी सुविधा। चौथे पहर भीड़ ने बलिया के सरकारी गल्ला बीज गोदाम पर हल्ला बोल दिया। लूट के बजाय गोदाम को आग लगा दी।

स्टेशन पर गोली चलवाने के बाद वैश लापता हो गया था, परन्तु उत्तेजित भीड़ ने प्रतिकार भावना से संध्या वैश के मकान में और दूसरे चार-पाँच सरकारी दफ्तरों, रायबहादुरों, खानबहादुरों के मकानों में आग लगा दी। पुलिस शहर से लापता।

संध्या तक बाँसडीह तहसील के दो और थानों पर कांग्रेसी झंडा फहरा दिये जाने का समाचार। कुछ लोग मजाक कर रहे थे, अब तक शेर और बकरी एक घाट पानी पीते थे। बकरी डर से शेर का जूठा और गंदला पानी पीती थी। अब साला ब्रिटिश लायन बकरी का जूठा पानी पीयेगा। कांग्रेस के जाने-माने नेता अभी अप्रकट थे, परन्तु उत्साही जवानों ने नगर में शान्ति, सुरक्षा का उत्तरदायित्व स्वयं अपने कंधों पर ले लिया था।

जगह-जगह जवानों की टोलियाँ तैनात—कहीं चोरी-चकारी, लूट-पाट या साम्प्रदायिक झगड़ा न होने पाये।

सत्रह अगस्त। मास्टर गोबिन्द जानते थे स्कूल में कुछ काम न होगा, परन्तु अनुशासन के विचार से स्कूल गये। शुजा विलम्ब से निकले। बिरजू ने कहा था, वह और यंग लेडी बलिया में तीन दिन रहेंगे। सोचा, शायद आज यह लोग जा रहे हों पर रास्ते सब खत्म। किस सवारी से, किस राह; ये लोग जानें, इनका काम जानें! शुजा दामाद के यहाँ हाल-चाल देखने-पूछने चले गये। गफ़ूर दुविधा में था, कचहरी जाये न जाये?···इस हालत में अदालत में क्या काम हो सकेगा? वैसे गफ़ूर पूर्वपेक्षा आश्वस्त था। ससुर से कुछ राजनैतिक चर्चा भी हुई···शुरू में कांग्रेस का रवैया गैर फिरकावाराना रहेगा, लेकिन कांग्रेस में सब तरह के लोग हैं। पिछले दिनों में मुसलमानों के साथ कोई जोर-जब्र न हुआ था।

हेडमास्टर सेमुअल चैटर्जी प्रकट में शान्त थे। उन्होंने अध्यापकों को राय दी, विद्यार्थियों के अभिभावक उन्हें स्कूल नहीं भेज रहे तो हमारा क्या उत्तरदायित्व!···हमें ऊपर से जैसे आर्डर आयेंगे, काम करेंगे। आप लोग नित्य आकर हाजिरी लगवाते रहें। कोई भी सरकार हो, शिक्षा तो आवश्यक।

मास्टर गोबिन्द स्कूल के फाटक से निकल रहे थे। उन्हें देखकर चतुर्भुज ने साइकल से उतर कर 'पाँव लागिला' कहा। गोबिन्द के अनुमान में चतुर्भुज मफरूर।

"आज क्या खबर?" गोबिन्द ने पूछा।

"आपके चरणों की कृपा से किला जीत लिया।" चतुर्भुज ने बताया, "सुना, कलक्टर कचहरी आया है, हिफाजत के लिये छः बन्दूकची लेकर। उसने अपने बाल-बच्चे हिफाजत के लिये पुलिस लाइन भेज दिये। दूसरे अफसरों को भी हुकुम, जो चाहे अपने बाल-बच्चे पुलिस लाइन भेज दें। कलक्टरी के एक आदमी ने बताया, साले की पिलपिला गयी। चौदह अगस्त तार-टेलीफोन सब खत्म हो गये तो उसने दो आदमी अलग-अलग मोटर से बनारस-फैजाबाद कुमुक के लिये भेजे थे। आज सुबह तक भी न कोई जवाब, न आदमी लौटे तो साले के हाथ पाँव ठंड।"

चतुर्भुज ने और बताया, "हमने कांग्रेस दफ्तर पर पुलिस का कुफ्ल तोड़कर अपना काम शुरू कर दिया। पन्द्रह-बीस हजार का हुजूम जिला जेल फाटक घेरे है। लोगों की माँग, हमारे नेता छोड़े जायें। कलक्टर की खुद वहाँ जाने की हिम्मत नहीं। उसने कहलवाया है, कांग्रेस के नेता चित्तू पांडे, जगन्नाथ, मुरली बाबू, ओंकारानन्द जेल में नहीं हैं। जितने कांग्रेसी जेल में हैं, छोड़ दिये जायेंगे। जरायमपेशा या चोरों-डकैतों को छोड़ने से जिले के अमन को अन्देशा, लेकिन लोगों को विश्वास नहीं। वे कहते हैं, सब कैदी छोड़े जायें। अमन के लिये कांग्रेस जिम्मेवार···!"

कचहरी रेल लाइन से एक फर्लांग दूर, लेकिन उधर से अस्पष्ट हल्ले की गूँज से मास्टर गोबिन्द और चतुर्भुज का ध्यान उस ओर गया। चतुर्भुज ने जताया, "लोग कचहरी को घेर रहे थे। जान पड़ता है कचहरी में भी आग लगा दी।"

नगर में सरकार के विरोध में हड़ताल थी, परन्तु हड़ताल का प्रदर्शन मात्र। नगर में आतंक न था। दुकानों के पल्ले बन्द थे, परन्तु कुछ इस ढंग से कि ज़रूरतमंद समझ कर सामान खरीद सकते थे। बहुत-सी दुकानों के बाहर लोग पटरों पर बैठे सुरती फाँकते या

बीड़ी-सिगरेट फूँकते बतिया रहे थे। मास्टर गोबिन्द खबरों और अफवाहों के रस के लिये जगह-जगह ठुमकते विलम्ब से घर पहुँचे।

मास्टर की अनुपस्थिति में बिरजू की चाची ने बिरजू और मेहमान को भात खिला दिया था। शुजा बाहर गये थे। उषा ने खाने के बाद भीतर खपरैल के बरामदे में रात की अधूरी नींद पूरी की। दिन में मच्छरों का कष्ट न था। नगर में अखबार आ न रहे थे। मास्टर ने भी भोजन के बाद झपकी ली। फिर उठकर पुस्तक लेकर पढ़ने लगे। उषा भी उनकी पुस्तकों में से 'इंडियन ह्यूमैनिस्ट' का एक पैम्फलेट पढ़ रही थी।

मास्टर ने उषा को शहर में सुने समाचार बताये। उषा को उत्साहित देखकर दोनों में बात शुरू हो गयी।

गोबिन्द चिन्ता से बोले, "समझिए, आपको स्थानीय सफलता हो गयी, लेकिन देश के दूसरे भागों, खासकर सेना की प्रतिक्रिया क्या होगी?"

"उस दिशा में चिन्ता करने वाले भी हैं।" उषा को उस पक्ष में भी भरोसा।

मास्टर खुलकर बात करने लगे, "सफलता से सभी भारतीय स्वभावतः प्रसन्न और उत्साहित, परन्तु इस पर गौर करना भी ज़रूरी। हमारे पास आर्गेनाइज़्ड रज़िस्टेंस नहीं होगा तो जापानी फासिस्टों का मुकाबला कैसे करेंगे? यहाँ की पुलिस भारतीय थी। जापानी सेना तोपों और हवाई जहाजों की भाषा में बात करेगी। उसे पूरे देश की बस्ती समाप्त कर देने में भी संकोच न होगा।"

"हम अपने जन बल से लड़ेंगे।

"आपका जन बल चीन से अधिक है?"

"आज़ाद होकर हम फासिज़्म के समर्थक नहीं जनतंत्र के समर्थक हैं। अन्तर्राष्ट्रीय क्षेत्र में हमारा सहयोग जनतंत्र और समाजवादी पक्ष के साथ सम्भव।" दोनों में तर्क और सम्भावनाओं पर बहस। उसका क्या अंत!

पड़ोसी खेमसिंह ने दोपहर बाद मास्टर गोबिन्द को पुकार कर सूचना दे दी थी— भीड़ ने जेल का फाटक तोड़ दिया। बीस-पच्चीस सिपाहियों की गारद, उनके पास पुराने ज़माने की बन्दूकें। मुट्ठी भर सिपाही दस हज़ार की भीड़ का मुकाबला क्या करते! जेलर कलक्टर का रुख पहचान चुका था। जेल के फाटक टूटे तो कांग्रेस के बड़े लीडर चित्तू पांडे, जगन्नाथ, मुरली बाबू, रघुबर उसमें न थे। सौ-सवा सौ कांग्रेसी कैद थे। उन्हें भागने की क्या ज़रूरत! वे फूल-माला पहन कर जुलूस से नगर प्रवेश की प्रतीक्षा में। जेल टूटते ही सबसे पहले भागे जेबकट, फौजदारी के अपराधी, चोर-डकैत, कत्ल के मुजरिम।

शुजा सूर्यास्त के बाद लौटे। बरामदे में कोई न था, परन्तु ड्योढ़ी का दरवाज़ा खुला। समझ गये, गोबिन्द भीतर है। बिरजू की चाची को पर्दा कर लेने की सूचना देने के लिये गोबिन्द सिंह को पुकारा। गोबिन्द आँगन में खाट पर बैठे थे। उनके सामने उषा; जैसे दोनों की बात चल रही हो। गोबिन्द ने शुजा की ओर जिज्ञासा से देखा।

"कलक्टर ने एडमिनिस्ट्रेशन कांग्रेस वालों को सरेण्डर कर दिया।" शुजा सूचना देकर गोबिन्द के बराबर बैठ गये।

"लोग उड़ा रहे हैं या सच?" गोबिन्द ने कुछ विस्मय कुछ अविश्वास से पूछा, "जेल टूट जाने की बात तो सुनी है।"

"हम गफूर के यहाँ सुनकर आ रहे हैं। वहाँ लोग कांग्रेस की तरफ से बढ़ाकर क्यों कहेंगे। खजाना भी जल गया।" शुजा ने बताया, "सुनते हैं, निगम ने समझाया, ये खजाना किसी शख्स का या अंग्रेजों का नहीं, जिले की पब्लिक का है। इसके लुटने से पब्लिक का नुकसान। सब व्यवस्था गड़बड़ को जायेगी, लेकिन कौन सुनता है।

"निगम ने अक्ल से काम लिया। खतरा समझ लिया था। मौके के लिये तैयार था। खुद बाहर निकल गया। खजाने में आग लगवा दी। नकदी और करेंसी नोटों के नम्बर नोट करवा लिये थे।"

"उसे पब्लिक का खजाना जलवा देने का क्या हक?" उषा ने आपत्ति की। "उसने कांग्रेस को सरेण्डर किया तो खजाना कांग्रेस को सौंपा जाना चाहिये था।"

"उसने ठीक ही किया।" शुजा बोले, "कांग्रेस की तरफ से खजाने का चार्ज या ज़िम्मेदारी लेने गया कौन? लोग खजाने की ज़िम्मेदारी लेने नहीं, लूटने गये थे। ज़िला के खजाने में ज्यादा नहीं तो पच्चीस-तीस करोड़ के नोट, बल्कि ज्यादा नकदी। इतना रुपया लोगों के हाथ पड़ जाता तो तमाम इकॉनमी गड़बड़ा जाती। अब भी अफ़वाह है, खजाने के लोगों और कुछ अफसरों ने छोटी रकम के नोट लाखों की तादाद में उड़ा लिये।"

"खजाना जल जाने में किसी भी सरकार का मामूली हर्ज, लुट जाये तो सरकार के सिक्के की साख गयी और फिर खजाने में बन्द नोट महज कागज या निकल-ताम्बा। जो सरकार आयेगी, जितने नोट चाहे छाप लेगी। सिक्के ढाल लेगी। नोट पब्लिक के हाथ आ जायें तो वह सरकार पर एक बड़ा दावा बन गया।" शुजा उषा को अर्थ-व्यवस्था समझाते रहे।

"काका!" पुकार कर बिरजू भीतर आया, "हमारे नेता आये हैं, उषा जी से बात करने।"

"कौन?" गोबिन्द आदर से खड़े हो गये। उनके देखादेखी शुजा भी। उषा को भी विस्मय।"

"आप बैठिये!" बिरजू बोला, "वैसे कांग्रेस के लीडर नहीं, इस संग्राम के नेता या सेनापति।" बरामदे में जाकर दो पल में लौटा तो उसके साथ दूसरा जवान। बिरजू ने एक और खाट बरामदे से उठाकर समीप डाल दी।

हरीकेन के मध्यम प्रकाश में उषा को पहचानने में पलांश लगा। जवान के चेहरे पर मुस्कान। उषा की ओर हाथ बढ़ा दिया, "मैनी मैनी कांग्रेचुलेशन्स फॉर योर एक्सेलेंट परफॉरमेंस।" उषा खिल उठी थी। सरगर्मी से हाथ मिलाया।

रुद्रदत्त पाठक लगभग इलाहाबाद जैसे वेश में। केवल सिर पर काली टुपल्ली टोपी, धोती जरा ऊँची कसकर बँधी हुई। दाढ़ी-मूँछ कुछ अधिक तराशे हुए, मूँछें उमेठ कर चढ़ाई हुईं।

पाठक ने सूचना दी, "कलक्टर ने कांग्रेस नेताओं को संदेश भिजवाया है, आकर व्यवस्था सम्भालें या व्यवस्था में सहायता दें। बलिया कम्पलीटली कांकर्ड। आप सब लोगों को बधाई।"

पाठक, गोबिन्द और शुजा की ओर देखकर अंग्रेजी में बोला, "मुझे बिरजू और उषा जी से दो मिनट बात करना है। फिर आज्ञा चाहूँगा।"

"आप इन लोगों से बात कीजिये।" गोबिन्द सिंह अतिथि को निर्जल-निराहार कैसे लौटने देते। "रूखा-सूखा जैसे भी है, स्वीकार कीजिये। हमारा अहोभाग्य आपकी चरण-धूलि हमारे यहाँ पहुँची।"

पाठक ने कलाई पर झुककर समय देखा, "काका जी, अगर एकदम तैयार है, आप भी ले रहे हैं तो आपका प्रसाद सिर-माथे। तब तक इनसे बात कर लें।"

शुजा और गोबिन्द उठ गये। शुजा खाट बाहर ले गये। गोबिन्द रसोई की ओर बढ़कर चाची से बोले, "बस जो कुछ तैयार है, जल्दी से परस दो। ये ठहर नहीं सकते।"

पाठक ने उषा और बिरजू से संक्षिप्त बात की। दो वाक्यों में साहस और समुचित ढंग से काम की सराहना कर सूचना दी, "मैं तुरन्त बनारस जा रहा हूँ। वहाँ की हालत बहुत संगीन। रास्ते में कई पुल टूटे हैं पर जाना ही है, जैसे भी हो। कुछ न हो तो साइकल तो है ही। कभी खुद साइकल पर, नदी-नाले लाँघने में कभी साइकल हमारे कंधे पर। सोहाँव में ट्रक मिल सकने की उम्मीद है···या किसी से जबरन लेना पड़े, जो भी हो। इंतजार नहीं कर सकता। आप दोनों कल जो भी सवारी मिले, बनारस की ओर चल दें।" रास्ते में सोहाँव, मुहम्मदाबाद, गाजीपुर, औढ़िहार में सहायता के लिये पता बता दिये। बोला, "इस तरह सफर में काफी खर्च हो सकता है।" धोती की टेंट से नोट निकाले, "यह रख लीजिये।"

मास्टर गोबिन्द सिंह समय से स्कूल पहुँचे। फाटक से कुछ कदम भीतर गये थे तो स्कूल आरम्भ की घंटी बजी। चपरासी ने स्थिति समझ, बाकायदा लम्बी घंटी बजाना व्यर्थ समझकर घंटे पर मोंगरी से दो-तीन टंकार कर दी। दस-पन्द्रह 'भले' विद्यार्थी बाहर से ही भीतर वीरान देखकर लौट गए। अध्यापक हाजरी लगाकर, हेडमास्टर चैटर्जी को गुडमार्निंग कहने उनके कमरे की ओर जा रहे थे। तब तक स्कूल के सामने हास्पिटल रोड पर दगड़-दगड़ छोटे नगाड़े जैसी डुग्गी की आवाज। आम सरकारी बोली से भिन्न ढंग से मुनादी। मुख्याध्यापक चैटर्जी और सेकंड मास्टर सान्याल के अतिरिक्त दूसरे अध्यापक कौतूहल से फाटक की ओर आ गये।

"बलिया शहर और जिला के खासोआम को इत्तला दी जाती है कि बलिया सदर और जिला में अब कांग्रेसी सरकार कायम है। कांग्रेस का राज जनता का राज है। चित्तू पांडे जिला के कलक्टर हैं। कांग्रेस की अमलदारी में मज़हब में छोटे-बड़े, जात-पाँत के लिहाज के बिना सब इंसानों के हकूक बराबर हैं। हर एक शख्स का फर्ज है कि कानून, अमन कायम रखने और रियाया के जानोमाल की हिफाजत में सरकार की मदद करे। जिस शख्स को जो शिकायत हो, जिला कांग्रेस के दफ्तर में दायर करे। सब नागरिकों की जिम्मेदारी है कि शहर में शान्ति कायम रहे। आज से कलक्टरी और सरकारी इमारतों पर आजाद हिन्दुस्तान का कांग्रेसी झंडा फहरायेगा···।"

साइन्स के अध्यापक मास्टर धर्मेन्द्र राय राष्ट्रीय भावना के बारे में सदा से निधड़क। पिछले सप्ताह से उनकी राष्ट्रीयता अधिक उग्र हो गयी थी। सब अध्यापकों को समेट कर फिर हेडमास्टर के कमरे की ओर ले गये। मास्टर राय अध्यापकों के प्रतिनिधि के रूप में हेडमास्टर से बोले, "सर, वी वान्ट टु मेक ए रिक्वेस्ट।"

चैटर्जी विनय से स्वयं बाहर आ गये।

मास्टर राय ने डुग्गी की घोषणा की अन्तिम बात बतायी। सभी अध्यापक घोषणा के गवाह। राय ने अनुरोध किया, ''सर सरकारी आर्डर के अनुसार स्कूल की इमारत पर आज़ाद हिन्दुस्तान का झंडा फहराया जाना चाहिये।''

मास्टर मुर्तज़ा अहमद की लीग के प्रति सहानुभूति भी छिपी न थी। मुर्तज़ा का चेहरा गम्भीर, परन्तु मौन।

''सरकारी आदेशों का पालन जरूर होगा।'' चैटर्जी ने विश्वास दिलाया। वे सदा अंग्रेजी में बोलते थे, ''...अदालत की तरह स्कूल की इमारत पर रोज झंडा लगाने का नियम नहीं है। स्कूल पर खास अवसर पर सरकारी झंडा लगाया जाता है। अब भी लगाया जायेगा। इस बारे में स्कूल इंस्पेक्टर और डायरेक्टर स्वयं आर्डर देंगे। हमें जैसा आदेश होगा, पालन करेंगे।'' आगे बात न बढ़ने देने के लिये दो कदम आगे बढ़े। मुस्करा कर बारी-बारी से सभी अध्यापकों से हाथ मिलाकर बाई-बाई कहा। एक बार फिर मुस्कराकर बायीं ओर चले गये।

मास्टर लोग उत्साहित थे। हेडमास्टर के चले जाने के बाद भी बरामदे में खड़े पिछले दिन के समाचारों की आलोचना और भावी सम्भावनाओं के विषय में अनुमान करते रहे।

मास्टर गोबिन्द सिंह चौक के रास्ते लौटे। नगर का रंग ही दूसरा। सब ओर सफेद गांधी टोपी। छोटे नगाड़े की सरकारी ढंग की डुग्गी से असंतुष्ट लोग कहीं से बारात के बाजे से बड़ा ढोल लाकर ऊँचे धमाकों से, आकाशभेदी नारों से आज़ादी की मुनादी कर रहे थे। बहुत ऊँचे स्वर में नारे। नारों में 'चित्तू पांडे जिन्दाबाद!' भी शामिल। चित्तू पांडे कलक्टर तैनात हो गये थे। कुछ लोग अपने संतोष के लिये घड़ियाल बजा-बजाकर आज़ादी और कांग्रेस राज की मुनादी कर रहे थे।

गोबिन्द सिंह चौक पहुँचे तो अपूर्व भीड़। जैसे शहर भर में बारात चलने की तैयारी में, पंजाबी देहाती ढंग की बारात। कही बात कान न पड़ती। सुना, खेमू सत्तू-सतुई वाले ने स्वराज की बधाई में सत्तू-गुड़ का सदावर्त बाँटना शुरू किया तो भूपत ने भी सत्तू का सदावर्त लगा दिया। बात और आगे बढ़ी। सीतल हलवाई और खिलावन हलवाई आज़ादी की खुशी में स्वराज का प्रसाद, एक-एक पत्ता जलेबी सब लोगों को बाँट रहे थे।

उत्सव का आनन्द केवल मिठाई से पूरा नहीं होता। उत्साही लोगों ने पर्याप्त भाँग जमा कर ली थी। पंसारियों की दुकानों से बादामों के ढेर। दूध की बटलोइयाँ-बाल्टियाँ। चौक के कुएँ के चारों ओर बीस के लगभग सिलों पर माथे से पसीना पोंछते जवान हुमक-हुमक कर, बारी-बारी से भाँग पसीने में लगे हुए। बादाम-दूध में मिली भाँग का भी सदावर्त।

मास्टर गोबिन्द नौ बजे घर पहुँचे। शहर का हाल उषा को सुनाया। उषा नगर की ब्रिटिश सत्ता से मुक्ति से प्रसन्न। देश भर में ऐसे ही परिवर्तन की कल्पना, परन्तु चिन्ता भी। रात पाठक निर्देश दे गया था, आप लोग सुबह ही बनारस के लिये चल दें। बिरजू मोटर के प्रबन्ध का आश्वासन देकर सात बजे ही चला गया था, नौ बजे तक भी लौटा न था।

मास्टर गोबिन्द की आत्मीयता से उषा का संकोच मिट चुका था। कुछ मतभेद के बावजूद वे और शुजा सहायक ही थे। उसने चिन्ता प्रकट की, ''अंकल, हम लोगों को

तो सुबह ही चल देना था। बिरजू भाई उसी प्रबन्ध के लिये गये थे। अभी तक नहीं लौटे।''

गोबिन्द भी उसी निस्संकोच आत्मीयता से बोले, ''बिटिया, इन बातों को बिरजू ही जानते हैं। जाने कहाँ किससे बात करने गये हैं। वे ही लौटकर बतायेंगे।''

मास्टर शुजा भी शहर का चक्कर लगा आये थे। गोबिन्द से बोले, ''भाई, मौके से शहर में इन्कलाब भी देख लिया। अब आज इजाजत दे दो। घर में जाने क्या हाल है! हम बिटिया-बच्चों को खुदाहाफ़िज, कह आयें। रेल तो खत्म। फेफना तक इक्का ले लेंगे, फिर जैसा होगा। साँझ तक उजियार पहुँच जायेंगे।''

गोबिन्द का बस चले तो शुजा को घर से जाने ही न दें। बहुत अनुरोध से बोले, ''यह कोई समय है सड़क से सफर का! देखते हो, आज धूप कैसी! कल सुबह रास्ते के लिये खायका बनवा देंगे। मुँह-अँधेरे निकल जाना। धूप में क्यों परेशान होगे। जैसे आज वैसे कल। यहाँ का जलसा भी देख लो।''

''आँगन में खूँटा गाड़ कर हमारे गले में पगहा डालकर बाँध लो!'' शुजा ने आत्मीयता की झुँझलाहट दिखायी, ''तुम कल और बात बना दोगे!''

''कसम है। कल हम नहीं रोकेंगे।'' गोबिन्द ने विश्वास दिलाया। फिर सहसा याद आया, ''स्वराज का प्रसाद जलेबी खायी?''

''अरे हम हलवाइयों के सामने हाथ फैलायें!''

''अमाँ, हाथ फैलाने को नहीं कह रहे। सत्यनारायण का प्रसाद और मीलाद शरीफ की नुकती के लिये हाथ फैलाना नहीं होता। पवित्र चीज़ें होती हैं। ये शहर की खुशी में शामिल होना है। तुम हाथ न फैलाना।''

गोबिन्द सिंह और शुजा अहमद को घर से निकले दस मिनट हुए होंगे। कदमों की आहट से उषा की नज़र ड्योढ़ी की ओर उठी। बिरजू एक छींके में गरम-गरम, चमकती जलेबी के कई दोने लिये आँगन में आया। उषा को बिरजू का भारी, लेकिन खुश चेहरा और चढ़ी हुई गुलाबी आँखें देखकर विस्मय। पूछना ही चाहती थी, हम कब चल रहे हैं?

बिरजू के कदम डगमगाते से लगे। उषा की खाट के समीप टीन की कुर्सी पर छींका रखकर जलेबी का एक दोना उठाया, ''ये ले···लीजिये सुराज का प···परसाद!'' ज़बान थुथला गयी। बिरजू यों साफ-स्पष्ट बोलता था।

उषा विस्मित, भद्र युवक का यह कैसा व्यवहार! ''आज सुबह ही चलने का प्रोग्राम था, उसका क्या हुआ?'' उषा ने कड़ाई से पूछा।

बिरजू जलेबी का दोना हाथ में लिये बोला, हऽऽम त दूसरे झ···झगड़े में पड़ गये थे।'' जबान में अधिक लड़खड़ाहट, ''कल तीसरे पहर तक जिला के इगारा थानों में आठ पर कांग्रेसी झण्डा लग गया था। हल्दी थाना पर हमला हुआ था। वहाँ का थानेदार बहुत हांकड़। उसने डटकर मुकाबला किया। भीड़ हार कर लौट आयी। भुवनेस हमसे बोले, हल्दी हमारा गाँव का थाना, उ सार कइसे रहि जायी। हम ओकर इन्तजाम कइके आते हैं। हम उसका पन्द्रह सैनिक दिये। बोला, बाकी हम देखि लेइबि। थानेदार ने बन्दूक चलायी तो सरौ कावर्ड डरकर भाग आये। दो सौ आदमी ले के गये। आठ

सिपाहियों से डर गये। आज चौक में सुराज का जलसा। परसाद बँट रहा था। हम ओकरा परबन्ध में लग गये। अब जाते हैं। फेफना तक सवारी का इंतज़ाम हो जाय, फिर आगे देख लेंगे।'' दो कदम आगे बढ़ आया, ''अब चलना ही है। सुराज का परसाद तो लेओ।'' जलेबी का दोना उषा को थमाने के लिये उषा का हाथ पकड़ना चाहा।

''बिहेव!'' उषा को बिरजू के व्यवहार से बहुत क्रोध। घृणा से डाँट दिया, ''वाट्स दिस! कावर्ड! खतरे में दूसरों को भेजकर जलसा मना रहे थे।''

बिरजू ने जलेबी का दोना एक तरफ फेंक दिया। आँखें लाल, ''ऐसा कहा!···तो हम ही जाते हैं। थाना सर करके ही लौटेंगे।''

उषा देखती रह गयी। बिरजू पाँव पटकता लड़खड़ाता आँगन से चला गया।

उषा क्रोध के उफान से बेबस हो गयी थी। आत्मवश रहने के लिये प्राणायाम में साँस रोककर गर्दन झुका ली।

चाची की आवाज सुनकर उसकी ओर देखा। समझ लिया, चाची रसोई में थी। मेहमानों की विदा से पहले खास रसोई बना रही थी। उसने बिरजू और उषा का झगड़ा वहीं से देख लिया था। चाची के शब्द नहीं समझे, परन्तु जलेबियों के दोनों से भरे छींके की ओर संकेत से अभिप्राय का अनुमान करके उत्तर दिया, ''बिरजू स्वराज का प्रसाद लाये हैं।''

चाची ने फिर फर्श पर फेंकी हुई जलेबियों की ओर संकेत किया। उषा का क्रोध विवशता और संकोच में बदल गया, पराये घर में ऐसी धृष्टता! नज़र बचाये उत्तर दिया, ''···हमसे जलेबी खाने को कहा। सुबह से हमारी तबीयत ठीक नहीं। गुस्से में फेंककर चले गये।''

चाची विस्मित। कल मेहमान आयी, शहरातू जवान औरत, लड़के में ऐसे गुस्से-मान की कौन बात, परन्तु पूछा, ''अब कहवाँ गइल हा।''

चाची के प्रश्न के अभिप्राय के अनुमान से उत्तर दिया, ''कह गये, कुछ ज़रूरी काम है। लौटने का भी इंतज़ाम करना होगा।''

फर्श पर गिरी जलेबियों पर बहुत मक्खियाँ आ गयी थीं। चाची जगह साफ करने के लिये झाड़ू लेकर आयी तो उषा संकोच से उठ गयी। चाची के न-न करने पर भी झाड़ू लेकर जगह साफ कर जलेबियाँ कूड़े में डाल दीं। इतना ध्यान बँटने से दूसरा खयाल आया, वो थाने पर झण्डा लगाने चला गया तो लौटेगा कब?···हम लोग चलेंगे कैसे? सिर चकरा गया। बरामदे में खाट पर लेटकर चेहरा आँचल से ढँक लिया।

गोबिन्द सिंह और शुजा अहमद शहर घूमकर एक बजे लौटे। चाची ने संक्षेप में उनकी अनुपस्थिति में हुए काण्ड की सूचना पति को दे दी। प्रसाद में आयी जलेबियाँ दिखायीं। शुजा भी सुन रहे थे। ऐसी बात में चाची को उनसे क्या संकोच।

गोबिन्द ने उषा से सहानुभूति में पूछा, ''क्यों ऐसी क्या बात हुई? बिरजू कहाँ गये हैं?''

उषा को बचपन के संस्कारों से झूठ बोलने में झिझक, परन्तु उस स्थिति में मज़बूरी। क्षमा के स्वर में बोली, ''मैंने कोई ऐसी-वैसी बात नहीं कही। सुबह चल देना था। ये ही कहा, तुम्हें जलसा मनाना था कि हमारे चलने का प्रबन्ध करना था। हमें उन्नीस को बनारस पहुँचने का निर्देश है।''

शुजा अहमद ने उषा को तसल्ली दी, ''बेटी, आशा से बड़ी सफलता···अप्रत्याशित बातें। शहर ही उत्साह के उन्माद में। आखिर तो लड़का। संगत का भी असर। घबराओ मत। आने दो, समझायेंगे। उसने ज़िम्मेदारी ली है तो पूरी क्यों नहीं करेगा।'' बिरजू की चाची की ओर देखकर स्थानीय बोली में उसका भी समाधान कर दिया।

चाची ने खुशी के अवसर पर भात के साथ कढ़ी और भुरता तैयार किया था। दोनों मर्दों को खिलाकर चाची ने उषा से खा लेने के लिये अनुरोध किया। उषा के दो बार अनिच्छा प्रकट करने पर चाची ने इस बात की भी शिकायत पति से कर दी।

खाने से इनकार करने पर गोबिन्द सिंह ने उषा को समझाना चाहा।

उषा ने कहा, ''बिरजू भाई आ जायें···।''

''अरे, उसका क्या पता! आज शहर में कोई होश में है! सवारी का प्रबंध करने गया है। कहीं दोस्तों ने दावत में घेर लिया हो। आदमी बेबस भी तो हो जाता है।''

चाची ने उषा के लिये थाली में भात के साथ कढ़ी, भुरता परोस दिया था। उषा को उस दिन यों भी भोजन से अरुचि। जब से आयी थी, दोपहर में रोज ही खाने को भात मिलता था। उषा छुरी-काँटे, चम्मच से खा सकती थी। बचपन से चपाती से तरकारी, दाल हाथ से ही खायी थी, लेकिन चावल सदा चम्मच से ही खाया था। दाल-कढ़ी में भात मिलाकर खाते समय स्वाद अच्छा लगने पर भी उँगलियों के सन जाने से मन उचाट होता था। खाया न जा रहा था। कुछ मालूम न हुआ, क्या खा रही थी। चाची की नज़र बचाकर उठी और थाली खाली कर धो दी।

शुजा अहमद और गोबिन्द सिंह ने भी एक-एक गिलास भाँग पी थी। जलेबी खायी, फिर डटकर कढ़ी-भात। दोनों गहरी नींद में सोये तो पाँच से कुछ पूर्व उठे। उनके उठते ही चाची ने बिरजू के न लौटने की शिकायत की।

गोबिन्द सिंह शुजा के साथ बिरजू का पता लेने निकल गये। लगभग सात बजे लौटे। दोनों चिन्तित। पता लग गया था, बिरजू कुछ जवानों के साथ दस बजे हल्दी की ओर गया था। उस गिरोह में से कोई भी न लौटा था। गोबिन्द ने चिन्ता से कहा, ''हल्दी आठ-नौ मील दूर। फिर झगड़े का मामला। अभी दो-तीन घंटे से पहले कुछ कहना कठिन। वहाँ जाने क्या हुआ?''

बिरजू की चाची आँखों पर आँचल रखकर सुबकने लगी। उषा मौन, परन्तु चिन्ता से बहुत व्याकुल। गोबिन्द भी व्याकुलता में निष्क्रिय न बैठ सके। बिरजू का पता लेने फिर चल दिये। शुजा भी सहानुभूति में मित्र के साथ।

मास्टर गोबिन्द सिंह और शुजा अहमद बलभद्र दुबे के यहाँ से लौट रहे थे। शुजा, सरूपचंद की गली के सामने ठिठक गये। बोले, ''तुम चलो, हम दो मिनट में सरूपचंद के यहाँ कल सुबह सवारी के लिये बात करके आते हैं।'' सरूप का बड़ा लड़का चेतन शुजा का विद्यार्थी रहा था। वैसे भी लाला सरूप मास्टर का बहुत आभारी। वह एक गोपनीय प्रसंग।

सेठ सरूप का इक्का-घोड़ा नगर में मशहूर थे कि डाक गाड़ी के इंजन को मात दे दे। एक बार शुजा ट्रेन से रह गये तो सरूप के इक्के ने बाईस मील का रास्ता दो घंटे से भी कम में तय कर दिया था। अगस्त में पिपराघाट का पुल नहीं रहता, लेकिन इक्का

दस मील तो पहुँचा सकता था। शेष रास्ता पैदल तीन-चार घंटे का। सरूप के यहाँ शुजा इक्के के लिये जाना चाहते थे।

मास्टर गोबिन्द लौटे तो साढ़े आठ हो रहे थे। अँधेरा गहरा गया था। पति के साथ बचवा के न लौटने से बिरजू की चाची के रुके आँसू फिर बह चले। गोबिन्द ने समझाया, "फिजूल परेशान मत हो। उसके साथ गये लोगों में कोई भी नहीं लौटा। इन लोगों की गदहपचीसी की उम्र। अब आते ही होंगे।"

गोबिन्द उषा की ओर घूम गये, "हम और शुजा यह पता लेने के लिये भी घूमे कि आप बनारस लौटने की जल्दी में हैं, क्या उपाय सम्भव। लोग कह रहे हैं, रेल तो खत्म। लोगों ने सड़क और छोटे-छोटे पुल भी तोड़ दिये। अब तो बैलगाड़ी, इक्का ही सम्भव। जगह-जगह राह में पानी!"

मास्टर गोबिन्द बताने लगे : शहर के कांग्रेसियों को तो बात सुनने की भी फुर्सत नहीं, उन्हें दूसरा नशा या फिक्र—किसे कौन ओहदा मिलेगा, कौन क्या बन सकेगा। सभी अपनी देश-सेवा और कुर्बानी के मुआवजे की फिक्र में। चित्तू कलक्टर बन गये। सभी को फिक्र—डिप्टी कलक्टर, तहसीलदार, नायब, इंस्पेक्टर, थानेदार, आनरेरी मैजिस्ट्रेट कुछ तो बन सकें। कुछ तो पुलिस कांस्टेबल या चुंगी की इंस्पेक्टरी ही सही। सब इसी में पागल…।

उषा की ओर घूमकर बोले, "आपने कहा, आप दोनों का बनारस के लिये चल देना लाज़िम था। वह अहमक नशे में मरे साँप पर लाठी मारने दल-बल लेकर आठ मील गया है। यहाँ हम लोग परेशान कि आखिर अब तक लौटा क्यों नहीं।"

बाहर से शुजा की पुकार सुनकर गोबिन्द ने भीतर बुला लिया। खाट पर पैताने खिसक शुजा के लिये जगह कर दी। शुजा से सरूप के मिलने के बारे में पूछा।

गोबिन्द सिंह की ओर संकेत कर उषा को सुनाने के अभिप्राय से शुजा बोले, "इनसे आपने सुन लिया। लगता है, शहर में किसी का दिमाग ठिकाने रहा ही नहीं।" गोबिन्द की ओर देखा, "यह बिरजू पालिटीशियन बनते हैं। अहमक को खयाल न आया, जिले के ग्यारह थानों में से आठ ने सरेण्डर कर दिया तो बाकी तीन थाने क्या कर लेंगे! जिला से कलक्टर का जो हुक्म होगा, उसकी उदूली कोई थाना कैसे कर सकता है? बस भाँग की झक, फतह के नशे और चंग पर।"

उषा को लगा, शुजा उसी को सुनाकर कह रहे हैं…सब गलती उसी की, उसी की वज़ह से सब परेशान। सुबह बलिया से न चल सकने में उसी की गलती।

"सरूप के यहाँ क्या हुआ?" गोबिन्द ने फिर पूछा।

शुजा यंग लेडी की उपस्थिति के विचार से मुँह में आयी गाली निगल गये, "पूरा शहर नशे की वजह से धुत्त।…सरूप ने कहा है कोशिश तो ज़रूर करेगा, लेकिन उसका साईस बुद्धन सुबह से मुफ्त भाँग और जलेबी के चक्कर में गायब। कौन जाने पीकर कहाँ पड़ा है। सुबह तक भी होश में आयेगा या नहीं। भैया, सरूप का इक्का न हो, हम कल जा रहे हैं। चाहे बाईस मील चलना पड़े। पखवाड़ा हो गया घर से निकले। सितारा की माँ की जाने क्या हालत हो! जानते तो हो वह दमा की मरीज…।

बाहर के दरवाज़े पर दस्तक। गोबिन्द मास्टर के यहाँ आने की इत्तला देने के लिये दस्तक के तकल्लुफ का रिवाज़ न था। लोग बाहर से 'मास्साब!' या 'मास्साब गोबिन्द

सिंह जी' कहकर पुकार लेते। उस समय दरवाज़ा भी खुला था। आने वाले ने दस्तक दी तो गोबिन्द बरामदे में चले गये।

गोबिन्द के चले जाने पर बात समाप्त हो जाने से आँगन में सन्नाटा। बिरजू की चाची के सुबकने की आवाज और ऊँची सुनाई देने लगी। शुजा भी उठकर बरामदे की ओर चले गये। उषा की अवस्था पिंजरे में फँसी, बाहर निकलने के लिये व्याकुल चुहिया जैसी। तिस पर शुजा अंकल ने बिरजू को मूर्खतापूर्ण काम पर भेज देने की ज़िम्मेदारी उसी पर डाल दी थी। उसे कुछ समझ न आ रहा था क्या करे?

उषा चिन्ता में ठुड्डी हथेली पर टिकाये खाट पर बैठी थी। लग रहा था, कल्प और युग बीत गये। शुजा और गोबिन्द बरामदे से प्रायः पन्द्रह मिनट बाद आँगन में लौटे। कदमों की आहट से उषा की नज़र उनकी ओर उठी।

गोबिन्द आस्तीनों और दामन से बार-बार बिलखते बालक की तरह आँखें पोंछ रहे थे। शुजा बायीं बाँह से गोबिन्द की पीठ को सहारा दिये थे और दायें हाथ से मित्र की बाँह पकड़े भीतर ला रहे थे। उनकी अपनी आँखों में आँसू। चाची ने देखा तो चीख मारकर सिर पीट लिया। जब शब्द असमर्थ हो जाते हैं, वातावरण और मुद्रा मुखर होते हैं। शुजा ने गोबिन्द को खाट पर बैठाकर सान्त्वना के कुछ वाक्य कहे।

उषा की ओर देखा, ''बेटा, जरा सुनो!'' दस कदम बरामदे की ओर ले गये। बोले, ''बेटा, सर्वथा अप्रत्याशित घटना से सब योजना गड़बड़। बिरजू शहीद हो गया या खेत रहा, जो समझ लो। यहाँ से दस-बारह लड़के गये थे। समीप गाँवों से दो-अढ़ाई सौ की भीड़ लेकर थाना घेर लिया। थाने वाले दो दिन पहले उससे बड़ी भीड़ को भगा चुके थे। पाँच बन्दूकची सिपाही थाने की छत पर चढ़ गये। उन लोगों ने भीड़ के समीप आ जाने पर भाग जाने को धमकाया। भृगु मन्दिर मुहल्ले के पतिराम ने भीड़ को नारा दिया, 'भारत माता की जय!'⋯'अंग्रेजी राज मुर्दाबाद!' और भीड़ के आगे हो गया। भीड़ और आगे बढ़ी। भीड़ पचास कदम गयी तो पुलिस ने गोली चला दी। पतिराम पहले फायर में गिर गया। बिरजू ने कमर से तमंचा निकाल लिया। तमंचा लिये हाथ उठाकर आगे बढ़ने के लिये ललकारा। पुलिस की गोली के जवाब में उसने भी गोली चलाकर भीड़ का हौसला बढ़ाया। बिरजू थाने से दस कदम पर था। पुलिस ने उसी को निशाना बनाकर गोली चलाई। एक गोली उसके सिर में, दूसरी पेट में लगी। भीड़ के कदम उखड़ गये।

''लोग पतिराम का शरीर यहाँ ले आये। बिरजू के पहचानने वाले उसका शरीर एक लढ़िया पर उसके गाँव बनली ले गये। गोबिन्द और चाची का एकदम वहाँ जाना ज़रूरी।''

शुजा ने और कहा, ''गोबिन्द की हालत तो तुम देख रही हो। इस समय तुम्हारे लिये सफर नामुमकिन। हम कोशिश करते हैं, तुम्हारे लिये यहाँ मुनासिब जगह पर दस-पन्द्रह दिन के लिये प्रबन्ध हो जाये। इस वक्त गोबिन्द भाई के साथ हमारा जाना ज़रूरी। हम जल्द लौट आयेंगे। दूसरा और कोई रास्ता नहीं।''

उषा का सिर चकरा कर शरीर काँप गया। गले में यत्न से आँसू रोककर बोली, ''अंकल, मैं गोबिन्द अंकल और यहाँ के लोगों के लिये आफत बन कर आयी। बिरजू मेरे लिये सगे भाई से अधिक थे। अंकल और आंटी से मेरी पूरी सहानुभूति। इस संकट

में उनके समीप न रहने का अपराध कर रही हूँ, परन्तु मज़बूरी में। आप मेरे लिये अपनी बेटी की तरह चिन्ता कर रहे हैं। जानते हैं, घर-बार बच्चे को छोड़कर यहाँ सिर छिपाने नहीं आयी। मुझे उन्नीस अगस्त को बनारस पहुँचने के आर्डर थे। लाचारी में चूक हो गयी। अब आपसे एक ही अनुरोध, मुझे किसी तरह बनारस के रास्ते पर पहुँचा दीजिये। फिर जो हो! यत्न तो अवश्य करना चाहती हूँ। खर्च की परवाह नहीं।''

''अच्छा बेटा, सोचते हैं।'' शुजा उठकर गोबिन्द के समीप जा बैठे। गोबिन्द अपने दुख के बावजूद इस कठिन समस्या और उत्तरदायित्व पर विचार के लिये मजबूर।

उषा सहानुभूति में चुपचाप जाकर चाची के समीप गर्दन झुकाये बैठ गयी। बोलने में असमर्थ, परन्तु उस शोक में अन्तरतम से सहयोगी।

शुजा ने आधी रात के लगभग सलाह-मशविरा और सोच-विचार कर फिर उषा को एक ओर बुलाकर स्थिति स्पष्ट की—

''यहाँ से सड़क के रास्ते बनारस सौ मील। रास्ते में कई पुल तोड़ दिये गये हैं। तुम्हारे लिये सौ मील इक्कों और दूसरी सवारियों पर अकेले जा सकना व्यर्थ कल्पना। तुम्हें मंजूर हो तो हम दोनों की राय है, तुम हमारे साथ पश्चिम गंगा किनारे हमारे गाँव चलो। हमारे गाँव से गंगापार बिहार का इलाका। सुना है गंगा के उस ओर कलकत्ता-बम्बई, पेशावर तक रेल चल रही है। हम तुम्हें गंगा पार कराकर बनारस या जहाँ के लिये चाहें, रेल में बैठा देंगे। बेटा, इससे अधिक हमारे बस में नहीं।''

उषा ने तुरन्त अनुमति दे दी।

शोक समाचार लाने वाले जवान मास्टर गोबिन्द के तुरन्त बनली गाँव जा सकने के लिये प्रबन्ध में लग गये थे। दस-बारह लोग सम्वेदना में साथ जाने के लिये प्रस्तुत। डेढ़-दो मील सड़क के बाद रामपुर गाँव का नाला लाँघकर कच्चा रास्ता। उत्साही जवानों ने यात्रा के लिये उचित साधन जुटा लिये थे। वे लोग पहर रात चल देने को तैयार। विचित्र स्थिति कि लोग रात में भी सफर के लिये निश्शंक। वर्ना पुलिस का दबदबा और पहरा रहते भी बलिया के देहात में रात में यात्रा दुस्साहस। कांग्रेस राज की डोंडी पिट जाने के बाद से चोरी, लूट-पाट, फौजदारी सहसा बंद।

गाँव जाने की सब तैयारी के बावजूद मास्टर गोबिन्द अपने मेहमान शुजा और उनकी बेटी के रवाना हो जाने के बाद ही चल सकते थे। शुजा से परामर्श के बाद से गोबिन्द उषा को मास्टर शुजा की बेटी ही कह रहे थे।

सम्वेदना-सान्त्वना के लिये कई पड़ोसी आ गये थे। दो पड़ोसिनें भी आधी रात तक ठहर-ठहर कर सुबकती-सिसकती चाची के समीप सान्त्वना में आँचल से आँसू पोंछती रहीं। उषा भी उनके समीप गर्दन झुकाये बैठी रहने के लिये मज़बूर। आधी रात पड़ोसी चले गये तो चाची और उषा कमर सीधी करने के लिये खाट पर जा लेटीं। उषा सुबह से कुछ खा न सकी थी, परन्तु अब भी भूख नहीं थी। सिरदर्द गहरी नींद में बदल गया।

अगस्त में, खासतौर पर पूर्व में सूर्योदय जल्दी हो जाता है। उषा की आँख खुली तो सामने खपरैल छाई छत पर सूर्य की किरणें फैल रही थीं। सिरदर्द न था, परन्तु शरीर में टूटन। मास्टर गोबिन्द, चाची और एक नौजवान यात्रा के लिये बाँधाबूँधी कर रहे थे।

मास्टर गोबिन्द ने समीप आकर उषा को बताया : शुजा बेटी की ससुराल में खुदा हाफिज़ कहने और सफर के प्रबन्ध के लिये गये थे, आते ही होंगे और कहा, चापाकल (हैण्ड पम्प) से दो बाल्टी पानी भरवा दिया है, चाहो तो नहा-धो लो।

उषा ने सुस्ती दूर करने के लिये आँगन में बनी टटिया की आड़ में पानी से बदन पोंछ लिया। मास्टर ने एक कटोरे में दही-चूड़ा उसके सामने रख दिया, "बेटा, तुमने रात को कुछ नहीं खाया। बाईस मील का सफर है। इस मौसम में पहुँचते साँझ हो जायेगी। पेट में कुछ रहना ठीक है।"

उषा यत्न करने पर भी पूरा कटोरा खा न सकी। अपना बक्सा ठीक कर, साड़ी पर चादर लिये चलने के लिये तैयार बैठी थी। मन बहुत उदास···। यहाँ हत्या का पाप सिर लेने आयी थी!

मास्टर शुजा आधे घंटे बाद लौटे तो बगल में एक गठरी लिये थे! शुजा ने उषा को संकेत से बुलाकर सामने समीप दूसरी खाट पर बैठाया, "बेटा, हमारा अनुरोध है, अपनी जान की खातिर, कुछ तुम्हारे हित में। तुम्हें यहाँ गिने-चुने लोग ही पहचानते हैं, लेकिन शहर में हमें जानने वाले बहुत। तुम्हारी पोशाक हिन्दुआना। लोग इक्के पर हमारे साथ तुम्हें देखकर हैरान होंगे, शहर में फसाद की आशंका कम, लेकिन चुंगी और कटहर नाला पुल के उस पार कौन जाने क्या हो···!"

उषा ने सुना था और शुजा ने संक्षेप में याद दिलाया : शहर और मंडियों में हड़ताल के सवाल पर हिन्दू और मुसलमानों में तनातनी बहुत बढ़ चुकी है। इस वक्त मुसलमान दब गये हैं, लेकिन हिन्दू बदले के मौके की तलाश में। यहाँ तक धमकी कि लालमुँह के बन्दरों को समझ लें फिर जिला में एक कटुआ देखने को नहीं मिलेगा। दंगा-फसाद, लूट-पाट, शौक-शुगल; पुराने बैर निकालने के बहाने। ये बलिया जिले, यहाँ लोग बात बाद में करते हैं, पहले उठाते हैं लट्ठ!

शुजा ने बताया, "यहाँ देहाती मुसलमान औरतों की पोशाक झुल्ला-साड़ी (सलूका-धोती) मात्र, वो तुम्हारे बस की नहीं। शहर में हमारी छोटी बिटिया की ससुराल है। तुम डेढ़-दो बरस बड़ी होगी, लेकिन कद काठ में तुम्हारा नमूना। हम तुम्हारे लिये उसके दो कुर्ता-पाजामा और चादर ले आये हैं। तुम कपड़े बदल लो तो वो अन्देशा न रहे। अपना पर्स, सैंडल बक्से में डाल लो। एक बात और, अब सफर में हमें अंकल नहीं पुकारना, अब्बा कहना; चाहे चच्चा कह सकती हो। बेटा, परेशानी तुम्हें ज़रूर होगी, लेकिन मर्द या औरत जो भी सामने आये, घूँघट खींचे रहना वर्ना तुम्हारी अनबिंधी नाक ही लोगों के लिये अजूबा। यहाँ बहू-बेटियाँ भी बड़ी उम्र की औरतों से अदब में घूँघट करती हैं।"

उषा ने कोई आपत्ति न की। कोठरी में जाकर कपड़े बदल लिये।

शुजा ने समझा दिया, "जरूरत पड़े तो अपना नाम लाला बताना, खाविन्द का नाम करामतउल्ला, हमारी बेटी सितारा की जेठानी। पैदाइश बर्मा, मायका धनबाद।"

लाला सरूपचंद ने अपनी बात रखी। शुजा सब तैयारी करके इक्के की तलाश में निकल रहे थे तब तक सरूपचंद का साईस बुद्धन इक्का ले आया। उषा ने मास्टर गोबिन्द सिंह और चाची से विदा ली तो उसकी आँखों में पश्चात्ताप, सम्वेदना और कृतज्ञता के झरने बह रहे थे। घर की ड्योढ़ी में स्वतंत्रता संग्राम में जूझने के लिये साहस से गर्दन उठाये प्रवेश किया था। स्वतन्त्रता तो पायी, परन्तु हत्या के अपराध की भावना

मन को कचोट रही थी। मास्टर गोबिन्द, शुजा और उषा को विदा करके इक्के पर सम्वेदना में आये लोगों के साथ बनली के लिये चल दिये।

बुद्धन ने खुली सड़क पर घोड़े को चाल दिखाने का अवसर दिया। पौन घंटे में फेफना की बस्ती लाँघकर पिपराघाट पर पहुँचे। जून के अन्तिम सप्ताह में ही घाट का पुल टूट जाता है। इक्का पिपराघाट पहुँचा तो दिन का पहला पहर समाप्त हो रहा था। गनीमत कि उस दिन घने बादल।

भाग्य की बात, बुद्धन का इक्का तेज़ चलने पर भी कुछ मिनट लेट रहा। इक्का पिपराघाट के किनारे पहुँचने से कुछ पहले दोनों नावें मुसाफिर लेकर छूट चुकी थीं।

दूसरी ओर से नावों के लौटने और इधर पर्याप्त मुसाफिर हो जाने में अढ़ाई घंटे समय लग गया। उषा थकान से निढाल, माथे से घूँघट खींचे, बक्स पर बैठी प्रतीक्षा कर रही थी।

नदी में वर्षा के जल का बहाव तेज़ था। नाव नदी पार सड़क पर घाट से डेढ़ फर्लांग नीचे जाकर लगी। सड़क तक जाने के लिये नदी की रेती लाँघना जरूरी। शुजा ने बक्स कंधे पर उठा लिया। लाला को पाँव रेती में धँसने से चलना भी दुश्वार। रेत और झाड़ियाँ लाँघकर सड़क तक दो फर्लांग पैदल चलना पड़ा। लाला की साँस फूल गयी। चेहरे पर घूँघट बनाये रखने की मज़बूरी के कारण साँस में और कष्ट।

सड़क पर आध मील चलने के बाद सामने से आती एक लढ़िया दिखायी दी। लढ़िया चितबड़ा गाँव मंडी अनाज ले जा रही थी। लढ़िया में काफी जगह। शुजा और लाला चितबड़ा गाँव मंडी तक के लिये लढ़िया पर बैठ गये।

चितबड़ा गाँव मंडी के स्कूल में शुजा अहमद के पुराने सहयोगी इमामदीन मास्टर थे। उजियार में इमामदीन शुजा के मातहत काम कर चुके थे, शुजा से पायी सहायता के लिये आभारी। इमामदीन का मकान अनाज मंडी के पिछवाड़े ही था। मंडी में लढ़िया छोड़कर शुजा बक्स कंधे पर उठाये लाला को सौ कदम इमामदीन के यहाँ ले गये। इमामदीन के दरवाज़े पर ताला। शुजा वहाँ लाला को कुछ विश्राम देकर आगे सवारी के प्रबन्ध में लिये आये थे। इमामदीन के दरवाज़े पर ताला देख समझ गये, जिलाव्यापी हड़ताल में इमामदीन भी छुट्टी मनाने घर चला गया है। और मुसीबत, इमामदीन के खपरैल के बरामदे में कदम रखते ही जैसे सुबह से दम घोंटे बादल का सब्र टूट गया। मानो आसमान फट पड़ा।

शुजा ने लाला को विश्राम के लिये बक्स पर बैठ जाने का संकेत किया, "हम पड़ोस में पता लेते हैं, इमामदीन यहाँ है या नहीं। आगे के लिये सवारी का भी पता करें।"

लाला बक्स पर बैठी तो शुजा को लगा, लुढ़क पड़ेगी। वह जूड़ी से काँप रही थी। झट आगे बढ़कर कंधे को सहारा दिया। दूसरा हाथ लाला की कलाई पर रखा "बेटी, तुम्हें तो जोर का बुखार…कहा क्यों नहीं!"

लाला के लिये बोल सकना कठिन। तब तक टुटहे छाते में सिर छिपाये इमामदीन आ गये। बहुत झुककर आदाब। गले मिलकर खैरियत पूछी। घूँघट से चेहरा ढँके लाला की तरफ नज़र गयी, "क्या बिटिया को लिवाने शहर गये थे?"

शुजा ने बताया, "गये तो पेंशन के झगड़े से थे, लेकिन बिटिया का हाल देखा और ससुराल वालों की बेपरवाही। बेचारी बहुत परेशान। दामाद ने भी ये ही बेहतर समझा, गाँव ले जाकर अपना इलाज़ करें। इसे रास्ते में तेज़ बुखार आ गया है।"

इमामदीन ने तुरन्त किवाड़ खोल एक कमरे में खटिया की तरफ इशारा किया, "बेटी को वहाँ लिटा दीजिये। पन्द्रह मिनट में भात हो जायेगा। सुबह की दाल तो है।" बता दिया, बीवी-बच्चे अगस्त शुरू में ही उसकी बीवी की छोटी बहिन की शादी के सिलसिले में जुरिया चले गये थे।

लाला भीतर खाट पर जा लेटी थी। कोठरी के किवाड़ मूँदकर मुँह पर से कपड़ा हटा सकने का अवसर। शुजा किवाड़ों पर दस्तक देकर लाला के कमरे में गये। नज़दीक फर्श पर बैठकर ब्यौरे से तकलीफ के सिस्टम पूछे। अपना टीन का डिब्बा खोलकर आधी छँटाक भर पानी में एक बूँद दवा खूब हिलाकर लाला को पिला दी, "बेटा, घंटे भर के लिये आँखें मूँद, सब कुछ भूलकर निश्शंक सो जाओ।"

इमामदीन ने अतिथि के स्वागत में नेचा ताज़ा कर दिया था। दोनों बारी-बारी से नेचे से कश लेते शहर के हालात के बारे में चर्चा करते रहे। लगभग बीस मिनट बहुत ज़ोर से पानी गिरा, फिर साफ हो गया।

शुजा ने अनुरोध किया, "इमाम भाई, घंटे-डेढ़ घंटे में सड़कों से पानी बह जाय तो एक लढ़िया उजियार के लिये कर दो। यहाँ उजियार से भी लढ़िया आती रहती है। सलाह तो थी गाँव-गाँव के रास्ते से निकल जाते, पाँच मील बच जाते, लेकिन इस बरसात के बाद सड़क ही ठीक रहेगी। डेढ़-दो घंटे में भी चल देंगे तो अँधेरा गहराने से पहले पहुँच जायेंगे।"

"एक शाम तो हमारे यहाँ का रूखा-सूखा कबूल फरमाइये।" इमामदीन ने अनुरोध किया।

शुजा कैसे मान जाते! जवान बीमार औरत को पल-पल बाद मदद की ज़रूरत। जो आराम उसे माँ की मदद से मिलेगा, दूसरा कौन दे सकता है। उन्हें इस वक्त बेटी को घर पहुँचाने की जल्दी है। पाव भर दूध मँगवा कर उबाला। लाला को राई जैसी सफेद गोलियाँ और दे दीं। लाला की तबीयत कुछ ठहर गयी थी।

शुजा जानते थे, दस बारह मील इक्के पर बैठे झकोले खाते सफर करना लाला के लिये मुश्किल होगा। इसीलिये लढ़िया किराये पर लेने का अनुरोध किया था। इमामदीन से माँग कर एक झुल (गद्दा) लढ़िया में उसके लिये डाल दिया था। ओढ़ने के लिये एक कम्बल भी।

लढ़िया को उजियार पहुँचते घना अँधेरा हो गया। उजियार में भी पानी बरसा था। गाँव की गलियों में कीचड़, गाँव के ऊपर उपलों और ईंधन के चिरांध भरे धुएँ की घटाटोप छतरी। शुजा ने अपने मकान की ड्योढ़ी के सामने लढ़िया रुकवा कर किवाड़ों पर दस्तक दी। उन्हें लाला की चिन्ता के कारण जल्दी। दूसरी बार दस्तक दे रहे थे, ड्योढ़ी के किवाड़ों की झिरियों से भीतर से आते प्रकाश की झलक। किवाड़ों की साँकल गिरी तो सामने जवान मर्द। शुजा को विस्मय, उनके घर में केवल उनकी अस्सी लाँघे कुबड़ी माँ और उनकी प्रौढ़ बीवी।

किवाड़ खोलने वाले ने आगन्तुक को पहचानने के लिये हरीकेन लालटेन ऊपर उठायी, "आदाब अर्ज़ अब्बाजान!"

शुजा अहमद की ड्योढ़ी के किवाड़ खोले थे, उनके बड़े दामाद गुलाम रसूल ने। गुलाम रसूल नौ बरस पूर्व कानूनगो भरती हुआ था, उन्नति पाकर अब नायब तहसीलदार। शुजा अहमद ने बलिया की रसड़ा तहसील पर बिना झगड़े, खून-खराबे कांग्रेसी झंडा चढ़ जाने का समाचार सुना था, तभी गुलाम रसूल के बारे में खयाल आ रहा था ...किस हालत में होगा? अब दामाद को देखकर आशंका, क्या जान बचाकर भाग आना पड़ा? गुलाम रसूल फर्ज़शनास, ईमानदार सरकारी अफसर था।

पहला सवाल था, बीमार लाला को लढ़िया से उतारकर भीतर पहुँचाने का। पिता के साथ अनजानी बीमार औरत को देखकर गुलाम रसूल विस्मित। बलिया में उसकी छोटी साली सितारा थी। उसे पहचानता था। यह औरत साली की उम्र की, लेकिन सितारा न थी। जवान औरत को मदद देने के लिये गुलाम रसूल सास को पुकारने भीतर गया। लाला लढ़िया में बारह मील तक झकोलों से बेहाल। शुजा ने बुखार की बेखबरी में उघड़ गये लाला के चेहरे पर चादर का पल्ला खींच दिया।

गुलाम रसूल की सास ने कुछ मदद की, कुछ खुद शुजा ने। लाला को दोनों बाँहों से थामकर भीतर बरामदे में खाट पर लिटा दिया। लाला ने अब स्वयं आँचल चेहरे पर खींच लिया था। भीतर हरीकेन टिमटिमा रही थी। उनकी अपनी बैठक में रात में पढ़ सकने के लिये चिमनीदार किरासिन का लैम्प भी था।

ससुर की जिज्ञासा के समाधान के लिये दामाद ने बताया : सोलह तारीख दोपहर खबर पहुँची कि नरही के धाकड़ थानेदार सुन्दरसिंह ने कांग्रेसियों के आगे हथियार डालकर थाने पर कांग्रेसी झण्डा फहरा दिया। कई हज़ार की भीड़ ने रसड़ा तहसील-थाना घेर लिये। थानेदार नबीउल्ला के हाथ-पाँव फूल गये। उसने समझदारी से काम लिया। मंडी के कांग्रेसियों के आगे हाथ जोड़ दिये, हम तो पब्लिक के खादिम! आपकी सरकार तो आपका हुकुम बजा लायेंगे! जब पुलिस ही डर गयी तो तहसीलदार हीरा सिंह क्या करता। सच बात, कांते-बर्छे लिये भीड़ का रंग-ढंग देखकर डर किसे न लगता। थानेदार को पहले ही दस्त लग गये। उसने हमसे राय ली। हमने कहा, जैसे भी हो लॉ-आर्डर कायम रहना चाहिये। तहसील का खजाना बचाइये और सदर में इत्तला दीजिये। चौकीदार-चपरासी सब खौफ से लापता। भीड़ तो तहसील फूँककर खजाना लूट लेने के लिये बावली। हमने मंडी के कांग्रेसियों को समझाया, अब यह खजाना आपका। खजाना लुट जाने से बाज़ार, कारोबार की हालत क्या होगी? अब अमन, कानून और सरकारी खजाने और सरकारी साख की ज़िम्मेदारी आप पर है। राधेश्याम दुबे, पुत्तन पांडे, दुलारेलाल ने पब्लिक को समझाया, तहसील पर कांग्रेस का झण्डा तो खजाना कांग्रेस का। अब खजाना लूटना देशद्रोह, गांधी जी के हुक्म के खिलाफ। तहसीलदार, नायब तहसीलदार, थानेदार सब पब्लिक के नौकर। तहसील खजाने पर कांग्रेसी मोहर लगा दी गयी। खजाने की चाबियाँ तहसीलदार के पास रहने दीं।

अठारह की शाम खबर मिली कि सदर में कांग्रेसी राज की मुनादी हो गयी। तहसीलदार ने हमसे कहा, चुपके से गांधी टोपी पहन कर रात में साइकल पर

निकल जाओ। सदर की हालत देखकर खबर लाओ या हुक्म लाओ, हम लोगों का क्या फर्ज़?

"हमें चार रोज़ से पेचिश की शिकायत। कमबख्त वहाँ डिस्पेंसरी में कोई दवा है ही नहीं। जगधर लाला से अमृतधारा लेने से तबीयत सम्भल रही थी। कल हम रात ग्यारह बजे साइकल पर रसड़ा से चले। छः मील आकर चिलकहर में एक लढ़िया मिल गयी। उसी पर साइकल रखकर बैठ गये। लढ़िया को पिपराघाट तक आना था। नाव से नदी पार करके फिर साइकल पर। जिस्म टूट गया। सोच रहे थे, रात भर आराम करके वापसी में कोई सवारी ले लेंगे। हज़ार शुक्र खुदा का, अब्बा जान, आप आ गये। अब पहले आपसे मुनासिब दवा लेना ज़रूरी। हमें तो आपके ही डाइग्नोज़ और मैडिसन पर भरोसा। जान है तो जहान है।"

गुलाम रसूल की सास ने खाविन्द को दामाद के साथ बातचीत में व्यस्त देख पति के लिये नेचा ताज़ा कर उनके सामने रखकर कहा, "बहुत अबेर हो रही है। जाने दिन भर कुछ खाया कि नहीं, हम खिचड़ी चढ़ा देते हैं।" और बरामदे में चूल्हे की ओर चली गयी थी। चूल्हे पर खिचड़ी चढ़ाकर छोटी पीढ़ी लेकर मियाँ और दामाद के समीप आ बैठी थी। दामाद ने सास को संक्षेप में जो कुछ बताया था, उससे समाधान न हुआ था। अब ध्यान लगाकर सुन रही थी, लेकिन कठिनाई यह कि दामाद पाँच शब्द भोजपुरी में बोलता तो दो उर्दू में और तीन अंग्रेजी में।

दामाद की बात सुन शुजा ने दामाद के पेट के कष्ट के लक्षण पूछे। सोचकर बोले, "बरखुरदार, तुम्हें पोडोफाइलम देकर देखते हैं। सुबह तक उसका असर मालूम हो जायेगा। ज़रा लाला को देख लें। बीमार थी, मज़बूरी में लेकर आना पड़ा। सफर में तबीयत ज्यादा खराब हो गयी।"

शुजा ने लाला की खाट के समीप बैठकर उसकी नब्ज़ देखी। फिर दो-चार सवाल। दामाद या बीवी से बातचीत के बजाय लालटेन के सामने अपना टीन का डिब्बा खोलकर बैठ गये। बैठक से खाली शीशी लाकर दामाद के लिये दो तोला जल में दो खुराकें तैयार कीं। सरसों के दाने सी सफेद गोलियाँ लाला को निगलवा दीं।

मास्टर शुजा अहमद न किस्सागो थे, न फसानानवीस। दामाद और लाला को दवा देते मज़बूरी में किस्सा सोच रहे थे। बात उन्होंने शुरू से सोच रखी थी। अब उसी को समयानुकूल बढ़ाया। खाट पर बैठते ही बीवी को सुनाकर दामाद से बोले, "लाला को तो जानते हो?"

"वो लड़की न, जो अब्दुल गफूर के बड़े भाई करामतउल्ला धनबाद से शादी करके ले आये हैं?"

"हाँ वही।" शुजा ने हामी भरी। दामाद के सामने गाली निकल गयी। "नामाकूल, नाकारा, हरामज़ादा! एक बीबी बच्चे और खुद का पेट पालने की औकात नहीं दो बेगमें रखने के अरमान। पच्चीस रुपये पर क्लर्की कर रहा था। खैर, इस लड़की के वालदैन उसके पड़ोसी थे। इस लाला की तीन बहनें। बाप इसका सिंधी हो या गुजराती। दो पुश्त से बर्मा में तेल कम्पनी के इंजीनियर की नौकरी में था; इंजीनियर का खानसामा। इंजीनियर बर्मा से भागा तो खानसामा के बाल-बच्चों को साथ लेता आया। लड़की का पहला खाविन्द शादी के फौरन बाद वहाँ ही जाता रहा था। करामत ने इससे निकाह कर

लिया और बलिया ले आया। जानते हो, गफूर चलती रकम है। उसने जाने कैसे भाई को फौज में क्लर्की दिलवा दी, वो भी कमसिरियेट में। देखें, कितने दिन निबाह पाता है। साठ रुपया माहवार तनख्वाह, मुफ्त राशन-वर्दी। दोनों बीबियों के लिये तीस रुपया माहवार खजाने से मिलता है। इस गरीब के हाथ एक पैसा नहीं।

''करामत की पहली बीबी से दो बच्चे। उसे ये फूटी आँख नहीं सुहाती। हमसे सितारा ने जो कहा, क्या बतायें। बोली, अब्बा आप इसे ले जाइये। गफूर की भी ये ही राय। नहीं तो पहली बीबी किसी रोज़ इसे खत्म कर देगी। सितारा को तो शक, वो इसे चोरी से कुछ खिला देती है, इसीलिये जो दवा दिलवाते हैं सब बेकार। इसकी मौत का अज़ाब होगा सो अलग, कहीं खानदान ही न मुसीबत में फँस जाये। उस औरत को समझा सकना किसी के बस का नहीं।

''सितारा ने रो-रोकर कहा—अब्बा, अपनी समझ से दवा और खुराक दीजिये। महीने-डेढ़ में सम्भल जाये तो इसके मायके पहुँचा दीजिये। जब बड़े भाई (करामतउल्ला) आयेंगे, वो जानें उनके मामले जानें।''

शुजा ने दामाद पर सुबह तक दवा का असर देखकर अगले दिन दवा बदलना ज़रूरी न समझा, लेकिन सफर की इजाजत न दी। गुलाम रसूल को बहुत फायदा। गुलाम रसूल को अपने फर्ज़ में कोताही से कोफ्त, उसे संध्या तक बलिया जाने की जल्दी।

मास्टर शुजा को चिन्ता, कमज़ोर सेहत में सफर की मेहनत से दामाद की तकलीफ फिर न उभर आये। यों तो बीस तारीख दोपहर से पूर्व दामाद के साथ उपाध्याय जी के यहाँ सलाम और खैरो-आफियत पूछने के लिये पहुँचे थे। उजियार में कोई भी सरकारी अफसर या बड़ा आदमी, हिन्दू या मुसलमान आता तो उपाध्याय का ही मेहमान होता। रिटायर्ड सिटी मजिस्ट्रेट और बड़े जमींदार की प्रतिष्ठा के अतिरिक्त उपाध्याय की अवसर अनुकूल शालीनता और रसूख का भी प्रभाव।

यों तो उजियार के कौलेश्वरनाथ राय भी अच्छी हैसियत के ज़मींदार और रिटायर्ड जज। वे स्वयं को उपाध्याय से बित्ता भर ऊँचा मानते। स्वभाव में कुछ अहंकार और रूखापन। कौलेश्वर भी दबंग राजभक्त, जैसे अंग्रेज अमलदारी उन पर निर्भर करती हो। उनका भी रोब-दाब बहुत लेकिन लोग उनसे गोड़ लागिला, जयराम जी या सलाम के अवसर की चाह के बजाय रास्ता काटकर निकल जाना पसंद करते।

उस समय शुजा मदद के लिये उपाध्यायजी के यहाँ गये थे। उनका अपना इक्का और अपना रब्बा बैल जुता रथ। शुजा चाहते थे, दामाद को पिपराघाट तक सुविधा से पहुँचने का उपाय हो जाये।

रघुनन्दन उपाध्याय ने मास्टर शुजा और उनके दामाद नायब तहसीलदार को भी बैठक में बुलवा लिया। उपाध्याय का चेहरा, आँखें, पूरी मुद्रा गहन चिन्ता की मूर्ति।

''सरकार, तबीयत तो ठीक है। हमने बेवक्त आकर आपको तकलीफ दी।'' शुजा उपाध्याय को चालीस बरस से मालिक या सरकार ही सम्बोधन करते आये थे।

उपाध्याय ने शुजा और गुलाम रसूल को समीप बैठने का संकेत किया। अति अवसाद में भी आत्मीयता का भाव।

बहुत दुख से साँस लेकर बोले, "ऐसी नालायक औलाद का न होना भला⋯।" अपनी गहरी चिन्ता बतायी। शुजा कुछ पहले भी सुन चुके थे। उपाध्याय का मँझला बेटा जगन्नाथ और एक पौत्र रवीन्द्र गाँव में थे। वे कांग्रेस का झण्डा उठाये बागियों के नेता बने फिर रहे थे। गड़वार थाने पर हमले में भीड़ के आगे वही दोनों।

उपाध्याय ने बेटे और पौत्र दोनों को डाँटा था : यह तुम्हारी क्या हिमाकत! जानते हो, हम रिटायर्ड सरकारी हाकिम। तुम्हारे दादा-नाना की दो पीढ़ियाँ सरकार का नमक खा रही हैं। हम लोग जो कुछ हैं, सरकारी परवरिश से। तुम उसी सरकार के खिलाफ बगावत का जुर्म कर रहे हो। जुर्म ही नहीं नमक-हरामी। इन्सानियत से गिरी हरकत। यह सब करना है तो हमें तुम्हारी शक्ल देखना नागवार⋯। जगन्नाथ गुस्से में घर छोड़कर भाग गया। पूरा कांग्रेसी बागी बन गया।

शुजा सहानुभूति में बोले, "मालिक, ये लड़कपन की नादानी है। बजाय यों फटकारने के समझाना चाहिये था। लड़का समझदार है। लोगों का दिमाग ही फिर गया है। हमें तो ताज्जुब इन कांग्रेस लीडरों पर। हमेशा समझदारी की पॉलिसी रखते रहे और इतनी कामयाबी हासिल की। वर्ना आज से दस साल पहले के ही हालत याद कीजिये⋯।"

"हमें भी लोगों की नादानी पर हैरत।" उपाध्याय बोले, "इस बीस-पच्चीस मील रकबा के दोआब को ही दुनिया समझ लिया।⋯सन् उन्नीस के पंजाब के दंगे के नतीज़े भूल गये! तब से आज की स्थिति और साधन में कितना फरक।⋯यह सब कलक्टर की चालाकी है। चार नहीं दस दिन में तो खबर पहुँचेगी।⋯फौज भी कोई चीज होती है! इन्हें मशीनगनों और तोपखानों का कुछ खयाल ही नहीं। किसी छावनी से चार हवाई जहाज़ भेज दिये तो पूरे ज़िले में इन्सान और हैवान का नामोनिशान न रह जायेगा। सरकार तो 'स्कॉर्च्ड अर्थ पॉलिसी' के लिये पहले से तैयार⋯।"

शुजा और गुलाम रसूल ने सबसे पहले उपाध्याय की राय सुनी। ऐसी हालत में अपनी जरूरत की बात क्या कहते! उठने के लिये इजाज़त ले रहे थे। उपाध्याय ने पान पेश कर पूछ लिया, "आप लोगों ने कैसे तकलीफ की?"

शुजा ने झिझकते-झिझकते बता दिया। उपाध्याय ने गुलाम रसूल की फ़र्जशनासी की तारीफ की। उसी समय कारिन्दे को बुलाकर हुक्म दे दिया, "रब्बा हो तो बेहतर वर्ना फौरन इक्का जुतवा कर मास्टर साहब के यहाँ भिजवा दिया जाय।"

लाला की जूड़ी इक्कीस की सुबह ही दूर हो गयी थी, लेकिन बुखार उतना ही। वैसी ही बेहोशी। शुजा को अन्देशा, लड़की को टाइफाइड तो नहीं है। उस सुबह दवा बदल दी। शुजा की माँ और बीबी परेशान, क्या मुसीबत ले आये। इनकी तो आदत, सड़क किनारे पड़ी मुसीबत को हँसली की तरह गले डाल लें।

शुजा की नयी दवा ने असर दिखाया। दूसरे दिन सुबह लाला का बुखार एक सौ तीन डिग्री पर आया था। सिरदर्द में बहुत फरक। शाम तक एक सौ दो, लेकिन बरामदे में पड़ी खाट से उठने में असमर्थ। होश रहते किसी औरत को आँगन में आते देख चेहरा ढँक लेने की मजबूरी। उजियार हिन्दू गाँव, बस एक दर्जी और स्कूल के दो मास्टर मुसलमान। आठ बरस से डाकखाना भी खुल गया था। इन्हीं मास्टरों में से इब्राहीम पोस्ट मास्टर भी। दो घर मेहतरों के। शुजा उजियार के स्थायी निवासी। उनके यहाँ हिन्दू औरतें

ही कौन आती थीं। साँझ-सकारे पानी के चार-चार घड़े देने के लिये कहारिन और सातवें दिन धोबिन।

तेईस अगस्त की सुबह लाला का बुखार सौ तक गिर गया। होश-हवास दुरुस्त, परन्तु मन में भारी चिन्ता। उन्नीस को बनारस पहुँच न सकी⋯अब क्या उपाय? शरीर से ज्वर की गरमी निकल कर हाथ-पाँव सर्वथा निढाल। शुजा के आँगन में ही क्या, पूरे उजियार या जिले में बरसात के अन्त में फसलें पकने पर बेहद मक्खी-मच्छर। शुजा की प्रौढ़ा ने एक बीजना लाला को दे दिया था, परन्तु लाला की बाँह बीजना डुलाने में भी असमर्थ, तिस पर बार-बार मुँह पर आँचल रखने की मजबूरी से दम घुटने की यातना।

शुजा दोपहर से पूर्व गाँव में घूमने चले गये थे। लौटे तो लाला की खाट के समीप बैठकर उसकी नब्ज देखी, थर्मामीटर लगाया। दवा देते समय धीमे-धीमे अंग्रेजी में बात कर सूचना दी : गाँव में खबर है कि गंगा के रास्ते जहाज़ों से बलिया में चार हजार पुलिस, फौज और बहुत से अंग्रेज और नये हिन्दुस्तानी अफसर पहुँच गये हैं। कलक्टर निगम बर्खास्त। उसकी जगह नया अंग्रेज कलक्टर वुड आ गया है। अंग्रेज पुलिस कप्तान, उसके साथ बनारस कमिश्नरी का नया ज़ालिम कमिश्नर नीदरसोल। फैजाबाद से आजमगढ़ ज़िला होकर सड़क के रास्ते भी गाज़ीपुर तक पंजाबी पलटनें आ गयी हैं। जहाँ-जहाँ रेल लाइन उखड़ी है, स्टेशन जले हैं, सड़क-पुल टूटे हैं, फौज समीप के दोनों ओर गाँवों में आग लगाती जा रही है। लाइन या सड़क पर जिसे देखते हैं, गोली मारकर पेड़ से लटका दिया जाता है। रघुनन्दन उपाध्याय और कौलेश्वर राय गाँव में अपने गिरोह के साथ घूमकर बागियों के नाम-पता लिख रहे हैं।

शुजा के विचार में इस सब फसाद और विध्वंस के लिये जनता की मूर्खता ज़िम्मेदार, परन्तु अब उसके परिणामों से भी बहुत आतंक। खयाल आ जाता, इस ज़माने में इन जाहिलों ने फौज की हमदर्दी हासिल किये बिना बगावत के सपने देखे कैसे? बातें करते हैं, रूसी इन्कलाब की⋯।

लाला सुनकर आँखें मूँदे मौन। लाला को उस दिन पथ्य के लिये पाव भर दूध निगल सकना भी कठिन।

चौथे पहर तक और भयानक खबरें : पुलिस और फौज की गारदें मशीनगनों और तोपों से लैस, नरही, गढ़वार, रसड़ा की तरफ बढ़ रही हैं। जिन इलाकों के थानों पर कांग्रेसी झंडे फहराये गये थे, सब जगह अंग्रेज सरकार के झंडे लग गये थे। उन थानों के इलाकों की बगावत को सज़ा देने के लिये पुलिस-फौज गाँवों को लूटकर वहीं आग लगा रही है। बागियों को पेड़ों के तनों से बाँधकर उनके सामने उनके घर-बार की औरतों को नंगी करके सिपाहियों और मेहतरों, मुसहरों से बेइज्जत करवा रहे थे।

शुजा अजब परेशानी में। उनके विचार में जो कुछ हो रहा था, उषा और उसके साथियों की मूर्ख नीति का परिणाम। इन्हें अपना उत्तरदायित्व समझना चाहिये, परन्तु यंग लेडी की बीमारी की हालत में अफवाहों का इशारा मात्र कर सकते थे।

साँझ का अँधेरा गहराते ही मच्छरों का पहला वीभत्स आक्रमण। घंटे-डेढ़ घंटे में मच्छरों का हल्ला कम हो जाने पर शुजा नींद से पहले लैम्प उजागर करके कुछ पढ़कर और नेचे पर दो चिलम समाप्त करके लैम्प बुझा चुके थे। उनके खर्राटे शुरू हो रहे थे कि

ड्योढ़ी के किवाड़ों पर ज़ोर की दस्तक। दिन की भयंकर खबरों के बाद रात में सहसा दस्तक से चिन्ता, मन में बागी मफरूर को शरण देने का चोर। सिरहाने से माचिस की डिबिया लेकर हरीकेन उजागर की।

शुजा ड्योढ़ी में पहुँचे तो पुराने किवाड़ों की फैल गयी झिरियों से गैस जैसा या बड़ी-बड़ी चोर बत्तियों का तेज प्रकाश छनकर भीतर आ रहा था। शुजा को संदेह, पुलिस फौज कहीं से सुराग पाकर आ पहुँची।

ड्योढ़ी से पहले पल भर ठिठके। तुरन्त उलटे पाँव बिना आहट किये, तेज कदमों से भीतर आँगन में लौटे। लाला के सिरहाने झुककर उसके कान में कहा, ''शायद पुलिस आयी है। यह हमारा शक है, देखो···।'' तब तक दूसरी दस्तक और पुकार, ''मास्साब!'' तुरन्त तेज कदमों से ड्योढ़ी की तरफ़ बढ़ गये। पुलिस की दस्तक और पुकार की उपेक्षा न की जा सकती थी।

शुजा से समाचार पाकर उषा शरीर का असामर्थ्य भूल, तड़प कर खाट पर बैठ गयी। अँगिया से छोटी पिस्तौल निकाल ली। निश्चय, गिरफ्तार न होगी···।

शुजा ने ड्योढ़ी के किवाड़ खोले तो दो बड़ी चोर बत्तियों की नीची झुकी रोशनी से सबसे पहले पहचाना थानेदार सुन्दरसिंह को। पाँच-छः सिपाही बन्दूकों पर संगीने लगाये। शुजा ने समझा, अंत आ गया। तब तक सुन्दरसिंह की बगल में नज़र पड़ गयी गुलाम रसूल पर। दामाद के चेहरे पर चिन्ता-आतंक नहीं, कुछ अफसराना अधिकार का भाव। कोट-पतलून पहने था तुर्की टोपी लगाये। धाकड़ सुन्दरसिंह विनीत, सेवातत्पर, आज्ञापालक नौकर की तरह। गुलाम रसूल ने ससुर को आदाब कर थानेदार की तरफ देखा, ''ठीक है···।'' कुछ शब्दों में सिपाहियों को ठहराने के लिये निर्देश दिया, सुबह ठीक समय पर तैयार रहने की चेतावनी। गुलाम रसूल ने ड्योढ़ी के भीतर होकर खुद साँकल चढ़ा दी।

उषा आगन्तुक को पहचान कर आश्वस्त होकर फिर लेट गयी थी। गुलाम रसूल ससुर के साथ मर्दाने आँगन में चला गया। ससुर का समाधान किया कि दवा नियमित ले रहा है, खाना-पीना पथ्य-परहेज से। तबीयत ठीक है।

शुजा ने आरम्भ में ही पूछा था, इन लोगों को लेकर कैसे आये?···यहाँ तो सुबह से तरह-तरह की अफवाहें। संक्षेप में कुछ-एक का जिक्र किया।

बहुत कुछ सही, बहुत कुछ मुबालगा।'' दामाद ने टाला, ''अब्बाजान, यह खुदा का करम कि कलक्टर ने हमें रसड़ा न भेजकर यहाँ ही तैनात कर दिया···।'' गुलाम रसूल बहुत धीरे बोल रहा था, लेकिन उसकी चिन्ता और उत्तेजना स्पष्ट, ''गफूर मियाँ ने खासकर आपके और पूरे कुनबे के साथ बेइन्तहा सितम किया है।''

''क्या मतलब?'' शुजा ने आशंका से पूछा।

''बहुत खतरनाक जालसाजी है। लाला तो बलिया में मौजूद है।'' गुलाम रसूल ससुर की तरफ और झुक गया, ''आपके साथ जिसे 'लाला' कहकर भेजा है, वो कोई और है। नासिर खाँ साहब के यहाँ और दूसरी जगह जो कुछ सुना, समझ लिया, आपके यहाँ यह फर्जी लाला, मफरूर बहुत खतरनाक लखनऊ यूनिवर्सिटी की, क्रिश्चियन वाल्दैन की बेटी, स्टूडेंट लीडर उषा सेठ है जिसने खुफिया रेडियो से भी इश्तआल फैलाने की कोशिश की है। पुलिस के पास पूरी इत्तला है कि वो इन्कलाब स्पेशल में फेफना तक आयी थी,

पब्लिक में ज़ाहिर नहीं हुई, लेकिन इन फिसादात को आर्गनाइज़ करने में खुफिया तौर पर इसका अहम हाथ था। बलिया शहर और जिला में इसकी तलाश हो रही है। गिरफ्तारी में मदद के लिये दस हजार का इनाम मुकर्रर।''

गुलाम रसूल ने बताया, ''इसकी गिरफ्तारी के लिये इश्तहार छपवाये जा रहे हैं। इसका हुलिया तमाम जिलों, तहसीलों, थानों में सर्कुलेट कर दिया गया है। बहुत चालाक औरत है। रिवाज़ की आड़ में अपना चेहरा छिपाये रहती है, लेकिन दो दिन हम यहाँ थे तो ये बुखार में बेहोश। बाई चांस तीन-चार बार हमारी नज़र इसके उघड़े चेहरे पर पड़ गयी। बीमारी की कमजोरी के बावजूद बिलकुल वही सूरत हुलिया।''

शुजा ने दोनों बाँहें सीने पर बाँध लीं जैसे समाचार से स्तब्ध। दामाद कहता गया, ''सबसे बड़ी पहचान, जिसमें शक की गुंजाइश नहीं, इसकी अनबिंधी नाक। हमें तो यकीन नहीं, हिन्दुस्तान में मुसलमान या हिन्दू खानदान की कोई ऐसी लड़की है, ईसाइयों को छोड़कर, जिसकी नाक बचपन में न बेंधी गयी हो। न इसके कानों में यू० पी०, बिहार की मुसलमान लड़कियों-औरतों की तरह सात-सात बालियों के लिये छेद। बदन पर कोई जेवर नहीं। तीन माह से बलिया में थी, कुछ तो यहाँ की बोली समझती बोलती। बर्मा से आये सब पूरबी मुसलमान यहाँ की बोली थोड़ी-बहुत बोल समझ लेते हैं।

''हम चाहते तो बलिया में ही पुलिस को खबर दे देते। दस हज़ार का इनाम एक बात। तहसीलदार तो क्या डिप्टी कलक्टरी तक की उम्मीद का मौका। बहैसियत-सरकारी अफसर यह हमारा फर्ज भी, लेकिन इस मामले में सबसे पहले मार आती क़िब्ला पर।''

शुजा वैसे ही दोनों बाँहें सीने पर बाँधे स्तब्ध, जैसे धोखे से चिन्ता-आशंका की भूलभुलैया में फँस गये हों।

गुलाम रसूल ही बोला, ''क़िब्ला इस वक्त हम पर खुदाबन्द मेहरबान। इन्सान की ज़िन्दगी में ऐसा मौका कभी ही आता है। डिप्टी कलक्टर नासिर खाँ बहुत मिल्लतपरवर इन्सान। हम पर उनका भी करम। हमसे रसड़ा की रिपोर्ट ऐसी लिखवायी कि वह हमारे ही फेवर में प्रोमोशन तो होगी ही, फिलहाल एस० डी० ओ० की ड्यूटी पर भेजा है। बगावत के मुजरिम मफरूर को गिरफ्तार करना-करवाना हमारा फर्ज़. लेकिन सवाल, इससे आप पर, सितारा बहिन पर क्या मुसीबत आ जायेगी। हमें फौरन फैसला करना है। अगर देर करते हैं, उलटे हम पर जुर्म आयद होता है, बगावत में शिरकत क और खुदा के रूबरू नमक-हराम।'' गुलाम रसूल ससुर के जवाब के लिये मौन।

''तुम्हारा या तुम्हारी ज़मीर का क्या फैसला?'' दो-तीन पल बाद शुजा अहमद ने पूछा।

''क़िब्ला, हमने अर्ज किया, बतौर सरकारी अफसर यह हमारा फर्ज़, दूसरी तरफ नमक-हरामी का गुनाह और हमारी ज़िन्दगी में एक नादिर मौका भी। गफूर क्या चाल चल रहे हैं, हमारी समझ से बाहर। उनका कोई उसूल नहीं। पॉलिटिक्स और सोशल लाइफ में मौसम के साथ नया रंग। क्या ताज्जुब, बागियों से बड़ी रकम खाकर आपको अज़ाब में डाल दिया हो। किसी ज़माने में उनसे ताल्लुक रखते थे। यह सिर्फ न कानूनन जुर्म, बल्कि पर्सनल सैल्फिशनेस में कुनबे-खानदान को दगा-फरेब से बेच देना है।''

शुजा कई पल सोचकर बोले। स्वर दबा हुआ परन्तु दृढ़, ''बरखुर्दार, तुम सरकारी अफसर हो। फर्ज़ पूरा करो, खुदा के रूबरू सबुकदोश रहोगे। नादिर मौके का भी फायदा

उठाओ। तुम्हारा क़यास सही, यह लड़की मफरूर बागी उषा सेठ है, लेकिन गफूर या सितारा ने हमें धोखा नहीं दिया। हम इसकी पॉलिटिक्स जान-बूझकर, उसे बेटी कहकर, पनाह देकर खुद साथ लाये हैं। गो मुत्तफिक नहीं, लेकिन इसकी सचाई, दिलेरी, कुर्बानी की इज्जत करते हैं, यह बागी है तो हम भी बागी हैं, हर एक खुद्दार हिन्दुस्तानी बागी है, फर्क पॉलिसियों का। तुम सरकारपरस्त। हमारे फराइज, रास्ते अलग-अलग···।'' उत्तेजना से साँस तेज हो गयी।

साँस के लिये रुककर उसी तरह दबे स्वर में अधिक दृढ़ता से बोले, ''तुम फौरन फैसला कर सकते हो। शायद तुम्हारे पास तमंचा-पिस्तौल है। इसे खुद गिरफ्तार करना चाहो तो हमें खत्म करके इसे यहाँ से ले जा सकोगे। अगर अपने सिपाहियों को बुलाना चाहते हो तो जा सकते हो। हमारे यहाँ दो टीन किरासिन है। जिसे पनाह दी है, उसे धोखा नहीं देंगे। हम तुम्हारी पुलिस और सरकार की खस्लत से वाकिफ। इस जवान बेटी की बेहुर्मती नहीं होने देंगे। तुम जाओ, हम ड्योढ़ी पर ताला देकर पूरे घर को आग लगा देंगे। हम मुसलमान हैं, लेकिन राजपूती खून। जब हमारे बुजुर्ग जंग में जाते थे उनकी औरतें इज्जत के लिये सैकड़ों की तादाद में जौहर कर लेती थीं।'' बहुत दबे स्वर में बोलने के बावजूद, उत्तेजना से शुजा की साँस फिर फूल गयी।

ससुर की बात सुनकर गुलाम रसूल स्तब्ध। कई पल सोचकर गर्दन झुका ली, फिर भी मौन। दामाद के सामने बैठे शुजा अहमद भी मौन।

''अब्बाजान, आपने हमें गलत समझा।'' गुलाम रसूल ने ससुर के घुटने छूकर मौन तोड़ा, ''हकीकत में लाइल्मी में इसे गफूर भाई का फरेब समझकर इतना कह गये। सरकारी नौकरी की हैसियत से हमारा जो फर्ज हो, लेकिन आप हमारे वालिद!'' कुछ पल रुककर बोला, ''सरकारी नौकरी अपनी जगह, इन्सानियत और दूसरे फराइज़ अपनी जगह। हमारे लिये सरकार आपके हुक्म से बड़ी नहीं हो सकती। हर फर्ज़ के दो पहलू। हमने सिचुएशन समझ ली। अपने बच्चे की लाइल्मी मुआफ कीजिये। खैर, आप हालात से आगाह हो गये। अब हम जोखिम लेकर भी आपकी मदद के लिये तैयार। फिलहाल आप आराम करें। हम इस बारे में सोचकर सुबह अर्ज़ करेंगे।''

शुजा अहमद ने आस्तीन से आँखें पोंछकर दामाद को आशीर्वाद किया, ससुर, दामाद आस-पास खाटों पर लेट गये। मालूम नहीं दोनों में से किसे, कब नींद आयी।

''बन्ने मियाँ···बन्ने मियाँ!'' भीतर के आँगन के दरवाज़े से पुकार सुन शुजा की थिथली नींद खुल गयी। रात चिन्ताओं और कल्पनाओं में ऐसी-वैसी ही नींद आयी थी। याद आया, रात दामाद ने अपनी सास और ददिया सास से कह दिया था, सुबह चिरैया बोलते ही हमें जगा दीजियेगा। बहुत जल्दी जाना ज़रूरी है। उन्होंने दामाद को जगा दिया।

गुलाम रसूल तुरन्त उठ बैठा। चेतन होने के लिये खाट के समीप रखे बधने से जल लेकर मुँह पर छींटे मार लिये। अँगोछे से चेहरा पोंछ कर बिना भूमिका बात आरम्भ की, स्वर रात की तरह रहस्य का, ''अब्बाजान, लाला (लाला कहना ही ठीक समझा) आखिर यहाँ कब तक रह सकेंगी! आप इन्हें धनबाद पहुँचाने के लिये लाये हैं। नये एस० पी० ने लखनऊ सी० आई० डी० से रिक्वेस्ट की है कि उसे पहचान सकने वाले पन्द्रह-बीस आदमी, कुछ औरतें भी फौरन भेजी जायें। दोनों तरह के क़यास हैं कि उसे बागी लोग

ज़िला से बाहर निकाल ले गये हैं या वह कहीं छिपी है। बहरहाल उसकी तलाश बहुत जोरों से जारी है। नीदरसोल, वुड और नये एस० पी० बेन्सन से कुछ बईद नहीं। हुक्म कर दें—शक हो तो शिनाख्त के लिये किसी भी औरत का चेहरा देखा जा सके। नीदरसोल का हुक्म—'ज़ाब्ता नहीं, जूता।' इसकी सबसे बड़ी शिनाख्त अनबिंधी नाक। हमें फौरन खटकी, हर किसी को खटकेगी। फिलहाल दो-तीन हफ्ते तो, कुछ इनकी सेहत कुछ दूसरे हालात, ये यहाँ से निकल नहीं सकतीं। इसके बाद भी ये जहाँ जायेंगी, यह पहचान साथ रहेगी। इन्होंने घर-बार पर्दे में छिपी रहने के लिये नहीं छोड़ा होगा। अनबिंधी नाक होती है ईसाइनों और पारसिनों की, वह परदा करती नहीं। अनबिंधी नाक वाली औरत का पर्दा करना ही काफी शक की बिना। आप तो वक्तन-फवक्तन ज़र्राही भी कर लेते हैं। आप इनके ही हक में इनकी नाक बेंधकर कुछ पहना दीजिये। हमारी रिक्वेस्ट है, आइन्दा इस बारे में जो करें, हमसे बात करके करें। यह भी खुदा की मर्ज़ी कि वुड ने हमें बलिया तहसील में ही आरज़ी एस० डी० आ० लगा दिया।''

गुलाम रसूल बाहर जाने की तैयारी में लग गया।

रघुनन्दन उपाध्याय को रात ही थानेदार ने गुलाम रसूल का सलाम और पयाम पहुँचा दिया, उसके टैम्परेरी एस० डी० ओ० लग जाने की खबर भी। गुलाम रसूल पर नासिर खाँ की वजह से कलक्टर और नीदरसोल भी मेहरबान। रिटायर्ड जज कौलेश्वर राय के यहाँ भी सलाम, पयाम और सूचना भिजवा दिये थे।

उपाध्याय उम्र में ससुर से बड़े, ससुर भी उनकी इज्ज़त करते थे। गुलाम रसूल पहले उन्हीं के यहाँ गया। सूरज अभी नेज़ा भर चढ़ा था। उपाध्याय नित्य नैमित्तिक में व्यस्त थे, लेकिन समाचार पाकर तुरन्त बैठक में आ गये। कारिन्दे से चाय-नाश्ते के प्रबन्ध के लिये रात को ही कह दिया था।

नरही के ज़मीन्दार कपिलदेव मशहूर दबंग राजभक्त। सप्ताह भर से सहमे हुए थे, दंगाई जाने कब हल्ला बोल दें, सब लूटकर आग लगा दें। दो थानेदारों के साथ नये एस० डी० ओ० साहब के आने का समाचार पाकर दौड़े आये थे। उनके साथ ही चौधरी बेनीमाधव। गुलाम रसूल का बहुत स्वागत हुआ। व्यवस्था स्थापना में सब प्रकार की सहायता के लिये प्रस्तुत। कई बागी सरगनों के नाम-पते बताये। गुलाम रसूल ने नरही के समीप पाँच मील सड़क की मरम्मत और रक्षा के लिये चौकसी के आर्डर बेनीमाधव को दे दिये। सरकार की तरफ से अदायगी चौधरी की आमदनी। इस नाज़ुक स्थिति में वह सब काम बेगार लगाकर करा सकता था। सरकार की मदद से इनकार का मतलब, बगावत। बेनीमाधव ने 'रामराज' की पुनः स्थापना के उत्सव के लिये मिठाई बँटवा दी।

सुन्दरसिंह थानेदार ने दहशत का वातावरण बनाने के लिये तेईस अगस्त की सुबह ही सुखपुरा के समीप पुत्तूलाल, चंडीलाल और दूसरे छः आदमियों को भगोड़ा बागी कहकर गोली मार दी थी। उनकी लाशें सड़क किनारे के पेड़ों पर लटकवा दीं। तब से सबकी बोलती बन्द।

चन्दन दुबे स्वभाव से शान्त, परन्तु निधड़क था। सुन्दरसिंह के कहने पर भी उसने झूठी गवाही देने से इनकार कर दिया था। दुबे ने बगावत में भाग न लिया था।

सुन्दरसिंह को उससे और लखनसिंह से पुरानी नाराज़गी। उन्हें पकड़वा कर हाथ-पैर बँधवा दिये। सब लोगों के सामने दोनों के मुँह में मुसहरों से पेशाब करवा दिये। कई लोगों के साथ ऐसा व्यवहार। चंदन दुबे असमर्थ क्षोभ में खुद फाँसी लगाकर मर गया। अब किसकी सामर्थ्य सरकारी हुक्म से इनकार करे! लोग पुलिस-फौज या सरकारी लोगों के आने की खबर पाकर गाँवों से भागकर जंगलों-खेतों में जा छिपते। गुलाम रसूल को सुन्दरसिंह को अति से रोकना पड़ा—इससे अवाम को ब्रिटिश के इंसाफ पर एतबार न रहेगा।

गुलाम रसूल ने उपाध्याय से एस० डी० ओ० की स्थिति से नहीं, पुराने अभ्यस्त विनय से बात की, ''डिप्टी साहब, आप तो ब्रिटिश सरकार के पुराने वफादार अफसर, बल्कि मददगार दोस्त, हमें आपके ही मशविरे से सब करना है। गाज़ीपुर ज़िले की हद तक सड़क फौरन ठीक होना ज़रूरी ताकि बनारस और पच्छिम से आमदोरफ्त का सिलसिला कायम हो जाये। आप ही तय करें, इस गाँव से कितनी मदद मिल सकेगी। फिलहाल तो सरकार को आपकी नावों की मदद की ज़रूरत है। बक्सर में कुमक रुकी हुई है। उसके लिये आप बीस नावें फौरन भिजवाने की मेहरबानी करें।'' गुलाम रसूल ने बक्सर के एस० पी० के नाम बलिया के एस० पी० की तरफ से रुक्का दे दिया।

रघुनन्दन उपाध्याय के चेहरे पर चार दिन पहले की तरह उदासी। बोले, ''हम तो पीढ़ियों से ब्रिटिश सरकार के वफादार, हमारे खून में सरकार का नमक। बक्सर के लिये बीस नहीं, तीस नावें हाज़िर।···मिस्टर वुड हमारे पुराने वाकिफ़। उनसे मिलने आज ही मोटर बोट से दोपहर बलिया जाने का इरादा। आपकी तनदेही की तारीफ भी यकीनन करेंगे, लेकिन बरखुर्दार,'' आत्मीयता से हाथ गुलाम रसूल के कंधे पर रख दिया, स्वर रहस्य में बहुत धीमा, ''जगन्नाथ और उसके बेटे रवीन्द्र (मझले बेटे और पोते) के बारे में क्या राय देते हो? हमने एक एप्लीकेशन कलक्टर के नाम लिखी है, लेकर खुद जा रहे हैं। बरखुर्दार, तुम भी देख लो; एक के बजाये दो रायें बेहतर।'' उपाध्याय ने जनेऊ में बँधी चाबियों से आलमारी का ताला खोलकर फाइल निकाल ली। एक कागज़ गुलाम रसूल की तरफ बढ़ा दिया।

दरख्वास्त के पहले पैरे में खानदान द्वारा ब्रिटिश सरकार की सेवाओं की चर्चा। उसके बाद निवेदन कि उनका मंझला बेटा जगन्नाथ और उसका बेटा कुसंगत और नयी उम्र की नासमझी में बागियों के साथ शामिल होकर गैरकानूनी आन्दोलन में भाग ले रहे हैं। नाबालिग लड़के की ऐसी हरकतों से उनके राजभक्ति की सनद प्राप्त परिवार का सिर नीचा हो रहा है। लड़का इस वक्त लापता है वर्ना ऐसा मौका न आने देते। जगन्नाथ का पूरा हुलिया : औसतन ऊँचा कद, खुलता गेहुँआ रंग, सामने के दाँत ज़रा उभरे हुए। सरकार से प्रार्थना कि लड़के को गिरफ्तार करके उनके हवाले किया जाये। इसके बाद वह लड़के की गतिविधि के लिये पूर्णतः उत्तरदायी होंगे।

गुलाम रसूल दरख्वास्त पढ़कर कुछ पल चुप रहकर बोला, ''क़िब्ला, हम आपसे ज्यादा क्या समझ सकते हैं! आप मुनासिब समझें तो इस दरख्वास्त पर तारीख सत्रह अगस्त, उन्नीस सौ बयालीस डालिये। एक दूसरी दर्खास्त मिस्टर वुड के नाम बतौर डी० ओ० लिखिये। वुड से कहियेगा, सत्रह अगस्त, उन्नीस सौ बयालीस यह दर्खास्त लेकर

बलिया गये थे, लेकिन कचहरी में आग लग चुकी थी और निगम ने बुज़दिली से सरेण्डर कर दिया था। बतौर गवाही बलिया में वकील अब्दुल गफ़ूर, अर्ज़ीनवीस तकदीर अहमद और पोस्ट आफिस के मुहम्मद इब्राहीम और जमन सिंह के नाम दे दीजिये। वुड आपके पर्सनल वाकिफ। नये-नये ए० डी० एम० नासिर खाँ साहब के यहाँ हम देख लेंगे!''

उपाध्याय जी ने गुलाम रसूल की पीठ ठोंकी, ''वाह, बरखुर्दार! क्या ज़बर्दस्त पॉइंट सुझाया है। सात दिन पहले की तारीख बहुत जबर्दस्त पॉइंट रहा। आखिर तो नया खून! इसीलिये जहाँ इन्सान ने पचपन-अट्ठावन पार किये, अंग्रेज उसे पेन्शन दे देते हैं। अंग्रेज वाक़ई दानिशमंद कौम।''

''आप दो कापी हमें भी दे दीजिये। हम उस पर नोटिंग करके बलिया के कोतवाल और नरही के थानेदार को बतौर एफ० आई० आर० खुद दे देंगे। हुलिया समेत जिला सुपरिंटेण्डेंट के आफिस में दरख्वास्त की नकल भेज दी जाये।''

उपाध्याय से विदा लेकर गुलाम रसूल गाँव के दूसरे बड़े ज़मीन्दार रिटायर्ड ज़िला जज कौलेश्वर राय की हवेली में पहुँचा। ज़मीन्दार का मैनेजर ड्योढ़ी पर उसकी इंतजार में था। बहुत सत्कार से भीतर ले गया। ज़माने की बात, जब कौलेश्वर राय ज़िला जज थे, एस० डी० ओ० की हैसियत के अफसरों को बरामदे में बीस मिनट-आध घंटे सुस्ताने का मौका देकर भीतर बुलवाते थे। अब दीवानेखाने में इंतजार में थे। गुलाम रसूल को आदर से बैठाकर फौरन नाश्ता हाज़िर करने का हुक्म।

''रायबहादुर साहब, हम तो पहले हुज़ूर के यहाँ ही सलाम के लिये हाज़िर होते।'' गुलाम रसूल ने विनय से कहा, ''लेकिन खयाल कि आपको सुबह परेशानी न महसूस हो इसलिये पहले उपाध्याय जी के यहाँ चले गये। वह पुराने खयाल के, सुबह गंगाइश्नान के आदी। उनके इसरार से नाश्ता भी लेना पड़ा।'' इस पर भी गुलाम रसूल को हलवा, बिस्कुट और चाय लेनी ही पड़ी। रायसाहब को चाय का शौक था। बढ़िया चाय बजाय बलिया के बनारस से मँगाते थे। टीन के डिब्बे में बन्द बिस्कुट भी रखते थे। रिटायर्ड हो जाने पर सरकारी अफसर चाहे जिस पोज़ीशन का हो, दाँत टूटे साँप की हालत। कौलेश्वर राय अब सरकारी अफसरों से सम्पर्क पड़ने पर विनय और आत्मीयता का व्यवहार करते।

गुलाम रसूल ने कौलेश्वर राय के यहाँ भी सरकारी काम के सम्बन्ध में वैसे ही बात की जैसे उपाध्याय के यहाँ की थी। उजियार से लगती सड़क पर तोड़-फोड़ की मरम्मत और इलाके में व्यवस्था के लिये आवश्यक सावधानी की बात।

कौलेश्वर राय ने बहुत धीमे रहस्य के स्वर में बात की, ''बहुत महत्त्वपूर्ण सूचना है। अगर तुरन्त साहस कर सकें तो आपका कैरियर बन जायेगा। हमें विश्वस्त खबर मिली है, कल रात नौ-दस बजे चित्तू पांडे उजियार आया है। सिपाही की वर्दी पहने था। उपाध्याय के यहाँ गया था। याद है, कांग्रेस मिनिस्ट्री के ज़माने में उपाध्याय के रंग कैसे बदल गये थे। सम्पूर्णानन्द को दावत दी थी। चित्तू इनके कन्टेक्ट मैन बन गये थे।''

गुलाम रसूल की गर्दन तत्परता और साहस से उठ गयी। कुछ पल सोचकर बोला, ''हुज़ूर जज साहब, हमें रात ही खबर मिल गयी होती तो हमने हवेली और घाट घिरवा लिया होता। क्या ताज्जुब, रात ही नदी पार करा दिया हो!'' फिर सोचकर बोला, ''रात

नदी में पुलिस मोटर बोट का पैट्रोल था। अभी उजियार या कहीं आस-पास होगा, लेकिन हुज़ूर जज साहब, हमारे पास इस वक्त सिर्फ छः सिपाही। हमने छापा मारा, वह निकल गया तो उल्टे हमारी बदनामी। हम फौरन कुमक के लिये मैसेज भेजते हैं। तीन-चार घंटे लगेंगे। तब तक हम कोटवा नारायणपुर की तरफ होकर फौरन लौटते हैं, लेकिन हम हौसला तभी कर सकते हैं जब आपका हाथ हमारी पीठ पर हो। उपाध्याय बहुत गहरे आदमी हैं। उन पर हाथ डालना ज़ोखिम। अपनी सरकारपरस्ती के सुबूत में, अपने बागी मझले बेटे और पोते की रिपोर्ट और हुलिया खुद पुलिस को भेज दिया है। हमसे एक बाइज्जत सरकार के वफादार की तौहीन के लिये जवाबतलबी हुई तो हम क्या सफाई दे सकेंगे!''

गुलाम रसूल कौलेश्वर राय की तरफ झुक गया, ''जज साहब, एक बात और। हम फिलहाल आरज़ी ड्यूटी पर। सुना है, वुड गोरखपुर में कलक्टर था तो उपाध्याय वहाँ ए० डी० एम० थे। ये वुड की मूँछ के बाल। हम नाकामयाब रहे तो यह वुड को हमारे खिलाफ कर देगा। हमारे पास हुज़ूर की कलम से इत्तला हो तो हमें किसी की परवाह नहीं। आपके मुकाबले उनका क्या वकार!''

कौलेश्वर राय ने गर्दन हिला दी, ''राइटिंग में देने के झंझट में हम न पड़ेंगे। आपको कैरियर बना सकने का चांस दिया, बाकी आप जानिये।''

कौलेश्वर राय ने गुलाम रसूल से और अधिक रहस्य के स्वर में बात की, ''अपने मझले बागी बेटे और पोते की शिकायत उपाध्याय की दुधारी चाल। एक तो सरकारपरस्ती का सुबूत, दूसरे अपने बच्चों की पेशगी जमानत कि गिरफ्तार होने पर सख्त सज़ा से बचत और उम्मीद कि इनके हवाले कर दिये जायेंगे।''

''हुज़ूर की पोज़ीशन दूसरी। हुज़ूर का कोई क्या बिगाड़ लेगा!'' गुलाम रसूल ने विनय से कहा, ''खैर, हम थानेदार से कहकर घाट और हवेली पर नज़रसानी का इंतजाम करके जायेंगे।''

गुलाम रसूल दोनों जमींदारों और रिटायर्ड अफसरों की आपसी लाग-डाँट से परिचित। कौलेश्वर राय से केवल अफवाह के आधार पर सूचना पाकर वह अपने ससुर के पुराने कृपालु मित्र से क्यों बैर लेता! उपाध्याय से सदा सहायता मिली। भविष्य में भी आशा। बिना सुबूत वह उपाध्याय की शिकायत की हिम्मत कर न सकेगा। चित्तू पांडे गिरफ्तार न होकर ही क्या कर लेगा···लेकिन उपाध्याय, वुड का पुराना मंजूरे-नजर।

गुलाम रसूल ज़रूरी सामान लेने के लिये ससुर के मकान की तरफ होकर गया। दामाद के रवाना होने के पाँच-सात मिनट के भीतर शुजा अहमद, उपाध्याय की हवेली पहुँच गये थे।

उपाध्याय ने पिछली साँझ ही अपना मोटर बोट तैयार रखने के लिये कह दिया था। कलक्टर से भेंट करने के लिये ग्यारह के करीब बलिया के लिये रवाना हो गये। उससे पहले बक्सर के लिये आठ-दस नावें छूट चुकी थीं।

शुजा अहमद ने दोपहर से पूर्व ही उषा सेठ के बारे में पायी सूचना और उसकी सुरक्षा के लिये परामर्श उषा को बता दिया था।

"अंकल, आप और भाई साहब इस बारे में जो तय करें, उसमें मुझे क्या आपत्ति। मैंने समझ लिया, मेरी अब तक की ज़िन्दगी नाबूद।"

उषा ने कहा था, "इस बारे में⋯" परन्तु उससे बड़ा खयाल था, अपनी अनबिंधी नाक के कारण मास्टर शुजा अहमद और उसके परिवार की जानें ज़ोखिम में डालने के अपराध का। उसके अतिरिक्त लखनऊ या परिचित समाज में, ब्रिटिश सत्ता के रहते, लौट सकने की आशा या सम्भावना ही क्या थी?

शुजा अहमद का दृष्टिकोण प्रगतिशील था, परन्तु अनुभव के कारण यथार्थवादी। नारी मात्र को प्रकृति से मूर्ख या अविश्वसनीय न मानते थे, परन्तु अनपढ़ और नासमझ स्त्री या पुरुष के भरोसे की मूर्खता भी अस्वीकार। उषा से परामर्श करने के बाद माँ और पत्नी को बताया, "लाला का बुखार यों न टूटेगा। बुखार नाक के भीतर फोड़े में मवाद की वजह से है। मवाद निकाल देना ज़रूरी। आज यह काम कर दिया जाय।"

शुजा के पास होमियोपैथिक औषधियों के लिये रेक्टीफाइड स्पिरिट रहती थी। एक तेज़ सुई को खूब उबाल कर तैयार कर लिया। तीसरे पहर लाला की नाक का मवाद निकालने का आपरेशन कर दिया। सुई से बने छेद में सूत का टुकड़ा रहने दिया। दर्द और रक्तस्राव रोकने के लिये दवा दे दी। लाला की नाक तीन दिन सूजी रही। चौथे दिन से सूजन घटने लगी। दसवें दिन सलमा की बचपन की एक सोने की छोटी-सी-कील या फुल्ली लाला की नाक के बायें नथुने पर चमकने लगी।

उषा को आईने में अपनी बिंधी नाक देखने की कल्पना से ही घृणा। मान चुकी अब वह उषा रही ही नहीं! बस, सरकार से बागी एक स्त्री है जिसे अब कभी पहचाना नहीं जाता।

उषा उन्नीस अगस्त की रात उजियार आयी थी। आठ दिन तो बुखार में बीत गये। पाँच-छः दिन बीमारी के कारण खाट से उठने में असमर्थ रही। शरीर हिलने लायक हुआ तो लाला घर पर अपनी सेवा का बोझ न डालने के विचार से, कुछ समय काटने के लिये झाड़ू-बुहारी और बर्तन साफ करने में हाथ बँटाने लगी, लेकिन अखबार पढ़ने और समाचार जानने के लिये व्याकुलता। उजियार में दो अखबार आते थे— उपाध्याय के यहाँ 'पायोनियर' और कौलेश्वर राय के यहाँ 'स्टेट्समैन' के साप्ताहिक अंक। अखबार प्रकाशन के तीसरे-चौथे दिन उजियार पहुँचते थे। उसके पाँच-छः दिन बाद शुजा अहमद पढ़ने के लिये माँग लाते। पत्रों के अनुसार सब ओर अमन कायम हो गया था। सोवियत में नाज़ी सेनाओं की गति मन्द हो जाने का समाचार और अंग्रेजी समाज की बातें।

शुजा राजनैतिक स्थिति के बारे में उषा की उत्सुकता से परिचित थे। इस बीच गुलाम रसूल एक ही बार तीन-चार घंटे के लिये आया था। अभी बलिया तहसील में एस० डी० ओ० की आरज़ी ड्यूटी पर ही था। अकेले में ससुर से बात कर गया था। शुजा ने आरम्भ में दो-तीन बार जो खबरें या अफवाहें पोस्टमास्टर, इब्राहीम, उपाध्याय और कौलेश्वर राय के यहाँ सुनी थीं, उषा को संक्षेप में बतायी थीं। सुनकर उषा का चेहरा लटक जाता⋯सब किया-कराया समाप्त! अब सरकार की बारी थी। जनता की भावी पीढ़ियों को भी बगावत की बात न सोचने देने की शिक्षा। दामाद से सुनकर शुजा ने उषा को बताया था, अंग्रेज दरअसल घबरा गया था। नीदरसोल ने जिले में व्यवस्था

कायम कर लेने के बाद गवर्नर को तार से सूचना दी थी, "बलिया रीकांकर्ड!' बात यहाँ तक पहुँच गयी थी।

स्टेशन अभी जले हुए ही थे, परन्तु लाइन और पुलों की मरम्मत में दो सप्ताह भी न लगे थे। लोगों को लाइन पुल तोड़ने की तमीज ही न थी। स्टेशन के एक ओर बीस गज़ लाइन उखाड़ कर संतुष्ट, लेकिन सरकार क्रूरता से बदला ले रही थी। जहाँ जरा भी सरकारी नुकसान हुआ था, उससे दस गुना दंड कर (प्युनिटिव टैक्स) सरकार वसूल रही थी। टैक्स वसूल करना पुलिस के हाथ में। किसी को साहस न था, टैक्स देकर रसीद माँगता। रसीद माँगने वालों पर बुरी तरह मार पड़ती। उन्हें बागी कहकर उनके घरों और खड़ी फसलों में आग लगा दी जाती। पुलिस वसूल करती पचास हज़ार, खज़ाने में पहुँचता बीस हज़ार।

कुछ अफसरों ने बात वुड और नीदरसोल के कानों में डाल दी, ये लोग सरकार को बदनाम कर रहे हैं। नीदरसोल का उत्तर था, "बहुत अच्छा है, हिन्दुस्तानी देख लें हिन्दुस्तानी अफसर कैसे होते हैं। स्वराज पाकर यही करेंगे।" नीदरसोल दूसरे-तीसरे हाथी पर बैठे किसी तरफ निकलता तो लोग सैकड़ों-हज़ारों की संख्या में झुक-झुककर सलाम करते।

सब ओर आतंक की स्तब्धता। जिले से गांधी टोपी गायब। लोगों में राजभक्ति और सरकार के सामने दैन्य दिखाने की होड़। उषा सुनती तो खेद से आँखें मूँद लेती।

उषा स्वयं को समझाती, जो कुछ सफलता-असफलता हुई वह मेरा वैयक्तिक मामला न था⋯राष्ट्रीय लक्ष्य से सामूहिक प्रयत्न जिसमें लाखों ने भाग लिया। हज़ारों ने जानें दीं। उसकी सफलता-असफलता भी राष्ट्रीय सफलता-असफलता। मैं दूसरे लाखों के साथ। मैंने यथा आदेश अवसर अनुकूल सामर्थ्य भर प्रयत्न किया। अवसर होने पर फिर सबके साथ, लेकिन इस चूहेदानी से निकल सकने का क्या उपाय? मास्टर साहब बहुत सहायता कर रहे हैं। मेरा यहाँ रहना इनके लिये भी संकट⋯इससे तो बिरजू की तरह जूझकर समाप्त हो जाना बेहतर था।⋯लोग कहते हैं मुसलमानों में राष्ट्रीय चेतना और भावना नहीं होती!

उषा के मस्तिष्क से एक उलझन हटती तो दूसरी आ जाती। बिरजू की हत्या या मृत्यु का उत्तरदायित्व⋯इलाहाबाद में उससे प्रथम परिचय से लेकर उसके हल्दी थाना सर करने के लिये जाते समय के अंतिम शब्द—तो हम ही जाते हैं। थाना सर करके ही लौटेंगे। और अंकल शुजा के शब्द मस्तिष्क में कौंध जाते—'यह बिरजू पालिटीशियन बनते हैं। अहमक को ख्याल न आया, जिले के ग्यारह थानों ने सरेण्डर कर दिया तो तीन थानों की क्या वकत। उन्हें कलक्टर का हुक्म मानना ही होगा।' यह बात अंकल ने बिरजू को नहीं, उसे ही कही थी!⋯मैंने क्यों कहा कावर्ड! दूसरों को झोंककर खुद जलसा मना रही थी। कहा था तो स्वयं उसके साथ क्यों नहीं गयी। स्त्री होने का बहाना! उसके लिये जोखिम झेलने वाले बिरजू के चाचा-चाची रोते-बिलखते दिखायी देने लगते।

तेरह सितम्बर। अंकल शुजा नाश्ता कर बाहर चले गये थे। दोपहर से कुछ पहले लौट आये। उषा लेटी-लेटी वक्त काटने को 'दीवाने जिगर' पढ़ रही थी। कुछ शेर ऐसे आ जाते कि अवसाद और चिन्ताओं के बावजूद उषा कुछ समय के लिये दूसरी रोमांटिक दुनिया की कल्पनाओं में खो जाती।

अंकल की खाँसी सुनकर उषा उठ खड़ी हुई। दुपट्टा ठीक कर लिया।

"बैठो बेटा, बैठो! अब तबीयत कैसी है? जरा नब्ज़ देख लें।" शुजा लाला की नब्ज़ देखते समय उसकी खाट के समीप धरती पर उकड़ूँ बैठ जाते थे। जवान औरत, चाहे बेटी ही हो, उसके साथ एक खाट पर न बैठने का संस्कार। लाला की नब्ज़ हाथ में ले ली। वृद्धा माँ काफी दूर खाट पर बीजना डुलाती औंघिया रही थी। शुजा की बीवी बावर्चीखाने में थी।

मौका देखकर अखबारी कागज में लिपटी गोल-सी चीज उषा की ओर बढ़ाकर शुजा ने अंग्रेजी में हिदायत की, "यह रख लो।"

"क्या है अंकल?"

"औरतों के टखने पर पहनने के कड़े।"

"अंकल, इसकी क्या जरूरत?"

'सफर में पहनना ज़रूरी। सलमा की चूड़ियों में से हरी-काली चूड़ियाँ भी देख लो। शाअल्ला तेरह दोपहर तक चलने का प्रबन्ध है।" उषा के शरीर में सहसा शक्ति आ यी। आशा की किरण के अनुमान से उत्साहित।

चौबीस अगस्त दोपहर से पहले उपाध्याय अपने मोटर बोट में उजियार से बक्सर गये। बलिया में वुड से मिलकर छब्बीस की साँझ को लौट आये थे।

शुजा खबर पाकर सत्ताईस की सुबह सलाम-दुआ के लिये उपाध्याय के यहाँ गये तो उस वक्त तीन-चार आदमी बैठे थे। उन लोगों के चले जाने के बाद उपाध्याय शुजा को भीतर की गद्दी पर ले गये। शुजा के दोनों हाथ उसने अपने दोनों हाथों में ले लिये, आँखें नम। बोले, "चौबीस को आपने गुलाम रसूल से मिली खबर हमें वक्त पर पहुँचा दी। उसके लिये हम क्या, हमारा खानदान पीढ़ियों तक आपके खानदान का एहसानमन्द रहेगा।"

शब्द इतने ही कहे गये। शुजा ने सब कुछ समझकर जवाब दिया, "यह तो हम पर आपके एहसानों के बोझ में एक ज़र्रा था। हम तो आपके खादिम!"

उपाध्याय ने इतनी कृतज्ञता प्रकट करने पर भी मास्टर शुजा ने कोई रहस्य प्रकट न किया। वे जब-तब सुनते रहते थे कि उपाध्याय जी की बड़ी बिटिया जुलाई में भतीजे के अन्नप्राशन के लिये दानापुर में आयी थी, लेकिन बेटी के लौटने की तारीख टलती ही गयी। उधर से बराबर संदेश आ रहे थे।

तेरह सितम्बर सुबह उपाध्याय ने बताया : विचार है पन्द्रह सितम्बर बेटी को बक्सर से गाड़ी में दानापुर के लिये बैठा दिया जाये। बक्सर में हमें भी कुछ काम है। एक नौकरानी और हरिनन्दन को साथ भेज दें।

शुजा ठीक अवसर समझ बोले, "सितारा की धनबाद वाली जेठानी हमारे यहाँ महीने भर से है। अब उसकी तबीयत ठीक है। उसे भी लौटने की जल्दी। अगर आपको तकलीफ न हो तो बोट के एक कोने में हम भी उसे लेकर बैठ जायें। लड़की को बक्सर से धनबाद के लिये गाड़ी में बैठा दें। यह एक काम हो जाये तो अच्छा।" उपाध्याय को इसमें क्या आपत्ति! और उपाध्याय के संरक्षण में बलिया पार हो सकने से क्या बेहतर अवसर!

उषा पन्द्रह सितम्बर नौ-दस बजे चलने के लिये तैयार। मास्टर शुजा के मकान पर लाला के लिये पालकी पहुँच गयी।

बक्सर घाट पर भी उपाध्याय की लड़की के लिये ही नहीं, शुजा अहमद की बेटी के लिये भी पालकी थी। उपाध्याय जी की बेटी दानापुर के लिये मेल में सवार हो गयी, परन्तु शुजा लाला को रोके रहे। मेल धनबाद रात बेवक्त पहुँचती थी। दो घंटे बाद एक्सप्रेस ठीक सुबह धनबाद पहुँचा देती थी।

मास्टर शुजा के मन में उषा के लिये इतनी चिन्ता और मोह कि उसे ज़नाना डिब्बे में बैठाकर स्वयं दो डिब्बे दूर मर्दाना डिब्बे में जा बैठे। गाड़ी पूर्व धनबाद की ओर नहीं, पच्छिम जाने वाली सियालदह-लाहौर एक्सप्रेस थी। रात साढ़े दस बजे गाड़ी बनारस के सिक्रोल स्टेशन पर पहुँची।

शुजा गाड़ी से उतर गये। स्टेशन पर गोरखपुर जाने वाली गाड़ी का टाइम पूछकर प्लेटफार्म पर ही रहे। एक्सप्रेस उषा को लेकर जौनपुर की ओर छूट गयी तो शुजा अपनी छोटी गठरी बगल में दबाये शहर की ओर चल दिये। खुदा का हज़ार-हज़ार शुक्रिया। कंधे पर ली ज़िम्मेदारी से सबुकदोश हो गये थे।

बनारस छावनी स्टेशन पर उषा अपनी चादर में लिपटी दुबकी बैठी थी। गाड़ी चली तो खिड़की से आती खुली वायु से साँस लेकर लेट गयी। सूर्योदय हो रहा था। उषा को अनुमान, गाड़ी साढ़े आठ तक लखनऊ चारबाग स्टेशन पर पहुँचेगी। कलेजे में लखनऊ लौटने की धुकधुक के साथ अपनी पुरानी जगह लौट सकने की उमंग। तैंतीस दिन बाद ही लौट रही थी, परन्तु लगा युग बीत गये हों। उस नगर में जहाँ बीस वर्ष रही थी, उसके प्रेम-प्रणय, कर्तव्य क्षेत्र की स्थली। उसकी एकमात्र सन्तान का आश्रय; उसके माता-पिता, बेबे, भाई की जगह। वह कहाँ सिर छिपा सकेगी! केवल एक परिचित मित्र परिवार जिनसे केवल विचार-साम्य की मैत्री।

उषा चारबाग स्टेशन पर सियालदह एक्सप्रेस से उतर गयी। बगल में बुगची दबाये, दूसरे हाथ में अलमीनियम का बधना लटकाये थी। बहुत सावधानी से मुसलमान स्त्रियों के रिवाज़ के अनुसार चादर का आँचल बायें से दाहिने ओढ़े छोटा घूँघट किये थी।

स्टेशन से बाहर जाने वाली भीड़ के पीछे चल दी। उसके साथ ही सफेद बुर्के में एक अन्य मुस्लिम महिला। दोनों गेट पर टिकट देकर अमीनाबाद, चौक पुकारते इक्कों की ओर बढ़ रही थीं। उस बुर्कापोश महिला ने पूछ लिया, "आप कहाँ जायेंगी?"

उषा ने उत्तर दिया, "हमें फतेहगंज में कछियारी गली के सिरे पर उतरना है।" बुर्कापोश महिला को फतेहगंज के रास्ते से मौलवीगंज जाना था। महिला ने चार आने में इक्का तय कर लिया। उषा दो आने देकर कठियारी गली उतर गयी।

दस्तक सुनकर किवाड़ खोले निगम ने। चादर ओढ़े बधना लिये मुस्लिम औरत को देखकर निगम हैरान। आगन्तुका निधड़क भीतर चली आयी। उषा को पहचान निगम पुलक उठा। उषा प्रतीक्षा न कर भीतर आँगन में पड़ी खाट पर जा बैठी। रात भर विकट यातना में यात्रा की थकान।

"दीदी।" निगम ने श्यामा को आवाज़ दी। श्यामा ने पलांश आगन्तुका की ओर देखा और उससे लिपट गयी। आँखों से आँसू बह आये।

पन्द्रह सितम्बर से यूनिवर्सिटी खुल गयी थी, परन्तु श्यामा उस दिन न जा सकी। उषा को बता दिया, पाठक आपकी चिन्ता में बलिया भी हो आये। सुना है आप जिस मास्टर के यहाँ ठहरी थीं, वह गिरफ्तार हो गया है। पुलिस के कठोर यातना देने पर भी उसने न बताया कि आप उसके मकान से कहाँ गयीं। पाठक के तीन-चार दिन में आने की आशा थी। संध्या तक निगम ने अमित से पता लगा दिया। पप्पू प्रसन्न था, उषा के माता-पिता चिन्तित। पुलिस उन्हें जब-तब पूछ-ताछ से परेशान करती रहती थी।

उषा पप्पू को देखने के लिये बेचैन, चाहे दूर से ही। निगम ने पता लेकर बताया, ऐसे यत्न में उषा के पिता-माता पर जोखिम की आशंका। पुलिस लगातार बच्चे पर नज़र रख रही थी, इसी आशा में कि शायद किसी दिन बेटे के मोह में ही उषा उनके हाथ पड़ जाये। लखनऊ में उषा के चातुर्य, साहस, सामर्थ्य की कहानियों का अन्त न था।

छः

गांधी जी और नेताओं की गिरफ्तारियों के विरोध में जनता का आक्रोश और क्षोभ काली आँधी की तरह उठा। सरकारी सत्ता के पूर्ण ध्वंस का प्रयत्न। उसके बाद सरकार की ओर से प्रतिहिंसा में निरंकुश दमन के दावानल का संत्रास। अधिकांश राजनीतिक कर्मी गिरफ्तार हो गये थे। शेष में से गिने-चुने साथियों को छोड़कर, सिर दबा कर दुबक गये। पुलिस की संख्या दूनी-तिगुनी। सब ओर निरंकुशता, आशंका का वातावरण। जनता स्वतंत्रता संग्राम से कतराने लगी। आन्दोलन के सहायक मुँह चुराने लगे।

पाठक गिरफ्तारी की आशंका के बावजूद दौड़-भाग के लिये मज़बूर। इतनी तैयारी और योजना बिखर जाने और असफलता का अवसाद, निरन्तर तनाव। तन-मन जर्जर। इस पर भी संघर्ष जारी रखने का निश्चय। फरवरी के दूसरे सप्ताह के आरम्भ में संध्या मिश्र भवन में लौटा।

चन्द्रभूषण निगम उस संध्या लौटा तो श्यामा ने समाचार दिया, ''ज्योतिषी भैया आ गये।'' निगम के पते पर पाठक के लिये तीन पत्र आये थे। पत्रों पर संकेतों से स्पष्ट— पत्र पाठक के लिये थे। दो सप्ताह पूर्व एक पत्र बम्बई से आया था। निगम स्थानीय समाचार और पत्र देकर लौट गया।

बरामदे में प्रकाश कम था। पाठक पत्र पर संकेत पहचान कर पत्र के प्रति उत्सुकता से कमरे में चला गया। पत्र पढ़कर बहुत चिन्तित। यह उषा का दूसरा पत्र था। विस्मय, यह पत्र अंग्रेजी में टाइप किया हुआ था। उत्साह-संतोष पहले पत्र में भी न था। इस पत्र में गहरी निराशा और व्याकुलता। लखनऊ में अपनी गिरफ्तारी की आशंका, सिर पर दस हज़ार का इनाम जानते हुए भी परामर्श के लिये लखनऊ आने की बेचैनी।

पाठक ने सितम्बर के अन्त में उषा को जलाल के साथ बम्बई भेज दिया था। डाक्टर लोहिया और मालवीय जी की राय थी, उषा ब्रॉडकास्टिंग के लिये सर्वाधिक उपयुक्त। ब्रॉडकास्टिंग के क्षेत्र में उषा की ख्याति का एक और कारण। बम्बई में स्वतंत्र ब्रॉडकास्ट आरम्भ किया था, उषा मेहता ने। अधिकांश लोग उषा मेहता और सेठ में अन्तर न कर पाते। मेहता का श्रेय सेठ को मिलता और सेठ का श्रेय मेहता को। उषा बम्बई से ट्रांसमीटर के काम का तकनीकी प्रशिक्षण ले ले तो क्रान्ति के दूसरे दौर में, उत्तर भारत में ब्रॉडकास्टिंग का अपना स्वतंत्र प्रबन्ध हो सकेगा और दल या कांग्रेस के लिये अपना स्वतंत्र सम्पर्क साधन भी। बम्बई में मेहता और फज़ली ने उषा के लिये उचित प्रबन्ध कर देने का आश्वासन दिया था।

बम्बई से पत्र था—''प्यारे भाई, आशा है घर पर सब कुशल-मंगल है। पहले लिख चुका हूँ, यहाँ काम सीख सकने और नौकरी पाने की बात नहीं बनी। बिशू भाई ने दूसरी फर्म में बेहतर अवसर का आश्वासन दिया था। उन लोगों ने अपना कारोबार समाप्त कर

देने का निश्चय कर लिया। मोहता के यहाँ ट्रेनिंग उपयोगी हो सकती थी, परन्तु उनके यहाँ सहायकों की ज़रूरत नहीं। शायद पुराने कर्मियों को आशंका, नये आने वाले उनका स्थान न ले बैठें। भैया जी ने फिलहाल अन्यत्र अवसर की प्रतीक्षा के लिये कुछ समय टिकने का प्रबन्ध कर दिया है। बिना पूर्व निश्चय के उतावली में आ जाना ठीक न हुआ। कुछ निश्चय नहीं, कब तक कुछ बन सकेगा। निष्क्रियता में समय काटना कठिन, निर्वाह की भी समस्या। सुबह-शाम टाइप सीखना शुरू कर दिया है। शायद निर्वाह के लिये सहायक हो सके। घबरा नहीं गया हूँ, परन्तु विचार ज़रूर आता है—यदि यहाँ अपना पेट पाल सकने से अधिक अवसर नहीं तो इतनी दूर आकर रहने का क्या लाभ? पूरी बात लिखना कठिन है। ब्योरे से बात कर सकने से ही ठीक होगा। खयाल आता है, दो-चार दिन के लिये उधर हो आऊँ। आपके इधर आने की सम्भावना हो तो बेहतर। पत्र की पावती दीजियेगा। घर के समाचार से संतोष होता है। शुभेच्छु, इन्दुभूषण निगम।''

पाठक को केन्द्रीय साथियों से नीति सम्बन्धी परामर्श के लिये भी बम्बई जाना ज़रूरी था। पिछले पाँच मास में अन्तर्राष्ट्रीय स्थिति बदल चुकी थी। अब सभी मोर्चों पर मित्रराष्ट्र सबल। पश्चिम में जर्मनी-इटली और पूर्व में जापान पीछे हट रहे थे। रूस में चमत्कार, स्टैलिनग्राद के मोर्चे पर पॉलस की दो लाख जर्मन सेना ने सोवियत सेना से पराजित होकर हथियार डाल दिये थे। अजेय नाज़ियों की पहली विराट पराजय।

क्रान्ति के कार्यक्रम पर दृढ़ रहने वाले युवकों के लिये सबसे विकट आघात—जेल से गांधी जी और नेताओं के विचित्र वक्तव्य। नेताओं ने अगस्त आन्दोलन की घटनाओं के लिये खेद प्रकट किया था और उन घटनाओं के लिये सरकारी नीति को ज़िम्मेदार बता दिया था। सरकार ने नेताओं को गिरफ्तार करके आन्दोलन को अनुशासन में रखने का अवसर नेताओं से छीन लिया था। ऐसी स्थिति में जनता को क्रान्ति के लिये पुकारने का क्या फल होता! इन युवकों के विचार में क्रान्ति के लिये अनुकूल अवसर आ रहा था। जापानी मणिपुर, इम्फाल की ओर बढ़ रहे थे। अन्ततः पत्रों में समाचार, गांधी जी ने वायसराय को सूचना देकर आत्मशुद्धि के लिये अनशन आरम्भ कर दिया। जनता विस्मयाहत।

पाठक छः मास बाद बम्बई गया था। उस बीच अनेक गिरफ्तारियों और पुलिस की चौकसी बढ़ जाने के कारण पुराने अड्डे और जगहें बदल चुकी थीं। बम्बई में ठहरने के लिये पाठक की अपनी स्वतंत्र सुरक्षित जगह थी। साथियों से सम्पर्क बनाने में तीन दिन लग गये। इधर-उधर से जो कुछ सुना, स्थिति जानने के लिये व्याकुल। चौथे दिन संध्या बीरू भाई के बताये पते पर कमल बेन के लिये पूछने बांद्रा के जीवनलाल झवेरी के यहाँ गया। झवेरी की पत्नी से कहा, ''कमल बेन से कहिये कि उनके गाँव से ज्योति पट्ठू आया है।''

पाठक को पहचानने में कठिनाई न हुई। सबसे बड़ी पहचान, उषा की नाक में श्यामा की दो छोटे लाल नग की कील थी। उषा बहुत दुबली हो गयी थी। चेहरा मुर्झाया हुआ। अप्रत्याशित जगह सामना होने पर उस पर नज़र न भी टिकती। केश सामने झुकाकर बाँधने से माथा संकुचित और छोटा। उषा के चेहरे से उसकी परेशानी के अनुमान से पाठक के मन में कचोट।

पाठक को देखकर कमल बेन (उषा) पुलकित। चार मास से भेंट की उग्र इच्छा, प्रतीक्षा। "भद्रलोक लग रहे हैं।" अंग्रेजी में फुसफुसाई।

बम्बई में पाठक ने वेश-मुद्रा बदल लिये थे—सिर पर बाल, दाढ़ी-मूँछ तत्कालीन फैशन से, कुछ पारसी ढंग से छँटवा लिये थे। बम्बैया आधुनिक व्यावसायिक समाज के परिष्कृत लोगों जैसा ढंग।

कमल को अनेक उत्सुकताएँ, "कब आये? पप्पू को कब देखा? कैसा लगता है? उसकी फोटो लाये?…वहाँ क्या हो रहा है?"

पाठक को बच्चे के लिये उषा की आतुरता छू गयी। बताया : पप्पू खूब चुस्त-स्वस्थ था। नाना-नानी के यहाँ रमा हुआ है। फोटो लाने का विचार था, समय पर बन न सका।

कमल जिस मकान में थी, वहाँ बातचीत के लिये बैठने की सुविधा न थी। वहाँ से समुद्र तट पर 'पहाड़ी माता का गिरजा' समीप। पाठक के साथ उस ओर चली गयी।

बांद्रा में पहाड़ी माता के गिरजा के नीचे सड़क के साथ समुद्र के आँचल में बहुत-सी चट्टानें दूर तक फैली हुई हैं। संध्या लोग ताज़ी हवा के लिये वहाँ आ बैठते हैं। पाठक के साथ एक चट्टान पर बैठकर कमल ने पूछा, "गांधी का यह कैसा अनशन? आत्मशुद्धि कैसी, किसकी? आत्मशुद्धि, पश्चात्ताप का अर्थ अपनी भूल मानना। आन्दोलन की घटनाओं के लिये ज़िम्मेवारी सरकार पर और आत्मशुद्धि स्वयं! क्या जनता से प्रायश्चित्त करवाना चाहते हैं? लोगों को डिमोरेलाइज़ करना…।" स्वर में भारी क्षोभ।

"आन्दोलन दब जाने पर विरोधी का हृदय परिवर्तन करने की नीति। उपाय आत्मशुद्धि के लिये अनशन जैसे हिमालियन ब्लंडर के लिये सन् इक्कीस और इकतीस में अनशन किया था, अब भी कर रहे हैं। हम लोग—डाक्टर, मोहता, फज़ली, चट्टो, मित्रा, कर्वे, मेहरअली तीन दिन से उसी पर सिर मार रहे हैं…! गांधी इसे ईश्वरीय प्रेरणा कह दें तो कोई क्या कह सकता है!

"हम रेडियो पर जनता को बापू और कांग्रेस के कमान्डमेन्ट के नाम पर सिर पर कफन बाँधकर बढ़ने के लिये ललकारते रहे। इन लोगों ने आन्दोलन के उत्तरदायित्व से ही इनकार कर दिया। गांधी हमारे अपराधों के लिये प्रायश्चित्त कर रहे हैं, हमारी अनुमति के बिना…!" उषा का स्वर अधिक क्षुब्ध, "अब प्रायश्चित्त और आत्मशुद्धि का कार्यक्रम चलाना है तो हम यहाँ क्यों सड़े!"

"गांधी और नेता जो कहें, हमारा संघर्ष समाप्त नहीं हो गया।" पाठक ने आश्वासन दिया, "लेकिन तुम्हें ऐसी स्थिति में डालने के लिये बहुत खेद।"

"ह्वॉटनॉनसेन्स!" उषा ने टोका, "मैंने आपके कहने से नहीं किया, यह मेरा विवेक था; मेरी ज़िम्मेदारी और राजे की बात…।"

पाठक ने वेदप्रकाश और निगम से पायी सूचना के आधार पर बताया : यूनिवर्सिटी में तुम्हारे भाषण के समय अमित मौजूद था। उसे भाषण के परिणाम का अनुमान। सूर्यास्त के समय तुम्हारा पता लेने छोटी गली गया।

बेबे ने बताया—सुबह कचहरी गयी थी। कह गयी है, कागज़ों के लिये शायद इलाहाबाद जाना पड़े। देर में आयेगी या कल सुबह।

अमित स्थिति भाँप गया कि तुम घर से तैयार होकर निकली हो। बेबे घबड़ा न जाये, उसे कुछ न बताया। पुलिस चौथे पहर से गली पर नज़र रख रही थी। बेबे को

आशा थी, तुम साँझ आठ-नौ तक लौट आओगी। फिर रात मकान पर रह गयी कि तुम सुबह-सुबह लौटो तो परेशान न हो। सुबह पुलिस गिरफ्तारी के लिये आ गयी। पूछताछ से बेबे घबरायी। उनके आँसू बह गये। पुलिस पर बिगड़ी—हमारी लड़की क्या चोर-डाकू है! तुम्हें मतलब?

पुलिस ने पूरे मकान की तलाशी ली। कुछ पुस्तकें, तुम्हारे विवाह के समय के और बच्चे के फोटो ले गयी।

बेबे ने दस-ग्यारह तक प्रतीक्षा की। पप्पू पुलिस के आने से और माँ के बिना घबरा रहा था। बेबे ने बाबू के यहाँ जाकर राय ली। उन्होंने परामर्श दिया : तुम बच्चे को उसके नाना के यहाँ ले जाओ। मकान पर ताला डलवा दो। परसू हमारे यहाँ रहे। बहू आयेगी तो परसू तुम्हें बुला लायेगा।

पुलिस बेबे के पीछे वालाकदर पहुँच गयी। पंडित के मकान की भी तलाशी ली गयी। पुलिस तहकीकात के लिये बेबे, पंडित और अमित को कोतवाली ले गयी। पूछताछ के बाद उन्हें लौटा दिया गया। पुलिस छोटी गली पर और पंडित के मकान पर भी सतर्क निगाह रखे थी कि उषा बच्चे की ममता में मिलने आ सकती है। पंडित, मिसेज़ पंडित, अमित जहाँ जायें, पुलिस उनके पीछे-पीछे।

सरकार ने फरार बागियों की जायदाद ज़ब्ती का हुक्म दे दिया था। उषा के मकान के दरवाज़े पर भी नोटिस चिपका दिया गया : पन्द्रह दिन के भीतर पुलिस को आत्मसमर्पण वर्ना मकान-जायदाद ज़ब्त करके नीलाम कर दिये जायेंगे। कई लोगों की जायदादें ज़ब्त कर ली गयी थीं।

तुम्हारा मामला अटक गया है। तुम्हारे मकान पर नोटिस देखकर सरीकों ने दर्खास्त दे दी : यह जायदाद अदालत में विवादास्पद है। असल उत्तराधिकारी हम हैं। उत्तराधिकार के सम्बन्ध में अदालत के निर्णय तक जायदाद ज़ब्त और नीलाम नहीं होनी चाहिए। बाबू ने उषा के वकील से दर्खास्त दिलवा दी : असली वारिस नाबालिग लड़का है। माँ पर आरोप के कारण अबोध नाबालिग बेटे की जायदाद ज़ब्त और नीलाम नहीं की जानी चाहिए। उषा की जायदाद ज़ब्ती से रिसीवर को भी नुकसान। उसने भी ज़ब्ती स्थगित रहने के लिये दर्खास्त दे दी।

तुम्हारा नाम काफी प्रसिद्ध हो चुका है। सुना है, जज भला आदमी है, आखिर तो हिन्दुस्तानी। उसने मामले की तहकीकात के लिये दो महीने की तारीख दे दी। तारीख पर हुक्म दिया—कोई अन्य वारिस है तो उसे अदालत में पेश किया जाये। फिर डेढ़ मास की तारीख। वारिस तो पप्पू है ही। ज़ब्ती नहीं हो सकेगी।

''ऐसी स्थिति में पप्पू को बुला लेने का प्रश्न ही नहीं।'' कई पल मौन रह उषा ने निराशा प्रकट की।

''खेद है पर स्थिति ऐसी ही है।''

उषा ने कुछ पल मौन रहकर संक्षेप में चार मास की बीती बतायी।

लखनऊ से बम्बई की लम्बी यात्रा उषा ने एक तरह अकेले ज़नाना डिब्बे में की। एक तरह इसलिये कि बम्बई में उसका सूत्रों से सम्पर्क कराने के लिये पाठक ने उषा के साथ जलालुद्दीन को सहायक रूप में कर दिया था।

उषा के साथ के लिये जलालुद्दीन उपयुक्त व्यक्ति था। जलाल क्रान्ति आन्दोलन से सम्पर्क होने पर भी मुस्लिम पोशाक में था। मुस्लिम लीग की नीति के कारण मुसलमानों पर पुलिस सन्देह न करती थी।

उषा ने बम्बई के बहुत बड़े होने के विषय में सुना था, परन्तु उसके विस्तार और घनत्व की कल्पना न थी। बम्बई के उपनगर बांद्रा लाँघने के पहले से नये स्थान के विस्तार से चकित। बिना इंजन या धुयें बिना इंजन की, तीर की तेजी से सड़-सड़ उड़ती जाती गाड़ियाँ उसकी ट्रेन के दोनों ओर आगे-पीछे लाँघती जा रही थीं। जहाँ तक नजर जाती, बस्ती-बस्ती ऊँचे से ऊँचे मकान। तरह-तरह की पोशाकें। विक्टोरिया टर्मिनस पर जलाल ने उसे गाड़ी से उतरने में सहायता दी। स्टेशन पर भीड़। भीड़ क्या मुसाफिरों का ठस जमाव, जिसमें केवल अवसर पाकर धक्के से कदम बढ़ा सकना सम्भव।

उस जमाने में अभी बम्बई में टैक्सी का इतना चलन न था। तब साधारण सवारी थी, एक घोड़ा जुती चार पहिये की बग्घी। स्टेशन से उन्हें बहुत दूर न जाना पड़ा। जलाल ने एक रात उषा को अपने यहाँ मुहम्मदअली रोड पर टिकाया और दूसरे दिन पाठक के आदेशानुसार हरि मोहता से सम्पर्क करा दिया।

उषा ने बताया—हरि मोहता ने डाक्टर साहब का सुझाव बीरेन्द्र देसाई उर्फ बीरू को बताकर उषा का परिचय दे दिया। बीरू नगर में गुप्त कार्य के प्रबन्ध और सम्पर्क का सूत्रधार। बीरू ने उषा को डाक्टर सुमति लांगटे के यहाँ ठहरा दिया। डाक्टर लांगटे ब्रॉडकास्टिंग व्यवस्था में बहुत सहायता दे रही थी। लांगटे की गाइनाकालोजी की जमी हुई प्रैक्टिस, सामाजिक स्थिति मजबूत, व्यापक सम्पर्क। पति का जमा हुआ स्टार्च का कारोबार। उषा को स्थानीय नाम दिया गया कमल शाह। लांगटे ने सहानुभूति में कमल को कुछ दिन के लिये स्थान दे दिया था।

बापट का इलाहाबाद में उषा से परिचय हो गया था। उसे बम्बई में देखकर बहुत प्रसन्न। उसने बीरू को बताया : इसका इंगलिश उच्चारण, लहजा फर्स्ट क्लास। इलाहाबाद में इसके नाम से ब्रॉडकास्ट कराया गया था। उसका बहुत प्रभाव हुआ।

बम्बई में गुप्त रेडियो का काम उषा मेहता के दल के प्रयत्न से आरम्भ हुआ था। झवेरी और दूसरे साथी उसे सहयोग दे रहे थे। डाक्टर लांगटे को उषा मेहता के प्रति आदर और विश्वास। लांगटे मेहता के सूत्र से ही सहायता दे रही थी। बापट का प्रस्ताव, दोनों उषा एक नाम से ब्रॉडकास्ट करें तो बेहतर।

बीरू को उषा सेठ जँच गयी थी। उसने कहा, "इंगलिश सेक्शन में उषा का ब्रॉडकास्ट हर दूसरे दिन होना चाहिये। यहाँ के अखबारों में भी उषा सेठ का चर्चा हुआ है। उषा सेठ अपना पूरा परिचय देकर बोले तो अधिक प्रभाव पड़ेगा। पर्सनेलिटी मैटर्स।"

पुरुष नारी की ओर ध्यान दे और नारी अनुभव न करे, ऐसा प्रायः नहीं होता। कमल बीरेन्द्र देसाई का ध्यान अपनी ओर जानकर भी सशंक न हुई। कामरेडों में शंका, संकोच क्या। कमल को विश्वास और आदर का सन्तोष। बम्बई की भीड़ में, जहाँ अपार जमघट में उन्मुक्त श्वास के लिये पर्याप्त वातावरण का अभाव लगे, कमल को बीते सात मास में स्वयं सहेड़ी कैद और मन-मस्तिष्क पर लादी हुई उदासी के बोझ से मुक्ति से स्वच्छन्द श्वास की इच्छा। भिन्न वातावरण और नये ढंग के जीवन का रोमांच और

उपयोगी काम कर सकने का अवसर और उत्साह। शरीर में पुनः स्फूर्ति; जैसे बहुत देर तक ईंटों के नीचे दबी रहकर पीली पड़ गयी घास, बोझ और आवरण से मुक्त होकर खुली वायु, धूप और ओस पाकर हरियाने लगे।

कमल को नारीत्व की स्वाभाविक उमंग। महीनों बाद सिर के बाल, यद्यपि अभी छोटे ही थे, ढंग से बाँधने का यत्न। श्यामा की सलाह से अपना ऊँचा माथा ढँका रखने के लिये बाल माथे पर झुकाकर ही बाँधती थी। नाक में श्यामा की दी हुई छोटे लाल नग की कील से ग्लानि, परन्तु नाक बिंध गयी थी तो खाली छिद्र की अपेक्षा कील पहने रहना बेहतर। बाहर जाते समय आईना देखकर चेहरे पर पफ फेर लेने की भी चाह।

बीरेन्द्र देसाई का घरेलू कारोबार तिलहन निर्यात का था। बम्बई के स्तर से मझले स्तर का कारोबार। बीरू वकालत पास करके सी० बी० ए० एटर्नी फर्म में काम करने लगा था, परन्तु १९४१ के अन्त में सब छोड़-छाड़ कर उग्र समाजवादी कांग्रेसी होल टाइमर बन गया था। खद्दर पहले भी न पहनता था। औसत कद, इकहरा शरीर, खूब खुला गेहुँआ रंग, अनुमानतः पच्चीस-छब्बीस का वय। चेहरे पर सदा मुस्कान। आकर्षक व्यवहार। फिल्मों से सीखे आक्सफोर्ड उच्चारण से अंग्रेजी बोलने का यत्न। आधुनिक ढंग की पोशाक। मध्य वर्ग और सम्पन्न वर्ग में व्यापक परिचय। घर-दफ्तर में भी वाक्सहॉल गाड़ी थी, परन्तु सम्पर्कों के कारण उसे सवारी के लिये परेशानी न होती।

बीरू ने डाक्टर लांगटे और उषा मेहता से कहा था, कमल को जहाँ-तहाँ जाने के लिये सदा पथदर्शक-सहायक की ज़रूरत क्यों रहे। पाँच-सात दिन में बम्बई में घूम-फिरकर नगर का कुछ परिचय पा ले और आवश्यकतानुसार आ-जा सके। बीरू कभी दोपहर में, कभी चौथे पहर कमल को नगर दिखाने के लिये साथ ले जाने लगा।

कमल को नये स्थान-परिस्थितियों में, वातावरण में उन्मुक्त श्वास और व्यवहार से उत्साह। अपार जन-प्रवाह में पहचानी जाने की शंका से निडर घूम-फिर सकने की उमंग। समृद्ध नगर का अपूर्व वैभव, मैरीन ड्राइव की समतल, चिकनी, सुथरी सड़क पर कार में तीर की गति से फिसलते चले जाने का रोमांच। बाँध के साथ चलते या मालाबार हिल पर समुद्र किनारे की चट्टानों पर लहरों के टकराव से उठता फेन और गज़ों उड़ती फुहारें। कभी जुहू की चमकती रेत पर सैर, कभी गेटवे ऑफ इंडिया के सामने समुद्र का नील अपार विस्तार। निष्प्रयोजन ही चर्च गेट या विक्टोरिया टर्मिनस से नॉन-स्टाप डबल फर्स्ट-क्लास में सुविधा से बैठे, कुछ मिनट में बीस-पच्चीस मील तीर की तरह निकल जाने और लौट आने में गति के रोमांच का विनोद, जैसे नगर बिजली की गति से उसके सामने से कौंध जाये! कभी फोर्ट के इलाके में आधुनिक दुकानों या रेस्तोराँ में जाकर यूरोप पहुँच जाने की कल्पना, परन्तु बीरू का यह सदाशय आठ-दस दिन में दूसरे साथियों की नज़रों में, खासकर कुसुम पोद्दार को खटकने लगा।

उषा मेहता द्वारा संगठित ब्रॉडकास्ट में मोहता, लेले, विक्रम, शान्ता, कुसुम भी सहयोग-सहायता देते थे। नयी आयी कमल शाह को विशेष महत्त्व दिया जाना उन्हें अच्छा न लगा। कुसुम पोद्दार बहुत खिन्न। कुसुम को ब्रॉडकास्ट से अपनी आवाज़ सुनवाने का थ्रिल। आपदा से बचे रहने का विश्वास हो तो जोखिम में बहुत रस, जैसे मचान पर बैठकर शिकार में। कुसुम का पैतृक परिवार और ससुराल दोनों बहुत समृद्ध।

वह आर्थिक सहायता भी देती थी। ज़रूरत के समय कार के लिये बीरू को उसका बहुत भरोसा।

ब्रॉडकास्ट में 'स्वाधीन भारत रेडियो पर विद्यार्थी नेता उषा सेठ से संदेश सुनिये' कहे जाने पर साथियों ने आपत्ति की।

बीरू ने कह दिया, यह डाक्टर लोहिया का निर्णय है। साथी गुस्सा कर रह गये पर बात दब न पायी। कुसुम पोद्दार को दूसरा सन्देह था। कमल शाह के आने के बाद से बीरू को बार-बार कुसुम के यहाँ से कार की जरूरत। बीरू ड्राइव खुद कर लेता।

बीरू के अनुरोध पर कार दे देना कुसुम के लिये कठिन न था। उसके पिता के यहाँ चार गाड़ियाँ और ससुराल में तीन। बीरू गाड़ी माँगता तो कुसुम जैसे भी हो, कार ज़रूर भिजवा देती। घर के काम के लिये चाहे टैक्सी मँगवानी पड़े। बीरू के अनुरोध पर कुसुम ने अपनी गाड़ी दे दी। स्वयं कोलाबा टैक्सी पर चली गयी थी।

कुसुम सहेली के साथ गेटवे की तरफ से लौट रही थी। सहेली की बेटी 'गुलमोहर' में आइसक्रीम खाने की ज़िद्द कर बैठी। कुसुम वहाँ अपनी गाड़ी खड़ी देखकर चकित। भीतर गयी तो एक टेबुल पर बीरू और कमल। कुसुम को सन्देह हुआ। उसने और टोह ली। मालूम हो गया, बीरू ने कई बार पहले भी गाड़ी कमल को घुमाने-फिराने के लिये ही माँगी थी। उसका गुस्सा वाज़िब···हमारी जूती हमारी चाँद।

कुसुम ने सुमति लांगटे, मोहता और देसाई से शिकायत की, "यह नेशनल कॉज़ है या छिनरा! हम किसी के रोमांस के लिये क्यों रिस्क लें! क्यों पैसा दें!" लांगटे समझ गयी, बीरू कमल की इतनी प्रशंसा और कद्र क्यों करता है। नेशनल कॉज में यह बीमारी लगी तो काम समाप्त। वह कमल से चिढ़ गयी। देसाई उससे भी अधिक नाराज़, "ये औरत साइंस का ए बी सी नहीं जानती, इसे ट्रांसमिशन का तकनीक समझाना हमारे बस का नहीं।" अन्ततः शिकायत उषा मेहता के यहाँ पहुँची। उसे बहुत क्रोध, "हम इस काम में इतने लोगों की लाइफ रिस्क में डाल रहे हैं। यह लोग इसे तमाशबीनी का अड्डा बना रहे हैं। इस क्षण से बीरेन्द्र देसाई और कमल शाह का गुप्त रेडियो से कोई सम्पर्क नहीं रहेगा।"

कमल ने सुना तो जैसे खूब ऊँची चढ़ चुकी पेंग से एक झटके में धरती पर। यह भी समझ न पा रही थी कि उसकी भूल, अपराध या अनौचित्य क्या था? उससे कौन हेय काम हो गया जिससे वह अविश्वसनीय और त्याज्य हो गयी? क्या व्यक्ति का सदा उदासी में बिसूरते रहना ही सदाचार और निष्ठा? क्या इसी अपमान के लिये आठ सौ मील चलकर बम्बई आयी थी? कुछ समझ न पा रही थी, परन्तु बीरू पर बहुत क्रोध···वह क्या नहीं जानता था, इस सब का यह परिणाम होगा? आग लगे इस समाज के संस्कारों को! बीरू के प्रति खिन्नता में कमल को अब उसकी नज़रों और व्यवहार में अभद्र रसिकता की ललक खटकने लगी और उससे घृणा।

बीरू कमल को पूरा अवसर देना चाहता था। उसकी संगति की भी चाह परन्तु लाचार। गुप्त कार्य में अनुशासन धौंस-धमकी से नहीं, साथियों के स्वेच्छापूर्ण सहयोग से ही सम्भव। बीरू ने कमल को दूसरा काम सुझाकर राय दी, 'रेडियो ब्रॉडकास्ट की पहुँच केवल सम्पन्न लोगों तक। ऐसे लोग क्या क्रान्ति करेंगे! बम्बई, कलकत्ता, अहमदाबाद, दिल्ली की एक बात। छोटे नगरों और देहातों में कितने लोगों के पास रेडियो! रेडियो

ब्रॉडकास्ट प्रदर्शन के तौर पर या सरकार को चिढ़ाने के लिये तो उपयोगी परन्तु वास्तविक जनता तक रेडियो की पहुँच कहाँ।'' तब आजकल की तरह मामूली कारीगर मजदूर, धोबी, रिक्शा वाले तक के यहाँ ट्रांज़िस्टर की कल्पना न की जा सकती थी। ''···क्रान्ति के नये दौर के लिये हमें सबसे पहले सरकार की यातायात सम्पर्क व्यवस्था को पूर्णतः ध्वंस करने के लिये पर्याप्त उपाय तैयार करने चाहिये ताकि पुलिस-फौज हिल ही न सकें। विस्फोटक पदार्थ दूसरे लोगों से माँगकर काम नहीं चलेगा। उन्हें पर्याप्त में स्वयं बना सकने का प्रबन्ध ज़रूरी। एक विस्फोटक विशेषज्ञ पुराना क्रान्तिकारी सहायता देने के लिये तैयार है। काम शुरू हो रहा है। दो-तीन मास में काम सीख लो। यू० पी० में भी ऐसी दो-चार फैक्ट्रियाँ बन जानी चाहिये···।'' कमल को ब्रॉडकास्ट में सहयोग से वंचित हो जाने का खेद था, परन्तु कुछ तो करना था। मज़बूरी में सुझाव स्वीकार कर लिया।

परेल में बीरेन्द्र देसाई के घनिष्ठ मित्र और गुप्त संगठन सहायक का आयुर्वेदिक औषध निर्माण का पैतृक जमा हुआ कारोबार था। इस रसशाला का नाम था मारुति। अनेक प्रकार के पुट और भस्में बनती रहतीं। पास-पड़ोस में गंधक और रासायनिक द्रवों की तीव्र गंध फैली रहती। उस पर्दे में विस्फोटक पदार्थों के निर्माण की योजना बना ली गयी।

सुमति लांगटे ने कमल को तुरन्त ले जाने के लिये बीरू से कह दिया था। बीरू ने सप्ताह भर के लिये कमल के लिये अन्य सहायक के यहाँ अस्थायी प्रबन्ध कर दिया था। कमल को बहुत असुविधा। कमल चाहती थी, अपना स्वतंत्र प्रबन्ध। वह व्ययसाध्य और कठिन। अकेली जवान स्त्री स्वतंत्र मकान किराये पर चाहे तो लोगों को कौतूहल-सन्देह, अनेक तरह की पूछताछ। कमल का परेल के समीप रहना भी आवश्यक था।

बीरू देसाई ने अपने गाँव के परिचित और विश्वस्त जीवनलाल झवेरी के यहाँ कमल के लिये खर्चे पर मेहमानी रहने का प्रबन्ध कर दिया। उसका परिचय दिया : बहुत अंतरंग मित्र की पत्नी, व्यवसाय के लिये पति पूर्वी अफ्रीका गया है। मौका लगने पर आकर ले जायेगा या बुला लेगा। अच्छी पढ़ी-लिखी, स्वभाव की भली, जेठानी से बहुत परेशान। किसी स्कूल-शाला में नौकरी से निर्वाह करने की इच्छुक। कमल के गुजराती, मराठी न बोल सकने का कारण बताया : यह लोग जबलपुर के हैं। बेचारी महीना भर पहले ही बम्बई आयी है। बीरू ने जीवनलाल की पत्नी अनुसूया से बात की थी। घर में अनुसूया की ही चलती थी।

कमल को स्थान देने में अनुसूया को सब तरह से फायदा। चार-पाँच आदमी की रसोई में एक खाना निकल आना क्या मुश्किल। कमल ने तीन रुपये मासिक देना स्वीकार किया। अनुसूया उसे रसोई-चौके में सहयोग का तो पूरा अवसर देती, परन्तु प्रबन्ध में दखल या एतराज़ का कमल को कोई हक नहीं।

परेल से मारुति फार्मेसी के पार्श्व भाग में विस्फोटक पदार्थ निर्माण कार्य आरम्भ हुआ तो रसशाला का मालिक धनवटे दहल गया। उसे क्या अनुमान, इस प्रक्रिया में तेजाबों की ऐसी असह्य गंध उठेगी कि पड़ोस के मकानों में लोग खाँस-खाँसकर परेशान, गंध से सिरदर्द की शिकायतें करेंगे। सब ओर 'काय झाला? क्या है? ए केम छे?' का शोर मच गया। उसे आशंका, पुलिस के कान में कुछ पड़ गया तो वह कहीं का न रहेगा।

उसने तुरन्त काम स्थगित करा दिया। सन्देहजनक पदार्थ और उपकरण हटा दिये या नष्ट कर दिये।

धनवटे ने बीरू भाई से क्षमा माँगी, "ये लफड़ा अपने बस का नहीं। इस काम में हमारा दो-ढाई हजार बर्बाद हुआ, हमने उसका गम खाया। दूसरी कोई सहायता कहो तो उसके लिये तैयार पर ये सब नहीं।" उसने कान छुए।

कमल क्रान्ति के प्रयत्न में जूझ जाने के प्रण से बेटे और सम्पत्ति को न्योछावर करके हज़ार मील दूर आयी थी, हाथ पर हाथ धरे बैठी रहने के लिये या चौथे-पाँचवें बीरू भाई की संगति में घूम-फिर लेने के लिये नहीं। मन बहुत खिन्न, क्या करें?

कमल सप्ताह भर निष्क्रियता से परेशान होकर सुमति लांगटे से बात करना चाहती थी। उषा मेहता को भी सन्देश भिजवाया। कमल बिना नाम ब्रॉडकास्ट करने को तैयार थी या केवल ट्रांसमीटर बना सकने की ट्रेनिंग का ही अवसर दिया जाये। सुमति बहुत नाराज़ : पर्दे में पली इन नार्थ इंडियन लड़कियों का कोई एतबार नहीं। मर्द देखते ही पागल। जिन लोगों ने इसे बम्बई बुलाया, उन्हीं से पूछे।

अवसर से बापट मिल गया। बापट से कुछ अधिक परिचय था। बापट ने भी गर्दन हिला दी, "बाई, हम खुद इन लोगों से परेशान हो गया। काम कुछ नहीं, आपस में झगड़ा। हम खुद अपने निर्वाह का जुगाड़ करने की फिक्र में! हमारा स्टाम्प का सब काम बर्बाद हो गया।"

मारुति रसशाला में काम रुके दो सप्ताह बीते थे, परन्तु कमल के लिये वह बहुत लम्बी अवधि। बम्बई आये डेढ़ मास हो रहा था। जब कुछ कर नहीं सकते, गिरफ्तार हुए न हुए, क्या फर्क? सरकारी जेल से बचकर अज्ञातवास की जेल। इसके अतिरिक्त खर्च का प्रश्न। वक्त-ज़रूरत के लिये चार सौ रुपया साथ लायी थी। अनुसूया ने प्रति मास पेशगी लेना तय किया था। आरम्भ की उमंग में कुछ अधिक खर्च कर बैठी थी। धोने-बदलने के लिये दो-चार धोती-साड़ी ज़रूरी थीं ही। अब निर्वाह के लिये खर्च का भी प्रश्न। कमल की तीन-चौथाई पूँजी समाप्त। आगे कैसे निभेगा? पाठक को बताये पते पर ढाई सौ भिजवा देने के लिये लिख दिया, परन्तु चिन्ता, ऐसे कब तक मँगायेगी? वह रुपया उसका नहीं, पप्पू का है। अज्ञातवास करना है तो अपने पाँव खड़े होना ज़रूरी।

कमल के प्रति उत्तरदायित्व अनुभव करने या उसकी संगति की इच्छा से बीरू पाँचवें-छठे कमल से मिलने आ जाता। कमल उससे चिढ़ और खीझ के बावजूद उसे झिड़क या डाँट न सकती। कारण कि बीरू लखनऊ के सिन्हा या गोपाल जी की तरह लिबलिब किस्म का रसिया न था। बदन और स्वभाव से कड़ियल; ज़रूरत हो तो हाथ भी चला दे और सब परिचितों से हजार मील दूर, उस महानगरी में अब वही एकमात्र व्यक्ति जो सहायता के लिये प्रस्तुत।

कमल ने बीरू से अनुरोध किया, जब तक काम का अवसर नहीं बनता, निठल्ले समय गुजारना भी यातना। बेहतर अपना खर्च निकालने के लिये किसी स्कूल-पाठशाला में काम या कोई ट्यूशन ही मिल जाये।

"कामरेड, तुम अपनी ज़रूरत बताओ!" बीरू ने सान्त्वना दी, "जॉब के लिये भी यत्न करेंगे। यह टाइम प्रतीक्षा का है। युद्ध में अवसर की प्रतीक्षा भी महत्त्वपूर्ण काम।" अध्यापिका का काम मिलने में कठिनाई भी बताई—हाईस्कूल, कॉलेज, में परिचय-

सिफारिश और प्रमाणपत्रों के बिना जगह मिलना कठिन। यहाँ छोटे-मोटे स्कूलों में प्रायः पढ़ाई जाती है गुजराती-मराठी। वह कमल जानती न थी, परन्तु कमल को आत्म-निर्भर हो सकने की उत्कट चिन्ता।

बांद्रा से आती हिल रोड पर समुद्र तट से कुछ इधर दो मंजिले मकानों की पाँत में एक पर बड़ा बोर्ड था—'रुस्तम्स स्टैनो इन्स्टीट्यूट। बोर्ड पर दायें किनारे टाइप करती नवयुवती का चित्र और बायें नवयुवक का। बोर्ड पर नज़र जाने से कमल को कंधारीबाग लेन की हैरन सिस्टर्स की याद आ जाती। बड़ी बहिन नॉन मैट्रिक करके प्राइमरी स्कूल में अध्यापिका बन गयी थी। उसका वेतन बीस-बाईस लगा था। उससे छोटी डेज़ी ने मैट्रिक करके चार मास टाइपिंग की ट्रेनिंग ले ली थी। उसे मिशन पब्लिशिंग हाउस में पैंतीस की जगह मिल गयी थी। कमल ने इस विषय में अनुसूया से भी राय ली। अनुसूया ने समर्थन किया, बहुत अच्छा काम है। उसकी पहचान की अंग्रेजी पढ़ी एक लड़की स्टैनो का काम सीख कर बांद्रा में ही एक दफ्तर में महीने में सत्तर पगार पा रही थी। उस ज़माने में सत्तर-अस्सी रुपया मासिक बम्बई में भी अच्छी तनखाह।

कमल ने नवम्बर के अन्त में निष्क्रियता से ऊबकर रुस्तम्स स्टैनो इन्स्टीट्यूट में नाम लिखा लिया। एक घंटे ट्रेनिंग की फीस पाँच रुपया। सप्ताह भर उसे टाइपराइटर पर वर्णमाला का क्रम याद करने के लिये डमी पर उँगलियाँ चलानी पड़ीं। फिर पुरानी खचड़ा मशीन पर वर्णमाला और दो-दो, तीन-तीन अक्षर के वाक्य। तीसरे सप्ताह में 'द ब्राउन फौक्स क्विकली जम्प्ड ओवर ए स्लीपिंग लेजी डाग' टाइप करने लगी। कमल अपनी सफलता से उत्साहित। दिसम्बर के अन्त तक हाथ चालू होने लगा। स्पीड कम थी, परन्तु काम साफ। गलती न करती थी। खास बात, उसे हाथ का लिखा या घसीट पढ़ लेने में कठिनाई न होती। साधारणतः स्टैनो का काम सीखने आते थे, मैट्रिक-इंटर पास युवक-युवतियाँ। उनके लिये घसीट में लिखे दस्तावेज पढ़ सकना कठिन।

रुस्तम का स्टैनो इन्स्टीट्यूट अच्छा चल रहा था। कोचिंग टाइम प्रातः सात से ग्यारह, संध्या छः से दस तक। आठ पुरानी खचड़ा मशीनें, तीन अच्छी हालत में। शार्टहैंड सिखाने की फीस पाँच रुपया मासिक अलग।

कमल ने प्रवेश फार्म पर अपना नाम रोमन वर्णमाला में के-ए-एम-ए-एल शाह लिखा था। रुस्तम ने उसे पुकारा कमाल शाह। उसकी शिफ्ट के तेरह शिक्षार्थियों में उसके अतिरिक्त चार और लड़कियाँ या युवतियाँ थीं। ज्योत्स्ना बीस-इक्कीस की मराठा लड़की—उदास चुप-सी। थैरेसा, ईवा, बियट्रिस तीनों क्रिश्चियन नवयुवतियाँ। लड़के भी अधिकांश क्रिश्चियन। बांद्रा की पुरानी बस्ती मुख्यतः रोमन-कैथोलिक ईसाई। सब उसे कमाल पुकारते।

इन्स्टीट्यूट में मास पूरा होते-होते कमाल वहाँ का वातावरण भाँप गयी। वह अंग्रेजी सुविधा से समझ-बोल लेती थी। क्रिश्चियन स्टूडेंट्स से उसकी बातचीत जल्दी ही शुरू हो गयी। क्रिश्चियन युवक-युवतियों में भावुकता के सम्बन्धों की खींचातानी चल रही थी। खास तौर पर ईवा बेट्टी (बियट्रिस) और अलबर्टो में। अलबर्टो, ईवा और बेट्टी दोनों का हीरो। ईवा, कोंकणी, दबा हुआ कद, गहरा साँवला रंग, फैला हुआ चेहरा, दबी हुई ठुड्डी। पतली, मछली जैसी लम्बी-लम्बी आँखें। बेट्टी गोआनी, अधिक काली, कद ईवा से जरा उठता, लम्बी गर्दन, छोटे गोल चेहरे पर अच्छा माथा, फैली हुई नाक, मोटे ओंठ,

बड़ी-बड़ी आँखें। अलबर्टो का कद-काठ चेहरा-मोहरा आकर्षक। रंग काला, परन्तु चेहरे पर लुनाई की चमक, लम्बी उठी हुई यूनानी नाक, माथा खूब ऊँचा, माथे के दोनों बाजू भीतर दूर तक निर्लोम। केश महीन-घुँघराले। आँखें बड़ी-बड़ी चंचल, महीन लाल डोरे पड़ीं, लुचपन की लहक। ओठ भरे-भरे। कई नस्लों का मिश्रण। चेहरे पर सदा विद्रूप भरी मुस्कान। उन दिनों झुकाव बेट्टी की ओर। ठगी जाने से ईवा का चेहरा उदास।

युवतियों की जिज्ञासा के उत्तर में कमाल ने वही परिचय दिया जो अनुसूया को बताया था—पति रोजगार की तलाश में नैरोबी गया है। साल-डेढ़ साल तक लौटेगा।

रुस्तम जी का इंस्टीट्यूट केवल कोचिंग पर निर्भर न था। रुस्तम जी नौ बरस पूर्व बम्बई हाईकोर्ट के रजिस्ट्रार के दफ्तर से रिटायर हुआ था। अदालती दुनिया में उसका व्यापक परिचय। उसके यहाँ अदालती काम आता रहता। उम्र से उसकी नजर कमजोर हो गयी थी, उँगलियों में उतना सामर्थ्य न रहा था, अब बाई का दर्द भी। उसके यहाँ काम सन्तोषजनक निकलता था। उसे रेट भी अच्छा मिलता—छः आना प्रति पृष्ठ, दो आना प्रति कार्बन कापी। अपने यहाँ काम सीखे बेकार युवकों को दोपहर में टाइप का अवसर दे देता। आवश्यकतानुसार कभी दो, कभी चार व्यक्ति आ जाते। स्टूडेंट्स को तीन आना प्रति पेज और कार्बन कापी का दो पैसा अतिरिक्त देता था।

फरवरी तक कमाल का हाथ साफ हो गया था, स्पीड भी पैंतीस-चालीस प्रति मिनट। रुस्तम जी कमाल को भी काम देने लगा। कमाल को प्रायः हाथ के लिखे दस्तावेज टाइप के लिये देता। उसे पढ़ने में समय लगता। अलबर्टो के अलावा दूसरे लोग, घसीट पढ़ न पाते थे। कमाल अंग्रेजी का ज्ञान बेहतर होने के कारण अलबर्टो से भी अधिक सुविधा से पढ़ लेती। हाथ के लिखे दस्तावेज टाइप करने के लिये रुस्तम चार आना पृष्ठ देता था। कमाल दो बजे फिर इन्स्टीट्यूट चली जाती। पाँच-छः तक काम करती। सवा-डेढ़ रुपया बन जाता, कभी अधिक। निर्वाह के लिये आत्मनिर्भरता का भरोसा, परन्तु सन्तोष नहीं। वह इतनी सम्पत्ति, बेटा, पी-एच० डी० बन सकने की सम्भावना ऐसी आत्मनिर्भरता के लिये न्योछावर करके न आयी थी।

टाइपिंग में हाथ चालू हो जाने पर फरवरी से कमाल को सुबह कोई काम न था। अलबर्टो ने उसे नेक सलाह दी—तुम अंग्रेजी अच्छी जानती हो, शार्ट हैण्ड सीख जाओ तो सौ-सवा सौ का स्टार्ट मुश्किल नहीं। कमाल फरवरी से सुबह शार्ट हैण्ड सीखने लगी। दोपहर में टाइप का काम।

पाठक लखनऊ में उषा को डाक्टर रज़ा की तरह ''उषा भाभी' या नरेन्द्र की तरह 'अच्छी' सम्बोधन न कर उषा जी पुकारता था। उषा भी उसे भाई साहब या पाठक भाई नहीं, पाठक जी कहती थी। आत्मीयता के बावजूद आदर भाव का अंतर। इलाहाबाद और बलिया में पाठक उसे निस्संकोच उषा पुकारने लगा था। उसने पहली बार 'उषा, यू आर ग्रेट' कहा तो उषा गर्दन झुकाकर मौन रह गयी थी।

कमल की चार मास की बीती सुनकर पाठक ने फिर सराहना में कहा, ''उषा, यू आर ग्रेट!''

''रियली!'' कमल की भौंवें विस्मय में उठ गयीं, मुस्करायी, ''मुझे मालूम न था, टाइपिस्ट और स्टैनो बन जाना भी बड़प्पन। इस बड़प्पन से मुक्ति चाहती हूँ।''

उषा की नजर भाटे में उतरे समुद्र तट पर दूर तक दिखायी देती चट्टानों और उससे परे स्थिर समुद्र की ओर थी। उत्तर देकर पाठक की ओर देखा। पाठक की आँखें उसके चेहरे पर थीं। उसकी दृष्टि उषा की आँखों में गहरी बिंध गयी कि उसके रोम-रोम तक में पुलक की सिहरन। महीनों से पीले चेहरे पर लाली झलक गयी। सम्भलने के लिये नजर बचा ली, जो मुँह में आया बोल गयी, "गांधी के अनशन का परिणाम क्या होगा? अब हमारे लिये कौन रास्ता?"

"अनशन का प्रभाव-परिणाम जल्दी ही सामने आना चाहिए।" पाठक ने कहा, "वायसराय की काउन्सिल के सभी मेम्बर गांधी की मुक्ति के लिये आग्रह कर रहे हैं, सब त्यागपत्र देने को तैयार। वायसराय इसकी उपेक्षा न कर सकेगा। गांधी की मुक्ति के बाद—जैसे होता आया है—दूसरे नेताओं की मुक्ति, कांग्रेस और सरकार में समझौता।"

"पर कब तक?"

"समय तो लगेगा। महीना, डेढ़-दो या तीन।" पाठक ने कहा, "जहाँ इतना झेला थोड़ा धैर्य और।" पाठक सहसा रुका, "हो सकता है, सरकार हिंसा-ध्वंस में भाग लेने वालों को रिहा न करे। गांधी-नेहरू कह दें, हिंसा-ध्वंस करने वालों से हमें मतलब नहीं।"

अँधेरा हो रहा था। पाठक कमल को मकान तक पहुँचाने गया। चलते समय बोला, "कल-परसों समय न मिलेगा। शुक्र संध्या आऊँगा।"

"जरूर आइयेगा!" कमल का अनुरोध, "आज महीनों बाद मन कुछ हलका हुआ। यह तो बहुत घुटन की जगह।"

पाठक सान्ताक्रूज लौटने के लिये बांद्रा स्टेशन लौटा। संध्या साढ़े सात भीड़ के रेले का समय, सब प्लेटफार्मों पर भागम-भाग। पाठक बुकस्टाल की बगल में बेंच पर बैठे, सिगरेट पीते जवान को देख ठिठक गया। जरा झुके कंधे, माथे पर तेवर। चिन्ता से एक ओर गिरी गर्दन, चश्मा, तर्जनी और मध्यमा में पकड़े सिगरेट पीने का ढंग भी वही। बायीं ओर रखे ब्रीफकेस का हैंडल हाथ में, उसके शरीर का अंग ब्रीफकेस। छः बरस बाद देखा पर जैसे कल की बात। बात करने की इच्छा, परन्तु कुछ झिझक।

युवक की आँखें पाठक की ओर उठीं। माथे पर ध्यान से देखने की सिकुड़न। पाठक मुस्कराकर उसकी ओर बढ़ गया, "हलो, हाओ डू यू डू!"

"हाओ डू यू डू!" युवक ने झटके से खड़े होकर पाठक से पंजा मिलाया, "तुम झिझके क्यों?"

"नहीं, मैंने ही तो बुलाया।" पाठक ने संकोच छिपाया।

युवक पाठक का हाथ पकड़े स्टाल से आठ-दस कदम हट गया, "तुमने पहले देखा और झिझके। मैं तुम्हारी तरह भेस बदले नहीं हूँ कि पहचानने में संदेह होता!" पाठक की आँखों में देखा, "तुम्हें सन्देह, कम्युनिस्ट हूँ इसलिये तुम्हें गिरफ्तार करवा सकता हूँ! ...मैं अण्डरग्राउण्ड था तो तुम्हारा विश्वास करता था या नहीं?"

"तुमसे ऐसी शंका! तुम्हारा ही चेला हूँ। तुम्हारे लिये अब भी वही आदर विश्वास।" पाठक ने कहा, "कुछ सोच रहा था। पहचानते ही खयाल आया, उस बारे में तुमसे बात करूँ।"

"क्यों नहीं! ऐसी कौन बात?"

"आज की समस्या। हम लोग तीन दिन से बहस कर रहे हैं, कुछ तय नहीं कर सके। बहुत उलझन में हूँ, ब्यौरे से बात के लिये अवसर दे सको तो।"

"इस समय तो किसी की प्रतीक्षा में हूँ। शुक्र दो के बाद से फुर्सत। शुक्र संध्या-रात के लिये एक दोस्त के यहाँ पाली हिल पर ताजी खुली हवा में चला जाता हूँ। उसके बजाय जहाँ तुम कहो, रात भर बात कर सकेंगे।"

पाठक ने सान्ताक्रूज में अपना पता-ठिकाना बता दिया।

पाठक बम्बई में अपने गाँव के पड़ोसी और लँगोटिया हलधर यादव के यहाँ ठहरता था। हलधर का पिता बाईस वर्ष पूर्व नौकरी के लिये बम्बई आया था। उसने दो भैंसें रखकर दूध का कारोबार शुरू कर दिया। अब चौदह भैंसें थीं। खार और सान्ताक्रूज में दो-दो मकान बनवा लिये थे। अपने रहने का मकान अलग। एक सैकंड हैंड फोर्ड गाड़ी। हलधर सेठ बन गया था।

पाठक को शुक्र संध्या सान्ताक्रूज जल्दी लौटना था। कमल को भी आने का आश्वासन दिया था। फैजी, मोहता, मेहर से तीन बजे से पहले ही बात हो गयी। पाठक पाँच से पहले ही कमल को साथ लेने के लिये झवेरी के यहाँ पहुँच गया। बीरेन्द्र देसाई ने, कमल ने भी उसे बता दिया था, झवेरी के यहाँ अनुसूया को कमल का उससे क्या परिचय-रिश्ता बताया गया है।

अनुसूया ने बताया, कमल टाइप स्कूल से अभी लौटी नहीं। छः तक लौटती है।

तीन दिन पूर्व समुद्र तट की ओर जाते और लौटते कमल ने पाठक को रुस्तम्स स्टैनो इन्स्टीट्यूट दिखा दिया था। पाठक उसी ओर चला गया। पाठक को इन्स्टीट्यूट में आया देख कमल को उत्साह की पुलक। उठकर उसकी ओर बढ़ गयी। "चल सकती हो तो हमारे साथ अभी चली चलो!" कमल ने अपने तुरन्त कागज फाइल में समेट कर रुस्तम जी को सौंप दिये।

कमल के साथ पाठक सान्ताक्रूज पहुँचा। कमल को जुहू की सैर के बजाय राजनैतिक स्थिति के सम्बन्ध में जिज्ञासा। खासतौर पर इसलिये कि पाठक ने बता दिया था, प्रसिद्ध कम्युनिस्ट इंटेलैक्चुयल भारद्वाज से मिलायेगा। सामयिक स्थिति पर उसी से बातचीत। ऐसा कौन समाजवादी जिसने भारद्वाज के बारे में न सुना हो। जुहू बीरू के साथ देख चुकी थी। सूर्यास्त हो ही रहा था। पाठक कमल को हलधर के यहाँ ले गया। अवसर से हलधर स्वयं मौजूद था। उसने अनुमान कर लिया, कोई राजनैतिक लेडी है। स्वयं जीना दिखाकर तिमंजिले पर ले गया। पाठक का मेहमान कुछ ही मिनट पहले आया था। उनकी प्रतीक्षा में था।

पाठक के साथ आयी युवती को देखकर मेहमान युवक को कुछ विस्मय। वह कमरे में पड़े तख्त पर लगी मसनद पर बैठा हाथ में थमी पत्रिका पढ़ रहा था। युवती के आदर में खड़ा हो गया।

पाठक ने निस्संकोच परिचय करा दिया, "कामरेड भारद्वाज!" कमल की ओर संकेत, "लखनऊ की विद्यार्थी नेता उषा सेठ।" अप्रत्याशित परिचय से दोनों विस्मित परन्तु प्रसन्न।

पाठक ने तुरन्त बात आरम्भ कर दी। भारद्वाज की ओर देखा, ''क्या अनुमान है, गांधी के जेल से रिहा हो जाने की आशा है या नहीं? कौंसिल के सभी मेम्बरों ने इस्तीफे दे दिये हैं।''

''अनुमान की जरूरत नहीं। विश्वस्त सूचना है, वायसराय गांधी को रिहा नहीं करेगा।'' भारद्वाज ने बताया, ''लिनलिथगो चर्चिल ग्रुप का डाइहार्ड टोरी। इसके अलावा होम सेक्रेटरी, सभी गवर्नरों और पूरी ब्रिटिश ब्यूरोक्रेसी का निश्चय—युद्ध चलते गांधी को छोड़कर जोखिम लेना गलती। इससे गांधी और कांग्रेस का प्रभाव बढ़ेगा। इस समय सरकार की दमन नीति पूर्णतः सफल है। सरकार समझौते से अपनी प्रेस्टीज क्यों गिराये!''

''गांधी की सेहत नाजुक है। अनशन से मृत्यु हो जाये। सरकार को जनता की उत्तेजना से अशांति या स्वयं आन्दोलन भड़क उठने की आशंका नहीं?''

''गांधी की हालत नाजुक जरूर है। डाक्टर खरे ने इस्तीफा नहीं दिया। उसका खयाल है, गांधी पानी में नींबू-ग्लूकोज ले रहा है। अनशन के दस दिन बीत चुके हैं। दस-पन्द्रह दिन और कोई आशंका नहीं। तुमने वायसराय का वक्तव्य नहीं पढ़ा—गांधी आत्मशुद्धि के लिये अनशन कर रहा है। यह उसका निजी, धर्म या नैतिक विश्वास का मामला है, राजनीतिक प्रश्न नहीं है। सरकार ने अपने ऊपर जिम्मेदारी न लेने के लिये गांधी के निजी डाक्टर विधानचन्द्र राय और गांधी की पत्नी को अनशन के समय साथ रहने की इजाजत दे दी है।''

भारद्वाज का स्वर और धीमा हो गया, ''गुप्त सूचना है कि सरकार ने मृत्यु की आशंका का भी प्रबन्ध कर लिया है। आगा खाँ के महल (गांधी जी के लिये खास जेल) में चिता के लिये कई मन चन्दन पहुँचा दिया गया है। मृत्यु हो जाने पर वहीं अंत्येष्टि संस्कार। शव महल से बाहर न जाने देने का निश्चय; ताकि शव के जुलूस और प्रदर्शन से जनता में उत्तेजना फैलने की सम्भावना न हो सके। सरकार के पास पूरी रिपोर्ट है कि इस आन्दोलन के निरंकुश दमन से जनता जितनी त्रस्त और हतोत्साह है, पहले कभी नहीं हुई। गांधी और कांग्रेस नेताओं ने स्वयं हिंसा-ध्वंस की निन्दा करके दमन को सफल बनाने में सहायता दी है। सरकार को किसी विरोध की आशंका नहीं है, लेकिन सरकार ने सभी नगरों में उपद्रव की आशंका से सैनिक प्रबन्ध कर लिये हैं। ब्रिटिश नौकरशाही का विश्वास है, इस समय उनकी ओर से तनिक-सा शैथिल्य उनके लिये घातक हो सकता है। पिछले अगस्त की अपेक्षा आज उनकी स्थिति कहीं मजबूत। पिछले सात महीने में जापानी एक कदम आगे नहीं बढ़ सके। पश्चिम एशिया में जर्मन पीछे हट गये। रूस में तो जानते हो, तख्ता ही पलट गया। युद्ध के दौरान ब्रिटिश नीति में परिवर्तन की आशा नहीं।''

कुछ पल सोचकर पाठक ने पूछा,''गांधी-नेहरू जो कहें, तुम लोग जानते हो, आन्दोलन में जो कुछ हुआ, क्विट-इंडिया प्रस्ताव, आंध्र-कांग्रेस के बुलेटिन और गांधी के सेक्रेटरी मश्रूवाला के लिखित निर्देशों के अनुसार हुआ।''

''जानते हैं।'' भारद्वाज ने स्वीकृति का संकेत किया!

''फिर भी तुमने 'पीपल्स वार' और 'जनयुद्ध' में लिखा कि आन्दोलन की जिम्मेदारी गांधी और कांग्रेस नेताओं पर नहीं, सरकारी दमन नीति पर है।''

"सच बात यह है," भारद्वाज ने सिगरेट सुलगा लिया, "गलती गांधी और कांग्रेस की है, लेकिन हम जनता में उनका प्रेस्टीज नहीं गिराना चाहते। हमारे पत्र ने तुम्हारी पार्टी का नाम नहीं लिया, लेकिन जो तत्त्व फासिस्ट विरोधी युद्ध का विरोध करते हैं, फासिस्टों को अपना सहायक समझते हैं, वह फासिस्ट समर्थक हैं या नहीं?"

"तुम कांग्रेसी नेताओं की गिरफ्तारी का विरोध करके नेशनलिस्ट बन गये और उसके आन्दोलन का विरोध करके सरकार के भले बन गये! इस दोमुँही नीति को राजनीतिक ईमानदारी कहा जायेगा?"

"सुनो!" भारद्वाज ने तर्जनी उठायी, "हमने कांग्रेस का विरोध कभी नहीं किया, कांग्रेस की भूल का विरोध किया है। हम जानते थे और तुम जानते थे, क्विट-इंडिया प्रस्ताव के आन्दोलन का क्या रूप होगा! गांधी ने तो कह दिया—देश ने बाईस वर्ष में अहिंसा और सत्याग्रह की जो शक्ति संचय की है, उससे यह आन्दोलन चलेगा। ...हम जानते हैं और तुम जानते हो, देश ने अहिंसा और सत्याग्रह की क्या शक्ति संचय की है! वैयक्तिक सत्याग्रह की लीला छोड़ो। आन्दोलन में जनता जब भी सहयोग देगी, आन्दोलन अहिंसात्मक या निष्क्रिय नहीं रह सका, न रह सकेगा। गांधी सरकार को शैतान कहकर उसके प्रति जनता में घृणा-क्रोध उत्पन्न करे—जो कि ठीक है; खून की नदियों, लाशों के ढेरों की परवाह न कर बढ़ने के लिये ललकारे, युद्ध के समय इस शासन के बजाय अनार्की को बेहतर बताये और जनता से आशा करे वह हिंसा से दूर रहे। इस धोखे में कौन आयेगा...!"

भारद्वाज जीने पर कदमों की आहट सुनकर रुक गया।

साठ-आठ बरस का एक लड़का जीने पर दौड़ता चढ़ आया था। उसने हाँफते-हाँफते पाठक को सम्बोधन किया, "आई पूछती, खाने को यहाँ ही ले आयें?"

"हाँ हाँ, शाबाश! यहाँ ही भिजवा दो।"

भोजन के बाद भारद्वाज ने दूसरा सिगरेट सुलगा लिया तो पाठक ने पूछा, "हम लोगों की स्थिति में तुम्हारा क्या परामर्श है?"

भारद्वाज ने सोचकर कहा, "वेट एण्ड सी। शत्रु की स्थिति, शक्ति और योजना जानकर चलना ठीक है। युद्धकाल में किसी उग्र कार्यक्रम का अवसर नहीं। सरकार अभी निरंकुश नीति पर तुली है। तुम्हें पकड़ पाने पर थानों-स्टेशनों को जलाने, अफसरों की हत्या के षड्यंत्र या प्रोत्साहन का आरोप लगाकर फाँसी दे दें या बारह-चौदह बरस की सजा। नाजियों और जापानियों का अवसर झपाटे में बाजी जीत लेने में ही था। अब उनके साधन समाप्त हो रहे हैं। युद्ध डेढ़ नहीं, दो बरस से अधिक न चल सकेगा। युद्ध समाप्ति पर स्थिति बदलेगी। कम से कम राज्यों में तो कांग्रेस सरकारें फिर बन जायेंगी। तब तक के लिये जेल में बन्द हो जाने से अज्ञातवास बेहतर। निर्वाह के लिये कुछ भी कर सकते हो। उसके लिये यू० पी० से यहाँ बेहतर सम्भावना और अवसर। यदि सहायता की जरूरत हो, बताना।"

उषा को नौ तक झवेरी के यहाँ पहुँचा देना जरूरी था।

उससे अगली भेंट में पाठक ने कहा, "तुमने आत्मनिर्भरता का उपाय सोचकर उचित किया। डेढ़-दो बरस यहाँ ही काटना है। मैं भी कोई जुगाड़ खोज रहा हूँ।"

दो-तीन दिन के अन्तर पर पाठक से बातचीत हो जाने से कमल का मन हलका हो जाता। चौथी बार आया तो गांधी जी का अनशन समाप्त हो चुका था। गांधी जी और नेताओं की रिहाई के लिये सिर्फ एक जुलूस कम्युनिस्टों ने निकाला। इसके अतिरिक्त कोई आवाज न उठी थी। सब ओर निराशा, उदासी। पाठक और कमल राजनीतिक कार्यक्रम की क्या बात करते?

पाठक पाँचवीं बार आया तो अनुसूया ने कमल से कहा, ''तुम्हारा गाम-भाई अब इधर ही रहेगा तो तुमको अच्छा है।''

कमल ने गुस्सा निगल कर सरलता से जवाब दिया, ''गाम-भाई नहीं, नन्दोई है।'' पाठक से बात हो गयी थी, क्या सम्बन्ध बतायेगी। कहा, ''पहले बम्बई में ही काम करता था। घर पर परेशानी के कारण लौट गया था। फिर उसी काम के लिये आया है।''

अनुसूया को टोक का अवसर न देने के लिये कमल पाठक को सीधे इन्स्टीट्यूट आ जाने के लिये कह दिया था। अलबर्टो को नौकरी मिल गयी थी। उसके चले जाने से कमल को अधिक काम मिल रहा था। अप्रैल में सूर्यास्त और विलम्ब से होने लगा। कमल इन्स्टीट्यूट में साढ़े-छः-सात तक काम करती रहती। डेढ़-दो ढाई रुपये तक बना लेती।

अप्रैल के अन्त में पाठक और कमल समुद्र तट की ओर गये तो उस साँझ भी समुद्र भाटे में खूब उतरा हुआ, दूर तक खुली सूखी चट्टानें। सूर्यास्त हुआ ही था, अभी खूब उजाला। दोनों समुद्र तट की सड़क छोड़ चट्टानों की ओर बढ़ रहे थे। पाठक ने सहसा टोक दिया, ''कमल, तुम अजीब बदली हुई लगती हो। बाल बनाने का ढंग ही बदल गया है।''

कमल झनझना गयी। उसके व्यक्तित्व, शरीर के बारे में ऐसे लगाव-चिन्ता की बात पाठक ने कभी न कही थी। सम्भल कर बोली, ''उसी प्रयोजन से, पहचानी न जाने के लिये ही श्यामा ने ऐसे बाल बनाने का सुझाव दिया था।''

''उस प्रयोजन से नाक में कील काफी नहीं? तुम्हारी नाक बिंधवाने की मजबूरी की बात जानकर भी दुख हुआ था। मकान से बाहर जाने पर चश्मा लगा लेना काफी। माथा ढक जाने से तुम्हारा बौद्धिक व्यक्तित्व ही छिप जाता है।''

''क्या फरक पड़ता है।'' कमल ने नजर बचा ली।

''फरक क्यों नहीं पड़ता।'' पाठक ने आग्रह किया, ''तुम्हारा सुन्दर माथा ढक जाना अच्छा नहीं लगता। तुम्हारा नाम अच्छी, तुम्हें अच्छी लगना ही चाहिये।''

कमल और उद्वेलित। अपने प्रति पाठक के लगाव और सराहना के उल्लास से मन उमग आया, गर्दन झुक गयी।

''हमारी बात गलत है?''

''एकदम से बदलने में खटकेगा। आहिस्ता-आहिस्ता पहले जैसा कर लेंगे।'' नजर सामने जैसे समुद्र की लहरें गिन रही हो।

''हम तुम्हें अच्छी पुकारें?''

कमल को गहरे पुलक से कुछ श्वास अवरोध। अच्छी उसे बहुत लोग पुकारते थे। वह कोई खास बात न थी। यह प्रश्न अमर ने भी पूछा था। तब भी संकोच अनुभव हुआ था, परन्तु ऐसा नहीं। तब हँस दी थी, सभी पुकारते हैं। अब उत्तर न दे पा रही थी।

"जवाब नहीं दिया!" पाठक का तकाजा।

"लगती हूँ तो···।" गर्दन और झुक गयी। पूरा खून चेहरे पर, कान गरमा गये।

"तब तो बहुत अच्छा कहना होगा।"

कमल क्या जवाब देती। संभली रहने के लिये उठे घुटने कौली में और कस लिये। नजर दूर लहरों पर। कुछ सूझ न पड़ा तो कह दिया, "अँधेरा हो रहा है···चलें।"

कमल को चुप देख अनु ने टोका, "आज देर से लौटी! बहुत चुप, खोई-खोई।"

"थक गयी। बहुत काम था, खत्म ही न कर पायी।"

"काम ज्यादा किया तो पगार भी जास्ती मिलेगा। काम के हिसाब से मिलता है न?" अनु ने बात पकड़ ली, "कहते अच्छा नहीं लगता, तुम खुद देखती हो, तब से सब महँगा हो गया। हम लोग तो बहुत कड़की में गुजर कर रहा, जनवरी से मकान भाड़ा भी दो आना रुपया बढ़ा दिया!"

अनु बेन, दो महीने से हम पाँच ज्यादा दिया है। रोज इतना काम नहीं होता। किसी केस का अर्जेंट काम था···।" मन में कुढ़ी, ये सदा ज्यादा पैसा निचोड़ने की फिक्र में!

मई समाप्ति पर था। पाठक दो-तीन दिन के अन्तर से न आ पाता तो चौथे जरूर आ जाता। उसकी प्रतीक्षा में कमल इन्स्टीट्यूट में सात तक रुक जाती। उस रविवार पाठक को आये नौवाँ दिन। कमल बहुत चिन्तित, क्या कारण हो गया? कभी अनिष्ट की आशंका; क्या अकस्मात लौट गये? सूचना भी न दे सके···कैसे पता लगे?

रविवार रुस्तम के इन्स्टीट्यूट में कोचिंग की छुट्टी रहती थी। पगार पर टाइप करने वाले दोपहर एक से सात तक काम कर सकते थे। कमल पृष्ठ पूरा कर मशीन पर दूसरा पृष्ठ लगाने के लिये कागज से कार्बन सटा रही थी। जीने की ओर आहट से नजर उठी, हाथ रुक गये।

कमल ने नया पृष्ठ मशीन पर चढ़ाने के बजाय स्क्रिप्ट फाइल में बाँधकर रुस्तम की मेज पर रख दी, "घर से आदमी जरूरी काम से बुलाने आया है।"

सूर्य अभी नेजे भर ऊँचा। ऐसी धूप में समुद्र तट पर कैसे बैठा जाये। इन्स्टीट्यूट से आगे हिल रोड और गिरजा की सड़क के मोड़ से सौ कदम इधर ही था—ऑर्बर (लता मण्डप) बार एण्ड काफे। वास्तव में लता मण्डप, सदाबहार रंगून क्लाइम्बर की छत। दोनों उसी में चले गये। रेस्तोराँ में अभी सन्नाटा, केवल कोने में टेबुल पर एक अधेड़, बियर का मग सामने रखे, सिगार से धुआँ छोड़ता अपने खयालों में खोया बैठा था।

इतने दिन के बाद भेंट का पुलक छिपाकर कमल ने शिकायत की, "···कहाँ चले गये थे? कह तो जाते, नहीं आ सकेंगे। सच, बड़े निर्मोही···।"

"निर्मोही!" पाठक ने टोका, "बम्बई में रह सकने के मोह में ही उलझा था, तुमसे जिक्र भी किया था।" पाठक ने बताया : गांधी जी के अनशन के बाद पाठक ने फजली (फजल इलाही) से बात की थी। फजली स्वभाव का गहरा, बौद्धिक रुझान, वकील। क्रान्ति प्रयत्न से उसकी सहानुभूति, परन्तु अप्रत्यक्ष सहयोग। फजली ने अपने सहपाठी, विश्वस्त मित्र सद्रुद्दीन से अनुरोध किया : अपना एक बहुत अन्तरंग भरोसे का मित्र है।

एम० ए० पास, ऑर्गेनाइजिंग कैपेसिटी और मेहनती। तुम्हारे लिये उपयोगी हो सकता है। उसके लिये कोई जगह निकालो।

सद्रुद्दीन का खूब जमा और फैला हुआ मशीनों के आयात और बिक्री का पुश्तैनी कारोबार। बम्बई का समृद्ध पुराना परिवार। सद्रुद्दीन स्वयं बौद्धिक प्रकृति। कालेज में वह और फजली मार्क्सवादी ग्रुप में थे। सद्रुद्दीन बी० ए० के बाद बैरिस्टरी के लिये इंगलैण्ड में चला गया था। बैरिस्टरी का डिप्लोमा तो लिया, परन्तु विचारों से और गहरा क्रान्तिकारी और प्रगतिवादी बनकर लौटा। दोस्त उसे रेवोल्यूशनरी प्रिंस कहते थे। इंगलैण्ड में रहते समय घूमने के लिये जर्मनी गया था। वहाँ भारतीयों की मार्फ़त एम० एन० राय के सम्पर्क में आ गया। राय से बहुत प्रभावित।

सद्रुद्दीन के स्वदेश लौटने पर बरस भर बाद पिता नसीरुद्दीन अल्ला को प्यारे हो गये। वह अपने व्यवसाय की सम्भाल में इतना उलझा कि बैरिस्टरी के लिये समय नहीं। बैरिस्टरी का उतना चाव भी नहीं, न जरूरत। एम० एन० राय १९३८ में छद्मनाम और जाली पासपोर्ट से भारत लौटा तो बम्बई में सद्रुद्दीन उसके मुख्य सहायकों में था। फजली उसके सब रहस्यों से परिचित।

सद्रुद्दीन के यहाँ दफ्तर गोदाम मिलाकर पचपन-साठ कर्मचारी। भरोसे का एक और योग्य व्यक्ति निश्चय उपयोगी हो सकता था, परन्तु संदिग्ध व्यक्ति को रखने के लिये भरोसे लायक आड़ या टट्टी की जरूरत।

फजली को उपाय करने में सवा मास लग गया। मुहम्मद इस्माइल जौहर की बी० ए० की सनद मिल गयी। अलवर रियासत के मुहम्मद इस्माइल जौहर ने १९३४ में आगरा यूनिवर्सिटी से बी० ए० किया था। बी० बी० एण्ड सी० आई० रेलवे के डी० टी० एस० के दफ्तर में क्लर्क था। १९३९ में रतलाम के समीप भयंकर रेलवे दुर्घटना में उसकी मृत्यु हो गयी थी।

सद्रुद्दीन ने बिक्री विभाग में मुहम्मद इस्माइल जौहर को सौ मासिक पर अप्रैंटिसी में छः मास के लिये जगह दे दी। आश्वासन, आगे तुम्हारी उपयोगिता अनुसार···।

पाठक ने कमल से कहा, "अब मैं मुहम्मद इस्माइल जौहर हूँ। पूरा यत्न करूँगा, सद्रुद्दीन के यहाँ उपयोगी हो सकूँ। बम्बई में निर्वाह का सहारा हो जाये।"

"अब मशीनें बेचा करेंगे!" कमल का स्वर खिन्न।

"पी-एच० डी० की तैयारी में लगा व्यक्ति जरूरत से स्टैनो का काम सीखने के लिये तैयार हो सकता है, हम मशीनें बेचने लायक भी नहीं! साधारण देसी व्यवसायियों की तरह उसके यहाँ भी दस से संध्या छः-सात तक काम चलता है। अलबत्ता विलायती फर्मों की तरह रविवार उसके यहाँ भी छुट्टी।"

"बस रविवार ही आ सकेंगे?"

"दूसरे दिन भी आ सकता हूँ पर संध्या आठ के बाद आने से तुम्हारी मेजबान और पड़ोसी ऊटपटांग बकेंगे।"

"रविवार ही सही, लेकिन बिना बताये इतना लम्बा नागा नहीं।"

"अब तो निर्मोही नहीं कहोगी?"

"निर्मोही तो हैं ही।" कमल मुस्करायी, "वह हमें पहले भी मालूम।"

"कैसे?"

"क्यों···माया बेचारी समाचार पाकर चिन्ता की तड़प से आपको देखने इलाहाबाद से दौड़ी आयी और आप उनकी चिन्ता के विचार से उन्हें एक पोस्टकार्ड न लिख सकते थे···।" पाठक का चेहरा देख कमल की मुस्कान उड़ गयी, "कुछ अनुचित कह गयी तो खेद है।"

माया के प्रसंग से पाठक का चेहरा उदास हो गया था। कुछ देर चुप रहा। चारों तरफ देखकर बोला, "यहाँ से उठा जाये। ···बात जरा लम्बी है।"

सूर्य क्षितिज से उतर रहा था। सड़क और समुद्र तट पर भी खूब उजाला। उस साँझ समुद्र में ज्वार आ रहा था। दूर की चट्टानें अदृश्य। बाँध की तरह साथ जुड़ी, ऊँची चट्टानों का सिलसिला समुद्र में पच्चीस-तीस कदम भीतर चला गया था। वहाँ जगह प्रायः ही पहले आये लोग घेर लेते थे। रविवार संध्या लोगों को मैटिनी शो का आकर्षण होने के कारण वह स्थान रीता। पाठक और कमल वहीं जा बैठे।

कमल को प्रसंग के लिये व्याकुल उत्सुकता। पाठक कई पल लहरों की हलचल की ओर देखता प्रसंग का सूत्र बाँधकर बोला, "अच्छी, कुछ तो माया तुम्हें बता चुकी। घोष और मेरे प्रति झुकाव में द्वन्द्व की बात! ···कुछ तुमने देखा भी, तुम हस्पताल उसके साथ आयी थी। उसका सहलाना-दुलराना कई बार बहुत दूर तक बढ़ जाता। उसकी बात नहीं जानता पर मेरी स्थिति कठिन हो जाती···" उसने कमल की ओर देखा, "कह रहा हूँ तो सब कह लेने दो। ···उसे कई बार टोका, तुमसे भेंट की इच्छा नहीं दबा सकता, इसलिये आये बिना नहीं रह पाता···परन्तु हमारा व्यवहार एक सीमा में रहना आवश्यक। तुम आखिर घोष की पत्नी हो। समाज-संसार के नियम, बंधनों की मजबूरियाँ। ···वह न मानती। कहती, पत्नी हूँ पर क्या मुझे किसी और को प्यार करने का हक नहीं! समाज और संसार की अस्वाभाविक दमन की मान्यतायें मुझे नामंजूर। समाज के दूसरे अन्यायों का विरोध करेंगे तो इसका भी विरोध करेंगे। ···ऐसे क्षण मेरे लिये यंत्रणा बन जाते। दमन की मजबूरी में रक्त-मांस उबल कर···। लखनऊ आ जाने का एक कारण यह भी था···।" पाठक ने कमल की ओर देखा, वह अधमुँदी आँखों, तन्मयता से सुन रही थी।

"मार्च सन् चालीस में हावड़ा-पेशावर मेल से इलाहाबाद स्टेशन पर उतरा था। मन में धुक-धुक जरूर थी, माया के यहाँ जाऊँ, न जाऊँ? संयोग की बात, स्टेशन पर माया और घोष दोनों मौजूद। घोष उसी गाड़ी से लाहौर जा रहा था। माया ने घोष के सामने ही मेरा हाथ पकड़ लिया, मेरे साथ चलोगे। मेरी एक न सुनी। हम घर पहुँचे थे संध्या साढ़े आठ। खाने के बाद बैठक में सोफा पर बैठा था तो मेरे साथ बैठ गयी। उसका वहीं उन्मुक्त उद्वेग। गले में बाँह डाल चूम कर बोली, कितने दिन बाद आये हो! कोई बात करो, जल्दी नहीं उठने दूँगी।"

पाठक की बात में कमल उसी प्रकार तन्मय, एकाग्र। प्रसंग नाजुक होने लगा तो गर्दन कुछ झुक गयी। उसका पूरा शरीर पाठक के स्वर के कम्पन को अनुभव कर रहा था, "···कह चुका हूँ, ऐसी स्थिति में आत्मदमन मेरे लिये असह्य हो जाता था। माया की बाँह झटक कर उठ खड़ा हुआ, मैं जा रहा हूँ। नहीं बैठ सकूँगा। उसने लपक कर

दरवाजे में जा बाँहें फैलाकर चौखट पर हाथ टिका कर रास्ता रोक लिय, मुझे धक्का देकर जाओगे! आखिर बात क्या?

"आवेश में कह दिया, तुम्हारे व्यवहार की कोई सीमा नहीं। तुमसे कह चुका हूँ, तुम्हें क्या पता तुम्हारा खिलवाड़ मेरे लिये कितनी कठिन यातना बन जाता है। तुम अपनी उत्तेजना का शमन पति से कर सकती हो पर मेरा शरीर भी रक्त-मांस का है···जाने दो मुझे।

"माया ने रास्ता रोके दृढ़ स्वर में कहा, इस तरह नहीं जाने दूँगी, नहीं जाने दूँगी। उसने चौखट से आगे बढ़कर सिर मेरे कंधे पर रख दिया और सिसक उठी, आज तुम नहीं जाओगे। ···और मैं नहीं गया।

"दूसरी सुबह उसने मुझे बाँहों में लेकर पूछा, अब तो कोई शिकायत नहीं?"

"मेरे मन में दूसरी चिन्ता···इस सीमा को लाँघ जाने के बाद अन्ततः हम कहाँ जायेंगे! उसे समझाना चाहा, तुम्हें स्वार्थी, संकीर्ण या भीरु कभी न समझा था पर तुम्हारा जीवन मेरी संगति का अवसर मात्र नहीं, बहुत कुछ है। ···कल्पना करो, इस विषय में घोष की क्या प्रतिक्रिया हो सकती है। आज मुझे अपना समझकर सदा-सदा के लिये विदा दे दो।

"घोष की प्रतिक्रिया से तुम्हारा अभिप्राय? ···क्या मैं घोष की सम्पत्ति हूँ, मेरा संतोष कुछ नहीं! माया फट पड़ी।···उसे एक बाँह में कसकर दूसरे हाथ से उसका मुँह बन्द किया। मेरा अभिप्राय था, मेरी वैयक्तिक राय, समझ या सिद्धान्त से तुम्हारा काम अनैतिक नहीं है।

"माया फफक उठी, तो फिर क्या उपदेश देना चाहते हो?"

पाठक दो-तीन पल सोचकर बोला, "ऐसी स्थिति में माया के प्रति दायित्व, उसके भविष्य के विचार से क्या करता? उससे दूर रहने के प्रयत्न को निर्मोही कहोगी?"

कमल की नजर सामने कुछ न देखकर भी झीनी चाँदनी में पूर्वापेक्षा अधिक ऊँची उठती लहरों की ओर। उसका उत्तर दीर्घ निश्वास।

उनके बात करते-करते समुद्र ऊपर उठ आया था। चट्टानों से टकराती लहरों की फुहारों ने दोनों को काफी छींट दिया था। समुद्र अब चट्टानों की पीठ से केवल दो-अढ़ाई हाथ नीचे।

"चलो उठो! कुछ मिनट में यहाँ से निकल पाना असम्भव हो जायेगा।" कमल के मकान की ओर लौटते पाठक बोला, "आज बातों में विलम्ब भी बहुत हो गया। तुम्हें 'होस्टेस' के कटाक्ष सुनने पड़ेंगे।"

अनुसूया ने विलम्ब के लिये कुछ न कहा। बहुत व्यस्त थी।

कमल को जीना चढ़ते ही जीवनलाल झवेरी के दौरे से लौटने का संकेत मिल गया; बीड़ी की अप्रिय गंध। वह झवेरी से परोक्ष रहने का यत्न करती। अनु देखने में गदबदे बदन की खूब जवान सुदर्शन स्त्री थी। झवेरी लँगड़ाते, छोटे कद के ऊँट जैसा घिनौना आदमी। कुछ लम्बी गर्दन, मोटे होंठ, लम्बी नाक, छोटी ठुड्डी, धँसे हुए गाल, ऊँचा माथा सब बेजोड़। अनु साँझ के लिये राँध चुकी थी। पति के आ जाने पर स्वागत में स्टोव पर हलवा तैयार कर रही थी।

पति रात में घर में रहता तो अनु छः बरस के बड़े बेटे मगनलाल के लिये, रसोई में कमल की चटाई के समानान्तर चटाई डालकर दरी-तकिया लगा देती। कमल के पंखे से लड़के को भी हवा मिलती रहती।

मकान का दूसरा मराठा किरायेदार दवे 'क्रानिकल' लेता था। दवे की पत्नी शकुन्तला दोपहर में अखबार कमल को दे देती थी। दोनों में अच्छी बोलचाल। कमल नींद से पहले रसोई के मद्धिम प्रकाश में कुछ देर अखबार पढ़ लेती। उस रात अखबार पर नजर डालते समय और बाद में रोशनी बुझा देने पर भी खयाल आ रहा था···पति-पत्नी सम्बन्ध, विशेषकर पत्नी पर पति का एकाधिकार समाज की कितनी बड़ी समस्या। उसी मान्यता के प्रभाव में; गलतफहमी में ही सही, उसने कितना भोगा! माया के लिये वह मान्यता निरर्थक···पाठक सिद्धान्त से जो कहे, व्यवहार से उसी मान्यता का समर्थन किया। याद आया, नरेन्द्र कोहली ने—चाहे सदाशय से ही—अन्ततः कहा था, तुम अमर की पत्नी, पति को छोड़ जाने में सहायता नहीं दे सकता। चित्रा की भी बात याद आयी···।

मगन की नींद में बड़बड़ाने से ध्यान टूट गया। अनु को दो बार कह चुकी थी, लड़के को डाक्टर को दिखाओ। शायद उसके पेट में कृमि हैं इसीलिये लड़का पनप नहीं रहा। अनु ने कह दिया, इसका बाप आयेगा तो कहूँगी। मैं तो कुछ जानती नहीं। बात शकुन ताई (बड़ी बहिन) के सामने हुई थी। ताई ने बाद में कहा था, बेहया अपनी मौज में कोलाबा से कल्याण तक घूमती है। लड़के को डाक्टर के यहाँ ले जाने के लिये भोली, अनजान!

अनुसूया के सम्बन्ध मे शकुन्तला ताई की राय अच्छी न थी। कहती, खसम तो हिजड़ा-सा, खुद कैसे ठस्से की! इसके कई यार-दोस्त। कमल की स्मृति मे प्रसंग बदल गया। अनु मीठा बोलकर कमल से सहायता लेती रहती। सुबह नाश्ते की चाय और रोटली बनाना उसके ही जिम्मे। कभी अपनी तबीयत खराब बताकर खाना पकाने का काम भी कमल पर डाल देती। इसी बात पर शकुन ताई ने कहा था, "अनुसूया बहुत भागवान, तुम्हारी जैसी नौकरानी मिली है। तुम उसे तनखा दो और उसकी सेवा भी करो।"

कमल को शकुन्तला का घर बेहतर लगा था। अनु के कमरों से अधिक हवादार और बच्चों के अभाव में अधिक साफ। शकुन्तला की आयु पचास के लगभग। उसका लड़का बंगलूर में इंजीनियर। दोनों बेटियाँ अपने-अपने ससुरालों में। कभी किसी नाती-नातिन को कुछ दिन के लिये अपने यहाँ ले आती।

कमल हँस दी थी, "ताई, हमें आप नौकर रख लो!"

"न बाबा!" शकुन्तला ने कान छुआ, "तुम्हें वही रखे तो बेहतर। हमारे आदमी को तुम नहीं जानती। पचास लाँघ चुका है। अब भी तुम्हारे जैसी जवान औरत की छाया से ही पागल। तुम नहीं जानती, सुबह दफ्तर जाने से पहले उसकी आँखें इधर ही लगी रहती हैं कि तुम इधर-उधर आती-जाती, नहाकर निकलती दिखायी दे जाओ। मुझे अपना बुढ़ापा खराब करना है!"

"ताई, औरत होना ही मिसफार्चून।" कमल ने कहा। उन दोनों की बातचीत हिन्दी, अंग्रेजी, मराठी मिली भाषा में होती थी। शकुन्तला बचपन में कई बरस नागपुर में रही थी।

''तुमेरे को क्या बोलूँ। तुम मेरा बेटी का उमर।'' शकुन्तला ने टोका, ''अरे ये ही तो औरत का फार्चून!'' कमल को उस रात नींद बहुत विलम्ब से आयी।

उस रविवार संध्या पाठक आया तो सूर्य क्षितिज पर ऊँचा था। ज्वार दोपहर में आकर उतरा ही था। समुद्र तट पर चट्टानें अभी भीगीं और ज्वार के बाद की बिसांध। बगुले, गल और दूसरे जल-पंछी लहरों से किनारे फिकीं छोटी मछलियाँ और दूसरे समुद्री कीड़े-मकोड़ों के लिये किनारे पर मंडरा और झपट रहे थे। पाठक और कमल पाली हिल के नीचे गोल्फ की ढलवानों के साथ सड़क पर टहलने चले गये। कमल के दिमाग में सप्ताह भर से माया का प्रसंग ही मंडरा रहा था।

''मानती हूँ,'' कमल ने कहा, ''आपने एक तरह से माया के हित के विचार में आत्मदमन किया···।'' लम्बी बात का अभिप्राय था : सभी समाजवादी मानते हैं कि वर्तमान विवाह और परिवार व्यवस्था, सम्पत्ति पर निजी या पारिवारिक स्वामित्व की अर्थ-व्यवस्था का ही अनुषंग है। आप लोग उस व्यवस्था को बदल चुकी परिस्थितियों में जीर्ण, अनेक शोषणों और दमन का कारण मानते हैं। व्यवस्था को बदलने की माँग ही क्रान्ति की माँग। वर्तमान विवाह का परिवार व्यवस्था भी, चाहे उसे एक समय स्वेच्छा से स्वीकार किया, उसी व्यवस्था का परिणाम बन्धन है। उस दमन को आपने भी अनुभव किया। माया उस बन्धन या दमन को क्यों माने? कभी तो इससे विद्रोह करना ही होगा।

पाठक ने भी विस्तार से उत्तर दिया : अभिप्राय था, क्रान्ति वैयक्तिक प्रश्न नहीं, न केवल वैयक्तिक प्रयत्न से सम्भव। ···उस व्यवस्था की समर्थक मान्यताओं के विरोध में सामाजिक भावना जगाना आवश्यक।···शासक या स्वामी के प्रति शासित और सेवक की भक्ति और उन मान्यताओं के समर्थक धार्मिक विश्वासों की मान्यतायें भी उसमें शामिल हैं वर्ना जिनकी मुक्ति के लिये क्रान्ति की जरूरत है वे ही लोग क्रान्ति के विरोधी होंगे। जैसे प्रजा की स्वतंत्रता का विरोध स्वयं प्रजा द्वारा या स्त्री के दमन का सबसे बड़ा समर्थन स्वयं स्त्रियों द्वारा। ···व्यापक मान्यताओं से वैयक्तिक विरोध सफल नहीं होगा, केवल व्यक्ति को तोड़ देगा। ···समाज को भी उसकी गलत मान्यताओं के कारण तोड़ना नहीं, उसे मोड़ना ही होगा। क्रान्ति की सफलता तोड़ देने के यत्न में नहीं मोड़ सकने में है···।

जून के पहले सप्ताह से मानसून आरम्भ। लखनऊ में कमल को वर्षा अच्छी लगती थी। चकाचौंध धूप की अपेक्षा बादल छाये दिन प्यारे लगते, परन्तु बम्बई की वर्षा से दो सप्ताह में अघा ही नहीं गयी, बहुत परेशान। ऐसी वर्षा कि सुबह शार्टहैंड सीखने और दोपहर में टाइप के लिये फर्लांग भर जाना मुश्किल। एक दिन नागा हो गया तो अनु से छतरी माँग कर गयी। इन्स्टीट्यूट में बेट्टी ने समझाया, वहाँ की वर्षा जनाना छतरी से नहीं झेली जायेगी। कमल ने बेट्टी और ईवा की तरह हल्का जनाना बरसाती कोट, टोपी सहित खरीद लिया, परन्तु हिल रोड पर इतना पानी भर जाता कि साड़ी पिण्डलियों तक उठा लेने पर भी नीचे किनारा भीग जाये। साड़ी उससे अधिक ऊपर उठाते संकोच। फिर सड़क पर चलती दूसरी स्त्रियों की तरह पानी में से लाँघने के लिये साड़ी पिंडलियों से ऊपर तक उठा लेने लगी।

उस रविवार भी पानी बरस रहा था। कमल को आशा, पाठक वर्षा में भी आ सकता है। आयेगा तो 'आर्बर' में कुछ देर बैठ लेंगे। दोपहर बाद वर्षा रुक गयी। पाठक न आया तो कमल को बहुत निराशा। दूसरे रविवार से पहले पाठक को समय मिलने की आशा न थी।

अगले रविवार दोपहर बाद वर्षा न थी। पाठक साढ़े पाँच बजे इन्स्टीट्यूट में आ गया था। कमल अपनी फाइल समेट कर उसके साथ 'आर्बर' में जा बैठी।

कमल ने पिछले रविवार न आने की शिकायत की तो पाठक ने बताया, ''अपनी कोठरी जमा लेने में व्यस्त था। अन्य दिन समय नहीं मिलता। अब मैं पूरा 'मुहम्मद इस्माइल जौहर' बन गया···।'' सद्रुद्दीन के यहाँ दो मास काम करके भरोसा हो गया था, उस काम को संभाल सकेगा। सद्रुद्दीन से जल्दी ही सद्‌भाव और विश्वास का सम्बन्ध भी बन गया था। तीन मास हलधर के यहाँ रहने के बाद पाठक को खलने लगा था, मित्र पर कब तक बोझ बना रहेगा! अब सौ मासिक पा रहा था और जम जाने का भरोसा। अपने लिये स्वतंत्र जगह की तलाश में था।

हलधर की सहायता से ही जगह मिली। खार में हलधर की एक तीन मंजिल की छोटी चाल थी। प्रत्येक मंज़िल में पाँच खोली, हर मंज़िल में खोलियों के लिये साझे नल, गुसलखाने और संडास। बीच की मंज़िल में एक खोली खाली हो गयी तो हलधर ने पाठक को दिला दी। हलधर को मित्र से किराया लेने में संकोच, परन्तु पाठक के समझाने से मान गया। खोली का किराया पन्द्रह रुपया मासिक था। खोली के किराये की रसीद यादव सेठ की चाल और खार वाले भूसा गोदाम के मुंशी से मुहम्मद इस्माइल जौहर के नाम से ली थी।

पाठक के स्वतंत्र कोठरी लेने की बात सुनकर कमल ने कहा, ''जौहर साहब, मुझे भी कहीं स्वतंत्र जगह दिलवा दीजिये। पैंतालीस-पचास तक बना लेती हूँ। पन्द्रह किराया देकर एक समय ही खाकर रहना मंजूर। इस गुजरातन से दुखी हो गयी। पच्चीस मासिक पर निश्चय किया था, तीस किये। अब कहती है, बहुत कड़की हो गया, पैंतीस दो।''

जौहर (पाठक) ने बताया : जानी मानी स्थिति की अकेली स्त्री को शायद स्वतंत्र जगह मिल जाये। चालों या मामूली बस्ती में तो अकेले मर्द को भी कोठरी-खोली मुश्किल। अकेले मर्द से गृहस्थों को अपनी स्त्रियों के लिये आशंका। चाल मालिक ने पड़ोसियों को विश्वास दिलाया, जौहर भाई हमारा पुराना पहचाना, जोरू-जोता वाला आदमी है। इसकी घरवाली फैमिली में ज़रूरत से गाँव गयी है। डेढ़-दो-महीना में आ जायेगी वर्ना पड़ोसी अकेले आदमी को खोली दी जाने से आशंकित थे। उस चाल के रहने वालों का आपस में एका है। बीच की मंज़िल के लोग मियाँ-बीबी और बच्चे से बड़े परिवार को नहीं आने देते, चाहे खोली खाली रह जाये। पंचायत करके खाली जगह का किराया भर देते हैं। नहीं तो बहुत आदमी हो जाने से पानी, गुसल, संडास की तकलीफ। और चालों में तो एक ही खोली में, बीच में पर्दा लगाकर, दो-दो परिवार गुज़ारा करते हैं। उतनी ही जगह मे दो चूल्हों या स्टोव पर अलग-अलग खाना राँधना।

जौहर ने सांत्वना दी। यह खेल दो-चार दिन का तो है नहीं। आशा है, सद्रुद्दीन से पट जायेगी। ढंग की तनखाह हो जाये तो कम से कम दो कमरे की स्वतंत्र जगह का प्रबन्ध कर लें, साथ रह सकेंगे।

कमल मन मारकर रह गयी। जुलाई बीता और अगस्त बीत रहा था।

कमल पौने आठ के लगभग शार्टहैंड के लिये जाती थी। मगन साढ़े सात बजे शाला जाता। कमल सुबह आटे में नमक मिलाकर चार-पाँच छोटी रोटली और भगोना भर दूध मिली चाय बना लेती। नहा-धोकर रसोई में जा रही थी। ज़ीने से पुकार, "मगन! झवेरी भाई!"

कमल ने आवाज़ पहचान कर विस्मय से ज़ीने में झाँका। पाठक के चेहरे पर चिन्ता देखकर समीप हो गयी, "क्यों, क्या बात?" दबी आवाज़ में पूछा।

"टैक्सी लेकर आया हूँ।" पाठक ने स्वर बहुत दबाकर कहा, "तुरन्त सब कुछ समेट कर चल दो। यहाँ नहीं लौटना। कह दो जेठानी की तबीयत अकस्मात खराब हो गयी। हमें लिवाने को भेजा है।"

"क्यों क्या बात?" कमल बहुत चिन्तित।

"रास्ते में। डोंट लूज़ टाइम ··· क्विक।"

कमल ने घबराहट से अनुसूया को तुरन्त जाने की मज़बूरी बतायी। अपना सामान समेटने लगी। उसे पंखा भी ले जाते देखकर अनु को विस्मय, "क्या लौटोगी नहीं?"

पाठक सामान उठाने के लिये ऊपर आ गया था। बोला, "वहाँ पंखा बिगड़ गया है। इसकी जेठानी को कुछ आराम मिलेगा। साथ लौटा लायेगी।"

अनुसूया क्या आपत्ति करती। कमल से खर्चा मास के आरम्भ में पेशगी लेती थी। टैक्सी विवेकानन्द रास्ता—तब घोड़ बन्दर रोड पर आते ही कमल ने जिज्ञासा से पाठक की ओर देखा। पाठक ने ड्राइवर की ओर कटाक्ष से प्रतीक्षा का संकेत कर हाथ में बेटन की तरह गोल लिपटा अखबार दिखाया अर्थात् समाचार इसमें है। कमल और व्यग्र।

पाठक ने टैक्सी खार में चाल के सामने रुकवायी। कमल को ऊपर की मंजिल में ले गया। हाथ का बोझ एक खोली के सामने रखकर ताला खोला—"तुम्हें मालूम, जगह बहुत कम है। तुम्हें परेशानी तो होगी। इस समय दूसरा उपाय नहीं। जल्दी ही दूसरा प्रबन्ध करेंगे।"

कमल ने अखबार उठा लिया। समाचार के लिये मोटे शीर्षकों पर नज़र दौड़ा रही थी। पाठक ने पहले पृष्ठ के अंतिम कालम में छोटे अक्षरों में शीर्षक की ओर संकेत किया।

समाचार था : बहुत समय से फरार गिरोह की गिरफ्तारी में पुलिस को सफलता। पुलिस कई मास से खतरनाक अपराधियों की टोह में थी। पूर्व प्राप्त सूचना के आधार पर पुलिस ने कल रात नौ बजे वर्ली में बखोरा हाते की एक चाल पर छापा मारकर पाँच अभियुक्त, तीन जवान और दो युवतियों को सामान सहित गिरफ्तार कर लिया। पुलिस अभी इस विषय में कुछ सूचना नहीं देना चाहती। अभियुक्त वेश और व्यवहार से आधुनिक शिक्षित वर्ग के जान पड़ते हैं।

जौहर ने चिन्ता का कारण बताया : पिछली साँझ वर्ली में फर्म के बड़े गोदाम में गया था। वहाँ विलम्ब हो गया। सात के करीब बखोरा की ओर लौट रहा था। दाहिने हाथ गली के सिरे पर पान की दुकान के सामने बीरू दिखाई दिया। प्रतीक्षा में जान पड़ा। कुछ कदम आगे फुटपाथ पर देसाई और शान्ता उसी ओर आते दिखाई दिये। मालूम था,

कभी-कभी बखोरा की एक चाल में ऊपर की मंज़िल से ब्रॉडकास्ट होता था। अनुमान कर लिया था वे लोग उसी प्रयोजन से ऊधर जा रहे होंगे। समाचार से स्पष्ट—रात ब्रॉडकास्ट करते धर लिये गये।

कमल की जगह बीरू जानता था। उस जगह से कमल को तुरन्त हटा देना आवश्यक था।

''यह जगह तुम्हारे लिये ठीक नहीं। तुम्हारे लिये किसी परिवार में जगह का यत्न करूँगा। आज न हो सका तो एक-दो दिन में हो जायेगा।'' जौहर ने आश्वासन दिया, ''मुझे काम पर जाना है। जल्दी लौटने की कोशिश करूँगा। ईरानी का होटल समीप है। वहाँ चाय-नाश्ता ले लें। यहाँ समीप सब कुछ मिल जायेगा।''

''पड़ोस में कौन लोग हैं?'' कमल ने पूछा, ''कोई पूछे तो क्या परिचय दूँ? आप तो यहाँ मुहम्मद इस्माइल हैं।''

जौहर कुछ झिझका, ''तुमने जिक्र किया था। हलधर ने पड़ोसियों से कहा था, अपना जाना-माना, जोरू-जाता वाला भला आदमी है। डेढ़-दो ढाई महीने तक बीबी आ जायेगी।'' मुस्करा दिया, ''देखेंगे आ गयी।''

कमल हँस दी, जैसे आप इस्माइल, हम कमाल। वैसे और सब। हमारा नाम पूछेंगे तो कमाल बता देंगे। कमल फिर कमाल बन गयी।

दोनों ईरानी के यहाँ जाकर चाय-नाश्ता ले आये। जौहर जा रहा था तो कमाल ने अनुरोध किया, ''पता लीजियेगा, कौन-कौन से लोग गिरफ्तार हुए।''

जौहर ने आश्वासन दिया, ''हमें स्वयं चिन्ता।'' जौहर के जाने के बाद कमाल कुछ देर निश्चल बैठी रही। कैसे नाटकीय ढंग से कहाँ आ पहुँची। देखो, आगे क्या देखना है। कमरे के मर्दाना अनाड़ी फूहड़पन पर नज़र डाली। प्यार की मुस्कान। कमरे में बसी सूक्ष्म गंध। नौ मास से अधिकतर रसोई की गंध या ज़नाना-बचकाना गंध। इंस्टीट्यूट में अलबर्टो, हाल्डेन, केतले चार-पाँच जवान आते थे। उनके पसीने की गंध, मछली की उबकाई भरी गंध। यह गंध संस्कारों के लिये परिचित।

कमाल घर सम्भालने के लिये उठी। भीतर साँकल लगा ली। अपनी साड़ी उतार कर खूँटी पर लदे जौहर के कपड़ों पर रख दी। झवेरी के यहाँ अपना कपड़ा दूसरों के कपड़े से छूने पर खीझ आती थी। पहले उलझे कपड़े तहाये, आलमारियाँ झाड़ीं, फिर पानी छिड़क कर झाड़ू से सफाई शुरू।

किवाड़ों पर दस्तक। परेशानी में साड़ी लपेट कर किवाड़ खोलकर देखा, पड़ोसिन सिंधन थी, ''तुम झाड़ू-बुहारी कर लो। फिर आयेगा।''

आधे घंटे में कमाल ने कोठरी साफ कर ली। अपने सामान से साफ चादर लेकर दीवार के साथ चटाई पर बैठने की जगह बना दी। दूसरी बार दस्तक पर बायीं ओर की पड़ोसिन। औरंगाबाद का मुस्लिम परिवार। वह बम्बैया हिन्दी से भी अनजान केवल मराठी बोलने वाली। सिंधन दूसरी बार आयी। सिंधन को विस्मय—तुम्हारा कपड़ा-पहरावा तो इधर की हिन्दू औरत जैसा।

''हम पैले इदर रह गया दादर में। हमारा मुल्क राजस्थान में, औरत का पोशाक ऐसा ही…।'' शेष परिचय भी दिया, ''बेटा है, साढ़े तीन बरस का। सास ने रख लिया, इधर

का पानी बच्चा लोग को ठीक नहीं है। फिर जायेगा तो ज़रूर लायेगा···।'' कमाल ने नौ मास में बम्बैया लहजा थोड़ा-बहुत जान लिया था।

पड़ोसिनें चली गयीं तो याद आया—दो बजे टाइप के लिये जाती थी। अर्जेंट काम था, परन्तु स्थिति जाने बिना, जौहर से राय लिये बिना कैसे जाये।

कमाल पाँच बजे से ही बार-बार घड़ी देख रही थी। जौहर ने जल्दी लौटने को कहा था। साढ़े छः दस्तक पर किवाड़ खोले, जौहर के चेहरे पर मुस्कान। कमाल भी उल्लास से मुस्करायी।

जौहर की मुस्कान से ही कमाल को कुछ आश्वासन। फिर भी पूछा, ''क्या पता लगा?''

''गिरफ्तारी दूसरे लोगों की हुई।'' जौहर ने बताया, ''अपने आदमियों की नहीं।'' बम्बई के बड़े-बड़े पत्रों में सद्रुद्दीन का रसूख। 'क्रानिकल' में फोन करने पर पता चला—गिरफ्तार होने वाले लोग गोल्ड-स्मगलर गैंग के थे। उनका काफी स्टाक भी पकड़ा गया।

कमाल मुस्करायी, ''सचमुच धोखे में आ गये या मक्कारी की।''

''क्या···कैसी मक्कारी?'' जौहर ने उसकी आँखों में देखा।

''हमें यहाँ ले आने के लिये। कह रहे थे न, साथ रहने का प्रबन्ध करेंगे!''

''तुम्हें मुझ पर संदेह?'' जौहर गम्भीर।

''बुरा मान गये!'' कमाल की मुस्कान उड़ गयी, ''हमने मज़ाक किया। हमें आप पर संदेह-आशंका! यों ही कह देते चलो···तो हम क्या नहीं आ जाते!'' नज़र झुका ली।

जौहर ने उसे खींचकर बाँहों में कस लिया। साँस में अवरोध से कमाल की गर्दन पीछे झुककर चेहरा उठ गया। पलकें मुँदीं। जौहर का मुख उसके मुख पर दब गया। कमाल साँस रोके, निर्विरोध कई पल शिथिल।

''अच्छी···अच्छी!'' जौहर ने कई बार पुकारा, ''देखो न!''

''ऐसे ही रहने दो।···ऐसे ही मर जाने दो।''

जौहर ने फिर चुम्बन से उसका मुख बन्द कर दिया।

संध्या जौहर और कमाल ईरानी होटल में खाने के बाद अन्य आवश्यक वस्तुओं के साथ बिस्तर के लिये एक और चटाई खरीद लाये। जौहर कपड़े बदलने के लिये बरामदे के साँझे गुसलखाने में चला गया था। तब तक कमाल ने साड़ी बदल ली थी। पंखे की हवा दोनों पा सकें इसलिये पंखा दरवाजे के समीप रखकर चटाइयाँ खोली की चौड़ाई में, एक फुट के अन्तर से समानान्तर बिछायी गयीं। कुछ मिनट बाद बातचीत में सुविधा के लिये जौहर ने अपनी चटाई कमाल की ओर सरका ली। बात करने को क्या थी, परन्तु बात करने की इच्छा अनन्त। सामीप्य से अधिक सामीप्य के लिये उद्वेग।

कमाल को स्पर्श, आलिंगन, चुम्बन में आपत्ति न थी, परन्तु जौहर के चरम आवेग को रोकने के लिये घबड़ा कर उसके हाथ पकड़ लिये।

''अच्छी, तुम्हें परेशान कर रहा हूँ?''

''नहीं!'' कमाल का विश्वास भी विह्वल ''हमें वश में रहने दो।''

जौहर उठकर बैठ गया था। उसकी व्याकुलता और आत्मनिग्रह की यातना के अनुमान से कमाल भी अपनी चटाई पर बैठ गयी। जौहर के प्रति सहानुभूति की वेदना और व्याकुलता वश करने में दाँत पीस लिये। दोनों मौन।

जौहर ने मौन तोड़ा, "अच्छी, गत छः मास में और साँझ आपसी व्यवहार से मैंने समझ लिया था कि अपनी परिस्थितियों में हम दोनों ही परस्पर सहारा और सहायक हो सकते हैं। हमारी परस्पर मैत्री या आकर्षण इतना गहरा चुका कि हम पूर्णतः एक हो गये, पति-पत्नी के सम्बन्ध तक, परन्तु अब समझा कि तुम यह नहीं चाहती। तुम्हें परेशान करने के लिये खेद है।"

"सब चाहती हूँ पर विवश हूँ। माँ भी हूँ। अब भी आशा कि कभी मेरा पप्पू मुझे मिलेगा। अपने पप्पू को पाने में कोई आड़ नहीं बनने देना चाहती। तुम्हें पाकर भी न पा सकने की मज़बूरी, ज़िन्दा जलने की यातना।" कमाल ने अपना सिर दोनों हाथों में दबा लिया।

"पप्पू और तुम्हारे बीच मैं कैसे आड़ बन सकता हूँ?" जौहर ने पूछा, "तुम पत्नी तो पप्पू पहले बेटा।···मेरा सर्वप्रथम उत्तरदायित्व पप्पू।"

इस बार कमाल के हाथों ने जौहर को पाया। दूसरी सुबह से कमाल का दूसरा जीवन। पिछली साँझ कुछ सामान जुटा लिया था, कुछ पहले से था। घोड़ बन्दर रोड पर बस स्टाप देख लिया था। हिल रोड स्टाप तक दस मिनट का रास्ता। रुस्तम से बात की, जगह बदल ली है। अब शार्टहैण्ड दस से ग्यारह तक सीखेगी। बाद में टाइप का काम करेगी।

कमाल दो दिन न आयी थी, तीसरे दिन आयी तो बेट्टी, ईवा और दूसरे लोगों को कुछ बदली सी लगी। दो दिन में ही चेहरे पर रौनक, अधिक जीवन्त। ईवा ने पूछा, "तुम ऐसी खुश!···क्या लाटरी आ गयी?"

"मैं लाटरी नहीं खेलती।" कमाल ने कहा, "लाटरी से बड़ी चीज़।"

"हस्बेंड लौट आया ईस्ट अफ्रीका से?" ईवा ने अनुमान बताया। कमाल ने मान लिया।

"तभी तुम दो ही दिन में क्या से क्या?" ईवा ने कहा, "माई डियर, अपने हस्बेंड से बड़ी चीज़ दुनिया में कुछ नहीं, लेकिन आदमी ढंग का हो तब न! नहीं तो ज़िन्दगी की सबसे बड़ी मुसीबत। सब लोगों का अपना-अपना ढंग है। प्रोटेस्टेंट लोगों में पति-पत्नी में साथ दूभर हो जाये तो डाइवोर्स हो सकता है। हमारे कैथोलिक रिलीज़न में डाइवोर्स भी नहीं। पति जैसा भी दुराचारी हो। बहुत सी पत्नियाँ भी···पर क्या करें। अपना रिलीज़न है।"

कमाल ने चाल में पड़ोसिनों से कह दिया, पहले बम्बई में थी तो मटुंगा में मुस्लिम लड़कियों के स्कूल में पढ़ाती थी। फिर वहीं काम करेगी। संध्या जौहर के आने से पहले आ जाती कि उसके आने तक खाने को तैयार रखे। वह खोली दोनों के लिये सुखद घोंसला। तंगी और कठिनाई में जीवन की तृप्ति और उमंग का नशा।

कमाल याद न करती थी, परन्तु तीन बरस का पहला दाम्पत्य बिलकुल भूल भी न गयी थी। याद आने पर राजे (अमरनाथ सेठ) के प्रति अब भी आदर का भाव। सच्चा,

गम्भीर, आदर्शवादी गुरु-मित्र, जीवन साथी। तब भी पाठक से परिचय था। उसे तीक्ष्ण बुद्धि, भरोसे का, आदर्शवादी, परन्तु व्यवहार-कुशल समझती थी। हँसी-मजाक पसन्द, परन्तु प्रायः काम से काम। बम्बई में उसे दूसरे रूप में जाना। जादू (यादव) सेठ की चाल की खोली में आकर अभिन्न संसर्ग की गहराई से जाना; बात-बात में व्यंजना, किल्लोल के लिये फड़कती नस-नस। उसकी संगति में स्वयं अदम्य उद्वेलन की झनक, उल्लास की मादकता; रसोद्रेक की नयी-नयी कल्पनायें, नयी विधायें, नये आयाम। कुछ दिन उसे प्यार में मियाँ पुकारा और फिर 'इस्माइल' के बजाय केवल 'स्माइल'। उल्लास उत्साह में श्रम के लिये दूनी जीवट। पहले से ड्योढ़ा काम निकालने लगी। अभ्यास से गति भी बढ़ गयी थी। रुस्तम कानूनी, महत्त्वपूर्ण दस्तावेज टाइप के लिये सिर्फ उसे ही देता। दिन में ढाई-तीन रुपये तक बना लेती।

कमाल के साथ खार में जादू सेठ की चाल में आने के पाँच सप्ताह बाद बम्बई में दूसरी बार अवैध स्वतंत्र रेडियो पाँच कार्यकर्ताओं सहित पकड़ा गया। गिरफ्तार हुए लोगों में से किसी को भी कमल का ठिकाना मालूम न था।

छः मास में जौहर ने अपनी उपयोगिता प्रमाणित कर दी थी। सद्रुद्दीन से केवल व्यवसाय के कर्मचारी का ही नहीं, मैत्री का नाता बन गया था। अप्रेन्टिसी के समय तीन मास के बाद ही उसने जौहर का वेतन डेढ़ सौ कर दिया था। दिवाली पर नये वर्ष के आरम्भ से और बढ़ा देने का संकेत।

अक्टूबर, १९४३ में जापानी रेडियो ने समाचार दिया कि सिंगापुर में जापान के संरक्षण में नेताजी सुभाषचन्द्र बोस ने स्वतंत्र भारत सरकार की स्थापना कर दी। उस समय तक 'भारत छोड़ो' आन्दोलन पूर्णतः बैठ गया था। पश्चिम में १९४३ आरम्भ से ही नाज़ी और फासिस्ट शक्तियों का पराजय आरम्भ हो गया था। जुलाई अंत में इटली में मुसोलिनी के प्रति विद्रोह के बाद बोदाग्लियो मित्र राष्ट्रों का सहयोगी बन गया। बर्मा से जापानी लगभग खदेड़ दिये जा चुके थे। जौहर और कमाल कांग्रेसी नेताओं के बयानों के बाद और राय समर्थक सद्रुद्दीन के प्रभाव से अब स्थिति को दूसरे दृष्टिकोण से देखने लगे थे। अक्टूबर में लार्ड लिनलिथगो की जगह लार्ड वेवेल वायसराय बन गया। राजनैतिक वातावरण में परिवर्तन की आशायें बनने लगी थीं।

सद्रुद्दीन जौहर की वास्तविकता से परिचित और फज़ली द्वारा बनायी कानूनी टट्टी से आश्वस्त था। जौहर के काम से बहुत संतुष्ट और मित्र रूप में भी उससे आकर्षित। जौहर ने उसे कमाल के साथ गृहस्थ बसा लेने के बारे में भी बता दिया था।

बोहरा व्यवसायी बिरादरी, नववर्ष हिन्दू व्यवसायियों की तरह दिवाली से मानते हैं। नवम्बर के आरम्भ में दिवाली पर सद्रुद्दीन ने जौहर और कमाल को घर बुलाया था। नये वर्ष से जौहर का वेतन दो सौ कर दिया था। उसी सप्ताह कमाल ने रुस्तम से शार्टहैण्ड की ट्रेनिंग का सर्टिफिकेट ले लिया था।

अलबर्टो के लिये नौकरी का अनुशासन नियम निबाहना कठिन। नौकरी खोज लेता, परन्तु तीन मास से अधिक न कर पाता। वह फिर रुस्तम के यहाँ टाइपिंग की पगार करने लगा था। दिसम्बर में उसने कमाल को 'टाइम्स आफ इण्डिया' में एक विज्ञापन दिखाकर कहा, "हियर्स ए जॉब फॉर यू।" इन्टरकॉन्टीनेन्टल आयल कम्पनी के जनसम्पर्क

विभागाध्यक्ष को लेडी स्टेनो सेक्रेटरी की आवश्यकता थी। विज्ञापन में पहले किये काम या शैक्षणिक योग्यता के प्रमाण-पत्रों की माँग न थी। माँग थी, अंग्रेजी भाषा के सम्यक् ज्ञान और उम्मीदवार के फोटो की। उसके पश्चात् साक्षात्कार भेंट।

जौहर ने उत्साह बढ़ाया, आज़माने में क्या हर्ज़। कमाल को साक्षात्कार के लिये बुलावा आ गया। अमरीकन कम्पनी के जनसम्पर्क विभाग का अध्यक्ष भी अमरीकन। कमाल आई० टी० में चार बरस अमरीकन अध्यापिकाओं से पढ़ी थी। अमरीकन उच्चारण, लहज़े से परिचय काम आया। तीन मास ट्रायल के लिये काम मिल गया। वेतन डेढ़ सौ और चर्चगेट स्टेशन तक लोकल का फर्स्ट क्लास का पास।

कमाल से केवल विभाग के अध्यक्ष की स्टेनो-क्लर्क के कार्य की अपेक्षा ही न थी। उसका मुख्य काम था, विभाग के लिये सूचना संकलन। दफ्तर में सभी महत्वपूर्ण समाचार पत्र जहाँ-तहाँ से आते थे। भूमध्य और अतलांतक सागरों में नाज़ियों और फासिस्टों का आतंक कम हो जाने से कम्पनी का काम फिर चालू हो रहा था।

आधुनिक सामाजिक, औद्योगिक और राजनैतिक जीवन में खनिज तेल अनिवार्य वस्तु। किसान की झोपड़ी या नगरों में गृहस्थ की रसोई से लेकर खेतों में ट्रैक्टर, युद्ध क्षेत्र में टैंक, भूमि, जल, आकाश में यातायात, सभी के लिये खनिज तेल अनिवार्य। इसलिये कम्पनी को निकट और सुदूर पूर्व के सभी देशों में राष्ट्रीय, सामाजिक, औद्योगिक, सांस्कृतिक गतिविधि की जानकारी जरूरी। कमाल का काम था सब पत्रों पर नज़र डालकर विभागाध्यक्ष के लिये प्रति सप्ताह एक संक्षेप तैयार कर देना; एक प्रकार से शीघ्र कार्य। स्टेनो-क्लर्क एक और भी थी। कमाल को दिन में दो-तीन खास पत्र ही टाइप करने होते। शेष समय सूचना संकलन का काम। उसके लिये पृथक् केबिन। कमाल इस काम से बहुत सन्तुष्ट और कम्पनी उसके काम से। तीन मास पश्चात् उसे दो सौ मासिक पर आई० सी० ओ० सी० (इन्टरकॉन्टीनेन्टल आयल कम्पनी) में स्थायी काम मिल गया।

सद्रुद्दीन की पत्नी खालिदा दीवाली के बाद कमाल को ईद पर और दोनों बेटियों के जन्मदिन पर अपने यहाँ बुला चुकी थी। छोटी बेटी सुल्ताना सात की थी। उसे कमाल आंटी बहुत प्यारी लग गयी थी। एक बार पहले भी कमाल आंटी के यहाँ जाने के लिये कह चुकी थी। खालिदा ने अप्रैल अन्त में शबे बारात के अवसर पर भी जौहर-कमाल को बुलाया था। सुल्ताना को इस बार फिर कमाल आंटी के यहाँ जाने की चाह।

कमाल ने सद्रुद्दीन को सुनाकर सुल्ताना से कहा, ''डैडी से कहो, हमें रहने लायक जगह दिला दें। हर इतवार ले जाया करेंगे।'' सद्रुद्दीन की बीबी पर्दा न करती थी। कमाल की सद्रुद्दीन से तीन-चार बार बात हो चुकी थी, राजनैतिक स्थिति पर लम्बी बातें भी। अपने प्रति सद्रुद्दीन का सद्भाव भाँप गयी थी।

फरवरी से जौहर और कमाल को खार की चाल की खोली असह्य हो गयी थी। दोनों मिलकर साढ़े चार सौ पा रहे थे। अच्छी जगह के लिये, सत्तर-अस्सी तक किराया देने के लिये तैयार। अखबारों में किराये के लिए खाली जगह की नोटिस देखते रहते। रविवार कोई जगह देख भी आते। ढंग की जगह सवा-डेढ़ सौ से कम में मिल न रही थी।

अप्रैल अंत में जौहर-कमाल को सद्रुद्दीन के अप्रत्यक्ष प्रभाव से पाली हिल पर मकान मिल गया।

आज बांद्रा में पाली हिल पर बीस-बाईस मंज़िल ऊँचे मकान भी हैं। तीस वर्ष पूर्व वहाँ तीन मंज़िल के मकान भी न थे। बांद्रा की आम बस्ती और पाली हिल की संक्षिप्त-सी बस्ती के बीच आम का बागान जैसा स्थान खाली था। जौहर को पाली हिल पर, ठीक समुद्र तट पर तो नहीं, टीलों के नगर की ओर ढलान पर जगह मिली। छोटा दो मंजिला मकान, चारों ओर से अलग-थलग। मकान का नाम 'न्याज'। मकान किरायेदारों की सुविधा के विचार से ऊपर-नीचे चार छोटे भागों में बाँटकर बनाया गया था। प्रत्येक भाग में दो कमरे, रसोई, गुसलखाना, सामने बालकनी अस्सी रुपया माहवार में। मकान से समुद्र न दीखने पर भी हवा इतनी कि पंखे चालू न करने पर भी हवा के फर्राटे से रात-दिन घूमते रहते।

मकान सुविधाजनक था और पड़ोस भी अनुकूल। जौहर और कमाल सावधानी और यत्न के बावजूद इस्लामी धर्म, कर्मकांड और मज़हबी रीति-रिवाज़ से बहुत कम परिचित। नमाज़ तक न सीख सके थे। खार की चाल में उनका पड़ोसी सिब्ते हसन बहुत निष्ठावान मुसलमान। कभी दिन में कोई नमाज़ बकाया रह जाती तो संध्या कज़ा की नमाज़ें एक साथ अदा कर देता। जौहर चाल में आया तो रमज़ान के आखिरी दिन थे। गनीमत कि दोनों में शिया-सुन्नी का फर्क। सिब्ते उसे अपने साथ नमाज़ अदा करने के लिए न कह सकता था।

पाली हिल पर जौहर का पड़ोसी था, खुद 'न्याज' का मालिक वली अहमद खाँ, किसी समय नामी अभिनेता। उसका परिवार छोटा, रहन-सहन आधुनिक। वली खुद पंजाबी सुन्नी मुसलमान, बीबी मंगलोरी कैथोलिक ईसाई की बेटी। वली बीवी को ज़िमी पुकारता था, नाम था जेस्मिन। जेस्मिन की माँ भी साथ रहती थी। वली के दो लड़के और एक बेटी अढ़ाई बरस की।

वली ने बिरादरे कौम को सद्भाव से लिया। कारण था कि वली सद्रुद्दीन जैसे पूँजी लगा सकने वाले मुसलमानों से सम्पर्क चाहता था। उसने जौहर को दो बार क्रिकेट क्लब में और दूसरे अवसर पर सद्रुद्दीन के साथ देखा था। सद्रुद्दीन नये लोगों को जौहर का परिचय अपनी फर्म के प्रोडक्शन मैनेजर के रूप में देता था। बात भी ठीक थी। सद्रुद्दीन ने जौहर की देख-रेख में कुर्ला में और दूसरी औद्योगिक बस्तियों में युद्ध के समय कठिनाई से आयात हो सकने वाले पेंच-पुर्जे बनवाने शुरू कर दिये थे। वह काम खूब फल और फूल रहा था।

वली परिवार और जौहर परिवार में पटरी बैठ सकने का दूसरा भी कारण था। वली धर्माचार में कट्टर नहीं था। नमाज़ की भी पाबन्दी नहीं। अपनी बालकनी में बैठकर जब-तब एलानिया ह्विस्की लेता। कमाल को उनके यहाँ पोर्क, हैम सॉसेज के डिब्बे भी दिखाई दिये थे। अनुमान, जैस्मिन अपना चस्का छोड़ नहीं सकी थी। वली मज़हब और ईमान को ऐसी छोटी-मोटी बातों से ऊपर, एतकाद का सवाल मानता था। एकमात्र अल्लाह और उसके रसूल पर पूर्ण विश्वास ही इस्लाम और मज़हब।

वली को विश्वास था, इस्लाम का रक्षक खुद अल्लाह। वह मुहम्मद अली जिन्ना का अनुयायी था। जिन्ना हिन्दुस्तान के मुसलमानों को रूढ़ियों की संकीर्णता से मुक्त कर टर्की की तरह एक आधुनिक, सबल, राजनैतिक शक्ति बना रहा था। वली को पूरा विश्वास कि मुसलमान शरीर, स्वास्थ्य, दिमाग और चरित्र में हिन्दुओं से बेहतर, लेकिन मुसलमान शिक्षा, नौकरियों, व्यवसाय-रोजगार, राजनीति में हिन्दुओं से पिछड़े हुए। इस स्थिति का कारण हिन्दुओं का व्यावहारिक चातुर्य, धूर्तता, पुश्त-दर-पुश्त व्यवसायों और रोज़गारों पर कब्जा। इसी के बल पर हिन्दू छोटे-मोटे गाँवों से लेकर बड़े-बड़े शहरों तक सभी क्षेत्र में मुसलमानों का शोषण कर रहे हैं।

जौहर को 'न्याज़' में आये सप्ताह ही हुआ था। एक संध्या काम से लौटा तो वली ने उसे अपनी बालकनी में पुकार लिया। उस दिन वली की एक रुकी हुई रकम मिल गयी थी। खुशी में ब्लैक लेबल का अद्धा ले आया था। वली ने जौहर को क्रिकेट क्लब में सद्रुद्दीन के साथ ह्विस्की लेते देखा था। वली ने जौहर के लिये एक पेग बनाया और कैप्स्टन पेश कर अपना दिल उसके सामने खोल दिया : इस इंडस्ट्री में क्या हालत है। बेहतरीन एक्टर, एक्ट्रेस अकसर मुसलमान···उसने दस-बारह नाम गिना दिये। बेहतरीन स्टोरी, डायलाग और साँग राइटर मुसलमान···कुछ और नाम बताये। बेस्ट सिने फोटोग्राफर, टैक्नीशियन मुसलमान···और फरेब देखो, गुंटे और चंदरा दोनों की डाइरेक्शन की कितनी धूम। गुंटे का तो नाम, काम मुख्तार का। वही बात साले चक्रवर्ती की, असल में डाइरेक्शन कर रहा है उसका असिस्टेंट नबीउल्ला। और देखो, सिनेमा लाइन के मुस्लिम पब्लिक, निस्बतन हिन्दू से कहीं ज्यादा पैसा देती है, लेकिन इंडस्ट्री पर कब्ज़ा हिन्दुओं का और मुसलमानों की खून-पसीने की मेहनत से तमाम मुनाफा जाता है सिन्धी, गुजराती, मारवाड़ी, मरहठों की जेब में।···हम तीन बरस से कोशिश कर रहे हैं कि मुस्लिम कैपिटल से एक प्रोडक्शन शुरू हो। नाम—हिलाल फिल्म कार्पोरेशन। फिल्म की एक शानदार स्टोरी हमदम बटालवी की हमारे पास है। साँग लिखेगा नसीम रुहेली। डाइरेक्शन हम खुद मदद करेंगे। इन हरामियों की सब फिल्मों को कट कर दें। मुसलमान में जीनियस तो है, लेकिन बिज़नेस का दिमाग नहीं···।

वली का स्वर उदास हो गया, "हमने कादिर सेठ को समझाया, इस इंडस्ट्री में रकम लगाने का फायदा बताया तो बोलता है भाई, मुसलमान को गाना-बजाना और इंसान की तस्वीर बनाना शरअ से मम्नूअ।" क्षोभ से कादिर सेठ को गाली दी···"हरामज़दगी फौज को सुअर का गोश्त और ब्रिसल सप्लाई करने वालों को अट्ठारह-बीस परसेंट सूद पर रकम देता है। समझता है, उसकी हरामज़दगी किसी को मालूम नहीं। ये दोनों काम शरअ से हराम।"

वली ने नया सिगरेट सुलगा कर जौहर से अनुरोध किया, "सद्रुद्दीन सेठ रौशन दिमाग। पार्टनर, उसे समझाओ; वो इसमें रकम लगाये। बड़ा प्राफिट और मिल्लत की खिदमत! साले हिन्दू कराड़ का दिमाग ठिकाने लग जाये।"

जौहर ने कश लेकर सहानुभूति से समझाया, "पार्टनर, आइडिया आपका बहुत ब्राइट, लेकिन धन्धा शुरू करने के लिये यह वक्त मुनासिब नहीं। एवरेस्ट वाला सद्रु भाई से कहता था, बीस-पच्चीस हज़ार फुट फिल्म उसको कम पड़ गया। उसकी दो फिल्में शार्ट पड़ गयीं। दो फिल्में एक साथ बनाता था। सिविल सप्लाई के सेक्रेटरी से सिफारिश

करने को सद्रू से कहता है। विलायत से फिल्म आ नहीं पाता इसलिये सिलोलाइड पर स्ट्रिक्ट कन्ट्रोल। सद्रू भाई ने इधर तीन लाख से ज्यादा रकम मशीन के पार्ट्स के बनाने के धन्धे में लगा दिया है। वह चाहता है लाम के दौरान अपने पाँव पक्के कर ले, जैसे किरलोस्कर का बिज़नेस है। फिल्म का काम करना है तो पहले फाइनेन्स मज़बूत करना ज़रूरी। फिर ये न्यू थियेटर्स और विजय टाकीज़ क्या हैं!''

वली ने आश्वासन अनुभव किया, ''पार्टनर, तुम खयाल रखो। कोई मौका निकाल कर सेठ से हमारी बात करा दो।''

वली के बम्बई जीवन का इतिहास रोचक था। अपने भाग्य और चतुराई पर अधिक भरोसा कर लेने से कई ठोकरें खा गया था। वह बारह वर्ष पूर्व जब पंजाब से आया, चेहरा-मोहरा सुदर्शन, सुडौल कसीला बदन, सिनेमा की तकनीकी भाषा में फोटोजनिक फेस! कुदरतन हीरो के पार्ट के लिये साँचे में ढला। तिस पर क्या गला! सुभानअल्लाह! लाखों में एक! उस ज़माने यानी बोलती फिल्मों के आरम्भ में हीरो के लिये गा सकना ज़रूरी। कारण, तब अभी फिल्म बनाने की कला में ऐसा विकास न हुआ था कि अभिनेता या अभिनेत्री के होंठ हिल रहे हैं, लेकिन संगीत किसी और ही के गले से आ रहा है।

वली अहमद का पिता नसीब खाँ तत्कालीन पंजाब में लाहौर के समीप शेखूपुरा जिला का खाता-पिता ज़मींदार था। पंजाब में ज़मींदार का मतलब भूस्वामी किसान। वली के परिवार की अस्सी-नब्बे बीघा जमीन, छः कुएँ। चार-पाँच हल की खेती खुद करवाते, शेष बँटाई पर दे देते। कपास में बहुत फायदा था।

नसीब खाँ का बड़ा लड़का नसीर अहमद खाँ वर्नाक्यूलर मिडल तक पढ़कर घर का काम-काज देखने लगा। नसीब खाँ को वली की शक्ल-सूरत से छोटे बेटे के ऊँचे मुकद्दर का विश्वास। लड़का जज, मजिस्ट्रेट नहीं तो लाहौर हाईकोर्ट का बड़ा वकील-बैरिस्टर तो बनेगा ही। वली को शेखूपुरा में मैट्रिक कराकर लाहौर इस्लामिया कालिज में भेज दिया। वली की कल्पना में तो उसका दूसरा ही मुकद्दर। उसे सिनेमा के आकाश का तारा बनना था। लाहौर में कई सिनेमा हाल। वली हर देशी-विदेशी फिल्म देखता और अभिनय कला की मानसिक साधना में तन्मय रहता। मार्गदर्शक भी मिल गया। उसके फूफा की लाहौर में फोटोग्राफी की दुकान थी और फुफेरा भाई इमत्याज अली बम्बई में दो बरस ठोकरें खाकर 'एवरशाइन' में असिस्टेंट कैमरामैन बन गया था।

वली इन्टर में भी कठिनाई से तीसरे दर्जे में पास हुआ था। बी० ए० में एक वर्ष और गुज़ारा, फिर आत्मदमन न कर सका। बम्बई चला गया।

आरम्भ में वली के सामने भी कठिनाइयाँ आयीं। वह सब सहने और करने को तैयार। इमत्याज़ की मदद से पहले 'एवरशाइन' की दो फिल्मों में साइड रोल मिल सके। सन् तीस के अन्त में उसे 'एवरशाइन' की फिल्म में मुख्य भूमिका मिल गयी। फिल्म का नाम था 'न्याज़'। 'एवरशाइन' मामूली कम्पनी थी, परन्तु 'न्याज़' फिल्म हिट कर गयी। बड़े-बड़े शहरों में चार-चार सप्ताह तक चली। 'न्याज़' के साथ वली का नाम हो गया।

विजय टाकीज़ के प्रोड्यूसर ने अपनी नयी फिल्म के लिये वली को बुक कर लिया। उन दिनों फिल्मी सितारों के कन्ट्रेक्ट लाखों की रकम में नहीं होते थे, न अभिनेता एक

साथ दो-दो कम्पनियों की फिल्म में काम कर सकते थे। तब अभिनेता, अपनी योग्यता और ख्याति के अनुसार तनखाह पर काम करते थे। फिल्में भी तीन-चार मास में पूरी हो जाती थी।

वली का आत्मविश्वास बढ़ गया था। उसने दो हज़ार मासिक माँगा। उन दिनों सहगल, मोती और कानन भी ढाई-तीन हजार मासिक से अधिक की माँग न कर सकते थे। विजय टाकीज का प्रोग्राम पाँच-छः फिल्म बनाने का था। प्रोड्यूसर अत्रे ने अपनी शर्त बतायी, कम्पनी डेढ़ हजार मासिक देगी, लेकिन वली को इसी वेतन पर दो बरस काम का एग्रीमेंट करना होगा। वली दो बरस तक किसी दूसरे प्रोडक्शन में काम न कर सकेगा। अनुबंध भंग करने पर वली को हर्ज़ाना देना होगा।

'न्याज़' में हीरो का रोल पाने से कुछ वर्ष पूर्व वली और जेस्मिन का परिचय हो गया था। परिचय होते ही वली उसकी ओर ऐसे खिंचा जैसे लोहा चुम्बक के समीप आ जाये। भविष्य बनाने के लिये सभी ज़ोखिम लेने को तैयार। दूसरी नटियाँ भी वली पर न्योछावर हो रही थीं। जेस्मिन के लिये एक तरह अंतिम दाँव। तीन साल में सब यत्न के बावजूद कुछ न बना था। अब इक्कीस लाँघ रही थी। हीरो की कृपा किसी भी नदी के लिये तरक्की की सीढ़ी ही नहीं लिफ्ट! 'न्याज़' में जेस्मिन ने भी साइड रोल किया था। जेस्मिन मैट्रिक पास मंगलोरी लड़की, गरीब अध्यापिका की बेटी, परन्तु बला का हुस्न। सुलोचना की तरह सिनेमा आकाश का नक्षत्र बनने आयी थी। फिल्मों का मौन टूटकर बोलने लगना सहगल, कानन, वली जैसों के भाग्योदय का कारण बना तो बेचारी जेस्मिन और कुछ लोगों के लिये भाग्य अस्त होने का कारण। जेस्मिन कोंकणी बोल सकती थी या मिशन स्कूल में पढ़ी इंगलिश। बम्बैया हिन्दी या हिन्दुस्तानी समझ-बोल लेती, परन्तु फिल्म के लायक उच्चारण उसके बस का न था। तिस पर देखने में रूप जितना आकर्षक, गला उतना ही कर्कश।

जेस्मिन वली के आकर्षण से बहुत सतर्कता-सावधानी से खेली। ऐसा व्यवहार, मानो वली को नाराज़गी या उसका दिल तोड़ देने से डरती हो वर्ना···। उसका सुलभ न होना वली की नज़रों में उसका अदम्य आकर्षण। उसे प्रसन्न करने के लिये शर्तों, वायदों से बाँधती जाती।

विजय टाकीज़ से वली का अनुबंध होते ही जेस्मिन ने वली से शिकायत की, ''तुमने हमारे गले में फाँसी डाल दिया। हम कहाँ डूब मरें! तुमने उत्तरदायित्व, पूरे जीवन के लिये शपथ ली थी···।''

ऐसे मौकों पर कौन आश्वासन-वचन दिये बिना रह सकता है! वली ने भी वचन दिये थे। जेस्मिन की मुसीबत में सहायता के लिये तैयार था। वह सब खर्चा देगा, दोस्ती निबाहेगा।

जेस्मिन की माँ सब जान गयी। उसका परिवार कट्टर कैथोलिक क्रिश्चियन। जेस्मिन ने बताया, माँ का आग्रह है कि तुम्हें हमसे विवाह करना पड़ेगा वर्ना केस पुलिस में दे देगी।

वली दगाबाज़ न था, जेस्मिन से उसे मुहब्बत थी। कहा, वह निकाह के लिये तैयार है, लेकिन उसके बाप ने उसकी शादी अठारह बरस की उम्र में कर दी थी। बम्बई आया तो बीवी की गोद में नौ महीने का एक बेटा छोड़ आया था। जेस्मिन को समझाया,

कलमा पढ़कर मुसलमान हो जाये, निकाह करवा लेगा। मुसलमानों को मज़हब और कानून से चार बीबी की इजाज़त। पहली बीबी करीमा पंजाब के देहात में रहेगी, जेस्मिन उसके साथ बम्बई। सिविल मैरेज़ कानून में एक बीबी के रहते दूसरी शादी की इजाज़त नहीं। काफिर अंग्रेज ने कुदरत के खिलाफ वाहियात कानून बना दिया। बम्बई में मैजिस्ट्रेट के सामने झूठी हलफ उठा ले—उसकी बीबी नहीं है। सिविल मैरेज़ में जोखिम थी। सिविल मैरेज़ तो हो जायेगी, लेकिन अगर कभी राज़ खुल गया, पर्ज्यूरी (हलफ लेकर झूठ बोलने) के जुर्म में जेल जाना होगा। ऐसी कौन औरत जो जान-बूझकर और बस चलते सौत झेलना स्वीकार कर ले! जेस्मिन हिन्दू या मुसलमान हो, औरत तो थी। उसका आग्रह, वली पहली बीबी को तलाक देकर उससे सिविल मैरेज़ करे।

एक दिन जेस्मिन की माँ ने वली को घेर आड़े हाथों लिया···तुमने हमारी भोली लड़की को भटका कर धोखा दिया! धमकी दी, सात दिन के भीतर हमारी पहचान के वकील के सामने अपनी बीबी को अदालती कागज़ पर तलाक, फिर कोर्ट में जाकर जेस्मिन से सिविल मैरेज़ के लिये एप्लीकेशन दो वर्ना बेटी को धोखा देने के लिये पुलिस में रिपोर्ट लिखा देगी।

वली की हालत छछूंदर को पकड़े साँप जैसी; छछूंदर को खा ले तो मर जाये, छोड़ दे तो छछूंदर उसकी आँखों में थूक कर उसे अंधा कर दे। जेस्मिन से उसे दरअसल मुहब्बत, उसके संकट की चिन्ता भी। जेस्मिन से झगड़ा करने से सिनेमा जगत में बनती रेपुटेशन बिगड़ने का जोखिम। पंजाब के देहात में बीबी को तलाक लिख देने के लिये तैयार, लेकिन उसमें मेहर का सवाल। शादी के वक्त सोलह हज़ार का मेहर लिखा गया था। वली के पिता डेढ़ बरस पूर्व अल्लाह के प्यारे हो चुके थे। बड़े भाई पर भरोसा न था। वली की ससुराल के लोग मशहूर ज़ालिम। कोई ताज्जुब नहीं, बहिन की इज़्ज़त या मेहर के सवाल पर छुरे लेकर बम्बई तक आ पहुँचे।

वली ने अपनी बीबी के नाम तलाक लिखकर जेस्मिन से सिविल मैरेज़ के लिये दर्खास्त दे दी।

बड़ा भाई नसीर अहमद खाँ वली से छः बरस बड़ा। नसीर दीनदार परहेज़ी आदमी। उसे नाच-गाने, स्वाँग, तसवीर बनाने-बनवाने वगैरह शरअ से हराम कामों से नफरत। वली के बम्बई जाने के बाद उसने तीन बरस में सात-आठ खत लिखे कि ऐसे गुनाहों से तौबा करके घर लौट आये। कालिज की पढ़ाई और वकालत उसके बस के नहीं तो अपने बीवी-बच्चे, किसानी के कारोबार की फिक्र करे। वली ऐसी नसीहत का क्या जवाब देता! नसीर नाराज़ हो गया। उसने खत लिखना भी छोड़ दिया। वली ने परवाह न की।

नसीर अहमद खाँ को बम्बई से छोटे भाई का पत्र और करीमा को तलाक का कागज़ मिला तो हैरान। उपाय सोचकर सीधा बम्बई पहुँचा। बम्बई में छोटे भाई को ढूँढ़ने में कुछ दिक्कत हुई पर वली मिल गया। वली को एकान्त में समझाया, "तुम करीमा को क्या तलाक दोगे; करीमा तुम्हारे जुल्म और बेपरवाही से आजिज़ आकर हमारी नाक कटा रही है। वो खुद खला चाहती है। तुम तलाक दोगे तो उसके भाई एक तरफ उसके लिये मेहर का दावा करेंगे, दूसरी तरफ उसकी गोद में तुम्हारे पाँच बरस के बेटे के वारिस बनकर हमारी आधी ज़मीन-जायदाद पर दावा करेंगे। फाड़ो इस तलाक के कागज और फौरन खला की मंजूरी लिखकर दो। तुम जाओ ज़हन्नुम में। हमें क्यों बर्बाद करते हो!"

समस्या का इससे अच्छा हल क्या हो सकता था! वली अहमद ने करीमा को खला की मंजूरी लिखकर दे दी और इसे अपने ऊपर अल्लाह का करम समझा। नसीर खाँ के लिये भी यह अल्लाह का मेहर। बरस भर से करमो के लच्छनों से स्वयं उसके पाँव डगमगा रहे थे। गाँव लौटकर उसने करमा से भी निकाह कर लिया।

जेस्मिन की माँ द्वारा निश्चित अवधि समाप्त होने के सप्ताह बाद वली और जेस्मिन की सिविल मैरेज़ हो गयी। जेस्मिन से विवाह वली के भविष्य के लिये अच्छा ही हुआ। नर की अपेक्षा नारी को भविष्य और सुरक्षा की चिन्ता अधिक। माँ बनते ही नारी का ध्यान संतान के भविष्य पर लग जाता है। जेस्मिन की माँ बेटी की सुरक्षा-सहायता के लिये साथ आ गयी थी। माँ-बेटी की दूरदर्शिता थी कि 'न्याज़' फिल्म रिलीज़ होते ही वली ने वह मकान पैंतीस हज़ार में खरीद लिया। बीस हज़ार जहाँ-तहाँ से लेकर नकद, शेष किश्तों के वायदे पर। पाँच हज़ार रुपया जेस्मिन की माँ का था इसलिये मकान की रजिस्ट्री जेस्मिन के नाम पर हो गयी थी। मकान 'न्याज़' फिल्म का न्याज़ था। उस मकान के लिये 'न्याज़' से बेहतर और क्या नाम होता!

विजय टाकीज में वली दो मास में ही जान गया कि दो बरस डेढ़ हज़ार माहवार के लोभ से रकीबों की चूहेदानी में फँस गया। अब वह स्वयं को डायरेक्टर या प्रोड्यूसर के हाथ कठपुतली या उनका बन्दर न मान सकता था। वह 'एक मन दो तन' फिल्म के निर्देशन में सुझाव देकर फिल्म को 'आग के फूल' और 'न्याज़' से ज्यादा जबर हिट बना देना चाहता था। गदहे को नमक हो, गदहा कहे मेरी आँख फोड़ दी वाली बात! पहले चक्रवर्ती ने उसके सुझावों की उपेक्षा की फिर उसे हस्तक्षेप करने के लिये डाँट दिया। वली अब डाँट कैसे सह जाता। उसने दाँत पीसकर आस्तीनें चढ़ा लीं।

चक्रवर्ती उस वक्त अपमान निगल गया पर अत्रे से शिकायत कर दी। अत्रे ने वली से सीधी बात की, ''तुमेरे को डायरेक्शन सुनकर एक्ट करना है कि खुद डायरेक्ट करना है!''

वली अत्रे से भी अकड़ गया। अत्रे ने अगली फिल्मों में वली को साइड रोल देना शुरू किया। फिल्म जगत में वली का नम्बर गिर गया। अत्रे ने अगली फिल्मों में वली को और निकम्मे पार्ट दिये। वली ने 'न्याज़' में सफलता से जो ग्लैमर बनाया था, दो बरस में सब फीका होकर वली की गिनती खार्ज़ा माल में हो गयी।

अत्रे प्रति मास डेढ़ हज़ार देता ज़रूर था, लेकिन तीन-चार माह तरसा कर, जब वली का अदालती नोटिस आ जाये। वली ने 'न्याज़' में जो हासिल कर लिया था, उससे आगे न बढ़ सका। 'न्याज़' बनते ही उसने छोटी ओपल गाड़ी खरीद ली थी। नौ बरस से उसी को धकेल रहा था। हिन्दू प्रोड्यूसरों-डायरेक्टरों की ऐसी हरकतों से आज़िज आकर उसने एक मुस्लिम फिल्म प्रोडक्शन की योजना बनायी थी, लेकिन मुसलमान सरमायादार उसकी मदद के लिये आगे न बढ़ रहे थे। खयाल था, जौहर इस मामले में सद्रू को उत्साहित कर सके तो उम्मीद हो सकती है।

१९४४ मार्च-अप्रैल तक मित्र राष्ट्रों की स्थिति बहुत प्रबल। नाज़ी सेनायें सोवियत से वापस धकेली जातीं पूर्वी यूरोप में लौट आयी थीं और पूर्वी यूरोप के देशों में भी मार खाकर पीछे हट रही थीं। जापान बर्मा के दक्षिण से खदेड़ दिया गया था। भारत-चीन

सड़क बन जाने से उसकी स्थिति बहुत नाज़ुक। इम्फाल और मणिपुर में कुछ जापानी पल्टनें घिरी रह गयी थीं। उनके हाथ से छिंदविन निकल जाने से उनके लौटने का मार्ग भी बन्द। गत अक्टूबर से लिनलिथगो की जगह लार्ड वेवेल वायसराय बन गया था। वेवेल भारत में कमांडर-इन-चीफ रह चुका था। इस देश की स्थिति से परिचित। वेवेल का दृष्टिकोण नौकरशाही का नहीं, दूरदर्शी राजनीतिज्ञ का। वह उदार राजनीति का समर्थक। जौहर-कमाल 'न्याज़' में अप्रैल में आ गये थे। मई में वायसराय ने गांधी जी को बिना किसी शर्त जेल से मुक्त कर दिया। राजनैतिक लोगों में फिर वातावरण के परिवर्तन के अनुमान। गांधी जी की मुक्ति के बाद अन्य नेताओं की मुक्ति और सभी राजनैतिक बंदियों की सजाएँ और राजनैतिक फरारों के वारंट कैंसिल किये जाने की आशा। जौहर और कमाल के मन में फिर आशा की उमंगें।

गांधी जी ने जेल से मुक्त होते ही देश की सबसे विकट राजनीतिक गुत्थी साम्प्रदायिक या हिन्दू-मुस्लिम द्वन्द्व को सुलझाने का प्रयास आरम्भ किया। सुलझाव कांग्रेस और मुस्लिम लीग में समझौते द्वारा। सुलझाव का यत्न गांधी जी ने किया मुस्लिम लीग के नेता मुहम्मद अली जिन्ना से पत्राचार द्वारा। गांधी जी जनता में एकता की भावना और मनोवृत्ति बढ़ाने के लिये इन पत्रों को प्रकाशित करा देते। इस उद्देश्य के लिये गांधी जी राजनैतिक दलीलों और सौदेबाज़ी के बजाय हृदय परिवर्तन पर भरोसा करना चाहते थे। जनता इन पत्रों के लिये बहुत उत्सुक रहती।

वली अखबार न खरीदता था। अखबार वाला सुबह-साँझे ज़ीने पर जौहर के लिये अखबार फेंक जाता। वली पंजाबी बेतकल्लुफी से अखबार उठा लेता। अखबार पढ़ने ही न लगता, अपनी ओर बालकनी में खड़ा होकर ऊँचे स्वर में मुख्य शीर्षकों की घोषणा करता जाता। उदारता से महत्त्वपूर्ण समाचार पढ़कर सुना देता। कमाल को इससे बहुत खीझ, ''नालायक न सिर्फ हमारा अखबार लेकर बैठ जाता है, अधूरी-अधूरी खबरें बताकर अखबार के प्रति कौतूहल मिट्टी कर देता है।''

गांधी-जिन्ना पत्राचार के सम्बन्ध में वली को भी बहुत रुचि। न केवल गांधी जी के पत्र या जिन्ना के उत्तर पढ़कर सुना देता, उन पर अपने विचार भी। आवाज़ उसकी ऊँची थी। साम्प्रदायिक राजनीति पर टिप्पणी स्वर दबाकर करता। कारण, अधिकांश पड़ोसी हिन्दू। खासकर व्यास से सनकता था। गजेन्द्र व्यास भी सिनेमा एक्टर। उन दिनों व्यास की पतंग चढ़ रही थी। व्यास भी उग्र स्वभाव, झगड़े में हाथ छोड़ देने वाला। वली में पठानी ऐंठ तो व्यास में राजस्थानी अकड़। दोनों में पेशे की स्पर्धा के अतिरिक्त गहरा वैचारिक भेद। व्यास कांग्रेसी, हिन्दू राष्ट्रीयता की ओर झुकाव। मुस्लिम लीग और जिन्ना को एलानिया अंग्रेजों के चमचे गद्दार कहता।

जौहर को वली समझाता, ''बाश्शाओ (बादशाहो) हमारा लीडर फरेब में नहीं आ सकता। गांधी का फरेब ज़ाहिर। कभी भाई बनाकर गुजराती में खत लिखता है, कभी फुसलाने के लिये उर्दू में, कभी अंग्रेजी में। कभी प्यारे भाई लिखेगा, कभी प्यारे दोस्त, कभी कायदे आज़म। हर बार गिरगिट की तरह नया रंग। जिन्ना के वही लफ्ज़, वही रवैया—मिस्टर गांधी। और शेर खत लिखता है सरकारी-कानूनी ज़ुबान अंग्रेजी में। कोई लारी-लप्पा नहीं। गांधी चार खत से खुशामद करे, हमारे लीडर का एक जवाब। यार देखो, बनिये के फरेब की हद! कहता है—तुम्हारी सब शर्तें मंजूर, ब्लैंक चेक देता हूँ।

अबे तू देने वाला कौन! तुझसे माँगता कौन है? मुसलमान के बाजू में ताकत है, जा लेना होगा खुद ले लेगा।

''बाश्शाओ, हिन्दू-मुसलमान की यूनिटी का मतलब क्या? जिन्ना साहब ठोस, सही बात कहता है—हिन्दू, मुसलमान अलग-अलग दो कौमें, दो अलग-अलग मज़हब। दोनों की ज़ुबान अलग, रहना-सहना, खाना-पीना, रस्म-रिवाज अलग, दोनों को एक-दूसरे को छूना-देखना नागवार। गांधी कह रहा है, दोनों भाई-भाई, एक कौम। मुसलमान अपनी कौमियत नहीं जानते, अपने दोस्त-दुश्मन नहीं पहचानते? हमें तुम बताओगे! इससे बड़ा फरेब क्या? और बनता है फकीर!''

''बाश्शाओ, दर हकीकत गांधी चाहता है, मुसलमान उसे अपना लीडर कबूल कर लें। मुसलमान का लीडर काफिर कैसे हो सकता है! जिस शख्स को रसूल पर एतक़ाद नहीं, मुसलमानों का लीडर कैसे हो सकता है…?''

व्यास से भी जौहर की बोलचाल। जौहर को मेव मुसलमान के नाते राजस्थानी भाई और उदार विचार समझता था। ''जौहर भाई'' संबोधन करता, या 'यार राव'। कमाल सदा साड़ी में रहती इसलिये उसे कमाल बहिन। अक्सर 'न्याज़' के नीचे मेहता के यहाँ भेंट हो जाती। व्यास सच्चरित्र माना जाता था। सिनेमा जगत् में शराब से परहेज करने वाले बिरले। व्यास पान-सिगरेट तक न छूता। व्यास गांधी जी का आदर करता था, परन्तु गांधी जी की मुस्लिम लीग और जिन्ना की खुशामद की नीति से बहुत क्षुब्ध। जो मुसलमान हिन्दुस्तान को अपना वतन नहीं मानते, स्वयं को अलग कौम समझते हैं, उनसे कैसी यूनिटी? देश की आज़ादी या राजनीति के मोर्चे पर हिन्दू-मुसलमान मज़हबों का क्या संवाल? झगड़ा हिन्दुस्तानी और गैर-हिन्दुस्तानी में। मज़हब की बात मन्दिर-मस्जिद में। हिन्दुओं में पचास मज़हब। कोई भैंसा खा जाये, कोई प्याज़-लहसुन न छुए, लेकिन हिन्दुस्तानी होने के नाते सब हिन्दू। जो खुद को गैर-हिन्दुस्तानी और अलग कौम कहता है उससे एकता-समझौता कैसा?

अपने दिल की बात व्यास करता था नीचे मेहता से, लेकिन ऊँचे स्वर में, वली और जौहर को सुनाकर, ''नब्बे परसेन्ट मुसलमान दगाबाज़! कोई नेशनलिस्ट बनकर कांग्रेस से फायदा उठा रहा है, कोई लीगी बनकर, कोई अंग्रेज का पिट्ठू बनकर। सिनेमा इंडस्ट्री में देख लो! यो कहेंगे हमारे मज़हब में नाचना-गाना, स्वाँग-नक्ल करना हराम। हमारी औरतें पर्दे में रहने वाली पार्सा, लेकिन पैसे के लिये अपनी बहन-बेटी-बहू का मुज़रा तक कराने, उसे स्टेज पर नचाने में भी गुरेज़ नहीं। अपने खयाल में ज़लील काम के लिये महीप कुमार, सोना कुमारी, बनमाला बन जायेंगे। घर लौटकर तौबा कर ली, फिर पक्के दीनदार मुसलमान याकूब, नसीमा और ज़ेबन…।''

जौहर और कमाल विचित्र स्थिति में। किसी से झगड़ा न चाहते थे। मुसलमान बने रहना भी ज़रूरी। जौहर कभी मुस्लिम लीग और जिन्ना का समर्थन करता—कभी लीग की नीति में अन्तर्विरोधों के कारण असहमति भी प्रकट करता।

फैज़ी, मेहरअली, घाटे, मेहता और सद्रुद्दीन भी कांग्रेस-मुस्लिम लीग में समझौते के लिये गांधी जी के तरीके से परेशान। लम्बी बहसें—एकता हिन्दू-मुसलमानों में होनी चाहिये या कांग्रेस-लीग की? साम्प्रदायिक एकता का तरीका, जनता का दृष्टिकोण परस्पर सहिष्णु और यथार्थवादी बना होना चाहिये या कांग्रेस-लीग में सौदेबाजी?

महीनों गांधी-जिन्ना पत्राचार चलता रहा। गांधी जी ने जिन्ना से भेंट का अवसर माँगा। जिन्ना ने उसे व्यर्थ बताकर अस्वीकार कर दिया। गांधी जी निराश हो गये या नहीं, चुप हो गये। राजनैतिक वातावरण में पूर्ण शैथिल्य। जर्मन और जापानी सेनाएँ जिस तेज़ी से आगे बढ़ी थीं, उससे अधिक तेजी से पीछे हटती जा रही थीं। जौहर और कमाल के मन में राजनैतिक स्थिति के सुलझाव से अज्ञातवास समाप्त होने की आशा और उमंग उठकर बैठ गयी।

१९४५ का आरम्भ। सद्रुद्दीन के यहाँ जौहर बहुत मनोयोग से काम कर रहा था। सोच लिया था, अज्ञातवास के बाद जीविका के लिये ये ही काम जारी रखेगा। सद्रुद्दीन उसकी सूझ-बूझ और श्रम से बहुत संतुष्ट। पिछले वर्ष दीवाली से उसे अपने कारोबार के वितरण-बिक्री विभाग का सहायक मैनेजर नियुक्त कर दिया था। साढ़े तीन सौ मासिक वेतन और फ्लैट का किराया। दफ्तर के काम-काज के लिये फर्म की एक गाड़ी उसके पास रहती। खुद ड्राइव करता। उसे और कमाल को दफ्तर जाने की भी सुविधा। कमाल भी अपने काम में रुचि से संतुष्ट। १९४५ जनवरी से वेतन तीन सौ मासिक, दूसरी सुविधायें भी। मध्यवर्गीय नागरिक आवश्यकताओं की दृष्टि से संतुष्ट जीवन। मन को समझा लिया, न जाने कब तक यह जीवन चलना है। छटपटाने और आशा-निराशा के झकझोलों में बौखलाने से क्या लाभ! जो है, उसे अपना वर्तमान स्वीकार संतुष्ट रहो।

अप्रैल के तीसरे सप्ताह में समाचार—सोवियत सेनायें बर्लिन पर चौबीसों घंटे गोले बरसा रही हैं। किसी भी समय बर्लिन के पतन की आशा। जापानी सेनायें भारत और बर्मा की सीमाओं से बहुत दूर पीछे हट चुकी थीं। दो मई को मित्र राष्ट्रों की विजय और युद्ध की समाप्ति का जलसा मनाया गया। नगर में सरकारी इमारतों, बड़े-बड़े व्यवसायी दफ्तरों पर रोशनी। कम्युनिस्ट पार्टी ने भी नाज़ी पराजय और समाजवादी प्रजातंत्र की विजय के उपलक्ष में जलसा मनाया। सर्वसाधारण जनता उससे उदासीन।

अप्रैल के अन्त से आई० सी० ओ० सी० के दफ्तर में स्थान बढ़ा सकने और वातानुकूलन की व्यवस्था के लिये इमारत में कुछ परिवर्तन किये जा रहे थे। जन-सम्पर्क अधिकारी के बड़े कमरे में पार्टीशन के पीछे कमाल के बैठने की जगह में दीवार के साथ फर्श उखाड़ दिया गया था। वहाँ चलाऊ व्यवस्था के लिये तख्ते डाल दिये गये थे। कमाल आलमारी से एक फाइल लेने के लिये वहाँ गयी थी। एक तख्ता उसके कदम के बोझ से बिछल गया।

कमाल को सुध आयी तो शरीर चीरती पीड़ा की कराहट। आफिस की दो स्टैनो युवतियाँ उसे स्ट्रेचर पर लिटा रही थीं। समीप एक डाक्टर गले से स्टैथिसकोप लटकाये हुए। उसकी साड़ी, खून से तर। तख्ता बिछल जाने से दो-ढाई फुट नीचे गिर गयी थी। नीचे कमरे में मरम्मत के लिये सामान और तख्ते भरे थे, उसी पर गिरी थी। डाक्टर और स्टैनो युवतियाँ कमाल को एम्बुलेन्स में अस्पताल ले गयीं। दफ्तर का मैनेजर अपनी कार में साथ गया।

जौहर साढ़े पाँच के लगभग पुर्जों के कारखानों के निरीक्षण से दफ्तर में लौटा। आई० सी० ओ० सी० के दफ्तर से फोन पर आयी सूचना पाकर हस्पताल दौड़ा गया। प्राइवेट वार्ड की सिस्टर उसे वार्ड इंचार्ज डाक्टर के कमरे में ले गयी। डाक्टर ने

सहानुभूति से स्थिति समझायी; पाँच मास का गर्भ था। गिरने के झटके से गर्भ च्युत हो गया था। प्रबल रक्तस्राव मरीज़ा के लिये आशंका का कारण। उपचार के लिये च्युत गर्भ को आपरेशन से शीघ्र निकाल देना ज़रूरी। आपरेशन के लिये पति की अनुमति आवश्यक थी। डाक्टर ने अनुमति का फार्म जौहर के सामने रख दिया। जौहर ने तुरन्त हस्ताक्षर कर दिये।

जौहर को नर्स प्राइवेट वार्ड के कमरे में ले गयी। कमाल सफेद चादरों में लिपटी, सफेद बिस्तर पर लेटी थी। पीड़ा रोकने के लिये दिये गये इंजेक्शनों के कारण अर्धतन्द्रा में। चेहरा बहुत उतरा हुआ, रक्तहीन, पीला। जौहर को देखकर रुलाई का वेग, आँखें तरल। जौहर ने हाथ सांत्वना के लिये उसके माथे पर रख दिया। कमाल ओंठ दबाये पीड़ा से गहरे साँस ले रही थी। मरीज़ा को तुरन्त आपरेशन थियेटर में ले जाना ज़रूरी था।

कमाल आपरेशन थियेटर से पौन घंटे बाद लौटी। बेसुध, चेहरा सफेद, निस्पंद जैसे मोम की मूर्ति। गर्भ निकाल कर मरीज़ा का शरीर पट्टियों से जकड़ दिया गया था। नर्स ने बताया, मरीज़ा की नींद पाँच-छः घंटे से पहले न खुलेगी।

डाक्टर ने कमाल को उपचार के लिये सप्ताह भर हस्पताल में रखा। उसे चोट दफ्तर में कम्पनी का काम निबाहते समय लगी थी। कम्पनी जानती थी ऐसी घटना अमरीका में होती, कमाल कम्पनी से न जाने कितने हर्ज़ाने का तकाज़ा करती। हस्पताल में सुचारु उपचार की व्यवस्था कम्पनी की ओर से। उसके बाद भी उपचार का पूरा व्यय, विश्राम के लिये बताये समय का पूरा वेतन। डाक्टर ने एक मास पूर्ण विश्राम का और एक मास पश्चात् दिखा जाने का परामर्श दिया।

कमाल के समुचित उपचार, पूर्ण विश्राम, सुविधा और उसका मन उदास न होने के लिये जौहर बहुत सतर्क। सुबह-संध्या देर तक उसके समीप बैठकर उसे बहलाने का यत्न करता। उसके लिये बढ़िया फल-फूल, गमले, नयी पुस्तकें, पत्र-पत्रिकायें ले आता। सद्रुद्दीन को भी मित्र की पत्नी और कमाल के प्रति सौजन्य से उसकी चिन्ता। हस्पताल से घर आ गयी तो सद्रुद्दीन पत्नी, बेटी सुल्ताना के साथ हाल-चाल पूछने आया था। मरीज़ा के दिल-बहलाव के लिये रेडियो पहुँचा दिया था। सामान्य लोगों के लिये बहुत सुलभ न था।

उस घटना से कमाल के मन-मस्तिष्क पर ऐसी चोट कि उदासी किसी तरह दूर न हो रही थी। जौहर सभी यत्न करता पर कमाल की उदासी अटूट। पुस्तक या पत्रिका पढ़ते, रेडियो से समाचार सुनते उदास विचार मस्तिष्क में मँडराते रहते।

कमाल के गहरे अवसाद की पृष्ठभूमि में कई बातें थीं—पौने दो बरस पूर्व जौहर के साथ खोली में गृहस्थ आरम्भ करने पर दो-तीन सप्ताह बाद कमाल ने जौहर के हाथ अपने हाथों में लेकर उसकी आँखों में आँखें गड़ाकर कहा था : मियाँ, तुम्हारा जो हाल, हमें बरस भर के लिये बैठा दोगे⋯।

वैसे हमें क्या आशंका पर अपनी स्थिति से बेखबर क्यों रहें। हम-तुम चिड़िया-चिरौंटा। गुजरातन के यहाँ से फुर्र उड़ आये। यहाँ खटका हो, उड़कर कहीं दूसरी जगह जा बैठें। हम दोनों का क्या; किसी डाल पर—छत की धन्नी-शहतीर पर कंधे से कंधा

सटाये रात बिता दें। तुम एक चुनु-मुनु चिपका दोगे तो उसे बंदरिया की तरह सीने पर लिये कहाँ-कहाँ दौड़ती फिरूँगी? ...फिर ऐसी तंगी और तंग जगह में आने वाले बेचारे के साथ भी ज़ुल्म। मेहरबानी करके आज ही किसी कैमिस्ट के यहाँ से...।

शादी के तीसरे बरस में ही गेती के पेट में दूसरा बच्चा आ गया तो डाक्टर रज़ा घबरा गया था...इस हिसाब से कैसे चलेगा। परहेज की बात फिजूल। परहेज़ कर कौन पाता है? आखिर कितना परहेज़? बरस भर में एक बार भी परहेज़ टूटा तो हर साल खुदा की बरकत। इस विषय में अमर-उषा की रज़ा से पूर्ण सहमति।

कमाल को बच्चे प्यारे लगते थे। पड़ोसिन पर खीझती—जूली कितनी प्यारी बच्ची है, उसे कैसे बेपरवाही से रखती है। कमाल कभी छुट्टी के दिन शौक से जूली को कंघी करके बढ़िया रिबन बाँध देती। बांद्रा के बाज़ार में साथ ले जाती। कमाल डेढ़ बरस तक, 'न्याज' में सुविधा की जगह पा लेने के बाद भी उस सावधानी पर दृढ़ रही। फिर राजनैतिक निराशा से सावधानी के प्रति शैथिल्य आने लगा। जिन्ना और लीग का हृदय परिवर्तन करने के लिये गांधी जी के प्रयत्नों से कुछ न बना। सब तरफ उदासी। कमाल पर भी उसका प्रभाव।...मालूम होता है, जिन्दगी ऐसे ही कटेगी। ऐसे जीवन की क्या सार्थकता? इस क्रान्ति के परिणाम में हमारे जीवन की ये ही परिणति? क्या हम इस्माइल-कमाल ही रहेंगे? इस्माइल सदा मशीनें बेचते रहें, मैं तेल बेचने में सहायक रहेंगे तो क्या।...और जो बिरज़ू जैसे सैकड़ों खेत रह गये या पेड़ों से लटका दिये गये!...जब मुल्क करवट लेगा, देखा जायेगा।

हस्पताल से छुट्टी देते समय डाक्टर ने कहा था, एक मास बाद मरीज़ा की हालत देखकर परामर्श दिया जायेगा। एक मास बाद डाक्टर ने कमाल की परीक्षा कर बताया, इलाज से सब ठीक हो गया है। चोट गहरी थी। गर्भाशय का द्वार चुटिया गया है। भविष्य में गर्भ की सम्भावना नहीं जान पड़ती। डाक्टर ने पौष्टिक दवाएँ लिखकर एक मास और विश्राम के लिये कह दिया।

डाक्टर की बात से कमाल को दूसरी चोट। पहली चोट से जितनी पीड़ा शरीर ने पायी थी, उससे अधिक पीड़ा मन-मस्तिष्क को...नारीत्व, सृजन गुण-सामर्थ्य से वंचित हो गयी!

डाक्टर के यहाँ से लौटकर कमाल जीना चढ़कर ऊपर पहुँची तो गला सूख रहा था। इतनी उदास कि घाटिन से पानी के गिलास के लिये भी न कह सकी। चुपचाप पलंग पर लेट आँखें मूँद लीं।

साँझ जौहर लौटा तो कमाल रेडियो के समीप आरामकुर्सी पर बैठी थी। जौहर के स्वागत में चेहरे पर मुस्कान तक नहीं।

"क्यों अच्छी, इतनी सुस्त क्यों?" जौहर कुर्सी के बाजू पर बैठ गया, "दोपहर में न्यूज सुनी?"

उदासी में कमाल को रेडियो में समाचार सुनने का ध्यान न आया था। समाचार के प्रति उत्सुकता भी प्रकट न की। जौहर ने बाँह कमाल के गले में डालकर चेहरा ऊपर उठाकर पूछा, "अच्छी डियर, इतनी उदास क्यों? क्या लौटते समय कुछ परेशानी हुई?"

"तुम्हें नहीं मालूम! तुम्हारे सामने तो डाक्टर ने कहा था हम बाँझ-बंजर हो गये। हमारी जिन्दगी...।"

''क्या बकवास! यह शब्द फिर नहीं!'' जौहर ने कमाल के होंठों पर हाथ रख दिया, ''दिमाग खराब हो गया है तुम्हारा। तुम केवल मादा हो, मनुष्य नहीं! तुम्हारी जिन्दगी का क्या ये ही उद्देश्य? सब भूल गयी?

''तुम्हारे ख्याल में हम बक रहे हैं? मर्द हो, हमारा दर्द क्या जानो।''

''ओ हो, अब जीवन की सार्थकता क्या इसी नजरिये से देखोगी!'' जौहर खीझ से बोला, ''तुम मानव व्यक्ति नहीं, केवल मादा नारी रह गयी।''

''इसमें नजरिये की क्या बात! मानव व्यक्ति हूँ तो क्या मादा नारी नहीं हूँ?''

''क्या कह रही हो अच्छी! चेतन मनुष्य इन्सटिंक्ट से चलते हैं या बुद्धि-विवेक से?''

''बुद्धि-विवेक इन्सटिंक्ट में सहायक होने चाहिये। नर में वह इन्सटिंक्ट क्षणिक आवेग, नारी में स्थायी।''

''पड़ोसिन की संगति से कुछ ज्यादा फीमेल हो गयी।'' जौहर से विद्रूप किया।

''गलत बात। मैं सदा से फीमेल हूँ और रहूँगी।''

''संघर्ष में भाग लेने के लिये बेटे तक की चिन्ता न की, आंदोलन में कूद पड़ी तब भी तो फीमेल ही थी!''

''बिल्कुल फीमेल···कॉन्शस फीमेल। सचेत प्रबुद्ध नारी अपने समाज के लिये अधिक चिन्ता करेगी। पैदा औरत करती है, रक्षा की चिन्ता भी उसी को रहेगी।'' कमाल ने जौहर की ओर मान से पीठ फेर ली।

दूसरे दिन सुबह वली ने अखबार से घोषणा की : कल दोपहर अहमदगढ़ किले से कांग्रेस के प्रेसीडेंट आजाद, कांग्रेस कार्यकारिणी के सदस्य नेहरू, पटेल रिहा कर दिये गये। कांग्रेस और मुस्लिम लीग में देसाई-लियाकत अली फार्मूले पर बातचीत के लिये पन्द्रह दिन तक कान्फ्रेंस की सम्भावना।

कमाल ने चौंककर जौहर की ओर देखा, ''कल रात रेडियो से समाचार सुनने का ध्यान ही नहीं रहा।''

''हम तो तुम्हें खास खबर सुनाना चाहते थे। तुम मादा बनने पर तुली थी। रेडियो और अखबार में भीतरी बात नहीं आ सकती।''

बम्बई सरकार का चीफ सेक्रेटरी सर हातिमजी सद्रुद्दीन की पत्नी का ताऊ था। सद्रुद्दीन और खालिदा का उनके यहाँ आना-जाना। हातिमजी अपनी योग्यता के कारण बम्बई के गवर्नर एमर्सन का बहुत विश्वस्त। एक दिन साँझ सद्रुद्दीन और खालिदा किसी प्रसंग में ताऊ के यहाँ गये थे। हातिम जी अपने दामाद की समझ-बूझ और विचारों से परिचित। जिक्र चल गया।

ब्रिटेन में युद्ध समाप्त होते ही नया चुनाव। युद्ध में विजय का श्रेय लिये चर्चिल की कंजरवेटिव पार्टी चुनाव में हार गयी। नयी सरकार मजदूर दल और उदार दल की। प्रधानमंत्री एटली। वायसराय वेवेल हिन्दुस्तान की स्थिति पर परामर्श के लिये लंदन गया था। वेवेल स्वयं भारत में कमांडर-इन-चीफ रह चुका था। भारतीय सेनाओं की भीतरी स्थिति और मनोवृत्ति से परिचित। उसका विश्वास, युद्ध के समय जैसे-तैसे निरंकुश दमन से निबाह लिया, भविष्य में भारत को अधीन रखना ब्रिटेन के लिये कठिन होगा। बम्बई

का गवर्नर वायसराय से सहमत। शेष गवर्नर और ब्रिटिश आई० सी० एस० लोगों को भरोसा कि वे अपने शासन-कौशल और कूटनीति से भविष्य में भी भारत पर नियंत्रण कायम रख सकते हैं।

हातिमजी को मालूम था, वेवेल ने एटली को समझा दिया—ब्रिटेन की नमकहलाल भारतीय सेनाओं में राजनैतिक असंतोष और चेतना की कई घटनायें हो चुकी थीं। जापान के हाथ बंदी बने भारतीय सैनिकों ने आज़ाद हिन्द फौज बनाकर ब्रिटेन के विरुद्ध हथियार उठा लिये थे। अफ्रीका भेजी गयी भारतीय सेनाओं ने भी ब्रिटिश सिपाहियों को पक्षपातपूर्ण बेहतर व्यवहार दिये जाने का विरोध किया था। कुछ भारतीय प्लाटून्स नेताओं की गिरफ्तारी के समाचार से भड़क गयी थीं। उन्हें विदेश में ही तोपदम करा दिया गया। भारतीय पुलिस, नौसेना और वायुसेना में भी असंतोष के लक्षण दिखायी दे रहे थे। भारत को नियंत्रण में रखने के लिये लाखों गोरी फौजें और सिविल सर्वेन्ट भेजना युद्ध से जर्जर ब्रिटेन के लिये असम्भव। भारत को स्थायी सिरदर्द बनाये रखने के बजाय उसे स्वशासन देकर सहायक मित्र बना लेना उचित।

नये समाचारों और नेताओं की जेल से मुक्ति से जौहर-कमाल के मन में फिर आशा की झलक। भूलाभाई देसाई-लियाकत अली फार्मूले के सम्बन्ध में रेडियो और अखबारों में समाचार था : देसाई को गांधी जी का आशीर्वाद प्राप्त और लियाकत अली को जिन्ना का समर्थन। शिमला में कांग्रेस और मुस्लिम लीग के प्रतिनिधि शासन में सहयोग के लिये व्यावहारिक प्रस्तावों पर विचार कर रहे हैं। गांधीजी और जिन्ना विचार-विनिमय में प्रत्यक्ष भाग नहीं ले रहे, परन्तु अपने-अपने दलों को परामर्श और अनुमति देने के लिये शिमला में उपस्थित हैं। दोनों नेताओं की अनुमति से दोनों पक्षों में अस्थायी सहयोग की योजना पर पूर्ण सहमति हो गयी है। दोनों पक्षों ने आज ग्यारह बजे योजना पर हस्ताक्षर कर देने का आश्वासन दिया है। वायसराय को आशा है, यह अस्थायी समझौता भविष्य में दोनों पक्षों के सहयोग से शासन विधान तैयार कर सकने का आधार बन सकेगा। फिलहाल दोनों पक्षों को जो कुछ आशंकाएँ हैं वे व्यावहारिक अनुभव से सुलझ सकेंगी।

जौहर-कमाल ने रात नौ बजे रेडियो से ये ही समाचार सुने थे। समाचारों से उमंग में लखनऊ लौटकर सामान्य जीवन आरम्भ कर सकने की कल्पनायें उभरने लगीं। कमाल ने चेतावनी दी, ''मियाँ, यहाँ तो जबरन बीवी बनाये बैठे हो, लखनऊ चलकर क्या होगा? हम अकेले नहीं रहेंगे···।''

जौहर ने आश्वासन दिया, अज्ञातवास की केचुलियाँ झाड़कर लखनऊ पहुँचकर पहला काम कोर्ट में रुद्र-उषा की सिविल मैरेज के लिये आवेदन। उषा-रुद्र और उनका बेटा प्रताप। ···दोनों अनुमान करते रहते, लखनऊ जा सकने लायक स्थिति होने में अभी कितना समय लगेगा।

अगले दिन सुबह आठ बजे रेडियो ने फिर खबर दी : शिमला में वातावरण बहुत आशा और उत्साह का है। प्रस्ताव पर दोनों पक्षों के हस्ताक्षरों के लिये ग्यारह बजे का समय निश्चित है।

कमाल मुस्करायी, ''तुम दफ्तर में रेडियो से खबर सुन लोगे। लौटते समय 'सनोवर' से मिठाई लेते आना। पार्टी करेंगे।''

जौहर डेढ़ बजे से दो मिनट पूर्व रेडियो समाचार के लिये सद्रुद्दीन के कमरे में आ गया।

"समझौते की खबर के लिये आये हो। वह तो हो गया; एलान शेष।" सद्रुद्दीन ने कहा, "जिन्ना हैज़ टेकन हिज पाउण्ड ऑफ फ्लेश। मुल्क और मुसलमान मरें या जियें, उसकी बला से। उसने गांधी को मात दे दी। चेंज ऑफ हार्ट हो गया, गांधी का जिन्ना का नहीं।"

समाचार सुनकर दोनों विस्मयाहत : मिस्टर जिन्ना ने मुस्लिम लीग के प्रतिनिधियों को सहयोग के समझौते पर हस्ताक्षर की अनुमति नहीं दी। संवाददाताओं के प्रश्न पर जिन्ना का उत्तर—सहयोग के प्रस्ताव व्यावहारिक नहीं हैं।

जौहर चिढ़ गया, "...जिन्ना की एक ही माँग या शर्त—वायसराय की काउन्सिल में केवल जिन्ना द्वारा नियुक्त लीग के सदस्य और स्वयं जिन्ना वायसराय के पद पर।"

"इसमें भी सन्देह!" सद्रुद्दीन ने सिर हिलाया, "झगड़ा नहीं रहेगा तो जिन्ना का महत्त्व क्या। खैर गलत रास्ते पर समझौता न होना बेहतर...।"

छः बजे 'ईवनिंग टेलीग्राफ' में जिन्ना का वक्तव्य आ गया : मुस्लिम लीग को ऐसा कोई भी सहयोग-समझौता स्वीकार नहीं हो सकता जो हिन्दू-मुसलमानों को दो पृथक् कौमें मानने और पाकिस्तान की स्थापना में अड़चन बन जाये या उस माँग को एक दिन के लिये भी स्थगित कर दे।

जौहर ने समाचार सद्रुद्दीन को दिखाया, "यह तो सिविल वार की ललकार...। जिन्ना की नीति है, स्थिति जितनी विकट हो सके, बनाओ। समझौता स्पष्ट ही कौमों की मान्यता के आधार पर था। उसमें पाकिस्तान की माँग की अस्वीकृति न थी। हातिम जी को पूरा विश्वास था, वेवेल निबाह ले जायेगा। ...ये हो क्या गया? जिन्ना जिद्दी आदमी, उसने अपनी बात बदली और अपनी इतनी बड़ी जीत ठुकरा दी; इसमें कुछ राज जरूर।"

'टाइम्स' के समाचार-सम्पादक बैंजामिन नायर का सद्रुद्दीन के साथ उठना-बैठना। उसने बैंजामिन से फोन मिलाया, "...ये बिना बादल बिजली कैसी? हो क्या गया?" बैंजामिन ने पता लगाने का आश्वासन दिया।

दूसरे दिन बैंजामिन नायर ने स्वयं फोन किया, "सेठ, समाचार नहीं सूचना है, तुम्हारे लिये खास महत्त्व की करोड़ों का टिप। कुछ बैठका करो तो बतायें।" सद्रुद्दीन ने उसे संध्या क्रिकेट क्लब में निमंत्रण दे दिया। सद्रुद्दीन और जौहर समाचार-सूचना के लिये बहुत व्यग्र।

बैंजामिन से बातचीत के लिये सद्रुद्दीन ने अलग कमरे में टेबल ली थी। टेबल पर बैंजामिन की खास पसन्द की ह्विस्की 'ब्लैक डाग' की बोतल प्रतीक्षा में। बैंजामिन की बाँछें खिल गयीं। उसने बताया, "वायसराय मात खा गया!"

"जिन्ना से?" सद्रुद्दीन ने विस्मय प्रकट किया।

"जिन्ना किस खेत की मूली! ब्रिटिश ब्यूरोक्रेसी के फरेब से। दाँव-पेंच थे चर्चिल के कंजरवेटिव ग्रुप के गवर्नरों हेली, हैलेट, जैनकिन्स और अंग्रेज आई० सी० एस० ग्रुप, दूसरी तरफ एटली के सहायक वेवेल के बीच। ये तीनों गवर्नर रिटायर्ड आई० सी० एस०। एटली और वेवेल युद्ध से जर्जर ब्रिटेन को किसी तरह बचाने की फिक्र में।

कंजरवेटिव अब भी सूर्य को घेर सकने में समर्थ ब्रिटिश साम्राज्य को न टूटने देने के स्वप्नों में। अंग्रेज गवर्नर और आई० सी० एस० इस देश पर मनचाही हुकूमत की दाँतों में दबी हड्डी छोड़ने को तैयार नहीं। जिन्ना शुरू से लियाकत अली के प्रस्तावों से सहमत था। प्रस्तावों से उसकी पूरी स्वीकृति थी। लियाकत अंतिम बार बात के लिये साढ़े दस बजे जिन्ना के होटल गया। जिन्ना अपने कमरे से नीचे आने को था, उसे सेन्ट्रल सेक्रेटेरियेट के गज़नफर अली की मार्फत एक संदेश पहुँच गया।

"जिन्ना ने नीचे आकर समझौते पर हस्ताक्षर न करने की सलाह दे दी। लियाकत भौंचक्क। वहाँ मौजूद सब संवाददाता हैरान। जिन्ना लिफ्ट से अपने कमरे में लौट रहा था। एच० टी० का कारस्पाण्डेंट दुर्गा उनका बहुत मुँहलगा। दुर्गा एक हुनरमंद। जिन्ना के हाथ गांधी को बेच दे, बिड़ला के हाथ जिन्ना को बेच दे और आई० सी० एस० के हाथ तीनों को बेच दे। असली मर्सिनरी जर्नलिस्ट। जिन्ना की खास पब्लिसिटी करने वाला। जहाँ-तहाँ की खबर उसे ला दे। दुर्गा उसके साथ हो लिया। जिन्ना से पूछा—सर, ये जीती बाजी क्यों छोड़ दी?

"जिन्ना ने उसे जवाब दिया—बाजी तो बाजी, आखिर तक पलट जाये। उसमें उलझने की जरूरत! सहयोगी सरकार के झंझटों के बजाय पाकिस्तान का निश्चित वायदा बेहतर। दुर्गा को बता दिया, वायसराय की कौंसिल के चीफ सेक्रेटरी का वायदा है—लीग कांग्रेस से समझौता न करे तो पाकिस्तान निश्चित।

"समझे!" बैंजामिन ने कहा, "ब्रिटिश आई० सी० एस० को एटली की नीति असफल करने का संतोष। वे लोग कांग्रेस से बहुत जले-भुने। कम से कम फिलहाल ताकत कांग्रेस के हाथ जाने—ट्रांसफर ऑफ पावर—से बची। आई० सी० एस० का राज बरकरार। जब पावर कांग्रेस और लीग में बँटेगी तो अंग्रेज को बंदर-बाँट का मौका। ब्रिटिश ब्यूरोक्रेसी हिन्दुस्तान के टुकड़े कराने पर तुली है तो पाकिस्तान बनकर रहेगा। ये लोग जब चाहें साम्प्रदायिक दंगों का दावानल भड़का दें। इम्पीरियलिस्ट टोरियों की गहरी नीति। आजाद हिन्दुस्तान कभी भी ब्रिटेन के खिलाफ हो सकता है इसलिये इसके टुकड़े कर देना बेहतर—बर्मा, लंका, हिन्दुस्तान, पाकिस्तान...।"

जौहर और कमाल की अज्ञातवास से शीघ्र मुक्ति की उमंगों पर फिर तुषारपात।

एटली और वेवेल का निश्चय, युद्ध से जर्जर ब्रिटेन के लिये भारत पर काबिज रह सकना असम्भव। जिन्ना और मुस्लिम लीग के असहयोग के बावजूद उसने कांग्रेस से बात की—कांग्रेस जनता के प्रतिनिधि शासन में सहयोग का उत्तरदायित्व लेने को तैयार है या नहीं? कांग्रेस को उसमें आपत्ति न थी। एटली ने घोषणा कर दी : ब्रिटेन डेढ़-दो बरस से अधिक भारत के शासन का बोझ नहीं सम्भालेगा। भारत के राजनैतिक प्रतिनिधि अपनी जिम्मेदारी के लिये तैयार हो जायें। भारत में नये चुनाव कर दिये जायें। नयी चुनी विधान सभाओं से प्रतिनिधि लेकर केन्द्र में नया शासन विधान तैयार करने की व्यवस्था की जाये। कांग्रेस को चुनावों में भाग लेने का अवसर देने के लिये कांग्रेस कार्यकर्ताओं को जेल से रिहा कर दिया गया। हिंसा और ध्वंस के अभियुक्त, भयंकर राजद्रोह की आशंका से डी० आई० आर० में बन्द और फरार लोगों के अतिरिक्त अन्य लोग जेलों से रिहा हो गये।

दिसम्बर, १९४५ से देश भर में चुनावों की उत्तेजना। उस समय बालिग मताधिकार न था, वोट देने वालों की संख्या वर्तमान का दसवाँ भाग भी नहीं। इस बार चुनाव की तैयारियों में मुस्लिम लीग की तरफ से प्रतिद्वंद्विता की धमकी पहले से कहीं अधिक। कांग्रेस का तिरंगा बीस फुट ऊँचे बाँस पर लगाया जाता तो लीग का हरा झंडा तीस फुट ऊँचा। कांग्रेस चुनौती स्वीकार करके चालीस फुट ऊँचा झंडा लगाती, लीग का झंडा पचास फुट।

कुछ मास से मुस्लिम लीग के अलावा मुसलमानों का एक और संगठन नजर आ रहा था। पुलिस या फौज के ढंग की खाकी वर्दी पहने, सैनिकों की फूहड़ नकल में मार्च करती टोलियाँ। कंधों पर राइफल की जगह बेलचे। अधिकांश अशिक्षित लड़के या नौजवान, खासकर उत्तर भारत के। ये लोग नगर में कई जगहों पर, अम्बेदकर रोड पर खाली जगह में भी या कभी पार्कों में कवायद करते या सड़क पर कदम मिलाकर मार्च या यत्न करते दिखायी दे जाते—चप-रास्त! चप-रास्त (बायाँ-दायाँ)! यह लोग नारे लगाते :

तौके गुलामी तोड़ दो, हुक्म लीग को वोट दो!
सीने पै गोली खायेंगे, पाकिस्तान बनायेंगे!
मारेंगे मर जायेंगे, पाकिस्तान बनायेंगे!
जब कायदे आज़म अपना है, गांधी की परवा कौन करे!

इस जमात या संगठन का नाम 'खाकसार रज़ाकार' (अकिंचन स्वयंसेवक)। रूप-व्यवहार फूहड़, फटेहाल लोगों का, लेकिन तेवर आक्रामक सेना के। कंधे पर बेलचा यों तो श्रम-सेवा का प्रतीक और उपकरण, परन्तु इरादा हो तो लाठी से कहीं अधिक घातक।

वली को खाकसारों के प्रति सराहना-सहानुभूति। उसके यहाँ इमदाद के लिये आये थे। उसने दस रुपये दिये। जौहर को कह-सुनकर उससे भी पाँच दिलवा दिये। समझाया : मिल्लत के खादिम हैं। इन लोगों की मदद कौमी फर्ज। बेचारे गरीबों के लड़के हैं, मेहनत करते हैं, कुछ खुराक भी जरूरी। इन्हें छटाँक-छटाँक भर भीगा चना और पाव-पाव भर दूध दिया जाता है। हम-तुम ही खर्चा देंगे। ये लोग मुस्लिम अवाम को नेक राह पर लाते हैं। चौकसी रखते हैं, कौन लोग नमाज़-रोज़े का फर्ज़ अदा नहीं करते। अनपढ़-छोटे लोगों में मज़हबी फराईज़ की पाबन्दी जरूरी···।

जौहर समीप खार में हिन्दू लड़कों या नवयुवकों के संगठन के बारे में भी जानता था, राष्ट्रीय स्वयंसेवक संघ। खाकसारों की अपेक्षा गुप-चुप संगठन। वे लोग भी पार्कों में कवायद-ड्रिल करते, कबड्डी खेलते, लाठी-बनैटी घुमाते। गोल बाँधकर प्रार्थना करते। कौतूहल से उनके अधिक समीप जाना या जिज्ञासा प्रकट करना जौहर के लिये उचित न था। उन नौजवानों के खाकी कमीज-निकर, काली टोपी, चौड़ी पेटी, जूते-मोजे। धुले-चिकने चेहरों से प्रकट निम्न मध्य वित्त या मध्य वित्त भद्रलोक शिक्षितों की सन्तानें। उनमें मजदूर-दस्तकारों के बेटों के लिये जगह नहीं। नारे न लगाते थे, दृढ़ निश्चय की चुप्पी। वली ने बताया था, ···बहुत खतरनाक लोग! छुरे, खंजर, तलवार की मश्क खुफिया करते हैं। इनके पास बन्दूकें-पिस्तौलें-बम। मुसलमानों को नाबूद कर देने का अहद लिये···।

जौहर ने दो-तीन बार उन लोगों के केन्द्र के समीप से गुजरते समय ठिठक कर उनके सामूहिक प्रार्थना-गान के कुछ शब्द सुने थे :

नमस्ते सदा वत्सले मातृभूमे त्वया हिन्दुभूमे सुखं वर्धितोऽहम्।

प्रभो शक्तिमन्! हिन्दुराष्ट्रांगभूताः…

राष्ट्र के स्वयंसेवक हैं, परन्तु इनके लिये मातृभूमि और राष्ट्र का अर्थ हिन्दू राष्ट्र। भारत माता को म्लेच्छों के बोझ से मुक्त करने का व्रत! शिवाजी के सैनिक। मुसलमानों से मुहम्मद गोरी और औरंगज़ेब का बदला चुकाने की प्रतिज्ञा। कांग्रेस की नीति को हिन्दू विरोधी मानने वाले, परन्तु कांग्रेस का खुला विरोध उनकी नीति न थी। जानते थे, कांग्रेस से प्रतिद्वंद्विता स्वयं उनके लिये घातक होगी। दाँत पीसे उचित अवसर की प्रतीक्षा में।

चुनाव फरवरी के पहले सप्ताह में होने वाले थे। सभी प्रान्तों में चुनावों के लिये कांग्रेस के प्रत्याशियों की सूचियाँ बनायी जा रही थीं। बम्बई, अहमदाबाद और महाराष्ट्र में अनेक व्यवसायियों ने छोटी-मोटी मशीनें और मोटरों के स्पेयर बनवाने के धंधे चालू कर दिये थे। युद्ध समाप्त हो गया था। विदेश से शीघ्र आयात आरम्भ होने की आशा में व्यवसायियों को अपना बाजार जमा लेने की चिन्ता। इस प्रयोजन से जौहर कई बार दक्षिण और मध्य भारत के चक्कर लगा चुका था। दिसम्बर के अन्त में उसने उत्तर जाने का कार्यक्रम बना लिया। इस बार बनारस, कानपुर, दिल्ली, अमृतसर तक जाने का विचार। मौके से लखनऊ भी हो आया।

दौरे से लौटकर जौहर ने कमाल से बात की, "लखनऊ में साथियों का विचार है, विधानसभा के प्रत्याशियों के लिये तुम्हारा नाम कांग्रेस की ओर से सुझाया जाना चाहिये। कांग्रेस कुछ सीटें महिलाओं को जरूर देगी। पिछले चुनाव में उस मूर्खा शिवरानी वांचू को कांग्रेस का टिकट दिया गया। अपने लिये दो प्लाट घेर लेने के अलावा उसने क्या किया? उसे राजनैतिक या आर्थिक समस्याओं की समझ क्या! असेम्बली में एक लफ्ज बोल सकने की तमीज नहीं। तुम वहाँ अधिक उपयोगी हो सकती हो।"

"नहीं नहीं, हमें कुछ नहीं माँगना।" कमाल ने संकोच से इनकार किया, "हमने किया क्या? लोगों को भड़का कर भाग आये। मुसीबतें तो दूसरों ने झेलीं। अब भी कई बार बिरजू की याद आ जाती है तो लगता है उसकी हत्या हमारे सिर पर…।"

"तुम्हें कुछ कहने की जरूरत नहीं।" जौहर ने समझाया, "वे लोग सिन्हा, हरी भैया, त्यागी से बात करने के लिये कह रहे थे। निगम से कह दिया उन्हें याद दिला दे।"

कमाल को बताया : लखनऊ-कानपुर में खूब राजनैतिक गहमा-गहमी थी। राजनैतिक फरारों के नाम वारंट अभी बरकरार थे। जौहर के लिये, खासकर उस रूप-भूषा में, अधिक लोगों से मिलना निरापद न था। वह निगम, शास्त्री, त्यागी और सिन्हा से मिला। मिश्रा परिवार में जाने की इच्छा थी, परन्तु उन्हें उस रूप से चौंकाना उचित न समझा। विश्वस्त लोगों को बता दिया, लखनऊ लौटते ही सिविल मैरेज कर लेंगे।

फरवरी के आरम्भ में चुनावों के बाद नये मंत्रिमंडल बन गये। मुस्लिम अल्पमत प्रान्तों में मंत्रिमंडल तो कांग्रेस के बने, परन्तु मुसलमानों की लगभग सभी सीटें मुस्लिम लीग ने लीं। यू० पी० में कांग्रेस केवल दो मुस्लिम सीटें ले पायीं—रफी अहमद किदवई और मुहम्मद इब्राहीम। विस्मय कि चारों मुस्लिम बहुमत प्रान्तों में मुस्लिम लीग को

सफलता न मिली। पश्चिमोत्तर प्रान्त के सबसे अधिक मुस्लिम बहुमत प्रान्त में भी कांग्रेसी मंत्रिमंडल बना। बंगाल, पंजाब और सिन्ध में संयुक्त मंत्रिमंडल। कांग्रेसी मंत्रिमंडलों ने सब राजनैतिक बन्दियों और राजनैतिक फरारों के वारंट कैंसिल किये जाने के आदेश दे दिये।

सद्रुद्दीन और जौहर पहले ही निश्चय कर चुके थे, स्थिति बदलने पर जौहर कानपुर, इलाहाबाद या लखनऊ में उनकी फर्म की उत्तर भारत में एजेंसी साझेदारी में करेगा। कमाल के लिये भी अब लखनऊ लौटने में विलम्ब असह्य।

पाठक ने बम्बई छोड़ने से पहले दाढ़ी से छुट्टी लेकर मूँछें महीन कतर लीं। उषा को रूप-वेश में कुछ बदलना न था।

पाठक तीन मास पूर्व लखनऊ में सिन्हा, जैदी, शास्त्री, वेदप्रकाश और चन्द्रभूषण निगम से समाचार लेकर बातचीत कर आया था। उषा की फरारी के बाद सरीकों ने उसके मकान पर कब्जे की कोशिश की थी। बाबू और पड़ोसियों के विरोध के कारण सरीक सफल न हो सके, परन्तु रिसीवर ने उतना बड़ा मकान अपने एक आदमी को, उस महँगी के जमाने में केवल पच्चीस रुपया मासिक पर दे दिया था। अब उसमें दो परिवार थे। रेन्ट कन्ट्रोल लागू। मकान खाली करवा लेना आसान नहीं।

उषा साढ़े तीन वर्ष पूर्व क्रान्ति में सहयोग के लिये भेस बदले चुपचाप लखनऊ चारबाग स्टेशन से गयी थी, वैसे ही चुपचाप बिना किसी को समाचार दिये पाठक के साथ अप्रैल मध्य में लौटी। अब भेस न बदले थी, परन्तु स्टेशन पर उसकी अगवानी के लिये कोई नहीं। मेल ट्रेन स्टेशन में प्रवेश के समय चीख-चीखकर अपनी जगह के लिये चेतावनी दे रही थी। इंजन की उन चीखों में उषा के हृदय की किलकारियाँ···कूदकर इंजन से पहले स्टेशन पहुँच जाये। मेल रुकने पर प्लेटफार्म पर उतरते शरीर में पुलक···अपने घर की दहलीज पर कदम रख रही हो!

उषा और पाठक जानते थे, डी० एन० पंडित वालाकदर में रहते हैं, लेकिन स्थान अपरिचित। मकान निगम को मालूम था। पाठक फतेहगंज में कछियारी गली के मोड़ पर ताँगा रुकवा कर निगम को बुलाने चला गया।

पाठक कुछ विलम्ब से लौटा। विस्मय और चिन्ता से बोला, ''निगम, श्यामा नहीं है। मौसी के यहाँ भी अ़जीब सन्नाटा। सिमरन ने दरवाज़ा नहीं खोला, कहता है, मालकिन का हुक्म नहीं।''

''क्या···?'' उषा विस्मित।

पाठक फिर ताँगे पर उषा के साथ बैठ गया। ताँगेवाले को कैसरबाग चलने का आदेश देकर उषा ने बताया, ''सिमरन ने दरवाज़ा नहीं खोला तो हमने पूछा, हमें नहीं पहचाना? बोला, पहचाना। मालकिन का हुक्म है, कोई नहीं आयेगा। हमने कहा, मौसी से हमारा नाम बताओ। तो बताया, माँ जी काशी चली गयीं। फिर पूछा, तो कौन मालकिन हैं, सित्तो? उन्हें हमारा नाम बताओ। सिमरन ने बताया, बिटिया पूजा पर बैठ गयीं, दो घंटे से पहले नहीं बोलेंगी।''

''सित्तो···पूजा!'' उषा के होंठ खुले रह गये।

''हम स्वयं हैरान।'' सिमरन से कहा, ''बताते क्यों नहीं?''

''हम कुछ नहीं जानते सरकार सिमरन ने गर्दन झटक दी, हमें हुक्म कि कोई भीतर नहीं आयेगा। बहुत अपमान लगा पर मजबूरी। सिमरन भी बहुत झटक गया।

उदास बीमार-सा, चेहरे पर कई दिन की हजामत। निगम, श्यामा, जिया भी वहाँ से चले गये।

"पड़ोसी चौबे से पूछा, यह सब सन्नाटा कैसा, मामला क्या है? उसने पूछा, आप कौन हैं, बताया, मिश्रा जी के रिश्तेदार हैं। बीसियों बार आते-ठहरते रहे हैं। वह बोला, आप उनके रिश्तेदार, आप नहीं जानते तो हम क्या जानें! उसने किवाड़ मूँद लिये।"

वालाकदर में पंडित का मकान खोजने में असुविधा न हुई। उषा, डैडी, मम्मी, बेबे, पद्मा से गले लगकर मिली। सद्दू भी जीजी से लिपट गया। सभी की आँखों से उल्लास के आँसू। अमित घर पर न था।

"पप्पू, तुम्हारी मामा।" पद्मा ने प्रताप को बताया। प्रताप नवागन्तुक युवती को आँखें फाड़े देख रहा था।

पाठक का पंडित से पूर्व परिचय न था। उषा ने पूर्व परिचय दिया—रुद्रदत्त पाठक, कांग्रेस सोशलिस्ट पार्टी के आर्गेनाइजर थे। हम दोनों के नाम वारंट थे। फरारी में बम्बई में रहे। साथ-साथ आये हैं।

पाठक फिर आने के लिये कहकर चला गया।

इतने समय बाद बेटे को पाकर उषा का मन उमड़ आया। चाहती थी, प्रताप को गोद में ले ले। उसे पौने तीन बरस का छोड़ गयी थी, अब सवा छः बरस का। शरीर तब से दूना, तन्दुरुस्त-चुस्त। चेहरा-मोहरा शिशु का नहीं लड़के जैसा। कमीज-नेकर पहने। उषा को बिलकुल पहचाना लग रहा था। उसे सीने से लगा लेने की हुड़क। उषा उसे समीप खींचती, वह परे हट जाता।

प्रताप को मालूम था, उसकी मामा है। पद्मा बताती थी, तुम्हारी मामा पढ़ने के लिये विलायत गयी है। बहुत दिनों में आयेगी। मामा की कोई याद न थी, बस कल्पना—मामा अच्छी थी। वह मम्मी, बेबे को जानता था, खेल-कूद, लाड़-प्यार के लिये पद्मा आंटी। पद्मा प्रताप को बताती रहती—तुम्हारी मामा बहुत पढ़ी हुई।

"हमारी मिस टीचर से ज्यादा?" प्रताप शंका करता।

"हाँ बहुत ज्यादा।" पद्मा विश्वास दिलाती, "और बहुत बहादुर। तुम्हारी मामा की बहुत इज्जत। तुम्हारी मामा तुम्हें बहुत प्यार करती है। विलायत से तुम्हारे लिये ये-वो लायेगी…।"

डैडी, मम्मी, पद्मा और उषा की बातें समाप्त न हो रही थीं। प्रताप को माँ की गोद या बाँहों में जाने से तो झिझक, परन्तु नजर कौतूहल और उत्सुकता से उसी की ओर।

उषा बेटे के लिये तीन बढ़िया खिलौना बम्बई से लायी थी। पप्पू ने खिलौने लेकर 'थैंक यू' कहा और डैडी की मेज पर सुरक्षित रख आया। चेहरे पर संतोष नहीं, कुछ और आशा-प्रतीक्षा। पद्मा ने प्रताप के कान में मुँह लगाकर शंका का समाधान कर दिया। उषा को पप्पू की शिकायत बता दी, मामा विलायत से क्रिकेट का बैट और बॉल नहीं लायी? लायी है, सामान अभी स्टेशन पर है।

उषा बेटे को अपने साथ सुलाना चाहती थी। प्रताप ने कंधे हिला दिये, "नो! आई एम नाट ए बेबी। नाओ आई एम ए बिग बाय।" पद्मा ने प्रताप को छोटी खटोली के बजाय पलंग पर सुलाया। लड़के को नींद आ जाने पर उषा बेटे के समीप जा लेटी। आहिस्ता-आहिस्ता उसकी पीठ, गर्दन-टाँगें सहलाती रही।

सुबह प्रताप को जल्दी तैयार करना जरूरी होता। स्कूल-बस साढ़े छः बजे आ जाती थी। पद्मा मेडिकल कालेज के दूसरे वर्ष में थी। इतने दिनों बाद बहिन आयी थी। पद्मा कालेज न जा सकी।

उषा अपरिचित बन गये बेटे को रिझाने की चिन्ता में थी। नौ बजते ही दोनों बहनें पप्पू के लिये खेल का सामान खरीदने बाजार चली गयीं। युद्ध के कारण बाजारों में विलायती सामान दुर्लभ, कीमतें ढाई-तीन गुनी। बहुत खोज में चीजें मिलीं। पप्पू ने बहुत ध्यान से मोटरें देखीं। उसकी आँखों में संतोष की चमक देख उषा को संतोष।

पाठक ने निगम की नयी जगह खोज ली थी। मौसी के यहाँ दुबारा जाने से पूर्व निगम से स्थिति जान लेना चाहता था। उषा के लौट आने का समाचार भी देना था। निगम और श्यामा दोनों के मन में उषा के साहस-त्याग के लिये बहुत आदर-स्नेह। श्यामा समाचार पाते ही उषा से मिलने के लिये दौड़ी आयी।

श्यामा को देखकर उषा खिल गयी। गले लगकर मिली। उषा के मन में सरस्वती से मिलने, उसका समाचार जानने की तीव्र उत्सुकता। श्यामा से शिकायत की, ''कल साँझ पहले आप लोगों के यहाँ ही पता लेने गये।''' मकान कब बदला, क्यों? वहाँ क्या मामला?''

श्यामा नजर झुकाकर बोली, ''दीदी, दो महीने हुए वहाँ से आये। मकान बहुत परेशानी से बदलना पड़ा। आजकल नयी जगह मिलना बहुत कठिन। खैर, जगह मिल गयी, लेकिन पड़ोस अच्छा नहीं है। मज़बूरी'''।''

''सित्तो के यहाँ क्या हुआ, बताती क्यों नहीं?''

श्यामा गर्दन झुकाये मौन। उषा के पुनः आग्रह पर गहरी साँस, ''दीदी, वह लम्बी बात'''।'' श्यामा झिझकी, परन्तु उषा की व्याकुल उत्सुकता देखकर बताने लगी :

''आप जानती हैं, सरस्वती कितनी चुलबुली, सदा हँसमुख। हम दोनों बचपन की सहेलियाँ। हमसे तीन बरस छोटी है पर आपस में कोई छिपाव नहीं। दिसम्बर में पाठक भाई बम्बई से आये थे, तब से ही कुछ चुप-चुप। उसकी चुप्पी-चिन्ता बढ़ती गयी। हमारे पास आकर चुप बैठ जाये कुछ कहना चाहती है पर हौसला नहीं हो रहा। पन्द्रह-बीस दिन यही हालत। एक दिन रो पड़ी। बोली, तुम साइंस पढ़ती हो, हमें ज़हर ला दो। हमारा माथा ठनका। बहुत पूछा तो रो-रोकर सब बता दिया।

दीदी, हमारे पाँव तले से धरती हिल गयी। हमें भैया पर सन्देह हुआ। क्रोध में सरस्वती से कहा, तुम लोगों की अक्ल कैसे मारी गयी! ऐसी बेवकूफी कर बैठे हो तो भैया को तुम्हें निबाहनी पड़ेगी। मालूम था, उसकी माँ महाकट्टर रूढ़िवादी। प्राण रहते कायस्थ के लड़के से बेटी के ब्याह की बात नहीं सोच सकती पर दूसरा रास्ता क्या था! सित्तो से कहा, हमसे ज़हर माँगने आयी, भैया से क्यों नहीं कहा कि तुम्हें कोई दवा लाकर दें या तुम्हें लेकर कहीं निकल जायें। तुम्हारी जान-ज़िन्दगी से मज़ाक कर रहे हैं। तुम्हें खुद कहना चाहिए। ऐसी बात हम कैसे कह सकती हैं! उन्होंने तुम्हारा हाथ पकड़ा है तो छोड़ कैसे सकते हैं!''

उषा स्तब्ध मौन, ठोड़ी हाथ की मुट्ठी पर टिकाये सुन रही थी। आँखें फटी हुईं, चेहरा फक सफेद।

श्यामा ने बताया : सरस्वती का रो-रोकर बुरा हाल। दीदी, हम पर तो जैसे बिजली गिरी। आपको भी विश्वास न होगा। उनके यहाँ त्रिवेदी जी ठहरते थे न, पार्लमेन्टरी सेक्रेटरी। सरस्वती के पिता के सबसे विश्वस्त मित्र। उनकी माँ को भी उन्हीं का विश्वास-भरोसा। सितम्बर में जेल से छूटकर आये तो सात-आठ दिन उनके यहाँ ठहरे। बाद में भी जिस-तिस काम से आते रहे। आप जानती हैं, लखनऊ में इन्हीं के यहाँ टिकते थे। पान-पानी के लिये सित्तो को ही पुकारते। याद होगा, सरस्वती त्रिवेदी जी के जब-तब दुलराते सहलाते रहने की आदत से बहुत चिढ़ती थी। किसी समय लड़की पागलपन में बेखबर हो गयी। बेचारी का बेड़ा गर्क कर दिया।

दीदी, अब गुस्सा दिखाने, बुरा-भला कहने से क्या होता पर लड़की की ज़िन्दगी का सवाल, उसकी माँ की ज़िन्दगी का सवाल। रात भर आँख न लगी। जिया को सच बात बता दी। अम्मा को बहुत गुस्सा। बहुत गाली-वाली दी। जानती हैं, सित्तो के पिता के हम लोगों पर बहुत एहसान हैं। हमारे पिता उनके मुंशी थे। वह मकान उन्हीं का दिया है। जिया से कहा, उसकी मदद आवश्यक। जिया हम पर बिगड़ी, तू हमें ऐसा पाप करने को कहती है।

दीदी, हमने कहा पाप तो हो गया। लड़की की हत्या होगी। लड़की की ही नहीं, उसकी माँ की हत्या, खानदान की भी हत्या। इतने भले मिश्रा जी की मृत्यु के बाद बदनामी। जिया ने कहा, हम लोगों की जान-कलंक बचाना सौ तीर्थ-व्रत से बड़ा पुण्य। खैर, जिया मान गयी और कोशिश भी की।

हमने भैया से भी कहा, सित्तो परेशानी में है। बूढ़े ने गरीब लड़की को तबाह कर दिया। उसकी जो मदद हो सके, करनी चाहिये। भैया के दिल को बहुत चोट। दो दिन गुम-सुम।

उलटी-उबकाई से माँ जी को लड़की पर सन्देह हो गया। माँ जी ने और कुछ न पूछा। अनुमान कर लिया, पाप पड़ोसी लड़के (निगम) का है। रात भर आँगन में चटाई पर तारों के नीचे बैठी रहीं। घर में चूल्हा न जला। अन्न-जल कुछ नहीं। न लड़की को, न सित्तो की बुआ को पूछा।

हमारे यहाँ आकर जिया को ललकारा, तेरे बेटे ने मेरी लड़की का धर्म नष्ट किया! अब उस लड़की का क्या होगा? तेरे बेटे ने मेरा, मेरी बेटी, मेरे कुल-वंश का नाश किया; वैसे ही तुम, तुम्हारा बेटा, तुम्हारा घर-बार जलकर सर्वनाश हो। तुम्हारे कुल का जड़-मूल न रहे। ब्राह्मणी हूँ। तुझे, तेरे बेटे, तेरे कुल को सरापती हूँ।

जिया ब्राह्मणी के शाप से थर्रा गयी। चीख उठी, अपने घर बैठा-बैठाकर बूढ़े साँड़ को चराती थी, उसने तुम्हारी बिटिया को नहीं छोड़ा। अपने करमों से डूबी, हमारे निर्दोख गाय से बेटे को क्यों सरापो!

सित्तो की माँ लौट गयी। घर में सबका अनशन। साँझ हमारे यहाँ आकर हाथ जोड़ दिये, बेटी, हमने अनजाने में जो कहा छिमा करो। बनारस में अपने भाई का पता और त्रिवेदी जी का पता देकर कहा, तार लिख दो कि तार पाते ही तुरन्त आयें।

सित्तो की बुआ सब समझ गयी। भौजी को समझाना चाहा, जो हो गया उसे ढँको, दुनिया भर में ढिंढोरा मत पीटो।

सित्तो की माँ ने दोनों हाथों से कान मूँद लिये, पिछले जन्म के पापों का फल रँडापा भोग रही हूँ और पाप नहीं करूँगी। जिसका पाप इसने समेटा वही भोगे।

सिमरन तार देने जा रहा था तो सित्तो का मौन टूटा। माँ के सामने हाथ जोड़े, गोमती में कूद जाऊँगी। ऐसा ब्याह मत करो।

माँ जी ने इनकार में गर्दन हिला दी, ब्याह तो उसी से होगा। और पाप नहीं बटोरूँगी!

सित्तो एक बार फिर गिड़गिड़ाई, माँ जी, मुझे नहीं जीना, ब्याह मत करो।

माँ जी ने गर्दन झटक दी, कलमुँही, ब्याह तो तू कर चुकी। अब उससे कहाँ भागेगी। यह सब कुछ तुझे और उसे ही सौंपना है।

सित्तो अपने कमरे में चली गयी। माँ जी बहुत सतर्क। लड़की को पल भर के लिये ओझल न होने दें। लड़की उनके सिर आत्महत्या का पाप न डाल जाये।

त्रिवेदी जी तार पाकर तीसरे दिन प्रातः पहुँचे। दो दिन पहले खबर आयी थी, असेम्बली के लिये चुनाव जीत गये थे। आँगन में कदम रखते ही सकते में। माँ जी तीन दिन से आँगन का फर्श बीचोंबीच गोबर से लिपवा कर चटाई डाले अनशन से बैठी थीं। त्रिवेदी को सामने देखते ही बरस पड़ीं, तुमने मेरी बेटी को तबाह किया। अब समेटो उस पाप को। उससे फेरे किये बिना ड्योढ़ी नहीं लाँघने दूँगी!

त्रिवेदी की गर्दन झुक गयी। बदन हवा से हिलते केले के पत्ते की तरह।

दोपहर तक सित्तो के मामा आ गये। उन्होंने माँ जी को बहुत समझाया पर इनकार :

दीदी, हमें लड़की पर खुद दया। जानते थे, उसे बूढ़े ने खराब किया। माँ जी से कहने की हमें हिम्मत न हुई। जिया से कहा, माँ जी से भैया के लिये कह दें।

जिया ने क्रोध में फुंकारा, दूसरों का पाप हमारे सिर। हम अपने वंश को दाग लगायें। ऐसी पापिन और हराम की औलाद हमारे सिर। हमारे जीते जी ऐसा नहीं होगा।

भैया ने सुना कि माँ जी ने पुरोहित को बुलवाया है, साँझ फेरे कर देने के लिये.। स्वयं उनके आँगन में जाकर माँ जी के पाँव पर हाथ रख दिया, माँ जी, हम उसे इज्जत से बहू बनाने के लिये तैयार। हम उसे लेकर दूसरी जगह चले जायेंगे।

सित्तो की बुआ सुन रही थी। बोल पड़ी, भौजी, मान जा। समझ ले, भगवान रच्छा कर रहे हैं।

माँ जी ने भैया के हाथ अपने पाँव पर से झटक दिये। ननद को भी फटकार दिया।

साथ के कमरे से सित्तो निकली। उसने भैया की बात सुन ली थी। आगे बढ़कर त्रिवेदी के सामने हो गयी। चेहरा बिलकुल पीला-सफेद मोम जैसा, आँखें लाल। त्रिवेदी की ओर घूम गयी, आप नहीं जा सकते। अब धोखा देंगे तो मेरी हत्या करेंगे···।

एक पहर रात गये त्रिवेदी जी से सरस्वती के फेरे हो गये। माँ जी ने गुड़ का शरबत पीकर अनशन समाप्त किया। दूसरे दिन सुबह घर भर की चाबियाँ लड़की के सामने पटक काशीवास के लिये बनारस चली गयीं।

बात फैलते देर नहीं लगी। सुनते हैं, गुप्ता जी के दल ने आपत्ति उठायी—त्रिवेदी जी की चारित्रिक दुर्बलताओं की बहुत आलोचना हो रही है। ऐसे अपवादों का सार्वजनिक निरूपण किया जाना चाहिये। त्रिवेदी विधानसभा के लिये चुने जा चुके थे, परन्तु उनके लिये लोगों को मुँह दिखाना मुश्किल। इस बार आशा थी मंत्री, लेकिन

उन्होंने पार्लमेंटरी सेक्रेटरी बनना भी मंजूर न किया। उनके सार्वजनिक-राजनैतिक जीवन की हत्या हो गयी।

''दीदी, भैया तो ऐसे चुप और उदास कि न बोलें न खायें। नयी जगह खोजने में दो सप्ताह लग गये। जगह क्या, आँगन खुला है, कोठरियाँ भी बहुत लेकिन मकान कच्चा, खस्ताहाल, लोना लगी दीवारें। तीन कोठरियों की मरम्मत करवा ली है। यहाँ से दो-ढाई सौ कदम पर ही है···।

श्यामा ने दो-ढाई घंटे में पूरा प्रसंग बता दिया। उषा के मुँह से बोल फूटना कठिन। दीवार पर निरुद्देश्य टकटकी लगाये मौन। मन में शूल···बेचारी लड़की की ज़िन्दगी बर्बाद हो गयी।

प्रताप अपना बैट-बॉल लिये आ गया। चेहरा क्रोध से लाल, ''मामा, बन्ने नहीं खेलने देता। डज़ नॉट बाउल प्रापरली। बॉल दूर फेंक देता है। उसके साथ नहीं खेलेंगे।''

''हमारे पास बैठो।'' उषा ने बेटे को बाँह में लेना चाहा। वह बिदक कर परे हट गया, ''बॉल मम्मी को दे आयें।''

''लाओ हम रख लेंगे।''

''नहीं हम अपनी मम्मी को देंगे।'' प्रताप नानी के पास दौड़ गया।

श्यामा ने बता दिया था, पाठक साढ़े छः तक आयेंगे। भाई की प्रतीक्षा में रुकी रही। वे लोग सात तक आये। उषा-श्यामा के चेहरों से अनुमान, सित्तो का प्रसंग श्यामा ने बता दिया। निगम उषा के लौटने पर बहुत संतुष्ट-प्रसन्न।

''कहाँ रहे दिन भर?'' उषा ने पाठक से पूछा, ''मिश्रा भवन गये थे?''

''हाँ, दोपहर में गया था। सिमरन ड्योढ़ी का दरवाज़ा खोलने में झिझका। हमने डाँट दिया, हमारा घर, हमें रोकेगा कौन? त्रिवेदी जी असेम्बली गये थे।''

''सित्तो से क्या बात हुई?''

''हमने पूछा, यह कैसे हो गया? उसने प्रसंग पर बात न करने के लिये नज़र फेर ली। इधर-उधर का हाल पूछकर लौट आये।''

सरस्वती के प्रसंग से उषा अवसाद से जड़ हो गयी। एक ओर माया दूसरी ओर सित्तो। सोचा, आत्मपीड़न और गुलामी को धर्म मानकर उसके लिये गर्व करने वालों को कौन मुक्त कर सकता है?

उस संध्या उषा और डैडी में बातचीत का अवसर आया। संध्या अमित के कानपुर से लौटने की आशा थी। बात उसी के प्रसंग में आरम्भ हुई। डैडी को संतोष कि अमित ने फिज़िक्स में एम० एस-सी० फर्स्ट क्लास फर्स्ट किया था। फर्स्ट क्लास फर्स्ट आने के कारण शोध के लिये दो बरस की वृत्ति मिल गयी थी, लेकिन लड़के का बहुत समय पार्टी के झंझट में निकल जाता। पंडित लड़के के विचारों और प्रवृत्ति पर बंधन न लगाना चाहते थे। चिन्ता थी, लगे हाथ पी-एच० डी० कर लेना अच्छा होता। वह एक उपलब्धि और जीवन के लिये बहुत बड़ा अवलम्बन। सिलसिला टूट गया तो कठिन हो जायेगा।

पद्मा बीच में बोल पड़ी, ''जीजी, तुम फरार हो गयीं तो पुलिस ने डैडी को बहुत परेशान किया। प्रिंसिपल पर ज़ोर डाला कि इन्हें कालेज से निकाल दें।''

''पद्दो हम सबकी बुजुर्ग है।'' डैडी ने हँसकर बेटी को चुप करा दिया, ''इसे सबसे ज्यादा मालूम।'' उषा के समाधान के लिये संक्षेप में बताया : डिस्ट्रिक्ट मजिस्ट्रेट ने प्रिंसिपल से कहा था, आपके कालेज में राजद्रोही लोगों या उनके परिवार के लोगों को प्रश्रय नहीं मिलना चाहिये। वह ऐसा दब्बू नहीं, फिर अमरीकन। उसने हमने पूछा, सच-सच बताओ, राजनैतिक आन्दोलन से तुम्हारा सक्रिय सम्बन्ध है?

हमने कहा, सम्बन्ध न सक्रिय न निष्क्रिय। मेरा बेटा कम्युनिस्ट, युद्ध को जनयुद्ध कहकर उसमें सहायता का समर्थक। बेटी से इस सम्बन्ध में कभी चर्चा नहीं हुई। वह विवाहिता। वह युद्ध या ब्रिटिश विरोधी हो सकती है। लड़के-लड़की दोनों बालिग। लड़की चार बरस से हमसे पृथक्। मैं उसके विचार-व्यवहार के लिये कैसे उत्तरदायी?

प्रिंसिपल ने डिस्ट्रिक्ट मजिस्ट्रेट को लिख दिया—पंडित अठारह बरस से कालेज में हैं। उसकी रिपोर्ट विशिष्ट कार्य की रही है। राजनैतिक आन्दोलन के सम्पर्क से इनकार करता है। अपनी वयस्क और पृथक् रहने वाली सन्तान के लिये उसे उत्तरदायी नहीं माना जा सकता। सरकार उसे दोषी समझती है तो उस पर मुकदमा चला सकती है। उस पर अभियोग प्रमाणित हो जाने पर उसे कालेज की सेवा से तुरन्त मुक्त कर दिया जायेगा। डिस्ट्रिक्ट मजिस्ट्रेट चुप हो गया।

साढ़े आठ की गाड़ी से अमित आ गया। सदानंद फारसी टीचर के मकान के सामने दरवाज़े पर लगी बत्ती के नीचे हमउम्र सुलेमान और रुकैया से साथ खेल रहा था। उसने भाई को बड़ी जीजी के आने की सूचना घर में कदम रखने से पहले दे दी। अमित दौड़ पड़ा। उषा आँगन में खाट पर लेटी थी। भाई की पुकार सुनकर खड़ी हो रही थी कि अमित ने उसे बाँहों में उठाकर दो चक्कर दे दिये।

''ओ मीतू!'' उषा भय से चीखी।

''ओ पागल!'' माँ और बेबे ने एक साथ लड़के को डाँटा, ''ऊँट हो गया, इसे कभी अकल नहीं आ सकती,'' लेकिन अमित को कुछ परवाह नहीं। बहिन के साथ खाट पर बैठकर बाँह उसके गले में डाले रहा। डैडी देख-देखकर खुश।

''तुम्हारे इंतज़ार में ही थे। चलो उठो, अब सब लोग खा लो।'' मम्मी ने अमित को पुकारा, ''बहिन, से लाड़-प्यार फिर करते रहना।''

अमित से उषा को बहुत कुछ पूछना-जानना था। खाने के बाद दोनों दूसरों की नींद में विघ्न न डालने के लिये सामने के आँगन में तकियेदार मोढ़ों पर पास-पास बैठ गये।

''बहुत क्रिटिकल टाइम आ रहा है जीजी।'' अमित सहसा गम्भीर, ''हम लोगों का पोलिटिकल रीडिंग करेक्ट था। एटली ने साफ कहा, इस देश के शासन से दस्तबरदार होने का उनका निश्चय पक्का। आज़ादी आ रही है, लेकिन ब्रिटिश टोरियों और कैपिटलिस्ट की कान्सपिरेसी है कि इस देश में शासन शक्ति उनके वर्ग के, उनके सहायकों के हाथ में सुरक्षित रहे। हमारा काम जनता के प्रगतिशील तत्त्वों को सचेत और संगठित करके पूँजीवादियों के इस अन्तर्राष्ट्रीय षड्यंत्र को असफल करना है। तुमने देखा, जर्मनी की पराजय होते ही ब्रिटेन-अमरीका-फ्रांस ने सहसा कम्युनिज़्म और सोवियत विरोध की नीति अपना ली।''

''मीतू, छोड़ यह झगड़ा।'' उषा ने टोका, ''तुमने तो आते ही मुझे एजुकेट करना शुरू कर दिया।…किसकी आज़ादी आ रही है, कौन है प्रगतिशील? प्रगतिशीलता का

अर्थ केवल अंग्रेजों को हटाना। गले में स्वयं डाले फंदों से आज़ादी नहीं। इस देश के लोग, खासकर औरतें वैयक्तिक स्वतंत्रता को पाप समझें, आत्महनन को धर्म-निष्ठा; उन्हें कौन स्वतंत्र कर सकेगा?'' पूछ लिया, ''और लोगों का हाल-चाल बताओ, कोहली का क्या हाल? डाक्टर रज़ा डिमॉब हो गया होगा?''

दूसरे दिन दोपहर बाद उषा से मिलने कोहली और रज़ा साथ-साथ आये। कोहली कुछ चुप-चुप, बातचीत संक्षिप्त। उषा कहकर सम्बोधन किया। रज़ा पूर्वापेक्षा सैनिक की तरह चुस्त बदन, सैनिक ढब, परन्तु चेहरे पर कुछ परेशानी-उदासी। तीनों की स्मृतियों में पुराने दिन जाग उठे। रज़ा ने उषा भाभी सम्बोधन कर पूछा, ''अज्ञातवास के दिन कैसे काटे? बड़ी परेशानी रही होगी?''

उषा ने रज़ा को याद दिलाया, ''आपकी पार्टी की समझ ठीक निकली। अंततः नाज़ी फासिस्ट और जापान हार गये, परन्तु हम लोगों का छोटा-मोटा प्रयत्न भी सर्वथा बेकार नहीं गया। ब्रिटेन भारत को स्वशासन दे रहा है।''

रज़ा से पहले नरेन्द्र बोला, ''आप लोगों का प्रयत्न! गांधी और कांग्रेस ने तो उस प्रयत्न के उत्तरदायित्व से पूर्णतः इनकार कर दिया था। देख लीजिये, उस आन्दोलन में जेल जाने वाले लौटकर सौ में साठ कम्युनिस्ट बन गये हैं।''

नरेन्द्र की बात से रज़ा को सन्तोष न हुआ, बोला, ''राय ने तो 'क्विट इंडिया' आन्दोलन से पूर्व ही कह दिया था, इस युद्ध के परिणाम में ब्रिटेन जर्जर हो जायेगा। उसे भारत को स्वायत्त शासन देना ही पड़ेगा। ये एटली की बात से भी साफ हैं।''

''क्विट इंडिया की हुंकार गांधी और कांग्रेस जाने किस नशे में दे बैठे, फिर उससे मुकर भी गये।'' नरेन्द्र ने कहा, ''परन्तु सर्वसाधारण की विदेशी शासन से विरोध स्वाभाविक बात। लोगों को गांधी और कांग्रेस पर न विश्वास था, न है।''

''लोगों को रायिस्टों और कम्युनिस्टों पर विश्वास है?'' उषा ने विद्रूप किया।

''समझदार लोगों को होना चाहिये। राय की आठवें चमत्कार की बात सुनी होगी।'' रज़ा ने उषा और कोहली की ओर देखा, ''भारत में अदना से अदना सरकारी नौकर से लेकर ऊँचे से ऊँचे सरकारी अफसर तक सभी को विदेशी शासन से नफरत, सभी को आज़ादी की ख्वाहिश, लेकिन हर व्यक्ति ब्रिटिश सरकार की व्यवस्था में अपने विरोध को दबाकर अपना कर्तव्य निबाह रहा है। कारण, उन्हें कांग्रेस के हवाई गोलों पर भरोसा नहीं और दूसरा कोई अल्टरनेटिव नहीं।''

''हमसे पूछ रहे हैं!'' उषा ने प्रसंग बदल दिया, ''खुद लड़ाई में, मोर्चे पर हो आये। वहाँ क्या पिकनिक पार्टी थी!''

''बरमा में मोलमीन तक गया था। वहाँ बम्बार्डमेंट में पिंडली में एक स्प्लिंटर घुस गया। महीना भर छुट्टी फिर बेस कैम्प। नवम्बर में डिमॉब होकर लौट आया था। फिर मेडिकल कालेज में।''

उषा ने भी संक्षेप में सब बता दिया। ख्याल आया, हमारे विवाह की बात सुनकर क्या सोचेंगे?

''गेती भाभी से मिलाने कब ले चलियेगा?''

''जब कहिये।'' रज़ा ने नज़र बचाकर जवाब दिया।

''टाल क्यों रहे हैं। दावत नहीं माँग रहे, भाभी से मिलेंगे।'' उषा ने उलाहना दिया, ''फुर्सत नहीं तो पता बता दीजिये। हम खुद पहुँच जायेंगे।''

''हम आकर ले जायें यह बेहतर।'' रज़ा नजर बचाये रहा। उषा को विस्मय, नरेन्द्र भी उस प्रसंग को अनसुना कर रहा था। सन्देह…कुछ बात है। प्रकृति विरोध से परस्पर सूट न करने की बात याद आ गयी। अपने आग्रह के लिये संकोच।

'भारत छोड़ो' आन्दोलन के समय यूनिवर्सिटी में उषा के भाषण, आज़ाद हिन्द रेडियो पर स्वतंत्रता संग्राम में सहयोग के लिये उसकी ललकारें, 'डू ऑर डाई' की हुंकार, साढ़े तीन बरस ब्रिटिश शासन और पुलिस की आँखों में धूल झोंककर गिरफ्तारी से बचे रहना जनता को भूल न गया था। सर्वसाधारण के मन में उसके लिये बहुत आदर और सराहना। उसके आने की पूर्व सूचना होती तो उसके स्वागत के लिये हजारों लोग स्टेशन पर फूल-मालायें लेकर पहुँचते। उसका जुलूस निकाले बिना न मानते।

उषा और रुद्रदत्त पाठक चुपचाप साँझ के झुटपुटे में लखनऊ पहुँच गये थे। तीन दिन में उनके आने की सूचना नगर में फैल गयी। राजनीति से सम्पर्क रखने वाले युवक उनके प्रति आदर-सराहना प्रकट करने के लिये उत्सुक। अप्रैल में विद्यार्थियों पर परीक्षा का आतंक। वह समय यूनिवर्सिटी के जश्न-ज़लसों का नहीं होता। परीक्षा के कारण क्लासें भी स्थगित। फिर भी उषा के सम्मान में एक सभा यूनियन हाल में की गयी। सभा में सभी दलों का सहयोग। उषा के साहस-बलिदान की सराहना, झाँसी की रानी, चाँद बीबी, जोन ऑफ आर्क से उसकी तुलना। उषा ने बहुत संकोच से जनता के आदर-स्नेह के लिये धन्यवाद देकर छुट्टी पायी।

उषा और पाठक के सम्मान में दूसरी सभा का आयोजन कांग्रेस दफ्तर में कांग्रेस समाजवादी और उग्र कांग्रेसी जवानों ने किया। सार्वजनिक सभा नहीं, आपसी सहयोग से साठ-सत्तर निमंत्रितों की पार्टी। आचार्य नरेन्द्रदेव, गुप्ता जी और रफी साहब को भी निमंत्रण। उषा के प्रति हरि भैया के स्नेह-चिन्ता से बहुत लोग परिचित। उन्हें भी निमंत्रण। हरि भैया सभा के समय से आधे घंटे बाद तक भी न आये। लोग विस्मित।

रफी साहब ने सुझाया, ''हरिकृष्ण भाई समय की पाबन्दी में गांधी जी के अनुयायी। खयाल है, आने का विचार नहीं। उनकी प्रतीक्षा फिजूल।''

सिन्हा ने ज़ैदी की ओर देखा, ''उन्हें सूचना पहुँचा दी थी? न हो कोई जाकर बुला लाये। नीचे बीस कदम पर उनकी दुकान।''

ज़ैदी के चेहरे पर नाराज़गी। उसने राम वर्मा की ओर संकेत कर दिया।

''हमने कल स्वयं उनकी दुकान पर जाकर सूचना दी।'' वर्मा के स्वर में क्रोध, ''पाँच मिनट पहले नीचे जाकर देख आये। दुकान पर नहीं हैं।''

सूचना पाकर भी हरि भैया के न आने के विचार से उषा को विस्मय और दुख। वह श्यामा और निगम से तीन बार कह चुकी थी, हरि भैया के यहाँ ज़रूर जाना है।

चली जाना फुर्सत से, क्या जल्दी है—उन लोगों ने टाल दिया था। उषा को सन्देह, कोई बात है।

''कार्रवाई शुरू कीजिये।'' रफी साहब ने बात समाप्त कर दी।

सिन्हा ने प्रस्ताव किया, "सौभाग्य से हमारे दोनों आदरणीय पथदर्शक आचार्य जी और रफी साहब स्नेहपूर्ण उदारता से उपस्थित हैं। आप लोगों को उषा और रुद्र की विरुदावली सुनाने की आवश्यकता नहीं है। अनुरोध है, इस समय आचार्य जी हम सबकी ओर से रुद्र और उषा के घर लौटने पर स्वागत-शुभकामना का आशीर्वाद दें और रफी साहब आशीर्वाद समारोह की अध्यक्षता की कृपा करें।"

आचार्य जी आठ-दस मिनट बोले, सदा की तरह भाषा और भाव दोनों प्रांजल। मुख से शब्दों के फूल झड़े, कागज के नहीं, वास्तविक सुगन्धित फूल। अंतिम वाक्य, "…रुद्र और उषा हमारे राजनैतिक परिवार के सबसे कर्मठ युवा साथियों में हैं। हमारे कार्य में उनका स्थान वही जो किसी बड़े जहाज के छिपे हुए इंजन रूम में इंजन को चालू रखने वाले मिस्त्री का होता है। वह कमान की भव्य पोशाक में नज़र नहीं आता। उषा पर हमें अपने नगर, प्रदेश और देश की सुपुत्री होने का गर्व है।"

सिन्हा पाँच मिनट बोला। उसके बाद ज़ैदी। वह आवेश वश में न रख सका, "कुछ लोग कांग्रेस संगठन और आन्दोलन को अपनी नैतिकताओं का मदरसा बना देना चाहते हैं। उन्हें याद रखना चाहिये, कांग्रेस राजनैतिक मंच है। इसमें भाग लेने वालों की धर्म और आचार सम्बन्धी मान्यतायें अलग-अलग हो सकती हैं। हमारे सम्पर्कों-सम्बन्धों की बिना राजनैतिक है, धर्म और आचार सम्बन्धी नहीं। हम रफ़ी साहब और आचार्य जी को अपना बुजुर्ग रहबर मानते हैं। हमें उन पर भरोसा है इसलिये अपनी शिकायत और निराशा उनसे नहीं छिपायेंगे। सब जानते हैं, हम लोगों ने सूबा कांग्रेस पार्लमेंटरी बोर्ड में एक हजार एक दस्तखतों से दर्खास्त दी थी कि उषा जी को सूबे के जवानों की नुमाइन्दा के तौर पर असेम्बली की उम्मीदवारी का टिकट दिया जाये। बेमतलब हुज्जतें खड़ी करके हमारी दर्खास्त दबा दी गयी। हमने इस बेइन्साफी को बर्दाश्त कर लिया, लेकिन उषा जी और भाई रुद्र के लिये हमारे दिलों में जो इज़्ज़त है वो खुद आचार्य जी के अलफाज से जाहिर है…।"

ज़ैदी के इशारों से उषा और परेशान।

रफ़ी साहब ने स्थिति सम्भाली, "हमारे दिल में उषा के लिये इज़्ज़त और फख्र किसी जवान से कम नहीं है, लेकिन हर संगठन के कायदे-कानून होते हैं। ऐसे कायदे बाज वक्त किसी अच्छे काम में भी हायल हो सकते हैं, लेकिन उसूलन उनके मुताबिक चलना वाज़िब होता है। उषा की हिम्मत और कुर्बानी की कीमत सिर्फ असेम्बली की सीट ही नहीं है। यह उषा के पहले कदम हैं। उसकी हिम्मत और कुर्बानी की रोशनी को दकियानूसियत छिपा नहीं सकेगी…।"

ज़ैदी कुछ अधिक उत्साह में आ गया, बोल पड़ा, "आप सबको सुनकर खुशी होगी, रुद्र और उषा सिर्फ राजनैतिक इन्कलाब की राह में आगे नहीं हैं। सामाजिक इन्कलाब की राह पर भी उनके कदम आगे हैं। रुद्र और उषा जल्दी ही क्रान्ति के आजीवन संघर्ष में पूरे सहयोग के लिये सिविल मैरेज़ कर रहे हैं। हमें पूरा यकीन है कि आप सबकी बेस्ट विशेज़ उनके साथ हैं। उस मुबारक मौके पर हम सब फिर मिलेंगे।"

"जरूर!…जरूर! शेष लोगों के उल्लास के साथ आचार्य जी का स्पष्ट और रफी साहब का मध्यम स्वर सुनाई दिया।

उषा लाज से गड़ी जा रही थी…क्या जरूरत थी यहाँ कहने की!

कांग्रेस समाजवादियों द्वारा आयोजित स्वागत में पाठक और उषा के साथ निगम और श्यामा भी गये थे। साथ-साथ लौट रहे थे। असंतोष या विरोध में हरि भैया के न आने और ज़ैदी के संकेतों से उषा का मन बहुत खिन्न।

''आप लोगों ने चुनाव टिकट के सवाल पर क्या झगड़ा-झंझट खड़ा कर लिया! हरि भैया किस बात से नाराज?'' उषा ने पूछा।

स्वागत सभा सात बजे समाप्त हो गयी थी। निगम और श्यामा अपना मकान दिखा देने के लिये उषा को अपने यहाँ ले गये थे। निगम ने बताया, ''दीदी, बात ज़ैदी ने कह दी। पाठक भाई दिसम्बर में आये तो बात हुई थी कि आपको टिकट दिलाने की कोशिश की जाये। इलेक्शन उम्मीदवार की अनुपस्थिति में भी हो सकता है। ज़ैदी को इसमें बहुत उत्साह। हमें हरि भैया से सब सहायता की आशा थी। जो भी कारण हो, उन्होंने शंका की—उम्मीदवार को स्वयं आवेदन देना चाहिये या उसके हस्ताक्षर जरूरी। ज़ैदी भिड़ गया, '''आपको हम पर विश्वास नहीं? रुद्र हमसे स्वयं कह गये हैं। हम बम्बई जाकर उषा जी से मंजूरी के दस्तखत ले आयें? लेकिन पहले वायदा कीजिये—उनके दस्तखत ला देंगे तो नगर कमेटी उनकी सिफारिश करेगी।'' निगम ने कहा, ''भड़भड़िया तो है ही, जैसे अभी खुशखबरी देने की उतावली, वहाँ भी कह दिया—रुद्र और उषा मुस्लिम नामों से दम्पति की तरह रह रहे हैं। लौटकर सिविल मैरेज कर लेंगे। सुनकर हरि भैया सुन्न! ज़ैदी की तरफ एकटक देखते रह गये।''

उस साँझ हरि भैया घर लौटे तो पत्नी और गौरी के सामने विस्मय प्रकट किया था, ''···कुछ लोग चाहते हैं उषा को असेम्बली का टिकट दिया जाये। कोई कह रहे हैं उषा बम्बई में रुद्र के साथ गृहस्थ में रह रही है।''

पत्नी राजनीति को नहीं समझती थी। यह जानती थी असेम्बली का टिकट खास लोगों को मिलता है। भड़क उठी, ''भली कही उसकी! यो लोग रंडापा काट सकती हैं! यहाँ ही उसके क्या लच्छन थे। अमरू जेल में थे तो हरदम सैर-सपाटे। कभी इसके साथ सभी उसके।''

हरि भैया की पत्नी से अधिक नाराज गौरी। क्रोध में अपनी समझ से बता दिया, ''भाभी क्या जानती हैं, देखते तो हम थे। अमरू भाई जेल में थे तो यहाँ छः मास जलसा मनाती रही। उनके लौटने पर उन्हें कुछ गिना नहीं। भैया बेचारे घर बैठे डाक्टरी करें, वो अपने मेलियों के साथ होटल-सिनेमा जाये। भैया कुढ़ते थे पर बोलते नहीं थे, बल्कि वो जिद्द करे तो फटफटिया पर सिनेमा-होटल पहुँचा दें। सोग का दिखावा नखरा तीन महीने भी नहीं चला। वो क्रान्ति के लिये क्या भागी, रंडापा नहीं निबाह पा रही थी सो जाहिर हो गया। ऐसे लोग असेम्बली में जायेंगे···।''

जनवरी में प्रत्याशियों के अंतिम चुनाव के समय कांग्रेसी जवानों ने फिर उषा को टिकट दिये जाने के लिये आग्रह किया। हरि भैया नगर कांग्रेस के मंत्री। उनका अनुमोदन आवश्यक। हरि भैया को संगठन के नियमों के उल्लंघन से बड़ी दूसरी आपत्ति। हरि भैया ने स्पष्ट कह दिया : कांग्रेस का आन्दोलन राजनैतिक है, परन्तु हमारी नीति और एकमात्र शक्ति गांधी जी द्वारा अनुमोदित सत्य, अहिंसा की नीति और आत्मिक बल। आचार की निर्बलता, उच्छृंखलता हमें खोखला कर देगी। हम ऐसे अनाचार से आँख नहीं मूँद सकते, उसका अनुमोदन कैसे कर सकते हैं?''

राम वर्मा ने चुनौती दी, ''आप उन पर व्यर्थ तोहमत लगा रहे हैं। आप नहीं जानते उनकी यह मजबूरी राजनैतिक कार्य के कारण?''

''हमें उससे आपत्ति नहीं।'' हरि भैया ने स्वीकारा, ''लेकिन विधिवत विवाह के बिना गृहस्थ बन जाना मजबूरी नहीं है।''

''मजबूरी है कैसे नहीं!'' उदय की आँखें सुर्ख। क्रोध में उसकी जबान अकसर बेलगाम हो जाती, ''आपके छः बच्चे किस मजबूरी से?''

''चुप रहो!'' राम ने जोर से डाँटा। हरि भैया निर्विकार जैसे सुना नहीं।

''अपने साम्प्रदायिक विश्वास और आचार दूसरों पर लादने के हमें क्या हक!'' राम ने बात सम्भाली, ''वे लोग नास्तिक। वे आपकी परम्पराओं को ढोंग मानते हैं। उनके आचार और नैतिकता की अपनी मान्यतायें हैं।''

''हमें किसी की मान्यता की आलोचना से मतलब नहीं।'' हरि भैया ने गर्दन हिलाई, ''परन्तु समाज में व्यवस्था के लिये सामाजिक आचरण का संयम-अनुशासन आवश्यक। आपने कहा, लौटकर सिविल मैरेज करेंगे। इसका स्पष्ट अर्थ अपने वर्तमान सम्बन्ध को अनुचित मानना। आप हमें जो कहें, हम अपने विवेक के विरुद्ध उसका अनुमोदन नहीं कर सकते।''

उग्र दल चुनाव के लिये उषा को कांग्रेस उम्मीदवार का टिकट न दिला सका।

उषा मन में पाठक पर नाराज···इनसे कहा था, हमें नहीं जरूरत चुनाव टिकट की। टिकट के लिये कहकर खामुखा फजीहत करवायी। यह भी खयाल, बम्बई में दोनों अच्छे-भले थे। लखनऊ आकर झंझट में पड़ गये।···पर वह सब था तो नकली, नकली कब तक निबाह सकते थे।

पाठक प्रातः आठ-नौ के बीच आकर उषा से बात कर जाता। सुबह न आ पाता तो संध्या सात के लगभग आता। इतने दिन बाद लखनऊ लौटे थे, भविष्य के प्रबन्ध की चिन्ता, दूसरे बीसियों काम। स्वयं उषा को बहुत काम। उत्तराधिकार के मुकदमे की स्थिति समझने के लिये बाबू और वकील से मिलना। अदालत ने सम्पत्ति रिसीवर के नियंत्रण में देकर उषा और बेटे के लिये मासिक खर्च लगा दिया था। उसके फरार हो जाने पर रिसीवर यह रकम सरकारी खजाने में जमाकर रहा था। उसे प्राप्त करने के लिए कार्रवाई। रिसीवर से मिलकर अपनी सम्पत्ति के मकानों में से कोई मकान अपने निवास के लिये पा सकने का यत्न। अपने निर्वाह के लिये जीविका की चिन्ता। पूरा दिन इन बातों में निकल जाता।

गत दोपहर माया का पत्र मिला था :

''अच्छी डार्लिंग, प्यार! प्यार! प्यार!!! तुम पर बहुत क्रोध फिर भी लिख रही हूँ। तुम्हें लखनऊ पहुँचे इतने दिन हो गये और मुझे चार अक्षर न लिख सकी। पट्टू ने न लिखा होता तो तुम्हारे लौट आने का समाचार भी न पाती! पट्टू दिसम्बर में ही कुछ मिनट मिलकर सब बता गया। पट्टू और तुम्हारे लिये भी और तुम्हारे मित्र रूप में इससे बड़े सौभाग्य की कल्पना नहीं कर सकती।

''तुम्हें एक-दूसरे को जयमाला पहनाते देखने की मुझे कितनी उमंग। उस क्षण की प्रतीक्षा पर न्योछावर। पट्टू ने बताया, तुमने उसे निर्मोही कहा।'' ···उषा को बिजली सी

कौंध गयी, हाय, वो बात भी बताये बिना न रह सके! अपना ऐसा रहस्य उषा के जान लेने पर भी माया के नाराज न होने से उस पर और निहाल। "पर अच्छी, तुम भी कम निर्मोही नहीं कि आने की सूचना तक न दी। क्या करूँ? मुझे ऐसों से ही निबाहना। मेरी निर्मोही, मेहरबानी करके ठीक तारीख की सूचना कुछ दिन पहले देना। इस बार काफी नहीं। मुन्नी की तरफ से उसकी मौसी को प्यार!"

दूसरे दिन पाठक आया। माया के पत्र से उषा का मन उमगा हुआ। पाठक के साथ सामने आँगन में आ गयी। मान मुद्रा से शिकायत, "बम्बई से चलते समय तो वायदा था, लखनऊ पहुँचकर दूसरे दिन पहला काम सिविल मैरेज के लिये आवेदन। इतने दिन हो गये, ख्याल ही नहीं!"

"फार्म लाकर दे दिये तो कह दिया, "कल हो जायेगा और भूल गयीं।" पाठक मुस्कराया, "लड़ने को मन चाह रहा है?"

"हम अभी दे देते हैं।" उषा की झुँझलाहट उतर गयी, "कोई मकान भी देखा? रिसीवर ने हमारे मकानों में से जगह दिला सकने का कोई आश्वासन नहीं दिया। कहता है रेन्ट कंट्रोल है! केस करके मकान खाली करवा सकने में बहुत टाइम लग जायेगा।

"एप्लीकेशन दे दें। मैरेज की डेट अलग मकान मिल जाने पर लेंगे। मैरेज के लिये यहाँ से जाना अच्छा नहीं लगेगा···फायदा भी क्या।" उषा ने कुछ रुककर कहा, "अब डैडी, मम्मी को भी बता देना ठीक होगा। शहर में तो तुम्हारे दोस्तों ने ढिंढोरा पीट दिया। जिन लोगों को वास्ता, उन्हें कुछ मालूम ही नहीं। हम खुद नहीं कह सकते। तुम्हें कहना होगा।"

"हम कह लेंगे। मकान के लिये कई लोगों से कहा पर कोई आशा नहीं। जगह भी सुविधा-प्राइवेसी की चाहिये। निगम के यहाँ ढेरों जगह है। खुद कह रहा है, हमें तीन कोठरी, रसोई वगैरह के लिये जगह दे सकता है। उनसे जगह बँटा लें। मरम्मत करवाने में मदद देगा। उन पर किराये का बोझ भी हलका हो जायेगा। हमें भी सस्ता और पड़ोस अच्छा। मकान कच्चा है, कोई बात नहीं, गरमी में कम तपेगा। बरसात आने तक और जगह देखने का अवसर···।"

उषा को लखनऊ आये दो सप्ताह हो गये थे। सिविल मैरेज के लिये आवेदन दे दिया था। उसकी अनुपस्थिति में सरकारी खजाने में जमा करा दिया रुपया निकलवाना ही कठिन हो रहा था। रिसीवर के आश्वासन देने पर भी बिना रिश्वत कागज आगे बढ़ न पाते। रिश्वत देने में उषा को संकोच। वह बहुत खीझ गयी थी।

साँझ सात बजे आँगन में खाट पर लेटी तो कल्पना में कई बातें आ-जा रही थीं। सित्तो का प्रसंग मस्तिष्क को छोड़ता न था। नखास में खाला के यहाँ जाने का विचार कई बार आया, जा न सकी।

सिविल मैरेज की एप्लीकेशन दिये दस दिन हो गये थे। निगम ने कोठरियों की मरम्मत का काम अभी तक शुरू न कराया था। जाने उसमें कितना समय लग जाये। पाठक सप्ताह भर के लिये गया था। अब लिख दिया, दो-तीन दिन अधिक लग जायेंगे। उन्हें सद्रुद्दीन से बात करने के लिये बम्बई भी जाना है। कब तक यह झगड़े निबटेंगे!

लौटे तो डैडी, मम्मी से बात कर लेनी चाहिये। उन्हें सूचना आवश्यक। ···यूँ तों हम जो चाहें करें पर बता कर करना उचित।

कोने में एक तरफ प्रताप, सद्दू और रुकैया कैरम खेलते झगड़ रहे थे। रुकैया ने पद्मा से शिकायत की, ''आंटी-आंटी, पप्पू हमें खेलने नहीं देता।''

पद्मा किसी काम में व्यस्त थी। उसने बाहर आकर पप्पू को पुचकारा। उषा की ओर देख बोली, ''जीजी, तुम बहुत अच्छा खेलती थी। आओ न, देखें, खेल सकती हो या भूल गयी?''

उष चुप, जैसे सुना नहीं।

बेबे समीप पीढ़ी पर बैठी तरकारी काट रही थी। उषा को टोका, ''अच्छी, क्या गुम-सुम पड़ी है। बच्चे बुला रहे हैं। जरा हँसा-खेला कर।'' बेबे को उषा तीन-चार दिन से कुछ खोई-खोई, चुप-चुप लग रही थी।

''अब क्या हँसू-खेलूँ बेबे! बूढ़ी हो गयी गयी।'' उषा ने अँगड़ाई ले ली। उषा बेबे से चुहल के लिये सदा उत्सुक।

''सुनो तो इस लड़की की बातें!'' बेबे ने डाँटा, ''तू बूढ़ी हो गयी! आजकल तो लड़कियों के ब्याह तेरी उम्र में होते हैं।''

''मेरा भी करा दे।'' उषा कह बैठी।

बेबे स्तब्ध। मुँह खुला रह गया। दो पल सोचकर बोली, ''क्यों नहीं, अभी तेरी उम्र क्या···।'' बेबे ने तुरन्त अंजली बाँधकर आसमानी बाप से दुआ माँग ली।

बात उषा के मुँह से निकल गयी थी। शायद अवचेतन में प्रयोजन था माता-पिता को सूचना दे देने की इच्छा! ख्याल आया, पाठक के लौटने पर मालूम होगा तो डैडी, मम्मी, बेबे क्या सोचेंगे···।

दूसरे दिन धूप ढल जाने पर पाँच बजे के लगभग नख्खास गयी। रतनी उषा भाभी को पहचान, हुलस से लिपट कर आँसू बहाने लगी। खाला अब बहुत कमजोर, खड़े होना कठिन, लेकिन किमास-खस की खुशबू बरकरार। खाला और रतनी अमर को याद कर आँसू बहाने लगीं।

''खालाजान, जो हो गया उसे याद कर रोने से क्या फायदा।'' उषा ने ही तसल्ली दी।

रतनी नजदीक आ बैठी, ''भाभी, हमने तो सुना पुलिस आपकी तलाश में थी। हुस्ना के अब्बा कहते थे, अखबारों में आपका बहुत जिक्र था।'' खाला दुआ पढ़कर उषा के सिर और गालों पर प्यार किये जा रही थी।

उषा ने बहुत संक्षेप में सब बता दिया। वह एक-एक का नाम ले-लेकर सबका हाल पूछ रही थी। बड़े लड़के खालिद के बारे में भी पूछा। रतनी को बहुत भला लग रहा था—भाभी को एक-एक का नाम याद है।

''क्या बतायें भाभी, खालिद मियाँ का इम्तहान है तेरहवें दर्जे का। उनके अब्बा बहुत परेशान। इन्हें पढ़ने-वढ़ने की तरफ कुछ खयाल नहीं, खुराफात में रहते हैं। क्या कहते हैं उन्हें, अलाह का करम।''

''खाकसार।'' हुस्ना ने याद दिलाया।

''हाँ खाकसार। साँझ-सबेरे जब देखो खाकी वर्दी पहने, कंधे पर बेलचा। बस कवायद का खेल हो रहा है। इनके अब्बा कहते हैं, पहले इम्तहान दे लो, कौम की खिदमत के लिये बहुत वक्त है पर कौन सुनता है। अब तक अल्लाह के फजल से हर साल पास होते रहे। इस साल देखिये क्या गुल खिलाते हैं!''

सूर्यास्त हो रहा था, ''खालाजान, अब इजाजत दीजिये। हम फिर हाजिर होंगे।'' उषा उठना चाहती थी।

''वाह भाभी, मुद्दतों बाद तुम्हारे मुबारक कदम आये। मुँह भी जूठा न करेंगी।'' छोटे लड़के कैसर को भेजकर नजदीक से कबाब और खुर्मा मँगवा लिये थे। उषा की पसंद याद थी। मिठाई, कबाब सामने रख दिये, ''हम शर्बत ला रहे हैं।''

''न आपा, शर्बत नहीं, पिलाना ही है तो एक प्याली चाय ले सकते हैं।'' उषा को डाक्टर रज़ा की नसीहत याद थी—मुसलमान के घर अगर पीने की मजबूरी हो जाये तो पानी कभी न पियें। उनके यहाँ एक ही गिलास से सबका पीते जाना आम बात और अपनापन।

चाय बनते-बनते खालिद आ गया। खाकसारों की वर्दी में चुस्त लग रहा था। उषा ने पाँच साल पहले देखा था, तब मसें न भीगी थीं। अब ओठों और ठुड्डी पर काफी रोयें। शेव नहीं, कायदे से कतरे-तराशे।

खालिद को पहचानने में कुछ अड़चन हुई। माँ ने बताया, ''पहचानते नहीं···डाक्टरनी भाभी, जिनके यहाँ गोलागंज वाली सड़क पर जाते थे।''

उषा ने चाय पीते-पीते खालिद से बात की, ''खाकसारों का कसरत करना, डिसिप्लिन सीखना सब बहुत मुनासिब, लेकिन मुस्लिम अवाम और दूसरे अवाम की जिन्दगी के सवाल-तकलीफें एक जैसी, तालीम और रोजी की कमी। आर्थिक शोषण की चक्की में मुसलमान-हिन्दू दोनों पिस रहे···।''

खालिद भड़क उठा, ''यह कांग्रेसियों की चालें हैं। मुस्लिम अवाम को रोज़ी-रोटी के सवाल से भटका उन्हें अपने असली मकसद पाकिस्तान से गुमराह करने के लिये। इसका जवाब हमारे लीडर खलीकुज़्ज़माँ साहब दे चुके। खलीक साहब खुद पहले कांग्रेसी थे। कांग्रेस की असलियत पहचान कर कांग्रेस को खैरबाद कहा और लीग में शामिल हुए। हिन्दू के लिये रोटी का सवाल जरूर अव्वल है, मुसलमान के लिये नहीं। मुसलमान के लिये अव्वल सवाल उसके एतक़ाद, दीन और कौमी-मज़हबी फराइज़ का है। हम रसूल के मुज़ाहिद हैं जो ज़िहाद में तीन-तीन दिन बिना दाना-पानी, पेट पर पत्थर बाँधे लड़ते रहे, हाथ से तलवार नहीं रखी। हमारे लिये अव्वल सवाल रोटी-रोज़ी नहीं, फर्ज़ेदीन, हुकूमते इलाही पाकिस्तान कायम करना है। हमारे सब मसायल का हल पाकिस्तान···।''

''कैसे बोल रहे हो!'' रतनी ने बेटे को सावधान किया, ''अदब से बात करो, तुम्हारी मामीजान हैं।''

''हम मामीजान का अदब करते हैं, लेकिन बात सही कहेंगे।'' खालिद की गर्दन तन गयी।

उषा नख्खास से लौट रही थी तो मन उदास···हिन्दू-मुस्लिम यूनिटी के झूठे सपने! इलेक्शन से जाहिर हो गया: मुसलमानों के प्रतिनिधि यूनिटी चाहने वाले आजाद, रफ़ी साहब, सद्रुद्दीन, अशरफ, रज़ा, ज़ैदी नहीं, अलहदगी और बँटवारा चाहने वाले जिन्ना,

लियाकत अली और खलीकुज़्ज़माँ हैं। जब बच्चे के दिल में साम्प्रदायिक घृणा-द्वेष, यह लोग एक कौम कैसे बन सकेंगे। हिन्दू तो सैकड़ों साल से मुसलमान से मार खाकर, उसका गुलाम बनकर भी उससे घृणा से नाक सिकोड़ कर उसे धिक्कारता रहा। अब हिन्दू का तकाजा—हिन्दुस्तान का एक राष्ट्र; हिन्दू राष्ट्र! हिन्दुस्तान के करोड़ों मुसलमानों को कत्ल कर दो। हालाँकि खुद इनकी व्यवस्था ऐसी कि स्वयं हर रोज इनकी संख्या कम। हो जायें खत्म। झगड़ा मिटे...।

तीसरे दिन सुबह पाठक लौट आया। उषा बात करने के लिये सामने वाले आँगन में चली गयी। "डैडी से आज बात कर लूँ? उन्हें फुर्सत होगी?" पाठक ने पूछा।

उषा ने अनुमति दे दी।

"मिस्टर पाठक, फुर्सत हो तो हम लोगों के साथ एक प्याला चाय लीजिये।" पंडित ने निमंत्रण दिया।

पाठक ने उत्साह से स्वीकारा। नाश्ते से उठा तो पंडित के समीप चला गया, "आपको असुविधा न हो तो मुझे कुछ समय दीजिये।"

पंडित बात करने के लिये प्रस्तुत, परन्तु उन्हें नौ बजे संडे स्कूल के लिये चर्च जाना था।

"आपके साथ बात करता चला चलूँगा।" पाठक ने कहा।

उषा को लाज-संकोच की सिहरन तो अब क्या होती, परन्तु डैडी को समाचार मिलने और उनकी प्रतिक्रिया की धुक-धुक जरूर।

बेबे से चुहल और पाठक-डैडी में बातचीत का प्रभाव उषा ने दूसरे दिन साँझ तक अनुभव कर लिया। पप्पू किसी बात के लिये मम्मी की बगल घुसा जा रहा था। मम्मी ने दुलार से डाँटा, "देखो बेईमान को! चार दिन में माँ के साथ भाग जायेगा तो नानी को पहचानेगा भी नहीं।"

उषा ने सुना। मन-मन मुस्करायी, सब जान गये और मंजूर...। उषा गहरी और सूक्ष्मदर्शी थी, परन्तु लोगों की समझ और दूरदर्शिता अकसर अपने बारे में काम नहीं करती। उषा अठारह दिन से घर में थी। पाठक से व्यवहार में और उससे आंतरिकता भाँप सकने का कोई कारण या संकेत न था, परन्तु डैडी, मम्मी, बेबे, पद्मा आँखों पर पट्टी नहीं बाँधे थे। स्त्रियाँ तो बात वैसे ही सूँघती हैं जैसे कुत्ता-बिल्ली छिपाया हुआ दूध-दही।

उषा से फरारी के समय बम्बई में निर्वाह के बारे में मम्मी पूछ चुकी थी। मम्मी को उस प्रसंग से फिर कौतूहल, पाठक वहाँ क्या करता था? उसकी कैसी नौकरी थी, कितनी तनख्वाह, क्या योग्यता-शिक्षा? घर बार कहाँ?

उषा जानती थी, पहली बार स्थिति दूसरी थी। उस समय डैडी-मम्मी को बेटी के विधर्मी से विवाह पर आपत्ति, बिरादरी की आलोचना का आतंक। इस स्थिति में वे बातें या चिन्ता न थी। अब माँ-बाप की केवल एक इच्छा, बेटी संतुष्ट-सुखी रहे।

उषा माता-पिता के साथ चौबीस दिन रहकर निगम से बँटाये मकान के आधे भाग में चली गयी। पप्पू को खूब रिझा लिया था। इसके लिये उसे चाकलेट, आइसक्रीम से लेकर रविवार सुबह चिड़ियाघर की सैर, मिकी माउस की फिल्म, क्या-क्या रिश्वत न देनी पड़ी। नयी जगह घर जमाने में भी बेबे की सहायता जरूरी, इसलिये बेबे भी साथ गयी।

चार दिन में उस हाते के बच्चे पप्पू के हमजोली बन गये। पप्पू उनके साथ ही खेलता रहता। अलबत्ता उषा खुद न चाहती थी लड़का आवारा-गलीज बच्चों के साथ खेलकर गालियाँ बकना और खराब आदतें सीखे। हाते में पाँच-सात बरस के लड़के भी प्रौढ़ों के स्तर की गालियाँ बकते। डैडी वाले हाते में फारसी टीचर और आर्यसमाजी पोस्टमास्टर के बच्चे की संगति इससे बेहतर थी।

उषा नयी जगह ठेले से सामान उतरवा रही थी। एक जवान औरत हाथ जोड़ गिड़गिड़ाई, ''हुजूर आपके यहाँ झाड़ू-बुहारी, बर्तन-भांड़े का काम हम करेंगे। आप बताती जाइये, हम सामान लगाती जायें।'' जवान औरत की उम्र तीस के आस-पास। धोती कई जगह से फटी-गुथी, बेनाप का ढीला सलूका। दुबली पर चुस्त।

औरत बिना कहे ही छोटा-मोटा सामान ठेले से उठाकर भीतर रखने लगी। धूप तेज हो गयी थी। उषा ने स्त्री की सहायता स्वीकार कर ली। उषा को औरत की विनय अच्छी लगी।

उषा सामान ही कितना लायी थी। पन्द्रह-बीस मिनट में रखा गया। औरत ने जाने से पहले कोठरियों में झाड़ू लगा दिया। चलते-चलते बोली, ''हमारी कुलिया आपके दरवाज़े के सामने। चौका-बर्तन के लिये साँझ जब पुकारोगी आ जावेंगी। हमारा नाम मन्नी।''

औरत के जाने पर बेबे ने आपत्ति की, ''कुड़िये, मैं-तू दो आदमी। नौकरानी की जरूरत? मुझे क्या अंडों पर बैठना है...।'' तब तक शम्मो जिया आ गयीं, ''बिटिया, कैसे आयी थी वो लुगाई?''

उषा के बताने पर जिया बोली, ''हमारे यहाँ मेहरी आती है, वही तुम्हारा काम भी निबटा देगी। ये लुगाई ठीक नहीं।''

स्कूलों में मई से अवकाश, श्यामा भी घर पर। सामान लगाने में उषा की मदद के लिये आ गयी थी। जिया ने उसे टोका, ''तुमने क्यों नहीं बताया इन्हें कि उस औरत को मुँह लगाना ठीक नहीं।''

''जिया, लोग बहुत कुछ कहते हैं। हमें-तुम्हें क्या मालूम!'' श्यामा ने माँ को उत्तर दिया, ''पड़ोसी यों ही उसके पीछे पड़े हैं। बक-झक कर उसका काम छुड़ा देते हैं। एक लड़का है उसका। आखिर कैसे पेट पालेगी? दीदी, कोई ऐब देखेंगी, छुड़ा देंगी।''

मन्नी काम समझ और यत्न से करती। मालकिन को संतुष्ट-प्रसन्न रखने की चिन्ता से देखती, उषा या बेबे कैसे-क्या करती हैं। वैसे ही करने का यत्न। बहुत कुछ बिना कहे भी कर देती। उषा संतुष्ट।

उषा ने सप्ताह भर में मन्नी की बाबत बहुत कुछ सुन लिया : दस-ग्यारह बरस पहले विधवा हो गयी थी। दूसरे मर्द के साथ रहने लगी। वह इसके बेटे को मारता-पीटता। मन्नी ने उसे छोड़ दिया। तब से लोगों के चौका-बर्तन, मेहनत-मजूरी से पेट पालती है, लेकिन बदनामी थी। कोई कहती, फलाना-फलाना इसके यहाँ आता है। कोई कहती, फलाने-फलाने के यहाँ जाती है। लोग निन्दा सुनकर काम छुड़ा देते। कभी बाहर सड़क पर मूँगफली या दूसरा चबेना लगा लेती है। तब भी अपवाद, जाने क्या बेचती है?

पाठक अपने व्यवसाय के लिये सूचना और सम्पर्कों के प्रयोजन से इधर-उधर आता-जाता रहता। दिल्ली से लौटा तो दो दिन उषा के यहाँ ठहरा। वह सावधानी एक और

यातना। परिचित उसके शीघ्र विवाह का निश्चय जान गये थे, परन्तु विवाह की रीति अभी सम्पन्न न हो पायी थी। लोकशील और औचित्य की दृष्टि से उनका अधिक एकान्त अनुचित। अन्य लोगों की संगति में बातचीत या एक साथ घूम आने क ही अवसर। दोनों को बहुत खलता परन्तु बेबस। विवाह के लिये नोटिस की अवधि पूरी होने में अभी नौ दिन शेष।

बम्बई में उषा को साढ़े तीन बरस काफी श्रम करना पड़ा था। सार्थक श्रम का संतोष भी पाती थी। लखनऊ लौटकर निष्क्रिय रहना भी खलता। उन दिनों लखनऊ में स्त्रियों के लिये जीविका थी तो केवल अध्यापिका की। तीस बरस पहले यू० पी० में सरकारी और कारोबारी दफ्तरों में पुरुषों के साथ स्त्रियाँ भी काम करती न दिखायी देती थीं।

उषा की जीविकार्थ कुछ करने की इच्छा के लिये पाठक का सुझाव था—पी-एच० डी० करना चाहो तो बेहतर! उसके लिये उत्साह नहीं तो दूसरा रास्ता। टीचरी में तुम्हें क्या मिलेगा, सत्तर नहीं पचहत्तर। दिन भर की बोरियत। श्यामा कैमिस्ट्री में एम० एस-सी० करके जुबली से केवल पचहत्तर मासिक पा रही थी। आई० सी० ओ० सी० के आफिस का काम निबाह सकती थी, मिनोई-पाठक मशीन मार्ट का दफ्तर क्यों नहीं सम्भल सकोगी? उस काम के योग्य आदमी डेढ़-दो सौ से कम में नहीं मिलेगा। आफिस तुम्हें वेतन देगा, शुरू में सौ ही सही। तुम आफिस सम्भालो, हम फील्ड वर्क करें। ठाली बैठने की बोरियत से बचोगी, सहज काम और स्वतंत्र। उषा को बात जंच गयी थी।

जून में दिन में कच्चा आँगन खूब तप जाता। संध्या मन्नी पूरे आँगन में निगम के भाग तक खूब गहरा छिड़काव कर देती। रात गहरा कर हवा ठंडा जाती तब भी धरती से सुहावनी महक। खूब अच्छी नींद आती।

"हैं ऽ! क्या हो गया?" बेबे उठकर खाट पर बैठ गयी। उसकी नींद जितनी गहरी हो, जरा से खटके से टूट जाती।

"लोग चिल्ला रहे हैं···चोर।" आँगन के दूसरे भाग से जिया लेटे-लेटे बोली। उसकी नींद भी वैसी है। चीख-पुकार स्पष्ट सुनाई देने लगी। औरतों की चीखें, मर्दों की आवाजें।

"क्या है बेबे?" उषा की नींद उचट गयी।

"क्या है जिया?" श्यामा की पुकार।

"क्या बावेला है?" निगम भी उठ बैठा। वह खाट के नीचे से टार्च लेकर बाहर जाकर देखने के लिये आँगन के किवाड़ों की साँकल खोल रहा था।

"तुम क्या करोगे वहाँ जाकर! आवाज देकर पूछ लो।" जिया ने टोका। निगम रुका नहीं, टार्च की रोशनी डालता आगे बढ़ गया। बेबे, जिया, उषा, श्यामा जिज्ञासा से दरवाजे में आ गयीं।

"सिर फूट गया!"···खूनो-खून!"

"हाय कैसा जमाना!"

"पुलिस बुलाओ।"

दो मकानों के सामने बिजली जल गयी थी। हाते के दूसरे घरों के दरवाजों से भी कौतूहल से व्याकुल स्त्रियाँ झाँक रही थीं। निगम को टार्च और दूसरी टार्च के प्रकाश में

दिखाई दे रहा था—मन्नी की कोठरी के दरवाजे के सामने लोग जमा थे। उषा, श्यामा, जिया, बेबे अपने आँगन के दरवाजे के भीतर खड़ी इतनी दूर से कुछ समझ न पा रही थीं। निगम लौटा तो सबकी उत्सुक आँखें उसकी ओर।

"चेतू ने माँ को मार डाला।" गला दुख से भर्राया हुआ।

'हैं ऽऽ!" जिया का मुख विस्मय, अविश्वास से खुला रहा।

चेतू दूसरे शो के बाद सवारी घर पहुँचा कर लौटा था। उसके पड़ोसी मंगरू ने लड़के को टोककर गाली से लानत दी, "अबे मर्द की औलाद है कि हिजड़े की! तेरी माँ इतनी बेहया कि यारों को घर बुलाकर छिनारा करे। तू मर्द होकर चुप। थू ऽ तेरे नाम पर! साले मुहल्ले का मुँह काला करवा रहा है। देख जाकर भीतर तेरा बाप बैठा। तेरी जगह कोई मर्द की औलाद होता दोनों का सिर काट लेता चाहे फाँसी चढ़ जाता…।" मंगरू और पड़ोसिन लक्खी लड़के को इससे पहले भी गाली-उलाहने देते रहते थे।

चेतू ने अपनी कोठरी के किवाड़ पर जोर की दस्तक दी।

"खोलते हैं।" भीतर से मन्नी ने पुकारा। तब तक और जोर की दस्तक। किवाड़ कुछ झिझक से खुले।

कोठरी के सामने चूल्हे-रसोई के लिये तंग अँगनिया। आँगन में चटाई पर सिगरेट की डिबिया देखकर चेतू ने घूमकर देखा। आँगन के दरवाज़े की बगल दीवार के साथ चिपका एक मर्द। चेतू चूल्हे के पास पड़ी सिल के लिये लपका। उधर मर्द छलाँग से बाहर भाग गया। चेतू ने हाथों में उठायी सिल माँ के सिर पर मार दी। मन्नी चीखी। उसके मुँह से पूरी आवाज भी न निकल पायी। धरती पर गिर पड़ी।

मँगरू देख रहा था। उसने चीख से पुकारा, "मार डाला! …लड़के ने मार डाला!"

पड़ोसी दौड़े आये। मन्नी का चेहरा-कपड़े खून से लथपथ। किसी ने नाक के सामने हाथ रखकर साँस देखी, किसी ने नब्ज! पड़ोसिन पर्वतिया ने सीने पर हाथ रखकर धड़कन टोह ली। खत्म।

उषा का कलेजा धक-धक। घुटने काँप गये। खाट पर बैठ गयी। वही हाल श्यामा का। जिया ने भगवान को याद किया, हरे राम! हरे राम! बेबे ने दोनों हाथों की अंजली से दुआ माँगी, ए रब्ब सब दे गुनाह बख्श…।

उषा का कलेजा मुँह को आ रहा था। निगम की ओर देखा, "कोई डाक्टर बुलाने या हस्पताल ले जाने की कोशिश नहीं करेंगे…?"

"दीदी, वो बिलकुल खत्म। हमने खुद नब्ज देखी। कासिम ने नाक के आगे हाथ रखकर देखा। खत्म हो चुकी। मालूम होता है, चोट से भेजा फट गया, इन्सटेन्टेनियस डैथ। औरत तो खत्म, लड़के का क्या होगा? आवेश में पागल हो गया। सुन्न बैठा है।"

"उसका क्या होगा?" उषा कातर स्वर में बोली।

"क्या होगा! पुलिस गिरफ्तार करेगी। कहाँ तक भागेगा? भाग जाने पर पकड़ा गया तो केस और खराब। न पकड़ा गया तो उम्र भर के लिये क्रिमिनल।"

"हमने पहले भी कहा था, लड़के की जान साँसत में है।" निगम परेशानी में बोलता गया, "बेटे के लिये माँ की ऐसी बदनामी बुरी, लज्जा या डूब मरने की दूसरी क्या बात? मुहल्ले पड़ोस के मर्द-औरत ताने-उलाहने देते रहते—डूब मर! थू! पड़ोसी कह रहे हैं, एक-दो बार माँ से लड़ा भी।

"माँ ने उसे उलटे डपटा, कौन आता है, किसने देखा? माँ ने पड़ोसियों को गाली दी, हरामी हैं साले! खुद की बुरी नजरें।

"आखिर लड़का कहाँ तक सहता! क्रोध में बेबस हो गया। आदमी उत्तेजना में आत्महत्या कर सकता है तो दूसरे की हत्या भी कर सकता है। इतना तो सात-आठ बरस के बच्चे भी सुनकर जान जाते हैं कि दूसरे को मार डालने से फाँसी होती है।"

दो बज रहे थे। हाते में बच्चों के अतिरिक्त सब की नींद उचट गयी। म्युनिसिपैलिटी के प्लम्बर कासिम के मकान के सामने कई लोग घटना के सम्बन्ध में चर्चा कर रहे थे। कुछ प्रौढ़ायें कौतूहल से मन्नी की पड़ोसिन पर्वतिया के दरवाज़े के सामने जमा।

कासिम के परामर्श से एक पड़ोसी सड़क तक गया कि रौंद के सिपाहियों को हाते में कत्ल हो जाने की खबर दे दे। रौंद के सिपाहियों ने जवाब दिया, "हमे क्या मतलब। कोतवाली में इत्तिला करो!"

कोतवाली कौन जाये? लोगों को भय, पुलिस इत्तिला देने वाले को हो न बैठा ले।

हाते में निगम के मकान से दस कदम पर भदई की कोठरी। भदई, उसकी दो छोटी बिटियाँ और उसकी माँ भीतर अँगनिया में सोते। उसका बूढ़ा बाप बादल और दस बरस का लड़का कोठरी के सामने मचिया डाल लेते। बादल की उम्र पैंसठ से ऊपर। जवानी में बहुत बार अदालत भुगती थी। सुनने वाला हो तो पुरानी चर्चा छेड़ देता। कानूनी राय भी देता।

हाते में स्तब्धता छा गयी तो बादल की आवाज नागरी-अवधी मिली बोली में सुनायी देने लगी, "...हम कहते हैं भाग जाने वाला मर्द कत्ल कर गया! बस मामले में सक! सक का फायदा मुजरिम को। लम्बर दोम, अगर कत्ल हुआ इस्ताल की बौखलाहट माँ और लरिका नाबालिग, फाँसी कइसे हो सकत? हम कहें इ सजा न होनी चाहिये, हो जाये तो दो-चार बरस। कत्ल हुआ, इस्ताल की बौखलाहट माँ। वकील जोरदार चाहिये।"

बादल की आवाज क्रोध में ऊँची हो गयी, "बहनचोद कत्ल की सजा होना चाहिये उन मादरचोदों को..." उसने पड़ोसियों के नाम लिये बिना कई वजनी गालियाँ दीं, "जिन लोगों ने नासमझ लरिका को गाली दे-दे, कोंच-कोंचकर कत्ल करवाया। लड़के की जिन्दगी हराम किये थे। कत्ल से बड़ा जुरम कत्ल करने के लिये उकसाना। हम गवाह, सबके नाम गिना देंगे कोट में...असल मुजरिम कत्ल करवाने वाले।"

हत्या के आतंक से स्तब्ध वातावरण में बादल की आवाज और ऊँची, "हमें मालूम कौन-कौन गरीब मेहरिया के पीछे पड़े थे। माँ के खसम खुद एक रात मेहरिया के बिना न रहें, दूसरों को जोग-बैराग सिखायें! वह बेचारी उठती जवानी में एक बच्चा जन के रांड। वो लावारिस गरीब तो उसे आँख दिखाने को सब शेर...।"

रात के सन्नाटे में बादल की आवाज सब सुन रहे थे। वह किसी एक को नहीं, सबको कह रहा था, इसलिये किसका हाथ अपनी दाढ़ी पर जाता।

उषा भी सुन रही थी। उसका मन-मस्तिष्क घटना से बहुत व्याकुल। बूढ़ा क्रोध में बक रहा था, परन्तु बात झूठ-गलत नहीं। प्रश्न, चेतू का क्या होगा?

उषा को नींद न आ सकी। म्युनिसिपैलिटी की घड़ी से चार की टंकार सुन चुकी थी। मुर्गे बाँगें देने लगे। बेबे उठकर अँगीठी सुलगाने लगी। उषा को अनुमान, घटना के

बाद बेबे की भी आँख नहीं लगी। बेबे ने चाय बनायी तो उषा भी समीप आ गयी। चाय की गर्मी से कुछ स्वस्थ अनुभव कर झपकी आ गयी।

उषा की आँख खुली तो सूर्योदय से पूर्व का उजाला। पप्पू नींद में बेखबर। मई आरम्भ से ही स्कूल में छुट्टी थी। लड़के को स्कूल के लिये तैयार न करना था। उषा नहाने-धोने में लग गयी। खपरैलों पर सूर्य की किरणें आ गयीं तो बेटे को उठाया और नहला-धुलाकर कपड़े पहना दिया। बेबे ने नाश्ता बना दिया था। पप्पू को नाश्ता देकर उषा ने कहा, "बेटे, हम मम्मी के यहाँ जा रहे हैं, चलोगे? वहाँ रुकैया और देबू के साथ खेलना।"

उषा बेटे को हाते से सड़क की ओर ले जा रही थी। नजर कनखी से मन्नी के दरवाजे की ओर चली गयी। चार-पाँच लड़के-लड़कियाँ कौतूहल में मन्नी के खुले दरवाज़े के सामने खड़े थे। उषा बेटे को उधर से आड़ किये ले जा रही थी, उसकी नजर उधर न जाये, भयंकर घृणित स्थिति न देखे, वैसी बातें न सुने। मम्मी को संक्षेप में स्थिति बताकर पप्पू को साँझ तक रोक लेने का अनुरोध किया। स्वयं न ठहरी। चिन्ता थी, मन्नी के शरीर का, उसके लड़के का क्या होगा?

मन्नी की दारुण मृत्यु के लिये उषा को बहुत दुःख, परन्तु वह खत्म हो गयी थी। अब उत्कट चिन्ता और व्याकुलता चेतू के लिये···चौदह-पन्द्रह बरस का लड़का। अपनी माँ के लिये वैसा सुनकर उसके मन पर कितनी चोट लगी होगी! बौखला गया। क्षोभ-उत्तेजना में बेबसी के लिये फाँसी। फाँसी नहीं तो जेल की सजा।

लगभग ग्यारह बजे पड़ोस के बच्चे दौड़ आये, पुलिस सबको पकड़ ले जा रही है। जिया, बेबे, उषा, श्यामा ने भी उड़के किवाड़ों की आड़ से देखा—कड़ी धूप में ठेले पर सूखे खून से सना, झटकों से हिलता मन्नी का निर्जीव शरीर। शरीर के ऊपर ढेरों मक्खियाँ। इतनी मक्खियाँ मानो शरीर को धूप से बचाने के लिये छाँव कर रही हों। ठेले के साथ दोनों हाथ और कमर में रस्सी से बँधा, गर्दन लटकाये चेतू। पुलिस के सिपाही मंगरू, मनहर, भोजू, लक्खी, पर्वतिया को भी कोतवाली लिये जा रहे थे।

चुभती धूप में ठेले पर हिलती माँ की लाश के साथ तेरह-चौदह बरस का लड़का सिर झुकाये ऐसे चला जा रहा था, जैसे रस्सी से बँधा निस्सहाय पशु वधस्थल की ओर जा रहा हो। जिया, बेबे, श्यामा, उषा का कलेजा मुँह को आ गया, आँखें डबडबा आयीं।

जिया को दरवाज़े में देख बादल समाचार देने के लिये उधर ही आ गया। दीवार की छाया में खड़ा होकर बोला, पुलिस को गाली दी, ···"पड़ोसियों को फालतू में पकड़ ले गये। लोगों से धेली-रुपया सलामी लेकर साँझ तक छोड़ेंगे। किसी के दरवाज़े मौत-मुसीबत आये, इनके लिये अच्छा दिन! ···पर हमने गवाही ऐसी लिखवा दी कि लौंडा साफ छूट जाये। पड़ोसियों की भी गवाही कि लौंडा लौटा तो गैर मर्द मौजूद था। हुजूर, ये और अच्छा, मर्द औसान खोकर अपना जूता छोड़ भागा। जूता सबसे बड़ी गवाही—लौंडा इस्ताल में बौरा गया···।"

निगम ने कानून और अदालती कार्रवाई के जानकार अनुभवी लोगों से राय लेकर उषा को बताया : चेतू की उम्र के विचार से फाँसी या लम्बी कैद की सजा नहीं हो सकती। मुकदमा उस पर होगा। लावारिस है। ऐसी हालत में सरकार उसकी सफाई के लिये वकील भी देगी। इस मामले में चुप रहना बेहतर।

उषा को चिन्ता, हो सके तो लड़के को जमानत पर छुड़ाने और सज़ा से बचा लेने का यत्न किया जाय। निगम ने कहा : हवालात और जेल में रहने का प्रभाव लड़के के मन-मस्तिष्क पर बुरा पड़ेगा। लड़के की उम्र कच्ची। दरअसल वह अपराधी नहीं। उसने भड़कावे में पत्थर दे मारा, कत्ल हो गया। गुस्से और लड़ाई-झगड़े में बच्चों का पत्थर मार देना मामूली बात। उषा लड़के का भावी जीवन बर्बादी से बचाने की चिन्ता में उसे जमानत पर छुड़ा सकने और उसकी उचित सफाई के लिये खर्च करने को तैयार।

निगम ने सोचा, दीदी भावुकता में परेशान है। सरकारी खजाने में जमा तीन हज़ार मिल गया है। दोनों बम्बई से साँझे में डेढ़ हज़ार बचा लाये हैं। वह सब न्योछावर कर देने के लिये व्याकुल। दीदी की सहृदयता के लिये आदर-सराहना, परन्तु उषा को गलती से बचाने के लिये समझाया : बात खर्च की नहीं। सवाल लड़के को जमानत पर छुड़ाकर कहाँ रखेंगी? उसे किस-किस की नज़र से छिपायेंगी! अभी तो लड़का सुन्न हो गया है। सप्ताह-दस दिन में लोगों के ताने सुनकर भाग जाये तो आप उसे कहाँ ढूँढ़ेंगी! निगम की व्यावहारिक दृष्टि से कही बातें उषा मान गयी।

फूहड़ भाषा में बादल की बात ठीक थी। पूरे हाते-मुहल्ले ने कच्ची उम्र के लड़के को कोंच-कोंचकर कत्ल के लिये मज़बूर कर दिया।···उषा के मन में रह-रहकर मन्नी, चेतू की बात टीस जाती। उसके साथ सित्तो का आत्महनन···बेबस औरत।

पाँचवें दिन पाठक के पत्र से उषा को दूसरी चिन्तायें। बम्बई में सब ठीक चल रहा था। पाठक को वहाँ सप्ताह भर और काम। सिविल मैरेज़ के लिये नोटिस की अवधि तीन दिन पूर्व समाप्त हो चुकी थी। पत्र में अनुरोध, वकील पांडे से कहकर सिविल मैरेज़ के रजिस्ट्रार से पच्चीस-छब्बीस जून की तारीख ले ली जाये। उसी संध्या छोटी सी पार्टी की योजना। ताकीद—बहुत पसारा नहीं। शादी की तारीख की सूचना तार से माँगी थी।

शादी की तारीख की सूचना माया को भी तार से देनी थी। माया, घोष और दोनों बच्चों के साथ आना चाहती थी। तीन-चार दिन लखनऊ में ठहराने के लिये उचित प्रबन्ध की चिन्ता।

उषा पत्र पाकर उसी संध्या निगम के साथ पांडे के यहाँ तारीख लेने गयी। दूसरे दिन पांडे ने सूचना दी, शादी की तिथि छब्बीस जून शनिवार स्वीकार कर ली गयी है। उषा ने तुरन्त बम्बई-इलाहाबाद तार दे दिये।

विवाह के लिये समारोह, आडम्बर या दहेज की तैयारी का सवाल न था, परन्तु अपना घर सुरुचि से सुविधाजनक बना सकने की इच्छा ज़रूर। डैडी, मम्मी, बेबे पहले विवाह के समय कुछ न कर सके थे। विवाह में उनकी सहमति थी। मम्मी, डैडी, पद्मा को उपहार देने का भी अरमान। वही बेबे के मन में।

व्यक्तियों की सराहना, आलोचना उनके परिचय के क्षेत्र और प्रसिद्धि के अनुपात में होती है। अब उषा का नाम नगर में जाना-माना। उसके सम्मान में यूनिवर्सिटी और कांग्रेस दफ्तर में आयोजित सभाओं के समाचार भी अखबारों में छपे थे। नगर में उसकी चर्चा फिर ताज़ी। पांडे नगर-नारद। ज़ैदी, वर्मा, उदय को रुद्र-उषा के प्रति आदर। उनके विचार में रुद्र-उषा का विवाह प्रगतिशील कदम।

रुद्र-उषा के सिविल मैरेज के निश्चय की चर्चा फैल गयी थी। उषा को नारी का स्वाभाविक संकोच ज़रूर, परन्तु चिन्ता नहीं। वह कुछ अनुचित या छिपकर न कर रही थी। चर्चा का अर्थ, लोगों को पता लगना। लगना ही चाहिये। विवाह की रस्म का प्रयोजन ही लोगों को सूचना, सामाजिक मान्यता की मोहर।

उषा से मुँह-दर-मुँह किसी ने कुछ न कहा, परन्तु आलोचना की भनक उसके कान में भी पड़ी···कोई दूसरी मामूली औरत करे तो कोई बात नहीं पर इसका इतना नाम, इतनी इज़्ज़त। इसे शोभा नहीं देता है···भारतीय नारी का आदर्श।

उषा को ऐसी आलोचना की परवाह न थी, न उत्तर देने की चिन्ता। श्यामा से मतैक्य। लखनऊ लौटने के बाद से परस्पर और अधिक निस्संकोच विश्वास और गहरी आत्मीयता। उसके सामने ऐसी ज़ाहिल बातों पर झुँझलाहट प्रकट कर दी : भारतीय नारी का अर्थ रूढ़िग्रस्त ब्राह्मण, क्षत्री, बनिया, कायस्थ विधवा! हिन्दू विधवा का केवल एक तप, धर्मनिष्ठा से रंडापा निबाहना। विधवा के मृत पति के साथ जल मरने के धर्म से इस देश का माथा ऊँचा। यहाँ के पुरुषों की लम्पटता से देश का माथा नहीं झुकता। हिन्दू नहीं, तो भारतीय नारी नहीं।···सब सित्तो और मन्नी नहीं हैं कि मुट्ठी में लेकर मिट्टी के ढेले की तरह मींज कर फेंक दें।

दिन भर सीधी धूप से तपे आँगन में साँझ छिड़काव बहुत ज़रूरी। जिया ने मन्नी की मृत्यु के तीसरे दिन ही दूसरा प्रबन्ध कर लिया था। आँगन में नल के नीचे बाल्टी रख देती। भदई की बेटियों बतसिया और गुन्नी को पुकार लेती। दोनों को लोटे थमा देती। लड़कियाँ लोटे भर-भर दौड़-दौड़कर पानी फेंकती जातीं। जाने कितनी बाल्टियाँ पानी आँगन में छिड़का जाता!

सूरज मुहल्ले के मकानों की ओट हो गया था। आँगन में बैठने का समय। जिया ने लड़कियों को पुकारा, "बिटिया बतसिया-गुन्नी···क्या कर रही हो; आ जाओ।"

जिया की पुकार के उत्तर में बतसिया की चीख, रोकर शिकायत, "पप्पू ने मार दिया···।"

बतसिया की चीख सुनकर उषा ने आँगन के दरवाज़े की ओर जाकर पुकारा, "पप्पू यहाँ आओ! क्यों मारा बतसिया को?"

"खामुखा बच्चे के पीछे पड़ी रहती है।" बेबे ने डाँटा, "जब देखो बच्चे को धमकी।···प्यार से समझाते हैं बच्चों को। अभी उस दिन शिब्बन को घूँसा मार दिया तो पप्पू को चाँटा मार बैठी।"

बतसिया की माँ ने भी शिकायत की, "बीबी जी देखो, पप्पू बतसिया को इत्ता बड़ा ईंटा मार गये। बिटिया का कपाल फूट जाता।" बतसिया ने आधी छटाँक का कंकड़ उठा उषा को दिखाया।

"बिटिया, पप्पू कहाँ गया?" उषा ने बतसिया से पूछा।

"बड़े बदमाश हैं पप्पू।" बतसिया की माँ का क्रोध पप्पू को डाँट पड़ जाने से धुल गया था, "आपको हल्ला करते सुना तो हम जाने नानी के यहाँ भाग गये।"

उषा ने भीतर लौटे बेबे से कहा, "पप्पू बच्चों से लड़कर मम्मी के यहाँ दौड़ गया, उसे बुला लाऊँ!"

"ना-ना, तू अपना काम देख! उसे मैं ले आऊँगी।" बेबे उठ गयी। उसे डर, उषा गुस्से में लड़के को धौल-धप्पा न लगा दे।

बतसिया और गुन्नी पानी छिड़कने आ गयीं। गुन्नी को देख उषा ने पुकारा, "बिटिया, एक लोटा पानी हमें दे दो।"

गुन्नी समीप आयी तो पूछ लिया, "बिटिया, पप्पू ने बतसिया को क्यों मारा; क्यों लड़ पड़े?"

दौड़-दौड़कर पानी फेंकने से गुन्नी का दम फूल रहा था। दम ले लेकर बोली, "बतसिया कहिस, पप्पू की माँ का दूसर बियाह होई। शिब्बन और फक्की चिरान लगे— पप्पू का दूसर बाप आई! पप्पू गारी दीस और बतसिया के गुम्मा मार दीस...।"

धक्के से उषा का दम रुक गया। हाय निःशक्त। बेबे घंटे बाद अकेली लौटी तो बताया, "अभी लड़के का आने को मन नहीं था। कौन पराये घर में है। सुबह आ जायेगा।"

उषा आँगन में एक ओर खाट डालकर लेट गयी, परन्तु मन न माना। धोती बदल कर बेबे से बोली, "पप्पू को ले आऊँ!"

"अँधेरे में अकेली जायेगी! ठहर, मैं चलती हूँ।"

"बेबे, मुझे कौन खा जायेगा।" उषा आँगन के दरवाज़े की ओर बढ़ गयी।

"देखना, बच्चे को धमकाना नहीं।" बेबे ने ताकीद कर दी।

मम्मी सब लोगों को परोस कर खिला रही थीं। पप्पू भी उन्हीं के साथ।

"आओ बेटी, खाना खाओ।"

"थैंक्यू डैडी! वहाँ भी बन गया है। पप्पू को लिवाने आयी हूँ। बेबे इन्तज़ार कर रही है।" उषा ने बेटे को लाड़ से पुकारा, "पप्पू, तुम यहाँ खा रहे हो। हम तुम्हारे लिये मीठी परौंठी बनाकर आये हैं।"

पद्मा ने पप्पू को सिखा दिया, "कह दो मम्मी ने हमारे लिये मीठी परौंठी बना दी है। हम आंटी के पास रहेंगे।" पप्पू ने माँ से आँखें न मिलायीं।

"जीजी, कल सुबह आपको हमारे साथ बाजार जाना है। जल्दी तैयार हो जाना।" पद्मा ने याद दिलाया।

उषा ने गर्दन के संकेत से बात समाप्त कर दी।

पप्पू खा चुका तो उषा ने बेटे को नल पर ले जाकर उसके मुँह-हाथ साबुन से खुद धोये। मुँह अपने आँचल से पोंछ दिया। उसके कान पर झुकी, "चलो बेटे, घर चलें। बेबे राह देख रही है।"

प्रताप ने इनकार में सिर हिला दिया। वह पद्मा के पास जाना चाहता था।

उषा बेटे को बाँह से पकड़ कर दस कदम परे तकियेदार मोढ़े की ओर ले गयी। मोढ़े पर बैठकर पप्पू को घुटनों पर बैठाकर बाँहों में कस लिया। बेटे के कान में मुँह लगाकर पूछा, "बेटे, बतसिया ने तुमसे गंदी बात की थी?"

पप्पू ने गर्दन के संकेत से स्वीकारा।

"बेटे, बतसिया गन्दी लड़की है। तुम्हारी मामा ऐसा नहीं कर सकती। चलो, बतसिया को कह दो, तुम झूठी हो। तुमसे नहीं बोलेंगे।"

''बतसिया ने हमें गाली दी है।'' पप्पू के मुँह से बोल फूटा, ''हम उसे मारेंगे।''

''नहीं बेटे, मारते नहीं किसी को।'' उषा ने समझाया, ''कह देना तुम गन्दी बात करती हो। तुमसे नहीं बोलेंगे।''

प्रताप डैडी, मम्मी, आंटी, सद्‌दू को गुडनाइट कहकर मामा के साथ लौट गया।

रात उषा ने आँगन में अपनी खाट पप्पू की छोटी खाट से सटाकर लगायी थी। लड़का गहरी नींद में बेसुध। उषा बेटे की ओर करवट लेकर कभी हाथ से उसके सिर के केश सहलाती, कभी पीठ पर गरमी से आयी अंधौरियाँ सहलाती। मस्तिष्क में विचारों के द्वन्द्व का बवंडर। पूरी रात पलकों पर बीत गयी।

बेबे ने अभ्यास अनुसार सुबह पाँच के लगभग उठकर अँगीठी में आग दे दी। अँगीठी सुलग जाने पर चाय बनाकर ले रही थी कि उषा उठ गयी, ''बेबे मुझे भी देना।''

उषा को सुबह उठते ही चाय की तलब न होती थी। बेबे ने पूछ लिया, ''मुन्नी, तेरी तबीयत तो ठीक है?''

''बिलकुल ठीक हूँ बेबे, नींद जल्दी खुल गयी।''

सदानन्द आठ से पहले आया, ''जीजी मम्मी और पद्मा जीजी ने कहा है साढ़े आठ तक बाज़ार जाने के लिये तैयार हो जाइयेगा।''

''बाज़ार नहीं जाना। पद्मा से कहना, आकर बात कर जाये।'' उषा ने भाई से कहा।

पद्मा नौ से कुछ पूर्व आयी। उषा बहिन को उत्तर देने को थी। श्यामा भी आ गयी। छपे हुए पाँच निमन्त्रण-पत्र उषा की ओर बढ़ा दिये, ''जिन्हें आप स्वयं देना चाहें दे दें।''

''भैया से कहना, कार्ड न बाँटें।''

पद्मा और श्यामा की आँखें फैल गयीं।

''क्या बात है दीदी?'' श्यामा ने पूछा। ''उन्हें आ जाने दो। शायद स्थगित करना पड़े।'' उषा नज़र बचाये बोली।

उषा लेट न होने की चिन्ता में कुछ मिनट पहले प्लेटफार्म पर पहुँच गयी थी। मेल में काफी भीड़। उषा की अपलक नज़र सामने से फिसलते डिब्बों की खिड़कियों से झाँकते चेहरों की ओर। पाठक दिखायी दिया। वह उषा को दूर से देखकर डिब्बे के दरवाज़े में आ गया था। चेहरे में मुस्कान, उल्लास से बाँह उठाये। उषा के सामने से कुछ आगे बढ़कर गाड़ी रुकी। उषा उस ओर बढ़ गयी।

पाठक गाड़ी थमते ही कूद आया। उषा को आलिंगन में ले लेने के लिये व्याकुल, बाँह उषा की पीठ से सटा दी। उषा पाठक के कन्धे से लग गयी। नज़रों में गूढ़ आलिंगन।

पाठक बहुत-सा सामान लाया था, दो कुलियों के उठाने लायक। प्लेटफार्म से गेट की ओर बढ़ते पाठक ने पूछ लिया, ''बहुत सुस्त लग रही हो! तबीयत ठीक रही?...घर में सब ठीक है?''

''सब ठीक है।''

ताँगा स्टेशन से चला तो पाठक ने फिर चिन्ता प्रकट की, "अच्छी, बहुत थकी लग रही हो, बहुत चुप। क्या बात?"

उषा का गला भर आया। गहरे श्वास से बोली, "मेरी किस्मत!"

"किस्मत! भाग्यवादी कब से हो गयी?"

उषा ने आँखों की तरावट छिपाने के लिये गर्दन झुका ली।

पाठक ने बात बदलने के प्रयत्न में बताया : सद्रू ने उसके लिये फिलिप्स का खूब बड़ा रेडियो उपहार भेजा है। खालिदा ने ज़री की साड़ी। पप्पू के लिये कुछ खिलौने और कपड़े भी हैं।

उषा ने भी बात बदली, "बालों और कपड़ों पर कितनी धूल-धुआँ लेकर आये हो। चलकर पहले नहा लो।"

उषा और पाठक ने आँगन में कदम रखा। बेबे पप्पू को खाना खिला रही थी। उषा ने बेटे को पुकारा, "पप्पू, अंकल आ गये।"

"गुडमार्निंग अंकल, हाओ डू यू डू?" पप्पू ने पाठक का स्वागत किया।

"थैंक्यू बेटे।" पाठक ने समीप आकर पप्पू को पुचकारा।

निगम पाठक का सामान ताँगे से उतरवाने के लिये आ गया।

"चाय पियेंगे या बोतल वाला शरबत।" बेबे ने पूछा।

"शरबत।" उषा पाठक की ओर से बोली, "तुरन्त नहायेंगे।"

पाठक ने सबसे पहले बक्स खोलकर पप्पू के खिलौने निकाले। नल के समीप रखी पानी भरी नाँद में स्टीम बोट की बत्ती जलाकर चलायी। पप्पू इस चमत्कार में तन्मय।

उषा ने गुसलखाने में साबुन-तौलिया रख दिये। बक्स से बदलने के लिये कपड़े निकालने लगी।

"नहाने की इतनी जल्दी क्या? पहले बात समझ लें।" उषा के समीप आकर पाठक धीमे से बोला।

"नहा लो, सब कुछ रख दिया है।"

पाठक को नहाकर कपड़े बदलने में दस मिनट लगे। उषा आँगन में धरती पर पाँव रखे खाट पर बैठी आने वाले क्षणों के लिये तैयार हो रही थी।

पाठक बरामदे से एक कुर्सी लेकर खाट के समीप बैठ गया।

"भीतर चलिये।" उषा उठ गयी।

उषा ने कमरे में रोशनी कर टेबल फैन चालू कर दिया। दो मोढ़े मौजूद थे। पाठक ने मोढ़े समीप कर लिये। उषा की गर्दन झुक गयी। दोनों हाथों की उँगलियों को गूँथकर बोली, "डियर, क्षमा कर दोगे न!"

"किस बात के लिये क्षमा?" पाठक के स्वर में विस्मय।

"याद है, उस चाल की खोली में पहली रात मैंने कहा था, ऐसा कोई काम नहीं करना चाहती जो मेरे और बेटे के बीच आड़ बन जाये?"

"कैसी आड़...?"

उषा ने गत साँझ की घटना बता दी। पप्पू से किया वायदा भी बता दिया।

"अच्छी, कैसी बातें करने लगी तुम!" पाठक उसकी ओर झुक गया, "हमें समाज को निरर्थक मान्यताओं और संस्कारों से मुक्त करना है या निरर्थक मान्यताओं के आगे सिर झुकाकर उनका समर्थन?"

उषा की गर्दन उठ गयी, "निरर्थक मान्यताओं और संस्कारों को स्वीकार नहीं कर रही हूँ, परन्तु समाज को एक झटके से नहीं बदल दे सकती।···भूल गये, पाली हिल रोड पर माया के प्रसंग में खुद कहा था—क्रान्ति लोगों को तोड़ना नहीं मोड़ना है। जैसे माया के लिये सोचा था, पप्पू के लिये नहीं सोचोगे?" उषा ने सीधे पाठक की आँखों में देखना चाहा। पाठक की गर्दन झुक गयी थी।

"डियर, मुझे क्षमा कर दो, सब तरह तुम्हारी हूँ और रहूँगी, परन्तु बेटे के मन से कुंठा के संस्कार मिटाये बिना तुम्हारी पत्नी होने का संतोष और गर्व न पा सकूँगी। मुझे उसके लिये जितना सहना पड़े, जितना समय लग जाये। स्वार्थ में बेटे को हीनता अनुभव करने देना मुझे असह्य।" आँखों से आँसुओं के झरने बह गये।

पाठक ने सिसकती उषा को अपनी गोद में खींच लिया, "इतनी अधीर क्यों डियर! मेरे लिये सबसे पहले तुम्हारा संतोष, पप्पू का हित···।"

काफी देर प्रतीक्षा के बाद भी उषा-पाठक कमरे से खाने के लिये न आये तो बेबे ने पुकारा, "अच्छी आ जाओ, अब खाकर बातें करना।"

कमरे के भीतर से पंखे की फर्राहट और कुछ बातचीत की आहट आ रही थी। बेबे ने कई मिनट प्रतीक्षा की। ध्यान पीठ पीछे कमरे की ओर। उसे लगा जैसे सिसकियाँ या रोने की आवाज़ हो, परन्तु भावी दामाद और बेटी के एकान्त में कैसे झाँकती-बोलती! कुछ क्षण में लड़की की हिचकियों का स्वर और स्पष्ट।

उषा के सिसकने की आवाज़ सुन बेबे ने खिड़की से झाँका। उषा पाठक की गोद में मुँह दबाये फफक रही थी। एक हाथ उसके सिर पर रखे दूसरे हाथ से पीठ सहला कर धैर्य बँधा रहा था।

बेबे संकोच से पीछे हट गयी। तारों भरे आकाश की ओर दुआ में हाथ उठा दिये, "मेरे रब्ब, मेरे यीशु। बच्चों का भला कर, सबका भला कर!"

"अच्छी, मेरी तरफ देखो।···मुझे सब स्वीकार।"

उषा ने भीगी आँखें उठाकर पाठक की ओर कातर दृष्टि से देखा, "मैं बेटे की भावना को अपने सन्तोष के लिये बलि न होने दूँगी।···बलि होगी तो मेरी!"

● ● ●